A.C. DONAUBAUER

Familienbande – Buch 5

Familienbande - Der Orden: Buch 5

von A.C. Donaubauer
Aus dem Englischen von A.C. Donaubauer

Erstveröffentlichung als ebook Juli 2017
Taschenbuch
2. Auflage

Astrid Donaubauer-Grobner
Waltenhofengasse 3/3/3302
1100 Wien, Österreich

Englische Originalausgabe:
Family Bonds – The Order: Book 5

Die Autorin online:
www.ac-donaubauer.com
www.facebook.com/acdonaubauer

Cover: Biserka Design

Lektorat: Jürgen Donaubauer
Korrektur: Hilde Ohrlinger

Februar 2019

ISBN 978-3-904142-04-5

Für Christa, meine Schwiegereidechse,
weil sie für einen Schwiegerdrachen zu klein ist.

Danke für deinen Erstgeborenen -
ich bin ein großer Fan deiner Arbeit!

KAPITEL 1

Ein Erbe für Haus Vel'kim

"Warum kann ich die Schmerzen nicht blockieren?", zischte Eryn mit zusammengebissenen Zähnen, als sich ihre Eingeweide mit einer weiteren Wehe verkrampften.

Valrad stand in der Klinik neben ihrem Bett und ertrug männlich ihren schraubstockartigen Griff um seine Finger. Die Spitzen muteten anhand der reduzierten Durchblutung bereits leicht bläulich an.

"Das sollst du gar nicht, weil dieser Schmerz nicht blockiert werden darf", erklärte er geduldig. "Er begleitet dich durch die Geburt, gibt dir Signale."

"Die Signale können mich gernhaben! Diese Qual soll einfach nur aufhören!", stöhnte sie und blinzelte, als eine junge Frau das Zimmer betrat. In ihren Händen hielt sie etwas Langes und Goldenes. Einen Gürtel.

"Was genau glaubst du, was du damit anstellen kannst?", schrie Eryn. "Du wirst mir keinesfalls meine Magie nehmen! Fort mit dir! Hinaus!" Das letzte Wort war ein heftiges Blaffen gewesen, das die junge Heilerin überraschenderweise unbeeindruckt ließ. Recht offensichtlich unbeeindruckt, wenn man von ihrer Miene ausging. Das war eindeutig nicht die erste launische Frau kurz vor einer Geburt, mit der sie es zu tun hatte.

"Valrad", meinte die Frau sanft, "entweder ich überwältige sie, oder du legst ihn ihr an."

"Das kannst du gern versuchen, meine Liebe", erwiderte Eryn mit einem finsteren Blick, "aber sofern du nicht immun gegen Magie oder mir an Stärke überlegen bist, würde ich es nicht empfehlen. Die Chancen stehen gut, dass ich stärker bin als ihr beiden zusammen, also würde ich nicht einmal daran denken!"

"Aber nicht stärker als ich", kam eine bedächtige Stimme von der Tür her. Ram'an trat ein und stellte die Tasche zur Seite, die er von der Aren Residenz für sie mitgebracht hatte.

"Das würdest du nicht!", schnauzte sie ihn an.

Er nahm den Gürtel an sich, den ihm die Heilerin widerstandslos überließ und trat neben sie. "Eryn, es gibt einen sehr guten Grund dafür, weshalb die Kräfte einer Magierin beschränkt werden, wenn sie kurz vor der Geburt steht. Und nach dem, was gerade in der Senatshalle geschehen ist, würde ich meinen, dass er recht offensichtlich ist."

"Ihr nehmt mir meine Kräfte weg, damit ich niemandem Schaden zufügen kann? Das werde ich nicht, ich verspreche es! Ich werde mich benehmen!", flehte sie.

Er nahm ihre Hand in seine und drückte einen Kuss auf ihre Fingerknöchel. "Es tut mir leid, aber das lässt sich nicht vermeiden. Ich habe keinen Zweifel daran, dass du keinerlei Absicht hegst, jemanden zu verletzen oder etwas zu zerstören, doch die hattest du auch bei der Senatsversammlung nicht, wie ich annehme. Große Belastungen durch Gefühle oder Schmerzempfinden können dazu führen, dass Magier die Kontrolle verlieren. Und in deinem Fall, mein gutes Kind, mag das unversehens dazu führen, dass die gesamte Klinik über uns zusammenbricht", erklärte er besorgt. "Und diesen Schmerz kannst du ohnehin nicht wegheilen. Deine Magie wäre nutzlos, und zusätzlich dazu würde sie für alle um dich herum eine enorme Gefahr darstellen."

"Eryn", beschwor Valrad sie, "sie werden dich nicht hierbehalten oder sich auch nur in deine Nähe wagen, solange du den Gürtel nicht trägst. Du bist stark genug, um sämtliche Heiler und Patienten hier zu gefährden. Und Ram'an hat Recht. Die Magie würde dir nicht einmal nützen. Das ist nicht die Art von Schmerz, die du einfach so fortheilen kannst - im nächsten Moment kehrt er erneut zurück, bis seine Ursache verschwindet. In deinem Fall das Kind."

Eryns wütendes Starren wurde besorgt, als sie sich die Worte durch den Kopf gehen ließ. Sie hatte nicht damit gerechnet, dass man sie ihrer Magie berauben würde. Das war eine grauenvolle Überraschung. Die Erinnerung daran, wie man sie in der Vergangenheit ihrer Kräfte beraubt hatte, war keine angenehme; sie hatte sich dabei stets entblößt und verwundbar gefühlt. Und doch waren die Argumente der beiden mehr als berechtigt, besonders, wenn man bedachte, dass sie vor wenig mehr als einer Stunde das Dach der Senatshalle zum Einsturz gebracht hatte…

Sie presste ihren Kopf in das Kissen, als eine weitere Wehe ihr den Atem raubte und sie zitternd und immens erleichtert zurückließ, nachdem die Flut an Schmerzen abgeebbt war.

Erschöpft hob sie den Kopf und bemerkte, dass sich Ram'an die momentane Ablenkung zunutze gemacht und den Gürtel um ihren Brustkorb befestigt hatte. Die innere Leere war gar nicht in ihr Bewusstsein vorgedrungen, dieses hohle Gefühl, das die Blockade ihrer Magie für gewöhnlich zurückließ. Offenbar war dieser Raum nun mit Schmerz gefüllt. Wie praktisch.

"Du!", blitzte sie ihn an und wollte ihm ihren Ärger mit einem Hieb zu spüren geben, doch er wich aus. "Das war gemein! Du siehst besser zu, dass du in meiner Gegenwart nie hilflos bist, weil ich es verflucht noch einmal auf jeden Fall ausnutzen werde!"

"Du hast keine andere Wahl", sagte er nur und zuckte mit den Schultern.

"Vielleicht nicht. Aber ich hätte es vorgezogen, selbst in ein oder zwei Minuten zu diesem Schluss zu gelangen", schnappte sie.

"Machst du den Leuten das Leben schon wieder zur Qual?", meinte Orrin, als er, Junar und Vern das Zimmer betraten. Hinter ihnen folgte Malhora, die eine friedlich schlafende Téa in ihren Armen hielt.

"Ach, halt einfach nur den Mund", flüsterte sie ausgelaugt. Ihr blieb nicht einmal mehr genug Energie, um ihrer Frustration gehörig Ausdruck zu verleihen. Das verstimmte sie sogar noch mehr.

"Meine Güte", ertönte eine weitere Stimme von der Türe her, "das ist aber eine beachtliche Versammlung hier drin." Ein Heiler etwa in Valrads Alter bahnte sich seinen Weg zum Bett. "Ich grüße dich, Maltheá. Ich werde dir beim Entbinden deines Kindes zur Seite stehen. Ich sehe, dass du deinen Gürtel bereits angelegt hast. Gut."

Sie blickte in sein viel zu heiteres Gesicht. Aber weshalb sollte er auch nicht guter Laune sein? Er war nicht derjenige, der die Krämpfe zu erdulden hatte, und soweit sie wusste, würde sich die Lage zuerst noch beträchtlich verschlimmern, bevor sie sich verbesserte.

Das Gesicht kam ihr bekannt vor - er war einer der vielen Heiler, die sie in der Mitarbeiterkantine gesehen hatte. Und falls ihre Erinnerung sie nicht trog, hatte dieser Mann eine fürstliche Summe für Verns Gemälde geboten.

"Noril", nickte Valrad. "Ich wünsche dir einen guten Tag."

"Und auch dir einen guten Tag, Valrad. Also, hier drin halten sich zu viele Leute auf. Das erhöht nur den Stress für Maltheá..."

"Eryn", unterbrach sie ihn und warf ihm einen warnenden Blick zu. "Auf dieses für mich wichtige Detail solltest du achten, denn ich bin überzeugt, dass ich auch ohne Magie noch eine Menge Schaden anrichten kann."

Noril nickte langsam. "Weißt du, ich bezweifle nicht, dass du das könntest. Die Drohung einer Aren zu ignorieren endet für gewöhnlich nicht gut für denjenigen, der sie missachtet. Dann also Eryn..."

"Sehr richtig", lächelte Malhora, eindeutig zufrieden, dass ihr furchteinflößender Ruf sich scheinbar in alle Ecken erstreckte.

"Zurück zu dem, was vor uns liegt", beharrte der Heiler. "Wer von euch wird an Stelle ihres Gefährten während der Geburt bei... ah... Eryn bleiben?"

Drei Variationen von "ich" kamen beinahe gleichzeitig von den drei Männern um sie herum.

Noril blinzelte. "Nun, das übersteigt die übliche Anzahl ein wenig", erwiderte er, bedachtsam im Umgang mit zwei Oberhäuptern von Häusern und einem Krieger, der für seinen Mangel an Kontrolle bekannt war, wenn es um den Schutz seiner Lieben ging.

Sie drehten sich um, als sie ein entnervtes Seufzen vernahmen. Junar setzte ihre Ellbogen ein, um sich an Eryns Seite vorzukämpfen, dann zeigte sie auf Orrin.

"Unangemessen. Du bist der Gefährte einer anderen Frau, und auch wenn ich weiß, dass deine Gefühle für sie mehr väterlicher Natur sind, will ich nicht, dass es zwischen euch derart intim wird. Das ist mein Ernst." Dann wandte sie sich an Valrad. "Ebenfalls unangemessen. Du bist ihr Vater, und das erst seit ein paar Monaten! Wie kommst du auf den Gedanken, ihr wäre wohl dabei, dich bei dieser Angelegenheit dabei zu haben?" Ihr düsterer Blick landete auf Ram'an.

"Unangemessen?", wagte er sich vor, noch bevor sie den Mund öffnen konnte.

"Darauf kannst du wetten!", nickte sie. "Du hast sie schonungslos verfolgt und wolltest sie dazu bringen, dass sie Enric für dich verlässt! Eine Geburt ist etwas sehr Intimes, wobei man sowohl innere als auch äußere Seiten von sich zeigen muss, die man normalerweise nur die Person sehen lässt, die einem am nächsten steht." Sie sah den Heiler an. "Ich werde bei ihr bleiben. Den Rest kannst du rauswerfen."

* * *

"Was meinst du damit, sie liegt in den Wehen?", rief Vran'el aus. Er hatte Enric fort von der Straße unter einen Baum geschleift, wo er sich gegen den Stamm lehnen konnte. "Dafür ist es mehrere Wochen zu früh!"

"Danke, dass du mich auf diese Kleinigkeit hinweist", keuchte Enric, froh darüber, dass der unmittelbare Schmerz für den Moment nachgelassen hatte.

"Bist du sicher?"

"Vran", seufzte er und zuckte unter einem weiteren Angriff zusammen, "glaube mir - das sind Wehen. Darüber habe ich gelesen. Die Intervalle werden immer kürzer, der Schmerz ist fast unerträglich und ebbt nach ein paar Sekunden wieder ab, nur um dann ein wenig später wiederzukehren. Das ist recht eindeutig, würde ich meinen."

"Schon gut, schon gut. Vorher sagtest du, sie war zornig, nicht wahr? Ich frage mich, ob das der Auslöser für die verfrühte Geburt sein könnte."

Enric atmete schwer, während sich winzige Schweißperlen auf seiner Stirn formten. "Das werde ich herausfinden. Verlass dich darauf."

"Warum errichtest du nicht einfach einen Schild? Sag mir nicht, dass dieses Teilhaben am Schmerz irgendein sentimentaler Liebesbeweis sein soll, den sie nicht einmal mitbekommt, oder eine romantische Idee, die Geburt gemeinsam mit ihr durchzustehen? Eines darfst du nämlich mir glauben - und zwar, dass dabei zu sein etwas vollkommen anderes ist als einfach nur von Wellen des Schmerzes in die Knie gezwungen zu werden", bedrängte ihn Vran'el.

"Ich kann mich dagegen nicht abschirmen! Ich konnte nicht einmal ihren Ärger abblocken, als er auf seinem Höhepunkt war. Das ist zu intensiv, das übersteigt bei weitem, was die Barriere zurückhalten kann. Besonders, da sie keinen Schild errichtet hat und ihre Gefühle und Eindrücke mit voller Intensität ausschickt."

Aufgebracht raufte sich der Jurist mit den Fingern beider Hände die Haare. "Du verdammter Narr! Siehst du nun, was dir dein Kontrollzwang eingebracht hat? Was soll ich denn jetzt mit dir tun?" Dann kam ihm ein Gedanke. "Ich kann dich ausschalten! Dann wirst du das alles verschlafen!"

"Du wirst nichts dergleichen tun", keuchte Enric von Schmerzen gepeinigt und errichtete einen Schild zwischen ihnen. "Ich muss wissen, ob alles in Ordnung ist."

"Du wirst das wirklich durchleben?" Hilflos rang Vran'el die Hände. "Idiot! Wirklich! Und ich sitze hier mit dir fest! Verdammt!", fluchte er. Nach ein paar beruhigenden Atemzügen fügte er etwas entspannter hinzu: "In Ordnung, ich werde es nicht tun. Du kannst den Schild auflösen. Ich verspreche es!", fügte er gereizt hinzu, als Enric ihm einen zweifelnden Blick zuwarf.

Der Rechtsgelehrte schüttelte den Kopf und beobachtete, wie der andere Mann unter einer weiteren Welle des Schmerzes aufstöhnte. "Nie im Leben hätte ich gedacht, dass ich eines Tages ohne die Anwesenheit einer Frau eine Geburt miterleben würde. Aber es ist auf jeden Fall eine saubere Angelegenheit."

"Ich bin so froh, dass ich dir diesbezüglich entgegenkommen kann", meinte Enric gequält. "Wie lange hat die Geburt deiner Tochter gedauert?"

"Sechs Stunden. Und das war rasch. Ich habe von Babys gehört, bei denen die Geburt einen ganzen Tag dauerte."

"Das hilft mir jetzt gerade überhaupt nicht!", rief der blonde Magier aus, während ihm der Horror ins Gesicht geschrieben stand. "Erzähl mir lieber, wie Intrea damals mit dieser ganzen Sache zurechtgekommen ist."

"Bewundernswert. Sie ist der gelassene Typ; nichts kann sie aus der Bahn werfen. Sie war ungemein rücksichtsvoll und mehr um mich als um sich selbst besorgt, denke ich. Sie hat die Leute rundherum losgeschickt, um mir Wasser zu bringen, mir immer wieder gesagt, dass alles gut werden würde und dass ich mich wacker schlage."

Einen Moment lang sahen sie einander an, dann meinte Enric langsam: "So wird Eryn mit den Leuten, die jetzt gerade in ihrer Nähe sind, ganz sicher nicht umgehen."

Vran'el nickte. "Ich neige dazu, dir hier zuzustimmen."

Als Enric tapfer die nächste Welle der Agonie ertrug, versuchte er sich vorzustellen, wer jetzt gerade bei ihr war. Er hätte das sein sollen. Er hoffte, Valrad, Junar oder Malhora würden ihr beistehen. Nicht Orrin. Und definitiv nicht Ram'an.

Ram'an mochte akzeptiert haben, dass er sie nicht haben konnte, doch wenn er sie ohne ihren Gefährten in seiner Stadt hatte und ihr durch so etwas Schmerzvolles und Intimes wie eine Geburt half, mochte ihn das auf Ideen bringen. Doch so etwas würden weder Valrad noch Orrin zulassen, hoffte er inständig.

Vran'el verbrachte die nächsten zehn Stunden damit, neben Enric im Gras zu sitzen und ihn mit Geschichten abzulenken - über seine Kindheit mit Pe'tala, die Jahre des Rechtsstudiums, dumme Streiche, die er als Junge gespielt hatte, und über den Tag, an dem er sich entschieden hatte, seiner Familie mitzuteilen, dass er Männer Frauen als Partner vorzog.

Enrics Haut war blass und klamm. Schweiß lief sein Gesicht und den Hals hinab. Vran'el drängte ihn dazu, Wasser zu trinken und vielleicht auch ein paar Bissen zu essen, um bei Kräften zu bleiben. Doch während Enric das Wasser dankbar annahm, lehnte er das Essen ab.

Als die Sonne hinter dem Horizont zu versinken begann, packte der Jurist ihre Habseligkeiten aus und bereitete einen Schlafplatz vor. Ursprünglich hatten sie geplant, diese Nacht bereits in der Stadt Kar zu verbringen, doch in Enrics aktuellem Zustand schafften sie es nicht mehr dorthin. Sie würden ihren Weg in die Stadt fortsetzen, sobald das hier überstanden und beide gut ausgeruht waren.

Gegen Mitternacht stieß Enric einen letzten gepeinigten Schrei aus, dann kippte er langsam nach vorne und zu Boden.

"Enric?"

"Es ist vorbei", hauchte er, sein Gesicht beseelt von Erleichterung, Euphorie und Erschöpfung. Er konnte nicht einmal sagen, wie viel davon von Eryn ausging und wie viel von ihm selbst.

"Und? Wie fühlt sie sich?"

"Erleichtert. Und Glücklich. Also ist alles in Ordnung." Damit ergab er sich der friedlichen Dunkelheit, die ihn wie eine warme, betäubende Umarmung umfing.

* * *

Eryn zwang sich, ihre bleiernen Augenlider zu öffnen, als jemand sachte an ihrer Schulter rüttelte. Es war Junar, die ein kleines Bündel in ihren Armen hielt. Es wimmerte leise.

"Dein Sohn ist hungrig", lächelte sie. "Füttere ihn besser rasch. Bei seinem Duft und den Geräuschen, die er macht, haben meine eigenen Brüste schon auszulaufen begonnen."

Unbeholfen versuchte sich Eryn das Hemd, das man ihr angelegt hatte, über den Kopf zu ziehen, doch ihre Freundin seufzte und schüttelte den Kopf. "Nein, Eryn, aus diesem Grund haben sie dir etwas zum Anziehen gegeben, das du nur auf einer Seite zu öffnen brauchst. Siehst du? Hier auf der Seite ist ein Knopf, und dann kannst du die Vorderseite aufklappen, ohne dich vollständig auszuziehen."

Junar wartete geduldig, bis Eryn eine Brust ausgepackt und das Kissen in ihrem Rücken weiter nach oben gezogen hatte, damit sie sitzen konnte. Dann legte sie das Baby vorsichtig in die Arme seiner Mutter.

Eryn war plötzlich hellwach und starrte auf die winzige Kreatur hinab. Ihr Sohn. Nach der Geburt hatte sie ihn ein paar Augenblicke lang gesehen, doch zu diesem Zeitpunkt war er mit Blut und klebrigen Substanzen bedeckt gewesen. Als man ihn gewaschen hatte, war sie schon dabei, in den Schlaf abzudriften. Sie erinnerte sich noch an die letzten Eindrücke, bevor die Erschöpfung sie übermannte: ein warmes Bündel auf ihren Brustkorb und ein überwältigendes Gefühl von Erleichterung, Dankbarkeit und Zufriedenheit.

"Er hat mein dunkles Haar", murmelte sie und ließ ihren Zeigefinger über die überraschend dichten, flaumigen Strähnen gleiten. Seine Augen waren blau, doch das besagte in den ersten paar Monaten nicht viel.

Sie veränderte ihren Griff, sodass der winzige Kopf in ihrer Armbeuge zum Liegen kam und sich somit in einer idealen Position für den Zugriff zu seiner Nahrungsquelle befand.

"Komm schon, Liebling, die Milchbar ist geöffnet." Mit ihrer Brustwarze bog sie seine Lippen auf und sah zu, wie sie sich daraufhin um ihre Brustspitze legten. Als er nicht gleich zu saugen begann, runzelte sie die Stirn. "Die bequemen Tage, wo das Essen keinerlei Anstrengung von deiner Seite erfordert hat, sind jetzt vorbei, mein Junge. Mach schon." Sie sah Junar an. "Und jetzt?"

"Versuch, einen oder zwei Tropfen herauszupressen und in seinen Mund fallen zu lassen. Ihm scheint noch nicht klar zu sein, dass es sich hierbei um sein Mahl und nicht nur um eine nette, bequeme Beruhigungsmethode handelt", schlug Junar vor.

Eryn befolgte diesen Rat und beobachtete, wie der kleine Mund probierte und schluckte, als die neue Kost den Anforderungen zu genügen schien. Erst dann verspürte sie ein schwaches Saugen, das sich rasch zu etwas Entschlossenerem, Gierigerem wandelte.

Überrascht sah sie auf. "Auf jeden Fall lernt er schnell." Dann kehrte ihre Aufmerksamkeit wieder zu ihm zurück, und sie nahm sich Zeit, ihn zum ersten Mal eingehend zu betrachten. Ihn mittels Magie im Inneren ihres Bauches anzusehen war etwas anderes als es wahrhaftig mit ihren Augen zu tun.

Seine Augen waren geschlossen, während er saugte, offenbar zufrieden mit der Welt. Er hatte ihr Haar, doch der Rest von ihm erinnerte eindeutig an seinen Vater.

Sie schluckte bei dem Gedanken an Enric, der davongeeilt war, um Malriel zu retten und dabei seine schwangere Gefährtin auf sich allein gestellt hier zurückgelassen hatte. Komisch, wie begierig er darauf gewesen war, in das große Unbekannte aufzubrechen und sogar ihr Kommitmentband dritten

Grades aufzulösen, wo er doch vor kaum mehr als einem Jahr so darauf gedrängt hatte, es mit ihr einzugehen.

Junar drückte ihr einen Kuss auf die Stirn. "Mach dir seinetwegen keine Sorgen, Eryn. Er wird schon bald wieder zurückkehren. Dessen bin ich mir sicher."

"Das kümmert mich nicht", erwiderte die Magierin ruhig. "Ich brauche ihn nicht. Ich habe das ohne ihn durchgestanden, oder etwa nicht? Zuerst die Enthüllung von Sanafs üblen Machenschaften, und dann die Geburt. Und das werde ich auch weiterhin schaffen."

"Das meinst du nicht wirklich!" Junar schluckte schwer und zog besorgt die Stirn in Falten.

Eryns Augen verweilten bei dem Gesicht an ihrer Haut, der kleinen Faust, die auf ihrer Brust ruhte. "Er hat seine Wahl getroffen. Und sich für Malriel zu entscheiden bedeutete, unseren Sohn aufzugeben. Und mich."

"Das kannst du nicht so meinen!", rief die Schneiderin mit weit aufgerissenen Augen aus. "Er hat deine Mutter nicht dir vorgezogen - er versucht einen Krieg zu verhindern!"

"So hat sich das für mich nicht angefühlt, als er das Band zwangsweise entfernte."

"Ich werde deswegen nicht mit dir streiten, aber ich sage dir, dass du dich absolut unbedacht verhältst. Ich verstehe deinen Ärger darüber, dass er dich auf diese Weise zurückgelassen hat, aber du verkennst seine Motive dahinter vollkommen. Und ich kann mir seine Reaktion vorstellen, wenn du ihm vorwirfst, er verzehre sich nach Malriel. Also wirklich!"

"Zankt ihr beiden etwa bereits?", kam Orrins Stimme von der Tür. Einen Arm hatte er um Verns Schultern gelegt, den anderen auf das Tuch, mit dem er seine Tochter um seinen Brustkorb geschlungen hatte.

"Sie denkt, dass Enric Malriel nachgereist ist, weil er Gefallen an ihr gefunden hat", erklärte Junar vorwurfsvoll.

Beide Männer starrten sie an, dann lächelte Orrin, und Vern verdrehte die Augen.

"Das ist wohl das Lächerlichste, was ich jemals gehört habe", schmunzelte der Krieger. "Ich freue mich schon darauf zu hören, was Enric darauf antworten wird."

"Genau das habe ich auch gesagt", schnaubte Junar.

Vern hob einen Zeichenblock samt Stift hoch. "Macht es dir etwas aus, wenn ich das hier zeichne? Immerhin ist es das erste Mal, dass du ihn fütterst."

Eryn verzog das Gesicht. "Wenn es sein muss. Ich könnte mir allerdings vorstellen, dass ich im Moment kein allzu reizendes Bild abgebe."

"Eitles Weibervolk", seufzte der Junge in gespielter Verzweiflung und lehnte den Block gegen einen Stuhl, vor dem er sich dann hinkniete.

Orrin trat näher an das Bett und sah auf das Baby hinab. "Er ist über seinem Frühstück eingeschlafen. Ich schätze, du wirst dir beim nächsten Mal mehr Mühe geben müssen", scherzte er.

"Ungemein amüsant", erwiderte sie trocken und hob ihren Sohn hoch, um ihn Junar zu übergeben, damit sie sich wieder bedecken konnte. Ihre Finger berührten den goldenen Gürtel, der noch immer um ihren Oberkörper befestigt war. "Sie haben vergessen, das verflixte Ding zu entfernen. Orrin, sei so gut und nimm ihn mir ab, ja?"

"Ich fürchte, das kann ich nicht tun", meinte er und verzog das Gesicht. "Mir wurde erklärt, dass du ihn für die nächsten sechs Wochen tragen musst."

"Was?", bellte sie ärgerlich und zuckte zusammen, als beide Babys zu weinen begannen.

"Großartig", stöhnte Junar und rollte mit den Augen. Entschlossen drückte sie den Jungen in die Arme seiner Mutter und hob ihre Tochter aus dem um Orrins Brust geschlungenen Tuch, um sie sanft zu wiegen.

"Welch eine lautstarke Begrüßung", bemerkte Valrad, als er den Raum betrat und auf sie zuging. "Wie ergeht es meinem Enkel? Abgesehen davon, dass er seine Lungenkapazität zum Einsatz bringt. Hat er schon etwas getrunken?"

"Es geht ihm fabelhaft. Und mir ebenfalls, danke der Nachfrage", seufzte sie.

"Das weiß ich, mein Kind. Ich habe dich nach der Geburt selbst untersucht."

"Ich dachte, wir hatten uns darauf geeinigt, dass du ohne meine Zustimmung keine Magie mehr bei mir einsetzt, nachdem du mich damals bei meiner ersten Reise hierher mit künstlicher Glückseligkeit überflutet hast? Wir müssen gewisse Grenzen setzen. Wieder einmal."

Valrad zuckte unbekümmert mit den Schultern, als er das gurgelnde kleine Bündel aus ihrem Arm hob. "Deine Erlaubnis war aus meiner Sicht stillschweigend erteilt. Wenn du nicht untersucht werden möchtest, solltest du wohl besser von nun an nicht mehr in meiner Gegenwart ohnmächtig werden."

"Was für ein netter Besuch", grollte sie. "Und jetzt rede. Orrin erklärte mir gerade, ich müsste diesen Gürtel sechs Wochen lang tragen. Sag mir, dass er hier etwas missverstanden hat und dass wir hier eher von sechs Stunden reden?"

"Ich fürchte, er hat Recht. Das Problem, musst du wissen, liegt darin, dass Magier generell - und Heiler ganz besonders - einer gewissen Versuchung unterliegen, den Heilungsprozess ihres Körpers voranzutreiben, was nicht ratsam ist. Aber es mag auch schon früher vorbei sein. Manche Frauen benötigen nur vier Wochen, ganz wenige sogar nur zwei. Sechs Wochen ist die obere Grenze."

"Aber dabei geht es doch bloß darum, die offenen inneren Wunden und anfälligen Punkte zu heilen! Ich wage zu behaupten, dass eine Beschleunigung dessen wohl kaum…"

Ihr Vater unterbrach sie. "Du weißt sehr genau, dass magische Heilung unabhängig davon, ob du sie selbst durchführst oder ob das jemand anderer tut, die Ressourcen deines Körpers erheblich rascher abbaut als du sie in deinem gegenwärtigen Zustand wiederaufbauen kannst - selbst wenn du den ganzen Tag mit nichts anderem als schlafen und essen verbrächtest. Was passiert, wenn der menschliche Körper innerhalb kurzer Zeit eine Menge Blut verliert?"

"Schwäche, Schwindel, Kältegefühl und in manchen Fällen sogar Bewusstlosigkeit", listete Vern hinter seinem Zeichenblock munter auf.

"Warum wollen wir das speziell bei Frauen nach der Geburt vermeiden?", fuhr Valrad fort.

Vern war erneut bereit. "Weil sie ihre Stärke benötigen, um sich von der Geburt zu erholen. Zusätzlich dazu unterliegt ihr Körper noch der Anstrengung, Milch zu produzieren. Hinzu kommt, dass sie sich aufgrund des Schlafmangels - ausgelöst durch die anfänglichen häufigen Stillzeiten - langsamer erholt. Das bedeutet, dass ihre Fähigkeit, sich um ihr Kind zu kümmern, darunter leiden könnte. Sollte diese Aufgabe daraufhin an eine andere Person übertragen werden, erschwert dies das Formen einer Bindung zwischen Mutter und Kind. Sollte sich die Mutter trotz ihrer verringerten körperlichen Kräfte um das Kind kümmern müssen, könnte dies zu Unfällen führen und somit das Wohlbefinden des Kindes aus medizinischer Sicht gefährden."

Vier Augenpaare starrten auf ihn hinab. Zuerst bemerkte er es nicht, da er noch immer mit seiner Zeichnung beschäftigt war. Als sich die Stille in die Länge zog, blickte er auf und blinzelte.

"Was?", fragte er verwirrt. "Das war doch richtig, oder? Wenn ich mich gerade zum Narren gemacht habe, dann gebe ich diesem Buch in der medizinischen Bibliothek die Schuld."

Valrad, der noch immer seinen Enkel in den Armen wiegte, kam langsam näher, ohne seinen nachdenklichen Blick von Vern zu nehmen.

"Das war eine eindrucksvolle Demonstration von Wissen, besonders während du dich mit deinen Händen auf eine gänzlich andere Aufgabe konzentriert hast", meinte der Heiler langsam. "Du wärst nicht etwa interessiert daran, hier bei uns zu bleiben und deine Ausbildung in Takhan zu vollenden, oder?"

"Einen Moment mal!", knurrte Orrin ärgerlich, bevor Vern etwas erwidern konnte. "Er ist noch nicht einmal alt genug, um solch einer Sache zuzustimmen; und selbst wenn er es für eine gute Idee hielte, so tue ich das keineswegs! Du hast kein Recht, ihm so ein Angebot zu unterbreiten. Er ist nicht in der Lage, es anzunehmen, und ich werde es nicht erlauben."

Eryn entließ einen Stoßseufzer ob des Dramas, das sich vor ihr abspielte. Verns Augen, zuerst groß vor Überraschung, wurden dann schmal vor Ärger und Verbitterung darüber, dass ihm diese Tür geöffnet und einen Moment später wieder vor der Nase zugeschlagen wurde.

"Ich denke", sagte Junar mit missbilligender Miene und einem tadelnden Blick für beide Männer, "dass ihr diese Diskussion anderswo führen solltet. Das hier ist wohl kaum der richtige Zeitpunkt oder Ort."

"Ich entschuldige mich", sprach Valrad steif. "Es stand mir nicht zu, es anzubieten, du hast Recht. Ich habe mich ein wenig hinreißen lassen. Ich habe vollstes Verständnis für dein Widerstreben, deinen Sohn für so lange Zeit in einem anderen Land zurückzulassen."

Orrin nickte knapp, blieb aber stumm.

"Ich bin müde. Bitte seid nicht böse, doch ich würde jetzt gerne ein paar Stunden schlafen, wenn es euch nichts ausmacht", meldete sich Eryn zu Wort. Sie hatte genug von dieser Anspannung und sehnte sich nach ein wenig Ruhe und Frieden.

"Natürlich nicht", versicherte ihr Junar.

Sie warteten, bis Valrad seiner Tochter das Baby gereicht hatte, dann verabschiedeten sie sich. Orrins verkrampfte Haltung zeugte von seinem schwelenden Ärger, Vern wirkte elend und eingeschnappt, und Valrad erschien ein wenig verdrossen und enttäuscht.

Eryn atmete erleichtert aus, als sie fort waren und ließ sich in ihrem Bett zurücksinken. Das Baby platzierte sie so, dass es zwischen ihrem Arm und ihrem Körper lag. Nun war sie zum ersten Mal allein mit ihrem Sohn.

Ihr Sohn. Damit war sie endgültig und unumkehrbar eine Mutter. Sie hatte einige Monate Zeit gehabt, um sich an den Gedanken zu gewöhnen, doch erst jetzt, wo sie ihn berühren, riechen und sehen konnte, begann das Verständnis dieser ungeheuren Veränderung auf einer tieferen, elementareren Ebene als der oberflächlichen intellektuellen. Sie hatte ein neues Leben erschaffen. Er würde immer ein Teil von ihr sein, sein ganzes Leben lang. Und er war auf sie angewiesen. Wie er sich entwickelte, würde von den Werten abhängen, die sie ihm vermittelte, von dem Vorbild, das sie ihm war.

Welch eine enorme Verantwortung, eine gigantische Herausforderung. Aber Arens scheuten keine Herausforderung, und das war eines der Dinge, die er von ihr lernen würde.

Vedric von Haus Vel'kim, dachte sie. Willkommen in der anstrengenden Familie, in die du geboren wurdest.

KAPITEL 2

Ankunft in Kar

Enric regte sich, als sein Unterbewusstsein auf den Duft von Essen reagierte. Helles Tageslicht fiel ihm in die Augen. Er öffnete sie und erspähte nicht weit entfernt Vran'el, der vor einer improvisierten Feuerstelle hockte.

"Fisch?", murmelte er angenehm überrascht.

In den letzten beiden Tagen hatten sie ausschließlich von ihrem getrockneten Reiseproviant gelebt. Der mochte nahrhaft sein und sich unkompliziert aufbewahren lassen, doch aus kulinarischer Sicht war er alles andere als zufriedenstellend. Er war zum Überleben gedacht, und Überleben erforderte nicht, dass man sich für die Kost begeisterte, sondern nur das Wissen darum, dass die Alternative ein leerer Magen war.

"Sieh einer an. Willkommen zurück von deiner kleinen Auszeit. Wie fühlst du dich?"

Enric führte eine rasche Bestandsaufnahme durch, so wie Eryn es ihm gezeigt hatte. Der schwache Magieimpuls, den er durch seinen Körper sandte, informierte ihn über alles, was er wissen musste.

"Etwas ausgetrocknet, hungrig, mein Nacken und die Schultern schmerzen, aber abgesehen davon geht es mir gut."

"Gegen die ersten beiden kann ich Abhilfe schaffen, und die anderen kannst du heilen. Somit gibt es aus meiner Sicht keine großen Probleme", schmunzelte Vran'el und drehte vorsichtig den Fisch über dem Feuer. "Das Mittagessen ist in ein paar Minuten fertig, also hast du Zeit, dich zu waschen. In der Nähe ist ein

Bach. Dort habe ich die Fische gefangen. Nun, wenn ich gefangen sage, dann meine ich, dass ich sie mit Magie betäubt und dann eingesammelt habe."

Enric schloss die Augen, heilte den Schmerz weg und lächelte dann. "Davon bin ich ausgegangen. Ich würde meinen, das ist effizienter als sie mit einem Speer zu jagen oder ein Netz für einen einzigen Fang zu knüpfen." Er kam auf die Beine und streckte sich mit einem lauten Gähnen. "Wie lange habe ich geschlafen?"

"Eine ganze Weile. Etwa zwölf Stunden. Aber eine Geburt ist auch eine ungeheure Anstrengung, könnte ich mir denken, selbst wenn man sie auf die Weise miterlebt, wie es bei dir der Fall war. Kein Wunder, dass du Ruhe gebraucht hast."

Die Geburt seines Sohnes. Enric schluckte und versuchte, irgendetwas durch das Geistesband zu spüren. Aber da war nichts. Was einerseits gut war, da es bedeutete, dass sie nicht unter Schmerzen, Ängsten oder großen Sorgen litt. Und doch erinnerte er sich an seine letzten Eindrücke vor dem Abdriften. Die waren positiv und mächtig gewesen. Er hätte nichts dagegen gehabt, davon noch ein wenig mehr zu empfangen, um das Bedauern darüber fortzuspülen, dass er nicht bei seiner Gefährtin und ihrem neugeborenen Sohn sein konnte.

Doch der Grund für seinen Aufenthalt weit fort in einem anderen Land, rief er sich in Erinnerung, war der, es den nun zwei wichtigsten Menschen in seinem Leben zu ermöglichen, dass sie ihr Leben in Frieden und Freiheit leben konnten.

Enric fand den Bach ohne Probleme. Er war knietief und frei von Sedimenten und Schlamm, sodass er einen ungetrübten Blick auf die Steine im Bachbett und die Fische hatte, die in vorsichtigem Abstand an ihm vorbeiflitzten.

Er nahm sich Zeit zum Waschen und watete ein wenig im kalten Wasser herum. Die niedrigen Temperaturen regten seinen Kreislauf an, und er fühlte, wie seine Energie zurückkehrte.

Als er wieder zu Vran'el stieß, war der Großteil ihrer Habseligkeiten bereits sorgsam verpackt. Ihm wurde ein metallener Reiseteller mit zwei Fischen darauf, die zum rascheren Auskühlen aufgeschnitten waren, in die Hand gedrückt.

"Danke, Vran. Genau das brauche ich jetzt. Das getrocknete Zeug hätte im Moment einfach nicht gereicht."

"Das dachte ich mir. Iss auf! Wir sollten bald aufbrechen; ich wage zu behaupten, dass du jetzt sogar noch eifriger darauf bedacht bist, diese Angelegenheit zu erledigen und zurückzukehren." Der Jurist aß die letzten paar Bissen seines eigenen Mahls, dann stellte er den Teller beiseite. "Hast du schon darüber nachgedacht, wie wir die Sache mit Malriel in Angriff nehmen sollen? Ich weiß, dass Malhora denkt, man hat sie hereingelegt, aber sie würde auch kaum schlecht von ihrer eigenen Tochter denken wollen. Die Anschuldigungen könnten sich als gerechtfertigt erweisen."

Enric schüttelte den Kopf. "Ich kenne Malriel noch nicht so lange wie du, doch sie scheint mir nicht der Typ, der Männer ins Bett zwingen muss. Soweit ich es beurteilen kann, hat sie es einfach nicht nötig. Oder gab es in all diesen Jahren in Takhan jemals irgendwelche Anschuldigungen dieser Art?"

"Nein, niemals", gab Vran'el zu. "Doch ich bin lieber auf das Schlimmste vorbereitet. Und wenn sie unschuldig ist, hätte ein Lügenfilter das sehr rasch offenbart, würde ich meinen."

"Das stimmt. Vorausgesetzt, sie wissen, wie man ihn anwendet. Du sagtest, dass Magier bei denen kein besonders hohes Ansehen genießen. Somit mag es sein, dass sie ihn nicht anwenden dürfen, selbst wenn sie wissen, wie es geht. Eine andere Möglichkeit wäre, dass die Magier die Verhandlungen aufhalten wollen. In diesem Fall wären sie nicht willens, Malriel zu helfen, da die Chance besteht, dass sie diejenigen sind, die sie hereinlegen wollen."

"Somit wird man uns auch nicht glauben, wenn wir den Filter einsetzen und ihnen sagen, dass sie unschuldig ist. Sie werden uns Befangenheit vorwerfen. Und mit Recht", fügte der Rechtsgelehrte mit einer Grimasse hinzu. "Worauf wir also grundsätzlich hoffen, ist, dass sie nicht wissen, wie der Filter funktioniert, aber zustimmen, dass wir ihnen zeigen, wie man ihn anwendet. Und natürlich, dass diejenigen, die ihn anwenden können - nämlich die Magier, oder Priester - nicht diejenigen sind, die sie sabotieren."

"Genau."

Vran'el runzelte die Stirn. "Was ist, wenn wir es schaffen, dass man sie freilässt? Werden wir sie mit uns zurück nach Takhan nehmen oder sie hierlassen, damit sie versucht, die Verhandlungen fortzusetzen?"

Enric hatte eine recht klare Vorstellung, was sein Ziel betraf - nämlich Malriel zurück nach Takhan zu bringen, damit sie ihr Haus wieder übernehmen konnte und es damit ihm und seiner Familie ermöglichte, nach Anyueel zurückzukehren.

Trotz seiner Motivation, seine Gefährtin vor den Zudringlichkeiten des Königs zu beschützen, zog es ihn doch zurück nach Hause und weckte eine gewisse Wehmut in ihm, wenn er an sein Heimatland dachte. Und sollte der Monarch es jemals wieder wagen, sich ihr erneut auf unangemessene Weise zu nähern, würde er nicht wie beim letzten Mal mit ein klein wenig Würgen davonkommen.

"Wir werden sehen", meinte er unverbindlich. "Das kommt darauf an, ob man ihr nach dieser ganzen Misere hier noch immer genug Vertrauen oder Respekt entgegenbringt, um mit ihr zu verhandeln - selbst wenn sie freigesprochen werden sollte. Oder ob sie noch bleiben würde wollen." Er stand auf, nachdem er seine Mahlzeit beendet hatte. "Ich wasche nur rasch unsere Teller, dann können wir los."

Enric spürte, wie sein ganzer Körper von einem Drang zum Handeln ergriffen wurde. Er wollte aufbrechen, weiterziehen, erledigen, was zur möglichst raschen Auflösung dieser Situation erforderlich war und dann nach Takhan zurückkehren.

Sie folgten der Straße, die zur Stadt führte und nutzten die zwei Stunden, um noch einmal durchzugehen, welche Informationen ihnen vorlagen, auf welches Vorgehen sie sich geeinigt hatten und zu üben, wie sie sich vorstellen würden. Außerdem kamen sie überein, eine Liste all der Leute anzulegen, denen sie begegneten - mit sämtlichen Namen und Titeln. Auf diese Art konnten sie diese am Abend in der Abgeschiedenheit ihrer Zimmer wiederholen. So wollten sie vermeiden, diese Leute, die solch großen Wert darauf zu legen schienen, dass man ihre Wichtigkeit anerkannte, durch eine achtlose inkorrekte Anrede vor den Kopf zu stoßen.

Sie hatten die Brücke beinahe erreicht, die es ihnen ermöglichen würde, den breiten Fluss zu überqueren und die Stadt zu betreten. Die in blaugraue Uniformen gekleideten Wachen - Soldaten oder was auch immer sonst sie waren - die zur Blockade des Weges stramm in einer Reihe standen, waren bereits erkennbar.

Man erwartete sie also. Mit einem bis an die Zähne bewaffneten Empfangskomitee. Wenn das kein Vertrauen erweckte.

* * *

Eryn blickte auf ihren friedlich schlafenden Sohn in seiner Wiege hinab. Er ruhte in dem Zimmer, das sie selbst als Kind bewohnt hatte. Das Tageslicht schwand langsam dahin, und der Raum wurde mit jeder Minute ein wenig dämmriger.

Heute hatte man sie aus der Klinik entlassen, und darüber war sie immens froh. Normalerweise ließ man neue Mütter nicht dermaßen früh nach Hause gehen, doch Valrad hatte ihnen versichert, dass er ihr und ihrem Sohn seine persönliche Betreuung angedeihen lassen würde. Üblicherweise riet man Heilern davon ab, ihre eigenen Familienmitglieder zu behandeln, wenn es sich vermeiden ließ; doch seine Kollegen in der Klinik hatten davon Abstand genommen, diese Tatsache zur Sprache zu bringen. Mit großer Entschiedenheit.

Valrad war zu einflussreich, als dass man sich ihm auf diese Weise entgegenstellte; und zusätzlich dazu war man dort womöglich erleichtert darüber, die anstrengende Aren in ihrer Mitte loszuwerden. Eryn war durchaus bewusst, dass weder Geduld noch das Leiden in Stille und Würde zu ihren Stärken zählten. Doch das kümmerte sie nicht im Mindesten.

Sie drehte sich um, als Malhora in der Tür erschien und ein gefaltetes Stück Papier für sie hochhielt. Es sah so aus, als wäre es Zeit, wieder zu ihrer Funktion als Oberhaupt des Hauses zurückzukehren. Mit einem letzten Blick auf das schlafende Baby wandte sie sich ab und folgte ihrer Großmutter in den Hauptraum.

"Das ist von der Triarchie. Ich schätze, dass man dich womöglich an das Dach erinnern möchte, für das du zahlen sollst", grinste Malhora.

Eryn nahm die Nachricht entgegen und studierte die alte Frau. "Über diesen Vorfall hast du dich noch nicht geäußert. Aber wenn ich von deinem Lächeln damals und deiner Reaktion gerade eben ausgehe, bist du wohl zufrieden damit."

"Ich sagte dir schon, dass ich es als nützliche Erinnerung für die Allgemeinheit betrachte, wie wohlverdient unser Ruf ist, wenn wir gelegentlich ein Gebäude einstürzen lassen. Das Dach der Senatshalle war eine interessante Wahl. Ein wenig theatralisch, aber auf jeden Fall effektiv. Darüber werden die Leute noch in Generationen reden. Das kannst du mir glauben."

"Du weißt, dass ich das nicht vorsätzlich getan habe, um irgendein Familienansehen aufrecht zu erhalten, oder? Ich hatte an diesem Tag nicht die Absicht, irgendjemanden zu beeindrucken. Es ist einfach passiert. Ich habe wirklich die Kontrolle verloren. Und dabei eine Menge Leute in Gefahr gebracht", schloss sie verdrießlich.

Malhora schnaubte. "Bei dermaßen vielen anwesenden Magiern, die die Leute vor fallenden Dachstücken beschützen konnten? Wohl kaum."

Die jüngere Frau öffnete das Siegel und zog überrascht beide Augenbrauen nach oben. "So viel kostet die Reparatur dieser verdammten Konstruktion? Das soll wohl ein Scherz sein!"

Ihre Großmutter lehnte sich vor, um einen Blick auf den Betrag zu werfen, dann zuckte sie mit den Schultern. "Das war zu erwarten. Es war eine recht große Kuppel, die du einstürzen hast lassen. Nicht einfach zu reparieren. Und dann müssen auch noch die Malereien wiederhergestellt werden. Aber das ist kein Anlass zur Sorge, Mädchen. Haus Aren kann sich das spielend leisten. Betrachte es als nützliche Investition. Das wird unsere Verhandlungspartner und politischen Gegner gewiss dazu veranlassen, im Umgang mit uns mehr Vorsicht an den Tag zu legen, was bedeutet, dass es dem Haus langfristig gesehen nützt."

"Dann sollte ich die Nachricht wohl beantworten und mich demütig bereiterklären, die Kosten zu übernehmen, so wie es korrekt und angemessen ist", meinte Eryn und verzog das Gesicht.

"Keine Demut!", beharrte Malhora. "Du sollst dich deswegen nicht zerknirscht zeigen, sondern die Begleichung des Schadens als Preis für deinen Stolz akzeptieren. Zeige keinerlei Bedauern; das würde die Wirkung abschwächen. Schreibe ihnen lediglich, dass du ihre Forderung anerkennst und die Rechnungen für sämtliche Reparaturen begleichen wirst."

Von der Eingangstür kam ein Klopfen.

"Würdest du dich darum kümmern, Großmutter? Dann schreibe ich die Nachricht an die Triarchie."

"Das wird ein Besucher für dich sein, Kind. Also bleibst du besser hier und kümmerst dich später um die Antwort. Du willst ohnehin nicht den Eindruck besonderer Beflissenheit erwecken."

Malhora stieg die Treppe zum Eingang hinab und kehrte kurz darauf mit Ram'an zurück.

"Eryn, meine Liebe", begrüßte er sie und küsste sie auf die Stirn. "Ich war in der Klinik, doch man sagte mir, dass du bereits entlassen wurdest." Er grinste. "Ich gehe davon aus, dass dein Vater seinen Einfluss geltend gemacht hat."

"Ja, ich gebe zu, das hat er. Seine Kollegen waren darüber nicht besonders glücklich, fanden es aber klüger, sich ihm nicht zu widersetzen. Und darüber bin ich froh - ich wäre irre geworden, hätte ich den ganzen Tag in diesem Bett herumliegen müssen. Das Einzige, was mir jetzt noch so richtig auf die Nerven geht, ist dieser verfluchte Gürtel. Ich schätze, es besteht keine Chance…?" Mit einem flehenden Gesichtsausdruck sah sie zu ihm auf.

"Nein, meine Liebe, überhaupt keine", erwiderte er schlicht.

Malhora rollte mit den Augen. "Ständig versucht sie die Leute mit Bestechung oder Drohungen dazu zu bewegen, ihn ihr abzunehmen. Vor ein paar Stunden hat sie Orrin befohlen, es zu tun. Zum Glück ist seine Herangehensweise an Autorität recht vernünftig, und er hat sie einfach ignoriert."

Eryn warf ihr einen frostigen Blick zu. "Ich wage zu behaupten, dass du es kaum als vernünftige Herangehensweise bezeichnen würdest, wenn die Leute auf deinem Anwesen deine Befehle ignorierten."

"Nein, selbstverständlich nicht. Aber ich erteile auch keine törichten Befehle, die mir selbst zum Schaden gereichen würden."

"Ich bin eine Heilerin! Ich würde mir nicht schaden! Ich weiß, was ich tue."

"Eryn", seufzte Ram'an und legte seine beiden Hände an ihre Wangen, "ohne Valrads Einverständnis wird dir niemand von uns den Gürtel abnehmen. Also hör auf damit, die Leute zu schikanieren, in Ordnung? Zeig mir lieber deinen Sohn."

"Er schläft."

"Dann sollten wir wohl besser leise sein", lächelte er, offensichtlich nicht willens, auf den Hinweis zu reagieren, dass nun keine gute Zeit war, um sich das Baby anzusehen.

Besiegt seufzte Eryn und drückte Malhora den Brief der Triarchie in die Hand. "Warum bereitest du nicht die Antwort darauf vor? So kannst du zumindest sicherstellen, dass der Ton passt. Ich werde ihn später unterzeichnen."

Ram'an folgte ihr und betrat das Zimmer nach ihr. Sie traten an die Wiege und sahen hinab.

Sie wandte sich ihm zu, als sie sein bedauerndes Seufzen vernahm. "Was?", fragte sie leise murmelnd.

"Er sieht aus wie Enric."

"Warum klingst du deswegen traurig?"

"Weil, Theá, ich daran denken muss, dass er unser Sohn - deiner und meiner - gewesen wäre, hätten sich die Dinge nur ein wenig anders entwickelt.

Sie schluckte und versuchte, sich einen Schritt von ihm zu entfernen, doch sie spürte, wie er seinen Arm um ihre Schultern legte und sie bei sich behielt.

"Nein, bitte. Ich wollte dir kein Unbehagen bereiten. Von nun an werde ich solche Gedanken für mich behalten."

Nun fühlte sie sich schuldig. "Es tut mir leid, dass dich diese Situation noch immer belastet. Und ich will nicht, dass du deine Gedanken zurückhältst. Auch wenn ich nicht immer glücklich mit ihnen bin."

Seite an Seite standen sie dort und sahen eine Weile schweigend auf das schlafende Kind hinab.

"Theá, Enric bat mich darum, mich um dich zu kümmern, für den Fall, dass er nicht zurückkehrt."

Langsam drehte Eryn ihren Kopf und sah ihn an. "Hat er das? Darf ich fragen, was dich um mich kümmern beinhaltet?", fragte sie kühl und spürte, wie ihr das Herz bis zum Hals schlug. Hatte Enric ihn etwa zum Nachfolger in ihrem Lebensbund oder etwas in der Art ernannt?

"Er ersuchte mich darum, seinen Sohn wie meinen eigenen aufzuziehen."

Mit schmalen Augen starrte sie ihn an. "Und was hat er dir im Bezug auf mich aufgetragen? Dass du mich zu deiner Gefährtin machen sollst?"

"Er sprach die Worte nicht aus, doch ich denke, dass er das meinte, ja", antwortete er vorsichtig.

Eryn drehte sich auf dem Absatz um und verließ das Zimmer, alles andere als erbaut darüber, dass sich ihr Verdacht bestätigt hatte. Sie hörte, wie Ram'an die Tür leise schloss und ihr dann durch den Hauptraum in den Garten hinaus folgte.

"Warum erzählst du mir das?", schnappte sie. "Hast du eine Nachricht erhalten, dass er nicht zurückkehren wird? Dass er…"

"Nein!", unterbrach er sie rasch und nahm sie bei den Schultern. "Nichts dergleichen, das verspreche ich. Damit wollte ich dir nur sagen, dass du niemals allein sein wirst, selbst wenn das Schlimmste eintritt. Ich werde für dich da sein. Du wirkst nicht glücklich, Theá, oder nicht so glücklich, wie du sein solltest. Und natürlich verstehe ich, weshalb. Ich möchte dir zumindest eine Last von den Schultern nehmen."

Sie bedeckte ihr Gesicht mit den Händen. "Du solltest das nicht tun, Ram'an. Dem hättest du nicht zustimmen dürfen. Was ist, wenn er wer weiß wie lange dort feststeckt? Das könnte dich davon abhalten, das alles hinter dir zu lassen und eine Frau zu finden, mit der du glücklich werden könntest, anstatt auf mich zu warten. Wieder einmal. Es war nicht fair von ihm, dich um so etwas zu bitten."

Sie spürte, wie sich Ram'ans Arme um sie legten und er sie an sich zog.

"Auch wenn er mich nicht darum gebeten hätte, hätte ich dich nicht dir selbst überlassen."

Kopfschüttelnd sah Eryn zu ihm auf. "Du würdest mich zu deiner Gefährtin nehmen und meinen Sohn mit mir aufziehen, trotz der Tatsache, dass ich einen anderen Mann dir vorgezogen habe? Und dass ich womöglich nur aus Angst vor dem Alleinsein zustimmen würde?"

"Ja, das würde ich." Dann lächelte er. "Und ich würde dich bald schon zu der Einsicht bekehren, dass ich ohnehin die bessere Wahl bin. Meine Fertigkeiten im Kochen sind Enrics weit überlegen, und auch mein Wein ist besser als seiner."

Sie lachte, erleichtert, dass dank seines Scherzes die Anspannung fort war. "Es fällt mir schwer, nicht beleidigt zu sein, weil du denkst, ich ließe mich dermaßen einfach herumkriegen."

"Man sagte mir, dass Selbstvertrauen immer nützlich ist, wenn man es mit einer Aren zu tun hat." Dann entließ er sie aus seiner Umarmung und ergriff stattdessen ihre Hand, um sie mit sich zu einer niedrigen Steinbank zu ziehen. "Bezüglich deiner kleinen… Demonstration von Ärger vor zwei Tagen im Senat."

"Ja?" Sie zog eine Grimasse und fragte sich erst jetzt, wie das wohl ihre Pläne für die Eröffnung eines Waisenhauses beeinträchtigten mochte. Der Senat war wohl eher nicht geneigt, sie dabei zu unterstützen, nachdem sie das Dach über ihnen zum Einsturz gebracht hatte.

"Es hat auf jeden Fall einen Eindruck hinterlassen. Golir kam auf mich zu und bat mich, dir bei der Erstellung eines detaillierten Vorschlags mit einer Kostenschätzung, rechtlichen Erwägungen und einem Zeitplan für dein Projekt behilflich zu sein. Er meinte, er hätte keinerlei Zweifel, dass die Idee mit der Steuererleichterung, die du erwähntest, von mir käme, also ging er davon aus, dass ich der ganzen Sache wohlwollend gegenüberstehe."

Eryn ließ den Atem entweichen. Das war mehr, als sie zu hoffen gewagt hatte. "Was ist mit den anderen Senatoren?"

"Ein paar sind verärgert und vielleicht auch ein wenig eingeschüchtert, aber die meisten haben den Wunsch geäußert, dein Vorhaben zu unterstützen. Vielleicht aus Angst davor, dass andernfalls ihre Residenzen über ihnen zusammenfallen könnten", fügte er trocken hinzu.

"Diese letzte Bemerkung würde ich dir sehr gerne übelnehmen, aber ich habe keine Ahnung, ob es ein Scherz war oder nicht."

Ram'an schürzte die Lippen. "Sagen wir, es war eine Übertreibung, aber sicher nicht allzu weit hergeholt."

"Dann wirst du wirklich mit mir daran arbeiten?" Gerührt ergriff sie seine Hand und drückte sie. "Immer wieder gibst du mir das Gefühl, dass ich dich gar nicht verdiene. Wie kann ich mich jemals revanchieren?"

Er lächelte. "Wir werden einen Weg finden. Zum Beispiel in Form von Unterstützung im Senat und Kooperation mit Arbil-Unternehmen bei der Errichtung und beim Betrieb des Waisenhauses."

Eryn lachte. "Es ist gut zu sehen, dass du nicht in einem Ausmaß Selbstaufopferung betreibst, die an Dummheit grenzt. Können wir morgen damit beginnen? Ich bin immer noch recht erschöpft von der Geburt, und sitzen ist nicht besonders angenehm. Außer, du wärst bereit, mir bei dieser Kleinigkeit zu helfen..."

Er seufzte, stand auf und zog sie ebenfalls auf die Beine. "Nein, ich werde deinen Gürtel nicht entfernen." Er lauschte für einen Augenblick, dann nickte er zur Terrassentür. "Ich denke, dein Sohn ist soeben erwacht und möchte gestillt werden. Geh schon!"

Sie ging hinein und sah, wie Malhora mit Vedric auf dem Arm auf sie zukam.

Eryn zog die Stirn in Falten, als sie sah, wie Ram'an auf den Sitzkissen Platz nahm. "Du willst bleiben? Ich meine, das ist eher..." Ihre Worte verklangen, nicht wissend, wie sie fortfahren sollte. Sie hatte es schon zuvor getan, während andere zugesehen hatten; erst gestern, als Orrin, Valrad, Junar und Vern im gleichen Zimmer gewesen waren. Aber ihre Brüste vor Ram'an zu entblößen schien irgendwie... falsch. Seltsam. Unangemessen.

"Schüchtern, Theá?", grinste er und klopfte auf den Platz neben sich. "Ich versichere dir, dass dazu kein Anlass besteht. Eine Mutter beim Stillen ihres Kindes zu beobachten ist ein sehr ansprechendes Bild, doch kaum eines, das unangemessene Gefühle in einem Mann erweckt. Tatsächlich ist es sogar umgekehrt. Es erinnert uns daran, dass eure Brüste sich ursprünglich nicht zu unserem Vergnügen entwickelten, sondern zur Versorgung unseres Nachwuchses gedacht sind."

Eryn biss sich auf die Lippe, noch immer unsicher, ob sie darauf bestehen sollte, dass er ging oder nicht. Sie erinnerte sich dunkel daran, dass Enric etwas Ähnliches von sich gab, als er vor einigen Wochen Junar beim Stillen ihrer Tochter zugesehen hatte. Dennoch...

"Setz dich, Eryn", befahl Malhora. "Er hat Recht. Mit der Zeit wirst du ruhige Orte zum Stillen deines Kindes schätzen lernen, wenn du unterwegs bist. Den Luxus vollkommener Ungestörtheit wirst du dabei nicht allzu oft haben."

Mit einem tiefen Atemzug nahm sie Platz. "Also gut, dann tun wir es." Vor den Augen ihres ehemaligen Verehrers, der ihr gerade erklärt hatte, er würde sie zu seiner Gefährtin machen, falls Enric nicht wiederkehrte.

Vern spazierte herein und lächelte, als er sie sah. Er nahm seinen Zeichenblock und Stift, dieser Tage stets einsatzbereit, zur Hand und ließ sich ihr gegenüber nieder.

"Hast du so eine Szene nicht gestern schon gemalt? Wie viele davon brauchst du denn?" Sie kniff die Augen zusammen. "Die wirst du doch wohl nicht verkaufen? Wenn ich irgendwo eingeladen bin und mich dann dort halbnackt an einer Wand wiederfinde, werde ich dir den Kopf abreißen."

Vern lachte nur und fuhr mit dem Zeichnen fort, zuversichtlich in dem Wissen, dass er in den nächsten Wochen der stärkere Magier war, solange sie den Gürtel trug.

* * *

Enric stieg ab. Nur noch ein paar Schritte trennten ihn von den Wachen. Er ging auf sie zu, in seiner Hand die Nachricht an die Triarchie, mit der sie eingeladen wurden, einen Repräsentanten zu schicken, der Malriel beistand.

Da stand eine Person, eine Frau in ihren späten Dreißigern, gekleidet in etwas, das entweder ein kurzes Kleid oder eine lange Tunika war und das ihr bis zu den Knien reichte, mit hellbraunem Haar, das sie in ihrem Nacken zu einem Knoten gedreht trug.

"Wir grüßen euch", ergriff sie als Erste das Wort. Sie zeigte ebenfalls die Tendenz, Worte weitgehend mit ihren Zähnen und der Zungenspitze zu formen. Beim Reden schien sie den Mund kaum zu öffnen. "Mein Name ist Lam Ceiga, Reig der Moraugns, Ministerin für Äußere Angelegenheiten."

Sie sah Enric an, den sie offensichtlich als höherrangig identifiziert hatte.

"Und auch wir grüßen dich, Lam Ceiga, Reig der Moraugns, Ministerin für Äußere Angelegenheiten. Mein Name ist Lord Enric, Reig von Haus Aren, Stellvertreter im Orden und Senator in Takhan. Das hier", er zeigte auf den anderen Mann, "ist Lam Vran'el, Reig von Haus Vel'kim, Jurist und Senator in Takhan."

"Seid beide willkommen", erwiderte Lam Ceiga höflich. "Es gibt ein paar Formalitäten, die es zu erledigen gilt, bevor wir euch Zugang zu der Gefangenen Malriel, Holm von Haus Aren, Senatorin in Takhan gewähren können. Wir werden eure Pferde in den Stallungen unterbringen, und eure Habe wird zu eurer Unterkunft gebracht. Wenn ihr mir nun folgen wollt."

Sie drehte sich um und ging davon, ohne auf irgendeine Zustimmung zu warten. Rasch griffen sie nach den Taschen, in denen sie Dokumente und Gold aufbewahrten, übergaben die Zügel zwei uniformierten Männern, die vorgetreten waren, und eilten dann der Frau hinterher, die sich kein einziges Mal umgedreht hatte um zu sehen, ob die Männer Schritt hielten.

"Das ist nicht gerade ein recht herzlicher Empfang", flüsterte Vran'el.

"Nicht wirklich, aber in Anbetracht der Umstände hätte ich auch keinen besonderen Enthusiasmus erwartet."

Sie nahmen die großen, ungewöhnlich gleichmäßigen Pflastersteine auf den Straßen in sich auf, die Häuser mit ihren steil geneigten Dächern und farbenfrohen Fassaden, die sich aus Holz und Verputz zusammensetzten. Vor einigen Fenstern waren Kisten angebracht, in denen Blumen wie in einem winzigen Garten wuchsen. Die farbenfrohen Blüten verstärkten die seltsam heitere Wirkung von bunter Nüchternheit.

Die Leute auf den Straßen jedoch waren weit davon entfernt, solch einen Überfluss an Farben in ihrer Kleidung zur Schau zu stellen. Deren Schattierungen reichten von gebrochenem Weiß zu Braun und hellem Grau zu Schwarz. Nur gelegentliche Schals oder kleine Verzierungen wie Gürtel oder Hüte in fröhlichen Tönen lockerten den Gesamteindruck auf.

Vran'els Aufmachung zog einige Blicke auf sich, einige neugierig, andere kühl und sogar feindselig. Enric selbst war froh über seine eigene Vorliebe für Schwarz.

Interessanterweise schienen Haarfarben und Hauttöne hier ein breites Spektrum abzudecken, das sowohl Enrics blasseres Hautbild und blondes Haar, als auch Vran'els gebräunte Haut und dunkles Haar miteinschloss.

Es gab rothaarige Leute mit Sommersprossen, schwarzhaarige sowohl mit heller als auch dunkler Haut, blondes und braunes Haar in allen möglichen Schattierungen.

Im Allgemeinen schienen hier sowohl Männer als auch Frauen eine Tendenz zum Tragen von Hüten, Kappen oder Schals zu zeigen.

Enric störte es nicht besonders hervorzustechen; das war nun schon seit einigen Monaten Teil seines Alltags. Nach Vran'els angespannter Haltung und verkrampftem Kiefer zu urteilen, war er es allerdings nicht gewohnt, andersartig zu erscheinen.

Nach kaum mehr als ein paar Minuten hielt ihre Führerin vor einem hohen Haus mit mindestens vier Stockwerken. Ein breites steinernes Schild war an der Wand neben der ausladenden Eingangstür angebracht.

Enric betrachtete die Buchstaben, die nur teilweise vertraut erschienen. Er konnte ihre Bedeutung nicht entziffern. Dies mochte ebenso gut ein freundlich wirkendes Gefängnis als auch ein eher trist wirkendes Gästehaus sein. Alles war möglich.

"Hier werden wir eure Daten zwecks Registrierung und Archivierung aufnehmen. Hernach werde ich euch zu eurer Unterkunft geleiten. Sie ist nicht weit von hier, nur ein paar Minuten in Richtung des Stadtzentrums", erklärte sie, ohne auch nur einen Anflug einer Emotion zu zeigen.

"Wann ist es uns möglich, Malriel, Holm von Haus Aren, Senatorin in Takhan zu besuchen?", erkundigte sich Enric höflich.

"Sobald eure Pässe ausgestellt wurden. Das wird geschehen, sobald eure Informationen bezüglich Vollständigkeit überprüft und von den zuständigen Beamten genehmigt wurden."

"Wie lange dauert das in der Regel?"

"Es kann bis zu einer Woche dauern, doch uns ist klar, dass in eurem Fall eine besonders rasche Durchführung angeraten ist", gestand Lam Ceiga großzügig zu, bevor sie das Gebäude betrat, ohne vorher irgendeinen Hinweis dahingehend anzubieten, wie lange solch eine besonders rasche Handhabung dauern würde.

Enric wechselte einen unbehaglichen Blick mit Vran'el, dann folgte er der Frau durch die Doppeltür.

KAPITEL 3

Besuch bei Malriel

Eryns Grinsen wuchs in die Breite, als Kilan den Aren Hauptraum betrat. "Ich traue meinen Augen kaum! Sieh an, wer es schließlich doch noch geschafft hat, mich nach all der Zeit zu besuchen! Und alles, was nötig war, um dich zu mir zu locken, war ein Baby zu bekommen!"

Er schmunzelte. "Ich erinnere mich an das letzte Mal, als ich dich besuchte. Es endete damit, dass ich mich um deine Korrespondenz kümmern musste. Mir hat schlicht vor dem gegraut, was du mir sonst noch aufbürden könntest. Somit hielt ich es für weise, einen Sicherheitsabstand zu dir zu wahren."

"Feigling", lachte sie und massierte weiterhin Vedrics Bauch.

"Was machst du da?"

"Seinen Bauch zu reiben ist eine gute Stimulation für seine inneren Organe und soll ihm bei der Verdauung seiner Mahlzeiten helfen", erklärte sie. "Übrigens trafen heute Morgen einige Kuriervögel aus Anyueel mit Gratulationen ein. Darunter auch vom König. Er schrieb etwas darüber, dass ich bei der Formulierung meiner Ablehnung etwas respektvoller vorgehen soll. Ich schätze, du solltest dich besser für das entschuldigen, von dem er denkt, ich hätte es beim letzten Mal geschrieben. Sieh bloß zu, dass du mir keinen Ärger einhandelst, hörst du?"

Kilan atmete aus und schloss die Augen. "Eryn, ich habe ihm nichts dergleichen in deinem Namen geschrieben. Zu keiner Zeit."

Sie fluchte. "Das bedeutet, er hat herausgefunden, dass ich nicht diejenige bin, die diese verdammten Nachrichten schreibt." Sie warf Kilan einen missbilligenden Blick zu. "Das bedeutet dann wohl, dass du viel zu freundlich, höflich und entgegenkommend warst. Womöglich hatte er keine andere Wahl, als entweder die Herkunft der Nachrichten oder meine Geistesverfassung anzuzweifeln."

"Gut für dich, dass er sich für Ersteres entschieden hat, eh? Jetzt gib mir das Kind, ja? Ich muss sehen, wem er ähnlich sieht." Er nahm Platz und ließ sich von Eryn sanft das Baby in die Arme legen. "Das ist Enrics Gesicht, daran lässt sich nicht rütteln. Sollten jemals Zweifel daran bestehen, wer seine Eltern sind, wird er wahrscheinlich nach seiner Mutter suchen. Wer sein Vater ist, steht bei dieser Ähnlichkeit außer Frage."

"Sehr nett", knurrte Eryn. "Genau das will eine Frau hören, nachdem sie ein menschliches Wesen aus sich herausgepresst hat: wie wenig ähnlich ihr das Kind sieht."

"Seine Haarfarbe ist die gleiche wie deine, also sind da auch Spuren von dir vorhanden", räumte er großmütig ein.

"Weißt du was? Ich beginne mich zu fragen, warum ich betrübt darüber war, dass ich dich nicht öfter sehe. Ich habe versäumt, es als den Segen zu betrachten, der es eigentlich ist", schnaubte sie.

Er grinste und untersuchte eine winzige Hand. "Stets zu Diensten."

* * *

Enric sah aus dem Fenster in Vran'els Zimmer und beobachtete die Pferdewägen auf der überfüllten Straße und die Menschen, die sich scheinbar ohne jegliche Sorge um ihre eigene Sicherheit zwischen den Gefährten hindurchdrängten.

Die Zimmer, die ihnen vor zwei Tagen kurz nach ihrer Ankunft zugewiesen worden waren, reichten nicht einmal annähernd an die Unterkünfte heran, die man ihm in Takhan bei seiner ersten Reise als Botschafter zur Verfügung stellte. Und zuhause in Anyueel hätte man niemals gewagt, Gäste mit dermaßen bescheidenen Quartiere zu beleidigen. Es war womöglich ein alles andere als subtiler Hinweis darauf, dass sie hier nicht gerade willkommen waren. Oder aber es spiegelte eine Kultur wider, die an einen etwas genügsameren Lebensstil gewohnt war.

Aber zumindest war die Unterkunft sauber und warm, wenn auch nicht besonders bequem. Oder geräumig. Oder hell.

Die letzten beiden Tage hatten sie mehr oder weniger wartend verbracht. Mit dem Warten darauf, dass ihre Dokumente und Informationen genehmigt, an eine Person weiter oben auf der Leiter der Macht zur weiteren Genehmigung übergeben und dann erneut weitergereicht wurden. Lam Ceiga hatte sie angewiesen, im Haus zu bleiben und nicht durch die Stadt zu wandern, da die Papiere, die ihnen diese Erlaubnis gewährten, noch nicht ausgestellt waren.

Aber heute waren ihnen die Pässe zugestellt worden, die das Ende ihres rastlosen Hausarrests bedeuteten.

Enric wandte sich vom Fenster ab und sah Vran'el zu, der damit beschäftigt war, all die unterschiedlichen Papiere zusammenzusuchen, die sie benötigen würden, um Zutritt zu dem Gefängnis zu erhalten, in dem Malriel weilte. Dort würden sie sie nun zum ersten Mal sehen.

Sie mussten eine Anzahl an unterschiedlichen Formularen für weiß welchen Zweck ausfüllen und erhielten einen Tag darauf eine Notiz, die auf Verlangen vorgezeigt werden musste. Darauf waren Identität, Zweck der Anwesenheit in der Stadt, die Erlaubnis für den Aufenthalt in der Stadt und die Bereiche vermerkt, in denen es ihnen gestattet war, sich zu bewegen.

Vran'el war von der Menge an Papierkram genervt und hatte dieses ermüdende und seiner Ansicht nach lächerliche Maß an Bürokratie wiederholt verflucht. Doch Enric hatte die Formulare studiert und bewunderte den Grad an Organisation.

Zumindest, bis er bemerkte, dass er die gleiche Information in vier verschiedene Formulare eintrug. Das war nicht organisiert, sondern einfach nur überflüssig und eine Zeitverschwendung. Andererseits war es nicht so, als hätten sie außer zu warten sonst noch etwas zu tun.

Dann endlich, nach zwei Tagen des Herumschiebens von Papier und Wartens, wurde ihnen die Erlaubnis erteilt, Malriel zu besuchen und mit ihr zu reden.

Sobald Vran'el alle nötigen Papiere beisammen hatte, richtete er sich auf.

"In Ordnung - ich bin soweit. Lass uns gehen und Malriel in ihrem Gefängnis besuchen. Ich muss zusehen, dass ich mir jedes Detail einpräge. Es wird Eryn aufheitern, wenn ich ihr davon erzähle", meinte der Jurist und lächelte. "Ich frage mich, ob wir sie mit dem Titel ansprechen sollen, den Eryn für sie verwendet? Königin der Dunkelheit klingt immerhin recht eindrucksvoll. Vielleicht findet man hier Gefallen daran?"

Enric verdrehte die Augen. "Ich hätte von Anfang an erkennen müssen, dass ihr beiden unmöglich nur Cousins sein könnt. Der gleiche verstörende Sinn für Humor, der so viel tiefer reicht als das, was bloße Erziehung verschulden könnte. Komm. Es wird Zeit, mit unserer Arbeit zu beginnen."

* * *

Intrea grinste, als Eryn ihr das Baby in die Arme legte. "Sieh dir das an! Er sieht aus wie sein Vater!"

Eryn rollte mit den Augen. "Ja, vielen Dank für diese Anmerkung."

Die andere Frau ignorierte sie und bedeutete ihrer Tochter näherzukommen. "Obal, ich darf dir deinen Cousin Vedric von Haus Vel'kim vorstellen."

Das Mädchen kam näher, allerdings vorsichtig, als würde es irgendeine widerliche Attacke befürchten.

"Er beißt nicht, weißt du", meinte Eryn sanft und fügte hinzu, "Noch nicht."

Obal warf ihr einen dieser genervten Blicke zu, die ein fünfjähriges Mädchen noch nicht perfektioniert haben sollte, und inspizierte das Kind in den Armen ihrer Mutter eingehend.

"Er ist sehr klein. Mein anderer Cousin war größer", bemerkte sie sachlich.

"Ja, er wurde um einiges zu früh geboren", nickte Eryn.

Daraufhin wurde sie mit einem weiteren vernichtenden Blick bedacht.

"Es ist nicht so, als hätte ich das mit Absicht getan", verteidigte sich Eryn und fragte sie, warum ihr dieses Kind dermaßen an die Nieren ging.

Obal erwiderte nichts darauf und starrte den Jungen noch eine weitere Minute lang an.

"Er macht überhaupt nichts. Langweilig. Wo ist Urban?"

"Im Garten", informierte Eryn sie rasch, froh über die Aussicht, das Mädchen für eine Weile loszuwerden.

Intrea lächelte wissend. "Sie hat diese Wirkung auf Leute. Ich hoffe, dass sie diese generelle Geringschätzung für ihre Umwelt irgendwann hinter sich lassen wird. Bei den anderen Kindern ihres Alters macht sie sich damit nicht besonders beliebt. Und ebenso wenig bei den Erwachsenen. Mein Vater meint, ich wäre als Kind genauso gewesen, also gibt es noch immer Hoffnung. Das kleine Paket auf dem Tisch ist übrigens für dich. Es ist ein Badeöl, das seine Haut vor der trockenen Hitze schützt. Du kannst es auch verwenden, wenn du auf deiner Haut irgendwelche trockenen Stellen hast."

Eryn bedankte sich und öffnete die Verpackung aus dünnem Stoff, bevor sie den Korken aus der Glasflasche zog und daran schnupperte. Die klare, gelbe Flüssigkeit roch nach irgendwelchen Blumen und Gewürzen.

Intrea lehnte sich vor um nachzusehen, wohin ihre Tochter entschwunden war und sah dann die frischgebackene Mutter an.

"Wie geht es dir, meine Liebe? Es tut mir leid, dass du die Geburt ohne Enric durchstehen musstest. Aber deine Freundin Junar war bei dir, wie ich hörte. Ich schätze, da sie selbst erst vor wenigen Monaten ein Kind zur Welt brachte, war sie dir eine große Hilfe."

Eryn zwang sich zu einem Lächeln. "Mir geht es gut. Und ja, Junar war großartig. Obwohl ihre Hand hinterher geheilt werden musste. Es scheint, als hätte ich auch ohne Magie einen recht beachtlichen Griff."

Intrea lachte. "Ich muss sagen, dass es jedenfalls von Nerven aus Stahl zeugt, einer Aren freiwillig bei einer Geburt beizustehen." Sie wurde wieder ernst und sah auf das Baby in ihrem Arm hinab. "Ich bin sicher, dass es keinen Grund gibt, sich um die beiden zu sorgen, weißt du", meinte sie leise. "Vran mag sorglos, immer zu Scherzen aufgelegt und leichtlebig wirken, doch er ist ein sehr guter Jurist. Seine scheinbar mühelose Wandlung hin zu seinem professionellen Selbst fand ich schon immer befremdlich, als wäre er eine gänzlich andere Person. Plötzlich ist er so ernst, fordernd und analytisch. Und

Enric ist so eindrucksvoll, sowohl in seiner Erscheinung als auch in Bezug auf seinen Verstand. Wie könnten diese beiden nicht erfolgreich sein?"

Eryn antwortete nicht darauf, sondern fragte sich nur im Stillen, weshalb Intrea so besorgt klang, wenn es doch so wenig Grund dafür gab.

"Allerdings muss ich dir sagen, dass Neval recht beunruhigt ist", fuhr sie mit einem Lächeln fort. "Er sagte mir, er sei keineswegs glücklich darüber, dass sein Liebhaber so lange Zeit mit einem Mann wie Enric allein verbringt. Offensichtlich befürchtet er, Vran könnte eine Vorliebe für den blonden, exotischen Typ entwickeln, wenn man kein Auge auf ihn hat."

Die beiden Frauen sahen einander einen Moment lang an, dann begannen sie zu kichern, froh darüber, dass Obal zu weit weg war, um ihre Augen auf diese abschätzige Weise zu verdrehen, die so typisch für sie war.

* * *

Die beiden Männer folgten der breiten Straße, die sie von ihren Fenstern aus überblicken konnten, sorgsam darauf bedacht, Zusammenstöße mit sich bewegenden Pferdewägen zu vermeiden.

"Ich fühle mich in meiner Aufmachung hier etwas fehl am Platz", murmelte Vran'el und ließ seinen Blick über die einfärbigen, schnörkellosen Kleidungsstücke der Leute um sie herum wandern.

"Ich hoffe, dass wir nicht lange genug hier sind, damit sich der Besuch eines Schneiders für uns lohnt", bemerkte Enric und sah sich um. "Siehst du, wie sauber hier alles ist?"

Der Jurist nickte. "Das ist mir aufgefallen, ja. Ich frage mich, wie oft die Straßen hier gekehrt werden. Wahrscheinlich jede Nacht."

Enric beobachtete die Menschen, die an ihnen vorbeigingen und staunte einmal mehr darüber, dass weder sein eigenes helles, noch Vran'els dunkles Haar hier einzigartig waren. Weder sein derzeitiger Hautton, der aufgrund der allgegenwärtigen Sonne in den Westlichen Territorien dunkler war als sonst, noch sein üblicher blasser Teint fielen hier auf.

Er dachte an Orrins Tochter und deren braunes Haar. Würde Anyueel in ein paar Jahrzehnten so ähnlich aussehen, sobald die Rückkehr der Magie bei Frauen zu mehr Abwechslung im Erscheinungsbild der Leute führte?

"Wie lautete der Name dieser anmutslosen Frau doch gleich noch einmal?", fragte Vran'el.

Enric zog sein kleines Notizbuch aus einer Innentasche und öffnete die erste Seite. "Lam Ceiga, Reig der Moraugns, Ministerin für Äußere Angelegenheiten", las er vor.

Sie würden die Frau gleich vor dem Gefängnis treffen, das laut der Erklärung, die man ihnen gegeben hatte, am Ende dieser Straße lag. Es konnte freilich nicht schaden, wenn sie es möglichst vermieden, die einzige Person, der sie bislang offiziell vorgestellt worden waren, mit einer gedankenlosen Anrede zu verärgern.

Ihr Weg führte sie an Geschäften mit großflächigen Schaufenstern vorbei, in denen Waren präsentiert wurden. Die Schilder der Geschäfte konnten sie nicht verstehen, doch wenn man die ausgestellten Güter betrachtete, musste es sich um unterschiedliche Arten von Handwerksleuten handeln. Schneider, Schmuckhändler, Glashersteller, Töpfer, Papierhersteller und so fort.

Enric hielt vor einem Fenster und starrte auf das kleine Spielzeug hinab, das irgendeinem vierbeinigen Tier nachempfunden war und sich aus eigenem Antrieb fortzubewegen schien.

"Wie ist das möglich?", murmelte er, während er die ruckartigen Bewegungen des bunt bemalten Holzgegenstandes beobachtete.

"Magie?", schlug Vran'el gleichermaßen fasziniert vor.

"Das bezweifle ich doch sehr, wenn die Informationen darüber, wie gering Magie hier geachtet wird, zutreffen." Er fragte sich, ob die Möglichkeit bestand, dieses Stück zu erwerben. Würden sie ihm, dem Ausländer aus einem Land, mit dem man vielleicht bald im Krieg lag, etwas verkaufen? Würde man seine Goldstreifen hier überhaupt annehmen?

Ein Mann trat durch die Tür des Geschäfts nach draußen und brachte damit eine kleine Glocke über ihm zum Klingeln, als die Tür daran streifte. In seinem Gesicht prangte ein enormer, gekrümmter Schnurrbart, dessen helles Braun von gelegentlichem Grau durchsetzt war, genau wie seine Schläfen. Um seine recht imposante Leibesmitte trug er eine Schürze mit zwei großen Taschen, und die aufgerollten Ärmel seines Hemds entblößten stämmige, haarige Unterarme.

Ein unverständlicher Strom der einheimischen Sprache mit ihren vielen Zischlauten wurde auf sie losgelassen. Es klang nicht unfreundlich, doch bei dieser Sprache und den betont ausdruckslosen Mienen, die die Leute hier in der Öffentlichkeit aufsetzten, ließ sich das schwer einschätzen.

"Ich fürchte, wir verstehen dich nicht", sagte Enric langsam.

Der Mann schürzte die Lippen und kniff die Augen zusammen, eindeutig unsicher, wie er mit ihnen verfahren sollte.

Enric wartete geduldig und hegte die Hoffnung, dass ihre unmittelbare Zukunft nicht davon geprägt war, dass der Mann sie davonjagte, sondern sie stattdessen in sein Geschäft einlud.

"Kommt", forderte er sie schließlich auf, als würde er ihnen ein Privileg gewähren, und führte sie hinein.

Enric fügte sich mit Freude, neugierig darauf, mehr zu sehen. Vran'el war weniger angetan davon, einem Fremden, der nicht allzu enthusiastisch auf ihre Anwesenheit reagiert hatte, in ein Gebäude zu folgen.

Der Mann nahm ein weiteres Spielzeug von der gleichen Machart, das jedoch einem anderen Tier nachempfunden war, von einem Regal und drehte mit einem seltsamen metallischen Schnurren ein kleines Rad, das aus dem hinteren Teil herausragte. Als er das Rädchen losließ und das Spielzeug auf seinem hölzernen Tresen abstellte, begann es sich mit den gleichen abgehackten Bewegungen wie sein Gegenpart im Schaufenster zu bewegen.

Enric betrachtete die fremdartige Vorrichtung wie gebannt. Er verspürte das Verlangen, sie aufzuheben, herumzudrehen und ihre Geheimnisse aufzudecken.

"Wie viel?"

Der Mann deutete auf eine kleine Schiefertafel auf dem Regal, die offenbar den Preis anzeigte. Enric konnte sie nicht lesen und hob fragend eine Braue.

Seufzend hob der Mann drei Finger.

"Hilf mir, Vran", murmelte Enric. "Wie viele eurer Goldstreifen ergeben eine Einheit der lokalen Währung hier?"

"Etwa zweieinhalb."

Das bedeutete ungefähr siebeneinhalb Goldstreifen oder beinahe vier Goldstücke aus Anyueel. Das erschien ihm recht kostspielig. Andererseits hatte er keine Ahnung, wie teuer oder aufwändig die Herstellung dieses Spielzeugs war. Er zog in Betracht, einen niedrigeren Preis auszuhandeln, entschied sich dann aber dagegen. Das mochte ihnen mehr schaden als nutzen. Stattdessen griff er in seinen Beutel und zog acht Goldstreifen hervor, die er dem Mann zeigte.

Das löste nicht die Reaktion aus, auf die er gehofft hatte. Mit einem verächtlichen Blick, als würde er etwas ungemein Ekelerregendes betrachten, begann der Ladenbesitzer mit seinen Händen zu wedeln, womit er ihnen signalisierte, dass sie sich entfernen sollten.

Wieder draußen auf der Straße, schüttelte Vran'el verwundert den Kopf. "Meine Güte, das war aber eine recht heftige Reaktion."

"Soweit ich das gesehen habe, ist man hier sehr auf Regeln bedacht. Nach allem, was wir wissen, könnte es ihm Ärger einbringen, wenn er Geld annimmt, das nicht zugelassen ist. Wir sollten herausfinden, wie wir unser Geld in die hiesige Währung umtauschen können", sinnierte Enric.

Sie setzten ihren Weg fort in Richtung des mächtigen, grauen Gebäudes am Ende der Straße, das sehr wahrscheinlich ihr Ziel war.

"Du hast noch nicht einmal versucht zu feilschen", meinte Vran'el mit einem missbilligenden Kopfschütteln.

"Das liegt daran, dass wir nicht wissen, wie man hier auf so etwas reagieren würde. Wenn du den veranschlagten Preis nicht bezahlen willst, solltest du nach Ansicht meiner eigenen Landsleute besser den Leuten aus dem Weg gehen, die dazu bereit sind", erklärte Enric. "Mich daran anzupassen war zu Beginn eine beträchtliche Herausforderung für mich. Ich kann hier gewisse Parallelen zu meinem Land erkennen. Nun, bis zu einem gewissen Grad. Wir mögen unsere Listen und Berichte ebenfalls recht gern, doch hier hat man das offensichtlich zu einer Kunstform erhoben. Auch, was das Essen betrifft. Es ist weniger stark gewürzt, besteht aber aus mehr Fleisch und Gemüsesorten, die einen für längere Zeit sättigen und warm halten."

"Also gut, kein Feilschen hier", seufzte Vran'el.

"Genau. Es ist besser, wenn man uns für ein wenig naiv und leicht auszutricksen hält als dass wir gierig und verschlagen erscheinen. Das verleitet die Leute dazu, uns zu unterschätzen."

Mittlerweile waren sie nahe genug, um eine vertraute Gestalt zu erkennen. Der Knoten im Nacken war der gleiche, ebenso wie auch der Stil ihrer Aufmachung.

"Grüße, Lord Enric, Reig von Haus Aren, Stellvertreter im Orden und Senator in Takhan, und Lam Vran'el, Reig von Haus Vel'kim, Jurist und Senator in Takhan", sprach sie und ließ dabei den Buchstaben S wie ein Zischen und jedes T wie einen rasanten Hammerschlag klingen.

"Lam Ceiga, Reig der Moraugns, Ministerin für Äußere Angelegenheiten", rezitierten Enric und Vran'el gemeinsam und wechselten einen erleichterten Blick, als die Frau zufrieden nickte und sich dann umdrehte um vorauszugehen. Es war, als wären sie vor einer besonders strengen Lehrerin zum Appell angetreten.

Ihr Weg führte sie durch hohe Korridore mit einer Anzahl an großen, halbkreisförmigen Fenstern, die einen Blick über die Straße gewährten, von der sie gerade gekommen waren.

Sie näherten sich einer Doppeltür, die von vier Männern in dunkelgrauen Uniformen bewacht wurde.

Mit einem Nicken nahmen sie wortlos den Ausweis der Frau entgegen, lasen ihn gewissenhaft durch und reichten ihn wieder zurück. Dann hielten sie den beiden Männern in ihrer Begleitung die Hände entgegen.

Vran'el übergab ihre Dokumente, die daraufhin eingehend geprüft, gegen das Licht gehalten und schließlich nach mehreren Minuten wieder freigegeben wurden. Die Wachen waren in der Tat gründlich.

Man winkte sie durch die Tür, und sie setzten ihren Weg fort, nur um nach kaum einer Minute wieder aufgehalten zu werden. Vier weitere Wachen, die gleiche Vorgangsweise.

Im Weitergehen unterdrückte Enric ein Seufzen. Vor sich erblickte er noch eine Tür mit vier Männern in Dunkelgrau. Er fragte sich, wie viele Türen dieser Art sie noch zu passieren hatten und ob sie Malriel wohl noch vor dem Sonnenuntergang in ein paar Stunden zu Gesicht bekommen würden. Vran'els Miene verriet ihm, dass er ebenso wenig angetan war von dem Ausmaß an Sicherheit, das man hier für erforderlich hielt.

Nachdem man sie schließlich durch die vierte entsprechende Tür treten hatte lassen, wurden sie in einen weiteren Gang geführt, von dem vier wesentlich kleinere Türen ausgingen. Die wirkten massiv und hatten kleine, vergitterte Fenster in Augenhöhe. Es schien sich dabei um die Gefängniszellen zu handeln. Verglichen mit den Kerkern und Gefängnissen in Anyueel wirkte die Umgebung hier wesentlich freundlicher, heller und sauberer.

Eine der Wachen ging an ihnen vorbei, um eine der Türen aufzusperren und nickte daraufhin Lam Ceiga zu, die wiederum den zwei Besuchern bedeutete, sie sollten vorangehen.

Enric betrat etwas, das nach einem kleinen, jedoch sehr ordentlich und keineswegs spärlich eingerichteten Zimmer aussah. Eine Ecke war für persönliche Hygiene gedacht, dann gab es ein Bett mit zwei Decken und zwei Kissen darauf, einen großen Ohrensessel und einen kleinen Tisch mit vier hölzernen Stühlen.

"Enric!", rief eine vertraute weibliche Stimme überrascht aus. Einen Moment später fand er sich in einer ungestümen Umarmung, noch bevor er Gelegenheit hatte, einen näheren Blick auf Malriel zu werfen. "Ich kann dir nicht sagen, wie immens gut es tut, dich zu sehen! Sie sagten mir, dass jemand eingetroffen wäre, teilten mir aber keine Namen mit."

Es musste eine volle Minute vergangen sein, in der sie sich an Enric klammerte, bevor sie ihn wieder freigab und dann Vran'el an sich zog, um seine Wangen zu küssen.

"Vran, mein Lieber", lachte sie, und Enric sah, wie ihre Augenwinkel einen Hauch von Feuchtigkeit zeigten, "mit euch beiden auf meiner Seite weiß ich, dass dieser Fehler bald aufgeklärt sein wird."

"Ich werde euch nun vorerst allein lassen. Klopft an die Tür, wenn ihr aufzubrechen wünscht", verkündete Lam Ceiga vom Türrahmen aus, wo sie stehengeblieben war und das herzliche Willkommen ausdruckslos beobachtete.

Enric nickte. "Ich danke dir, Lam Ceiga, Reig der Moraugns, Ministerin für Äußere Angelegenheiten."

Dann ließ er seinen Blick an Malriel hinauf und hinunter wandern, nahm ihr Erscheinungsbild und generell ihren Zustand in sich auf. Sie hatte sich an den hiesigen Kleidungsstil angepasst, und das Fehlen von kräftigen Farben fand er besonders deprimierend, ebenso wie ihr Haar, das sie nicht länger in dunklen, welligen Kaskaden ihren Rücken hinabhängen ließ, sondern zu einem Knoten gebunden hatte. Sie wirkte weder abgezehrt noch ausgelaugt, dennoch vermisste er ein gewisses Strahlen an ihr. Das war nicht ganz unerwartet, wenn man bedachte, dass sie hier im Gefängnis festsaß. Sie wirkte gesund, wenn auch nach den Monaten ohne Wüstensonne etwas blasser als gewohnt.

Sie ergriff die Hände beider Männer und zog sie mit sich zu dem kleinen Tisch, damit sie sich hinsetzen konnten. Sie unterbrach den Kontakt auch nicht, nachdem sie sich so bequem niedergelassen hatten, wie es die harten Holzstühle erlaubten.

"Bevor wir in diese ganze Misere hier eintauchen, möchte ich wissen, wie es meiner Tochter geht", verlangte sie.

"Es fiel ihr recht schwer, Valrad als ihren Vater zu akzeptieren, doch nach einer Weile hat sie es fertiggebracht. In der Zwischenzeit hat sie ihr Abzeichen erlangt und ist nun eine voll ausgebildete und anerkannte Heilerin", erklärte

Enric in so wenigen Sätzen, wie er es vermochte. Es ließ sich nicht sagen, wie viel Zeit man ihnen hier drin zugestehen würde.

"Was ist mit ihrer Schwangerschaft, verläuft soweit alles gut?"

"Unser Sohn kam gestern zur Welt."

Malriel blinzelte, dann schüttelte sie den Kopf. "Aber… das ist zu früh!" Sie hielt kurz inne, offensichtlich, um kurz im Kopf nachzurechnen. "Es hätte erst in sechs oder sieben Wochen soweit sein sollen!"

Enric drückte ihre Hand. "Ja. Aber soweit ich das sagen kann, scheint alles in Ordnung zu sein."

Einen Augenblick lang sah Malriel ihn mit gerunzelter Stirn an, dann wurden ihre Augen groß. "Das Geistesband! Sag mir nicht, dass du das Kommitmentband intakt gelassen hast, obwohl du Malthéa für so lange Zeit allein lässt?" Aufgebracht stand sie auf und starrte wütend auf ihn hinab. "Wie konntest du sie dem aussetzen? Sie wird unter deiner Abwesenheit wesentlich stärker leiden, als es nötig wäre, und jetzt muss sie sich auch noch um ein Kind kümmern! Solch eine Rücksichtslosigkeit hätte ich nicht von dir erwartet!"

"Beruhige dich, Malriel. Ich habe nur meine Seite des Bandes intakt gelassen. Eryns Band wurde entfernt."

Malriel atmete erleichtert aus und sank wieder auf ihren Stuhl. "Oh, ich verstehe. Verzeih mir. Ich hätte wissen sollen, dass du sie keiner unnötigen Qual aussetzen würdest. Allerdings scheint es, als würdest du dir selbst nicht die gleiche Rücksichtnahme angedeihen lassen." Sie schnappte nach Luft, als ihr ein Gedanke kam. "Bedeutet das etwa, dass du den Schmerz der Geburt miterlebt hast?"

"Ja, das habe ich", bestätigte er gelassen, während die Erinnerung daran ihn innerlich erschaudern ließ.

"Somit hast du also deine schwangere Gefährtin zurückgelassen, um herzukommen und mir aus meinen Schwierigkeiten herauszuhelfen, weshalb du nun auch noch die Geburt deines Sohnes versäumt hast", seufzte sie und schloss einen Moment lang die Augen. "Ich weiß nicht, wie ich dir das jemals vergelten kann, Enric." Dann kam ihr noch ein Gedanke. "Wem untersteht Haus Aren derzeit?"

"Eryn ist momentan das Oberhaupt von Haus Aren."

Malriel sog den Atem ein und wirkte besorgt. "Malthéa trägt die Verantwortung für Haus Aren?"

"Damit wird sie bestimmt fertig. Malhora ist bei ihr und wird ihr bei der Erfüllung dieser Pflicht unter die Arme greifen."

Erleichtert ließ sie die Anspannung von sich abfallen. "Meine Mutter ist in der Stadt?"

"Ja, Malhora ist in Takhan. Allerdings weigerte sie sich, das Haus in meiner Abwesenheit zu übernehmen und zieht es vor, eine beratende anstatt einer aktiven Rolle auszuüben."

"Ich war nicht sicher, ob sie kommen würde", murmelte Malriel. "Es ist die Pflicht einer Mutter, ihrer Tochter beizustehen, wenn sie ihre Kinder bekommt, und nachdem sie einander unter solch ungünstigen Umständen kennenlernten, wusste ich nicht, ob meine Mutter für mich einspringen würde." Sie atmete zittrig aus. "Ich bin so erleichtert. Und dankbar. Euch allen."

Interessiert betrachtete Enric seine Adoptivmutter. Das war nicht die starke, unbesiegbare, gnadenlose Malriel, sondern eine Frau, die einige Zeit allein in einem fremden Land verbracht und in ihrer Einsamkeit begonnen hatte, gütige Taten zu schätzen. Ihre Hände lagen noch immer auf seiner eigenen und Vran'els, um den Körperkontakt mit Menschen aufrechtzuhalten, die sie kannte und mit denen sie vertraut war. Die ersten Menschen, die sie nach längerer Zeit traf, bei denen sie sich nicht darum zu sorgen brauchte, was ihre Absichten waren, sondern denen sie bedingungslos vertrauen konnte.

"Vran, wie ergeht es Valrad? Hatte er es sehr schwer damit, Maltheá dazu zu bewegen, dass sie ihn als ihren Vater annimmt?"

Lächelnd nickte er. "Ja, durchaus. Mit dem starrköpfigen Trotz einer wahren Aren ist sie jedem seiner Versuche mit Widerstand begegnet und hat ihn dazu gezwungen, all seinen Einfallsreichtum und seine Geduld aufzuwenden, derer er fähig ist." Er drückte ihre Hand. "Doch er war unnachgiebig, und sie hatte niemals wirklich eine realistische Chance gegen ihn. Nicht solange sie als Heilerin an einem Ort arbeiten wollte, den die Leute noch immer als seine Klinik betrachten."

"Und deine eigene Tochter, wie geht es der kleinen Obal?"

"Sie wächst wie Unkraut und hat, wie so viele Kinder, einen unbeirrbaren Instinkt dafür, genau das falsche Wort auszuwählen, um es dann in Situationen zu wiederholen, die ihren armen Eltern ein möglichst großes Maß an Peinlichkeit bescheren."

Enric lächelte, als Malriel lachte. Es klang ein wenig eingerostet, als hätte sie es schon seit einer Weile nicht mehr benutzt.

Liebend gerne hätte er sie noch weiter aufgeheitert, doch das konnte er sich nicht leisten. Sie wussten nicht, wie lange man ihnen zu bleiben gestattete oder wann man ihnen einen weiteren Besuch ermöglichte.

Er griff in sein Hemd und zog sein Notizbuch hervor. "Malriel, wir müssen dich hier rasch herausholen. Also gehen wir nun besser durch, was genau bisher vorgefallen ist."

"Ich weiß. Und ich danke euch, dass ihr mir für eine kurze Weile Nachsicht gezeigt habt. Das hat Wunder für meine Seele bewirkt, soviel dürft ihr mir glauben." Sie straffte ihre Schultern und ließ die Hände der beiden Männer los, bevor sie mit ihrem Bericht begann.

* * *

Eine halbe Stunde später spitzte Vran'el die Lippen und sah auf das kleine Buch hinab, das er Enric vor einer Weile weggenommen hatte, um darin seine eigenen Notizen und Anmerkungen für später festzuhalten.

"Gut, Malriel - nun lass mich das in meinen eigenen Worten wiederholen, damit wir sehen, ob ich alles richtig verstanden habe." Er räusperte sich. "In Ordnung. Kurz nachdem du es geschafft hast, dass sie mit Gesprächen über vorteilhaftere Handelsvereinbarungen im Austausch für eine Verzichtserklärung für einen Großteil der Schürfrechte beginnen, hast du auf einem dieser gesellschaftlichen Anlässe, zu dem du eingeladen warst, einen jungen Mann kennengelernt. Im Laufe der darauffolgenden zwei Wochen bist du mehrmals mit ihm zusammengetroffen, scheinbar zufällig. Zum Beispiel, als du in ein Restaurant gingst, um dort zu essen, bei anderen gesellschaftlichen Veranstaltungen oder sogar, als du einfach nur durch die Straßen spaziertest. Habe ich das soweit korrekt wiedergegeben?"

"Ja", bestätigte sie und wartete darauf, dass er fortfuhr.

"Sein Name ist..." Vran'el blätterte eine Seite um und überflog sie, bevor er fortsetzte, "...Geloin Urnen, Legen der Nords, Aspirant dritter Ebene des Inneren Zirkels. Geloin ist der niedrigere der beiden religiösen Titel, die es hier gibt, und der Innere Zirkel ist die mächtigste der fünf existierenden religiösen Vereinigungen oder Glaubensgruppen. Bei jeder Gelegenheit hat er sich zu dir gesellt und nach und nach Informationen mit dir geteilt. Er erzählte dir von der Diskriminierung, die Magier hier zu erdulden hätten, und wie sehr er dich um die Freiheit beneidete, alles tun zu können, was du willst und sogar eine Position ziviler Macht auszuüben." Er sah zu Malriel hin, damit sie seine Ausführungen bestätigte. "Noch immer richtig?"

"Ja, Vran", seufzte sie. "Sprich einfach weiter, und ich unterbreche dich, falls du etwas falsch verstanden hast."

"Wie du wünschst." Er blätterte eine Seite um und sprach weiter. "Nach einer weiteren geselligen Zusammenkunft, zu der ihr beide geladen wart, unternahm er einen Spaziergang mit dir und bot dann an, dir den Ausblick über die Stadt von der Spitze des Tempels zu zeigen, in dem er lebte. Du hast ihm gestattet, dich dort hinzubringen. Nachdem du dich von ihm auf der Plattform hast küssen lassen, erklärtest du dich dazu bereit, die Nacht mit ihm in seinem Zimmer im Tempel zu verbringen. Du nahmst ein Getränk zu dir, woraufhin laut deiner Aussage deine Erinnerung verschwimmt. Du erinnerst dich daran, dass du seine Hand genommen und zu seinem Bett gegangen bist. Dann hast du dich hingelegt und kannst dich von da an kaum noch an etwas erinnern. Als du deine Augen wieder aufschlugst, schrie jemand. Es stellte sich heraus, dass es sich dabei um deinen jungen Mann handelte. Er war mit goldenen Ketten an das Bettgestell gefesselt worden und rief um Hilfe. Später behauptete er, dass er von dir ins Bett gezwungen wurde und du über ihn hergefallen wärst, was dazu führte, dass du der Vergewaltigung angeklagt wurdest."

Sie nickte.

"Du vermutest, dass er dir etwas in das Getränk mischte, dass er dir etwas gab, damit du das Bewusstsein verlierst, wenn ich das richtig verstanden habe. Und des Weiteren folgerst du, dass es sich dabei um einen Versuch handelt, der den erfolgreichen Abschluss der Handelsgespräche verhindern sollte. Du denkst, dass es eine Gruppierung geben mag, die einen Krieg zwischen unserem Land und Pirinkar ausbrechen sehen oder zumindest den derzeitigen Annäherungsprozess aufhalten möchte."

"Wie weit ist der Prozess bislang fortgeschritten?", erkundigte sich Enric, nachdem sie die grundlegenden Fakten im Zusammenhang mit der Anschuldigung dargelegt hatten.

"Sie hörten sich seine Vorwürfe an, schrieben sie nieder und präsentierten Leute, die seinen guten Charakter und sein beispielhaftes Gebaren bei der Ausübung seiner Tempelpflichten bezeugten", schnaubte sie verärgert. "Dann befragten sie mich. Bedauerlicherweise hatte ich keine ernst wirkenden, aufrechten, grauhaarigen Mitglieder der Gesellschaft zur Verfügung, die darauf schworen, dass mein untadeliger Charakter solch eine Tat vollkommen unmöglich macht."

Die Andeutung eines Lächelns umspielte Enrics Lippen, als er dachte, dass es wohl weniger ihr untadeliger Charakter war, der ihr solch eine Tat unmöglich machte, sondern eher ihr immenser Stolz.

"Nun zu einer sehr wichtigen Frage, Malriel." Er beugte sich vor. "Ist man hier mit dem Konzept eines Lügenfilters vertraut?"

"Nein. Ich habe versucht, es ihnen zu zeigen, doch sie weigerten sich schlichtweg aus Angst, ich könnte irgendeinen fremdländischen Gedankenkontrollzauber oder was auch immer auf sie anwenden, um sie dahingehend zu beeinflussen, dass sie mich gehen lassen." Sie verdrehte die Augen. "Idioten. Wollte ich von hier fort, ohne die Konsequenzen zu berücksichtigen, hätte ich das schon vor mehr als einer Woche getan." Sie nickte zu dem vergitterten Fenster. "Das ist ein Witz. Jeder Magier könnte hier problemlos hinausspazieren."

"Was ihnen entweder nicht klar ist", warf Vran'el ein, "oder sie hoffen, dass du darauf zurückgreifst und ihnen damit sozusagen ein Schuldeingeständnis lieferst."

"Ich weiß. Aus diesem Grund habe ich mehr oder weniger geduldig auf die Verstärkung gewartet, von der ich wusste, dass die Triarchie sie schicken würde." Sie lehnte sich vor und legte jedem von ihnen eine Hand auf die Schulter. "Und wen sie mir schickten übertraf meine kühnsten Erwartungen."

Enric ergriff ihre Hand und hielt sie zwischen seinen beiden. "Malriel, da gibt es noch etwas, das ich tun muss und das dir womöglich überhaupt nicht gefallen wird."

Sie lächelte verständnisvoll. "Mach nur, Enric. Selbstverständlich musst du sichergehen. Ich bin bereit, wenn du es bist."

Er drückte ihre Hand, dann ließ er Magie von seiner Hand in ihre fließen.

"Malriel von Haus Aren, hast du einen Priester gezwungen, mit dir ins Bett zu gehen?"

"Nein, das habe ich nicht."

"Hast du ihm auf irgendeine andere Weise deinen Willen aufgezwungen?"

"Nein."

"Gibt es irgendeinen Aspekt dieser Geschichte, die du uns erzählt hast, der sich nicht so zugetragen hat, wie du behauptet hast?"

"Nein."

Er nickte und gab ihre Hand frei. Ein anderes Ergebnis hatte er nicht wirklich erwartet, doch es war wichtig, es ohne jeden Zweifel bestätigt zu haben.

Sie sahen auf, als die Tür geöffnet wurde und sich Lam Ceiga demonstrativ räusperte.

Malriel erhob sich mit den zwei Männern und umarmte beide. Mit einem Gesichtsausdruck, der unschwer erkennen ließ, wie ungern sie sich von ihnen trennte, der aber auch von vorsichtigem Optimismus zeugte, sah sie ihnen nach.

KAPITEL 4

Eine hilfreiche Fertigkeit

Eryn gähnte laut und lehnte sich in dem Stuhl in Malriels Arbeitszimmer zurück. Sie saß hier nun schon seit mehreren Stunden mit Ram'an über dem Angebot, das die Triarchie wollte - die wenigen Unterbrechungen nicht mitgezählt, wo ihr Sohn seine Mahlzeiten verlangte.

Sie studierte Ram'ans Kostenschätzung für die Essenslieferungen an das Waisenhaus dreimal pro Tag von seinem nächstgelegenen Teehaus aus. Zu diesem Zweck plante er eine Vergrößerung des Standortes.

"Die Kosten sehen vernünftig aus, aber ich hoffe doch, dass wir hier von guter Qualität sprechen, oder? Nicht bloß Mahlzeiten, die mit Fett und Zucker überladen sind und keinen wirklichen Nährwert besitzen?"

"Natürlich nicht", murmelte er, ohne von seinen Zahlen, mit denen er kalkulierte, aufzublicken. "Drei Viertel jeder Portion werden aus Früchten und Gemüse bestehen. Etwas anderes würde ich nicht wagen, einer Heilerin zu verkaufen. Und jetzt schweig für eine Minute. Ich muss diese Ergebnisse richtig hinbekommen."

Sie verzog das Gesicht und tat, wie ihr geheißen. Ein Oberhaupt eines Hauses zu sein schützte sie offensichtlich nicht davor gesagt zu bekommen, sie solle die Klappe halten. Nun, zumindest war derjenige, der die Anweisung aussprach, jemand von vergleichbarer Wichtigkeit. Wie hätte wohl Enric auf so eine Aufforderung reagiert?

Sie verfluchte sich dafür, dass sie in ihrer Wachsamkeit weit genug nachgelassen hatte, damit er sich in ihre Gedanken drängen konnte und konzentrierte sich wieder auf das vorliegende Thema. Es war schlimm genug, dass es nachts keinen wirklichen Schutz dagegen gab, wenn ihre Gedanken weitgehend taten, was sie wollten, wenn die fünf Sinne keine ablenkenden Informationen lieferten. Tagsüber musste sie das nicht zulassen, so es andere Dinge gab, mit denen sie sich beschäftigen konnte.

Sie sah auf und bemerkte, dass Ram'ans Blick auf ihr ruhte.

"Du wirkst, als würdest du eine Schlacht gegen dich selbst führen. Und sie verlieren", bemerkte er mit einem mitfühlenden Lächeln. "Ich gehe davon aus, dass es dabei um Enric geht. Würdest du gerne darüber reden? Deine Sorgen mit einem verständnisvollen Zuhörer teilen?"

"Nein, danke. Lieber nicht. Dann hast du deine Berechnungen wohl soweit fertiggestellt?"

"Ja, das habe ich. Somit sind wir hier für den Moment fertig. Wir müssen noch auf den Kostenvoranschlag des Baumeisters warten, dann können wir dem Senat alles präsentieren."

Er lehnte sich zurück, streckte seine Beine aus und überkreuzte seine Füße. Seine veränderte Haltung betonte, was seine Worte angekündigt hatten - dass der arbeitsbezogene Teil des Treffens vorüber war.

"Nun, meine Liebe, wie hast du dich bislang an deine neue Rolle als Mutter angepasst? Es freut mich zu sehen, dass du es vorläufig aufgegeben hast, die Leute um dich zu nerven, sie mögen dir den Gürtel abnehmen."

Unbehaglich rutschte sie auf dem weichen Kissen auf ihrem Stuhl herum. Für längere Zeit zu sitzen war noch immer mühsam, und sie musste hin und wieder ein paar Schritte tätigen, um den Druck von den Bereichen zu nehmen, die noch heilen mussten.

"Ich bin froh, dass er auf der Welt ist und mir nicht länger die Sicht auf meine Füße blockiert", schmunzelte sie. "Obwohl ich zugebe, dass sein Fütterungsplan recht anstrengend ist. Ich bin erschöpft. Ich freue mich schon auf den Tag, wenn er endlich die Nächte durchschläft. Aber ich darf mich nicht wirklich beklagen. Malhora und Junar sind mir eine große Hilfe; ich wüsste nicht, was ich ohne sie täte. Sie kümmern sich um ihn, wenn ich zu arbeiten habe. Obwohl ich achtgeben muss, dass ich das Aufziehen meines Kindes nicht an andere delegiere. Das habe ich bei anderen immer kritisiert."

"Hast du bereits Angebote für Kommitment-Vereinbarungen für Vedric erhalten?"

Sie verdrehte die Augen und zog eine Schublade auf, um ein paar gefaltete Nachrichten herauszuziehen. "Drei davon. Ich meine, der Junge ist gerade einmal ein paar Tage alt! Und Valrad meinte, er hätte auch fünf davon erhalten. Ich verstehe nicht einmal, warum die Leute sie an uns beide schicken. Wer ist dafür überhaupt zuständig, er oder ich?"

"Das ist nicht ganz so einfach, Theá. Du bist das Oberhaupt von Haus Aren, was dich derzeit auf jeden Fall zu jemandem macht, an den man sich direkt wendet. Und für den Fall, dass Malriel und Enric nicht zurückkehren, sogar dauerhaft."

"Damit sagst du mir also, dass diejenigen, die ihre Nachrichten direkt zu mir schicken damit rechnen, dass keiner von beiden zurückkehrt? Wie nett. Und die anderen, die an Valrad herantreten, sind zuversichtlich, dass ich meine neue Position hier wieder aufgeben werde, weil die Königin der Dunkelheit und ihr Gefolge wiederkehren und er damit wieder das Oberhaupt meines Hauses wird."

"Das ist eine vernünftige Annahme, ja", nickte er. "Und? Ziehst du irgendeines der Angebote in Erwägung?"

Sie bedachte ihn mit einem düsteren Blick. "Was denkst du denn?"

"Meine Vermutung wäre, dass du sie alle verwirfst, weil du das gesamte Prinzip des Arrangierens von Kommitment-Vereinbarungen für Kinder ablehnst."

Sie lächelte kalt. "Du kennst mich wirklich gut. Ich meine", sie hielt eine der Nachrichten hoch, "dieses spezielle Kind hier ist noch nicht einmal auf der Welt. Ein anderes ist bereits zehn Jahre alt. Ich habe mit Valrad gesprochen, und er versicherte mir, dass er hier keine Entscheidung treffen wird."

"Natürlich tat er das", lachte Ram'an. "Er hat es gerade erst fertiggebracht, dass du ihn als deinen Vater akzeptierst. Verspräche er dein Kind einem anderen Haus, nachdem du selbst solch üble Erfahrungen mit Kommitment-Vereinbarungen gemacht hast, würde er dem rasch ein Ende bereiten. Und da du sein Haus mit Aren und Arbil wiedervereint hast, benötigt er im Moment nicht wirklich dringend neue Allianzen. Er kann es sich leisten, dir nachzugeben."

"Wenn ich vollkommen ehrlich mit dir bin, würde es mich auch nicht kümmern, wenn er es sich nicht leisten könnte", erklärte sie ruhig. "Ich habe nicht die Absicht, ihm zu gestatten, dass er meinen Sohn in irgendwelche Kommitments drängt, die keinem anderen Zweck dienen, als den Wohlstand von einem oder zwei Häusern zu vergrößern."

"Du erinnerst dich aber schon, dass wir unsere Kinder nicht dazu zwingen, ein Kommitment einzugehen?", fragte Ram'an behutsam. "Selbst wenn du also solch eine Vereinbarung mit einem anderen Haus eingingst, bedeutet das nicht, dass du seine Zukunft an den Höchstbieter verschacherst."

Sie zog die Stirn in Falten. "Ich muss mich wirklich wundern, so etwas ausgerechnet von dir zu hören! Du hast eine Ewigkeit auf mich gewartet und mit allem, was du hattest, um mich gekämpft, nur um zu verlieren. Würdest du das tatsächlich für dein eigenes Kind wollen? Ich auf keinen Fall."

"Sie werden nicht damit aufhören, mit Angeboten auf dich zuzukommen, wenn du keines davon annimmst", warnte er sie. "Wenn du ihr erstes Angebot ablehnst, werden sie dir ein neues mit besseren Konditionen übermitteln."

"Dann werde ich bei der nächsten Senatsversammlung das Wort ergreifen und ihnen sagen, sie sollen mich und meinen Sohn in Frieden lassen und aufhören, mir auf die Nerven zu gehen, da ich mich unter keinen Umständen diesem lächerlichen Brauch beugen werde."

"Vorsicht, Theá. Du solltest deine Kollegen im Senat und die Triarchie nicht mit so etwas verärgern. Missachtung unserer Kultur und Gesellschaft ist nichts, das die Leute hier auf die leichte Schulter nehmen. Bis zu einem gewissen Grad bist du eine von uns, aber nicht gänzlich. Wenn jemand das System in Frage stellt, der hier geboren wurde und aufwuchs, dann ist das eine Sache, aber man würde es nicht gut aufnehmen, täte es eine Außenseiterin." Er hob eine Hand, als sie protestieren wollte. "Und wie wenig es dich auch kümmern mag, was andere über dich denken, so ist das kein Luxus, den du dir in deiner aktuellen Position leisten kannst. Weder als Oberhaupt eines Hauses, das auf Verbündete angewiesen ist, noch als jemand, der hier ein recht revolutionäres Projekt umsetzen möchte. Ein Projekt, dem nicht alle wohlwollend gegenüberstehen, wie du weißt."

Sie atmete aus und sah auf ihre Hände auf dem Schreibtisch hinab. Er hatte Recht, und das wusste sie auch. Aber es musste ihr nicht gefallen.

"Was schlägst du also vor? Dass ich einer Kommitment-Vereinbarung zustimme, um meinen guten Willen zu zeigen?"

Er lachte. "Ich werde mich hüten, dir etwas Derartiges nahezulegen. Nein, lehne die Angebote einfach nur weiterhin höflich ab. Sie werden es verstehen oder irgendwann aufgeben, ohne dass du sie öffentlich beleidigst."

"Somit sind wir also wieder bei Diplomatie, weil Ehrlichkeit einfach nicht gut ankommen würde", seufzte sie.

Er zuckte mit den Schultern. "Das ist Politik, meine Liebe. Ich weiß, dass dir die Prinzipien der Diplomatie bekannt sind und du klug genug bist, sie anzuwenden. Doch dein Stolz und dein Temperament stehen dir im Weg. Ich würde dir empfehlen, daran zu arbeiten, Theá. Selbst wenn du deine momentane Position nicht lange innehaben solltest, ist das eine Fähigkeit, die sich im Umgang mit deinem König und deinem Orden als nützlich erweisen wird."

"Ich weiß!", stöhnte sie. "Du bist nicht der Erste, der mir sagt, dass ich selbst mein schlimmster Feind bin."

"Gut. Dann freue ich mich schon darauf, deine Bemühungen bei der nächsten Versammlung mitanzusehen."

Sie zog eine Grimasse. "Kein Druck, was?"

* * *

Enric saß auf dem Bett in seinem Zimmer und starrte an die Wand, tat dies nun schon seit einer Stunde, seit seiner Rückkehr von dem Ort, an dem Malriel festgehalten wurde. Da war ein gerahmtes Bild, das einen See mit Bäumen auf einer Seite abbildete. Die Farben mochten zu irgendeinem Zeitpunkt prächtig gewesen sein, mittlerweile allerdings waren sie auf deprimierende Weise verblichen. Technisch gesehen war es gut ausgeführt, doch in all seiner Präzision fehlte ihm ein gewisser künstlerischer Reiz.

Doch das bemerkte er im Moment nicht einmal, er starrte direkt hindurch und dachte nach, wie sich diese ganze Misere auflösen ließ. Zuerst musste er sicherstellen, dass man ihn den Leuten vorstellte, die für die Verhandlung hier verantwortlich waren. Dann musste er sie dahingehend überzeugen, dass sie ihm gestatteten, einen Priester in der Anwendung der Wahrheitssperre zu unterweisen. Und danach musste er einen vertrauenswürdigen Priester auftreiben, der nicht zu Malriels derzeitiger Zwickmühle beigetragen hatte. Jemanden, der kein Interesse daran hatte, die Richter anzulügen.

Genau darin bestand allerdings das Problem. Er war erst seit drei Tagen hier, also ließ sich nicht sagen, wer daran beteiligt war. Es konnte die Glaubensgemeinschaft des sogenannten Inneren Zirkels in seiner Gesamtheit sein, oder vielleicht hatten sich sogar alle religiösen Organisationen miteinander verschworen. Oder es war eine Gruppe im Untergrund, der Mitglieder aller fünf angehörten.

Auch konnte er den auserwählten Kandidaten immer noch vorab mit einer Wahrheitssperre befragen, bevor er ihm oder ihr die Fertigkeit beibrachte. Er spielte mit der Idee, sie mehreren zu zeigen. Wenn drei oder vier von ihnen in der Lage wären nachzuweisen, dass Malriel unschuldig war, wäre das auf jeden Fall eindrucksvoller. Oder vielleicht sogar fünf von ihnen, einer von jeder Glaubensgruppe.

Dann konnten diese fünf auch den jungen Priester befragen, der behauptete, er wäre von Malriel auf kriminelle Weise gezwungen worden.

Er nickte. Das klang nach einem gangbaren Weg. Darüber musste er mit Lam Ceiga sprechen. Er hoffte, dass sie in diese Sache nicht irgendwie involviert war. Das würde die Dinge sonst erheblich erschweren.

* * *

Während er die Straße entlangging, konsultierte Vran'el Enrics Notizbuch, um sich die Namen und Titel der drei Richter und vier Mitglieder der Regionalregierung einzuprägen.

"Etor Altrud, Reig der Weisens, Konsul erster Ebene von Pirinkar", murmelte der Jurist, "Etor Gart, Legen der Durachts, Konsul erster Ebene von Pirinkar… Und das sind erst zwei von ihnen! Nun, zumindest müssen wir uns hier nur zwei verschiedene Arten von Titeln merken. Sie sind entweder Konsuln erster Ebene oder Richter erster Ebene von Pirinkar."

"Genau. Damit bleiben nur noch ihre Titel, Namen, Familiennamen und Positionen innerhalb der Familie", meinte Enric und rümpfte die Nase. Er selbst hatte während seines üblichen spärlichen Frühstücks bestehend aus einem Stück Brot und einem heißen Getränk eine halbe Stunde damit verbracht, die Namen auswendig zu lernen. Sie konnten es sich nicht leisten, auch nur eine einzige dieser sieben ungemein wichtigen Personen, die sie gleich treffen würden, zu verärgern.

Lam Ceiga hatte dies bemerkenswert rasch organisiert, wenn man bedachte, welchen Aufwand an Genehmigungen und Bürokratie jede einzelne Handlung hier zu erfordern schien. Allerdings rechtfertigte dieser spezielle Fall zweifellos besondere Aufmerksamkeit. Immerhin wurde eine ausländische Würdenträgerin eines gräulichen Vergehens bezichtigt, eines, das in der Mehrzahl der Fälle mit dem Tod bestraft wurde. Oder mit lebenslanger Haft, falls man sich nachsichtig zeigte. Keines von beiden würde dazu beitragen, die angespannte Beziehung zwischen den beiden Ländern zu verbessern.

Sie näherten sich dem Gebäude, in dem Malriel festgehalten wurde. Hier würden sie auch die Repräsentanten sowohl des Rechts- als auch des Regierungssystems treffen.

"Gistor Noraske, Legen der Weisens, Konsul erster Ebene von Pirinkar", murmelte Vran'el, dann seufzte er. "Die Weisens. Eindeutig eine der einflussreicheren Familien hier mit zwei Leuten ganz oben in verschiedenen Bereichen. Laut Ram'ans Notizen gibt es hier fünf mächtige Familien, aber er hat nicht allzu viele Details aufgeschrieben."

"Man ist hier nicht besonders freizügig mit Informationen. Ich würde das ja unserem Status als potentielle zukünftige Feinde zuschreiben, aber diese Haltung scheint auch in der Vergangenheit nicht wirklich anders gewesen zu sein."

"Sie haben uns stets den Eindruck vermittelt, dass sie uns an ihrer Türschwelle dulden, aber nicht mehr als das. Wir wussten immer, dass wir hier nicht wirklich willkommen waren", murmelte der Rechtsgelehrte. "Sie waren nie besonders zurückhaltend, wenn es darum ging, uns das klarzumachen."

"Dann frage ich mich, wie du es fertiggebracht hast, einen grundlegenden Einblick in ihre Gesetze zu erhalten. Besonders, da du die Sprache nicht beherrscht."

"Es war einer der Bereiche, die unseren Rechtsstudenten im Zuge ihres Trainings zur Auswahl standen. Es ist hauptsächlich eine Sammlung von Bruchstücken, die wir zusammentragen konnten und Erfahrungen aus erster Hand, wann auch immer die wenigen Besucher in irgendwelche rechtlichen Schwierigkeiten gerieten, weil sie Gesetze und Regeln brachen, über die sie sich nicht im Klaren waren. Das führte dazu, dass Bücher darüber geschrieben wurden, was es hier zu vermeiden galt und wie Zuwiderhandlungen in der Vergangenheit geahndet wurden. Und das gewährt einen gewissen Einblick in deren Rechtssystem. Und auch in ihre Einstellung als Gemeinschaft", fügte Vran'el düster hinzu. "Ein Land, das von Regeln, Gesetzen, Vorschriften und Protokollen besessen ist und über keinerlei Flexibilität verfügt. Es wird keine Rücksicht darauf genommen, ob ein bestimmter Fall einen anderen Ansatz erfordert. Das entspricht deren Verständnis von Gleichheit; ein Gesetz gilt für alle. Und da sich die Umstände von einem Fall zum nächsten unterscheiden, erlassen sie einfach immer weitere Gesetze. Ich frage mich, ob selbst ihre eigenen Juristen mit allen davon vertraut sind."

Sie hatten das Tor erreicht.

"Dann lass uns für den Augenblick keine Regeln brechen", murmelte Enric und fischte seinen Pass hervor, um ihn den Wachen zu zeigen. Die warteten darauf, dass Vran'el seinem Beispiel folgte, dann winkten sie beide hindurch.

Sie durchschritten das massive Eingangstor und gingen ein paar Schritte, bevor sie von einer vertrauten Gestalt angesprochen wurden. Lam Ceiga.

"Grüße, Lord Enric, Reig von Haus Aren, Stellvertreter im Orden und Senator in Takhan, und Lam Vran'el, Reig von Haus Vel'kim, Jurist und Senator in Takhan. Folgt mir. Ich werde euch zu den Konsuln und Richtern bringen", verkündete sie in ihrer üblichen leidenschaftslosen Manier und nahm ihre Grußformeln entgegen, bevor sie voranging.

Sie durchschritten eine weitere Folge von Korridoren, die denen vom Vortag, als sie gekommen waren, um Malriel zu besuchen, exakt glichen.

"Ich hoffe, ich muss hier niemals allein den Weg nach draußen finden", flüsterte Vran'el. "Alles sieht gleich aus!"

Sie erklommen eine breite Treppe, dann eine weitere, bis sie eine einfache Doppeltür erreichten, die beinahe bis zu der erhabenen Decke reichte. Jedes Türblatt wirkte schwer genug, um einen Erwachsenen unter sich erdrücken zu können, sollten die Scharniere nachgeben. Enric entschied, dass er sich in deren Nähe ohne seine Magie nicht allzu wohl fühlen würde.

Natürlich waren auch hier Wachen stationiert, genau wie vor jeder anderen Tür, die sie bislang in diesem Gebäude gesehen hatten.

Lam Ceiga präsentierte ihren Pass und wartete darauf, dass Enric und Vran'el es ihr gleichtaten, bevor sie den uniformierten Männern zunickte, damit diese die schweren Türen für sie aufstemmten.

Dann bedeutete sie ihnen einzutreten. "Ich werde hier warten, bis ihr fertig seid. Ich wünsche euch Erfolg für euer Unterfangen."

Der letzte Teil hatte nicht besonders aufrichtig geklungen, konnte Enric nicht umhin zu bemerken. Womöglich war es nichts anderes als eine höfliche Phrase, die man Leuten hinwarf, wenn sie sich einer Herausforderung gegenübersahen.

Er nickte ihr zu, wandte sich um und betrat einen enorm geräumigen Saal, dessen einziger Anspruch auf Außergewöhnlichkeit auf seinen schier gewaltigen Ausmaßen beruhte. Dieser Raum war errichtet worden um einzuschüchtern, um denjenigen, die ihn betraten, ein Gefühl der eigenen Winzigkeit und Bedeutungslosigkeit zu vermitteln. Eine passende Geisteshaltung für jene, die sich für welche Übertretung oder welches Verbrechen auch immer zu rechtfertigen hatten.

Das gesamte hintere Ende der Halle war erhöht, in dessen Zentrum war ein langer, schwarzer Tisch. Dahinter saßen vier Personen, drei Männer und eine Frau. Sie alle waren in dunkelrote Roben gekleidet und wirkten ehrwürdig und abweisend. Das mussten die Konsuln sein.

Zu ihrer linken Seite stand ein weiterer Tisch - hinter dem die drei Richter, alles Frauen, in ihren weißen Roben mit sittsam vor sich gefalteten Händen saßen.

Keine der sitzenden Personen erhob sich, doch Enric wusste, dass dies schlicht nicht ihrem Verständnis von Höflichkeit entsprach und keinerlei vorsätzliche Kränkung darstellte. Er musste seinen Impuls, sich zu verbeugen, zurückhalten. Auch das wurde hier nicht als höfliche Geste der Begrüßung erachtet.

Enric und Vran'el blieben stehen, wobei sie einen ihrer Ansicht nach angemessenen Abstand zu den beiden Tischen einhielten, und warteten darauf, dass man sie ansprach - so wie es hier Brauch war, wenn man sich Leuten höheren Rangs gegenübersah. Obwohl Enrics eigene Position im Orden wohl einen höheren Rang darstellte als den, den die Meisten hier innehatten. Das würde man hier allerdings nicht wissen, also lohnte es sich wohl, Bescheidenheit zu üben und Ehrenverletzungen zu vermeiden.

Einer der männlichen Konsuln in Rot hob das Kinn und sprach.

"Lord Enric, Reig von Haus Aren, Stellvertreter im Orden und Senator in Takhan, wir grüßen dich. Und dich, Lam Vran'el, Reig von Haus Vel'kim, Jurist und Senator in Takhan. Mein Name ist Etor Liprolf, Legen der Peverons, Konsul erster Ebene von Pirinkar." Er deutete auf einen Mann zu seiner Linken. "Das ist Lam Menreich, Holm der Brughs, Konsul erster Ebene von Pirinkar. Meine anderen beiden Kollegen sind Etor Altrud, Reig der Weisens, Konsul erster Ebene von Pirinkar und Etor Gart, Legen der Durachts, Konsul erster Ebene von Pirinkar. Wir vertreten in dieser Angelegenheit die Regierung."

Enric prägte sich rasch das hervorstechendste Detail eines jeden ein, damit er sie später entsprechend ansprechen konnte. Etor Liprolf war beinahe vollständig kahlköpfig, doch sein Gesicht zierte ein eindrucksvoller, buschiger Oberlippenbart. Die schienen hier in Mode zu sein. Allem Anschein nach hatte er einen Hang dazu, mehrmals schnell hintereinander zu blinzeln, so als litte er unter einem Mangel an Tränenflüssigkeit. Er stellte sich vor, wie wohl die Reaktion darauf ausfiele, würde er anbieten, Abhilfe zu schaffen. Womöglich nicht besonders wohlwollend. Er zwang seine Gedanken dazu, wieder zu den Leuten vor ihm zurückzukehren.

Lam Menreich war ein schlichter, unscheinbarer Mann mit kurzem Haar, das beinahe so dunkel wie Vran'els war. Sein einziges hervorstechendes Merkmal war ein großes Muttermal auf einer Wange.

Als nächstes kam die Frau, Etor Altrud. Sie war eine atemberaubende Schönheit in ihren späten Fünfzigern mit langen, blonden Haaren, die kunstvoll zu einem kompliziert aussehenden Zopf geflochten über eine Schulter hingen. An sie würde er sich ohne Schwierigkeiten erinnern können, wusste Enric.

Der Letzte von ihnen, Etor Gart, war etwas jünger als seine Kollegen, wohl in Vran'els Alter, mit einem durchdringenden und intelligenten Blick.

Zweifellos musste er tüchtig sein, um solch eine beachtliche Position bereits in so jungen Jahren für sich errungen zu haben. Und daran festzuhalten.

Nun stellten sich die Richterinnen vor. Er fragte sich, ob es sich hier nur zufällig ausschließlich um Frauen handelte oder ob die Disziplin des Rechts als Beruf in diesem Land von Frauen bevorzugt wurde.

Enric wartete geduldig, bis eine der Richterinnen damit fertig war, ihn und Vran'el mit ihren vollen Namen und Titeln zu grüßen und dazu überging, sich und ihre Kolleginnen vorzustellen.

Die Sprecherin, Gistor Noraske, Legen der Weisens, Richterin erster Ebene von Pirinkar, war genau wie zwei andere an ihrer Seite vom Alter her näher an den älteren Konsuln. Ihre Stimme war monoton, womöglich nach Jahrzehnten des Rezitierens zahlloser Seiten voll eintöniger Paragraphen und Absätze jeglicher Modulation beraubt.

Etor Wilmen, Reig der Fenzens, Richterin erster Ebene von Pirinkar, war die einzige von ihnen, die offenes Interesse an den Besuchern zeigte. Ihre Augen wanderten zu Vran'el, und Enric fragte sich, ob sie wohl an einem Austausch von Wissen und juristischen Standpunkten mit einem Kollegen aus einem anderen Land interessiert sein mochte. Diesen Eindruck legte er für später beiseite.

Richterin Nummer drei, Gistor Igelerm, Legen der Brughs, Richterin erster Ebene von Pirinkar, war eine zierliche Person mit leuchtend rotem Haar, blauen Augen mit Falten in den Augenwinkeln und von einer Aura des Misstrauens umgeben.

Enric wartete darauf, dass die Vorstellungsrunde abgeschlossen war, dann atmete er tief ein und begrüßte jeden einzelnen von ihnen mit vollem Namen samt Titel, Funktion und Familienposition. Es dauerte eine Weile, doch als sich einige von ihnen beeindruckt zeigten, wusste Enric, dass er die Zeit für das Einprägen der Namen gut genutzt hatte.

"Lord Enric, Reig von Haus Aren, Stellvertreter im Orden und Senator in Takhan", wandte sich Etor Liprolf, der Mann, der zuerst gesprochen hatte, an ihn. "Wir haben gehört, du willst einen Vorschlag unterbreiten, der einem zügigen Abschluss der Angelegenheit mit Malriel, Holm von Haus Aren, Senator in Takhan zuträglich ist. Wir hören."

Enric bewunderte diese Sprechweise in dem klaren, kurz angebundenen Stil, der von keinerlei abschwächenden oder höflichen Ausdrücken geprägt war. Es war ein interessanter Kontrast zu der Sitte, Individuen dermaßen ausführlich anzusprechen. Womöglich sollte es als Ausgleich für die verlorene Zeit dienen, nachdem man jemanden begrüßte. Er würde versuchen, sich daran anzupassen.

Er nickte. "In der Tat. Ich möchte den Einsatz einer Wahrheitssperre vorschlagen. Es ist eine Technik, mit dem sich feststellen lässt, ob eine Person die Wahrheit spricht. Oder das, was sie für die Wahrheit hält."

Eine der Richterinnen, die mit den roten Haaren, spitzte die Lippen. "Malriel, Holm von Haus Aren, Senatorin in Takhan hat uns von der

Anwendung dieser Methode zu überzeugen versucht. Wir sind skeptisch. Welche Vorgangsweise schlägst du vor?"

Enric räusperte sich und gemahnte sich, auf überflüssige Worte wie würde und könnte zu verzichten. "Ich verstehe eure Skepsis, Bürgern, die normalerweise nicht in Prozesse der Rechtssprechung eingebunden sind, eine neue magische Fertigkeit beizubringen. Aus diesem Grund schlage ich vor, je ein angesehenes Mitglied einer jeden der fünf Glaubensgruppen zu unterweisen, sodass damit das Risiko einer Abhängigkeit von einer einzelnen Person reduziert wird."

"Diese Technik kann nur Priestern gelehrt werden. Trifft das zu?", erkundigte sich der Konsul mit dem Muttermal. Er wirkte nicht besonders erfreut über die Aussicht, für den Abschluss dieses wichtigen Falles auf Magier angewiesen zu sein.

"Ja. Es handelt sich um eine Fertigkeit, die Magie erfordert", bestätigte Enric ruhig.

"Somit sind wir Konsuln und Richter bei der Wahrheitsfindung auf das Wort der Priester angewiesen."

"Ja. Aus diesem Grund sollten vertrauenswürdige Personen ausgewählt werden." Er behielt die Bemerkung, dass er keinerlei Zweifel hegte, dass sie in der Lage waren, das fertigzubringen, für sich - er hatte das Gefühl, dass sie nicht allzu gewogen auf Schmeicheleien reagieren würden.

"Bist du willens, diese Wahrheitssperre, wie du es nennst, auch auf dich anwenden zu lassen, damit wir deine eigene Vertrauenswürdigkeit feststellen können, nachdem du unseren Priestern gezeigt hast, wie es funktioniert, Lord Enric, Reig von Haus Aren, Stellvertreter des Ordens und Senator in Takhan?", fragte Etor Altrud, der einzige weibliche Konsul.

"Das bin ich. Zusätzlich dazu biete ich an - und rate sogar dazu - die Wahrheitssperre auch auf Malriel, Holm von Haus Aren, Senatorin in Takhan anzuwenden."

Er konnte erkennen, dass die meisten von ihnen noch immer skeptisch waren.

"Es besteht das Risiko, dass diese Wahrheitssperre umgangen werden kann", argumentierte Etor Wilmen, die Richterin, die Interesse an Vran'el gezeigt hatte.

"Solch eines Risikos bin ich mir nicht bewusst, und ich lade euch ein, es selbst zu versuchen. Ich werde die Sperre bei einem Freiwilligen einsetzen, und ihr könnt Fragen stellen. Der Freiwillige soll dazu zu lügen versuchen, womit ihr die Effektivität der Methode bewerten könnt", bot Enric an.

"Somit kann sie bei jedem angewendet werden, nicht nur bei denen, die sie selbst einsetzen können?", wollte Etor Wilmen wissen.

"Ja."

Die sieben in Roben gekleideten Personen tauschten fragende Blicke untereinander, dann begann eine nach der anderen zustimmend zu nicken.

Gistor Igelerm, die rothaarige Richterin, stand auf und verließ den erhabenen Bereich. "Du wirst diese Wahrheitssperre bei mir demonstrieren. Meine Kollegen werden Fragen stellen und über die Korrektheit meiner Antworten entscheiden."

Enric nickte kurz und hob seine Hand. Die Richterin starrte darauf, dann sah sie zu ihm auf, als ob die Aussicht darauf, ihn zu berühren, keineswegs etwas war, das sie zu erdulden gedachte.

"Es erfordert Körperkontakt", erklärte er schlicht und beobachtete, wie die Frau einen tiefen Atemzug nahm, bevor sie ihre Hand hob, damit er sie ergreifen konnte. "Du wirst Wärme verspüren. Keine Sorge, das ist vollkommen normal und wird dir keinen Schaden zufügen. Bist du bereit?"

Er wartete auf ihr knappes Nicken, dann ließ er einen niedrigen Magieimpuls in ihren Körper fließen. Sie verspannte sich etwas, blieb aber sonst still.

"Eure Fragen bitte."

"Wie viele Bestimmungen enthält der Handelskodex?"

Gistor Igelerm öffnete den Mund, doch keine einzige Silbe kam heraus. Sie berührte ihren Hals, versuchte mit ihren Lippen Worte zu formen, doch ihre Stimmbänder weigerten sich, ihrem Befahl zu gehorchen. Ihr Gesicht zeigte leichte Anzeichen von Panik.

Enric fing ihren Blick ein und lächelte beruhigend. "Sag nun die korrekte Anzahl."

"Fünfhundertdreiundsiebzig", platzte sie heraus, eindeutig erleichtert darüber, dass sie ihre Fähigkeit zu sprechen nicht verloren hatte.

"Wie lautet der Name der beklagten Partei in diesem Verfahren?", kam eine weitere Frage vom Tisch der Konsuln.

Ein weiterer vergeblicher Versuch, die Unwahrheit zu sprechen, dann atmete Gistor Igelerm aus und rezitierte Malriels vollständigen Namen.

"Wie hast du diese Einschränkung erlebt?", fragte Etor Wilmen, die neugierigere von ihnen.

"Ein Empfinden von Wärme in meinem Arm, dann hatte ich Probleme damit, die unrichtigen Antworten auszusprechen. Meine Stimme verweigerte die Kooperation. Es war schmerzlos", erklärte Gistor Igelerm mit wenigen kurzen Sätzen, während sie an ihren Platz zurückkehrte.

"Wir werden deinen Vorschlag besprechen und dich über unsere Entscheidung in Kenntnis setzen", verkündete Etor Liprolf, der zu Beginn das Wort ergriffen hatte.

Als sie damit begannen, sich leise miteinander zu unterhalten, ohne ihre Besucher eines weiteren Blickes zu würdigen, murmelte Vran'el: "Ich denke, wir wurden entlassen. Lass uns gehen."

Sie drehten sich um und verließen die Halle, folgten Lam Ceiga, die wie versprochen auf sie gewartet hatte, nach unten zum Ausgang des Gebäudes.

Als sie zurück auf der Straße waren, wandte sich Enric an sie. "Besteht die Chance, dass ich irgendwo mein Gold gegen eure Währung tauschen kann? Es gibt eine Besorgung, die ich zu machen wünsche."

"Du kannst es in dem Gebäude tun, zu dem ich euch nach eurer Ankunft brachte. Du musst Formulare ausfüllen und die Summe bekanntgeben, die du zu wechseln wünschst, die beabsichtigten Anschaffungen sowie die Gründe für besagte Anschaffungen."

Er unterdrückte ein Seufzen und nickte nur. Natürlich gab es wieder Formulare auszufüllen. Sogar für eine Kleinigkeit wie die Erlaubnis, dass er sein Gold hier ausgeben durfte. Er bedankte sich und sah ihr nach, als sie davonging.

"Sei nicht irritiert, mein Freund", meinte Vran'el und tätschelte seine Schulter. "Immerhin haben wir nichts anderes zu tun, solange wir darauf warten, dass sie zu einer Entscheidung gelangen. Zumindest gibt es die Formulare in unserer Sprache. Das ist doch rücksichtsvoll, oder etwa nicht?", meinte er mit gespielter Heiterkeit.

"Einfach fabelhaft", erwiderte Enric ausdruckslos.

KAPITEL 5

Die Anhörung

Eryn trug die kleine mit Wasser gefüllte Wanne in den Garten hinaus. Sie hatte entschieden, Vedric im Freien zu baden, da es noch immer warm genug war, dass er nicht fror. Allerdings hatte die Sonne bereits den Großteil ihrer zerstörerischen Kraft verloren, womit keine Gefahr bestand, dass seine empfindliche Haut Schaden davontrug.

"Was genau treibst du da?", fragte Orrin mit ihrem Sohn auf dem Arm, während er sie beobachtete.

"Ich werde ihn hier draußen baden." Sie stellte das Gefäß ab und wandte sich ihm zu. "Warum fragst du? Denkst du, ich sollte meinen Sohn vor den neugierigen Blicken der Pflanzen um uns herum beschützen?", grinste sie spöttisch.

Er rollte die Augen himmelwärts. "Nein. Aber ich denke, du solltest deine Katze davon abhalten, das Wasser zu trinken, oder es wird nichts mehr davon übrigbleiben, um deinen Sohn darin zu baden."

Eryn drehte sich um und verscheuchte Urban. "Das muss das Öl sein, das Intrea mir geschenkt hat. Urban verfolgt mich überallhin, wenn ich es in der Hand habe. Genau wie bei der Seife, die sie dir für Téa gegeben hat. Ich muss sie nach den Inhaltsstoffen fragen."

"Dann hoffen wir, dass sie den Jungen nicht verschlingt, wenn er danach riecht", kommentierte der Krieger trocken.

"Unsinn", schnaubte sie, warf der Bergkatze aber einen misstrauischen Blick zu, bevor sie in die Hocke ging und die haarige Wange kraulte. "Das würdest du doch nicht tun, oder etwa doch? Du weißt, dass ich dir bei lebendigem Leibe das Fell abziehen würde, solltest du meinen Sohn mit einer Zwischenmahlzeit verwechseln."

Urban begann an ihrer Hand zu schnuppern und leckte dann mit ihrer rauen Zunge über Öltröpfchen, die beim Zubereiten des Bades an Eryn hängengeblieben waren.

"In Ordnung", lachte Eryn. "Damit ist mein Vertrauen in dich wiederhergestellt. Siehst du?" Sie sah zu Orrin auf. "Keinerlei blutrünstige Anwandlungen."

Der Krieger zuckte nur mit den Schultern und übergab das Baby seiner Mutter. Ein Klopfen an der Eingangstür ließ sie aufhorchen.

Eryn setzte sich vorsichtig auf den Boden der Terrasse, legte Vedric in die Wanne und griff mit einer Hand vorsichtig unter seine winzigen Arme, damit sein Kopf über Wasser blieb.

Junar gesellte sich kurz darauf zu ihnen, Téa friedlich in ihren Armen schlummernd.

"Valrad ist soeben eingetroffen", murmelte die Schneiderin mit leiser Stimme und einem vielsagenden Blick.

Eryn zog eine Grimasse. Die beiden Männer waren soweit gut ausgekommen, nachdem Valrad seine Eifersucht wegen ihrer engen Freundschaft zu Orrin überwunden hatte. Doch das Angebot ihres Vaters, dass er Vern in der Klinik unterbreitet hatte, passte Orrin ganz und gar nicht.

Vern sprach dieser Tage nicht viel mit seinem Vater. Natürlich begeisterte ihn die Möglichkeit hierzubleiben; und dass sein eigener Vater sie ihm verwehrte, trug nicht eben zu einer entspannten Stimmung bei, solange beide unter einem Dach lebten.

Valrad hatte sich entschuldigt - sowohl bei Orrin, weil er dessen Sohn das Angebot unterbreitet hatte, ohne ihn zuerst zu konsultieren, und auch bei Vern für das Wecken ungerechtfertigter Hoffnungen.

Doch Eryn hatte bemerkt, dass der Heiler keineswegs glücklich darüber war, dass Orrin seinem ungemein talentierten Sohn die Chance versagte, sich auf eine Weise weiterzuentwickeln, die in Anyueel keinesfalls möglich war.

Somit war der Umgang, den der Krieger und der Heiler miteinander pflegten, von steifer Höflichkeit geprägt. Und nun kamen beide in ihre Richtung, und ihre Mienen bezeugten recht offensichtlich, wie wenig sie die Gegenwart des jeweils anderen schätzten.

"Hallo Eryn", lächelte Valrad und bückte sich, um ihr einen Kuss auf den Kopf zu drücken, bevor er sich Junar zuwandte und sie auf die Wange küsste. "Wie geht es den neuen Familienmitgliedern?"

"Téa scheint die ganze Zeit über nur zu schlafen", schmunzelte Eryn. "Sie scheint das sittsamste Baby der Welt zu sein."

Junar schnaubte. "Das ist eine ungeheure Übertreibung. Sie zieht es nur vor, tagsüber zu schlafen, damit sie genug Energie hat, um mich nachts wachzuhalten."

Vern trat mit einsatzbereitem Zeichenblock auf die Terrasse hinaus.

"Du bist in Zeichenlaune, was?", kommentierte Eryn. "Ich sehe dich dieser Tage kaum jemals ohne Stift und Papier."

Der Junge grüßte Valrad, ignorierte seinen Vater und zuckte die Schultern, bevor er auf dem Boden Platz nahm, sich gegen die Hauswand lehnte und den Block auf seine Oberschenkel legte.

"Du wirkst etwas blass, Eryn", bemerkte Valrad und ging neben ihr in die Hocke. "Wie geht es dir?"

"Es geht mir gut, danke der Nachfrage", erwiderte sie.

"Ich weiß - Enric dort oben im Norden zu wissen und die Sache mit dem Kommitmentband…"

"Bitte nicht", bat sie leise, erleichtert, dass er innehielt. "Ich habe in letzter Zeit nicht allzu gut geschlafen. In den wenigen Stunden Schlaf, die mir Vedric derzeit gewährt, wälze ich mich von Alpträumen geplagt hin und her."

"Ach ja?", erkundigte sich Orrin besorgt, eindeutig nicht begeistert davon, dass er durch Zufall davon erfuhr. "Wie lange geht das schon so?"

"Seit drei Nächten. Aber ich bin ein großes Mädchen, ich werde damit fertig."

"Wovon träumst du denn im Normalfall?", fragte Valrad nach.

Eryn zog eine Augenbraue hoch. "Sag mir nicht, dass du meine Träume analysieren und so medizinische Schlussfolgerungen ziehen willst? Wäre das der Fall, würde ich deinen Status als professioneller Heiler ernsthaft anzweifeln."

"Ich habe mich nur gefragt. Also?"

Enric, wie er Malriel in seinen Armen hielt, sie ansah und laut auflachte bei dem Gedanken, dass sie ihm auch nur für einen Moment geglaubt hatte, er hätte sie jemals geliebt; Malriel, wie sie sich mit ihrer tiefen, rauchigen Stimme dem Gelächter anschloss.

Enric, wie er an eine Kerkerwand gekettet war, in Gold gefesselt, während Blut aus tiefen Wunden sickerte.

Enric, wie er ohne sie nach Anyueel zurückkehrte und sich fragte, woher dieses vage Gefühl kam, er hätte etwas vergessen.

Enric, wie er ihren Sohn mitnahm, sie zurückließ, und ihn gemeinsam mit Malriel großzog, damit aus ihm das nächste Oberhaupt von Haus Aren wurde.

"Nichts Bestimmtes, nur undeutliche Bilder und Gefühle", antwortete sie leichthin. "Das kommt womöglich von den Papieren, die ich den ganzen Tag über anstarre. Zahlen und Verträge, die mich bis in meine Träume verfolgen. Womöglich bekommt es mir nicht gut, ein Oberhaupt eines Hauses zu sein. Auf jeden Fall ist das keine langfristige Perspektive. Ich frage mich, wie man das jahrzehntelang tun kann."

Als Valrad lächelte, wusste sie, dass ihr Themenwechsel geglückt war. "Ich gebe zu, dass man erst hineinwachsen muss."

Malhora erschien bei der Terrassentür und deutete mit dem Finger zuerst auf Orrin, dann auf Valrad. "Du und du. Essen und Geschirr stehen auf der Küchentheke. Los."

Als beide Männer widerstrebend abgezogen waren, sah Eryn zu ihrer Großmutter auf und verzog das Gesicht. "Du hast Valrad gerade zum Abendessen mit uns eingeladen. Nicht gut. Hast du die Anspannung zwischen den beiden Männern nicht bemerkt?"

Die alte Frau grinste hämisch. "Selbstverständlich habe ich das. Ich finde es einfach nur unterhaltsam, ihnen zuzusehen. Ich frage mich, wann Orrin nachgeben wird."

Verns Kopf zuckte hoch. "Du denkst, dass er das tun wird?", fragte er mit großen Augen, die so voller Hoffnung waren, dass Eryn Malhora am liebsten einen Tritt verpasst hätte.

"Natürlich wird er das", meinte die alte Frau schulterzuckend. "Es wäre ein Verbrechen, täte er es nicht. Du bist eine kostbare Besonderheit und hast kaum eine Chance, dein volles Potential an diesem rückständigen Ort zu entfalten, von dem du stammst."

"Hey!", protestierte Eryn. "Zufällig mag ich diesen rückständigen Ort."

"Das steht dir frei. Doch nur weil du daran hängst, bedeutet das nicht, dass du deine Augen vor den Einschränkungen verschließen sollst, die es für deine Freunde bedeuten würde, dorthin zurückzukehren."

"Ich weiß", seufzte die jüngere Frau und beobachtete, wie sich das Kind in der Wanne glücklich im warmen Wasser bewegte. Sie fragte sich, ob er sich in weniger anstrengende Zeiten im Mutterleib zurückversetzt fühlte. Würde er dorthin zurückkehren, wenn er könnte? Einige Wochen zu früh in die Welt hinausgezwungen, mutete er noch immer so winzig an. Doch Valrad versicherte ihr, dass er vollständig entwickelt und kräftig war.

"Du könntest mit meinem Vater reden", schlug Vern mit einem flehenden Blick zu ihr vor.

"Das würde nur die gegenteilige Wirkung haben, glaube mir. Und ich habe nicht die Absicht, in Dingen herumzustochern, die mich nichts angehen. Das ist seine Entscheidung." Sie schüttelte den Kopf und hob Vedric aus der Wanne, um ihn in ein bereitliegendes Handtuch einzuwickeln, bis nur mehr sein Gesicht hervorlugte. "Und jetzt sollten wir hineingehen. Ich bin am Verhungern. Der Gedanke, die beiden mit unserem Essen alleinzulassen, beunruhigt mich. Wer weiß, wo es schlussendlich landet."

Junar lachte und stand ebenfalls auf. "Du denkst, sie würden damit beginnen, einander mit Nahrung zu bewerfen? Der noble Krieger und der erhabene Heiler?"

Eryn verzog das Gesicht. "Dir ist klar, dass die Wichtigen und Mächtigen in diesem Land eine Vorliebe dafür entwickelt haben, sich nachts gegenseitig durch die Straßen zu jagen und einander mit Blitzen zu beschießen? Wenn diese beiden eine Essensschlacht starten, würde das ganz fabelhaft in diese Kategorie passen."

Malhora nickte. "Guter Punkt. Ich habe nicht umsonst eine Stunde in der Küche verbracht. Obwohl es auf jeden Fall ein angemessener Ausgleich wäre, den beiden hinterher beim Aufwischen zuzusehen. Vern könnte ein Bild davon anfertigen."

"Du bist eine bösartige Frau", staunte Eryn und schüttelte den Kopf.

"Zuweilen. Und alt genug, um mich deshalb nicht zu schämen", grinste ihre Großmutter.

* * *

Enric erklomm die enge Treppe zu seinem Zimmer, sorgsam darauf bedacht, seine Anschaffungen nicht gegen die Wand oder den Handlauf stoßen zu lassen.

Es hatte ihn ungefähr zweieinhalb Stunden gekostet, bis er endlich ein paar Einheiten der lokalen Währung in die Hände bekam. Es hatte jede Menge Gemurmel und Gezwirbel von Schnurrbärten gegeben, als er nicht bekanntgeben hatte können, wofür genau er das Geld auszugeben gedachte. Die Auskunft, er wolle Geschenke für seine Gefährtin und seinen Sohn kaufen, war ihnen zu vage gewesen. Ihnen zu erklären, dass eines der Geschenke ein hölzernes Spielzeug sein sollte, das sich aus eigenem Antrieb bewegen konnte, war einfach. Allerdings hatte er keinerlei Idee, was er Eryn besorgen wollte. Er hoffte sehr darauf, dass ihn beim Durchschlendern der Straßen die Inspiration ereilte.

Sie hatten ihm die Münzen für den Kauf des Spielzeugs übergeben und ihn angewiesen, er möge für weiteres Geld wiederkommen, sobald er wusste, was er sonst noch zu erwerben wünschte. Der beabsichtigte Kauf würde dann hinsichtlich seiner Annehmbarkeit geprüft werden. Nur sofern der Gegenstand als akzeptabel erachtet wurde, würde man ihm den erforderlichen Betrag übergeben. Und kein bisschen mehr als das.

Enric schüttelte den Kopf. Man war hier tatsächlich immens vorsichtig mit den Dingen, bei denen man gestattete, dass sie außer Landes geschafft wurden. Das Spielzeug wurde offenbar als harmlos eingestuft, doch die Geschenke für Eryn hatten einiges an Diskussionen ausgelöst.

Er hatte durchaus etwas gefunden, von dem er wusste, dass es ihr zusagen würde. Plunder wie Schmuck, Düfte oder etwas Derartiges stand außer Frage. Die würde sie ihm nur ins Gesicht schleudern, wenn man bedachte, wie er sie zurückgelassen hatte. Der Trick bestand darin, ihr etwas zu geben, dass sie ihm wirklich gerne nachwerfen wollte, aber davon absehen würde, weil sie dem Geschenk selbst mehr Wert beimaß als der Chance, ihm wehzutun. Das war eine Herausforderung.

Aber dann hatte er eine Buchhandlung gefunden und gewusst, dass es keinesfalls schaden konnte, sich dort umzusehen. Also hatte er das Geschäft betreten und sich sofort verloren gefühlt. Mengen von Büchern um ihn herum, und er konnte keinen einzigen Titel entziffern. Er fragte sich, weshalb er überhaupt hineingegangen war. Die Chancen, ein Buch in seiner Sprache zu finden, waren zweifellos eher gering.

Glücklicherweise hatte sich der Mann hinter dem Tresen, ein kleiner Mann in Enrics Alter, als entgegenkommender erwiesen als sein Kollege im Spielzeuggeschäft - und auch bereitwilliger, eine fremde Sprache zu sprechen.

Enric hatte ihm erklärt, nach welcher Art von Büchern er auf der Suche war. Etwas, das mit dem Heilen in Verbindung stand, wenn möglich mit Kräutern oder Krankheiten.

Daraufhin hatte der Mann eine Auswahl an Büchern herangeschafft, damit Enric einen Blick darauf werfen konnte. Der Magier hatte sie durchgesehen, allerdings ohne großen Nutzen, da er kein einziges der Worte, mit denen die Seiten gefüllt waren, verstehen konnte. Der Geschäftsinhaber hatte daraufhin Mitleid gezeigt und ihm die Inhaltsangaben übersetzt, sodass sein potentieller Kunde zumindest eine grundlegende Idee hatte, was er sich da ansah.

Sie waren gerade dabei, das dritte Buch auf diese Weise durchzugehen, als Enric die Hand hob. Da war ein Buch über Erkrankungen und Behandlungen, die auch die Schlafkrankheit einschloss, an der Eryn ein Interesse geäußert hatte, als sie während ihres ersten Besuchs in Takhan davon hörte. Sie hatte damals wissen wollen, warum zu keiner Zeit eine Expedition in den Norden entsandt worden war, um dieses Phänomen zu erforschen und hatte bei dieser Gelegenheit zum ersten Mal von dem wachsenden Konflikt zwischen den Westlichen Territorien und Pirinkar gehört.

Enric hatte das Buch angestarrt in dem Wissen, dass dies auf jeden Fall etwas war, bei dem sie nicht riskieren würde, es ihm nachzuwerfen. Aber eine Sache hatte ihn zurückgehalten: Es wäre eine Folter, ihr ein Buch zu schenken, das interessante Informationen beinhaltete, auf die sie aber keinen Zugriff hatte, da es in einer anderen Sprache geschrieben war.

Der Mann hatte nur gelächelt und zwei weitere Bücher in seine Richtung geschoben. Eines davon enthielt Anweisungen, Übungen und Erläuterungen. Der Buchverkäufer erklärte ihm, dass die Einheimischen darauf zurückgriffen, um die Sprache zu erlernen, die in diesen heißen, sandigen Gebieten im Süden gesprochen wurde. So waren sie in der Lage, sich um das geringe Ausmaß an Handel zu kümmern, das dort in den letzten beiden Jahrhunderten stattgefunden hatte. Das zweite Buch war eine Sammlung an Worten mit ihrem Gegenstück in der anderen Sprache.

Enric verspürte ein Kribbeln, als er die drei Bücher vor sich betrachtete. Sie bildeten das perfekte Geschenk.

Als er jedoch versuchte, das Geld zu wechseln, informierte man ihn, dass seine Auswahl recht heikel war. Es würden gewisse Schwierigkeiten damit einhergehen, wenn Wissen über den Erwerb der Sprache außer Landes gebracht werden sollte. Das war problematisch und erforderte die Entscheidung einer höheren Instanz. Man würde seinen Antrag und die von ihm ausgefüllten Formulare weiterreichen und ihn dann über das Ergebnis in Kenntnis setzen. Wie lange sich dies hinziehen mochte, hatte man ihm jedoch nicht zu verstehen gegeben.

Er öffnete die Tür und sog den Atem ein, als er einen Umschlag auf dem kleinen Schreibtisch unter dem Fenster bemerkte. Offensichtlich hatte man hier keinerlei Skrupel, das Zimmer einer Person in deren Abwesenheit zu betreten. Ganz eindeutig gab es hier keine unnötigen Bedenken hinsichtlich Privatsphäre, dachte er säuerlich. Er war froh, dass er sich angewöhnt hatte, stets all die Dinge bei sich zu tragen, die keineswegs verloren gehen durften oder die er sicher vor Durchsuchungen wissen wollte.

Er hob die Nachricht auf und öffnete sie. Einen Moment lang hielt er den Atem an und stieß ihn erleichtert wieder aus, als er die Worte las, auf die er gehofft hatte. Man bewilligte seinen Antrag, die Priester in der Anwendung einer Wahrheitssperre zu unterweisen.

Seine Erleichterung war so enorm, dass ihm die Knie weich wurden und er sich einen Augenblick lang setzen musste. Das bedeutete, dass er in der Lage sein würde, diese unangenehme Angelegenheit relativ rasch beizulegen. Und dann zu seiner Familie zurückzukehren.

* * *

"Du wirkst blass und müde, mein Freund", kommentierte Vran'el, nachdem sie zu der Anhörung aufgebrochen waren, die, wie sie hofften, Malriel ein für alle Mal entlasten würde.

"Alpträume", murmelte Enric. "In letzter Zeit jede Nacht."

"Wirklich? Mir war nicht bewusst, dass all das hier solch eine Bürde für dich ist", meinte der Jurist stirnrunzelnd. "Du wirkst immer so stoisch in deiner Robustheit, so unerschütterlich. Wer hätte gedacht, dass all das nur gespielt ist?"

Enric starrte ihn einen Moment lang an, dann schüttelte er den Kopf. "Was? Nein, nicht ich. Eryn. In den frühen Morgenstunden ist ihr bang und panisch zumute, also vermute ich stark, dass sie unter Alpträumen leidet." Schließlich schlief sie allein in ihrem Bett - ohne dass er bei ihr war, um sie in seinen Armen zu halten und ihr zu versprechen, dass sich alles zum Guten wenden würde. Und es wäre kein leeres Versprechen. Er würde alles in seiner Macht Stehende tun, damit es ihr gut ging, ganz egal, was es kosten mochte.

"Es tut mir leid, das zu hören. Mit etwas Glück wird Malriel bald von den Anklagen freigesprochen, damit wir morgen aufbrechen können. Dann bist du bereits in einer Woche wieder mit Eryn vereint."

Enric nickte lediglich. Eine Woche erschien wie eine Ewigkeit, wenn bereits jede Stunde zu lang war. Er spürte, wie zusätzlich zu seinem eigenen Impuls, wieder mit ihr vereint zu sein, die Magie des Bandes an seiner Seele zerrte. Er war unruhig, rastlos und wäre am liebsten bereits wieder auf dem Weg gewesen, um die Entfernung zwischen ihnen zu verringern.

Sie erreichten ihr Ziel und präsentierten ihre Dokumente, bevor sie das Gebäude zum dritten Mal in ebenso vielen Tagen betraten. Vran'el stieg ihm voran die beiden Treppen hoch, die zu dem Saal führten, wo sie darum ersucht hatten, dass man die Wahrheitssperre als zulässige Methode zur Erlangung der unverblümten Tatsachen heranzog.

Er und Vran'el hatten am Abend zuvor die fünf Priester der verschiedenen Glaubensgemeinschaften getroffen und jedem von ihnen beigebracht, wie die Wahrheitssperre anzuwenden war. Jeder Einzelne von ihnen war begierig darauf gewesen, es zu erlernen. Soweit Enric dies einschätzen konnte, wurden sie normalerweise nicht dazu ermutigt, ihr Wissen über andere, neue Einsatzmöglichkeiten von Magie zu erweitern. Ganz im Gegenteil.

Enric war noch immer verblüfft über den beachtlichen Kontrast im Umgang mit Magie in den verschiedenen Gesellschaften. Während sie sowohl in Anyueel als auch den Westlichen Territorien als Privileg, als Segen betrachtet wurde, der doch einige Vorteile mit sich brachte, war es hier ein Makel, ein Defekt. Liebend gerne hätte er mehr über die Geschichte dieses Landes erfahren; was geschehen war, um diese Magier - die sich eigentlich in einer stärkeren Position befanden - dazu zu bringen, dass sie sich als nachrangig behandeln ließen.

Er zwang seine Aufmerksamkeit zurück zu der vorliegenden Angelegenheit, als sie vor den ungewöhnlich hohen Türen standen und die Wachen einmal mehr ihre Dokumente unter die Lupe nahmen. Gerade jetzt konnte er es sich nicht leisten, seine Gedanken schweifen zu lassen. Es war seine Chance, das zu erreichen, weshalb er hier war: Malriel aus ihren Schwierigkeiten herauszuhelfen und dann so rasch ihn sein Pferd trug nach Takhan zurückzukehren.

Die Wachen öffneten mühevoll die schweren Türen, um ihnen Eintritt zu gewähren. Enric bemerkte, dass sowohl die Konsuln als auch die Richterinnen auf genau den gleichen Plätzen saßen wie am Vortag, Erstere erneut in rote Roben gewandet, Letztere in weiße.

Dieses Mal jedoch gab es einen zusätzlichen Tisch, wenngleich nicht auf dem erhobenen Teil des Raums. Er war für die fünf Priester gedacht, die den Wahrheitsgehalt der in Kürze erfolgenden Aussagen prüfen würden. Sie waren natürlich Magier, was bedeutete, sie waren nicht wichtig genug für erhabene Sitze, dachte Enric grimmig.

Vran'el ging mit ihm nach vorne, wo sie beide stehenblieben und darauf warteten, dass man das Wort an sie richtete. Nachdem sie zuerst mit den Konsuln, dann mit den Richterinnen und schlussendlich auch mit den Priestern die ausführliche Begrüßung getauscht hatten, wurden die beiden auswärtigen

Magier ersucht, auf den Stühlen an einer Seite des Raumes Platz zu nehmen. Man ermahnte sie, das Verfahren nur dann zu unterbrechen, wenn der Grund dafür solch eine schwerwiegende Verletzung des Protokolls auch wahrhaftig rechtfertigte.

Sobald alle saßen, öffneten sich die Türen erneut mit einem Ächzen, und Malriel wurde hereingebracht, eingekreist von vier Wachen in Dunkelgrau. Die hätte sie mühelos überwältigen können, ohne sich dabei auch nur anstrengen zu müssen, doch stattdessen ging sie gehorsam zwischen ihnen. Sie wurde dorthin geführt, wo Enric und Vran'el noch vor einer Minute gestanden hatten und begrüßte alle zwölf Anwesenden mit vollständigem Namen, ihren Titeln und ihrer Funktion, genau wie die beiden Männer zuvor.

Gistor Noraske, eine der Richterinnen, sprach sie an. "Malriel, Holm von Haus Aren, Senatorin in Takhan, du stehst heute hier vor uns, um in der Angelegenheit gegen dich eine Aussage zu machen. Du bist angeklagt, einen Bürger von Pirinkar angegriffen und daraufhin zum Beischlaf mit dir gezwungen zu haben. Die Bestrafung für solch eine abscheuliche Tat wie diese ist lebenslange Kerkerhaft. Da es in deinem Fall noch einen weiteren Aspekt zu berücksichtigen gibt - nämlich den erschwerenden Umstand, dass du deine Kräfte eingesetzt hast, um körperlichen Schaden zuzufügen - würde sich dieses Urteil zu einer Todesstrafe wandeln."

Enric beobachtete Malriel und bemerkte, wie ihre Haltung bei den Worten der Richterin ein klein wenig starrer wurde. Sonst zeigte sie keinerlei Anzeichen von Bestürzung. Das war eine beachtliche Leistung, dachte er, da sie bislang noch nicht von der guten Nachricht in Kenntnis gesetzt worden war, dass die Wahrheitssperre als Mittel zur Bereinigung der Ungewissheit über die Zeugenaussagen zugelassen wurde.

"Malriel, Holm von Haus Aren, Senatorin in Takhan, bist du willens, dich einer Technik zu unterziehen, die uns unter dem Namen Wahrheitssperre bekannt ist?", fragte die Richterin dann.

Nun zeigte Malriel eine Reaktion. Langsam drehte sie sich zu Enric um und starrte ihn ein paar Augenblicke lang voller Erstaunen an, bevor sie sich räusperte und verkündete: "Ja, ich bin willens."

Der Priester, der Enric noch als der Anführer des Tempels des Inneren Zirkels in Erinnerung war - zu dem auch Malriels Ankläger gehörte - stand auf und trat auf sie zu. Sie hob ihm ihre Hand entgegen und schloss ihre Finger um seine.

Nun ergriff die zierliche, rothaarige Richterin Gistor Igelerm das Wort und stellte ihre erste Frage: "Malriel, Holm von Haus Aren, Senatorin in Takhan, hattest du die Absicht, die Nacht mit Geloin Urnen, Legen der Nords, Aspirant dritter Ebene des Inneren Zirkels, zu verbringen, als du die Veranstaltung verlassen und ihn zum Tempel begleitet hast?"

"Ja", verkündete Malriel deutlich.

Enric gefielen die Blicke nicht, die die Konsuln untereinander tauschten. In keiner Weise hatte sie sich damit belastet, doch es schien, als ob bereits ihre Absicht, die Nacht mit einem Mann zu verbringen, ein schlechtes Licht auf sie warf.

"Hattest du den Eindruck, dass Geloin Urnen, Legen der Nords, Aspirant dritter Ebene des Inneren Zirkels, die Absicht hegte, die Nacht mit dir zu verbringen, als er dich in dieser Nacht zum Tempel brachte?"

"Ja, den hatte ich."

"Äußerte er diese Absicht zu irgendeinem Zeitpunkt ausdrücklich?"

"Nein, das tat er nicht", räumte die Angeklagte ein. "Allerdings war es unausgesprochen ersichtlich."

"Ersichtlich wodurch?"

"Er küsste mich mehrmals."

"Wie kam es, dass du dich in seinem Zimmer aufgehalten hast?", setzte Gistor Igelerm die Befragung fort.

"Er lud mich dorthin ein."

"Was geschah in seinem Zimmer?"

"Er bot mir ein Getränk an, und ich nahm es entgegen. An die darauffolgenden Geschehnisse kann ich mich nicht erinnern. Meine nächste klare Erinnerung beginnt dort, wo ich von lautem Geschrei geweckt wurde und mich nackt im Bett von Geloin Urnen, Legen der Nords, Aspirant dritter Ebene des Inneren Zirkels, wiederfand. Er lag neben mir in seinem Bett, nackt und in Gold gefesselt."

"Malriel, Holm von Haus Aren, Senatorin in Takhan, hast du Geloin Urnen, Legen der Nords, Aspirant dritter Ebene des Inneren Zirkels, zum geschlechtlichen Verkehr mit dir gezwungen?"

"Nein", bekundete Malriel nachdrücklich mit hoch erhobenem Kopf, ohne den Blickkontakt mit der Richterin zu unterbrechen.

"Beld Abhert, Legen der Sanderns, Hohepriester des Inneren Zirkels", wandte sich die Richterin an den Mann, der die Wahrheitssperre anwandte, "hat Malriel, Holm von Haus Aren, Senatorin in Takhan, die Wahrheit gesprochen? Warst du in der Lage, die Technik, die du erst gestern erlerntest, auf eine Weise einzusetzen, die die Verkündung jeglicher Unwahrheiten mit Sicherheit verhinderte?"

"Ja, Gistor Igelerm, Legen der Brughs, Richterin erster Ebene von Pirinkar, dazu war ich in der Lage", erwiderte er.

"Gut. Dann magst du nun auf deinen Platz zurückkehren", gewährte ihm die Richterin und wandte sich an die anderen vier Priester. "Nun wird jeder von euch vortreten, einer nach dem anderen, und Malriel, Holm von Haus Aren, Senatorin in Takhan, eine Wahrheitssperre auferlegen, sodass jeder von euch bestätigen kann, dass ihre Worte keinerlei Unwahrheit enthielten."

Enric lehnte sich zurück und sah zu, wie ein Priester nach dem anderen ihre Hand ergriff und sie um Bestätigung ersuchte, dass jedes einzelne von ihr gesprochene Wort nichts als die Wahrheit war und keinerlei Lüge oder Versuch zur Verheimlichung enthielt. Er hatte jeden Einzelnen von ihnen getestet und wusste, dass keiner von ihnen in die Verschwörung gegen Malriel involviert war. Dennoch wuchs seine Erleichterung mit jedem Priester, der die Ehrlichkeit ihrer Aussage bestätigte.

"Malriel, Holm von Haus Aren, Senatorin in Takhan, du kannst dich nun zu deinem Reig setzen, solange wir mit unserer Befragung von Geloin Urnen, Legen der Nords, Aspirant dritter Ebene des Inneren Zirkels, fortfahren", wies Gistor Noraske sie an und bedeutete den Wachen, die sie hergebracht hatten, den Ankläger vom Korridor hereinzurufen.

Enric warf Malriel ein kaum wahrnehmbares Lächeln zu, während sie neben ihm niedersank. Er spürte, wie ihre kühle, angespannte Hand nach seiner griff und drückte sie beruhigend. Nun begann der interessante Teil.

Der Mann, den die Wachen hereinführten, war Mitte Zwanzig mit kurzen hellbraunen Haaren und Gesichtszügen so fein gemeißelt wie die einer Frau, jedoch weniger zierlich. Ein ansehnlicher Mann - einer der keinerlei Schwierigkeiten damit hatte, den Blick einer Frau auf sich zu ziehen. Besonders nicht, wenn es um die Aufmerksamkeit einer Frau ging, die für ihre Schwäche für attraktive junge Männer bekannt war.

Für einen kurzen Moment ruhte Enrics Blick auf Malriel, und er fragte sich, wie sie damit zurechtkam, dass diese Vorliebe so wirkungsvoll gegen sie eingesetzt worden war. Wenn sie ihrer Tochter auch nur ein wenig ähnelte, würde sie sich in Gedanken für ihre eigene Dummheit verfluchen. Derzeit starrte sie den Priester mit leicht verengten Augen und aufeinandergepressten Lippen an. Enric fühlte sich an Eryn erinnert, wenn sie kurz davor war, um sich zu schlagen und hielt weiterhin ihre Hand in seiner, damit er sie genau davon abhalten konnte, falls es erforderlich wurde.

Geloin Urnen zeigte keinerlei Anzeichen von Nervosität. Das Ausmaß, in dem er rechtschaffene Duldsamkeit ausstrahlte, veranlasste Enric sogar zu der Überlegung, ob ihm womöglich ebenfalls die gleiche Droge wie in Malriels Getränk verabreicht worden war, damit man ihm einreden konnte, er wäre von der Frau in seinem Bett missbraucht worden. Das wäre immens unbequem, da es sie dorthin zurückwerfen würde, wo sie bereits vor der Wahrheitssperre gestanden hatten: sein Wort gegen ihres.

Er unterdrückte ein ungeduldiges Seufzen, als der junge Priester jede einzelne Person hinter den Tischen zu grüßen begann.

"Geloin Urnen, Legen der Nords, Aspirant dritter Ebene des Inneren Zirkels", fragte Gistor Noraske erneut, "bist du willens, dich einer Technik zu unterziehen, die es uns erlaubt, den Wahrheitsgehalt der Worte zu prüfen, die du von dir geben wirst?"

Geloin Urnens Reaktion veranlasste Enric, sich ein wenig aufrechter hinzusetzen. Sein Anführer, Beld Abhert, hatte sich offensichtlich an die Anweisung gehalten, die Wahrheitssperre nicht zu erwähnen. Der junge Mann war überrascht und offenkundig unsicher, was er von dieser neuen Entwicklung halten sollte. Einen Moment lang sprang sein Blick zu Malriel, dann wieder zurück zu den Richterinnen.

"Diese Wahrheitssperre - das könnte eine Methode sein, meine Gedanken zu kontrollieren, damit Malriel, Holm von Haus Aren, Senatorin in Takhan, unschuldig erscheint, obwohl sie es eindeutig nicht ist. Ich vertraue diesen Auswärtigen nicht und wünsche somit auch nicht, mich deren Technik zu unterziehen, die mich ihnen schutzlos ausliefern würde", erklärte Geloin Urnen entrüstet.

Enric hielt das Lächeln, das an seinen Mundwinkeln zupfte, unter Kontrolle. Das war ein Fehler gewesen. Hätte der Priester verkündet, dass er der Methode selbst kein Vertrauen schenkte anstatt sich dagegen zu wehren, dass er oder Vran'el sie bei ihm zum Einsatz brachten, wäre dies vielleicht als gültiger Einspruch behandelt worden. Doch er versäumte die Möglichkeit in Betracht zu ziehen, dass seine eigenen Landsleute in der Lage waren, sie anzuwenden. Sofern er es also nicht wagte, ihnen mangelnde Vertrauenswürdigkeit zu unterstellen, hatte er nun kaum eine andere Wahl als zuzustimmen. Oder seine Lüge einzugestehen.

Gistor Noraske nickte. "Wir nehmen deine Einwände gebührend zur Kenntnis und können dir versichern, dass du dich nicht zu sorgen brauchst, unsere Gäste könnten versuchen, deine Gedanken auf irgendeine Weise zu manipulieren. Die obersten Priester der Tempel wurden sorgsam in der korrekten Anwendung der Technik unterwiesen."

Der junge Priester schluckte hörbar, während sein Blick von einem Priester zum nächsten huschte.

"Gibt es sonst noch irgendwelche bislang unerwähnten Einwände, oder können wir die Befragung in Angriff nehmen, Geloin Urnen, Legen der Nords, Aspirant dritter Ebene des Inneren Zirkels?", fragte Gistor Noraske eindringlich.

Geloin Urnens Blick verfinsterte sich, als fünfzehn Paar Augen misstrauisch auf ihm ruhten. Er nahm einen tiefen Atemzug und wirkte plötzlich entschlossen.

"Ja, wir können beginnen", meinte er, während er sich sichtlich gegen jegliche Hindernisse wappnete, denen er sich zu stellen hatte.

"Der verdammte Narr hat keine Vorstellung davon, was ihm bevorsteht", flüsterte Malriel beinahe unhörbar. "Er denkt, er kann den Filter überlisten."

Enric nickte kaum merklich. Ja, diesen Eindruck vermittelte er tatsächlich. Anscheinend plante er einen verzweifelten Versuch, sich aus dieser Situation herauszulügen.

Als der Hohepriester des Inneren Zirkels seine Hand ergriff, schnappte Geloin Urnen nach Luft, zweifellos als Reaktion auf den warmen Strom an Magie, der sich seinen Arm entlangbewegte.

"Geloin Urnen, Legen der Nords, Aspirant dritter Ebene des Inneren Zirkels", übernahm die andere Richterin, Gistor Igelerm, wieder die Befragung, "nahmst du Malriel, Holm von Haus Aren, Senatorin in Takhan, mit auf dein Zimmer im Tempel, um dort sexuellen Verkehr mit ihr zu pflegen?"

"Nein, das tat ich nicht", antwortete der junge Priester eine Spur zu laut und zuckte zusammen, als das Echo seine Worte aus verschiedenen Richtungen auf ihn zurückwarf.

"Aus welchem Grund nahmst du sie mit auf dein Zimmer?"

Enric sah, wie Malriel neben ihm den Atem anhielt und spürte, wie sich ihre Fingernägel in seine Handfläche gruben.

Sie beobachteten, wie Geloin Urnen einatmete, seine Lippen öffnete und... die Stirn runzelte, als sein Mund sich weigerte, die Worte hervorzubringen, die er auszusprechen beabsichtigt hatte.

Enric spürte, wie die Anspannung von ihm abfiel und ihn stattdessen Triumph durchströmte. Dies war soeben ein offenkundiger Versuch gewesen, unter dem Einfluss einer Wahrheitssperre zu lügen. Und wenn er sich die grimmigen und verärgerten Mienen auf den Gesichtern der Richterinnen, Konsuln und Priester ansah, war er nicht der Einzige, der dies erkannt hatte.

"Geloin Urnen, Legen der Nords, Aspirant dritter Ebene des Inneren Zirkels", bellte Gistor Igelerm, "nahmst du Malriel, Holm von Haus Aren, Senator in Takhan mit auf dein Zimmer, um sie hereinzulegen, damit sie fälschlicherweise eines schweren Verbrechens bezichtigt wird?"

Der junge Priester fasste sich verzweifelt an den Hals und verstand nicht, was mit ihm geschah. Er versuchte, Worte zu formulieren, die er nicht auszusprechen vermochte.

"Ich kann nicht sprechen!", schaffte er es schließlich krächzend zu sagen, erleichtert darüber, dass er die Fähigkeit des verbalen Ausdrucks wiedererlangt hatte.

"So funktioniert die Technik, Geloin Urnen, Legen der Nords, Aspirant dritter Ebene des Inneren Zirkels", erklärte ihm Etor Altrud, der einzige weibliche Konsul, abweisend. "Sie verhindert das Aussprechen von Lügen."

Als Geloin Urnen seinen Mund öffnete, womöglich in dem Versuch, entweder zu erklären, dass er nichts dergleichen beabsichtigt hatte oder um seine Unschuld zu deklarieren, entkam seinen Stimmbändern erneut keine einzige Silbe.

Der kahlköpfige Konsul, Etor Liprolf, erhob sich von seinem Stuhl und verkündete mit kalter, abweisender Stimme: "Die Zeugenaussagen weisen darauf hin, dass Geloin Urnen, Legen der Nords, Aspirant dritter Ebene des Inneren Zirkels wiederholt den Versuch unternahm, dieses Gericht zu belügen. Er wird einer eingehenderen Befragung unterzogen. Lord Enric, Reig von Haus Aren, Stellvertreter im Orden und Senator in Takan, und Lam Vran'el, Reig von Haus Vel'kim, Jurist und Senator in Takhan, ihr mögt euch nun entfernen und zu der euch zugewiesenen Unterkunft zurückkehren. Malriel, Holm von Haus

Aren, Senatorin in Takhan, darf sich euch anschließen anstatt in ihre Haftzelle zurückzukehren. Ihr werdet dort verbleiben und unsere Benachrichtigung hinsichtlich des Ausgangs dieses Verfahrens abwarten."

Alle drei sprangen mehr oder weniger von ihren Stühlen auf und drehten sich zum Verlassen der Halle um, während Geloin Urnen in Gesellschaft der zwölf offenkundig ungehaltenen Personen zurückblieb, die begierig darauf waren, ihn zu vernehmen.

* * *

Malriel saß an dem schmalen Schreibtisch in Enrics Zimmer und trommelte mit ihren Fingern gegen die Oberfläche, sodass ihre Fingernägel ein rhythmisches Klicken auf dem Holz verursachten.

"Drei Stunden. Was kann nur dermaßen lange dauern? Ich meine, es war immerhin offensichtlich, dass er log, ich aber nicht!", rief sie nicht zum ersten Mal aus.

Enric saß auf seinem Bett und fügte Ram'ans Notizbuch ein paar Notizen hinzu. "Mach dir keine allzu großen Sorgen, Malriel. Wären sie noch immer der Ansicht, du seist schuldig, hätten sie dir kaum gestattet, mit uns zu kommen und hier zu warten", meinte er gelassen ohne aufzublicken.

"Ich weiß! Und doch kann ich mich nicht darauf verlassen, dass sie mich freilassen, solange es kein offizielles Urteil gibt."

"Malriel, wenn sie dich heute für unschuldig erklären sollten, werden Vran'el und ich morgen nach dem Frühstück von hier abreisen. Wie sehen deine Pläne aus? Wirst du hierbleiben und deine Verhandlungen fortsetzen?"

Sie schnaubte. "Kaum, Enric. Dieses dämliche Komplott hat so ziemlich alles zunichte gemacht, was ich in den letzten Monaten erreicht habe. Sie mögen meine Unschuld beweisen können, doch wie sollen mir die Menschen hier nach alldem wieder Vertrauen schenken? Nein, ich werde mit euch aufbrechen müssen. Und ich muss dir sagen, dass ich diesen Ort hier mittlerweile ohnehin satt habe. Ich werde in Schmach und Schande nach Takhan zurückkehren", murmelte sie zu Boden blickend. "Aber zumindest bedeutet das, dass ich lebendig zurückkehren werde."

"Quäle dich deswegen jetzt noch nicht, Malriel. Eines nach dem anderen. Zuerst bringen wir dich von hier fort, dann sehen wir, was als nächstes kommt."

Malriel schob den Stuhl zurück und ging zum Bett, wo sie sich hinsetzte und eine von Enrics Händen zwischen ihre beiden nahm. Sie wartete, bis er sein Gesicht hob und sie ansah.

"Enric, wie auch immer das hier enden wird, ich möchte, dass du weißt, dass ich in deiner Schuld stehe, weil du mir zu Hilfe geeilt bist, als ich dich brauchte. Und dass ich es zutiefst bedaure, dass dich das der Erfahrung beraubt hat, die Ankunft deines Sohnes in der Welt mitzuerleben. Ich danke dir für alles. Dafür, dass du mein Haus übernahmst und dass du meiner Tochter ein Gefährte bist, der einer Aren würdig ist."

Langsam nickte er. "Du bist Eryns Mutter, wie schwierig auch immer deine Beziehung mit ihr ist. Damit bist du Familie." Er befreite seine Hand aus ihrem Griff und umfasste stattdessen ihr Kinn, zog sie dabei ein wenig näher, damit sie sich nicht abwenden konnte. "Aber da gibt es zwei Dinge, die ich dir schon länger sagen möchte, und ich denke, dass du jetzt in der Stimmung bist, sie dir anzuhören." Er kniff die Augen zusammen. "Es sagt mir keineswegs zu, dass du Eryn diesen Trank verabreicht hast, der ihre Schwangerschaft ermöglichte. Versteh mich nicht falsch, ich bin glücklich über dieses Kind, und zwar enorm, doch niemals hätte ich ihr so etwas aufgezwungen. Ich wollte sie selbst überzeugen, dass sie sich nicht davor zu fürchten braucht, Kinder mit mir in die Welt zu setzen, sondern dass sie ein Geschenk wären, das wir einander machen. Diese Chance hast du mir aus selbstsüchtigen Gründen gestohlen. Aber du wirst das wiedergutmachen, indem du dich als liebende und unterstützende Großmutter zeigst. Von dieser Aren Strenge und Härte will ich bei meinem Sohn nichts sehen. Habe ich mich verständlich ausgedrückt?"

Malriel schluckte und nickte. "Ja. Und das Zweite?"

"Als ich dich damals nach deinem Besuch auf dem Rückweg nach Takhan bis Bonhet begleitete, sah ich während unseres Aufenthalt in der Gastwirtschaft, wie du einen Vogel an den König auf den Weg schicktest. Zweifellos, um ihn davon in Kenntnis zu setzen, dass ich deine Einladung, für eine Weile nach Takhan zu kommen, abgelehnt hatte." Sein Blick wurde kalt. "Ich gehe davon aus, dass du weißt, welche Konsequenzen deine Nachricht hatte?"

"Sein Kuss, der dich dazu veranlasste, sie aus Anyueel fortzubringen", murmelte sie und verzog das Gesicht. "Ich versichere dir, dass ich keine Ahnung hatte, auf welche Methoden er zurückgreifen würde. Er sagte mir nur, dass er es schaffen würde, dich zu der Reise nach Takhan zu veranlassen, falls es mir nicht glückte."

"Und du hast nicht hinterfragt, wie er dieses Kunststück zu vollbringen gedachte?", fragte Enric bitter.

Malriel schloss die Augen. "Nein. Ich gebe zu, dass ich es nicht wissen wollte. Ich wusste, dass er keinem von euch ein Leid zufügen würde, und das war all der Luxus, den ich mir damals leisten konnte. Ich wusste, dass er sich zu ihr hingezogen fühlte, doch meine Hoffnung war, dass er nicht auf eine Weise handeln würde, die es ihm erlaubte, seinen Neigungen zu folgen. Ich bedaure, dass er es doch tat. Sehr sogar."

Eine kurze Weile studierte er sie, dann spitzte er die Lippen. "Solltest du dich jemals wieder in eine Intrige dieser Art involvieren oder sie in die Wege leiten, um mich zu manipulieren, oder mich zu einer ungewollten Handlung provozieren, werde ich dich dafür büßen lassen. Und zwar so richtig."

Erst als Malriel schweigend nickte, gab er ihr Gesicht frei und lehnte sich zurück.

Beide erstarrten, als wuchtiges Klopfen die Tür erschütterte. Malriel kam langsam auf die Beine und öffnete die Tür, um einen Stapel Papiere entgegenzunehmen, die der Bote ihr in die Hände drückte, bevor er wieder verschwand.

Enric stand einen Moment später neben ihr und nahm ihr die Blätter aus den leicht zitternden Händen. Das erste war eine Nachricht von den Richterinnen, derzufolge Malriel, Holm von Haus Aren, Senatorin in Takhan, von sämtlichen Anklagen freigesprochen wurde. Er reichte sie an Malriel weiter, die sich gegen die nächste Wand lehnte und dann zu Boden rutschte, als ihre Knie ihr den Dienst versagten.

Die nächsten vier Zettel waren die Formulare, die er ausgefüllt hatte, damit man ihm die Umwechslung des Geldes für den Erwerb der Bücher bewilligte. Jedes einzelne davon war unterzeichnet und bewilligt.

Er lächelte. Das war ein beachtliches Zugeständnis, das man hier zu machen bereit war. Immerhin war man hier sehr darauf bedacht, jegliches Wissen vor dem Verlassen des Landes zu bewahren. Sehr wahrscheinlich war es als kleine Entschädigung dafür gedacht, dass ein Mitglied ihrer Gesellschaft den Versuch unternommen hatte, eine Person zu belasten, die geschickt worden war, um einen Krieg zu verhindern. Das war eine gefährliche Situation, die sich letzten Endes mühelos als feindseliger Akt interpretieren ließ.

"Es gibt da eine Anschaffung, die ich heute noch tätigen möchte", informierte er sie. "Ich gehe davon aus, dass du zurückkehren und deine Sachen holen sowie vor deiner Abreise noch mit ein paar Leuten reden willst. Wirst du morgen früh gemeinsam mit uns aufbrechen?"

Sie lächelte matt und nickte. "Ja. Da gibt es in der Tat noch das eine oder andere, das ich vor meiner Abreise erledigen muss. Ich werde dich und Vran'el morgen beim Frühstück treffen. Dann können wir von hier fort. Endlich."

KAPITEL 6

Die Rückkehr

Beide Magier blickten auf, als Malriel auf ihren Tisch in dem schmalen, bescheidenen Esszimmer des Gästehauses, in dem sie untergebracht waren, zukam.

Sie trug bereits ihre Reisekleidung - robuste, dunkle Lederhosen und eine grobgewebte Leinentunika, die ihr beinahe bis zu den Knien reichte.

"Guten Morgen, meine Freunde", grüßte sie ruhig mit einem angespannten Lächeln und nahm auf einem schnörkellosen Holzstuhl Platz, der unter ihrem Gewicht leicht knarrte.

"Und auch dir einen guten Morgen", nickte Vran'el. "Ich muss zugeben, dass wir dich etwas eher erwartet hätten."

"Ich hatte noch ein abschließendes Treffen mit ein paar der Regierungsvertreter. Da gab es eine Kleinigkeit, um die ich mich vor meiner Abreise noch kümmern musste." Auf Enrics fragend hochgezogene Augenbraue hin fuhr sie fort: "Ich habe es fertiggebracht, sie davon zu überzeugen, dass sie uns einen anderen Repräsentanten schicken lassen, der die Verhandlungen fortführt. In der Sache hatten sie kaum eine Wahl, wenn man bedenkt, dass ich hier abreise, nachdem einer ihrer Bürger versucht hat, mir dermaßen übel mitzuspielen. Sie schulden uns etwas, besonders, da wir reif genug agieren, um all das nicht als einen Akt der Aggression gegen unser Land zu betrachten."

"Das sind ausgezeichnete Neuigkeiten", nickte der blonde Magier und griff nach einer weiteren Scheibe des eher trockenen Brotes in einem runden Korb. Es war nicht die schmackhafteste Kost, doch da er sich in den nächsten paar Tagen mit getrockneten Reiserationen zufriedengeben würde müssen, war es die letzte Gelegenheit etwas zu sich zu nehmen, das während des Kauens nicht an Volumen zunahm.

"Wie sieht es mit euch aus, Jungs? Seid ihr bereit, nach dem Frühstück aufzubrechen? Ich gestehe, dass ich unserem Aufbruch ungeduldig entgegenblicke." Sie nickte Enric zu. "Und du ebenfalls, wage ich zu behaupten."

"Alles ist bereit und zusammengepackt", bestätigte Enric. "Sobald wir mit dem Essen fertig sind, können wir uns auf die Pferde schwingen und aufbrechen. Die unseren habe ich satteln und herbringen lassen. Wo ist deines?"

"An einer Stange neben den euren festgebunden."

"Müssen wir irgendwelche Abschiedsrituale berücksichtigen, bevor wir hier fort können?", erkundigte sich Vran'el. "Es kommt mir etwas seltsam vor, einfach so davonzureiten."

"Das müssen wir nicht", meinte Malriel mit einem Kopfschütteln. "Wir haben uns gestern offiziell verabschiedet, und mehr Zeremonie als das wird es nicht geben. Die Leute hier sind nicht gerade von der besonders herzlichen und gefühlsbetonten Sorte", murmelte sie und achtete darauf, dass keiner der anderen fünf Gäste sie hören konnte.

Enric schluckte den letzten Bissen seines Brotes und schob seinen Stuhl zurück, bevor er aufstand. "Ich bin bereit, wenn ihr es seid. Malriel, ich gehe davon aus, dass du bereits gegessen hast?"

"Ja, das habe ich. Vor etwa drei Stunden. Soweit es mich betrifft, können wir aufbrechen."

Sie traten durch den schmalen Türrahmen hinaus und legten die paar Schritte zu den geduldig wartenden Pferden zurück, an deren Sättel bereits die Bündel festgezurrt waren.

"Niemand ist gekommen, um uns zu verabschieden", bemerkte Vran'el kopfschüttelnd. "Unglaublich."

"Ich habe gelernt, dass die Regeln der Gastfreundschaft, die in unserem Land selbstverständlich sind, hier nicht gelten", erklärte Malriel, während sie sich auf ihr Reittier schwang. "Im Königreich Anyueel werden sie als gute Manieren erachtet, sind aber dennoch nicht so wichtig wie bei uns. Du darfst es nicht für eine beabsichtigte Beleidigung halten, das ist einfach nur die Art und Weise, wie die Dinge hier laufen. Dieser Fall wurde restlos zum Abschluss gebracht, somit sieht man keine Notwendigkeit, hier noch irgendwelche besonderen Mühen auf uns zu verwenden. Sie sind eher darauf bedacht, ihre Ressourcen sparsam einzusetzen, besonders, wenn sich mit ihrer Verschwendung nichts gewinnen lässt. Da die Chancen sehr gering stehen, dass ich in absehbarer Zeit hierher zurückkehre, sieht man wenig Sinn darin, mich besonders freundlich zu behandeln, damit ich gerne wiederkomme."

"Absolut herzlos", brummte Vran'el und veranlasste sein Pferd zu einem sanften Trab hinter Malriel.

Enric folgte ihnen in Richtung der Brücke, die es ihnen ermöglichen würde, den breiten Fluss zu überqueren und damit die Stadt hinter sich zu lassen. Die farbenfroh gewandeten Wachen, die ihnen erst vor wenigen Tagen den Zugang zur Stadt blockiert hatten, standen auf einer Seite und ließen sie ohne Hindernis oder auch nur ein Aufflackern von Wiedererkennung passieren.

Sie ritten weiter, und er atmete tief ein in der Gewissheit, dass er sich mit jedem einzelnen Schritt Eryn ein wenig näherte.

* * *

Nachdem sie ihren Sohn zu Bett gebracht hatte, kehrte Eryn aus dem Kinderzimmer zurück und gähnte. Rechtzeitig erinnerte sie sich daran, dass sie sich nicht allein im Aren Hauptraum befand und bedeckte ihren Mund mit dem Handrücken.

Aber von den vier Personen, die sich noch vor zehn Minuten hier aufgehalten hatten, war nur mehr eine übrig.

"Wo sind denn alle hin?", fragte Eryn stirnrunzelnd.

Ram'an lächelte. "Junar und Orrin haben sich zur Ruhe begeben, und Malhora meinte, sie verspüre das dringende Bedürfnis nach etwas frischer Luft. Sie durchstreift gemeinsam mit deiner Katze die Gärten. Und du, meine Liebe, wirkst als solltest du ebenfalls zu Bett gehen."

Sie verzog das Gesicht. "Davor graut mir jede Nacht: vor dem Schlafengehen."

"Du leidest also noch immer unter diesen Alpträumen?", erkundigte er sich teilnahmsvoll.

"Ja. Jede Nacht aufs Neue. Das Einschlafen fällt mir seit der Geburt leichter, doch alles in allem sind meine Nächte nun sogar noch weniger erholsam als zuvor. Ich frage mich, ob ich nicht einfach meinen Rhythmus umstellen und während des Tages schlafen sollte", seufzte sie.

"Das könnte sich als beträchtliche Herausforderung erweisen, wenn man bedenkt, dass du für Angelegenheiten, die dein Haus betreffen, verfügbar sein solltest. Vorzugsweise zu einer Zeit, zu der auch jeder andere wach ist", lächelte Ram'an und stand von den Sitzkissen auf. "Komm mit."

Verwirrt blickte Eryn auf die Hand, die er ihr hinhielt. "Wohin?"

"Ins Bett. Ich werde dich zu Bett bringen und dir ein Ritual angedeihen lassen, das für mich sehr gut funktionierte, als ich ein Junge war. Zuerst werde ich sicherstellen, dass keine unerfreulichen Kreaturen unter deinem Bett lauern und dir dann eine Geschichte zum Einschlafen erzählen."

Das entlockte ihr ein Grinsen. "Eine Geschichte? Denkst du nicht, dass ich dafür etwas zu alt bin?"

"Unsinn. Für eine gute Geschichte sind wir niemals zu alt. Aus diesem Grund umgeben wir uns auch stets mit ihnen. Jedes Lied erzählt eine Geschichte, ebenso jedes Bild, das wir ansehen. Wenn du in den Garten hier hinausgehst, erzählt er dir die Geschichte von Generationen von Aren Anführern. Die Kellergewölbe der meisten Häuser beherbergen wertvolle Erbstücke, die von Geschichten lange vergangener Taten und Bräuche zeugen, genau wie unsere Bücher." Er ergriff ihre Hand, als sie ihn nur skeptisch ansah. "Und in einer Stadt, wo mächtige Politiker und ehrwürdige Säulen der Gemeinschaft durch die Straßen laufen, um Invasion zu spielen, ist alles möglich, Theá. Sogar, dass ein Oberhaupt eines Hauses einem anderen eine Gutenachtgeschichte erzählt."

Sie musste lachen und ließ sich von ihm in Richtung ihres Schlafzimmers ziehen. Er öffnete die Tür und ließ ihre Hand los.

"Warte hier. Als Erstes werde ich zusehen, dass alles sicher ist", flüsterte er. Dann betrat er das Zimmer behutsam und starrte in jede Ecke, hinter die Tür und ging schließlich auf die Knie, um unter dem Bett nachzusehen.

Mit verschränkten Armen an den Türrahmen gelehnt, beobachtete Eryn ihn und schüttelte grinsend den Kopf. Er war wirklich ein seltsamer Kerl. Hatte sie ihn jemals zuvor dermaßen verspielt erlebt?

"Ich freue mich berichten zu können, dass der Raum sicher ist und du ohne Furcht eintreten kannst", verkündete er feierlich. "Ich werde nun kurz nach draußen gehen, damit du dein Nachtgewand anlegen kannst. Du darfst dich nicht hinlegen, ohne dass ich anwesend bin - das muss richtig gemacht werden." Er zwinkerte ihr zu, ging in den Korridor hinaus und zog die Tür hinter sich zu.

Rasch entledigte sie sich ihrer Tunika und der Hose und warf sich ein loses, blickdichtes Nachthemd über.

"Ich bin soweit", rief sie, woraufhin Ram'an zurückkehrte und neben das Bett trat, um die Decke für sie hochzuheben.

Sie zog eine Augenbraue hoch. "Und das hätte ich nicht ohne deine Hilfe tun können?"

"Stelle das Ritual nicht in Frage, Theá", ermahnte er sie und wartete, bis sie unter die Decke schlüpfte. Dann umrundete er das Bett und zog seine Schuhe aus, um sich auf die Seite zu legen, die früher Enric gehört hatte. Sie schluckte und zog die Stirn in Falten.

"Du erwartest doch wohl hoffentlich nicht, dass ich stehe oder auf dem Boden sitze, während ich mir die Mühe mache, eine ausgedehnte Erzählung zum Besten zu geben? Ich verspreche, dass ich mich absolut ehrenwert verhalten werde. Nun mach es dir bequem und lass mich dir von der Legende erzählen, wie Takhan entstand und weshalb sich die Stadt an genau dem Ort befindet, wo sie heute steht."

Sie lauschte ihm, wie er eine Geschichte vortrug, in der Elementargeister des Flusses und der Gebirge vor vielen tausend Jahren um die Vorherrschaft des Landes kämpften, Menschen in dieser Gegend ankamen und ein Bündnis mit dem mächtigen Sonnengeist schlossen, um das Land für sich zu beanspruchen. Daraufhin gründeten sie ihre Hauptstadt an einem Ort, der sowohl dem

Flussgeist als auch dem nahen Gebirgsgeist direkten Zugriff gewährte, um sie zu einer friedlichen Koexistenz zu bewegen. Seine sanfte, melodische Stimme malte Bilder von kämpfenden Naturgottheiten, die sich der Elemente Sand, Wasser, Erde und Hitze bedienten in dem Versuch, einander zu unterjochen, und von Menschen und ihrem dürftigen Verständnis von Magie, das ihnen schlussendlich dennoch half, die Oberhand zu gewinnen.

Seine lebendige und ernste Art, mit der er die Geschichte vortrug, nahm sie gefangen und veranlasste sie zum Nachgrübeln, wie solch ein Mann jemals beim Studium von Gesetzen gelandet und mit Regeln und Bestimmungen zufrieden sein konnte. Allerdings hatte er auch Geschichte studiert. Die Disziplin, die all ihre Ressourcen darauf verwendete, lange vergangene Geschichten zu entdecken und sie zu erhalten.

Seine leise Stimme beschrieb mächtige Erdbeben und Fluten, ohne an Lautstärke zuzunehmen, doch er wandte die Prinzipien der Stimmmodulation so kunstvoll an, dass ihre Augen an seinen Lippen hingen, während seine Worte wundersame Bilder erschufen. Wie hatte sie nur jemals denken können, man könnte zu alt sein für eine gute Geschichte, dargeboten von einem meisterhaften Erzähler?

Eryn lächelte, als ihm schließlich beinahe eine Stunde später die Augen zufielen. Ihr war aufgefallen, dass seine Lider bereits vor einer Weile immer schwerer zu werden begonnen hatten, doch er hatte sich dagegen gewehrt, vom Schlaf übermannt zu werden. Es schien, als hätte er nun entweder nachgegeben oder den Kampf verloren.

Er lag auf der zweiten Decke, sodass sie ihn nicht damit zudecken und vor dem Frieren bewahren konnte. Der Gedanke, ihn aufzuwecken und nach Hause zu schicken kam ihr nicht in den Sinn.

Sie rückte näher zu ihm, damit ihre eigene Decke beide wärmte und bettete ihren Kopf auf seinem Oberarm. Das Gefühl eines warmen Körpers in ihrem Rücken verschaffte ihr solch ein mächtiges Empfinden von Erleichterung, dass sie schlucken musste. Nur eine Nacht lang würde sie vorgeben, er wäre Enric, dass sie nicht länger allein war, sondern er bei ihr in diesem Raum war, um sie zu halten, zu beschützen und vor bösen Träumen zu bewahren. Das würde sie sich eine einzige Nacht lang gönnen. Es würde ihr beim Schlafen helfen, damit sie die Stärke sammeln konnte, die sie brauchte. Und morgen würde sie Iklan aufsuchen und ihn bitten, er möge sie dabei unterstützen, diesen Schmerz und die Sehnsucht hinter sich zu lassen.

Es war Zeit, über Enric hinwegzukommen und sich auf den neuen Mann in ihrem Leben zu konzentrieren, denjenigen, dem sie von nun an all ihre Energie widmen würde: Vedric.

* * *

Enric atmete aus und stieg vor der Aren Residenz von seinem Pferd. Niemals hätte er gedacht, dass dieser Ort - an den Malriel ihn mit einer List zu holen vermocht hatte - sich jemals als solch willkommener Anblick erweisen würde. Aber es war nicht länger eine bloße Unterkunft, ein Arbeitsplatz, sondern der Ort, an dem sich Eryn aufhielt. Und das machte es zu einem Zuhause.

Er drehte sich zu Vran'el um. "Ich gehe davon aus, dass du gleich nach Hause weiterreiten wirst?"

Müde lächelte der Jurist und schüttelte den Kopf. "Nein, zuerst möchte ich einen Blick auf meinen Neffen werfen. Und erleben, wie meine Schwester auf deinen Anblick reagiert."

Enric nickte und sah Malriel an. Von ihrer erhöhten Position aus lächelte sie erschöpft zu ihm hinab.

"Keine Sorge, Enric, ich habe versprochen, mich zu benehmen, wenn du dich erinnerst. Sollte es zu einer Eskalation mit drei Aren Frauen unter dem gleichen Dach kommen, so werde ich nicht diejenige sein, die sie auslöst. Nun geh hinein. Ich werde die Pferde zu den Ställen bringen und mich um sie kümmern. Vran, du kannst deines morgen abholen. Genau wie wir hat es sich Ruhe verdient."

Beide Männer lösten ihre Bündel von den Sätteln, und Enric öffnete behutsam die Eingangstür, während Malriel die Pferde davonführte. Er zündete eine Lampe an und stieg die Treppe in den Hauptraum hinauf, dicht gefolgt von Vran'el.

"Ich werde hier auf dich warten. Ich wage zu behaupten, dass du bei eurer Wiedervereinigung keine Zeugen wünschst - wie auch immer sie verlaufen mag", lächelte Vran'el und ließ sich auf den Sitzkissen nieder. Sein Genuss über den weichen Untergrund, der zur Abwechslung nicht schaukelte oder ihn durchschüttelte war unverkennbar.

Enric nickte knapp und wappnete sich, während er seinen Weg zum Schlafzimmer fortsetzte. Über die Art des Empfangs, den sie ihm bereiten würde, gab er sich keinen Illusionen hin. Aber dem stellte er sich mehr als bereitwillig im Austausch dafür, dass er sich wieder an ihrem Anblick erfreuen konnte. Er hatte gespürt, wie der Druck des Kommitmentbandes im Laufe des vergangenen Tages gewachsen war. Er hätte erwartet, dass die Nähe zu ihr die Spannung reduzieren würde, doch stattdessen schien die anstehende Wiedervereinigung das Gefühl der Dringlichkeit noch weiter erhöht zu haben. Oder war das sein eigenes, persönliches Sehnen, das nichts mit der Magie zu tun hatte, die ihn an sie band?

Er stand vor dem Schlafzimmer, in einer Hand die Lampe, öffnete vorsichtig die Tür und trat ein. Und erstarrte.

Von all den Szenarien, die er sich in seinem Kopf anlässlich seiner Rückkehr ausgemalt hatte, hatte ihn kein einziges davon auf den Anblick vorbereitet, der sich ihm bot.

Eryn lag auf der Seite, ihren Kopf auf Ram'ans Oberarm gebettet, während sein anderer Arm auf ihrer Hüfte ruhte, ganz so als hätte er jedes Recht, sie zu berühren, wo auch immer es ihm beliebte.

Enric schloss die Augen und lehnte sich gegen den Türrahmen, kämpfte gegen die kalte Faust, die sein Herz quetschte und ihn in die Knie zu zwingen drohte.

Keinesfalls hätte er Ram'an vertrauen dürfen. Niemals. Wie hatte er nur dermaßen naiv sein können, gerade diesen Mann darum zu bitten, dass er sich um sie kümmerte? Ausgerechnet den Mann, der mit allen ihm zur Verfügung stehenden Mitteln um sie gekämpft hatte, der sogar willens gewesen war, für sie seinen Machtanspruch aufzugeben?

Er starrte auf das seltsam friedvolle Bild vor ihm. Sie wirkte nicht, als wäre sie in die Unterwerfung gezwungen worden, sondern als empfände sie es als angenehm, in seinen Armen zu schlafen anstatt unbehaglich, so wie es aus Enrics Sicht hätte sein müssen. Hatte sie ihm nachgegeben, um ihrem Gefährten Schmerz zu bereiten? Um sich zu rächen? Oder hatte sie es aus Verzweiflung und Einsamkeit getan? Er erinnerte sich an ihren nächtlichen Schmerz, den er durch das Geistesband empfangen hatte. Und dass dies die erste Nacht war, in der er nichts verspürt hatte. Die Nacht, in der er sie in Ram'ans Armen vorfand, in der sie selig in seiner warmen Umarmung ruhte.

Er brachte es nicht über sich, ihr daraus einen Vorwurf zu machen. Sein Blick sprang zu Ram'an, der sich zu bewegen begonnen hatte. Das war das richtige Ziel für seinen Ärger, seinen Zorn!

Langsam öffnete Ram'an die Augen und blinzelte, als er den in staubige Reisekleidung gehüllten Mann erkannte, der ihn vom Türrahmen aus mit steinerner Miene beobachtete und mit Blicken aus kalten blauen Augen durchbohrte.

"Enric? Du bist zurück!", flüsterte der Jurist und sah auf die Frau neben sich hinab. Erst dann schien er zu begreifen, welches Bild sie abgaben. Er, wie er die Gefährtin dieses Mannes in seinen Armen hielt, während er in ihrem Bett lag. "Warte, das kann ich erklären…"

"Du heimtückischer Mistkerl", zischte Enric und kam langsam näher. "Du hättest zumindest sichergehen sollen, dass ich nicht zurückkomme."

Er sah, wie sich Eryn leicht bewegte, bevor sie die Augen öffnete und ihn vollkommen ungläubig mit weit aufgerissenen Augen und offenem Mund anstarrte.

"Enric", meinte Ram'an eindringlich. Er stand vom Bett auf und hob dann beide Hände vor sich, die Handflächen von sich weg gerichtet. "Bitte, wir sollten uns hinsetzen und das besprechen. Dann wirst du sehen…"

Der Blitz, der ihn geradewegs in den Brustkorb traf, unterbrach ihn mitten im Satz und ließ ihn ohnmächtig mit einem dumpfen Geräusch auf dem Boden aufschlagen.

Eryns Augen waren noch immer wie gebannt auf die Gestalt gerichtet, die sich langsam auf sie zubewegte. Diese Situation war so seltsam, so unwirklich, dass ihr Gehirn damit überfordert war festzustellen, ob es sich dabei nur um einen weiteren ihrer qualvollen Träume handelte oder nicht.

"Eryn", hörte sie ihn flüstern, als er die Lampe auf ihrem Nachttisch abstellte und sich neben sie auf das Bett setzte, sein Gesicht eine Maske der Pein. Sie konnte sehen, wie sich vor seinen unglaublich blauen Pupillen Tränen ansammelten - etwas, das sie noch nie zuvor gesehen hatte. Seine Lippen waren trocken und stellenweise aufgeschürft, sein Gesicht und seine Haare mit einer dünnen Patina aus Staub und Sand überzogen.

Einen Augenblick später spürte sie, wie sich warme Lippen auf ihre pressten und er sie mit einer Hand sanft im Nacken festhielt. Seine andere Hand legte sich um ihre Mitte.

Sie war komplett verloren in dieser absurden Situation, außer Stande, irgendwie darauf zu reagieren. Und selbst wenn sie dazu in der Lage gewesen wäre, hätte sie nicht gewusst, ob sie ihn von sich stoßen und so der bittersüßen Folter seines Geschmacks auf ihren Lippen entkommen oder ihn an sich drücken sollte.

Er unterbrach den Kontakt und starrte dorthin, wo seine Hand ihre Hüfte berührte. Unter ihrem Nachtgewand zeichnete sich etwas Massives ab.

"Er hat dir einen goldenen Gürtel angelegt?", knurrte Enric und berührte den Anstoß erregenden Gegenstand, um sie davon zu befreien, indem er einen schwachen Magieimpuls durch den Stoff hindurch schickte. "Es tut mir so leid", murmelte er und schüttelte den Kopf, noch immer versunken in die Absurdität, dass er sie friedlich schlafend in den Armen eines Mannes vorgefunden hatte, der solche Maßnahmen ergriffen hatte, um sie gefügig zu machen.

Langsam erwachte Eryn von dem Schock. Eine mächtige Woge an Zorn und Schmerz riss sie schließlich aus ihrer Untätigkeit. Sie sah, wie er vollkommen verständnislos die Stirn runzelte und spie ihm entgegen: "Das sollte es auch, Bastard!" Dann hob sie ihre Handfläche und schoss einen mächtigen Magieblitz auf ihn.

Seine Augen weiteten sich verwirrt, bevor er zurücksank und zu Boden glitt.

Kurz darauf vernahm sie vom Gang her Schritte, die in ihre Richtung eilten, woraufhin Vran'el im Türrahmen erschien und fassungslos zuerst sie, dann die beiden leblosen Männer auf dem Boden, dann wieder sie anstarrte. Er wirkte ebenfalls erschöpft und müde von der Reise.

Er benötigte ein paar Sekunden, bis er in der Lage war zu sprechen. "Was hast du jetzt wieder angestellt? Und warum war Ram'an zu dieser nächtlichen Stunde in deinem Schlafzimmer?"

Rasch ging er in die Hocke und berührte zuerst Enric, dann Ram'an für eine Bestandsaufnahme. Er sah zu ihr auf und schüttelte den Kopf.

"Zumindest sind sie nicht tot", seufzte er matt und rieb sich über das Gesicht. "Was wohl bedeutet, dass ich dir zu deiner Zurückhaltung gratulieren sollte, Schwester."

Sie schüttelte bedächtig den Kopf. "Nein, tot sind sie nicht." Ihr Blick fiel auf Enric. "Aber einer von ihnen wird sich womöglich bald wünschen, er wäre es."

* * *

Eryn stand mit verschränkten Armen gegen die Wand gelehnt und beobachtete teilnahmslos die Vorgänge im Hauptraum. Es musste bereits mehrere Stunden nach Mitternacht sein.

Vran'el hatte zuerst Enric, dann Ram'an aus ihrem Schlafzimmer zu den Sitzkissen getragen und stand nun vor ihnen.

"Welchen von ihnen sollen wir zuerst wecken?", wandte er sich an Malhora neben ihm.

Die alte Frau spitzte die Lippen. "Arbil. Falls Enric sich noch einmal auf ihn stürzt, sollte er zumindest wach sein, damit er sich verteidigen kann. Nicht, dass ihm das besonders viel nützt gegen einen stärkeren Magier, wohlgemerkt. Aber vielleicht ist er flink genug um auszuweichen."

Eryn richtete sich auf und ging zu ihnen. Dann beugte sie sich wortlos nach unten zu dem Mann, den sie rechtlich gesprochen noch immer als ihren Gefährten betrachten musste, und befestigte den goldenen Gürtel, den er ihr erst vor ein paar Minuten abgenommen hatte, um seine Körpermitte.

"In Ordnung", nickte Vran'el langsam. "Damit wäre ein Problem gelöst."

Vom Korridor zu ihrer Linken kamen Schritte, dann ertönte Orrins verwunderte Stimme. "Vran'el! Du bist zurück!" Als nächstes wanderte sein Blick zu den beiden auf den Kissen liegenden Männern. "Ach du meine Güte, was hast du denn jetzt schon wieder angestellt, Eryn?"

Der Zweite, der ihr diese Frage stellte. Sie ersparte sich die Mühe einer Antwort und kehrte zu ihrer Position an der Wand zurück. Von diesem ganzen Drama um sie herum fühlte sie sich seltsam losgelöst. Diese Szene, die sich vor ihr abspielte, erschien ihr noch immer lächerlich surreal.

Da war er also - Enric, der Mann, dessen Abwesenheit ihre Alpträume geschürt und ihr das Gefühl von Verlorenheit und Einsamkeit vermittelt hatte - und alles, was sie verspürte, war diese sonderbare Taubheit, jetzt, wo der Ärger abgeflaut war. Die Heilerin in ihr fragte sich, ob sie es wohl mit einer Art Schockreaktion zu tun hatte.

Malhora antwortete dem Krieger anstelle ihrer Enkelin. "Enric fand Ram'an in ihrem Bett und streckte ihn zu Boden. Und nachdem er sie von dem Gürtel befreit hatte, vergalt sie es ihm in gleicher Weise", erklärte sie schlicht, als wäre dies die selbstverständlichste Reaktion der Welt.

Eryn konnte erkennen, das Orrin noch etwas sagen wollte; womöglich wollte er wissen, weshalb Ram'an überhaupt in ihrem Bett gewesen war, damit Enric ihn dort vorfinden konnte, doch er besann sich eines Besseren und schüttelte stattdessen nur verwundert den Kopf.

Vran'el bückte sich, um das Oberhaupt von Haus Arbil für einen Moment leicht an der Stirn zu berühren, bevor er sich wieder aufrichtete. Ram'ans Augenlider öffneten sich kurz darauf, und er benötigte ein paar Sekunden, um seine Umgebung in sich aufzunehmen und zurück zur Realität zu finden.

Er drehte seinen Kopf leicht zur Seite und sprang fluchend auf, als er Enric in seiner Nähe fand. Erst als er erkannte, dass der großgewachsene Magier bewusstlos war, entspannte er sich wieder.

Schwerfällig atmete er aus, dann sah er den anderen Juristen an. "Ihr seid also zurückgekehrt."

"Wie du siehst", erwiderte Vran'el kühl. "Was hattest du im Bett meiner Schwester zu suchen?"

Er seufzte. "Ich bin dort eingeschlafen, nachdem ich ihr eine Geschichte erzählte. Sie leidet seit einer Weile unter Alpträumen."

Vran'el nickte widerwillig. Zumindest hinsichtlich der Alpträume wusste er, dass es der Wahrheit entsprach.

"Seid ihr allein zurückgekehrt?", erkundigte sich Malhora bedächtig.

"Nein", kam eine kehlige, müde Stimme von der Terrassentür, "das sind sie nicht. Ich grüße dich, Mutter."

Eryn verspannte sich und presste bei Malriels Anblick die Lippen aufeinander. Sie machte keinerlei Anstalten, sich der von der Reise gezeichneten Frau zu nähern, die soeben den Raum betrat und ein paar Schritte von Malhora entfernt zum Stehen kam.

"Ich bin froh zu sehen, dass es dir wohl ergeht, Malriel", sprach die ältere Frau sanft. "Nicht, dass ich große Zweifel daran hatte, dass du dich durchsetzen würdest", fügte sie nachträglich hinzu.

Malriels Lächeln war dünn. "Natürlich nicht. Es ist gut zu hören, dass du dir keine unnötigen Sorgen um mich gemacht hast, Mutter."

Eryn spürte, dass bei diesen Worten etwas mitschwang, etwas Unerwartetes. Verletzte Gefühle, weil ihre eigene Mutter sich nicht um ihre Tochter gesorgt hatte?

"Natürlich war ich besorgt, du Närrin", erwiderte Malhora sachte.

Die beiden Frauen starrten einander einige Augenblicke lang an, und Eryn fragte sich, ob sie einander wohl umarmen würden. Das taten sie nicht, sondern standen einfach nur unbeholfen da, ohne zu wissen, was sie tun sollten. Eryn starrte sie an und dachte, welch eine Bürde es sein musste, Aren zu sein, wenn man einander noch nicht einmal seine Zuneigung zeigen konnte; wohl aus Angst davor, schwach zu wirken. Niemals, so schwor sie sich, würde sie so etwas zwischen ihrem Sohn und ihr selbst zulassen.

Malriel nickte kurz und drehte sich dann zu ihrer Tochter um. "Maltheá", seufzte sie und kam näher. Falls ihr die zu Schlitzen verengten Augen und die zusammengezogenen Augenbrauen auffielen, entschied sie sich, beides zu ignorieren und zog ihre Tochter ohne Vorwarnung in ihre Arme, hielt sie fest, als sich die jüngere Frau zu befreien versuchte.

"Nein", murmelte Malriel, "bitte, gewähre es mir nur für einen kurzen Augenblick, in Ordnung?"

Eryn blinzelte und hielt still, überrascht von der Eindringlichkeit, die in der Stimme ihrer Mutter mitschwang. Die Zeit oben im Norden musste ihr ordentlich zugesetzt haben, wenn sie sich eine Blöße wie das Bedürfnis nach einer Umarmung gestattete.

Malriel gab sie wieder frei und blickte dann zu Ram'an und Enric auf den Kissen hin. Sie seufzte. "War das wirklich nötig? Musstest du ihn wirklich kaltstellen? Und was machst du überhaupt nachts um diese Zeit hier?"

Ram'ans Augenbrauen zuckten nach oben. "Das war nicht ich, sondern Eryn."

Der Blick der älteren Frau sprang zurück zu ihrer Tochter. "Du hast das getan? Nicht ganz der Empfang, den er sich erhofft hat, könnte ich mir denken", meinte sie ohne jede Spur von Ironie.

"Allerdings der, den er verdient", zischte Eryn und trat von ihrer Mutter weg.

Vran'el seufzte. "Ich schicke meinem Vater wohl besser einen Boten und informiere ihn, dass wir zurückgekehrt sind."

"Bemühe dich nicht, ich werde ihn holen", bot Orrin an und lief die Treppe hinunter, ohne auf eine Antwort zu warten.

"Wir sollten ihn dann wohl wecken", seufzte Vran'el. "Gibt es für diese Ehre irgendwelche Freiwilligen?"

Eryn atmete tief ein und trat vor. "Ich werde es tun."

Die anderen vier versammelten sich um sie, als sie zu den Sitzkissen marschierte und auf ihn hinabsah. Sein Anblick versetzte ihr einen Stich, eine Mischung aus der Sehnsucht, ihn zu berühren und dem Schmerz bei dem Gedanken daran, dass er sie hier zurückgelassen hatte, um Malriel hinterher zu laufen. Nun war er zurück, und sie hatte keine Ahnung, wie sie mit ihm verfahren sollte. In ihrem Kopf hatte sie mehrere Möglichkeiten durchgespielt. Zugegebenermaßen hatte sie ihn in manchen davon seines Bewusstseins beraubt. Aber weiter als bis dahin hatte sie nie gedacht.

Sie erinnerte sich daran, wie er sie im Schlafzimmer berührt, wie sich seine rauen Lippen auf ihren angefühlt hatten, wie unverkennbar der Schmerz in seinen Augen gewesen war. Hatte ihm seine Mission zur Befreiung von Malriel nicht eingebracht, was er sich erhofft hatte? War sie nicht wie von ihm erwartet in seine Arme gesunken? Hatte er damit gerechnet, von seiner Gefährtin empfangen zu werden, als wäre nichts geschehen?

Sie spürte, wie warmer Ärger in ihr aufstieg und straffte ihre Schultern, bevor sie seine Stirn berührte so wie Vran'el es zuvor bei Ram'an getan hatte.

Wenig später regte sich Enric, öffnete die Augen und starrte in Eryns kalte Miene. Sein Blick landete auf Ram'an, und er kam hastig auf die Beine. Erst da erkannte er, dass seine Magie fort war. Er sah auf den goldenen Gürtel hinab und fluchte, dann hob er seinen Zeigefinger drohend dem Oberhaupt von Haus Arbil entgegen.

"Dafür wirst du bezahlen, das schwöre dich dir - ich werde dich dafür büßen lassen, sobald ich meine Magie zurückhabe!", fauchte er.

Eryn hob einen Finger und setzte ein wenig Magie ein, um Enric einen Schubs zu versetzen, der ihn zurück auf die Kissen schickte.

"Wo liegt das Problem, Enric?", fragte sie frostig. "Hast du Malriel bereits satt? Oder ist der Gedanke daran, dass Ram'an den Preis bekommt, dermaßen qualvoll? Verinnerlichst du die Gesinnung der Aren, dass man stets gewinnen muss, ganz egal, ob der Preis es wert ist?"

"Was?" Enric starrte zu ihr empor, vollkommen verstört von der Absurdität ihrer Worte. "Wovon redest du?"

"Ich rede davon, wie du das Kommitmentband zwangsweise entfernt hast und Malriel hinterhergelaufen bist - der Jungfrau in Nöten. Ich gehe davon aus, dass sie deine Gefühle bislang nicht erwidert hat?"

Eryn drehte den Kopf, als sie zu ihrer Rechten Malriels tiefes Glucksen vernahm. "Maltheá, da hast du aber etwas gehörig missverstanden."

Enric ließ seinen Kopf in den Nacken fallen und starrte an die Zimmerdecke. "Du denkst, ich wäre in deine Mutter verliebt?", fragte er und presste sich Daumen und Zeigefinger gegen die Nasenwurzel. "Bitte sag mir, dass das ein Scherz ist. Einen, den ich überhaupt nicht komisch finde", fügte er düster hinzu, als sein Blick sich wieder ihrem Gesicht zuwandte.

"Was soll ich denn sonst glauben?", zischte Eryn mit verschränkten Armen und breitem Stand. "Wie konntest du einfach so davonlaufen, um einer anderen Frau beizustehen, während ich mit deinem Kind schwanger war? Du hast das verfluchte Band aufgelöst! Das, von dem du vorgabst, du wärst so ungemein versessen darauf, es mit mir einzugehen!"

Enric zwang sich, gleichmäßig zu atmen. Warum jetzt? Warum war es ihm nicht vergönnt, sich damit auseinanderzusetzen, wenn er gut ausgeruht war anstatt erschöpft und abgekämpft?

"Ich bin zu Malriel gegangen", meinte er langsam, "damit du und ich wieder frei und nicht länger an Takhan gefesselt sind. Damit wir wieder nach Hause zurückkehren können, sobald sie wieder Oberhaupt ihres Hauses ist. Und um einen Krieg zu verhindern, der deine Familie hier in Gefahr gebracht hätte. Ich ließ dir das Band entfernen, um es dir zu ersparen, dass die Magie dich ständig zu mir zieht. Ich wollte dir mögliche grauenvolle Erfahrungen ersparen, die ich in Pirinkar durchmachen hätte können. Ich hatte keine Ahnung, was mir dort oben widerfahren könnte. Es hätten ebenso gut Folter oder Tod sein können."

Er runzelte die Stirn, als er spürte, wie sich eine warme Hand um sein Handgelenk schloss und kurz darauf Magie durch seine Haut eindrang. Eryn. Sie wandte eine Wahrheitssperre an.

"Fühlst du dich zu Malriel von Haus Aren hingezogen?"

"Nicht auf leidenschaftliche Weise", erwiderte er gleichmütig, während er ihr in die Augen sah.

"Auf welche Weise fühlst du dich zu ihr hingezogen?", fragte Eryn angespannt.

"Ich respektiere sie und bewundere ihre Stärke, Ausdauer und Intelligenz."

"Warum bist du ihr nachgegangen?"

"Damit meine Familie in Sicherheit ist. Um unsere Freiheit zu bewahren. Falls möglich, um einen Krieg zu vermeiden. Und um einem Familienmitglied in Not beizustehen", antwortete er müde.

Eryn schluckte und schloss die Augen. Enric spürte ihre mächtige Welle der Erleichterung durch das Geistesband und schüttelte langsam den Kopf. Er befreite sein Handgelenk aus ihrem Griff und legte stattdessen seine Hand an ihre Wange.

"Wie konntest du nur jemals dermaßen an mir zweifeln?", fragte er leise, zerrissen zwischen seinem Ärger auf sie, weil sie so wenig Vertrauen in ihn hatte, und Mitgefühl, weil sie deswegen gelitten hatte. "War das der Grund, weshalb du Ram'an nachgegeben hast?"

Sie öffnete die Augen und betrachtete ihn nachdenklich. "Von dem Mann, der mich gerade für meinen Mangel an Vertrauen gerügt hat, ist das eine kühne Frage. Ich habe Ram'an nicht nachgegeben. Das hätte ich gar nicht gekonnt, weil er kein einziges Mal versucht hat, die Situation zu seinem Vorteil auszunutzen. Oder mich. In den letzten paar Wochen war er mir ein großartiger Freund, ein wertvoller Verbündeter. Was du gesehen hast, war, dass er mich zu Bett brachte und dann dort einschlief, nachdem er mir eine Geschichte erzählte, um mir beim Einschlafen zu helfen."

Enric lehnte sich wieder zurück. Sein Kopf landete auf den Kissen in seinem Rücken, und er schloss die Augen. Eine einzelne Träne bahnte sich ihren Weg aus seinem Augenwinkel und hinterließ eine nasse Spur auf seiner Wange und dann seinem Kinn. Er fühlte sich, als wären Jahre von ihm abgefallen. Sie war noch immer sein. Die Erleichterung war so mächtig, so ungeheuerlich, dass sie beinahe schmerzte. Er war froh, dass er bereits saß, sonst hätte sie ihn in die Knie gezwungen.

"Wir werden das Band so rasch wie möglich erneuern", lächelte er ermattet und sah sie an. "Ich schätze, ich schulde Ram'an eine Entschuldigung."

Sie nickte langsam. "Mit dem Zweiten stimme ich überein, nicht jedoch mit dem Ersten. Deine Motive mögen ehrenhaft gewesen sein, doch ich billige deine Vorgehensweise nicht." Sie hob das Kinn. "Für den Moment wird es kein Kommitmentband dritten Grades zwischen uns geben. Zuerst muss ich über all das hinwegkommen, bevor ich mich erneut dermaßen verwundbar mache." Sie lächelte dünn. "Und um ehrlich zu sein, würdest du manche der Dinge, die derzeit in mir vorgehen, wohl eher nicht fühlen wollen."

Enric knirschte mit den Zähnen und spürte, wie sich sein Magen verkrampfte, doch er schwieg.

Vran'el neben Eryn räusperte sich nachdrücklich und warf ihm einen Blick zu. "Mir drängt sich die Überzeugung auf, dass dies dein Stichwort für ein kleines Geständnis ist."

"Ich stimme zu", bestärkte Ram'an seinen Kollegen und trat neben den anderen Juristen. Beide Männer strahlten mit ihren verschränkten Armen Missfallen aus, während sie streng auf Enric hinabblickten.

Eryn kniff die Augen zusammen. "Welches Geständnis?"

Enric seufzte ausgiebig und ließ seinen Kopf einmal mehr zurückfallen. "Ich brauche dringend ein Bad und dann ein Bett. Können wir uns damit nicht morgen befassen?"

"Nein", waren sich beide Rechtsgelehrten im Chor einig und starrten ihn an.

"Wenn du es ihr nicht sagst, werde ich es tun", drohte Vran'el. "Das ist mein Ernst!"

"Mir was sagen?", bellte Eryn und fragte sich, ob diese Nacht überhaupt noch seltsamer werden konnte.

"Also gut", gab Enric nach, setzte sich mit Mühe aufrecht hin und wappnete sich. "Eryn, das Band dritten Grades wurde nicht vollständig aufgelöst. Meine Seite ist nach wie vor intakt. Und somit auch das Geistesband."

Völlig schockiert starrte sie ihn an, während ein Teil von ihr bemerkte, wie ihn der Speer heißen Zorns in ihrem Inneren zusammenzucken ließ.

"Du verdammter Bastard", fauchte sie. "Dann hast du also die ganze Zeit über meine Gefühle ausspioniert! Alles, was in mir vorging, ohne dass ich davon wusste! Wie konntest du nur? Jetzt soll ich dir auch noch genug Vertrauen schenken, um das Band zu erneuern? Ist dir überhaupt klar, wie betrogen ich mir vorkomme?" Den letzten Satz schrie sie ihm entgegen.

Enric atmete erleichtert aus. Sie ließ ihren Ärger heraus, zeigte ihn anstatt ihn einzusperren. Er hatte befürchtet, dass sie zu ihrer vorherigen Strategie des Rückzugs zurückkehren mochte. Doch diese Gefahr bestand im Augenblick eindeutig nicht.

Sie richtete ihren Zeigefinger auf ihn. "Du wirst deine Seite des Bandes auflösen lassen. Das ist ein Befehl!"

Er verschränkte die Arme. "Nein."

"Ich bin das Oberhaupt deines Hauses, und du wirst genau das tun, was ich dir sage!", warf sie ihm entgegen.

"Das Oberhaupt eines Hauses hat keinerlei Befehlsgewalt, wenn es sich um persönliche Angelegenheiten wie Kommitmentbande handelt - ausgenommen, sie zu gewähren", erklärte er seelenruhig.

Eryn wandte sich an die beiden Juristen. "Stimmt das? Kann er sich einfach so weigern?"

Beide nickten widerwillig, eindeutig unglücklich darüber, dass ihnen keine andere Wahl blieb, als es zu bestätigen.

"Wie kann ich ihn dazu bringen, dass er sich fügt? Ich bin nicht nur das Oberhaupt seines Hauses, sondern auch seine Gefährtin - ich muss hier irgendwelche Rechte haben!"

"Du könntest es mit der Triarchie besprechen. Sie sind diejenigen, die Bande dritten Grades gewähren und auflösen. Obwohl ich mir denken könnte, dass diese Situation hier eher einzigartig ist. Ich habe keine Ahnung, wie sie entscheiden würden", erklärte Ram'an behutsam. Vran'el nickte zustimmend.

Eryn massierte sich mit den Zeigefingern beider Hände ihre Schläfen, um die Spannung dahinter zu lockern. Sie schloss die Augen und verfluchte sich dafür, jemals in dieses Band eingetreten zu sein, verfluchte Enric dafür, dass er um keinen Preis jemals die Kontrolle abgab, und auch die hiesigen Gesetze mit ihren idiotischen Regeln, die ihr ständig Ärger einbrachten, aber ihr kaum jemals wieder heraushalfen.

"In Ordnung", meinte sie bedächtig und zwang sich zu Ruhe und Vernunft. Hier und jetzt zu explodieren würde zu nichts führen. "Ich werde mit der Triarchie darüber reden. Ich bin sicher, dass es morgen eine Senatsversammlung geben wird, jetzt wo ihr drei zurück seid. Hinterher werde ich sie um ein paar Minuten ihrer Zeit bitten."

Sie hörten, wie die Eingangstür unten geöffnet und wieder geschlossen wurde. Wenig später erschien Valrad oben an der Treppe, außer Atem, mit zerzaustem Haar, und hielt einen Moment später seinen Sohn in einer felsenfesten Umarmung.

Die beiden Männer standen beinahe einer Minute lang so dort, und Eryn dachte, dass sich eine Familie genau so begrüßen sollte; nicht auf die Weise, wie Malhora und Malriel es getan hatten, mit frostigen Worten und Zurückhaltung. Wie glücklich sie sich schätzen konnte, dass sie Haus Aren entkommen und stattdessen eine von ihnen geworden war.

Dann trat Valrad auf Enric zu, der sich in der Zwischenzeit hochgerappelt hatte, und ergriff seinen Arm, um ihn ebenfalls in eine Umarmung zu ziehen.

Nachdem er den blonden Magier losgelassen hatte, fiel sein Blick auf die dritte Heimkehrerin.

"Malriel", sagte er sanft.

Malriels Miene war entschlossen, ihre Bewegungen jedoch wirkten seltsam ungelenk, als sie sich ihm näherte.

"Valrad." Sie blieb vor ihm stehen, schluckte, nahm einen tiefen Atemzug und hob ihre Hand zu seinem Nacken, um ihn an sich zu ziehen und ihren Mund auf seinen zu pressen - in einer Manier, die weit von dem entfernt war, wie sich alte Freunde in der Regel begrüßten.

Einen Moment lang war Valrad starr vor Überraschung, doch dann schlang er seine Arme um Malriel und erwiderte den Kuss inbrünstig, hungrig.

Eryns Augen drohten aus den Höhlen zu treten, und sie schüttelte den Kopf, weigerte sich zu glauben, was sich vor ihr abspielte. Sie wollte eingreifen, diesem Unfug irgendwie ein Ende bereiten, doch sie konnte sich nicht bewegen, war an Ort und Stelle erstarrt.

Nach einer gefühlten Ewigkeit trennten sich die beiden Küssenden wieder voneinander.

Malriel lächelte verwundert und hob ihre Hand, um seine Wange zu liebkosen. "Ich kann dir nicht sagen, wie lange ich das schon tun möchte, mich aber vor deiner Reaktion fürchtete. Als ich dort oben war, eingesperrt in dieser furchtbaren Zelle und die Bedrohung einer Todesstrafe über mir hing, schwor ich mir, dass ich es endlich wagen und eine Abfuhr riskieren wollte, sofern ich durch irgendein Wunder wieder hierher zurückkehren sollte."

Valrad schloss die Augen und schüttelte den Kopf. "Wir sind beide Narren. Ich wünschte, du hättest das schon vor Jahren getan. Und ich wünschte, ich selbst wäre nicht so ein Feigling gewesen. Eine Aren kann immerhin nur ein starker Mann erobern."

"Hört sofort damit auf!", flüsterte Eryn mit entgeistert geweiteten Augen.

Malriel sah ihre Tochter an und seufzte. "Ich schätze, ich verbringe diese Nacht besser in der Vel'kim Residenz. Ich habe nicht das Gefühl, dass drei Aren Frauen unter einem Dach zu haben im Augenblick solch eine gute Idee ist. Mutter, ich kann wohl darauf vertrauen, dass du dich um Maltheá kümmerst."

Malhora würdigte diese Aussage nicht mit einer Antwort, sondern zog nur ihre Augenbrauen hoch.

Orrin stand gemeinsam mit Vern oben an der Treppe. Beide gaben hastig den Weg frei, als Valrad und Malriel Hand in Hand an ihnen vorbeigingen, während sie einander anlächelten.

"Kann ich heute Nacht hierbleiben?", meinte Vran'el und verzog das Gesicht. "Ich möchte die Nacht nicht unter dem gleichen Dach wie diese beiden verbringen. Ich denke nicht, dass sie Gesellschaft möchten."

Malhora nickte brüsk. "Orrin wird dich zu einem freien Gästezimmer bringen."

Orrin nickte und befolgte die Anweisung, die er gerade erhalten hatte, indem er Vran'el vorausging und ihn zu einem unbelegten Gästezimmer in der Nähe von Verns führte.

"Sie haben einfach…", stammelte Eryn und hob ihre Hand in die Richtung, in die ihre Eltern gerade verschwunden waren. Sie schüttelte den Kopf und ließ sich in die Kissen sinken, wo sie ihr Gesicht in ihren Händen vergrub. Das war ihre Schuld, dachte sie. Sie hatte sich gefragt, ob diese Nacht noch schlimmer werden konnte, und siehe da, die Antwort hatte nicht lange auf sich warten lassen.

Sie blickte auf, als Vern sich neben sie setzte und ihre Schulter drückte.

"Komm schon, Eryn. Die Wiedervereinigung ihrer Eltern ist nicht das Schlimmste, was einer Frau passieren kann", äußerte er behutsam.

"Nicht", meinte sie und zog eine Grimasse. "Bitte nicht. Was machst du überhaupt hier? Ich dachte, du wolltest die heutige Nacht mit deiner Geliebten verbringen."

"Vater holte mich ab, nachdem er Valrad geweckt hatte. Womöglich dachte er, er bräuchte Verstärkung", lächelte er, doch es war nur halb im Scherz gemeint.

"Eryn?"

Sie sah Enric an und wartete, dass er weitersprach.

"Ich würde meinen Sohn sehr gerne kennenlernen", meinte er leise.

Sie starrte in seine Augen, so blau, tief und ruhig, dass sie an das Meer an einem angenehmen Tag erinnerten. Sie entsann sich der Träne, die er vergossen hatte, als sie ihm erklärte, dass zwischen ihr und Ram'an nichts Ungehöriges geschehen war. Die Spur war noch immer auf seiner staubigen Wange erkennbar.

Er war tatsächlich zurückgekehrt. Und er gehörte noch immer ihr, auch wenn er bald genug herausfinden würde, dass er einiges wettzumachen hatte. Er würde daran arbeiten müssen, den Schaden wiedergutzumachen, den er verursacht hatte. Und das würde sie ihm nicht einfacher machen, als es sein sollte.

Sie nickte und akzeptierte seine Hand, damit er sie auf die Beine zog.

"Du gehst dir wohl besser zuerst deine Hände und dein Gesicht waschen. Ich werde mit ihm hier auf dich warten, wenn du wiederkommst."

Sie sah zu, wie er nickte und sich umdrehte, um ihre Anweisung zu befolgen. In Anbetracht der Umstände, so fand sie, hatte sie all dies mit enormer Zurückhaltung gemeistert, wenn man bedachte, dass sie erst kürzlich ein riesiges Dach zum Einsturz gebracht hatte, als sie die Kontrolle verlor.

Zumindest hatte bislang niemand daran gedacht, den goldenen Gürtel um ihre Taille zu ersetzen.

KAPITEL 7

Im Senat

Eryn blinzelte gegen das Sonnenlicht, das durch den Spalt zwischen den Vorhängen auf ihre Lider traf.

"Guten Morgen, Liebste", kam Enrics Stimme vom Bett neben ihr.

Sie schluckte und drehte sich langsam um. Somit war es also kein seltsamer Traum gewesen; er war wahrhaftig zurückgekehrt.

Da saß er nun an das Kopfende des Bettes gelehnt, während er seinen Sohn im Arm hielt, ihn sanft wiegte und mit einer Mischung aus Ehrfurcht und Seligkeit betrachtete.

"Guten Morgen", erwiderte sie, noch immer unsicher, wie sie mit ihm umgehen sollte.

Sie waren erst vor drei Wochen auseinandergegangen, doch in der Zwischenzeit hatte sich so vieles verändert, dass sie in all dem erst wieder einen Platz für ihn finden musste. Zum einen hatte es kein Kind gegeben, als er aufgebrochen war. Und sie war noch kein Oberhaupt eines Hauses gewesen. Dann waren da noch ihre Belange bezüglich des Waisenhauses, in dessen Gründung sie gerade steckte und von dem er noch nicht einmal wusste. Im Wesentlichen hatte sie in dieser kurzen Zeit ihr Leben vollkommen neu eingerichtet. Und nun galt es herauszufinden, wo er darin seinen Platz fand.

Unbeholfen setzte sie sich auf und fragte sich, ob es eine gute Idee gewesen war, dass sie ihm erlaubt hatte, die Nacht in dem Bett zu verbringen, das zuvor ihr gemeinsames gewesen war. Er hatte ihr nicht ausdrücklich zu verstehen gegeben, dass er die Alternative abgelehnt hätte; doch als er ihr erzählte, wie sehr er unter der Trennung von ihr gelitten hatte, sowohl körperlich dank des Bandes dritten Grades als auch emotional aufgrund seiner Liebe zu ihr, hatte er damit angedeutet, dass er nicht zustimmen würde, ihre erste gemeinsame Nacht unter dem gleichen Dach woanders als in einem Bett mit ihr zu verbringen.

Er hätte sich wohl gefügt, hätte sie darauf bestanden, überlegte sie. Doch der Gedanke, die Nacht in seiner Nähe zu verbringen, nicht mehr einsam zu sein, war so ungemein verlockend gewesen, dass sie nicht die Stärke aufgebracht hatte, es sich selbst zu verwehren. Und tatsächlich war sie dieses Mal nicht von Alpträumen heimgesucht worden, wenngleich dies womöglich auch der Fall gewesen wäre, hätte Ram'an die Nacht mit ihr verbracht. Das musste nicht unbedingt an Enrics Anwesenheit gelegen haben. Vorzugeben, Ram'ans Arm sei der von Enric hatte ebenso gut funktioniert. Eine Frau musste nur wissen, wie sie sich selbst austricksen konnte.

"Er sieht mir ähnlich", lächelte Enric. "Abgesehen natürlich von seiner Haarfarbe."

Eryn seufzte und stand vom Bett auf, um die Vorhänge aufzuziehen. "Ja, ich weiß."

"Du klingst darüber nicht besonders erfreut", bemerkte er, sein Ton ernst.

Sie sah hinaus in den Garten, entdeckte Urban, die in einem schattigen Fleck unter einem Baum schlummerte und blieb mit dem Rücken zu ihm stehen. Sie nickte.

"Das war ich auch nicht. Ihn anzusehen erinnerte mich an dich. Und an dich zu denken bedeutete entweder Ärger oder Schmerz."

Als er darauf nichts erwiderte, drehte sie sich um.

Sein Gesichtsausdruck war traurig, und er schüttelte leicht den Kopf. "Es tut mir leid, dass du all das durchmachen musstest. Ich liebe dich."

"Bitte nicht. Ich will das nicht hören, wenn ich böse auf dich bin. Das ist kein Zauberspruch, mit dem alles wieder so wird wie früher. Es ist weder eine Rechtfertigung, noch eine Entschuldigung dafür, dass du über meinen Kopf hinweg gehandelt hast."

Er nickte und betrachtete sie so lange, bis ihr unbehaglich zumute wurde. "Dann kann ich es also wieder sagen, sobald du nicht mehr böse auf mich bist?"

"Ja, ich denke schon", bestätigte sie und fügte dann brüsk hinzu: "Aber erwarte nicht, dass das in absehbarer Zeit der Fall sein wird. Es mag eine Weile dauern, bis ich damit fertig bin, mich über dich zu ärgern."

"Ich verstehe", meinte er nur.

Und das tat er. Er wusste, dass er Glück hatte, dass sie überhaupt mit ihm sprach, ganz zu schweigen davon, dass sie ihn neben sich hatte schlafen lassen.

Wenn man in Betracht zog, was sich alles zugetragen hatte, besonders in der vergangenen Nacht oder eher früh an diesem Morgen, kam sie mit alldem ausgesprochen gut zurecht. Ihn auszuschalten, nachdem er ihr den Gürtel abgenommen hatte, war eine Kleinigkeit. Immerhin war sie der Ansicht gewesen, er hätte sie für Malriel verlassen. Und dann war da auch noch der

Schock der Erkenntnis, dass Valrad und Malriel offensichtlich ihre tiefe Zuneigung füreinander niemals wirklich hinter sich gelassen hatten. Gerade erst hatte sie Valrad als ihren Vater akzeptiert, und nun kam der nächste Schlag. Haus Vel'kim war in der Vergangenheit immer eine Zuflucht für sie gewesen, wenn es Ärger mit Malriel gegeben hatte. Das würde sich in Zukunft wohl nicht mehr ganz so unkompliziert gestalten.

"Die Triarchie hat bereits die Einladungen für die Senatsversammlung am Nachmittag ausgeschickt. Valrad hat sie über unsere Rückkehr informiert", teilte Enric ihr mit.

Sie nickte. "In Ordnung, damit bleibt uns nicht allzu viel Zeit. Gib ihn mir. Ich stille ihn besser jetzt gleich, sonst haben wir wenig Chance, dass er sich benimmt, solange wir im Senat sind."

Enric sah zu, wie sie ihr Nachtgewand aufknöpfte, dann das Baby entgegennahm und ihn mit beiläufiger Geschicklichkeit in die exakt richtige Position brachte, damit er mühelos ihre Brustwarze erreichen konnte. In Enrics Abwesenheit hatte sie dahingehend eine Routine entwickelt.

Er beobachtete das beschauliche Bild und fragte sich, was er zusätzlich dazu, dass er während der Geburt nicht an ihrer Seite gewesen war, sonst noch versäumt hatte. Es gab so vieles, das er ihr erzählen und sie fragen wollte, doch er wusste, dass er sich für den Moment zurückhalten musste, bis sie ihn wieder näher an sich heranließ.

Doch ihr nahe zu sein, sie anzusehen, ihren Duft wahrzunehmen und sie berühren zu können war auf jeden Fall der Trennung in unendlichem Maße vorzuziehen, selbst wenn sie derzeit eine gewisse Distanz zu ihm aufrechterhielt.

"Es gibt da ein paar Dinge, um die ich mich vor der Versammlung noch kümmern sollte", sprach sie in seine Gedanken hinein. "Schaffst du es, dich zwei Stunden lang um deinen Sohn zu kümmern? Ich bin sicher, Malhora und Junar werden dir helfen, sollte es dir Schwierigkeiten bereiten. Ich muss Ram'an aufsuchen."

"Natürlich. Es wäre mir eine Freude."

"Oder du könntest einen Spaziergang mit ihm unternehmen, wenn du möchtest. Zur Vel'kim Residenz", schlug sie beiläufig vor. Auf diese Weise konnte sich Malriel ihren Enkel ansehen, ohne dass sie heute hier vorbeikommen musste.

Nach Enrics ruhigem Lächeln zu urteilen, hatte er erraten, in welche Richtung ihre Gedanken gingen.

* * *

Ram'an küsste sie auf beide Wangen und reichte ihr ein feuchtes Handtuch, bevor er ihr vorangehend den Weg zur Terrasse und in den Garten einschlug.

"Was kann ich heute für dich tun, Theá? Ich gebe zu, dass mich dein Besuch etwas überrascht. Ich hätte damit gerechnet, dass du die Wiedervereinigung mit deinem Gefährten genießen würdest."

Ihr Blick verfinsterte sich. "Ich wünschte, es wäre so einfach. Ich fürchte, ich habe ihm noch nicht wirklich verziehen, dass er mich auf diese Weise zurückließ. Und zu erfahren, dass das verdammte Band die ganze Zeit über intakt war, hat auch nicht eben dazu beigetragen, mich ihm gegenüber gnädig zu stimmen." Ihre Augen verengten sich. "Außerdem drängt sich mir diesbezüglich noch eine weitere Erkenntnis auf. Du gehörst zu denjenigen, die das Band von mir entfernten. Also musst du gewusst haben, dass seine Seite noch immer intakt war. Und du hast es mir verschwiegen!"

"Du hast Recht, ich wusste davon. Aber Enric ließ uns alle schwören, dass wir dir nicht davon erzählen. Dein Bruder war deswegen sehr verärgert. Ich vermute, dass der Beginn ihrer Reise nicht besonders harmonisch verlaufen sein wird."

Sie schüttelte den Kopf und lehnte sich gegen einen hohen Baum. "Ich schirmte meine Gefühle nicht ab, somit teilte ich jede private Emotion mit ihm, unwissend, dass ich mich wesentlich weiter öffnete als ich das gewollt hätte. Das war nicht fair."

"Nein, das war es nicht", bestätigte er ruhig. Dann verzogen sich seine Lippen zu einem schalen Lächeln. "Aber ich wage zu behaupten, dass du die Dinge zumindest in dieser Hinsicht als ausgeglichen betrachten darfst."

Sie zog die Stirn in Falten. "Warum?"

"Er verspürte jede starke Emotion, die du durchlebtest. Das schließt auch Schmerzen mit ein."

"Ja, und weiter? Also weiß er jetzt, dass ich nach seiner Abreise todunglücklich war. Das hat ihm womöglich sogar geschmeichelt."

Er seufzte. "Denk nach! Was war das schmerzhafteste Ereignis, das du in den letzten drei Wochen ertragen musstest?"

"Nun, abgesehen von der Geburt war da…" Sie schnappte nach Luft. "Die Geburt! Bedeutet das, er hat das ebenfalls mit mir durchgemacht? Alles?"

"Davon würde ich ausgehen, ja", nickte Ram'an. "Somit mag er nicht bei dir gewesen sein, doch er hat sicherlich seinen Anteil davon mitbekommen."

Eryn ließ den Atem entweichen. Der Schmerz war scheußlich gewesen - diese Geburt stellte bei weitem das qualvollste Ereignis ihres bisherigen Lebens dar. Nun begann sie doch Mitgefühl für ihn zu empfinden. Sie zumindest hatte hinterher ein Ergebnis präsentiert bekommen. Er hatte in einem anderen Land festgesteckt, ohne eine darauffolgende sichtbare Belohnung, die ihm gezeigt hätte, dass diese Tortur es wert gewesen war.

"Ich kann sehen, dass dich das ein klein wenig milder gestimmt hat", lächelte der Jurist. "Nun sag mir, weshalb du mich heute besuchst. Was kann ich für dich tun?"

Sie setzte sich auf dem Gras nieder, sorgsam darauf bedacht, im Schatten zu bleiben. "Ich muss noch ein wenig länger an meiner Position als Oberhaupt von Haus Aren festhalten. Dafür brauche ich deine Hilfe. Malhora wollte ich nicht fragen, da ich nicht sicher bin, auf wessen Seite sie steht - auf meiner oder Malriels."

"Ich gehe davon aus, dass dies etwas mit dem Waisenhaus-Projekt zu tun hat? Wahrscheinlich möchtest du sicherstellen, dass es nicht einfach so gestoppt werden kann, sobald Malriel wieder das Sagen hat."

"Genauso ist es."

"Weiß Malriel schon Bescheid?"

"Wenn sie es bis jetzt nicht weiß, dann wird sie sicher noch vor der Senatsversammlung davon erfahren. Ich habe Enric zur Vel'kim Residenz geschickt und wäre überrascht, wenn diese Sache unerwähnt bliebe. Valrad will gewiss vermeiden, dass Malriel während der Versammlung davon erfährt, damit sie dann anstatt in der Privatheit seines eigenen Heims nicht in aller Öffentlichkeit einen Tobsuchtsanfall bekommt."

Er zog eine Augenbraue hoch. "Nachdem sie also gehört hat, dass du es in Angriff genommen hast, den Großteil ihrer Ersparnisse auszugeben, wird sie während der Versammlung dann erfahren, dass du weiterhin an der Position festhalten willst, wo sie zweifellos damit rechnet, sie heute wieder zurückzuerlangen? Ich frage mich, ob das frisch reparierte Dach dieser Herausforderung gewachsen sein wird."

"Es sind genug Magier in der Nähe, um die Leute im Gebäude zu beschützen, und Haus Aren kann es sich leisten, für eine weitere Reparatur aufzukommen", meinte sie schulterzuckend. "So, nun sag mir, was ich tun kann, um vorläufig an der Macht zu bleiben."

Ram'an spitzte die Lippen, während er die Sache durchdachte. "Die Verantwortung wurde dir vom letzten Oberhaupt, also Enric, übertragen. Das bedeutet, dass die Ernennung gültig ist, besonders, da sie vor dem Senat erfolgte und offiziell anerkannt und bestätigt wurde. Ein Oberhaupt eines Hauses kann normalerweise nicht einfach so des Titels enthoben werden, ohne dass ein schwerwiegender Grund wie Fehlverhalten, kriminelle Handlungen, Treuebruch oder sonst etwas vorliegt, das der Familie zum Schaden gereicht - wie beispielsweise Inkompetenz."

"Ich denke nicht, dass man mir irgendetwas davon vorwerfen kann. Ich habe Haus Aren niemals vorsätzlich Schaden zugefügt oder irgendwelche Gesetze gebrochen. Was Inkompetenz betrifft, so habe ich stets darauf geachtet, dich oder Malhora zu konsultieren, wenn eine wichtige Entscheidung anstand. Was heißt, dass ich bislang keinen Mist gebaut haben sollte. Bedeutet das, ich bin mehr oder weniger immun gegen alles, was sie zweifellos in Angriff nehmen wird, um mich loszuwerden?"

"Aus meiner Sicht stehen ihr nicht viele Optionen offen. Und wenn man bedenkt, dass dein Vater das Oberhaupt von Haus Vel'kim ist, muss sie achtgeben, nichts Extremes anzustellen, das ihn verärgern würde. Da sie anscheinend nun auch ein Liebespaar sind, wird sie sicher bestrebt sein, ihn nicht zu verletzten, indem sie dich attackiert."

Ein Lächeln breitete sich auf Eryns Gesicht aus. "Das sind ausgezeichnete Nachrichten, mein Freund. Weißt du, jetzt freue ich mich sogar auf diese Senatsversammlung."

"Was wird Enric dazu sagen, dass du an der Macht bleiben willst? Weißt du, ob er irgendwelche Pläne hatte, in nächster Zeit nach Anyueel zurückzukehren? Da Malriel nun zurück ist, mag er damit rechnen, dass ihr Takhan bald verlassen werdet."

"Um ehrlich zu sein, kümmern mich seine Pläne derzeit nicht besonders. Im Moment ist er bestrebt, mir entgegenzukommen; selbst wenn er also deswegen verärgert ist, gehe ich davon aus, dass es nicht lange andauern wird." Sie schmunzelte. "Weißt du, das ist das erste Mal, dass ich mich Enric gegenüber in einer Autoritätsposition wiederfinde. Jetzt, wo er nicht mehr im Orden ist, bin ich ihm nicht länger unterstellt. Und ich bin das Oberhaupt seines Hauses."

Ram'an grinste. "Wie hinterhältig, Theá. Ich verneige mich vor dir. Da gibt es jedoch eine Kleinigkeit, die du bedenken solltest. Eine, die deine Pläne immerhin recht effektiv vereiteln könnte."

Sie zog die Stirn in Falten. "Und das wäre?"

"Dein König. Dank des Kommitmentbandes zweiten Grades zu seinem Königreich hat er dich noch immer in der Hand. Es mag sein, dass er dich nun zurückbeordert, da Malriel wieder hier ist. Besonders, falls sie ihn darum bittet, damit du deine Position aufgibst."

"Der König schuldet mir etwas, weil er mich küsste, damit er Enric dahingehend provozieren konnte, Anyueel zu verlassen. Ich gehe davon aus, dass eine freundliche Nachricht, in der ich ihm erkläre, dass ich zwei weitere Monate hier gebrauchen könnte, den Zweck erfüllen sollte. Besonders, wenn ich verspreche, Enric zurückzubringen und nach meiner Rückkehr ein braves Mädchen zu sein."

"Ein braves Mädchen?", lachte Ram'an. "Ich bin sicher, König Folrin wird solch einem Angebot nicht widerstehen können. Besonders, da die Konsequenz einer Ablehnung wohl wäre, dass du ein böses Mädchen sein wirst."

"Ich bin zuversichtlich, dass er das nicht tun wird. Noch dazu, da ich es für etwas tue, das er als politische Strategie bezeichnen würde."

Beide blickten auf, als Intrea durch die Terrassentür nach draußen kam - barfuß, mit nichts als einem langen, ärmellosen Hemd bekleidet, das ihr bis zu den Knien reichte.

Eryn zog eine Augenbraue hoch. "Ich finde es noch immer ungemein verstörend, dass du mit der Gefährtin meines Bruders schläfst, weißt du."

Intrea lachte und schüttelte den Kopf, bevor sie sich auf das Gras sinken ließ. "Aber der Gedanke, dass dein Bruder selbst einen recht gutaussehenden Liebhaber hat, stellt keinerlei Problem für dich dar?"

"Oh doch, das tut es. Jedes Mal, wenn ich Neval sehe, muss ich mich davon abhalten, ihm zu sagen, dass er mit all dem aufhören soll und ihn daran zu erinnern, dass mein Bruder eine Gefährtin hat." Sie grinste. "Dann nehme ich mir einen Moment Zeit, um zur Realität zurückzukehren und mich zu gemahnen, dass die Welt nicht ganz so einfach funktioniert. Hast du Vran'el übrigens schon gesehen?"

Intrea schnaubte. "Was denkst du denn? Natürlich habe ich das. Sobald ich erfuhr, dass er zurück ist, marschierte ich zur Vel'kim Residenz. Er hatte sich einiges darüber anzuhören, dass er mich nicht sofort nach seiner Ankunft darüber informiert hat. Seine belanglose Ausrede war, dass er mich nicht mitten in der Nacht wecken wollte - aber wie lächerlich ist das denn, frage ich dich? Liebend gerne hätte ich ein paar Stunden Schlaf geopfert im Austausch für das Wissen, dass er sicher zurückgekehrt ist. Wenn etwas Schlimmes passiert, zögert niemand damit, die Leute zu wecken, doch gibt es einmal eine positive, freudige Nachricht, tauchen plötzlich Bedenken auf." Sie zuckte mit den Schultern und verdrehte die Augen. "Männer!" Dann grinste sie. "Ram'an erzählte mir von deiner Wiedervereinigung mit Enric. Wie dein Gefährte euch beide im gleichen Bett vorfand. Das ist wirklich witzig! Ram'an verfolgte dich so unerbittlich, und wo er dann endlich mit dir im Bett landete, passierte nicht das Geringste."

"Intrea", seufzte Ram'an, "Eryn trägt den goldenen Gürtel nicht länger, falls dir das nicht aufgefallen ist. Sie zu reizen ist nun wieder gefährlich."

"Niemand hat dir den Gürtel wieder angelegt?", fragte Intrea stirnrunzelnd. "Aber seit der Geburt sind gerade einmal zwei Wochen vergangen! Soweit ich mich erinnere, solltest du ihn noch tragen."

"Womöglich", erwiderte Eryn mit einem dünnen Lächeln. "Und doch war niemand mutig genug, einen Versuch zu starten. Ich frage mich, weshalb wohl. Meldest du dich etwa freiwillig, meine Liebe?"

Intrea schluckte und schüttelte den Kopf. "Ach, weißt du, wenn Valrad es nicht für nötig erachtet, wer bin ich, um seine Vorgehensweise in Frage zu stellen?"

Ram'an schmunzelte. "Wie schade. Ich hätte mir gerne angesehen, wie du es versuchst."

* * *

Enric, seinen Sohn mit einem farbenprächtigen Tuch quer über seine Brust geschlungen, folgte Valrad und Malriel durch die Stadt in Richtung der Senatshalle. Seine Gedanken drehten sich noch immer um all die Geschehnisse, die Valrad ihm im Laufe in den letzten beiden Stunden kundgetan hatte.

Offensichtlich hatte er beträchtlich mehr als nur Vedrics Geburt verpasst. Während er mit Eryns Eltern im Hauptraum der Vel'kim Residenz auf den

Kissen gesessen hatte, erzählte Valrad ihm und Malriel von den Ereignissen der letzten drei Wochen.

Malriel hatte wüste Verwünschungen ausgestoßen, als sie von Sanafs Bestrebungen erfahren hatte, mit denen er ihrer Tochter Schaden zufügen wollte. Und sogar noch schlimmere, als Valrad ausführte, welche Maßnahmen ihre Freundin Legara als angemessene Bestrafung erachtet hatte. Obendrein sah es auch noch so aus, als wäre Legara diejenige gewesen, die Eryn dermaßen auf die Palme getrieben hatte, dass die Geburt mehr als einen Monat zu früh ausgelöst wurde. Diese Frau hatte ein Talent dafür, mächtige Leute gegen sich aufzubringen, das musste man ihr lassen.

Enric war enorm erleichtert darüber, dass diese Angelegenheit schlussendlich geklärt worden war. Ram'an war maßgeblich daran beteiligt, das zu ermöglichen, also schuldete er dem Oberhaupt von Haus Arbil nun eine Menge mehr als bloß eine Entschuldigung dafür, dass er ihm in der vorhergehenden Nacht eine Ohnmacht beschert hatte.

Dann hatte Valrad davon gesprochen, wie Eryn die Hütten der Armen entdeckt und welche Pläne sie dem Senat daraufhin vorgelegt hatte, um diese Sache in Angriff zu nehmen. Und wie sie das zu finanzieren beabsichtigte. Malriel war daraufhin alle Farbe aus dem Gesicht gewichen.

Mitgefühl zu zeigen hatte Enric beträchtliche Mühe gekostet. Auf das breite Grinsen, das sich seines Gesichts bemächtigen wollte, hätte sie keinesfalls gut reagiert. Also hatte Eryn endlich eine Möglichkeit gefunden, Rache an ihrer Mutter zu üben - noch dazu auf recht effektive Weise. Elegant und in Übereinstimmung mit ihren eigenen Glaubenssätzen und Werten. Er war ehrlich beeindruckt. Und stolz. Langsam aber sicher verwandelte sie sich in eine ernstzunehmende Gegnerin. Wenn das so weiterging, würden sich der König und Tyront vor ihr in Acht nehmen müssen. Ebenso wie er selbst.

Ein weiteres Detail, das Malriel nicht allzu gut aufgenommen hatte, war, dass ihre Mutter und ihre Tochter ganz fabelhaft miteinander auszukommen schienen.

Eine Weile - es mussten einige Minuten gewesen sein - hatte sie einfach nur wortlos dagesessen und blicklos vor sich hingestarrt, womöglich eine Strategie erarbeitend, mit der sie die Kontrolle wieder übernehmen konnte.

Schließlich hatte sie aufgeblickt und verlangt, ihren Enkel halten zu dürfen. Enric hatte ihn ihr widerwillig übergeben, doch ihr erstes und womöglich einziges Enkelkind zu halten war kein unverschämtes Ansinnen. Allerdings wäre ihm erheblich wohler dabei gewesen, hätte sie nicht gerade eben erst erkennbar den Impuls niedergerungen, etwas kurz und klein zu schlagen.

Das Kind in den Armen zu halten hatte sie allerdings erheblich beruhigt. Das hatte ihn überrascht. Irgendwie schien der Gedanke absurd, ein neugeborenes Kind könnte solch eine Wirkung auf Malriel von Haus Aren entfalten. Erneut kam ihm seine Forderung, die er oben in Kar an sie gestellt hatte, in den Sinn. Er hatte sie gewarnt, seinem Sohn nicht in der typischen Aren Manier zu begegnen und fragte sich, ob sie plante, sich danach zu richten. Oder ob sie dazu überhaupt in der Lage war.

Sie erreichten die Stufen zur Senatshalle und sahen, wie Eryn und Ram'an ihnen aus Richtung der Arbil Residenz entgegenkamen. Sie ließ sich von Valrad mit einem Kuss auf die Stirn begrüßen und nickte Malriel kurz zu, bevor sie auf Enric zutrat.

"Wie ist es dir mit ihm ergangen?", erkundigte sie sich und inspizierte ihren Sohn, als wollte sie eine Bestandsaufnahme machen, ob alle Glieder noch korrekt saßen.

"Ich freue mich dir mitzuteilen, dass ich die Herausforderung gekonnt gemeistert habe, wenn ich das so sagen darf. Ich bin überrascht, dass du fragst", erwiderte er gutgelaunt und überlegte, wie sie wohl reagieren mochte, wenn er sie hier und jetzt küsste. Womöglich war es besser, das zuhause zu versuchen anstatt hier in der Öffentlichkeit unmittelbar vor der letzten Senatsversammlung, der sie in ihrer Funktion als Oberhaupt von Haus Aren beiwohnen würde.

Während sie die Treppe erklommen, zischte Malriel ihr ins Ohr: "Du und ich werden eine kleine Unterhaltung führen. Ich habe von deinen Plänen mit meinen Ersparnissen gehört. Diesen leichtfertigen Unsinn wirst du auf der Stelle unterbinden, hörst du?"

Eryn zog eine Augenbraue hoch und setzte ihren Weg kommentarlos fort. Malriel würde bald genug erkennen, wie gut ihre Chancen standen, das Projekt zu verhindern.

Sobald sie den Saal betraten, konnte Eryn nicht umhin, ihren Blick zur Decke wandern zu lassen. Die war in Rekordzeit repariert worden. Ganz eindeutig war es ein Vorteil, wenn Magier in unterschiedlichen Berufen tätig waren. Das Einzige, was noch immer fehlte, war die künstlerische Ausgestaltung, und soweit sie gehört hatte, kämpften die beiden Akademien um dieses Privileg.

Sie winkte Vran'el zu, der bereits seinen Platz neben dem seines Vaters eingenommen hatte. Es war gut, ihn wieder dort sitzen zu sehen; der leere Stuhl hatte befremdlich gewirkt. Deprimierend. Besorgniserregend.

Malhora wartete ebenfalls. Sie hatte es sich in einem der Stühle für die Aren Senatoren bequem gemacht. Eryn nahm einen tiefen Atemzug. Sie war neugierig zu sehen, wie die alte Frau darauf reagieren würde, wenn ihrer Tochter deren Position als Oberhaupt des Hauses verwehrt wurde.

"Ich wage zu behaupten, dass wir genauso gut sofort nach vorne zur Triarchie gehen können", schlug Malriel vor. "Da wir der Grund für die Versammlung sind, wird es heute kaum andere Angelegenheiten zu besprechen geben. Wir können uns also gleich darauf vorbereiten, uns an den Senat zu wenden."

Vern kam von dem Bereich auf sie zu, wo sich eine Menge Zuseher versammelt hatten, und räusperte sich.

Mit einem Nicken auf Vedric bot er an: "Soll ich ihn nehmen, solange du vor dem Senat stehst?"

Enric schüttelte den Kopf. Er hatte keinerlei Absicht, sich von dem warmen, weichen Bündel an seiner Brust zu trennen, dessen winzige Faust auf dem Stoff seiner Tunika ruhte.

"Nein, Vern, danke. Ich würde ihn lieber noch eine Weile länger bei mir behalten. Ich habe das Gefühl, dass ich die beiden Wochen nachholen muss, die ich durch meine Abwesenheit verloren habe."

Eryn schluckte, als sie die Worte vernahm und zwang sich, geradeaus anstatt zu ihrem Gefährten zu sehen. Wenn er so weitermachte, würde sie ihm wesentlich rascher verzeihen, als sie es beabsichtigte.

"Ich denke, das ist das erste Mal, dass sich jemand an den Senat wendet und dabei ein Kind umgebunden hat", gluckste Malhora. "Aber das geht schon in Ordnung. Arens sind gerne die Ersten, die etwas Neues, Ungewöhnliches tun - in allen Bereichen."

In der Halle wurde es still, als die drei Triarchen auf ihr Podest stiegen und Platz nahmen.

Wie üblich war Torke'na diejenige, die das Wort ergriff.

"Willkommen zurück in Takhan, Malriel", meinte sie mit einem vagen Lächeln. "Es ist gut, dich gesund zurückzuhaben." Ihr Blick wanderte zu Vran'el, der sich entschieden hatte, sitzen zu bleiben, und dann zu Enric. "Und es ist auch eine Erleichterung, euch beide wieder bei uns zu haben, nachdem ihr so beherzt losgezogen seid, um Malriel in ihrer Stunde der Not beizustehen. Malriel, wir sind alle neugierig darauf, was du uns über deine Erfahrungen in Pirinkar zu berichten hast. Und selbstverständlich über die Vorkommnisse, die deinen Aufenthalt so abrupt unterbrachen, nämlich das Verbrechen, das man dir zur Last legte."

Malriel nickte und wandte sich dem Senat zu. Die Senatoren waren offenkundig begierig darauf zu erfahren, wie ihr Besuch in der Fremde verlaufen war. Nicht vielen von ihnen hatte sich diese Gelegenheit jemals eröffnet.

"Ich wünsche euch allen einen guten Tag, meine Freunde und Kollegen! Ich kann euch nicht sagen, wie gut es mir tut, euch alle zu sehen, wieder unter euch zu sein", lächelte Malriel.

Eryn bemerkte überrascht, dass es aufrichtig wirkte, nicht lediglich höflich. Sie war tatsächlich froh darüber, wieder zurück zu sein.

Dann begann sie über ihre Vorbereitungen für die Verhandlungen zu sprechen, insbesondere, wie sie sich in Kar niedergelassen hatte, was aufgrund des bürokratischen Systems dort einiges an verwaltungstechnischen Verrenkungen und somit Zeit erfordert hatte. Dann war sie den Leuten vorgestellt worden, mit denen sie die Verhandlungen durchführen würde; das war eine recht große Anzahl gewesen, da dort die Sitte herrschte, dass jeder einzelne Teil von einer anderen Person übernommen wurde, die als Experte in diesem speziellen Gebiet galt.

Eryn lauschte aufmerksam, bemerkte aber, dass ihr Blick immer wieder von dem hochgewachsenen, blonden Mann an der Seite der Sprecherin angezogen wurde. Seine Augen ruhten auf ihr, und seine Lippen umspielte ein kaum erkennbares Lächeln. Eine seiner Hände liebkoste gedankenverloren den kleinen Kopf an seiner Brust, während er sie ansah, als gäbe es in dem Saal keinen anderen Anblick, der seiner Aufmerksamkeit würdig war.

Sie schluckte und sah wieder weg und zu Malriel, war sich aber seiner Aufmerksamkeit mehr als gewahr. Langsam ausatmend zwang sie sich dazu, still zu sitzen und nicht herum zu zappeln. Wie schaffte er es bloß, sie dermaßen nervös zu machen, indem er sie einfach nur ansah?

Malriels Erzählung war in der Zwischenzeit bei der fraglichen Nacht angelangt, in der ein gewisser junger Priester sie dazu eingeladen hatte, die gesellschaftliche Veranstaltung, der sie beide beigewohnt hatten, zu verlassen, damit er ihr den Blick über die Stadt von dem Tempel aus zeigen konnte, wo er lebte und arbeitete. Als nächstes erläuterte sie, wie sie nackt im Bett dieses Mannes vorgefunden wurde, während er mit Gold an selbiges gefesselt und sie daraufhin beschuldigt worden war, ihre magischen Kräfte dazu eingesetzt zu haben, um einen Mann zum sexuellen Verkehr mit ihr zu zwingen. Daraufhin hielt sie inne und wandte sich an Enric.

"Ich würde dich ersuchen, dass du von hier an fortfährst, Enric. Von da an war meine Rolle eher passiv. Immerhin warst du derjenige, der meine Freilassung fertigbrachte."

Er nickte und riss seinen Blick widerstrebend von Eryn los, um dem Senat darzulegen, wie es ihm gelungen war, die Richter und Regierungsvertreter dazu zu bewegen, dass sie zustimmten, fünf ihrer Hohepriester die Anwendung eines Lügenfilters erlernen zu lassen. Dies zu dem Zweck, damit sie sowohl den jungen Priester, der Malriel beschuldigt hatte, sowie die Angeklagte selbst befragen konnten. Er setzte damit fort, wie die zweite Anhörung die Absicht des Mannes ans Tageslicht gebracht hatte, ein unrechtmäßiges Urteil für sie erwirken zu wollen und wie Malriels eigene Aussage ihre Unschuld bewiesen hatte.

Malriel wartete, bis er fertig war, dann drehte sie sich wieder zur Triarchie um.

"Wie ihr sehen könnt, entschied ich mich aufgrund des Schadens, der meinem Ruf ohne Zweifel zugefügt wurde, dagegen, die Verhandlungen fortzusetzen. Ich schaffte es jedoch, sie zu dem Zugeständnis zu bewegen, dass ein anderer Delegierter an meiner Stelle entsandt werden kann, der dort fortsetzen wird, wo meine Bemühungen unterbrochen wurden. Für den Moment besteht keine unmittelbare Gefahr eines Krieges, da sie zugestimmt haben, keinerlei feindselige Handlungen einzuleiten, solange beide Seiten bereit sind, eine diplomatische Lösung, einen Kompromiss in dieser Sache zu erzielen.

Sie haben zugestimmt, uns vorübergehend einen Botschafter in Kar einsetzen zu lassen. Sollten die Verhandlungen zu einem Abkommen führen, werden sie im Laufe der Zeit auch einen eigenen Botschafter nach Takhan entsenden."

Eryn ließ erleichtert den Atem entweichen und sah, wie die meisten anderen Senatoren und auch die Beobachter hinter den letzten Sitzreihen auf ähnliche Weise reagierten. Malriel mochte es nicht geschafft haben, eine abschließende Lösung zu präsentieren, doch sie hatte einstweilen auf jeden Fall einen Krieg verhindert und vielversprechende Voraussetzungen für denjenigen geschaffen, der sich als nächstes dorthin wagte.

"Die Wahrnehmung unserer Nachbarn ist im Hinblick auf Magie nicht ganz so positiv wie unsere eigene. Deshalb würde ich eindringlich empfehlen, einen Nicht-Magier nach Kar zu schicken. Jemanden mit diplomatischen Fähigkeiten und Erfahrung im Verhandeln", schloss Malriel.

Eryn stöhnte innerlich, als ihr eine Person, die diesen Anforderungen auf jeden Fall entsprach, in den Sinn kam. Verdammt. Doch wenn sie rasch handelte, konnte sie womöglich noch etwas für sich selbst herausholen.

"Ich stimme dagegen, Erbál von Haus Feral nach Kar zu entsenden", verkündete sie plötzlich unaufgefordert, woraufhin sich alle Köpfe im Saal in ihre Richtung drehten.

Golir blinzelte. "Mir war nicht klar, dass wir darüber abstimmen. Oder dass es überhaupt einen Antrag gab, ihn dorthin zu entsenden."

Ungeduldig schüttelte sie den Kopf. "Natürlich wird jemand diesen Antrag vorbringen! Er ist der passendste und fähigste Kandidat, den es gibt."

Golir sah sie nachsichtig an. "Dann frage ich mich, Maltheá, weshalb du dagegen wärst, ihm diese Position anzubieten?"

"Er gehört mir! Ich habe ihn mir gewünscht, und ihr habt ihn mir gewährt. Und nachdem ihr zuerst Sanaf geschickt habt und wegen allem, was ich seinetwegen durchmachen musste, schuldet ihr mir etwas", zeigte sie auf.

"Worum du uns also ersuchst, Maltheá, ist, dass wir uns in einer Weise entscheiden, die deinen eigenen persönlichen Interessen zugutekommt anstatt den Weg einzuschlagen, der für die Etablierung dauerhaften Friedens mit dem Land Pirinkar am vielversprechendsten erscheint?", fragte Golir bedächtig. Seine Miene zeigte klar, wie sehr ihn solch gedankenloser Egoismus irritierte.

Enric runzelte ebenfalls die Stirn. Das wirkte recht unbeholfen, konnte er nicht umhin zu denken. Sie hatte es fertiggebracht, all das so zu formulieren, als wäre Erbáls Entsendung die beste Lösung und als ginge es ihr einzig und allein darum, ihre eigenen Launen durchzusetzen. Das sah nicht gut aus, und das musste auch ihr selbt klar sein. Er beobachtete fasziniert, wie sich ihre Lippen zu einem Lächeln verzogen.

"Das klingt recht selbstsüchtig, wenn du es so sagst, nicht wahr?", gab sie sanft zu. "Ich frage mich, ob es da nicht einen anderen Weg gäbe um sicherzustellen, dass die beste verfügbare Person nach Kar entsandt wird und

Anyueel dennoch einen passenderen Botschafter erhält, als es Erbáls Vorgänger war."

Golir atmete hörbar aus und schüttelte den Kopf. "Ich verstehe. Und gehe ich recht in der Annahme, dass es für dich eine akzeptable Lösung wäre, wenn man dir eine aktive Rolle bei der Auswahl solch eines Kandidaten zugestünde, Maltheá von Haus Vel'kim?"

Eryn gab vor, einen Augenblick lang darüber nachzudenken, dann nickte sie zögernd. "Ja, ich denke, ich werde dein Angebot annehmen und danke dir vielmals, dass du meine Bedenken berücksichtigst. Das alles natürlich nur für den Fall, dass es überhaupt den Vorstoß gibt, den derzeitigen Botschafter von Anyueel zu versetzen, versteht sich."

"Ich beantrage, Erbál von Haus Feral nach Kar zu entsenden, damit er dort als Botschafter auf Zeit agiert und die Verhandlungen fortsetzt, die Malriel von Haus Aren abzubrechen gezwungen war", meldete sich Ram'an zu Wort. "Er ist ein ausgebildeter Diplomat und erfahren im Verhandeln, was ihn zu einem außerordentlich geeigneten Kandidaten macht. Zudem ist er ein Mitglied eines Hauses und erfüllt auch noch die Anforderung, kein Magier zu sein, die Malriel uns als wichtigen Punkt nahegelegt hat."

Enric lächelte, als er ihren Triumph durch das Geistesband verspürte. Er bedauerte es, dass ihr Ende des Bandes nicht mehr intakt war und sie somit nicht wahrnehmen konnte, wie immens stolz und beeindruckt er in diesem Moment war.

Golir verdrehte die Augen. "Vielen Dank, Oberhaupt von Haus Arbil. Das bedeutet dann offensichtlich, dass wir hier und jetzt über diese Sache abstimmen werden. Senatoren, ich ersuche um Handzeichen von denjenigen, die für diesen Antrag stimmen."

"Achtzehn Stimmen gegen neun sind dafür, Erbál von Haus Feral die Position anzubieten", verkündete Torke'na.

Golirs Aufmerksamkeit kehrte zu Eryn zurück. "Gibt es sonst noch etwas, das du vorzubringen wünschst, bevor wir diese Versammlung zum Abschluss bringen? Wie beispielsweise den Wunsch, dein Kommitmentband dritten Grades zu erneuern?"

Sie richtete sich auf. "Da gibt es in der Tat etwas, das ich gerne besprechen würde. Wenn es möglich wäre, würde ich dafür allerdings einen weniger öffentlichen Rahmen vorziehen."

Der Triarch starrte sie einen Moment lang an, dann nickte er. "Wir können im Anschluss an die Versammlung reden, wenn du zustimmst."

"Ja, danke. Das wäre mir sehr recht."

"Eine Kleinigkeit gäbe es da noch, die ich selbst erledigt haben möchte, bevor wir uns alle auf den Weg machen", ergriff Malriel das Wort. "Maltheá, ich danke dir vielmals, dass du mein Haus übernommen und damit Enric die Möglichkeit geboten hast, fortzugehen und mich aus meiner Haft zu befreien. Ich weiß, dass du diese Bürde niemals wolltest, somit schätze ich es umso mehr, dass du sie auf dich genommen hast. Ich möchte dich nun von der Position entbinden und die Führung der Aren Familie wieder übernehmen."

Abrak, der dritte Triarch, der bislang während der Versammlung kein einziges Wort von sich gegeben hatte, nickte. "Der Senat erkennt hiermi…"

"Nicht so schnell!", unterbrach Eryn, lehnte sich in ihrem Stuhl zurück und legte die Fingerspitzen aneinander, so wie es Tyront zuhause so gerne tat. Wahrscheinlich wusste er sehr genau, dass er sie damit in den Wahnsinn trieb.

"Verzeihung?", fragte Abrak verwirrt.

"Ich bin noch nicht bereit, meine Position als Oberhaupt von Haus Aren aufzugeben", erklärte sie unerschütterlich.

Einige Sekunden lang war es vollkommen still, bevor das Gemurmel und Geflüster um sie herum explodierte. Sie lächelte nur und beobachtete Malriel, die sie aus zusammengekniffenen Augen anstarrte, ihre Hände zu Fäusten geballt.

"Du trittst augenblicklich zurück, oder du wirst es bereuen", knurrte Malriel. In ihren Augen glitzerte es gefährlich.

"Das denke ich nicht, Mutter", gab sie zurück und bemerkte, wie Malhora bei der Anrede in dem gleichen Ton, den sie selbst von Malriel zu erdulden hatte, lächelte. "Es würde deinem aktuellen Liebhaber überhaupt nicht gefallen, wenn du seine Tochter bedrohst, oder?"

Sie sah, wie sich Valrad nach vorne lehnte, die Augen schloss und den Kopf schüttelte. Es schien, dass dies nicht ganz die Art und Weise war, wie er geplant hatte, seine Beziehung mit Malriel der Öffentlichkeit zu präsentieren.

"Ich verlange, dass Maltheá von ihrer aktuellen Position entfernt wird", rief Malriel aus und starrte die Triarchen an, einen nach dem anderen.

"Wessen beschuldigst du sie?", fragte Torke'na schlicht.

"Beschuldigen? Derzeit, dass sie sich meine Position anmaßt!"

Eryn verzog das Gesicht in gespieltem Mitgefühl. "Meine Güte, ich befürchte, das ist nicht ganz ausreichend. Du musst wissen, dass ich vor drei Wochen offiziell, mit reiflicher Überlegung und mit der Zustimmung des Senats eingesetzt wurde. Um mich von meinem Amt zu entheben, bedarf es eines stichhaltigen Grundes, wie mir erklärt wurde. Eines Grundes wie beispielsweise der vorsätzlichen Schädigung meines Hauses, oder der versehentlichen durch Inkompetenz. Oder einer wie auch immer gearteten Gesetzesübertretung."

Malriel schloss die Augen und tat einige Atemzüge, während sie darum kämpfte, den gewaltsamen Drang, der derzeit um Befreiung kämpfte, im Zaum zu halten.

Eryn sah, wie eine Anzahl an Senatoren zu der gerade erst wiederhergestellten Decke emporblickte, als wollten sie sichergehen, dass sich keine Risse zeigten oder Staub herabrieselte.

Die Leute um sie herum warteten schweigend, als befürchteten sie, eine Bewegung mochte irgendeine Reaktion in ihr auslösen.

Kurz darauf öffnete Malriel ihre Augen wieder. Soviel musste Eryn ihr lassen - sie wusste auf jeden Fall, wie sie sich wieder unter Kontrolle brachte. Sie wirkte beinahe entspannt und brachte sogar ein Lächeln zustande.

"Maltheá, da ich mir keines Fehlverhaltens von deiner Seite bewusst bin, habe ich kein schlagkräftiges Argument, um dich der Position des Oberhaupts von Haus Aren zu entheben. Somit wirst du also an der Macht bleiben. Für den Augenblick. Gib dich aber keinesfalls dem Irrtum hin, ich würde mich dem auf lange Sicht fügen. Ich werde mein Haus zurückbekommen. Darauf darfst du dich getrost verlassen. Obwohl es eine Sache gibt, die du nicht länger leugnen kannst: Du bist ganz eindeutig eine Aren, ganz egal, wie leidenschaftlich du dich von deinen Wurzeln zu distanzieren wünschst."

Eryn erwiderte das Lächeln mit dem gleichen Fehlen jeglicher Wärme. Damit spiegelte sie Malriels Gesichtsausdruck und betonte die Ähnlichkeit für die Leute um sie herum auf noch atemberaubendere Weise.

"Diesbezüglich kann ich deine Bedenken zerstreuen, Mutter. Ich freue mich dir mitzuteilen, dass es für mich weitgehend seinen Schrecken verloren hat vom Blut der Aren zu sein, seit ich meine Großmutter besser kennenlernen konnte."

"Der Senat ist entlassen", verkündete Golir und erhob sich von seinem Stuhl.

Malriel drehte sich auf dem Absatz um und schritt zum nächstgelegenen Ausgang. Als Legara von Haus Finran ihr die Hand auf den Arm legte, blieb sie stehen.

"Malriel, ich bin so froh, dass du zurück bist", murmelte Legara. "Und es tut mir leid, wie Maltheá sich gebärdet. Wenn es irgendetwas gibt, das ich tun kann, um dir dabei zu helfen, auf deine…"

Sie riss die Augen weit auf, als Malriels griff um ihren Hals ihr die Worte abschnitt.

"Hör mir aufmerksam zu, Legara", gurrte Malriel mit bedrohlich leiser Stimme, die dennoch dank der neuerlichen absoluten Stille des von fasziniertem Horror gefesselten Publikums klar verständlich war. "Deine Hilfe würde ich nicht einmal annehmen, wenn ich mitten in der Wüste ohne Wasser festsäße und kurz vor dem Verdursten wäre, du armselige Entschuldigung für ein Oberhaupt eines Hauses. Ein Mitglied deines Hauses brachte absichtlich das Leben meiner Gäste in Gefahr, darunter das meiner Tochter und meines Enkelsohns. Und du hast es als angemessen erachtet, dafür nichts weiter als eine alibihafte Bestrafung vorzusehen." Ihre Finger legten sich etwas fester um Legaras Hals. "Damit beleidigst du Haus Aren. Und mich. Das ist nicht die Art von Allianz, die ich aufrechterhalten will, da es ihr an dem Respekt und dem Vertrauen mangelt, den ich meinen Verbündeten entgegenbringe und auch von ihnen im Gegenzug erwarte." Dann, nachdem sie Legara lange genug umklammert gehalten hatte, dass sich in deren Augen wahre Angst um ihr Leben zeigte, löste sie ihren Griff und ging unbeirrt weiter. Ohne sich umzudrehen trat sie hinaus in das helle Nachmittagslicht und atmete tief ein, bevor sie die Stufen hinabstieg.

Nach diesem Vorfall leerte sich die Senatshalle nur sehr gemächlich. Es war als zögerten sowohl die Senatoren als auch die Zuschauer den Aufbruch hinaus, als wären sie erpicht auf noch mehr Drama und sich, ob das, was auch immer Maltheá von Haus Vel'kim, Oberhaupt von Haus Aren mit der Triarchie zu besprechen hatte, sich wohl als solches qualifizieren würde.

Sobald nur noch Eryn, Enric, Valrad, Vran'el und Ram'an sowie die drei Triarchen übrig waren, hob Golir die Hand, woraufhin sich die drei Doppeltüren um sie herum schlossen.

"Was ist es, das du besprechen möchtest, Maltheá?", fragte er dann.

"Ich weiß, dass du über die einseitige Auflösung des Kommitmentbandes zwischen Enric und mir informiert sein musst", begann sie und wartete auf sein Nicken. "Ich verlange, dass es auch von Enric entfernt wird. Eine Seite des Geistesbandes ist noch intakt, und durch diese Verbindung kann er noch immer meine Gefühle wahrnehmen. Das betrachte ich als eine Verletzung meiner Privatsphäre, die ich behoben haben möchte."

Golir nickte langsam. "Ein verständlicher Standpunkt. Enric? Was hast du dazu zu sagen?"

Enric lächelte schmallippig. "Ich wünsche, dass das Band dritten Grades vollständig wiederhergestellt wird."

Alle Augen ruhten nun auf Golir, wartend, was er entscheiden würde. Der starrte beide an, dann sah er zu Ram'an hin.

"Ich erinnere mich an keinen bisherigen Fall dieser Art. Ich kann nicht einem von ihnen das Band aufzwingen, und ebenso wenig kann ich es ohne guten Grund von dem anderen entfernen. Sind dir irgendwelche rechtlichen Bestimmungen bekannt, wie in solch einem Fall vorzugehen wäre?"

Ram'an schüttelte bedächtig den Kopf. "Nein, ich fürchte, ich kann dir hier nicht behilflich sein. Du hast Recht - soweit ich mich erinnern kann, gab es bislang keinen einzigen Fall dieser Art. Besonders nicht mit dem problematischen Zusatzaspekt eines Geistesbandes."

Eryn seufzte bedrückt. "Somit habe ich also in dieser Sache keinerlei Autorität über Enric - weder als Oberhaupt seines Hauses, noch als die geschädigte Partei in diesem Lebensbund."

Ram'an zog eine Grimasse. "Nein zu beidem, Theá. Lebensbünde unterliegen, wie du schon zuvor gehört hast, nicht der Zuständigkeit des Oberhaupts, sobald das Band dritten Grades einmal gewährt wurde. Und was deinen Status als geschädigte Partei betrifft… das ist wohl eine Frage der Wahrnehmung. Enric wünscht die Wiederherstellung des Bandes und könnte sich selbst als ebensolche bezeichnen. Rechtlich gesprochen befindet ihr euch hier in einer Sackgasse."

Sie schluckte und wandte sich wieder an die Triarchen. "Wie eng seid ihr an die Gesetze gebunden, wenn sie keine Lösung für eine spezielle Situation bieten? Steht es euch frei, eine Entscheidung zugunsten einer Partei zu treffen?"

Torke'na schüttelte den Kopf. "Das wäre vergeblich, Maltheá. Die andere Partei hätte mächtige Argumente, um die Entscheidung anzufechten und die Angelegenheit stattdessen dem Senat zur Abstimmung vorzulegen. Das würde die Glaubwürdigkeit der Triarchie untergraben."

"Es gibt also überhaupt nichts, was ich hier tun kann? Ich stecke jetzt in diesem halben Band fest?"

"Nicht, solange Enric nicht willens ist, seine Seite aufzulösen", bestätigte Torke'na und sah ihn fragend an.

Enric schüttelte fröhlich den Kopf. "Nein, ich habe keinerlei Absicht, dem zuzustimmen."

"Damit übertragen wir die Verantwortung, hier eine für beide Seiten zufriedenstellende Vereinbarung oder einen Kompromiss zu finden, wieder an dich, Oberhaupt von Haus Aren", erklärte Golir und betonte mit der Erwähnung ihres Titels seine Erwartung, dass sie die Entscheidung akzeptierte, so wie es ihre Pflicht war.

"Es tut mir leid, Maltheá", meinte Torke'na bedauernd. "Ich wünschte, es gäbe einen Weg, wie wir dir bei der Lösung dieser Angelegenheit behilflich sein könnten."

Sie nickte niedergeschlagen. "Natürlich. Ich danke euch für eure Zeit."

* * *

"Was werdet ihr denn nun tun?", fragte Vran'el, nachdem sie die Senatshalle verlassen hatten.

Eryn zuckte mutlos mit den Schultern. "Ich habe keine Ahnung." Sie blickte zu Enric auf. "Irgendwelche Vorschläge von deiner Seite? Werden wir nun versuchen, uns in den kommenden Monaten gegenseitig unter Druck zu setzen, um den anderen zum Aufgeben zu bewegen und sehen, wer gewinnt?"

Er schüttelte den Kopf und nahm ihre Hand, froh darüber, dass sie sie ihm nicht entriss, besonders nach dieser Nachricht soeben. Er musste ihr zugestehen, dass sie erstaunlich gut damit umging.

"Ich respektiere, dass du das Band derzeit nicht erneut mit mir eingehen willst. Aber mein Ziel ist es, genau das zu erreichen, wie lange auch immer es dauern mag. Wie werden hier einen Kompromiss finden müssen, da keiner von uns im Moment bekommt, was er sich wünscht", erklärte er.

Ihre Augen wurden schmal. "Mir drängt sich der Eindruck auf, dass deine Situation wesentlich weniger unangenehm ist als meine. Du hast immerhin noch immer Zugriff auf meine Gefühle."

Er zog eine Augenbraue hoch. "Dass du von dem magischen Kommitment befreit bist, das dich wieder zurück zu mir zieht, wenn wir getrennt sind, ist etwas, das ich keineswegs schätze. Ich darf dir versichern, dass ich mit der aktuellen Situation mehr als unzufrieden bin."

"Gibt es irgendetwas, das ich dir anbieten kann, damit du deine Seite ebenfalls entfernen lässt?", fragte sie ohne große Hoffnung.

"Nein, überhaupt nichts. Die Verbindung zu dir, wie schmerzvoll sie zuweilen auch gewesen sein mag, war es, was mich aufrecht hielt, solange ich fort war. Das werde ich nicht aufgeben. Gibt es im Gegenzug etwas, das du als angemessene Gegenleistung dafür erachten würdest, damit du dich erneut an mich bindest?"

"Nein, keinesfalls", seufzte sie und schüttelte den Kopf. "Wir stecken also tatsächlich fest."

Er sah sie an. Sie wirkte so resigniert und unglücklich. So sollte ihre Verbindung zu ihm für sie nicht sein.

"Lass mich dir ein Angebot unterbreiten." Er wartete darauf, dass sie wieder zu ihm aufblickte. "Du gewährst mir sechs Monate, im Zuge derer ich mein Möglichstes tue, um dich wieder zum Eintritt in ein Band dritten Grades mit mir zu bewegen. Nach diesen sechs Monaten stehen dir drei Optionen zur Wahl, von denen du diejenige auswählst, die dir zu diesem Zeitpunkt zusagt. Und ich werde deine Entscheidung respektieren, wie auch immer sie ausfallen mag."

"Welche Optionen?", fragte sie misstrauisch.

"Du wirst dich entweder an mich binden, mich zur Auflösung meiner Seite des Bandes auffordern, oder du wirst die Dinge für weitere sechs Monate so belassen, wie sie waren und dann erneut darüber nachdenken."

Sie starrte ihn an, dann nickte sie langsam. "Also gut, das ist ein Kompromiss, dem ich zustimmen kann. Und du wirst es akzeptieren, auch wenn ich mich entscheiden sollte, das Band entfernen zu lassen? Und dich ohne jeden Widerstand fügen?"

"Das werde ich", versprach er feierlich. "Obwohl ich zuerst mein Bestes geben werde, um dich davon zu überzeugen, dass du das keineswegs willst. Es steht dir natürlich auch frei, das Band früher neu errichten zu lassen, solltest du von diesem Wunsch beseelt sein", lächelte er.

"Nicht, dass ich kein Vertrauen in dich hätte, Enric", warf Ram'an ein, bevor er sich Eryn zuwandte, "doch aus rechtlicher Sicht würde ich zur Bestätigung dieser Übereinkunft entweder ein Kommitment ersten Grades oder eine schriftliche Vereinbarung empfehlen."

Enric nickte und hob seine Hand, damit sie sie ergreifen konnte. "Ich habe keine Einwände."

Eryn schluckte. Sein Angebot anzunehmen würde von einem gewissen Vertrauensmangel zeugen, oder etwa nicht? Obwohl die Versuchung auf jeden Fall da war, das ließ sich nicht bestreiten. Sein Vorschlag klang beinahe zu gut, um wahr zu sein. Sie zwang sich dazu, den Kopf zu schütteln und einen Schritt nach hinten zu treten.

"Nein, das wird nicht nötig sein. Du bist dafür bekannt, dass du zu deinem Wort stehst, und ich vertraue darauf, dass du dein Versprechen ehren wirst."

Ram'an zuckte mit den Schultern. "In Ordnung, ich denke, die Tatsache, dass drei Zeugen anwesend waren, die dieses Versprechen bestätigen können, wird dir immer noch helfen, sollte er sich entscheiden, einem plötzlichen Gedächtnisverlust zum Opfer zu fallen und du ihn in sechs Monaten vor die Triarchie zerren musst."

Enric sah ihn mit schmalen Augen an. "Warum habe ich das starke Gefühl, dass du gegen mich bist?"

"Weil du mich letzte Nacht ohne jeden triftigen Grund zu Boden geschickt und dich noch immer nicht dafür entschuldigt hast."

"Du hast Recht", seufzte der blonde Magier. "Das ist überfällig. Ram'an, bitte akzeptiere meine Entschuldigung dafür, dass ich dir vorwarf, du hättest meine Gefährtin ausgenutzt und dass ich dich angriff, ohne dir letzte Nacht die Gelegenheit zu geben, meinen Eindruck richtigzustellen. Besonders, da du nur versucht hast, Eryn zu einer friedlichen Nacht zu verhelfen. Und darüber hinaus möchte ich dir auch noch dafür danken, dass du dich um sie gekümmert und sie sowohl bei der Führung von Haus Aren als auch bei der Suche nach den Missetätern hinter den Angriffen unterstützt hast."

"Ich nehme die Entschuldigung an", erwiderte der Jurist gnädig. "Nun müsst ihr mich entschuldigen, mein Bruder bat mich, ihn zu einem Treffen zu begleiten."

"Ich denke, wir kehren nun besser zurück", legte Eryn mit einem Blick zum Himmel nahe. "Ich will Vedric nicht zu lange der Sonne aussetzen. Kommt ihr beide mit uns?"

Vran'el schüttelte den Kopf. "Ich würde lieber nach Hause gehen, wenn es euch nichts ausmacht."

Valrad legte seinem Sohn einen Arm um die Schultern. "Dann werde ich mit dir kommen. Wir werden ein Glas Wein trinken und feiern, dass ich zwei meiner drei Kinder wieder hier in Takhan habe."

Beide küssten Eryn zum Abschied und begaben sich auf den Weg zu ihrer Residenz.

Enric setzte sich in Bewegung. Noch immer hielt er ihre Hand, die sie ihm nicht entzogen hatte, und verschränkte seine Finger mit ihren. Einen Moment lang verspürte er ihr Zögern, bevor sich ihre Muskeln wieder entspannten. Es war frustrierend, sich bei jeder Berührung sorgen zu müssen, dass sie sich zurückziehen mochte, als wären sie wieder zurück in seinem Quartier vor eineinhalb Jahren, als sie seine Gefangene gewesen war.

Aber er hatte sie damals erobert; er würde es erneut schaffen.

"Valrad hat dir von meinem neuesten Unterfangen erzählt, könnte ich mir denken?", unterbrach sie seinen Gedankengang.

"Ja, das hat er."

"Das ist meine Rache an Malriel für den Fruchtbarkeitstrank."

"Das dachte ich mir schon."

"Du musst mich das tun lassen, auch wenn du derzeit besonders gut mit ihr auskommst. Du kannst dich dabei nicht auf ihre Seite stellen oder ihr die Ausgaben zurückerstatten."

"Das fiele mir im Traum nicht ein", erwiderte er lediglich.

Erleichtert nickte sie. "Gut. Dann brauche ich es dir nicht als neues Oberhaupt deines Hauses zu verbieten."

Er lachte leise. "Nein, das wird nicht erforderlich sein. Da wir diese Kleinigkeit gerade zur Sprache bringen - wie lange planst du, an dieser Position festzuhalten? Dir muss klar sein, dass der König und Tyront uns nicht mehr viel länger hierbleiben lassen werden, wo Malriel nun verfügbar ist, um ihr Haus wieder zu führen."

"Ich weiß. Ich habe dem König geschrieben, damit er mir zwei weitere Monate hier gewährt. Ich will sicherstellen, dass das Waisenhaus weit genug fortgeschritten ist, damit die Sache nicht einfach so unterbunden werden kann."

"Du weißt doch wohl, dass ich es finanzieren werde, falls sie es irgendwie fertigbringt, die Mittel ihres Hauses zu sperren?", fragte er sanft.

Ohne den Blick auf ihn zu richten nickte sie. "Ich hatte so ein Gefühl, dass du das tun würdest. Ich schätze, im Moment gibt es da einiges, das du zu tun bereit wärst."

Er blieb stehen und hielt ihre Hand fest, sodass sie sich halb in seine Richtung drehen und ihn ansehen musste. "Das ist nicht mehr als ich ohnehin getan hätte, auch ohne diesen ganzen Interessenskonflikt."

Eryn seufzte. Obwohl seine Stimme ruhig war, konnte sie an seinen Kiefermuskeln seinen Ärger erkennen; er war selbst ohne das Geistesband ersichtlich.

"Es tut mir leid. Ich weiß. Ich wollte damit nicht andeuten, dass du es jemals an Großzügigkeit hast mangeln lassen. Ich muss mich noch immer an diese merkwürdige und unbeholfene Situation zwischen uns gewöhnen, jetzt wo du wieder zurück bist." Sie sah wieder fort von ihm, und sie setzten ihren Weg fort. "Erst letzte Nacht, als ich noch dachte, du willst Malriel, war ich bereit, dich loszulassen. Ich hatte geplant, Iklan heute aufzusuchen, damit er mir dabei hilft, diesen Schmerz hinter mir zu lassen. Und nur wenige Stunden später gehen wir gemeinsam die Straße entlang. All das ist einfach nur etwas viel."

Er nickte schweigend. Es schien, als wäre er gerade noch rechtzeitig zurückgekehrt.

KAPITEL 8

Unter einem Dach

Sie vernahmen zwei weibliche Stimmen, die erzürnte Worte miteinander wechselten, als sie die Tür zur Aren Residenz öffneten.

"Das hast du dir selbst eingebrockt, Malriel", hörten sie Malhora poltern. "Was hast du erwartet?"

"Ich weiß, dass du ihr die Gewölbe gezeigt haben musst! Das ist deine Schuld, Mutter!", fauchte Malriel zurück.

Beide verstummten, als die Eingangstür ins Schloss fiel.

Als Eryn und Enric den Raum einen Moment später betraten, hatten die zwei Frauen auf den Sitzkissen einander gegenüber Platz genommen und tauschten feindselige Blicke aus.

"Ihr zwei seht entweder zu, dass ihr einen zivilisierten Ton in meinem Haus anschlagt, oder ihr geht. Ich habe nicht die Absicht, meinen Sohn eurem Gezanke auszusetzen", bekundete Eryn und setzte sich neben ihre Großmutter, bevor sie sich an Enric wandte und ihr Hemd auseinanderwickelte. "Gib ihn mir. Es ist Zeit für sein Mahl. Nun, für eines davon."

"Ja genau, dein Haus", hörte sie Malriel knurren und warf ihr einen Blick aus verengten Augen zu.

"Hast du etwas gesagt? Und was treibst du hier überhaupt? Ich hatte damit gerechnet, dass du bei Valrad einziehst. Oder war das zwischen euch nur eine Sache für eine Nacht?"

"Ich bin hier, Maltheá, weil ich zufällig hier wohne. Wenngleich es scheint, als müsste ich mich in meinem eigenen Haus mit einem Gästezimmer zufriedengeben, da meine Mutter mein Schlafzimmer in Beschlag genommen hat", erwiderte Malriel, sorgsam darauf bedacht, ihre Stimme ruhig zu halten. "Und nein, das war keine Sache für eine Nacht, wie du es so eloquent bezeichnet hast. Nicht, dass dich das irgendetwas anginge, wohlgemerkt."

"Es war mein Schlafzimmer, bevor es deines wurde", meinte Malhora und zuckte mit den Schultern. "Und Enric war so freundlich, es mir anzubieten, als ich herkam."

Enric entschied sich dagegen, sich dazuzusetzen und lehnte sich so an die Wand, dass er seine Gefährtin und seinen Sohn im Blick hatte. Er hatte nicht die Absicht, hier irgendeine andere Rolle als die eines Beobachters einzunehmen. Doch mit seinem Sohn inmitten von drei Aren Frauen war es womöglich ratsam, in der Nähe zu bleiben, falls es erforderlich wurde, ihn zu evakuieren.

"Natürlich nicht, Mutter. Deine Affären sind ganz und gar deine Angelegenheit. Allerdings kann ich kaum anders, als an dieser speziellen ein Interesse zu zeigen, da er ein Oberhaupt eines Hauses ist und ich das deine", erwiderte sie leichthin und erfreute sich an dem Funken an Verdruss, den ihre Worte auslösten.

"Ich will mein Haus zurück, Maltheá", meinte Malriel dann nach einigen Sekunden des Schweigens.

"Davon ging ich aus", nickte Eryn unbeirrt und bemerkte das verschwörerische Grinsen auf Malhoras Gesicht.

"Wie lange gedenkst du dieses Spiel noch zu treiben?", fragte ihre Mutter mit einer Ruhe, die eindeutig erzwungen war.

"Zumindest bis das Waisenhaus in Betrieb ist. Ich will nicht, dass du den Fortschritt hemmst, sobald ich fort bin. Und dann werden wir sehen. Ich beginne mich in meiner neuen Rolle wohlzufühlen. Sie gewährt mir immerhin zum ersten Mal Autorität über meinen Gefährten. Womöglich entschließe ich mich, das noch ein wenig länger auszukosten." Ein leicht schmerzhafter Zug an ihrer Brustwarze ließ sie das Gesicht verziehen.

"Ich werde Folrin schreiben, damit er dich zurückbeordert", verkündete Malriel und sprang geradezu auf.

"Lass mich dir die Mühe ersparen, Mutter. Ich habe ihm bereits geschrieben und bin zuversichtlich, dass er meiner bescheidenen Bitte nachkommen wird, noch bevor ihn deine Nachricht erreicht. Bis dahin wird er nicht mehr in der Lage sein, die deine zu gewähren, da es nicht gut für ihn aussähe, träte er von einer Gefälligkeit zurück, die er bereits zugesichert hat."

"Hör auf, mich so anzusprechen!"

"Mutter?" Eryn sah sie vollkommen erstaunt an. "Warum um alles in der Welt solltest du dich dagegen wehren, so von mir angesprochen zu werden, wo du doch jedem erzählst, dass ein rechtliches Arrangement niemals Blutbande auflösen kann?"

"Du weißt, was ich meine! Ich will, dass du aufhörst, diesen Ton zu benutzen." Malriels Blick fiel auf ihre Mutter. "Das ist dein Werk, ich weiß es genau! Wie hast du sie dazu gebracht, dein kleines Spiel mitzumachen, Mutter? Wie ich höre, bist du dazu übergegangen, sie Eryn zu nennen. War das ihre Bedingung dafür, dass sie dir dabei hilft, mich zu quälen?"

Malhora lächelte einfach nur boshaft.

"Lass uns das wie Erwachsene besprechen, in Ordnung? Theá, ich habe dieses Geld über eine lange Zeit hinweg angespart, um mir ein Anwesen auf dem Land zu kaufen, wenn ich mich von der Position als Oberhaupt des Hauses zur Ruhe setze."

Eryn nickte. "Ich weiß. Doch nachdem ich nun die Bücher durchgesehen habe, fiel mir auf, dass wir bereits eine beachtliche Anzahl an Anwesen besitzen. Du kannst gerne in eines davon einziehen. Ich sehe nicht, weshalb es erforderlich sein sollte, dass du noch ein weiteres kaufst."

"Auf diese Weise habe ich etwas für mich selbst, das nicht dem Befehl des neuen Oberhaupts meines Hauses untersteht, sondern meinem eigenen. Nach meinem Tod wird es zu einem der Aren Vermögenswerten werden und somit den Reichtum des Hauses mehren", erklärte sie mit mühevoller Selbstbeherrschung.

"Nun, das ist dann allerdings ein Pech für dich. Ich beabsichtige das Geld dafür einzusetzen, Unterkünfte und Nahrung für nicht nur eine Person, sondern für viele bereitzustellen. Und außerdem kannst du erneut zu sparen beginnen, sobald du wieder in Amt und Würden bist. Ich bin zuversichtlich, dass du dir in, sagen wir, zwanzig Jahren eine nette kleine Plantage leisten wirst können. Du weißt, weshalb ich das tue."

Malriel erwiderte nichts darauf, sondern verschränkte nur die Arme.

"Weißt du oder weißt du nicht, weshalb ich dir das antue, Mutter?", wiederholte Eryn ihre letzte Frage. "Es wäre mir unangenehm, wenn dir nicht klar wäre, aus welchem Grund ich Rache an dir übe. Besonders, da es dich offensichtlich wirklich hart trifft, genau wie ich gehofft hatte. Das ist eine kleine Vergeltungsmaßnahme dafür, dass du mir diesen Trank verabreicht hast, falls du bislang nicht bei dieser Schlussfolgerung angelangt bist."

"Was sollte mich davon abhalten, diesem Unsinn einen Riegel vorzuschieben, sobald du von hier fort bist? Du wirst diese Position nicht besonders lange halten, dessen bin ich mir sicher. Folrin wird dich früher oder später zurückbeordern, und dann ist dein kleines Projekt meiner Gnade ausgeliefert. Was sollte mich davon abhalten, es wieder stillzulegen?", zischte Malriel.

"Der Ruf von Haus Aren, würde ich sagen", entgegnete Eryn mit einem kühlen Lächeln. "Die Sache ist die: Ich habe den Senat darüber informiert, dass Haus Aren die Finanzierung des Waisenhauses so lange übernehmen würde, wie wir es uns leisten können. Ziehst du die Finanzierung zurück, würde das besagen, dass unsere finanzielle Situation problematisch ist. Das mag die anderen Häuser veranlassen, zweimal darüber nachzudenken, ob es ratsam ist, Geschäfte mit uns zu tätigen. Das wiederum würde langfristig einen größeren

Schaden verursachen als einfach für das Essen und die Kleidung der Kinder aufzukommen, verstehst du? Besonders, da Haus Aren im Gegenzug eine Steuererleichterung zugestanden bekommt, die dann zusätzlich zu den entgangenen Gewinnen ebenfalls fort wäre."

Sie sah, wie Enric breit grinste. Offenkundig hatte Valrad ihnen von diesem kleinen Detail bislang nichts erzählt.

Einen Moment lang schloss Malriel die Augen, dann nickte sie steif. "Gut gespielt, Malthea, gut gespielt fürwahr. Wenn ihr mich nun entschuldigen würdet - ich muss mich für eine Weile hinlegen."

* * *

Nachdem alle aufgegessen und sich gesättigt und entspannt zurückgelehnt hatten, entfernte Malriel das Geschirr. Téa auf Junars Schoß nuckelte glücklich an ihrer Faust und verfolgte mit großen Augen die Bewegungen um sie herum.

Orrin stand auf, um Malriel zur Hand zu gehen, und Vern kam ebenfalls auf die Beine und verschwand in dem Korridor, der zu seinem Zimmer führte, während er murmelte, er müsse etwas holen.

Als beide den Raum verlassen hatten, lehnte sich Enric näher zu Eryn und flüsterte: "Kommt das nur mir so vor, oder ist da eine gewisse Distanz zwischen Orrin und Vern?"

Eryn nickte. "Valrad hat Vern angeboten hierzubleiben und sein Training in Takhan fortzusetzen. Und Orrin will es nicht erlauben. Somit ist Vern auf Orrin böse, Orrin ist böse auf Vern, weil er bleiben will, und auch auf Valrad, weil er es überhaupt angeboten hat. Valrad wiederum ist böse auf Orrin, weil er seinem Sohn diese Gelegenheit verwehrt."

Enric schluckte. Als würden drei Aren Frauen unter einem Dach nicht schon für genug Anspannung sorgen. Anscheinend war Junar derzeit die Einzige, die keinen Ärger auf irgendjemanden hegte.

Vern kehrte als Erster zurück und hielt einen Zeichenblock in der Hand. Er hielt ihn Enric unter die Nase.

"Hier, das ist für dich."

"Für mich? Was ist das?"

"Ein paar Bilder, die ich angefertigt habe. Dinge, die du verpasst hast", erklärte der Junge und setzte sich neben Junar. Dort hob er seine Schwester von ihrem Schoß, um sie auf seinen eigenen zu setzen, was ihm sowohl von Mutter als auch Tochter ein Lächeln einbrachte.

Enric blätterte zur ersten Seite und lachte, als er die Zeichnung von einer spöttisch grinsenden Malhora erblickte, die einen eindeutig bewusstlosen Orrin wie einen über ihre Schulter geworfenen Sack trug, im Hintergrund das Senatsgebäude. Auch Eryn musste grinsen.

"Das war, nachdem Golir und Ram'an Sanaf zu dem Geständnis veranlassten, dass er hinter all dem Ärger steckte. Orrin war drauf und dran, sich auf ihn zu stürzen, also musste ich ihn ausschalten. Ich schätze, dieses Bild ist eine schlimmere Bestrafung als alles, was ich ihm antun hätte können."

Sie blätterten um, und Eryn musste schlucken. Es zeigte sie selbst in der Mitte der Senatshalle, wie sie verwirrt und verloren dastand, ihr Blick zur abbröckelnden Decke gerichtet, während Golir hinter ihr auf dem Podest eine Hand nach oben gestreckt hatte, wo er mit einem Schild das Mauerwerk vor dem Einsturz bewahrte. Malhora und Valrad waren ebenfalls zu sehen, wie sie mit besorgten Mienen von verschiedenen Seiten auf sie zukamen.

"Das war, als ich mein Fruchtwasser verlor." Eryn schüttelte den Kopf. "Was für ein Tag."

Enric starrte auf die Gestalt, die in verschiedenen Schattierungen von grau und schwarz auf dem Papier verewigt war. Das musste der Moment gewesen sein, wo er durch das Geistesband den ersten Stich von Panik empfangen hatte.

Ihm graute beinahe davor, sich das nächste Bild anzusehen. Doch es handelte sich dabei um eine friedliche Szene, die sie in einem Zimmer zeigte, von dem er annahm, dass es in der Klinik war. Sie hielt Vedric im Arm, während sein winziger Mund ihre Brustwarze umschloss.

"Das erste Mal, als ich ihn stillte", murmelte sie neben ihm, gerührt, dass sie diesen kostbaren Moment nun auf eine Weise eingefroren hatte, die es ihr erlaubte, ihn immer wieder zu bestaunen und ihn eines Tages mit ihrem Sohn zu teilen, wenn er älter war.

Die nächste Zeichnung zeigte einmal mehr, wie sie Vedric fütterte, doch dieses Mal auf genau den Kissen, auf denen sie jetzt saßen, neben ihr Ram'an mit einem Gesichtsausdruck, der sowohl entspannt als auch einen Hauch melancholisch anmutete. Enric fragte sich, ob er sich in diesem Moment gewünscht hatte, es wäre sein Sohn, den sie auf diese Weise hielt.

Eryn ging zur nächsten Seite, unbehaglich ob des Bildes, das sie neben Ram'an mit entblößter Brust zeigte.

Eine weitere Zeichnung von ihr, dieses Mal in Malriels Arbeitszimmer hinter dem massiven Schreibtisch, ihr Kinn auf ihrer Faust abgestützt, eine lose Haarsträhne ihre Wange hinabhängend, ihr Gesichtsausdruck müde, während sie auf ein Stück Papier in ihrer Hand blickte.

Das nächste Bild zeigte Kilan mit Vedric auf dem Arm. Sein Gesichtsausdruck leicht panisch, als fürchte er, das Baby zu zerbrechen, wenn er nicht sorgsam genug damit umging.

Das darauffolgende Werk ließ Eryn lächeln. Valrad, wie er seinen Enkel in einem Arm hielt, während er sie mit dem anderen um ihre Schultern an sich zog, auf seinem Gesicht ein seliges Lächeln.

"Das ist wunderschön", meinte Malriels leise Stimme hinter ihnen. Sie blickte über Enrics Schulter und schluckte. "Ich wäre bereit, einen großzügigen Preis dafür zu bezahlen."

Vern zuckte mit den Schultern. "Ich habe sie Enric gegeben, sie gehören ihm. Aber ich kann dir ein anderes machen, wenn du willst."

Malriel nickte. "Das wäre großartig, danke."

Die nächsten drei Bilder zeigten harmonische häusliche Szenen: Junar und Orrin, während jeder von ihnen ein Baby hielt und sie einander angrinsten; Malhora, wie sie mit ihrem Urenkel im Arm im Garten neben Eryn saß, die ihren Kopf zurückgeworfen hatte, um ein Glas Wasser zu trinken, ihr Oberteil nach dem Stillen noch immer halb offen, sodass die Kurve einer Brust entblößt war; Eryn, wie sie Vedric im Garten badete, hinter ihr Junar mit einer schlafenden Téa in ihren Armen, während Orrin und Valrad einander mit einem kühlen Blick bedachten.

Enric lächelte, einerseits froh darüber, dass Eryn diese friedlichen Momente erleben konnte, andererseits traurig, dass er selbst sie verpasst hatte.

"Mach schon", drängte ihn Eryn. "Ich will das Letzte sehen."

Er kam ihrem Wunsch nach, und sie betrachteten ein Bild von ihm selbst kurz nach seiner Rückkehr, wie er auf den Kissen saß und seinen Sohn das erste Mal im Arm hielt. Auf seinem Gesicht war ein Ausdruck des Staunens, der Verzauberung, als ob die Welt um ihn herum aufgehört hätte zu existieren und die kleine Kreatur in seinem Arm das Einzige war, das wirklich zählte.

Eryn starrte das Bild an und schluckte hart. Und ein zweites Mal. Sie hatte damals hinter ihm gestanden und sein Gesicht nicht gesehen. Ohne Verns Zeichnung hätte sie das verpasst. Das wäre eine Tragödie gewesen.

Sie hob ihre Hand an sein Kinn und drehte es sanft in ihre Richtung, damit sie seine Lippen küssen konnte. Anders als nach seiner Rückkehr, waren sie nun weich; den rauen Schorf, den das harsche Klima hinterließ, hatte er in der Zwischenzeit geheilt. Sie spürte, wie er ausatmete und sich in den Kuss lehnte, als würde er das Gefühl der einfachen, keuschen Berührung ihrer Lippen in sich aufsaugen.

Nach ein paar Sekunden lehnte sie sich zurück, lächelte und deutete auf den Zeichenblock.

"Vern", sprach Enric leise und schüttelte den Kopf, ein paar Augenblicke lang um Worte verlegen. "Das ist unglaublich. Ein Geschenk jenseits jeden Betrags. Ich weiß nicht, was ich sagen soll." Er klappte den Block wieder zu. "Du hast nicht nur ein erstaunliches Talent, sondern auch das Herz, um es so einzusetzen, dass du anderen damit Freude bereitest. Solltest du dich jemals in einer Situation wiederfinden, wo du finanzielle oder sonst irgendeine Unterstützung benötigst, hoffe ich, dass du mir erlaubst, dir zu helfen, wie immer ich es vermag. Es wäre mir eine Ehre. Dir jedwede Chance vorzuenthalten, dieses unfassbare Talent zu nutzen wäre ein Verbrechen."

Ihre Köpfe drehten sich, als Orrin sich von der Wand abstieß, an der er gelehnt hatte und sich wortlos abwandte, um die Treppe hinabzusteigen. Kurz darauf hörten sie, wie sich die Eingangstür schloss.

Eryn setzte zum Aufstehen an, doch Enric nahm ihre Hand und schüttelte den Kopf. "Lass mich. Es sollte langsam Zeit für Vedric sein, also bleibst du besser hier."

Er brauchte nicht lange, um den Krieger auf der Straße einzuholen.

"Was willst du?", knurrte Orrin ihn an, ohne anzuhalten oder seinen flotten Schritt zu verlangsamen.

"Du verdammter Narr", schnappte Enric nach ihm. "Was gibt dir das Recht, Vern dazu zu zwingen, dass er mit uns zurückkommt, wo es in Anyueel nichts für ihn gibt?"

"Es gibt genug für ihn in Anyueel!"

"Was ist dort, das mit der Chance vergleichbar wäre, alles über das Heilen und die Künste zu lernen, was ihn interessiert?"

"Ich bin dort!", schrie der Krieger. Schließlich hielt er an und schloss die Augen, während sein Atem schwer ging. "Das ist mein Junge! Wie kann ich ihn einfach hier zurücklassen?"

"In kaum mehr als einem Jahr ist der großjährig. Er wird hierher zurückkehren, sobald er alt genug ist, um nicht länger auf deine Zustimmung angewiesen zu sein. So viel kann ich dir versprechen. Wirst du ihn zurück nach Anyueel zerren, damit er dir in diesem letzten Jahr grollt, in dem du ihn noch bei dir behalten kannst? Das Jahr, das du ihm stiehlst? Das Jahr, um das er sein Training hier früher beenden und heimkehren könnte?"

"Es ist zu früh", flüsterte Orrin. "Zu abrupt."

Enric seufzte. "Hier geht es nur um dich, Orrin, nicht um Vern. Er ist bereit dafür, bereit zum Fliegen. Sei nicht das Gewicht, das ihn nach unten drückt. Bislang hast du deine Sache unglaublich gut gemacht. Zuhause hast du ihm erlaubt, sich zum Heiler ausbilden zu lassen. Und ihm ermöglicht, dass er das Zeichnen erkundet und seine Talente einsetzt. Du hast ihn diese Türen aufstoßen lassen, obwohl du sie verschlossen hättest halten können. Das ist es, wohin alles schließlich geführt hat. Du kannst ihn jetzt nicht zurückhalten; es wäre grausam. Du wirst ihn schlussendlich gehen lassen müssen. Wenn du dich jetzt an ihn klammerst, könntest du ihn verlieren."

"Was weißt du schon, Enric? Du hast dich so fest an Eryn geklammert, das du sie zuweilen erstickt hast."

"Und ich lerne daraus", erwiderte der jüngere Mann ohne jede Regung. "In meinem Fall waren die Konsequenzen wesentlich prompter als sie es bei dir und Vern wären." Er lächelte verschmitzt. "Aber ich lade dich ein, mir diese Worte eines Tages vorzuhalten, sobald Vedric drauf und dran ist, das Nest zu verlassen und ich ihn zurückhalten will."

"Verlass dich darauf, das werde ich. Und jetzt geh mir aus dem Weg. Ich brauche etwas zu trinken. Allein."

* * *

Kilan grinste, als der Diener Enric in sein Arbeitszimmer führte. Er klopfte seinem Besucher auf die Schulter, bemüht, dabei das Baby, das an seiner Brust schlief, nicht wachzurütteln.

"Du hast es wahrhaftig vollbracht, alter Freund. Du bist dort hinaufgegangen und hast Malriel zurückgebracht. Einfach so." Der Botschafter schnipste mit den Fingern. "Und erkläre mir bloß nicht, es sei nicht ganz so einfach gewesen. Ich war gestern im Senat dabei, und den ganzen Aufwand, den es von deiner Seite erforderte, war, dass du ihnen zeigtest, wie man einen Lügenfilter anwendet."

Enric grinste, setzte sich und nahm ein willkommenes Glas kühlen Wassers entgegen. Kilan hatte sich offensichtlich an den hier gängigen Ausdruck angepasst, anstatt es als Wahrheitssperre zu bezeichnen, wie es in Anyueel üblich war. Er passte sich gut an sein neues Zuhause an, und zuweilen war sogar eine Spur des rollenden Rs erkennbar, wenn er sprach.

"Was soll ich sagen? Ich bin ungemein überzeugend."

"Das bist du in der Tat." Er deutete mit einem Kopfnicken auf das schlafende Kind. "Du scheinst dich für deine neue Rolle als Vater rasch erwärmt zu haben. Seit deiner Rückkehr hat dich niemand mehr in der Öffentlichkeit ohne deinen Sohn gesehen."

"Ich bin erst seit zwei Tagen zurück."

"Trotzdem. Wer hätte gedacht, dass du dich in all deiner Macht und Glorie als dermaßen hingebungsvoller Vater erweisen würdest?" Kilan schüttelte den Kopf. "Aber du zeigst ihn wahrscheinlich nur stolz vor, weil er aussieht wie du. Ich erinnere mich, dass Eryn nicht besonders glücklich war, wenn das jemand anmerkte. Wie geht es ihr übrigens? Das war vielleicht eine Versammlung gestern. Man kann sich wirklich darauf verlassen, dass diese Frau den sonst so schwerfälligen Zusammenkünften Leben einhaucht. Wusstest du, dass dreimal mehr Zuseher als zuvor auftauchen, seit sie die Position als Oberhaupt des Hauses übernommen hat? Und sie enttäuscht kaum jemals, wenn es darum geht, in den geheiligten Hallen der Politik für Unterhaltung zu sorgen."

"Soweit geht es ihr gut. Obwohl es zu beträchtlichen Anspannungen führt, dass ihre Mutter im gleichen Haus weilt, besonders, wenn man bedenkt, dass Malriel rastlos und unglücklich ist, weil sie ihr Haus zurückhaben will. Und an vorderster Stelle steht die Angelegenheit mit ihren Ersparnissen, die für das Gemeinwohl zum Einsatz kommen, während sie selbst die Absicht hatte, sie eines Tages für ihr eigenes Wohl zu verwenden. Malhoras Anwesenheit gestaltet die ganze Situation auch nicht eben harmonischer. Aber zumindest steht sie auf Eryns Seite. Sie scheint es für einen großartigen Spaß zu halten, dass Malriel ihrer eigenen Tochter unterstellt ist. Und Malriels Reaktion darauf kannst du dir wohl vorstellen."

Kilan verzog mitfühlend das Gesicht. "Dein Leben ist niemals langweilig, was? Du erinnerst dich aber, dass sie berüchtigt dafür sind, dass sie Teile ihrer Residenz einstürzen lassen?"

"Ich vertraue darauf, dass sie das vermeiden werden, solange sich Vedric dort befindet. Immerhin ist er ihre einzige Chance, die direkte Blutlinie aufrecht zu erhalten", schloss er trocken.

"Wie hat Eryn reagiert, als du mitten in der Nacht aufgetaucht bist? Ich hatte den Eindruck, dass sie nach deinem Aufbruch ordentlich wütend war."

Enric nahm einen weiteren Schluck Wasser. "Sie hat mich ausgeschaltet."

Kilan lehnte sich in seinem Sessel zurück und lachte entzückt. "Das hat sie? Einfach so? Das war das erste Mal, dass sie das fertiggebracht hat, nicht wahr?"

"Ich bin froh, dass dich das amüsiert."

"Oh, sei nicht zimperlich, Enric!", kicherte der Botschafter. "Ich wage zu behaupten, dass du ihr noch immer einige Gelegenheiten voraus bist, wo du ihr das Bewusstsein geraubt hast. Also, wird es bald eine weitere Zeremonie für das Band dritten Grades geben? Ich würde wirklich gerne eine sehen, weißt du."

"Nein, sie weigert sich, das Band zu erneuern."

Kilans riss die Augen auf. "Nein! Das ist doch wohl nicht dein Ernst?" Er pfiff durch die Zähne. "Dann ist deine Gefährtin wohl noch immer ordentlich verärgert, wie es aussieht."

"Ja und nein. Da ist auf jeden Fall Ärger, aber nicht von der explosiven Sorte, die ich erwartet hätte. Aber ich habe auch nicht den Eindruck, dass sie etwas zurückhält; das würde ich durch das Geistesband bemerken. Es ist eher so, als wäre sie plötzlich in der Lage, ihren Ärger irgendwie zu steuern. Ich bin es gewohnt, dass sie einen größeren Wutanfall bekommt und die Dinge dann recht rasch wieder zum Normalzustand zurückkehren. Ich frage mich, ob die Mutterschaft diese Veränderung mit sich gebracht hat."

"Wäre das schlecht?"

"Nicht als solches, nein. Nur ungewohnt. Obwohl diese Kontrolle über ihren Ärger sie auf jeden Fall gefährlicher macht. Ich erinnere mich, dass Golir bei unserem ersten Besuch hier so etwas über Malriel sagte. Dass sie nicht am gefährlichsten ist, wenn sie von ihrem Temperament übermannt wird, sondern in den vielen Fällen, wenn das nicht der Fall ist und sie sich in der Lage befindet, gründlich nachzudenken bevor sie handelt."

"Also wird Eryn ihrer Mutter ähnlicher? Ich schätze, das solltest du ihr gegenüber im Moment wohl besser unerwähnt lassen."

Enric erschauderte. "Das war meine Absicht. Ich versuche sie immerhin dazu zu bringen, dass sie mich wieder mag. Aber nun erzähl, was zuhause vor sich geht. Was habe ich verpasst?"

"Nicht viel, soweit ich weiß. Obwohl ich denke, dass morgen einige Nachrichten ankommen werden, um deine Rückkehr zu kommentieren. Und womöglich auch der Befehl, nach Hause zurückzukehren."

"Da bin ich mir nicht so sicher. Eryn hat den König gebeten, zwei weitere Monate hierbleiben zu dürfen, und wenn er schlau ist, wird er es ihr gewähren."

"Gut. Ich gebe zu, dass mich der Gedanke an eure Rückkehr nach Takhan etwas deprimiert. Es geht wesentlich amüsanter zu, wenn ihr hier seid. Und ihr seid außerdem ein Stück Heimat." Er runzelte die Stirn. "Sag, da war eine Sache… Als Eryn etwas über Malriels aktuellen Liebhaber erwähnte - meinte sie da tatsächlich Valrad? Ist das möglich? Ihre Mutter hat eine Affäre mit ihrem Vater?"

"Ja, so sieht es wohl aus. Um ehrlich zu sein, hat uns das alle überrascht. Ich bin neugierig, wohin das führen wird. Ich hoffe, es wird sich nicht als allzu große Belastung für Eryns Beziehung zu ihrem Vater erweisen. Sie haben erst vor so kurzer Zeit wieder zueinander gefunden."

"Hey, wäre es nicht rasend komisch, wenn sie sich aneinander binden würden? Das würde dich zu Eryns Bruder und damit dem Onkel deines eigenen Sohnes machen", sinnierte Kilan.

"Ja, umwerfend komisch", kommentierte Enric emotionslos.

* * *

Eryn und Junar hoben die Köpfe und starrten überrascht die beiden Männer an, die den Hauptraum aus der Richtung der Eingangstür betraten. Orrin und Valrad, Seite an Seite, ohne dass auch nur ein verärgerter Blick getauscht wurde.

"Ich muss tot und in irgendeinem seltsamen Jenseits gefangen sein", murmelte Eryn.

"Was auch immer dich getötet hat muss ein größerer Vorfall gewesen sein, weil ich glaube, dass es mich ebenfalls um die Ecke gebracht hat", meinte Junar langsam.

"Wo ist Vern?", fragte Orrin anstelle eines Grußes. "In seinem Zimmer?"

"Ja", bestätigte Junar und hob Valrad ihre Wange entgegen, damit er sie küssen konnte, nachdem er seine Tochter begrüßt hatte. Sie sah ihrem Gefährten nach, der in Richtung des Zimmers seines Sohnes strebte.

"Was geht hier vor sich?", erkundigte sich Eryn. "Seit wann kommt ihr beiden miteinander aus?"

"Sagen wir, wir haben uns entschieden, zum Wohle der Allgemeinheit in einen Status der gegenseitigen Toleranz einzutreten", erklärte Valrad behutsam.

"Wirklich? Und worin genau besteht das Wohl der Allgemeinheit?"

"Dass wir Vern ermöglichen, sein Potential zu nutzen, wovon in der Folge zwei Länder profitieren."

Junar ließ den Atem entweichen und schloss für einen Moment die Augen. "Das bedeutet, er hat sich entschlossen, Vern hierbleiben zu lassen?"

"Ja, das hat er", bestätigte der Heiler und ließ sich gemütlich zwischen den beiden Frauen nieder. Er lächelte Téa an, die ihn vom Schoß ihrer Mutter aus anstrahlte. "Deine Tochter entwickelt sich sehr gut. Ich kann sehen, dass sie bewusster und selektiver als zuvor auf ihr Umfeld reagiert." Er bewegte seinen Zeigefinger vor ihren Augen hin und her. Die kleine Téa folgte ihm nicht länger als eine oder zwei Sekunden, dann verlor sie das Interesse. Orrin nahte, und sie wandte ihren Kopf in seine Richtung.

"Dieses Kind lächelt ständig. Ist das normal? Sollte sie nicht hin und wieder übel gelaunt sein oder zumindest den einen oder anderen Fremden hassen?", fragte Eryn.

Valrad zuckte die Schultern. "Es ist eine angenehme Abwechslung. Es gibt durchaus ein paar wenige Kinder mit einer freundlicheren Einstellung ihrer Umwelt gegenüber."

"Ich frage mich, von wem sie das hätte..."

Junar zog eine Augenbraue hoch. "Sei besser vorsichtig, wir werden erst noch sehen, wie sich dein Sohn entwickelt. Im Moment schläft er noch sehr viel, aber warte nur ab."

Vern zog überrascht die Luft ein, als er Valrad zwischen den beiden Frauen sitzen sah.

"Hallo. Was führt dich denn hierher?", fragte der Junge behutsam mit einem Seitenblick auf seinen Vater.

"Dein Vater hat mich hergebeten", erklärte Valrad. "Warum setzt du dich nicht, damit wir reden können?"

Vern nickte langsam. Ganz offensichtlich traute er dieser ungewöhnlichen Situation nicht so ganz.

Orrin nahm neben seinem Sohn Platz, dann begann er mit ernster Stimme zu sprechen.

"Ich habe mich entschlossen, dich Valrads Angebot, hier in Takhan zu bleiben und dein Training fortzusetzen, annehmen zu lassen." Er hob seine Hand, als Verns Mund aufklappte und sich seine Augen in vollkommener Verwunderung weiteten. "Aber da gibt es ein paar Bedingungen, die ich stelle. Ich habe nicht die Absicht, dich die Stadt nach Herzenslust durchstreifen zu lassen. Du bist noch immer unmündig und benötigst Aufsicht. Valrad hat zugestimmt, dich für die Dauer deines Aufenthalts in der Vel'kim Residenz wohnen zu lassen. Er wird ein Auge auf dich haben und sowohl bei deiner Heilerausbildung als auch den künstlerischen Ambitionen deine Fortschritte überprüfen. Und über beides wird er mich auf dem Laufenden halten. Und zwar ausführlich. Für die Dauer deines Aufenthalts hier bist du seinen Wünschen und Regeln unterworfen. Solltest du dich entscheiden, die zu ignorieren, wirst du zurück nach Anyueel geschickt. Brichst du irgendwelche Regeln oder Gesetze in diesem Land, schickt man dich nach Hause. Solltest du dir sonst irgendwelchen Ärger einhandeln..."

"Werde ich nach Hause geschickt?", schlug Vern vor, als er seine Stimme wiedergefunden hatte.

"Das ist kein Scherz, junger Mann, sondern mein Ernst!", knurrte Orrin.

Erstaunt schüttelte der Junge seinen Kopf. "Ist das wirklich wahr? Ich kann hierbleiben?" Sein Blick wanderte zu Valrad. "Und du lässt mich bei dir wohnen?"

"Ja", bestätigte das Oberhaupt von Haus Vel'kim. "Und ich werde ein Auge auf dich haben, genau wie dein Vater es dir sagte."

Eryn lächelte die drei Männer an, sowohl froh darüber, dass Vern diese hervorragende Gelegenheit erhielt, als gleichzeitig auch betrübt, da es bedeutete, dass er nun für einige Zeit in ihrem Leben fehlen würde. Als wäre es nicht genug, dass er erwachsen wurde und eine Affäre hatte. Nun würde er auch noch die nächsten paar Jahre in einem anderen Land verbringen.

"Du kehrst besser zurück, sobald du dein Training hier beendet hast", warnte sie ihn. "Du bist noch immer einer meiner Heiler. Das ist ein Befehl."

Vern lachte außer sich vor Freude, woraufhin seine kleine Schwester miteinstimmte und fröhlich in die Hände klatschte. Dann wandelte sich seine aufgeregte Miene zu einem besorgten Stirnrunzeln.

"Der Orden! Wird Lord Tyront zustimmen?"

Eryn zuckte die Achseln. "Ich sehe nicht, warum er etwas dagegen haben sollte. Ich werde Lord Tyront und dem König schreiben und ihnen mitteilen, dass ich dir die Erlaubnis zum Hierbleiben erteilt habe und sie nun bitte, das zu bestätigen. Sogar für den Fall, dass sie es mir übelnehmen, dass ich mir hier ungehörige Privilegien anmaße, wird es sie zumindest besänftigen, dass ich hinterher um ihre Einwilligung bitte. Das sollte ihnen das nette, warme Gefühl vermitteln, dass ich mich vor ihnen als den höheren Autoritäten verneige."

Orrin schüttelte bedächtig den Kopf. "Du bist wirklich weit gekommen, wie es aussieht."

"Ich lerne schnell, wie man mir immer wieder sagt. Und seit ich Haus Aren übernommen habe und mich mit Malriel abgeben muss, hatte ich ohnehin kaum eine andere Wahl." Sie hielt inne, als sie ein dumpfes Klagen vernahm. "Wenn ihr mich nun entschuldigen würdet, mein Sohn ist offenbar gerade erwacht. Und ich sollte mich ohnehin fertigmachen, da ich Ram'an erwarte. Er unterstützt mich mit den Verträgen, die mir dabei helfen sollen, Malriels Geld so rasch wie möglich auszugeben", grinste sie hämisch.

"Was hat dich dazu bewogen, deine Meinung zu ändern?", wollte Vern mit einem breiten Grinsen von seinem Vater wissen.

"Sagen wir, dass Enric mir das eine oder andere zu sagen hatte. Offensichtlich begleicht er seine Schulden gerne zeitgerecht."

Der Junge lachte. "Ich wusste, dass es sich auszahlt, ihn auf meiner Seite zu haben!"

KAPITEL 9

Politisches Gleichgewicht

Enric lehnte sich im Teehaus zurück, zufrieden mit dem Leben. Sein Sohn schlief an seiner Brust, eine leichte Brise brachte angenehme Erfrischung, und Eryn saß neben ihm, vertieft in eines der Dokumente, das Ram'an ihr soeben gereicht hatte.

Der Jurist hatte sie zu einem Treffen in einem seiner Teehäuser eingeladen, und Enric war froh darüber.

Für seinen Geschmack verbrachte Eryn zu viel Zeit eingesperrt in Malriels Arbeitszimmer, wo sie ihr Waisenhausprojekt plante und sich um die alltäglichen Aufgaben kümmerte, die die Führung von Haus Aren mit sich brachte. Er erinnerte sich daran, dass er ebenfalls viele Stunden täglich in genau diesem Raum verbracht hatte und fragte sich, ob sich Eryn damals ebenso sehr daran gestört hatte wie er es jetzt tat.

Er war nun seit zwei Wochen wieder da, und seine Tage waren wohl zum ersten Mal seit fünfzehn Jahren auf seltsame Weise frei von den Pflichten, mit denen sie zuvor gefüllt waren.

Die Verantwortung für Haus Aren oblag nun Eryn. Er verstand, weshalb sie noch ein wenig länger daran festhalten wollte. Doch er konnte nicht anders als sich zu wünschen, sie hätte ebenfalls jeden Tag ein paar geruhsame Stunden, die sie mit ihm und ihrem Sohn verbringen könnte, indem sie gemeinsame Spaziergänge unternahmen, sich in Teehäuser setzten, durch die Gärten schlenderten oder Freunde besuchten.

König Folrin hatte sowohl ihre Anfrage für zwei weitere Monate in Takhan als auch Verns vorübergehenden Umzug bewilligt. Allerdings hatte er hinzugefügt, dass er freudig dem Tag entgegensah, wenn alle wieder in seiner Nähe waren.

"Wie geht es mit dem Ausbau des Teehauses voran? Wird es in absehbarer Zeit soweit sein, um das Waisenhaus zu versorgen?", fragte Eryn, ohne von dem Papier in ihren Händen aufzublicken.

"Alles geht gut voran. Ich rechne damit, dass die Arbeiten in spätestens zwei Wochen abgeschlossen sind", antwortete der Jurist. "Du wirkst nicht allzu glücklich mit dem Umbauvorschlag."

Sie seufzte. "Sind das die besten verfügbaren Baumeister?"

"Es sind die besten, die dir zur Verfügung stehen, ja", nickte er.

Daraufhin sah sie auf und zog die Stirn in Falten. "Was soll das heißen, die mir zur Verfügung stehen? Sind sie nun die besten oder nicht? Welche setzt du für dein Teehaus ein?"

"Ich bediene mich der Dienste von Haus Roal."

"Was du tun kannst, weil dein Haus nicht mit ihnen verfeindet ist, so wie Aren. Ich verstehe", meinte sie und verzog das Gesicht. "Sie sind also die besten Anbieter, doch ich kann sie nicht heranziehen. Das ist wirklich ärgerlich."

Ram'an lächelte mitfühlend. "Ich fürchte, wir nehmen unsere Fehden hier recht ernst. Obwohl wir sie dieser Tage wesentlich zivilisierter handhaben. Wir attackieren einander nicht länger mit Magie, sondern mit Worten, und wir sehen davon ab, Gebäude niederzubrennen und Verträge zu brechen, wenn es sich vermeiden lässt."

"Dann schätze ich, Haus Roal kann sich glücklich schätzen, dass ihr Übergriff in solch zivilisierten Zeiten erfolgt ist", lächelte sie.

Ram'an runzelte die Stirn. "Das ist nicht der Fall. Du weißt darüber nicht Bescheid?"

"Ich kenne keine Einzelheiten, nur was Vran'el mir vor einem Jahr erzählte. Sie versuchten vor einer Weile, sowohl Haus Aren als auch Vel'kim einen Betrug in die Schuhe zu schieben."

Der Rechtsgelehrte schmunzelte. "Nun, ich schätze, man könnte es vor einer Weile nennen. Es handelt sich dabei nicht gerade um einen präzisen Ausdruck. Wir sprechen hier von eineinhalb Jahrhunderten."

"Was?", rief sie aus und setzte eine entschuldigende Miene auf, als sich Vedric bewegte. Enric warf ihr einen leicht missbilligenden Blick zu und schaukelte seinen Sohn sanft, um ihn wieder zu beruhigen. "Du willst mir also tatsächlich und allen Ernstes weismachen, dass ich den besten Anbieter für Bauarbeiten nicht anheuern kann und mich mit dem zweitbesten zufriedengeben muss, wegen etwas, das der Urgroßvater des derzeitigen Oberhaupts Malriels Großvater antat? Ihr Leute seid wirklich lächerlich eingeschränkt, wenn es darum geht, an einem Groll gegen jemanden festzuhalten!"

"Erstens sehe ich nicht, wie eine Aren im Allgemeinen und du im Besonderen sich herausnehmen kann, anderen vorzuwerfen, sie wären nachtragend. Und zweitens würde ich dir empfehlen, sehr vorsichtig damit zu sein, wenn du den Begriff ihr Leute benutzt. Zumindest solange du ein Haus führst. Und auch wenn du die Position in ein paar Wochen abgibst, bist du noch immer ein Mitglied eines Hauses hier. Das bedeutet, dass du sowohl durch Geburt und auch Kraft des Gesetzes eine von uns Leuten bist."

Enric lächelte. Das war eine typische Unterhaltung zwischen den beiden. Sie war über irgendetwas verärgert, und Ram'an lenkte sie mit irgendeiner semantischen Angelegenheit ab, die nichts mit dem tatsächlichen Grund für ihre Verstimmung zu tun hatte. Das würde ihr überhaupt nicht gefallen.

"Vielen Dank für diese sehr detaillierte und doch vollkommen nutzlose Erklärung", knurrte sie und schob ihm das Angebot wieder zurück. "Das unterzeichne ich nicht. Besorge mir ein anderes. Von Haus Roal."

Ram'an schluckte. "Du bist tatsächlich willens, in eine Geschäftsbeziehung mit ihnen einzutreten? Dir mag das nicht bewusst sein, doch das wäre ein wesentlich größerer Schritt als nur eine einzelne Transaktion, die vorbei wäre, nachdem die Aufgabe erfüllt und die Rechnung bezahlt ist. Der Abschluss eines Vertrags mit Haus Roal, selbst wenn es nur bei diesem einen bleibt und niemals ein weiterer zustande kommt, ist ein Signal, das viele überraschen wird. Und einige davon dürften recht nervös werden, könnte ich mir denken. Derzeit befinden sich die Häuser im Gleichgewicht, und was du planst, könnte es mit unvorhersehbaren Folgen aushebeln."

"Dieses Gleichgewicht, mein Freund", erwiderte sie trocken, "wurde bereits durch Legaras Handlungen und sogar noch mehr durch Malriels öffentliche Beendigung der Allianz ausgehebelt. Ich schätze, es tut nichts zur Sache, dass sie derzeit nicht das Sagen hat - es war dennoch ein offizieller Bruch. Das bedeutet, dass Haus Aren nun einen Verbündeten verloren hat. Und auch wenn ich wohl nicht in der Lage sein werde, in nächster Zeit einen neuen zu gewinnen, so mag es ebenso nützlich sein, einen Feind von der Liste zu streichen."

Ram'an seufzte. "Wie du wünschst, Theá. Ich werde sie kontaktieren, sobald ich wieder zuhause bin."

Eryn nickte und wandte sich an Enric. "Irgendwelche Einwände von deiner Seite? Irgendetwas, das ich noch erwägen sollte, bevor ich solch einen extremen Schritt setze?"

Langsam schüttelte er den Kopf, überrascht, dass sie ihn gefragt hatte. In den letzten beiden Wochen hatte sie sehr betont davon Abstand genommen, ihn um Rat zu bitten. Entweder wollte sie sich damit beweisen, dass sie es auch ohne ihn schaffen konnte, oder aber sie wollte es ihm beweisen.

"Mir fällt nichts ein, Liebste. Obwohl Malriel darauf wohl… ein wenig verstimmt reagieren wird."

Sie grinste. "Das ist natürlich bedauerlich, doch ein Nachteil, den ich wohl hinnehmen muss." Sie drehte sich wieder Ram'an zu. "Ich brauche ihre Antwort bald. Sag ihnen, ich werde im Voraus bezahlen, wie unklug auch immer das aus geschäftlicher Sicht sein mag. Ich will damit vermeiden, dass Malriel diejenige ist, die die Rechnung später genehmigen muss. Und sie sehen besser von jeglichen Versuchen ab, das auszunutzen, oder ich werde aus Anyueel zurückkommen, ihnen einen Tritt in den Hintern verpassen und dann am nächsten Tag nach Hause zurückkehren."

Der Jurist nickte. "Ich wage zu behaupten, dass sie bestrebt sein werden, das zu vermeiden. Und es ist ihre erste Gelegenheit, sich um Vergebung zu bemühen. Somit wäre ich überrascht, wenn sie dies nicht weise nutzen würden. Amgil ist kein Narr."

"Ich frage mich, weshalb Valrad diese Angelegenheit auf die gleiche Weise wie Malriel gehandhabt hat. Ich hätte ihn nicht für dermaßen nachtragend gehalten", überlegte sie.

"Ich sagte dir schon, dass wir unsere Fehden ernst nehmen, ganz egal, wie gewaltfrei und zahm sie heutzutage erscheinen. Allerdings haben die Handlungen sowohl deines Vaters als auch Ved'als diese Kluft zwischen den Häusern zumindest bis zu einem gewissen Grad überbrückt, indem sie Sarol auf diese Weise förderten."

"Das entsprang nicht vollkommen selbstloser Herzensgüte, wohlgemerkt. Einen außergewöhnlich talentierten Heiler zu übergehen, weil er das Pech hatte, in das falsche Haus geboren zu werden, wäre dämlich gewesen."

"Ich habe nie behauptet, Valrad hätte aus reiner Selbstlosigkeit gehandelt. Und ich muss mich wundern, dass du anscheinend noch immer an diesem Bild von ihm festhältst, welches dir dein erster Besuch hier von ihm vermittelte. Valrad ist ein guter Mann, soviel räume ich ein, doch er ist schon seit langer Zeit in einer Position, wo ihm reine Mildtätigkeit anderen gegenüber nicht erlaubt hätte, die Macht seines Hauses aufrechtzuerhalten. Und mächtig ist sein Haus, Theá, ganz egal, dass sie im Allgemeinen nicht nach Führerschaft außerhalb der Disziplin des Heilens streben."

"Ja, vielen Dank", knurrte sie. "Seine Affäre mit Malriel, während sie an seinen Bruder gebunden war, hat mir durchaus einen recht guten Eindruck davon vermittelt, dass er zuweilen seinen eigenen Interessen folgt."

"Wenn wir gerade davon sprechen - wie kommst du zurecht mit ihrer kürzlich erfolgten Wiedervereinigung? Du wirkst resigniert, aber nicht glücklich. Nicht, dass ich das erwartet hätte."

"Ich kann nichts dagegen tun, oder?" erwiderte sie. "Ich kann diesen beiden wohl kaum wie verrückten Halbwüchsigen befehlen, ihre Hände voneinander zu lassen. Als Oberhaupt des Hauses habe ich kein Recht, es zu verbieten, wie du weißt."

"Würdest du es tun, wenn du könntest? Mir drängt sich der Gedanke auf, dass du selbst solch eine Einmischung in dein eigenes Liebesleben ebenfalls nicht hinnehmen würdest, Theá", lächelte Ram'an. "Ich erinnere mich, wie verstimmt du warst, als ich selbst es vor einem Jahr versuchte." Er nahm einen Schluck von seinem Tee, bevor er das Thema wechselte. "Wie ergeht es Vern? Wie ich höre, arbeitet Valrad an einem Ausbildungsplan für ihn, nun, da er hier bei uns bleiben wird. Ich denke, einen günstigeren Mentor als deinen Vater hätte er nicht finden können."

"Vern geht es gut. Er würde am liebsten schon jetzt bei Valrad einziehen, wenn er könnte. Doch Orrin will zumindest noch ein paar weitere Wochen mit ihm verbringen, bevor er ihn zurücklassen muss."

"Wie sieht es mit den Kosten für die Ausbildung an der Klinik aus? Das Heilertraining ist eines der kostspieligsten Ausbildungen, die wir hier haben."

Enric schüttelte den Kopf. "Erinnere mich bloß nicht an dieses Thema. Darüber gab es in den letzten paar Tagen langwierige Diskussionen. Orrin besteht darauf, dafür aufzukommen, und Valrad weigert sich, ihn das tun zu lassen, da er derjenige war, der es Vern anbot. Das verletzt natürlich Orrins Stolz, da er keine Almosen von Valrad annehmen will, besonders, da der sich ebenfalls weigert, sich die Kosten für Verns Aufenthalt in seinem Haus ersetzen zu lassen."

Ram'an nickte. "Ich verstehe. Wurde dafür bereits eine Lösung gefunden?"

"Ja, die gibt es nun", informierte ihn Eryn. "Die Klinik in Anyueel wird die Hälfte der Kosten abdecken, und Vern wird für den Rest aufkommen, indem er in der Klinik arbeitet und seinen Lohn an Valrad abgibt. Er kann nachts arbeiten, wo weniger Patienten kommen und dann entweder schlafen oder die Zeit zum Lernen verwenden, wenn nicht so viel zu tun ist." Sie überlegte kurz. "Nun, zumindest ist das mein Plan. Natürlich muss ich das noch mit dem Oberhaupt der Heiler zuhause abklären."

Enric lachte leise. "Ich kann mir nicht vorstellen, dass Lord Poron sich dir in dieser Angelegenheit entgegenstellen wird."

Sie grinste schief. "Ich ebenfalls nicht. Aber ich kann ihn kaum seiner Autorität berauben, indem ich ihn zwinge, dem zuzustimmen."

Ram'an räusperte sich. "Erbál hat übrigens offiziell die neue Stelle in Kar akzeptiert."

Eryn nickte. "Ich weiß. Vran'el erzählte mir davon. Er weiß es von Intrea. Wahrscheinlich wird es bei der nächsten Senatsversammlung morgen kundgetan werden. Warum?"

"Du hast die Triarchie mehr oder weniger dahingehend ausgetrickst, dass du den nächsten Botschafter für Anyueel aussuchen darfst, und ich habe mich gefragt, ob du dir schon Gedanken darüber gemacht hast, wen du für die Position auswählen möchtest?"

"Du bietest dich doch wohl nicht selbst an, Arbil?", lachte sie. "Abgesehen von der Tatsache, dass du jetzt an ein Haus gefesselt bist, muss ich dir sagen, dass du beim ersten Mal einen recht zerstörerischen Einfluss ausgeübt hast."

Mit einem leisen Lächeln schüttelte er den Kopf. "Nein, natürlich nicht. Aber es gibt da jemand anderen in meinem Haus, der Interesse daran hätte. Du hast ihn bereits ein paar Mal getroffen, wenn auch nur kurz. Es geht um meinen Bruder Ram'kel."

Eryn spitzte die Lippen. "Ich erinnere mich, dass du mir etwas über ihn erzählt hast, als du mich damals dazu brachtest, im Austausch für die vier Stimmen mit dir in deiner Residenz zu Abend zu essen. Du sagtest, er war einer von sehr wenigen Magiern, die als Jugendliche niemals beim unerlaubten Einsatz ihrer Magie erwischt wurden. Er sei von der boshaften Sorte, aber gut darin, es zu verbergen."

Enric nickte aufrichtig. "Diplomatenmaterial wie es im Buche steht. Warum schickst du ihn nicht heute Abend zum Essen zu uns, damit Eryn ihn sich genauer ansehen kann?"

Eryn kniff die Augen zusammen. "Du tust das doch wohl nicht etwa, weil du ihn loswerden willst, oder? Wenn er sich als ebenso unangenehm erweist wie Sanaf, werde ich dich dafür büßen lassen."

Ram'an lächelte dünn. "Meine Güte, würde ich so etwas tun?"

* * *

Enric begleitete Ram'kel von Haus Arbil zum Aren Hauptraum, wo Malhora gerade zwei große, dampfende Schüsseln auf dem Tisch abgestellt hatte. Malriel hielt ihren Enkel in den Armen.

Der Umgang der drei Frauen war bislang von distanzierter Höflichkeit geprägt. Zumindest, soweit es Malriel und Eryn betraf. Malhora genoss es offensichtlich, beide Frauen in ihrer Nähe zu haben - und auch die Unterhaltung, die diese Nähe mit sich brachte. So viele Jahre allein auf ihrem Anwesen auf dem Land zu leben hatte sie offenbar mit einem enormen Durst nach Abwechslung zurückgelassen. Und was auch immer sonst man über drei Aren Frauen unter einem Dach beklagen konnte, so war ein Mangel an Stimulation eindeutig nicht darunter.

Eryn kam durch die Terrassentür herein. Sie war mehr oder weniger in den Garten geflohen, um bis zur Ankunft ihres Gastes Abstand zu ihrer Mutter zu halten.

"Ram'kel", lächelte sie und ging auf ihn zu, damit er ihre Hand küssen konnte. "Wir wurden einander niemals offiziell vorgestellt, glaube ich."

Ram'ans jüngerer Bruder nickte. "Nein, bedauerlicherweise nicht. Ich verbringe viel Zeit unterwegs, indem ich von einem Anwesen zum nächsten reise und mich dort um die Dinge kümmere. Und wann immer ich für kurze Zeit in die Stadt zurückkehrte, gab es nicht wirklich irgendwelche Anlässe, die uns an den gleichen Ort geführt hätten. Ich habe aus offensichtlichen Gründen davon Abstand genommen, auf dich zuzugehen, obwohl ich sehr neugierig auf dich war."

Eryn blinzelte. "Warst du das?"

"Aber selbstverständlich! Abgesehen von der lange vermissten Aren Tochter wollte ich mir die Frau ansehen, die meinen älteren Bruder verschmähte."

Einige Augenblicke lang sah sie ihn an, nicht sicher, ob unter der Oberfläche Unmut brodelte, oder ob er einfach nur einen besonders trockenen Sinn für Humor hatte. Nun, das würde sie herausfinden.

"Was bedeutet, dass du entweder unglücklich bist, weil du selbst das Oberhaupt von Haus Arbil werden wolltest, oder du bist froh, weil ich dich vor genau diesem Schicksal bewahrt habe", erwiderte sie milde. Sie beobachtete seine Reaktion, enttäuscht darüber, dass sie nicht im Mindesten aufschlussreich war.

Ram'kel wandte sich zur Begrüßung Malhora und Malriel zu, bevor er Enrics Einladung, Platz zu nehmen, folgte.

"Euer Kriegerfreund und dessen Familie werden heute Abend nicht mit uns essen?", erkundigte sich der Besucher.

"Nein. Sie speisen in der Botschaft", erklärte Eryn.

Sie hatte sich für diesen Abend etwas mehr Ungestörtheit gewünscht als ihr derzeit recht ausgedehnter Haushalt bot. Unglücklicherweise gab es keine Möglichkeit, Malriel und Malhora loszuwerden. Sie hatten darauf bestanden, dass sie beide hier wohnten und daher nicht die Absicht hatten, sich einfach so fortschicken zu lassen. Nun, zumindest konnten sie sich um Vedric kümmern, solange sie sich mit Ram'kel unterhielt.

Lästig war allerdings, dass sie bis nach dem Essen warten musste, dann erst konnte sie das Thema zur Sprache bringen. Es während der Mahlzeit zu tun war verpönt.

"Ram'an erzählte mir, dass euer Projekt wie geplant voranschreitet", meinte Ram'kel im Plauderton, während er sich die Hände in der Schüssel auf dem Tisch wusch und dann abtrocknete. "Ich bin auf meinem Weg hierher daran vorbeikommen und muss sagen, dass das Gebäude nun wesentlich freundlicher aussieht als zuvor. Erstaunlich, was ein wenig Farbe und kleinere Reparaturen bewirken, findest du nicht?"

Eryn nickte und lächelte höflich. Sie fragte sich, ob es eine bewusste Themenwahl von seiner Seite war, damit sie ihn mochte, weil er Interesse an dem Waisenhaus zeigte.

Sie versuchte sich die Gelegenheiten ins Gedächtnis zu rufen, wo sie seiner bislang ansichtig geworden war. Die einzige, die ihr einfiel, war der Abend vor nicht allzu langer Zeit. Ram'an hatte nach ihr geschickt, weil er des Mannes habhaft geworden war, der ihr in Sanafs Auftrag solchen Ärger bereitet hatte. Ram'kel war damals im Arbeitszimmer seines Bruders gewesen, um den Missetäter zu bewachen.

"Dein Bruder sagte mir, dass du die meiste Zeit auf den Familienanwesen verbringst und sicherstellst, dass dort alles in geordneten Bahnen verläuft", erwähnte sie und entschied, dass es sich dabei um ein passendes Thema für ein Tischgespräch handeln sollte.

"In der Tat. Damit habe ich vor mehr als einem Jahr begonnen, bereits vor dem Tod meines Vaters. Er dachte, ich würde aus der Stadt fliehen, weil ich mehr Ruhe wollte, also widersprach ich ihm nicht. Ich nehme an, Ram'an hat dir erzählt, dass unser Vater einen sehr beklagenswerten Mangel an Vertrauen in seine Söhne an den Tag legte", schloss er trocken.

"Und nun läuft alles so wie es soll?", erkundigte sie sich, entschlossen, das Unvermögen seines Vaters bei der Führung des Hauses nicht zu verfolgen. Es qualifizierte sich kaum als neutrales Gesprächsthema.

"Ja, mehr oder weniger. Ich habe einige Veränderungen vorgeschlagen, was sich nun als erheblich einfacher erweist, wo Ram'an das Haus führt. Sagen wir, dass er wesentlich offener ist, wenn es um die Durchführung nötiger Verbesserungen geht."

"Somit begrüßt du die jüngsten Entwicklungen, soweit es die Frage der Führung des Hauses betrifft?", fragte Malriel milde. "Du hättest diese Rolle nicht lieber selbst übernommen?"

"Zu Beginn war ich ein wenig enttäuscht, um vollkommen ehrlich zu sein. Unser Vater sagte mir stets, ich solle mich bereithalten, besonders, als bekannt wurde, dass Maltheá gefunden worden war. Und als Ram'an so fest entschlossen war, sie für sich zu gewinnen, hatte ich kaum Zweifel, dass er damit schlussendlich Erfolg haben und somit die Nachfolge unseres Vaters aufgeben würde."

"Nur zu Beginn?", fragte Malriel nach.

"Ja. Ich besuchte einige Senatsversammlungen, und die wären in den folgenden Jahren zweifellos zu einer recht ermüdenden Pflicht für mich geworden. Und ich war niemals so begierig wie mein Bruder, mich mit tristen Details herumzuschlagen. Ihn stört es nicht, wenn er nötigenfalls stundenlang über einem einzigen Paragraphen eines Vertrags brüten muss."

"Ram'ans Detailtreue hat sich schon bei mehr als einer Gelegenheit als Segen erwiesen, zumindest für mich", erwiderte Eryn steif, verstimmt darüber, dass er zu denken schien, es wäre akzeptabel für sie, wenn er die Talente seines Bruders herabspielte. "In den letzten Monaten und besonders seit meiner Übernahme von Haus Aren war er mir ein wertvoller Freund und Berater."

Sie zog die Augenbrauen ein wenig zusammen, als sie Ram'kels Lächeln bemerkte. Es sah aus, als amüsierte es ihn, dass sie seinen eigenen Bruder ihm gegenüber verteidigte.

"Ich versichere dir, dass es nicht meine Absicht war, ihn herabzuwürdigen. Ich wollte lediglich betonen, dass seine Gesinnung ihn auf jeden Fall besser dazu befähigt, ein Haus erfolgreich zu führen, das in seiner aktuellen Situation eine Menge Aufmerksamkeit für Details erfordert", beschwichtigte er sie. "Und es freut mich zu sehen, dass du die Freundschaft meines Bruders auf diese

Weise schätzt", fügte er mit einem raschen Blick auf ihr Handgelenk hinzu, das von dem Armband mit dem Wappen seines Hauses umschlossen war.

Eryn lächelte unverbindlich, setzte ihr Mahl fort und fragte sich, ob er sie absichtlich provoziert hatte, um ihre Reaktion zu testen. Falls ja, war sie fabelhaft darauf hereingefallen. Wie ärgerlich. Von nun an würde sie erhöhte Vorsicht bei ihm walten lassen.

Enric stellte seine leere Schüssel beiseite und stand auf, um Malriel seinen Sohn abzunehmen, damit sie essen konnte.

"Ich werde ein wenig mit ihm im Garten spazieren gehen", verkündete er und wandte sich an seine Gefährtin. "Außer, du möchtest, dass ich bleibe?"

Etwas überrascht schüttelte Eryn den Kopf. Normalerweise zeigte er sich nicht dermaßen bereitwillig, sie allein ihren Angelegenheiten zu überlassen, ohne dass er anwesend war, um ihr bei jeglichen Schwierigkeiten, die auftreten mochten, beizustehen. "Nein, ich denke, ich werde es eine Weile allein schaffen."

"Ich hege keinerlei Zweifel, dass du das wirst. Ich habe mich lediglich gefragt, ob du es möchtest", meinte er mit einem Zwinkern und schlenderte dann in Richtung der Terrassentür davon.

Eryn sah Ram'kels leere Schüssel an. "Möchtest du noch eine Portion? Malhora kocht üblicherweise mehr, als wir ohne Vern aufessen können."

"Nein, vielen Dank. Das war reichlich."

"Dann würde ich dich ersuchen, mir in mein Arbeitszimmer zu folgen. Dort können wir ungestört reden", schlug sie vor und erhob sich um voranzugehen.

Wenig später schloss sie die Tür und bedeutete ihm, sich zu setzen. Sie selbst entschied sich stehenzubleiben und ließ ihren Blick zu ihm wandern, während sie sich gegen ein Bücherregal lehnte. Er wartete darauf, dass sie zu sprechen begann, offenkundig keineswegs beunruhigt von ihrer Position.

Eryn betrachtete ihn einige Sekunden lang in der Hoffnung, es würde ihn verstören. Es gab keinerlei Ähnlichkeit zwischen ihm und seinem älteren Bruder, zumindest was das Aussehen anbelangte. Allerdings hatte seine Stimme eine gewisse Ähnlichkeit mit Ram'ans: das gleiche angenehme, tiefe Timbre, das Vertrauen und Zuversicht erweckte.

Er musste etwa zwei Jahre jünger sein als sie selbst, glaubte sie sich zu erinnern.

Erinnerungen daran, was Ram'an ihr vor einigen Monaten über seinen Bruder erzählt hatte, kehrten zurück. Dass er eine gewisse schurkische Ader hatte und es in seinen jungen und wilden Jahren vermochte, nicht ein einziges Mal dabei erwischt zu werden, wie er Magie auf gesellschaftlich inakzeptable Weise einsetzte.

"Warum willst du nach Anyueel?", fragte sie ohne jede Einleitung.

Falls ihn diese direkte Herangehensweise aufwühlte, zeigte er es nicht.

"Weil ich seit Ram'ans Rückkehr von seinem Besuch dort ein Interesse an deinem Land entwickelt habe. Und meine Neugier ist noch weiter gewachsen seit eurem Besuch im letzten Jahr und Kilans Bestellung zum Botschafter hier. Ich habe viele Abende damit verbracht, mit ihm über seine Heimat zu sprechen. Und ich stehe in regelmäßigem Kontakt mit Erbál seit er mit Sanaf nach Anyueel aufbrach."

Sieh an, sieh an, er kam auf jeden Fall nicht unvorbereitet, grübelte sie.

"Ich gehe davon aus, dass du mit den Umständen vertraut bist, die zu Sanafs Entlassung von seiner Position führten?"

"Ja, das bin ich. Indem er öffentlich Themen zur Sprache brachte, die in deinem Königreich als sehr privat erachtet werden, bewies er einen eklatanten Mangel an Feingefühl für die Grenzen dessen, was in Anyueel akzeptabel ist."

Langsam nickte sie und starrte ohne zu blinzeln in seine Augen. "Ich nehme außerdem an, dass dir klar ist, welche Rolle ich in dieser Angelegenheit spielte?"

"Selbstverständlich. Du warst es, die ihn seiner Position entheben und stattdessen Erbál einsetzen ließ. Dein Einfluss war es, der diesen zügigen Wechsel erst ermöglichte."

"Kaum. Ich beschleunigte die Sache nur. Soweit ich sagen kann, war Erbál der beste verfügbare Kandidat, und die Tatsache, dass seine Familie gegen mich stimmte, war der einzige Grund, der die Triarchie davon abhielt, ihn von Anfang an für die Position vorzusehen. Versuch nicht, mir zu schmeicheln, Ram'kel", sagte sie gelassen mit verschränkten Armen. "Das funktioniert in der Regel nicht. Ich werde zutiefst misstrauisch, wenn man mir gegenüber Komplimente äußert. Es bringt mich zum Nachdenken, welche Vorteile sich jemand davon erhofft. Mit Kritik fühle ich mich wesentlich wohler. Die ist in der Regel aufrichtiger."

Seine Stirn runzelte sich leicht, und er schürzte die Lippen. Nach einem Moment des Nachdenkens erwiderte er: "Eine recht bedauerliche Einstellung, muss ich sagen. Ein Kompliment mag zuweilen den Versuch beinhalten, dir gefällig zu sein, doch ebenso gut kann es ein Ausdruck ehrlicher Bewunderung sein."

"Du kennst mich nicht gut genug, um mich ehrlich zu bewundern."

"Dann werde ich mich bemühen, das zu ändern und mir das Privileg verdienen", lächelte er galant.

Zu poliert, entschied sie, und fragte sich, weshalb sie diesem Mann gegenüber dermaßen misstrauisch war. "Viele Leute hier betrachten Anyueel als ein Land rückständiger Barbaren. Warum würdest du an solch einen Ort gehen wollen?"

"Ich wage zu behaupten, dass die Leute in deinem Land uns für die Barbaren halten mögen, da ihnen unser öffentlicher Umgang mit Sexualität wie Zügellosigkeit erscheinen muss. Es ist eine Frage der Perspektive, und ich strebe danach, die meine zu erweitern. Über ein Land zu urteilen, in das man noch niemals einen Fuß gesetzt hat, ist einfach."

"Und du bist niemand, er den einfachen Weg bevorzugt?", fragte sie mit einem dünnen Lächeln.

"Nein, in der Regel nicht. Das ist die Eigenschaft, für die unser Haus am besten bekannt ist: unsere Gründlichkeit. Das kommt davon, wenn man eine hohe Anzahl an Gelehrten hervorbringt. Unser derzeitiges Oberhaupt des Hauses passt sehr gut in diese Tradition."

"Und du? Bist du ebenfalls ein geborener Gelehrter? Ein Sammler von Wissen? Ist das der Grund, weshalb du nach Anyueel gehen willst? Um uns zu studieren?"

"Nein, meine Testergebnisse deuteten nicht auf Gelehrter, sondern auf Heiler. Aber da ich das Haus übernehmen hätte sollen, war dies kein Beruf, den zu ergreifen man mich ermutigte. Sofern man nicht ein Heilerhaus wie Vel'kim zu übernehmen gedenkt, ist dies für ein Oberhaupt kein wünschenswerter Weg."

Eryn sah ihn mit neuerwecktem Interesse an. Dieser Mann war auf Heiler getestet worden, für das Ergebnis, das sie sich für sich selbst erhofft hatte.

"Und nun hast du weder die Position, von der man dir sagte, dass du sie eines Tages wahrscheinlich übernehmen würdest, noch den Beruf, für den du am besten geeignet gewesen wärst. Du versuchst doch nicht etwa, diese Position als Botschafter zu erhalten, damit du mich dafür zur Rechenschaft ziehen kannst, oder?", fragte sie leichthin.

Ram'kel schmunzelte und schüttelte den Kopf. "Das tue ich nicht, dessen sei versichert. Ich erinnere mich daran, was dem letzten Botschafter widerfuhr, der dich verärgert und dir sogar Schaden zugefügt hat. Und Ram'an würde mir den Kopf abreißen. Zusätzlich zu dem Risiko, dass dies die erst kürzlich gestärkten Bündnisse mit den Häusern Aren und Vel'kim gefährden könnte, ist er auch persönlich sehr von dir angetan und würde mich büßen lassen, sollte ich dir Ärger oder Kummer bereiten. Da ich mittels eines Kommitmentbandes zweiten Grades an ihn gebunden bin, liegt das durchaus in seiner Macht."

"Um vollkommen ehrlich zu sein, beruhigt mich das nicht", bemerkte sie trocken. "Du sagst mir, dass du dich nicht deshalb benehmen wirst, weil du keinen Groll gegen mich hegst, sondern weil dein Bruder dich dafür bestrafen würde. Warum sollte ich solch einen Mann in meiner Stadt haben wollen? Welche anderen Qualitäten sprechen für dich, außer dass du mit einem Mann verwandt bist, den ich mittlerweile sehr schätze und mag?"

"In deinem Fall würde ich meinen, es wäre eine attraktive Option, dass du dich erforderlichenfalls problemlos bei Ram'an über mich beklagen kannst. Abgesehen von Haus Vel'kim gibt es kein anderes Oberhaupt eines Hauses, dem du dermaßen eng verbunden bist und wo du dir sicher sein kannst, dass du ernst genommen wirst und somit umgehende Maßnahmen ergriffen werden. Meine Qualitäten als solche sind vielseitig. Ich wurde dazu erzogen, geschult und ausgebildet, eines Tages ein Haus zu übernehmen, genau wie mein Bruder. Das bedeutet, dass ich über weitreichende Erfahrungen verfüge, wenn es um die Interaktion mit einflussreichen Leuten geht, sowohl in einem professionellen als auch sozialen Umfeld. Ich bin ein guter Verhandler, Organisator und Stratege, bin geduldig, diskret und entgegenkommend, neugierig auf neue Kulturen und Menschen, und dank meiner Verbindung zu Haus Arbil bin ich für dich eine ungefährliche Wahl. Abgesehen von einem Oberhaupt eines Hauses bin ich wahrscheinlich der Beste, den du für diese Position bekommen kannst."

Er war selbstbewusst, das musste man ihm zugestehen. "Und doch bist du kein ausgebildeter Diplomat wie Erbál", strich sie hervor.

"Ebenso wenig wie es Enric von Haus Aren war, als man ihn zu uns sandte. Oder Kilan", konterte Ram'kel. "Und doch erwiesen sich beide für diese Aufgabe als sehr geeignet."

Einige Augenblicke starrten sie einander an.

"Dir ist nicht wohl bei dem Gedanken daran, mich als Botschafter in Anyueel zu haben." Es schwang keinerlei Verbitterung oder Ärger in seiner Stimme mit; es war nichts als eine einfache Feststellung einer Tatsache.

Eryn zog eine Augenbraue hoch.

"Du hast Erbál unterstützt und magst ihn. Er schaffte es, sich dein Vertrauen und deine Freundschaft zu verdienen, und du hast nicht den Wunsch, ihn zu ersetzen. Es betrübt dich, ihn gehen zu sehen. Du wirst in seiner neuen Position zweifellos mit ihm Kontakt halten. Ich weiß, dass es in deinem Fall eine persönliche Erwägung wäre und keine Frage der Berechnung zur Aufrechterhaltung eines nützlichen Kontakts. Und obwohl du nun mit meinem Bruder befreundet bist, magst du trotzdem noch immer unangenehme Assoziationen mit Haus Arbil verbinden."

"Ich danke dir für deinen Besuch, Ram'kel", entließ sie ihn und ersparte sich die Mühe, seine akkurate Analyse zu bestreiten. "Ich werde dich wissen lassen, wie meine Entscheidung lautet. Es sollte nicht zu lange dauern."

Er stand unverzüglich auf, augenscheinlich keineswegs beunruhigt von der abrupten Entlassung, und küsste ihre Hand. "Ich danke dir, dass du mich empfangen hast, Eryn. Ich werde deiner Nachricht harren. Einen guten Abend."

"Auch dir einen guten Abend." Sie sah ihm nach, wie er das Arbeitszimmer verließ und wartete eine Weile, bis sie hinaus und den Gang entlang zum Hauptraum spazierte, dann in den Garten hinaus. Dort fand sie Enric unter einem Baum mit einem Buch in der Hand, während sein Sohn auf seinem Schoß schlief.

Das friedliche Bild brachte sie zum Lächeln. Der Anblick von Enric, wie er irgendwo saß und in einem Buch las, war so immens vertraut geworden. Eine seltsame Erleichterung ergriff Besitz von ihr. Vedrics Ankunft hatte daran nichts geändert. Er war nur ein zusätzliches Element in diesem Bild anstatt es dermaßen zu verändern, dass es nicht mehr erkennbar war.

Enric ließ das Buch sinken, als sie näherkam. Er fragte sie nicht, sondern wartete, ob sie reden wollte.

"Er ist nicht Erbál", bemerkte sie mürrisch.

"Nein, das ist er nicht", stimmte Enric geduldig zu.

"Ich habe kaum eine Wahl in dieser Angelegenheit. Ram'an bat mich um einen Gefallen, und Ram'kel lieferte mir keinen Grund, um ihn abzuschlagen."

"Bedeutet das, du hast eine Entscheidung getroffen, bist aber nicht allzu glücklich darüber?"

"Ich schätze, so könnte man das wohl sagen, ja. Normalerweise entscheide ich innerhalb von Sekunden, ob ich jemanden leiden kann oder nicht. Aber das hat bei Ram'kel nicht funktioniert. Ich bin mir nicht sicher bei ihm, und das irritiert mich. Was ist, wenn ich ihn nicht mag? Dann kann ich nur mir allein die Schuld dafür geben, dass ich ihn zum Botschafter ernennen habe lassen."

"Er wird dir dennoch etwas schuldig sein, wenn du ihn zum Botschafter bestellen lässt", zeigte Enric auf.

Sie rümpfte die Nase. "Und damit wird es wieder einmal politisch. Man gewährt eine Gefälligkeit, damit man eines Tages im Gegenzug eine weitere verlangen kann."

"Die Position des Botschafters ist eine sehr politische Funktion, Liebste. Persönliche Überlegungen allein mögen nicht die verlässlichste Methode sein, um zu entscheiden, ob er für die Position geeignet ist oder nicht."

"Ich weiß", seufzte sie. "Aber zumindest hat er in einer Hinsicht Recht: Wenn er mir auf die Nerven geht, kann ich mich bei Ram'an über ihn beschweren."

KAPITEL 10

Vedrics Potential

Eryn spazierte neben Ram'an her, als sie das Gebäude verließen, in dem derzeit Umbauarbeiten stattfanden, damit es seinem neuen Zweck als Unterkunft für verwaiste Kinder gerecht wurde. Abgesehen von ein paar kleineren Details, um die Ram'an sich rasch gekümmert hatte, verlief beinahe alles nach Plan.

"Ram'kel wirkt dieser Tage etwas nervös. Er wartet noch immer auf deine Rückmeldung bezüglich deiner Entscheidung", brachte Ram'an während ihres Rückwegs zur Aren Residenz das Thema zur Sprache, auf das sie bereits gewartet hatte.

Sie lächelte. "Ich gebe zu, dass ich ihn auf die Folter spanne. Vor einigen Tagen war er ungemein selbstsicher, und es tut mir gut zu hören, dass er nervös ist."

"Ich verstehe. Du erteilst meinem kleinen Bruder hier also eine Art Lektion. Liege ich richtig, wenn ich davon ausgehe, dass du nicht so grausam wärst und dieses Spiel mit ihm treiben würdest, hättest du die Absicht, ihm die Position zu verwehren?", fragte er behutsam.

"Ja, du hast Recht. Sogar meine Tendenz, mich am Unbehagen anderer Menschen zu erfreuen, hat seine Grenzen. Eine Tendenz, für die ich übrigens meiner stolzen Aren Herkunft die Schuld gebe. Obwohl ich gestehen muss, dass es mich in Malriels Fall stets aufheitert, sie in Bedrängnis zu sehen."

Ram'an lachte leise. "Arme Malriel. Dir unterstellt zu sein kann nicht einfach für sie sein, besonders, da Malhora ebenfalls auf deiner Seite steht. Hat sie

König Folrin bereits kontaktiert und ihn dazu veranlassen wollen, dass er dich zurückbeordert?"

"Ja, das hat sie. Aber diese Mühe hätte sie sich ebenso gut sparen können. Er hatte meine Bitte zur Verlängerung meines Aufenthalts hier bereits genehmigt, als ihre Nachricht eintraf." Sie zuckte mit den Schultern. "Das habe ich ihr auch gesagt, doch sie wollte nicht hören."

"Du hast um zwei Monate gebeten, nicht wahr? Das bedeutet, dass die Hälfte dieser Zeit beinahe vorüber ist. Ich gebe zu, der Gedanke daran, dass du von hier fortgehst, ist für mich ausgesprochen unangenehm." Er ergriff ihre Hand und drückte einen Kuss darauf. "Ich werde dich vermissen."

Sie lächelte über die Geste und drückte seine Finger voller Zuneigung. Zuhause in Anyueel gab es körperliche Gesten wie diese zwischen Freunden einfach nicht.

"Es wird auf jeden Fall weniger unterhaltsam werden, könnte ich mir vorstellen. Mit Malriel an der Spitze von Haus Aren und als Senatorin werden sich die Dinge hier wieder normalisieren."

"Ich dachte nicht an deinen Unterhaltungswert, meine Liebe. Ich werde unsere Gespräche vermissen."

Sie warf ihm einen Seitenblick zu. "Nun, vielleicht schaffen wir es ja dieses Mal, über Vögel in Kontakt zu bleiben. Sofern du deine Meinung nicht wieder änderst, sobald ich außer Sichtweite bin."

"Ein Tiefschlag, Theá, wenn auch zugegebenermaßen nicht ganz unverdient", meinte er und zog eine Grimasse. "Wie sehen deine Pläne für heute aus? Kann ich dich überreden, noch eine Stunde mit mir in einem Teehaus zu verbringen oder musst du zurückkehren und dich um wichtige Aren Angelegenheiten kümmern?"

"Ich fürchte, ich muss deine Einladung für den Moment ablehnen. Enric und ich müssen zur Klinik, damit sie dort einen Blick auf Vedrics magisches Potential werfen."

"Ah ja, dafür ist er nun alt genug. Wie die Zeit verfliegt. Es kommt mir vor, als wäre es erst gestern gewesen, als du in der Mitte der Senatshalle gestanden hast, während Mauerwerk um dich herum abbröckelte. Du befandest dich in einem Zustand aus solch profundem Zorn und Schock, dass dir nicht einmal auffiel, dass dein Wasser abgegangen war."

"Dein amüsierter Tonfall gefällt mir nicht. Das war kein schöner Tag für mich. Und ich habe nicht vergessen, dass du mir in der Klinik den goldenen Gürtel aufgezwungen hast."

Er seufzte theatralisch. "Es ist wahrhaftig gefährlich, eine Aren zu verärgern. Sie reagieren nicht nur zuweilen recht explosiv, sondern sind auch noch nachtragend. Eine besorgniserregende Kombination. Üblicherweise ist es entweder das eine oder das andere. Du hast mich gewarnt, dass du es ausnützen würdest, sollte ich jemals in deiner Gegenwart hilflos sein."

"Und ich habe jedes Wort ernst gemeint."

"Daran zweifle ich keinen Moment."

Sie hielten vor der Aren Residenz.

"Gestattest du mir, dass ich Ram'kel davon in Kenntnis setze, dass er der nächste Botschafter von Anyueel sein wird, oder möchtest du das selbst übernehmen?", fragte er.

"Nein, erzähl es ihm ruhig. Sieh einfach nur zu, dass du ihm ein paar düstere Warnungen angedeihen lässt, um ihm davon abzuraten, dass er mich verstimmt. Am besten kramst du die unangenehmsten Aren Geschichten hervor, die dir einfallen. Er soll besser achtgeben, dass er sich bei mir beliebt macht."

"Ich werde alles daransetzen, ihn gebührlich zu ängstigen. Obwohl ich dich warnen muss, dass er niemals besonders anfällig war für Warnungen, Drohungen und dergleichen."

Sie verzog das Gesicht. "Das sagst du mir jetzt? Wie soll ich ihn denn dann zuhause dazu bringen, dass er tut, was ich will? Ich versuche immerhin, nicht auf Erpressung zurückzugreifen, wenn es sich vermeiden lässt."

Ram'an grinste. "Ich sehe schon, dass ihr beide in Anyueel eine Menge Spaß miteinander haben werdet. Ich freue mich schon darauf, eure Nachrichten zu lesen."

Sie verdrehte die Augen und öffnete die Tür. "Gerade eben meintest du noch, du würdest mich vermissen und mein Unterhaltungswert sei nicht der Grund dafür. Die Tatsache, dass du es plötzlich nicht erwarten kannst, mich abreisen zu sehen, damit du darüber lesen kannst, wie dein Bruder und ich einander das Leben so schwer wie möglich machen, lässt mich an deinen vorhergehenden Worten zweifeln, mein Freund."

"Das ist lediglich ein kleiner Trost dafür, dass ich so bald schon des Privilegs deiner Gesellschaft beraubt sein werde, Theá", meinte er augenzwinkernd und küsste ihre Wangen, bevor er sich umdrehte und in die Richtung davonging, aus der sie gekommen waren.

"Eryn?", hörte sie Enric vom Hauptraum aus rufen, nachdem sie die Eingangstür geschlossen hatte. "Bist du das?"

"Ja", antwortete sie und erfrischte sich rasch Gesicht und Hände mit einem feuchten Tuch, bevor sie die Treppe in Angriff nahm. Seine Stimme klang ein klein wenig dringlich. Das bedeutete wohl, dass Vedric bereits Anzeichen von Hunger zeigte. Sie hatte damit begonnen, die Intervalle zwischen den Fütterungen zu verlängern, und darüber war er nicht allzu glücklich.

"Er ist hungrig", verkündete Enric mit leicht vorwurfsvoller Miene, als wäre sie die herzloseste Mutter der Welt, weil sie einem hungrigen Kind Nahrung vorenthielt.

"Das kommt zuweilen vor, wie mir erklärt wurde. Dann gib ihn schon her", seufzte sie und nahm neben Junar, die gerade Téa fütterte, auf den Kissen Platz. Das Mädchen hatte vor ein paar Tagen zu essen begonnen und eine Vorliebe für Fruchtbrei entwickelt. Obwohl sie sich als recht chaotische Esserin erwies.

Enric platzierte seinen Sohn in ihrem Arm, nachdem sie ihr Oberteil geöffnet hatte und setzte sich dann neben sie, sein Arm auf die Kissen in ihrem Rücken gelegt. Er versuchte dabei so oft wie möglich bei ihr zu sitzen und genoss die intime Situation und die Nähe zu ihr. Sie fragte sich, ob er noch immer bestrebt war, versäumte Zeit aufzuholen.

"So, heute ist also der große Tag. Ich frage mich, ob das die Tests zuhause ablösen wird", meinte Junar. "Hast du schon einen Blick riskiert? Weißt du, wie stark er sein wird?"

Eryn schüttelte den Kopf. "Nein. Ram'an erklärte mir zwar, wie es allgemein funktioniert, aber ich weiß nicht genau, wo ich nachsehen muss oder wie ich das Ergebnis interpretieren soll. Dafür fehlt mir die Erfahrung. Aber ich bin zuversichtlich, dass man mir heute zeigen wird, wie man an die Sache herangeht."

Junar schüttelte den Kopf und sah ihre Tochter an, die sich daran erfreute, ihre Faust in die Schüssel zu tauchen und dann zu schütteln, um zu sehen, wo die Tropfen landeten.

"Ich werde daran arbeiten müssen, ihr den Unterschied zwischen Essen und Spielzeug beizubringen. Derzeit spielt sie mit dem Ersten und versucht, das Zweite zu essen."

"Das ist normal", lächelte Eryn. "Sobald sie satt ist, sucht sie nach Zerstreuung. Das ist gut für ihre geistige Entwicklung. Und ihr Zahnfleisch wird bald die ersten Zähne hervorbringen, also ist es ganz natürlich, dass sie sich in ihrem Alter Dinge in den Mund steckt. Außerdem erkundet sie damit auf tastende Weise ihre Umwelt."

"Ich weiß", knurrte die Schneiderin. "Doch dieses Wissen macht es nicht angenehmer, hinterher alles aufwischen zu müssen. Oder sie jeden Moment im Auge zu behalten aus Angst, sie könnte sich etwas Gefährliches in den Mund stecken." Dann räusperte sie sich, während sie ihrer Tochter Gesicht und Hände mit einem feuchten Tuch abwischte. "Sagt mal, für wann genau plant ihr unsere Rückkehr nach Hause?"

"In etwa fünf Wochen. Weshalb? Hast du Heimweh?"

"Nun, ich gebe zu, dass ich in letzter Zeit oft an meine Schwester Gara denke. Meine Tochter wird ein halbes Jahr alt sein, wenn sie sie zum ersten Mal zu Gesicht bekommt. Meine Schwester und ihr Gefährte sind die einzige Familie, die ich noch habe. Sie schreibt mir jede Woche und fragt, wann wir wiederkommen."

"Ihr könntet früher zurückkehren", schlug Eryn sanft vor. "Ich vergesse manchmal, dass nicht jeder die gleiche Verbindung zu diesem Ort hat wie ich. Orrin hat seine Aufgabe hier erfüllt, er hat den Senat über Verteidigungsmaßnahmen beraten und die Leute hier ausreichend trainiert, dass sie ihre Fertigkeiten für eine Weile auch ohne ihn verbessern können."

Junar verzog das Gesicht. "Kaum. Ich denke nicht, dass er besonders gut auf solch einen Vorschlag reagieren würde. Er fürchtet noch immer, dass du dir irgendwelchen Ärger einhandeln könntest, solange wir hier sind. Und dann sind das auch für längere Zeit die letzten Wochen, die er mit Vern verbringen kann."

Enric nickte. Da war etwas Wahres dran. Orrin nahm seine freiwillige Verantwortung, mit der er über Eryn wachte, sehr ernst, unabhängig davon, ob ihr Gefährte zugegen war oder nicht - oder wie wenig Valrad den Konkurrenten um diese Aufgabe schätzte. Er fragte sich, ob außer ihm sonst noch jemand die Ironie darin sah, dass Valrad in den nächsten paar Jahren genau die gleiche Pflicht Vern gegenüber auf sich nehmen würde. Obwohl sie einander nicht besonders gut leiden konnten, hatten sie mehr oder weniger ihre Kinder getauscht.

"Unser Sohn ist soeben eingeschlafen. Das bedeutet dann wohl, dass er mit dem Essen fertig ist und wir uns auf dem Weg in die Klinik machen können." Er nahm ihr den Jungen ab, damit sie sich wieder bedecken konnte.

"Ich schätze, wir werden Valrad in der Klinik sehen. Ich gehe davon aus, dass er wissen will, wie stark sein - oder eher Vran'els - Erbe eines Tages sein wird", seufzte Eryn. "Hoffen wir, dass er nicht allzu stark sein wird, oder ich werde noch mehr Anfragen für Kommitment-Vereinbarungen abwehren müssen."

Enric zog eine Augenbraue hoch. "Noch mehr? Wir haben bereits welche erhalten?"

"Einige. Beinahe jede Woche treffen neue ein. Sogar für Kinder, die noch nicht einmal geboren oder gar empfangen wurden. Das finde ich verstörend."

Er zuckte nur mit den Schultern. "Eine kulturelle Sache, Liebste. Und nicht ganz unerwartet, wenn man die Verbindung unseres Sohnes zu beiden Häusern und auch nach Anyueel bedenkt."

"Ja, vielen Dank", warf sie gereizt zurück. "Dessen bin ich mir bewusst. Das macht es aber nicht angenehmer, sie höflich und mit größter Umsicht abzulehnen, damit ich bloß kein Haus verärgere."

Er ergriff ihre Hand und zog sie von den Kissen hoch. Diese Haltung verstand er natürlich nur zu gut. Der Brauch des Eingehens von Kommitment-Vereinbarungen hatte ihr in der Vergangenheit beträchtlichen Ärger eingebracht. Er fragte sich, wie lange sie es schaffen würden, genau das für ihren Sohn zu vermeiden. Immerhin gab es beträchtlichen sozialen Druck. Er hoffte, dass Valrad als Oberhaupt ihres Hauses klug genug war, sie in dieser Hinsicht nicht zu drängen.

* * *

"Sieh an, sieh an, deine Anwesenheit hier ist nicht ganz unerwartet", begrüßte Eryn ihren Vater, als sie zu einem Behandlungszimmer geführt wurden. Dann wandte sie sich an Iklan. "Aber ich hätte nicht gedacht, dass ein so wichtiger Mann wie du eine bloße Routineuntersuchung wie diese hier persönlich durchführen würde."

Iklan lachte leise. "Ich denke, ich sollte dich daran erinnern, dass dein Vater wesentlich wichtiger ist als ich selbst, meine liebe Eryn. Und im Fall deines Sohnes fragte ich mich, ob es wirklich nicht mehr als bloße Routine sein wird. Ich bin neugierig und habe um die Chance gebeten, ihn mir ansehen zu können." Er bedeutete Enric, seinen Sohn auf dem Untersuchungstisch abzulegen und platzierte dann vorsichtig seine Hand auf dem weichen Kopf, bevor er die Augen schloss.

Eryn beobachtete ihn aufmerksam und verspürte leichtes Unbehagen, als sie sah, wie er zuerst die Stirn runzelte und dann schluckte.

"Was?", bellte sie, als er seine Hand zurückzog.

Doch Iklan ignorierte sie und wandte sich stattdessen Valrad zu. "Wärst du wohl so gut, dir das ebenfalls anzusehen?"

Der ältere Heiler studierte ihn einen Moment lang, dann nickte er und wiederholte die Untersuchung.

Wenig später öffnete er die Augen wieder und spitzte die Lippen. "Außerordentlich."

"Redet ihr mit mir oder muss ich es aus euch herausschütteln?", drohte Eryn, als keiner von ihnen irgendwelche Anstalten machte, mit ihr zu sprechen, sondern beide Heiler nur nachdenklich auf das Baby blickten.

Iklan nickte langsam. "Natürlich. Eryn, euer Sohn wird ein starker Magier werden. Das kommt an sich nicht unerwartet. Aber wir sind beide überrascht, welchen Grad an Stärke er laut dem aktiven Bereich in seinem Gehirn eines Tages in der Lage sein wird anzuwenden."

"Wie stark wird er denn werden? Stärker als ich?", fragte Enric.

"Definitiv", bestätigte Iklan. "Im Moment sieht es ganz danach aus, als würde euer Sohn die bekannte Skala für die Messung magischer Stärke sprengen. Das würde ihn zum mächtigsten Anwender von Magie in unserem Land - und wahrscheinlich auch in eurem - machen. Wir werden das Referenzsystem erweitern müssen, wenn wir ihn darin erfassen wollen."

Eryn starrte die beiden Männer an, dann den kleinen Menschen auf dem Tisch vor sich. Er war noch immer kleiner als andere Babys seines Alters, da er mehrere Wochen zu früh zur Welt gekommen war. Dieses hilflose, weiche Bündel sollte der mächtigste Magier seiner Zeit werden?

"Das würde ihn zum nächsten Anführer des Ordens machen", flüsterte Enric neben ihr. Sie sah zu ihm auf, überrascht von der Sorge in seiner Stimme. Sollte er in Anbetracht seiner eigenen Machtposition nicht erfreut sein über diese Entwicklung? Allerdings war er selbst ebenfalls ohne seine Zustimmung in diese Autoritätsposition gedrängt worden und wollte seinem Sohn wahrscheinlich genau das ersparen.

"Diesbezüglich werden wir etwas unternehmen müssen. Zumindest haben wir zwei Jahrzehnte Zeit, um uns eine Lösung dafür zu überlegen. So, wie es derzeit aussieht, werden Vedric und Téa eines Tages gezwungen sein, den Orden zu übernehmen", murmelte er und drückte ihre Hand. "Zumindest hast du deinen Einspruch gegen die Zuerkennung von Macht anhand von magischer Stärke schon zuvor bekannt gemacht. Auf diese Weise wird es nicht so aussehen, als ob du nur versuchst, ihn davor zu beschützen, dass er dermaßen tief im Orden feststeckt."

Eryn nickte bedächtig und kniff dann die Augen zusammen, während sie Iklan ansah. "Diese Enthüllung lässt deine Anwesenheit hier sogar noch verdächtiger erscheinen. Hast du etwas in dieser Art erwartet? Weshalb bist du wirklich hier?"

Der Heiler rieb sich über die Stirn. "Ich gebe zu, dass ich mich nach der Untersuchung von Orrins Tochter fragte, als wie stark er sich erweisen würde. Junar ist sich keiner Magier in ihrer Blutlinie bewusst, doch zusätzlich dazu, dass ihre Tochter die erste Magierin ist, die in eurem Königreich geboren wurde, ist sie auch noch ungewöhnlich stark. Ich war neugierig, ob es nach der Entfernung der Barriere in euren Köpfen eine Tendenz zu starken Magiern gibt. Und in eurem Fall besteht auch noch die Möglichkeit, dass das Geistesband irgendwie das magische Potential eures Sohnes beeinflusste. Doch das hier ist erheblich mehr, als ich erwartet hatte." Sein Blick kehrte zu Vedric zurück, der sich mit großen, blauen Augen umsah. "Wir werden die Triarchie darüber informieren müssen. Und ich gehe davon aus, dass euer Orden und König Folrin an dieser Entwicklung ebenso interessiert sein werden."

Enric bedeckte einen Moment lang seine Augen. Tyront würde von diesen Neuigkeiten alles andere als erfreut sein. Aber zumindest würde er jetzt davon erfahren und nicht in zwanzig Jahren, wenn er sich bei dem Test einem jungen Mann gegenüberfand und erkannte, dass er keine Chance hatte, den immens starken Schild zu durchdringen, den er präsentierte.

"Das sind ja einige Theorien, die du da hast", seufzte Eryn. "Seine Stärke könnte also das Ergebnis der Entfernung der Barriere, des Geistesbandes zwischen seinem Vater und mir oder eine Kombination daraus sein."

Iklan nickte. "In der Tat. Es wäre interessant, sich in Anyueel die Kinder jener Eltern anzusehen, deren Barriere vor der Empfängnis des Kindes entfernt wurde. Ich frage mich, wie viele Magier darunter sind und wie stark sie sind."

Sie seufzte. "Das werde ich mir nach meiner Rückkehr ansehen. Wir werden in Kontakt bleiben. Was passiert nun?"

"Zum einen werden wir festlegen müssen, wie wir die Skala erweitern", erklärte Valrad. "Derzeit beträgt der höchste Wert zwölf - derjenige, der von Golir und auch Enric gehalten wird. Wir müssen die Messwerte vergleichen, die den Abstand zwischen den Kategorien ausmachen und sehen, wo wir Vedric platzieren." Er sah seine Tochter an. "Das wird bald öffentlich bekannt werden, mein Mädchen. Solche Neuigkeiten bleiben nicht lange unter Verschluss. Das bedeutet auch, dass wir bald sogar noch großzügigere Angebote für

Kommitment-Vereinbarungen erhalten werden. Vedric ist nun zu einem noch begehrteren Kandidaten geworden als zuvor, und das will etwas heißen."

Eryn stöhnte. "Fabelhaft, einfach großartig. Wie nett, dass sein Marktwert zur Zucht sogar noch weiter angestiegen ist."

* * *

"Was hast du dir dabei bloß gedacht? Wie konntest du so etwas tun? Bist du dir überhaupt über die Konsequenzen im Klaren?", fauchte Malriel sie mit verschränkten Armen an, als sie den Aren Hauptraum nach ihrer Rückkehr aus der Klinik betraten.

Eryn kniff beim Anblick der älteren Frau die Augen zusammen. "Halt den Mund, Mutter. Ich bin nicht in der Stimmung, mich mit dem auseinanderzusetzen, was auch immer dich gerade irritiert. Ich habe meine eigenen Sorgen."

Doch Malriel ließ sich nicht so leicht zum Schweigen bringen. "Tatsächlich? Das Oberhaupt von Haus Aren hat keine Zeit, um sich Einwände gegen das gedankenlose Vorgehen anzuhören, für das sie sich entschieden hat? Ich frage mich, weshalb mich das nicht überrascht!"

Eryn atmete langsam aus und schloss die Augen. "Also gut, dann lass schon hören, was dich so aufregt! Und dann lass mich zufrieden."

"Du hast einen Vertrag mit Haus Roal unterzeichnet! Oder bestreitest du das etwa?"

"Ich habe nicht die Absicht, das zu bestreiten", schnaubte Eryn. "Ich habe beschlossen, dass es idiotisch ist, aufgrund der Sünden ihrer Vorfahren einen Groll auf eine Familie zu hegen, besonders, da ich sonst die Dienste der zweitbesten Baumeister akzeptieren hätte müssen. Ist das auch ein Aren-Charakterzug? Dass wir uns mit minderwertiger Qualität zufriedengeben, damit wir unseren Stolz um jeden Preis behaupten können?"

"Du bist noch nicht lange genug hier, um das Gleichgewicht…"

"Das Gleichgewicht der Macht?", unterbrach Eryn sie. "Dieses empfindliche Gleichgewicht, das sich aus den Bündnissen und Feindschaften zwischen den Häusern und der mit ihnen verbundenen Familien zusammensetzt? Erspare mir diesen Blödsinn, oder ich werde jetzt sofort zu Legara gehen und sie um Vergebung für dein Verhalten im Senat bitten, wo du verkündet hast, dass unsere Allianz mit Haus Finran vorüber ist."

"Sie um Vergebung für mein Verhalten bitten?", zischte Malriel. "Das würdest du nicht wagen! Das würde uns alle der Lächerlichkeit preisgeben!"

"Dann verschone mich mit deinem Gerede über das Machtgleichgewicht. Der Bruch mit Haus Finran hat dieses sogenannte Gleichgewicht auf jeden Fall beeinflusst, also ist es wohl im Moment keine allzu schlechte Idee, neue Freundschaften zu schließen. Du kannst eine neue Fehde mit ihnen vom Zaun brechen, sobald du wieder an der Macht bist. Bis dahin wirst du mit meiner

Entscheidung leben müssen. Und jetzt brauche ich etwas Frieden." Damit drehte sie sich um und ging durch die Terrassentür hinaus, um ein paar Minuten Ruhe vor dieser Frau zu genießen.

"Du hast keine Ahnung von..." Ihre Worte wurden mitten im Satz unterbrochen, als Eryn eine schalldichte Barriere um Malriel errichtete.

Enric seufzte und schüttelte den Kopf. "Ich gehe davon aus, dir ist klar, dass die Menge an Luft dort drin begrenzt und innerhalb von Minuten verbraucht sein wird?"

Sie nickte und sah zu, wie Malriels Gesicht vor Wut und Demütigung rot anlief, ihre Augen zu Schlitzen zusammengekniffen.

"Ja, ich weiß. Aber es schien mir wesentlich weniger harsch als sie einfach so auszuschalten. Ich versuche immerhin, mit ihr auszukommen, weißt du."

Enric biss sich auf die Zunge, um die Bemerkung zurückzuhalten, dass dies auf jeden Fall eine unübliche Herangehensweise war, um den Frieden zu bewahren.

"Gibt es etwas, das du an diesem Punkt anmerken möchtest?", fragte sie ihn mit einer Direktheit, die keinen Zweifel daran ließ, dass sie im Augenblick nicht gut auf Kritik von seiner Seite reagieren würde.

"Nein, überhaupt nichts."

"Gut. Ich sehe, wir machen Fortschritte. Ich schlage vor, du legst Vedric hin. Wenn du wiederkommst, kannst du sie befreien. Ich werde draußen sein und versuchen, mich etwas zu entspannen. Sieh einfach nur zu, dass sie mir nicht folgt, oder ich werde doch noch darauf zurückgreifen, ihr das Bewusstsein zu rauben."

Enric nickte knapp und sah zu, wie sie forschen Schrittes in den Garten und zu einer Baumgruppe ging, um sich in deren Schatten niederzulassen.

Eryn öffnete die Augen, als sie das flüsternde Geräusch von Gras vernahm, das nahelegte, dass sich ihr jemand aus der Richtung des Hauses näherte. Erleichtert seufzte sie, als sie erkannte, dass es Enric war und nicht Malriel.

Er trug ein Paket unter einem Arm.

"Hast du die Königin der Dunkelheit aus ihrem Gefängnis befreit?", fragte sie, als er ihr nahe genug war, um ihre Worte zu verstehen.

"Ja, das habe ich. Sie ist davongestürmt, wahrscheinlich, um Zuflucht bei Valrad zu suchen."

"Gut, dass wir sie los sind", murmelte Eryn und deutete mit dem Kinn auf seine Last. "Was ist das? Etwas, das ein Bote abgegeben hat?"

Er schüttelte den Kopf und sank neben ihr auf den Boden. "Nein, das ist etwas, das ich in Kar gekauft habe. Ein Geschenk für dich."

"Ein Geschenk? Aber du bist bereits seit einem Monat wieder zurück, warum gibst du es mir erst jetzt?"

"Ich war nicht sicher, wie du auf ein Geschenk von mir reagieren würdest und habe auf eine passende Gelegenheit gewartet."

Das brachte sie zum Lächeln. "Und du denkst, das hier ist eine? Nachdem ich herausgefunden habe, dass mein Sohn beträchtliches Potential für Ärger mitbringen wird, wenn er erwachsen ist und nachdem Malriel mich verärgert hat?"

Er zog die Schultern noch. "Ich dachte, du könntest etwas Aufmunterung gebrauchen, also ja." Er schüttelte den Kopf, als sie ihre Arme ausstreckte, um das Paket entgegenzunehmen. "Noch nicht, warte. Es ist gängige Praxis, den wahrgenommenen Wert des Geschenks zu erhöhen, indem man detailliert ausführt, wie schwierig es zu erlangen war."

Eryn schmunzelte. "Also gut. Dann erzähl mir alles darüber."

"Das hier, musst du wissen, sind nach meinem Verständnis die ersten Gegenstände ihrer Art, die in die Westlichen Territorien oder irgendein anderes Land gebracht werden durften. Ich musste einige Formulare ausfüllen, damit zuerst der Kauf bewilligt und dann auch noch das Umwechseln des erforderlichen Geldbetrags gestattet wurde. Ein sehr bürokratischer Ort, Pirinkar. Ich habe die Straßen durchstreift, um etwas zu finden, das sich für eine Frau mit deinen Talenten und Neigungen als passendes Geschenk qualifiziert. Und ich muss dir sagen, das war nicht einfach. Natürlich war die Wahl meines Geschenks nicht unkompliziert, somit wage ich zu behaupten, dass der einzige Grund, weswegen sie mir den Erwerb dieser Gegenstände erlaubten, darin bestand, dass sie sich wegen Malriels misslicher Lage schuldig fühlten und eine Geste guten Willens zeigen wollten", schloss er.

Sie nickte ernst. "Ich sehe, dass du eine Menge Überlegung und Mühe in die Besorgung dieser Objekte investiert haben musst. Ich darf dir versichern, dass ich sie entsprechend würdigen werde."

"Ausgezeichnet. Das war meine Absicht. Dann darf ich dir hiermit eine Kleinigkeit überreichen, die du sowohl in den Westlichen Territorien als auch in Anyueel als einzigartig betrachten darfst - so wie auch du es bist." Er verbeugte sich und übergab ihr das Paket.

Gnädig nahm sie es in Empfang und legte es auf ihrem Schoß ab, bevor sie das grobkörnige Papier aufschlug und dann den darunterliegenden Leinenstoff, um drei Bücher zu enthüllen. Sie zog die Stirn in Falten und hob das Erste davon hoch, kniff die Augen zusammen, während sie versuchte, den Titel zu entziffern. Dann sah sie zu ihm auf und fragte sich, ob er es tatsächlich für solch eine brillante Idee hielt, ihr ein Buch zu schenken, das sie nicht lesen konnte.

Er nahm ihr das Buch aus der Hand und blätterte darin, bis er eine Seite mit einem farbenfrohen Bild eines Insekts gefunden hatte.

"Das ist ein Buch über Krankheiten in Pirinkar, eine davon die Schlafkrankheit, die von einem fliegenden Insekt übertragen wird. Diejenige, von der du vor etwa einem Jahr erfahren hast, wenn du dich erinnerst. Mir wurde gesagt, dass diese und viele andere Krankheiten in diesem Buch beschrieben sind, ebenso wie ihre Heilmittel. Mit nicht-magischen Mitteln allerdings, wenn wir ihre Aversion gegen Magie betrachten." Er griff nach einem weiteren Buch. "Da das Buch offensichtlich nicht in unserer Sprache verfasst ist, wirst du dir diese Fertigkeit erst erarbeiten müssen, wenn du es lesen willst. Das hier ist ein Buch, das die Worte ihrer Sprache mit dem Gegenstück in der unseren enthält. Und das Dritte hier enthält Erklärungen der Struktur und des Systems ihrer Sprache."

Schweigend und mit unergründlicher Miene starrte Eryn auf die Bücher hinab.

Enric schluckte und wartete. Bis zu diesem Augenblick war ihm die Idee, ihr diese Bücher zu überreichen, einfallsreich und originell erschienen. Plötzlich jedoch drängte sich ihm der Gedanke auf, ob es nicht hart war, ihr Bücher zu geben, wo sie wer weiß wie viel Zeit mit Lernen verbringen musste, damit sie Zugriff auf das darin enthaltene Wissen erlangte. Was war, wenn sie keinerlei Neigung zeigte, all diese Mühe auf sich zu nehmen und es ihm stattdessen verübelte, dass er von ihr erwartete, dass sie sich dermaßen abrackerte, damit sie sein Geschenk eines Tages wirklich nutzen konnte?

"Die ersten Bücher, die jemals von Pirinkar hierhergebracht wurden", hörte er sie zu sich selbst sagen und verspürte immense Erleichterung, als sich auf ihrem Gesicht ein Lächeln formte, das mit jeder Sekunde in die Breite wuchs. "Ich werde die Erste sein, die ihre Sprache erlernt, die Einzige mit Zugriff auf dieses Wissen..."

Einen Moment später spürte er, wie sie ihn zu sich zog und energisch küsste. Er lachte, als ihr Enthusiasmus ihn nach hinten umwarf. Sie kam auf ihm zum Liegen und grinste auf ihn hinab.

"Dein Geschenk gefällt mir, falls du dich das gefragt hast. Gut ausgewählt, Krieger."

"Nichts zu danken, Heilerin. Ich schätze, das allein wird nicht ausreichen, damit du zustimmst, wieder in ein Band dritten Grades mit mir einzutreten, oder?", fragte er beiläufig.

"Nein. Aber ich will dir zugestehen, dass es ein beherztes Bestreben war und es als Punkt zu deinen Gunsten vermerken, wenn ich am Ende der Frist meine Entscheidung treffe."

Gut. Genau das war es, worauf er gehofft hatte.

KAPITEL 11

Hinreißende Neuigkeiten

Eryn schlenderte gemütlich neben Orrin her, beide von ihnen mit ihrem Baby auf dem Brustkorb. Junar hatte eine Verabredung mit jemandem von Haus Feral, um eine Vereinbarung zur Lieferung von Stoffen nach Anyueel zu besprechen, und Enric besuchte Kilan in der Botschaft. Sie würden sich in der Vel'kim Residenz zum Abendessen treffen.

"Ich kehre nur ungern nach Anyueel zurück", gestand Orrin. "Das hätte ich niemals erwartet. Bis vor kurzem hatte ich mich auf die Heimkehr gefreut."

"Wegen Vern?", fragte sie nach.

"Das ist ein Grund, aber nicht der einzige." Er sah auf seine Tochter hinab. "Mit Téa durch die Straßen zu gehen ist hier nichts Besonderes, doch zuhause wird es auf jeden Fall für Gerede sorgen. In wohlhabenderen Familien sieht man weder die Mütter, noch die Väter viel mit ihren Kindern."

Eryn nickte. Kinder großzuziehen wurde in der Tat als notwendiges Übel betrachtet, das man an Diener delegierte, sofern man sich welche leisten konnte. Das hatte sie niemals verstanden, da sie selbst Ved'al sehr nahe gestanden hatte. Und jetzt, wo sie selbst eine Mutter war, schien es noch viel undenkbarer, die Verantwortung für ihren Sohn einer anderen Person zu übertragen.

"Hinzu kommt, dass ich zugeben muss, dass ich den Orden nicht mehr so sehr vermisse wie zu Beginn, als wir herkamen. Ich unterrichte gerne, doch die Arbeit mit den Leuten hier hat mir gezeigt, dass ich es über die Maßen vorziehe, mit Erwachsenen anstatt mit Kindern zu arbeiten."

Überrascht sah ihn Eryn an. "Ach ja? Dann frage ich mich, was dich davon abhalten sollte, genau das zu tun, wenn wir wieder zuhause sind. Ich meine, du bist doch jetzt das Oberhaupt der Krieger. Wer sollte dir wohl vorschreiben, du müsstest Kinder unterrichten, wenn du es nicht willst?"

Sein Lächeln war bar jeder Heiterkeit. "Da wäre Enric. Und Lord Tyront. Und theoretisch du. Aber da du vorschlägst, ich solle den Unterricht für Kinder aufgeben, gehe ich davon aus, dass du dich mir hier kaum entgegenstellen würdest."

"Und Enric ebenso wenig, da bin ich sicher. Was Lord Tyront betrifft... Ich kann mir nicht vorstellen, dass er sich einmischt, sofern du sicherstellst, dass alles so weiterläuft wie bisher, ob du die jungen Nervensägen nun selbst unterrichtest oder nicht. Sie müssen sich auch während deines Aufenthalts hier irgendwie arrangiert haben, also ist nun womöglich der beste Zeitpunkt, um das in Angriff zu nehmen."

Orrin nickte nachdenklich. "Ja, womöglich hast du Recht." Er sah sie und ihren Sohn an. "Wie sieht es mit dir aus? Wirst du dir für Vedric einen Diener zur Unterstützung holen?"

"Diese Absicht habe ich keineswegs. Ich hoffe, dass ich Enric soweit einbinden kann, wie seine Zeit es zulässt. Hier in Takhan zeigt er sich vielversprechend, aber wer weiß, wie rasch sich das ändert, wenn öffentlich sichtbare Fürsorge für seinen Sohn seinem furchteinflößenden Ruf schaden könnte", meinte sie und verzog das Gesicht.

Der Krieger lächelte und schüttelte den Kopf. "Darin sehe ich kein großes Problem. Viele Leute werden stattdessen ihren eigenen Standpunkt in Frage stellen, wenn sie sehen, dass Enric anders an die Sache herangeht. Das ist die Art von Einfluss, die er auf Menschen hat. Wenn er es tut, kann es nicht vollkommen falsch sein."

Eryn zog zweifelnd die Stirn in Falten. "Ich weiß nicht. Diesen Eindruck hatte ich nicht. Man hat ihn in der Vergangenheit durchaus kritisiert."

"Das lässt sich nicht vermeiden. Der Trick besteht darin, stets mehr Leute hinter sich als gegen sich zu haben."

"Weise Worte vom mächtigen Lord Orrin", seufzte sie. "Was du als Trick bezeichnest, ist die wahre Herausforderung hier. Ich frage mich, wie der Orden oder eher der Rat der Magier reagiert, wenn ich auf ein paar Zugeständnisse von ihrer Seite bestehe, damit ich mein Kind selbst aufziehen kann."

"Darum würde ich mich nicht allzu sehr sorgen. Da du die erste Frau im Rat bist, legst du so ziemlich die Regeln fest. Sie haben keine Ahnung von Kindererziehung, also werden sie einfach glauben müssen, was du ihnen weismachst. Und du hast Enric und mich auf deiner Seite. Lord Poron würde sich ebenfalls nicht gegen dich stellen."

"Das sind drei Stimmen zusätzlich zu meiner, aber insgesamt gibt es dreizehn Mitglieder", strich sie hervor.

"Dann wirst du das anwenden müssen, was du über politische Strategie gelernt hast. Einige der Gefährtinnen der Ratsmitglieder suchen dich wegen kosmetischer Korrekturen auf. Wenn du ihnen zu verstehen gibst, dass du ihre Hilfe in dieser Sache schätzen würdest, könnte ich mir vorstellen, dass sie sicher mit ihren Gefährten sprächen, wenn es ihnen deine Gunst erhält."

"Orrin!", rief sie wahrhaftig schockiert aus. "Das ist unverfrorene Manipulation! Solch einen Vorschlag hätte ich von dir niemals erwartet! Wie würde es dir gefallen, wenn jemand Junar auf diese Weise gegen dich einsetzte?"

Er zuckte mit den Schultern. "Sollte ich auf so etwas hereinfallen, verdiene ich es nicht besser, würde ich meinen."

"Das kommt mir nicht besonders ehrenhaft vor", widersprach sie.

"Das ist nichts anders als politische Strategie, Eryn."

"Der Zweck rechtfertigt also die Mittel? Ist es das, was du mir sagen willst?"

"Nein." Er blieb stehen und starrte sie zornig an. "Das habe ich nicht gesagt! Dreh mir nicht die Worte im Mund um. Mittel, die Schaden verursachen und anderen Nachteile bringen, nur um dir selbst zum Erreichen deiner Ziele zu verhelfen, ganz egal, was es andere kostet, sind fragwürdig und unehrenhaft. Aber die Ressourcen einzusetzen, die dir zur Verfügung stehen - und zwar deine Kontakte - und sie wissen zu lassen, dass du ihre Hilfe schätzen würdest, ist eine gänzlich andere Geschichte. Fast genau so funktionieren die Dinge hier im Senat in Takhan, wie dir aufgefallen sein muss. Was ist das Erste, das ein Senator tut, wenn er oder sie eine Entscheidung zu seinen oder ihren Gunsten erwirken will?"

"Mit einer guten Flasche Wein und einer Liste von Versprechungen an Türen klopfen, um die Stimmen zusammenzubekommen - ich weiß", seufzte sie. Genau dabei hatte sie ihren Bruder dieses eine Mal unterstützt, als er sie gebeten hatte, Ram'ans Stimme gegen Enric und sein verpflichtendes Kampftraining zu sichern. Über diese Idee würde sie noch einmal eingehender nachdenken müssen, entschied sie. Das größte Hindernis bestand wohl darin, ihren Widerwillen zu überwinden, wenn es darum ging, auf diese irritierenden Frauen zuzugehen und freundlich zu ihnen zu sein.

"Wie laufen die Dinge zwischen dir und Enric eigentlich?", sprach er in ihre Gedanken. "Ich habe den Eindruck, dass ihr Fortschritte macht. Er hat es jedenfalls weit gebracht."

Eryn grinste spöttisch. "Hat er das? Weil er willens ist, etwas Zeit mit seinem Sohn zu verbringen und zur Abwechslung einmal nicht darauf besteht, das Sagen zu haben?"

Orrin wirkte schicksalsergeben und seufzte verbittert. "Du bist dir wahrhaftig nicht über die Bedeutung all dessen im Klaren?"

"Dann erleuchte mich schon, mein weiser Freund. Teile deine Erkenntnisse mit mir, damit aus mir einerseits ein besserer Mensch und andererseits eine bessere Gefährtin wird, mächtiger Orrin."

"Dummes Kind", murmelte er. "Enrics Vater, Anwin, hat ihn dazu erzogen, in allen Bereichen seines Lebens Überlegenheit durch Stärke zu zeigen. Wie du weißt, ist der Orden eine Organisation, die magische Stärke als Legitimation dafür sieht, Macht über andere auszuüben. Uns wurde schon vor einer Weile klar, dass dies allein für einen Anführer nicht ausreicht, deshalb wurde zusätzlich dazu ein rigoroses Trainingsprogramm eingeführt. Das allerdings reicht nicht, um Widerwillen und Abneigung gegen eine Führungsrolle auszugleichen. Nun, zumindest in den meisten Fällen nicht. Die Eignungstests hier haben mich das auf einer tieferen Ebene erkennen lassen. Aber wir schafften es, Enric in einen Anführer zu verwandeln, ihn dazu zu bewegen, dass er die Prinzipien von Gehorsam, Stärke und Macht verinnerlichte. Das hast du selbst mehr als einmal zu spüren bekommen. Er ist es gewohnt, dass seine Befehle ohne Diskussion, Frage oder Widerstand befolgt werden. Das war alles, was er kannte und somit auch in seinem Umgang mit dir einsetzte. Aber jetzt ist er zur Abwechslung einmal dir unterstellt, und wenn man bedenkt, woher er kommt, geht er damit überraschend gut um."

Eryn nickte nachdenklich. Er hatte Recht. Ihr war aufgefallen, wie Enric sich in den letzten paar Wochen seit seiner Rückkehr aus Pirinkar zurückgehalten hatte. Weder hatte er ihre Entscheidungen kritisiert, noch ungebetene Ratschläge erteilt, wenngleich er hin und wieder zweifellos das eine oder andere zu sagen gehabt hätte. Er hatte ihre Anweisungen akzeptiert und befolgt, und seine Zeit mit dem verbracht, was als Arbeit für Frauen oder Diener betrachtet wurde: sich um seinen Sohn gekümmert.

Und interessanterweise wirkte er weder rastlos noch genervt von seiner aktuellen Situation, wo er sich nun zum ersten Mal nach vielen Jahren nicht in der Position eines Anführers befand. Er erschien sogar ungewöhnlich entspannt und hatte sämtliche Entscheidungen, die sie getroffen hatte, ohne Einspruch hingenommen. Ganz egal, ob sie nun dafür gesorgt hatte, dass ihr Aufenthalt hier für zwei weitere Monate verlängert wurde oder die Wahl ihrer Rache an Malriel, die noch immer das Oberhaupt seines Hauses war - nun, nicht im Moment, aber diese Position würde sie bald wieder einnehmen.

Zollte sie ihm für all das nicht genug Anerkennung? War es das, was Orrin versuchte, ihr verständlich zu machen?

"Wir werden sehen, wie viel von dieser erstaunlichen Entwicklung noch übrig ist, sobald wir wieder in Anyueel sind. Ich denke, der Orden möchte, dass er wieder Kraft und Herrlichkeit ausstrahlt", meinte sie mit finsterem Blick.

Orrin lächelte. "Dann hast du ja Glück, dass er in all den Jahren niemals diese rebellische Ader aufgegeben hat, die ihn zu solch einem mühsamen Schüler machte. Ein Mann, der nicht davor zurückschreckt, einen König zu würgen, wird wohl auch kein Problem damit haben, seinen persönlichen Neigungen bis zu einem gewissen Grad zu folgen, wenn sie zu deiner und damit seiner eigenen Zufriedenheit beitragen."

Sie nickte, noch immer nicht ganz überzeugt. Es war eine Sache, diesen sorglosen Zustand ohne jegliche Verantwortung hier zu genießen, aber das war keine Haltung, die er sich zuhause leisten konnte. Aber es machte wenig Sinn, diesbezüglich Vermutungen anzustellen. In nur wenigen Wochen würde sie sehen, wie sich die Dinge fügten.

* * *

Valrad öffnete die Tür und küsste Eryn auf ihre Wangen, bevor er Orrin zunickte und beiden ein feuchtes Handtuch reichte.

"Ihr seid die Letzten, wir warten bereits auf euch. Kommt herein."

Eryn wechselte einen Blick mit Orrin. Diese eifrige Energie war ein ungewöhnlicher Kontrast zu seinem sonst eher gelassenen Gebaren.

"Es scheint, als hätte das Zusammensein mit deiner Mutter ein wenig seiner jugendlichen Energie wiederhergestellt", flüsterte Orrin, als sie ihm die Stufen hinauf folgten.

"Denkst du?", flüsterte sie zurück. "Ich hätte eher damit gerechnet, dass die Königin der Dunkelheit ihm langsam aber sicher allen Lebenswillen aussaugt."

Valrad drehte sich zu ihr um und zog missbilligend eine Augenbraue hoch. "Das habe ich gehört!"

Sie zuckte mit den Schultern. "Gut. Das zeigt, dass deine Ohren noch immer voll einsatzfähig sind, wenngleich dein Gehirn derzeit unter einem bedauerlichen Mangel an Zurechnungsfähigkeit leidet. Du solltest Iklan diesbezüglich aufsuchen. Ich bin sicher, er kann dich im Handumdrehen wiederherstellen, und dann kannst du dich nach einer netten, normalen Frau umsehen."

Ihr Vater schloss für einen Moment die Augen, dann warf er ihr einen warnenden Blick zu, bevor er in den Hauptraum weiterging, wo Enric, Junar, Vran'el und Malriel auf sie warteten.

Enric näherte sich ihr augenblicklich, küsste sie auf den Mund und löste dann den Knoten, sodass er die Schlinge lockern und Vedric an sich nehmen konnte.

"Komm, Liebste. Das Abendessen ist fertig", meinte er und nahm ihre Hand, um sie zu einem Platz neben seinem zu führen.

"Wie geht es Kilan?", fragte sie.

"Gut, wie immer. Er lässt dich grüßen. Heute erzählte er mir etwas Interessantes. Es scheint, dass Valcredy in nur wenigen Tagen hier eintreffen wird."

Eryn sah ihn an und runzelte die Stirn, dann erinnerte sie sich an den Namen. "Valcredy? Die Sängerin, mit der du eine Affäre hattest?" Sie verzog das Gesicht. "Warum?"

"Sobald klar wurde, dass keine unmittelbare Gefahr eines Krieges mehr bestand, bat sie um Erlaubnis herzukommen. Sie möchte die Musik hier studieren, besonders magische Musik, und erhielt die Bewilligung."

"Und diese Erlaubnis hätte man ihr nicht erteilen können, nachdem wir wieder abgereist sind?"

"Das wäre der Fall gewesen, hättest du nicht darum gebeten, unseren eigenen Aufenthalt hier verlängern zu dürfen", betonte er sanft.

"Es passt dir nicht, dass sie herkommt?", schmunzelte Vran'el. "Du bist also eifersüchtig?"

Eryn schüttelte den Kopf. "Nicht wirklich. Ich habe nur keine besonders angenehmen Erinnerungen an sie. Enric dachte, es wäre eine fabelhafte Idee, wenn sie mir das Tanzen beibringt. Sie allerdings hat diese Gelegenheit genutzt, um mich zu beleidigen und zu verunglimpfen, weil sie ungehalten darüber war, dass Enric mich ihr vorzog."

Der Jurist verzog das Gesicht. "Deine ehemalige Geliebte sollte deiner Gefährtin das Tanzen lehren?"

Enric zog die Schultern hoch. "Das zählt wohl nicht zu meinen schlauesten Ideen. Aber mir war damals nicht klar, dass sie noch irgendwelche Hoffnung auf eine Zukunft mit mir hegte."

Valrad servierte das Essen, nachdem sich alle die Hände gewaschen hatten, dann kehrte er in die Küche zurück und brachte noch eine weitere kleine Schüssel, die er Junar reichte.

"Hier. Das ist eine milder gewürzte Version für Téa. Ich gehe davon aus, dass sie bereits damit begonnen hat, feste Nahrung zu sich zu nehmen?"

Junar lächelte ob dieser Zuvorkommenheit und nahm die Schüssel entgegen. "Ja, das hat sie. Allerdings muss ich dir sagen, dass es kaum jemals eine saubere Angelegenheit ist, sie zu füttern. Deine Kissen könnten beträchtlich darunter leiden."

Er winkte ab. "Sorge dich deswegen nicht, meine Liebe. Diese Kissen haben Eryns Neigung zum Spucken und Herumschleudern von Essen als kleines Mädchen überstanden. Deine Tochter wird also kaum eine größere Strapaze sein, als sie es damals war."

Eryn zog eine Grimasse. "Vielen Dank, dass du das zur Sprache gebracht hast. Solltendir sonst noch irgendwelche peinlichen Vorfälle aus meiner Kindheit einfallen, dann zögere bloß nicht, sie mit allen möglichen Leuten zu teilen. Wirklich - das macht mir gar nichts. Es ist immerhin nicht so, als müsste ich mir deswegen später irgendwelche Hänseleien oder dergleichen anhören."

"Was soll ich sagen, liebe Tochter?", lächelte er. "Mein bedauerlicher Mangel an Zurechnungsfähigkeit scheint es mir dennoch zu ermöglichen, mit Anekdoten aus längst vergangener Zeit aufzuwarten."

Die anderen tauschten verwirrte Blicke, doch Orrin, der als Einziger ihre vorhergehende Bemerkung gehört hatte, hustete, als ein Bissen den falschen Weg einschlug.

Eryn antwortete darauf nicht. Sie musste gestehen, dass es eine schlagfertige Erwiderung war.

Ihr fiel auf, dass Malriel nahe bei Valrad saß und durchgehenden Körperkontakt zu ihm pflegte, ob es nun ihr Bein war, das seinem streifte oder ihre Schultern, die einander berührten. Ganz zu schweigen von den Blicken, die sie einander zuwarfen. Wie liebestrunkene Halbwüchsige, kam sie nicht umhin zu denken und hielt sich nur mit Mühe davon ab, mit den Augen zu rollen.

Als alle mit dem Essen fertig waren, sammelte Vran'el die leeren Teller ein und brachte sie in die Küche. Sobald er zurückgekehrt war und sich hingesetzt hatte, nickte er seinem Vater kurz zu.

Valrad räusperte sich. "Ich bin froh, dass ihr unsere Einladung angenommen habt und diesen Abend mit uns verbringt. Wir haben Neuigkeiten, die wir euch gerne mitteilen möchten."

Enrics Blick fiel auf ihre miteinander verschränkten Finger, dann wanderte er zu Vran'el, der seine Schwester mit einem Gesichtsausdruck beobachtete, der verdächtig danach aussah, als graute ihm vor etwas.

"Malriel und ich werden einen Lebensbund miteinander eingehen", verkündete er.

Ein paar Augenblicke lang waren alle Augen auf Valrad gerichtet, dann sprangen sie zu Eryn, die die beiden einfach nur mit weit offenem Mund anstarrte.

"Ihr wollt was?", flüsterte sie, als ihre Stimme wieder kooperierte. "Das soll doch wohl ein Scherz sein? Das ist irgendeine Art von Rache, so ist es doch?" Sie lachte angespannt. "Gut gemacht, ihr zwei! Beinahe wäre ich darauf hereingefallen." Ihre Miene wandelte sich zu Bestürzung, als niemand miteinstimmte. "Das kann doch unmöglich euer Ernst sein", brachte sie vor und trieb ihr Gehirn an, ihr zu Hilfe zu kommen und logische Gründe bereitzustellen, die dagegen sprachen.

Enric räusperte sich, und sie spürte, wie er seinen Arm um ihre Schultern legte und sie in dem Versuch, ihr Trost zu spenden, an sich drückte.

"Was Eryn meint", sprach er, "ist, dass ihr beide Oberhäupter von Häusern seid, oder eher bald sein werdet, und somit ein Kommitment in diesem Fall recht problematisch erscheint."

"Ja, genau!", nickte sie nachdrücklich, dankbar für seinen unermüdlich analytischen Verstand. "Was er gesagt hat!"

"Dessen sind wir uns natürlich bewusst", erklärte Valrad, "und haben eine Lösung gefunden, die allen Beteiligten zum Vorteil gereicht." Er hob eine Hand und legte sie seinem Sohn auf die Schulter. "Ich werde mich von meiner Position als Oberhaupt von Haus Vel'kim zurückziehen und meinem Erben die Chance geben, die Funktion zu übernehmen, auf die er sich von Kindesbeinen an vorbereitet hat."

Eryn spürte, wie sich ihr Hals zuschnürte und schob eine Hand in ihren Nacken. "Du gibst ihretwegen deine Position auf?", krächzte sie.

Valrad sah sie an und nickte. "Das tue ich. Genau wie ich es bereits vor fünfunddreißig Jahren getan hätte. Um ein paar organisatorische Angelegenheiten gilt es sich noch zu kümmern, doch es sollte nicht länger als zwei Wochen dauern, bis ich Vran'el die Zügel übergeben kann."

Hastig griff Eryn nach einem Glas, ohne sich darum zu kümmern, ob es sich dabei um ihr eigenes handelte, und stürzte den Inhalt gierig hinunter.

"Ich gratuliere!", hörte sie Junar zwitschern und kämpfte gegen den Drang an, ihre Freundin zu erdrosseln. Orrin folgte ihrem Beispiel, und so auch Enric.

"Wartet, wartet, wartet!", bellte Eryn und bedachte das glückliche Paar mit einem stählernen Blick. "Das befürworte ich ganz und gar nicht! Ich verbiete es sogar! Kein Kommitment. Ich bin das Oberhaupt von Malriels Haus, und ich verweigere meine Erlaubnis, Zustimmung, Genehmigung oder was auch immer sonst ihr offiziell benötigt. Ich weigere mich schlichtweg!" Mit verschränkten Armen warf sie ihnen einen wütenden Blick zu.

Malriel zog nur eine Augenbraue hoch. "Nun bist du wohl diejenige, die zu scherzen beliebt, Malthéa. Du bist nur noch ein paar Wochen lang das Oberhaupt meines Hauses. Die Zeremonie kannst du lediglich hinauszögern, nicht aber verhindern. Wenn du dich in dieser Sache als widerspenstig erweist, wirst du damit nichts anderes erreichen, als dass du deinen Vater verärgerst und das Kommitment versäumst."

Eryn lehnte sich zurück und schloss die Augen. Natürlich konnte sie die beiden nicht aufhalten. Aber sie musste sich diesen Irrsinn doch wohl nicht etwa ansehen?

"Valrad, kann ich dich einen Augenblick allein sprechen?", bat sie ihn dann mit mehr Ruhe als sie tatsächlich verspürte.

"Aber natürlich."

Er folgte ihr nach draußen in den Garten, bis sie weit genug fort und damit außer Hörweite waren. Dann wirbelte sie herum und packte ihn bei den Schultern.

"Tu das nicht! Sie ist kein guter Mensch! Sie hat deinen Bruder ins Verderben geführt und könnte genau das auch mit dir tun!", beschwor sie ihn mit weit aufgerissenen Augen in dem Versuch, ihn mit schierer Willenskraft dazu zu bewegen, die Wahrheit ihrer Worte anzuerkennen.

"Eryn", seufzte er, umschloss mit seinen warmen Händen die ihren und zog sie an seine Lippen, um einen Kuss darauf zu drücken. "Ich liebe deine Mutter nun schon seit Jahrzehnten. In gewisser Weise war sie immer mein."

"Valrad", sagte sie und versuchte, dabei so vernünftig wie nur möglich zu klingen, "Malriel ist nicht länger dieses Mädchen mit den traurigen Augen, das in einer unglücklichen Beziehung gefangen ist. Sie ist nun eine Frau, die junge Männer verschlingt, benutzt und dann schließlich wegwirft, wenn sie keine Verwendung mehr für sie hat. Du kannst sie nicht retten! Sie ist gerade erst aus einem Land zurückgekehrt, wo genau dieses Verhalten beinahe dazu geführt hätte, dass man sie der Vergewaltigung bezichtigt! Bringt dich das nicht zumindest ein klein wenig zum Nachdenken?", flehte sie.

"Eine Strategie, mit der sie ihrer Einsamkeit zu entfliehen versuchte, Eryn", seufzte er. "Und eine, die ihr selbst mehr Kummer verursacht als irgendjemandem sonst. Wäre sie im Umgang mit ihren Liebhabern so grausam wie du behauptest, wären sie wohl kaum so willig gewesen, sich in ihr Bett zu begeben."

"Hast du vergessen, was sie mir anzutun versucht hat? Die Anschuldigung, ich hätte den Tod deines Bruders verschuldet?", flüsterte sie. "Ihre Pläne, die wir dank dir und Vran'el vereiteln konnten?"

Mit eindrucksvollem Tiefgang seufzte er. "Verzweifelte Maßnahmen von einer Mutter, die keinen anderen Weg sah, mein Kind. Und wer bin ich, um über sie zu urteilen?"

"Bitte, Valrad, für solch einen Schritt besteht keine Notwendigkeit. Warum könnt ihr nicht einfach die Gesellschaft des jeweils anderen genießen, ohne euch aneinander zu binden? Warum deine Position für sie aufgeben? Was tut sie, das auch nur annähernd mit dem Opfer vergleichbar wäre, das du bringst?"

Er schmunzelte und schüttelte den Kopf. "Eryn, mein Mädchen, wie kann dies ein Opfer sein? Diese Position aufzugeben schmerzt mich nicht, wenn ich dafür im Gegenzug so viel mehr erhalte. Das Oberhaupt eines Hauses zu sein hat mir lange Zeit zugesagt, doch mehr als eine Pflicht war es niemals. Keinesfalls ist es für mich, was es für deine Mutter ist: eine Berufung. Vran'el ist willens und mehr als bereit, diese Verantwortung zu übernehmen, und ich weiß, dass er seine Sache gut machen wird - womöglich sogar wesentlich besser als ich selbst."

"Rechtlich gesprochen wäre sie dann wieder meine Mutter", stöhnte Eryn und bedeckte ihr Gesicht. "Ich habe ihr Haus verstoßen, um genau diese Verbindung zu kappen!"

Valrad seufzte und zog ihre Hände von ihrem Antlitz fort, sodass sie ihn ansehen musste. "Sie hat niemals aufgehört, deine Mutter zu sein, mein Mädchen. Du wärst ihrem Befehl durch unser Kommitment nicht mehr unterstellt als zuvor. Vran'el wird das Oberhaupt deines Hauses sein, so wie ich es jetzt bin. Für dich wird sich nicht viel ändern."

Sie blitzte ihn an. "Abgesehen davon, dass mein Gefährte dann zu meinem Bruder wird, meinst du wohl!"

Darüber lachte er leise. "Nun, ich habe niemals behauptet, wir wären eine traditionelle Familie, nicht wahr? Ich will, dass du damit aufhörst, dich uns entgegenzustellen und bitte dich darum, dass du Malriel als Oberhaupt des Hauses deine Erlaubnis gewährst, noch vor eurer Abreise in ein Band dritten Grades mit mir einzutreten. Ich will, dass du und Enric dabei seid, wenn wir es tun. Ich möchte gemeinsam mit euch feiern."

Besiegt nickte sie. "In Ordnung, wenn du dich jeglicher Vernunft verschließt und immer noch entschlossen bist, die Königin der Dunkelheit zu der deinen zu machen, dann werde ich mich dir nicht in den Weg stellen."

Er warf ihr einen gleichmütigen Blick zu. "Ich würde es sehr schätzen, wenn du es von nun an vermeidest, die Frau, die ich liebe, in meiner Gegenwart so zu bezeichnen."

"Dann hättest du zweimal überlegen sollen, bevor du dich an die Frau bindest, die ich zufällig hasse", warf sie zurück.

"Na, na", seufzte Valrad, "Hass ist hier sicherlich ein zu starkes Wort. Wie schade, dass du bereits so bald nach Anyueel zurückkehren wirst. Ich wage zu behaupten, dass Iklan in der Lage gewesen wäre, euch beide hinsichtlich eurer Schwierigkeiten zu unterstützen."

"Nicht witzig", knurrte Eryn. "Wenn du mir dabei helfen willst, meine Schwierigkeiten mit ihr beizulegen, dann wäre es ein fabelhafter Anfang, nicht in einen Lebensbund mit ihr einzutreten."

"Ich werde das nicht mit dir diskutieren, Eryn. Meine Entscheidung steht fest, und ich werde sie nicht ändern, um dir entgegenzukommen. Und du hast auch keinerlei Recht, das von mir zu verlangen." Sein Tonfall hatte an Härte zugenommen. "Das ist meine Chance auf Glück, und ich habe nicht die Absicht, sie mir noch einmal durch die Finger schlüpfen zu lassen. Nun komm mit mir zurück nach drinnen und sei noch eine Stunde lang höflich, dann kannst du aufbrechen und dich nach Herzenslust bei Enric und deinen Freunden beklagen." Kurz ließ er ein Lächeln aufblitzen. "Übrigens gibt es da noch etwas, das dich interessieren sollte, da es deiner Klinik in Anyueel zum Vorteil gereichen wird."

Er wartete, bis sie wieder zu ihm aufsah - unfähig, sich eines Funkens Neugier zu erwehren.

"Ja? Was wäre das?", erkundigte sie sich misstrauisch.

"Jetzt, wo ich mein Haus nicht länger zu führen brauche, werde ich die Leitung der Klinik wieder übernehmen. Ich dachte, wir könnten die eine oder andere Idee im Zusammenhang mit Heileraustauschprogrammen besprechen."

Sie ließ zu, dass er ihr einen Arm um die Schultern legte und sie zurück in Richtung des Hauses führte.

"Das ist eine Bestechung", schnaubte sie.

"In der Tat", lächelte er unbeirrt. "Aber eine, von der wir beide wissen, dass sie fabelhaft funktionieren wird, obwohl du sie mir am liebsten zurück ins Gesicht schleudern würdest. Wie bedauerlich, dass es eine zu gute Gelegenheit ist, um sie dem Ausdruck deiner rechtschaffenen Entrüstung zu opfern, ist es nicht so?"

"Ach, halt den Mund", murmelte Eryn und fragte sich, wie sie die nächste Stunde überstehen sollte.

* * *

"Ich schwöre dir, das muss die längste Stunde meines ganzen Lebens gewesen sein", seufzte Eryn und hob ihre Tasse, damit Intrea sie auffüllen konnte.

Sie saßen auf den Kissen im Feral Hauptraum, während sich Urban irgendwo im Garten versteckte und Obal nach ihr suchte.

"Warum bist du darüber dermaßen unglücklich? Ich würde denken, dass es nicht gar so schrecklich ist, wenn sich deine Eltern auf solch eine Weise wiedervereinen", meinte Intrea achselzuckend.

"Ich sorge mich um Valrad. Ich meine, du kennst Malriel. Praktisch jeder tut das! Und jeder außer meinem eigenen Vater ist klug genug zu erkennen, dass es kein vernünftiger Zug ist, ihre Gesellschaft mehr als nur ein paar Nächte lang zu genießen."

"Nun tust du ihr aber Unrecht, Eryn. Malriel hat nicht deshalb keinen Gefährten genommen, weil sich niemand dazu bereiterklärt hätte. Und dein Vater ist ein erwachsener Mann. Vran erzählte mir, dass er nun schon seit mehr als drei Jahrzehnten in sie verliebt ist." Intrea seufzte und schüttelte den Kopf. "Du weißt, dass ich Malriel nie besonders gut leiden konnte, aber das ist doch rührend. Das lässt sich nicht bestreiten. Der Gedanke, dass diese beiden unglücklichen Menschen schließlich nach all diesen Jahren vereint sein werden, dass er seine Machtposition für sie aufgibt..."

Eryn verdrehte die Augen. "Hör sofort damit auf, oder ich übergebe mich gleich. Sie sind Idioten, alle beide. Sie war nur ein einziges Mal in einer Beziehung, und die hat in einer Katastrophe geendet. Ich frage mich, ob sie mit dem Prinzip von Treue überhaupt vertraut ist! Und er ist ein fehlgeleiteter Narr, der es nie wirklich fertiggebracht hat, über ihr hübsches Gesicht hinwegzukommen und der es nicht schafft, den verdorbenen Charakter darunter zu erblicken."

"Keine besonders schmeichelhafte Beurteilung deiner Eltern, wie ich feststellen muss."

"Schmeichelhaft sollte sie auch nicht sein, sondern realistisch. Und laut Valrads eigenen Worten stellt es für ihn ohnehin kein allzu großes Opfer dar, seine Position Vran'el zu überlassen. Stattdessen übernimmt er lieber wieder die Klinik", meinte Eryn ärgerlich. "So viel zu dieser großartigen Geste."

Intrea lehnte sich zurück und grinste hämisch.

"Weshalb grinst du so?"

"Vran erzählte mir, dass dich euer Vater mit einer Idee bestochen hat, bei der es darum geht, Heiler in deine Stadt zu schicken und im Gegenzug welche von euch hier aufzunehmen. So hat er dich dazu bewegt, dass du als Oberhaupt von Malriels Haus die Zeremonie bewilligst und auch noch daran teilnimmst. Du kannst also ebenso gut damit aufhören, dich dermaßen selbstherrlich zu geben. Wärst du nämlich tatsächlich so besorgt um das Wohlergehen deines Vaters, dann würde es kein besonders gutes Licht auf dich werfen, dass du dich bestechen hast lassen, um deinem eigenen Gewissen zuwider zu handeln, meine liebe Eryn."

Eryn kniff die Augen zusammen. "Ich kann mich des Gefühls nicht erwehren, dass dir mein Bruder zu viel erzählt."

Die andere Frau zuckte mit den Schultern. "Und warum sollte er auch nicht? Ich bin immerhin seine Gefährtin. Übrigens hat sich die Geschichte ihrer Rückkehr in dieser Nacht verbreitet. Lustige Sache, erst letzte Nacht habe ich den Begriff Aren Empfang gehört."

"Bezieht er sich darauf, ohne jede Vorwarnung in einen Tiefschlaf versetzt zu werden?", seufzte Eryn.

"Du hast also bereits davon gehört?"

"Nein, das war bloß eine begründete Vermutung. Ich musste nur an die einfallsloseste Möglichkeit denken. Die Leute sind kaum jemals kreativ, wenn es um Spott geht, sonst würden ihn die meisten anderen nicht verstehen", erwiderte die Heilerin trocken.

"Oh. Ich hatte mich einen Moment lang schon gefragt, wer mutig genug gewesen sein könnte, es dir gegenüber zu erwähnen."

"Du hättest jetzt gerade den Mut dazu aufgebracht."

Intrea grinste und winkte ab. "Ich habe nichts von dir zu befürchten. Mein Gefährte wird bald das Oberhaupt deines Hauses. Ich bin somit sicher."

Eryn lächelte grausam. "Was auch immer dir dabei hilft, ohne Furcht zu schlafen, meine Liebe."

KAPITEL 12

Reisende aus Anyueel

Enric klopfte an die Tür ihres Arbeitszimmers und öffnete sie, als sie ihn zum Eintreten aufforderte. Eryn saß hinter dem Schreibtisch, über dessen Ecke sie ein Bein geschwungen hatte, auf ihrem Gesicht ein ungehaltener Ausdruck, während sie ein Blatt Papier durchlas.

"Schlechte Neuigkeiten?", erkundigte er sich zwanglos.

"Nicht direkt. Allerdings hat mir einer meiner Cousins wer-weiß-welchen-Grades-auch-immer einen Vorschlag für etwas geschickt, das mir auf den ersten Blick nach einer schwachköpfigen Idee aussieht. Er will versuchen, auf einem der Anwesen eine bestimmte Art von Pflanze zu ziehen, die sonst nur in großen Höhen gedeiht. Er hat ein paar Vorstellungen bezüglich eines Kühlmechanismus, doch ich verstehe nicht alle davon." Sie ließ das Papier sinken und legte es beiseite. "Das Wenige, das ich verstehe, erscheint mir unwahrscheinlich. Doch Malhora kennt sich mit Kulturpflanzen besser aus, also werde ich sie einen Blick darauf werfen lassen. Ich würde ja Valrad fragen, doch ich schätze, dass es nicht besonders gut aussähe, würde ich ein anderes Oberhaupt eines Hauses um Rat in einer internen Aren-Angelegenheit bitten. Ganz egal, ob er mein Vater ist oder kurz davor steht, sich an die Königin der Dunkelheit zu binden." Dann lächelte sie ihren Gefährten an. "Aber du bist nicht gekommen, um dir mein Gejammer anzuhören über die Herausforderungen, die das Führen von Haus Aren mit sich bringt. Was kann ich für dich tun?"

Enric nahm ihren Anblick in sich auf. Die Rolle der Hausherrin stand ihr gut, schmiegte sich beinahe wie eine zweite Haut an sie. In diesem Arbeitszimmer war sie nicht seine Gefährtin oder eine widerwillige Ordensmagierin, sondern hatte das Sagen, das Ruder in der Hand, zeigte Selbstvertrauen und ein geschäftsmäßigeres Verhalten als sie im Umgang mit ihm sonst an den Tag zu legen pflegte.

Er wusste, dass sie es auch in der Klinik in Anyueel so ziemlich auf die gleiche Weise hielt. Abhängig davon, ob sie sich in ihrem Arbeitszimmer, einem Unterrichtsraum oder im unteren Stockwerk beim Behandeln von Patienten befand, verhielt sie sich jeweils unterschiedlich.

Er fragte sich, wie sie nach ihrer Rückkehr damit fertig werden würde, dass ihr die Leitung ihrer eigenen Klinik nicht länger oblag.

"Du wirkst nachdenklich. Was hast du jetzt gerade vor Augen?", fragte sie sanft.

"Eine starke Frau. Eine Anführerin. Jemand, den man nicht unterschätzen sollte, jemanden, mit dem man rechnen muss. Eine unberechenbare Person, die es stets aufs Neue vermag, mich zu überraschen. Die Liebe meines Lebens", erwiderte er nach einem kurzen Moment des Nachdenkens.

Misstrauisch betrachtete sie ihn und verschränkte die Arme. "Schmeichelei. Das verheißt nichts Gutes. Was willst du von mir, worüber ich nicht erfreut sein werde?"

Er schmunzelte und schüttelte den Kopf. "Kann ein Mann seiner eindrucksvollen Gefährtin nicht einmal ein Kompliment aussprechen, ohne damit Argwohn zu erwecken?"

"Dann hast du also keine unangenehme Bitte oder bringst schlechte Neuigkeiten? Überhaupt nichts?"

Er wiegte den Kopf hin und her und kam näher. "Nun, wenn du mich so fragst… Du erinnerst dich, dass ich dir von Valcredys anstehender Ankunft hier erzählt habe?"

Eryn seufzte. "Dann ist sie also eingetroffen? War's das oder versuchst du mich dazu zu bringen, dass ich sie treffe, sie in der Fremde willkommen heiße oder etwas in der Art? Falls ja, lass mich dir sagen, dass ich das zu Kilans Pflichten als Botschafter zähle, nicht zu meinen. Und ich vermute, dass sie auf meinem Anblick ebenso wenig erpicht ist wie ich auf ihren."

Enric nickte. "Ich gebe zu, dass mich deine Antwort nicht überrascht. Würde es dir etwas ausmachen, wenn ich sie träfe? In diesem Land bin ich derjenige, den sie am besten kennt."

Aus verengten Augen betrachtete sie ihn und wünschte, sie hätte jetzt in diesem Augenblick durch das Geistesband Zugriff auf seine Gefühle. Dann atmete sie aus und schüttelte den Kopf. Irgendwie war es rührend, dass er zu ihr kam und sie um Erlaubnis dafür bat. Und nachdem sie seine Absichten hinsichtlich Malriel so vollkommen falsch eingeschätzt hatte, schadete es zweifellos nicht, ihm zum gegenwärtigen Zeitpunkt ihr Vertrauen zu demonstrieren. Immerhin hatte er kein einziges Mal Einspruch erhoben, wenn sie sich mit Ram'an getroffen hatte.

"Nein, geh und triff dich mit ihr, wenn es sein muss."

"Ich danke dir. Ich werde warten, bis du Vedric gestillt hast, dann nehme ich ihn mit. Ich werde sie ersuchen, mich in einem Teehaus zu treffen."

Das brachte Eryn zum Lächeln. Es war ein recht klares Signal, dass er bezüglich der Motivation für dieses Zusammentreffen jegliche Missverständnisse vermeiden wollte. Womöglich war es als Nachricht sowohl an Eryn als auch Valcredy gedacht. Falls ja, war sie effektiv.

"Mach das", nickte sie zufrieden.

* * *

Nach der Senatsversammlung wartete Ram'an oben an der Treppe außerhalb der Halle auf Eryn.

"Somit ist es nun also offiziell. Dein Bruder wird bald das neue Oberhaupt deines Hauses sein. Ich frage mich, wie es ihm damit ergehen wird, seine beiden jüngeren Schwestern zu führen."

Sie schnaubte. "Ich brauche von niemandem geführt zu werden. Besonders, da ich mit Lord Tyront und dem König davon zuhause schon genug habe. Falls er sich irgendwelchen Illusionen seiner Erhabenheit hingibt und glaubt, er kann mich herumkommandieren, wird er mich hier in den nächsten Jahren nicht allzu oft zu Gesicht bekommen."

"Theá, meine Liebe", schmunzelte Ram'an, "er wird in einer Position sein, in der er dich herkommen lassen kann, wenn es ihm beliebt. Immerhin wirst du mittels eines Kommitmentbandes zweiten Grades an ihn gebunden sein."

Abrupt hielt sie auf den Stufen an und spürte, wie jemand von hinten gegen sie stieß, sodass sie beinahe die Treppe hinabstürzte. Ram'an umfasste rasch ihren Oberarm und zog sie an seine Seite.

Eryn drehte sich um und sah sich einem missbilligend verzogenen Gesicht gegenüber. Tanif, das Oberhaupt von Haus Landred.

"Verzeih mir", entschuldigte sie sich.

"Komm weiter, bevor du noch ein Unglück verursachst", trieb Ram'an sie an und stieg ihr voran die verbleibenden Stufen hinab.

"Ich habe nicht die Absicht, dieses Band mit Vran'el einzugehen", knurrte sie, sobald sie unten angekommen waren.

"Dir ist aber klar, dass es hier der üblichen Vorgangsweise entspricht, dass man dem Oberhaupt seines Hauses gegenüber mit einem Eid die Loyalität bekundet? Dein Vater hat aus Nachsicht dir gegenüber auf diese Formalität verzichtet, weil er dich nicht noch zusätzlich verärgern wollte. Doch diesen Luxus kann sich Vran'el als neues Oberhaupt nicht leisten. Man muss sehen, dass er rasch die Kontrolle übernimmt, ohne schwach zu wirken. Sonst wird es ihm schwerfallen, die Allianzen seines Vaters aufrecht zu erhalten."

"Enric hat sich nie auf diese Weise an Malriel gebunden", strich sie hervor und verschränkte die Arme. "Ich würde meinen, dass die Tatsache, dass ich in einem anderen Land lebe, wohl als besonderer Umstand gilt. Außerdem bin ich bereits mit genau diesem Band an das Königreich gebunden. Mich auf diese Weise an zwei Meister zu binden ist wohl mehr, als irgendjemand von mir erwarten kann. Auch wird König Folrin auf so eine Sache nicht besonders begeistert reagieren, wage ich zu behaupten."

Ram'an zuckte nur mit den Schultern. "Ich sage nur, dass du dich besser auf diese Eventualität vorbereiten solltest. Mich brauchst du nicht zu überzeugen, Theá."

Sie ließ den Atem entweichen und nickte. Natürlich hatte er Recht.

"Wie ich höre, wird deine Schwester für die Zeremonie herkommen", wechselte er das Thema.

"Ja, und sie wird Rolan mitbringen. Es muss recht ernst zwischen den beiden sein, wenn sie ihn ihrer Familie vorstellen will. Andererseits sind sie bereits seit mehr als einem halben Jahr zusammen, somit schätze ich, dass es wohl Zeit wird, ihn zuhause herzuzeigen. Ich weiß, dass sowohl Valrad als auch Vran'el neugierig auf ihn sind."

"Das bin ich ebenfalls, um ehrlich zu sein. Pe'tala hat sich nie wirklich auf Affären eingelassen oder mehr als ein vorübergehendes Interesse an einem Mann bekundet. Ich freue mich schon darauf, den Mann zu erblicken, der ihr Interesse geweckt hat."

Eryn grinste. "Und ich könnte mir denken, dass die Tatsache, dass sie nach deiner mitleidslosen Abfuhr ihrer Hand nun einen anderen Mann gefunden hat, deinem Gewissen gut tut und du dich nicht mehr so schuldig fühlst."

"Ich gestehe, das ist nicht ganz von der Hand zu weisen", räumte er ein. "Ich habe erfahren, dass Valcredy nach Takhan gekommen ist."

Eryn runzelte die Stirn. "Mir war nicht bewusst, dass du mit ihr bekannt bist."

"Aber natürlich. Ich habe Tanzstunden bei ihr genommen. Eine talentierte Musikerin. Und eine sehr schöne, lebhafte Frau."

"Findest du?", meinte Eryn leichthin. "Ich schätze, sie ist wohl die Art Frau, die das Auge eines Mannes einzufangen vermag."

Ram'an lächelte. "Ich kann mich des Eindrucks nicht erwehren, dass du sie nicht besonders magst, Theá."

"Ich kenne sie nicht gut genug, um mir eine Meinung über sie zu bilden."

"Tatsächlich? Für die meisten Menschen wäre das kein ausreichender Grund, es nicht dennoch zu tun."

Sie verdrehte die Augen. "Wenn du sie so magst, dann solltest du sie vielleicht einfach zu einer netten Tasse Tee einladen und Erinnerungen mit ihr austauschen."

Er nickte langsam. "Vielleicht mache ich das tatsächlich. Ich könnte mir vorstellen, dass ihr an einem so fremden Ort ein vertrautes Gesicht willkommen wäre. Komm doch mit."

"Das würde ich liebend gerne, im Ernst", log sie, "doch bedauerlicherweise muss ich mich um die eine oder anderen Sache kümmern. Malhora will, dass ich ein Experiment auf einer der Plantagen bewillige, und dafür brauche ich noch eine Kostenschätzung. Dann versuche ich, den Eid an Vran'el zu vermeiden, falls er tatsächlich will, dass ich einen leiste. Du kannst mir nicht zufällig irgendwelche Gesetze über hilfreiche Ausnahmen empfehlen, die ich ihm entgegenschleudern kann? Vorzugsweise etwas, von dem er noch nie etwas gehört hat und somit nicht darauf vorbereitet ist?"

"Leider nein, meine Liebe. Solch einem Gesetz würden die Senatoren niemals zustimmen. Die Hälfte von ihnen ist Oberhaupt eines Hauses und würde solch eine Regelung somit nicht besonders schätzen, weder damals noch heute."

Ihre Augen verengten sich. "Und dann wäre da noch die Kleinigkeit, dass Vran'el genau wüsste, wer mir solch einen Rat gegeben hätte, so ist es doch? Da ich das Land verlassen werde und er das neue Oberhaupt eines Hauses wird, das mit deiner Familie verbündet ist, würdest du mir selbst dann nicht helfen, wenn du es könntest. Das würde ihn verärgern, und das kannst du dir nicht leisten. Versuch bloß nicht, es abzustreiten!"

Er lachte anerkennend. "Ah, Theá, meine Liebe, ich sehe schon, dass du wesentlich schwerer zu täuschen bist als noch vor wenigen Monaten. Kann ich dich mit einer Tasse Tee und einem Brötchen besänftigen?"

Eryn winkte ihm zu, als sie sich umwandte und davonging, während sie über ihre Schulter zurückwarf: "Nein, danke. Brötchen habe ich aufgegeben. Ich versuche noch ein wenig Gewicht loszuwerden."

"Du könntest Orrin ersuchen, euer Kampftraining wiederaufzunehmen", rief er ihr nach. "Damit wärst du jegliches überschüssige Gewicht in kürzester Zeit los."

Eryn sah, wie sich bei dieser alles andere als schmeichelhaften Aussage einige Köpfe in ihre Richtung wandten und warf ihm nur einen vernichtenden Blick zu, bevor sie davonmarschierte.

* * *

Eryn stand gemeinsam mit Enric, Vran'el, Intrea, Neval und Obal am Landungssteg und beobachtete, wie sich das Schiff mit Pe'tala und Rolan an Deck dem Pier immer weiter näherte.

"Meine Güte, sie sieht so unglaublich blass aus", flüsterte Neval und sah dann Eryn an. "Anyueel muss ein wirklich dunkler und deprimierender Ort sein."

Sie zuckte mit den Schultern. "In zwei Monaten ist es das auf jeden Fall. Wir haben die Sommermonate fern der Heimat verbracht und werden im Winter zurückkehren. Wenn ich zurückdenke, war das wohl nicht die umsichtigste Zeiteinteilung, besonders wenn man bedenkt, dass wir überhaupt keine Kleidung für Vedric für die kalte Jahreszeit haben."

Intrea hielt die Hand ihrer Tochter fest und drehte ihren Kopf, um die Piers um sie herum abzusuchen. "Wo ist Valrad? Ich hätte erwartet, dass er seine Tochter nach ihrer langen Abwesenheit empfangen würde."

"Er wartet zuhause mit Malriel", erklärte Vran'el. "Ich hege den Verdacht, dass er Tala Gelegenheit geben möchte, einen Teil ihrer Frustration loszuwerden, bevor sie auf Malriel trifft. Und vielleicht will er die Zeit auch nutzen, um Malriel zu beschwören, sie möge höflich mit ihrer zukünftigen Tochter umgehen."

"Dabei wünsche ich ihm viel Glück", murmelte Eryn und behielt ihre Augen auf dem langsam herannahenden Schiff. "Warum sieht dieses Schiff so anders aus als das, mit dem wir angekommen sind?"

"Das ist eines von unseren", informierte Enric sie. "Es wurde vor drei Monaten fertiggestellt und ist größer als diejenigen, die von hier losgeschickt wurden. Es kann beinahe die doppelte Last aufnehmen und somit mehr Fracht pro Fahrt transportieren."

"Von unseren?", fragte sie misstrauisch. "Bedeutet unseren, dass sie dem Königreich gehören, oder dir und mir?"

Er lachte. "Was denkst du denn?"

Sie beobachteten, wie den Helfern, die am Rand des Piers standen, Seile zugeworfen wurden. Die wurden rasch an glänzenden Eisenpfählen festgezurrt, woraufhin das Schiff gemächlich zum Stillstand kam. Nach einer Anzahl von Ausrufen und diversen metallischen Geräuschen wurde die Landungsbrücke in Position gebracht, damit die Passagiere das Gefährt verlassen konnten.

Pe'tala ging als Erste von Bord. Eryn schüttelte den Kopf darüber, wie ungemein fremdartig ihre Schwester mit ihrem blassen Teint und ihrer Kleidung im Stil von Anyueel wirkte.

Breit grinsend schritt sie auf die Gruppe zu, die sie erwartete, warf ihrem Bruder die Arme um den Hals und drückte ihn fest an sich.

Vran'el presste sie an sich, dann drückte er ihr einen festen Kuss auf die Stirn, nachdem sie einander wieder losgelassen hatten. Er ergriff ihre beiden Hände und ließ kopfschüttelnd seinen Blick an ihr hinauf und wieder hinabwandern.

"Tala, mein Herz, du wirkst so fremd. Genau wie Eryn, als sie das erste Mal herkam. Wir müssen dich ordentlich anziehen und zusehen, dass du genug Sonne abbekommst, solange du hier bei uns bist."

Pe'tala lachte nur und wandte sich dann Eryn zu, um sie sodann als Nächste in eine Umarmung zu ziehen.

"Du siehst fabelhaft aus, Schwester, auch wenn es mir keinerlei Vergnügen bereitet, dir das zu sagen. Du bist gebräunt, und die Farben stehen dir. Allerdings kommst du mir ein wenig rundlicher vor als früher. Aber ich schätze, das muss man einer frischgebackenen Mutter zugestehen."

"Vielen Dank dafür", knurrte Eryn und betrachtete etwas neidisch die schlanke Taille ihrer Schwester.

Nachdem sie Intrea, Neval und Obal ebenfalls begrüßt hatte, drehte sie sich um und deutete auf den jungen Mann, der in ihre Richtung schritt.

"Das ist Rolan", meinte sie schlicht.

Vran'el musterte den Neuankömmling, sein Blick zu Beginn nicht eben warm. Eryn rollte mit den Augen und trat auf ihren früheren Assistenten zu, um ihn für eine Umarmung an sich zu ziehen.

"Hallo Rolan", lächelte sie. "Es ist eine Weile her." Überrascht bemerkte sie, dass er die Umarmung erwiderte.

"Es ist wesentlich ruhiger seit deiner Abreise", meinte er. "Nicht vollkommen, wohlgemerkt, solange Tala in der Nähe ist, aber doch weniger turbulent als wir es gewohnt waren", bemerkte er mit der Andeutung eines Lächelns.

"Sagst du mir damit auf umständliche Weise, dass du mich vermisst?", grinste sie.

"So weit würde ich nicht gehen. Du bist noch immer meine Vorgesetzte, und ich versuche ein Mindestmaß an Schicklichkeit zu wahren."

Eryn drückte seinen Arm. "Das ist nicht erforderlich, Rolan. Ehrlich gesagt würde es hier wahrhaft seltsam anmuten, wenn du mir mit professioneller Distanz begegnest."

Sie sah zu, wie Enric und Rolan eine höfliche Verbeugung tauschten und verdrehte erneut die Augen. Allem Anschein nach war es manchen Leuten einfach nicht möglich, ihre Gewohnheiten hinter sich zu lassen. Sie überlegte, wie Rolan wohl damit zurechtkommen würde, in Enrics und Orrins Fall auf die Titel zu verzichten. Nicht gut, vermutete sie.

Sobald Rolan allen Anwesenden vorgestellt worden war, wandte sich Pe'tala an Eryn.

"Nun sag mir, was hier vor sich geht. Ich verlasse das Land ein paar Monate lang, und erfahre, dass sich Vater darauf vorbereitet, einen Lebensbund mit der Königin der Dunkelheit einzugehen? Ich hoffe noch immer, dass es sich hierbei um nichts anderes als einen grausamen Trick handelt, mit dem man mich zur Rückkehr hierher veranlassen wollte."

"Unglücklicherweise nicht", seufzte Eryn. "Das passiert tatsächlich. Ich habe versucht, mit Valrad zu reden, doch er will nicht auf mich hören. Er denkt, er sei in sie verliebt, also fürchte ich, dass ihm nicht zu helfen ist. Ich würde dir empfehlen, dass du von jeglicher Kritik an seiner Entscheidung Abstand nimmst. Somit bleibt ihm zumindest eine Tochter, auf die er nicht wütend sein muss."

Pe'tala schnaubte. "Du bist das goldene Kind, Eryn. Er hat dich gerade erst dazu gebracht, dass du ihn als deinen Vater annimmst. Es gibt also nicht viel, das du falsch machen könntest. Er wäre bloß misstrauisch, würde ich nicht versuchen, es ihm auszureden."

"Wie du meinst. Sei aber darauf vorbereitet, dass du nichts damit erreichen wirst. Abgesehen davon, ihn für unzurechnungsfähig erklären zu lassen, sehe ich wenig Chance, ihn aufzuhalten."

Vran'el schüttelte den Kopf über sie. "Ihr seid schrecklich, alle beide. Vater hat den Großteil seines Lebens allein verbracht, und nun, wo er schlussendlich die Gelegenheit hat, sich an die Frau zu binden, die er liebt, könnt ihr euch nicht dazu aufraffen, seinetwillen glücklich zu sein", tadelte er sie.

Pe'tala verengte ihre Augen zu Schlitzen. "Es scheint, als wärst du ebenfalls etwas weich im Kopf. Ist es möglich, dass sie es während eures kleinen Ausflugs in den Norden zu ihrer Rettung geschafft hat, dich zu bezaubern?" Ihr Blick wanderte zu Enric. "Was ist mit dir? Bist du wenigstens noch in der Lage zu erkennen, dass sie eine manipulative, gefährliche, selbstsüchtige Kreatur ohne jede Rücksicht auf andere ist?"

Enric nickte ernsthaft. "Oh, absolut. Ich bin fest entschlossen, jegliche Unterstellung, sie besäße irgendwelche auch nur annähernd menschlichen Qualitäten, von mir zu weisen."

"Idiot", murmelte Pe'tala.

Enric presste die Lippen aufeinander, um ein Lächeln zu unterdrücken. Soeben hatte sie sich genau wie ihre ältere Schwester angehört.

"Sollen wir aufbrechen?", schlug Vran'el vor. "Nicht, dass der Pier hier nicht ungemein gemütlich wäre, doch Vater wartet auf euch. Er hat von nichts anderem mehr gesprochen. Und Tala?" Er legte ihr eine Hand auf die Schulter. "Versuch dich Malriel gegenüber zu benehmen. Versprich es mir."

Seine jüngere Schwester zog eine Grimasse. "Das ist ein wenig viel verlangt, Vran."

"Und doch bestehe ich darauf. Rechtlich gesprochen wird sie bald zu deiner Mutter. Es wird nicht schaden, wenn ihr zumindest zivilisiert miteinander umgehen könnt. Alles andere würde Vater verletzen."

Pe'tala rollte die Augen himmelwärts. "Ich werde mich benehmen, wenn sie es auch tut."

"Und du wirst es unterlassen, sie mit Königin der Dunkelheit anzusprechen?", beharrte er.

"Ja, ja!", rief Pe'tala aus und warf gereizt die Hände in die Luft. "Ich verspreche, dass ich mich von meiner besten Seite zeige! Jetzt lass mich zufrieden, ja?" Sie drehte sich zu ihrer Schwester um und hakte sich bei ihr unter. "Komm an meine Seite. Lass mich dir sagen, wie sehr deine Landsleute meine Geduld auf die Probe gestellt haben. Ich habe dir geschrieben, sie hätten damit begonnen, mich mit Lady anzusprechen, wenn du dich erinnerst. Ich schwöre dir, ich würde am liebsten noch immer jedem Einzelnen von ihnen einen Tritt verpassen. Sie verstehen einfach nicht, dass ich das nicht leiden kann! Sie denken, dass sie mir damit eine große Ehre erweisen, ein Zeichen von Respekt angedeihen lassen! Wäre es nicht ein größerer Beweis von Respekt, wenn sie meinem Wunsch nachkommen, dass ich einfach nur mit meinem Namen angesprochen werden möchte?"

Mitfühlend drückte Eryn die Hand ihrer Schwester und verspürte ein seltsames Gefühl von Verbundenheit mit dieser energischen Frau, die so viele ihrer Ansichten teilte.

"Gibt es wirklich keine Möglichkeit für uns, diesen Irrsinn aufzuhalten?", flüsterte Pe'tala ihr zu.

Mit gequälter Miene schüttelte sie den Kopf. "Ich fürchte nicht. Valrad ist entschlossen, das durchzuziehen. Vielleicht ist es auch besser, dass er das Haus an Vran'el übergibt. Es scheint, als würde er mit dem Alter wunderlich", murmelte sie.

Pe'tala schnaubte. "Abwarten. Ich habe das unbestimmte Gefühl, dass Vran nicht unbedingt ein unproblematisches Oberhaupt sein wird, besonders nicht zu Beginn. Ich muss dir ganz ehrlich sagen, dass ich durchaus froh bin, dass ich bereits so bald von hier wieder abreisen kann."

"Ram'an denkt, dass er mich dazu veranlassen wird, den Eid abzulegen", flüsterte Eryn.

"Natürlich wird er das. Darauf kannst du dich verlassen. Er muss sich eine Machtbasis aufbauen, und wir beide sind abgesehen von ihm selbst die wichtigsten Mitglieder des Hauses."

"Ich will das nicht!"

"Ich ebenfalls nicht", meinte ihre Schwester und verzog das Gesicht. "Aber dagegen können wir nichts tun. Er kann es von uns verlangen, und wir sind verpflichtet, seiner Aufforderung nachzukommen. Wo ist übrigens mein Neffe? Ich hatte gehofft, dass du ihn mitbringst, damit ich ihn mir ansehen kann."

"Er ist bei seinem Großvater in der Vel'kim Residenz. Ich denke, Valrad hat ihn als eine Art Pfand an sich genommen um sicherzustellen, dass ich dorthin zurückkomme, nachdem wir dich vom Hafen abgeholt haben."

Pe'tala kicherte. "Dann befürchte ich, dass er nicht ganz so weich im Kopf ist wie du mich glauben machen willst. Komm schon, lass uns deinen Sohn aus den Fängen seiner furchterregenden Großeltern befreien."

* * *

Malriel erhob sich elegant von ihrem Platz auf den Kissen und lächelte die Neuankömmlinge an, während sie ihren Enkel im Arm hielt. Sie mutete ganz wie die anmutige Gastgeberin an, die sie in diesem Haus ganz eindeutig nicht war.

Valrad lachte und zog Pe'tala in seine Arme, hielt sie fest, während er sein Gesicht in ihrem Haar vergrub, die Augen schloss und die Nähe seiner Tochter genoss.

Eryn seufzte und nahm sich der Pflicht an, Rolan vorzustellen. "Rolan, ich gehe davon aus, dass du dich an Malriel von Haus Aren noch von ihrem Besuch in Anyueel her erinnerst. Sie ist nun Pe'talas zukünftige Mutter. Der Mann, der sie an sich drückt und momentan den Eindruck erweckt, als würde er sie niemals wieder loslassen wollen, ist unser Vater Valrad, das Oberhaupt von Haus Vel'kim. Nun, zumindest noch ein paar Tage lang. Oberhaupt des Hauses, meine ich. Unser Vater wird er auch bleiben, nachdem unser Bruder das Haus übernommen hat."

"Danke", meinte Rolan ausdruckslos. "Das war mir klar."

Geduldig wartete er, bis Valrad seine Tochter wieder freigegeben hatte, bevor er sich ihm näherte.

"Valrad, Oberhaupt von Haus Vel'kim, ich bin Rolan", stellte er sich steif vor und streckte ihm für den formellen Gruß eine Hand entgegen. Zweifellos war es Pe'tala, die ihm diese Geste beigebracht hatte. Doch anscheinend hatte sie verabsäumt ihm mitzuteilen, dass es die höherrangige Person war, die den Gruß anbot. Oder aber er war zu nervös, um sich an dieses kleine Detail zu erinnern.

Valrad nahm das Erscheinungsbild des jungen Mannes in sich auf und akzeptierte seinen Gruß trotz des Lapsus. "Willkommen in meinem Heim, Rolan. Ich habe mich schon darauf gefreut, dich kennenzulernen. Nimm Platz. Neval und Enric werden euer Gepäck in euer Zimmer schaffen."

Eryn bemerkte, dass er seinen Sohn nicht mitschickte. Wahrscheinlich, damit sie mit dem Verhör des Mannes, an dem Pe'tala ernsthaftes Interesse zu haben schien, loslegen konnten. Armer Rolan, dachte sie und setzte sich zu ihm, damit sie ihm zur Seite stehen konnte bei dem, was auch immer ihn nun erwarten mochte.

"So, Rolan", begann Vran'el und nahm ihm gegenüber Platz. "Erzähl uns ein wenig von dir. Du bist derzeit für die Organisation der Klinik zuständig?"

Der jüngere Mann nickte gehorsam. "Ja, das bin ich. Ich war Eryns Assistent, doch sie beförderte mich vor wenigen Monaten auf die Position des Administrativen Leiters."

"Du bist etwas jünger als meine Schwester, wenn ich das richtig verstehe?"

"Ja, zwei Jahre."

"Was sind deine Absichten, deine Pläne mit Pe'tala?", fuhr Vran'el fort.

Pe'tala verdrehte die Augen und verschränkte die Arme. "Hör sofort damit auf! Das hier ist keine Vernehmung. Dir gegenüber muss er seine Absichten nicht rechtfertigen, sondern nur mir gegenüber. Jetzt lass ihn zufrieden!"

Intrea plagte sich damit, ihr Grinsen zu verbergen, und Obal näherte sich dem neuen blonden Mann vorsichtig, als wäre sie darauf bedacht, ihn nicht zu verschrecken.

Rolan versuchte offenkundig, alle von ihnen in seinem Blickfeld zu behalten, als rechnete er jeden Moment mit einem unerwarteten Angriff aus irgendeiner Richtung.

Ganz offensichtlich fühlte er sich in seiner momentanen Situation nicht allzu wohl, und Eryn konnte es ihm nicht verdenken.

"Erzähl mir, wie sich Lord Poron soweit eingelebt hat", bat sie ihn, obwohl sie darüber bereits in ihrer Korrespondenz mit ihm und auch Pe'tala informiert worden war. Sie hoffte, dass es ihm half, sich ein wenig zu entspannen, wenn er über ein vertrautes Thema sprechen konnte.

"Gut, soweit ich das beurteilen kann. Es dauerte eine Weile, bis er herausgefunden hatte, welche Aufgaben er selbst in die Hand nehmen musste und welche delegiert werden konnten. Er ist in allem, was er tut, sehr gründlich und möchte dazulernen."

Pe'tala nickte. "Leider sind seine Tage ebenso kurz wie die von allen anderen, also musste er lernen, Prioritäten zu setzen. Ich habe mir die Freiheit genommen, ihm dabei ein wenig unter die Arme zu greifen. Er ist noch immer nicht glücklich, wenn er etwas auf seinem Schreibtisch liegenlassen muss, damit er es am nächsten Tag erledigt, doch seine Gefährtin Aurna vertritt in dieser Angelegenheit klare Ansichten. Sie erklärte ihm recht deutlich, dass er kein junger Mann mehr sei und sie ihn vor seinem Tod gerne noch gelegentlich zu Gesicht bekäme."

Eryn zuckte zusammen. "Das ist keine besonders dezente Aussage."

"Nein, aber dafür ist sie effektiv. Von da an stellte er sicher, dass er zeitgerecht nach Hause ging", grinste Pe'tala. "Ich mag diese Frau. Auf jeden Fall ist sie nicht so zimperlich wie die Gefährtinnen der anderen Ratsmitglieder."

"Ich bin die Gefährtin eines Ratsmitglieds", rief Eryn ihr milde ins Gedächtnis.

"Ich weiß. Und wenn du dich redlich bemühst, wirst du eines Tages vielleicht so liebenswert wie Lord Porons Gefährtin sein", entgegnete ihre jüngere Schwester mit einem hämischen Grinsen. Dann wanderte ihr Blick zu Malriel und dem Kind auf ihrem Arm.

Ihre Haltung wurde steif, als sie fragte: "Malriel, ich würde meinen Neffen gerne halten, wenn du gestattest."

Malriel nickte und reichte ihren Enkel weiter.

Pe'tala sah auf das Kind in ihrem Arm hinab, und ihre Miene wurde weich, als sich Vedrics kleiner Mund zu einem trägen Lächeln verzog.

"Er ist anbetungswürdig", murmelte sie und schluckte, als sich winzige Finger um ihren Daumen schlossen. Sie räusperte sich, dann sah sie Eryn an. "Er sieht aus wie sein Vater. Aber ich schätze, das hast du wohl schon öfter gehört."

Eryn lächelte kühl. "Ja, das habe ich. Vielen lieben Dank, dass du es auch noch einmal betonst."

Pe'tala nickte ihrer Nichte zu und bedeutete ihr, sich neben sie zu setzen. "Komm, Obal. Lass mich dir erklären, weshalb es sich auszahlen wird, wenn du nett zu deinem Cousin bist. Er wird eines Tages die Funktion des Oberhauptes eines Hauses übernehmen, und dann mag er sich als nützlicher Freund und Verbündeter erweisen. Allerdings nur dann, wenn du davon absiehst, ihn allzu sehr zu quälen, solange er kleiner und schwächer ist als du, versteht sich."

Enric, der gerade erst von seiner Mission des Gepäckverstauens vom Gästezimmer zurückgekehrt war, schüttelte den Kopf. "Diese Auffassung ist wohl etwas zu opportunistisch, um sie einem Kind näherzubringen, Tala."

Sie zog die Schultern hoch. "Ist das der Fall? Ich finde es besonders interessant, so etwas von dir zu hören, Enric, wenn man bedenkt, dass ihr eure jungen Ordensmagier in einer Disziplin unterweist, die sich politische Strategie nennt." Sie wandte sich wieder ihrer Nichte zu. "Wo war ich? Ach, ja - wir sprachen gerade davon, gute Kontakte zu den Mächtigen und Wichtigen zu pflegen." Sie nickte zu Enric hin. "Dein Onkel aus der Fremde ist auch ein guter Kandidat dafür. Er ist sehr einflussreich und wohlhabend. Mit deiner Tante Eryn und deiner zukünftigen Großmutter Malriel solltest du allerdings vorsichtig sein. Aren Frauen sind als recht gefährliche Gattung bekannt."

"Pe'tala, ich würde dich ersuchen, meine Tochter nicht hinsichtlich der persönlichen Vorteile zu unterweisen, die sie erringen kann, indem sie sich mit gewissen Personen anfreundet. Intrea und ich versuchen sie dazu zu erziehen, dass sie solche Überlegungen beiseitelässt", mahnte ihr Bruder.

Eryn lächelte und lehnte sich zurück. Pe'tala hatte es fertiggebracht, die Unterhaltung von ihrem Liebhaber abzulenken. Ihrer Ansicht nach täte Obal gut daran, sich an ihre Tante Tala zu halten. Aus dieser Richtung gab es auf jeden Fall eine Menge zu lernen.

KAPITEL 13

Ein neues Oberhaupt

"Alles sieht wunderbar aus", nickte Valrad und nahm seine Hand von Eryns Schulter. Er hatte angeboten, die Routineuntersuchung bei sich zuhause durchzuführen und ihr so den Weg in die Klinik zu ersparen.

"Allerdings hast du dem natürlichen Heilprozess ein wenig nachgeholfen, wie ich sehen kann", bemerkte er streng. "Das wäre sonst ein wenig zu gut um wahr zu sein."

Eryn verschränkte die Arme. "Na und? Selbst wenn es so wäre, sagtest du selbst, dass da drin alles gut aussieht. Und es war nicht meine Schuld, dass der Gürtel früher als geplant entfernt wurde."

Pe'tala lehnte an der Wand neben der Terrassentür und grinste breit. "Ich hörte, dass Enric ihn dir abgenommen hat und sich damit etwas einhandelte, das nun allgemein als Aren Empfang bekannt ist."

Valrad sah sie verblüfft an. "Was?"

"Die Leute greifen auf diesen Ausdruck zurück, wenn jemand unangekündigt und womöglich auch unverdient ausgeschaltet wird", erklärte seine jüngere Tochter selbstgefällig. "In Anyueel ist man noch immer ein wenig unsicher, wenn es darum geht, das Prinzip der Häuser hier zu verstehen. Also ist man einfach dazu übergegangen, es stattdessen Eryn Empfang zu nennen."

"In Anyueel?", stöhnte Eryn. "Die wissen davon? Warum?"

"Vran erwähnte es vor ein paar Wochen in einem seiner Briefe, und ich habe den Heilern davon erzählt. Die müssen es verbreitet haben", meinte sie achselzuckend.

"Und dir ist nicht ein einziges Mal der Gedanke gekommen, dass mir das womöglich nicht Recht ist?"

Pe'tala gab vor, kurz darüber nachzudenken, dann zog sie die Schultern hoch. "Doch, ein oder zweimal. Somit stand ich vor der Wahl, dir entgegenzukommen oder mich zu amüsieren. Die Entscheidung war nicht besonders schwierig, muss ich gestehen. Die Leute sagen, ich wäre egoistisch. Und damit liegen sie absolut richtig."

"Mädchen, seid nett zueinander", meinte Valrad sanft.

"Ich tue mein Bestes, Vater. Ich würde mir doch am großen Tag meines Bruders keinen Aren Empfang einhandeln wollen, nicht wahr?"

"Mach nur so weiter, und du provozierst genau das", knurrte Eryn. "Wo treibt sich das neue Oberhaupt von Haus Vel'kim überhaupt herum?"

"In der Klinik. Das ist der Ort, an dem sich der Großteil des Hauses zur gleichen Zeit auffinden lässt. Für heute habe ich ihm mein neues Arbeitszimmer überlassen, damit die Leute dort den Eid ihm gegenüber ablegen können", erklärte Valrad.

Eryn schluckte. "Hast du den Eid geschworen? Hast du das überhaupt vor?"

Ihr Vater lächelte. "Aber selbstverständlich. Ich war sogar der Erste, der es tat. Es ist eine mächtige Geste, die zeigt, dass ich wahrhaftig von der Position zurücktrete und all mein Vertrauen in ihn setze."

"Dann gibt es dafür keine Zeremonie, öffentliche Versammlung oder so etwas?"

"Überhaupt nichts. Aber du solltest dich erinnern, dass es so etwas auch nicht gab, als Ram'an sein Haus übernahm. Dabei handelt es sich um eine private interne Angelegenheit, bei der keine neugierigen Zuseher erwünscht sind."

Pe'tala deutete mit dem Kinn auf ihre Schwester. "Eryn hier ist nicht allzu angetan von der Aussicht, sich mit Magie an Vran'el zu binden. Es scheint, als hättest du sie mit deiner Nachsicht ein wenig verwöhnt."

Eryn warf der jüngeren Frau einen vernichtenden Blick zu. "Vielen Dank, dass du das hier und jetzt auf diese Weise zur Sprache bringst, du Plage! Gibt es nicht irgendjemand anderen, den du mit deiner Gegenwart erfreuen kannst? Alte Freunde? Kollegen in der Klinik?"

"Nein, nicht im Augenblick. Ich kann meine Gabe der Irritation in vollem Ausmaß auf dich konzentrieren."

Valrad zog die Stirn in Falten und ergriff Eryns Hand. "Das ist nicht gut, meine Liebe. Es sollte dir nicht widerstreben, dich an ihn zu binden. Er liebt dich, und ich weiß, dass er seine Macht über dich nicht dazu verwenden wird, dich zu quälen oder dir zu schaden. Deine Weigerung, den Eid zu schwören, wäre eine unverhohlene Demonstration von Misstrauen, besonders, da dein Sohn sein Erbe ist."

Sie zwang sich zu nicken und drückte beruhigend seine Finger. "Ich werde mit ihm über all das reden und versuchen, ihn dabei nicht zu verärgern oder zu verletzen, das verspreche ich." Zeit für einen Themenwechsel. "Wie waren deine ersten paar Tage, in denen du in der Klinik wieder das Sagen hattest? Wie erging es deinem Vorgänger damit, dass er einfach so ersetzt wurde?"

"Er nahm es recht gut auf. Er meinte sogar, dass es ihm zuweilen vorkam, als hätte ich diese Position niemals wirklich aufgegeben. Was natürlich eine massive Übertreibung ist."

Pe'tala verdrehte die Augen und schnaubte. "Ja, sicher doch."

"Iklan war der Erste, der mich besucht und mir gratuliert hat. Wie ihr wisst, hat er vor, sich mit seiner Arbeit auf Paare zu konzentrieren, deren Kommitmentband dritten Grades aufgrund des Geistesbandes aufgelöst wurde. Das begrüße ich, was bedeutet, dass er sich meiner Zustimmung zu seinen Plänen sicher sein kann. Er war nicht eben besonders subtil, als er mich daran erinnert hat", seufzte er. "Im Moment ist er etwas ratlos, mit welchem Thema er beginnen soll. Geistesbande sind schon seit vielen Jahren ein Bereich, der ihn enorm interessiert, doch nun, da Vedric und Téa sich als dermaßen stark erwiesen haben, würde er auch gerne in dieser Richtung arbeiten. Er überlegt sogar, sich eine Weile vom Heilen zurückzuziehen und ein paar Jahre lang zu forschen."

Pe'tala nickte langsam. "Ja, das verstehe ich gut. Nachdem ich von Vedrics unglaublichen Ergebnissen hörte, war ich selbst ebenfalls kurz davor, aus purer persönlicher Neugier die Kinder zu testen, die im letzten Jahr in Anyueel geboren wurden. Aber als Ausländerin bin ich nicht wirklich in einer Position, um solch einen Vorschlag zu unterbreiten. Der Rat der Magier misstraut mir, da ich kein Mitglied des Ordens und somit praktisch ungebunden und unkontrollierbar bin. Ich habe das Gefühl, dass sie mich lediglich in der Stadt tolerieren."

Eryn lächelte schwach. Ja, der Orden neigte dazu, denen zu misstrauen, die nicht an ihre Regeln gebunden waren.

"Darum werden wir uns kümmern, wenn wir wieder zurück sind. Ich habe Iklan bereits versprochen, dass ich ihn über meine Erkenntnisse informiere. Wir rechnen beide mit einer erhöhten Anzahl an Kindern mit magischem Potential, besonders Mädchen. Und wenn Téa und Vedric irgendein Maßstab sind, sollten wir uns auch auf größere magische Stärke einstellen. Enric denkt, wir sollten rasch die aktuelle Herangehensweise an das Gewähren von Autorität überdenken, nämlich in Übereinstimmung mit dem Grad an Stärke, den jedes Mitglied zeigt."

Valrad nickte anerkennend. "Das sehe ich ebenso. So wie es derzeit aussieht, könnte Vedric sonst eines Tages gezwungen sein, den Orden zu übernehmen. Da wir allerdings von ihm erwarten, dass er Haus Vel'kim führt, würde das auf jeden Fall zu einem Interessenskonflikt führen."

Darauf erwiderte Eryn nichts. Aus ihrer Sicht machte es kaum einen Unterschied, welche Führungsrolle man ihm aufzuzwingen versuchte, sobald er alt genug war. Solange sie irgendetwas mitzureden hatte, würde ihm weder Haus Vel'kim noch der Orden seinen Lebensweg vorgeben.

* * *

Enric, Malriel und Vran'el betraten den Hauptraum der Vel'kim Residenz.

"Du wirkst erschöpft, Vran", bemerkte Pe'tala. "Langer Arbeitstag?"

Er nickte und sank auf die Kissen neben Eryn, die ihren Sohn stillte.

"Aber es ist beinahe vorbei, und alles, was es jetzt noch zu erledigen gilt, sind Besuche bei einzelnen Anwesen, damit die Leute den Eid ablegen können. Darum werde ich mich in den nächsten paar Tagen kümmern." Dankbar nahm er ein Glas Wasser von Enric entgegen und lächelte dann seine jüngeren Schwestern an. "Das macht euch zwei zu den einzigen beiden Mitgliedern, die sich derzeit in der Stadt aufhalten und sich noch nicht an mich gebunden haben."

Enric sah, wie sich Eryns Schultern leicht anspannten. Er hatte sie nicht danach gefragt, wie sie gedachte, die Sache mit dem Eid zu handhaben, aber das würde er wohl jetzt herausfinden.

Pe'tala erhob sich von ihrem Platz neben Rolan, um sich näher zu ihrem Bruder zu setzen. Dann hob sie ihre Hand, damit er sie ergriff. "Ich werde den Anfang machen, damit mein Neffe sein Mahl beenden kann."

Ihre Hände legten sich aneinander, sodass sich die Handflächen berührten.

"Vran'el, hiermit akzeptiere ich dich als Oberhaupt meines Hauses und heiße dich als solches willkommen. Ich schulde dir Gehorsam und Unterstützung in deinen Bestrebungen zur Wahrung unserer Interessen. Ich schwöre dir meine Treue, Bruder."

Vran'el lächelte und gab ihre Hand frei, bevor er sie an sich zog und ihre Stirn küsste.

Dann wanderte sein Blick zu Eryn, die ihren Sohn an Enric weitergereicht hatte, damit sie ihre Kleidung richten konnte.

"Weißt du, Vran", meinte sie bedächtig, "über diesen Eid müssen wir reden. Ich fürchte, das gestaltet sich in meinem Fall nicht ganz so einfach."

"Ach nein?", fragte er milde, und Enric konnte sich des Eindrucks nicht erwehren, dass er ihren Widerstand erwartet hatte. "Tala, mein Schatz, sei so gut und geh in mein Arbeitszimmer. Ich brauche das grüne Kästchen vom Schreibtisch, wenn du es mir wohl holen würdest."

Wortlos stand seine Schwester auf und tat wie ihr geheißen. Nur wenig später kehrte sie mit dem Gegenstand zurück, um den sie geschickt worden war und setzte sich wieder.

"Ich höre, Eryn. Welche Einwände hast du denn nun?"

"Wie du weißt, bin ich bereits mit einem Kommitmentband zweiten Grades an das Königreich gebunden. Diesen Eid an dich zu leisten würde bedeuten, dass ich mich gleichzeitig an zwei Länder binde. Ich kann mich nicht auf diese Weise zwei Meistern beugen. Was ist, wenn es widersprüchliche Befehle gibt? Der Versuch, beiden Bindungen gerecht zu werden würde mich womöglich zerreißen", führte sie aus, ihre Stimme ruhig und vernünftig. "König Folrin tadelte mich dafür, dass ich mit Enric ein Kommitment dritten Grades einging, also kannst du dir vielleicht vorstellen, welchen Ärger ich mir einhandeln würde, schwöre ich hier einen weiteren Eid zweiten Grades."

Vran'el nickte. "Natürlich verstehe ich deine Bedenken in dieser Sache. Lass mich dich jedoch beruhigen." Er öffnete das flache grüne Behältnis auf seinem Schoß und zog zwei Briefe daraus hervor.

Enric sah, dass es sich dabei nicht um die zusammengerollten Papierstreifen handelte, die die Vögel überbrachten, sondern um richtige Briefe. Und sie sahen offiziell aus. Einer von ihnen trug das königliche Siegel von König Folrin, der andere das offizielle Abzeichen des Ordens. Allem Anschein nach war Vran'el gut vorbereitet. Das würde Eryn überhaupt nicht gefallen.

"Dies hier sind offizielle Genehmigungen sowohl vom Orden als auch von deinem König, mit denen dir gestattet wird, mit dem neuen Oberhaupt deines Hauses einen bindenden Eid einzugehen, so wie es in unserem Land Brauch ist. Beide akzeptieren, dass ein Nichteingehen des Eids eine Übertretung unserer Regeln und Bräuche darstellen würde."

Enric spürte ihre Bestürzung durch das Geistesband und sah, wie ihr Atem ein klein wenig schwerer ging, während sie auf die Papiere in seiner Hand starrte. Ihm fiel auf, dass sowohl ihre Hand als auch ihre Stimme täuschend ruhig wirkten, als sie nach den Dokumenten griff.

"Macht es dir etwas aus, wenn ich einen genaueren Blick darauf werfe?"

"Keineswegs", erwiderte Vran'el großzügig und beobachtete, wie sie aufmerksam darin las. Sein Gesichtsausdruck mutete ein klein wenig selbstgerecht an, erkannte Enric. Es schien, als freue er sich bereits auf das, was sie als nächstes versuchen mochte.

"Sie scheinen in Ordnung zu sein", räumte sie widerstrebend ein. "Offensichtlich hast du meine Einwände vorhergesehen und sämtliche Hindernisse aus dem Weg geräumt. Wie ungemein gründlich von dir." Ihre Stimme klang platt und ließ keinen Zweifel daran, dass diese Worte nicht als Kompliment, sondern eher als Beschwerde gemeint waren.

Vran'el seufzte und ergriff ihr Kinn, um ihr Gesicht in seine Richtung zu drehen. "Eryn, ich hoffe, du weißt, dass ich meine Macht über dich niemals missbrauchen würde. Niemals würde ich versuchen, dir oder Vedric auf irgendeine Weise zu schaden. Ganz im Gegenteil; diesen Eid von dir anzunehmen bindet mich im Gegenzug auch an dich. Es ist meine Pflicht, dich zu schützen und in deinem besten Interesse zu handeln."

Sie lächelte traurig. "Ich weiß. Es ist nicht so, dass ich dir nicht vertraue, Vran. Ich habe nur gewisse Probleme mit magischen Schwüren." Einen Moment lang hielt sie inne, sah zuerst Valrad, dann wieder ihren Bruder an. "Dein Vater verzichtete darauf, mich den Eid ablegen zu lassen."

"Ja, dessen bin ich mir bewusst. Aber ich bin nicht mein Vater. Ich habe einen anderen Weg gewählt. Und ich denke, dass du nicht länger eine

Spezialbehandlung brauchst. Du hattest Zeit, dich daran zu gewöhnen, ein Mitglied dieser Familie zu sein - mit allem, was das einschließt." Er hob seine Hand und wartete darauf, dass sie sie ergriff.

Eryns Blick kreuzte den ihres Gefährten.

"Enric?", fragte sie mit flehender Miene als hoffte sie, dass er ihr einen wundersamen Ausweg präsentieren würde. "Dieser Eid würde nicht nur mich, sondern aufgrund deines noch immer aktiven Band dritten Grades auch dich binden. Du bist ein Mitglied eines anderen Hauses und erachtest dies womöglich nicht als angemessene Vorgangsweise."

Enric atmete langsam aus. "Die Entscheidung liegt bei dir, Liebste. Was auch immer du entscheidest werde ich mittragen. Malriel hat für mich die gleiche Erlaubnis von Tyront und König Folrin erwirkt. Sie möchte, dass ich ihr gegenüber ebenfalls den Eid ablege, sobald du deine Position als Oberhaupt von Haus Aren aufgegeben hast."

Eryn starrte ihre Mutter mit frostigem Blick an. "Man sollte meinen, dass dein Einfluss über ihn dank deiner immens freundschaftlichen Beziehung zu unserem König bereits beträchtlich genug ist. Weshalb soll er dir gegenüber den Eid ablegen?"

"Ich habe jedes Recht, es von ihm zu verlangen", antwortete Malriel, "besonders, da du ihn auch an Vran'el leisten wirst. Tatsächlich würde ich sogar einen Teil meines Einflusses über ihn an das Oberhaupt deines Hauses abtreten, bände ich ihn nicht auf die gleiche Weise an mich."

Ihr Blick kehrte zu Vran'el zurück, der ihr noch immer seine Hand entgegenhielt. "Mit dem Ablegen des Eides würde ich Enric an Malriel ausliefern."

Er schüttelte den Kopf, sein Lächeln vage. "Nicht mehr als zuvor, Herzblatt."

"Was geschieht, wenn ich den Eid nicht leiste?"

Der Blick ihres Bruders wurde eindringlich. "Dann müssten wir die Sache vor den Senat bringen. Der würde dann darüber urteilen, ob deine Vorbehalte berechtigt sind. Sollten sie als zulässig erachtet werden, bleibst du auch ohne den Eid ein Mitglied von Haus Vel'kim. Sollte das nicht passieren, gehörst du nicht länger zu meinem Haus. Auf deinen Sohn träfe das allerdings nicht zu. Egal was komme, er bliebe weiterhin ein Vel'kim."

Enric sah, wie sich die anderen im Raum aufrichteten und besorgte Blicke zu tauschen begannen.

"Mit dieser Sache an den Senat heranzutreten würde meinem Ruf großen Schaden zufügen, wie du dir wohl vorstellen kannst. Wenn mir nicht einmal meine eigene Schwester, die dank meiner Bemühungen vor nicht allzu langer Zeit vor Ram'ans Plänen gerettet wurde, genug vertraut, um sich an mich zu binden, wird das einen wirklich schlechten Eindruck hinterlassen."

Langsam atmete sie aus. Damit rief er ihr unverblümt ins Gedächtnis, dass sie ihm eine Menge schuldete, und dass eine Weigerung von ihrer Seite undankbar und missgünstig wäre. Sie schloss die Augen und ergriff schlussendlich seine Hand.

"Dann ist dies wohl der Moment, an dem ich als Oberhaupt von Haus Aren zurücktrete und die Position an Malriel zurückgebe. Ein Oberhaupt eines Hauses kann wohl kaum einem anderen unterstellt sein, wie ich annehme."

"Sehr richtig", bestätigte Vran'el.

Eryn sah die Frau an der Seite ihres Vaters an, die augenscheinlich ungeduldig der nächsten Worte harrte.

"Malriel, hiermit übertrage ich deine vormalige Position als Oberhaupt von Haus Aren wieder an dich. Ich gehe davon aus, dass du die Vereinbarungen ehrst, die ich im Namen und im Auftrag von Haus Aren einging."

Malriel nickte huldreich. "Ich akzeptiere die Position mit Freuden und werde dein Projekt am Leben erhalten. Besonders, da du so überzeugend ausgeführt hast, welchen Konsequenzen sich Haus Aren andernfalls gegenübersähe."

Eryns Aufmerksamkeit kehrte zu dem Mann neben ihr zurück. "Ich weiß nicht einmal, was ich sagen soll. Gibt es irgendeine spezielle Formulierung, an die ich mich halten muss? Wiederhole ich Pe'talas Worte?", fragte sie resigniert.

In Vran'els Stimme schwang unendliche Erleichterung mit, als er antwortete: "Du musst bestätigen, dass du meine Position als dein Oberhaupt akzeptierst, von nun an meinen Instruktionen Folge leisten und dich meinem Urteil beugen wirst."

Eryn nahm einen tiefen Atemzug und spürte, wie die Magie von seiner Handfläche in ihre eindrang, als sie zu sprechen begann. "Hiermit akzeptiere ich dich als Oberhaupt meines Hauses. Ich werde deinen Instruktionen Folge leisten und mich deinem Urteil beugen", wiederholte sie seine Worte.

Als die Magie abebbte, spürte sie, wie er sie in seine Arme zog.

"Gut gemacht, Eryn", murmelte er nahe an ihrem Ohr. "Ich verstehe, dass dir das nicht leichtgefallen ist und danke dir, dass du dich dennoch dazu entschlossen hast."

Schweigend nickte sie und lehnte sich zurück, als er sie wieder freigab. Verdammter König Folrin, fluchte sie innerlich und knirschte mit den Zähnen.

Vran'el räusperte sich sodann und erhob sich. "Nun, da diese Sache erledigt ist, möchte ich zwei weitere Angelegenheiten zur Sprache bringen." Er sah Pe'tala an. "Tala, ich habe den Eindruck, dass du dich in Anyueel recht gut eingelebt hast und womöglich sogar in Betracht ziehst, länger dort zu verweilen. Das billige ich nicht. Du wirst nach Takhan zurückkehren, sobald deine Dienste deiner professionellen Ansicht nach für die Optimierung der Klinikgeschäfte in Anyueel nicht länger erforderlich sind."

Pe'talas Gesicht erblasste. Sie sprang von ihrem Platz auf. "Du! Wie kannst du es nur wagen! Vater! Sag ihm, dass dies einen Missbrauch seiner Position darstellt!"

Valrad verzog das Gesicht und schüttelte den Kopf. "Ich fürchte, das steht mir nicht länger zu, Tala."

"Dir ist bewusst, dass ich in einer Beziehung bin, oder? Verlangst du ernsthaft von mir, dass ich Rolan zurücklasse?", zischte sie, während sich ihr Antlitz nun vor Ärger rötete. "Ist es besser, wenn ich hier allein und unglücklich verweile anstatt weit weg mit dem Mann, den ich liebe?"

Vran'el blieb besonnen. "Ich verlange nicht von dir, dass du Rolan zurücklässt, Tala. Sofern eure Zuneigung zueinander ernst genug ist, wird er dich nach Takhan begleiten, und wir werden einen Weg finden, uns seine Talente in der Klinik zunutze zu machen. Darüber habe ich bereits mit Vater gesprochen."

"Einen Moment mal!" Eryn stand nun ebenfalls von den Kissen auf, ihre Augen zusammengekniffen. "Rolan führt meine Klinik, also passt mir das überhaupt nicht, wenn du versuchst, ihn von dort fortzulocken! Das betrifft nicht nur Pe'tala, sondern auch meine Klinik! Das ist absolut selbstsüchtig von dir! Sie ist eine erwachsene Frau, und wenn sie in Anyueel bleiben will, dann solltest du ihr den Respekt erweisen, das zu akzeptieren!"

"Ich sage nicht, dass sie nicht gelegentlich für ein paar Monate dorthin zurückkehren kann, doch ihr Hauptwohnsitz wird Takhan sein", verkündete Vran'el kategorisch, vollkommen unbeeindruckt von den verärgerten Blicken und Posen beider Schwestern. "In dieser Sache bin ich unerbittlich und lasse mich auf keinerlei Diskussionen ein. Pe'tala wird in zwei Wochen mit dir nach Anyueel zurückkehren und dort bleiben, bis deine Klinik zu deiner Zufriedenheit läuft. Ich würde dir empfehlen, diese Zeit zu nutzen, um einen Nachfolger für Rolan zu suchen und auszubilden, falls er sie zu begleiten wünscht. Das ist mein letztes Wort in dieser Sache."

Pe'tala fluchte und raufte sich die Haare. "Nur wenige Minuten, nachdem ich diesen verfluchten Eid geschworen habe, tust du mir so etwas wirklich an? Ich könnte dich umbringen!"

Vran'el ignorierte diese Äußerung und sah die andere Schwester an. "Und nun zu dir, Eryn."

Ihre Augen verengten sich. "Vorsicht, Vran'el. Versuch jetzt bloß keinen Unsinn."

"Du erinnerst dich vielleicht an eine Unterhaltung, die ich vor ein paar Monaten mit dir führte. Es ging darum, dass du die Hälfte deiner Zeit in Anyueel und die andere Hälfte hier in Takhan verbringen solltest." Er lächelte dünn. "Damals war es nichts als eine Idee, an der ich gehofft hatte, dein Interesse zu wecken. Doch heute bin ich in einer Position, um mehr Druck ausüben zu können und sie wahr werden zu lassen."

"Was? Nein!", klagte Eryn, woraufhin ihr Sohn in Enrics Armen zu weinen begann. "Bist du vollkommen wahnsinnig geworden? Das ist Schwachsinn! Ich habe Pflichten in Anyueel! Ich werde einen Sitz im Rat der Magier übernehmen, in dem übrigens auch Enric ein Mitglied ist! Und ich kann die Klinik nicht einfach so sich selbst überlassen, jetzt wo du Pe'tala und sogar Rolan abziehen willst! Was glaubst du, was du hier tust?", fauchte sie.

Enric schaukelte seinen Sohn, doch der reagierte empfindlich auf die aufgewühlte Gefühlslage seiner Mutter und ließ sich nicht beruhigen. Für Enric kam diese Forderung kaum überraschend. Im Gegensatz zu Eryn hatte er das Gespräch mit Vran'el vor etwa drei Monaten nicht vergessen. Und bis zu einem gewissen Grad war es eine logische Entscheidung. Er musste sich an der Erziehung seines Erben beteiligen, ihn auf die Pflicht vorbereiten, eines Tages das Haus zu übernehmen. Er selbst hatte die Idee bereits damals faszinierend gefunden, und bislang hatte sie für ihn nichts von ihrem Reiz verloren. Für ihn bedeutete es immerhin, dass er damit teilweise vom Einfluss des Ordens und des Königs befreit wäre. Und er mochte Takhan. Doch Vran'el mochte sich all das einfacher vorstellen als es tatsächlich war. Er war nicht der Einzige, der Anspruch auf Eryn erhob.

Er räusperte sich, um sich trotz des Weinens seines Sohnes Gehör zu verschaffen.

"Das könnte sich als etwas schwieriger erweisen als einfach nur Eryn dazu zu bringen, dass sie deinem Befehl folgt, Vran'el. Du weißt, dass es uns nicht einfach freisteht, deinen Plan anzunehmen oder abzulehnen", erklärte er bedachtsam.

Wortlos beugte sich Vran'el vor und öffnete einmal mehr den grünen Behälter, um ihm ein weiteres Blatt zu entnehmen, das er sodann an Enric weiterreichte.

Enric drückte Vedric in Valrads Arme und nahm das Dokument entgegen, hielt es hoch genug, damit Eryn mitlesen konnte.

Es war eine Vereinbarung zwischen dem Königreich Anyueel, dem Orden der Magier und den Häusern Vel'kim und Aren hinsichtlich ihres gemeinsamen Anspruchs auf Lady Maltheá von Haus Vel'kim und Lord Enric von Haus Aren. Es legte fest, dass beiden Seiten am besten gedient wäre, wenn man die beträchtliche Bereicherung, die jeder von ihnen für jedes der Länder darstellte, teilte, indem jedes Land die Hälfte ihrer Zeit für sich beanspruchte.

Eryn starrte die Zeilen an und weigerte sich, den Inhalt zu glauben. Aber sie erneut und noch ein drittes Mal durchzulesen vermochte ihre Bedeutung nicht zu verändern. Schließlich sah sie auf und starrte Malriel an.

"Natürlich hattest du dabei ebenfalls deine Finger im Spiel", zischte sie ihre Mutter an. "König Folrin in dein Bett zu locken hat sich für dich offensichtlich als Quelle für Gefälligkeiten erwiesen, du schamlose Kreatur."

Malriel kniff nur die Augen zusammen, ohne auf diese abfällige Bemerkung zu antworten.

Eryn lenkte ihre Aufmerksamkeit wieder zu ihrem Bruder. "Verflucht sollst du sein!", spie sie. "Ich wünschte, ich hätte darauf bestanden, diesen verdammten Eid nicht zu schwören! Du hast es innerhalb von wenigen Minuten fertiggebracht, dass ich es bereue! Ich hätte dein Haus verlassen sollen!"

Pe'tala trat neben ihre Schwester und blitzte Vran'el an. "Ich gratuliere, Oberhaupt von Haus Vel'kim! Ich hoffe, dein Auftritt als mächtiger Anführer verleiht dir ein Gefühl von tiefer Zufriedenheit, weil du in den nächsten beiden Wochen vorsichtig sein solltest, wenn du uns deinen Rücken zukehrst, Bruder!"

Enric seufzte und reichte das Dokument zurück an Vran'el. "Ich nehme an, das ist dann wohl mein Stichwort, um mich morgen nach einer passenden Residenz umzusehen. Zwei Wochen sind nicht besonders lange, aber ich schätze, wir können bei unserer Rückkehr hierher in der Botschaft bleiben, bis wir etwas gefunden haben."

Vran'el schüttelte den Kopf. "Das wird nicht erforderlich sein. Du und deine Familie werden natürlich in der Vel'kim Residenz wohnen, wann auch immer ihr in Takhan seid. Vater wird bei Malriel einziehen, da sie als Familienoberhaupt in der Aren Residenz leben muss. Dieses Gebäude ist groß genug, um uns alle problemlos unterzubringen."

Enric nickte langsam und fragte sich, wie mutig ein Mann in Vran'els Position sein musste, um tatsächlich darauf zu bestehen, jedes Jahr mehrere Monate unter dem gleichen Dach wie seine derzeit ungemein zornigen Schwestern zu verbringen. Andererseits würden sie sich wohl in ein paar Monaten, wenn sie wieder nach Takhan zurückkehren mussten, wieder beruhigt haben.

Er beobachtete, wie beide Schwestern auf dem Absatz herumwirbelten und in Richtung der Stufen und zur Eingangstür hinausstapften.

"Was tun sie denn jetzt?", fragte Rolan, auf dessen Stirn sich Sorgenfalten abzeichneten. "Sollen wir ihnen nachgehen?"

Die anderen drei Männer schüttelten die Köpfe.

"Das würde ich nicht empfehlen", meinte Vran'el, seine Miene noch immer angespannt. "Jetzt gerade wollen wir keiner von beiden zu nahe kommen. Und noch weniger beiden gleichzeitig. Vertrau mir in dieser Sache, mein junger Freund."

* * *

Überrascht blinzelte Intrea beim Öffnen der Tür. Sie fand sich den beiden sehr offensichtlich vor Ärger kochenden Schwestern ihres Gefährten gegenüber, die sie feindselig anstarrten.

"Wusstest du davon?", bellte Pe'tala.

"Was?"

"War dir bewusst, welchen Irrsinn er nun augenscheinlich schon seit einer Weile plante?", fügte Eryn mit erzwungener Geduld hinzu.

"Wer hat was getan?", rief Intrea verwirrt aus. "Geht es hier um Vran'el?"

Pe'tala verdrehte die Augen und drängte sie zur Seite, damit sie das Haus betreten und zwei feuchte Handtücher ergreifen konnte, von denen sie eines ihrer Schwester zuwarf.

"Selbstverständlich geht es um Vran'el! Was dachtest du denn?"

"Oh, kommt doch herein", murmelte Intrea und verspürte nun selbst ebenfalls erste Anzeichen von Irritation.

Sie ging die Stufen hinauf, ihre beiden ungeladenen Gäste hinterher.

Enkil, ihr Vater und das Oberhaupt von Haus Feral, kam gerade zur Terrassentür herein und setzte dazu an, die Neuankömmlinge anzulächeln, doch ihre deutlich erkennbare üble Laune ließ ihn nur die Stirn runzeln.

"Meine Damen", sagte er vorsichtig. "Ist es ungefährlich, euch etwas zu trinken anzubieten, oder werde ich nur die Scherben aufräumen müssen, wenn ich das tue?"

"Ja, das kannst du. Das stärkste Zeug, das du hast. Für mich, versteht sich, nicht für die stillende Mutter."

Enkil bedeutete ihnen mit einem Nicken Platz zu nehmen und trat dann an eine hohe, kunstvoll verzierte Vitrine, um ihr Gläser zu entnehmen. Eines davon befüllte er mit einer dunkelbraunen Flüssigkeit, die sich an das Glas schmiegte, das andere mit Saft in einer freundlicheren gelben Farbe.

"Ich gehe davon aus, dass ihr einen unangenehmen Tag hattet?", fragte er, während er ihnen die Gläser brachte und sich dann niederließ. Dabei bewahrte er einen aus seiner Sicht wohl sicheren Abstand. Seine Tochter setzte sich in seine Nähe und beäugte die beiden Frauen misstrauisch.

"Sie haben mir eine unfreundliche Frage nach der anderen entgegengeworfen. Ich glaube, Vran hat sie irgendwie aufgebracht", murmelte sie, ohne die Augen von den Vel'kim Schwestern zu nehmen.

Enkils Augen weiteten sich überrascht. "Hat er das? An seinem ersten Tag als neues Oberhaupt des Hauses? Dann schätze ich wohl, dass er seine erste unpopuläre Entscheidung getroffen hat."

Pe'tala schnaubte und warf den Kopf zurück, um das Glas in einem mächtigen Zug zu leeren. Kurz zuckte sie ob des Brennens in ihrem Rachen zusammen, dann stellte sie das Glas auf dem niedrigen Tisch vor sich ab.

"Deine Einschätzung ist korrekt", knurrte sie. "Das neue Oberhaupt von Haus Vel'kim hat uns erst unsere Loyalität schwören lassen und uns dann über seine Entscheidung informiert, dass ich nach Takhan zurückzukehren habe, sobald die Klinik in Anyueel glatt läuft und dass er außerdem mit Anyueel übereingekommen ist, dass Eryn die Hälfte jedes Jahres hier verbringen muss." Sie verschränkte die Arme wieder. "Wenn man sich die Dokumente ansieht, die er Eryn präsentiert hat, plant er das nun schon seit einiger Zeit. Ich frage dich noch einmal: Wusstest du davon?"

Intrea schüttelte den Kopf. "Nein, davon wusste ich nichts."

"Es fällt mir etwas schwer, das zu glauben, wenn du mir die Bemerkung erlaubst. Sonst erzählt er dir doch auch alles!"

"Nennst du mich etwa eine Lügnerin, Pe'tala von Haus Vel'kim?", fauchte Intrea zurück. "Er ist nicht dämlich! Er weiß, dass wir Freunde sind und vermeidet es somit, mir Dinge zu erzählen, von denen du nichts erfahren solltest. Darum habe ich ihn gebeten, weil ich keine Geheimnisse vor dir haben will. Und wenn du mich noch einmal auf diese Weise beleidigst, werde ich dir wehtun!"

"Schon gut, schon gut", murmelte Pe'tala schmollend.

Enkil nahm einen Schluck von seinem eigenen Glas, dann betrachtete er mit Interesse die Jüngste von den drei Frauen. "Ich gehe davon aus, dass du die Absicht hattest, deinen Aufenthalt in Anyueel fortzusetzen? Sonst hätte es dein Bruder nicht als notwendig erachtet, dich zurückzubeordern, vermute ich?"

"Ich wollte noch etwas länger bleiben, ja. Ich fühle mich dort wohl, und man profitiert dort auf jeden Fall von meiner Anwesenheit. Aber das steht mir nun offensichtlich nicht länger frei. Und weißt du, was noch schlimmer ist?" Sie warf die Hände hoch. "Rolan! Vran'el hat einfach entschieden, dass er entweder mitkommen und hierher ziehen oder zuhause bleiben soll! Ich habe keine Ahnung, ob wir in unserer Beziehung schon so weit fortgeschritten sind! Er hat kein Recht, uns dazu zu drängen! Selbst wenn wir schon soweit wären, steht es Vran'el keineswegs zu, von ihm zu verlangen, dass er eine wichtige Position aufgibt, um in ein fremdes Land zu ziehen! Wie kann er es nur wagen!"

Intrea verzog mitfühlend das Gesicht. "Ich verstehe, was du meinst. Das ist auf jeden Fall unangenehm. Was denkst du, wie lange du noch in Anyueel bleiben wirst können? Bist du diejenige, die entscheidet, wann die Klinik reibungslos läuft? Falls ja, ist es nur eine Frage der Interpretation, oder nicht?"

"Ich wünschte, es wäre so einfach", seufzte sie. "Er sagte, ich müsste es aus professioneller Sicht entscheiden. Das bedeutet, dass mich das Kommitment zweiten Grades zurückziehen wird, sobald ich beginne, nach Gründen zu suchen, um meinen Aufenthalt zu verlängern. Ich habe hier so gut wie keinen Spielraum. Müsste ich raten, würde ich sagen, dass ich wohl noch weitere vier oder fünf Monate brauche."

"Das sollte genug Zeit sein, damit sich dein junger Mann entscheiden kann, ob er mit dir herzukommen wünscht", warf Enkil ein. "Du musst deinen Bruder verstehen, Tala. Seine beiden Schwestern waren dabei, in ein anderes Land zurückzukehren, in dem sie womöglich auf Dauer bleiben wollten - abgesehen von gelegentlichen Besuchen. Er braucht euch beide hier. Der kleine Vedric ist derzeit sein einziger Erbe, und Haus Vel'kim braucht zumindest eine Tochter, um die direkte Linie aufrecht zu erhalten. Und sein Neffe muss sich in den nächsten Jahren mit dem Haus vertraut machen. Das ist nicht möglich, wenn er die ganze Zeit über in Anyueel aufwächst."

"Dann stehst du also auf seiner Seite?", schnappte Pe'tala. "Wirklich? Alles ist erlaubt, solange es ein Oberhaupt eines Hauses tut?"

"Nein, Tala", entgegnete Enkil streng, "doch zuweilen muss ein Oberhaupt unpopuläre Entscheidungen treffen, um sein Haus am Laufen zu halten und das zu tun, was am besten ist. Dein Vater hätte dich ebenfalls nach einer Weile zurück nach Takhan geholt, darauf darfst du dich verlassen. Er hätte sich die Sache wohl noch ein paar Monate lang angesehen, und dich zur Rückkehr veranlasst, wenn du diesbezüglich weiterhin keine Anstalten gemacht hättest. Dein Bruder ist einfach nur weniger bereitwillig, Ungewissheit hinzunehmen und teilte dir gleich jetzt mit, dass du dich auf eine Rückkehr nach Hause vorbereiten musst." Sein Blick wanderte zu Eryn, die seit dem Hinsetzen kein einziges Wort gesprochen hatte, sondern einfach nur mit verschränkten Armen und missmutiger Miene dortsaß.

"Eryn. Das Gleiche gilt auch für dich. Valrad wäre zum Handeln gezwungen gewesen, jetzt, wo dein Sohn auf der Welt ist, und zwar recht bald. Sehr wahrscheinlich hielt er sich zurück, weil er Angst davor hatte, dass du dich nach allem, was zwischen euch vorfiel, wieder von ihm entfremdest. Besonders, da du gegen sein Kommitment mit Malriel bist. Vran'el hatte einfach nur das Pech, sein Haus zu einem Zeitpunkt zu übernehmen, der von ihm erforderte, unbequeme Entscheidungen zu treffen. Ich bewundere ihn sehr, dass er sie dermaßen rasch in Angriff genommen hat, besonders, da es ihn das Wohlwollen seiner beiden Schwestern kostete."

"Das mag schon sein", erwiderte Eryn kühl, "doch er hätte diese Sache entgegenkommender und weniger endgültig regeln können. Immerhin steht es mir nicht einfach frei, nach sechs Monaten immer alles liegen zu lassen und an einen weit entfernten Ort zu eilen. Wenn Pe'tala und ich fort sind, gibt es in der Klinik praktisch keinen voll ausgebildeten, erfahrenen Heiler!"

Intrea zog eine Augenbraue hoch. "Aber Valrad hat dir doch Austauschprogramme in Aussicht gestellt? Das bedeutet, dass dies kein großes Problem sein sollte. Er ist in der Position, dir jede Person zu schicken, die du anforderst. Dass er die Klinik hier wieder übernommen hat ist ein Glücksfall für dich, das lässt sich nicht abstreiten."

"Damit mag die Angelegenheit mit den Heilern erledigt sein, doch wie würde es dir gefallen, alle paar Monate mit deinem Kind umziehen zu müssen? Es wird in seiner Ausbildung und seinem Training keine Kontinuität geben! Er wird zwischen zwei Orten hin und hergerissen sein, immer für einige Zeit getrennt von seinen Freunden auf beiden Seiten des Meeres! Das ist einfach nur grausam", schnappte Eryn, nicht willens, in dieser Sache irgendwelche mildernden Umstände anzuerkennen.

"Unsinn! Kinder sind sehr anpassungsfähig, und wenn er an zwei verschiedenen Orten aufwächst, wird er das als etwas vollkommen Normales betrachten", meinte Intrea in dem Versuch, ihre Bedenken zu zerstreuen. "Er wird womöglich sogar doppelt so viele Freunde haben und von der Vielzahl an Eindrücken, denen er ausgesetzt ist, profitieren."

"Ach ja? Dann schlage ich vor, dass du Obal zusammenpackst und sie mit uns schickst, hm? Dann werden wir sehen, wie sehr sie von all diesen großartigen Einflüssen in ihrem Leben profitiert", schoss Eryn schlagfertig und mit einer gewissen Schärfe zurück.

Enkil legte seiner Tochter einen Arm um die Schultern, als sie ihre Lippen aufeinanderpresste und die anderen beiden Frauen einfach nur anstarrte.

"Ich fürchte, mein Mädchen, dass deine Freundinnen derzeit nicht in der Stimmung sind, die positiven Nebenwirkungen anzuerkennen, die diese Veränderungen mit der Zeit mit sich bringen mögen. Was sie im Moment benötigen, ist ein wenig Einfühlungsvermögen und weniger Versuche, ihre Probleme zu lösen oder ihre Sichtweise zu verändern. Wir sollten zu verstehen versuchen, dass dies für jede von ihnen eine unangenehme Situation ist. Und ich stimme zu, dass dein Gefährte gut daran getan hätte, sich um ihre Kooperation zu bemühen anstatt sie vor vollendete Tatsachen zu stellen, die solch enorme Auswirkungen auf ihre Lebensumstände haben, von seiner Seite jedoch so wenig Anpassung erfordern." Er lächelte seine Gäste an. "Aber ich hege keinerlei Zweifel, dass er bald damit beginnen wird, seine Herangehensweise zu hinterfragen. Ich bin zuversichtlich, dass ihr ihn dazu veranlassen werdet, seine Bestimmtheit zu bereuen."

Die beiden Schwestern tauschten einen düsteren Blick, dann lächelten sie mit einem boshaften Glänzen in ihren Augen. Was auch immer Vran'els unmittelbare Zukunft für ihn bereithalten mochte - schwesterliches Wohlwollen würde definitiv kein Teil davon sein.

* * *

Enric veränderte leicht die Lage seines Sohnes in seinem Arm und ging die Treppe von der Terrasse in die Vel'kim Gärten hinab. Vran'el stand dort mit dem Rücken zum Haus und starrte blicklos in die Ferne, seine Hände auf dem Rücken.

Der blonde Magier blieb neben ihm stehen, schweigend.

"Bist du ebenfalls verärgert über mich, mein Freund?", fragte das neue Oberhaupt des Hauses nach einer Weile. "Ich hoffe, du verstehst, weshalb ich mich entschied, dir nichts davon zu sagen. Als ich diese Idee damals zur Sprache brachte, hatte ich den Eindruck, dass du willens wärst, es zu versuchen."

"Nein, ich bin nicht verärgert. Dass ich vorher nichts davon wusste, hat mir eine Menge Ärger mit Eryn erspart. Ich verstehe, weshalb du es getan hast, doch ich frage mich, ob deine Vorgangsweise ideal war."

Vran'el ließ den Atem langsam entweichen, während sein Kopf nach hinten sank und er in den Himmel starrte. "Ich wollte keinen Zweifel daran lassen, wer nun das Sagen hat. Es gibt einige Leute, die ich noch davon überzeugen muss, dass sie mich ernst nehmen müssen. Bis jetzt war ich an der Seite meines Vaters, habe mich im Hintergrund um Dinge gekümmert, Informationen, Rat und Vorschläge bereitgestellt. Viele kennen mich als weich, und sogar ein wenig eigentümlich, mit einem seltsamen Sinn für Humor, einer Liebe für Männer und einem etwas zu femininen Sinn für Stil und Schönheit."

"Deine Schwestern waren also was - Testobjekte für deine neue Art und Weise, mit Menschen umzugehen?"

"Ja, ich schätze, so könnte man es wohl nennen. Sie kannten und behandelten mich wie ihren Bruder, wie einen Freund, jemanden, den sie necken konnten und der sie im Gegenzug neckte. Doch nicht als einen Mann, dem es zu gehorchen gilt. Wie sie mit mir in der Öffentlichkeit umgehen, besonders jetzt am Anfang, wird anderen Leuten signalisieren, wie sie mich behandeln sollen. Mit mir zu scherzen oder mich aufzuziehen, während andere uns hören können, wird mich schwach erscheinen lassen, wie einen Spielkameraden und weniger wie einen Anführer."

Enric nickte langsam. Diese Haltung verstand er nur zu gut. Es war eine Herausforderung, die er selbst nach seiner Erhebung auf die Position der Nummer zwei im Orden meistern hatte müssen, nachdem er so vielen als fauler Taugenichts und Unruhestifter bekannt war.

"Dennoch haben sie dich immer als Experten in deinem Bereich akzeptiert, als jemanden, den man konsultiert und auf den man hört, wenn man in Schwierigkeiten steckt", betonte Enric. "Ich denke nicht, dass dich deine neue Position davon abhalten sollte, Freunde zu haben, nur damit man dich respektiert, Vran. Das ist ein Fehler, den ich selbst viele Jahre lang begangen habe. Erst kürzlich habe ich damit begonnen, ihn zu korrigieren."

"Ich hatte hier kaum eine andere Wahl, Enric. Ihr werdet bereits in zwei Wochen von hier abreisen, und ich musste rasch etwas unternehmen, auch wenn sie das überhaupt nicht schätzen. Schlussendlich werden sie sich damit abfinden."

Der größere Mann zuckte mit den Schultern. "Ich kritisiere dich nicht. Du bist derjenige, der jetzt mit ihnen zurechtkommen muss. Für mich ist dieses Arrangement in Ordnung. Es ist mir sehr angenehm, obwohl es auf lange Sicht ein paar Anpassungen gibt, um die ich mich kümmern muss. Dass du jedoch deine Schwestern wie Figuren in einem Spiel behandelst wird einen Tribut fordern, das kann ich dir versprechen. Eryn wird immer besser darin, Manipulationsversuche zu erkennen und hat erst vor kurzem die Freude daran entdeckt, sich an denjenigen zu rächen, die das fertigbringen. Und was Pe'tala betrifft... Du hast sie und Rolan in eine unangenehme Situation gebracht. Er kennt sie erst seit etwa einem Jahr und muss nun entscheiden, ob er sein Leben und seine Position in Anyueel für sie aufgeben soll. Womöglich sind sie für eine solche Entscheidung noch nicht bereit."

Vran'el warf ihm einen kühlen Blick zu. "Meine Schwester verdient einen Mann, der willens ist, sich vollständig zu ihr zu bekennen, nicht diese Halbheiten, die sie in den letzten paar Monaten genossen haben. Sofern er nicht bereit ist, bei ihr zu bleiben mit allem, was damit verbunden ist, sollte er besser Platz machen für jemanden, der es ist."

"Das ist verständlich. Jedoch stellt sich die Frage, ob deine Schwester überhaupt für diese Art von Bindung bereit ist. Wo wir gerade von deinen Schwestern und Bindungen sprechen - du hast womöglich heute meine eigenen

Chancen verringert, dass Eryn unser Kommitmentband dritten Grades jemals erneuern will."

Vran'el zog die Stirn in Falten. "Wie das? Ich dachte, ich hätte dir eher Ärger erspart, indem ich dir vorab nichts davon erzählte?"

"Ich versuche sie dazu zu bringen, einem magischen Eid zuzustimmen, und das war nun das dritte Mal, dass sie es bereut, einen geleistet zu haben. Das erste Mal war es das Band zweiten Grades an das Königreich, wo sie uns kurz darauf dafür verfluchte, dass wir ihr die Chance nahmen, das Land mit Ram'an zu verlassen. Dann ist da noch das Band dritten Grades mit mir, das uns das Geistesband einbrachte, und schließlich hast du sie an dich gebunden, nur um sie dann nach Herzenslust umziehen zu lassen. Ich hatte darauf gehofft, dass dies zur Abwechslung einmal eine positive Erfahrung für sie würde."

Das Oberhaupt von Haus Vel'kim lächelte matt. "Sag mir nicht, ich hätte deine Erfolgsaussichten zerstört? Der mächtige Lord Enric gibt sich geschlagen?"

"Keinesfalls. Ich sagte verringert, nicht zerstört."

Vran'el nickte müde. "Gut. Es hätte mich unendlich betrübt, hättest du sie nicht länger der Mühe wert erachtet. Da wäre noch eine Sache. Du musst dir jemanden suchen, der sich an meiner statt um deine finanziellen Angelegenheiten hier in Takhan kümmert, solange du fort bist. Es sähe für Haus Aren nicht gut aus, wenn das Oberhaupt eines anderen Hauses sich darum bemüht. Ich kann dir andere Juristen empfehlen, deren Häuser mit deinem verbündet sind, wenn du das wünschst."

"Danke, Vran, aber das wird nicht erforderlich sein. Ich habe bereits eine Idee, wen ich fragen werde."

KAPITEL 14

Die kalte Schulter

Enric stand von den Kissen im Aren Hauptraum auf, als er hörte, wie die Eingangstür geöffnet und dann geschlossen wurde. Vedric zeigte bereits erste Anzeichen von Unruhe. Seine letzte Fütterung war in etwa drei Stunden her.

"Hallo Jungs", lächelte Eryn. "Ich schätze, ihr habt mich wohl beide vermisst, wenn auch aus unterschiedlichen Gründen." Sie öffnete ihre Tunika, während sie zu den Sitzkissen ging.

"Nun, das stimmt", bestätigte Enric und reichte ihr das Baby, als sie bereit war. "Obwohl wir es beide schätzen, wenn du dich ausziehst."

Obgleich sie weniger unruhig wirkte als er erwartet hätte, war sie auch nicht unbedingt gelassen. Sie strahlte grimmige Entschlossenheit aus.

"Wir müssen reden", murmelte sie, während sie ihren Sohn betrachtete.

"Ja, ich denke, das sollten wir."

"Wo ist Malriel? Ist sie schon zurück?"

Er schüttelte den Kopf. "Nein, sie ist noch bei Valrad."

"Gut. Ich würde ihr Haus gerne verlassen, bevor sie zurückkehrt."

"Ich hatte so ein Gefühl, dass du nicht länger hierbleiben würdest wollen, nun da du nun nicht länger das Oberhaupt dieses Hauses und somit dazu verpflichtet bist. Orrin und Junar werden mit uns in die Botschaft kommen, ebenso Malhora. Kilan lässt jetzt gerade die Gästezimmer für uns vorbereiten."

Eryn blinzelte und sah zu ihm auf. "Einerseits bewundere ich deine Bedachtsamkeit, andererseits frage ich mich, ob ich wesentlich durchschaubarer geworden bin als mir lieb ist."

"Dann empfehle ich, dass du dich an das zuerst Erwähnte hältst. Und ich würde nicht durchschaubarer sagen, sondern nur, dass ich dich inzwischen recht gut kennengelernt habe", lächelte er.

"Was ist mit Vern?"

"Vern hat mich mit einer Nachricht darüber informiert, dass er bei seiner Freundin bleiben wird, bis wir abreisen. Ich nehme an, dass der Gedanke, so oft umziehen zu müssen, ihm nicht besonders zusagt, wenn man bedenkt, dass er in zwei Wochen in der Vel'kim Residenz Quartier bezieht."

"Und Malhora will tatsächlich mit uns zur Botschaft kommen? Sie hat wiederholt betont, dass dieses Haus hier ihr Zuhause war."

Enric zuckte mit den Schultern. "Sie sagte, sie verspüre kein Bedürfnis danach, bei Malriel zu bleiben, wenn niemand sonst hier ist. Lieber möchte sie die letzten beiden Wochen mit ihrer Enkelin und ihrem Urenkel genießen, bevor wir für lange Zeit fortgehen."

Eryn fragte sich, wie Malriel wohl reagieren würde, wenn sie in ihr Haus zurückkehrte und es vollkommen leer vorfand. Sogar ihre eigene Mutter würde fort sein, weil sie es vorzog, bei ihnen anstatt bei ihrer eigenen Tochter zu wohnen.

Sie schob das Mitgefühl beiseite; es war überflüssig. Malriel hatte gemeinsam mit Vran'el Ränke gesponnen, wie man sie an diese Stadt fesseln konnte. Die Vereinbarung hatte beide Häuser miteingeschlossen, Vel'kim und Aren.

"Wie hat Kilan reagiert, als du ihm sagtest, dass er uns einmal mehr aufnehmen muss? Ich wage zu behaupten, dass er mehr als froh sein wird, wenn wir von hier weg sind."

"Er erwies sich als perfekter Gastgeber und öffnete uns seine Türen. Er meinte, dass er so endlich einmal Gelegenheit hat, die meisten der Gästezimmer zu nutzen und all den überflüssigen Platz sinnvoll einzusetzen."

Sie schmunzelte. "Guter, alter Kilan. Es ist jedenfalls nicht leicht, ihn aus der Ruhe zu bringen. Man muss einen Mann bewundern, der Angesichts der Nachricht, dass er ohne Vorwarnung sieben Leute zu beherbergen hat, gelassen bleibt. Noch dazu, da zwei davon Babys sind."

"Zumindest weiß er, dass er uns recht bald wieder loswird."

"Weiß er auch, dass wir in sechs Monaten bereits wieder hierher zurückkehren sollen?"

"Davon habe ich ihm erzählt, ja. Allerdings ist er über diese Entwicklung wesentlich erfreuter, als du es wohl für angemessen erachtest. Er mag es, wenn wir hier sind. Versuch ihm das nicht übelzunehmen. Immerhin lässt er uns in seinem Haus wohnen."

"Ich werde mich von meiner besten Seite zeigen", versprach sie feierlich. "Das bedeutet, dass wir nun nur noch unsere Sachen zusammenpacken müssen, und dann können wir dieses Haus hinter uns lassen."

"Nein. Unsere Sachen wurden bereits zur Botschaft gebracht. Wir können hier einfach hinausspazieren."

Eryn starrte ihn einige Augenblicke lang an, dann seufzte sie. "Danke. Vielen Dank. Ich hatte damit gerechnet, dass ich hierher zurückkomme, Vedric füttere, Kilan kontaktiere und hastig alle unsere Habseligkeiten in eine Truhe werfe. Das ist viel besser. Das sind unerwartete Momente des Friedens, die du mir gerade geschenkt hast. Ich liebe dich."

Enric lehnte seine Stirn gegen ihre und versank in der Wonne, die ihm ihre Worte bescherten. "Und ich liebe dich."

Sie rückte ihr Oberteil zurecht, dann kam sie auf die Beine. "Dann komm. Lass uns diesen Schlupfwinkel verlassen, bevor die Königin der Dunkelheit zurückkehrt." Sie pfiff nach Urban, die gemütlichen Schrittes von der Terrasse hereinspazierte und ihnen voran in Erwartung eines Abendspaziergangs die Stufen hinabstieg.

"Was Schlupfwinkel betrifft, war der hier allerdings ganz nett", bemerkte Enric.

"Das war er", meinte Eryn achselzuckend und setzte sich in Bewegung. "Zumindest, bevor Malriel aus Pirinkar zurückkehrte. Seither hat er einiges an Reiz verloren."

* * *

Enric drückte sich aus den Sitzkissen in der Botschaft empor und stellte seine Frühstücksschüssel mit der farbenfrohen Fruchtmischung beiseite, als ein Klopfen an der Tür ertönte.

"Bleib sitzen, Kilan. Ich kümmere mich darum."

"Eine ungewöhnliche Zeit für Besucher", kommentierte der Botschafter. "Ich hoffe, es ist nichts Unangenehmes passiert."

Eryn verzog das Gesicht. "Das würde gut zu meiner Theorie passen, dass schlechte Nachrichten immer während der Mahlzeiten eintreffen."

"Eine unterbrochene Mahlzeit ist schon an sich eine schlechte Neuigkeit", meinte Junar achselzuckend und versuchte, ihrer Tochter einen weiteren Löffel mit Fruchtbrei in den Mund zu schieben.

Enrics Augenbrauen schossen nach oben, als er die Eingangstür öffnete und sich Pe'tala und Rolan gegenüberfand, die eine ansehnliche Truhe zwischen sich trugen. Das sah verdächtig danach aus, als beabsichtigten sie einzuziehen.

"Guten Morgen, Enric", nickte Pe'tala ihm zu. "Ich gehe davon aus, dass wir euer Frühstück unterbrechen. Dafür entschuldige ich mich, doch das lässt sich nicht ändern. Könnte ich wohl Kilan sprechen?"

"Guten Morgen, Pe'tala. Rolan. Warum kommt ihr nicht herein? Kilan ist im Hauptraum."

Rolan verbeugte sich wortlos, dann trat er hinter Pe'tala ein.

Sie trugen die Truhe hinein und platzierten sie in einer Ecke, wo sie nicht im Weg war, dann nahmen sie die feuchten Handtücher entgegen, bevor sie Enric die Stufen hinauf folgten.

Rolan verbeugte sich vor Orrin. "Lord Orrin."

Pe'tala verdrehte die Augen. "Ich sagte dir schon, dass wir uns mit diesem Titel-Unsinn und den Verbeugungen hier nicht aufhalten. Das wirkt einfach nur bieder und unnötig förmlich."

Eryn grinste. "Oh, lass ihn doch. Wir werden ihn einfach im Gegenzug ebenfalls mit Lord ansprechen, was, Lord Rolan? In seinem Fall würde das zumindest Sinn ergeben, da er der Erste ist, dem dieser Titel aufgrund von Leistung anstatt Geburt verliehen wurde."

"Vielen Dank", knurrte Orrin. "Das war eine wenig schmeichelhafte Beurteilung aller anderen Ordensmagier zuhause, dich selbst eingeschlossen."

Sie zuckte mit den Schultern. "Das stört mich überhaupt nicht. Ich kann sehr gut damit leben, nicht mit Lady angesprochen zu werden."

Pe'tala räusperte sich. "Könnt ihr für einen Moment die Klappe halten und eure Grundsatzdiskussion später fortsetzen? Ich muss den Botschafter etwas fragen."

Kilan sah zu ihr auf und seufzte. "Erster Gang rechts, zweite Tür rechts. Ihr werdet euch mit einem Gästezimmer zufriedengeben müssen, das in Richtung der Stadt anstatt zum Innenhof zeigt; die anderen sind schon alle belegt."

Pe'talas offenkundige Erleichterung entlockte Enric ein Lächeln. "Willkommen in unserem vollen Haus. Du hast dich also entschieden, aus der Residenz deines Bruders zu fliehen?"

"Ebenso wie ihr aus der von Malriel, wie es aussieht", grinste sie und zog Rolan mit sich, um sich einen Sitzplatz zu sichern.

"Das haben sie selbst verschuldet, somit geschieht es ihnen ganz recht", bemerkte Malhora mit einem Schulterzucken, als sie mit Vedric im Arm vom Innenhof hereinkam.

Pe'tala nickte der alten Frau zu. "Malhora. Es ist ein Vergnügen, dich zu sehen. Es ist eine Weile her. Ich darf dir Rolan vorstellen. Rolan, das ist Malhora von Haus Aren, Eryns Großmutter und das frühere Oberhaupt von Haus Aren. Mit dem Kind im Arm mag sie harmlos wirken, doch davon solltest du dich nicht täuschen lassen. Es gibt Leute, die noch immer die Straßenseite wechseln, wenn sie sie sehen, weil sie als Kinder von ihr gerügt wurden. Ein oder zwei davon sind Oberhäupter von Häusern, will ich anmerken."

Malhora lächelte dünn. "Das stimmt. Obgleich ich das Hochhalten des Familienrufs heutzutage weitgehend den jüngeren Generationen überlasse."

Kilan nickte. "Ja, und Eryn scheint auch in dieser Hinsicht rasch zu lernen. Ich erinnere mich dunkel an ein gewisses bröckelndes Senatsdach. Und ich habe auch vom sogenannten Aren Empfang gehört."

Rolan runzelte die Stirn. "Ich dachte, das heißt Eryn Empfang?"

Pe'tala schüttelte den Kopf. "Nein, so nennen es bloß deine Leute, weil sie das Konzept unserer Häuser nicht ganz verstehen. Ihr Name klingt zudem ähnlich genug, damit das gut funktioniert."

"Was hat Vran'el dazu gesagt, als ihr eure Sachen gepackt und sein Haus verlassen habt?", erkundigte sich Eryn, begierig darauf, das Thema der berühmten Aren Zornesausbrüche hinter sich zu lassen.

"Wir haben gewartet, bis er fort war. Er weiß es noch nicht", erwiderte ihre Schwester mit einem frostigen Lächeln.

"Es mag also sein, dass er später hier hergestürmt kommt und entweder von dir verlangt, dass du wieder bei ihm einziehst oder mir einen Tritt verpasst, weil ich dir Zuflucht biete?" Kilan zog eine Grimasse. "Du bringst mich hier in eine recht unangenehme Situation, Pe'tala."

Sie winkte ab. "So etwas wird er keinesfalls tun. Es würde schlecht für ihn aussehen, als hätte er die Kontrolle verloren. Gerade jetzt werden die Leute spekulieren, ob er derjenige war, der mich rausgeworfen hat, weil ich seine Befehle missachtet habe."

"Während der Rest von uns gleichzeitig die Aren Residenz verlassen hat? Kaum", warf Enric ein. "Aber es wird Vran'el so und anders keinen großen Schaden zufügen. Pe'tala ist für ihre eher feindselige Art bekannt."

Pe'tala kniff die Augen zusammen. "Vorsicht, du Ausländer. Das Aren Temperament ist nicht das einzig furchteinflößende hier. Aber ich werde davon absehen, dir eins überzuziehen, wenn ich dafür deinen Neffen halten kann, wenn Malhora so freundlich wäre, ihn mir einen Moment lang zu überlassen."

"Nenn ihn nicht so", knurrte Enric.

"Weshalb denn nicht? Mein Vater wird einen Lebensbund mit deiner Mutter eingehen, was dich zu Eryns Bruder und damit dem Onkel ihres Kindes macht", meinte sie hämisch grinsend. "Ich frage mich, wie euer Rat der Magier reagieren wird, wenn du dann ein Kommitment mit deiner eigenen Schwester eingegangen bist. Sie sind ein wenig konservativ, wenn ich mich richtig erinnere. Aber zumindest die Klatschmäuler werden begeistert sein."

Enric wandte sich an Kilan. "Ich habe meine Meinung geändert. Diese Frau unter deinem Dach zu akzeptieren würde eine eklatante Verletzung der diplomatischen Etikette bedeuten. Ich empfehle dir, sie noch in dieser Minute hinauszuwerfen. Rolan kannst du allerdings hierbehalten. Immerhin ist er ein Ordensmagier."

Pe'tala lachte nur und nahm Vedric von Malhora entgegen. "Sieh dir deinen Onkel an, mein Junge", gurrte sie. "Er würde seine arme, obdachlose Schwester einfach so hinauswerfen. Er sollte lieber dankbar sein für meinen beruhigenden Einfluss hier, wo du doch zwei Aren Eltern hast - die Mutter durch Geburt, den Vater allerdings aus freien Stücken."

"Beruhigender Einfluss fürwahr", murmelte Enric und schüttelte entnervt den Kopf. "Wenn du ihn noch einmal als meinen Neffen bezeichnest, werde ich

Eryns Beispiel mit Malriel vor kurzem folgen: Ich werde dich in einen luftdichten Schild einsperren."

Pe'tala drehte sich zu ihrer Schwester und brach in begeistertes Lachen aus. "Das hast du mit der Königin der Dunkelheit gemacht? Wann? Erzähl mir alles darüber!"

Enric rollte mit den Augen. Die Drohung hatte ganz offensichtlich ihr Ziel verfehlt. Aber er musste lächeln, als er sah, wie sich Pe'tala neben Eryn setzte, während sich beide an einer gelungenen Missetat erfreuten.

Sie taten einander gut, entschied er, und er war froh, dass Vran'els Arrangement ihnen nun ermöglichen würde, zumindest einen Teil jeden Jahres gemeinsam in der gleichen Stadt zu verbringen. Er hoffte, dass sie mit der Zeit auch ihren Bruder wieder in ihrer Mitte willkommen heißen würden.

* * *

Enric blickte von seinem Buch auf, als eine Bewegung in seinem Augenwinkel seine Aufmerksamkeit auf sich zog. Pe'tala spazierte über den Innenhof auf ihn zu. Sie lächelte über das Bild, das er unter dem Baum sitzend abgab, mit seinem schlafenden Sohn auf seinen ausgestreckten Beinen und der vor sich hindösenden Bergkatze im Gras neben ihm.

"Ich wette, nicht viele Leute in deiner Heimat kennen diese Seite von dir", kommentierte sie und setzte sich neben Urban, um ihren Kopf zu kraulen.

"Und welche Seite wäre das?", erkundigte er sich.

"Diese häusliche, fürsorgliche, väterliche Seite. Ich gestehe, dass ich ebenfalls überrascht war, wie viel Aufmerksamkeit du deinem Sohn widmest. Das bin ich noch immer. Das stimmt nicht ganz mit den Werten in Anyueel überein, oder? Und es ist noch nicht so lange her, dass du Eryn schikaniert hast."

"Ich hätte sie schikaniert?", wiederholte er und fragte sich, warum diese Frau es dermaßen genoss, ihn zu provozieren. "Du bist also hier herausgekommen und störst meine Ruhe und meinen Frieden, um mich zu beleidigen, Tala?"

Sie schüttelte den Kopf und betrachtete ihn nachdenklich. "Nein, Enric, dieses eine Mal liegt es nicht in meiner Absicht, dich zu beleidigen oder zu reizen. Aber du kannst nicht bestreiten, dass du in der Vergangenheit nicht besonders sanft mit ihr umgegangen bist. Du hast sie während dieser Nacht der Ungezwungenheit dazu gedrängt, mit dir zu schlafen, dann hast du sie geküsst, nachdem du ihr in diesem Kampf, zu dem du sie mit einer List gebracht hast, sämtlicher Kräfte beraubt hast. Außerdem hast du sie zum Kampftraining mit dir gezwungen, sie dazu gebracht, dass sie dich als Liebhaber akzeptiert hat, als sie in deinem Quartier eingesperrt war, hast sie mehr oder weniger dazu gezwungen, sich an dich zu binden…"

"Schon gut, schon gut", unterbrach Enric sie. "Sagen wir einfach, dass deine Schwester und ich einen holprigen Start hatten, in Ordnung?"

Sie lächelte. "Das ist sehr gelinde gesagt. Ich frage mich, wie Eryn es beschreiben würde."

Er sah einen Moment lang zum Himmel empor, dann gab er zu: "Womöglich, indem sie sich des Wortes schikanieren bedienen würde."

"Na, siehst du. Aber ich bin geneigt, dir all das zu verzeihen, da du dich zu der Art von Gefährten gewandelt zu haben scheinst, den sich eine Frau wünschen würde. Und zu der Art Vater, die sich ein Kind wünscht."

"Meine Güte, daraus wird doch wohl nicht irgendwann noch ein Kompliment werden, oder doch?", lächelte Enric. "Wenn so etwas von dir kommt, überfordert es womöglich noch meine gut trainierten Fähigkeiten zum Umgang mit unerwarteten Situationen."

Pe'tala verdrehte die Augen. "Halt den Mund, Enric. Du machst es mir auf jeden Fall nicht gerade einfach, dieses eine Mal nett zu dir zu sein. Ich wollte dir sagen, dass ich Eryn mittlerweile mag. So richtig. Sie liegt mir nicht nur als Schwester am Herzen, sondern auch als Freundin. Und wenn ich so weit entfernt bin, tröstet es mich, dass du ihr gut tust und für sie da bist. Deine Tendenz, alles in deinem und auch ihrem Leben kontrollieren zu wollen, hat mich skeptisch gemacht. Doch in letzter Zeit scheinst du es geschafft zu haben, es auf ein gesundes Ausmaß zu reduzieren, sodass sie ihre eigenen Entscheidungen treffen und sich entwickeln kann. Ich war wirklich erstaunt, dass du ihr die Entscheidung, ob sie den Eid an Vran'el schwört, überlassen hast, ohne zu versuchen, sie gemäß deinen eigenen Vorlieben zu beeinflussen. Ich habe ein paar Erkundigungen eingeholt, und es sieht tatsächlich so aus, als hättest du die Zeit seit deiner Rückkehr aus Pirinkar damit verbracht, dich um deinen Sohn zu kümmern und es Eryn somit zu ermöglichen, dass sie sich um Haus Aren und ihr Waisenhaus hier bemüht." Sie lächelte. "Ich würde sogar so weit gehen zu behaupten, dass du die Qualitäten eines Vel'kim Vaters zeigst."

"Das ist in der Tat ein hohes Lob", schmunzelte Enric.

"Das höchste, das ich auszusprechen vermag, Ordenslord", erwiderte sie stolz.

"Dir muss klar sein, dass ich schon seit einem halben Jahr kein Mitglied des Ordens mehr bin."

"Ich bin überzeugt, dass du dich nahtlos einfügen wirst, sobald du zurück bist."

"Nun sind wir also wieder bei Beleidigungen angelangt", seufzte er. "Und bis gerade eben hast du dich so wacker geschlagen."

Sie grinste breit. "Wie ungemein interessant, dass du es als Beleidigung auffasst, wenn ich dir sage, dass du dich gut in die Institution einfügen wirst, die dich aufgezogen und geformt hat. Sag mir nicht, dass sich dein Bild davon dermaßen gewandelt hat?"

"Erstens basierte die Beleidigung nicht auf meiner Meinung des Ordens, sondern auf deiner. Und zweitens weißt du sehr genau, dass ich mich vom Orden nicht vollkommen freundschaftlich getrennt habe."

"Dennoch sind sie ganz gierig darauf, dich wieder zurückzubekommen, so viel kann ich dir sagen, auch ohne selbst ein Mitglied zu sein. Ich kann gar nicht zählen, wie oft eure Namen in den letzten drei Monaten gefallen sind. Sie haben überlegt, wann Malriel wohl wieder aus dem Norden zurückkehren würde, damit sie wieder Anspruch auf dich erheben können. Nach dem zu urteilen, was Rolan erzählt, schien Lord Tyront nicht allzu angetan davon, dass euch der König zwei weitere Monate hier zugestanden hat anstatt euch sofort nach Malriels Rückkehr nach Takhan zurückzubeordern. Doch es ist der König, der das Band zweiten Grades kontrolliert, oder? Somit kann der Orden kaum etwas dagegen tun, außer sehr vorsichtige und höfliche Anfragen an ihn zu richten."

"Genau. Tyront wird noch weniger begeistert sein, wenn er erfährt, dass mir der König erst kürzlich eine Verlängerung von zwei weiteren Wochen gewährt hat", lächelte Enric.

Pe'tala zog beide Augenbrauen hoch. "Du willst deinen Aufenthalt hier noch weiter verlängern? Das überrascht mich etwas. Widerstrebt es dir tatsächlich dermaßen, in deine Heimat zurückzukehren?"

Er schüttelte den Kopf. "Wir werden nicht hierbleiben. Ich will auf dem Rückweg einen Umweg einlegen und meine Familie meiner Schwester vorstellen. Eryn meinte vor einiger Zeit, dass sie sie gerne kennenlernen würde, und ich brenne darauf, meine Gefährtin und meinen Sohn dem einzigen Familienmitglied zu präsentieren, mit dem ich mich gut verstehe. Sag Eryn aber noch nichts davon. Ich möchte sie überraschen."

"Das werde ich nicht", versprach Pe'tala und nickte zur Tür, die zum Hauptraum führte. "Hier kommt sie. Sie wirkt entschlossen. Ich habe gesehen, dass sie und Malhora sich zu einem Gespräch zusammengesetzt haben, somit wird das jetzt wohl interessant."

Eryn nickte den beiden zu. "Da bist du ja. Es gibt da etwas, worüber wir reden müssen." Sie setzte sich ins Gras. "Du erinnerst dich an deine Beschwerde darüber, dass du nie Geld für mich ausgeben darfst?"

"Ja, das tue ich", nickte Enric. "Darf ich davon ausgehen, dass du mir nun gütigerweise eine Gelegenheit bieten wirst, genau das zu tun?"

"Ich bitte dich darum, eine unanständig große Menge an Gold und Zeit aufzuwenden und es zu riskieren, dass du ein Oberhaupt eines Hauses verärgerst", meinte sie langsam.

"Sprich weiter", forderte er sie sanft auf.

"Ich will, dass du uns hier in Takhan ein Haus bauen lässt. Ich habe mit Malhora gesprochen, und sie meinte, dass du sie gebeten hast, dich in allen finanziellen und geschäftlichen Angelegenheiten zu vertreten, solange du fort bist, da Vran'el das nicht länger übernehmen kann. Sie hat mich informiert, dass ich nicht wirklich etwas dagegen tun kann, wenn Vran'el mir befiehlt, jedes Jahr hierher zurückzukehren, doch dass ich zumindest seine Anordnung umgehen kann, mit ihm in seiner Residenz zu leben."

Pe'tala zog die Stirn in Falten. "Wie?"

"Einerseits, indem wir ein Haus bauen. Er befahl uns, keines zu kaufen, sagte aber nichts darüber, dass wir keines bauen dürften. Außerdem wird Enric derjenige sein, der es tut, nicht ich. Über Enric hat er keine Macht, da er, anders als ich, nicht an Vran'els Befehle gebunden ist. Und sobald das Haus fertiggestellt ist und Enric einzieht, kann er mich kaum dazu zwingen, an einem anderen Ort als mein Gefährte zu wohnen. Besonders, da er noch immer durch ein Band dritten Grades an mich gebunden ist."

Ihre Schwester lächelte anerkennend. "Ich gebe zu, ich bin beeindruckt. Aufgrund seines Berufes ist Vran'el sonst nicht so unvorsichtig mit seinen Formulierungen, und da du dieses Schlupfloch zu deinem vollen Vorteil nutzt, vermute ich, dass er in Zukunft wesentlich besser achtgeben wird. Du windest dich also aus der Verpflichtung heraus, bei ihm wohnen zu müssen. Wie ungemein schade, dass dies für mich nicht ebenfalls funktioniert. Ich werde mit ihm unter einem Dach festsitzen. Habt ihr irgendwelche hilfreichen Ideen, die auch mir helfen könnten?"

"Das hängt davon ab, was Enric sagt. Noch hat er meinem nicht eben bescheidenen Wunsch nicht zugestimmt."

Er zog sie an sich und küsste ihre Lippen. "Es wird mir ein Vergnügen sein, dir ein Haus zu bauen, Liebste. Ich gebe zu, dass mir der Gedanke nicht besonders zusagte, im Domizil eines anderen Mannes zu residieren und mich seinen Regeln unterwerfen zu müssen."

Erleichtert stieß Eryn den Atem aus. "Dir ist natürlich klar, dass Vran'el darüber nicht glücklich sein wird?"

"Ebenso wenig wie ich es war, als er anordnete, ich müsse in seinem Haus wohnen. Zu einem gewissen Grad ist das ein Kräftemessen. Im Moment ist er darauf bedacht, der Welt zu zeigen, dass man ihn ernstnehmen und respektieren muss. Doch derzeit ist er etwas zu nachdrücklich für meinen Geschmack und muss lernen, dass bei seiner Familie ein kooperativer Ansatz zielführender ist als sie einfach herumzukommandieren. Was Pe'tala betrifft", meinte er und drehte sich zu ihr, um sie anzulächeln, "ich denke, da können wir etwas tun. Vorausgesetzt, du erachtest es als praktikable Alternative, die Hälfte jedes Jahres mit uns zu leben anstatt das gesamte Jahr hindurch mit deinem Bruder?"

Resigniert seufzte sie. "Wenn du mir damit die Gelegenheit anbietest, in eurer zukünftigen Residenz einzuziehen, dann fürchte ich, dass es nicht ganz so einfach werden wird. Er kann mich problemlos anweisen, wieder zuhause einzuziehen. Ich habe kein Band dritten Grades als Ausrede. Und ich plane nicht, eines einzugehen, nur damit ich meinem herrschsüchtigen Bruder entfliehen kann."

Enric hob seinen Sohn hoch, als er sich zu rühren begann und legte ihn auf seinem Brustkorb ab, damit er ihm beruhigend den Rücken streicheln konnte. "Genau das ist es, was ich dir anbiete. Sie würde sonst die halbe Zeit über leer stehen. Das Problem bei Befehlen, die von einem Oberhaupt eines Hauses erteilt werden, musst du wissen, ist, dass sie dem Wohl der Familie dienen sollen. Das kommt besonders dann zum Tragen, wenn deine persönliche Freiheit eingeschränkt wird. Es mag im Interesse von Haus Vel'kim sein, dass du nach Takhan zurückkehrst, doch es macht kaum einen Unterschied, ob du in der Vel'kim Residenz wohnst oder in unserer. Sollte er darauf bestehen, kannst du dies vor den Senat bringen, damit sie in der Sache entscheiden. Und wie er selbst erst gestern zugegeben hat, würde das nicht gut für ihn aussehen, besonders, wenn diejenigen, die ihn herausfordern, seine eigenen Geschwister sind."

Pe'tala lachte und beugte sich vor, um ihm einen Kuss auf die Wange zu drücken und ihn zu umarmen. "Ich akzeptiere euer großzügiges Angebot. Wie ungemein nützlich, dass du dich mit unseren Regeln so gut auskennst. Die Zeit, die du mit dem Führen von Haus Aren verbracht hast, war offensichtlich nicht verschwendet. Hast du schon einmal in Betracht gezogen, hier Recht zu studieren?"

"Ich gestehe, das habe ich tatsächlich", erwiderte er und lächelte über Eryns erstaunten Gesichtsausdruck. "Ich wurde auf Gelehrter getestet, wenn du dich erinnerst. Und es sieht so aus, als wäre ich von meinen Ordenspflichten weitgehend befreit, wenn wir uns hier aufhalten. Das wäre auf jeden Fall eine sinnvolle Möglichkeit, all die freie Zeit zu nutzen."

Seine Gefährtin seufzte. "Und wieder einmal erweist du dich als wesentlich anpassungsfähiger als ich. Während ich noch daran arbeite, wie ich den Einfluss meines Bruders auf mich auf ein Minimum beschränke, hast du bereits langfristige Pläne gemacht, wie du diese Situation zu deinem Vorteil nutzen kannst."

"Zu unserem Vorteil, Liebste. Vedric ist sein einziger Erbe, und ich denke, dass es nicht schaden kann zu wissen, wie viel Einfluss über ihn wir Vran'el in den kommenden Jahren zugestehen müssen."

Pe'tala strahlte ihn an. "Du bist ein unglaublich findiger Mann, Enric! Du hast nicht zufällig irgendwelche Brüder?"

"Tatsächlich habe ich einen", lachte er. "Doch ich bezweifle ernsthaft, dass du den in Anyueel anziehend fändest, und gegen den in Takhan schmiedest du gerade Pläne."

Eryn rieb sich die Hände und stand auf. "Ich werde jetzt zu Malhora zurückkehren. Wir werden einen Blick auf den Stadtplan werfen und sehen, welche der verfügbaren Örtlichkeiten so weit wie möglich von Haus Aren und Vel'kim weg und doch vom Zentrum aus in einem bequemen Fußmarsch erreichbar sind. Dann kann sich Malhora um den Erwerb des Grundstücks kümmern, bei Haus Roal Pläne für ein nettes Haus in Auftrag geben und diese dann zu uns nach Anyueel schicken."

"Haus Roal?" Pe'tala schluckte. "Das ist eine recht unverblümte Provokation für unsere beiden Häuser, weißt du. Dir ist klar, dass sie schon seit einer Weile zerstritten sind?"

Eryn schnaubte. "Das ist mir in der Tat klar. Und Ram'an sagte mir, dass der Grund dafür sehr weit zurückliegt. Hundertfünfzig Jahre, um genau zu sein. Sie sind die besten Baumeister der Stadt, und ich weigere mich, niedere Qualität hinzunehmen, nur um einem überalterten und vollkommen lächerlichen Groll Rechnung zu tragen. Und mir wurde erklärt, dass Haus Vel'kim diese Vendetta wesentlich weniger ernst nimmt als Aren, wie Sarols Aufnahme als Heiler gezeigt hat." Damit drehte sie sich um und hastete davon, begierig darauf, zu ihrer Großmutter zurückzukehren.

Langsam schüttelte Pe'tala den Kopf und sah ihrer Schwester nach. "Sie kommt mir ein wenig wie ein Sandsturm vor. Wo auch immer sie wütet, bleibt kein Stein mehr auf dem anderen. Euer Orden muss seine liebe Not mit ihr haben. Auf jeden Fall ist sie niemand, der sich Traditionen und bestehenden Regeln beugt."

"Das ist eine zutreffende Einschätzung, ja", stimmte Enric zu. "Der Orden gewöhnt sich noch immer an sie und wird wohl noch eine Weile damit zu tun haben. Doch das Leben ist wesentlich interessanter geworden, seit sie in unsere Stadt gekommen ist."

"Ja", nickte sie. "Das kann ich mühelos glauben."

* * *

Eryn wartete, bis sie sah, dass jeder einzelne Stuhl in der Senatshalle besetzt war, erst dann trat sie ein. Sie wollte erst im allerletzten Moment zur Versammlung dazustoßen und somit jegliche Gelegenheiten für Vran'el oder Malriel vermeiden, eine private Unterredung mit ihr zu suchen.

Die Stimmung in der großen Halle war von kollektiver Vorahnung und gespannter Erwartung geprägt. Natürlich war allen aufgefallen, dass Malriel sich auf ihrem früheren Platz niedergelassen und somit offensichtlich ihre Position in Haus Aren wieder übernommen hatte. Die Frage für viele der Senatoren war wohl eher, ob ihre Tochter sie freiwillig geräumt hatte oder nicht.

Vran'els Blick ruhte auf ihr, und sie zwang sich dazu, ihm knapp in einem kurzen, aber erkennbarem Gruß zuzunicken. Das war als Demonstration für die anderen Senatoren gedacht, dass zwischen ihnen alles in Ordnung war, ganz egal, wie wenig dies auf ihre aktuelle Situation zutraf.

Er erwiderte ihr Nicken mit eindringlichem Blick und einem dünnen Lächeln, das ein Versprechen enthielt, das es später die eine oder andere Sache zwischen ihnen zu besprechen gab. Nun, jedoch nicht heute, sofern sie etwas mitzureden hatte.

Ihre Absicht war keineswegs, bis zum Ende der Senatsversammlung zu bleiben. Sie war nicht länger eine Senatorin für irgendein Haus und würde lediglich verkünden, dass sie die Verantwortung über Haus Aren an Malriel übergeben hatte; dann würde sie aufbrechen.

Und falls Vran'el dachte, dass er heute bei der Botschaft vorbeikommen konnte und dort eine seiner Schwestern vorfinden würde, dann stand ihm eine Enttäuschung bevor. Pe'tala und sie waren fest entschlossen, nicht erreichbar zu sein.

Sie marschierte zum Zentrum der Halle, hielt vor den drei Triarchen an und sah zu ihnen auf.

"Würdet ihr mir eine kurze Verlautbarung gestatten, bevor ihr beginnt?"

Torke'nas Augen sprangen kurz zu Malriel, dann zurück zu Eryn. Es bestand eindeutig wenig Zweifel daran, worum es sich dabei handelte.

"Mach nur."

Eryn drehte sich um und sah die Senatoren an, wartete darauf, dass sie sich beruhigten und ihre Aufmerksamkeit nach vorne richteten.

"Senatoren, ich möchte euch offiziell darüber in Kenntnis setzen, dass ich Haus Aren nicht länger vorstehe. Ich bin zurückgetreten, woraufhin Malriel von Haus Aren gestern Abend ihre vormalige Position wieder eingenommen hat. Es war mir eine Ehre, dem Senat an eurer Seite zu dienen, und ich ergreife diese Gelegenheit, um mich von den meisten von euch zu verabschieden, da ich euer Land bald verlassen werde."

Damit drehte sie sich zu den Triarchen um, nickte ihnen zu und ging dann wieder zu der Doppeltür, durch die sie eingetreten war.

Sie atmete aus und stieg langsam die Stufen hinab. Dies war soeben ihr letzter offizieller Auftritt im Senat gewesen. Von nun an war sie von sämtlichen politischen Belastungen im Zusammenhang mit irgendeinem Haus befreit.

Das war eine Erleichterung. In diesen Hallen hatten sich ein paar wahrlich unangenehme Ereignisse zugetragen, viele davon während ihres ersten Aufenthalts hier, während der Verhandlung, der sie sich dank Malriel stellen hatte müssen. Andere waren weniger lange her, wie Valrads Anerkennung seiner Vaterschaft, Enrics Übertragung seiner Verantwortung für Haus Aren auf sie, Sanafs Demaskierung und der Tag, an dem sie das Dach zerstört und danach ihren Sohn zur Welt gebracht hatte.

Ein paar andere Anlässe, die nicht ganz so unangenehm gewesen waren, brachten sie jedoch zum Lächeln. Wie sie Malriel darüber informiert hatte, dass sie nicht die Absicht hatte, ihre Rolle als Oberhaupt des Hauses zu diesem Zeitpunkt aufzugeben, oder als sie Legara von Haus Finran die Stirn geboten hatte.

"Maltheá!", hörte sie eine Stimme hinter sich und verzog das Gesicht, bevor sie ihre Miene zu einer Maske aus höflichem Interesse formte und sich zu Malriel umdrehte.

"Mutter", lächelte sie kühl. "Ich würde meinen, dass es keinen guten Eindruck hinterlässt, wenn du deine erste Senatsversammlung nach deiner neuerlichen Machtübernahme vorzeitig verlässt."

Malriel seufzte und schüttelte den Kopf über ihre Tochter. "Ich wünschte, du würdest aufhören, diese Anrede wie eine Beleidigung zu verwenden, Theá. Obwohl mir natürlich klar ist, dass es genau so gemeint ist."

Als Eryn darauf nichts erwiderte und nur abwartend dortstand, fuhr sie fort: "Ich war nicht besonders erfreut, als ich letzte Nacht zurückkehrte und das Haus vollkommen leer vorfand. Ihr wärt mehr als willkommen gewesen, dort zu bleiben. Ich hätte diese letzten paar Tage gerne mit euch allen verbracht."

"Was hast du erwartet? Nachdem ich von meiner Rolle als Oberhaupt von Haus Aren zurücktrat, war meine Anwesenheit in der offiziellen Residenz nicht länger erforderlich. Ich habe nicht vorgegeben, ich hätte es genossen, mit dir unter einem Dach zu leben, also sehe ich nicht, weshalb dich das überraschen hätte sollen. Besonders nach deinen gemeinsamen Bemühungen mit Vran'el, mit denen ihr Enric und mich zur Rückkehr hierher zwingt. Ich verneige mich vor dir, Mutter", meinte sie kalt. "Du hast es nicht geschafft, mich zwei Jahre lang hierzubehalten, so wie du es ursprünglich geplant hattest, doch es scheint, dass sich dies hier nun sogar noch wesentlich besser für dich ergibt." Sie hob ihren Finger Richtung Malriels Gesicht. "Du magst es geschafft haben, dass wir wiederkommen müssen, doch ich warne dich: Solltest du irgendwelche deiner scheußlichen Tricks versuchen, um meinen Sohn in deine Hände zu bekommen, dann bettelst du um mehr Ärger als du bewältigen kannst."

"Deinen Sohn in meine Hände bekommen, Theá?", fragte Malriel milde und ignorierte den Finger. "Ich würde niemals ein Kind von seiner Mutter fortnehmen. Ich weiß sehr gut, wie schmerzhaft das ist."

"Du hast dafür gesorgt, dass ich schwanger werde, also habe ich keinerlei Zweifel daran, dass du in dieser Sache noch weitere Pläne bereithältst. Die mögen nicht miteinschließen, mir meinen Sohn wegzunehmen. Damit würdest du immerhin deinen eigenen Erben erzürnen. Und jetzt, wo er dir nachgereist ist, um dich wieder zurückzubringen, schuldest du ihm eine Menge. Es würde einfach nicht gut aussehen, würdest du ihn schlecht behandeln, nicht wahr? Doch ich vermute, dass du eines Tages alles daransetzen wirst, dass Vedric deinem Haus beitritt. Bereite dich allerdings darauf vor, dass ich mich dir in den Weg stellen werde, Mutter."

Malriel lächelte schwach, während es in ihren Augen glänzte, als wäre sie erfreut über die Herausforderung. "Nichts anderes hätte ich erwartet, Theá. Ich gehe davon aus, dass ich dich dennoch bei der Kommitment-Zeremonie sehen werde?"

"Selbstverständlich. Nicht hinzugehen würde Valrad verletzen und schlecht für Haus Vel'kim aussehen."

Eryn bedachte sie mit einem letzten eisigen Blick, dann drehte sie sich um und stieg die letzten paar Stufen hinab, ohne sich umzudrehen. Sie spürte, wie ihr beim Gedanken daran, jedes Jahr einige Monate in der gleichen Stadt wie diese Frau verbringen zu müssen, die Galle emporstieg.

Verfluchter Vran'el und sein idiotisches Bedürfnis, sich zu beweisen! Das würde sie ihm heimzahlen. Und zwar teuer.

KAPITEL 15

Das Kommitment

Eryn hielt sich in der Aren Residenz an einem Weinglas fest und versuchte sich so gut wie möglich im Hintergrund zu halten. Der Hauptraum war mit Gästen gefüllt, und es schienen im Minutentakt noch weitere einzutreffen.

Nach dem Vorbereitungschaos in der Botschaft war sie mürrisch gelaunt. Acht Leute plus zwei Kinder mussten sich für die Kommitment-Zeremonie fertigmachen, wobei sie sich gegenseitig im Weg standen, auf die Zehen traten, zusammenstießen und sich darum prügelten, als nächster in eines der Badezimmer zu gelangen.

Junar hatte Orrin am Vorabend gebeten, die Kleider, die sie für Eryn und Pe'tala angefertigt hatte, zu deren Zimmern zu bringen, und am Morgen hatte sich herausgestellt, dass er sie vertauscht hatte. Pe'tala hatte sich beschwert, dass das Kleid um die Brüste herum viel zu locker saß.

Kein Wunder, da der Brustumfang für eine stillende Mutter bemessen war.

Als schließlich alle bereit gewesen waren, hatte Malhora die Vel'kim Schwestern gescholten, weil sie trödelten und nach Gründen zu suchen begannen, um den Aufbruch zu verzögern.

Pe'tala trat neben sie, ihre Miene ebenso düster, und griff nach dem Weinglas, das sie sodann mit einem Zug leerte.

"Hey! Das war meines! Besorg dir dein eigenes!", zischte Eryn.

"Du solltest ohnehin keinen Alkohol trinken", meinte ihre jüngere Schwester schulterzuckend. "Und ich brauche jeden Tropfen, den ich finden kann, um das hier irgendwie durchzustehen."

"Ich kann mich nicht betrinken, also sehe ich nicht, weshalb es dir erlaubt sein sollte."

"Du bist nicht diejenige, die sich plötzlich mit einer verdammten Aren Mutter wiederfindet, also sei ruhig! Das ist ein sehr dunkler Tag für mich."

Eryn schnaubte. "Ich habe mich ohne Vorwarnung mit einer verdammten Aren Mutter wiedergefunden, als ich zum ersten Mal herkam, also erspare mir dein Gejammer. Und nachdem ich ihrem Haus entsagt habe, stellt sie diese Verbindung nun offiziell wieder her, indem sie meinen Vater dazu bringt, sich an sie zu binden. Sag mir doch noch einmal, weshalb du von uns beiden diejenige bist, die bedauert werden sollte?"

Beide wandten sich genervt um, als Vran'el auf sie zutrat, jede von ihnen bei einem Arm ergriff und sie mit sich in das nächstgelegene unbesetzte Gästezimmer zog, bevor sie Gelegenheit zur Flucht hatten.

Hinter sich schloss er die Tür, lehnte sich mit verschränkten Armen dagegen und starrte sie missmutig an.

"Ich versuche nun schon seit drei Tagen, eurer habhaft zu werden! Jedes Mal, wenn ich zur Botschaft kam, wart ihr entweder noch nicht zurück oder gerade aufgebrochen, ohne irgendjemandem mitzuteilen, wohin ihr unterwegs wärt oder wann man euch zurückerwarten könnte. Das ist kindisch und rücksichtslos!", schalt er sie. "Pe'tala, dass du ohne ein Wort und hinter meinem Rücken einfach ausziehst, ist ebenfalls inakzeptabel! Würdest du nicht bereits in ein paar Tagen von hier abreisen, hätte ich dich an deinem Ohr zurückgeschleift!"

"Sieh dir das neue Oberhaupt des Hauses an, wie er ein Machtwort spricht, um seinen beiden ungehorsamen Schwestern zu zeigen, wer das Sagen hat. Wieder einmal", schnappte Eryn zornig.

"Geh weg, Vran'el", knurrte Pe'tala ihn an. "Dieser Tag ist schon schlimm genug, ohne dass wir uns auch noch mit dir herumplagen müssen."

Ihr Bruder betrachtete sie einen Moment lang, dann lehnte er sich vor und roch an ihrem Atem. "Hast du etwa getrunken?"

"Nicht wirklich. Aber das habe ich auf jeden Fall vor", entgegnete sie und fügte hinzu: "Und dazu habe ich auch allen Grund."

"Du übst heute besser Zurückhaltung hier", warnte ihr Bruder. "Wenn du ihnen diesen Tag ruinierst, tust du Vater damit weh, und das sähe sehr schlecht aus für unser Haus, hörst du?"

"Aber natürlich, Oberhaupt des Hauses!", rief Pe'tala in spöttischer Ehrfurcht aus. "Was immer du befiehlst, Oberhaupt des Hauses!"

Vran'el presste zwei Finger auf seine Nasenwurzel und schloss für einen Augenblick die Augen, als wollte er sich gemahnen, die Fassung zu bewahren.

"Ich sehe schon, dass es heute keinen Sinn macht, mit dir reden zu wollen, Tala. Sei aber gewarnt, dass ich ein Auge auf dich haben werde und eingreife, falls du Anstalten machst, uns alle bloßzustellen. Ich habe keinerlei Skrupel, dich auszuschalten, wenn es mir angeraten erscheint. Eryn, ich vertraue darauf, dass du diese bewundernswerte Zurückhaltung, zu der du imstande bist, demonstrierst und den Alkoholkonsum deiner jüngeren Schwester im Auge behältst."

"Aber natürlich, Oberhaupt des Hauses", lächelte Eryn liebenswürdig. "Weil ich noch nicht beschäftigt genug damit bin, mich um meinen Sohn zu kümmern."

Verärgert schüttelte Vran'el den Kopf, dann öffnete er die Tür und gestattete ihnen, sich zu entfernen. "Ich werde euch morgen nach dem Frühstück in der Botschaft aufsuchen. Ich erwarte, dass ihr dort seid, oder ich werde euch beiden verbieten, Takhan zu verlassen, bis wir uns zumindest zusammengesetzt und die Sache wie Erwachsene besprochen haben. Ich überlasse euch die Wahl, meine Damen."

Die beiden Frauen warteten, bis ihr Bruder sie allein gelassen hatte, dann kehrten sie langsamer zum dicht gedrängten Hauptraum zurück.

"Großartig. Es wird besser und besser", murmelte Pe'tala und griff auf einem nahen Tisch nach einem weiteren Weinglas, aus dem sie ein paar gierige Schlucke nahm.

Eryn entriss ihr das Glas, als sie es etwa zur Hälfte geleert hatte. "Gib mir das. Du hast mir mein erstes gestohlen." Sie wollte gerade ihren Kopf zurückwerfen, als entschlossene Finger es von hinten aus ihrer Hand pflückten.

"Das werde ich nehmen, vielen Dank", meinte Ram'an scharf und hob seinen Arm, als Eryn sich umdrehte und versuchte, es sich zurückzuholen.

"Geh weg, wenn du uns auf die Nerven gehen willst, Arbil", knurrte Pe'tala.

"Eure Laune ist jedenfalls nicht besser als ich es erwartet hatte", bemerkte er mit einem schiefen Lächeln.

Eryns Blick fiel auf den Kopf einer blonden Frau einige Schritte von ihnen entfernt. Er gehörte nicht zu Junar.

"Das ist Valcredy", stellte Pe'tala das Offensichtliche fest. "Ich hatte Tanzstunden bei ihr. Was macht sie denn hier? Mir war nicht klar, dass sie mit Malriel oder Vater bekannt ist."

Eryns Gesicht verfinsterte sich. "Was in aller Welt treibt sie hier? Und ich dachte schon, dieser Tag könnte nicht mehr schlimmer werden."

Ram'an räusperte sich. "Sie ist meine Begleitung. Und ich würde es schätzen, wenn du höflich zu ihr wärst, Eryn."

Pe'tala hatte sich in der Zwischenzeit ein weiteres Weinglas besorgt und schnaubte. "Du bringst Enrics ehemalige Geliebte zum Kommitment ihrer Eltern und erwartest, dass sie freundlich ist? Das wäre irrsinnig witzig, wenn es nicht so geschmacklos wäre."

Das Oberhaupt von Haus Arbil schloss kurz die Augen und atmete kontrolliert aus. "Ich habe eine geschäftliche Vereinbarung mit Valcredy getroffen. Wir werden in einen Lebensbund eintreten, und sie wird mir erlauben, für Erben für mein Haus zu sorgen."

"Was?", schrie Eryn auf, woraufhin sich etwa fünfzig Köpfe in ihre Richtung wandten und sie neugierig beäugten. Darunter auch die Frau, die derzeit ihr Gesprächsthema war.

Ram'an lachte laut auf um vorzugeben, ihre Reaktion wäre ein Ausdruck von Belustigung, und rief: "Ja, ist das nicht erstaunlich?" Er ergriff Eryns Ellbogen und führte sie zurück in den Gang, aus dem sie und Pe'tala erst vor ein paar Minuten gekommen waren. Pe'tala folgte ihnen.

"Du willst uns wohl auf den Arm nehmen!", zischte Eryn. "Das ist Enrics frühere Geliebte! Vor nicht allzu langer Zeit hat sie Gift und Galle gespuckt, weil sie nach meinem Kommitment mit Enric eifersüchtig auf mich war! Was denkst du dir bloß? Oder eher, warum versäumst du es zu denken?"

"Hör zu, ich sagte dir vor einigen Wochen, dass ich eine Gefährtin benötige, um für die nächste Generation zu sorgen. Und ich habe erwähnt, dass ich derzeit nicht in der Lage bin, eine Gefährtin aus einem Haus zu nehmen, da ich es mir im Moment nicht leisten kann, die Kompensationszahlung zu leisten, damit meine Kinder Mitglieder meines Hauses werden anstatt des ihren. Das hier ist sowohl für Valcredy als auch mich selbst eine vorteilhafte Situation. Sie wird den Lebensstil haben, den sie sich wünscht und kann so viel Zeit auf das Studium der Musik verwenden, wie es ihr beliebt. Und ich bin in der Lage, meine Pflicht als Oberhaupt des Hauses zu erfüllen."

"Das ist schrecklich! Warum willst du so etwas Absurdes tun? Ich möchte nicht, dass du dir eine Frau kaufst! Du verdienst etwas Besseres als das!", beschwor sie ihn, schockiert von diesem scheinbar hartherzigen Plan.

"Was willst du von mir, Eryn?", schnappte Ram'an nach ihr. Nun neigte sich auch seine Geduld langsam ihrem Ende zu. "Ich habe sehr lange auf dich gewartet, habe vergebens um dich gekämpft. Was schlägst du also vor? Soll ich warten und sehen, ob ich mich jemals wieder verliebe? Das würde ich selbst ebenfalls vorziehen, glaube mir! Ehrlich gesagt war das hier nicht mein ideales Szenario, als ich daran dachte, eine Familie zu gründen. Doch ich kann es mir nicht leisten, noch länger zu warten." Seine Stimme wurde bitter. "Ich bin zweiunddreißig Jahre alt. Ich muss bald etwas tun. Ich bedaure, dass meine Wahl einer Gefährtin nicht deine Zustimmung findet, doch du kannst mich nicht zugunsten eines anderen Mannes fortstoßen und dann ein Mitspracherecht verlangen, wen ich als nächstes wähle. Es kümmert mich nicht, dass sie mit Enric involviert war. Ich habe ebenfalls eine Vergangenheit. Das ist keine romantische Beziehung. Wir erweisen uns gegenseitig einen Dienst, nichts weiter."

Eryn schluckte und starrte ihn an. Dieser Ausbruch war so untypisch für ihn, dass ihr eine Zeit lang die Worte fehlten. Er hatte sogar davon Abstand genommen, sie mit Theá anzusprechen, ein klares Zeichen für sein Unbehagen.

Sie schüttelte den Kopf. Er hatte Recht, das wusste sie. Es stand ihr nicht zu, ihn zu kritisieren, ganz und gar nicht.

"Es tut mir leid, Ram'an." Sie ergriff seine Hand und drückte sie mit einem gequälten Gesichtsausdruck. "Du hast Recht; das ist deine Entscheidung, ganz allein deine. Aber ich hätte mir mehr für dich gewünscht. Du verdienst mehr. Das klingt so… kalt."

Er seufzte, und sein Ärger ebbte sichtbar ab. "Das ist der Situation deines Bruders recht ähnlich, Theá. Und ich habe noch nicht gehört, dass du Einspruch gegen seine Vereinbarung mit Intrea erhoben hättest."

Sie nickte nur und dachte an die Freundschaft, die Vran'el mit seiner Gefährtin verband. Es war ihr unmöglich, sich so etwas zwischen Ram'an und Valcredy vorzustellen.

"Natürlich. Du hast Recht", nickte sie und versuchte, ihre Enttäuschung zu verbergen.

"Theá", meinte er mit einem traurigen Lächeln, "nun bist du wieder ganz steif und förmlich. Ich sehe, dass dies kein guter Zeitpunkt war, um dir davon zu erzählen. Ich hätte dich mit zu einem Teehaus nehmen sollen anstatt diesen Tag zu einer noch größeren Prüfung für dich zu machen. Komm, lass mich dich in den Garten hinausgeleiten."

Kopfschüttelnd zog sie ihre Hand aus seiner. "Nein, bitte nicht. Ich würde mich lieber irgendwo verstecken, bis die Zeremonie beginnt. Gib mir einfach nur mein Glas zurück und sag niemandem, wo wir sind."

Sein skeptischer Blick landete zuerst auf dem Glas, dann auf ihr, bevor er es ihr widerstrebend zurückgab. "Du lässt hoffentlich nicht zu, dass deine Frustration dich vergessen lässt, dass du ein Kind zu stillen hast." Er sah Pe'tala an. "Ich erwarte, dass du sie im Auge behältst." Damit drehte er sich um und ließ sie im Korridor stehen.

Pe'tala ächzte. "Nun soll ich also auf dich aufpassen, während du beauftragt wurdest, auf mich aufzupassen? Komm, sperren wir uns in einem der Zimmer hier ein, bis die Zeremonie anfängt. Wir können versuchen, einander aufzuheitern. Hey, wir könnten vorgeben, diese Zusammenkunft hier sei eine Art Abschiedszeremonie nach Malriels verfrühtem Ableben!"

Eryn nickte schmollend. "Also gut. Aber nur, wenn wir zuerst mögliche Todesursachen durchgehen und uns eine besonders grässliche aussuchen."

Pe'tala nickte ernst. "Ich bin gekränkt, dass du denkst, diesen Teil würde ich überspringen."

* * *

Valrad nippte an seinem Glas und ließ den Blick über die Gäste wandern, die sich vom Hauptraum in den Garten hinausbewegten. Mit dem Kinn deutete er auf seinen Sohn, der sich mit einem der Brüder seiner Gefährtin unterhielt.

"Vran sieht müde und abgespannt aus. Es schmerzt mich, ihn so zu sehen. Die Schwierigkeiten mit Tala und Eryn belasten ihn enorm. Ich möchte etwas unternehmen, doch ich weiß, das kann ich nicht. Mit ihm zu reden würde ihn nur denken lassen, dass ich auf der Seite seiner Schwestern stehe, und wenn ich versuche, den beiden seinen Standpunkt näherzubringen, werden sie nur auf mich böse sein, weil sie denken, ich ziehe ihren Bruder ihnen vor."

Enric nickte. Das Dilemma verstand er gut.

"Ich kann die Mädchen nicht sehen. Weißt du, wo sie sich aufhalten? Sie kamen gemeinsam mit dir an, oder etwa nicht?", erkundigte sich der Heiler leicht beunruhigt.

"Ram'an sagte mir, sie hätten sich in eines der Gästezimmer zurückgezogen und wollten vor der Zeremonie noch ein wenig Ruhe und Frieden genießen." Er tätschelte den Rücken seines Sohnes. "Vedric wird langsam hungrig, also muss ich mich ohnehin auf die Suche nach ihnen machen. Ich werde mit den beiden zurückkehren."

Valrad nickte ihm dankbar zu und lächelte Iklan zu, der sich näherte, um ihm zu gratulieren.

Es dauerte nicht lange, bis Enric sie in ihrem Versteck in einem der Räume aufgespürt hatte.

Er stieß die Tür auf und fand sie auf dem Boden sitzend vor. Sie schienen sich inmitten einer aufgeregten Diskussion zu befinden. Er fing Ausdrücke wie weniger schmerzhaft, rascher Verlust des Bewusstseins und kaum Überlebenschancen auf.

Er schob die Tür weit genug auf um eintreten zu können. "Das klingt nach einem recht makabren Thema bei solch einem Anlass", kommentierte er.

"Das denkst du vielleicht", murmelte Pe'tala und zuckte mit den Schultern. "Auf jeden Fall trägt es dazu bei, unsere Laune zumindest ein wenig zu heben."

Sie nahm Vedric an sich, damit Enric seiner Gefährtin dabei helfen konnte, ihr Kleid im Rücken aufzuknöpfen, bevor sie den Jungen für die Mahlzeit an seine Mutter weiterreichte.

"Ram'an erzählte mir von seiner Übereinkunft mit Valcredy", begann Enric. "Und dass du nicht besonders gut darauf reagiert hast."

Er konnte die Skepsis in ihren Augen erkennen, als sie zu ihm aufsah.

"Also?"

"Wir werden versuchen, ihr heute aus dem Weg zu gehen. Es sind genügend Leute hier, und Ram'an sagte mir, dass sie nicht allzu lange bleiben werden."

Eryn zog eine Augenbraue hoch. Ganz offensichtlich erwartete sie noch mehr. "Das ist alles?"

"Das ist alles."

Nach ein paar Minuten drehte sich Eryn, sodass er ihr dabei helfen konnte, das Kleid wieder zu schließen.

"Wie viel Zeit haben wir noch, bis die Zeremonie beginnt?", fragte sie.

"Ein paar Minuten noch."

Sie nickte und übergab ihm Vedric. "Gut. Damit bleibt mir noch genug Zeit für einen Abstecher ins Badezimmer. Ich sehe euch zwei dann draußen."

Pe'tala wartete, bis sich die Tür hinter Eryn geschlossen hatte, dann kniff sie die Augen zusammen.

"Also. Gibt es etwas, das du gerne loswerden möchtest? Irgendwelche weisen Worte, die du aussprechen willst?"

Neugierig sah er sie an. "Ich? Was zum Beispiel?"

Sie verschränkte die Arme. "Zum Beispiel Kritik, weil wir uns hier drin verstecken. Oder eine eingehende Analyse darüber, dass Ram'an und Valcredy einander nicht in Zuneigung ergeben sein mögen, aber dennoch eine vorteilhafte Verbindung füreinander sind. Oder dass wir versuchen sollten, den Standpunkt meines armen Bruders zu verstehen, wo er sich doch derzeit in solch einer schwierigen Situation befindet; dass wir ihm unsere Unterstützung schulden anstatt ihm aus dem Weg zu gehen, weil er diese oh so nötigen Schritte gesetzt hat, um unserem Haus zu dienen."

Er lächelte schwach. "Ist es das, was du gerne hören würdest?"

"Nein, aber ich hätte gedacht, dass sei es, was du gerne sagen möchtest. Es gab keinen einzigen Versuch, uns auf den richtigen Weg zu führen oder uns vorzuschreiben, was wir zu tun haben. Um vollkommen ehrlich zu sein, finde ich das verstörend. Ich erkenne dich kaum wieder, Ordenslord. Wo ist diese Überlegenheit, diese Zuversicht, dass du die eine und einzige Lösung für jedes Problem hast?"

"Ich erinnere mich, dass du mir an diesem einen Tag ein Kompliment dafür ausgesprochen hast, dass ich Eryn endlich ihre eigenen Entscheidungen treffen lasse", erwiderte er milde.

"Ja, das habe ich. Aber zu diesem Zeitpunkt habe ich mich eher auf deine unerwarteten aber bemerkenswerten Vaterqualitäten konzentriert, besonders wenn man deine Herkunft betrachtet. Das gerade eben geht etwas weiter, als ich erwartet hätte. Es geht hier nicht bloß um Zurückhaltung, sondern anscheinend um eine gröbere Veränderung deiner Persönlichkeit."

Enric lächelte über ihre Auffassungsgabe. "Vor ein paar Monaten habe ich versucht, sie dahingehend unter Druck zu setzen, dass sie sich mit Valrad versöhnt", erklärte er und erinnerte sich schaudernd an diese Zeit. "Und das Ergebnis war, dass sie begann, mir aus dem Weg zu gehen und sich vor mir ebenso zurückzuziehen wie vor jedem sonst. Das war entsetzlich. Damals hatte ich wahrhaftig Angst um sie. Dein Vater war so besorgt, dass er sie zwang, Iklan aufzusuchen für diese Gesprächs-Behandlung, die er macht. Damals habe ich meine Lektion gelernt. Wenn sie über den Ärger mit Vran'el reden möchte, kann sie das gerne tun. Wenn nicht, werde ich nicht versuchen, sie dazu zu bringen. Euer Bruder hat euch beide erzürnt, also wird er die Konsequenzen tragen müssen. Ich täte weder ihm noch mir selbst einen Gefallen, würde ich mich unaufgefordert einmischen."

Sie stieß einen Pfiff aus, eindeutig beeindruckt. "Wohin ist dieser selbstgefällige Pedant verschwunden, der uns vor kaum mehr als einem Jahr als Botschafter geschickt wurde?"

Er kam auf die Beine, balancierte seinen Sohn auf einem Arm und streckte ihr den anderen hin, um sie ebenfalls hochzuziehen.

"Heutzutage hole ich ihn nur zu Gelegenheiten hervor, wo er sich als nützlich erweisen könnte. Ich gehe davon aus, dass er wieder aktiver wird, sobald ich zuhause bin und erneut an den Ratsversammlungen teilnehmen muss."

"Das klingt, als würdest du mehrere Persönlichkeiten entwickeln. Du weißt, dass dies etwas ist, das Iklan sich ansehen sollte? Wir betrachten das hier als Geisteskrankheit. Ich bin sicher, darüber hast du irgendwo gelesen. Du liest noch immer alles, was dir in die Hände fällt, nehme ich an?"

"Halt den Mund und beweg dich, Tala. Du würdest doch nicht versäumen wollen, wie Malriel in die Familie eintritt und deine neue Mutter wird."

"Pedant", murmelte sie, tat aber, wie ihr geheißen.

"Malriels zukünftige Tochter", schoss er zurück und grinste, als sie zusammenzuckte.

* * *

Eryn stand in den Aren Gärten neben Vern. Während sie auf den Beginn der Zeremonie wartete, hörte sie sich die Neuigkeiten über die beiden Kunstakademien an und wie der Senat entschieden hatte, dass sie bei der Erstellung des Kunstwerks für das Senatsdach zusammenarbeiten mussten.

"Die alte Akademie war unglücklich, weil sie gehofft hatten, dass sie das allein übernehmen könnten, doch die neue Akademie ist begeistert über diese Gelegenheit, weil es eine Chance für sie ist, sich zu beweisen", erklärte er. "Und natürlich ist es ein großer Auftrag, der ihnen einen Haufen Geld einbringen wird. Du hast der hiesigen Kunstwelt einen beträchtlichen Gefallen getan, als du dieses Dach einstürzen hast lassen", fügte er mit einem Grinsen hinzu.

"Ich bin froh, das zu hören", grinste sie zurück. "Gibt es noch irgendwelche anderen Gebäude mit eindrucksvollen Gemälden, die ich beschädigen soll?"

Vern nickte ernst. "Wenn du schon so fragst… Ich fand schon länger, dass die Bibliothek unbedingt einen moderneren Designansatz benötigt."

"Na schön. Allerdings fürchte ich, dass ich Haus Aren nicht länger für die Kosten aufkommen lassen kann, wo ich nun keine offizielle Verbindung mehr zu ihnen habe."

Der Junge verzog das Gesicht. "Und deine Beziehung mit Haus Vel'kim ist derzeit eher angespannt, ich weiß. Nun, dann lass uns jegliche zerstörerischen Aktivitäten an öffentlichem Eigentum für den Moment verschieben."

"Gesprochen wie ein vernünftiger Erwachsener", nickte sie. "Gut gemacht. Also, wie gehen die Akademien an dieses Projekt heran? Sind sie willens und in der Lage zusammenzuarbeiten?"

"Es war ein recht steiniger Weg, aber mittlerweile sind sie das mehr oder weniger. Ihr erster Ansatz war es, ein Design zu präsentieren, das die Kuppel in der Hälfte teilte, damit jede Akademie sozusagen ihr eigenes Ding durchziehen konnte. Der Senat war nicht damit einverstanden, und das kann ich ihnen nicht verdenken", meinte er achselzuckend. "Sie argumentierten, sie wollten in ihren heiligen Hallen, wo sie bestrebt sind, einen Geist der Zusammenarbeit und des gegenseitigen Respekts aufrecht zu erhalten, lieber ein vollständiges, in sich geschlossenes, harmonisches Kunstwerk anstatt einer Mischung aus verschiedenen Stilen und Inhalten - und damit einen Abglanz des Konflikts in der lokalen Kunstwelt."

Eryn nickte. "Das ergibt Sinn. Und nun versuchen sie etwas zu schaffen, von dem sich beide Akademien vorstellen können, es zu verwirklichen?"

"Genau. Die neue Akademie hat mich gebeten, an dem Projekt teilzunehmen, und darüber ist der große und mächtige Elwoi, Führer der alten Akademie und Meister dessen, was die Welt als Kunst erachten darf, nicht allzu erfreut. Ich allerdings habe kein Problem, mit ihm zu arbeiten. Wir haben bislang zwei Entwürfe fertiggestellt und werden sie nächste Woche dem Senat vorlegen."

"Große Zeiten für dich, mein Junge. Wie laufen die Dinge in der Klinik? Bis jetzt hast du den Unterricht nur sporadisch besucht, wenn dich das Thema interessiert hat. Nächste Woche beginnt dein offizielles Training, wo dir andere vorschreiben werden, was du zu lernen hast."

"Ja, und darauf freue ich mich schon so richtig. Valrad meinte, ich könnte im zweiten Jahr einsteigen und womöglich früher als üblich ins dritte wechseln. Laut ihm verfüge ich über ein gutes Verständnis der grundlegenden Prinzipien und habe in einigen Bereichen fortgeschrittenes Wissen, während in anderen noch Lücken gefüllt werden müssen."

"Stell einfach nur sicher, dass du so viele Aufzeichnungen wie möglich machst und jedes Buch, das du als nützlich erachtest, kopieren und nach Anyueel schicken lässt. Wie sieht es übrigens mit deiner Unterkunft aus? Valrad wird nicht länger in der Vel'kim Residenz bleiben, sondern bei Malriel einziehen. Wirst du ebenfalls dorthin zurückkehren oder lieber bei Vran'el wohnen?"

"Mir wurden beide Optionen angeboten, doch ich denke, ich werde in der Vel'kim Residenz bleiben. Ich glaube nicht, dass ich bei einem frisch verbundenen Paar leben will. Vran'el mag kein Heiler sein, doch er ist immer noch das Oberhaupt eines Heilerhauses mit einer eindrucksvollen medizinischen Privatbibliothek, die ich nutzen kann, ohne mich mit anderen Heilerlehrlingen um Bücher prügeln zu müssen. Vorausgesetzt, Valrad nimmt nicht all die Bücher mit in sein neues Heim."

Sie schüttelte den Kopf. "Davon gehe ich nicht aus. Er erzählte mir, sie seien das Eigentum des Hauses. Sehr wahrscheinlich wird er nur seine eigene Privatsammlung mitnehmen. Und er hat an seinem Arbeitsplatz immer noch Zugriff auf alles, was er braucht."

Enric und Pe'tala stellten sich neben sie. Letztere kniff den Jungen in die Wange.

"Du wächst zu einem Mann heran, mein junger Freund. Du bist größer geworden, das Wachstum deiner Gesichtsbehaarung hat eingesetzt, und ich hörte von deiner Affäre mit Alefer."

Vern sah sie stirnrunzelnd an. "Das war jetzt peinlich. Ich bin froh, dass du in ein paar Tagen schon wieder nach Anyueel zurückkehrst."

"Sei nicht mürrisch, sondern lieber froh, dass du nicht mit deiner Familie in die Botschaft umgezogen bist. Derzeit geht es dort wie in einem Stall mit zu vielen Pferden zu. Aber das bedeutet auch, du musst dich damit abfinden, dass ich jede Gelegenheit nutze, um dich ein wenig zu nerven, wenn ich dich sehe. Obwohl ich mich frage…" Ihre Stimme verstummte allmählich, als ihre Augen zur Terrassentür wanderten.

Eryns Blick folgte, und sie schnappte schockiert nach Luft, als er auf Malriel fiel, die nach draußen getreten war und sich mit einem leisen Lächeln dem Sitzarrangement im rückwärtigen Teil des Gartens näherte.

"Was hat sie getan? Und weshalb?", flüsterte Pe'tala.

"Valrad hat sie darum gebeten, sich von nun an nicht mehr jünger erscheinen zu lassen", informierte Enric sie leise. "Er meint, dass er nicht für ihren Vater gehalten werden will. Wie es aussieht, hat sie seiner Bitte entsprochen."

"So sieht sie ohne jegliche Hilfe von kosmetischen Korrekturen aus?", fragte Eryn betroffen. "Sie sieht noch immer zehn Jahre jünger aus als sie tatsächlich ist!"

Pe'tala zog eine Grimasse. "Großartig. Jetzt hasse ich sie nur noch mehr."

"Sie sieht fabelhaft aus!", flüsterte Vern mit weit aufgerissenen Augen. "Ich wusste nicht, dass älter auszusehen eine Frau sogar noch attraktiver machen kann!" Er duckte sich, als die beiden Frauen neben ihm gleichzeitig versuchten, ihm einen Klaps auf den Kopf zu verpassen. "Was? Es stimmt doch, oder etwa nicht?"

"Ohne Zweifel", nickte Enric mit einem Grinsen. "Doch das ist nichts, das von anderen Frauen besonders gut aufgenommen wird. Obwohl es mir einen Blick in meine eigene Zukunft erlaubt." Er zwinkerte Eryn zu, die ihn nur mit einem säuerlichen Blick bedachte.

Sie beobachteten, wie sie in ihrem hellen, orangen Kleid an ihnen vorüberglitt. Obwohl sie auf Schminke oder eine besonders kunstvolle Frisur verzichtet hatte, wirkte ihre Haut dennoch strahlend. Ihr dunkles Haar fiel in sanften Wellen ihren Rücken hinab und verlieh ihr ein beinahe mystisches Leuchten.

Malhora ging einen Schritt hinter ihrer Tochter, ihre Miene gelassen aber offenkundig zufrieden. Eryn fragte sich, ob sie erfreut darüber war, dass die Verbindung zwischen den beiden Häusern, die sie vor einem halben

Jahrhundert mit der Kommitment-Vereinbarung schmieden hatte wollen, nun endlich zustande kam, wenn auch nicht ganz so wie ursprünglich geplant.

Auf Valrads Gesicht hatte sich ein solch glückseliges und wonnevolles Lächeln ausgebreitet, dass Eryn nun zum ersten Mal, seit sie von ihrer Beziehung erfahren hatte, wünschte, dass Malriel wahrhaftig für ihn sein würde, was er sich wünschte, wie unwahrscheinlich auch immer das sein mochte. Letzten Endes war sie immer noch die Königin der Dunkelheit.

Abrak, der Triarch, der dafür bekannt war, dass er Malriel ein klein wenig näher stand als ratsam war, wartete gemeinsam mit Valrad und Vran'el darauf, dass die beiden Frauen zu ihnen kamen. Er war derjenige, der die Zeremonie durchführen würde.

Die Zeremonie selbst ähnelte Eryns eigener vor etwa einem Jahr. Malhora war diejenige, die ihre Tochter übergab. Dabei erwähnte sie, dass ein Mann mit festen Prinzipien und einem beruhigenden Einfluss genau das war, was eine starke Aren benötigte. Vran'el erklärte, er wäre froh, dass sein Vater nach so langer Zeit endlich ein Heim für sein Herz gefunden hätte, während er Valrads Hand zu Malriels führte.

Malriel nahm seine Hand zwischen ihre beiden und lehnte einen Moment lang ihre Stirn gegen seine, bevor sie ihren Kommitment-Schwur zu sprechen begann.

"Valrad, unsere lange gemeinsame Geschichte begann nicht auf traditionellem Weg, sondern mit Täuschung und Schande, während wir beide an jemand anderen gebunden waren. Aber ich schaffe es nicht, auch nur einen einzigen Moment aus dieser Zeit zu bereuen, wenn ich das Geschenk betrachte, das wir einander gemacht haben." Ihr Blick ruhte einen Augenblick lang auf Eryn, dann wanderte er zu ihrem Enkel. "Du gabst mir damals Stabilität, als ich in einem Meer von Wahnsinn zu versinken drohte. Und auch nach allem, was vorfiel, um unsere Häuser zu entzweien, warst du mir stets ein Freund, wenn ich einen brauchte, eine Stimme der Vernunft, wenn ich mich mitreißen lassen wollte. So viele Jahre bin ich vor der Einsamkeit in meinem Inneren geflohen, habe nach dem gesucht, was ich schließlich in deinen Armen fand. Du bist meine Belohnung für jede Mühsal, die ich in meinem Leben überwinden musste, mein sicherer Hafen, mein Zuhause. Du gabst für mich deine Position als Oberhaupt deines Hauses auf, damit sich jeder von uns vollständig dem anderen geben kann, bewahrtest mich davor, dieses Opfer zu bringen. Ich werde mich nach Kräften bemühen, dass du diese Entscheidung niemals bereust." Sie verstummte und küsste seine Hand.

In Valrads Augenwinkel schimmerte es feucht, als er zärtlich ihre Fingerknöchel küsste.

"Malriel, du hast mich in meinen Träumen heimgesucht, seit ich kaum mehr als ein Junge war, doch mein Bruder war der Glückliche, der dich damals zu der seinen machte. Ich bin froh, dass ich nun in der Lage bin, dich zu der meinen zu machen, mein Haus in guten Händen zu lassen und mich dir ganz zu schenken.

So viele Jahre lang wagte ich nicht zu hoffen, dass deine Zuneigung für mich der meinen auch nur annähernd gleichkäme, und nun hat deine Bereitschaft, dich an mich zu binden, meine wildesten Träume und kühnsten Hoffnungen übertroffen. Ich werde für dich da sein, stets hinter dir stehen, wenn du jemanden brauchst, an den du dich lehnen kannst, dir den Luxus geben, bei mir nicht immer stark sein zu müssen, wenn jeder sonst von deiner Stärke abhängig ist. Die Aussicht darauf, den Rest meines Lebens mit dir zu verbringen, hat nicht nur mein Widerstreben gegen das Altern verschwinden lassen, sondern es in einen einladenden Pfad verwandelt, den ich mit dir beschreiten will. Wir haben gemeinsame Jahrzehnte verschenkt, und ich bin entschlossen, von nun an jeden einzelnen Augenblick mit dir zu schätzen."

Eryn schluckte und verspürte trotz ihrer Vorbehalte gegen diese Verbindung Rührung. Enrics warme Hand griff nach der ihren und hob sie zu seinen Lippen, damit er einen Kuss darauf drücken konnte. Sie sahen zu, wie alle fünf Personen auf den Sitzkissen auf dem Gras ihre Hände übereinander legten, damit die Magie für das Kommitmentband dritten Grades hindurchfließen und die Verbindung festigen konnte - genau wie bei ihrer eigenen, die sie erst im letzten Jahr eingegangen waren, wenngleich es sich nun anfühlte, als wäre es schon eine Ewigkeit her.

Eryn verspürte Bedauern darüber in sich aufsteigen, wie ihr Band, zumindest ihre Seite davon, ein Ende gefunden hatte. Sie liebte Enric, daran gab es keinen Zweifel, doch im Moment war sie keinesfalls in der Lage, das Band zu erneuern. Es war eine immense Hürde für sie gewesen, ihren Schutzwall so weit zu senken, um sich dieses eine Mal an ihn zu binden, und nun war einiges an Heilung erforderlich, bis sie sich dazu durchringen konnte, es erneut zu tun. Noch immer waren da diese Echos, die Erinnerungen an den Schmerz, nachdem er nach Pirinkar aufgebrochen war, die Alpträume, der Zorn und die Angst davor, allein gelassen zu werden, die Einsamkeit, die Überzeugung, dass er sie für Malriel verlassen hatte.

Gemeinsam mit den anderen Gästen hob sie ihr Glas, als das Band vollständig war.

"Ich kann nicht glauben, dass ich nun Malriels Tochter bin", grummelte Pe'tala hinter ihr.

"Es könnte schlimmer sein", schniefte Eryn. "Dein Gefährte könnte dein Bruder sein. Hey, wir könnten versuchen sie dazu zu bringen, dass sie Intrea und Rolan adoptieren, dann könnten wir alle mit unseren Geschwistern verbunden sein…"

Dieses Bild brachte ihre Schwester zum Grinsen, wenn auch widerwillig. "Wenn du es so ausdrückst…"

"Und abgesehen von einer Mutter, die du nicht ausstehen kannst, hast du zumindest einen anbetungswürdigen Bruder dazubekommen", warf Enric ein.

"Ja, was habe ich doch für ein Glück", schnaubte Pe'tala. "Als wäre ein älterer Bruder in den letzten sechsundzwanzig Jahren nicht anstrengend genug gewesen. Erst letztes Jahr war ich noch die Jüngere von zwei, und jetzt bin ich die Jüngste von vier. Wenn in Zukunft noch weitere Geschwister auftauchen, bestehe ich zur Abwechslung einmal darauf, dass sie jünger sind als ich."

"Wer weiß", meinte Vern schulterzuckend. "Malriel könnte theoretisch noch immer Kinder bekommen, besonders, da sie nun mit einem Magierheiler verbunden ist. Vielleicht wird sie nun das Thema eines Erben für ihr Haus auf diese Weise lösen."

Eryn und Pe'tala erschauderten bei dem Gedanken.

"Das arme Kind", murmelte Eryn, woraufhin ihre Schwester mit tiefempfundener Zustimmung nickte.

"Kommt, ihr unsensiblen Kreaturen", seufzte Enric und schob die beiden vorwärts. "Zeit, euren Eltern zu gratulieren. Und seht besser zu, dass es überzeugend wirkt. Gebt einfach vor, ihr wärt liebende und aufmerksame menschliche Wesen, wie groß auch immer diese Herausforderung für euch sein mag."

"Dein Bruder geht mir jetzt schon auf die Nerven", grollte Pe'tala.

Eryn warf ihr einen finsteren Blick zu. "Halt die Klappe und geh deine Mutter umarmen, du Biest."

KAPITEL 16

Abschied von Jakhan

Pe'tala zuckte bei dem energischen Klopfen an der Tür der Botschaft zusammen.

"Ich würde vermuten, das ist das verehrte Oberhaupt unseres Hauses, das ein Wörtchen mit uns reden will."

Eryn nickte und veränderte die Position ihres Sohnes in ihren Armen minimal. "Damit liegst du wohl richtig. Dann geh schon und lass ihn herein, Tala. Ich bin entschlossen, unbeeindruckt und entspannt zu wirken, wenn er eintritt, ein Bild weltgewandter Anmut."

"Ja, viel Glück damit", schnaubte die jüngere Frau, stand aber auf, um ihrem Bruder Zutritt zu gewähren.

Eryn seufzte und wappnete sich für die unvermeidbare Unterredung mit Vran'el. Die Botschaft war mehr oder weniger verlassen. Kilan unternahm einen Spaziergang mit Rolan und zeigte ihm ein wenig mehr von der Stadt. Orrin, Junar und Téa durchstreiften die Märkte für letzte Besorgungen, die sie mit nach Hause nehmen wollten.

Malhora hatte entschieden, den Tag mit ihrer frisch vermählten Tochter zu verbringen, da sie die Stadt ebenfalls in Kürze verlassen und zu ihrem Anwesen auf dem Land zurückkehren wollte. Eryn lächelte zufrieden bei dem Gedanken an Sanaf, dem früheren Botschafter in Anyueel, dessen Arbeitseinsatz auf Malhoras Anwesen sich wohl als noch unbequemer erweisen würde, sobald die Hausherrin zurückkehrte.

Unbewusst setzte sie sich etwas aufrechter hin, als Pe'tala den Hauptraum mit Vran'el betrat. Er wirkte ein wenig blass, doch dennoch entschlossen, als er sich zu ihr beugte, um ihre Wangen zu küssen.

"Guten Morgen, Eryn. Ich werde zuerst mit Pe'tala sprechen, dann mit dir. Kilan war so freundlich, mich wissen zu lassen, dass ich zu diesem Zweck sein Arbeitszimmer nutzen kann. Es sollte nicht lange dauern." Er bedeutete seiner jüngsten Schwester vorauszugehen und folgte ihr.

Eryn runzelte die Stirn. Sie hatte damit gerechnet, dass sie dieses Gespräch gemeinsam führen würden, sah aber ein, warum er es vermeiden würde wollen, sich einer Überzahl gegenüberzusehen. Warum war ihr dieser Gedanke bislang nicht gekommen? Sie hätte Pe'tala nicht als Erste gehen lassen sollen, sinnierte sie. Wahrscheinlich würde sie Vran'el trotzen, wodurch seine Laune kaum besonders heiter sein würde, wenn er sich sodann mit seiner zweiten Schwester auseinandersetzen musste. Es hätte umgekehrt sein sollen. Welchen Zweck hatte es, die ältere Schwester zu sein, wenn sie nicht in der Lage war, von den Vorteilen zu profitieren, die Teil des Pakets sein sollten?

Behutsam stemmte sie sich aus den Sitzkissen hoch, vorsichtig darauf bedacht, Vedric dabei nicht allzu sehr durchzuschütteln. Sie wollte keinesfalls hier sitzend und auf ihn wartend vorgefunden werden, wenn er mit Pe'tala fertig war. Allerdings sähe es auch nicht gut aus, wäre sie nirgendwo aufzufinden. Immerhin hatte er ihnen einen Befehl erteilt, und sich ihm bei solch unbedeutenden Angelegenheiten wie dieser entgegenzustellen war kindisch, wie befriedigend auch immer es für eine kurze Weile sein mochte.

Sie entschied, sich draußen ein wenig zu bewegen und betrat den Innenhof. Verglichen mit anderen Residenzen, in denen sie gewesen war, war dieser hier klein und wenig eindrucksvoll, jedoch noch immer erheblich größer als sämtliche Höfe und Gärten in der Stadt Anyueel. Zumindest, wenn man von dem Garten zwischen den beiden Häusern absah, die Enric und sie dort besaßen.

Während sie müßig zwischen den wenigen Bäumen umherwanderte, darauf bedacht, so viel wie möglich im Schatten zu bleiben, fragte sie sich, ob ihre eigene Residenz in Takhan wohl rechtzeitig fertig werden würde, wenn sie in sechs Monaten hierher zurückkehrte. Sie hoffte es inständig. Sie war es müde, sich in Residenzen anderer Leute einquartieren zu müssen. Bis zu einem gewissen Grad wollte sie ihre Umgebung mitgestalten können - die Bilder an den Wänden, die Position ihres Bettes - kleine Dinge wie diese. Nun hatten sie genau ein halbes Jahr hier verbracht, und das war viel zu lange, um ständig jemandes Gast zu sein.

Enric hatte etwas Ähnliches von sich gegeben, als er betont hatte, dass ihm der Gedanke nicht zusagte, die Hälfte jeden Jahres in Vran'els Heim verbringen und sich dort den Regeln des Gastgebers unterwerfen zu müssen. Diese Haltung teilte sie von ganzem Herzen.

Morgen würden sie von hier abreisen. Sie versuchte zu entscheiden, ob sie dies bedauerte oder eher froh über ihre Rückkehr nach Hause war. Seltsamerweise fiel ihr die Antwort darauf schwer.

Sie würde Vern zurücklassen. Das war auf jeden Fall eine Kehrseite, auch wenn sie wusste, dass es das Beste war, was ihm passieren konnte.

Valrad war der Nächste, den sie schmerzlich vermissen würde. Nach allem, was sie in den ersten paar Monaten nach ihrer Ankunft durchgemacht hatten, fand sie den Gedanken daran, ihren Vater zurückzulassen, nun qualvoll.

Malriel loszuwerden war allerdings ganz entschieden ein Vorteil.

Kilan, Intrea, Malhora und Ram'an würde sie auf jeden Fall zutiefst vermissen. In welche Kategorie Vran'el fiel würde sich allerdings erst noch herausstellen. So wie es derzeit aussah, war eine gewisse Distanz zwischen ihnen wohl eine gute Idee.

Und natürlich freute sie sich darauf zu sehen, wie sich die Dinge zuhause mit der Klinik und dem Waisenhaus entwickelt hatten. Sie hatte regelmäßige Berichte erhalten, doch das war kaum vergleichbar damit, alles persönlich in Augenschein zu nehmen.

Sie würde Plia, Vyril und ihre Heiler wiedersehen. Nun, mittlerweile Lord Porons Heiler. Und auch Tyront und König Folrin, was sicherlich weniger Anlass zur Freude bot.

Enric und sie würden zu einem Tagesablauf mit Vedric finden müssen, wo er nun in den Orden zurückkehren und sie sich mit all dem abgeben würde müssen, was nun von ihr erwartet wurde.

Sie hatte keine Ahnung, ob man ihr die Rückkehr in die Klinik und ihre Arbeit als Heilerin wieder gestatten würde, wo sie nun dem Rat der Magier beitreten und eine Säule des Ordens werden sollte.

"Eryn?", unterbrach Vran'els Stimme hinter ihr den Gedankengang. "Können wir nun reden?"

Sie nickte und folgte ihm zurück ins Haus und zu Kilans Arbeitszimmer.

Pe'tala bot ihr an, Vedric an sich zu nehmen, doch Eryn schüttelte den Kopf und behielt ihn bei sich. Die Leute zeigten in der Regel wesentlich mehr Zurückhaltung, wenn sie sich einer Frau mit einem Kind im Arm gegenübersahen.

Kurz erwog sie, ob es sie zu einer skrupellosen Mutter machte, ihr eigenes Kind auf so berechnende Weise zu benutzen, schob den Gedanken aber beiseite. Falls dies der Fall war, musste Malriel wohl irgendwie die Schuld daran tragen.

Vran'el bedeutete ihr, sich hinzusetzen und ließ sich dann auf den Stuhl neben sie sinken anstatt Kilans Platz hinter dem schweren Tisch für sich zu wählen.

Eryn billigte seinen offensichtlichen Versuch, eine Atmosphäre der Gleichberechtigung zu schaffen, anstatt sie rundheraus daran zu erinnern, wer seiner Ansicht nach das Sagen hatte.

"Wie fühlst du dich?", fragte er sanft. "Hast du dich bereits an den Gedanken gewöhnt, deine Eltern als offizielles und wahrhaftiges Paar zu betrachten?"

Sie zuckte mit den Schultern. "Ich bin noch immer dabei, mich daran anzupassen, denke ich. Die Zeremonie war allerdings berührend. Doch es bleibt abzuwarten, ob sie mit dem fertig werden, was sie sich miteinander eingehandelt haben." Oder eher was Valrad sich mit Malriel eingebrockt hatte, korrigierte sie sich im Stillen.

"In der Tat. Aber sie sind beide erwachsen, und solange sie zurechnungsfähig zu sein scheinen, haben wir kaum eine andere Wahl, als ihre Entscheidung zu akzeptieren", lächelte er und wirkte etwas müde. "Obwohl ich vermute, dass du deine eigenen, wenig schmeichelhaften Ansichten über Vaters Zurechnungsfähigkeit vertrittst."

Darauf erwiderte sie nichts, sondern wartete darauf, dass er seine Versuche zur Auflockerung der Stimmung hinter sich ließ und das in Angriff nahm, worüber er wirklich sprechen wollte.

Ein paar Sekunden lang starrte er seine Hände an, dann blickte er wieder auf und in ihre Augen.

"Eryn, ich möchte, dass du weißt, dass ich dich liebe. Das ist nichts, das ich leichtfertig zu jemandem sage, besonders, da wir uns noch nicht besonders lange kennen. Allerdings hast du mein Leben, seit dem Moment, als du ein Teil davon wurdest, auf vielfältige Weise bereichert. Ich weiß, dass es nicht leicht für dich war, als du erfuhrst, dass wir wahrhaftig Geschwister sind, doch für mich war es ein Quell purer Freude. Für mich fühlte sich das von Anfang an richtig und angemessen an, als wäre es das Natürlichste der Welt."

"Vran'el, ich…", begann sie, hielt aber inne, als er seine Hand hob, damit sie ihn diesen Gedanken vollenden ließ.

"Gib mir noch einen Moment, in Ordnung? Was ich dir zu sagen versuche, ist, dass du mir innerhalb sehr kurzer Zeit ungemein wichtig geworden bist und dass mich dein Ärger auf mich enorm schmerzt, besonders, da du bald von hier abreisen wirst. Ich verstehe, dass dieser Ort für dich nicht nur mit angenehmen Erinnerungen und Erfahrungen verbunden ist, doch du bist ein Teil davon geworden, so wie von meinem Haus und meinem Leben. Ich will nicht darauf hoffen müssen, dass du gelegentlich für ein paar Wochen wiederkehrst und dann wieder fort bist, sondern dass du dies als deine Heimat annimmst und hier ein Leben aufbaust."

Eryn nickte. "Mit Vedric als deinem Erben weiß ich, dass…"

"Eryn, nein", seufzte er erschöpft. "Ich versuche dir zu sagen, dass es hier nicht um politische Überlegungen, Pflichten oder Angelegenheiten der Erbfolge geht, sondern dass ich mein Leben mit meinen Schwestern teilen möchte. Und zwar mit beiden. Dein Sohn war ein immens hilfreicher Vorwand, um deinen König und deinen Orden dazu zu veranlassen, mir einen Anteil an deinem Leben zuzugestehen. Ginge es nach mir, wären sie diejenigen, die mich darum bitten müssten, dich hin und wieder zu Besuch kommen zu lassen, nicht umgekehrt. Und ich gestehe ganz offen, dass ich an ihrer Stelle wesentlich weniger großzügig wäre, wenn es darum ginge, deine Zeit aufzuteilen."

Sie schluckte. Er war wesentlich aufrichtiger, als sie es von ihm erwartet hatte, machte sich verwundbar. Doch sehr wahrscheinlich sollte das den Nebeneffekt haben, sie zu erweichen und sie mit mehr Rücksicht agieren zu lassen als sie es andernfalls getan hätte. Es hatte funktioniert.

"Ich liebe dich auch", erwiderte sie ruhig. "Und ich verstehe, weshalb du all das tust, doch deine Zuneigung zu mir rechtfertigt nicht, dass du auf diese Weise die Kontrolle über das Leben meiner Familie übernimmst. Oder über das von Pe'tala. Ist dir überhaupt klar, in welche Situation du Rolan gebracht hast? Oder dass es Pe'tala gestattet sein sollte, ihre eigenen Entscheidungen zu treffen?"

"Darüber habe ich mit Pe'tala gesprochen. Es ist nicht nötig, dass du jetzt um ihretwillen mit mir debattierst. Sie hat mir ihre Meinung bereits mitgeteilt. Nicht, dass es ihr besonders viel geholfen hätte, wohlgemerkt. Meine Anweisungen bleiben bestehen. Ebenso in Bezug auf dich."

"Du bist also hergekommen, um mir zu sagen, dass du nicht willst, dass ich noch länger böse auf dich bin, doch du bist nicht willens, irgendein Zugeständnis zu machen?" Mit gerunzelter Stirn betrachtete sie ihn, verstimmt darüber, dass er dachte, ein paar hübsche, kunstvoll luftige Worte würden ausreichen, um sie zu besänftigen.

Vran'el schloss kurz die Augen und lehnte sich vor, stützte seine Ellbogen auf seine Knie, während er ausatmete. "Eryn, ich bin gekommen, um meine Entscheidungen vor dir zu rechtfertigen, nicht um sie zurückzunehmen oder auch nur darüber zu verhandeln."

Sie schüttelte den Kopf und stand rasch auf. "Nein, Vran'el, du hast dich nicht gerechtfertigt, sondern versucht, mich mit ein paar sentimentalen Beteuerungen deiner Gunst zu manipulieren, ohne dass du irgendein Verständnis dafür gezeigt hättest, was du mir hier antust. Du zwingst mich dazu, alle sechs Monate alles zurückzulassen, um ausgerechnet in die Stadt zu eilen, in der Malriel lebt. Allein damit verdienst du dir meiner Ansicht nach einen ordentlichen Tritt."

"Warte", wies er sie an und kam ebenfalls auf die Beine. "Wir sind noch nicht fertig."

"Ich habe dir derzeit nichts mehr zu sagen", knurrte sie. "Ich gehe davon aus, dass ich dich morgen beim Hafen sehe. Einen schönen Tag noch, Oberhaupt von Haus Vel'kim." Damit öffnete sie die Tür, ging hinaus und ließ Vran'el in Kilans Arbeitszimmer stehen.

* * *

"Wie verlief euer Gespräch mit eurem Bruder?", erkundigte sich Malhora, als sie bei dem Abendessen saßen, das Orrin gerade serviert hatte.

"Hör bloß auf damit", knurrte Pe'tala und nahm einen großzügigen Bissen.

"Das Gleiche hier", schnaubte Eryn und verdrehte die Augen.

"Es scheint, als hätte er die Sache ordentlich vermasselt", kommentierte die alte Frau trocken. "Doch ich rate euch, ihn sanft zu erdrücken."

Alle Augen ruhten auf Malhora. "Warum seht ihr mich alle so an? Natürlich müssen sie etwas tun anstatt einfach zustimmend zu nicken und zu gehorchen. So kann ein Oberhaupt eines Hauses seine Familie nicht behandeln, ohne zuvor den Versuch einer entgegenkommenderen Lösung in Angriff genommen zu haben. Ich sollte es wissen, immerhin habe ich Haus Aren lange genug geführt. Und Vran'el wird es ebenfalls herausfinden. Es ist besser, wenn er es von seinen Schwestern als von irgendjemandem sonst lernt. Auf diese Weise wird es eine private Lektion anstatt einer öffentlichen Niederlage werden und seinen Ruf schonen."

"Ich bin froh, dass sein Ruf in dieser ganzen Sache im Mittelpunkt steht", erwiderte Eryn liebenswürdig.

"Es gibt keinen anderen Weg, ihr seid gezwungen, seinen Anweisungen Folge zu leisten", meinte ihre Großmutter und zuckte mit den Schultern. "Und ich selbst habe überhaupt nichts dagegen. Es ist nur würdig und recht, dass du die Hälfte deiner Zeit hier in Takhan verbringst. Ich habe nicht die Absicht, jedes Mal dieses elende Meer zu überqueren, wenn ich dich zu sehen wünsche."

"Ja, stell dich nur auf seine Seite, warum auch nicht?", fauchte Eryn.

"Sei nicht so töricht, Mädchen. Ich stehe auf meiner eigenen Seite, so wie immer. Der Trick für alle anderen besteht darin, mich davon zu überzeugen, dass sie auf der gleichen Seite stehen wie ich", meinte Malhora spöttisch lächelnd und nahm einen weiteren Bissen von ihrem Mahl. "Seinen Anweisungen bezüglich eurer Rückkehr hierher könnt ihr euch nicht entgegenstellen. Aber ihr könnt ihm zeigen, dass er zu weit gegangen ist und ihn im Hinblick auf ein paar der Einzelheiten bekämpfen. Und das ist es auch, was ihr bereits mit euren Plänen für euer eigenes Heim tut, anstatt bei ihm einzuziehen. Euer Ärger wird ihn mit der Zeit erkennen lassen, dass er Wiedergutmachung zu leisten hat. Und sobald ihn diese wünschenswerte Erkenntnis ereilt hat, werdet ihr ihn mit Vorschlägen erwarten."

Pe'tala schüttelte den Kopf und warf der alten Frau ein schiefes Grinsen zu. "Erinnere mich daran, mich niemals bei dir unbeliebt zu machen."

"Ich vertraue darauf, dass dies nicht nötig sein wird. Im Normalfall ist diese Art von Erinnerung nicht nötig, wie dir sehr wohl bewusst sein sollte. Aber du darfst dich darauf verlassen, dass ich es dich wissen lassen werde, wenn du kurz davor stehst, mich zu verstimmen."

Die jüngere Frau schluckte. "Somit ist die furchterregende Aren-Großmutter offensichtlich im neuen Aren-Familienpaket enthalten. Wie beruhigend."

Eryn lächelte Malhora voller Zuneigung an. "Das stimmt. Aber sie ist diejenige, die wir wirklich in der Familie haben wollen."

"Na, na", entgegnete die alte Frau augenrollend. "Du weißt, dass Malriel nicht so schlimm ist, wie du sie hinstellst. Sie ist nicht besser oder schlimmer als jeder gewöhnliche einflussreiche Politiker, bloß wesentlich gerissener und damit besser in dem, was sie tut. Ich gestehe dir wohl zu, dass ihre Eignung als Mutter einiges zu wünschen übriglässt. Was kaum etwas ist, das du ihr zum Vorwurf machen kannst, nachdem ihr ihre einzige Tochter vor so vielen Jahren entrissen wurde."

"Habe ich gerade gehört, wie du Malriel verteidigst?", fragte Eryn ungläubig. "Das ist neu. Orrin, was auch immer du in unser Essen gemischt hast, solltest du wohl von nun an etwas sparsamer einsetzen. Es scheint eine recht unheimliche Wirkung auf meine Großmutter zu haben."

"Warte nur, bis sich dir dein eigenes Kind entgegenstellt, mein Mädchen. Dann können wir weiterreden", lächelte Malhora mit stiller Ironie.

"Solltest du damit rechnen, dass wir beste Freundinnen werden, weil wir dank unseres Kummers über unsere Kinder zueinander finden, muss ich dich warnen, dass dieses Szenario eher unwahrscheinlich ist", schnaubte sie.

"Glaube, was du willst. Ich sage nur, dass Malriel mich merklich höflicher behandelt, seit sie dich vor einem Jahr kennenlernte."

"Weißt du was?" Eryn erschauderte. "Der Gedanke daran, dass ich eines Tages eng mit Malriel befreundet sein könnte, ist wesentlich furchterregender als für den Rest meines Lebens mit ihr zerstritten zu sein."

"Ich bin sicher, die Bürger dieses Landes sind froh über diese Haltung", grinste Kilan. "Ich könnte mir denken, dass es für die meisten Senatoren eine schaurige Überraschung wäre, würde sich Malriel mit einer anderen Aren verbünden."

Malhora nickte. "Ja, was auch immer man sonst über meine Tochter denken mag, sie ist auf jeden Fall eine respekteinflößende Frau. Das lässt sich nicht bestreiten."

Eryn seufzte und schluckte eine scharfe Bemerkung. Die alte Frau war augenscheinlich stolz auf ihre Tochter, obwohl diese noch immer Machtspiele mit ihr trieb. Sie fragte sich, ob Malriel anders geraten wäre, wäre ihr hin und wieder gestattet gewesen, einen Blick auf diesen Stolz zu erhaschen.

* * *

"Dies ist nun das dritte Mal, dass ich mich hier von dir verabschiede, obwohl du nur zweimal abgereist bist, weißt du?", grinste Intrea und umarmte Eryn.

"Vielen Dank für diese Bemerkung", seufzte Letztere. "Ich kann nicht anders als alle paar Sekunden den Kopf zu drehen aus Angst, eine Gruppe Wachen könnte mich wieder zur Senatshalle davonschleifen."

Ram'an winkte ab. "Dafür besteht kein Anlass mehr, Theá. Wir werden dich ohnehin in ein paar Monaten zurückbekommen."

Sie seufzte nur und umarmte ihn. Genau wie die meisten anderen Leute, denen ihre Abreise leidtat, hatte auch er sich nicht damit aufgehalten, seine Freude über Vran'els Arrangement zu verbergen.

Iklan war ganz aufgeregt gewesen und hatte gleich begonnen, all die Möglichkeiten für eine Zusammenarbeit in Betracht zu ziehen, die dies eröffnet hatte. Dann hatte er versprochen, diesbezüglich so rasch wie möglich mit Valrad zu sprechen, überzeugt, dass er ihr damit einen großen Gefallen erwies.

Bislang war ihre Nichte Obal die Einzige gewesen, die wenig begeistert auf die Aussicht reagiert hatte, ihr von nun an regelmäßig zu begegnen. Und sie hatte ihren Unmut unverhohlen gezeigt. Erst der Hinweis, dies bedeute auch, dass sie Enric zurückbekommen würde, hatte sie aufgeheitert.

Sie beobachtete Orrin, wie er sich von den Leuten verabschiedete, die er in den letzten Monaten trainiert hatte. Die klopften ihm wiederholt auf den Rücken und deuteten wenig subtil an, dass sie ihn bald zurückerwarteten.

Vern war der Nächste, der sie in eine Umarmung zog und ihr unter Tränen versprach, dass er sie schrecklich vermissen würde und es nicht erwarten konnte, dass sie wieder nach Takhan zurückkehrte. Dann folgten Neval und Kilan.

Malriel und Valrad standen beieinander, Hand in Hand, und warteten, bis sie an die Reihe kamen. Eryn wandte sich an ihren Vater.

"Genieß die Ruhe und den Frieden in den nächsten paar Monaten, Valrad."

Er lächelte. "Ich würde lieber auf diese Ruhe verzichten und mich stattdessen dem Chaos stellen, das es bedeuten würde, meine beiden Töchter als Heiler hier in meiner Klinik zu haben." Er nahm ihr Gesicht zwischen seine Hände und küsste ihre Stirn, bevor er sie fest umarmte. "Und vielleicht können wir weiterhin daran arbeiten, dass du mich nicht länger mit meinem Namen ansprichst, wenn du zurückkehrst."

Sie nickte. "Sicher, daran werden wir eines Tages arbeiten…"

Malriel lächelte vage. "Wir hatten nicht viel Zeit zusammen, Maltheá. Aber dich hier zu haben war auf jeden Fall ein Abenteuer, genau wie beim letzten Mal. Ich freue mich schon auf deine Anwesenheit hier; mein Leben wird dadurch zweifellos interessanter. Wenngleich ich womöglich den Rest des Jahres benötigen werde, um mich davon zu erholen, sofern wir nicht eines Tages eine friedlichere Art der Koexistenz finden." Dann umarmte ihre Mutter sie vorsichtig. "Gib gut auf dich und meinen Enkel acht, Tochter."

"Selbstverständlich, Mutter", erwiderte Eryn und grinste bei dem Anflug von Irritation, den ihr Tonfall noch immer auslöste.

Pe'tala war die Nächste, die die besten Wünsche ihres Vaters entgegennahm und dann Malriel gegenüberstand.

"Tala, ich wage zu behaupten, dass wir uns aneinander gewöhnen müssen, wo wir nun Familie sind. Auf Wiedersehen und kehre bald zurück, mein Mädchen."

"Aber sicher", nickte Pe'tala, dann fügte sie mit einem unbarmherzigen Lächeln und beinahe im gleichen Tonfall wie ihre Schwester vor ihr hinzu: "Mutter."

Eryn starrte die beiden einen Moment lang an, dann begann sie über Malriels entgeisterte Miene zu kichern. Sie sah, dass sich sogar Valrad auf die Lippe beißen musste, um sich vom Grinsen abzuhalten.

Enric sah auf sie hinab und schüttelte den Kopf, als sie sich eine Träne aus dem Augenwinkel wischte.

"Bist du in der Lage, deinen Sohn einen Augenblick lang zu halten, damit ich mich von deinen Eltern verabschieden kann, oder muss ich mich sorgen, dass du ihn in deinem momentanen Anfall von Heiterkeit fallen lassen könntest?"

Sie nickte und nahm Vedric von seinem Arm. Dann zwinkerte sie Pe'tala zu, die ihr mit einem wissenden, boshaften Blick zulächelte. Als sie Vran'el am Ende der Landungsbrücke warten sahen, wurden ihre Mienen ernst und einen Hauch frostig.

Langsam näherten sie sich, ließen sich Zeit dabei.

Sobald sie vor ihm standen, beugte er sich vor und küsste zuerst Pe'tala, dann Eryn auf die Stirn.

"Ich wünschte, wir hätten etwas mehr Zeit, um an unseren Schwierigkeiten zu arbeiten. Es passt mir keineswegs, euch abreisen lassen zu müssen, solange die Dinge so zwischen uns stehen", meinte er gefasst. "Wir werden einander schreiben und bis zu eurer Rückkehr regelmäßigen Kontakt halten. Seid nett zueinander und versucht, dem Namen Vel'kim keine Schande zu machen", meinte er mit einem schwachen Lächeln.

"Auf Wiedersehen, Vran", sagte Pe'tala und tätschelte seine Wange. "Versuch, nicht auch noch den Rest von Haus Vel'kim in die Knie zu zwingen, solange wir fort sind."

"Ich sehe dich nicht auf den Knien, sondern eher, wie du auf mir herumtrampelst, Tala", seufzte er und wandte sich der anderen Frau zu. "Eryn, es tut mir leid, dass wir uns auf diese Weise trennen müssen, doch ich vertraue darauf, dass unsere Zuneigung füreinander uns ermöglicht, damit fertigzuwerden."

Sie nickte. "Ja, ich weiß. Auf Wiedersehen, Vran'el. Wir sehen uns in sechs Monaten wieder."

Beide Frauen betraten die Planke und gingen vorsichtig an Bord des Schiffes, dann beobachteten sie an die Rehling gelehnt, wie der Rest ihrer Gruppe näherkam.

"Ich erinnere mich daran, als wir hier ankamen und du die Königin der Dunkelheit in den Fluss getreten hast", entsann sich Pe'tala mit einem verträumten Lächeln. "Ich gebe zu, dass ich heute auf einen ähnlich gearteten Abschied gehofft hatte."

"Valrad hielt ihre Hand, also wäre er entweder mit ihr im Wasser gelandet oder er hätte versucht, mich aufzuhalten."

Die jüngere Frau zuckte mit den Schultern. "Welch besseren Weg gäbe es, um ihn auf den Ärger vorzubereiten, der von nun an sein ständiger Gefährte sein wird?"

"Sie wirken glücklich", seufzte Eryn resigniert, während sie das Paar ansah. "Ich frage mich nur, wie viel davon noch übrig sein wird, wenn wir hierher zurückkehren."

"Ich habe es vermocht, eine furchterregende Aren zu zähmen", ertönte Enrics Stimme hinter ihnen. "Wer sagt, dass er nicht zu der gleichen Heldentat in der Lage ist?"

Eryn rollte die Augen himmelwärts. "Du hast mich nicht gezähmt. Du hast mich mürbe gemacht und ausgelaugt."

Pe'tala grinste spöttisch. "Und soweit ich gesehen habe, scheint es derzeit eher, als hätte meine Schwester dich gezähmt, Ordenslord."

"Wie sieht es bei Rolan und dir aus?", erkundigte sich ihre Schwester. "Wer übernimmt bei euch das Zähmen?"

Rolan zog beide Augenbrauen hoch, als sämtliche Augen auf ihm ruhten. "Ich würde sagen, ich habe mich angesichts einer Übermacht geschlagen gegeben."

"Das war nicht der Eindruck, den ich hatte, als ich sah, wie du sie in der Klinik zuhause angeschrien hast", lachte Eryn.

"Ich habe mich nicht sofort ergeben, sondern eher beim letzten Hindernis", meinte er achselzuckend und legte Pe'tala einen Arm um die Schultern. "Das ist eine interessante Stadt, weißt du. Ich freue mich schon darauf, in ein paar Monaten wieder herzukommen."

Pe'talas Kinnlade fiel in völligem Erstaunen nach unten, und sie starrte ihn an.

"Ich kann mich des Eindrucks nicht erwehren, dass sie dieses Thema offensichtlich bislang vermieden haben", murmelte Enric seiner Gefährtin ins Ohr.

Eryn schluckte und flüsterte zurück: "Und wie es scheint, ist er zu einer Entscheidung gelangt."

Fasziniert sahen sie zu, wie Pe'tala mehrmals versuchte, etwas zu sagen, es jedoch nicht vermochte. Dann begannen plötzlich ohne Vorwarnung Tränen ihre Wangen hinabzulaufen, und sie schlang die Arme um ihn, vergrub ihr Gesicht an seinem Hals.

"Ich habe dich nicht… ich meine… ich hatte solche Angst, dich… dich… ich hatte keine Ahnung…", stammelte sie.

Rolan lächelte und streichelte ihren Rücken, drückte ihr einen Kuss auf ihr Haar.

Orrin und Junar kamen an Bord des Schiffs und blieben abrupt stehen, als sie die weinende Frau erblickten.

"Was ist denn mit ihr los?", erkundigte sich der Krieger und zeigte das übliche Unbehagen, das Männer zur Schau stellten, wenn sie sich einem weinenden Mitglied des anderen Geschlechts gegenübersahen.

Eryn schüttelte leicht den Kopf. "Ich bin nicht ganz sicher, aber ich denke, sie hat gerade Spuren menschlicher Emotionen in ihrem Inneren entdeckt. Natürlich müsste ich weiterführende Forschungen anstellen, um das zu bestätigen. Immerhin ist es eine recht unwahrscheinliche Theorie."

"Idiotin", schniefte Pe'tala und wischte sich mit ihrem Ärmel die Tränen weg.

"Rolan teilte ihr gerade mit, dass er mit ihr hierher zurückkehren wird", erklärte Enric.

Junar lächelte, gerührt von Pe'talas Reaktion. "Bedeutet das, ihr beide werdet in einen Lebensbund eintreten?"

"Ja, aber erst, wenn wir wieder hier sind. So kann ihre Familie mit uns feiern", nickte Rolan, seine Miene selbstgefällig, als Pe'talas Tränen erneut zu fließen begannen und er sie mit sich zu einer Kiste zog, damit er sich setzen und sie auf seinen Schoß ziehen und halten konnte.

"Meine Güte, ich glaube, er hat sie kaputt gemacht - sie ist undicht, und zwar so richtig", seufzte Eryn. "Ich bin nicht ganz sicher, weil das nicht so ganz die übliche Vorgangsweise ist, aber er hat ihr doch gerade einen Antrag gemacht, oder?"

Enric dachte eine Weile nach, dann nickte er zögerlich. "So könnte man das wohl ausdrücken, schätze ich. Allerdings war mein Eindruck eher, dass er ihr nicht nur einen Antrag gemacht, sondern ihn auch gleich an ihrer Stelle angenommen hat. Ein effektiver Ansatz, muss ich zugeben. Ich hätte nicht gedacht, dass es in ihm steckt", fügte er mit einem bewundernden Unterton hinzu.

Eryn schnaubte. "Und ich hätte nicht gedacht, dass er so etwas überleben würde."

KAPITEL 17

Noch mehr Familie

Eryn widerstand dem Impuls, auf die Knie zu fallen und den heimatlichen Boden zu küssen, nachdem sie das Schiff in Bonhet verlassen hatten. Zum einen hätte es für die Betrachter wohl etwas seltsam angemutet, und zum anderen war sie noch immer bestrebt, sämtliche plötzlichen Bewegungen zu vermeiden, die ihren Magen unnötig in Aufruhr versetzen mochten.

Die Überfahrt auf dem Schiff war weniger unangenehm verlaufen als es ihr von den vorhergehenden Reisen im Gedächtnis geblieben war. Das lag an der Größe des Schiffes, genau wie Enric es versprochen hatte. Je größer das Fahrzeug, desto weniger anfällig war es für die Bewegungen kleiner Wellen, die Brechreiz auslösten.

Eine gewisse Übelkeit war da noch immer, jedoch nicht in dem Ausmaß, wie sie es in der Vergangenheit ertragen hatte müssen.

Enric trug ihren Sohn, da sie selbst noch etwas wackelig auf den Beinen war.

"Ich erkenne diesen Ort kaum wieder", staunte sie und sah sich um, nahm die neuen Gebäude, breiten Straßen, Karren und die allgemeine Geschäftigkeit in sich auf. "Seit unserer letzten Durchreise hier ist er noch mehr gewachsen."

"Natürlich", meinte Enric achselzuckend, bemerkte aber die Veränderungen ebenfalls mit Interesse und Zufriedenheit. Dank dem zunehmenden Güteraustausch mit den Westlichen Territorien entwickelte sich dieser Fleck gut, und das würde er auch weiterhin tun, wenn alles nach Plan lief.

Eryn zog ihre Augenbrauen hoch. "Baust du hier noch einen weiteren Anlegesteg? Warum ist er so weit weg von den anderen?"

Er folgte ihrem Blick. "Das ist der Erste, der größeren Frachtschiffen Platz bieten soll. Die liegen bei voller Beladung aufgrund ihres Gewichts tiefer im Wasser. So nahe am Ufer ist das Wasser nicht tief genug, also muss der Steg etwas weiter ins Meer reichen, und sogar dort draußen haben die Arbeiter noch einiges auszuheben."

"Ausheben? Unter Wasser?", fragte sie ungläubig und stellte sich Leute vor, die gegen die Strömungen und Unterwasserkreaturen ankämpften, an ihren Füßen Gewichte, damit sie nicht wieder nach oben trieben. Und dann war da noch die Sache mit dem Atmen.

"Ja. Ich habe dafür ein paar Magier aus den Westlichen Territorien angeheuert. Sie sprengen den Untergrund mehr oder weniger weg. Es ist wesentlich weniger komplex und zeitaufwändig als traditionelle Baumethoden."

Langsam nickte sie. Das ergab Sinn. Der Gedanke daran, dass Magier tatsächliche Arbeit verrichteten, war in diesem Land allerdings noch immer neu. Dabei war es unwesentlich, ob diese nun von hier stammten oder nicht. Derzeit hatte Enric kaum eine andere Wahl als auf ausländische Magier zurückzugreifen. Wie für den Einsatz als Kapitän auf seinen Schiffen, damit sie die magische Barriere passieren konnten, die sich noch immer dort draußen befand. Doch er hoffte, dass sich das Konzept hier ebenfalls bald verbreiten würde und sich hiesige Magier für die Idee erwärmten, sich nützlich zu machen und eines nicht allzu fernen Tages produktive Mitglieder der Gesellschaft wurden. Sollte es von nun an tatsächlich eine steigende Anzahl an magisch begabten Kindern geben, konnte der Orden wohl kaum alle von ihnen zu Kämpfern oder Heilern ausbilden. Es würde schlichtweg zu viel kosten und zu wenig Nutzen bringen.

Junar trat neben ihn und nickte anerkennend. "Dieser Ort hat sich zu einem richtigen Städtchen entwickelt. Das heißt dann wohl, dass gute Chancen auf eine ordentliche Mahlzeit bestehen?"

Enric nickte. "Sicher doch. Man sagte mir, dass erst vor einem Monat das dritte Gasthaus eröffnet wurde. Wir werden essen, dann solltet ihr das Boot nehmen, das euch stromaufwärts nach Anyueel bringen wird."

Eryns Kopf fuhr besorgt zu ihm herum. "Was soll das heißen? Du kommst nicht mit uns zur Stadt zurück?"

"Nein, das werde ich nicht. Obgleich meine Pläne nicht nur auf mich selbst beschränkt sind, sondern auch dich und Vedric miteinschließen. Wir werden einen Umweg machen."

"Einen Umweg? Wohin? Und zu welchem Zweck? Und warum hast du es bislang verabsäumt, das zu erwähnen?"

"Es sollte eine Überraschung werden. Ich habe noch zwei, drei weitere Wochen erbeten, damit ich dich meiner Schwester und ihrer Familie vorstellen kann. Du sagtest, du würdest sie gerne kennenlernen. Auch wenn das nun schon eine Weile her ist, nehme ich an, dass sich daran nichts geändert hat." Er sah zu, wie sich die Falten auf ihrer Stirn glätteten, als sie über diese neue Entwicklung nachdachte. "Das wird unsere erste Reise sein, deren einziger Zweck unser eigenes Vergnügen ist."

Langsam breitete sich ein Lächeln auf ihrem Gesicht aus. "Das klingt fabelhaft. Allerdings wäre ich darüber gerne etwas zeitiger informiert worden, damit ich mich um angemessene Kleidung hätte kümmern können. Beinahe alles, was ich dabeihabe, eignet sich für das Klima in Takhan, nicht aber für den Spätherbst und Winter hier. Ich werde mich womöglich die ganze Zeit über im Bett verschanzen um nicht zu frieren."

"Dein Mangel an Vertrauen in meine Organisationsfähigkeiten schmerzt mich, Liebste", lachte er. "Ich habe eine Truhe mit Kleidung von unserem Haus zu dem meiner Schwester schicken lassen, also sollten wir diese eine Woche dort ohne gröbere Unbequemlichkeit überstehen."

Erleichtert nickte sie und schob den Gedanken beiseite, dass sie nicht einmal sicher war, ob sie in diese Kleidung überhaupt schon wieder hineinpasste, und auch den winzigen Funken an Bedauern darüber, dass ihre Rückkehr an das, was mittlerweile ihr Zuhause war, verzögert wurde. Sie hatte sich darauf gefreut, in ihre eigenen vier Wände, zu Plia und der Klinik zurückzukehren.

Aber natürlich war sie neugierig auf seine Schwester, das einzige Familienmitglied, dem er nahe zu stehen schien. Und das hier war höchstwahrscheinlich die beste Gelegenheit für diese Reise. Eine leicht verspätete Rückkehr nach einem so ausgiebigen Aufenthalt war jedenfalls einfacher zu organisieren als sich in nächster Zeit um eine weitere Reisegenehmigung zu bemühen.

"Wir werden nun etwas essen und dann aufbrechen. Ich habe uns eine Kutsche bestellt, die uns an unser Ziel bringen wird. Ich werde Urban wecken. Sie kann entweder neben uns herlaufen oder mit uns in der Kutsche fahren", erklärte Enric.

"Deine Schwester wird mit eurem kleinen Haustier kein Problem haben?", erkundigte sich Orrin und nickte zu der Kiste hin, die derzeit von vier Männern entladen wurde.

"Nein, ich habe sie vorgewarnt. Und sie war schon immer die Mutigere von uns beiden. Selbst wenn sie Angst hätte, würde sie es niemals zugeben."

"War sie das?", fragte Eryn neugierig.

"Oh, ja, absolut. Wie du dir vielleicht vorstellen kannst, war das für einen älteren Bruder eine konstante Quelle des Verdrusses."

Pe'tala gesellte sich zu ihnen und gluckste. "Der große, starke Enric hatte eine beherztere Schwester? Das ist nur schwer zu glauben. Andererseits braucht man sich nur Vran'el anzusehen; von uns Geschwistern ist er der Einzige, der sich in Urbans Nähe unwohl fühlt, und dabei ist es vollkommen unerheblich, dass er der Älteste ist. Ich denke, es hat nichts mit älter oder jünger zu tun. Männer sind generell weniger mutig."

"Vielen Dank für diese Perle der Weisheit", meinte Orrin augenrollend. "Wie nett, dass du mit uns auf dem Boot reisen wirst."

"Sei nicht mürrisch, Orrin", lächelte sie. "Es bringt überhaupt nichts, ein grundlegendes Naturprinzip abzustreiten oder deswegen sauer zu sein."

"Besteht die Chance, dass ich euch dazu überreden kann, sie mit zum Haus deiner Schwester zu nehmen? Bitte?", knurrte er.

Eryn lachte und schüttelte den Kopf. "Überhaupt keine. Aber du könntest sie in unbewaffnetem Kampf unterweisen; so kannst du sie beschäftigen und gleichzeitig nach Herzenslust verhauen."

Pe'tala richtete sich auf. "Könnten wir das wirklich?", fragte sie eifrig mit aufgeregt blitzenden Augen.

Orrin blinzelte. "Das würdest du wollen? Ernsthaft? Freiwillig?", fügte er mit einem Seitenblick auf ihre Schwester hinzu.

"Ich will das schon seit einer Weile lernen, wollte damit aber nicht an den Orden herantreten. Der würde wohl eine Ratsversammlung oder so etwas einberufen, um zu einer Entscheidung zu gelangen."

Der Krieger lächelte. "Es wäre mir eine Freude, dich zu unterweisen. Wir müssen ungefähr zwei Tage auf dem Boot totschlagen, also können wir die Zeit genauso gut nutzen. Versuch allerdings, nicht in den Fluss zu fallen." Er wandte sich an Eryn. "Ich habe meine Meinung geändert. Wir werden ihr gestatten, uns zu begleiten."

Pe'tala grinste ausgiebig.

"Du hättest Rolan ersuchen können, dich zu unterrichten. Er ist ebenfalls kein übler Kämpfer, zumindest mit einem Schwert", zeigte Enric auf.

Sie zuckte zusammen. "Ich soll mir von meinem Liebhaber das Kämpfen beibringen lassen? Das ist ein ausgesprochen unattraktiver Gedanke, Ordenslord. Ich mag es, wenn die Dynamik in meiner Beziehung wesentlich friedlicher ist, als das, was dir offensichtlich zusagt."

Eryn nickte. "Dem schließe ich mich an."

"Abgesehen von der Tatsache, dass Orrin dein Training übernommen hat, ist es nun schon ungefähr neun Monate her, seit du das letzte Mal Kampfunterricht hattest", strich ihr Gefährte hervor. "Ich sehe also nicht wirklich, wie diese Argumente auf unsere Situation passen."

"Der Orden wird mich irgendwann anweisen, das Training wiederaufzunehmen, und da wir Anyueel jedes Jahr ein paar Monate lang verlassen sollen, werden sie auf jeden Fall verlangen, dass du mich wieder trainierst, wenn Orrin in Takhan nicht verfügbar ist", betonte sie. "Sofern du nicht planst, diese Aufgabe an Kilan zu delegieren, versteht sich."

Enric zuckte mit den Schultern. Das war ein vernünftiges Argument. Dann grinste er, als ihm etwas einfiel, das ihm der Botschafter erzählt hatte. "Das würde ich nicht von ihm verlangen. Es wäre zu grausam. Und ich schätze, dass er seinen Anteil an ungewollt aufgezwungenen Aufgaben bereits hatte."

Sie verzog das Gesicht. "Dann hat er dir also von meinem Versuch erzählt, mich aus der Korrespondenz mit dem König und Tyront herauszuwinden. Und da sagen die Leute, es wäre das Weibsvolk, das zum Tratschen neigt. Ihr seid ebenso schlimm."

"Diesbezüglich werde ich dir nicht widersprechen, Liebste. Interessanterweise ist das etwas, an dem sich Männer und Frauen auf beiden Seiten des Meeres erfreuen, somit ist es also offenbar nichts Kulturelles, sondern womöglich ein grundlegendes menschliches Bedürfnis."

Eryn verdrehte die Augen. "Das grundlegende menschliche Bedürfnis des Tratschens? Wirklich?"

"Warum nicht? Auf jeden Fall hält es die Gemeinschaft zusammen."

"Sofern du nicht dummerweise der Anlass für den Tratsch oder dessen Opfer bist", wies sie hin.

"Das versteht sich. Aber selbst das gilt es nur auszuhalten, bis etwas Neueres passiert. Allerdings nur, sofern du nicht auch damit in Verbindung stehst", revidierte er.

Sie schnaubte. "Genau, sag das mir. Manchmal denke ich, ich war in den letzten beiden Jahren der Hauptgrund für das Gerede in beiden Ländern."

Orrin nickte. "Ja, das ist sicher eine berechtigte Annahme. Jedenfalls ist es nie langweilig, wenn du in der Nähe bist. Sollen wir weitergehen und etwas essen, oder wollt ihr eure Diskussion über den Nutzen von Tratsch hier fortsetzen?"

Junar schenkte ihm ein dankbares Lächeln und wartete geduldig darauf, dass Enric voranging. "Deine Schwester nennt Enric immer wieder Ordenslord. Sie weiß schon, dass Rolan auch einer ist?"

"Natürlich weiß ich das", meinte Pe'tala augenrollend. "Aber dazu wurde er erst vor kurzem gemacht, und Enric ist schon seit Jahren diese Säule der Gesellschaft."

"Warum klingt das wie eine Beleidigung?", seufzte Enric. "Wenn man bedenkt, dass sowohl dein Vater und nun auch dein Bruder einflussreiche Politiker sind, finde ich deine Haltung etwas befremdlich."

Darüber lachte sie. "Tust du das? Das solltest du nicht. Ich weiß immerhin, wovon ich rede. Ihr mögt gewaltig und mächtig, unantastbar, weit erhaben über die Sorgen des täglichen Lebens wirken, doch das seid ihr nicht. Ihr werdet ebenso leicht aus der Bahn geworfen von kleinen Ereignissen, wo sich manche von uns fragen, ob ihr jemals wirklich erwachsen geworden seid. Vran kämpft mittlerweile schon seit sicher zwei Jahrzehnten mit mir um die gelben Früchte in der Frühstücksschüssel, und mein hoch angesehener Vater ist offenkundig vorzeitig mental verfallen, und zwar in einem Ausmaß, das ihn denken lässt, er wäre in die Königin der Dunkelheit verliebt."

Eryn nickte ernst. Letzterem ließ sich kaum etwas hinzufügen.

Sie folgten Enric zu einem Gebäude, das wesentlich prachtvoller wirkte als alle anderen rundherum.

"Das ist die neue Taverne?", staunte Junar.

"Ein wenig mehr als das", erklärte Enric. "Sie bieten auch eine Anzahl an Zimmern an, was Sinn ergibt, wenn man bedenkt, dass in den nächsten Monaten wohl mehr Leute nach Takhan reisen werden. Irgendwo werden sie darauf warten müssen, dass ihr Schiff in See sticht oder anlegt."

"Das Gebäude gehört nicht zufällig dir, oder?", fragte Eryn misstrauisch.

"Nein, tatsächlich tut es das nicht."

"Sei nicht gierig, Schwester", grinste Pe'tala spöttisch. "Nicht alles kann nur euch beiden gehören. Lass auch andere Leute hin und wieder etwas besitzen."

"Wann genau können wir sie zurücklassen und uns auf den Weg machen?", murmelte Eryn mit einem Seitenblick auf Pe'tala und folgte den anderen durch eine breite Tür in einen weitläufigen Raum.

Die Oberflächen glänzten, allerdings nicht als Folge konstanter Abnutzung, sondern aufgrund irgendeiner Substanz, wohl eine Art Öl. Der Duft von frischem Holz durchdrang die Luft. Er war nicht unangenehm, doch ein wenig zu intensiv als dass es behaglich gewirkt hätte.

Junar pfiff durch die Zähne. "Ich wette, meine Schwester würde das gerne sehen. Sie will ihr Gasthaus nun schon seit einer Weile renovieren, aber nachdem sie während ihrer Krankheit den Großteil ihrer Ersparnisse auf die Apotheker verwenden musste, liegt dieser Plan schon mindestens drei Jahre lang auf Eis. Das hier hätte sie allerdings liebend gern gesehen."

"Wie schade, dass Vern nicht hier ist. Er hätte ein Bild für sie anfertigen können", meinte Eryn und ließ ihren Blick die farbenfroh dekorierten Wände entlanggleiten.

Es sah aus, als versuchte der Inhaber, die Reisenden schonend auf das vorzubereiten, was sie auf der anderen Seite des Meeres erwartete. Allerdings basierte die Umsetzung des Prinzips farbenfroher Dekoration unverkennbar auf Erzählungen und wurde nicht von jemandem in Angriff genommen, der jemals mit eigenen Augen gesehen hatte, wie die Leute in den Westlichen Territorien einen Raum bequem und angenehm gestalteten. Hier war nichts von dem Geschmack und Stil aus dem Westen ersichtlich, sondern es glich mehr einer zufälligen Anhäufung von allerlei fröhlich anmutenden Stoffstücken, derer der Eigentümer habhaft werden konnte.

Sie musste grinsen, als ihr der Gedanke kam, dass Leute, die zum ersten Mal von Takhan nach Anyueel reisten und hier vorbeikamen, wohl denken würden, dass dies die hiesigen Gebräuche widerspiegelte. Womöglich würden sie den

Schock ihres Lebens erleiden und sich fragen, in welches seltsame Land sie sich vorgewagt hatten. Keinesfalls würden sie erraten, dass die Absicht dahinter darin bestand, das zu imitieren, was sie aus ihrer eigenen Heimat kannten.

Man führte sie zu einem Tisch, der von Stühlen mit echter Polsterung umgeben war und somit tatsächlich gemütlich wirkte.

"Wie lange werdet ihr bei der Familie deiner Schwester bleiben?", fragte Junar Enric.

"Etwa zehn Tage", antwortete er. "Falls Eryn und meine Schwester nicht miteinander auskommen, werden wir früher abreisen."

Eryn räusperte sich. "Willst du mir damit vielleicht sagen, ich wäre nicht umgänglich?"

"Nein, das ist es nicht, was ich sagen will. Aber ähnlich wie Pe'tala ist auch meine Schwester eine starke, selbstbewusste Frau. Und du erinnerst dich sicher daran, welch einen holprigen Start ihr beide hattet."

"Aber das war allein ihre Schuld!", protestierte sie. "Sie lehnte mich damals bereits ab, noch bevor sie mich erblickt hatte!"

Pe'tala kicherte. "Dich persönlich zu treffen hat daran allerdings auch nicht viel geändert. Aber wenn deine Schwester auch nur ein wenig Ähnlichkeit mit mir hat, muss sie eine wunderbare, intelligente, warmherzige Person mit einem großartigen Sinn für Humor sein."

"Ohne Zweifel", schnaubte Rolan und handelte sich damit unschwer erkennbar einen Tritt unter dem Tisch ein.

"Halt die Klappe", grinste sie. "Du bist verrückt nach mir."

"Ja, verrückt ist auf jeden Fall das Wort, das sich einem aufdrängt, wenn man bedenkt, dass er sich an dich binden will. Freiwillig", grummelte Eryn. "Habe ich erwähnt, dass ich es nicht gut finde, dass mich das meinen administrativen Leiter kosten wird?"

"Habe ich erwähnt, dass es mich nicht im Mindesten kümmert, welche beruflichen Unannehmlichkeiten mein Kommitment für dich nach sich zieht?", schoss Pe'tala zurück.

Rolan schüttelte den Kopf. "Ich denke, euch beide in Anyueel zu haben, wird recht angespannt werden. Ich hätte gedacht, das würde sich nun ändern, wo ihr einander gut leiden könnt, doch mit jedem Tag, den ich mit euch verbringe, schrumpft diese Gewissheit."

"Es könnte schlimmer sein", meinte Orrin hämisch grinsend. "Pe'tala könnte ein Mitglied des Ordens sein. Die beiden würden den Rat der Magier zur Verzweiflung treiben."

Rolan nickte. "Auf jeden Fall. Sie tragen Tala noch immer nach, wie sie damals mit ihnen gesprochen hat, als Eryn ihr Kampftraining unterbrechen wollte."

Enric grinste und schüttelte den Kopf, als die beiden Schwestern einen Blick wechselten und mit einem boshaften Glänzen in den Augen zu lächeln begannen bei der Erinnerung daran, wie Pe'tala an diesem Tag aufgetreten war.

"Seht sie euch an. Malriels Töchter, wie sie vereint in niederträchtigen Erinnerungen schwelgen."

Eryn und Pe'tala bedachten ihn mit einem vernichtenden Blick, bevor sie gleichzeitig sagten: "Ach, halt die Klappe, Bruder."

* * *

Eryn stand am Flussufer, ihre Hand in Enrics, und sah, wie das Boot mit ihren Freunden und Familie in Richtung der Stadt Anyueel davonsegelte. Die Bergkatze wälzte sich ein paar Schritte entfernt im Gras ihres Heimatlandes, noch immer ein wenig taumelig von ihrem langen Schlaf auf dem Schiff.

"Wie ist es möglich, dass ein Schiff auf diese Weise stromaufwärts fährt?", wunderte sie sich und versuchte festzustellen, ob der Wind tatsächlich stark genug blies, um gegen den Sog des Stromes anzukommen, der sich bemühte, sie wieder auf das Meer zuzutreiben. Doch was war, wenn der Wind nachließ oder aus der falschen Richtung kam? Würden sie zur Stadt zurückrudern? Mit Magiern an Bord wäre das wohl kein besonders großes Problem, die konnten für Windstöße sorgen; doch mit Passagieren ohne Magie wäre dafür mehr Mannschaft erforderlich, als auf einem Boot dieser Größe Platz fände.

"Dafür sind sie vom Wind abhängig", erklärte Enric. "Im Moment kommt er von der Seite, was nicht ideal ist, wenn wir die Richtung betrachten, in die sie wollen. Aber siehst du die Position der Segel? Sie sind flexibel, und derzeit sind sie darauf ausgerichtet, den Wind aus dem Süden aufzufangen."

Seine Gefährtin drückte seine Hand und schmunzelte. "Warum überrascht es mich nicht, dass du darüber Bescheid weißt? Ich schätze, dass irgendwo ein Buch zu diesem Thema herumlag?"

Er zog die Schultern hoch. "Ich würde nicht sagen, dass es herumlag, aber ja, daher habe ich auf jeden Fall meine Informationen. Ich dachte mir, dass ich ein paar Grundlagen verstehen sollte, wenn ich ein Reedereigeschäft starte. In der Regel zahlt es sich aus, zumindest ein gewisses Basiswissen zu demonstrieren, wenn ich mit Leuten rede, die mich nicht über den Tisch ziehen sollen. Ein kleiner Hinweis reicht für gewöhnlich. Die Leute sind so entgegenkommend, dass sie automatisch davon ausgehen, ich wäre wesentlich besser informiert, als es tatsächlich der Fall ist. Gib ihnen nur ein Bruchstück an Information, und ihre Köpfe werden den Rest bereitstellen. Eine sehr praktische menschliche Eigenschaft."

Eryn pfiff durch die Zähne. "Somit täuschst du die Leute also ständig, indem du dich selbst als wesentlich besser gebildet hinstellst, als du es tatsächlich bist. Das zerstört ein wenig das Bild, das ich von dir habe."

"Das bestürzt mich zutiefst, Liebste", seufzte er und schob seinen Sohn auf dem Arm in eine bequemere Position. "Aber lass mich dir sagen, dass ich normalerweise bestrebt bin, die Lücken in meinem Wissen zu füllen, auch wenn meine anfängliche Informationssuche weniger gründlich verläuft. Stellt das deinen Glauben in meine großartige intellektuelle Tüchtigkeit wieder her?"

Einen Moment lang gab sie vor, darüber nachzudenken, dann lächelte sie. "Für den Augenblick. Aber du kannst darauf wetten, dass ich wesentlich skeptischer sein werde, wenn du bei irgendeinem beliebigen Thema wieder einmal ungewöhnlich gut informiert wirkst. Von nun an werde ich stärker ins Detail fragen und nach den Grenzen dieses scheinbar endlosen Vorrats an Wissen in deinem Kopf suchen."

"Ich schätze, ich habe mir das Leben an deiner Seite gerade erheblich erschwert", kommentierte er.

"Warum? Ebenso gut kannst du zuweilen gestehen, dass du nicht allwissend bist. Oder mutet die Aussicht darauf, nicht stets besser und klüger zu sein, dermaßen abstoßend an?"

"Nein, Liebste. Ich versuche nur, dir die Art von Partner zu sein, die dich intellektuell stimuliert", erwiderte er sanft und schob ihr zärtlich eine Strähne, mit der der Wind spielte, hinters Ohr. "Besonders jetzt, wo ich mich auf einer Mission befinde, damit du dich wieder an mich bindest."

Ah ja, dachte sie, da war es wieder, dieses Thema. "Ich bin noch immer an dich gebunden, Enric. Es steht mir nicht frei, mich an sonst jemanden zu binden. Noch verspüre ich den Wunsch dazu."

"Ein Anfang, aber nicht genug. Das ist eine weitere menschliche Neigung, musst du wissen. Auf etwas zu verzichten, das wir niemals kannten, ist wesentlich unproblematischer als etwas zu erhalten und dann gezwungen zu sein, es aufzugeben."

"Nicht gezwungen, Enric", bemerkte sie gelassen. "Du hast diese Entscheidung getroffen."

"Ich weiß. Eine, für die ich jetzt bezahle. Und zwar teuer."

"Das will ich dir zugestehen", stimmte sie zu. "Aber das musste ich ebenfalls, als du mich auf diese Weise zurückgelassen und das Band zwangsweise von mir nehmen hast lassen. Ich möchte betonen, dass die Situation wesentlich schlimmer sein könnte, als sie es jetzt ist. Meiner Ansicht nach bin ich in dieser Sache sehr nachsichtig."

Er nickte nur in der Gewissheit, dass sie Recht hatte. Wer hätte ihr einen Vorwurf daraus machen können, wenn sie ihn vollkommen von sich gestoßen, ihm seinen Sohn vorenthalten und sich geweigert hätte, überhaupt noch mit ihm zu sprechen? Nicht viele, wenngleich die Leute in Takhan das Opfer anerkannt hätten, das er erbracht hatte, um ihnen zu helfen. Er wusste, dass er Glück hatte. Sie hatte ihm seit seiner Rückkehr sogar gesagt, dass sie ihn liebte - eine Aussage, die er so selten von ihr zu hören bekam, dass er darauf in nächster Zeit nicht zu hoffen gewagt hätte.

"Ich hatte nicht die Absicht, mich zu beklagen", meinte er leise und zwang sich zu einem Lächeln. "Komm. Die Kutsche wartet schon. Es dauert von hier für gewöhnlich etwas mehr als einen Tag, aber wir können nachts nicht reisen und müssen regelmäßige Pausen einlegen, damit du Vedric stillen kannst, ohne dass ihr dabei durchgerüttelt werdet."

Sie nickte und ließ sich von ihm zur Kutsche führen, während sie darauf achtete, dass Urban ihnen folgte. "Kann ich dich etwas fragen? Das geht mir schon seit einer Weile durch den Kopf, aber ich wollte es nicht ansprechen, solange die anderen dabei waren."

"Natürlich. Worum geht es?" Sie konnte ihn alles fragen, was sie wollte, solange sie dieses andere Thema für den Moment hinter sich ließen. Er bereute, dass er es aufgeworfen hatte.

"Es geht um Ram'an und Valcredy."

Enric blieb stehen und sah sie an, eine Augenbraue in selbstgefälliger Belustigung hochgezogen. "Du bist doch wohl nicht etwa eifersüchtig?"

"Was? Warum sollte ich? Das ist vollkommener Unsinn! Ich habe ihn öfter abgewiesen als ich zählen kann. Natürlich bin ich nicht eifersüchtig."

"Was stört dich dann daran?"

"Dass diese Frau in ihrem Leben nur ein einziges Bestreben zu haben schien, und zwar, sich einen mächtigen Magier zu schnappen! Ich erinnere mich noch recht gut daran, wie verärgert und frustriert sie war, als wir beide verbunden wurden, und wie sie mir sagte, ich wäre nichts als ein interessantes Haustier für dich. Was lächerlich ist, wenn man bedenkt, dass sie selbst genau das sein wollte. Und nun hat sie es offensichtlich doch noch geschafft, das zu erreichen."

"Und du denkst, dass sie keinen mächtigen Magier verdient hat?"

"Es ist mir vollkommen egal, was sie verdient oder bekommt, aber ich denke nicht, dass Ram'an es verdient, sie auf dem Hals zu haben. Er ist die ultimative Trophäe für sie! Er ist derjenige, der etwas Besseres verdient!"

"Eryn, Ram'an ist ein Oberhaupt eines Hauses und muss somit für seine Nachfolge Sorge tragen. Nachdem er dich verlor, gab er die Hoffnung so ziemlich auf, dass er sich wieder verlieben würde. Und er kann es sich nicht leisten, jetzt mit der Suche zu beginnen. Diese Verbindung kommt ihm ebenso entgegen wie ihr. Valcredy bekommt den Lebensstil und Status, den sie sich nun schon seit mehreren Jahren zu sichern versucht, und Ram'an wird die Kinder erhalten, die sein Haus benötigt, ohne dass er dafür mit einem anderen Haus verhandeln und einen Preis bezahlen muss, den er sich nicht leisten kann. Und da Valcready hübsch ist, werden zweifellos auch ihre Kinder recht ansehnlich werden."

Eryn stöhnte und blickte zum Himmel empor. "Ich weiß! Es ist nur nicht das, was ich mir für ihn gewünscht hätte!"

Enric seufzte und zog sie an sich, damit er seinen freien Arm um ihre Schultern legen und sie auf die Stirn küssen konnte. "Du fühlst dich schuldig, weil du denkst, dass er dieser gefühllosen, verzweifelten Maßnahme, Valcredy als seine Gefährtin zu akzeptieren, deshalb zustimmt, weil er dich nicht bekommen hat." Ihre missmutige Miene zeigte ihm, dass er richtig lag. Nicht, dass er diese Bestätigung gebraucht hätte. Durch das Geistesband spürte er ihre

Schuldgefühle deutlich genug. "Valcredy mag dir nicht gerade ihre beste Seite gezeigt haben, doch sie ist eine halbwegs intelligente und attraktive Frau und noch dazu eine talentierte Musikerin. Das sind drei Attribute, die sie für einen Mann zu einer begehrenswerten Gefährtin machen. Und beide kamen überein, einander so viel Freiheit wie nur möglich zuzugestehen. Es steht ihnen frei, Affären zu haben, ihren eigenen Neigungen in sämtlichen Bereichen ihres getrennten Lebens zu folgen und lediglich die Verantwortung der Erziehung ihrer Kinder miteinander zu teilen."

Eryn verschränkte die Arme. "Wirklich. Nun, wenn das wahrlich so fabelhaft ist, wie du es darstellst, sollten du und ich das womöglich ebenfalls versuchen." Sie zuckte zusammen, als sie seine Hand in ihrem Nacken spürte, mit der er sie zwang, zu ihm aufzusehen.

"Unsere Verbindung und die ihre sind nicht vergleichbar", erklärte er geduldig, doch in seinen Augen sah sie den bedrohlichen Funken, den die bloße Idee erweckt hatte. Sie hatte es lediglich als Stichelei gemeint, doch er schien es wesentlich ernster zu nehmen. "Unser Lebensbund ist keine geschäftliche Vereinbarung, wie widerwillig auch immer du ihn eingegangen sein magst oder wie ungerecht du dich derzeit von mir behandelt fühlst."

Er atmete bedächtig aus, ließ ihren Nacken los und rief sich ihr ursprüngliches Thema von zuvor in Erinnerung. Sie hatte über ihr Missfallen bezüglich der Verbindung zwischen einem Mann, den sie als engen Freund betrachtete, und einer Frau, die sie nicht leiden konnte, sprechen wollen. Und er hatte sich von seiner Angst, sie zu verlieren, übermannen lassen. Schon wieder.

Ein paar Sekunden lang studierte sie ihn, dann schüttelte sie den Kopf. "Ich sollte wohl etwas vorsichtiger mit dem sein, was ich zu dir sage. Man sollte meinen, dass ein gemeinsames Kind auch ohne ein Kommitment dritten Grades eine gewisse Bindung mit sich bringt."

Enric lächelte betrübt. "Wäre es doch nur so einfach, Liebste. Die Empfängnis unseres Kindes wurde dir aufgezwungen. Und Kinder haben weder in Valrads, noch in Malriels Fall dabei geholfen, dass ihre Gefährten bei ihnen blieben."

Eryn zog beide Augenbrauen hoch und kletterte in die Kutsche, als er die Tür für sie aufhielt. "Also gut, ich gebe zu, dass ich nicht gerade überglücklich war, als ich von meiner Schwangerschaft erfuhr, doch jetzt bin ich es sehr wohl. Und was meine glücklosen Eltern betrifft, so wage ich zu behaupten, dass es in beiden Fällen ein Segen war, dass ihre Gefährten nicht zuließen, dass ihre Kinder sie in lieblosen Beziehungen einsperrten." Sie sah, wie Urban ihr in die Kutsche folgte und sich dann unter einer der Bänke niederlegte. Sie musste wirklich erschöpft sein, wenn sie freiwillig eine Kutsche betrat anstatt die ersten paar Stunden ruhig daneben herzulaufen.

Nachdem Enric neben ihr Platz genommen hatte, warf er ihr einen bedächtigen Blick zu. "Das widerspricht deinem eigenen Argument, da es zeigt, dass ein Kind zu haben keine Garantie dafür ist, dass man beisammen bleibt", betonte er.

"Erstens war ich dagegen, überhaupt Kinder zu bekommen, doch ich habe erkannt, dass ich damit einverstanden bin, eines mit dir zu haben. Ich denke, dass dies für überdurchschnittliche Verbundenheit spricht. Und dann hast du dank deiner Seite des Bandes noch immer Zugriff auf meine Gefühle, also hast du sogar noch weniger zu befürchten, da du der Erste wärst, dem eine Veränderung meiner Zuneigung zu dir auffallen würde."

Er nickte. "Nette, logische Argumente, soviel werde ich dir zugestehen."

"Aber keine, die dazu beitragen, deine Ängste zu beschwichtigen, ich könnte davonlaufen, solange ich nicht wieder in dieses verdammte Band dritten Grades mit dir eingetreten bin?", fragte sie mit einer Grimasse. "Wie ist es möglich, dass ein Mann, der offensichtlich für so lange Zeit ein begehrenswertes Ziel für viele Frauen war, dermaßen unsicher ist, wenn es um seine eigene Gefährtin geht?" Verständnislos schüttelte sie den Kopf und stützte sich mit den Beinen auf der gegenüberliegenden Sitzbank ab, als sich das Gefährt in Bewegung setzte.

"Das mag etwas mit der Tatsache zu tun haben, dass du versucht hast, vor mir wegzulaufen, nachdem wir bereits verbunden waren. Das zeigt ganz eindeutig, dass du nicht so stark an mir hängst wie ich an dir, weshalb eine gewisse… Bedachtsamkeit angeraten scheint."

Ihr Kopf fuhr zu ihm herum. Er hatte das dermaßen ruhig und ohne auch nur eine Spur von Ärger oder Vorwurf ausgesprochen, als wäre es nur eine weitere Tatsache.

"Ich finde, das ist eine sehr schroffe Aussage mir gegenüber", flüsterte sie, verletzt.

Er sah sie an, eindeutig überrascht von ihrer Reaktion auf seine Worte. "Das war nicht als Vorwurf gemeint, Liebste. So begann es auch zwischen uns - ich war bereits in dich verliebt, während du gerade einmal meine Berührung toleriertest. Diese Kluft bei unserer Zuneigung füreinander ist rascher geschrumpft, als ich zu hoffen gewagt hatte, wenngleich das derzeit im günstigsten Fall stagniert. Ich fürchte sogar, dass sie vielleicht sogar wieder ein wenig gewachsen sein könnte. Eines Tages werden wir in unserer Beziehung einen Punkt erreicht haben, wo diese Lücke nicht länger spürbar sein wird. Darauf kann ich warten."

"Das war nicht der Eindruck, den ich vor deinem Aufbruch nach Pirinkar hatte", stellte sie fest, während sie zum Kutschenfenster hinausblickte und sah, wie die Vielzahl an neuen Gebäuden in Bonhet vorüberzog. "Zum ersten Mal in meinem Leben fühlte ich mich nach dem Tod meines Vaters wieder sicher bei einem anderen Menschen. Ich hatte das Gefühl, ich könnte mich dir anvertrauen. Mit allem. Das Geistesband trug seinen Teil dazu bei, gebe ich zu. Ich teilte so vieles mit dir, wenn auch nicht bewusst. Wenn dir das nicht genug war, dann frage ich mich, ob ich dir jemals geben kann, was du dir wünschst.

Oder ob du wirklich um so vieles stärker an mir hängst als ich an dir, so wie du es zu glauben scheinst."

Sie schob seine Hand fort, als seine Finger dazu ansetzten, ihr Kinn in seine Richtung zu drehen. Jetzt gerade wollte sie ihn nicht ansehen.

"Eryn, sieh mich an", beschwor er sie. "Für das, was ich dir zu sagen habe, will ich dir in die Augen sehen. Damit ich dir zeigen kann, dass dies keine leeren Worte sind, und damit ich sehen kann, dass du verstehst, was ich dir sage." Er wartete, bis sie ihren Kopf schließlich zögernd in seine Richtung wandte. Erst als sie ihren Blick zu seinem hob, fuhr er fort: "Der Gedanke daran, dich zu verlieren, schnürt mir die Kehle zu. Es ist, als wärst du die Luft, die ich atme und als würde mein Körper gegen die Gefahr rebellieren, ohne dich sein zu müssen. Ich hatte keine Ahnung, dass eine Emotion solche körperlichen Auswirkungen haben kann. Sie warnten mich davor, mein Ende des Kommitmentbandes intakt zu lassen, da es mich zu dir zurückziehen und mich leiden lassen würde. Doch das war nichts, es war sogar süße Pein verglichen mit dem Gedanken daran, überhaupt keine Verbindung zu dir zu haben, vollkommen von dir abgeschnitten zu sein. Und selbst wenn ich mehrere Jahre lang fort gewesen wäre, weiß ich, dass dieses Band, wie schmerzlich auch immer seine Auswirkungen waren, das einzige gewesen wäre, das mich davor bewahrt hätte, den Verstand zu verlieren. Denn eine schmerzhafte Bindung zu dir wäre immer noch wesentlich besser gewesen als das, was für mich einem kompletten Atemstillstand gleichgekommen wäre. Durch das Band spürte ich, wie du gelitten hast, doch verglichen mit dem, was ich an deiner Stelle durchgemacht hätte, war es nichts. Deshalb weiß ich, dass es noch immer eine Kluft gibt."

Eryn schluckte schwer und schloss die Augen, woraufhin die Tränen, die sich unter ihren Lidern gesammelt hatten, ihre Wangen hinabliefen. Der Gedanke daran, von einer anderen Person mit solcher Intensität, mit solch selbstzerstörerischem Nachdruck geliebt zu werden, war beinahe überwältigend.

"Wie soll ich dem jemals gerecht werden?" Sie schüttelte den Kopf, und ihre Stimme klang leicht panisch. "Was ist, wenn ich nicht einmal dazu fähig bin, dermaßen tiefgehende Liebe zu empfinden? Was ist, wenn all die Jahre des Alleinlebens, des Versteckens und ständigen Misstrauens etwas in mir zerstört haben, das mich davon abhält, das in solch einem Ausmaß zu erwidern?"

Enric lächelte und zog ihre Hand an seine Lippen. "Du bist wahrhaft besorgt darüber, dass du nicht dazu in der Lage sein könntest, mich ebenso sehr zu lieben wie ich dich? Und du behauptest, ich würde alles in einen Wettbewerb verwandeln!" Dann wurde er wieder ernst. "Wir haben viele Jahre vor uns, um all das herauszufinden. Und in diesen Jahren wird unsere Zuneigung füreinander einem Wandel unterworfen sein, wird sich weiteren Herausforderungen stellen und wachsen. Herausforderungen wie der, mit einem halbwüchsigen Jungen fertigwerden zu müssen, der so stark wird, dass keiner von uns beiden in der Lage sein wird, ihm Einhalt zu gebieten, wenn er aus der Rolle fällt. Oder die Anstrengung, die es für uns drei bedeuten wird, zwischen den Städten zu pendeln. Oder welchen Ärger es in Zukunft noch mit sich bringen mag, dass wir Mitglieder verschiedener Häuser sind. Doch jeder Test, jeder Kampf bedeutet, dass wir hinterher ein wenig klüger als zuvor daraus hervorgehen werden."

"Es wird Kämpfe geben, die womöglich nie ein Ende finden", meinte sie sanft. "Zum Beispiel mit dem König. Du hast mich aus Anyueel fortgebracht, um mich vor ihm zu beschützen. Nun kehren wir zu ihm zurück, und alles wird so sein wie zuvor."

Er lächelte breit, in seinen Augen ein wissendes Glänzen. "Oh nein, Liebste, glaube mir, wenn ich dir sage, dass die Frau, die ich zurück in die Stadt bringen werde, nicht diejenige ist, die dort vor einem halben Jahr fortging. Ich habe keinerlei Zweifel, dass du dich vor ihm behaupten wirst. Ein König, der uns zu manipulieren versucht, indem er sich Freiheiten bei dir herausnimmt, stellt nicht länger ein Hindernis dar, bei dem ich fürchte, du könntest es nicht bewältigen. Nicht nach allem, was du in Takhan durchstehen musstest."

Sie starrte ihn an, zutiefst erstaunt von seinem Stolz, seinem Vertrauen in sie. Sie fühlte sich nicht einmal annähernd gefestigt genug, um dem zuzustimmen. Doch der Gedanke, ihn zu enttäuschen, war untragbar. Nicht nach allem, was er ihr soeben gesagt hatte. War das die Macht, die Leute zum Wachsen veranlasste, wenn sie liebten und im Gegenzug geliebt wurden? Das Grauen davor, vor der einen Person, die zählte, nicht bestehen zu können, das Bedürfnis, dem unrealistischen, viel zu gefälligen Bild zu entsprechen, das der Partner pflegte?

Falls ja, dann hatte sich die Natur hier einen fiesen Trick ausgedacht, eine politische Strategie, die ihresgleichen suchte.

* * *

Enric deutete zum Kutschenfenster hinaus auf eine gut sichtbare Ansammlung an Holzgebäuden mit aufeinandergestapelten Baumstämmen und gesägten Brettern davor.

"Das dort ist die erste Sägemühle, die meine Schwester und ihr Gefährte vor einigen Jahren eröffneten. Das war kurz nach meiner Erhebung in die Ränge der Macht im Orden. Ich hatte kaum eine andere Verwendung für mein frisch aufgestocktes Einkommen und unterstützte sie. Dadurch entdeckte ich meine Freude am Geschäftemachen neu."

"Du hast mir einmal erzählt, sie wäre mit einem Holzfäller durchgebrannt", ermunterte ihn Eryn.

"Ja, das tat sie. Damals war sie achtzehn Jahre alt. Vater hatte für sie angedacht, dass sie unserem Bruder bei niederen Tätigkeiten zur Hand gehen sollte, während er sich um die anspruchsvollere Arbeit kümmerte. Sicher erinnerst du dich an die eher… überholten Ansichten meines Vaters, wenn es um die Rolle der Frauen geht. Doch Leris war nie so unterwürfig wie unsere Mutter, sondern hatte ihre eigenen Ideen. Sich zur Befehlsempfängerin ihres Bruders machen zu lassen gehörte keinesfalls dazu, besonders, da sie während ihrer Kindheit nicht allzu gut mit ihm auskam. Ich war froh, dass sie unser Zuhause verließ, sobald es ihr möglich war. Sie wäre dort vor sich hingewelkt." Er starrte in die Ferne. "Genau wie unsere Mutter."

Eryn ließ sich gegen die Rückenlehne ihrer Bank sinken und betrachtete ihn nachdenklich. Er wirkte ernst. Sie überlegte, ob die Unterstützung seiner Schwester bei der Gründung ihres Geschäfts für ihn ein Ersatz dafür war, seine Mutter zu retten.

Wie groß doch der Kontrast zu ihrer eigenen Familie war, kam sie nicht umhin zu bemerken. Malriel, respekteinflößend und mächtig, hätte sich nie auf diese Weise einem Mann gebeugt. Ein Gedanke kam ihr. War das der Grund, weshalb er die Königin der Dunkelheit so mochte? Weil sie ein beachtlicher Kontrast zu seiner eigenen Mutter war, zu dieser Ohnmacht, die ihm so zusetzte? Wünschte er sich womöglich, sie wäre nur ein klein wenig mehr wie Malriel und würde sich aus dieser seiner Ansicht nach inakzeptablen Situation befreien?

"Du sagtest, das sei ihre erste Sägemühle. Wie viele hat sie denn jetzt?", fragte sie, um ihn von seinen unerquicklichen Gedanken abzulenken.

"Fünf. Einer der ersten Geschäftsbereiche, in denen ich mich versucht habe, war das Bauwesen. Das passte gut zu ihrem eigenen Metier, da sie diejenige war, die die Rohmaterialien für meine Unternehmungen lieferte. Und das tut sie noch immer. Sie ist eine verlässliche Lieferantin von qualitativ hochwertigem Baumaterial", erklärte er mit einem stolzen Lächeln.

"Und ihr Gefährte? Das klingt, als würde sich deine Schwester ganz allein um das Geschäft kümmern."

"Ardegen. Er lässt sie so ziemlich machen, was sie für richtig erachtet. Vater mag sie nicht dazu ausgebildet haben, eines Tages sein Geschäft zu übernehmen, doch sie war schon immer tüchtig und schnappte eine Menge mehr auf, als er beabsichtigte, ihr beizubringen. Als er sichergestellt hatte, dass sie gerade einmal Zahlen korrekt addieren konnte, hatte sie sich zusätzlich dazu noch angesehen, wie Verwendungsnachverweise für Ausgaben funktionieren und wie man Abweichungen von festgelegten Budgets analysiert. Das bedeutete, dass sie diejenige mit dem entsprechenden geschäftlichen Hintergrund war. Ardegen hingegen hielt sich mehr an die grundlegenderen Bereiche wie dem Anheuern und Ausbilden der Holzfäller, der Qualitätsprüfung der Güter und der Erledigung von Dingen, die Leris für nötig befand."

"Also eine vorteilhafte Verbindung für beide", meinte Eryn leichthin, während sie ihn beobachtete. Etwas hatte in seiner Stimme mitgeschwungen, als er über den Gefährten seiner Schwester gesprochen hatte. Nichts derart Starkes wie Verachtung oder Abneigung, doch es hatte an einer gewissen Wärme gefehlt.

"Definitiv", stimmte er ohne Zögern zu. "Er ist unserem Vater überhaupt nicht ähnlich, was sehr stark für ihn spricht. Er erkennt ihre Überlegenheit in gewissen Bereichen an und trägt mit seinem eigenen Wissen zum Erfolg ihres Geschäfts bei."

"Aber?"

Er hielt sich nicht damit auf vorzutäuschen, dass er keine Ahnung hätte, wovon sie sprach, sondern war stattdessen zufrieden, dass sie ihn gut genug kannte, um zu erkennen, wenn ihn etwas beschäftigte.

"Es klingt töricht. Ich habe keinerlei Grund, ihn nicht zu mögen; er ist gut für meine Schwester, und aus ihren Briefen geht hervor, dass er sie gut behandelt und sie glücklich macht. Ich habe ihn in den letzten vierzehn Jahren fünf oder sechs Mal getroffen, und er ging stets auf Abstand zu mir und behandelte mich auf eine Weise, die ich nur als kühle Höflichkeit bezeichnen kann."

"Wann hast du die beiden zum letzten Mal gesehen?"

Er dachte einen Moment lang nach, dann seufzte er und schüttelte den Kopf. "Das ist mehr als fünf Jahre her. Sie war damals mit ihrem ersten Kind schwanger. Meine Nichte und meinen Neffen habe ich noch nie gesehen. Wir haben einander in unseren Briefen immer wieder versprochen, dass wir uns bald treffen werden, doch irgendwie kam immer irgendetwas dazwischen, um diese Pläne zu vereiteln."

"Das Letzte davon war wohl ich, könnte ich mir vorstellen", schmunzelte sie.

Er lachte und nickte. "Das warst du. Aber soweit es Ärger betrifft, warst du jeden Moment davon wert."

"Ich wage zu behaupten, dass der Großteil des Ordens in diesem Punkt anderer Ansicht ist."

"Wen kümmert es, was der Orden denkt?", erwiderte er leise.

"Dich hat es gekümmert", meinte sie sanft, zufrieden mit seiner Antwort.

"Ja, das hat es wohl. Komisch, wie sich die Dinge ändern, nicht wahr?"

Ja, das war es in der Tat, dachte sie, überzeugt, dass Tyront und der Orden diese neue Haltung keinesfalls amüsant, sondern eher verstörend finden würden.

"Wie weit haben wir es noch? Es ist bald Zeit für Vedrics Mahlzeit."

"Wir sollten in weniger als einer halben Stunde ankommen. Kannst du es noch so lange hinauszögern?"

"Ja, ich denke schon. Allerdings nicht viel länger. Er hat bereits damit begonnen, an meinen Fingerspitzen zu saugen und wird den Mangel an Nahrung bald frustrierend finden", erklärte sie trocken.

Enric nickte wehmütig. "Ah, diese sorgenfreien und weniger beschwerlichen Tage, als die Brüste einer Frau nichts als eine Nahrungsquelle waren..."

Sie schnaubte. “Danke. Das klang nicht eben nach einem Kompliment für mich.”

Er lächelte träge. “Weniger beschwerlich bedeutet auch weniger unterhaltsam, Liebste. Ich genieße die veränderte Natur meiner… Verbundenheit mit weiblichen Brüsten durchaus.”

“Gut. Alles andere hätte ich nämlich als recht verstörend empfunden, und ich hätte dich für eine von Iklans Redebehandlungen angemeldet, wenn wir das nächste Mal in Takhan sind.”

“Dann bist du seiner speziellen Behandlungsart gegenüber jetzt also weniger skeptisch eingestellt?”

“Nicht unbedingt. Aber wenn ich mich darum sorgen müsste, dass du mit deinem Sohn um meine Milch konkurrierst, würde ich jede Hilfe annehmen, dich ich kriegen könnte, wie ungewöhnlich sie auch anmuten mag.”

* * *

Enric lächelte ihr beruhigend zu, als die Kutsche zum Stillstand kam. Er fand den leichten Stich an Nervosität, den er durch das Geistesband empfing, reizend.

“Komm, Liebste. Es wird Zeit, mit meiner neuen Familie anzugeben.” Damit öffnete er die Kutschentür ohne dafür auf den Kutscher zu warten und kletterte heraus. Dann hielt er Eryns Hand fest, damit sie aussteigen konnte, ohne dabei auszurutschen und somit sich und das wertvolle Bündel in ihrem Arm zu gefährden. Urban hatten sie schlafen geschickt und entschieden, sie erst am nächsten Morgen zu wecken.

Eryn blinzelte, als eine Frau an ihr vorbeiflitzte und ihre Arme um Enric schlang, ihn drückte und glücklich lachte. Sie ließ ihren Blick über den robusten Körperbau und das ungewöhnlich kurze, blonde Haar wandern, das nicht einmal ihren Nacken bedeckte. Ihre Kleidung bestand aus einem langen Hemd, dicken Lederhosen und festen Stiefeln, die abgenutzt aber gut gepflegt aussahen.

Es musste etwa eine Minute vergangen sein, bis die Frau ihn wieder losließ und auf Armeslänge hielt, damit sie ihn kritisch beäugen konnte.

“Enric, du siehst gut aus. Etwas seltsam mit dieser unnatürlich braunen Haut, die du offensichtlich der Sonne in der Fremde zu verdanken hast, aber dennoch gut”, grinste sie und zog ihn noch einmal an sich, um ihn geräuschvoll zu küssen.

Eryn straffte die Schultern, als sich seine Schwester in ihre Richtung wandte, neugierig, endlich auch das Gesicht der Frau zu erblicken. Es war Anwins Gesicht; sie ähnelte ihrem Vater - wahrscheinlich mehr, als ihr recht war. Klare blaue Augen, genau wie die von Enric, wanderten prüfend mit unverhohlener Neugier über sie, bevor sie nickte.

"Dann bist du also Eryn. Die Frau, die meinen Bruder eingefangen hat. Gut. Ich hatte mich schon zu sorgen begonnen, er könnte alt und einsam enden." Sie streckte ihre Hand aus, um die von Eryn zu schütteln.

Eryn blinzelte ob der forschen Begrüßung, erkannte aber anhand des humorvollen Glitzerns in diesen blauen Augen, dass es als aufrichtiges Willkommen gemeint war.

"Leris. Ich freue mich, dass ich endlich Gelegenheit habe, dich kennenzulernen. Enric hat mir von dir erzählt."

Leris grinste spöttisch. "Hat er das? Aber nicht sehr viel, wette ich. Er war nie jemand, der sich mitgeteilt hat. Lass mich einen Blick auf euer Kind werfen." Sie wartete nicht auf Eryns Zustimmung, sondern beugte sich vor und schnappte sich fachmännisch das kleine Bündel aus dem Arm seiner Mutter. "Seht euch das an! Dunkle Haare wie seine exotische Mutter, aber der Rest von ihm kommt jedenfalls nach seinem Vater. Gut gemacht, Bruder! Nun kommt, gehen wir aus dem Wind. Ardegen wartet drin mit den Kindern. Ihr könnt ihre Nasen gegen das Fensterglas gedrückt sehen."

Eryn drehte sich um und konzentrierte ihre Aufmerksamkeit auf das massive zweistöckige Gebäude, das erwartungsgemäß beinahe gänzlich aus Holz bestand. Das Fenster neben der schweren Eingangstür zeigte tatsächlich zwei kleine Gesichter mit großen runden Augen, die dazugehörigen Nasen sowie Handflächen gegen das Glas gepresst.

Sobald sie nahe genug waren, wurde die Tür geöffnet, und ein Mann so groß wie Enric und mit den breitesten Schultern, die Eryn jemals gesehen hatte, trat beiseite, um sie eintreten zu lassen. Er wirkte, als könnte er seine Arme einfach um einen Baum schlingen und ihn ohne besondere Mühe aus dem Boden ziehen.

"Enric", sprach er mit tiefer, widerhallender Stimme und nickte knapp. Dann wanderte sein Blick zu Eryn.

Schock durchzuckte sie, als er seinen Kopf nach vorne neigte. "Lady."

Lady. Es klang völlig fehl am Platz, nicht nur in Anbetracht dessen, dass es sich hier um ein Familientreffen handelte, sondern auch, weil sie nun schon seit so vielen Monaten nicht mehr mit diesem vermaledeiten Titel angesprochen worden war. Auf diese Weise damit beworfen zu werden war eine unsanfte Überraschung.

Leris kicherte. "Sie mag den Titel nicht, Gen. Ich erinnere mich, dass Enric das in seinen Briefen schrieb."

Eryn zwang sich zu einem Lächeln. "Ich wäre dankbar, wenn du ihn weglassen könntest, Ardegen. Ich habe ihn stets mehr als Bürde denn als Privileg erachtet."

Der massive Mann nickte erneut und akzeptierte wortlos ihren Wunsch. Eryn beobachtete, wie ihm seine Gefährtin Vedric in die Arme drückte und wollte gerade anbieten, ihn wieder an sich zu nehmen. Doch Ardegen nahm das Bündel ohne jegliches Zögern entgegen und platzierte es in einer Armbeuge vom Umfang eines mittelgroßen Baumstamms. Er tat dies mit solch natürlicher Sanftmut und unbestreitbarem Geschick, dass Eryn ihn einen Moment lang einfach nur anstarrte.

"Keine Sorge. Er ist gut mit Kindern, auch wenn er aussieht, als könnte er nichts Zerbrechlicheres als eine Axt handhaben", versicherte ihr Enrics Schwester und deutete auf die beiden Gestalten, die noch immer vor dem Fenster standen, sich aber umgedreht hatten, um die Neuankömmlinge anzustarren. "Das hier", meinte sie und zeigte auf einen Jungen, der etwa vier Jahre alt sein musste, "ist unser Sohn Dorn." Dann nickte sie zu dem nur wenig älteren Mädchen neben ihm, das in Obals Alter sein musste. "Und unsere Tochter Nera. Kinder, das sind euer Onkel Enric und eure Tante Eryn."

"Ich bin vier", verkündete der Junge stolz und grinste Eryn schüchtern an, während er Enric vollkommen ignorierte.

Sie erwiderte das Lächeln. Es war nett, zur Abwechslung einmal von einem Kind gemocht zu werden. Normalerweise fühlten sie sich zu Enric hingezogen und versuchten sich von ihr fernzuhalten.

"Aber natürlich bist du das."

Das Mädchen jedoch trat einen Schritt zurück und versteckte sich hinter ihrem jüngeren Bruder. Nun, das lag jedenfalls wesentlich näher an der Reaktion, der sie sich üblicherweise gegenübersah, wenn sie Kindern begegnete. Oder betraf das nur Mädchen? Vielen kleinen Jungs war sie bislang nicht wirklich begegnet, wenn sie zurückdachte.

"Komm mit", lud Leris sie ins nächste Zimmer ein und deutete auf einen Tisch, der groß genug war, um problemlos zwölf Leuten Platz zu bieten. "Setzt euch und lasst mich euch etwas Warmes zu trinken bringen. Soll ich das Getränk für euch wärmen oder erledigst du das mit Magie, Enric?"

"Versuchst du höflich zu erscheinen, Leris?", lächelte Enric. "Normalerweise stellst du mir nur wortlos einen Becher mit kaltem Wasser und ein paar Kräutern hin."

Ohne jede Verlegenheit zuckte sie mit den Schultern. "Ich habe versucht, einen guten Eindruck auf deine Gefährtin zu machen. Dank deiner wenig schmeichelhaften wenn auch nicht ganz unwahren Worte bleibt es allerdings ein dürftiger Versuch."

Der Junge, Dorn, folgte seinem Vater und wartete, dass er sich auf einem der Stühle niederließ, sodass er das Baby betrachten konnte.

"Wie heißt er?", flüsterte er.

"Sein Name ist Vedric", erklärte Ardegen. "Das ist dein Cousin."

"Ist er ein Magier?"

"Ja, das wird er sein", antwortete Enric.

Langsam drehte Dorn den Kopf und starrte Enric an, als machte er ihm seine ungebetene Einmischung zum Vorwurf.

Enric lehnte sich näher zu Eryn und flüsterte: "Ich glaube, er mag mich nicht besonders. Das ist neu."

"Normalerweise sind es die Mädchen, die dich mögen", flüsterte sie zurück und lächelte den Jungen ermutigend an. Sie mochte ihn umso lieber dafür, dass er Enric nicht automatisch anbetete.

"Deine Haare sind anders", stellte Dorn fest und näherte sich ihr vorsichtig.

"Nur vom Aussehen her. Sie fühlen sich genau wie deine an."

Neugierig betrachtete er sie, seine Augen auf ihrem geflochtenen Zopf, als wäre er in Versuchung, das zu überprüfen. Sie wartete ein paar Augenblicke darauf, dass er seinen Mut zusammennahm, dann bot sie an: "Du kannst ihn anfassen, wenn du mir nicht glaubst."

Das schien genau die Erlaubnis zu sein, auf die er gewartet hatte. Er trat neben sie und ließ seine Fingerspitzen sachte über die ineinander verwobenen Strähnen gleiten, dann berührte er zum Vergleich sein eigenes Haar.

"Hast du einen Spiegel?", fragte Eryn. "Ich kann dir einen Trick zeigen, wenn du magst."

Ohne eine Antwort stürzte Dorn davon, um kurz darauf mit etwas zurückzukehren, was der Handspiegel seiner Mutter oder seiner Schwester sein musste.

"Meins!", empörte sich eine quietschende Stimme unter dem Tisch.

Soviel dazu. Eryn hatte nicht einmal bemerkt, dass ihnen das Mädchen hereingefolgt war.

"Ich sagte dir schon, dass du fragen sollst, bevor du die Sachen deiner Schwester nimmst", tadelte sein Vater ihn milde.

Der Junge ignorierte sowohl seine Schwester als auch seinen Vater und schob den Spiegel mit einem erwartungsvollen Glänzen in Eryns Hände.

"Ich glaube nicht, dass ich es dir zeigen kann, wenn du die Sachen deiner Schwester ohne Erlaubnis nimmst, Dorn", seufzte sie und fühlte sich verpflichtet, Solidarität unter Eltern zu zeigen.

Dorn rümpfte die Nase, dann bückte er sich zu seiner Schwester unter den Tisch und fragte genervt: "Kann ich deinen Spiegel nehmen?"

"Nein!"

Der Junge richtete sich wieder auf und warf Eryn einen Blick zu, der von unsäglichem Leiden sprach. "Ich habe gefragt."

"Aber sie hat nein gesagt."

"Du hast nicht gesagt, dass sie ja sagen muss!", gab Dorn zu bedenken.

"Das versteht sich von selbst", seufzte sie.

"Warum?", fragte der Junge verwirrt, komplett verloren mit diesem komplizierten Erwachsenengerede.

"Würdest du meine Sachen stehlen und mich dann hinterher um Erlaubnis fragen, würde ich sie dir auch nicht geben", erklärte sie geduldig.

Das Gesicht des Jungen verfiel, als ihm klar wurde, dass es somit offensichtlich keinen Trick in seiner unmittelbaren Zukunft geben würde. Dann erhellte sich sein Antlitz. "Mutter, kann ich deinen Spiegel nehmen?"

Leris stellte zwei große, irdene Becher auf den Tisch vor sie hin. Darin befand sich etwas, das wie Wein aussah, in dem Kräuter schwammen. Sie nickte ihrem Bruder zu, damit er sie erhitzte. "Ja, das kannst du. Zerbrich ihn aber nicht, hörst du? Auf der Treppe wird damit nicht gelaufen!" Dann nahm sie neben ihrem Gefährten Platz.

"Was genau ist das?", fragte Eryn vorsichtig. Es roch auch wie Wein. Aber warmer Wein?

"In dieser Gegend trinken wir das an kalten Tagen, um uns rasch aufzuwärmen. Warmer Gewürzwein. Ich habe deinen mit ein wenig Wasser vermischt, sodass es kein Problem für deinen Sohn sein sollte, wenn du ihn das nächste Mal stillst. Probiere ihn."

Zaghaft nippte sie an ihrem Getränk. Es schmeckte nicht übel, war jedoch nichts, das sie für irgendeinen anderen Zweck als zum Aufwärmen gewählt hätte.

Vedrics Augen waren damit fertig, so viel von seiner Umgebung in sich aufzunehmen, wie er wahrnehmen konnte und waren nun auf Ardegens Gesicht gerichtet. Mehrere Sekunden lang starrte er ihn an, dann formte sich langsam ein Grinsen. Die gelassenen Gesichtszüge des Mannes reagierten darauf, indem sie sich ebenfalls zu einem breiten, ehrlichen Lächeln verzogen, das Eryn blinzeln ließ. Dieser schwere, ruhige, scheinbar unerschütterliche Mann wurde beim Lächeln eines Babys weich. Plötzlich verspürte sie eine Anziehung, eine Neugier ob dieses reservierten Mannes, der solch eine natürliche und ansprechende Art im Umgang mit Kindern hatte.

Dorns geräuschvolle Ankunft mit einem Handspiegel, mit dem identisch, den er zuvor gebracht hatte, befreite sie von diesem seltsamen Zauber. Sie bedeutete ihm, in den Spiegel zu sehen. Dann berührte sie sein Haar und errichtete einen schwachen Schild, um es so braun wie ihr eigenes werden zu lassen.

Flink fasste sie nach dem Griff und bewahrte den Spiegel davor, zu Boden zu fallen, als sich seine Augen weiteten und seine Finger vor Erstaunen erschlafften. Einen Augenblick später berührte er, noch immer auf sein Spiegelbild starrend, sein Haar.

Leris pfiff anerkennend. "Ordentlich. Ich wusste nicht, dass ihr das könnt."

"Bis vor kurzem konnten wir es auch nicht", erklärte Enric. "Das ist eines der neuen Dinge, die wir von Eryns Heimatland gelernt haben." Sie sahen zu, wie Eryn ihr eigenes Haar berührte und es grün färbte, bevor sie das des Jungen zu blau wandelte, der daraufhin entzückt kreischte.

Das Mädchen wagte sich langsam unter dem Tisch hervor um zu ergründen, was diese Aufregung verursachte. Beim Anblick des blauen Haarschopfs ihres Bruders fiel ihre Kinnlade nach unten.

Eryn wandte sich an Ardegen, als ihr Sohn zu wimmern begann. "Es ist nun Zeit für sein Mahl. Gibt es einen Ort, an den ich mich eine Weile bequem zurückziehen kann?"

Ohne ihr das Baby zurückzugeben, stand er auf und gab ihr zu verstehen, sie solle ihm folgen. Sie erklommen eine Treppe, die bei jedem Schritt knarrte, und Eryn fragte sich, ob wohl der Erste, der morgens in die Küche hinunterging, damit den Rest des Hauses weckte.

Der hochgewachsene Mann öffnete eine von mehreren Türen im ersten Stock und offenbarte damit ein gemütliches Gästezimmer. Auf dem breiten Bett lag eine Flut an Kissen, die sich zu einer komfortablen Stütze arrangieren ließen, damit sie Vedric stillen konnte, ohne dass ihr Arm nach ein paar Minuten erlahmte.

Sie bedankte sich und nahm ihm ihren Sohn ab, dann wartete sie, dass er ging und die Tür hinter sich schloss, bevor sie sich auszog.

Soweit es das Zusammentreffen mit verschiedenen Teilen ihrer jeweiligen Familien bisher betraf, war das hier die erste Gelegenheit, die sich bislang als unproblematisch und freundschaftlich erwiesen hatte. Von Malriel zu erfahren war auf jeden Fall kein Vergnügen gewesen, und ebenso wenig die erste Begegnung mit Pe'tala. Der Zusammenstoß mit Malhora auf ihrem Anwesen war auch nicht viel besser verlaufen. Dann war da noch Enrics Vater, der unerwartet in ihrem Haus in der Stadt aufgetaucht und daraufhin von Enric auf die Straße gesetzt worden war, nachdem sie einander sieben Jahre lang nicht gesehen hatten.

Das hier war auf jeden Fall jeder anderen ersten Begegnung mit Familie vorzuziehen, die sie bisher hinter sich gebracht hatten. Von Enrics Schwester fühlte sie sich ein wenig überfordert und war nicht sicher, wie sie auf diese Schroffheit reagieren sollte. Doch ihr Gefährte hatte ihr mit seiner ruhigen Kompetenz im Umgang mit Vedric gezeigt, dass er nahbar war - wenn auch nicht besonders gesprächig. Vielleicht sollte sie sich für den Anfang auf ihn konzentrieren.

KAPITEL 18

Familiendynamik

"Wie wäre es heute mit einem Spaziergang durch die Sägemühle, Enric? Ich habe in letzter Zeit ein paar Änderungen vorgenommen und möchte hören, was du darüber denkst", forderte Leris ihn auf und schob einen halb-gekauten Bissen Brot in eine Wange, während sie sprach.

Eryn nahm einen Schluck Tee aus ihrem Becher und zwang sich, ihren Blick in eine andere Richtung zu wenden. Sie war unter Landleuten aufgewachsen und mit weniger gezierten Tischmanieren vertraut als mit denen, die sie in den letzten beiden Jahren in der Stadt umgeben hatten. Aristokraten auf beiden Seiten des Meeres wussten, was von ihnen erwartet wurde. Sie selbst war von einem Mann aufgezogen worden, der ihr bei mehr als einer Gelegenheit die Notwendigkeit vornehmen Verhaltens als Zeichen von Respekt ihrer Umgebung gegenüber nahegelegt hatte. Seiner Ansicht nach schloss dies mit ein, anderen keinen Einblick zu gewähren, was im Inneren des Mundes vorging, indem man das Sprechen während des Essens vermied. Auch sonst unterdrückte man in der Regel jegliche geräuschvollen oder anderen widerlichen Körperfunktionen um jeden Preis und benahm sich auf eine Weise, die angenehm anzusehen war. Das war nun nachvollziehbar, wo sie wusste, dass auch er ein Mitglied einer wichtigen Familie gewesen war. Er selbst war ebenfalls in diesem Sinne erzogen worden. Auf jeden Fall erklärte es ein paar seiner Gewohnheiten, die sie in einem Dorf auf dem Land, wo man in der Regel weniger auf Etikette bedacht war, immer seltsam deplatziert und übertrieben empfunden hatte.

Sie fragte sich, ob Leris als Kind ebenfalls solche Anweisungen erhalten hatte. Enrics Mutter war in einer einflussreichen und wohlhabenden Familie in der Stadt aufgewachsen und hatte zweifellos gewisse Verhaltensregeln an ihre Kinder weitergegeben. Vielleicht hatte der Umgang mit Handwerkern Leris' Manieren im Laufe der Jahre abstumpfen lassen; oder sie hatte sie absichtlich verworfen, um sich von ihrer Erziehung und ihren Eltern zu distanzieren.

Eryn versuchte, nicht beleidigt zu sein, weil die Einladung zum Besuch der Sägemühle sie selbst nicht miteinschloss. Sie hatte noch niemals eine betreten und hätte sich das gerne angesehen. Nichtsdestoweniger war ihr bewusst, dass diese Sache nur die zwei Geschwister betraf. Es würde ihnen guttun, etwas Zeit miteinander zu verbringen, nachdem sie sich einige Jahre lang nicht gesehen hatten.

Sie konnte sehen, dass sie die Gesellschaft des jeweils anderen genossen, dass Leris während ihren Unterhaltungen immer wieder kurz die Hand auf seinen Arm legte, und dass Enric an jedem Wort zu hängen schien, das sie aussprach, an jeder Anekdote oder Geschichte, die sie mit ihm teilte.

Wie nicht anders zu erwarten, hatte seine Nichte ihre Zuneigung für Enric entdeckt, genau wie Obal. Dorn jedoch machte keinen Hehl aus seiner Vorliebe für Eryn. Im Moment strahlte er sie an, während er zufrieden an einem Keil Brot mampfte. Vor dem Frühstück hatte er sie noch um die Veränderung seiner Haarfarbe angebettelt und trug nun ein helles Grau, das ihn seltsam wirken ließ, wie ein vorzeitig gealtertes Kind. Doch er hatte sich entschieden, sich mit dem Himmel solidarisch zu zeigen, und das war genau die freudlose Farbe, die er heute zur Schau trug mit der Wolkendecke, die nicht einmal eine Spur von Blau hervorblitzen ließ.

"Das würde ich gerne, ja", akzeptierte Enric die Einladung seiner Schwester, dann sah er zu Eryn hin, als erinnerte er sich erst jetzt daran, dass es nicht besonders galant war, sie auf diese Weise zurückzulassen.

Sie winkte ab, bevor er etwas sagen konnte. "Gut. Amüsier dich. Ich werde Urban wecken und einen Spaziergang mit ihr unternehmen. Nach all dem Schlaf der letzten paar Tage braucht sie etwas Bewegung. Und ich ebenfalls."

Ardegen räumte das schmutzige Geschirr seiner Kinder vom Tisch weg und zögerte einen Augenblick, bevor er vorschlug: "Ich kann dir einen netten Weg zeigen, wenn du möchtest. Nera kann sich ihrer Mutter und Enric anschließen, und du und ich können die Jungs mitnehmen."

Eryn lächelte zu ihm empor und nickte eifrig, entzückt über die unerwartete Gelegenheit, nicht nur den ungewollten Stunden der Einsamkeit zu entgehen, sondern bequemerweise auch noch ein wenig Zeit allein mit dem Mann zu verbringen. So konnte sie versuchen, mehr über ihn zu erfahren.

"Ausgezeichnet, dann ist das entschieden!", rief Leris aus und rieb sich die Hände, offensichtlich ebenso zufrieden mit dem Arrangement, das es ihr ermöglichte, ihren Bruder eine Weile für sich zu haben.

Eryn bemerkte Enrics neugierigen Blick, der auf ihr ruhte und hob fragend eine Augenbraue. Beinahe unmerklich nickte er mit dem Kinn in die Richtung, in die sich Ardegen entfernte und sah sie dann wieder an. Erst da wurde ihr klar, dass er sehr wahrscheinlich durch das Geistesband ihre Freude darüber aufgefangen hatte, dass Ardegen ihr seine Gesellschaft anbot. Typisch Enric. Er würde es nicht einfach so ignorieren, wenn sie solch offensichtliches Vergnügen darüber empfand, Zeit mit einem anderen Mann verbringen zu können. Das hatte er auch in der Vergangenheit niemals getan. Aber seine Haltung war entspannt, wie sie bemerkte. Was bedeutete, dass er nicht eifersüchtig war, sondern nur überrascht über ihre Bereitschaft, Zeit mit einem Mann zu verbringen, mit dem er selbst nie wirklich eine Beziehung aufzubauen vermocht hatte.

Sie war ziemlich sicher, dass ein gewisser Anteil der Schuld daran bei Enric lag. Nach dem zu urteilen, was sie bisher erfahren hatte, war er in den letzten eineinhalb Jahrzehnten nicht eben von der geselligen Sorte gewesen, die sich bemühte, freundschaftliche Beziehungen mit den Menschen um sich herum einzugehen und aufrechtzuerhalten. Erst in letzter Zeit schien er das Pflegen von sozialen Kontakten für sich entdeckt zu haben, in vielen Fällen sehr zu Eryns Verdruss. Es hätte sie überhaupt nicht gestört, all die Einladungen zu Dinnerveranstaltungen und Bällen auszulassen, zu denen die Leute sie - seit sie ein Paar waren - immer wieder einluden. Lieber wäre sie zuhause geblieben und hätte die Ruhe und Harmonie genossen, selbst wenn es bedeutete, von den anderen als Einsiedler betrachtet zu werden.

"Ich werde die Kinder säubern, während du Vedric fütterst. Das sollte uns genug Zeit zum Spazieren geben, bevor er wieder Hunger bekommt", schlug Ardegen vor, offensichtlich gut informiert über die Stillroutine von Babys. "Zu Mittag werden wir uns kalt verpflegen. Ich koche dann am Abend etwas Ordentliches."

Eryn nickte und leerte ihren Becher, den sie dann zur Spüle trug, bevor sie nach oben in das Gästezimmer ging, um Vedric für sein Mahl zu wecken. Augenscheinlich war Leris' Gefährte derjenige, der sich um die Familie und den Haushalt kümmerte, soweit sie das bisher gesehen hatte. Obwohl sie sich daran gewöhnt hatte, dass Männer in Takhan ihren Anteil in der Küche erledigten, war es verwirrend, diesem Phänomen hier zu begegnen, wo eine häusliche Neigung unüblich war und als unmännlich betrachtet wurde.

Doch sie vermutete, dass ein Mann von Ardegens Statur und allgemeinem Erscheinungsbild sich wohl kaum darum sorgen musste, dass man seine Männlichkeit allzu oft in Frage stellte. Und selbst wenn jemand so mutig - oder eher leichtsinnig - war, ihn diesbezüglich herauszufordern, so wusste er zweifellos, wie er darauf zu reagieren hatte. Sie stellte sich vor, dass ein beiläufiger Schubs das glücklose Ziel in beträchtliche Bedrängnis bringen mochte. Oder Ziele. Oder sogar Menge, was das anging.

Vedric war bereits wach, als sie eintrat und gurgelte zufrieden vor sich hin. Sobald sie neben seine Wiege trat, bedachte er sie mit einem zahnlosen Lächeln. Ihr Herz ging sofort auf, und ihre Gesichtszüge entspannten sich, als sie zurücklächelte. Seine Gegenwart hatte etwas Beruhigendes, als würde die Welt plötzlich Sinn ergeben. Sie fragte sich, ob es an seinem Anblick oder seinem Geruch lag, oder an einer Kombination daraus. Wahrscheinlich war es eine von der Natur eingebaute Eigenschaft, die sicherstellen sollte, dass Eltern ihre Kinder nicht zurückließen und damit ihre Überlebenschancen praktisch auf null reduzierten, meldete sich die Heilerin - oder wohl eher die Entdeckerin - in ihr zu Wort.

Eryn hob ihn hoch und kontrollierte, ob seine Wickel noch trocken waren, bevor sie es sich bequem machte, um ihn zu füttern. Zum Glück war er ein rascher und eifriger Trinker. Sie hatte Babys gesehen, deren Fütterung wesentlich mehr Zeit erforderte, da sie währenddessen immer wieder einschliefen und erst mehr oder weniger kurz vor dem nächsten anstehenden Mahl fertig wurden.

Als sie dann mit ihrem Sohn um ihren Brustkorb geschlungen nach unten ging, bereitete Ardegen seinen Sohn gerade für ihren Spaziergang vor. Diese Prozedur schien eine Menge Geduld zu erfordern. Dorn bestand darauf, alles selbst zu erledigen und wand sich, um sich irgendwie in die dicke Jacke zu quetschen. Tapfer versuchte er, sie in die Unterwerfung zu ringen, bevor er seinem Vater einen flehenden Blick zuwarf. Ardegen hob die Jacke sodann für seinen Sohn hoch, damit er hineinschlüpfen konnte und half den schmalen Armen in die Ärmel hinein. Dann begann das gleiche Spiel erneut mit den Stiefeln.

"Leris und Enric sind bereits mit Nera aufgebrochen", erklärte Ardegen Eryn. "Warum gehst du nicht schon vor und weckst deine Katze? Es ist wohl besser, wenn sie nur vertraute Menschen um sich hat, wenn sie an einem fremden Ort aufwacht."

Sie nickte und zog sich noch eine weitere Weste über, die sie über Vedric zuknöpfte, sodass nur mehr sein Kopf hervorlugte. Dann schlüpfte sie in ihre Stiefel, griff nach ihrem Umhang und verließ das Haus.

Der hölzerne Schuppen ein paar Schritte vom Haus entfernt war unversperrt. Sie zog die Tür auf und bemerkte, dass das knarrende Geräusch, das sie halb erwartet hatte, ausblieb. Damals allein in ihrem Häuschen auf dem Land hatte sie nicht mehr Aufwand betrieben, als absolut erforderlich war, um es bewohnbar zu erhalten. Ardegen war in dieser Hinsicht offenkundig gewissenhafter. Sie sah sich in dem geräumigen, zur Hälfte mit gehacktem Holz gefüllten Lager um und staunte darüber, wie ungewöhnlich aufgeräumt alles war. Der Boden war gefegt, die Werkzeuge hingen mit kräftigen Nägeln befestigt ordentlich sortiert an der Wand.

In der Mitte stand Urbans hölzerne Kiste, der Deckel lag lose darauf. Sie schob ihn beiseite und enthüllte die schlafende Katzengestalt in ihrem Nest aus Decken, das sie warmhalten sollte.

Eryn ging in die Hocke, berührte ihre Wange und schickte einen schwachen Impuls hinein, der Urban wenige Augenblicke später dazu veranlasste, sich zu bewegen. Schlaftrunken hob die Katze den Kopf und ließ ihren Blick über die fremde Umgebung wandern. Panik zeigte sie keine. Womöglich, weil sie es mittlerweile gewohnt war, an unbekannten Orten aufzuwachen. Solange Enric oder Eryn anwesend waren, schien Urban davon auszugehen, dass alles in Ordnung war.

"Komm, mein fürchterliches Raubtier", murmelte Eryn liebevoll und kraulte die Katze hinter einem Ohr. "Es wird Zeit für ein wenig Bewegung."

Sie sah zu, wie das Tier auf die Beine kam und gähnte, wobei es eine beeindruckende Reihe an scharfen Zähnen präsentierte, dann stand sie ebenfalls auf und öffnete die Tür des Schuppens.

Vor der Tür wartete Ardegen bereits mit seinem Sohn auf seiner Hüfte. Womöglich, damit er abwarten und sehen konnte, als wie gefährlich sich die Bergkatze tatsächlich erweisen würde, bevor er ihr seinen Sohn auslieferte.

Dorn wurde still, als er Urban erblickte, und seine Augen weiteten sich mit unverkennbarer Panik.

"Sie ist freundlich", versicherte Eryn dem Jungen eilig und tätschelte den pelzigen Kopf, um es zu beweisen. Sie erinnerte sich an die Reaktion ihrer Nichte in Takhan. Obal war damals in Dorns Alter gewesen, doch anders als ein Junge, der auf dem Land aufwuchs, war sie niemals davor gewarnt worden, sich von wilden Tieren fernzuhalten. Davon gab es in der großen Stadt nicht eben viele.

Dorn hatte eine wesentlich realistischere Einstellung vermittelt bekommen als Obal, wenn es darum ging, die Gefahr von Raubtieren einzuschätzen, die schneller, stärker und größer waren als er.

Urban sah sich um und streckte die Nase in die Luft, um all die olfaktorischen Informationen aufzunehmen, die dieser neue Ort anzubieten hatte. Hier, mit den Wäldern in unmittelbarer Nähe, befand sie sich seit langem wieder einmal in einer Umgebung, die ihrem natürlichen Habitat sehr nahe kam.

Der Junge war eindeutig nicht überzeugt, schlang beide Arme um den Hals seines Vaters und presste das Gesicht gegen seine stoppelige Wange.

Ardegen selbst wirkte gelassen, wenngleich sichtlich wachsam. Er beobachtete, wie Urban auf ihn zu schlenderte und hob langsam eine Hand, damit die Katze sie beschnuppern konnte. Das tat Urban auch, und zwar gründlich, bevor sie sich wieder abwandte, nachdem ihre Neugier befriedigt war.

"Enric schrieb Leris, dass du sie in den Wäldern gefunden hast", bemerkte er dann.

Eryn nickte. "Ja, das stimmt. Ich war auf einer Expedition mit einer Gruppe Kräutersammler, und nach einem Sturm, der sich anfühlte, als würde uns der Weltuntergang bevorstehen, fand ich sie neben ihrer toten Mutter. Mein Freund Vern zwang mich dazu, sie mitzunehmen."

"Zwang dich? Wie?"

"Indem er mich vor die Wahl stellte, sie entweder eigenhändig umzubringen oder mich um sie zu kümmern."

Ardegen betrachtete sie nachdenklich. "Eine Bergkatze mit in die Stadt zu nehmen, damit sie dort bei euch lebt, war ein beachtlicher Schritt."

"Ich weiß. Und nicht gerade ein unumstrittener", seufzte sie bei der Erinnerung an die Kräutersammler und Wachen, die sehr betont davon Abstand genommen hatten sie zu fragen, ob sie vollkommen irre geworden war. Das war tendenziell keine Freiheit, die man sich bei einem Magier erlaubte. "Ich hatte Glück, dass Enric das Tier einfach so akzeptiert hat."

Sie setzten sich in Bewegung, Urban, deren Augen noch immer die Gegend absuchten, hinter ihnen.

Der Holzfäller nickte zu einem Pfad durch eine Wiese hinter dem Haus, der einen Hügel hinauf und einen nahen Wald entlangführte. Eryn ging neben ihm und bemerkte, wie er seine langen Schritte anpasste, damit es von ihrer Seite keine allzu große Anstrengung erforderte, mit ihm mitzuhalten. Das war rücksichtsvoll. Sie fragte sich, wie sie ein Gespräch mit ihm beginnen sollte. Er wirkte nicht gerade, als wäre er von der redseligen Sorte, also würde er ausführliche Unterhaltungen womöglich nicht schätzen, sondern lieber in geselligem Schweigen dahingehen. Nun, in diesem Fall war heute nicht sein Glückstag. Sie war fest entschlossen, mehr über ihn zu erfahren.

* * *

Enric verließ den Sägeraum hinter seiner Schwester, und sie gingen ein paar Schritte, bis der Lärm weit genug nachgelassen hatte, damit sie sich bequem ohne zu schreien unterhalten konnten.

"Eindrucksvoll", gestand er und wartete darauf, dass seine Nichte zu ihnen aufschloss. "Diese Stätte ist beträchtlich gewachsen, seit ich zum letzten Mal hier war."

"Das war vor mehr als fünf Jahren, Enric. Das zeigt ganz eindeutig, dass du dir öfter einmal die Zeit nehmen solltest, um herzukommen", tadelte ihn seine Schwester. "Zumindest hast du nach der Geburt deines Sohnes deinen Weg hierher gefunden. Nach deinem Kommitment hast du uns jedenfalls nicht besucht."

Ihr Bruder zuckte zusammen. Er wusste, dass der Vorwurf von Leris' Standpunkt aus durchaus gerechtfertigt war. "Ganz so einfach ist das nicht. Eryn trat dem Orden nur ein paar Tage nach unserem Kommitment bei; wenig später traf die Delegation aus den Westlichen Territorien ein. In der darauffolgenden Zeit war sie damit beschäftigt, ihre Heilerstätte aufzubauen, und dann wurden wir auch schon nach Takhan entsandt, um den Besuch zu erwidern. Nach unserer Rückkehr von dort hatte sie eine Menge aufzuholen, da sie nicht wie der Rest von uns von Kindesbeinen an vom Orden ausgebildet wurde. Und dann, nun… wurden wir erneut nach Takhan geschickt, dieses Mal für ein halbes Jahr. Da blieb nicht viel Zeit für Familienbesuche."

"Du brauchst dich nicht zu rechtfertigen", meinte sie achselzuckend. "Sieh einfach zu, dass nicht weitere fünf Jahre vergehen, bis wir uns wiedersehen. Das ist alles, was ich sage."

"Dir ist schon klar, dass du ebenso gut in die Stadt kommen hättest können, um mich aufzusuchen, oder?"

"Ich habe hier ein Geschäft am Laufen zu halten, Enric! Ich kann nicht einfach nach Lust und Laune herumziehen und mich ein wenig in der Stadt amüsieren", erwiderte Leris mit finsterem Blick.

"Anders als ich - denn ich sitze ja den ganzen Tag lang nur herum, faul und gelangweilt, und gebe vor, mächtig und wichtig zu sein?"

"So habe ich das nicht gemeint, und das weißt du auch! Wage es nicht, mir Anwins Worte in den Mund zu legen!" Seine Schwester betrachtete ihn aus zusammengekniffenen Augen, dann ließ sie den Kopf in den Nacken sinken und starrte zum grauen Himmel empor. "Lass uns nicht streiten, Enric. Ich habe nur so wenig Zeit mit dir. Warum einigen wir uns nicht darauf, dass wir beide härter daran arbeiten sollten, mehr Zeit miteinander zu verbringen? Es ist immerhin nur eine Reise von zwei Tagen von hier zur Stadt. Jetzt erzähl mir mehr über deine Gefährtin. In deinen Briefen warst du nicht besonders mitteilsam."

"In Ordnung. Was willst du wissen?"

"Fang am Anfang an. Warum hast du dich so rasch an sie gebunden? Ich hatte nicht zu hoffen gewagt, dass du noch jemanden finden würdest. Und dann fängst du eine Affäre mit einer Frau an, die vom König gefangengehalten wurde, und ein paar Tage später bindest du dich gleich an sie? Das sieht dir überhaupt nicht ähnlich. Was ist wirklich passiert?"

"Der König ist passiert. Er hat mich gedrängt, sie dazu zu bringen, dass sie wesentlich früher in einen Lebensbund mit mir eintritt, als ich es geplant hatte."

Leris starrte ihn bestürzt an. "Du hast sie gezwungen, sich an dich zu binden? Hast du den Verstand verloren?"

Enric rollte mit den Augen. "Ist es das, was du erkennst, wenn du sie ansiehst? Eine Frau, die dazu gezwungen wurde, sich an einen Mann zu binden, den sie nicht will?"

Seine Schwester spitzte die Lippen, während sie ihn ansah. "Ich bin nicht ganz sicher, was ich erkenne, wenn ich sie ansehe. Was ich allerdings erkenne, wenn ich dich ansehe, ist ein Mann, der sie nur widerwillig aus den Augen oder auch nur seiner Reichweite lässt. Deine Augen folgen ihr jedes Mal, wenn sie sich bewegt, und ich habe bemerkt, dass du gezögert hast, bevor du meine

Einladung angenommen hast, mit mir zur Sägemühle zu kommen. Ich erkenne auch, dass sie nicht ganz so unwillig ist, ein wenig Zeit ohne dich zu verbringen. Meine Schlussfolgerung ist daher, dass du stärker an ihr hängst als sie an dir, und ich muss mich fragen, ob das nicht eine Last für euch beide darstellt."

Enrics Augen wurden eng. Seine Stimme war ruhig aber kühl, als er fragte: "Was genau willst du damit sagen? Dass ich ein liebeskranker Narr bin und deiner Ansicht nach meine Zeit mit einer Frau verschwende, die meine Gefühle nicht erwidert? Oder dass ich sie als Geisel halte und sie gegen ihren Willen zwinge, bei mir zu bleiben?"

"Keines davon!", rief Leris aus. "Ich wundere mich nur! Viel gab es da nie, das du in deinem Leben wolltest, aber die wenigen Dinge, die es gab, hast du mit unerbittlicher Starrköpfigkeit verfolgt. Ist sie eines davon?"

Mit unnachgiebiger Miene verschränkte er die Arme. "Hör auf damit. Sie mag anfangs nicht besonders begeistert davon gewesen sein, einen Lebensbund mit mir einzugehen, doch seitdem haben sich die Dinge zwischen uns verändert, und zwar beträchtlich. Rede mit ihr, wenn du mir nicht glaubst." Er bedachte seine Schwester mit einem finsteren Blick. "Für welche Art Mann hältst du mich eigentlich?"

Sie erwiderte seinen stechenden Blick. "Für einen, der sich womöglich daran gewöhnt hat, dass man ihm jeden Wunsch erfüllt und jedem seiner Befehle gehorcht. Du kannst mir also versichern, dass sie auf jeden Fall bei dir sein will? Was ist, wenn sie sich entscheiden sollte, dich zu verlassen und in ihr Land zurückzukehren oder irgendwohin zu gehen, wo sie lieber wäre - würdest du es ihr erlauben?"

Die Frage brachte Enric ins Wanken. Natürlich würde er sie nicht einfach so ziehen lassen. Er würde alles in seiner Macht Stehende unternehmen, um sie bei sich zu behalten, betteln, auf die Knie fallen, ihr alles versprechen, was sie wollte.

"Meine Beziehung geht dich überhaupt nichts an. Ich bin ein erwachsener Mann und muss mich nicht vor dir rechtfertigen", entgegnete er kalt. "Wenn es dir ein Bedürfnis ist sicherzustellen, dass sie freiwillig bei mir ist, dann kann ich nur meinen Vorschlag wiederholen, dass du sie das selbst fragst."

"Das werde ich", versprach sie ihm bitter. "Verlass dich darauf! Du magst dieser großartige und wichtige Magier sein, Enric, doch mich hat das nie besonders beeindruckt. Ich denke nicht, dass dir deshalb irgendeine besondere Behandlung oder Privilegien zustehen."

"Und darum habe ich dich auch niemals gebeten", schoss er zurück.

"Nein", räumte Leris ein und ließ einen langen Atemzug entweichen, während sie sich sichtbar beruhigte, "das hast du nie."

Er sah zu, wie sie ihre Finger hob und auf ihre Nasenwurzel presste, eine Gewohnheit, die er von sich selbst kannte. Und von ihrem Vater. Er fragte sich, ob seine Schwester sich dessen bewusst war. Wahrscheinlich nicht, sonst hätte sie den Impuls unterdrückt.

"Es ist schon eine Weile her, seit wir das letzte Mal so aufeinander losgingen", bemerkte er nach einer kurzen Weile des Schweigens.

"Ja. Dreizehn Jahre. Du hast versucht, mich mit in die Stadt zu nehmen, damit ich bei dir lebe anstatt mit Ardegen hierzubleiben."

"Ich hatte damals Unrecht."

Leris bedachte ihn mit einem misstrauischen Blick. "Das sagst du nur, weil du hoffst, dass ich dir sage, dass dieses Mal ich diejenige bin, die im Unrecht ist."

Darauf erwiderte er nichts, sondern lächelte nur.

"Das werde ich aber nicht tun. Noch nicht", beharrte sie, doch die Hitze des Gefechts war verflogen. "Ausgerechnet mit dir will ich nicht streiten, Enric. Aber wenn ich den Eindruck habe, dass du einer Frau die gleiche Art von Leben aufdrängst, das unsere Mutter hat, dann kann ich nicht einfach zusehen und den Mund halten."

Enric sah auf sie hinab und verspürte Bedauern über die tiefen Wunden, die das schlechte Beispiel ihrer Eltern bei ihr hinterlassen hatte. Sie hatte wesentlich mehr Zeit mit ihnen verbracht als er selbst. Bereits im Alter von zwölf Jahren war er in die Stadt geschickt worden, von diesem Zeitpunkt an mehr oder weniger von ihnen befreit.

"Ich habe mich nicht in Vater verwandelt, Leris", versprach er ihr. "Und Eryn ist keinesfalls wie Mutter. Sie hat nichts Duldsames an sich, soviel kann ich dir sagen. Das wirst du selbst erkennen, wenn du etwas mehr Zeit mit ihr verbracht hast. In Takhan hat sie mich sogar einmal bewusstlos geschlagen."

Er grinste, als er Leris' Ausdruck entzückter Überraschung sah.

"Wirklich?"

"Wirklich. Frag sie danach. Ich weiß, dass es ihr nichts ausmachen wird, dir in allen Einzelheiten davon zu berichten. Dort in Takhan spricht man nun vom sogenannten Aren-Empfang. Aren ist die Familie, in die sie geboren wurde."

Sie setzten ihren Weg fort, bis sie das Ufer des Flusses erreichten, an dem die Sägemühle erbaut worden war. Das Wasser reflektierte den trüben, grauen Himmel.

"Wie geht es dir mit deiner Vaterrolle?", fragte Leris und wechselte das Thema. "Es fällt mir schwer, mir dich in dieser Rolle vorzustellen."

Er zog eine Augenbraue hoch und fragte sich, ob sie ihn gerade beleidigt hatte. Wieder einmal. "Recht gut, würde ich sagen." Er dachte an Eryns Entschlossenheit, niemals Kinder zu haben. "Vedric ist ein Wunder. Ich kann mich glücklich schätzen."

Sie gingen weiter, vorbei an Reihen trocknenden Bauholzes.

"Manchmal fällt mir an meinem Umgang mit meinen Kindern auf, wie meine Erziehung mich einholt", meinte Leris nachdenklich. "Ich muss mich wieder und wieder ermahnen, sie nicht jedes Mal zu schimpfen, wenn mir etwas nicht passt. Ardegen ist in all dem viel besser als ich. Seine Eltern waren wesentlich sanfter und unterstützender als unsere. Als Kind schwor ich mir, dass ich nie wie Anwin werden würde, doch nun sehe ich, dass ich ständig Gefahr laufe, automatisch so zu agieren, wie er es bei uns tat." Sie erschauderte. "Das macht mir Angst. Und ich frage mich, ob wir jemals über unsere Wurzeln hinauswachsen und sie hinter uns lassen können. Ich habe Anwins Temperament, weißt du. Du bist mehr wie Mutter, der ruhige und kontrollierte Typ. Darum beneide ich dich."

Enric lächelte schwach und dachte an die vielen Gelegenheiten, wo Eryn vermocht hatte, ihn diese Kontrolle verlieren zu lassen. "Sorge dich deswegen nicht allzu sehr", meinte er sanft und legte seiner Schwester einen Arm um die Schultern. "Du magst Spuren seines Temperaments aufweisen, doch du bist nicht wie er. Wäre das der Fall, hätte ich mich von dir ferngehalten."

Er sah nach unten, als sich warme Finger um seine andere Hand schlossen. Nera war vollkommen still gewesen während der zuweilen recht hitzigen Diskussion zwischen den Erwachsenen und war nun sichtlich erleichtert über diese offenkundige Bezeugung von Zuneigung, die signalisierte, dass zwischen ihrer Mutter und dem großen Mann alles in Ordnung war.

"Können wir heimgehen?", fragte das Mädchen hoffnungsvoll. "Ich habe Hunger."

Leris nickte. "Ja, das können wir. Wir sind hier durch."

"Ich denke, Eryn hätte Interesse, sich das hier anzusehen", überlegte Enric. "Wäre es dir Recht, wenn ich sie herbrächte?"

Seine Schwester warf ihm einen zweifelnden Blick zu. "Bist du dir da sicher? Frauen zeigen in der Regel kein großes Interesse daran, wie Baumstämme in Bauholz verwandelt werden."

Er nickte. "Ja, das bin ich. Sie ist sehr begierig, wenn es darum geht, etwas dazuzulernen. Immer vorausgesetzt, es handelt sich dabei nicht um etwas, von dem der Orden will, dass sie es lernt", fügte er nachträglich hinzu.

* * *

Ardegen öffnete die Eingangstür seines Hauses und ließ Eryn als Erste eintreten. Sie war froh darüber, der Kälte zu entkommen und legte ihren Mantel ab. Dann rieb sie ihre Hände aneinander und fühlte Vedrics Wangen. Sie waren ein wenig kühler als sie sein sollten, doch seine Hände waren warm und jetzt, wo sie wieder im Haus waren, würde er sich rasch aufwärmen.

Der kleine Dorn kämpfte sich aus seiner Jacke heraus und ließ sie auf den Boden fallen, von wo sein Vater sie mit einem Seufzen aufhob und an einen Haken an der Wand hängte.

Eryn hielt inne, als sie Enrics Stimme aus der Küche vernahm.

"Eryn, die Spionin aus den Westlichen Territorien", hörte sie ihn in einer unüblich hohen Stimmlage sagen. Sie runzelte die Stirn, dann erinnerte sie sich, wo sie diese Worte schon einmal gehört hatte. Das war, als Anwin vor fast einem Jahr ihr Haus in Anyueel aufgesucht hatte. Enric war offenkundig gerade dabei, seiner Schwester zu erzählen, wie dieser Besuch verlaufen war.

"Ich hoffe, du trägst diese Hosen nur zuhause?", hörte Eryn ihn weitersprechen und musste lächeln, wie gut er seinen Vater imitierte. Sogar der Unterton von Missbilligung und Verachtung war hörbar.

Sie stieß die Küchentür auf und warf ihrem Gefährten einen niederschmetternden Blick zu. "Dann hat mein Sohn offensichtlich nicht gelernt, wie man eine Frau unter Kontrolle hält! Das liegt daran, dass er viel zu jung war, als man ihn von seiner Familie fortschickte; er hat nicht gelernt, wie man die Dinge ordentlich anpackt", fauchte sie und grinste, als Leris sie einen Moment lang anstarrte und dann in Gelächter ausbrach.

Enric stand sofort von seinem Stuhl auf und zog Eryn in eine sanfte Umarmung, darauf bedacht, Vedric zwischen ihnen nicht einzuquetschen. Dann öffnete er die Schlinge um Eryns Brustkorb, damit er ihr das Baby abnehmen konnte.

Leris schüttelte den Kopf. "Anwin war also charmant wie immer - zuerst drängte er sich euch ohne jede Vorwarnung auf, und dann beleidigte er euch auch noch in eurem eigenen Haus. Ich hätte ihn hinausgeworfen!"

Eryn bemerkte, dass Enrics Schwester sich auf ihren Vater mit seinem Vornamen bezog, genau wie sie selbst es bei Malriel tat.

"Das habe ich auch, aber nicht gleich", erklärte ihr Bruder, nahm wieder Platz und schob einen Stuhl für Eryn zurecht. "Ich habe ihn fortgeschickt, nachdem er mir erklärte, er müsste sich meine Unverschämtheit und Respektlosigkeit nicht erneut gefallen lassen."

Eryn nahm neben ihm Platz und runzelte die Stirn, als ihr Fuß unter dem Tisch etwas Weiches streifte.

"Au!", kam von irgendwo in der Nähe ihrer Beine eine empörte Beschwerde.

"Komm unter dem Tisch hervor, Nera", befahl Leris und verdrehte die Augen. "Das ist nicht höflich. Komm schon! Oder es gibt heute vor dem Schlafengehen keine Geschichte."

Kurz darauf tauchte das Mädchen unter dem massiven Tisch auf, ihr Gesicht eine schmollende Grimasse. Sie warf Eryn einen bitterbösen Blick zu und eilte zu ihrem Vater, der mit Dorn auf dem Arm die Küche betrat.

"Was ist passiert?", erkundigte sich Ardegen mit besorgter Miene und hob seine Tochter auf seinen anderen Arm.

"Sie ist griesgrämig, weil ich ihr sagte, sie soll nicht unter dem Tisch sitzen, wenn wir Gäste haben", erklärte Leris.

Ihr Gefährte nickte und zuckte mit den Schultern. "Deine Mutter hat Recht, Nera. Wirst du mir helfen, das Abendessen vorzubereiten?"

Nach kurzem Überlegen nickte das Mädchen, dann deutete sie auf ihren Bruder. "Er kann nicht helfen, er ist zu klein."

"Wenn du das sagst", stimmte ihr Vater zu ohne zu erwähnen, dass sie ihrem Bruder gerade einmal ein Jahr voraus war.

Eryns Aufmerksamkeit kehrte zu Leris zurück, als sie sich vorbeugte, um Vedric von Enrics Arm auf ihren zu nehmen.

"Wie war euer Spaziergang, Eryn?", erkundigte sich die Gastgeberin.

"Er war erfrischend", erwiderte Eryn höflich. Außerdem war er frustrierend gewesen. Sie hatte versucht, Ardegen dazu zu bringen, mit ihr zu reden, ihn hier ein wenig angestupst, dort die eine oder anderen Andeutung fallen lassen. Er jedoch hatte entweder vorgegeben, dass ihm nicht aufgefallen war, dass sie versuchte, mehr über ihn in Erfahrung zu bringen, oder ihre Versuche waren zu subtil gewesen. "Vom Hügel aus habe ich eure Sägemühle gesehen. Ich habe mich gefragt, ob ich sie mir wohl ansehen könnte, solange wir hier sind? Ich war noch nie in einer."

Sie sah, wie Enric seiner Schwester ein selbstgefälliges Grinsen zuwarf.

Leris nickte langsam und schätzte die andere Frau ab. "Enric meinte schon, dass du an einer Führung interessiert sein könntest. Ich gebe gerne zu, dass ich ihm das nicht wirklich glauben wollte. Weibliche Besucher äußern normalerweise kein Interesse daran."

Eryn warf ihr einen bedächtigen Blick zu. "Ich verstehe", meinte sie und zwang sich, ihren Verdruss unter Kontrolle zu halten. Dies war das einzige Familienmitglied, mit dem sich Enric gut verstand, was bedeutete, dass sie um seinetwillen Zurückhaltung üben würde. "Ich versuche, meine Interessen nicht durch das einschränken zu lassen, was für eine Frau als passend erachtet wird. Ich hätte nicht erwartet, dass dies für eine Frau, die selbst ein erfolgreiches Holzgeschäft führt, schwer nachvollziehbar ist."

Enrics Schwester sah sie an und erwiderte hochmütig: "Ich versuche, auf andere Menschen nicht meine eigenen Standards anzuwenden. Es lohnt sich kaum jemals."

"Ich frage mich, ob du nicht eher für dich selbst das Privileg in Anspruch nimmst, dass du dem Gefängnis entfliehst, das eine Frau zu sein oftmals bedeutet und unwillig bist, es auch anderen zuzugestehen. Immerhin macht es dich weniger einzigartig", warf Eryn zurück und hob ihr Kinn. Soviel zu Zurückhaltung.

Leris starrte sie an, dann verzogen sich ihre Lippen zu einem spöttischen Grinsen. "Ja, ich sehe schon, was du gemeint hast, Enric. Eindeutig nicht von der unterwürfigen Sorte. Es wird mir ein Vergnügen sein, dir die Mühle zu zeigen, Eryn."

Enric ergriff die Hand seiner Gefährtin und drückte sie beruhigend. Sich seiner Schwester entgegenzustellen war ein kluger Zug gewesen. Es würde auf jeden Fall dazu beitragen, Leris' Bedenken hinsichtlich ihres Lebensbundes zu zerstreuen. Und natürlich würde es Eryn den Respekt seiner Schwester einbringen.

"Anwin hat in letzter Zeit wieder verstärkt versucht, in das Holzgeschäft einzusteigen", wandte sich Leris an ihren Bruder. Sie schnaubte. "Er hat uns sogar ein Angebot für unsere Sägemühle im Süden unterbreitet."

Enric nickte. "Ich weiß. Er hat bisher schon drei Mal versucht, mir Holz zu verkaufen. Durch Mittelsmänner, versteht sich. Ich bin ziemlich sicher, dass er noch immer nicht weiß, dass wir beide diejenigen sind, die ihm den Zutritt zu diesem Geschäftszweig blockieren. Wäre er klüger und wesentlich geduldiger, würde er mit einer kleineren Mühle beginnen und Stück für Stück versuchen, sie zu vergrößern."

Seine Schwester rümpfte die Nase. "Das ist nicht Anwins Stil. Alles, was er sieht, ist, dass jemand eine Menge baut - und dass jemand anderer als er selbst Geld damit verdient, das Baumaterial bereitzustellen. Ich meine, was denkt er sich nur? Er war noch nie im Bauholzgeschäft tätig, er muss sich zuerst einen Namen machen! Ein verdammter Narr, dieser Mann."

Eryn starrte die beiden an, dann hob sie eine Hand, als Enric darauf antworten wollte. "Jetzt wartet einen Moment. Ihr sagt also, dass ihr mit vereinten Kräften vereitelt, dass euer Vater in einem Geschäftszweig, in den er eintreten möchte, Fuß fassen kann - und er weiß nicht einmal, dass ihr diejenigen seid, die es verhindern?"

Enric lachte leise. "Du wirst uns doch jetzt wohl nicht erklären, wie herzlos das ist? Nicht, nachdem du die Ersparnisse, die sich deine Mutter ihr ganzes Leben lang beiseitegelegt hat, verwendest, um damit ein gemeinnütziges Projekt zu finanzieren."

Sie blinzelte, dann schüttelte sie den Kopf und meinte leichthin: "Nein, natürlich nicht. Ich frage doch bloß."

Er sah wieder zu seiner Schwester. "Meine Agenten erzählen mir, dass Vater sich derzeit nach einem Grundstück umsieht, um seine eigene Sägemühle zu bauen. Schlussendlich hat er doch jemanden angeheuert, der ihn berät. Bislang hat er nur versucht, das Holz zu verkaufen, das er von kleineren Sägemühlen kauft, doch es scheint, dass er jetzt ehrgeiziger wird, wo bekannt ist, dass die Westlichen Territorien unser Holz kaufen."

"Was ebenfalls nicht funktionieren wird, da du derzeit der Einzige bist, der eine Transporterlaubnis dorthin hat", warf Eryn ein, dann seufzte sie und schüttelte den Kopf. "Dieser Mann hat wirklich Pech. Habt ihr vor, ihn irgendwann in nächster Zeit darüber in Kenntnis zu setzen, dass seine Bemühungen auch in Zukunft vergebens sein werden?"

Leris zuckte mit den Schultern. "Warum denn? Immerhin gibt es ihm etwas zu tun. Seine Mission hält ihn beschäftigt und bietet ihm eine Herausforderung. Wir erweisen ihm praktisch einen Gefallen."

"Wie ungemein nobel von euch beiden", entgegnete Eryn sarkastisch und verschränkte die Arme. "Ich hoffe zumindest, dass er nicht zu der Sorte gehört, die ihre Frustration über die ständigen Fehlschläge an der Familie auslässt." Sie bemerkte, wie die Geschwister einen angespannten Blick wechselten. "Ich verstehe", kommentierte sie, als keiner von ihnen sprach. "Somit macht ihr also eurem Bruder und eurer Mutter das Leben schwer, und das kümmert euch nicht im Mindesten."

"Hör zu", knurrte Leris, "meine Mutter hat sich das selbst eingebrockt. Anwin betrügt sie schon solange ich zurückdenken kann, und es ist unmöglich, dass sie nie einen Verdacht hatte. Sie will bei ihm bleiben, also muss sie damit leben, sein Temperament zu ertragen. Was unseren Bruder betrifft - er hat nun endlich, was er als Kind immer wollte: die Aufmerksamkeit seines Vaters. Als noch niemand von Enrics magischen Fähigkeiten wusste und noch immer angedacht war, dass er eines Tages das Geschäft übernimmt, wurde der jüngere Sohn als nutzlos betrachtet; er war nichts weiter als ein Ersatzmann. Als Enric fortging, stieg unser Bruder in Anwins Ansehen und wurde schlussendlich als wichtig erachtet, bekam die Aufmerksamkeit, nach der er immer gelechzt hatte. Somit sehe ich also nicht, weshalb hier Mitleid vonnöten sein sollte."

Langsam schüttelte Eryn den Kopf. Das war ein betrübliches Bild, und entweder wollte Leris es nicht sehen oder sie war dazu nicht in der Lage. Sie stellte sich drei Kinder vor - einen Jungen, der dazu gezwungen wurde, mit einem Vater zu arbeiten, für den er keinerlei Respekt empfand, einen weiteren Jungen, der ignoriert und vernachlässigt wurde, und eine Tochter, der die Rolle von wenig mehr als einer Dienerin zufallen sollte, sobald sie alt genug war.

Und nun, da sie alle erwachsen waren, hatten zwei von ihnen ihrem Bruder und ihren Eltern den Rücken gekehrt.

"Sieh mich nicht so an", meinte Leris forsch. "Enric sagte mir, dass deine eigene Familiensituation ebenfalls alles andere als harmonisch und vergnügt ist. Dir muss klar sein, dass Verwandte eine Last sein können. Verschwende dein Mitleid also nicht an mich."

Eryn kniff die Augen zusammen. Wie es schien, gestaltete es sich stets als Herausforderung für sie, mit weiblichen Verwandten auszukommen, ganz egal, ob es sich dabei um ihre Seite der Familie handelte oder um Enrics.

"Mitleid? Du hast Recht, das wäre verschwendet an dich", erwiderte sie schneidend und stand langsam von ihrem Stuhl auf. Dann beugte sie sich vor und stützte ihre Handflächen auf dem Tisch ab. "Ich habe Mitleid mit eurem Bruder, der noch immer bei eurem Vater festsitzt, verlassen von seinen Geschwistern und zweifellos wesentlich weniger zufrieden mit seinem Leben als ihr beide es mit eurem seid. Und ich bemitleide eure Mutter, für die du nichts als Verachtung übrig hast, nur weil sie sich entweder entschieden hat, den Eid um jeden Preis zu ehren, den sie ihrem Gefährten gegenüber schwor, oder weil es ihr an der Stärke fehlt, einfach fortzugehen." Eryn schüttelte den Kopf. "Ich habe kein Mitleid mit dir, Leris. Stattdessen verspüre ich den Drang, ein wenig Vernunft in dich hineinzuschütteln. Du magst die Einzige in deiner Familie sein, die es geschafft hat, aus eigener Kraft auszubrechen, doch das gibt dir wohl kaum das Recht, auf diejenigen hinabzusehen, die das nicht vermochten." Sie richtete sich wieder auf und ging um den Tisch herum zu Leris, um ihren Sohn an sich zu nehmen. Dann verließ sie die Küche.

Ardegen trat auf die beiden zu und stellte einen großen hölzernen Teller mit einer Auswahl an aufgeschnittenem Fleisch und Käse vor ihnen ab, bevor er seiner Tochter zeigte, wo sie den Brotkorb abstellen sollte. Er sah seine Gefährtin und ihren Bruder an, die beide auf die Tür starrten, durch die Eryn gerade verschwunden war.

"Sie hat Recht, wisst ihr", meinte er schlicht. "Ich mag sie." Sein nachdenklicher Blick kehrte zu Enric zurück und verweilte dort einige Augenblicke lang. "Interessant. Nicht ganz die Art Frau, die ich an deiner Seite erwartet hätte."

Enrics stechender Blick fand den des anderen Mannes. "Weil ein Mann wie ich dazu neigt, eine Frau vorzuziehen, die keine Widerworte von sich gibt oder nicht für sich selbst denkt?"

"Nein", antwortete Ardegen gelassen, "weil niemand gerne kritisiert wird und ein Mann in deiner Position das sicher nicht allzu oft erdulden muss. Sofern er nicht eine Frau wählt, die kühn genug ist, ihn herauszufordern." Dann hob er seinen Sohn vom Boden auf, wo er mit seinen hölzernen Spielzeugen beschäftigt war, und platzierte ihn auf einem Stuhl neben seiner Mutter.

"Ich mag sie!", krähte Dorn glücklich, schnappte sich eine Scheibe Brot und biss herzhaft hinein.

"Natürlich tust du das", lächelte Enric schief. "Männer tendieren dazu, sie zu mögen." Er sah seine Schwester an. "Es sind die Frauen, mit denen sie im Allgemeinen Schwierigkeiten hat. Zumindest am Anfang."

Leris gab einen missmutigen Laut von sich und nahm einen Schluck aus ihrem Becher. "Na so etwas. Ich kann mir gar nicht vorstellen, weshalb."

* * *

Eryn gähnte und streckte sich im Bett. Enric hatte bereits die Vorhänge geöffnet, sodass strahlendes Tageslicht zum Fenster hereinschien. Der Himmel war zur Abwechslung blitzblau, keine einzige Wolke in Sicht.

"Wie gut stehen die Chancen, dass mir deine Schwester ihre Sägemühle noch zeigt?", überlegte sie. "Ihrer Einstellung ihrer eigenen Familie gegenüber nach zu urteilen ist sie nicht gerade von der versöhnlichen Sorte. Ich schätze, ich hätte gestern einfach den Mund halten sollen."

Enric schüttelte den Kopf. "Mach dir deswegen keine Sorgen, Liebste. Sie mag unseren Eltern und unserem Bruder gegenüber nachtragend sein, doch du hast ihr keinerlei Unrecht angetan. Es mag ihr nicht gefallen haben, was du zu sagen hattest, aber sie ist ebenfalls niemand, der seine Gedanken für sich behält, wenn sie etwas zu sagen hat."

Eryn warf ihm einen zweifelnden Blick zu, widersprach ihm aber nicht. Sie würde bald genug sehen, ob er Recht hatte.

"Übrigens hast du Ardegen beeindruckt", erwähnte er.

Sie blinzelte. "Habe ich das? Indem ich seiner Gefährtin die Meinung sagte? Zwei Stunden lang habe ich während unseres Spaziergangs erfolglos versucht, ihn dazu zu bringen, dass er mit mir redet - und mich über Leris zu ärgern hat den Zweck erfüllt?" Sie schüttelte den Kopf. "Nun, das bedeutet dann wohl, dass er mich durch die Sägemühle führt, sollte sich deine Schwester weigern."

"Komm, steh auf und zieh dich an. Du musst hungrig sein, nachdem du gestern unmittelbar vor dem Abendessen abgerauscht bist."

Sie nickte, schwang die Beine aus dem Bett und erschauderte, als ihre Fußsohlen die eisigen Dielenbretter berührten. "Ich bin am Verhungern. Große Gesten machen wesentlich weniger Spaß, wenn der Preis dafür ist, dass ich mit leerem Magen schlafen gehe."

Enric grinste. "Bleib nächstes Mal einfach sitzen und wirf ihr böse Blicke zu anstatt davonzustürmen. Oder warte mit deiner Kritik bis nach dem Essen."

"Vielen Dank. Deine weisen Worte sind ein konstanter Quell der Inspiration für mich", zwitscherte sie und klimperte mit ihren Wimpern. "Schläft Vedric noch?", fragte sie dann und stand auf, um selbst nachzusehen. "Ich schätze, der Spaziergang in der Kälte war gestern recht anstrengend für ihn."

Ihr Gefährte trat neben sie und berührte sanft die weiche Wange seines Sohnes, dann schloss er kurz die Augen, bevor er sagte: "Aber zumindest hat er sich keine Erkältung oder dergleichen zugezogen."

Eryn zog eine Augenbraue hoch und schüttelte nachsichtig den Kopf. "Du hast gerade eine medizinische Untersuchung an ihm durchgeführt, weil er ein wenig kalter Luft ausgesetzt war? Ohne irgendein Anzeichen dafür, dass er krank sein könnte? Du verwandelst dich doch wohl nicht etwa in einen überfürsorglichen und übervorsichtigen Vater?" Sie kicherte. "Damit wäre ich der lustige Elternteil."

Darauf erwiderte Enric nichts, sondern blickte auf den Jungen hinab. "Willst du ihn aufwecken, oder sollen wir ihn schlafen lassen? Es wäre Zeit für seine Fütterung."

Sie schüttelte den Kopf. "Lass ihn. Wir können ebenso gut damit beginnen, die Intervalle zwischen seinen Mahlzeiten zu verlängern. Sein Magen sollte nun schon mit mehr Milch auf einmal fertig werden und ihn ein wenig länger satt halten können." Eine rasche Suche in der Truhe, die Enric aus der Stadt herschicken hatte lassen, förderte ein paar Hosen und ein Hemd zutage.

Er sah ihr beim Anziehen zu und nickte zum Oberteil hin. "Das sitzt wohl ein wenig eng."

"Natürlich ist es eng. Ich stille ein Kind, also sind meine Brüste größer als zuvor. Diese Kleidung wurde vor meiner Schwangerschaft angefertigt, also ist es nur natürlich, dass sie mir nicht mehr so gut passt wie zuvor. Zumindest sind die Hosen halbwegs bequem, auch wenn sie um die Hüften herum noch immer etwas eng sitzen."

"Ich mag es, wenn sich deine Kleidung anschmiegt. Ich denke, ich werde Junar bitten, von nun an etwas weniger großzügig mit den Stoffen zu sein."

Eryn warf ihm einen finsteren Blick zu. "Tu das, und ich werde im Gegenzug das Gleiche für deine Hosen vorschlagen. Da wir ohnehin keine Kinder mehr haben werden, besteht auch kein Grund zur Sorge, dass eine enge

Passform dort unten irgendwelchen Schaden anrichten könnte. Weniger bequem wäre es allerdings immer noch."

"Na schön", seufzte Enric. "Ich habe es begriffen. Zumindest werden deine Ballkleider immer noch hauteng sein."

"Gut. Ich bin froh, dass sich zumindest einer von uns amüsiert, wenn ich gezwungen bin, die zu tragen."

"Es ist nicht so, als würde ich für das Vergnügen, dich in einem engen Kleid zu sehen, nicht bezahlen müssen", konterte er.

"Du musst dafür bezahlen? Wie? Vorausgesetzt, wir sprechen hier nicht über solch belanglose Dinge wie Gold."

"Indem ich deine üble Laune ertrage."

"Weißt du, dafür fällt mir eine unglaublich einfache Lösung ein: Zwing mich einfach nicht mehr, zu Bällen zu gehen. Das würde mich vor schlechter Laune bewahren, und dich davor, sie ertragen zu müssen."

Enric seufzte nur und nahm Abstand davon zu erwähnen, dass nicht er derjenige war, der sie zum Hingehen zwang, sondern der König.

Sie gingen die Treppe hinunter, betraten die Küche und fanden sich in einer idyllischen Familienszene wieder, wo Kinder mit ihren Eltern am Frühstückstisch saßen.

"Guten Morgen", begrüßte Leris sie und schüttelte den Kopf, als ihr Sohn dazu ansetzte, von seinem Platz aufzuspringen. "Nein! Du bleibst wo du bist und isst dein Brot auf, mein Junge. Wir stehen nicht vom Tisch auf, bevor wir mit dem Essen fertig sind."

Mit einem gequälten Blick zu Eryn sank Dorn wieder nieder, wagte es aber eindeutig nicht, sich seiner Mutter zu widersetzen.

"Willst du die Führung durch die Sägemühle noch oder hast du deine Meinung geändert?", fragte Enrics Schwester, ihr Ton und ihre Miene herausfordernd.

Eryn schenkte ihr ein kühles Lächeln. "Nein, ich habe meine Meinung nicht geändert. Allerdings dachte ich, du hättest das vielleicht."

"Ich sagte dir, ich würde dich herumführen, und zu meinen Versprechen stehe ich", verkündete Leris mit leicht verengten Augen als wollte sie die Gefährtin ihres Bruders davor warnen, irgendetwas anderes anzudeuten.

"Das liegt dann also in der Familie", meinte Eryn mit einem beiläufigen Lächeln. "Dafür ist auch Enric bekannt. Ich kann sehen, warum es für euch beide gut funktioniert, Geschäfte miteinander zu tätigen."

Das schien Leris zu besänftigen, und ihre Gesichtszüge entspannten sich merklich. "Ja, Verlässlichkeit ist eine Tugend, auf die ich nicht verzichten kann, weder wenn es um mich selbst geht, noch um die Leute, mit denen ich arbeite. Es gibt schon genug Tücken, die Teil des täglichen Geschäfts sind, da brauche ich nicht noch zusätzlich Leute um mich, auf die ich mich nicht verlassen kann."

Eryn widersprach nicht. Ihr eigenes Geschäft, das Heilen, war keinesfalls ein Bereich, der funktionierte, wenn die Leute kein Engagement für ihre Tätigkeit zeigten und sich nicht an Regeln hielten. Die Notwendigkeit für Verlässlichkeit konnte sie durchaus nachvollziehen.

Ardegen zog den Teller seiner Tochter zu sich, um ihr Brot aufzuschneiden, doch Nera schüttelte entschlossen den Kopf und hielt dessen Rand fest.

"Nein, ich will das tun! Ich bin ein großes Mädchen!"

"Das magst du sein, doch das hier ist ein scharfes Messer. Ich will nicht, dass du dir den Finger abschneidest", erwiderte ihr Vater geduldig.

"Nein! Ich will!", beharrte das Mädchen und bedachte ihren Vater mit einem flehenden Blick. "Ich kann das!"

Der Holzfäller war eindeutig hin und hergerissen zwischen dem Drang seiner Tochter nach Unabhängigkeit und seinem Widerwillen, einem fünfjährigen Mädchen ein gut geschliffenes Messer zu übergeben. Schließlich seufzte er und gab nach.

"Wie du willst. Aber zuerst lässt du mich vorzeigen, wie es ordentlich gemacht wird." Er hielt ein Stück Brot mit einer Hand fest und demonstrierte, wie das Messer korrekt angesetzt werden musste, wie man es vor und zurück bewegte anstatt es einfach nur nach unten zu drücken. "Achte darauf, dass deine Finger aus dem Weg sind."

Dann reichte er Nera das Messer und beobachtete mit Adleraugen, wie sie es vorsichtig ergriff und ungeschickt, aber mit Begeisterung zu sägen begann.

Alle vier Erwachsenen verfolgten ihre Bemühungen, die das Brot eher in Fetzen als ordentlichen Scheiben zurückließen.

Als das Mädchen fertig war, blickte es vom Teller auf, legte das Messer zur Seite und strahlte ihren Vater stolz an. "Schau!"

"Gut gemacht", lobte Ardegen sie und erwähnte mit keiner Silbe die weit verstreuten Krümel auf und um den Teller. "Nun gib mir das Messer zurück.

Ohne nach unten zu sehen, griff Nera nach dem Messer. Und heulte einen Moment später auf, als sich ihre Finger nicht um den Griff, sondern um die Schneide schlossen. Ardegens Gesicht verlor sofort an Farbe, und er wollte seine Tochter an sich ziehen, doch Eryn stand auf und schüttelte den Kopf.

"Nein. Lass mich." Sie warf einen Blick auf den sauberen Schnitt über die Innenseite der vier Finger. Ardegen hielt seine Messer tatsächlich gut geschärft, ging es ihr durch den Kopf. "Das ist keine große Tragödie, das kann ich ganz leicht heilen."

Nera zog ihre Hand zurück und schüttelte vehement den Kopf. "Nein, nicht du! Ich mag dich nicht! Er!" Sie deutete mit dem Zeigefinger ihrer unverletzten Hand auf Enric.

Eryn verdrehte die Augen. "Die Geschichte meines Lebens. Mädchen mögen mich wirklich nicht, ganz egal, wie alt sie sind und woher sie stammen."

Enric streckte gehorsam seine Arme aus, um seine Nichte von ihrem Stuhl zu heben und sie auf seinem Schoß abzusetzen. "Dann lass mich einen Blick darauf werfen."

Leris beugte sich neugierig vor, als ihr Bruder die Augen schloss, während die kleine Hand ihrer Tochter auf seinen langen Fingern lag. Ardegen versuchte nicht allzu eifrig zu wirken, doch hinter seinem gleichmütigen Blick blitzte eindeutig Interesse hervor.

Eryn beobachtete die Schnitte und wie der Blutfluss aus der Wunde verebbte. Nur wenig später griff Enric nach der blutverschmierten Serviette, wischte damit über Neras Hand und legte unbeschädigte Haut frei.

Enrics Schwester pfiff durch die Zähne. "Ordentlich. Du hast geschrieben, dass du das gelernt hast, aber es mit meinen eigenen Augen zu sehen ist doch etwas anderes." Dann wanderte ihr Blick zum Gesicht ihrer Tochter, und ihre Stimme wurde streng. "Ich hoffe, das wird dich lehren, wie man ordentlich mit einem Messer umgeht. Wir greifen nicht einfach nach scharfen Gegenständen, ohne zu sehen, was wir tun. Und wenn uns jemand Hilfe anbietet, dann beleidigen wir diese Person nicht, sondern lehnen höflich ab, wenn wir das Gefühl haben, dass wir sie nicht annehmen können. Habe ich mich klar ausgedrückt?"

Nera schluckte und vermied es, Eryn anzusehen, als sie reuevoll nickte. "Es tut mir leid."

"Das sollte es auch. Nun geh und zieh dich an. Und hilf deinem Bruder."

Ardegen räusperte sich, dann sah er Enric an. "Dafür danke ich dir. Ich hätte ihr das Messer nicht geben dürfen. Das war achtlos von mir."

Leris schüttelte den Kopf. "Unsinn. Wir können sie nicht ihr ganzes Leben lang vor Verletzungen bewahren. Schmerz ist manchmal ein Teil des Lernprozesses. Ich kann gar nicht zählen, wie oft ich mich als Kind geschnitten, verbrannt oder aufgeschürft habe, und das hat mir jedenfalls nicht geschadet."

Eryn fragte sich, wie diese Szene wohl in ein paar Jahren ablaufen würde, sobald Vedric alt genug war, Dinge selbst auszuprobieren. Würde sie diejenige sein, die sich wegen jedes Kratzers sorgte oder eher Enric? Sie hatte ihre Mutterrolle noch nicht lange genug inne, als dass sie wirklich herausgefunden hätte, ob sie zur übervorsichtigen oder eher zur entspannten Elterngattung gehörte. Es schien, als würde sie in den bevorstehenden Jahren noch einiges über sich lernen.

"Ardegen wird mit den Kindern hierbleiben, solange wir in der Sägemühle sind", meinte Leris und leerte ihren Becher. "Gib mir Bescheid, sobald du zum Aufbruch bereit bist. Enric, kommst du ebenfalls mit, oder werde ich etwas Zeit allein mit deiner Gefährtin verbringen?"

Eryn versuchte festzustellen, ob in dieser Frage ein Hauch von Widerstreben mitgeschwungen hatte, war sich aber nicht sicher. Bei dieser Frau war das schwer zu sagen. Bislang war sie unverblümt genug gewesen, somit hätte sie es womöglich einfach geradeheraus gesagt, falls sie nicht mit Eryn allein sein wollte.

"Ich denke, ich werde mit Vedric hierbleiben", antwortete Enric. "Versucht, einander nicht an die Kehle zu gehen."

Seine Schwester schnaubte. "Das wäre eine sichere Niederlage für mich. Sie hat Magie."

"Die ich gegen Nicht-Magier nicht einsetzen darf, auch nicht gegen die Unfreundlichen", wies Eryn hin.

"Willst du damit sagen, ich sei unfreundlich?"

"Willst du sagen, ich würde mich eines unfairen Vorteils bedienen?"

"Oh ja", bemerkte Enric trocken, "ich werde auf jeden Fall hierbleiben. Von drei Kindern umgeben zu sein dürfte hier die entspanntere Option sein." Er wandte sich an seine Gefährtin. "Allerdings nur, sofern du unseren Sohn noch stillst, bevor du aufbrichst."

Eryn seufzte. "Wärst du der Einzige, der darunter zu leiden hätte, würde ich nach dieser Bemerkung ernsthaft in Betracht ziehen, jetzt gleich aufzubrechen."

"Dann ist es ja gut zu sehen, dass du eine bessere Mutter als Gefährtin bist", schmunzelte Leris und stand auf. "Sag Bescheid, wenn du soweit bist. Ich suche in der Zwischenzeit nur noch ein paar Papiere zusammen, die ich mit in die Mühle nehmen muss."

Sobald Leris die Küche verlassen hatte, atmete Eryn aus. "Ich bin nicht sicher, wo ich mit ihr stehe. Entweder mag sie mich, will es aber nicht zeigen, oder sie mag mich nicht und geht damit nicht besonders taktvoll um."

"Sie hat sich noch nicht entschieden", informierte Ardegen sie aufrichtig. "Normalerweise lässt sie sich Zeit, wenn es darum geht zu entscheiden, ob sie jemanden leiden kann oder nicht. Sie irrt sich nicht gerne und will dann nicht gezwungen sein, ihr Urteil noch einmal zu überdenken. Unrecht zu haben passt ihr nicht. Überhaupt nicht."

Eryn biss in ihr Butterbrot. Diese Charaktereigenschaft kannte sie definitiv von Enric. Er war ebenfalls ein begieriger Sammler von Informationen und Wissen, damit er Irrtümer vermeiden konnte. Sie hatte es hier grundsätzlich mit einer Frau zu tun, die sowohl zu Pe'talas schonungsloser und sarkastischer Direktheit tendierte als auch Enrics irritierenden Drang, alles in seinem Umfeld zu kontrollieren und stets im Besitz der einen und einzigen Wahrheit zu sein.

Nun, zumindest würde es keinesfalls langweilig werden, Zeit mit ihr zu verbringen.

* * *

Eryn folgte der anderen Frau über eine ausladende Fläche, gefüllt mit gestapelten Brettern, Planken und kürzeren Holzstücken, die sich in unterschiedlichen Fertigungsstadien zu befinden schienen. Sie näherten sich einem hohen, hölzernen Gebäude, das erhoben auf mehreren Säulen aus Ziegeln stand. Unter dem Gebäude lag noch weiteres Holz ordentlich gestapelt.

Das Gebäude befand sich direkt am Flussufer, und das riesige Wasserrad, das sich auf einer Seite befand, drehte sich langsam, aber mit einer Zielstrebigkeit, die unaufhaltsam anmutete. Je näher sie kamen, desto lauter wurde das raue, metallene Geräusch, das unverkennbar von Sägeblättern auf Holz verursacht wurde.

Anstatt die Treppe zu erklimmen wandte sich Leris nach links und blieb am Flussufer stehen. Dann deutete sie zu einem Areal, wo eine enorme Anzahl an Baumstämmen im Wasser trieb. Es mussten mehrere hundert sein.

"Die Stämme werden auf dem Fluss hierher transportiert", erklärte sie. "Das geht wesentlich rascher und ist weniger kompliziert, als sie mit Pferdewagen herzuschaffen. Außer, der Fluss ist gefroren. Aber zu dieser Jahreszeit wird ohnehin weniger gearbeitet. Die Bäume werden an einigen Stellen flussaufwärts gefällt. Sonst wäre es eine beachtliche Herausforderung, sie herbeizuschaffen. Ardegen ist für die Bäume zuständig, bis sie hier eintreffen. Er wählt die richtigen Stellen für den Schnitt, stellt sicher, dass die richtigen Bäume gefällt werden und überwacht dann das Zurechtschneiden."

Eryn runzelte die Stirn. "Zurechtschneiden? Und welche Bäume wären die falschen?"

"Das Zurechtschneiden passiert, nachdem die Bäume gefällt und entästet wurden."

"Entästet? Was wohl bedeutet, dass die Äste abgeschnitten werden, nehme ich an?" Es war die einzige logische Erklärung, die ihr einfiel.

Leris nickte. "Ja. Das erleichtert den Transport ungemein. Dann werden sie in die richtige Länge zugeschnitten. Jede Produktsorte hat unterschiedliche Vorgaben, je nachdem, wofür sie benutzt wird. Das beginnt schon bei der Auswahl des Baumes hinsichtlich Durchmesser und Länge. Und auch Fehlerstellen."

Eryn ließ ihren Blick über die Menge an Baumstämmen wandern, die im Wasser trieben. Wer hätte gedacht, dass es dermaßen viel zu beachten gab, wenn es um das Fällen eines Baumes ging?

"Das bedeutet, dass du schon vorher wissen solltest, was du verkaufen wirst. Produzierst du auf Bestellung oder hast du gewisse Produkte auf Lager, die sich im Allgemeinen gut verkaufen?"

"Beides", erwiderte Leris, sichtlich erfreut über Eryns Interesse. "Für größere Bestellungen brauchen wir eine gewisse Vorlaufzeit. Enric mit genug Holz zum Umbau von Bonhet, für den neuen Hafen in Anyueel und schließlich noch den Bau seiner Schiffe zu versorgen wäre nicht möglich gewesen, hätte er mich nicht im Voraus informiert. So viele spezielle Holzsorten in genau den richtigen Mengen habe ich nicht herumliegen. Aber kleinere Mengen haben wir in der Regel auf Lager." Dann zeigte sie auf die Baumstämme im Wasser. "Sobald sie hier sind, müssen sie skaliert werden. Das bedeutet, sie werden abgemessen und ihre Qualität, Umfang und Art wird festgelegt. Manchmal verkaufen wir die Stämme auch als Ganzes, dann ist das Skalieren erforderlich, um einen Preis festzulegen."

Eryn sah zu der Rampe hin, die von dem Holzbau direkt in den Fluss hineinreichte. "Und danach zieht ihr sie aus dem Wasser und die Rampe hinauf, um sie zu Brettern zu zersägen?"

"Dort ziehen wir sie hinauf, ja. Aber zuerst muss die Rinde entfernt werden, und dann werden sie nach Art, Größe und Verwendung sortiert. Erst dann beginnt das tatsächliche Sägen."

"Wie viele Männer braucht es, um einen großen Stamm aus dem Wasser zu ziehen? Ich schätze, die sind recht schwer, besonders, wenn sie zusätzlich zu ihrem ursprünglichen massiven Gewicht auch noch mit Wasser vollgesogen sind?"

Leris lächelte stolz. "Das erledigen wir hier nicht von Hand. Zumindest nicht seit unserem Ausbau vor fünf Jahren. Das Wasserrad treibt nicht nur die Sägen an, sondern hilft auch dabei, die Stämme hochzuziehen. Hast du noch weitere Fragen, oder können wir nach oben gehen?"

Eryn schüttelte den Kopf.

"Gut. Ich schätze, ich muss nicht dazusagen, dass du nichts gefährlich Aussehendes anfassen sollst, wenn ich kein Auge auf dich habe?"

"Und dennoch erwähnst du es", erwiderte Eryn zuckersüß. "Und es ist immerhin nicht so, als könnte ich nicht jeglichen Schaden reparieren, den ich dort oben erleiden würde. Du brauchst also nicht den Zorn deines Bruders zu fürchten, weil du mich in Scheiben zurückbringst."

Enrics Schwester lächelte spöttisch. "Ich hatte noch niemals aus irgendeinem Grund Angst vor Enric; noch nicht einmal, als wir von seiner Magie erfuhren. Soweit ich weiß, ist das mehr, als du von dir behaupten kannst."

Eryns Augen verengten sich. Also hatte Enric seiner Schwester recht detailgetreu von ihrem mühsamen Start berichtet, wie es schien.

"Ich hatte keine Angst vor ihm", erwiderte sie und dehnte damit die Wahrheit so stark, dass sie Gefahr lief, jeden Moment zu reißen. "Ich hasste ihn bloß. Ein großer Unterschied."

"Das ist aber nicht, was er denkt", konterte Leris. Ganz eindeutig genoss sie die Unterhaltung - und das Unbehagen der anderen Frau.

"Ich sehe wenig Sinn darin, seine Illusionen zu zerstören, wenn sie ihn glücklich machen", meinte Eryn achselzuckend, fest entschlossen, sich nicht provozieren zu lassen.

"Illusionen, was? Lustig, soweit ich mich erinnere, war er immer recht bodenständig."

Eryn lächelte strahlend und zeigte dabei einen Hauch mehr Zähne, sodass es an Freundlichkeit verlor. "Unglaublich, wie sich die Dinge ändern, nicht wahr? Gehen wir hinauf und dorthin, woher dieser jaulende Lärm kommt oder hast du das Gefühl, du musst noch weitere Warnungen vor den scharfen, spitzen, splitternden Gegenständen dort drin loswerden?"

Leris lächelte nur vielsagend, dann drehte sie sich um und stieg die knarrenden Holzstufen zum Eingang empor.

Nachdem Eryn hinter Leris durch die offene Tür getreten war, schlug ihr eine Welle aus Lärm und Sägemehl entgegen. Sie musste der Versuchung widerstehen, einen magischen Schild vor sich zu errichten, damit sie die feinen Holzpartikel nicht einatmete, die vor ihr durch die Luft schwebten. Das würde keinen besonders guten Eindruck hinterlassen.

Fünf Männer waren in dem weitläufigen Raum beschäftigt, überraschend wenige, wenn man die verschiedenen Aktivitätsherde, den Lärmpegel und das Ausmaß all dessen berücksichtigte. Es schien, als wäre das wasserbetriebene Hochziehen der Stämme nicht der einzige Bereich, wo Leris auf einer modernen, effizienten Herangehensweise bestand.

"Das ist der Sägeraum", erklärte Leris mit erhobener Stimme, damit sie das dröhnende Getöse metallener Zähne, die sich in Holz vergruben, übertönen konnte. "Wie du sehen kannst, haben wir hier verschiedene Sägen", fuhr sie fort. "Dort drüben haben wir eine Reihe mit mehreren parallel angeordneten Sägeblättern, die einen gesamten Stamm in nur einem Durchgang in mehrere Kanthölzer und Planken sägen können. Das ist die Hauptsäge. Im Vergleich mit der Bearbeitung des gleichen Stamms mit einer Einzelsäge mehrere Male hintereinander erspart sie uns eine Menge Zeit."

Wie hypnotisiert starrte Eryn auf die Auf- und Abwärtsbewegung der neun senkrechten, schwarzen, furchteinflößend wirkenden Sägeblätter, die nur geringfügig kürzer waren als sie selbst. Ihre spitzen Zähne gruben sich fortwährend ein kleines Stück weiter in den massiven, geschälten - oder eher entrindeten, wie sie gerade gelernt hatte - Baumstamm, der sich durch die Sägeblätter zu bewegen schien als würde ihn eine unsichtbare Hand vorwärtsbewegen.

"Wie genau wird die Säge angetrieben? Und wie bewegt sich der Stamm, ohne dass ihn jemand schiebt?"

Leris ging zu etwas, das wie ein Stamm mit einem spitzen, sich drehenden Ende wirkte und winkte Eryn zu sich.

"Das hier ist mit dem Wasserrad draußen verbunden. Das Wasser treibt das Rad an, das Rad dreht diesen Balken hier, und der ist dann mit diesem Teil hier verbunden, der die Kreisbewegung des Rads in die Vor- und Rückwärtsbewegung umwandelt, die wir für die Sägen brauchen. In den meisten Mühlen wird noch immer mit Pferden gearbeitet, die den ganzen Tag lang um einen Pfahl herumgehen." Missbilligend schüttelte sie den Kopf. "Nicht besonders praktisch, wenn du mich fragst. Abgesehen davon, dass den armen Tieren eine Augenbinde angelegt werden muss, damit sie nach einer Weile nicht verrückt werden, braucht man zudem noch einen Stall, in dem man sie halten kann und Leute, die sie füttern und ausmisten. Dieses Geld gebe ich lieber für Leute aus, die diesen Mechanismus am Laufen halten. Und der Ertrag ist auch wesentlich besser. Mit einem Fluss dieser Größe hier können wir mit dem Rad mehrere Sägen gleichzeitig antreiben. Soviel zu deiner ersten Frage." Leris nickte zu dem großen Stamm, der sich Stück für Stück vorwärts bewegte.

"Was die andere betrifft: Die Baumstämme bewegen sich gleichmäßig in die Sägeblätter hinein, oder vielmehr werden sie hineingeschoben." Leris zeigte auf eine weitere Reihe. "Wie du sehen kannst, haben wir hier viele verschiedene Arten von Sägen. Die dort drüben ist eine Nachschnittsäge. Nachdem das Holz von der Hauptsäge geschnitten wurde, können wir hiermit präzisere Arbeiten daran vornehmen, wie zum Beispiel das Verkleinern zu mehreren Balken oder Brettern. Dann werden noch die Kanten der Bretter getrimmt, damit sie gleichmäßig werden, und das Ergebnis ist dann vierkantiges Bauholz, das zur richtigen Länge zugeschnitten werden kann."

Beide Frauen gingen weiter zu einem niedrigen Wagen, auf den zwei Männer lange, gleichmäßige Balken gleicher Größe und Dicke verluden.

"Und jetzt sind sie fertig und können dorthin verschickt werden, so man sie braucht?", wollte Eryn wissen und widerstand dem Impuls, das Holz zu berühren.

"Beinahe. Was wir hier haben ist immer noch feuchtes Holz. Wenn wir es so transportieren, wird es modrig oder verzieht sich. Zuerst muss es ordentlich ablagern. Ich wage zu behaupten, dass du das ganze Holz gesehen hast, das draußen gestapelt ist. Kommt mit."

Leris ging ihr voran eine zweite Rampe nach unten, die zu einem großflächigen Hof mit tausenden Stücken trocknender Holzbretter führte. "Das Holz liegt mehrere Tage lang im Wasser, also braucht es für gewöhnlich eine Weile, bis es ordentlich getrocknet ist. Das hängt natürlich auch vom Wetter ab. Wir decken viele der Stapel ab, damit der Regen sie nicht wieder durchnässen kann, doch die Feuchtigkeit ist auch in der Luft. Ich überlege wegen eines speziellen Gebäudes, mit dem sich die Feuchtigkeit im Holz schneller entfernen lässt. Ich habe mit ein paar Handwerkern gesprochen, und einer sagte, ich müsste so etwas wie einen riesigen Ofen bauen. Noch bin ich dabei, mir die Kosten für den Bau und dann das Beheizen einer großen Halle auszurechnen und sie mit dem Gewinn zu vergleichen, der sich mit der erhöhten Produktion verdienen ließe. Ich bin fast fertig mit den Zahlen. Enric sagte, er würde einen Blick darauf werfen, solange er hier ist."

Die beiden Frauen gingen zu einem der zahlreichen Holzstapel, der etwa so hoch war wie sie selbst.

"Ich schätze, die Holzkeile zwischen den Brettern sollen Luftzirkulation ermöglichen", riet Eryn.

"Genau. Auf dieses Weise trocknen sie zu geraden Brettern. Sonst bekäme ich verzogene Planken, die sich nur mehr als Feuerholz eignen. Wir nennen das hier Stapeltrocknung."

Eryn nickte und besah sich die unterschiedlichen Längen, Dicken und Breiten der Bretter; in vielen Fällen handelte es sich auch um ganze Baumstämme, die einfach nur aufgeschnitten und mit Holzstücken dazwischen aufgestapelt waren, sodass die ungefähre Form eines Baumes noch immer weitgehend erhalten blieb. Somit sah es so aus, als bräuchten manche

Baumeister Produkte, die näher an der ursprünglichen Form lagen. Womöglich für dekorative Zwecke, gröbere Strukturen oder rustikale Möbel.

"So." Leris verschränkte die Arme, Positur breitbeinig, sodass Eryn sich an Orrins bevorzugte Haltung erinnert fühlte. "Was sagst du nun zu meinem staubigen Königreich?"

"Ich gebe zu, ich bin beeindruckt. Soweit ich das im Orden gesehen habe, beschäftigen sich Magier nicht wirklich damit, mechanische Dinge zu bauen - einfach Magie anzuwenden ist um so vieles bequemer. Und ich fürchte, da bin ich keine Ausnahme. Zu sehen, wie sich Dinge von ganz allein ohne Magie bewegen, hat mir die Augen geöffnet."

"Ja, so etwas in der Art sagte Enric gestern. Magier sind schon ein seltsamer Haufen. Er erzählte mir von diesem Land, in dem er war, diesem Ort, wo man Magie nicht mag und immer weiter mechanische Dinge erbaut, um Magie möglichst überflüssig zu machen. Das ist schade, weißt du? Ich denke, wenn Magier mit dem Herumbasteln anfangen würden, könnte das Ergebnis nützlich sein. Sie könnten ihre Magie zur Abwechslung einmal für etwas Sinnvolles einsetzen. Etwas, von dem gewöhnliche Menschen profitieren könnten."

Eryn zog eine Augenbraue hoch. "Von mir wirst du keinen Widerspruch hören."

"Ja, wenn man deine eigenen Bemühungen mit der Klinik und all dem betrachtet, hätte ich damit auch nicht gerechnet." Leris spitzte ihre Lippen. "Nicht, dass es mich davon abgehalten hätte zu sagen, was ich denke, wohlgemerkt. Ich habe kein Problem damit, jemanden vor den Kopf zu stoßen."

"Was du nicht sagst", schmunzelte Eryn.

Enrics Schwester musterte die Frau, die vor ihr stand. "Als ich von dir erfuhr, war ich nicht sicher, was ich erwarten sollte. Enric hat nie eine besondere Neigung in Richtung einer eigenen Familie gezeigt, und wenn man bedenkt, dass du eine Gefangene warst, als ihr zusammengekommen seid, habe ich nicht wirklich besonders viel erwartet."

"Ich gehe davon aus, dass hier ein Aber folgen wird? Oder versuchst du mir zu sagen, dass du nicht mit mir einverstanden bist?"

Leris lachte. "Aber ich war angenehm überrascht. Ich hatte schon halb eine unterwürfige, zusammengekauerte Kreatur erwartet - ganz egal, dass Enric dich in seinen Briefen ganz anders beschrieben hat."

Eryn nickte langsam. "Deine Befürchtung war, dass er mit einer Frau wie deiner Mutter endet?"

Einen Moment lang schien die andere Frau hin- und hergerissen zwischen Verärgerung und Zustimmung, dann entschied sie sich augenscheinlich für Letzteres. "Ja, das könnte man wohl sagen. Das hätte ich bedauert. Ich wollte mehr für Enric."

"Du bist wirklich böse auf eure Mutter, wie es scheint. Nicht, dass mir das Prinzip an sich fremd wäre. Ich bin auch nicht gerade gut auf die Frau zu sprechen, die mich in die Welt gesetzt hat. Aber ich finde es eher gerechtfertigt, sie abzulehnen wegen dem was sie mir angetan hat anstatt wegen dem, was sie sich selbst antut."

"Wirklich. Wie beachtlich, dass die Ablehnung deiner Mutter in deinen Augen so viel besser ist als wenn ich das Gleiche mit meiner tue. Es scheint, als wäre mein Bruder nicht der Einzige, der sich in eurer Beziehung gewissen Illusionen hingibt."

Eryn nickte knapp, entschlossen, sich hier nicht in einen Streit verwickeln zu lassen, sondern stattdessen zu akzeptieren, dass dies ein empfindliches Thema für Leris war, das besser nicht weiter verfolgt wurde.

"Wir sollten zurückkehren. Unsere Gefährten sind womöglich schon besorgt, weil wir inmitten scharfer Werkzeuge und massiver Holzbalken miteinander allein sind", schlug Leris vor. "Aber weißt du was? Wir verstehen einander nun ein wenig besser. Jetzt wissen wir, dass unsere Mütter ein Thema sind, das wir von nun an vermeiden sollten."

"Das stimmt wohl", kommentierte Eryn. "Das sollte zumindest sicherstellen, dass wir beide überleben, bis Enric und ich wieder abreisen."

* * *

Leris lehnte sich in ihrem Stuhl zurück und nahm einen vorsichtigen Schluck von dem noch immer viel zu heißen Tee.

"Und?", erkundigte sich Enric bedächtig. "Wie lief es denn? Sprecht ihr noch miteinander?"

"Es lief ganz gut", meinte seine Schwester und zuckte mit den Schultern. "Sie ist gescheit. Das mag ich an einer Frau."

Enric grinste breit. Von seiner Schwester kommend war das in der Tat ein hohes Lob.

"Dann magst du sie also", stellte Ardegen zufrieden fest. "Gut."

Einen Moment lang dachte sie nach, dann nickte sie. "Ja, ich schätze, das tue ich wohl. Sag es ihr aber nicht."

Sie blickten auf, als sich die Tür öffnete und Eryn nach dem Stillen ihres Sohnes hereinkam, den Jungen auf ihrem Arm. Sie blinzelte, als plötzlich alle Aufmerksamkeit auf sie gerichtet war. "Was? Glaubt nichts von dem, was sie euch erzählt. Ich habe mich von meiner besten Seite gezeigt."

"Das war deine beste Seite?", meinte Leris mit einem dünnen Lächeln. "Dann will ich keinesfalls erleben, wenn du unhöflich bist."

"Nein, das willst du nicht", bestätigte Enric. "Es gibt einen guten Grund dafür, warum Lord Tyront sie immer wieder mit Stallpflichten bestraft."

"Das hat er schon seit einer Weile nicht mehr getan", widersprach Eryn.

"Weil wir gerade ein halbes Jahr weit fort von ihm in einem anderen Land verbracht haben. Sehen wir mal, wie viel Zeit bis zu deinem nächsten Einsatz vergeht", grinste ihr Gefährte.

Sie warf ihm nur einen verärgerten Blick zu und nahm neben Ardegen Platz.

“Ich habe meine Berechnungen dabei, wenn du jetzt einen Blick darauf werfen willst”, meinte Leris und warf ihrem Bruder einen fragenden Blick zu.

“Die für die Trockenhalle, die du erwähnt hast?”

“Ja. Ich habe sie in meinem Büro. Außer du erträgst es nicht, dich schon nach so kurzer Zeit wieder für eine Stunde von deiner Gefährtin zu trennen?”, fügte sie mit einem höhnischen halben Lächeln hinzu.

“Ich trenne mich nur widerwillig von ihr, so wie immer. Ich weiß nie, was sie anstellt, sobald ich sie aus den Augen lasse.”

“Das wäre durchaus liebevoll gewesen, hättest du dir diese zweite Bemerkung gespart”, seufzte Eryn und konnte über solch eine eklatante Zurschaustellung jeglichen Mangels an Galanterie nur den Kopf schütteln.

“Normalerweise fühlst du dich unwohl damit, wenn ich in der Öffentlichkeit etwas Liebevolles sage. Ich wollte dir nur entgegenkommen, Liebste. Aber es scheint, als wäre das eine unmögliche Aufgabe.”

“Dahin mit euch, spielt mit euren Zahlen! Ich werde hier bei Ardegen bleiben und die Gesellschaft eines Mannes mit Manieren genießen”, winkte sie ihn hinfort.

Sobald die beiden Geschwister gegangen waren und die Küchentüre hinter sich geschlossen hatten, zog Eryn Enrics halbvollen Becher an sich und trank ihn aus.

“Enric erzählte mir, dass Leris mit dir davonlief, sobald sie großjährig war”, begann sie sodann ohne Einleitung. Dieses Mal würde sie erheblich weniger Zurückhaltung an den Tag legen. Das hatte schon beim letzten Mal nicht funktioniert. Als er zur Bestätigung nur nickte anstatt irgendwelche zusätzlichen Informationen anzubieten, unterdrückte sie den Impuls, die Augen zu verdrehen. “Und dass er euch beim Start eures ersten Geschäfts unterstützte.”

Ardegens Kiefermuskeln spannten sich daraufhin merklich an, und Eryn verfluchte sich im Stillen dafür, dass sie genau das Falsche gesagt hatte. Auf diese Weise würde er sich ihr nie öffnen. Aber nun war der Schaden bereits angerichtet.

“Es tut mir leid. Aus irgendeinem Grund scheint das für dich ein heikles Thema zu sein. Ist das der Grund, weshalb du Enric nicht magst?”, setzte sie fort, zur Kühnheit entschlossen.

Er sah sie an, offensichtlich ratlos, was er mit ihr anfangen sollte. Nach ein paar Augenblicken schüttelte er den Kopf und stieß den Atem aus. “Schüchtern bist du überhaupt nicht, oder?”, fragte er resigniert.

Eryn grinste schief. “Man hat mich schon vieles genannt, das aber noch nicht. Aber ich frage mich wirklich, wie schwierig es bei einer Gefährtin wie Leris für dich sein kann, damit umzugehen.”

“Das ist es nicht. Ich bin es nur nicht gewohnt, dass andere Frauen ebenso unverblümt sind. Es gab eine Zeit, wo ich mich fragte, ob es außer ihr überhaupt noch andere solche Frauen gibt.”

"Nun, ja, ein paar von uns gibt es schon. Also?"

"Es ist nicht so, dass ich Enric nicht mag", meinte Ardegen langsam und beugte sich ihrer Neugier. "Dafür kenne ich ihn nicht gut genug. Und nein, das Geld eines anderen Mannes anzunehmen, um etwas aus mir zu machen ist nichts, worauf ich stolz bin. Obwohl ich natürlich für seine Großzügigkeit damals dankbar bin."

"Du könntest es zurückzahlen", meinte sie und zog die Schultern hoch. "Dann würdest du ihm nichts mehr schulden."

"Das Geld, das er uns gab, haben wir ihm bereits zurückgezahlt. Aber das bedeutet nicht, dass wir quitt sind", beharrte er und starrte mit düsterer Miene geradeaus anstatt sie anzusehen.

Eryn betrachtete ihn zweifelnd. "Weißt du, ich bin ziemlich sicher, dass Enric das nicht so sieht."

"Das ist, wie ich es sehe", erwiderte er brüsk.

"Du magst ihn also nicht, weil du denkst, du schuldest ihm etwas? Oder ist ihm etwas zu schulden deshalb ein Problem, weil du ihn aus irgendeinem anderen Grund nicht magst?", bohrte sie nach.

"Ich sagte dir bereits, dass…", begann er, doch Eryn unterbrach ihn.

"Ich weiß, ich weiß. Du kennst ihn nicht gut genug, um ihn nicht zu mögen. Ich verstehe. Allerdings muss ich mich fragen, weshalb du dir nie die Mühe gemacht hast, das einzige Familienmitglied, zu dem deine Gefährtin eine gute Beziehung hat, besser kennenzulernen."

Ardegen warf ihr einen kühlen Blick zu. "Du bist nicht besonders zurückhaltend, wenn es um die privaten Angelegenheiten anderer Leute geht", warf er ihr vor.

Eryn betrachtete seine zusammengekniffenen Augen, beeindruckt von der Distanziertheit, wo sie bisher nur Wärme und Sanftheit erblickt hatte. "Das würde auf jeden Fall davon abhängen, über welche Leute wir hier reden. Enrics Angelegenheiten sind ganz eindeutig auch meine, und du, Leris und eure Kinder seid nun grundsätzlich ein Teil meiner Familie."

Die letzte Aussage schien ihn etwas zu besänftigen, und er seufzte. "Es stand mir nicht zu, Enric gegenüber irgendwelche Annäherungsversuche zu unternehmen. Er ist ein Magier; und nicht nur irgendeiner, sondern zufällig ein verdammt wichtiger. Und Enric hat auf jeden Fall nie versucht, mich besser kennenzulernen. Wie du vielleicht weißt, hatten wir keinen besonders guten Start."

Sie schüttelte den Kopf. "Nein, das weiß ich nicht. Erzähl mir davon."

"Leris war siebzehn Jahre alt, als ich sie kennenlernte. Sie wollte bereits nach ein paar Wochen durchbrennen, doch ich sagte ihr, dass wir zumindest warten müssten, bis sie großjährig wäre. Sonst würden wir uns mehr Ärger einhandeln, als wir womöglich bewältigen könnten. Und ich war nicht überzeugt davon, dass sie es immer noch für eine gute Idee halten würde, ihr komfortables wenn auch nicht gerade harmonisches Elternhaus hinter sich zu lassen, wenn sie einmal von meinem bescheidenen Einkommen würde leben müssen. Ich wollte, dass sie ordentlich darüber nachdenkt anstatt aus reinem Trotz heraus etwas zu tun, das sie für den Rest ihres Lebens bereuen würde."

Eryn lächelte. "Mir scheint, dass du sie in dieser Hinsicht ein wenig unterschätzt hast."

"Ich gebe zu, das habe ich. Einen Tag, nachdem sie großjährig war, gingen wir fort und kamen hierher, wo wir das wenige Geld, das ich hatte, für ein kleines Zimmer im Dorf ausgaben. Es dauerte nicht lange, bis Enric uns aufspürte, nachdem er von der Sache erfahren hatte. Er sprach mit Leris und erklärte ihr, sie müsste sich nicht dem ersten verfügbaren Mann an den Hals werfen, nur um ihren Vater zu verletzen; dass sich das auch auf andere Weise bewerkstelligen ließ, und dass er mehr als bereit war, sie bei sich in der Stadt in diesem großartigen Quartier leben zu lassen, das man ihm gegeben hatte."

Sie verzog das Gesicht. Das war kein besonders schmeichelhaftes Angebot gewesen.

"Leris sagte ihm daraufhin, sie erachte ihren Vater nicht als wichtig genug, um ihr Leben für ihn wegzuwerfen; sie sei mit mir gegangen, weil sie mich liebte, und nicht, um Anwin wehzutun. Es war nicht zu übersehen, dass Enric damit nicht besonders glücklich war, doch er akzeptierte es und setzte sich mit ihr zusammen, um mit ihr zu besprechen, wie er ihr helfen konnte."

Um es mit ihr zu besprechen, dachte Eryn, nicht mit beiden. Somit hatte Enric dem Gefährten seiner Schwester nicht nur das Gefühl vermittelt, er wäre nicht gut genug für seine Schwester, sondern hatte sich auch geweigert, ihn in die Planung seiner eigenen Zukunft miteinzubeziehen. Oh Mann. Das war tatsächlich kein guter Anfang gewesen. Und Ardegen hatte womöglich nicht gewagt, etwas zu sagen oder sich zu behaupten - Enric war immerhin gerade erst zu Macht und Herrlichkeit befördert worden. Das erklärte auf jeden Fall die Zurückhaltung, ganz egal, dass seither dreizehn Jahre vergangen waren.

"Du wurdest vom König höchstpersönlich mit Enric verbunden, wie ich hörte", sagte Ardegen in ihre Gedanken.

Eryn respektierte seinen Wunsch, das Thema zu wechseln und nickte. "Ja; das war auf dem allerersten Ball, zu dem ich gezwungen wurde hinzugehen", meinte sie vage.

"Leris denkt, dass dieses Kommitment nicht ganz freiwillig war. Sie sagt, dass Enric dich zwar in seinen Briefen erwähnte, aber nie von irgendwelchen Plänen dieser Art sprach." Er wartete eine Weile, und als sie nicht antwortete, fügte er hinzu: "Du fragst mich doch nicht etwa solche persönlichen Dinge, obwohl du selbst nicht bereit bist, über so etwas zu reden, hoffe ich?"

Eryn nickte widerwillig. Dieser Einwand war gerechtfertigt. "Sie hat Recht. Der König veranlasste uns dazu. Er ließ uns keine andere Wahl. Er wollte mich an Enric und damit an die Stadt und den Orden binden, bevor die Delegation aus meinem Heimatland eintraf."

"In einen Lebensbund gezwungen", sinnierte Ardegen und nickte zu Vedric, der an seiner Brust eingeschlafen war. "Wenn ich euch drei ansehe, hätte ich das nicht vermutet. Ihr habt es offensichtlich geschafft, das Beste daraus zu machen."

"Ja, das haben wir", bestätigte sie, unwillig, auf die Hindernisse einzugehen, die sie überwinden hatten müssen, um zu dieser vermeintlich wonnevollen Familienharmonie zu gelangen.

Beide verfielen in Schweigen.

Eryn dachte angestrengt darüber nach, was sie sagen konnte, um das unbehagliche Schweigen zu brechen, als Ardegen sie fragte: "Du kommst mit Anwin, ihrem Vater, nicht besonders gut aus?"

Sie verzog das Gesicht zu einer Grimasse. "Nicht wirklich, nein. Ich fürchte, er war nicht besonders angetan von mir. Nicht nach seiner Beschwerde darüber, dass ich Hosen trage und er mich als westliche Spionin bezeichnet hat. Und du? Bist du ihm jemals begegnet?"

"Ja, einmal. Das war ein paar Monate bevor Leris und ich davonliefen. Er befahl mir, meine schmutzigen Hände von seiner Tochter zu nehmen und mir jemanden zu suchen, der meinem eigenen Stand entspricht", meinte er düster.

"Weißt du, bei Anwin frage ich mich, ob nicht von ihm gemocht zu werden nicht ohnehin die bessere Option ist", schnaubte Eryn. "Aber zumindest bleibt er auf Abstand. Der Umgang mit meinen Eltern hat sich als wesentlich komplizierter erwiesen - besonders, da ich sie bis vor kurzem für tot hielt. Meine Mutter nenne ich Königin der Dunkelheit. Das mag ein klein wenig herzlos anmuten, doch die Bezeichnung ist absolut und vollkommen verdient, das darfst du mir glauben. Da sie Enric adoptiert hat, sind er und ich jetzt nicht nur Gefährten, sondern auch noch Geschwister - zumindest rechtlich gesprochen. Wenn du Enric so richtig reizen willst, bezeichne Vedric einfach als seinen Neffen."

Überrascht wölbten sich Ardegens Brauen nach oben. "Im Westen scheint es ja recht… interessante Bräuche zu geben", äußerte er behutsam. "Erzähl mir mehr darüber, weshalb du dachtest, deine Eltern wären tot, obwohl das nicht der Fall war", bat er sie, offenkundig fasziniert.

"Das ist eine lange Geschichte."

"Im Moment habe ich keine dringenden Verpflichtungen", lächelte er und lehnte sich bequem zurück, um ihr damit zu signalisieren, dass er hier und jetzt bereit war, es sich anzuhören.

Eryn seufzte resigniert und schob ihm Enrics leeren Becher zu. "Na schön, dann gib mir vorher wenigstens noch etwas zu trinken, bevor ich in eine Geschichte aus Verbrechen, Flucht, ein Leben im Verborgenen, schockierenden Enthüllungen und Intrigen eintauche."

Überrascht blinzelte er, dann stand er rasch auf, um ihrer Bitte nachzukommen, eindeutig begierig darauf zu erfahren, ob sie zu viel versprochen hatte.

* * *

Enric ließ seinen Blick wandern, seine Miene ein Bild der Zufriedenheit darüber, wie er und seine Schwester mit ihren Familien um den großen Tisch herum versammelt waren.

Nera saß auf seinem Knie, konzentriert auf eine Zeichnung, die grob umrissene Bäume mit einer Anzahl an weit entfernten Häusern zeigte. Ihre Art zu zeichnen erschien ihm ungewöhnlich fortgeschritten; jedoch nicht weil ihre Bilder eine besondere künstlerische Anziehung ausstrahlten, so wie es bei Verns Arbeiten der Fall war. Ihre Herangehensweise zeugte von einem natürlichen Verständnis für Strukturen, Entfernungen und Blickwinkel, wie er es eher von einem zehn Jahre älteren Kind erwartet hätte. Er staunte darüber, wie sie es bereits schaffte, mit Perspektiven zu arbeiten anstatt einfach alles gleich groß erscheinen zu lassen, so wie Kinder ihres Alters das zu tun pflegten. Er versuchte sich zu erinnern, ob Leris als Kind jemals ein solches Talent gezeigt hatte, konnte sich aber nicht erinnern. Falls ja, wäre ihrem Vater nichts ferner gelegen, als sie dazu zu ermutigen, dass sie es entwickelte. Ganz im Gegenteil - er hätte es als unwillkommene Ablenkung von seinen eigenen Vorstellungen betrachtet, wie sie ihre Zeit nutzen sollte. Jedenfalls nicht, indem sie sich mit etwas beschäftigte, dass keinem anderen Zweck als ihrem eigenen Vergnügen diente anstatt seinen Geschäftsinteressen.

Eryn spielte mit Dorn und unterhielt ihn, indem sie dünne Streifen an Wasser in komplizierten Mustern durch die Luft fließen ließ. Dafür verwendete sie die Technik medizinischer Schilde, die das Blut in den Blutgefäßen halten sollte, wenn jemand verletzt war. Fasziniert sah der Junge zu und versuchte zu ergreifen, was wie ein wässriger Wurm wirkte, der sich seinen Weg durch bloße Luft bahnte. Jedes Mal, wenn seine Finger die schwache Barriere durchbrachen und er das Wasser berührte, kicherte er.

Enric sah, wie Ardegens Blick auf Eryn ruhte, seine Miene nachdenklich. Eryn hatte ihm die Geschichte ihres Lebens erzählt, und für einen Mann, der in einer stabilen und liebevollen Umgebung herangewachsen war, war dies eine Menge zu verarbeiten. Wohl war ihm die problematische Beziehung seiner eigenen Gefährtin mit ihrer Familie bekannt, doch die lag weitgehend in der Vergangenheit und hatte keinen so mächtigen Einfluss auf ihr Leben wie dies bei Eryn der Fall war.

Dies hier war nun ihr letzter gemeinsamer Abend; die Zeit war richtiggehend verflogen.

"Sieh dir unsere Familien an", murmelte Leris neben ihm, während ihr Neffe in ihren Armen dahindöste. "Seltsam, oder? Ich schätze, das bedeutet wohl, dass wir jetzt erwachsen sind."

Darüber lächelte Enric. Er war sechsunddreißig Jahre alt, und seine Schwester war nicht viel jünger.

"Du denkst also, Kinder zu haben lässt die Leute schlussendlich erwachsen werden?"

"Bis zu einem gewissen Grad, ja." Sie zuckte mit den Schultern. "Es ist eine Veränderung, eine Verschiebung der Prioritäten weg von einem selbst und hin zu einer anderen Person. Dein eigenes Wohl tritt in den Hintergrund, und falls nötig, würdest du sogar dein Leben opfern, um das Wohlergehen deiner Kinder sicherzustellen."

Darauf erwiderte Enric nichts. Seine Position im Orden hatte stets beinhaltet, dass er genau das tun würde - sein Leben aufgeben, falls es keinen anderen Weg gab, um den König und das Königreich zu schützen. Sein Leben hatte ihm ohnehin niemals wirklich gehört. Doch er verstand natürlich, was seine Schwester sagen wollte. Seine Rolle als Beschützer, so wie der Orden sie definierte, war eine Pflicht, diejenige gegenüber Eryn und Vedric war so viel mehr. Sie war ein neuer Lebenszweck.

"So", meinte Eryn leichthin von ihrer Seite des Tisches aus, "es wird hier wesentlich ruhiger zugehen, wenn wir endlich abreisen."

Leris lächelte. "Ein wenig. Aber mit zwei kleinen Kindern sind wir Ruhe mittlerweile nicht mehr gewohnt. Ich schätze, ihr werdet froh sein, wenn ihr für eine Weile Abstand gewinnt zu allem, was auch nur entfernt mit Familie - sowohl deiner als auch Enrics - zu tun hat."

Eryn erwiderte das Lächeln. "So würde ich das nicht sagen. Ardegen und die Kinder sind mir ans Herz gewachsen."

"Ardegen und die Kinder, hm?", meinte Enrics Schwester ruhig. Die Bemerkung kränkte sie nicht; wahrscheinlich war sie sich im Klaren darüber, dass es ein Versuch war, sie zu necken. "Ich bin froh, das zu hören. Zumindest meine Jungs mögen dich ebenfalls. Meine Tochter lässt sich offensichtlich nicht ganz so leicht beeindrucken."

Eryn nickte ernst. "Genau wie ihre Mutter, soweit ich das gesehen habe."

Enric nahm eine gewisse Spannung zwischen den beiden Frauen wahr, jedoch nichts, das sein Eingreifen erforderte. Sie gingen sehr offen damit um, dass sie nicht allzu angetan voneinander waren, doch zumindest war etwas vorhanden, worauf sich bauen ließ: gegenseitiger Respekt.

Er sah zu Ardegen, der die beiden Frauen ebenfalls beobachtete, seine Miene achtsam. Auch er bewertete die Situation. Einen Moment lang trafen sich ihre Blicke in einem stillen Austausch, einem gegenseitigen Verständnis.

Leris hob das schlafende Baby hoch und schnupperte. "Ich denke, die Windel muss gewechselt werden."

Enric erhob sich, um seinen Sohn entgegenzunehmen, doch sie schüttelte den Kopf und nickte stattdessen ihrem Gefährten zu. "Nein, Ardegen kann sich darum kümmern. Er nervt mich immer wegen eines weiteren Kindes, und ich denke, das ist eine nette Erinnerung daran, was das beinhalten würde."

Eryn wollte Einspruch erheben, doch Ardegen lachte leise und kam auf die Beine, um Vedric an sich zu nehmen. "Wie du willst. Das wird mich nicht abschrecken." Damit ging er in das Zimmer, wo sie die sauberen Windeln aufbewahrten.

Leris seufzte ausgiebig. "Verdammt. Wie es aussieht, lässt er sich nicht davon abbringen. Noch schlimmer ist seine irritierende Geduld - er gibt einfach nicht auf. Und ich kann nicht einmal argumentieren, dass ich nicht mehr genug Zeit für unser Geschäft hätte, dass ich an das Haus und die Kinder gefesselt wäre - um das Meiste davon kümmert er sich bereits." Sie sah ihren Bruder an. "Wie sieht es mit euch aus? Werdet ihr noch eines bekommen?"

Er schüttelte den Kopf. "Nein. Eryn will nicht, und das respektiere ich."

"Aber darüber bist du nicht glücklich, das kann ich sehen. Dann ist sie also diejenige, die diese Entscheidung allein trifft, was?"

"Es sagt mir nicht zu, dass ihr über mich redet, als wäre ich nicht anwesend", warf Eryn mit strenger Miene ein.

Leris warf ihr einen amüsierten Blick zu. "Wie du wünschst. Warum verwehrst du meinem Bruder ein weiteres Kind?"

"Das geht dich überhaupt nichts an", erwiderte Eryn kalt. "Ich muss mich vor dir nicht rechtfertigen."

"Ihre Mutter verabreichte ihr einen Fruchtbarkeitstrank, damit sie schwanger wurde", erklärte Enric. "Dieses Kind ist bereits eines mehr als sie ursprünglich wollte."

Seine Schwester starrte zuerst ihn, dann seine Gefährtin an. "Ist das wahr? Ihre eigene Mutter?"

Eryn warf Enric einen verärgerten Blick zu, alles andere als begeistert darüber, dass er dieses kleine Detail enthüllt hatte. Es war eine private Angelegenheit, die sie nicht einfach so verbreiten wollte.

"Ja", bestätigte er. "Somit werde ich keinesfalls Druck wegen eines weiteren Kindes auf sie ausüben. Und ich wäre dir dankbar, wenn du davon absiehst, genau das an meiner Stelle zu tun, wo du nun weißt, dass es ein heikles Thema ist."

Eryn war froh, als Dorn neben ihr entschied, dass er sich lange genug ruhig und wohlerzogen gezeigt hatte und nun nach Aufmerksamkeit verlangte, indem er an ihrem Ärmel zog und auf seine Haare deutete.

"Blau!", krähte er, und sie tat ihm den Gefallen gerne. Sie lächelte, als er aufsprang und zu dem Spiegel im Vorzimmer rannte, um sich selbst in seiner neuen Herrlichkeit zu bewundern. Enrics Schwester und deren Familie kennenzulernen war nett gewesen, doch sie verspürte Sehnsucht nach ihrem eigenen Haus, das sie nicht wie hier oder in Takhan mit anderen teilen musste. Es wurde Zeit, nach Anyueel zurückzukehren.

KAPITEL 19

Endlich Zuhause

Eryn sah zu, wie Nera und Dorn neben der Kutsche herliefen und mit ihren kleinen Händen zum Abschied winkten. Lächelnd hob sie ihren eigenen Arm und winkte zurück. Leris und Ardegen standen vor ihrem Haus, sein Arm um die Schultern seiner Gefährtin gelegt, während ihre Augen der abfahrenden Kutsche folgten.

Enric sank in die Kissen der Kutsche zurück, als seine Nichte und sein Neffe nicht länger in Sichtweite waren. "Ich habe es wirklich genossen, Leris nach so langer Zeit wiederzusehen, doch jetzt kann ich es kaum erwarten, endlich nach Hause zurückzukehren."

Nach Hause, dachte Eryn und konnte sich einer gewissen Besorgnis nicht erwehren. Sie betrachtete Anyueel durchaus als ihr Zuhause, doch bisher hatte sich das Leben dort nicht als besonders friedlich erwiesen. Nicht, dass ihre beiden Aufenthalte in Takhan frei von jeglichen Schwierigkeiten gewesen waren - ganz im Gegenteil. Doch Zuhause sollte eine Zuflucht sein, ein Ort, an dem man sich sicher fühlen konnte. Sie bezweifelte ernsthaft, dass der Aufenthalt in der gleichen Stadt mit dem König und dem Orden ihr jemals ermöglichen würden, sich dort wahrhaft sicher zu fühlen. Und jetzt sollte sie dort ein Kind großziehen. Nun, zumindest teilweise. Unglücklicherweise war Takhan auch nicht eben ein sicherer Hafen. Nicht jetzt, wo Malriel wieder zu Macht und voller Pracht zurückgekehrt war. Aber zumindest für die nächsten sechs Monate würde Malriel außer Sichtweite bleiben.

"Du wirkst nachdenklich", kommentierte Enric und veränderte Vedrics Position an seiner Brust, um ihm einen besseren Blick aus dem Fenster zu ermöglichen. "Ein wenig verdrossen."

"Geistesband?", fragte sie.

Er schüttelte den Kopf. "Nein, dafür sind deine Gefühle nicht stark genug. Aber da gibt es immer noch die gute alte Methode, jemanden anzusehen und dessen Stimmung vom Gesichtsausdruck abzuleiten."

Sie lächelte. "Ach ja, das. Ich dachte nur gerade an Malriel. Und an den König und den Orden. Und wie es wohl sein wird, in die Stadt zurückzukehren. Ohne Vern wird es dort seltsam sein. Der Gedanke, dass er nicht da ist, ist irgendwie… befremdlich. Es ist, als wäre der Ort unvollständig, hohl. Und nach allem, was sich vor unserer Abreise zugetragen hat, müssen wir dann auch noch dem König gegenübertreten."

Enric nickte bedächtig. Er verstand sie nur zu gut - hinsichtlich beider Belange. Vern war ihr erster Freund hier gewesen - er hatte ihr durch ihre Gefangenschaft hindurchgeholfen und sich als verwandter Geist erwiesen, ihr dabei geholfen, nicht den Verstand zu verlieren, als der Orden sie zum Kampftraining zwang und sie wie eine Spielfigur behandelte. Natürlich würde sie ihn vermissen. Was den König betraf…

"Wie du dir wohl denken kannst, bin ich ebenfalls nicht besonders erpicht darauf, König Folrin wiederzusehen. Aber ich bin zuversichtlich, dass du von seiner Seite keine… unwillkommene Aufmerksamkeit mehr zu befürchten hast. Erstens sind die Chancen, dass er dich erneut in Gold gefesselt und damit hilflos vor sich hat, eher gering; und zweitens musste er einige Zugeständnisse machen, damit wir freiwillig zurückkehren. Ohne Zweifel war er von Vran'els Ersuchen, uns die Hälfte jedes Jahres in Takhan verbringen zu lassen, nicht besonders angetan. Als er es bewilligte, ging er sehr wahrscheinlich davon aus, dass dies auch unseren Wünschen entsprach."

Sie runzelte die Stirn. "Das ist mühsam. Ich schätze, die Chancen stehen gering, dass er seine Meinung diesbezüglich ändert, wenn ich ihn ganz freundlich darum bitte?"

"Sie sind nicht existent", bestätigte Enric. "Es würde nicht gut aussehen und ließe ihn wenig vertrauenswürdig und unzuverlässig erscheinen. Aber du darfst dich darauf verlassen, dass es sich hierbei um kein dauerhaftes Arrangement handelt. Sobald Vedric alt genug ist um zu entscheiden, wo er leben möchte, werden wir den Großteil unserer Zeit wieder in Anyueel verbringen."

Eryn verdrehte die Augen. "Wir reden hier über zwei ganze Jahrzehnte! Aus meiner Sicht ist das permanent genug. Aber für den Moment mag es nicht so schlecht sein, regelmäßig vom König fortzukommen - auch wenn ich mich stattdessen mit Malriel herumplagen muss. Er macht mich nervös. Ich mag es nicht, wie er mich manipuliert und mit meinen Gefühlen spielt. Ich wünschte, ich könnte ihm irgendwie Grenzen setzen, ohne dass ich hinterher eingesperrt werde."

Enric betrachtete sie einen Moment und schürzte die Lippen. "Er findet Vergnügen daran, dich nervös zu machen, weil er weiß, dass du ihm misstraust und ihn bis zu einem gewissen Grad fürchtest. Seinen Manipulationen entgegenzuwirken wird nicht immer funktionieren, denn das würde erfordern, ihn besser kennenzulernen und seinen nächsten Zug vorherzusagen. Dafür brauchst du mehr Erfahrung. Was du allerdings sehr wohl tun kannst, ist, ihm zu demonstrieren, dass du ihn nicht länger fürchtest." Er lehnte sich vor. "Du warst in den Westlichen Territorien, warst mit all diesem Kummer darüber konfrontiert, dass Valrad dein Vater ist, mit Ram'an, hast die Führung eines der mächtigsten Häuser in Takhan übernommen, dich mit dem Senat herumgeschlagen und Sanaf und seine Anschläge aufgedeckt - und all das, während du schwanger warst. Nach allem, was du durchgemacht hast, glaube ich, dass dich der König als weniger empfänglich für seine kleinen Intrigen und Spiele vorfinden wird."

Sie ließ langsam den Atem entweichen. Er klang so zuversichtlich, dass sie mit dem König fertigwerden würde, obwohl sie dabei in der Vergangenheit schon mehr als einmal versagt hatte.

"Ich finde deinen Glauben an mich schmeichelhaft, muss mich aber fragen, ob deine übliche Fähigkeit, Menschen zutreffend einzuschätzen, in den Hintergrund getreten ist und deine Zuneigung die Bewertung vornehmen lässt."

Enric lachte leise. "Ich weiß, dass Liebe die Tendenz hat, Leute für die Fehler einer anderen Person blind zu machen. Ich rühme mich, dafür nicht ganz so anfällig zu sein. Als dein Vorgesetzter gehört es zu meinen Aufgaben, mir über deine Mängel im Klaren zu sein. Den Luxus, sie zu übersehen, kann ich mir nicht leisten. Und dann ist da auch noch meine persönliche Überzeugung, dass wahre Liebe nicht darauf angewiesen ist, das Objekt der Zuneigung besser zu machen, als es tatsächlich ist. Stattdessen sorgt sie für eine Bindung, die stark genug ist, um trotz aller vorhandenen Schwächen fortzubestehen."

"Mängel und Schwächen, was?", meinte Eryn mit einem wenig freundlichen Lächeln. "Würdest du darauf wohl näher eingehen?"

"Das würde ich lieber nicht, wenn es dir nichts ausmacht. Allerdings vermute ich, du willst einen Beweis, dass ich sie tatsächlich erkennen kann", erwiderte er und verzog das Gesicht. "Nun, zumindest bin ich vor deiner Rache sicher, solange ich deinen Sohn halte."

"Du suchst Schutz hinter einem Kind? Wirklich? Auf solche Maßnahmen muss der hohe und mächtige Lord Enric zurückgreifen?", scherzte sie.

Enric zuckte mit den Schultern. "Verzweifelte Maßnahmen, Liebste."

"Dann also los. Kauere hinter deinem Sohn und erzähl mir von meinen Defiziten. Erleuchte mich. Das tust du doch so gern."

"Wie du wünschst. Eines will ich aber klarstellen: Ich spreche nun als dein Vorgesetzter mit dir, nicht als dein Gefährte. Aus Sicht des Letzteren bist du makellos."

Einen Moment lang starrte sie ihn an, dann lachte sie ob dieser Schwindelei laut auf. "Betrachte das als zur Kenntnis genommen. Das ist eine professionelle Bewertung meines Potentials, mich als Ordensmagierin weiterzuentwickeln, und keine Gelegenheit, ein paar meiner ärgerlichen oder beschwerlichen Charaktereigenschaften vorzubringen, wenn es darum geht, mit mir zusammenzuleben."

Enrics Miene war ernst, als er erwiderte: "Das meine ich tatsächlich. Ich habe mich nicht in eine pflichtbewusste Ordensmagierin, eine leidenschaftliche Schwertkämpferin oder eine gehorsame Untergebene verliebt und würde dich in nichts davon verwandeln wollen. Das wärst nicht mehr du."

"Also schön, ich würdige, dass du mich so magst, wie ich bin, wenn ich bei dir bin. Jetzt lass mich hören, was Lord Enric, Stellvertreter im Orden der Magier an der Nummer drei im Orden weniger schätzt."

"Es wird wahrscheinlich nicht allzu viel dabei sein, dessen du dir nicht ohnehin bewusst bist. Müsste ich raten, würde ich meinen, dass manches davon sogar gewollt ist." Er hielt kurz inne und räusperte sich in dem Wissen, dass sie einige der Dinge, die er ihr kundzutun beabsichtigte, gar nicht gerne hören würde. Der einfachste Weg, um sich ihren Ärger zu ersparen wäre der, das Meiste davon unter den Tisch fallen zu lassen. Doch er belehrte sie nun schon seit einer Weile immer wieder, wie wichtig Ehrlichkeit zwischen ihnen war, und somit schuldete er ihr genau das. "In vielen Fällen bist du eine Sklavin deiner Impulse, was bedeutet, dass es dir an Selbstbeherrschung fehlt. Das wiederum macht dich anfälliger für Manipulationen, wenn es darum geht, dass du dir Schwierigkeiten einhandelst oder Entscheidungen triffst, ohne vorher deren Konsequenzen zu bedenken. Du hast große Probleme mit Autorität, sofern es um andere Bereiche als Wissen oder Fähigkeiten geht, die du als erstrebenswert erachtest. Wenn du beurteilst, ob jemand dazu geeignet ist, dich zu führen, bringst du deine eigenen Standards zur Anwendung. Die konzentrieren sich grundsätzlich auf Fachwissen, das deinem eigenen überlegen sein sollte. Deine Weigerung, die formale Gewährung von Macht in den Institutionen um dich herum zu akzeptieren, macht dich zu einem zerstörerischen Einfluss für jede Organisation, der du angehörst." Er beobachtete, wie ihre Augenbrauen zuckten, während der Rest ihres Gesichts ausdruckslos blieb. "Du widmest deine Zeit einem einzigen Bereich", fuhr er fort, "in dem du dich aus einer Pflicht deinem verstorbenen Vater gegenüber moralisch verpflichtet fühlst zu arbeiten. Stattdessen könntest du deine Bemühungen auf mehrere verschiedene Felder aufteilen und dein Potential ordentlich nutzen anstatt es auf das zu beschränken, was man dir als Kind als die nobelste Disziplin von allen näherbrachte. Du widersetzt dich deinen Vorgesetzten offen und fortwährend und unterminierst dabei die Glaubwürdigkeit des Ordens, der dir immerhin diesen hohen Rang gewährt hat. Du versuchst dich aus seinem Griff zu befreien und demonstriert damit nicht nur, dass du die Werte nicht teilst, die hochzuhalten du verpflichtet bist, sondern du tust es auch noch auf eine Weise, die dich für alle Magier unterhalb deines Ranges zu einem schlechten Vorbild macht. Missfallen oder Widerwillen drückst du offen und ohne Rücksicht auf diplomatische oder wirtschaftliche Konsequenzen aus, was bedeutet, dass du nicht nur dazu neigst, politische Spannungen zu erzeugen, sondern auch den Erfolg der Geschäfte und Arbeitsbereiche, die irgendwie mit dir in Verbindung stehen, gefährdest, anstatt Nutzen aus möglichen Allianzen zu ziehen."

Eryns Starren verdüsterte sich mit jedem neuen Satz. Enric stoppte, als sie ihre Arme verschränkte und die Lippen spitzte.

Sie knirschte mit den Zähnen. Er hatte nicht einmal darüber nachgedacht, was er sagen oder wie er sich ausdrücken sollte - all das war einfach herausgekommen, als wäre es eine vollkommen logische Schlussfolgerung, eine Sammlung offensichtlicher Fakten. Sie fragte sich, wie lange das noch weitergegangen wäre, hätte ihn ihr offenkundiges Missvergnügen nicht dazu bewogen, den Mund zu halten.

"Ich verstehe", erwiderte Eryn kühl. "Was du mir also grundsätzlich sagst, ist, dass ich für jeden, der mich benutzen will, einfache Beute bin, weil ich mich nicht im Griff habe, dass ich meine Zeit mit dem Heilen verschwende und dass ich ein übles Vorbild bin. Daran nehme ich Anstoß. Und was meine mangelnde Unterwerfung an deine Art von Autorität betrifft und die Weigerung, mich bei den Reichen und Wichtigen einzuschmeicheln - das betrachte ich nicht als Defekt, sondern als Beweis gesunden Menschenverstands."

"Ich hatte nicht erwartet, dass du diese Beurteilung akzeptierst. Und deine Worte bestätigten, was ich zuvor sagte - dein Widerstand ist beabsichtigt", erwiderte Enric gleichmütig.

Sie nickte langsam. "Ich schätze, ich sollte mich nicht beschweren oder überrascht darüber zeigen, wie du mich einschätzt. Immerhin habe ich dich darum gebeten, es in Worte zu kleiden."

Enric schüttelte den Kopf. "Nein. Worum du mich gebeten hast und was ich dir gerade gab, war eine Liste deiner Unzulänglichkeiten aus Sicht des Ordens, um dir zu beweisen, dass mich meine Gefühle dir gegenüber dafür nicht blind machen. Was ich gerade sagte, berücksichtigte keine deiner zahlreichen und sehr beachtlichen Stärken und Fähigkeiten, die es dem Orden wert sind, seine Ressourcen und seine Geduld auf dich zu verwenden. Möchtest du, dass ich darüber als nächstes spreche?"

Eryn sah aus dem Fenster. "Nein, danke. Ich brauche keine Komplimente, die mein verletztes Ego streicheln sollen."

"Mittlerweile solltest du mich gut genug kennen um zu wissen, dass ich auf solche Erfordernisse keine Rücksicht nehme. Wenn ich ein Kompliment ausspreche, dann kannst du dich darauf verlassen, dass es aus meiner Sicht gerechtfertigt ist. Die Art von Frau, die den Schmeicheleien leerer Worte erliegt, wäre keine, die mich reizt - weder als vertrauenswürdige und verlässliche Untergebene, noch als Gefährtin." Seine Stimme war ruhig, wenn auch nicht besonders freundlich. "Wenn du deinen Vorgesetzten darum ersuchst, dir seine

Ansichten mitzuteilen, dann solltest du an deiner Haltung arbeiten, wenn dir dieser Wunsch gewährt wird."

Sie drehte ihren Kopf wieder in seine Richtung und staunte über die Absurdität dessen, dass er solche Worte aussprechen und den großen Vorgesetzten spielen konnte, während ihr gemeinsamer Sohn friedlich an seiner Brust schlummerte. Sie dachte zurück, als sie Haus Aren geführt und damit die Position seines Oberhaupts innegehabt hatte. Er war damit zufrieden gewesen, sie alles im Zusammenhang mit den Geschäften und auch den Umgang mit Orrin und Vern in ihrer Funktion als deren Vorgesetzte ohne Einmischung handhaben zu lassen. Es schien, als wäre diese gelassene Haltung nun wieder seiner Ordenspersönlichkeit gewichen. Wie bedauerlich.

"Sofern ich mich nicht sehr irre, steht es dir noch nicht zu, deine Position als mein Vorgesetzter zu diesem Zeitpunkt wieder zu beanspruchen", meinte sie leichthin. "Soweit ich weiß, bist du im Moment kein Mitglied des Ordens. Aber es ist ungemein tröstlich, dass dir die Rückkehr zu dieser Geisteshaltung so mühelos gelingt."

Enric seufzte, und seine Miene wurde weicher. Der Vorgesetzte war für den Moment wieder fort. "Du erinnerst dich, weshalb ich dir all diese Dinge sagte, oder? Ich habe dir ein Kompliment ausgesprochen, das anzunehmen du dich geweigert hast, weil ich deiner Ansicht nach zu deinen Gunsten eingenommen sei. Ich habe dir nur bewiesen, dass dies nicht der Fall ist, und jetzt bist du beleidigt, weil ich überzeugender war, als du erwartet hattest."

Eryn blinzelte, dann nickte sie langsam. Er hatte Recht. "Es tut mir leid." Sie rieb sich über das Gesicht. "Ich denke, die Aussicht darauf, zum Orden und zum König zurückzukehren, macht mich etwas nervös. Und dass du so problemlos wieder in diese Rolle schlüpfst, als wären wir nicht gerade ein halbes Jahr fort gewesen, irritiert mich ebenfalls. Es gefiel mir, wie es zum Ende hin war, bevor wir aus Takhan weggingen - als ich Haus Aren leitete und wir uns gemeinsam um Vedric kümmerten. Hätten wir nicht Malriel unter dem gleichen Dach gehabt, könnte ich mir so ein Leben vorstellen. Nicht ständig nach der Pfeife des Ordens tanzen zu müssen, eine Autoritätsposition innezuhaben, bei der ich tatsächlich etwas dabei mitzureden habe, wie ich diejenigen führe, für die ich verantwortlich bin..." Sie hielt inne und runzelte die Stirn, während sie überlegte, wann genau sich ein Leben in den Westlichen Territorien und ein Wegbleiben von Anyueel zu solch einer attraktiven Aussicht entwickelt hatte.

"Ich weiß. Ich habe es genossen, von jeglicher Verantwortung außer der Führung meiner Geschäfte befreit zu sein, auch wenn es nur für kurze Zeit war. Und du hast an der Spitze von Haus Aren gute Arbeit geleistet. Dein Führungsstil passt besser zu einem Haus als dem Orden. Was kaum verwunderlich ist, wenn man bedenkt, dass du von einem Mann aufgezogen wurdest, der wiederum selbst dazu erzogen wurde, für seinen älteren Bruder bei der Führung der Familie einzuspringen, falls es erforderlich werden sollte.

Ved'al hatte wohl kaum die Absicht, dich zu einem fähigen Oberhaupt eines Hauses zu machen, doch den Einfluss der eigenen Ausbildung beiseite zu schieben ist wohl so gut wie unmöglich." Er dachte an seine Schwester und wie sie gegen ihre eigenen Impulse ankämpfte, ihre Kinder auf die gleiche Weise zu behandeln, wie Anwin es bei ihr getan hatte.

Überrascht sah ihn Eryn an. "Hast du etwa gerade gesagt, ich sei trotz meiner vielen unvorteilhaften Charakterzüge eine gute Anführerin?"

"Unvorteilhaft aus Sicht des Ordens, Liebste, aber nicht, wenn man von anderer Seite darauf blickt. Ich sagte dir, dass meine Einschätzung rein vom Standpunkt eines Ordensmagiers erfolgte und kein allgemeingültiges Bild von dir sein sollte. Im Gegensatz zu deiner Position im Orden sagte dir die in Haus Aren zu. Und dort hast du auch gute Arbeit geleistet. Besser als ich es vermochte. Genau wie mein Führungsstil besser zum Orden als zu einer erweiterten Familie passt, so ist es mit dir eben umgekehrt. Obläge mir die Entscheidung, so würde ich dich von der Last deines Rangs im Orden befreien, dir all die Bücher zur Verfügung stellen, derer wir habhaft werden können und dich tun lassen, was auch immer dich interessiert, weil ich darauf vertraue, dass dies zu beeindruckenden Ergebnissen führen würde."

Sie sah ihm in die Augen und versuchte sicherzugehen, dass er sie nicht auf den Arm nahm. Seine blauen Augen erwiderten den Blick, der Ausdruck darin ernst. "Das ist… unerwartet", erwiderte sie schwach.

"Ist es das?", fragte er milde. "Ich frage mich, weshalb. Ich sehe, dass es dich nicht glücklich macht, im Orden zu sein, und dein Glück ist untrennbar mit meinem eigenen verknüpft. Ich sehe, dass es vieles gibt, das du tun könntest, und du bist an eine Institution und einen Ort gebunden, die dir nicht die Möglichkeiten bieten, dieses Potential zu entfalten. Das war der Grund, weshalb ich Vran'els Plänen, uns regelmäßig nach Takhan zurückkehren zu lassen, so bereitwillig zugestimmt habe. Es befreit dich zumindest für eine Weile von den Beschränkungen, die die Zugehörigkeit zum Orden mit sich bringt. Ich bin überzeugt, dass der Aufenthalt in der gleichen Stadt wie Malriel ein geringer Preis dafür ist."

Eryn schloss kurz die Augen. "Bestimmst du schon wieder, was das Beste für mich ist, ohne mich in die Entscheidung miteinzubeziehen?"

"Die Entscheidung war nicht meine, wie du dich sicher erinnerst. Ich bin nicht besonders glücklich darüber, wie dich dein Bruder behandelt hat, wie er sich einfach die Freiheit nahm, unser Leben ohne Rücksicht auf Verluste umzukrempeln, ohne das zuvor mit uns zu besprechen. Aber das bedeutet nicht, dass die Entscheidung schlecht ist, auch wenn sie nicht auf die Art und Weise getroffen wurde, wie ich es vorgezogen hätte. Und keinesfalls bedeutet es, dass wir Vran'el ohne eine Lektion davonkommen lassen werden, und zwar eine, von der ich hoffe, dass sie ihn davon abhalten wird, so etwas noch einmal zu versuchen."

"Und wieder überraschst du mich", murmelte sie. "Auf gute und schlechte Weise." Auf gute Weise, indem er solch unerwartetes Verständnis für ihre Fähigkeiten und Neigungen zeigte, und auf schlechte Weise, indem er zwangsweise das Kommitmentband von ihr entfernte, um in ein fremdes Land davonzueilen und sie nur wenige Wochen vor der Geburt seines Sohnes alleinzulassen.

"Ich werde daran arbeiten, die guten Überraschungen überwiegen zu lassen", lächelte er, froh darüber, dass die angespannte Diskussion vorüber war.

* * *

Enric berührte sie sachte an der Schulter, als die Kutsche vor den Stadttoren zum Stillstand kam. Es gab einen kurzen Wortwechsel zwischen dem Kutscher und einer der Wachen, dann setzte sich das Gefährt erneut in Bewegung.

Eryns Augenlider öffneten sich langsam, und sie verzog das Gesicht ob des stechenden Schmerzes in ihrem Rücken. Die Schlafposition, die die Bank ermöglichte, war alles andere als komfortabel. Ihr Blick fiel aus dem Fenster, nahm die städtische Umgebung wahr. Sie richtete sich auf.

"Wir sind also zurück?" Erleichterung schwang in ihrer Stimme mit.

"Ja, das sind wir", bestätigte Enric. Kurz darauf zog er die Stirn in Falten, als die Kutsche vor dem Palast anhielt anstatt sie gemäß seinen Anweisungen zu ihrem Haus zu bringen. Einen Moment später wurde die Tür vom Kutscher mit zaghafter Miene geöffnet.

"Seine Majestät wünscht Euch sofort zu sehen", erklärte er und trat beiseite, um Enric zuerst aussteigen zu lassen.

Eryn akzeptierte die Hand ihres Gefährten, als sie aus der Kutsche kletterte und sich dann streckte. "Zumindest hätte er sich herablassen können, uns ein Mahl, eine Schüssel Wasser zum Waschen und frische Kleidung zu gewähren", murmelte sie verstimmt.

"Ich wage zu behaupten, dass er mit seinen eigenen Augen sehen will, dass wir wahrhaftig zurück sind", kommentierte Enric und blickte nach unten, als die kleine Gestalt an seiner Brust sich zu regen begann. "Ich hoffe, er hält sich kurz, oder Vedric wird daraus eine sehr geräuschvolle Audienz machen. Es ist beinahe Zeit für seine nächste Mahlzeit."

Widerwillig folgte ihm Eryn, als er sie an der Hand mit sich zog. Ihre Augen nahmen den vertrauten dunkelgrauen Stein des Palastes in sich auf, die hohen Türen mit den üblichen Wachen daneben, die polierte Tür und die emporragenden Säulen. Erinnerungen von vor langer Zeit überrumpelten sie und ließen sie schlucken, entführten sie zurück zu dem Tag, als sie zum ersten Mal an genau diesem Punkt gestanden hatte. Zwei Magier hatten sie damals flankiert und sie zu einem Vernehmungsraum eskortiert, der sich irgendwo zu ihrer Linken im ersten Korridor befinden musste. Das war auch der Tag gewesen, an dem sie Enric zum ersten Mal getroffen hatte, als er sie mit einem einzelnen, starken Magieblitz zu Boden geschickt hatte.

Sie setzten ihren Weg fort und folgten dem Hauptkorridor, der zum Thronsaal führte.

"Ich hoffe, es sind nicht allzu viele Leute bei ihm", seufzte sie. "Das würde den Besuch nur verlängern."

"Nein, davon gehe ich nicht aus. Sonst hätte er uns zuerst nach Hause zurückkehren lassen, damit wir uns zurechtmachen. Es liegt nicht in seinem Interesse, uns in diesem Zustand prüfenden Blicken auszusetzen."

Sie bogen um die letzte Ecke und kamen damit in Sichtweite der mächtigen Doppeltür des Thronsaals. Die wurde von den Wachen auf beiden Seiten rasch geöffnet, als sie die erwarteten Besucher erblickten.

Enrics Augen nahmen die drei Leute auf dem Thronpodest auf. Der König stand aufrecht mit auf den Rücken gelegten Händen, auf seinen Lippen ein schwaches, zufriedenes Lächeln, während er ihr Herannahen beobachtete. Dann war da der vertraute Anblick seines Beraters Marrin auf einer Seite zwei Schritte dahinter. Die dritte anwesende Person war ein breitschultriger Mann Mitte Fünfzig, dessen blondes Haar mit Grau durchzogen war und der in seiner dunkelroten Robe ein eindrucksvolles Bild abgab. Tyront.

Sie hielten vor dem Thronpodest und verbeugten sich vor dem König, Enric mit einer Hand auf dem Kopf seines Sohnes, damit er bei der Bewegung nicht nach vorne kippte.

Einen langen Augenblick war es still, nachdem sie sich wieder aufgerichtet hatten. Der König betrachtete sie, nahm sich Zeit in der Gewissheit, dass niemand das Wort ergreifen würde, bevor er es tat.

"Es ist gut, Euch zurückzuhaben. Lady Eryn", meinte er schließlich, dann sah er ihren Gefährten an. "Und… Enric."

Eryn blinzelte überrascht, dann erinnerte sie sich, dass Enric derzeit kein Mitglied des Ordens und somit nicht berechtigt war, sich mit Lord ansprechen zu lassen. Dennoch, zu hören wie der König seinen Namen einfach so aussprach, unbegleitet von dem Titel, wirkte seltsam absurd. Sie beobachtete, wie sich der König in Bewegung setzte, langsam die wenigen Stufen herabstieg, bis er vor ihr stand. Sein prüfender Blick wanderte an ihr entlang und vermittelte ihr ein Gefühl von Anspannung und Beklemmung, als wäre sie nie fort gewesen.

Sie straffte die Schultern. Aber sie war fort gewesen, hatte eine Zeit hinter sich, die weder frei von Anstrengung noch von Herausforderungen gewesen war. Sie hielt sich Enrics Zuversicht vor Augen, mit der er erklärt hatte, dass er kaum Zweifel daran hegte, dass sie nach allem, was sie in Takhan durchgemacht hatte, in der Lage sein würde, mit dem König fertigzuwerden.

Als der König seine Hände hinter seinem Rücken voneinander löste und sie ausstreckte, um die ihren zu ergreifen, zweifellos, um einen Kuss darauf zu drücken, nahm sie einen tiefen Atemzug und entschloss sich zur Kühnheit. Sie ergriff seine Hände, widerstand aber seiner Bewegung, mit der er sie zu seinen Lippen ziehen wollte. Stattdessen trat sie einen Schritt auf ihn zu und küsste ihn zuerst auf die linke Wange, dann auf die rechte.

Der Raum schien zu erstarren. Niemand bewegte sich. Marrins Augenbrauen waren überrascht hochgezogen, und Tyronts Stirn zeigte den Ansatz besorgter Falten. Enric allerdings wirkte unerschüttert; seine Miene drückte nichts als Interesse aus, weder Unruhe, noch Sorge.

König Folrin sah sie an. Das Aufflackern von Überraschung in seinen Augen, wie schwach und kurz es auch gewesen sein mochte, war dennoch erkennbar für jemanden, der danach Ausschau gehalten - oder in Eryns Fall - darauf gehofft hatte. Sie gestattete sich ein kleines Lächeln und beobachtete, wie sich daraufhin seine eigenen Lippen in Anerkennung einer gut ausgeführten Demonstration verzogen. Noch immer hielt er ihre Hände und drückte sie für einen kurzen Moment, bevor er sie freigab.

Dann drehte der Monarch seinen Kopf und nickte in Richtung des Anführers des Ordens, der daraufhin lächelte und vortrat. Er legte beide Hände auf Enrics Schultern und sah ihn einen Moment lang an, als wollte er entscheiden, ob irgendein Ausdruck von Zuneigung in diesem Rahmen weise war. Dann allerdings verwarf er offensichtlich sämtliche Überlegungen, die ihn zurückhielten und zog den jüngeren Mann an sich und in eine Umarmung, vorsichtig darauf bedacht, das Kind zwischen ihnen nicht zu zerdrücken.

"Willkommen zurück, mein Junge", murmelte Tyront ergriffen.

Enric bemühte sich redlich, sich die Überraschung nicht anmerken zu lassen, während er sich einen Augenblick lang von dieser unerwarteten Bekundung von Gunst von einem Mann erholte, der zugegebenermaßen seit mehr als einem Jahrzehnt sein Mentor und Freund, jedoch immer noch sein Vorgesetzter war. Und dann gab es da auch noch die Reste der Spannung von vor acht Monaten zwischen ihnen.

Tyront ließ von Enric ab und trat dann auf Eryn zu, die ihn mit einem schiefen Grinsen bedachte, neugierig darauf, ob ihr ebenfalls solch eine Demonstration von Zuneigung zuteilwerden würde. Er sah sie an, lächelte, nahm ihr Gesicht in beide Hände und drückte ihr einen Kuss auf die Stirn.

"Du hast es geschafft, keinen Krieg vom Zaun zu brechen. Gut. Ich bin so stolz", nickte ihr Vorgesetzter in gespielter Anerkennung.

Eryn lachte leise. "Was soll ich sagen? Ich strebe stets danach zu gefallen."

Tyront wandte sich wieder Enric zu und studierte ihn für eine kurze Weile, bevor er langsam und nachdrücklich sagte: "Da gibt es eine geringfügige Angelegenheit, um die ich mich wirklich gerne gleich hier kümmern möchte."

Enric zog eine Augenbraue hoch, dann lächelte er gemächlich. "Das hat nicht zufällig etwas mit einem gewissen Eid zu tun, von dem du gerne hättest, dass ich ihn ablege? Warum nur habe ich das Gefühl, dass meine Chancen, aus diesem Raum entlassen zu werden, recht schlecht stehen, bevor diese geringfügige Angelegenheit nicht erledigt ist?"

Der Blick des älteren Mannes wurde intensiver. "Weil du ein außergewöhnlich kluger Mann bist, mein Freund. Sagst du mir damit etwa, dass es dein Wunsch ist, hier hinauszugehen, ohne den Eid zu leisten? Dass du nicht die Absicht hast, zum Orden zurückzukehren?"

Eryn spürte die Anspannung - trotz Tyronts Bestreben, entspannt zu wirken. Eine lange Pause folgte, und ein Blick in das Gesicht ihres Gefährten sagte ihr, dass sich Enric köstlich amüsierte. Sie entschied sich, die Dinge zu beschleunigen. Sie brauchte ein Bad und eine herzhafte Mahlzeit.

Sie rollte mit den Augen und knurrte: "Wenn du dich weigerst, den verdammten Eid zu leisten, werde ich dich dafür büßen lasen. So richtig. Wenn ich zu diesen schleppenden Ratsversammlungen gehen muss, dann musst du das ebenfalls. Bring mich nicht dazu, dich in Gold zu fesseln und überzeugend zu werden."

In seinen Augen blitzte der Schalk auf, was wohl bedeutete, dass er gleich etwas von sich geben würde, das ihr nicht zusagte, um sich dafür zu revanchieren, dass er Tyront nicht länger quälen konnte.

"Meinetwegen musst du dich nicht zurückhalten, Liebste. Ich erinnere mich noch lebhaft, wie viel Vergnügen es dir bereitet, mich in Gold zu fesseln", grinste er unverschämt und genoss die Mischung aus Ärger und Verlegenheit, die ihre Wangen rötete.

Sie zwang sich, ruhig zu bleiben und bedeckte kurz ihre Augen mit einer Hand, bevor sie langsam erwiderte: "Würdest du wohl endlich loslegen? Ich will wirklich, wirklich nach Hause. Unser Sohn braucht etwas zu essen, und ich habe nicht die Absicht, das hier zu erledigen."

Enric seufzte übertrieben und drehte sich Tyront zu. "Es scheint, als hätte ich keine große Wahl in dieser Sache. Dann also zurück in den Orden."

Tyronts Erleichterung zeigte sich, als sich die Muskeln in seinem Kinn und den Schultern lockerten. "Dann lassen wir deine Familie nicht länger warten."

Er wartete, während Enric die Schlinge um seinen Brustkorb aufknotete, damit er das Baby an Eryn weiterreichen konnte, die bereits die Arme nach ihrem Sohn ausstreckte.

Neben ihr jedoch erklang die Stimme des Königs: "Ihr gestattet?"

Langsam ließ Eryn die Arme sinken und trat widerwillig beiseite. Es gab nicht viel, dass sie tun konnte. Doch irgendwie konnte sie sich ihn nur schwer dabei vorstellen, wie er ein Kind hielt. Wusste er überhaupt, wie man das in Angriff nahm? War ihm klar, dass der Kopf gestützt werden musste?

Sie beobachtete, wie Enric ihren Sohn unbesorgt an König Folrin weiterreichte. Offenkundig teilte er ihre Bedenken nicht. Zu ihrer Überraschung verfuhr der König mit Vedric weder unbeholfen noch ungeschickt, sondern platzierte ihn so in seinem Arm, dass er das kleine Gesicht mit den dunkelblauen Augen, die sich in den kommenden Monaten sehr wahrscheinlich braun färben würden, eingehend betrachten konnte.

"Ihr seid doch nicht etwa nervös, Lady Eryn?", lächelte der König, ohne sie anzusehen. "Ich verspreche feierlich, Euren Sohn unbeschadet an Euch zurückzugeben."

Sie antwortete nicht, sondern sah zu, wie er Vedric mit nachdenklicher Miene betrachtete.

"Äußerlich ähnelt er eindeutig seinem Vater. Und sein magisches Potential scheint so immens zu sein, dass es ohne eine Anpassung der Skala nicht einmal messbar ist. Ich werde seine Entwicklung mit Interesse verfolgen. Ebenso, wie es der Orden und zweifellos auch Eure Eltern in Takhan tun werden."

Eryn erwiderte nichts darauf, sondern blickte auf, als Enric und Tyront ihre Handflächen mit einem starken Griff verbanden. Kurz darauf erhob sich die Stimme ihres Gefährten.

"Ich schwöre dem Volk dieses Königreichs, hier in diesen Hallen vor dem König, dass ich sie gegen alle möglichen Bedrohungen mit meinem Leben beschützen werde." Nach dem ersten Satz hielt Enric inne und wartete, während er in Tyronts geweitete Augen starrte. Das war nicht der traditionelle Eid, mit dem sich Magier an den Orden banden - das war derjenige, den Eryn damals geschworen hatte, den man für sie geändert hatte, damit sie sich nicht mit Magie an den König selbst binden musste. Die Stille zog sich in die Länge, und Tyront schloss einen Moment lang die Augen, während die Hände der beiden Männer einander noch immer umfassten.

"Eure Majestät?", fragte der Anführer des Ordens leise, ohne die Augen von Enric zu nehmen.

Eine weitere Pause folgte, bevor der Monarch ruhig, wenngleich mit zusammengebissenen Zähnen sprach: "Fahrt fort."

Eryn zwang sich, langsam auszuatmen, obwohl der Atem ihren Lungen in einem Schwall entweichen wollte. Das war eine irrsinnige Tat gewesen. Mit keinem einzigen Wort hatte er diese kleine Überraschung ihr gegenüber erwähnt. Es war ein gewagter Schritt gewesen, einer, der nicht nur seinen Wunsch demonstrierte, nicht mehr dermaßen eng an den König gebunden zu sein, sondern der auch das Ausmaß ihres Bestrebens testete, ihn wieder im Orden zu haben. Und offensichtlich waren sie ungemein bestrebt.

"Ich werde diesen Ort nicht ohne entsprechende Befehle oder die Absicht zur Rückkehr verlassen", fuhr Enric fort. "Ich werde dem Königreich Ehre bringen, indem ich dem König und dem Orden diene in allem, was Recht ist. Ich werde meinen Vorgesetzten in gutem Glauben und ohne Täuschung gehorchen. Ich werde, gemäß den Statuten des Ordens der Magier, meine Kampffertigkeiten trainieren, um sie jederzeit zu eurer Verteidigung zum Einsatz bringen zu können."

Eryn warf dem König neben ihr einen Seitenblick zu. Gedankenverloren wiegte er das Kind in seinem Arm hin und her, während er Enric betrachtete. Seine leicht zusammengekniffenen Augen waren das einzige sichtbare

Anzeichen seines Missfallens. Er wandte ihr seinen Kopf zu und lächelte mit einer gewissen Schärfe.

"Lady Eryn. Erweist mir die Ehre und nehmt morgen euer Mittagsmahl mit mir gemeinsam ein. In meinem Quartier."

Sie nickte knapp. "Die Ehre ist auf meiner Seite, Eure Majestät", erwiderte sie ohne Zögern. Ein Blick auf Enric ließ sie mühelos erkennen, dass ihm klar war, dass es sich dabei um eine Bestrafung für seine unautorisierte Änderung des Eids handelte.

Marrin drehte sich zu einem kleinen Tisch um und hob ein dunkelblaues Stoffbündel hoch, dass er Tyront überreichte.

"Damit, Lord Enric", sprach der Anführer des Ordens, sein Ton formell und etwas verärgert, "heiße ich Euch zurück im Orden willkommen und übertrage Euch mit sofortiger Wirkung die Autorität, die mit dem Rang des Stellvertreters einhergeht. Ich freue mich darauf, Euch morgen Mittag zu einem formlosen Mittagessen in meinem Quartier zu empfangen." Seine Stimme versprach, dass dies für Enric keine besonders vergnügliche Angelegenheit werden würde.

* * *

Mit Mühe hielt sich Eryn zurück, bis sich die Tür zu ihrem Haus hinter ihnen schloss. Sie hatte sich bereits ausgemalt, wie es sein würde, nach ihrer langen Abwesenheit hierher zurückzukehren, wie sie sich an all den kleinen und großen vertrauten Gegenständen erfreuen würde, an dem Augenblick, an dem sie ihren Sohn an einen der beiden Orte brachte, die für ihn in den nächsten Jahren Zuhause bedeuten würde. Doch nun, da es soweit war, war sie nicht in der Stimmung, es in Ruhe zu genießen und zu schätzen, sondern verspürte eher das Bedürfnis, dem Mann an ihrer Seite ordentlich eins überzuziehen.

"Bist du vollkommen irre geworden?", seufzte sie und schüttelte den Kopf. "Was ist bloß in dich gefahren, so etwas abzuziehen? Was hättest du getan, wenn dich der König nicht damit durchkommen hätte lassen?" Sie tätschelte Vedrics Rücken. Auf dem Rückweg war er unruhig geworden, wohl eine Mischung aus aufsteigendem Hunger und dem Ärger, den seine Mutter ausstrahlte. "Was versprichst du dir davon, Tyront und den König zu verärgern? Soll das eine Art Rache für das sein, was vor unserer Abreise nach Takhan vorgefallen ist? Planst du jetzt eine Plage zu sein nur um ihnen zu zeigen, dass sie dich mit Respekt behandeln müssen, wenn sie wollen, dass du brav mit den anderen Magiern spielst? Hast du dir überlegt, in welche Rolle mich das drängt? Ich werde zwischen dir und ihnen feststecken! Und ich kann nicht glauben, dass ich diejenige bin, die dir einen Vortrag darüber hält, dass du den Orden und den König nicht herausfordern sollst!"

Enric sah sie an und kämpfte hart darum, nicht laut herauszulachen. Das würde sie keinesfalls gut aufnehmen.

Ihre Augen verengten sich. "Wenn du es wagst, dieses Lachen loszulassen, das ich in deinen Augen sehe, dann werde ich dir weh tun. Das ist mein Ernst!"

"Es bestand kein großes Risiko, dass sie mir deine Version des Eides nicht gestatten", argumentierte er. "Ich hätte es ebenfalls vorgezogen, zuerst mit ihnen darüber zu sprechen, doch ich hatte nicht erwartet, dass sie uns nur wenige Minuten nachdem wir das Stadttor passieren vor den König zerren und mich an Ort und Stelle wieder in den Orden aufnehmen würden. Das zeigt, dass sie mich recht verzweifelt wieder zurück und an sie gebunden haben wollten, also hätten sie mir dieses Zugeständnis nicht verweigert. Und es geschah nicht einmal öffentlich, also ist es kaum mehr als eine Erinnerung für sie, dass ich ihnen noch immer nicht ganz verziehen habe und dass man mich besser mit Vorsicht behandeln sollte."

"Deine kleine Demonstration hat mir eine entzückende Einladung zu einer Mahlzeit mit ihm in seinem verdammten Quartier eingebracht!"

Er verzog das Gesicht. "Ja, seine Vergeltung hat nicht lange auf sich warten lassen. Aber er hätte dich früher oder später ohnehin allein zu sich zitiert, wenngleich wohl nicht in sein Quartier. Das ist der Teil, der mich irritieren soll. Und das tut es auch - obwohl ich weiß, dass es kaum einen Unterschied macht, wo er mit dir allein ist. Zweifellos vermisst er seine kleinen Wortwechsel mit dir und will mit dir über die Dinge reden, die sich in Takhan ereignet haben. Du hast deine Magie zur Verfügung und kannst einen Schild errichten, falls nötig. Nicht, dass ich denke, es wird nötig sein, wohlgemerkt. Er hat nichts dabei zu gewinnen, aber eine Menge zu verlieren, sollte er dir noch einmal zu nahe kommen."

Eryn übergab das Baby an seinen Vater, während sie ihre Tunika öffnete und sich auf einem Sofa niederließ. Enric legte seinen Sohn wieder zurück in ihren Arm, als sie sich bequem eingerichtet und ein Kissen unter ihren Arm gestopft hatte, damit er nicht das volle Gewicht des unruhigen, hungrigen Bündels tragen musste, das sogleich gierig zu saugen begann, sobald sich seine Lippen um die Futterquelle geschlossen hatten.

"Es ist seltsam, wieder hier zu sein", meinte sie und ließ ihren Blick durch den Salon wandern. Er wirkte seltsam nüchtern, als wäre er schon eine Weile nicht mehr genutzt worden. Plia hatte offensichtlich nicht viel Zeit hier verbracht. "Ich habe keine Ahnung, wie es von hier an weitergehen soll. Ich werde in eine Klinik zurückkehren, die nicht länger meine ist und muss mich den Befehlen von Lord Poron beugen. Und ich weiß nicht einmal, wie viel Zeit mir mit meinen neuen Ratspflichten und dem Aufziehen eines Kindes noch zum Heilen bleibt." Sie sah Enric an. "Wir haben noch immer nichts wegen Vedric entschieden und wie wir unsere Zeit aufteilen. Ich habe nicht die Absicht, mein Kind so wie die anderen reichen Leute hier von einem Kindermädchen großziehen zu lassen. Da wir allerdings beide gleichzeitig zu den Ratsversammlungen müssen, brauchen wir zumindest hin und wieder jemanden für ein paar Stunden. Ich schätze, ich könnte Lord Poron bitten, dass er mich nachts arbeiten lässt. Damit wären meine Tage frei für Vedric und den Rat." Sie seufzte ausgiebig. "Schlaf wird ohnehin überbewertet."

Enric sah sie zweifelnd an. "Ist das ratsam? Es wäre kaum hilfreich, wenn du nach ein paar Monaten zusammenbrichst."

"Ich werde nicht so viel in der Klinik arbeiten wie zuvor, und während der Nachtschicht besteht immer noch die Chance, dass ich ein paar Stunden Schlaf erwische, vorausgesetzt, es gibt nicht allzu viele Notfälle, die meiner Aufmerksamkeit bedürfen. Wahrscheinlich werde ich Junar bitten, während der Ratsversammlungen oder bei anderen Gelegenheiten, wo wir gemeinsam auftauchen sollten, auf Vedric aufzupassen. Ich schätze, sie kann entsprechend planen, wenn sie vorher Bescheid weiß." Dann leuchtete ihr Gesicht auf. "Weißt du, dieser Zeitplan lässt auf jeden Fall nicht viel Raum für gesellschaftliche Abendveranstaltungen und Bälle. Besonders, da Junar ja ebenfalls dazu eingeladen wird."

Schmunzelnd schüttelte er den Kopf. "Du hast den Silberstreifen am Horizont gefunden. Wie erfreulich. Ich zerstöre deine Visionen von Jahren ohne soziale Abendpflichten nur ungern, aber ich fürchte, dass ein Kind zu haben keine berechtigte Entschuldigung dafür ist, ihnen von nun an gänzlich fernzubleiben. Wir können uns mit Junar und Orrin abwechseln, damit sich diejenigen, die zuhause bleiben, um die Kinder kümmern und das andere Paar zu dem Dinner gehen kann."

Eryn rollte mit den Augen. "Die einzige Person, auf die ich bei diesen Anlässen angewiesen bin, um nicht den Verstand zu verlieren, wird nicht dabei sein? Einfach fabelhaft."

"Da ist immer noch Vyril", wies Enric sie hin.

"Ja, das stimmt wohl", gab sie zu. "Aber mit Junar kann ich leise über die anderen Gäste lästern ohne Angst haben zu müssen, dass sie von meinem Mangel an Anstand schockiert ist. Versteh mich nicht falsch; ich mag Vyril sehr gern. Aber sie ist eine Lady - und mit Tyront verbunden. Ihr mögen meine Ansichten über die Reichen und Mächtigen nicht unbedingt zusagen, da sie selbst dazu zählt."

"So wie auch du."

"Aber mir gefällt das nicht. Meinen Platz an deiner Seite habe ich auch nicht wirklich selbst gewählt, oder?"

Enric lehnte sich vor, sodass seine Ellbogen auf seinen Knien ruhten. Er wartete, bis sie ihn ansah, dann fragte er bedächtig: "Das stimmt, du hast es dir nicht ausgesucht, dich an mich zu binden. Würdest du es jetzt tun? Aus freien Stücken?"

Sie zog die Stirn in Falten. "Ich verstehe die Frage nicht. Ich habe unsere Verbindung immerhin bekräftigt, indem ich damals in ein Band dritten Grades mit dir eintrat, oder etwa nicht?"

"Etwas zu bestärken, das bereits vorliegt ist nicht das Gleiche, wie diesen ersten Schritt zu tun", beharrte Enric. "Gehen wir davon aus, der König hätte mich nicht gezwungen, dich zu einem Kommitment zu bewegen. Hättest du dich an irgendeinem Punkt freiwillig dafür entschieden?"

Hilfe. Was für eine Frage. Sie öffnete den Mund, um ihm mitzuteilen, wovon sie wusste, dass er es hören wollte, hielt aber inne und dachte kurz nach.

"Womöglich nicht", gab sie zu. Als sie ihn ansah, war da nichts von dem Schmerz oder der Frustration zu erkennen, die sie erwartet hatte. "Du nimmst das besser auf als ich gedacht hätte."

Er lächelte leise. "Ich weiß, dass du mich liebst. Es hat lange genug gedauert, bis es dir klar war, und das Geistesband ist eine bequeme Methode, um das zu bestätigen. Das bedeutet, dass ich davon ausgehe, dass nicht ich selbst das Problem bin, sondern eher meine Position."

Sie nickte und legte Vedric nun an der anderen Brust an. "Du hast Recht. Hätte ich mich nicht an dich gebunden, wäre ich auch kein Mitglied des Ordens. Ich wäre zufrieden damit, einfach nur deine Geliebte zu sein. Keine ermüdenden sozialen Pflichten, kein Ärger mit dem König und Tyront, keine Ratsversammlungen..."

Enric lehnte sich wieder zurück und schüttelte amüsiert den Kopf. "Ich denke, du versäumst es, in dieser idealisierten alternativen Realität ein paar Fakten miteinzubeziehen. Erstens, hättest du dich nicht an mich und den Orden gebunden, hätte Ram'an dich sehr wahrscheinlich mit sich genommen, als er als Botschafter herkam. Zweitens, hätte es der Orden nicht einfach so aufgegeben dich dazu bringen zu wollen, dass du ihm beitrittst, ob du nun an mich gebunden gewesen wärst oder nicht. Und drittens, hätte ich dich unerbittlich verfolgt, bis du zugestimmt hättest, dich an mich zu binden."

Eryn zuckte mit den Schultern. "Ram'an hätte mich sicher nicht ohne meine Zustimmung mitgenommen. Und der Orden wäre mir wohl weiterhin auf die Nerven gegangen, damit ich nachgebe, doch mit meiner neu erlernten Fähigkeit zum Ändern meiner Haarfarbe hätten sie es nicht mehr viel länger geschafft, mich hier festzuhalten. Früher oder später hätte ich es fertiggebracht, aus der Stadt zu fliehen."

"Das stimmt wohl. Was auch bedeutet, du hättest mich zurückgelassen", meinte er ruhig.

Sie schluckte hart. Ihn anzulügen hatte keinen Zweck. "Das hätte ich womöglich. Aber ich hätte dich vermisst."

Er nickte. "Ja, das hättest du. Und ich hätte dich verfolgt, um dich zurückzubringen. Und damit wäre ich erfolgreich gewesen. In den Wäldern bist du gut, also hätte ich wohl eine Weile dafür gebraucht. Aber Gold kann gute Fährtenleser bezahlen, also hätte ich mich nicht nur auf meine eigenen Fertigkeiten verlassen müssen. Wäre es tatsächlich das geringere Übel gewesen, für wer weiß wie lange die Gefangene des Königs zu sein im Vergleich damit, zum Orden zu gehören und soziale Pflichten zu ertragen?"

"Warum missgönnst du mir meine kleine Illusion, wie nett alles gewesen wäre, hätte uns der König nicht dazu gezwungen, uns aneinander zu binden?", knurrte sie.

"Ich will nicht an zweiter Stelle stehen hinter irgendwelchen Ideen, wie sich die Dinge besser hätten fügen können." Seine Stimme war ernst. "Ich will, dass du mich ansiehst und denkst, dass das hier, wir drei, das bestmögliche Ergebnis ist, das möglich gewesen wäre - ganz egal, wie unangenehm manche der Schritte auf unserem Weg hierher gewesen sein mögen."

Eryn nickte langsam und sah auf den kleinen Jungen hinab, der eine Hand auf ihrer Brust liegen hatte, als wollte er sie sicher fassen, falls sie sich entschloss, sie ihm vor Beendigung seiner Mahlzeit zu entziehen. Ihr Sohn, der seinem Vater so ungemein ähnlich sah. Die Ähnlichkeit war nicht ganz so erschütternd wie ihre eigene mit Malriel, doch dennoch eindeutig erkennbar. Dann blickte sie zu Enric auf, der sie studierte und geduldig auf ihre Erwiderung auf seine Aussage wartete. Seine Miene war ruhig und gelassen. Sie wusste, er würde es akzeptieren, falls sie noch nicht davon überzeugt war, dass dies wahrhaftig die Option war, die sie glücklicher machte als es jede andere Alternative vermocht hätte. Er würde einfach nur weiterhin versuchen, in den kommenden Monaten oder sogar Jahren ihre Meinung zu ändern.

"Du bist so starrköpfig", lächelte sie.

"Ich ziehe den Ausdruck beharrlich vor." Er lehnte sich vor, um seinen Sohn an sich zu nehmen, der mit dem Saugen aufgehört hatte und kurz vor dem Einschlafen war.

Eryn beobachtete, wie der großgewachsene Mann dieses zerbrechliche menschliche Wesen mit solch natürlicher Ungezwungenheit behandelte. Die Erinnerung daran, dass sie jemals schockiert und bestürzt über die Neuigkeit ihrer Schwangerschaft gewesen war, kam ihr nun so absurd vor, so unwirklich, als wäre es kaum mehr als ein Produkt ihrer Einbildung. Enric war von Anfang an begeistert, so sehr, dass sie ihn verdächtigt hatte, ihr dieses Kind aufgezwungen zu haben. Fälschlicherweise. Niemals hätte er ihr etwas so Hinterhältiges angetan, und rückblickend schämte sie sich, es ihm unterstellt zu haben. Der König hatte damals Recht gehabt - solch eine Vorgehensweise hätte allem widersprochen, wofür Enric stand. Dies war so weit unter seiner Würde, dass sie sich wunderte, wie er ihr diese Annahme damals so schnell verzeihen hatte können.

"Das bist du", meinte sie sanft.

Er blickte von seinem Sohn auf, seine Miene fragend.

"Du bist das bestmögliche Ergebnis, das es für mich hätte geben können. Und ich schätze, das wäre mir irgendwann klargeworden, ganz egal, wie sich die Dinge damals ohne die Einmischung des Königs entwickelt hätten."

Langsam wuchs das Lächeln auf seine Lippen in die Breite. "Geh mit mir das Band dritten Grades ein, Eryn. Bitte."

Sie zögerte nur einen Augenblick lang, bevor sie nickte und einfach nur erwiderte: "Also gut."

Seine Augen wurden groß, und er blinzelte, unsicher, ob er sie gerade tatsächlich zustimmen gehört hatte.

"Ich scheine es fertiggebracht zu haben, den unerschütterlichen Lord Enric vom mächtigen Haus Aren zu überraschen", lachte sie, entzückt von seiner Reaktion.

Laut atmete er aus und schüttelte den Kopf. "Ich gebe zu, das hast du. Ich hätte alles darauf verwettet, dass du mich zur Buße noch ein paar Monate lang schmoren lassen würdest. Da lag ich wohl falsch."

Sie lehnte sich vor. "Wärst du nicht an irgendwelche Forderungen des Königs oder des Ordens gebunden, sondern könntest tun, was auch immer du wolltest, was würdest du tun?"

"Jetzt in diesem Moment?" Er lachte zittrig. "Ich würde eine Kutsche rufen, dich und Vedric zusammenpacken und uns zurück nach Takhan schaffen, damit wir das Band dritten Grades erneuern können."

"Ich hatte so ein Gefühl, dass du das tun würdest. Was bedeutet, wie ich annehme, dass sechs Monate auf genau das zu warten wohl nicht besonders leicht für dich werden wird."

Er starrte sie kurz an, dann gluckste er. "Unglaublich. Aber ich muss sagen, dass ich sechs Monate des Wartens auf die Zeremonie der Unsicherheit vorziehe, ob sie jemals stattfinden wird. Ich mag es, wenn du hinterhältig bist. Allerdings vorzugsweise bei anderen Leuten. Es hat mir gefallen, wie du den König begrüßt hast. Ich denke, das war wohl gerade einmal das dritte Mal seit er den Thron bestieg, dass ich irgendein Anzeichen von Überraschung an ihm erkannt habe. Gut gemacht, Liebste."

"Das war deine Schuld."

"Tatsächlich? Wie das?"

"Du hattest diese Erwartungen, warst so überzeugt davon, dass ich mit ihm fertig werde, dass ich es irgendwie nicht wagte, dich zu enttäuschen."

Enric zog eine Augenbraue hoch. "Sieh an. Aber du hast bereits in der Vergangenheit bewiesen, dass eine Herausforderung der sicherste Weg ist, um dich zu Höchstleistungen anzuspornen."

"Wie mich gefangen zu halten und mich so lange herumzustoßen, bis ich zufällig über eine luftdichte Barriere stolpere?"

"Genau so, ja. Und mit einem Sohn, der sich sehr wahrscheinlich bereits in Plias Alter als stärker als jeder von uns beiden erweisen wird, wird uns ein wenig Einfallsreichtum gute Dienste leisten."

Eryn zog eine Grimasse. "Beruhigende Aussichten. Wenn wir gerade von Plia sprechen - sie weiß noch nicht, dass wir zurück sind. Ich werde einen Boten zur Klinik schicken und sie wissen lassen, dass wir sie rechtzeitig zum Abendessen zuhause erwarten."

Enric deutete zur Treppe. "Ich kümmere mich darum. Geh hinauf und nimm ein Bad."

"Danke. Das ist sehr rücksichtsvoll von dir."

"Du hast gerade zugestimmt, das Band mit mir zu erneuern. Im Moment bin ich in der Stimmung, dir so ziemlich alles zu gewähren, was in meiner Macht steht."

Sie dachte kurz nach, dann seufzte sie und stand auf. "Großartig. Natürlich fällt mir jetzt gerade keine einzige unverschämte Forderung ein. Und wenn mich schließlich doch eine Idee überkommt, wirst du nicht länger in dieser glückseligen Stimmung sein, es mir zu gewähren."

In gespieltem Mitgefühl schüttelte er den Kopf. "Das Leben ist voll von Ungemach."

* * *

Eryn öffnete die Tür zum Hof, um Urban hinauszulassen und blinzelte bei dem Anblick. Als sie hier vor einigen Monaten aufgebrochen waren, hatte es kaum mehr als ein paar erste zögerliche Schösslinge gegeben und Gras, das hier und dort ein paar Flecken Erde bedeckt hatte. Nun war der gesamte Bereich mit grün-grauem Gras überzogen, das zweifellos vor einigen Wochen erheblich saftiger angemutet hatte. Die Bäume hatten an Höhe zugelegt, und um die Baumstämme und Felsen, die sie besorgt hatten, damit Urban darauf herumklettern und liegen konnte, waren sogar Spuren von Moos erkennbar.

Die Bergkatze trottete hinaus, augenscheinlich noch immer etwas benebelt nachdem sie gerade erst von ihrem magie-induzierten Schlaf erweckt worden war. Sie hielt inne, streckte die Nase in die Luft, um die Gerüche aufzunehmen, und bewegte sich dann auf die Wand an einem Ende des Gartens zu. Von dort aus folgte sie dem Rand, um die Grenzen ihres Territoriums zu inspizieren und es mittels Duftmarken von ihren Wangen und ihrem Urin wieder für sich zu beanspruchen.

Plia trat hinter sie, in ihren Armen Vedric. Gerade hatten sie ihr erstes gemeinsames Mahl nach all diesen Monaten beendet. Seither hatte das Mädchen das Baby herumgetragen und weigerte sich, den Jungen abzulegen, selbst nachdem er eingeschlafen war.

"Gefällt es dir?", fragte Plia. "Ich habe ein paar Dinge ausprobiert - verschiedene Arten von Erde, Mischungen von Nährstoffen, um das Wachstum zu fördern und ein paar Pflanzen, von denen ich dachte, sie könnten Urbans Aufmerksamkeit erregen. Jetzt gerade sieht es nicht besonders beeindruckend aus; die Pflanzen haben sich vor einer Weile auf den Winter vorbereitet." Sie nickte zu einem Flecken, bewachsen mit hohen Stängeln, die kleine grüne Blätter und eine Fülle an winzigen, violetten Blüten tragen würden, sobald es im Frühling wärmer wurde. Momentan waren davon nur ein paar vertrocknete Stängel übrig. Es handelte sich dabei um die gleichen Blumen, die Valrad in seinem Garten in der Vel'kim Residenz hatte, diejenigen, die Urban in einen Zustand ekstatischer Glückseligkeit versetzten, nachdem sie daran gerochen hatte. Valrad hatte vor einer Weile ein paar Samen hergeschickt.

Die Begutachtung des Geländes hatte die Katze noch nicht zu der neuen Pflanzstätte geführt, doch in diesem Zustand würden die Pflanzen ohnehin kaum eine Reaktion bei ihr auslösen.

Eryn nickte. "Es gefällt mir sogar sehr gut. Ich dachte immer, ich sei gut mit Pflanzen, aber ich weiß nur, wie man damit umgeht, sobald sie einmal abgeschnitten wurden. Du hast ein tieferes Verständnis, das ihre Bedürfnisse zum Wachsen und Gedeihen miteinschließt. Ich bin beeindruckt."

"Es bereitet mir Vergnügen. Den Umgang mit Pflanzen finde ich beruhigend. Ich sehe ihnen gern beim Wachsen zu um herauszufinden, ob das, was ich tue, auch funktioniert."

"Ich könnte mir denken, dass dein Pflanzenhaus auf dem Dach der Klinik mittlerweile ein beachtlicher Anblick sein muss. Auch wenn es wohl im Moment nur die widerstandsfähigsten Pflanzen beherbergt", lächelte Eryn und schauderte. An die Temperaturen hier musste sie sich erst wieder gewöhnen. Früher Winter im Königreich war ein beachtlicher Kontrast zu der trockenen Hitze in den Westlichen Territorien.

"Du hättest es im Herbst sehen sollen, das war wunderschön", lächelte Plia mit einem versonnenen Gesichtsausdruck, als sähe sie sich inmitten ihrer Pflanzen. "Mittlerweile sind nur noch die winterharten Kräuter übrig, und die sehen im Augenblick nicht besonders eindrucksvoll aus. Ich kann den Frühling kaum erwarten. Jedes Mal, wenn ein grüner Halm die Erdschicht durchbricht, möchte ich am liebsten singen und tanzen." Sie errötete. "Das klingt verrückt."

Eryn drehte sich zu ihr um und schüttelte den Kopf. "Nein, überhaupt nicht. Es klingt, als wärst du mit Leib und Seele bei dem, was du tust. Und jeder, der sich dein Labor in der Klinik oder dein Reich auf dem Dach ansieht, kann erkennen, dass du über ein ganz erstaunliches Talent verfügst und deine Berufung gefunden hast."

Das Mädchen lächelte und gab beruhigende Geräusche von sich, als das Baby in ihren Armen leise an ihrer Schulter wimmerte.

"Ich finde es schade, dass Vern nicht zurückgekommen ist", meinte Plia mit einem traurigen Unterton in der Stimme. "Ich habe nicht viele Freunde, und er hat mich nie so behandelt, wie es viele andere taten und zuweilen auch heute noch tun - als würde ich nicht zählen, weil ich eine Waise ohne einflussreiche Verbindungen oder Geld bin."

Eryn kniff die Augen zusammen. "Wer behandelt dich so?" Sie würde ihnen schon zeigen, was sie sich damit einhandelten, ihren Schützling auf diese Weise zu behandeln - und ihnen - auf sanfte Weise natürlich - Hilfestellung dabei leisten, diese inakzeptable Haltung zu einer… akzeptableren zu wandeln.

"Bitte mach dir keine Sorgen, ich habe das im Griff. Wirklich. Und jedes Mal, wenn einer der Heiler irgendein unhöfliches oder unfreundliches Verhalten mir gegenüber beobachtet, stehen sie für mich ein."

Eine Welle von Stolz auf ihre Heiler durchlief sie und wärmte sie von innen. Nun, nicht mehr ihre Heiler, sondern Lord Porons. Sie schob den Gedanken beiseite und kehrte zu dem zurück, was Plia zuvor über Vern gesagt hatte.

"Ich vermisse ihn ebenfalls. Ich sage mir immer wieder, dass dies eine fabelhafte Chance für ihn ist, und ich weiß, dass er sie verdient, doch ein selbstsüchtiger kleiner Teil in mir nörgelt fortwährend." Sie schüttelte den Kopf über sich selbst. "Was vollkommen lächerlich ist, da ich jedes Jahr sechs Monate mit ihm verbringen werde, ganz egal, wo er im Moment lebt."

Bestürzt starrte Plia sie an. "Was?"

Eryn zuckte zusammen und erinnerte sich zu spät daran, dass Plia von diesem Arrangement, auf dem Vran'el beharrte, noch nichts wusste. Was sie gerade von sich gegeben hatte war nicht eben der behutsamste Weg gewesen, um es ihr mitzuteilen.

"Das neue Oberhaupt meines Hauses erachtet es als angemessen, dass ich meine Zeit zu gleichen Teilen zwischen Anyueel und Takhan aufteile. Das bedeutet, dass wir alle sechs Monate das Land wechseln werden."

Das Gesicht des Mädchens verfiel zusehends. "Für wie lange?"

"Ich weiß es nicht. Aber zumindest, bis Vedric erwachsen ist. Vran'el will sicherstellen, dass sein Erbe regelmäßigen Kontakt mit seinem Haus hat. Und dann wäre da noch der sentimentale Grund, dass er seine Schwestern in seiner Nähe haben will. Aus diesem Grund hat er Pe'tala zurück nach Takhan beordert, sobald die Dinge hier in der Klinik rund genug laufen, dass sie abreisen kann."

"Alle gehen weg - du, Vern, Pe'tala...", flüsterte Plia, ihr Gesicht eine Maske der Verzweiflung.

"Nicht alle, kleine Blume", erwiderte Eryn besänftigend und verwendete zum ersten Mal seit vielen Monaten wieder den Kosenamen, mit dem ihr Vater sie selbst angesprochen hatte, als sie kaum mehr als ein Kleinkind war. Sie hatte aufgehört, Plia damit anzureden, als sie miteinander zu arbeiten begonnen hatten. Doch jetzt gerade war ihr danach, das Mädchen auf liebevolle Weise anzusprechen und damit ihre Zuneigung auszudrücken. "Ich werde immer hierher zurückkehren, und genau wie in den letzten Monaten werden wir regelmäßigen Kontakt miteinander pflegen, einander schreiben. Junar wird hier sein, und ich werde sie bitten, dass sie ein Auge auf dich hat, solange ich fort bin. Und du kannst mich in Takhan besuchen, wenn du möchtest."

Das Lächeln, zudem Plia sich zwang, kostete sie sichtliche Anstrengung, damit sie Eryn zuliebe eine tapfere Fassade aufrechterhalten konnte.

Eryn seufzte und strich eine Strähne blonden Haares beiseite, die dem Mädchen in die Augen gefallen war. "Komm, gehen wir wieder hinein. Ich friere, und es wird Zeit, Vedric zu füttern und zu baden, bevor ich ihn hinlege."

"Kann ich helfen? Mit dem Baden, meine ich."

"Sicher", lächelte Eryn, gerührt von dieser Bereitwilligkeit, den kleinen Jungen als neuen Bestandteil ihres Lebens zu akzeptieren als wäre es das Natürlichste der Welt. Für ein Mädchen, das niemals ein Vorbild in diese Richtung gekannt hatte, war das eine beachtliche Haltung.

KAPITEL 20

Zurück an die Arbeit

Enric straffte seine Schultern, bevor er an die Tür seines Vorgesetzten klopfte und im Palastkorridor darauf wartete, dass ihm ein Diener Zutritt gewährte. Allerdings identifizierte er sogleich das Geräusch entschlossen herannahender Schritte und war somit nicht überrascht, als Tyront selbst öffnete, ihm zunickte und dann zur Seite trat, um ihn hereinzulassen. Der ältere Mann zog eine Augenbraue hoch, als sein Blick auf den um Enrics Brustkorb geschlungenen Säugling fiel.

"Ich habe Berichte gelesen, dass du nach deiner Rückkehr aus Pirinkar kaum jemals ohne deinen Sohn gesehen wurdest. Ist das eine Gewohnheit, an der du auch hier in Anyueel festzuhalten gedenkst? Falls ja, müssen wir das besprechen. Ich kann kaum erlauben, dass du zu den Ratsversammlungen ein Kind mitbringst."

Enric lächelte dünn. "Ich habe nicht die Absicht, ihn zu den Versammlungen mitzunehmen. Aber Eryn und ich haben uns gegen das Einstellen einer Kinderfrau entschieden, also mag es einige Gelegenheiten geben, wo ihn einer von uns bei sich haben wird, wann immer es möglich ist." Und heute, so hoffte er, würde die Anwesenheit eines drei Monate alten Babys Tyront dazu veranlassen, die Fassung zu bewahren, falls er seiner Frustration Luft machen wollte. Die Sache mit dem Eid konnte er nicht gut aufgenommen haben, und es bestand kaum ein Zweifel daran, dass der Anlass für diese Essenseinladung als Gelegenheit gedacht war, diese Sache in privatem Rahmen zu besprechen.

"Unsere Essenstabletts sind gerade eingetroffen. Soll ich für deinen Sohn noch etwas bestellen?", fragte Tyront.

Enric schüttelte den Kopf. "Nein, danke, das wird nicht nötig sein. Für die nächsten paar Wochen muss er sich noch mit Muttermilch begnügen. Ich habe gelesen, dass seine Verdauung noch nicht bereit für irgendwelche andere Nahrung ist."

Der Anführer des Ordens nickte knapp. "Wie ich sehe, gehst du an nicht arbeitsbezogene Angelegenheiten mit der gleichen Gründlichkeit heran, die ich im Zusammenhang mit Ordensthemen schätzen gelernt habe. Komm, essen wir, bevor wir uns unterhalten. Zweifellos weißt du, weshalb ich dich heute sehen wollte. Auch wenn mir klar ist, dass du einiges aufzuarbeiten hast."

Der jüngere Mann ersparte sich die Antwort. Es war nicht wirklich eine Frage gewesen.

Beide Männer nahmen am Tisch Platz und entfernten die metallenen Abdeckungen von den verschiedenen Gerichten auf den Tabletts. Enric atmete die warmen, aromatischen Dämpfe des Essens vor sich ein - eine Mischung verschiedener Kräuter, die im Palast regelmäßig verwendet wurden, stieg ihm ihn die Nase. Vor sich sah er eine ihm vertraute Speise. Er hatte sie oft gegessen, als er noch in seinem alten Quartier im Palast wohnte - vor seinem Umzug in sein eigenes Heim mit Eryn und der Bergkatze.

"Also, wie verlief deine Rückkehr bis jetzt?", erkundigte sich Tyront leichthin.

"Angenehm; ich bin erleichtert, wieder hier zu sein", erwiderte Enric, froh, dass ihm zumindest gestattet wurde, seine Mahlzeit zu genießen, bevor er sich der Standpauke stellen musste, die ihn hinterher sicherlich erwartete. "Unser eigenes Haus, mehr Privatsphäre… Eryn ist froh, wieder bei Plia zu sein, und sie war ganz aufgeregt bei dem Gedanken daran, zur Klinik zu gehen."

"Ich frage mich, wie gut sie sich an die Veränderungen anpassen wird, die dort in den letzten Monaten umgesetzt wurden", meinte der ältere Mann vorsichtig. "Pe'tala, Lord Poron und Ro…" - er seufzte, rief sich schnell den ungewöhnlichen Namen ins Gedächtnis und schüttelte den Kopf bei dem Gedanken - "…Lord Rolan waren während eurer Abwesenheit nicht eben untätig. Ich habe noch immer Schwierigkeiten damit, den Titel bei ihm anzuwenden, obwohl ich die Verleihung befürwortet habe."

"Eryn und ich waren recht überrascht, als wir davon erfuhren. Angenehm überrascht, aber dennoch überrascht. Darf ich fragen, wer den Vorschlag unterbreitet hat?"

"Lord Poron. Er trat mit der Idee an mich heran und versicherte sich meiner Unterstützung, bevor er sie dem Rat der Magier präsentierte. Die Meisten von ihnen waren dagegen, doch der König drückte seine Wertschätzung für Rolan und seine Bemühungen in der Klinik aus."

Enric lächelte. "Dann war es ja ein netter Zufall, dass er gerade bei dieser speziellen Ratsversammlung anwesend war."

Tyront schnaubte. "Ja, genau. Ein Zufall. An dieses Konzept habe ich noch nie wirklich geglaubt, und soweit es den König betrifft, habe ich seine Existenz vollständig verworfen."

"Ein vernünftiger Ansatz", nickte Enric und sah nach unten, als Vedric zu treten begann und sein Blick die Gabel in der Hand seines Vaters fixierte. Er nahm einen Teelöffel vom Tablett, drückte ihn in die kleine Hand und sah zu, wie sich die Finger fest darum schlossen. Beide Männer beobachteten, wie das Ende des Besteckstücks in dem winzigen Mund verschwand. Als das Treten nicht aufhörte, knotete Enric die Schlinge um seine Brust auf und hielt das Baby in einem Arm, während er mit dem anderen den Stoff auf dem mit Teppichen ausgelegten Boden ausbreitete und dann seinen Sohn darauf absetzte.

"Wie ich sehe, scheinst du dich recht gut auf deine neue Rolle eingestellt zu haben", bemerkte Tyront und sah auf das Kleinkind hinab. Er studierte das glückliche, breit lächelnde Gesicht, das fasziniert auf den Löffel starrte. "Er sieht tatsächlich aus wie du. Abgesehen von den Haaren."

"Wir müssen erst sehen, wie wir uns hier in Anyueel anstellen werden. Drüben in Takhan hatten wir wesentlich mehr Zeit zur Verfügung als hier. Derzeit muss Eryn noch zusehen, dass sie alle paar Stunden verfügbar ist, um ihn zu stillen. Und sobald er damit beginnt, feste Nahrung zu sich zu nehmen, wird sie das Kampftraining wiederaufnehmen müssen. Das müssen wir in unserem Terminplan dann ebenfalls berücksichtigen."

Der ältere Magier schob sich einen weiteren Bissen in den Mund und kaute bedächtig, dann meinte er: "Ich gehe davon aus, dass Eryn wieder zum Heilen zurückkehren will?"

"Damit liegst du richtig. Ihr ist klar, dass ihr dafür nur begrenzt Zeit zur Verfügung steht, doch sie will sowohl mit dem Beruf als auch der Klinik in Verbindung bleiben. Sie überlegt, weitgehend nachts zu arbeiten und hat das zweifellos heute Morgen bereits mit Lord Poron besprochen."

"Was bedeutet, dass du mit dem Baby zuhause wärst. Ich hoffe um deinetwillen, dass er dir zumindest ein paar Stunden Schlaf gewährt. Du brauchst einen klaren Kopf", meinte Tyront beiläufig, doch es schwang unverkennbar eine Warnung darin mit. Enric entschied, nichts darauf zu erwidern. Immerhin hatte er nicht wirklich einen Einfluss auf die Schlafgewohnheiten seines Sohnes. Und Eryn war fest entschlossen, kein Kindermädchen anzuheuern. Damit blieb nicht viel Spielraum, wenn es darum ging, Vedrics Betreuung zu delegieren.

Sobald Tyronts Teller leer war, lehnte er sich zurück und wartete geduldig, bis sein Gast aufgegessen hatte. Als Enric sein Besteck ebenfalls niedergelegt und sich zurückgelehnt hatte, lächelte der Anführer des Ordens schwach. "Eure Rückkehr gestern hat für einiges Erstaunen gesorgt. Allerdings muss ich sagen, dass ich diese Kombination nicht erwartet hätte. Eher hätte ich damit gerechnet, dass Eryn diejenige wäre, die uns Ärger beschert, doch sie hat sich wacker geschlagen. Den König auf diese Weise zu begrüßen zeugt von Mut und war ein klares Signal, dass sie ihn nicht länger fürchtet. Ich habe mich schon gefragt, wie viel davon echt war, doch andererseits war sie noch nie eine besonders überzeugende Lügnerin. Ich könnte mir denken, dass du nicht besonders erfreut darüber bist, dass sie jetzt gerade mit ihm in seinem Quartier ihr Mittagsmahl einnimmt. Aber sicherlich weißt du, dass dies als Bestrafung für dich gedacht ist."

Enric nickte wortlos und wartete, dass sein Vorgesetzter fortfuhr.

"Du selbst hast gestern ebenfalls eine sehr klare Botschaft verkündet, nämlich, dass du dem König noch immer gram bist, dass er Eryn damals geküsst hat. Das ist nun beinahe ein Jahr her. Indem du Eryns Eid anstatt unseres üblichen gewählt hast, warst du gefährlich nahe daran, eine Grenze zu übertreten. Du bist damit durchgekommen, aber nur knapp." Tyronts Stimme war ruhig, entspannt. Er war noch nie von der nachtragenden Sorte gewesen, sondern tendierte dazu, seinem Ärger rasch Luft zu machen und sodann wieder zu besonnenem Denken zurückzukehren. Es gab nur sehr wenig Anlässe, bei denen er es nicht vermocht hatte, seinen Zorn lange genug im Zaum zu halten, damit er nicht in der Öffentlichkeit explodierte. Die Auslöser der jüngeren Vergangenheit standen alle in Verbindung mit Eryn. Wie damals, als er sie vor einem Saal voller Magier und dem König anbrüllte. Sie hatte beinahe ihr Leben verloren, weil sie bei dem Test kurzerhand ihren Schild fallen ließ, nachdem sie in die Stadt gebracht worden war. Diese Sache nagte noch immer an ihm, wie Enric wusste.

"Ich hatte keinerlei Zweifel daran, dass es funktionieren würde", erwiderte Enric ruhig. "Es war offensichtlich, dass ihr begierig wart, mich wieder in den Orden zu bekommen. Ihr habt uns nicht einmal eine Stunde zugestanden, damit wir nach Hause fahren und uns frisch machen konnten, bevor ihr uns in den Thronsaal gezerrt habt."

"Die Nachsicht, die du vom König erwarten darfst, ist nicht unendlich", warnte ihn Tyront. "Mir selbst ist es vollkommen gleichgültig, welchen Eid du schwörst - ich will dich im Orden und mit Magie gebunden, ganz egal, ob das nun an den König oder das Königreich erfolgt. Aber ich muss mich über deinen Entschluss wundern, den König dermaßen zu provozieren. Wenn du nicht damit aufhörst, ihn wie einen Narren aussehen zu lassen, wird er dir das vergelten - wie dir sehr wohl klar ist. Wenn du Glück hast, stellt es ihn für den Moment zufrieden, deine Gefährtin mit in sein Quartier zu nehmen." Der ältere Mann kniff die Augen zusammen und studierte seinen Stellvertreter für eine kurze Weile. "Mir wurde zu verstehen gegeben, dass euer Kommitmentband dritten Grades nicht länger vorhanden ist."

In gespieltem Erstaunen zog Enric beide Augenbrauen hoch. "Ach, tatsächlich? Ich frage mich, weshalb das für den Orden von Interesse ist. Ich hätte das als private Angelegenheit erachtet."

"Ich könnte dir erklären, dass ich mich um die Stabilität des Ordens sorge, da es zwischen meinen beiden Magiern höchsten Ranges Unstimmigkeiten zu geben scheint. Oder aber du betrachtest mich als einen Freund, der sich um dein Glück sorgt und erzählst mir einfach davon."

Der letzte Satz erschwerte eine Weigerung. Er konnte Tyront entgegenhalten, dass ihn all das nichts anginge und ihm versichern, dass was auch immer zwischen ihm und Eryn passierte den Orden nicht betraf. Doch es war eine ganz andere Sache, ein freundschaftliches Angebot abzulehnen. Tyront tastete sich offensichtlich vor, dazu entschlossen herauszufinden, wie groß die Kluft zwischen ihnen noch immer war. Enric überdachte diese Frage für einen Moment, dann entschied er, dass es ihn nicht störte, darüber zu sprechen. Eindeutig ein Anzeichen für Fortschritt.

"Die Hälfte davon ist noch immer intakt - meine Hälfte. Ich kann ihre Emotionen noch immer wahrnehmen, wenn sie stark genug sind, doch sie empfängt meine nicht länger. Nach meiner Rückkehr aus Pirinkar weigerte sie sich, das Band wiederherstellen zu lassen."

Die Stimme seines Vorgesetzten war sanft, als er bemerkte: "Dann war sie also nicht einverstanden mit deiner Reise nach Kar, damit du ihrer Mutter aus ihren Schwierigkeiten heraushelfen konntest."

"Nein. Sie dachte, ich würde sie verlassen, um Malriel hinterherzulaufen. Irgendwie hatte sich in ihrem Kopf die Idee festgesetzt, ich wäre in ihre Mutter verliebt. Aber ich freue mich verkünden zu können, dass Eryn zugestimmt hat, das Band dritten Grades zu erneuern, wenn wir in sechs Monaten wieder in Takhan sind. Mich ungeduldig auf die Zeremonie warten zu lassen erachtet sie als angemessene Folter."

Darüber lachte Tyront leise. "Und? Funktioniert es? Bist du dermaßen ungeduldig? Immerhin hast du noch immer Zugriff auf ihre Gefühle. Für dich ändert sich nicht allzu viel."

"Es funktioniert sehr wohl. Ich habe sogar schon überlegt, ein paar Magier von Takhan hierher einzuladen und das Band wiederherstellen zu lassen, doch wer weiß, was ihr sonst noch einfällt, wenn sie das Gefühlt hat, ich leide nicht ausreichend."

"Eine berechtigte Überlegung." Dann wurde Tyronts Gesicht wieder ernst, und seine Brauen zogen sich leicht zusammen. "Von diesem unglückseligen Plan, auf den sich Eryns Bruder mit dem König geeinigt hat, bin ich überhaupt nicht angetan. Ich soll alle sechs Monate auf euch beide verzichten. Ich war entsetzt über König Folrins Zustimmung. Ich sehe, dass du wohl willens wärst, damit vorlieb zu nehmen und die Aussicht auf eine Rückkehr zu verhältnismäßiger Freiheit fort vom Orden und dem König sogar genießen würdest. Doch Eryn… da ist diese tiefsitzende Abneigung gegen ihre Mutter, die mich bezweifeln lässt, dass sie besonders erfreut darüber ist, die Hälfte jeden Jahres am gleichen Ort wie Malriel verbringen zu müssen. Ich habe gehört, wie Eryn die Ersparnisse ihrer Mutter zur Gründung eines Waisenhauses verwendet und sich nach Malriels Rückkehr zwei weitere Monate lang geweigert hat, ihre Position als Oberhaupt von Haus Aren aufzugeben. Daraus lässt sich erkennen, dass die Beziehung zwischen den beiden noch immer angespannt ist. Wie hat sie es aufgenommen, dass sich Valrad an Malriel gebunden hat?"

"Nicht allzu gut", meinte Enric achselzuckend. "Allerdings lag das Problem nach dem ersten Schock darüber, dass Valrad ihr Vater ist und dem nächsten, dass die beiden noch immer ineinander verliebt sind, eher in ihrem Zorn.

Malriel vermochte zu vereiteln, was Eryn so mühsam erkämpft hatte: zumindest die rechtliche Verbindung zwischen ihnen zu kappen. Indem Malriel sich an ihren Vater bindet, kehrt sie offiziell zu ihrem Status als Eryns Mutter zurück." Er gestattete sich ein feines Lächeln. "Vran'el ging mit dieser ganzen Angelegenheit recht gelassen um und freut sich sogar für seinen Vater, doch Pe'tala war noch nie eine große Freundin von Malriel. Sie und Eryn waren in ihrer Ablehnung nicht allzu unterschwellig."

Tyront nickte langsam. "Ja, das kann ich mir durchaus vorstellen. Keine von beiden hat sich in der Vergangenheit irgendwelche unnötigen Zwänge auferlegt, wenn es darum ging, ihren Gefühlen Ausdruck zu verleihen", kommentierte er ausdruckslos. "Was Vran'el betrifft… nach der Übernahme der Position seines Vaters als Oberhaupt von Haus Vel'kim hat er sich für eine recht nachdrückliche Herangehensweise entschieden. Meine Berichte vermittelten mir den Eindruck eines eher umgänglichen, sanften und intelligenten Mannes. Entweder will er seine Stärke beweisen indem er zeigt, dass er nicht davor zurückschreckt, seine beiden widerspenstigen Schwestern herumzukommandieren und beweist, dass er sie seinem Willen zu unterwerfen vermag, oder er hat seine Affinität für Macht entdeckt und hat sich rasch gewandelt. Wie siehst du das? Soweit ich das mitbekommen habe, stehst du ihm recht nahe. Wird er sich als Problem erweisen?"

Enric bückte sich hinab und hob seinen Sohn auf, der seines Löffels überdrüssig geworden war und sich mit Geräuschen zu beschweren begann, die Vorboten einer anstehenden Beschwerde waren. Sobald er sich auf dem Schoß seines Vaters wiederfand, beruhigte er sich augenblicklich.

"Mein Eindruck ist, dass er mit seiner neuen Situation etwas überfordert ist. Natürlich wurde er seit mehr als zwei Jahrzehnten darauf vorbereitet, sein Haus zu übernehmen, doch die Entwicklung mit Malriel und seinem Vater verlief rascher als irgendjemand erwartet hätte. Wie du schon sagtest - er kämpft damit, sich stark zu zeigen. Allerdings war Valrad ebenfalls drauf und dran, Pe'tala nach Takhan zurückzubeordern. Mit Eryn war er nachsichtiger. Er ließ sie nicht einmal das Band zweiten Grades schwören, als sie seinem Haus beitrat und hätte auch nicht versucht, sie so regelmäßig und so lange nach Takhan zurückkehren zu lassen. Aber er unterstützt die Idee ganz eindeutig, und ich hege den Verdacht, dass er froh ist über Vran'els Entschlossenheit, die Familie zusammenzuhalten."

Tyront grummelte. "Mit seinem Wunsch, seine Schwestern bei sich zu haben, bereitet er uns ziemlichen Ärger. Versteh mich nicht falsch, ich verstehe ihn durchaus." Er nickte zu Vedric hin. "Der Erbe für seine Position hätte eigentlich in Anyueel aufwachsen sollen, was ein Problem für ihn darstellte. Und Pe'tala lebt nun schon seit einigen Monaten mit einem Einheimischen zusammen und war recht offen in ihren Überlegungen, noch eine Weile hierzubleiben. Es bestand auf jeden Fall das Risiko, dass sie ausreichend an… Lord Rolan hängt, um sich für immer hier niederzulassen. Doch nun wird er stattdessen mit ihr fortgehen und wegbleiben, nachdem er sich als nützlicher erwiesen hat, als irgendjemand erwartet hätte. Wir haben sogar einen Lord aus ihm gemacht! Und als wäre das nicht genug, bietet Eryns Vater Vern auch noch an, in Takhan zu studieren. Diese Familie beschert mir wahrhaftig schlaflose Nächte - und Eryn ist diejenige von ihnen, die mir derzeit am wenigsten Sorgen bereitet!"

Während Tyronts Verstimmung verständlich war, hatte Enric selbst wenig Grund zur Unzufriedenheit mit den aktuellen Entwicklungen. Rolan zu verlieren war bedauerlich, doch es dauerte noch einige Monate, bis er abreiste. Somit konnte er seinen Nachfolger ordentlich ausbilden, bevor er fortging. Vern würde in ein paar Jahren mit Wissen heimkehren, von dem die Klinik und damit auch der Orden und das Königreich als Ganzes erheblich profitieren würden. Was Pe'tala betraf, so war sie dank ihrer Beziehung mit Rolan bereits länger hiergeblieben, als ursprünglich angedacht war. Zweifellos hatten ihre Bemühungen den Prozess vorangetrieben, die Klinik in eine reibungslos laufende Organisation zu verwandeln. Alles in allem hatten sich die Dinge also für alle Beteiligten gut entwickelt. Auch wenn es für Tyront unbequem war, jedes Jahr sechs Monate lang ohne die Nummer zwei und drei im Orden auszukommen, würde der Orden es irgendwie überstehen. Sicherlich waren sie in den letzten Monaten gut zurechtgekommen. Enric wusste, dass ihn diese häufigen Abwesenheiten einen Teil seines Einflusses und seiner Macht im Rat der Magier kosten würden, doch im Gegenzug würde seine Wichtigkeit in Takhan wachsen und einen angemessenen Gegenpol darstellen. Er würde einer von sehr wenigen Leuten mit sehr guten politischen und geschäftlichen Verbindungen auf beiden Seiten des Meeres sein. Was bedeutete, dass sein Einflussbereich hinsichtlich Informationen ausgedehnter sein würde als der des Königs oder Tyronts. Und Informationen waren zuweilen eine wirksamere Währung als Gold - besonders, da sie sich mühelos in das wertvolle Metall umwandeln ließen, wenn man wusste, wie man sie zu seinen eigenen Gunsten einsetzen konnte.

"Du hättest Rolan verbieten können, nach Takhan umzuziehen. Das könntest du noch immer", lächelte Enric, wohl wissend, dass sein Vorgesetzter dies keinesfalls in Betracht ziehen würde.

Tyront warf ihm einen vernichtenden Blick zu. "Und dafür sorgen, dass Pe'tala mich verflucht, Vran'el von Haus Vel'kim böse auf mich ist, weil ich seiner Schwester ihr Glück verwehre, und das Risiko eingehen, dass Rolan aus dem Land flieht und Eryn im Rat gegen mich ist? Vielen Dank für diesen Vorschlag. Würde ich glauben, dass dies dein Ernst war, müsste ich mich entweder fragen, ob du dort drüben in den Westlichen Territorien deinen Verstand verloren hast, oder ob du noch immer in einem Ausmaß Verbitterung mir gegenüber empfindest, das mir Sorgen bereiten sollte."

"Im Vergleich zu einem Ausmaß an Verbitterung, weswegen du dich nicht zu sorgen brauchst?"

Tyront lehnte sich vor, sein Blick entschlossen, sein Lächeln dünn. "Du bist ein schlauer Kerl, Enric, das warst du schon immer - unabhängig davon, wie schwierig es war, dich zu entsprechendem Verhalten zu veranlassen. Wie du sehr genau weißt, sind die Vorteile, die du dir daraus erhoffen kannst, den König und mich auf deinen Status als geschädigte Partei hinzuweisen, begrenzt. Zudem bist du dir - davon bin ich überzeugt - im Klaren darüber, dass du die Grenzen der Zugeständnisse, die wir beide dir zu machen bereit sind, weitgehend ausgeschöpft hast. Also nein, ich sorge mich nicht länger über deinen Unmut. Du hast deine Situation bestens zu deinem Vorteil genutzt, und das respektiere und bewundere ich sogar. Doch ich konnte nicht umhin zu bemerken, dass du deinen Sohn zu einem Zusammentreffen mitgebracht hast, von dem du wusstest, dass ich es anberaumt habe, um dich wissen zu lassen, wie wenig ich deinen kleinen Kniff mit dem Eid gestern schätze. Du hättest dich entscheiden können, mir mit selbstgerechtem Gleichmut entgegenzutreten, doch stattdessen hast du ein Kind mitgebracht, um mich zur Zurückhaltung zu veranlassen. Somit bist du offensichtlich der Ansicht, diese Herangehensweise würde nicht länger funktionieren und du müsstest auf Tricks zurückgreifen."

Enric lachte und hielt sich nicht damit auf, auch nur ein einziges Wort zu bestreiten. "Bislang hat es fabelhaft funktioniert, oder irre ich mich?"

Tyront grinste zurück. "Ich weiß es nicht. Vielleicht bin ich auch einfach nur froh, dass du zurück bist, mein Junge. So, wie hast du es geschafft, Eryn deinen Sohn wegzuschnappen, damit sie ihn nicht mit zu ihrem Essen mit dem König nehmen konnte?"

"Bestechung natürlich. Drohungen funktionieren nicht, die betrachtet sie lediglich als Herausforderung. Ich versprach ihr, sie zwei Wochen lang von sozialen Abendpflichten zu entbinden."

"Ich verstehe. Nun, zumindest gibt es da noch ein paar Dinge, die unverändert bleiben. Euch beide mit vertauschten Rollen zu erleben - du widerspenstig, sie gerissen - hat meine Weltsicht ins Wanken gebracht. Und nun reiche mir das Kind. Immerhin hast du ihn mitgebracht, um mich zu beschwichtigen."

* * *

Erleichtert blickte Enric auf, als sich die Eingangstür öffnete und Eryn den Salon betrat. Eine Weile schon schritt er mit Vedric auf und ab in dem Versuch, ihn zu besänftigen, wenngleich solch ein Unterfangen zum Scheitern verurteilt war, wenn es sich beim Quell der Unzufriedenheit um Hunger handelte.

"Gut. Ich stand kurz davor, mich auf die Suche nach dir zu begeben. Dein Sohn verlangt nach Nahrung", rief Enric, um das schrille Jammern des Jungen in seinen Armen zu übertönen.

Eryn verdrehte die Augen und schob einen Anflug von Schuldbewusstsein beiseite. "Ein paar Minuten länger zu warten führt nicht gleich zum

Verhungern. Und es ist nicht so, als hätte ich dich dazu gezwungen, ihn mit zu Tyront zu nehmen." Rasch zog sie sich ihr Hemd über den Kopf. Das Weinen hatte dazu geführt, dass ein paar Tropfen Milch aus ihrer Brust austraten. Sie nahm Platz, dann hob sie ihre Arme, um ihren Sohn von ihrem Gefährten entgegenzunehmen.

"Wie ist dein Essen mit dem König verlaufen?", erkundigte sich Enric und setzte sich neben sie auf das Sofa. Er sah zu, wie sich Vedrics Lippen gierig um die Brustwarze seiner Mutter schlossen.

"Überraschenderweise war es recht angenehm. Weniger überrascht hat mich, dass er daraus einen Test in politischer Strategie gemacht hat. Selbstverständlich habe ich mich gefügt. Du weißt ja, wie ungemein entgegenkommend ich bin."

Er nickte ernst. "Oh, aber sicher doch. Ich habe schon mehrmals gehört, wie man dich genau so beschrieben hat. Dein hervorstechendster Charakterzug. Was hat er dich denn gefragt?"

"Alles, was ihm einfiel. Über deine Motive, die dich zu deiner Reise nach Pirinkar bewegten, Sanafs Versuche, uns zu schaden und wie ich es versäumt habe, mein Gehirn zu benutzen und es rascher herauszufinden, die Konsequenzen des Kommitments meiner Eltern, Vran'els neue Position, Vedrics Rolle in diesem ganzen Durcheinander und so weiter. Er sprach mir ein Kompliment darüber aus, wie ich Rache an Malriel geübt und ein Mitspracherecht bei der Auswahl des neuen Botschafters für Anyueel sichergestellt habe. Allerdings deutete er an, dass er es begrüßt hätte, wäre er von mir in dieser Sache konsultiert worden, anstatt sich vor bereits getroffene Entscheidungen gestellt zu sehen."

"Bedeutet das, er ist mit deiner Wahl nicht einverstanden?"

"Nein, Ram'kel von Haus Arbil sei ihm durchaus recht. Er hätte es nur vorgezogen, wenn ich ihn in meine politischen Überlegungen miteinbezogen hätte. Letztendlich soll ich mich daran erinnern, dass ich noch immer an Anyueel gebunden bin. Das Intervall meiner Berichte und mein Versuch, sie an Kilan zu delegieren, kamen auch nicht eben gut bei ihm an."

Enric grinste schief. "Tyront erwähnte etwas Ähnliches. Er hätte es ebenfalls vorgezogen, häufiger Berichte von dir zu erhalten."

Eryn verzog das Gesicht vor Schmerz, als kleine Kiefer sie wenig sanft in die Brustwarze zwickten. "Sachte, mein Junge. Noch besteht keine Notwendigkeit zum Kauen. Sobald seine Zähne einsatzbereit sind, werde ich ihn von meiner Milch entwöhnen, oder ich muss mich jedes Mal heilen, wenn er mit den Essen fertig ist. Wo waren wir gerade?"

"Unregelmäßige Berichte an die Leute, denen du Rechenschaft schuldest", erinnerte Enric sie zuvorkommend.

"Nun, dann haben sie ja Glück, dass ich jetzt wieder hier bin und sie mich so viel wirkungsvoller persönlich nerven können als nur mit Vogel-Nachrichten."

"Das magst du nun glauben oder nicht, doch Tyront ist froh darüber, dich wiederzuhaben. Ich glaube, insgeheim freut er sich schon darauf zu sehen, wie du dich bei den Ratsversammlungen anstellst. Er hat Berichte über dein Wirken im Senat in Takhan erhalten und ist beeindruckt."

Sie schnaubte. "Ich habe den Senatoren einigen Ärger eingebrockt - und da zähle ich die Zerstörung ihres Daches noch nicht einmal mit."

"Du hast dem Orden bereits einigen Ärger beschert, ohne dass du Mitglied im Rat warst, also geben sie sich womöglich der Illusion hin, dass man dich auf diese Weise besser unter Kontrolle halten wird können. Und Tyront und der König wissen beide, dass es im Orden Veränderungen geben muss, oder unser Sohn wird ihn übernehmen, sobald er alt genug für den Test ist - vorausgesetzt, wir halten an dieser Methode fest, obwohl wir nun gelernt haben, wie man magisches Potential nur wenige Wochen nach der Geburt feststellen kann. Dass du bei diesen Veränderungen mitwirkst bedeutet, dass du dich nicht dagegen wehren wirst. Du und ich werden in dieser Sache einigen Einfluss haben - besonders, da viele Ratsmitglieder damit rechnen werden, dass wir darauf bestehen, die Dinge so zu belassen, wie sie jetzt sind."

Eryn lächelte. "Weil wir Vedric zu voller Macht und Herrlichkeit verhelfen wollen, indem wir zusehen, dass er als stärkster Magier seiner Ära dem Orden vorsteht?"

"Genau", nickte Enric, seine Miene ernst.

"Sicher. Weil es solch eine fabelhafte Aussicht ist, meinem eigenen Sohn unterstellt zu sein. Und immerhin ist er auch dazu auserkoren, eines Tages nach Takhan zu ziehen und Haus Vel'kim zu übernehmen - vorausgesetzt, Malriel schafft es nicht irgendwie mit einem Trick, ihn zu Haus Aren zu locken."

"Diese Möglichkeit müssen wir in Betracht ziehen. Solange Vedric der einzige Erbe für Haus Vel'kim ist, wird Vran'el ihn nicht aufgeben - was auch immer Malriel ihm anbieten mag. Wir haben Glück, dass heimtückische Taktiken für sie nun nicht länger in Frage kommen, da sie Valrad sonst gegen sich aufbringen würde. Er nähme es keinesfalls gut auf, würde seine Gefährtin Zwang auf seinen Sohn ausüben, und auch nicht, wenn sein Haus ohne Nachfolger dastünde. Das wird sich allerdings ändern, sobald wir entweder ein weiteres Kind bekommen…"

"Was nicht passieren wird", unterbrach Eryn brüsk, ihr Ton düster.

"…oder", fuhr er fort, als hätte sie nichts gesagt, "Pe'tala für ein Kind sorgt."

"Mir wäre lieber, er übernimmt Haus Vel'kim, wenn es sich überhaupt nicht vermeiden lässt, dass er eines Tages Oberhaupt eines Hauses wird."

"Ich weiß. Das vollkommen zu vermeiden wird uns nicht möglich sein, davon bin ich überzeugt. Im Moment sind zwei Häuser erpicht darauf, sich Vedric als Erben zu sichern. Die Schwierigkeit besteht darin, dass Pe'tala wohl kaum kinderlos bleiben wird, besonders, wo sie kurz davor steht, sich an einen Mann zu binden. Sobald sie schwanger wird, kannst du dich darauf verlassen, dass Malriel alles in ihrer Macht Stehende tun wird, um ihren Enkel in die Finger zu bekommen und ihn zu ihrem Erben zu machen."

Eryn hob das Baby hoch, als es nicht länger an ihrer Brustwarze saugte, sondern nur mehr damit herumspielte, und reichte es an seinen Vater weiter. Sie schlüpfte wieder in ihr Hemd. "Ich kann dir gar nicht sagen, wie satt ich diese ganze Bescherung habe! Es ist schon schlimm genug, dass ich dem Rat der Magier hier beitreten muss, aber in den Westlichen Territorien passiert dieses ganze politische Spiel innerhalb der Familien. Anders als hier gibt es dort keine Trennung vom Privatleben - damit ist es töricht, seiner Familie zu vertrauen. Das haben mir sowohl Vran'el als auch Malriel auf eine Weise demonstriert, die ich so schnell nicht vergessen werde", knurrte sie.

"Familie und Politik sind in den Westlichen Territorien eng miteinander verwoben, das stimmt. Doch sowohl dein Bruder als auch deine Mutter lieben dich, ganz egal, wie sehr sie darauf bedacht sein müssen, Reichtum und Einfluss ihrer Häuser zu erhalten."

Eryn warf ihm einen harten Blick zu. "Malriel liebt mich nicht. Sie betrachtet mich als Hindernis, das es zu überwinden gilt und erfreut sich an jedem Sieg, den sie über mich erringt."

Enric betrachtete sie geduldig und spürte den Aufruhr, den das Gespräch über Malriel in ihr entfachte. "Dir einzureden sie würde dich nicht lieben, ist der einfache Weg. Damit fühlst du dich weniger schuldig und verstört, weil du sie nicht auf die Art und Weise liebst, wie die Konvention es von dir erfordert. Sie liebt dich, und zwar beträchtlich. Aber du hast genug von Haus Aren mitbekommen um zu wissen, wie Familienangelegenheiten dort in Angriff genommen werden. Das ist der Preis für ihre Macht, für das Hervorbringen überragender Anführer - sie kommen mit ihren Müttern nicht zurecht und suchen stattdessen bei ihren Großeltern Rat. Die sind nicht dafür verantwortlich, sie zu furchtlosen Politikern zu erziehen und können es sich somit leisten, Zuneigung zu zeigen. Aber du hast Recht, es gefällt ihr, dich herauszufordern und zu besiegen - ebenso wie du es genießt, gegen sie zu gewinnen. Das ist kein Anzeichen dafür, dass sie dich geringschätzt, sondern zeigt, dass sie dich als eine Gegnerin betrachtet, die es wert ist, sich mit ihr anzulegen. Sie ist ungeheuer stolz auf dich. Und sie braucht sich nicht davor zu scheuen, in der Öffentlichkeit von dir überflügelt zu werden - immerhin bist du eine Aren. Deine Errungenschaften, mögen sie auch darin bestehen, dass du sie besiegst, fallen vorteilhaft auf Malriel zurück."

Eryn starrte ihn an. "Was du gerade beschrieben hast ist eine unglaubliche verdrehte Art, seine eigene Familie zu benutzen. Weder befürworte ich so etwas, noch will ich daran irgendeinen Anteil haben."

Er zuckte mit den Schultern und hob seinen Sohn hoch, um die Windel zu wechseln, die einen vertrauten Geruch abzugeben begonnen hatte. "Ich weiß. Und doch kannst du dem nicht entfliehen. Regelmäßige sechsmonatige Pausen sind alles, was du erwarten kannst. Sei zufrieden damit; es könnte schlimmer sein. Und ich habe so ein Gefühl, dass du durchaus froh sein wirst, wenn du aus Anyueel flüchten kannst, nachdem du ein halbes Jahr lang im Rat gedient hast."

Sie schluckte und sah ihm nach, als er mit ihrem Sohn auf dem Arm nach oben ging. Das waren in der Tat heitere Aussichten. Sie kam auf die Beine und folgte ihm nach oben in den Waschraum. Gegen den Türrahmen gelehnt beobachtete sie Enrics routinierte Bewegungen, mit denen er das Baby auszog und es dann mit einem feuchten Lappen reinigte. Es war ein Anblick, der seine Kollegen ungemein schockieren würde: der mächtige Schwertkämpfer, der so ungezwungen mit seinem Sohn umging und vollkommen außer Acht ließ, dass er sich einer Aufgabe annahm, die entweder Frauen, oder in wohlhabenderen Familien, Dienern zugedacht war.

"Wie verlief dein Morgen in der Klinik?", fragte Enric in ihre Gedanken hinein.

"Überraschend. Interessant. Seltsam."

Bei der Andeutung von Traurigkeit in ihrer Stimme blickte er auf. "Warum denn das?"

Sie hob die Arme und ließ sie wieder fallen, während sie vergeblich nach Worten suchte. "Es ist nichts. Nur..."

"Nur was?"

"Vergiss es. Ich komme mir dumm vor, wenn ich es so ausspreche."

Enric legte seinem Sohn die neue, saubere Windel an und hob ihn auf seine Hüfte, bevor er auf seine Gefährtin zutrat und ihr mit seinem Zeigefinger eine Haarsträhne hinter das Ohr schob. "Warum lässt du mich das nicht beurteilen, Liebste?"

Eryn seufzte. "Es ist nicht der gleiche Ort, den ich vor achteinhalb Monaten hinter mir gelassen habe. Versteh mich nicht falsch - es gefällt mir wirklich gut, was Pe'tala, Rolan und Lord Poron daraus gemacht haben, was sie alles verbessert haben - sei es das Arrangement der Behandlungsräume, die Unterrichtspläne oder die Schichtrotation. Alles sieht phantastisch aus. Aber anders. Irgendwie hatte ich erwartet, an den gleichen Ort zurückzukehren, den wir verlassen haben, doch Anyueel hat sich verändert. Zumindest die Klinik. Und Erbál wird auch bald von hier weggehen, sodass ich mich an einen neuen Botschafter gewöhnen muss."

"An einen, den du selbst ausgewählt hast", bemerkte Enric.

"Das stimmt wohl. Doch mir wäre es lieber gewesen, man hätte ihn überhaupt nicht ausgetauscht", erwiderte sie launisch in dem vollen Bewusstsein, dass sie herumjammerte. "Ich werde mich daran gewöhnen. Dass ich mich hier wie eine Fremde fühle kam nur so unerwartet für mich. Werde ich das nun jedes Mal erleben, wenn wir von einem Land in das andere ziehen?"

Er lächelte mitfühlend. "Vielleicht. In den sechs Monaten, in denen wir fort sind, wird es Veränderungen geben - auf beiden Seiten des Meeres. Wir werden niemals wirklich wieder an den Ort zurückkehren, den wir verlassen haben. Doch nächstes Mal werden wir besser darauf vorbereitet sein. Und ich schätze, dass es uns auch helfen wird, engen Kontakt zu dem Land zu halten, in dem wir uns gerade nicht aufhalten, damit wir die Geschehnisse im Auge behalten können und bei unserem nächsten Eintreffen dort nicht mehr so überrascht sind."

"Ich frage mich, ob es Orrin und Junar auch so ergeht wie mir."

"Das kannst du Orrin morgen nach der Ratsversammlung fragen."

Eryn verzog das Gesicht. "Morgen, was? Ich schätze, wir können uns glücklich schätzen, dass sie uns zumindest einen Tag zum Eingewöhnen zugestanden haben."

"Versuch sie zu verstehen. Wir waren lange Zeit fort, und da gibt es Dinge, von denen sie erfahren wollen und andere, die besprochen werden müssen. Die Enthüllung, dass Vedric in ein paar Jahren sehr wahrscheinlich der stärkste Magier sowohl im Königreich als auch den Westlichen Territorien sein wird ist nichts, das einfach so übergangen werden kann. Oder das Wissen, dass wir nicht mehr warten müssen, bis ein Magier voll ausgewachsen ist, damit wir seine Stärke feststellen können. Dann werden sie noch darüber sprechen wollen, wie mit unseren häufigen Abwesenheiten in Zukunft umzugehen ist. Trotz unseres Aufenthalts in Takhan werden wir dem Orden und dem Rat der Magier weiterhin angehören. Das bedeutet, dass sie uns irgendwie in ihre Entscheidungen miteinbeziehen müssen, indem sie uns über einen sicheren Kanal vertrauliche Informationen zukommen lassen. Dann wird Rolan fortgehen…"

Eryn hob ihre Hand, um ihm Einhalt zu gebieten und seufzte resigniert. "Schon gut, ich kann sehen, dass sie jedes Recht dazu haben, ungeduldig auf ein Treffen mit uns zu harren."

"Gut. Ich würde nicht wollen, dass du morgen irritiert oder genervt zu deiner ersten Versammlung als Mitglied des Rats auftauchst."

"Werde ich neben dir sitzen?"

"Das denke ich nicht. Ich gehe davon aus, dass Tyront dich weiter weg platziert, wo er bequemer ein Auge auf dich haben kann, ohne dass er sich dafür nach vorne beugen muss."

"Wie nett. Das bedeutet wohl, dass ich mich am anderen Ende des Tisches genau ihm gegenüber wiederfinden werde."

Enric zog die Schultern hoch. "Das werden wir morgen herausfinden. Hast du Lord Poron wegen der Nachtschichten gefragt?"

"Ja, das habe ich. Er hält es für eine gute Idee, sorgt sich aber, dass ich mich ohne eine Kinderfrau früher oder später verausgaben werde."

"Bedenken, die ich teile, wie du weißt."

Eryn schüttelte den Kopf. "Dazu besteht kein Anlass. Soweit ich mich erinnere, sind die Ratsversammlungen nicht so häufig, und ich werde einfach zusehen, dass ich in der Nacht davor nicht arbeiten muss. Damit sollte ich gut ausgeruht sein - vorausgesetzt, dein Sohn lässt uns schlafen. Ich wollte Junar und Orrin heute Abend besuchen und Junar fragen, ob sie sich um Vedric kümmern kann, solange wir bei der Versammlung sind."

"Ich werde dich begleiten. Seltsamerweise habe ich begonnen, sie nach unserer Trennung in Bonhet zu vermissen."

Sie zog eine Augenbraue hoch. "Dann hat Lord Enric also tatsächlich Freundschaften geschlossen. Wie schockierend!"

Er nickte. "Durchaus. Siehst du - womöglich finden die Leute hier es auch schwierig, sich wieder an uns zu gewöhnen."

"Soll mich das trösten?"

"Ja. Es ist eine geteilte Last, und allein zu leiden ist stets mühsamer, als es gleichmäßig zu verteilen."

"Du bist ja heute ein Quell der Weisheit. Es tut mir beinahe leid, dass ich dich verlassen und zur Klinik zurückkehren muss, um mich über all das zu informieren, was dort in meiner Abwesenheit passiert ist." Sie beugte sich vor und küsste zuerst ihren Sohn, dann Enric. "Spielt schön, Jungs. Keine wilden Parties, solange ich fort bin."

* * *

Enric lächelte auf seine Gefährtin hinab und drückte ihre Hand. Sie waren die Letzten, die die Ratshalle betraten; alle anderen Mitglieder waren bereits darin versammelt. Ebenso der König. Natürlich würde er die erste Zusammenkunft nach ihrer Rückkehr nicht versäumen wollen - besonders, da die Chance bestand, dass Eryn als neues Mitglied des Rates für eine kurzweilige Versammlung sorgen würde.

Tyront hatte sie ersucht, einen Auftritt hinzulegen; also trafen sie ein paar Minuten später ein und warteten, bis sie sicher sein konnten, dass alle Platz genommen hatten.

"Bist du bereit, Liebste?", fragte er sanft. Als sie nickte und ihr Kinn hob, stieß er die Türen auf. Ihre Finger miteinander verschränkt, schlenderten sie in den Raum. Zwölf Augenpaare ruhten auf ihnen, manche davon erfreut über ihren Anblick, während andere besorgt oder unmutig wirkten und wieder andere ausdruckslos verweilten. Der Tisch war nun von dreizehn anstatt zwölf Stühlen umgeben, zwei davon unbesetzt. Enrics alter Platz an Tyronts rechter Seite war frei, und ein weiterer auf der gegenüberliegenden Seite direkt neben Orrin.

Enric bemerkte, wie ein schwaches Lächeln ihre Mundwinkel umspielte. Ganz eindeutig war sie mit dem Arrangement zufrieden. Vor Eryns Stuhl blieben sie stehen, und ihr Gefährte und Vorgesetzter zog ihn für sie zurück, damit sie sich setzen konnte, bevor er den Tisch umrundete und sich neben dem Anführer des Ordens niederließ.

Tyront räusperte sich und erhob dann die Stimme. "Es ist mir eine Freude, Lord Enric und Lady Eryn nach ihrer Rückkehr aus den Westlichen Territorien willkommen zu heißen. Wie man Euch bereits informiert hat, wurde Lord Enric dem Orden erneut eingegliedert, und Lady Eryn wird mit dem heutigen Tag zu einem dauerhaften Mitglied im Rat der Magier. Wie allen bewusst ist, gilt es wichtige Angelegenheiten zu besprechen, neuere Entwicklungen, die Veränderungen erforderlich machen, sofern wir uns eines Tages nicht vollkommenem Chaos gegenübersehen wollen. Aber hören wir uns zuerst an, was sich in Takhan zugetragen hat. Ich lade Lord Enric ein, uns eine kurze Zusammenfassung über seinen und Lady Eryns Aufenthalt in Takhan zu präsentieren."

Enric nickte kurz zur Bestätigung, dann wandte er sich an den gesamten Raum, wobei er seinen Stuhl leicht drehte, um auch König Folrin, der rechts auf seinem Thron saß, miteinzuschließen. Rasch bedachte er, was er in seinem Bericht besser unerwähnt lassen sollte, dann begann er: "Am Tag unserer Ankunft in Takhan wurden wir mit einer bislang unbekannten Tatsache vertraut gemacht. Und zwar, dass Valrad von Haus Vel'kim, den wir bis dahin für Lady Eryns väterlichen Onkel hielten, tatsächlich ihr leiblicher Vater ist." Einige der anwesenden Magier nickten. Offensichtlich war dies bereits allgemein bekannt. "Nach Malriels Abreise nach Pirinkar übernahm ich die Führung von Haus Aren. Lady Eryn legte erfolgreich das letzte fehlende Examen ab, um die Zertifizierung zu einer vollständig anerkannten Heilerin in Takhan zu erlangen und arbeitete dann in dieser Funktion in der Klinik. Sanaf, der vormalige Botschafter in Anyueel, schmiedete Ränke mit dem Ziel, Lady Eryn Schaden zuzufügen, da er ihr übelnahm, dass sie ihm seine Rolle als Botschafter gekostet hatte. Ram'an von Haus Arbil, an den Ihr Euch sicher noch von seinem Aufenthalt hier erinnert, half dabei, Sanaf in meiner Abwesenheit dingfest zu machen. Der Senat in Takhan erhielt eine Nachricht aus Pirinkar, die uns darüber in Kenntnis setzte, dass Malriel gefangen genommen und eines Verbrechens bezichtigt worden war. Somit brach ich mit Vran'el von Haus Vel'kim - Lady Eryns älterem Bruder - auf, um mich darum zu kümmern. Die Verhandlungen über ihre Freilassung nahmen ein paar Tage in Anspruch. Ein paar Wochen später kehrte ich gemeinsam mit der nun befreiten Malriel nach Takhan zurück. Zwei Monate nach unserer Rückkehr nach Takhan wohnten wir der Kommitment-Zeremonie von Lady Eryns Eltern bei und brachen dann nach Anyueel auf. Uns wurden noch zwei weitere Wochen Abwesenheit gewährt, die wir für einen Besuch bei meiner Schwester und ihrer Familie nutzten, und schlussendlich sind wir nun hier."

Lord Woldarns abfälliges Schnauben unterbrach die darauffolgende Stille. "Eine etwas… gekürzte Version der Ereignisse, würde ich sagen."

Enric sah, wie Eryn die Augen zusammenkniff und zog seine Augenbrauen hoch, als überraschte ihn diese Aussage. "Wie kommt Ihr darauf, Lord Woldarn?" Sehen wir, wie viel du wirklich weißt, dachte er.

"Nun, einerseits wurde versäumt, die Auflösung Eures Kommitmentbands dritten Grades zu erwähnen, ebenso wie die Tatsache, dass Lady Eryn am Tag der Geburt Eures Sohnes das Senatsdach zum Einsturz brachte. Und dann erinnere ich mich noch daran, dass mit Malriels lebenslangen Ersparnissen ein Waisenhaus errichtet wurde."

"Bei all dem handelt es sich um Familienangelegenheiten", erwiderte Enric gelassen. "Ich sehe nicht, weshalb irgendetwas davon für den Orden relevant sein sollte. Und offenkundig seid Ihr über diese Tatsachen ohnehin bereits informiert."

"Das sind wir", warf Lord Seagon mit unzufrieden gekräuselter Oberlippe ein, "doch Euer Widerwille, einen vollständigen Bericht abzuliefern, lässt den Verdacht keimen, dass Ihr derzeit womöglich auch noch andere Dinge vor uns verheimlicht."

Enric unterdrückte ein Seufzen. Die erste Herausforderung nach seiner Rückkehr. Er würde den Rat daran erinnern müssen, dass es nicht klug war, ihn zu provozieren. Er lehnte sich vor und platzierte seine Handflächen auf dem wuchtigen Tisch, als wollte er sich jeden Moment in eine stehende Position drücken. "Wollt Ihr damit andeuten, Lord Seagon, ich wäre nicht vertrauenswürdig? Beschuldigt Ihr mich der Zurückhaltung von Informationen zu dem Zweck, dem Orden zu schaden?" Seine blauen Augen verengten sich zu Schlitzen und fixierten den anderen Mann mit einem kalten Starren.

"Ich habe nichts dergleichen behauptet", schnupfte der Lord. "Aber die Tatsache bleibt, dass Eure Loyalität gespalten ist zwischen dem Orden und dem Haus, in das Ihr Euch adoptieren habt lassen. Sowohl Ihr als auch Lady Eryn seid die Nächsten in der Erbfolge für eine führende Position in Takhan. Im Fall Eurer Gefährtin wird Euer Sohn diesen Platz einnehmen, sobald er alt genug ist, doch bei Euch gestaltet sich die Angelegenheit wesentlich problematischer. Nicht nur sollt Ihr Lord Tyront nachfolgen, sollte es erforderlich werden, sondern Malriel von Haus Aren mag sich in den nächsten Jahren in den Ruhestand begeben und ihre Verantwortung an Euch übergeben. Wo stehen wir dann mit Euch, Lord Enric von Haus Aren?"

Enric hielt seine Miene ausdruckslos, während er nachgrübelte, wie damit umzugehen war. Das war ein wunder Punkt - einer, den auch einige andere Ratsmitglieder als Problem erachteten. Somit musste er also sorgsam darauf achten, wie er darauf antwortete, da er sonst mehr als einen Kollegen gegen sich aufbringen mochte. Ihre Kooperationsbereitschaft war nun wichtiger denn je, wenn er die Veränderungen, die die Zukunft mit Sicherheit brachte, erfolgreich in Angriff nehmen wollte. Er musste ihre allgemeinen Bedenken zerstreuen und gleichzeitig Lord Seagon an seinen Platz verweisen.

"Aber Ihr könntet Malriel von Haus Aren immer noch Euren Sohn als Erben anbieten im Austausch dafür, dass sie Euch nicht wieder nach Takhan beordert, wenn sie glaubt, Eurer Hilfe zu bedürfen", fuhr Lord Seagon mit einem spöttischen Grinsen fort.

Eryns scharfe Stimme durchschnitt die Halle wie ein Peitschenhieb, als sie fauchte: "Ihr achtet besser darauf, was aus Eurem Mund kommt, sofern Ihr weiterhin davon Gebrauch machen wollt!"

"Das ist nicht ganz der Ton, an den wir hier gewöhnt sind. Wir werfen einander nicht einfach Beleidigungen oder Drohungen an den Kopf, wenn wir in diesem Hallen zusammenkommen, und ebenso wenig lassen wir Dächer einstürzen, wenn uns etwas nicht zu Gesicht steht", entgegnete Lord Seagon gönnerhaft. "Wie es aussieht, bedarf es von Eurer Seite noch beträchtlicher Anpassung, Lady Eryn."

"Mit dem Vorschlag, meinen Sohn als Handelsgut zu benutzen, um die Nachfolge im Orden zu regeln, habt Ihr jedes Recht darauf verspielt, mit Respekt oder auch nur Höflichkeit behandelt zu werden", antwortete Eryn kalt.

Enric sah sie an und spürte durch das Geistesband den Zorn, der sie durchfloss und welche Mühe es sie kostete, ruhig und gefasst zu wirken, während sie ihren Unmut kundtat. Sie machte ihre Sache gut, dachte er - sie setzte auf eine Weise Grenzen, die zeigte, dass mit ihr nicht zu spaßen war, nur weil sie das jüngste Mitglied des Rates und noch dazu eine Frau war, und behielt dabei ihr Temperament unter Kontrolle, um sich ihre Glaubwürdigkeit zu bewahren.

Orrin neben ihr hatte die Arme verschränkt und bedachte Lord Seagon mit einem düsteren Blick unter halb-geschlossenen Lidern. Er war von diesem Vorschlag ebenfalls alles andere als angetan. Die anderen Magier warteten in angespannter Stille und ließen ihre Blicke zwischen Eryn und Lord Seagon hin und her springen, gleichzeitig besorgt und neugierig, was als nächstes passieren würde.

Enric warf Tyront einen kurzen Seitenblick zu um zu sehen, ob er sich einzuschalten gedachte, doch sein Vorgesetzter hob nur eine Augenbraue und signalisierte ihm so, dass er von Enric erwartete, die Sache selbst in die Hand zu nehmen. Was Sinn ergab, dachte Enric und seufzte innerlich. Er musste den Respekt zurückgewinnen, den man ihm schuldete.

"Welch ein ungemein… inspirierender Vorschlag, Lord Seagon", erhob Enric die Stimme und ließ einen Anflug von Sarkasmus darin mitschwingen. "Doch soweit mir bewusst ist, scheint in unserer Geschichte nirgendwo auf, dass der Orden oder das Königreich jemals darauf zurückgegriffen hätten, ihre Bürger zu verkaufen. Ich wäre Euch dankbar, würdet Ihr nicht versuchen, diese Praxis mit meinem Sohn einzuführen. Ich teile den mangelnden Enthusiasmus seiner Mutter bei dieser Aussicht."

Es war kein verhaltenes Lachen oder anderes Anzeichen von Belustigung vernehmbar, doch ein paar Augen schimmerten schadenfroh, und der eine oder andere Mund wirkte etwas angespannter als üblich mit der Anstrengung, ein Grinsen zu unterdrücken.

"Was die andere Angelegenheit betrifft, die Ihr zur Sprache brachtet", fuhr Enric fort, "meine gespaltene Loyalität, wie Ihr es bezeichnet habt - so lasst mich

Euch versichern, dass Malriel von Haus Aren, die nur ein paar Jahre jünger ist als Lord Tyront und meines Wissens nicht beabsichtigt, sich in nächster Zeit von ihrer Position zurückzuziehen, sich sehr wohl darüber im Klaren ist, dass ihr Anspruch auf mich hinter dem des Ordens zurücksteht. Seine Majestät stimmte meiner Adoption damals zu; solltet Ihr also wünschen, die Weisheit dieser Entscheidung zu erörtern, so darf ich Euch an den Mann verweisen, der sie traf, da ich kaum in der Position bin, für ihn zu sprechen - besonders, da er praktischerweise heute anwesend ist."

Lord Seagons Gesicht hatte jegliche Farbe verloren. Seine Lippen waren fest aufeinandergepresst, während er sehr gezielt davon Abstand nahm, seinen Blick zum Thron schweifen zu lassen. Dessen Inhaber verfolgte die Diskussion mit Interesse.

Enric ließ den älteren Mann noch eine kurze Weile länger schmoren, indem er vorgab, ihm die Gelegenheit zu bieten, sich an den König zu wenden, dann entschied er, dass es Zeit wurde, zum Geschäftlichen zurückzukehren.

"Es gibt mehrere wichtige Punkte für uns zu besprechen, die den Orden auf lange Sicht prägen werden. Diese Diskussionen werden sehr wahrscheinlich mehrere Monate in Anspruch nehmen, bis wir zu einer Übereinkunft gelangen. Dies betrifft unter anderem Lady Eryns und meine regelmäßigen sechsmonatigen Abwesenheiten von Anyueel, die Tatsache, dass mein Sohn stärker als ich selbst - und übrigens auch Lord Tyront - sein wird, bevor er ausgewachsen ist, Lord Orrins magisch begabte und ebenfalls sehr starke Tochter sowie die Konsequenzen, die sich daraus für unsere traditionelle Methode zur Gewährung von Macht ergeben. Zusätzlich dazu sind wir, dank des Wissens, das wir uns in Takhan angeeignet haben, nun in der Lage, das Vorhandensein und die Stärke von magischem Potential von Kindern bereits festzustellen, wenn sie gerade einmal ein paar Wochen alt sind. Wir müssen entscheiden, ob und in welchem Zusammenhang wir uns diese Fertigkeit zunutze machen möchten."

Er nickte Orrin zu, als das Oberhaupt der Krieger seinen Zeigefinger hob. "Ja, Lord Orrin?"

"Da ist noch ein Punkt, den ich Eurer Liste hinzufügen möchte. Seit meiner Rückkehr hierher vor zwei Wochen sind mehrere Leute auf mich zugekommen und haben mich nach dem Spiel gefragt, das wir in Takhan eingeführt haben. In meiner Kapazität als Oberhaupt der Krieger möchte ich dem Rat vorschlagen, dies als einen Wettstreit in Betracht zu ziehen, der sich als wirksame Methode zum Unterricht magischer Kampfkunst eignet."

Tyront hob den Kopf und signalisierte damit, dass er nun bereit war, wieder den Vorsitz zu übernehmen. "Betrachtet es als vermerkt, Lord Orrin. Es scheint, als würde Lady Eryns Idee auf beiden Seiten des Meeres Anklang finden."

Einige Köpfe wandten sich Eryn zu, die lediglich ihre Augenbrauen hochzog als Herausforderung, jemand möge seinen Unglauben darüber, dass sie tatsächlich mit einer dermaßen nützlichen Idee aufgewartet hatte, in Worte kleiden. Niemand wagte es.

* * *

Eryn marschierte über den Palastplatz auf die Kriegerquartiere zu, um ihren Sohn von Junar abzuholen, die sich um ihn gekümmert hatte. Enric und Orrin waren nicht weit hinter ihr. Ihre Schritte waren ausladend und zeugten von Ungeduld.

"So, wie hat dir deine erste Ratsversammlung gefallen?", fragte Orrin leichthin. "Verlief es so, wie du es erwartet hattest?"

Über ihre Schulter warf sie ihm einen finsteren Blick zu. "Es war eine Verschwendung meiner Zeit und eine Belastung für meine Nerven. Es war schlimmer, als ich erwartet hatte. Ich meine, das sind alles erwachsene Männer! Warum all diese sinnlosen Diskussionen über Nichtigkeiten, verstohlenen Beleidigungen und abwertenden Bemerkungen, die nur Zeit kosten und zu Zankereien führen? Wie viele Stunden meines Lebens hat mir der Rat gerade geraubt, die ich auf andere Weise nutzen hätte können?"

"Zweieinhalb", antwortete Enric hilfreich.

"Es waren sicher nicht mehr?", meinte Eryn und zog eine Grimasse. "Es fühlte sich nach mindestens vier Stunden an!"

"Es hätte schlimmer sein können", meinte Orrin achselzuckend und öffnete ihr die Tür, als sie das Gebäude erreichten, damit sie als Erste eintreten konnte. "Zumindest hielt Lord Seagon den Mund, nachdem Enric ihm sagte, er solle sich an den König wenden, falls er ein Problem hat."

"Das war zumindest ein kleiner Segen", grummelte Eryn. "Ernsthaft, was dachte er sich nur bei dieser Aussage über Vedric und Malriel?"

"Lord Seagons Gedanken sind keine Gefilde, in die ich mich in absehbarer Zeit vorwagen möchte", äußerte Enric milde. "Aber zumindest hat er sich als nützlich erwiesen, indem er sich als Zielscheibe zur Verfügung stellte, damit wir beide uns behaupten konnten. Auf lange Sicht wäre das unvermeidbar gewesen, und nun ist es erledigt."

Verwirrt runzelte sie die Stirn. "Ich sehe, warum es nötig war, dass ich meinen Widerstand gegen solch eine Behandlung demonstrieren musste, aber warum solltest du dich behaupten müssen? Sag mir nicht, dein furchteinflößender Ruf hat die paar Monate unserer Abwesenheit nicht überlebt?"

"Erinnerungen sind eine verzwickte Sache", erklärte ihr Gefährte, während sie die Stufen erklommen. "Eindrücke verlieren an Intensität, wenn sie nicht ständig bestärkt werden. Und diese Bestärkung hat in den letzten sechs Monaten gefehlt. Wahrscheinlich werde ich noch das eine oder andere Exempel statuieren müssen, um sie daran zu erinnern, warum man in meiner Nähe besser vorsichtig ist."

"Und ich schätze, einen oder zwei von ihnen einfach auszuschalten ist keine Option, die du in Betracht ziehen würdest…?"

"Nicht, sofern sie nicht als Erste angreifen und euch somit genug provozieren, dass ihr damit ungestraft davonkommt", lächelte Orrin. "Aber die Schlichtheit der Idee gefällt mir."

Sie erreichten ihr Ziel, und der Kriegertrainer öffnete die Tür zu seinem Salon, bevor er vor seinen Vorgesetzten das Quartier betrat. Junar saß auf einem Stuhl mit ihrer Tochter auf dem Schoß, beide mit hellgrünem Brei auf ihren Gesichtern, Kleidern und Händen. Auf dem ähnlich verschmierten Tisch vor ihnen stand eine kleine Schüssel mit den Überresten einer Mahlzeit und einem Löffel.

"Meine Güte." Enric schluckte. "Das sieht ja aus wie ein Kriegsschauplatz."

"Ich bin so froh, dass ihr hier seid!", seufzte Junar und brach beinahe in Tränen der Erleichterung aus.

"Es scheint, als hättet ihr hier eine Party gefeiert", lächelte Orrin und hob seine Tochter hoch. Vorsichtig hielt er sie auf Armeslänge, damit seine Kleider nicht auf die gleiche Weise dekoriert wurden.

Rasch stand Junar auf, um ein feuchtes Tuch zu holen und sowohl das Kind als auch sich selbst vom Großteil der Unordnung zu befreien. "Wir sind immer noch in der Gewöhnungsphase, was das Essen unserer Mahlzeiten mit einem Löffel anbelangt."

In diesem Augenblick ertönte ein schrilles Weinen aus der Richtung des ehemaligen Gästezimmers, das nun in eine Kinderstube umgewandelt worden war.

"Ah ja, es scheint, als wäre jemand gerade zur rechten Zeit aufgewacht", lächelte Eryn und drehte sich um, damit sie ihren Sohn aus Téas Wiege holen konnte. "Wie lange hat er geschlafen?", fragte sie, als sie mit einem glücklich gurgelnden Vedric in ihren Armen zurückkehrte.

"Etwa zehn Minuten lang. Und davor weitere fünf. Frag mich nicht, wie oft wir dieses Spielchen durchgezogen haben. Zuerst schläft er auf dem Sofa ein, dann hebe ich ihn hoch und lege ihn in Téas Bett. Fünf Minuten später wacht er auf und weint, ich hole ihn wieder in den Salon - und wir fangen einmal mehr von vorne an."

Eryn schluckte. "Das klingt, als hättest du eine… unterhaltsame Zeit hinter dir. Ich schätze, für die Zukunft sollten wir uns ein neues Arrangement überlegen, wenn wir drei zu einer Ratsversammlung müssen." Verdammt. Das kam ungelegen.

"Wann ist denn die nächste angesetzt?", wollte Junar erschöpft wissen.

"In drei Wochen", informierte Orrin sie.

Einen Moment lang schloss seine Gefährtin die Augen und seufzte. "Das könnte gerade genug Erholungszeit sein, damit ich noch einen Versuch wagen will."

"Du musst das nicht tun", meinte Enric milde. "Wir können Plia bitten, sich ein paar Stunden lang um Vedric zu kümmern."

Die Schneiderin schüttelte den Kopf. "Das Mädchen arbeitet jetzt schon zu viel. Sie würde einfach ein paar weitere Stunden dranhängen, sobald alle anderen heimgegangen sind. Nein, ich schaffe das schon. Ich muss erst zu einem Rhythmus finden, der mit zwei Kindern funktioniert."

Eryn biss sich auf die Lippe. Plias Arbeitsprogramm war auch etwas, das Lord Poron gestern in der Klinik zur Sprache gebracht hatte. Er dachte darüber nach, jemanden einzustellen, der dem Mädchen zur Hand gehen sollte und hatte Rolan instruiert, er möge prüfen, ob sich diese zusätzliche Ausgabe irgendwie in das Budget hineinpressen ließ.

"Wie verlief denn die Versammlung?", fragte Junar dann und musterte Eryn. "Du wirkst angespannt. Also wahrscheinlich nicht besonders gut."

"Sie war ermüdend und irritierend. Ich wollte es nicht glauben, als Enric sagte, dass ich nach sechs Monaten froh sein würde, eine Weile vom Rat fortzukommen - mittlerweile tue ich das. Tatsächlich wäre es mir lieber, sie noch wesentlich früher loszuwerden. Zum Beispiel gleich morgen."

"So schlimm?"

"Zumindest aus meiner Sicht. Orrin und Enric scheinen dieses närrische Drama gewohnt zu sein, aber ich sehe darin einfach nur eine unnötige Verschwendung meiner Zeit und Geduld."

"Also gab es keinerlei nützliches Ergebnis?", meinte Junar mit gerümpfter Nase.

"Ganz so schlimm war es nicht", lächelte Orrin. "Trotz kleinerer Streitigkeiten und Machtspielchen haben wir es fertiggebracht, uns auf die eine oder andere Sache zu einigen. Eryn und Pe'tala werden die nächsten drei Wochen damit verbringen, Information zu sammeln. Sie wollen die in den letzten sechs Monaten in Anyueel geborenen Kinder auf magisches Potential testen. Eryn soll ihre Erkenntnisse bei der nächsten Versammlung präsentieren. Ich wurde beauftragt, einen Plan für die Veranstaltung eines Spiels hier in der Stadt zu entwerfen, einschließlich eines vollständigen Regelwerks und einer Empfehlung für ein ausgewähltes Gebiet, das gesperrt werden soll."

Eryn bemerkte, dass er ein paar andere Angelegenheiten unerwähnt ließ, die außerhalb des Rats nicht verbreitet werden durften. So wie die ersten katastrophalen Versuche, die traditionelle Verteilung von Macht im Orden zu diskutieren, nämlich in Übereinstimmung mit der magischen Stärke, mit der ein Magier geboren wurde. Oder dass Eryn in wesentlich mehr alltägliche Verwaltungsangelegenheiten des Ordens eingebunden werden sollte, als ihr lieb war. Da die Aufteilung in die zwei Bereiche des Kriegertrainings und des Heilens sie nicht miteinschloss, war sie gemeinsam mit Enric und Tyront für beide zuständig. Als wäre es nicht bereits mühsam genug, alle zwei oder drei Wochen zu diesen nervtötenden Versammlungen geschleift zu werden.

Enric hielt seinen Sohn, während Eryn sich soweit freimachte, dass Vedric Zugang zu seiner Nahrungsquelle erhielt. Sie waren gerade rechtzeitig für seine Mahlzeit zurückgekehrt. Er reichte ihr das Baby, küsste seine Gefährtin und machte sich dann auf den Weg. Eryn war nun an der Reihe, sich um ihn zu kümmern, da Enric in Tyronts Arbeitszimmer erwartet wurde. Nun würden sie ihren neuen Tagesablauf mit dem Orden und Vedric einem ersten Test unterziehen.

* * *

"Ich bin skeptisch", verkündete Pe'tala stirnrunzelnd und lehnte sich in ihrem Arbeitszimmer in der Klinik in ihrem Stuhl zurück. "Zuhause in Takhan funktioniert das gut, doch die Leute hier sind es nicht gewohnt, die Aufgaben der Kindererziehung aufzuteilen - und ebenso wenig sind sie es gewohnt, auf die Leute Rücksicht zu nehmen, die es versuchen. Du und Enric müsst oftmals bei den gleichen Anlässen anwesend sein. Ohne jemanden einzustellen, der euch hilft, wird das nicht funktionieren. Was hat der Rest des Ordens dazu zu sagen?"

Eryn rollte mit den Augen. "Sie haben überhaupt nichts dazu gesagt, zumindest nicht in unserer Gegenwart. Sie tratschen hinter unserem Rücken und sind sich weitgehend einig darüber, dass wir vollkommen den Verstand verloren haben, und dass so etwas passiert, wenn man zu lange fremdländischen Einflüssen ausgesetzt ist."

"Nicht ganz unerwartet, oder? Der Großteil der Ratsmitglieder hat kein Rückgrat, und der Rest hat einen zu niedrigen Rang, um euch rundheraus zu kritisieren. Du bist kaum länger als eine Woche zurück, und ich kann sehen, wie müde du bist. Das ist nicht gut. Du solltest vorerst nicht mehr in der Klinik arbeiten, zumindest, bis Vedric alt genug ist, damit du ihn nicht mehr zu stillen brauchst."

Eryn warf ihrer Schwester einen ungeduldigen Blick zu. "Tala, ich bin nicht gewillt, meine Zeit ausschließlich damit zu verbringen, mein Kind zu erziehen und mich den Launen des Ordens zu fügen. Ich brauche auch etwas für mich, etwas, das mir ermöglicht, mit Erwachsenen zu interagieren und mir das Gefühl gibt, dass ich etwas Nützliches tue - ich muss wissen, dass das, was ich tue, bedeutsam ist. Meine erste Ratsversammlung hat mir recht eindrucksvoll klargemacht, dass mir meine verstärkte Einbindung in den Orden dieses Gefühl keinesfalls verschaffen wird. Das Heilen, auch wenn es mir nur vereinzelt möglich ist, brauche ich, um meine gute seelische Verfassung zu erhalten und in Kontakt mit der Disziplin und meinen Kollegen zu bleiben. Ich war mehr als acht Monate lang fort - ich kann es mir nicht leisten, mich noch länger von der Klinik fernzuhalten, oder ich werde zu einer Außenseiterin. Bei all den Veränderungen kommt es mir schon jetzt vor, als würde ich dort nicht mehr hingehören."

Pe'tala seufzte und stützte ihre Wange auf ihrer Faust ab. "Ich weiß, dass es hart für dich ist. Sowohl das Vereinbaren deiner Familie mit deinen beiden Berufen als auch die Umgewöhnung an alles, was hier nun anders läuft. Aber ich gehe davon aus, dass du in der Zwischenzeit deinen Frieden damit gefunden hast, dass Lord Poron die Klinik führt? Selbst wenn dir der Orden damals diese Position übergeben hätte, so hätte man sie dir jetzt wieder weggenommen, wo Vedric dein Leben auf diese Weise umgekrempelt hat."

"Ja, damit komme ich nun zurecht. Ich hätte mir immerhin niemand besseren als Lord Poron wünschen können. Aus den Berichten, die ich in meiner neuen Funktion mit der Verantwortung über beide Disziplinen lese, kann ich sehen, dass er seine Sache recht gut macht. Er steht in regelmäßigem Kontakt mit Valrad, um das Austauschprogramm zwischen den Kliniken zu arrangieren. Ich freue mich schon darauf zu sehen, wie sich das entwickelt."

Die jüngere Schwester zog eine Augenbraue hoch. "Du beziehst dich noch immer auf ihn, indem du seinen Namen verwendest, Schwester? Ich erinnere mich an seine Abschiedsbemerkung dazu."

Eryn verdrehte die Augen. "Er ist nicht hier, also weshalb sollte ich mir die Mühe machen? Ich kenne ihn jetzt seit eineinhalb Jahren, und die Hälfte dieser Zeit dachte ich, er wäre mein Onkel. Ich denke, es sollte wohl reichen, dass ich ihn in der Öffentlichkeit Vater nenne und ihn so bezeichne, wenn ich mit anderen Leuten über ihn rede."

"Er will aber, dass du es auch so meinst, Eryn. Und er wird nicht aufgeben, bis du es nicht länger als einen Akt zum Schutz seines Rufes erachtest, sondern ihn wahrhaftig als Elternteil betrachtest."

"Lass mich doch zufrieden", stöhnte Eryn. "Ich habe sechs Monate, bevor ich mich damit wieder auseinandersetzen muss. Es gibt einige Dinge, die ich auf die Reihe bekommen sollte. Valrad und sein verletzter Stolz zählen im Moment nicht dazu."

"Das denkst du vielleicht. Du schreibst ihm doch regelmäßig? Wenn du ihn in deinen Briefen weiterhin mit seinem Namen anstatt mit Vater - dem Titel, der ihm seiner Ansicht nach zusteht - ansprichst, mag es ihm in den Sinn kommen, seine Position als Leiter der Klinik dazu zu benutzen, dich... sanft dazu zu bewegen, dass du deine Haltung änderst. Er könnte seine Kooperation von deinem Entgegenkommen abhängig machen."

Eryns Miene machte keinen Hehl aus ihrem Unmut. "So tief würde er sinken?"

"Ich muss mich doch sehr wundern, dass du seine Methoden in Frage stellst, nachdem er dich nach der Verleihung deines Abzeichens persönlich beaufsichtigt hat. Du solltest es wirklich besser wissen, als noch immer auf diese liebenswerte Fassade hereinzufallen, die er benutzt, um seine eiserne Entschlossenheit zu überdecken."

Pe'tala hatte Recht, dachte sie. Und Enric hatte ebenfalls mehr als einmal betont, dass Valrad es wohl kaum vermocht hätte, ein so mächtiges Haus wie Vel'kim erfolgreich zu führen, ohne sich regelmäßig zu behaupten.

"Bezüglich meiner Nachrichten an ihn überlege ich mir noch etwas. Vielleicht kann ich es vorerst überhaupt vermeiden, ihn irgendwie anzureden. Immerhin wurde ich in diesem barbarischen Land hier aufgezogen. Das ist einfach nur eines der Dinge, die man mir nie ordentlich beigebracht hat - wie man eine Nachricht schreibt…"

Die jüngere Frau wiegte kurz den Kopf hin und her, während sie die Idee überdachte. "Damit mag er dich sogar davonkommen lassen. Gib dich allerdings nicht der Illusion hin, er würde es nicht durchschauen. Er ist nicht schwer von Begriff. Aber lass uns die letzte halbe Stunde vor Beginn deiner Nachtschicht lieber nutzen um zu besprechen, wie du es anpacken willst, die magische Stärke der kürzlich hier geborenen Kinder festzustellen."

Eryn setzte sich aufrechter hin. Gut, dieses Thema sagte ihr auf jeden Fall eher zu als ihre ungeklärten Punkte mit Valrad. "Ich denke, wir sollten ein paar Tage festlegen und die Eltern der Kinder informieren, dass sie zur Klinik kommen sollen. Das ist wesentlich zeitsparender, als wenn wir in der ganzen Stadt von Tür zu Tür laufen. Rolan hat sicher irgendwo die Geburtslisten und kann die Nachrichten ausschicken."

"Ich stimme zu. Ich werde die anderen Heiler dahingehend instruieren, wie diese Untersuchung durchgeführt werden muss. Oder brauche ich dafür die Erlaubnis des Ordens?"

Eryn zuckte mit den Schultern. "Betrachte es als bewilligt. Sollte sich der Rat beschweren, werde ich es auf mich nehmen. Ich würde mich lieber hinterher entschuldigen, als sie um ihre Zustimmung zu bitten. Sie sind so ein schwerfälliger, unkooperativer Haufen."

"Das ist der Preis, den du für deine Bedeutsamkeit zahlen musst, Schwester", grinste Pe'tala.

"Vielen Dank. Erinnere mich daran, dass ich nicht zu dir komme, sollte ich Trost und Mitgefühl brauchen", schnaubte Eryn.

"Ach, komm, so schlimm kann es wohl nicht sein. Du hast Enric und Orrin auf deiner Seite. Dann ist da Lord Poron, und Lord Tyront steht auch meistens hinter dir. Und ich bezweifle, dass die restlichen acht Ratsmitglieder einfach aus Prinzip gegen dich sind."

"Das vielleicht nicht, doch sie sind skeptisch, irritierend traditionell und wehren sich gegen Veränderung und Fortschritt. Glaube mir - Senatsversammlungen in Takhan sind im Vergleich dazu ein Spaziergang auf dem Königsweg. Übrigens habe ich gehört, dass deine eigenen Interaktionen mit Lord Tyront auch nicht immer ausschließlich freundlich verlaufen sind."

Pe'tala zog die Schultern hoch. "Was soll ich sagen? Er zeigt eine gewisse Neigung, Leute herumzukommandieren. Zufällig befinde ich mich außerhalb seines unmittelbaren Einflussbereichs und scheue mich nicht davor, ihm das von Zeit zu Zeit ins Gedächtnis zu rufen." Sie grinste hämisch. "Du darfst mir glauben, wenn ich dir sage, dass er überhaupt nicht traurig sein wird, wenn ich in ein paar Monaten von hier fortgehe. Ich frage mich, ob seine Zustimmung dazu, dass du und Enric die Hälfte eurer Zeit in Takhan verbringen könnt, davon abhängig war, dass ich ebenfalls dorthin zurückbeordert werde."

Eryn lachte. "Du meinst, er hat sich sechs Monate Frieden pro Jahr erkauft, indem er uns beide für diese Zeit loswird? Das bezweifle ich ernsthaft. Er mag mich inzwischen - besonders, wenn man bedenkt, dass ich mich ihm nicht länger straffrei entgegenstellen kann."

"Das mag so sein - doch es besteht immer noch die Möglichkeit, dass seine Verärgerung über mich seine neugefundene Vorliebe für dich übersteigt." Damit stand sie auf. "Ich werde dich nun für heute verlassen. Soll ich bei dir zuhause vorbeigehen und sehen, ob Enric Hilfe mit meinem Neffen braucht?"

"Das ist wirklich großartig von dir, doch ich bin zuversichtlich, dass er es ein paar Stunden lang ohne Hilfe schafft. Er wird später vorbeikommen, damit ich Vedric füttern kann, bevor sie sich zur Ruhe begeben. Und seine Stimmung ist derzeit nicht so besonders, also solltest du dich für den Moment vielleicht lieber von ihm fernhalten."

"Ach nein? Weshalb denn? Was hast du jetzt wieder angestellt?"

Eryn entschied sich, die Unterstellung, es wäre ihre Schuld, nicht zu kommentieren, und erklärte: "Heute gegen Mittag wurde ein Brief von seinem Vater abgegeben. Es scheint, dass die Kunde meiner Wichtigkeit und noblen Geburt nun schließlich auch ihren Weg zu Anwin in seinem kleinen Dort gefunden hat. Er hat sich nun entschieden, mich nicht länger als westliche Spionin, sondern als würdigen Zuwachs seiner Familie zu betrachten. Er gratulierte Enric, dass er solch eine nützliche Frau ausgewählt hat, die nicht nur fabelhafte Verbindungen zu den hohen Kreisen der Macht in Takhan hat, sondern zweifellos als Folge daraus auch seinen eigenen Status in Anyueel anheben wird. Zum Abschluss sprach er noch eine Einladung aus und erwähnte, Enrics Mutter hätte den Wunsch geäußert, mich und ihren Enkel kennenzulernen. Enric war - und ist wohl noch immer - zornig über die Unterstellung, er hätte mich aus keinem anderen Grund als meines politischen Nutzens wegen auserwählt. Laut ihm ist es das, was Anwin an seiner Stelle getan hätte. Und seine eigenen Taten will er nicht mit den Motiven seines Vaters verbunden sehen."

Pe'tala pfiff durch die Zähne. "Es sieht wohl so aus, als hätte er ebenfalls einiges an Versöhnungsarbeit mit seiner Familie zu leisten. Wird er die Einladung annehmen?"

"Ich weiß es nicht. Ich versuche ihn zu überzeugen, mit Vedric und mir hinzufahren, wenn auch nur für ein oder zwei Tage. Ich denke, es würde ihm guttun, seine Mutter wiederzusehen. Sie schreiben einander ein oder zweimal pro Jahr, haben sich aber schon seit zehn Jahren nicht mehr gesehen, soweit ich weiß."

"Dann wünsche ich dir viel Glück bei deinem Unterfangen, ihn zu dem Besuch zu bewegen. Brauchst du noch etwas, bevor ich aufbreche? Ich denke, ich habe dir soweit alles gezeigt." Ihre Augen waren blicklos auf den Boden gerichtet, während sie in Gedanken noch einmal die wichtigsten Punkte durchging. "Der Ruheraum mit dem Bett, die Kiste für das Geld, das du entgegennimmst, der Nachtbehandlungsraum mit all der Medizin und den Instrumenten, die du wahrscheinlich brauchst, die Akte, wo du die Patienteninformationen aufschreiben musst und welche Behandlung du durchgeführt hast... Weißt du, ich könnte noch eine Stunde hierbleiben, oder zwei, nur für den Fall, dass..."

"Fort mit dir!", unterbrach Eryn und verscheuchte sie. "Ich schaffe das, mach dir keine Sorgen. Geh nach Hause. Und wenn du mir helfen willst, sieh zu, dass Plia auch geht."

Pe'tala nickte kurz, dann nahm sie ihren Umhang vom Haken an der Wand. "Wie du wünschst. Dann sehen wir uns morgen früh."

* * *

Enric gähnte laut und blickte von seinem Bericht auf, als sich Vedric in der Wiege neben seinem Schreibtisch bewegte. Er war dazu übergegangen, vorwiegend während des Tages zu schlafen - um dann zum Ausgleich nachts hellwach und aktiv zu sein. Im Gegensatz dazu hatte Téa vor einer Weile begonnen, die Nächte durchzuschlafen und ihren beschäftigten Eltern so ein paar Stunden der Ruhe und des Friedens zu gewähren, damit sie wieder Kraft schöpfen konnten.

Kurz darauf vernahm er das Öffnen und Schließen der Eingangstür sowie das Rascheln von Kleidung, was darauf hinwies, dass Eryn sich aus ihrer Robe kämpfte und sie auf den Haken in der Nische neben der Tür hängte. Wenig später erschien sie im Türrahmen seines Arbeitszimmers, ihre Wangen rot von der kalten Luft draußen.

"Hallo, Jungs", lächelte sie und kam näher, um Enric zu küssen und sich dann der Wiege und dem glücklich gurgelnden Baby zuzuwenden. Sie hob ihn hoch und nahm auf dem kleinen Sofa links von Enrics mächtigem Tisch Platz.

"Und?", fragte Enric, froh über die Unterbrechung. Die Zahlen hatten schon vor seinen Augen zu tanzen begonnen; ein sicheres Zeichen, dass er eine Pause benötigte. "Ist alles wie geplant verlaufen? Hattest du heute eine Menge Babies und Kleinkinder in der Klinik?"

"Ja, sie sind aufgetaucht. Es ist erstaunlich, wie begierig die Leute sind zu gehorchen, sobald eine Nachricht das Siegel des Ordens trägt."

"Das sollten sie auch. Wir sind ein furchterregender Haufen."

Eryn schnaubte abwertend. "Furchterregender Haufen fürwahr. Wann hattest du das letzte Mal Gelegenheit zu demonstrieren, wie furchteinflößend du bist - wenn wir die Trainingsarena nicht mitzählen, wo du ein wenig herumspielst, um in Form zu bleiben? Aber ich schätze, man könnte den Rat wohl als eindrucksvolle Kraft betrachten - ihr tödlichstes Manöver ist, dass sie ihre Gegner zu Tode langweilen."

"Du solltest aufhören, so über sie zu sprechen. Du bist jetzt ein Mitglied, und ich ebenfalls. Du solltest hier etwas mehr Respekt an den Tag legen."

"Ich arbeite daran", meinte sie achselzuckend, doch ihr Ton machte deutlich, dass es kaum mehr als ein leeres Versprechen war, um ihn zum Schweigen zu bringen.

Er schüttelte den Kopf über sie und fragte sich, wann sie damit aufhören würde, vom Orden zu sprechen, als wäre sie kein Teil davon. "Also, was hat sich bei den Untersuchungen ergeben? Gab es bislang irgendwelche Überraschungen?"

Eryn lächelte breit, lehnte sich zurück und schob ihren geflochtenen Zopf aus dem Weg, bevor Vedric danach fassen konnte. Kürzlich hatte er entdeckt, dass er sich ganz fabelhaft als Spielzeug eignete und man damit spaßige Reaktionen wie Grimassen und Schmerzensschreie auslösen konnte, wenn man ordentlich daran zog.

"Heute haben wir die Töchter zweier Magier getestet - von denen eine die Begabung hat. Noch dazu wird sie recht stark sein. Nicht so stark wie Téa, aber sie liegt auch nicht weit zurück. Und von den anderen vierzig Kindern von Nicht-Magiern, die wir uns angesehen haben, haben sich auch vier Mädchen und drei Jungen als Magier erwiesen. Jetzt, wo Frauen wieder mit im Spiel sind, wird es in den kommenden Jahren einen erheblichen Zuwachs an Magiern geben."

Enric lehnte sich in seinem Sessel zurück und nickte nachdenklich. "Tatsächlich. Und das ist nur hier in der Stadt. Wir haben noch nicht einmal damit begonnen, die Barrieren in den Köpfen der Landbevölkerung zu entfernen. Wie viel länger wird es dauern, bis du und Tala all die Kinder getestet habt, die im letzten Jahr hier geboren wurden?"

"Zwei weitere Tage. Soll ich Tyront jetzt schon informieren, oder kann das warten, bis wir alle Kinder durchhaben?"

"Ich schlage vor, du teilst ihm mit, was du bislang weißt. Er wird es als Zeichen guten Willens betrachten - besonders, wenn wir deine übliche Herangehensweise an Berichterstattung bedenken."

Sie zog die Schultern hoch. "Es ist ja nicht so, als würden ihm seine Spione nicht mitteilen, was sich tut, auch wenn ich ihm keine Informationen zukommen lasse. Mit all dem will er nur sicherstellen, dass ich nicht vergesse, wessen Rang höher ist."

Enric verbarg sein Lächeln und nickte ernsthaft. "Was in deinem Fall absolut überflüssig ist, da du das niemals vergessen würdest und auch dafür bekannt bist, dich entsprechend zu verhalten."

"Ich habe ihn niemals darum gebeten, dass er die Bürde auf sich nimmt, mich anzuführen - ihr seid diejenigen, die mich unbedingt im Orden haben wollen und sich weigern, mich wieder austreten zu lassen", warf sie zurück und entschied, dass sie dieses Thema nicht weiter verfolgen wollte. Stattdessen deutete sie auf einen Umschlag auf seinem Tisch, der verdächtig fremdländisch aussah. "Was ist das? Post aus dem Westen?"

Er nickte und erhob keinen Einspruch gegen den Themenwechsel. Davon hatte er ihr ohnehin erzählen wollen. "Ja. Malhora hat uns Informationen über drei mögliche Grundstücke geschickt, die zum Kauf verfügbar sind und die sie für uns als angemessen erachtet." Er nahm eine zusammengefaltete Karte von Takhan zur Hand und breitete sie auf seinem Schreibtisch aus, ohne zuvor seine Papiere wegzuräumen.

Eryn stand auf und platzierte Vedric auf ihrer Hüfte. Sie betrachtete die drei roten Markierungen, die die von ihrer Großmutter auserwählten Örtlichkeiten bezeichneten.

"Das hier geht nicht. Zu nahe an der Aren Residenz", erklärte sie entschieden.

Enric schmunzelte. "Warum sehen wir uns vorher nicht an, was Malhora über die Grundstücke zu sagen hat, bevor wir einfach zufällig eines auswählen? Da wären ein paar Kleinigkeiten zu beachten - wie Größe, Preis, Lage und Bebaubarkeit." Er griff nach der Liste mit Informationen, die Malhora beigelegt hatte. "Sehen wir mal. Das erste, das du schon aus Prinzip ausgeschlossen hast, ist das größte Grundstück. Guter Preis, gute Lage; auf einer leichten Anhöhe, aber nicht in einem Ausmaß, das die Errichtung eines Gebäudes erschweren würde. Dann haben wir hier drüben das zweite", meinte er und deutete auf eine weitere Markierung weiter im Westen der Stadt. "Um einiges kleiner, immer noch eine gute Lage; der Preis ist etwas höher."

"Der Preis ist höher, obwohl es um so vieles kleiner ist?", fragte Eryn stirnrunzelnd.

"Wegen der Lage. Es liegt näher am Stadtzentrum, nicht weit vom kulturellen Mittelpunkt der Stadt, aber dennoch nicht mitten im Trubel. Es ist ein ruhiger, aber dennoch nicht zu abgelegener Fleck."

"Und das dritte?"

"Das liegt weiter im Süden… näher an den Docks und somit im weniger wohlhabenden Teil der Stadt. Es ist das billigste von den drei Grundstücken. Ein wenig größer als das Zweite, immer noch in angenehmer Gehreichweite des Stadtzentrums."

Eryn verzog das Gesicht. "Ich muss nicht wirklich fragen, welches du vorziehst, oder?"

Er zuckte mit den Schultern. "Die Wahl liegt bei dir, Liebste."

"Sollte ich mich also für das billigste entscheiden, das näher an den Docks und weiter weg sowohl von der Vel'kim als auch der Aren Residenz liegt, wärst du damit absolut einverstanden? Du würdest keinerlei Überredungsversuche unternehmen, damit ich den kleinen Nachteil übersehe, der in der Nähe zur

Aren Residenz besteht zugunsten eines ausgedehnten Gartens in einem nobleren Stadtteil?"

Enric grinste. "Ist es das, was du willst? Die Formulierung dieser Frage deutet irgendwie darauf hin, dass du selbst der Ansicht bist, dass das erste Grundstück die beste Wahl wäre, es aber nicht zugeben willst."

"Weißt du, ich muss nicht wirklich in einem vornehmen Teil der Stadt leben", seufzte sie. "Mit einer weniger wohlhabenden Nachbarschaft wäre ich vollkommen einverstanden. Ich bin nicht wirklich willens, mehr zu bezahlen, nur um den anderen Residenzen näher zu sein."

"Das im Süden ist auch am weitesten von der Klinik entfernt", zeigte er beiläufig auf.

"Gibt es eines, das Malhora bevorzugt? Irgendwelche Empfehlungen von ihrer Seite?"

"Sie denkt, das erste sei ein echtes Schnäppchen."

Eryn drehte die Augen himmelwärts. "Das liegt womöglich daran, dass es nicht weit von der Aren Residenz entfernt ist. Sie will uns bloß in der Nähe haben, wenn sie in die Stadt kommt und bei Malriel bleibt."

Enric zog eine Augenbraue hoch. "Was verleitet dich zu der Annahme, sie würde dort wohnen und nicht in unserem Haus? Mit dir kommt sie wesentlich besser aus als mit ihrer Tochter. Außerdem wird sie wohl so viel Zeit wie möglich mit ihrem Urenkel verbringen wollen, wann immer sich die Gelegenheit ergibt. Somit würde ich meinen, dass die Entfernung zur Aren Residenz für Malhora nicht unbedingt eine Rolle spielt."

"Du denkst also, wir sollten das erste nehmen, das größte Grundstück?"

"Ich denke, es ist die vorteilhafteste Option. Rundherum gibt es eine gute Infrastruktur, der Preis ist in Ordnung, es ist nur ein zehnminütiger Fußweg zur Klinik… was nicht nur dir zum Vorteil gereichen würde, sondern auch Pe'tala und Rolan, die ebenfalls bei uns leben und in der Klinik arbeiten werden."

Besiegt ließ Eryn den Atem entweichen und den Kopf nach hinten sinken. "Na schön, dann treffen wir besser die vernünftige Entscheidung und nehmen es."

Enric nickte. "Ich beuge mich deiner Entscheidung. Gut gemacht", meinte er rasch, bevor sie ihre Meinung ändern konnte. Zu dem gleichen Schluss war er ebenfalls bereits gekommen. Nun war er froh, dass sie so rasch nachgegeben hatte. "Ich werde Malhora heute noch einen Vogel schicken und sie ersuchen, es in meinem Namen zu erwerben. Unglücklicherweise befindet sich unser Gold noch immer in den Vel'kim-Gewölben, und wenn sie zu Vran'el ginge und ihn um das Geld bäte, wäre es nicht länger möglich, unseren Plan zur Umgehung seiner Befehle geheim zu halten. Er würde nicht rasten, bis er herausgefunden hätte, wofür ich solch einen großen Betrag benötige. Andererseits war er derjenige, der mir mitgeteilt hat, dass er sich als Oberhaupt eines Hauses nun nicht länger um meine finanziellen und rechtlichen Belange in den Westlichen Territorien kümmern kann. Somit werde ich ihn einfach ersuchen, all unser

Gold in Malhoras Obhut zu übergeben." Er faltete die Karte wieder zusammen und zog ein leeres Blatt Papier aus einer Schublade, um sich eine Notiz zu machen. "Als nächstes muss die Residenz geplant werden. Ich würde sagen, wir überlassen die allgemeine Gliederung einem dort ansässigen Bauherrn und nehmen nur Änderungen vor, die wir haben wollen. Ich habe ein wenig über die übliche Architektur gelesen, allerdings nicht einmal annähernd genug, um mich mit der richtigen Art von Belüftung durch die korrekte Anzahl, Größe und Positionen von Öffnungen und was auch immer sonst man in solch einem Klima beachten sollte, auszukennen."

"Ich will, dass sich Haus Roal darum kümmert. Mit ihrer Arbeit am Waisenhaus war ich zufrieden", betonte Eryn.

Enrics Augenbrauen zogen sich zusammen, und er spitzte die Lippen, während er den Vorschlag überdachte. "Ich weiß, dass sie aus geschäftlicher Sicht die beste Wahl sind, doch unsere beiden Häuser sind mit ihnen zerstritten. Du hast dich bereits ziemlich weit aus dem Fenster gelehnt, als du bezüglich des Waisenhauses in ein Vertragsverhältnis mit ihnen eingetreten bist, doch damals hattest du die Autorität deiner Position als Oberhaupt von Haus Aren hinter dir. In diesem Fall würden wir entgegen den Wünschen unserer aktuellen Oberhäupter handeln. Damit treiben wir es möglicherweise etwas zu weit."

Eryns Lächeln war grimmig, als sie bemerkte: "Indem wir Land erwerben und unsere eigene Residenz darauf errichten, wenden wir uns bereits gegen das Oberhaupt von Haus Vel'kim. Und Haus Aren ist dank der Vereinbarung, die ich mit Haus Roal getroffen habe, bereits eine geschäftliche Beziehung mit ihnen eingegangen, ob ihnen das nun passt oder nicht."

"Wie du wünschst", seufzte er, machte weitere Notizen und ergab sich in sein Schicksal. Das würde sicher Ärger für sie bedeuten. "Malhora wird womöglich jemanden aus einem anderen Haus darum ersuchen müssen, den Bau in die Wege zu leiten. Es würde nicht gut aussehen, wenn ein Mitglied von Haus Aren dabei gesehen wird, wie es sich mit Haus Roal unterhält. Ich werde ihr vorschlagen, dass sie sich in dieser Angelegenheit an Ram'an wendet. Bei ihm können wir uns darauf verlassen, dass er die Sache unter Verschluss hält. Und sobald Vran'el von alldem erfährt, kann sich Ram'an immer noch auf seine Verpflichtung zur Verschwiegenheit für seine Klienten berufen."

Eryn sah zu, wie er ein paar weitere Zeilen notierte und wartete, bis er seinen Stift beiseitegelegt hatte, bevor sie meinte: "Warum kümmern wir uns nicht morgen darum? Du siehst müde aus. Du solltest früh zu Bett gehen."

Enric nickte und rieb sich über sein Gesicht. "Ja, das sollte ich wohl. Am besten nutze ich die wenigen Nächte, wo du aufgrund deiner derzeitigen Aufgabe mit den Untersuchungen tagsüber arbeitest. Ich erinnere mich dunkel, dass Téa in Vedrics Alter nachts nicht dermaßen aktiv war."

Seine Gefährtin nickte. "Nein, das war sie nicht. Aber ich schätze, das ist nur fair. Junars Schwangerschaft war wesentlich mühsamer als das, was ich durchgemacht habe. Somit ist es ein Ausgleich, dass sie beinahe von Beginn an durchschlafen konnte." Sie schob ihn vorwärts. "Geh schon und hol etwas Schlaf nach. Ich füttere deinen Sohn und unternehme dann vielleicht noch einen Spaziergang mit ihm und Urban. Nach einem ganzen Tag voller weinender Kinder wird mir das helfen, den Kopf freizubekommen." Sie hob ihm ihren Mund für einen Kuss entgegen, bevor er sein Arbeitszimmer verließ und nach oben ging. Eryn sah ihm nach und verspürte einen Anflug von Schuldgefühlen ob seiner Erschöpfung. Eigentlich hatte sie das Thema mit dem Besuch bei seinen Eltern heute Abend noch einmal zur Sprache bringen wollen, doch er war nicht in der Verfassung für eine Diskussion und benötigte Ruhe. Morgen war besser. Sollte sie es irgendwie schaffen, ihn zu überreden, konnte er hinterher wenigstens nicht behaupten, sie hätte es zu ihrem Vorteil ausgenutzt, dass er zu schwach war, um Widerstand zu leisten.

* * *

Eryn grinste, als sie und Orrin die Ratshalle nach der Versammlung verließen. Verglichen mit der vorhergehenden Ratsversammlung war diese hier wesentlich weniger ermüdend gewesen. Es gab Fortschritte, wie viel Widerstand auch immer dafür zu überwinden gewesen war. Eryn hatte ihren Bericht über die Testergebnisse der kürzlich in der Stadt geborenen Kinder abgeliefert, und die Ratsmitglieder hatten geschockt reagiert auf das Ausmaß magischen Potentials, mit dem es sich in ein paar Jahren auseinanderzusetzen galt. Die Entfernung dieses winzigen Schildes in den Gehirnen der Menschen hatte offensichtlich einen beträchtlichen Einfluss auf den Grad an Magie, der an die neueste Generation von Magiern weitergegeben wurde.

Zumindest war nun klar, dass bezüglich des Gewährens von Macht bald etwas unternommen werden musste, oder das Schicksal des Ordens würde in gerade einmal zwei Jahrzehnten in den Händen einer Gruppe junger Erwachsener liegen. Vedric zeigte bislang noch immer den beträchtlichsten Level an magischem Potential, doch einige andere kamen Enrics Stärke sehr nahe. Sofern alles beim Alten blieb, würden auf den Orden sehr interessante Zeiten zukommen, sobald die neuen Magier alt genug waren, um die Führung zu übernehmen.

Eryn hatte es unterlassen zu bemerken, wie sehr sie die aktuelle Entwicklung begrüßte, auch wenn sie bemerkt hatte, dass ihre Haltung ihren Kollegen nicht ganz verborgen geblieben war. Magier in größerer Stärke und Anzahl zu haben bedeutete nicht nur, dass der Orden seine lang-etablierten Strukturen überdenken musste, sondern auch, dass magische Fähigkeiten allein nicht mehr länger eine Garantie dafür sein würden, als außergewöhnlich betrachtet zu werden; sie würden zu einer sekundären Fertigkeit, wodurch mehr nötig war, als lediglich das Glück zu haben, dass man mit einer Gabe geboren wurde.

Nach ihrem eigenen Bericht hatte Orrin seinen Kollegen einen detaillierten Plan vorgelegt, wie Spiele ähnlich denen in Takhan hier organisiert werden konnten. Eryn war überrascht, wie reibungslos mit diesem Thema umgegangen wurde - es gab kaum Widerstand. Ein paar der Ratsmitglieder hatten mit verdächtiger Beiläufigkeit erwähnt, dass sie bereit wären, Orrins Unterfangen zur Einführung dieser neuen Trainingsart für Kampffertigkeiten zu unterstützen, indem sie selbst daran teilnähmen. Selbstverständlich nur, um dazu beizutragen, der Veranstaltung mehr Glaubwürdigkeit zu verleihen, keinesfalls aus einem ordinären Motiv heraus, wie etwa einem spielerischen Drang nachzugeben oder etwas dergleichen...

Eryn musste kichern bei der Erinnerung daran, wie bestrebt sie gewesen waren, ihren Eifer zur Teilnahme an dem Spiel zu verbergen. Orrins Reaktion war angemessen gewesen. Mit einem ernsten Nicken hatte er seinen Kollegen für ihr Opfer gedankt, ohne dass dabei auch nur ein einziger Muskel in seiner Wange gezuckt und seine Belustigung verraten hätte. So hatte er es den Männern ermöglicht, sich ohne Gesichtsverlust für das Spiel anzumelden. Hätten sie zugeben müssen, dass sie trotz ihres fortgeschrittenen Alters Begeisterung aufbrachten für die Idee, durch die nächtlichen Straßen von Anyueel zu schleichen und ihre Magierkollegen zu jagen, wäre das Aufrechterhalten eines Anscheins von Würde damit kaum möglich gewesen. Aber ihre Bereitschaft, an dem Spiel teilzunehmen, welche Verstellung es auch immer erfordern mochte, damit sie es sich gestatteten, verhinderte nicht nur, dass sie das Spiel im Keim erstickten, sondern würde auch den anderen Magiern signalisieren, dass die Teilnahme daran akzeptabel war.

"Gut gemacht, alter Mann", murmelte sie Orrin leise genug zu, damit es niemand sonst hörte. "Es hat mich fast umgebracht, keine Miene zu verziehen."

"Was deutlich genug zu erkennen war für diejenigen, die dich zumindest ein wenig kennen", murmelte der Krieger verhalten.

Eryn wusste, dass er Recht hatte. Tyront hatte ihr von der anderen Seite des Tisches einen warnenden Blick zugeworfen, Enrics Mundwinkel hatte in Anerkennung ihres Amüsements kurz gezuckt, und in Lord Porons Augen hatte ebenfalls ein Funken Humor geglänzt, als sein Blick auf ihr ruhte.

"Was soll ich sagen? Ich bin eine ehrliche Person und ziehe es vor, meine Stimmungen offen zu kommunizieren anstatt meine wahren Gefühle hinter einer Maske der Täuschung zu verbergen", lächelte sie.

"Kaum", widersprach Tyronts Stimme hinter ihr. Sie widerstand dem Impuls sich umzudrehen und setzte ihren Weg fort. Sie mochte es nicht, wenn es jemand schaffte, sich unbemerkt nahe genug an sie heranzuschleichen, um sie zu belauschen. "Du bist einfach nur eine grottenschlechte Lügnerin."

"Solltest du darüber nicht froh sein?", warf Eryn leichthin zurück. "Stell dir vor, ich wäre in der Lage, dich geschickter anzulügen - das würde dir das Leben noch weiter erschweren."

"Wie wäre es damit, mich überhaupt nicht anzulügen?", knurrte ihr Vorgesetzter, doch es lag keine wirkliche Hitze darin.

"Ich werde diese Option in Betracht ziehen", versprach sie und blickte über ihre Schulter, um ihm zuzuzwinkern.

Enric tauchte an ihrer Seite auf. "Welche Option?", wollte er wissen.

"Tyront nicht anzulügen", erklärte sie.

"Ah, die", nickte ihr Gefährte, als hätten sie dieses Thema bereits bei mehreren Gelegenheiten ausführlich diskutiert.

"Lady Eryn", rief eine weitere Stimme hinter ihr. Lord Poron. Sie blieb stehen und drehte sich zu ihm um, ebenso die drei Männer an ihrer Seite. "Die Informationen über die steigende Zahl und Stärke magisch begabter Kinder hat mich zum Nachdenken gebracht", begann er.

Enric bemerkte, wie die anderen Magier, die die Halle nach ihnen verlassen hatten, ebenfalls anhielten. Ohne die Gruppe beiseite zu schieben, die ihnen den Weg blockierte und die noch dazu aus den fünf höchstrangigen Magiern im Orden bestand, kamen sie nicht weiter.

"Liebste, ich denke, wir sollten diese Unterhaltung woanders fortsetzen oder zumindest zur Seite treten, um die anderen vorbeizulassen", murmelte er ihr ins Ohr. "Wir verursachen hier einen Auflauf, und niemand traut sich wirklich, sich an uns vorbei zu drücken oder uns zur Seite zu drängen."

Sie sah zu den Männern, die herumstanden und von denen manche vorgaben, das spontane Treffen auf dem Korridor würde ihnen keinerlei Unannehmlichkeiten bereiten, während andere verärgert wirkten. Sie trat zur Seite und beobachtete, wie Orrin, Lord Poron und Enric es ihr gleichtaten. Tyront blieb, wo er war. Vom mächtigen Anführer konnte offenkundig nicht erwartet werden, dass er seinen Befehlsempfängern aus dem Weg ging, dachte Eryn ironisch.

Als die Fünf die einzigen waren, die noch im Gang verblieben, wandte sie sich erneut an Lord Poron. "Was wolltet Ihr sagen?"

Der Magier in seinen Siebzigern wirkte nachdenklich. "Ich komme nicht umhin mich über etwas zu wundern, das ich in Lord Enrics Bericht nach Eurer Rückkehr von Eurer ersten Reise nach Takhan las. Die Häuser in den Westlichen Territorien führten vor dreihundert Jahren den Brauch ein, für ihre Kinder Kommitment-Vereinbarungen zu arrangieren."

Eryn zog die Augenbrauen zusammen. "Wirklich? Ich hätte gedacht, dass sie ihre Nachkommen schon länger zur Verbindung ihrer Häuser benutzen."

Enric schüttelte neben ihr den Kopf. "Nicht auf diese nachdrückliche Weise. Vor dem Krieg verbanden sie ihre Kinder lediglich miteinander, wenn sie bereits erwachsen waren, ohne sie bereits in jungen Jahren anderen Familien zu versprechen."

Tyront räusperte sich. "Ihr denkt also, diese Veränderung hatte etwas mit dem Krieg zwischen unseren Ländern zu tun?"

Lord Poron schürzte die Lippen. "Andernfalls wäre es ein beachtlicher Zufall, meint Ihr nicht? Besonders, wenn wir unsere kürzlich erfolgte Entdeckung berücksichtigen, welche Wirkung die Entfernung des Schildes in den Köpfen hat."

Enric nickte langsam, als er erkannte, in welche Richtung die Gedanken seines Kollegen gingen. Er wandte sich an seine Gefährtin. "Erinnerst du dich, was du an diesem einen Abend sagtest, als wir Ram'an zum Essen eingeladen hatten?"

Sie überlegte kurz. "Der Abend, als er uns von dem Krieg erzählte? Nein, was habe ich denn gesagt?"

"Du warst bestürzt, als Ram'an dir von deiner Herkunft erzählte - dass du der Abkömmling zweier mächtiger magischer Blutlinien bist. Später an diesem Abend sagtest du, dass sich das für dich wie ein Zuchtprogramm anhört."

Eryn lächelte. "Das waren womöglich etwas starke Worte."

Langsam schüttelte Lord Poron den Kopf. "Ich frage mich, ob diese unbewusste Erkenntnis nicht sehr nahe an der Wahrheit liegt. Der Botschafter erwähnte, dass unsere magisch begabten Frauen nach dem Krieg nach Takhan verschleppt wurden. Wir gingen davon aus, dass man unsere Vorfahren so lediglich davon abhalten wollte, starke Magier zu zeugen, doch was ist, wenn der Zweck dahinter auch darin lag, es den Leuten in den Westlichen Territorien zu ermöglichen, mächtige Kinder zu haben, indem sie ihre Blutlinien mit unseren mischten?"

Tyronts Blick wanderte die Decke entlang, während er nachdachte. "Das würde Sinn ergeben", meinte er bedächtig. "Wenn wir von der beträchtlichen Zunahme an Stärke in unseren Kindern ausgehen, die wir seit der Entfernung der Barriere beobachtet haben, waren unsere Vorfahren sehr wahrscheinlich erheblich stärker als wir es heutzutage sind. Der Botschafter erwähnte damals, dass die Westlichen Territorien den Krieg nur knapp gewannen, und auch das nur durch Glück und nicht durch Überlegenheit. Sie könnten auf die Idee gekommen sein, magisch begabte Nachkommen aneinander zu binden, um so neue, stärkere Generationen hervorzubringen, falls sie sich irgendwann einem weiteren Angriff von unserer Seite des Meeres stellen mussten."

Eryns Stirn runzelte sich. "Ich habe während unseres Aufenthalts in Takhan nichts gelesen oder gehört, das auf so etwas hindeuten würde. Kommitment-Vereinbarungen werden lediglich eingesetzt, um die Allianzen zwischen den Häusern zu festigen, auch wenn magisch begabte Kinder begehrter sind als solche ohne Potential."

"Ich habe den Verdacht, dass sie es womöglich selbst nicht mehr wissen, weshalb die Kommitment-Vereinbarungen nach dem Krieg auf diese Weise aufgegriffen wurden", sinnierte Enric. "Ich denke, dass das Wissen über die beträchtliche Stärke unserer Magier über die Jahrhunderte hinweg in Vergessenheit geraten ist. Das würde erklären, weshalb Ram'an dachte, dass unsere individuellen Magier hier in Anyueel durch die Barriere stärker wurden, um die reduzierte Anzahl auszugleichen. Damit lag er falsch. Die Barriere hielt unsere Anzahl niedrig und reduzierte unsere Stärke." Er sah Orrin an. "Wenn wir das, was wir bei Téa und Vedric hinsichtlich Stärke sehen, auch bei zukünftigen Magiern erwarten dürfen, verstehe ich, weshalb unsere damaligen Feinde entsetzt gewesen sein mussten und für den Fall eines weiteren Krieges unbedingt die Chancen ausgleichen wollten. Vedric wird immerhin stärker sein als jeder andere Magier, den wir sowohl hier im Königreich als auch in den Westlichen Territorien kennen."

Orrin verzog das Gesicht. "Dann siehst du besser zu, dass du diesem Jungen beibringst, dass es wesentlich erfüllender ist, diejenigen, die schwächer sind als er, zu beschützen anstatt uns zu unterjochen. Ich bin zu alt, um versklavt zu werden." Dann fügte er nachträglich hinzu: "Und denk nicht einmal daran, mich diesen Jungen im Schwertkampf trainieren zu lassen. Wenn er auch nur ein wenig nach einem von euch beiden gerät, würde er mich schlussendlich in den Wahnsinn treiben."

Eryn tätschelte seinen Rücken und meinte leichthin: "Keine Sorge, Orrin. Da wir gezwungen sind, alle sechs Monate das Land zu wechseln, macht es ohnehin wesentlich mehr Sinn, dass Enric ihn trainiert."

Das Gesicht des Kriegers verzog sich zu einem glücklichen Grinsen. "Gerechtigkeit zu guter Letzt."

Enric zog eine Augenbraue hoch. "Vedric könnte sich ebenso gut als artiges und ruhiges Kind erweisen."

Tyront und Lord Poron lachten beide leise, und sogar Eryn wirkte skeptisch.

"Sicher", gluckste Orrin. "Rede dir das nur ein."

* * *

Eryn nahm einen tiefen Atemzug und wappnete sich dafür, das Thema aufzuwerfen, das sie nun schon mehrere Tage lang vor sich herschob. Es wurde Zeit, es wieder anzusprechen. Sie schob Vedric auf ihrer Hüfte etwas weiter nach oben. Ihn mitzunehmen zu etwas, das sich wahrscheinlich zu einer Konfrontation mit seinem Vater wandeln würde, war unfair, wie ihr klar war. Doch das Kind hatte sowohl auf sie selbst als auch Enric eine beruhigende Wirkung, und das mochte sich als der Vorteil erweisen, den sie benötigte. Nun, beruhigend war möglicherweise nicht ganz der richtige Ausdruck hier; eher bewirkte die Anwesenheit eines Kleinkindes, dass sie einander beherrschter begegneten als sie es sonst getan hätten.

Sie klopfte an die Tür seines Arbeitszimmers und trat ein, noch bevor er Gelegenheit hatte, sie zum Eintreten aufzufordern. Er blickte auf, und langsam breitete sich ein Lächeln auf seinem Gesicht aus; eines, von dem Eryn überzeugt war, dass es nicht lange bestehen würde, sobald er hörte, worüber sie mit ihm reden wollte.

"Meine zwei liebsten Menschen", sagte Enric sanft und stand von seinem Sessel auf, um ihr seinen Sohn abzunehmen und sich mit ihm auf dem Sofa auf einer Seite seines Schreibtisches niederzulassen. Er klopfte auf den Platz neben sich, damit Eryn sich zu ihnen gesellte.

"Ja", lächelte sie. "Es ist erstaunlich, welche Einfluss eine Familie auf das Wohlergehen eines Mannes haben kann, nicht wahr? Wenn wir gerade von Familie sprechen", wagte sie sich vor. Gleich nachdem die Worte ihren Mund verlassen hatten, erkannte sie, dass es ein tollpatschiger Einstieg gewesen war. Enrics Miene verfinsterte sich, als er begriff, was sie besprechen wollte.

"Nein", meinte er bloß, seine Stimme täuschend weich.

"Ich habe einen weiteren Brief von deinem Vater erhalten", fuhr sie fort, als hätte er nichts gesagt. "Er hat uns eingeladen, deine Familie zu besuchen. Er würde seinen Enkel wirklich gerne sehen. Und von deiner Mutter kam auch ein Brief. Sie wirkt sehr nett, weißt du - zumindest soweit ich das von einem einzelnen Blatt Papier beurteilen kann. Ich würde sie gerne kennenlernen. Und sie würde sich Vedric ebenfalls gerne ansehen. Und auch dich. Es ist schon eine Weile her seit…"

"Ja", unterbrach Enric, bestrebt, seine Stimme ruhig zu halten, um seinen Sohn nicht zu alarmieren, "mehr als ein Jahrzehnt. Sie hätte herkommen und mich besuchen können. Ihr ist sehr wohl bewusst, was mich in all diesen Jahren davon abgehalten hat, das Haus meiner Eltern zu besuchen."

Das Haus seiner Eltern, dachte sie; nicht sein Zuhause.

"Soweit ich das feststellen konnte, ist sie sehr auf die Wünsche deines Vaters bedacht und strebt danach, Missklang zu vermeiden", erwiderte Eryn besonders behutsam.

Er schloss die Augen und atmete aus. "Das war eine ungewöhnlich taktvolle Formulierung. Lass uns die Dinge nicht schönreden, sondern den kalten, harten Fakten ins Auge sehen: Den Zorn ihres Gefährten zu vermeiden war ihr wichtiger als mich oder Leris zu sehen. Keinen von uns hat sie auch nur ein einziges Mal besucht."

Eryn beobachtete ihn, und ihr Herz blutete für den Schmerz, den er verspürte. Selbst ohne das Geistesband konnte sie ihn an den angespannten Kiefermuskeln erkennen, hörte ihn in der Distanz in seiner Stimme, die kaum das darunterliegende Leid zu maskieren vermochte. Aber ihn seine Familie weiterhin auf diese Weise ignorieren zu lassen würde ihm nicht helfen - ebenso wenig wie Mitgefühl, das er nur beiseiteschieben würde. Sie musste ihn herausfordern. Ihn vielleicht irgendwie austricksen, sodass er sich selbst gestatten konnte, diese Reise zu unternehmen, ohne seinem Vater nachzugeben, sondern stattdessen seiner Gefährtin.

* * *

Enric entrollte die ausladenden Papierbögen auf Eryns Schreibtisch.

"Das hier ist der Vorschlag für das Erdgeschoss. Wie du sehen kannst, folgt es der typischen Gliederung einer Takhaner Residenz. Vorne ist der Eingangsbereich, dahinter die Lagerräume und der Aufgang zum Hauptraum." Er entfernte das erste Blatt und enthüllte die Pläne für den ersten Stock. "In der Mitte ist der großflächige, offene Hauptraum, von dem vier Korridore in alle Richtungen ausgehen. Jeder Korridor hat fünf Zimmer."

Skeptisch betrachtete Eryn die Zeichnungen. "Ich weiß, dass Pracht ein Muss für ein Haus in Takhan ist, wenn es um Platz und all das geht, doch an diese Sitte müssen wir uns nicht unbedingt halten. Man wird es uns verzeihen, wenn wir bei unserer Bleibe etwas bescheidener vorgehen. Immerhin ist das nicht die Hauptresidenz eines Hauses. Als ich dich um unsere eigene Unterkunft in Takhan bat, hatte ich nicht wirklich einen kompletten herrschaftlichen Wohnsitz im Sinn, sondern eher etwas Zurückhaltendes."

"Zurückhaltung ist hier nicht unser Freund, Liebste. Würden wir in ein reguläres Stadthaus ohne ausgedehntes Gelände ziehen, würden wir damit Anstoß zu Spekulationen geben, die Haus Aren und Vel'kim schaden könnten. Die Leute würden sich fragen, ob es Probleme zwischen uns und den Oberhäuptern unserer Häuser gibt, wenn wir anstatt ihrer geräumigen Residenzen einen beengten Wohnort vorziehen. Und dann haben wir noch eine zweite Familie bei uns. Tala und Rolan werden einen ganzen Gang für sich allein benötigen. Ein Schlafzimmer, ein Arbeitszimmer für jeden von ihnen, Zimmer für zukünftige Kinder..."

"Womit noch immer drei Korridore mit fünfzehn Zimmern für uns drei übrigbleiben", zeigte sie auf. "Das ist wesentlich mehr als wir brauchen und sogar mehr als wir überhaupt nutzen können, egal, wie sehr wir uns bemühen. Ein Arbeitszimmer für mich, ein weiteres für dich, ein Schlafzimmer für uns beide, noch eines für Vedric, zwei oder drei Gästezimmer, wenn Orrin und Junar uns besuchen", zählte sie mit Hilfe ihrer Finger auf. "Damit wären wir bei maximal sieben Zimmer. Wir kommen mühelos mit drei Gängen aus."

"Malhora wird gelegentlich zu uns kommen. Und dann mag es noch Gelegenheiten geben, wenn deine Schwester ebenfalls Gäste hat."

"Das wird kaum gleichzeitig passieren."

"Zuweilen kann das vorkommen. Es schadet nicht, darauf vorbereitet zu sein."

Argwöhnisch beäugte sie ihn. "Ich hege den Verdacht, dass du nach einem halben Jahr in einer ihrer Residenzen dem luxuriösen Lebensstil von Takhan zum Opfer gefallen bist. Damit wird dich kein Argument, das ich vorbringe, zum Einlenken bewegen."

Enric zuckte mit den Schultern. "Ich gebe zu, dass ich die weitläufigen Gärten sehr genossen habe. Und bei ausladenden Grünflächen kann man nicht einfach irgendwo am Rand des Grundstücks ein kleines Häuschen hinstellen."

Sie seufzte, wohl wissend, dass sie verloren hatte. "Und das ist wirklich die zusätzlichen Kosten für eine Residenz wert, die mindestens doppelt so groß ist, wie sie sein müsste? Wenn du nicht weißt, was du mit all deinem Geld anstellen sollst, könnte ich dir zwei Waisenhäuser ans Herz legen. Die nähmen dir gerne das Gold ab, das du offenbar als Bürde betrachtest, der es sich unbedingt zu entledigen gilt."

"Betrachte es so, Liebste: Wir werden die Hälfte jeden Jahres unter dem gleichen Dach wie deine Schwester und Rolan verbringen. Ich könnte mir denken, dass ihr beide oder auch ihr drei zuweilen streiten werdet, und dann wird es sich für dich als nützlich erweisen, wenn ihr einander eine Zeit lang aus dem Weg gehen könnt."

"Das ist vollkommener Unsinn", knurrte sie. "Solange wir uns Küche und Hauptraum teilen, können wir einander nicht vermeiden. Dieses Argument taugt nichts. Und warum ist im ersten Stock noch eine Treppe? Sag mir nicht, dass es noch einen zweiten Stock gibt?"

"Nein, die hier führt zum Dach hinauf." Enric hob den Bogen, um darunter ein drittes Blatt zu enthüllen. "Hier haben wir noch eine Terrasse, ähnlich der auf der Vel'kim Residenz. Da sich das Grundstück auf einem Hügel befindet, sollte uns das einen schönen Ausblick über die Stadt gewähren, besonders abends." Er ging um den Tisch herum und zog sie an sich. "Wir könnten einen der vielen überschüssigen Räume als Bibliothek verwenden", schlug er mit verführerischer Stimme vor. "Zwei sogar, wenn du möchtest. Eine allgemeine und eine zusätzliche medizinische Bibliothek. Mit bequemen Sitzgelegenheiten zum Lesen in jeder davon."

Sie musste schmunzeln. "Versuchst du mich zu bestechen, damit ich all diesen unnötigen Ausgaben zustimme?"

"Aber natürlich", gab er unumwunden zu. "Wenn dich das nicht gefügig macht, gehen mir die Ideen aus."

"Na schön, lass diese noble Residenz bauen", seufzte Eryn. "Und die beiden Bibliotheken akzeptiere ich huldreich, vielen Dank. Zusätzlich dazu delegiere ich die Aufgabe an dich, dass du unsere Pläne vor dem Oberhaupt meines Hauses rechtfertigst, sobald er davon erfährt."

"Was in wenigen Wochen der Fall sein sollte", fügte Enric unheilvoll hinzu. Sich mit Vran'els Zorn auseinanderzusetzen, wenn ihm klar wurde, dass seine Schwester sich seinen Befehlen widersetzte und ihre Zeit in Takhan nicht in der Vel'kim Residenz verbringen würde, war nichts, dem er mit Freude entgegenblickte. "Wenn eine neue Residenz errichtet wird, lässt es sich nicht verheimlichen, wer dafür bezahlt."

"Nun, zumindest wird er davon erfahren, solange wir noch hier in Anyueel sind. Bis wir ihm gegenübertreten müssen, hat er sich bestimmt wieder beruhigt."

Er zog eine Grimasse. "Bei diesem Anlass wird er herausfinden, dass sich seine andere Schwester ebenfalls entschieden hat, sich ihm zu widersetzen, indem sie bei uns einzieht. Ich würde nicht darauf bauen, dass dieses Zusammentreffen besonders harmonisch verlaufen wird, Liebste."

"Wir könnten Tala vorausschicken. Er ist schon länger ihr Bruder als meiner. Ich schätze, sie weiß, wie sie mit ihm umgehen muss."

"Das ist keine besonders schwesterliche Vorgehensweise", grinste er.

"Das mag zutreffen, wenn es um deine Schwester geht, doch bei Pe'tala gelten andere Regeln. Wir sprechen hier über die Frau, deren erste Worte an mich bei unserem Kennenlernen eine Beleidigung waren. Und die war nicht einmal an mich direkt gerichtet, sondern so formuliert, als spräche sie in meiner Abwesenheit über mich. Als würde sie ein Pferd auf einem Markt abschätzen."

"Und du nennst mich nachtragend?"

"Ich hege deswegen nicht mehr wirklich einen Groll gegen sie, doch sie ist meine kleine Schwester, und ich versuche ihr Respekt gegenüber älteren Leuten beizubringen."

Enric verdrehte die Augen. "Du versuchst einen Grund zu konstruieren, der dich nicht als entsetzliche Schwester dastehen lässt, wenn du sie eurem Bruder allein gegenübertreten lässt. Lass mich dir sagen, dass du dabei miserabel versagst."

Beide blickten auf, als sie ein helles Weinen aus dem oberen Stockwerk vernahmen.

"Du bist dran", bemerkte Eryn. "Ich muss nun ohnehin zur Arbeit. Ich wünsche eine gute Nacht mit deinem Sohn." Sie küsste ihn auf die Wange. "Ich sehe euch beide morgen früh."

* * *

Erbál schüttelte den Kopf über Eryn, während er in ihrem Arbeitszimmer in der Klinik saß.

"Du erwartest hoffentlich nicht, dass Vran'el das besonders gut aufnehmen wird? Er wird außer sich sein. Das wird ein schlechtes Licht auf ihn werfen, wenn sich seine beiden Schwestern so kurz nach seiner Übernahme des Hauses auf diese Weise gegen ihn stellen."

Sie zuckte mit den Schultern. "Das hat er sich selbst zuzuschreiben. Hätte er sich nicht entschieden, sich gerade mal ein paar Minuten nach unserem Eid an ihn mit unpopulären Entscheidungen unbeliebt zu machen, wären wir ihm ein Stück weit entgegengekommen. Und er selbst hat auch keine Zeit auf die Überlegung verschwendet, wie es aussieht, wenn ich jedes Jahr zur Rückkehr nach Takhan gezwungen bin oder wie es mein Leben und das meiner Familie durcheinanderbringt. Dass wir dort unser eigenes Haus bauen anstatt bei ihm einzuziehen ist nur ein kleiner Akt des Aufbegehrens im Vergleich zu dem, was ihn erwartet hätte, wenn er wirklich mit Pe'tala und mir unter einem Dach hätte wohnen müssen, soviel kann ich dir versprechen."

Erbál lachte. "Das glaube ich dir unbesehen. Erzähl mir, wie du dich seit deiner Rückkehr wieder hier an das Leben in Anyueel angepasst hast."

Eryn warf ihm einen leicht gepeinigten Blick zu. "Ich bin noch immer dabei, zu einem Tagesablauf mit Vedric, dem Rat der Magier und der Klinik zu finden."

"Ich habe gehört, dass du derzeit vorwiegend in der Nacht arbeitest. Und dass Lord Enric in letzter Zeit etwas müde wirkt. Sich nachts um seinen Spross zu kümmern scheint sich als recht anspruchsvolle Aufgabe zu erweisen."

"Ja, das stimmt. Mein Sohn beginnt ungewöhnlich früh zu zahnen, und das plagt ihn. Aus irgendeinem Grund allerdings vorwiegend in der Nacht. Den Schmerz wegzuheilen funktioniert nicht, da die Ursache, nämlich seine wachsenden Zähne, noch immer vorhanden ist." Sie lehnte sich in ihrem Stuhl zurück und nahm einen Schluck von ihrem Getränk. "Das ist das letzte Mal, dass wir vor deiner Abreise nach Takhan und dann Pirinkar zusammensitzen. Ich könnte mir denken, dass das Zahnwachstum meines Sohnes nicht unbedingt das Thema ist, mit dem du dich befassen möchtest."

Erbál neigte seinen Kopf. "Ich gebe zu, dass es eine andere Sache gibt, die ich vor meiner morgigen Abreise hier ansprechen wollte. Eine, die sich irgendwann vielleicht, vielleicht auch nicht, zu einem ernsthaften Problem wandeln könnte. Aber im Allgemeinen lohnt es sich, gewissen Anzeichen Aufmerksamkeit zu schenken, wenn sie in eine Richtung deuten, die sich als problematisch erweisen könnte, sofern man nicht rechtzeitig eingreift." Er lehnte sich vor und sah sie eindringlich an. "Die Stimmung im Orden hat sich merklich gewandelt, seit du vor all diesen Monaten abgereist bist. Der Informationsaustausch zwischen unseren Ländern ist drastisch angestiegen, und zwar nicht nur im Hinblick auf Handels- oder Staatsangelegenheiten. Die Leute informieren sich über den Lebensstil, die Regeln, das System auf der anderen Seite des Meeres, und einige deiner Magierkollegen hier sind sich eines Landes gewahr geworden, wo Anwendern von Magie wesentlich mehr Freiheiten in allen Aspekten ihres Lebens zugestanden wird - ob dies nun ihre Berufswahl oder ihren Wohnort betrifft."

Eryn blinzelte ob der unerwarteten Enthüllung. "Was genau willst du mir damit sagen, Erbál? Dass sich der Orden bald einer Rebellion unter seinen Mitgliedern gegenübersehen wird?"

Der Botschafter schüttelte den Kopf. "Das ist es nicht, was ich sage. Ich weise dich lediglich darauf hin, dass ich gewisse Informationen erhalten habe, die auf eine mögliche Unzufriedenheit hindeuten, die unter der korrekten und disziplinierten Oberfläche des Ordens heranwachsen könnte. Es mag sich dabei um etwas Flüchtiges handeln, das wieder verfliegen wird, sobald der Reiz des Neuen abgeflaut ist. Andererseits kann daraus auch ein gewalttätiger Ausbruch werden, der bei einer Institution, deren Mitglieder zum Kampf ausgebildete Magier sind, auf besorgniserregende Weise ausarten könnte."

Sie schluckte und nahm sich ein paar Augenblicke Zeit, um seine Worte zu überdenken. "Weißt du, ob der Rat der Magier darüber Bescheid weiß, oder zumindest Lord Tyront?"

Erbál rümpfte die Nase. "Der Rat der Magier ist nicht gerade das, was ich als aufgeschlossenen Kreis bezeichnen würde, der neue Entwicklungen mit offenen Armen aufnimmt oder ein Gespür für Anzeichen herannahender Veränderungen oder Gefahren hat. Lord Tyront mag etwas bereitwilliger sein sich anzupassen, doch im Herzen ist er noch immer ein Traditionalist, besonders wo Lord Enric in den letzten Monaten nicht anwesend war, um ihn daran zu erinnern, dass Fortschritt zuweilen seine Vorteile hat."

"Ich denke nicht, dass meine Chancen, ihnen ein Bewusstsein für diese mögliche Gefahr zu vermitteln, besonders gut stehen. Ich habe ein paar Freunde im Rat, doch der Großteil betrachtet mich noch immer als zerstörerisches Element hinsichtlich ihrer Traditionen und Werte. Viele von ihnen denken, magisches Heilen sei eine Abscheulichkeit, mit der der Orden nichts zu tun haben sollte, dass es aus dem Königreich verbannt werden müsste, so wie es vor ein paar hundert Jahren geschah."

"Ich stimme zu, dass es wohl nicht der ratsamste Weg für dich wäre, dich direkt an den Rat zu wenden. Doch du stehst einigen der einflussreicheren Mitgliedern recht nahe, so wie deinem Gefährten und Lord Orrin. Wenn man bedenkt, wie gut informiert König Folrin in der Regel ist, wäre ich überrascht, wenn er nicht zumindest teilweise darüber Bescheid wüsste, was vor sich geht. Und dann besteht immer noch die Möglichkeit, dass ich falsch liege, wohlgemerkt", räumte er ein. "Es mag sein, dass ich einfach nur übervorsichtig bin - eine Tendenz, die sich aus meiner Position ergibt. Ich würde dir einfach nur raten, die Augen offenzuhalten und vorbereitet zu sein. Das ist alles, was ich sagen will." Er stand auf. "Und jetzt sollte ich besser gehen, da deine Schicht bald beginnen muss. Ich hoffe darauf, dich morgen noch einmal zu sehen, bevor ich abreise, meine liebe Eryn."

Eryn nickte. "Danke, ich werde mir deine Warnung zu Herzen nehmen. Ich werde da sein, wenn du die Kutsche besteigst und uns wieder verlässt, nachdem du kaum Zeit hier verbracht hast."

Er lachte. "Du trägst zumindest teilweise Schuld daran, dass man mich in das große Unbekannte schickt, wenn ich mich nicht sehr irre. Du hast diesbezüglich die Abstimmung im Senat angestoßen."

"Sie hätten dich ohnehin entsandt. Ich wollte nur sicherstellen, dass ich ein Mitspracherecht bei der Auswahl deines Nachfolgers habe. Wir würden nicht wollen, dass uns ein weiterer Sanaf beschert wird."

Erbál sah sie nachdenklich an. "Und du hast dich für Ram'kel von Haus Arbil entschieden. Eine interessante Wahl."

Sie zog die Stirn kraus. "Du denkst, sie war nicht besonders weise?"

"Das habe ich nicht gesagt. Allerdings solltest du im Hinterkopf behalten, dass er sich sehr stark von seinem Bruder unterscheidet. Er ist streitfreudiger. Ram'ans und auch mein eigenes Temperament ergänzen dein eigenes hitzigeres sehr gut, doch Ram'kel ist zuweilen weniger… zuvorkommend. Gib acht, wenn du ihn herausforderst. Wahrscheinlich wird er versuchen, dich zu überlisten, nur um zu sehen, ob er es vermag. Zudem ist er ungewöhnlich intelligent. Nicht immer intelligent genug, um Ärger zu vermeiden, doch auf jeden Fall schlau genug, um sich unversehrt daraus zu befreien."

Eryn seufzte und stand ebenfalls auf. Es schien, als hätte sie sich eine Menge eingehandelt, indem sie Ram'kels Entsendung hierher zugestimmt hatte. Es würde sich zeigen, ob Ram'an diesen Gefallen zu tun den Ärger wert war, den sein Bruder ihr womöglich bereiten würde.

KAPITEL 21

Besuch auf dem Land

Eryn öffnete den Deckel der hölzernen Schachtel und schob neugierig die Sägespäne beiseite, die den Inhalt schützten, während Enric düster über ihre Schulter blickte.

"Was für ein durchschaubarer Manipulationsversuch", knurrte er. "Ich kann nicht glauben, dass du darauf hereinfällst. Noch niemals in seinem Leben hat dieser Mann etwas hergegeben, ohne dafür mehr zurückzuerwarten." Seit er entdeckt hatte, dass sein Vater der Absender des Pakets war, war seine Laune auf einem Tiefpunkt angelangt.

Eryn erwiderte nichts darauf und hob einfach eine von mehreren staubigen Flaschen aus der Kiste, dann inspizierte sie das Etikett eingehend.

"Das ist das teure Zeug", bemerkte sie dann erfreut, woraufhin Enric die Augen verdrehte.

"Alles in unseren Kellern und unserer Bar ist teures Zeug. Ich stelle teures Zeug in meinen eigenen Weinbergen her! Warum in aller Welt begeistert dich dieses Geschenk?"

"Es ist ein Zeichen, dass er mich in seiner Familie akzeptiert."

"Ich akzeptiere ihn nicht in meiner Familie! Warum macht das keinerlei Unterschied für dich? Sollte jemand, der dermaßen schlechte Erfahrungen mit seiner eigenen Mutter gemacht hat, bei so einer Sache wirklich dermaßen unsensibel sein?"

Eryn musterte ihn eingehend. "Sollte der Mann, der sich von besagter Mutter adoptieren hat lassen, hier wirklich mit Steinen werfen?"

Enric zog eine Grimasse. “Schon gut, die Bemerkung war nicht unverdient.” Er deutete auf eine weitere Flasche in der Kiste. “Sieh dir das an. Die hier ist sogar eine von meinen!”

“Halt einfach nur den Mund! Er schreibt, dass er Weine von der erlesensten Qualität ausgewählt hat, die er im Königreich finden konnte, und dass deine darunter sind, ist ein Kompliment. Wärst du nicht so ungemein bedacht darauf, deine Erfolge vor deinem Vater zu verheimlichen, hätte er davon gewusst und davon abgesehen, uns Wein zu schenken, den wir selbst herstellen”, rügte sie ihn. Langsam wurde sie seiner Haltung überdrüssig. Dies war eine der seltenen Gelegenheiten, wo sie beide gleichzeitig zuhause und wach waren, während Vedric schlief. Und er ruinierte alles mit seiner griesgrämigen Einstellung seinem Vater gegenüber.

“Das ist nichts anderes als eine Bestechung”, versuchte Enric es erneut. “Er hat herausgefunden, dass du hochwohlgeboren und wichtig bist und will sich jetzt bei dir einschmeicheln.”

“Sicher doch. Und damit, dass ich deine Gefährtin und die Mutter seines Enkels bin, kann es keinesfalls etwas zu tun haben. Weil er keinerlei Zuneigung für dich empfindet. Auf jeden Fall muss er sich dabei irgendeinen Nutzen erhoffen.”

“Als er hier war, bezeichnete er dich als westliche Spionin! Er wusste damals bereits sehr genau, dass du meine Gefährtin bist.”

“Versuch es von seiner Seite zu betrachten: Zuerst findet er heraus, dass sich sein Sohn an eine Frau gebunden hat, ohne ihm etwas davon zu sagen, und dann kommt er hierher und findet sich einer Frau gegenüber, die ganz eindeutig nicht von hier stammt. Wir wissen beide, dass ihm der Umgang damit schwergefallen ist, wo er doch nicht unbedingt ein besonders aufgeschlossener Mensch ist; doch im Moment bist du das ebenfalls nicht.”

“Vergleiche mich nicht mit meinem Vater”, sagte er langsam und kühl mit verschränkten Armen, während seine Augen Funken sprühten.

“Weißt du was? Warum wechseln wir nicht einfach das Thema? Ich bin müde; ich habe eine lange Nacht in der Klinik hinter mir.”

“Du solltest den Wein zurückschicken”, beharrte er, ihre Worte vollkommen ignorierend.

“Das werde ich nicht tun!”, fauchte sie zurück, während sich ihre Geduld langsam ihrem Ende neigte. “Weißt du, worüber ich stattdessen nachdenke? Darüber, den Orden um die Gewährung eines kurzen Urlaubs zu bitten, damit ich deinen Vater besuchen und ihm persönlich für sein großzügiges Geschenk danken kann.”

“Das würdest du nicht!” Enrics Augen wurden schmal.

“Das wirst du dann schon sehen!”

Rasch fasste er nach ihrem Handgelenk, als sie sich umdrehte und davonstürmen wollte. “Jetzt warte einen Augenblick! Das ist kein guter Anlass, um deinen üblichen Ungehorsam zu demonstrieren!”

"Ungehorsam? Ungehorsam?" Sie warf die Hände in die Luft und befreite sich damit aus seinem Griff. "Das ist eine Diskussion mit meinem Gefährten, nicht mit meinem Vorgesetzten! Wie kann eine abweichende Meinung in diesem Fall Ungehorsam bedeuten?"

"Eryn", startete er einen weiteren Versuch, "er ist manipulativ. Fall nicht darauf herein."

"Ich ziehe den Besuch nicht in Betracht, um ihm entgegenzukommen, sondern eher mir selbst. Ich will deine Mutter kennenlernen, und sie will mich und ihren Enkel ebenfalls treffen. Und was auch immer deine Probleme mit deinem Vater sind, so ist es doch unter deiner Würde, sie dafür zu bestrafen."

"Stell mich nicht als kleinlich hin!"

"Das brauche ich gar nicht", erwiderte sie mit einem zuckersüßen Lächeln. "Das bekommst du alleine ganz gut hin."

"Warum bist du so starrköpfig?", stöhnte er.

"Warum fällt dir das erst jetzt auf? Diese Eigenschaft habe ich nie wirklich versteckt, oder?", kommentierte sie trocken.

Er nahm einen tiefen Atemzug. "Eryn. Ich will meinen Vater nicht besuchen."

"In Ordnung", meinte sie achselzuckend. "Dann komm nicht mit. Ich werde allein mit Vedric fahren."

"Schlägst du wahrhaftig vor, dass ich dich allein verreisen lassen soll? Jedes Mal, wenn ich dich aus den Augen lasse, passiert dir etwas! Das letzte Mal, als ich dich für ein paar Tage allein ließ, hast du das Senatsdach in Takhan einstürzen lassen!"

Eryn blitzte ihn an. "Sagt der Mann, der beinahe die Apotheker gebraten hat, nachdem sie mich angriffen. Du redest mit mir über Kontrollverlust? Wirklich? Schau", meinte sie in ihrer vernünftigsten Tonlage, "dir stehen genau zwei Möglichkeiten offen: Entweder kommst du mit uns, oder du bleibst hier. So einfach ist das." Damit warf sie ihm einen letzten gemessenen Blick zu und wandte sich ab, um das Zimmer zu verlassen.

"Ich verbiete es!", rief er ihr nach. Die Worte auszusprechen diente eher dazu, seiner Frustration Luft zu machen als dass er sich davon irgendetwas erhoffte.

"Oh, komm schon! Sei nicht lächerlich", schnaubte sie ohne sich umzudrehen und setzte ihren Weg zum Schlafzimmer fort, damit sie nach der langen Arbeitsnacht und dem beinahe ebenso anstrengenden Morgen endlich ihren Schlaf nachholen konnte.

* * *

Eryn sah Erbáls Kutsche nach, wie sie durch das Stadttor verschwand und verspürte eine gewisse Niedergeschlagenheit. Enric neben ihr hielt mit einem Arm seinen Sohn und legte ihr den anderen um die Schultern.

"Ich werde ihn vermissen", seufzte sie. "Ich hoffe, es gefällt ihm in Kar. Zumindest wird es ihm dort nicht zum Nachteil gereichen, dass er kein Magier ist."

"Auf jeden Fall ist es eine großartige Chance für ihn, um sich zu beweisen", fügte Enric hinzu.

"Das macht es nicht leichter, ihn abreisen zu sehen. Endlich gab es jemanden, mit dem ich reden konnte - jemand Hinterlistigen und Verschlagenen, der zur Abwechslung einmal auf meiner Seite stand. Und jetzt ist er fort."

Er zog eine Augenbraue hoch. "Du hast immer noch mich zum Reden, weißt du. Ich wurde zuweilen ebenfalls als hinterlistig und verschlagen bezeichnet."

"Ja, aber ich kann dich kaum um Hilfe gegen dich selbst bitten, wenn es etwas gibt, das ich erreichen will, oder? Ich wage zu behaupten, dass selbst deine Bereitschaft, mich zu unterstützen, ihre Grenzen hat." Sie lächelte dünn. "Oder möchtest du mich dahingehend beraten, wie ich dich dazu bekomme, gemeinsam mit mir deine Familie zu besuchen? Für hilfreiche Vorschläge in dieser Hinsicht wäre ich dir außerordentlich verbunden."

Darauf erwiderte Enric nichts, sondern drehte sie um, damit sie den Heimweg antreten konnten.

"Hast du mit Tyront über das gesprochen, was Erbál zu mir sagte?", fragte sie und lenkte das Thema weg von der Angelegenheit, die derzeit zu solchen Spannungen zwischen ihnen führte.

"Ja, ich habe es erwähnt. Er ist sich einer gewissen Unzufriedenheit bewusst, besonders unter den jüngeren Magiern, doch das betrachtet er im Moment nicht wirklich als großes Problem. Er ist zuversichtlich, dass sich mit ein paar der Änderungen, die in nächster Zeit im Orden stattfinden werden, zumindest manches davon von selbst erledigt."

"Somit sieht er also keinen Grund für unmittelbare Maßnahmen?"

"Nein, anscheinend nicht."

"Aber ihm ist klar, dass unser fortwährender Kontakt mit den Westlichen Territorien diese Unzufriedenheit sehr wahrscheinlich noch weiter schüren wird? Es ist eine Sache, nichts als strenge Strukturen zu kennen, denen man unterworfen ist, während man in einem isolierten Land lebt, und eine andere, dann zu erfahren, dass Magier anderswo so viel mehr dürfen."

"Ja, das ist ihm klar. Und ebenso wie ich erkennt er den Bedarf nach Verbesserungen. Doch radikale Veränderungen würden ihn die Kooperation des Rats kosten. Maßvolles Vorgehen ist hier der Trick", erklärte er.

Eine Weile setzten sie ihren Weg schweigend fort, während Vedric's Speichel im Schlaf auf die Schulter seines Vaters tropfte.

"Ich schätze, es kann nicht leicht sein für die anderen, wenn sie sehen, wie ein paar von uns die Gelegenheit haben, den Regeln des Ordens für eine Weile zu entkommen, indem sie nach Takhan gehen", überlegte sie. "Ich habe mich vorangetastet bezüglich der Entsendung von Heilern in Dörfer, damit sie dort und nicht nur in der Stadt arbeiten könnten. Doch jedes Mal, wenn ich etwas in diese Richtung andeute, wird es mit einem abfälligen Kommentar oder einer Handbewegung verworfen. Nicht, dass es dafür eine realistische Chance gäbe, solange die Heilerquote nicht angehoben wird. Aber das könnte genau der Grund sein, warum wir mehr Heiler haben sollten." Sie rieb sich über die Schläfen. "Manchmal fühlt es sich an, als würde ich mit bloßen Händen gegen eine massive Mauer kämpfen oder versuchen, den Wind zu einer Richtungsänderung zu bewegen, indem ich ihn in die Unterwerfung rede. Die Engstirnigkeit des Rats ist genauso elementar wie jede Naturgewalt."

Enric küsste sie auf die Schläfe. "Du hast hier in kurzer Zeit so vieles verändert, Liebste. Ich habe keinerlei Zweifel, dass der Rat deinen Bemühungen mit der Zeit unterliegen wird. Und du hast immerhin auch ein paar Verbündete. Lord Seagon oder Lord Woldarn werden womöglich niemals auf deiner Seite stehen, doch da sind immer noch Orrin, Lord Poron, Tyront und ich. Sofern du es schaffst, zivilisiert mit Tyront zu verkehren, versteht sich."

"Seit unserer Rückkehr habe ich das ganz gut hinbekommen, finde ich."

"Ja, aber wir sind erst seit ein paar Wochen wieder hier, und bislang gab es keine Gelegenheiten für euch beide, um euch in die Haare zu geraten. Noch nicht."

Als sie ihr Haus erreichten, öffnete sie die Tür und ließ Enric mit dem friedlich schlafenden Bündel an seiner Schulter eintreten. Dann bemerkte sie einen Brief auf dem Tablett neben der Nische für ihre Umhänge. Sie hob ihn hoch und las ihren von eleganter, weiblicher Hand geschriebenen Namen.

Enrics Augenbrauen zogen sich zusammen. "Das ist die Handschrift meiner Mutter. Warum schreibt sie dir?"

Eryn zog die Schultern hoch und öffnete die Nachricht, dann folgte sie den Zeilen mit ihren Augen.

"Sie schreibt, dass deine Nichte krank ist, und dass sie sich wegen ihres heftigen Hustens sorgt."

Seine Augen verengten sich zu Schlitzen. "Du willst mir doch wohl nicht etwa weismachen, es wäre nun erforderlich, dass du dort hinfährst, um sie zu heilen, weil es dir deine noble Gesinnung unmöglich macht, anders zu handeln? Sicher glaubst du nicht, ich wäre leichtgläubig genug, um auf so etwas hereinzufallen?"

Sie spitzte die Lippen. "Natürlich nicht. Ich sollte auf jeden Fall hierbleiben und verlauten lassen, dass meine noble Gesinnung, wie du es nennst, mich nicht dazu veranlasst, der Familie meines Gefährten zu Hilfe zu kommen, wenn sie medizinische Versorgung benötigt. Ich bin sicher, dass wird für meinen Ruf Wunder wirken."

"Das ist Unsinn, und das weißt du auch", erwiderte er und rang um Gelassenheit. "Wie sollte irgendjemand davon erfahren? Ich bezweifle ernsthaft, dass meine Mutter die Kunde von deiner herzlosen Entscheidung, ihre Familie in deren Stunde der bitteren Not allein zu lassen, verbreiten würde."

"Ja, das denke ich auch nicht. Deine Mutter bestimmt nicht. Aber du selbst sagtest mir, wir beide hätten Spione an unseren Fersen, die alles, was wir tun oder nicht tun an diejenigen berichten, die sie bezahlen." Sie streckte ihre Arme aus, um ihren Sohn an sich zu nehmen, der, beunruhigt durch die Anspannung seines Vaters, zu zappeln begonnen hatte.

"Du bist also wahrhaft entschlossen, das zu tun? Wie auch immer meine eigenen Wünsche in dieser Angelegenheit aussehen mögen?"

Sie bedachte ihn mit einem frostigen Blick. "Wie ich dir bereits sagte, liegt die Wahl bei dir. Entweder bleibst du hier, oder du begleitest uns. Weder kann ich dich dazu zwingen, uns zu begleiten, noch würde ich das wollen. Du bist ein erwachsener Mann und kannst deine eigene Entscheidung treffen. Im Gegenzug beanspruche ich die gleiche Freiheit für mich selbst. Wenn du mich nun entschuldigst, ich muss Vedric stillen und ihn dann baden. Ich beabsichtige, Tyront vor Beginn meiner Schicht einen kurzen Besuch abzustatten und ihn um Erlaubnis für eine mehrtägige Abwesenheit zu bitten. Außerdem muss ich mich schlau machen, ob mein Eid es erfordert, dass ich mich in dieser Sache auch noch an den König wende." Damit erklomm sie die Stufen, während ein leises Lächeln ihre Lippen umspielte.

* * *

"Ich habe mich darauf verlassen, dass du mir in dieser Sache den Rücken freihältst", beschwerte sich Enric bei seinem Vorgesetzten.

Tyront warf ihm einen zweifelnden Blick zu. "Erwarte nicht von mir, dass ich deine Schlachten austrage, mein lieber Junge. Es gibt keinen vernünftigen Grund, weshalb ich ihr freie Zeit verwehren soll, damit sie die Familie ihres Gefährten besuchen kann. Sie sagte mir, dass sie nur für sich selbst fragt, nicht aber für dich, da du nicht mitkommen willst. Ich gehe davon aus, dass du sie nicht allein mit dem Kind verreisen lassen willst? Sie neigt dazu, sich Schwierigkeiten einzuhandeln, wenn niemand ein Auge auf sie hat."

Enric schloss die Augen und ließ sein Kinn auf seinen Brustkorb sinken. "Natürlich nicht. Ihre Sicherheit ist wichtiger als mich von Anwin fernzuhalten."

"Das dachte ich mir schon. Somit gewähre ich dir offiziell die Erlaubnis, die Stadt für fünf Tage zu verlassen. Zumindest deine Mutter wird sich freuen, dich wiederzusehen. Eryn sagte mir, sie wolle Anfang nächster Woche abreisen. Das passt mir gut. Es bedeutet, dass ihr rechtzeitig zu den Spielen zurück sein werdet. Ihr beide solltet daran teilnehmen, besonders, da all das Eryns Idee war."

Enric gab nur einen unzufriedenen Knurrlaut von sich und stellte sich ihren selbstgefälligen Gesichtsausdruck vor, weil er sie entgegen seinen Wünschen begleitete.

"Sei nicht verdrossen, Enric. Auch die Besten unter uns müssen sich zuweilen einer höheren Macht beugen." Er ließ den Blick über seinen Stellvertreter schweifen. "Du wirkst müde. Euer Kind hält dich beschäftigt. Ihr beide solltet wohl eure Entscheidung überdenken, keine Kinderfrau anzuheuern." Er hob seine Hände, als Enric zum Widerspruch ansetzte. "Ich weiß, dass Eryn absolut dagegen ist und vermeiden will, wie die anderen reichen Frauen in der Stadt zu werden, doch das ist keine besonders praktische Haltung, wenn du deine Augen kaum noch offenhalten kannst."

"Wenn du weißt, dass Eryn diejenige ist, die sich dagegen sträubt, warum versuchst du dann mich zu überzeugen?", fragte Enric und unterdrückte ein Gähnen.

"Weil ich als ihr Vorgesetzter nicht in häusliche Angelegenheiten eingreifen kann."

"Was aber in meinem Fall offensichtlich kein Problem darzustellen scheint."

"Ich sage dir das als dein Freund, nicht als dein Vorgesetzter." Er zog beide Augenbrauen hoch. "Zumindest gehe ich davon aus, dass wir nach unserer Auseinandersetzung vor deiner Abreise nach Takhan wieder zu diesem Status zurückgekehrt sind?"

Enric lächelte müde. "Du fragst mich, ob wir wieder Freunde sind? Das finde ich immens rührend. Ja, alter Mann, alles ist wieder gut zwischen uns."

Tyronts Augen rollten himmelwärts. "Ich bin ungemein froh über deine reife Einstellung. Wie geht es mit dem Haus voran, das du in der Fremde bauen lässt? Werde ich stilvoll residieren können, falls ich mich entscheide, euch dort in ein paar Monaten zu besuchen?"

"Das kannst du ohnehin. Da ist immer noch die Botschafterresidenz, in der du unterkommen könntest. Der Botschafter ist immerhin ein Mitglied des Ordens. Wir haben den Baumeister erst vor kurzem informiert, dass wir den Plänen zustimmen, auch wenn Eryn es vorgezogen hätte, die Größe um die Hälfte zu reduzieren. Sie sollten dort bald den Grundstein legen."

"Weiß das Oberhaupt von Haus Vel'kim schon Bescheid über den Widerstand seiner Schwester?", fragte Tyront mit einem breiten Grinsen. "Es erheitert mich zu sehen, dass ich nicht der Einzige bin, der sich damit herumplagen muss."

Enric schüttelte den Kopf. "Noch nicht. Oder zumindest ist er noch nicht mit uns in Kontakt getreten. Allerdings gehe ich davon aus, dass das bald passieren wird. Sobald ein Bauprojekt von dieser Größe erkennbare Formen anzunehmen beginnt, lässt sich die Identität des Auftraggebers nicht mehr länger verheimlichen. Irgendjemanden gibt es immer, der Zugriff auf die richtigen Informationen hat und jemandes Tante, Cousin zweiten Grades oder ehemaligen Liebhaber kennt. Bald wird es öffentlich bekannt sein, dass ich es bin, der die Residenz errichten lässt."

"Nun, zumindest wird Malriel keinen Einspruch dagegen erheben. Da die Residenz offiziell dir gehören wird, wird sie nach deinem Tod an Haus Aren fallen und somit zum Wohlstand ihres Hauses beitragen."

"Theoretisch. Ich beabsichtige allerdings, sie ausdrücklich Vedric zu vermachen, also würde sie an Haus Vel'kim fallen - vorausgesetzt, Malriel schafft es nicht, Vran'el dazu zu drängen, dass er den Erben seines Hauses und damit dessen zukünftiges Eigentum an Haus Aren abtritt."

"Was durchaus eine realistische Option ist", sinnierte Tyront, "sobald Pe'tala Kinder bekommt. Und wenn man bedenkt, dass Rolan ihretwegen in ein anderes Land umziehen wird und beabsichtigt, ein Kommitment mit ihr einzugehen, wäre das eine realistische Entwicklung."

Enric rieb sich über das Gesicht. "Ja, ich weiß. Ein Pech, dass Vran'els Tochter nicht eines Tages den Platz ihres Vaters einnehmen kann. Somit muss er sicherstellen, dass ihm eines der Kinder seiner Schwestern nachfolgt."

"Hast du irgendeine Präferenz dahingehend, welches Haus dein Sohn eines Tages übernehmen soll? Es sieht nicht wirklich danach aus, als hätte er eine große Wahl, ob er diesem Weg folgen will oder nicht, wo beide Seiten der Familie so erpicht auf ihn sind."

"Ich habe überhaupt keine Präferenz. Beide Häuser sind angesehen und erfolgreich. Ich weiß natürlich, dass Eryn Haus Vel'kim vorziehen würde. Obwohl es ihr wesentlich lieber wäre, wenn er von dieser Bürde befreit wäre und nicht dazu gezwungen werden könnte, eines der Häuser zu übernehmen, wenn er das nicht will. Was ist mit Rolan? Wirst du ihn im Orden behalten, wenn er dann nach Takhan umgezogen ist? Oder wirst du ihn mit deinem Segen austreten lassen?"

Energisch schüttelte Tyront den Kopf. "Keinesfalls kann ich ihn aus dem Orden entlassen. Stell dir vor, welchen Präzedenzfall das schaffen würde. Jeder Magier, der das Gefühl hätte, der Orden würde ihn zu sehr in seiner persönlichen Freiheit einschränken, würde nach Takhan umziehen, um uns loszuwerden. Nein, Rolan wird ein Mitglied des Ordens bleiben und an seinem neuen Wohnort gemäß unseren Interessen handeln."

Enric nickte langsam und fragte sich, ob sich Tyront darüber im Klaren war, in welchem Licht er den Orden mit seinen eigenen Worten erscheinen ließ. Die Institution klang nach einem Gefängnis. Er dachte zurück an sein Gespräch mit Eryn. Sie hatte sich schon immer eingesperrt gefühlt, als würde man ihre Ambitionen zügeln, und nun schien es, dass sie mit diesem Empfinden nicht länger allein dastand. In ihm rührte sich das dringende Bedürfnis, etwas zu unternehmen, diese spezielle Angelegenheit noch einmal zur Sprache zu bringen. Doch als er sie das letzte Mal erwähnt hatte, war Tyront ziemlich sorglos damit umgegangen; er erkannte hierbei nicht wirklich irgendeine unmittelbare Gefahr. Enric hoffte, dass er damit Recht behalten würde.

* * *

Eryn sah zum Kutschenfenster hinaus und lächelte erleichtert. Das Dorf war soeben in Sichtweite gekommen, und die Aussicht darauf, das beengte Gefährt verlassen und ihre Glieder strecken zu können, hob ihre Laune beträchtlich. Enric jedoch war mit jeder verstreichenden Stunde trübsinniger geworden. Er scheute ihre Ankunft so offensichtlich, dass Eryn ihre Aufmunterungsversuche schon vor einer Weile aufgegeben hatte und ihn einfach nur brüten ließ.

Urban hatten sie zuhause gelassen, nachdem sie entschieden hatten, dass der Ausflug zu kurz war, um ihr die Belastung zuzumuten, drei von fünf Tagen auf Reisen zu verbringen. Sie schien noch immer unter der Klimaumstellung zu leiden und hatte sich in letzter Zeit vermehrt in ihren Innenhof zurückgezogen, wo sie sogar unter einem Baumstamm versteckt die eher kalten Nächte verbrachte.

Sie zuckte zusammen, als Enric ohne Vorwarnung nach ihrer Hand griff. "Ich mache dir ein Angebot", meinte er eindringlich. "Wenn wir jetzt sofort umdrehen, werde ich zusehen, dass der König zustimmt, dich den nächsten Ball ausfallen zu lassen."

Ihre Augenbrauen schossen ernsthaft überrascht nach oben. Sie pfiff durch die Zähne. "Sieh an, sieh an, du bist also so richtig verzweifelt. Und die Idee, mir das vorzuschlagen, ist dir jetzt gekommen? Nachdem wir mehr als eineinhalb Tage auf der Straße verbracht und unser Ziel beinahe erreicht haben?"

"Das kümmert mich nicht", beharrte Enric. "Betrachte es einfach als netten Familienausflug mit den zwei wichtigsten Männern in deinem Leben. Überleg es dir."

Eryn schüttelte den Kopf. "Nein, mein Lieber. Dieses Angebot ist eine Beleidigung. Wir reden hier von zwei Tagen mit deiner Familie im Austausch für einen Abend im Thronsaal. Auf keinen Fall."

"Die nächsten zwei Bälle", besserte er nach. "Das bringe ich zuwege. Alles, was du tun musst, ist dem Kutscher zu sagen, er soll umdrehen."

Erneut verneinte sie. "Nein, wir ziehen das durch, ganz egal, wie viele Bälle du mir auszulassen erlaubst. Ich habe deiner Mutter geschrieben, also erwartet uns deine Familie. Wie würde das denn aussehen, wenn wir uns einfach dazu entschließen nicht aufzutauchen, frage ich dich?"

"Es ist mir vollkommen gleichgültig, wie das aussehen würde", knurrte er resigniert.

"Komm schon, benimm dich wie der erwachsene Kerl, als den dich das Königreich kennt und stell dich den angsteinflößenden Leuten, mit denen du verwandt bist. Noch niemals zuvor habe ich solch ein Zurückweichen vor einer Pflicht bei dir erlebt!"

"Das hat nichts damit zu tun, vor einer Pflicht zurückzuweichen. Ich fürchte mich nicht davor, sie zu sehen - ich will nur einfach nicht."

Sie kniff ihn in die Wange und wurde daraufhin mit einem bösen Blick bedacht. "Du wirst diese zwei Tage einfach irgendwie hinter dich bringen müssen. Betrachte es als eine Chance für persönliches Wachstum, für die Demonstration der Zurückhaltung, die du mir so eifrig beizubringen versuchst."

Er seufzte ausladend. "Ich kann nicht glauben, dass die Frau, die ihre eigene Mutter in einer luftdichten Barriere eingesperrt hat, um sie zum Schweigen zu bringen, mir erklärt, ich solle mich meiner Familie gegenüber zivilisiert verhalten. Bin ich der Einzige, der dabei einen gewissen Widerspruch erkennt?"

Sie winkte ab. "Das hier ist etwas völlig anderes. Das waren damals außergewöhnliche Umstände. Und dann reden wir hier immer noch von Malriel. Du hast selbst zugegeben, dass Malriel Anwin an Schaurigkeit übertrifft."

"Dabei habe ich dich gewinnen lassen. Du hattest damals einen schwierigen Tag, und ich hatte Mitleid mit dir", erwiderte er verdrossen.

Eryn schüttelte den Kopf über ihn und lehnte sich zur gegenüberliegenden Bank um zu sehen, ob Vedric in seiner behelfsmäßigen Wiege, die an der Innenseite der Kutsche befestigt war, noch immer schlief. "Es bringt überhaupt nichts, mit dir darüber zu reden. Ich werde deinen Sohn jetzt wecken, damit ich ihn vor unserer Ankunft noch füttern kann. Es ist schon schlimm genug, wenn einer von euch übel gelaunt ist."

* * *

Eryn nahm einen tiefen Atemzug, bevor sie die Kutschentür öffnete. Letztendlich waren sie angekommen.

Zwei Männer und zwei Frauen standen vor der Tür. In einem der Männer erkannte sie Anwin, und die Frau Mitte Fünfzig, die ihre ergrauenden Haare zu einem festen Knoten gebunden hatte und deren Hände ruhelos ihre Schürze kneteten, musste seine Mutter sein. Als einzige der Vier eilte sie auf die Kutsche zu, nachdem diese angehalten hatte, blieb vor ihrem Sohn stehen, offensichtlich ratlos, wie sie vorgehen sollte. Enrics bittere Gemütslage war nicht als solches eindeutig auf seinem Gesicht erkennbar, doch die Anspannung war dennoch spürbar.

"Enric", sagte die Frau leise, ihre Stimme gepresst als bereite ihr dieses eine Wort Pein, ihre Arme halb erhoben, als wäre sie unsicher, ob er eine Umarmung akzeptieren würde oder nicht.

Eryn hörte, wie ihr Gefährte seufzte und dann sprach: "Mutter. Es tut gut, dich zu sehen."

Dann nahm er ihre Hände in seine und zog sie langsam an sich, bis ihr Kopf an seiner Schulter ruhte. Eryn beobachtete, wie seine Mutter mit leicht zitternder Unterlippe gegen ihn sank, in ihrem Augenwinkel eine Träne, die sodann still ihre Wange und ihren Hals hinablief, bevor sie vom Stoff ihres Kragens aufgesaugt wurde.

Einige lange Momente standen sie dort in dieser vollkommen bewegungslosen und doch seltsam intensiven Umarmung. Die anderen drei Personen standen mehrere Schritte entfernt und sahen zu, ohne auch nur einen Muskel zu bewegen.

Mit offenkundigem Widerstreben gab Enrics Mutter ihn wieder frei und wischte sich verstohlen mit dem Ärmel über das Gesicht, um die feuchte Spur zu entfernen. Kurz schloss sie ihre Augen und lächelte dann, als Enric sich vorbeugte, um mit einer gleichzeitig zärtlichen und doch angespannten Geste ihre Stirn zu küssen. Dann drehte sie sich um, und ihr Gesicht wurde weich, als ihr Blick auf Eryn und das Kind in ihrem Arm fiel.

"Eryn", sagte sie mit einer Stimme, in der Gefühle mitschwangen, die sie nicht in Worte kleiden konnte oder wollte während ihre Augen vor Freude strahlten. Ohne seine Hand loszulassen, wandte sie sich von Enric ab und trat auf die jüngere Frau zu, erkundete begierig das Gesicht vor sich, als hätte sie schon lange auf diese Gelegenheit gewartet. "Ich bin Gerit. Ich kann dir nicht sagen, wie sehr es mich freut, dich kennenzulernen. Sie ergriff Eryns freie Hand und drückte sie fest. "Und das muss Vedric sein. Darf ich ihn halten? Oder fürchtet er sich vor..." Sie hielt kurz inne, als bliebe ihr das Wort, das sie aussprechen wollte, im Hals stecken. "...Fremden?"

Eryn lächelte und übergab ihren Sohn an seine Großmutter. Das Baby prüfte das neue Gesicht vor sich mit weit aufgerissenen Augen, bevor er in ein breites Grinsen ausbrach und sich zwei Finger in den Mund steckte, um darauf zu kauen.

Anwin wartete, dass sie näherkamen und machte keinerlei Anstalten, auf sie zuzukommen. Als Enric vor ihm stand, nickte er kurz. "Sohn. Du hast dir auf jeden Fall Zeit gelassen. Deine Abwesenheit hat deiner Mutter Kummer bereitet."

Eryn griff nach der Hand ihres Gefährten und drückte sie warnend. Enrics Gesicht war eine distanzierte Maske.

"Anwin", erwiderte er nur, dann drehte er seinen Kopf zu den beiden anderen Leuten, die nicht weit entfernt standen. "Noren", grüßte er den Mann, der sein Bruder sein musste, ohne besondere Wärme. Eryn erinnerte sich, dass er drei Jahre jünger war als Enric und zwei Kinder hatte.

"Dann schätze ich, dass hier ist deine Gefährtin?", fragte er nach einer Weile mit einem Nicken auf die Frau Anfang Dreißig. Sein Bruder zeigte keinerlei Regung, sondern starrte ihn nur mit einer Miene an, die Eryn nicht so recht zu deuten wusste. Scheu? Beklemmung? Abweisung? Eine Mischung aus allen dreien?

Die Frau verpasste Noren einen Stoß mit ihrem Ellbogen und bedachte ihn mit einem verdrießlichen Blick, bevor sie den Neuankömmlingen ihr Kinn entgegenreckte. "Ja, das bin ich. Mein Name ist Werna." Ihr Gesichtsausdruck bezeugte unverhohlen, dass sie von ihrem Auftauchen nicht besonders angetan war, und Eryn bemerkte, dass sie sich nicht mit unaufrichtigen Beteuerungen dahingehend aufhielt, welch ein Vergnügen es doch wäre, sie kennenzulernen. Bislang war Enrics Mutter die Einzige gewesen, die unverfälschte Freude über ihr Auftauchen gezeigt hatte. Oder irgendeine Art von Freude. Sie ließ ihren Blick über das Paar wandern. Noren ähnelte seinem Vater, sowohl was seine Gesichtszüge als auch seine großgewachsene, etwas wuchtige Statur betraf. Sie stellte sich vor, wie Enric wohl aussähe, würde er sich ein wenig gehen lassen und sich nicht länger dem Training unterziehen, auf dem der Orden bestand. Doch der Gedanke an Enric, wie er ohne jede Reue den Genüssen frönte, war so absurd, dass sie ihn sogleich wieder verwarf.

Werna wirkte im Gegensatz zu ihrem Gefährten zierlich, beinahe knochig, als wäre sie darauf bedacht, seine kulinarischen Sünden auszugleichen. Ihr Haar war zu einem noch festeren Knoten gebunden als Gerits, und keiner einzigen widerspenstigen Haarsträhne wurde ein Entkommen ermöglicht.

Eryn betrachtete das Haus, vor dem sie alle standen, und nahm die hochwertige Struktur in sich auf, die von fähiger Handwerkskunst zeugte. Alles wirkte gut instandgehalten, und sie wettete, dass es im gesamten Gebäude keine einzige quietschende Tür gab. Sie hegte kaum Zweifel daran, dass Werna wohl diejenige war, die das Haus führte, und nicht Gerit. Enrics Mutter schien es irgendwie an der Härte zu fehlen, die wohl dafür erforderlich war, sich Werna entgegenzustellen. Eryn stellte sich vor, dass ein Kampf um Dominanz zwischen diesen beiden Frauen wohl nicht allzu lange dauern mochte.

Anwin öffnete die Tür und trat zögernd beiseite, als gewährte er seinem ältesten Sohn nur unwillig Zutritt zu seinem Haus. Eryn konnte sich einer gewissen Vorahnung nicht erwehren. Kaum jemals in ihrem Leben hatte sie sich irgendwo dermaßen unwillkommen gefühlt wie hier in diesem Moment. Der Gedanke, ob es nicht klüger gewesen wäre, Enrics Bestechung doch zu akzeptieren, flackerte kurz auf. Doch sie schob ihn entschlossen von sich, als ihr Blick auf Gerit landete, die selig wirkte, wie sie ihren Enkel hielt und ihn mit dem Anhänger ihrer Halskette spielen ließ.

* * *

Eryn saß still am Tisch des etwas beengten Esszimmers. Um sie herum war eine Anordnung an teuer aussehenden Truhen und Kommoden arrangiert, die Kristallvasen mit und ohne Blumen, kleine Marmorstatuen und andere zerbrechlich wirkende Dekorationsgegenstände zur Schau stellten. Es waren Bemühungen erkennbar, die vielen Objekte ansprechend aufzustellen, doch die ungeheure Menge machte es unmöglich, einen überladenen Eindruck zu vermeiden, wie auch immer man sie platzierte. Es mutete wie ein Versuch an, Wohlstand zu demonstrieren, indem man so viele kostspielige Besitztümer wie nur möglich ausstellte.

Die Stimmung am Tisch war kaum entspannter als vor einigen Minuten vor dem Haus; die Einzige von ihnen, die halbwegs zufrieden wirkte, war Enrics Mutter mit ihrem Enkel auf dem Schoß.

Werna servierte in der Zwischenzeit das Essen. Das allein war ein klares Anzeichen dafür, wer im Haushalt das Sagen hatte. Eryn nahm eine Schüssel mit Suppe entgegen mit einem höflichen Lächeln, das Werna zur Kenntnis nahm, jedoch nicht erwiderte. Als alle Platz genommen und zu essen begonnen hatten, räusperte sich Noren.

"Also, Bruder", begann er. "Es ist schon einige Zeit her, seit du uns zuletzt mit einem Besuch beehrt hast. Ich gehe davon aus, dass wir uns bei deiner Gefährtin für diese… Gnade bedanken dürfen."

Eryn zwang sich zu einem Lächeln. "Ich gebe zu, dass der Vorschlag mit dem Besuch von mir kam. Enric kennt meine Familie, also dachte ich, es wird Zeit, dass ich die seine treffe. Ich habe gehört, ihr habt zwei Kinder?"

Einen Moment lang runzelte Noren die Stirn, eindeutig nicht zufrieden damit, dass sich das Gespräch in eine andere Richtung entwickelte, als er angedacht hatte. Dennoch antwortete er. "Ja. Gorem ist acht Jahre alt, und seine Schwester Mirel ist elf."

Sie nickte und verkniff sich die Frage, weshalb die Kinder nicht gemeinsam mit ihnen zu Mittag aßen. "Ich habe erfahren, dass deine Tochter ein wenig krank ist. Ich kann sie mir später ansehen. Ich bin eine Heilerin."

Mit einem hörbaren Klirren und einer missbilligenden Miene ließ Werna ihren Löffel in ihre Schüssel fallen. "Das ist nicht nötig. Es ist nur ein harmloser Husten. Den wird sie auch ohne ausgefallene Behandlungen überstehen."

Gerit neben Enric auf der anderen Seite des Tischs wirkte besorgt. "Werna, sie hustet nun schon seit Tagen, und dann ist da noch das Fieber. Sie isst nicht genug und wälzt sich in der Nacht hin und her. Denkst du nicht, dass…"

"Nein", unterbrach die jüngere Frau scharf. "Und das ist mein letztes Wort in dieser Sache. Sie ist mein Kind, und ich werde mir von niemandem sagen lassen, wie ich sie großzuziehen habe."

Eryn sah, wie sich die Muskeln in Enrics Kiefer anspannten. Sie warf einen Blick in Anwins Richtung, dem entweder nicht auffiel, wie respektlos seine Gefährtin von der Partnerin seines Sohnes in seinem eigenen Haus behandelt wurde, oder es kümmerte ihn schlichtweg nicht.

"Es würde mir keinerlei Umstände bereiten, wirklich nicht", versuchte Eryn es erneut. "Ich muss gestehen, dass ich ein wenig kribbelig bin, wenn eine kranke Person in der Nähe ist und ich nicht helfen kann", meinte sie mit einem entwaffnenden Lächeln.

Wernas stechender Blick hätte Stein zum Schmelzen gebracht. "Ich habe nicht vor, Geld für etwas auszugeben, das ohnehin bald von allein verschwinden wird."

Eryn spürte, wie das Lächeln ihren Wangen körperliche Schmerzen zu bereiten begann. "Ich würde euch dafür nichts verrechnen. Es wäre mir ein

Vergnügen. Wenn du dich mit magischer Heilung nicht wohlfühlst, kann ich mir zumindest ansehen, ob es etwas Ernstes ist und dir eine Kräutermischung zubereiten."

"Ich habe nein gesagt", erwiderte die andere Frau brüsk. "Ich wäre dir dankbar, wenn du das respektieren und dich von meinen Kindern fernhalten würdest. Bislang sind wir hier auch ohne eure tolle Magie und großartigen Stadtmethoden zurechtgekommen."

Eryn spürte, wie sich die Härchen auf ihren Armen aufrichteten. Diese Frau stellte ihren eigenen Stolz und ihre Verbitterung über das Wohl ihrer Tochter. Sie atmete ein und aus, um den bissigen Kommentar, der sich zwischen ihren Lippen hervorkämpfen wollte, bei sich zu behalten. Immerhin konnte sie hier nichts tun. Sie konnte keine Patienten behandeln, die das nicht wünschten. Und im Fall von Minderjährigen waren es deren Eltern oder andere Vormunde, die diese Entscheidung zu treffen hatten. Das bedeutete allerdings nicht, dass sie es gutheißen musste.

"Natürlich", erwiderte sie steif und setzte ihre Mahlzeit fort. Sie begann sich bereits auf ihre Abreise in zwei Tagen zu freuen.

Anwin schob seine leere Schüssel von sich und stützte sich auf seine Ellbogen, während er sich auf Eryn ihm gegenüber konzentrierte. "Wie hat dir der Wein geschmeckt?"

Erneut lächelte sie und ignorierte Enrics genervten Blick zu seinem Vater, weil er Dankbarkeit für sein Geschenk einforderte. Sie versuchte, zumindest ein wenig Wärme in ihre Antwort zu legen. "Es war ein sehr großzügiges Geschenk, vielen Dank dafür. Allerdings hatte ich noch keine Gelegenheit, etwas davon zu kosten, da ich auf Alkohol verzichte, solange ich Vedric noch stille. Doch ich freue mich schon darauf, den Wein zu probieren, sobald er ganz zu fester Nahrung gewechselt hat."

"Ein wenig Wein hin und wieder schadet einem Kind nicht", warf Werna ungebeten ein.

Eryn entschied sich, sie zu ignorieren anstatt ihr klarzumachen, dass sie es vorzog, ihre Entscheidungen aufgrund ihrer eigenen medizinischen Expertise zu treffen anstatt sich von einer engstirnigen, halsstarrigen Frau inspirieren zu lassen, deren medizinische Kenntnisse über die Krankheit ihrer Tochter zu nichts anderem als es wird bald vorbei sein taugten.

Sobald alle ihre Suppe aufgegessen hatten, stand Werna auf, um die leeren Schüsseln einzusammeln und sie durch ausladende, zerbrechlich wirkende Porzellanteller zu ersetzen. Mehrmals kehrte sie in die Küche zurück, um Servierschüsseln mit unterschiedlichen Gemüsesorten zu bringen, dazu noch Saucen und schließlich eine silberne Servierplatte mit einem riesigen Stück Fleisch darauf, das Eryn nicht identifizieren konnte.

"Greif zu", forderte Anwin großzügig auf und nickte Eryn zu. Sie schluckte und akzeptierte die zweifelhafte Ehre, sich als Erste Essen auf ihren Teller zu laden, während alle zusahen. Sobald sie mehrere Löffel von den unterschiedlichen Schüsseln genommen und sich wieder zurückgelehnt hatte, wurde sie von allen außer Enric überrascht beäugt.

"Stimmt mit meinem Schweinebraten etwas nicht?", verlangte Werna mit einem verärgerten Unterton zu wissen.

Eryn seufzte innerlich. Ah ja, da war die Sache mit ihrer Ernährungsweise. Irgendwie hatte sie das Gefühl, als ob sie diesbezüglich hier nicht auf allzu großes Verständnis stoßen würde. Aber es gab keinen Ausweg, sie musste es ihnen mitteilen.

"Ich habe vor eine Weile damit aufgehört, Fleisch zu essen." Sie sah zu, wie Enric das Fleisch ebenfalls ignorierte und nur Gemüse auf seinen Teller häufte. Sie wollte verstimmt darüber reagieren, dass er seine Familie provozierte, indem er vorgab, er hätte ihren Lebensstil ebenfalls übernommen, doch für den Augenblick entschied sie sich, es stattdessen als Zeichen seiner Unterstützung zu werten.

"Aufgehört Fleisch zu essen?" Noren runzelte verständnislos die Stirn. "Warum?"

"Aus unterschiedlichen Gründen", antwortete Eryn ausweichend und hoffte, dass ihr Ton vermitteln würde, dass sie nicht den Wunsch hegte, dieses Thema zu diskutieren, und sogar noch weniger, ihre Motive vor irgendjemandem zu rechtfertigen.

"Das ist unnatürlich", verkündete Werna im Brustton der Überzeugung. "Das kann nicht gesund sein."

Enric hob langsam seinen kühlen Blick zu ihr und studierte sie einige Augenblicke lang, bevor er fragte: "Und du bist in der Lage, das zu beurteilen, sehe ich das richtig? Darf ich fragen, ob du irgendeine spezielle Ausbildung absolviert hast, um festzustellen, welche Nahrung der menschliche Organismus benötigt, um bei guter Gesundheit zu bleiben?"

Die Gefährtin seines Bruders kniff die Augen zusammen. "Dafür brauche ich keine hochtrabende Ausbildung, weil gesunder Menschenverstand vollkommen ausreicht."

"Ich verstehe. Dann gehe ich davon aus, dass dich das Argument, dass eine ausgebildete Heilerin mit der Fähigkeit, ihren Körper mit Magie auf Mangelerscheinung zu überprüfen, dazu qualifiziert ist, um festzustellen, ob ihr Lebensstil gesund ist oder nicht, keineswegs beeindrucken würde?"

Die anderen ließen ihre Blicke zwischen den beiden hin und her springen und warteten unter angespanntem Schweigen, ob das hier irgendwie eskalieren würde.

"Lass mich dir sagen, was mich überhaupt nicht beeindruckt, Lord Enric: Leute, die aus der großen Stadt hierherkommen und mir in kunstvollen Worten erklären, warum sie etwas Besseres sind als ich und warum mein Essen ungesund ist."

Enric lächelte dünn. "Ich habe nichts in der Art behauptet. Ganz im Gegenteil; du warst diejenige, die meiner Gefährtin erklärt hat, dass du ihre

Ernährung als ungesund erachtest. Ich sehe, dass sich die Dinge seit meiner Kindheit hier erheblich verändert haben. Zu meiner Zeit war es in diesem Haus verpönt, Gäste zu beleidigen. Es wurde als unhöflich angesehen."

"Werna", sagte Anwin streng, und dieses eine Wort ließ sie mit den Zähnen knirschen und beleidigt schweigend auf ihren Teller starren, während ihre Haltung klar ausdrückte, wie wenig sie es schätzte, vor einem Publikum zur Ordnung gerufen zu werden.

Ohne ein weiteres Wort setzten alle ihr Mahl fort, sodass das Kratzen von Besteck auf Tellern das einzige Geräusch war.

Eryn sah zu, dass sie den Blick auf ihr Essen geheftet hielt. Sie konnte sich nicht erinnern, jemals zuvor eine Mahlzeit unter dermaßen beklemmenden Umständen eingenommen zu haben. Nicht einmal das Abendessen nach der Enthüllung, dass Valrad ihr Vater war und wo sie ihn beleidigt hatte, kam dem hier nahe. Doch der bisherige Umgangston hatte ihr ein recht klares Bild von der Hierarchie in dieser Familie vermittelt. Anwin schien sich an der Spitze zu befinden, dicht gefolgt von Werna. Noren musste irgendwann als Nächster kommen, wenngleich es beträchtlichen Abstand zu seiner Gefährtin gab. Und dann, so ziemlich am Ende der Hackordnung, befand sich Gerit, die dazu degradiert wurde zuzusehen, wie ihr Haus von der Frau geführt wurde, die ihr Sohn gewählt hatte.

Eryn stellte sich Malriel in diesem Haus vor und empfand ein Gefühl widerwilliger Erleichterung darüber, dass ihre Mutter es niemals dulden würde, von irgendjemanden zur Seite oder herumgeschubst zu werden. Ihr dämmerte allmählich, weshalb sich Enric bis zu einem gewissen Grad zum Oberhaupt von Haus Aren hingezogen fühlte. Womöglich wünschte er sich, seine eigene Mutter hätte zumindest einen winzigen Funken dieser Stärke anstatt schweigend und mit abgewandtem Blick zu leiden.

"So, Bruder, wie läuft das Magiergeschäft? Viele Versammlungen, die besucht und Papier, das herumgeschoben werden muss?", erdreistete sich Noren nach einer langen Weile.

"Ich gratuliere dir zu deinem Verständnis für meinen Tagesablauf", erwiderte Enric gutmütig. "Doch leider werden meine Ordenspflichten von nun an auf sechs Monate in jedem Jahr beschränkt sein, da wir den Rest der Zeit in den Westlichen Territorien verbringen werden."

"Was?", flüsterte Gerit mit weit aufgerissenen Augen. Ihre Arme schlossen sich etwas fester um Vedric, als bereite ihr der Gedanke daran, dass er regelmäßig für so lange Zeit in ein anderes Land gebracht wurde, Unbehagen.

Eryn fragte sich, weshalb. Erwartete sie nach diesem Besuch hier nun, ihren Enkel öfter zu sehen? Hoffte sie, dass Enric regelmäßig mit seiner Familie herkommen würde? Das bezweifelte sie doch stark; nicht nach solch einem Empfang durch die anderen drei Familienmitglieder.

"Mein Bruder besteht darauf, dass wir etwas Zeit dort verbringen, da Vedric der Nachfolger für seine Position ist und schon von Kindheit an lernen muss, wie man ein Haus führt", erklärte Eryn und konnte sich des Gefühls nicht erwehren, dass auch das kein besonders gutes Gesprächsthema war.

Norens Blick ruhte auf seinem Neffen, der mit seinem Kopf an Gerits Hals gelehnt eingeschlafen war.

"Wie nett", kommentierte er mit einem Anflug von Geringschätzung. "Der kleine Prinz ist also bereits für einen Platz unter den Reichen und Mächtigen auserkoren."

Eryn schluckte, als Enric mit einem Ruck seinen Kopf hob und seine kalten blauen Augen seinen Bruder ins Visier nahmen. Noren schluckte und lehnte sich unwillkürlich ein wenig zurück, bevor er sich wieder aufrecht hinsetzte und dem Starren seines Bruders begegnete, als würde er sich einreden, dass er nun erwachsen war und es keinen Grund mehr zur Furcht gab. Eryn erinnerte sich dunkel daran, dass Enrics magische Fähigkeiten damals entdeckt worden waren, als er seinen jüngeren Bruder in ihrer Kindheit mit einem Blitz beschossen hatte. Das konnte für Noren keine angenehme Erfahrung gewesen sein.

"Deine Vorstellung von der Position eines Anführers war schon immer beschränkt, Noren", sprach Enric ausdruckslos. "In deinem Kopf geht es allein darum, sich in einem bequemen Sessel zurückzulehnen, mit dem Finger auf das zu deuten, was die Leute erledigen sollen und sicherzustellen, dass man sich um deine unterschiedlichen Marotten kümmert. Dir ist das Konzept fremd, Verantwortung für andere zu tragen, Opfer zu bringen und unpopuläre Entscheidungen zu treffen, die dir selbst dann niemand danken wird, wenn sie sich schlussendlich als richtig erweisen. Du darfst mir glauben, dass ich mir für meinen Sohn nicht wünschen würde, dass er in so eine Position gedrängt wird, ohne dabei eine große Wahl zu haben. Ich würde es vorziehen, wenn er sich für das entscheiden könnte, was ihn glücklich macht. Das ist der wahre Luxus, und nicht, dass man einem vorbestimmten Weg zu folgen hat, weil man zufällig die falschen Eltern hat."

"Ein starker Magier zu sein scheint ja eine enorme Last für dich zu sein", bemerkte Anwin und lächelte boshaft. "Ich schätze, deine Mutter und ich sollten uns dafür entschuldigen, dass wir die Fähigkeit an dich weitergegeben haben?"

Enric erwiderte das unaufrichtige Lächeln. "Es gibt nichts, wofür du dich entschuldigen müsstest, Anwin. Immerhin ist Mutter diejenige mit den magisch begabten Vorfahren."

Eryn sah, wie ein Blutgefäß an Anwins Schläfe gefährlich zu pulsieren begann und entschloss sich einzugreifen, bevor die Dinge aus dem Ruder liefen.

"Enric", meinte sie behutsam und griff nach seiner Hand. Doch bevor sie weitersprechen konnte, ertönte Gerits ruhige Stimme.

"Ist das wirklich nötig? Müsst ihr ihn auf diese Weise provozieren, wo er nach fünfzehn Jahren zum ersten Mal hier ist? Könnt ihr nicht zwei Tage lang so tun, als kämt ihr miteinander aus? Ist das zu viel verlangt?"

Noran warf ihr einen beleidigten Blick zu. "Natürlich. Der verlorene Sohn ist zurückgekehrt und muss um jeden Preis beschützt werden. Warum sollten wir auch nicht heucheln, wenn ihm das seinen Aufenthalt hier erträglicher macht, ganz egal, wie es dem Rest von uns dabei geht?"

Enric lächelte sardonisch. "Mach dir deswegen keine Sorgen. Im Moment sehe ich keinerlei Gefahr dafür, dass sich unser Aufenthalt hier besonders erträglich gestalten wird."

Eryn seufzte, als Gerit wortlos aufstand und mit dem Kind auf ihrem Arm das Zimmer verließ, während ihr halb aufgegessenes Mahl auf dem Tisch zurückblieb.

"Nun, das war wirklich reizend", sagte sie mit einem trockenen Lächeln. "Enric, mein Lieber, warum sehen wir nicht nach Vedric und unternehmen dann einen netten, ausgedehnten Spaziergang miteinander?"

* * *

Enric, seinen Sohn um seinen Brustkorb gebunden, ging zwischen Eryn und seiner Mutter, während sie den niedrigen Hügel hinter dem Haus seiner Eltern erklommen. Seine Mutter hatte sofort darum gebeten, sich dem Spaziergang anschießen zu dürfen, begierig darauf, ein wenig Zeit allein mit ihren Gästen ohne die verkrampften Wortwechsel mit dem Rest der Familie zu verbringen. Ihn störte das nicht, keineswegs. Seine Mutter war die Einzige, die wahrhaft glücklich darüber zu sein schien, ihn hierzuhaben, also verspürte er keinerlei Bedauern darüber, Anwin, Noren und Werna zurückzulassen. Allerdings bedeutete das auch, dass die Standpauke, die Eryn ihm gleich halten würde, nicht ganz so privat bleiben würde, wie er es vorgezogen hätte. Vermeiden würde sie sich allerdings kaum lassen, diesbezüglich gab er sich keinen Illusionen hin. Ihre Haltung war entschlossen, und ihre üblicherweise vollen Lippen waren zu einem dünnen Strich aufeinandergepresst. Sehr wahrscheinlich wartete sie nur darauf, bis sie außer Hörweite des Hauses waren, bevor sie ihm die Meinung sagte.

Und tatsächlich, sobald der Pfad eine Biegung machte, warf sie ihm einen wütenden Blick zu. "Was hast du zu deiner Verteidigung zu sagen? Anderen einen Vortrag über die vielen Nachteile deiner Position zu halten, gleichzeitig aber nicht in der Lage zu sein, die Zurückhaltung zu üben, die damit einhergehen sollte, ist eine beachtliche Leistung für Lord Enric mit der legendären eisernen Selbstkontrolle!"

"Ich habe beträchtliche Kontrolle gezeigt, möchte ich anmerken", erwiderte er mit einem Lächeln. Aus dem Haus und in die frische Luft hinauszukommen hatte Wunder bewirkt für seine Laune. "Andernfalls hätte ich ihre Köpfe zusammengeschlagen. Oder willst du mir damit sagen, es wäre dir lieber gewesen, ich hätte nicht eingegriffen, als zuerst meine Gefährtin und dann mein Sohn Ziel ihrer abfälligen Bemerkungen waren?"

Gerit ergriff seinen Arm, lehnte ihre Wange an seine Schulter und schloss kurz die Augen. "Natürlich nicht, Enric. Ich verstehe, warum du etwas sagen musstest. Du weißt doch, wie sie sind. Sie meinen es nicht so."

Er seufzte. "Mutter, ich wünschte, du würdest aufhören, sie zu verteidigen. Jedes Wort haben sie gemeint. Ebenso wie ich." Sein Blick wanderte zu seiner Gefährtin. "Ich wusste, dass daraus kein harmonischer Besuch werden würde. Ich habe versucht, dich zu warnen, doch du wolltest nicht hören. Bist du jetzt glücklich? Auf eines darfst du dich verlassen - besser wird es nicht werden."

Eryn bedachte ihn mit einem kühlen Lächeln. "Mein vorrangiges Ziel bei dieser Reise war, deine Mutter kennenzulernen. Daran hat sich nichts geändert. Mir war klar, dass ich Anwin ertragen muss, und deinen Bruder und seine liebreizende Gefährtin werde ich ebenfalls überstehen." Den letzten Satz hatte sie zwischen zusammengebissenen Zähnen hervorgepresst.

Enric sah sie an und grinste spöttisch. "Vielleicht solltest du einfach alles herauslassen, Liebste. Hinterher wird es dir bessergehen."

Sie knurrte: "Was herauslassen? Anwin fühlt sich von seinem eigenen Sohn eingeschüchtert und versucht es mit Unverschämtheit zu überspielen. Noren ist eifersüchtig, weil du immer der wichtigere Sohn warst, zuerst der große Erbe und jetzt der große Magier. Für die beiden habe ich nichts als Mitleid übrig. Ihre Probleme sind in ihrem Mangel an Selbstbewusstsein im Umgang mit dir verwurzelt. Und Werna…" Ihr Nasenflügel zuckte. "Sie hat Recht. Es ist ihre Entscheidung, wie sie ihre Kinder erzieht. Und wenn sie es als angemessen erachtet, ihre Tochter unnötig leiden zu lassen, auch wenn sich eine Heilerin innerhalb von ein paar Minuten kostenlos darum kümmern würde, dann muss ich das respektieren. Nun, akzeptieren. Tolerieren. Irgendwie damit fertig werden."

Schweigend setzten sie ihren Weg eine Weile fort, bevor Enric vorschlug: "Oder sie mit einem Stock auf den Kopf schlagen, bis sie Vernunft annimmt?"

Eryn stöhnte. "Ich wünschte, das könnte ich! Welche Art von Mutter stellt ihren Stolz über das Wohlergehen ihrer Tochter, frage ich dich? Sogar Leris war willens, mich ihre Tochter heilen zu lassen, obwohl sie mich nicht leiden konnte!"

Gerit wurde still, ihre Augen auf den Boden gerichtet. "Ihr habt Leris gesehen?"

Enric bemerkte, wie sich die Stimmung veränderte. Der Griff seiner Mutter um seinen Arm war fester geworden. Sie zeigte kein anderes Anzeichen eines inneren Aufruhrs, und doch war er unverkennbar.

"Ja, das haben wir. Wir haben sie vor ein paar Wochen nach unserer Rückkehr aus den Westlichen Territorien besucht. Sie schlägt sich wacker. Sie und ihr Gefährte Ardegen haben ein gutgehendes Geschäft und zwei gesunde, lebhafte Kinder. Einen Jungen und ein Mädchen."

Er musste schlucken, als er den Schmerz auf dem Gesicht seiner Mutter sah, die Sehnsucht darin, während sie lauschte, wie es ihrem jüngsten Kind erging.

"Also ist sie glücklich?", flüsterte Gerit.

"Oh, auf jeden Fall", schmunzelte Eryn in dem offenkundigen Versuch, die Stimmung zu lockern. "Sie hat einen Gefährten, der sich von ihr herumkommandieren lässt, ein erfolgreiches Unternehmen, das sie fordert, und einen älteren Bruder, mit dem sie sich zanken kann. Was bräuchte ein Mädchen sonst noch zum Glücklichsein?"

Gerit brachte ein schwaches Lächeln zustande. "Sie war schon immer energisch, meine kleine Leris. Dieser Mann, den sie hat, Ardegen, er behandelt sie also gut? Es macht ihm nichts aus, dass sie nicht eben von der ruhigen Sorte ist?"

"Ardegen ist ein Juwel von einem Mann", verkündete Eryn mit einer Überzeugung, die Enric seine Augenbrauen hochziehen ließ. "Er ist selbstbewusst genug, um seine eigenen Stärken zu kennen. Und zu seinem Glück ist seine Statur einschüchternd genug, damit er sich auf die Erziehung seiner Kinder konzentrieren kann, ohne dafür… respektlose Rückmeldungen von seiner Umgebung hinnehmen zu müssen."

Gerit benötigte eine Weile, um das zu verarbeiten. "Er erzieht ihre Kinder?"

Eryn nickte, als wäre es das Natürlichste der Welt. "Weitgehend, ja. Soweit ich das mitbekommen habe, verfügt sie über einen beachtlichen Geschäftsgeist, und ihm schien es entgegenzukommen, dass er sich zusätzlich zur Familienobsorge um die Aspekte des Unternehmens kümmern kann, die in seinen Erfahrungsbereich fallen. Aber warum auch nicht? Enric kommt mit Vedric ebenfalls gut zurecht, also habe ich keinerlei Skrupel, ihn mit seinem Sohn allein zu lassen, während ich nachts in der Klinik arbeite."

Seine Mutter blinzelte mehrmals und fand den Gedanken an zwei eindrucksvoll gebaute Männer, die sich freiwillig um kleine Kinder kümmerten, augenscheinlich schwer vorstellbar. Sie blieb stehen und ergriff ihren Sohn an beiden Händen, sodass er innehalten musste. "Enric", flüsterte sie eindringlich, während ihre Augen sein Gesicht absuchten, "bist du glücklich? Wahrhaftig? Hast du alles, was du dir wünschst?"

Er lächelte sie an, dann hob er eine ihrer Hände an seine Lippen, bevor er leise antwortete: "Ja, Mutter, das bin ich. Ich habe mehr, als ich mir jemals erhofft hätte."

Ihre Lider öffneten und schlossen sich mehrmals in dem Versuch, ihren Tränen Einhalt zu gebieten, dann nickte sie. "Gut. Ich bin glücklich. Für dich und für Leris. Es scheint, von hier fortzugehen war für euch beide das Richtige."

Enric wollte fragen, ob sich zurückzubleiben für seinen Bruder Noren als solch üble Sache erwiesen hatte, behielt die Frage jedoch für sich. Die wenige Zeit, die er mit seiner Mutter hatte, wollte er nicht für ein Gespräch über etwas verschwenden, das ohnehin ziemlich offensichtlich war.

Sie kamen an einer Baumgruppe vorbei, bei der Gerit erneut stehenblieb und ihren Sohn flehend ansah. "Ihren Sohn zehn Jahre lang nicht zu sehen ist eine lange Zeit für eine Mutter, Enric. Zu lange, viel zu lange. Ich hoffe, du wirst niemals selbst herausfinden müssen, wie schmerzvoll das ist, mein Junge."

Enric schwieg anstatt aufzuzeigen, dass sie ihn jederzeit in der Stadt besuchen hätte können.

"Lass uns bis zum nächsten Wiedersehen nicht so lange warten. Versprich es mir", beharrte sie, ihr Ton eindringlich. "Ich will meinen Enkel aufwachsen sehen. Ich kann den Gedanken nicht ertragen, dass ich ihn eines Tages nicht einmal erkennen würde, sollte ich zufällig auf der Straße an ihm vorbeigehen... Genau wie bei Leris' Kindern."

Er seufzte tief. "Mutter. Du bist jederzeit willkommen, wenn du zu uns in die Stadt kommst und mich besuchst. Aber du musst verstehen, dass regelmäßige Besuche hier eine Bürde sind, die ich Eryn und Vedric nicht auferlegen will. Du hast gesehen, wie es gerade eben gelaufen ist. Das ist nicht das Bild von Familie, das ich meinem Sohn vermitteln möchte. Ich wünsche mir, dass er seine Verwandten als Menschen betrachtet, die sein Leben bereichern, auf die er zählen kann. Nicht Leute wie sie", meinte er mit bitterer Miene und deutete zurück in die Richtung, aus der sie gekommen waren. "Sein eigener Onkel hat ihm nichts als aus Eifersucht gewachsene Verachtung gezeigt, und seine charmante Tante Werna will ich nicht einmal erwähnen. Oder seinen Großvater - der ihn kaum eines Blickes gewürdigt hat." Er lehnte seine Stirn gegen die von Gerit. "Ich verspüre den Drang, meine kleine Familie vor ihnen zu beschützen, Mutter. Bitte versuch das zu verstehen."

Gerit trat einen Schritt zurück und unterbrach den Kontakt. "Dann werde ich also keinen Anteil an eurem Leben haben? Ist es das, was du mir sagen willst?"

"Nein, Mutter. Was ich dir sage, ist, dass ich dich sehr gerne in unserem Leben hätte. Aber wenn es dafür nötig ist, dass wir in naher Zukunft wieder herkommen müssen, dann fürchte ich, ist das nicht möglich."

"Ich verstehe", flüsterte sie und blieb eine kurze Weile mit geschlossenen Augen stehen, als wollte sie sich sammeln. "Wenn ihr mich nun entschuldigen würdet...", sagte sie dann, wandte sich wieder zurück zum Haus und eilte davon.

Enric hob sein Gesicht dem hellgrauen Himmel entgegen, seine Frustration unverkennbar.

"Ich habe dich gewarnt, dass es unangenehm werden würde. Ich bin kaum mehr als zwei Stunden hier, und jeder einzelne von ihnen wünscht, ich wäre fort."

Eryn rieb sich über das Gesicht. "Es war wichtig, dass wir gekommen sind. Für deine Mutter. Außerdem wünscht sie sich nicht, dass du fort wärst; sie ist nur verletzt, dass die einzige Person, die sie halbwegs freundlich behandelt, bald wieder aus ihrem Leben verschwunden sein und niemals zurückkehren wird, während sie hier an diesem schauderhaften Ort festsitzt."

Er rang die Hände. "Es ist ihre Entscheidung, hier festzusitzen! Ich habe ihr immer und immer wieder geschrieben, dass sie nicht bei Anwin bleiben muss, wenn sie das nicht möchte, dass ich für sie sorgen würde. Aber sie hat sich zum Hierbleiben entschieden. Mehr als ihr einen Ausweg zu präsentieren, kann ich nicht tun; ich kann sie nicht dazu zwingen, davon Gebrauch zu machen!"

"Selbst wenn du es könntest, solltest du es nicht tun. Da sie diejenige ist, die die Konsequenzen ihrer Entscheidung zu tragen hat, muss auch die Wahl allein ihre sein. Und wenn die Aussicht darauf, den Rest ihres Lebens mit Anwin zu verbringen im Vergleich mit einem Leben allein das kleinere Übel für sie ist, dann musst du das akzeptieren."

Enric rollte die Augen himmelwärts. "Auf die gleiche Weise, wie du Valrads Entscheidung, Malriel zur Gefährtin zu nehmen, akzeptiert hast?"

"Schlussendlich habe ich es akzeptiert, oder etwa nicht?", knurrte Eryn. "Und lenk nicht vom Thema ab. Das ist nichts weiter als die gleiche selbstgefällige Empörung, die deine Schwester an den Tag gelegt hat, als sie über deine Mutter sprach. Ihr seid beide in glücklichen Beziehungen, wie könnt ihr es also wagen, auf jemanden hinabzuschauen, der dabei nicht so viel Glück hatte?"

"Ich glaube nicht an Glück", bemerkte er nachsichtig. "Glück ist nichts anderes als das Unvermögen, ursächliche Zusammenhänge zu erkennen."

Sie verschränkte die Arme. "Ach, ist das so? Was genau willst du mir damit sagen? Dass unsere Beziehung sich so entwickelt hat, weil du in deiner unendlichen Weisheit und mit deinem Wissen um Zusammenhänge alles so geplant hast? Dass alles dein Verdienst war?"

"Nun, ganz so würde ich das vielleicht nicht sagen, doch ich möchte schon glauben…"

Sie wartete nicht, bis er fertig war, sondern wirbelte auf dem Absatz herum und stapfte davon. "Idiot", hörte er sie noch murmeln.

Enric ließ langsam den Atem entweichen und schüttelte den Kopf, während er über die Tatsache staunte, dass sich dieser Tag noch schlimmer erwiesen hatte, als er ihn sich vorgestellt hatte. Das hätte er für ein Ding der Unmöglichkeit gehalten.

Entschlossen, jetzt noch nicht zu dem Durcheinander und der Gehässigkeit seines Elternhauses zurückzukehren, setzte er seinen Weg fort und errichtete einen wasserdichten Schild über seinem Kopf, um sich selbst und Vedric trocken zu halten, als die ersten Regentropfen auf sie herabfielen.

* * *

Eryn verzog das Gesicht, nachdem sie Enrics altes Kinderzimmer betrat. Ein weiteres Familienessen war überstanden, und es war ebenso unangenehm verlaufen wie das vorhergehende. Zwar hatte es dieses Mal weniger Unterhaltungen gegeben, doch das Schweigen hatte nichts Kameradschaftliches, sondern war geprägt von Unbehagen und Nervosität. Entweder hatte man einander nichts zu sagen oder aber einfach keine Lust, seinen Atem dafür zu verschwenden.

Enric folgte ihr hinein und verabreichte der schweren, leicht verzogenen Tür einen Stoß, der sie nicht ganz schloss, sondern einen Spalt weit offen stehen ließ. Er ließ sich auf sein altes Bett fallen und klopfte auf den Platz neben sich. Vedric hatten sie bei seiner Großmutter gelassen. Sie schien entschlossen, jede mögliche Minute vor ihrer baldigen Abreise mit ihm zu verbringen.

"Du bist das erste Mädchen, das ich jemals in dieses Zimmer gebracht habe. Das ist eine große Ehre, möchte ich anmerken."

Lächelnd folgte sie seiner Einladung und ließ sich neben ihn sinken. "Du warst gerade einmal zwölf Jahre alt, als du von hier fortgingst, um in den Orden einzutreten. Hättest du davor bereits begonnen, Mädchen mit nach Hause zu bringen, hätte mich das vor einem Jahr noch beeindruckt, doch jetzt, wo ich selbst Mutter bin, wäre ich darüber schockiert."

"Die Fakten rund um eine Aussage zu analysieren ist ein sicherer Weg, um die Romantik umzubringen", erwiderte er und ließ seinen Blick über seine alten Spielsachen und Bücher auf rustikalen Regalen schweifen. Eryn tat es ihm gleich.

"Deine Mutter hat das Zimmer nach deinem Fortgehen weitgehend so belassen, wie es war, wie es aussieht."

"Ja. Es wäre allerdings vernünftiger gewesen, es auszuräumen und einem von Norens Kindern zu geben. Auch wenn das Haus groß genug ist, damit das nicht nötig ist. Trotzdem." Er seufzte. "Das ist ein seltsames Gefühl - zu einem Raum aus der Vergangenheit zurückzukehren, wo jedes Detail noch so ist wie früher. Dabei ist mir etwas mulmig zumute. Ich erinnere mich daran, wie ich auf der Fensterbank saß und den Anblick der Kutsche scheute, die Anwin von einer seiner vielen Reisen zurückbringen würde. Die Stimmung im Haus war wesentlich entspannter und unbeschwerter, wenn er unterwegs war. Noren bemühte sich nicht um seine Anerkennung, Leris war nicht bestrebt, sich vor ihm zu verstecken, und ich musste mich nicht mit ihm zusammensetzen, um die Bücher durchzugehen und mir seine Vorträge darüber anzuhören, wie ich es mit meiner damaligen Einstellung nie zu etwas bringen würde."

Sie biss sich auf die Lippe. "Das klingt ja heimelig. Aber dann bist du weggegangen, Leris ist davongerannt, und Noren, schätze ich, muss nicht länger mit irgendjemandem um die Aufmerksamkeit seines Vaters wetteifern. Somit sind alle…" Glücklich schien hier nicht wirklich passend. "Zufrieden", schloss sie.

Enric zuckte mit den Schultern. "Ich weiß nicht so recht. Wenn ich mir Noren so ansehe, habe ich das Gefühl, dass er sich kaum verändert hat. Ich schätze, dass die Nähe zu Anwin in all diesen Jahren nicht viel Raum für Entwicklung gelassen hat. Er ist noch immer eifersüchtig auf mich. Sein ganzes Leben lang hat er um Anwins Aufmerksamkeit und später dann Beifall gekämpft. Ich hingegen hatte - obwohl ich beidem nie nachgejagt habe, sondern lieber Abstand gehalten hätte - meinen Anteil davon, sobald sich herausstellte, dass ich ein Magier bin. Als entschieden wurde, dass Noren mit Vater arbeiten und eines fernen Tages das Geschäft übernehmen würde, wuchs die Wichtigkeit meines Bruders an, aber immer noch nicht genug, um mit meinem neugefundenen Ruhm zu konkurrieren. Anwin war nun derjenige, der meine Aufmerksamkeit suchte, mich in der Stadt besuchte und mir einzuschärfen versuchte, wir wären eine Familie. Nicht aus selbstlosen, väterlichen Gründen, möchte ich anmerken - er wollte mich lediglich für seine eigenen Zwecke benutzen. Ein Magier in der Familie ließ sich immerhin für Geschäftszwecke instrumentalisieren." Seine Stimme klang verbittert.

Eryn sah sich einmal mehr im Zimmer um. Es zeigte eindeutig, dass Enrics Familie bereits in seiner Kindheit alles andere als arm gewesen war. Die Spielsachen waren von guter Qualität anstatt grob geschnitzt, und es gab eine Menge davon. Sie dachte zurück an ihren eigenen kleinen Schlafplatz mit dem schmalen Tisch in dem Häuschen, das sie mit ihrem Vater bewohnt hatte. Nun, Onkel, sollte sie nun wohl sagen. Treban. Wenngleich das nicht sein richtiger Name gewesen war. Ved'al also. Dort hatte es nicht viele Dinge gegeben, die keinem anderen Zweck als bloßer Unterhaltung gedient hätten. Papier und Stifte in unterschiedlichen Farben waren stets verfügbar gewesen. Sie zeichnete die Illustrationen in den Büchern ihres… in Ved'als Büchern nach und hing sie an die Wände. Die Erinnerung an die unbeholfenen Skizzen des menschlichen Körpers, die ungleichmäßig auf der Wand verteilt waren, brachte sie zum Lächeln. Dann waren da noch Bücher mit gepressten Kräutern, kleine Fläschchen, wo sie Blumen und Kräuter für dekorative Zwecke mit Öl angesetzt hatte. Wäre sie von Malriel aufgezogen worden, hätte ihr Kinderzimmer zweifellos ganz anders ausgesehen.

"Woran denkst du, Liebste? Du wirkst ein wenig traurig", erkundigte er sich sanft.

"Ich habe nur gerade daran gedacht, wie unterschiedlich deine und meine Kindheit verlaufen ist. Wir waren deutlich weniger betucht als deine Familie, doch ich genoss die Zusammenarbeit mit meinem Vater erheblich mehr als es bei dir der Fall war. Wann hast du angefangen, ihn auf seinen Reisen zu begleiten?"

"Als ich zehn Jahre alt war. Das waren wahrscheinlich die beiden aufreibendsten Jahre meines Lebens. Nicht einmal das Aufholen all des Wissens und Trainings nach meiner Einstufung als zweitstärkster Magier des Ordens war dermaßen unangenehm. Rückblickend erschienen mir die Gelegenheiten zuvor, als er uns Kinder mit Mutter allein ließ, plötzlich wie pure Wonne."

"So schlimm war es?", fragte sie mitfühlend und ergriff seine Hand.

"Es war schauderhaft, besonders nachdem ich herausfand, dass er Mutter betrog. Ich erinnere mich noch gut an diesen einen Abend. Ich war gerade erst elf Jahre alt geworden. Wir waren oben im Norden unterwegs, um mit einem

Wolllieferanten zu verhandeln und übernachteten in einem Wirtshaus." In seinen Augen war ein Ausdruck, als wäre er weit fort und dorthin zurückgekehrt, woher die Bilder in seinem Kopf stammten. "Mir war bei einer der Vertragsklauseln ein Fehler aufgefallen, und ich ging zu Anwins Zimmer, um ihn darauf aufmerksam zu machen. Ohne Klopfen ging ich hinein und fand ihn mit der Gefährtin des Wirts im Bett, ihre Beine um seinen Rücken geschlungen, ihre Arme am Kopfende des Bettes abgestützt, während er stöhnend auf ihr lag." Seine Lippen kräuselten sich angewidert. "Ein paar Augenblicke stand ich einfach nur dort, starr vor Schreck, dann drehte ich mich um, schloss die Tür und kehrte in mein Zimmer zurück, um mich dort unter den Decken zu verkriechen. Vergeblich versuchte ich, diese Bilder wieder aus dem Kopf zu bekommen. Das ist mir bis heute nicht gelungen."

"Was hat Anwin dazu gesagt?"

"Zuerst nichts. Er lief mir nicht einmal nach, nicht gewillt, seine Aktivitäten wegen solch einer Kleinigkeit zu unterbrechen. An seinen Gesichtsausdruck, als ich in sein Zimmer platzte, erinnere ich mich noch gut - er war mehr verärgert als schockiert. Als wäre es lästig, nichts als eine unwillkommene kurzzeitige Unterbrechung für ihn gewesen, während es für mich eine Erfahrung war, die das letzte Bisschen Respekt erstickte, das ich für ihn hatte, den letzten Funken an pflichtschuldiger Liebe, der noch in mir existierte. Beim Frühstück am nächsten Morgen vermied ich es so gut wie möglich, ihn anzusehen. Keiner von uns erwähnte die vorangegangene Nacht. Von diesem Zeitpunkt an wurde ich hellhöriger, was sein häufiges Fremdgehen betraf. Ich bemerkte Geräusche aus seinem Zimmer, verstohlene Blicke, bevor er ein Zimmer betrat, das nicht seines war. Einige Wochen später verlor ich die Beherrschung und sagte ihm, dass ich ihn nicht länger auf seinen Reisen begleiten wollte, dass ich sein Gebaren verabscheuungswürdig fand. Er starrte mich nur zornig an und sagte mir, ich solle nicht so kindisch sein. Er erklärte mir, das sei vollkommen natürlich, dass ein Mann Bedürfnisse hätte, die eine Frau allein kaum jemals erfüllen könnte, dass ich das schon noch verstehen würde, wenn ich eines Tages selbst eine Gefährtin nähme." Er drückte ihre Hand und brachte ein sprödes Lächeln zustande. "Er hatte Unrecht. Jetzt, wo ich dich habe, verstehe ich es sogar noch weniger."

Beide erstarrten, als sie ein Geräusch vom Gang außerhalb des Zimmers vernahmen - hinter der Tür, die nicht vollständig geschlossen war. Es klang nach einer Mischung aus einem Keuchen und einem Schluchzen.

Enric sprang als Erster auf, rannte zur Tür und riss sie auf. Alle Farbe wich ihm aus dem Gesicht, als er Gerit mit weit aufgerissenen Augen und zitternder Unterlippe, Vedric auf einem Arm, dort vorfand.

"Mutter!", flüsterte Enric und verfluchte sich für seine Achtlosigkeit. In Anyueel ergriff er Vorsichtsmaßnahmen, wenn er vertrauliche Gespräche führte, wie schalldichte Barrieren oder abgelegene Örtlichkeiten, und hier hatte er nicht einmal sichergestellt, dass die Tür ordentlich geschlossen war. Welch ein Glück, dass Dummheit nicht wehtat, oder er würde sich zuckend vor Schmerzen auf dem Boden winden.

Wortlos schüttelte Gerit den Kopf, schob ihrem Sohn das Baby in den Arm, drehte sich um und lief die Treppe hinab.

Enric fluchte und gab Vedric an Eryn weiter, bevor er ihr nacheilte.

* * *

Enrics Seufzer drückte tiefgreifende Erleichterung aus, als er hörte, wie die Kutsche eintraf, die sie zurück in die Stadt bringen sollte. Das bedeutete, dass ihr Aufenthalt hier in nur wenigen Minuten enden würde. Er saß mit Eryn, die Vedric auf dem Schoß hatte, am Esstisch. Anwin stand am anderen Ende des Raumes an die Wand gelehnt. Niemand sprach. Er wusste nicht, wo sich Noren und seine Gefährtin aufhielten - und es war ihm auch vollkommen gleichgültig. Doch ebenso wenig wusste er, wo seine Mutter abgeblieben war, und das bereitete ihm beträchtliche Sorgen. Seit sie gestern Abend seine Geschichte über die wiederholte Untreue ihres Gefährten mitangehört und daraufhin aus dem Haus geflohen war, hatte sie niemand mehr gesehen. Und außer Eryn und ihm schien sich darüber auch niemand irgendwelche Gedanken zu machen. Hatte sie es sich zur Gewohnheit gemacht, grundlos aus dem Haus zu verschwinden, sodass man bereits daran gewohnt war, oder kümmerte es einfach nur niemanden? Er wusste nicht, welche Option ihn mehr verärgern würde, wenn sie sich als zutreffend erwies.

Der Drang, von hier fortzukommen und Anwin und Noren loszuwerden kämpfte mit dem Wunsch, zumindest lange genug zu bleiben, um seine Mutter zu finden und sicherzustellen, dass es ihr gut ging. Wenngleich diese Formulierung problematisch war. Wie konnte es einer Frau gut gehen, wenn sie gerade herausgefunden hatte, dass ihr Gefährte, mit dem sie mehrere Jahrzehnte verbracht hatte, immer wieder zwanglosen Sex mit anderen Frauen hatte? Erneut verfluchte er sich für seinen Mangel an Vorsicht, als er Eryn davon erzählt hatte.

Eryn stand auf und nickte Anwin zu. "Unsere Kutsche ist eingetroffen. Bitte bestell Gerit unsere Grüße." Sonst gab es an diesem Punkt nichts mehr zu sagen, und sie wandte sich in Richtung der Tür. Seit Enrics Geschichte gestern war Anwin in ihrer Achtung sogar noch weiter gesunken. Sie war froh, von hier wegzukommen und schwor sich, dass sie Enric oder Vedric niemals wieder für einen Besuch in dieses Haus schleppen würde, sofern nicht einer von beiden den expliziten Wunsch dazu äußerte.

Sie musste an Malriel und Valrad denken. Ihre beiden Eltern hatten ihre jeweiligen Gefährten betrogen, als sie damals gezeugt worden war. Von beiden Elternpaaren schien Gerit die einzige zu sein, die niemals auf Irrwege geraten, sondern dem Mann, den sie als Partner für ihr Leben gewählt hatte, treu geblieben war. Das war in der Tat eine betrübliche Quote.

Sie hoffte, dass dies keine Neigung war, die an die nächste Generation weitergegeben wurde, oder die Aussichten für ihre und Enrics Beziehung waren nicht besonders ermutigend.

Anwin nickte ihnen lediglich knapp zu und ersparte sich die Mühe, sie nach draußen zu begleiten.

Sobald sich die Kutsche in Bewegung setzte, entließ Enric einen Seufzer aufrichtiger Erleichterung. "Das war ein Alptraum." Der für seine Mutter wohl noch nicht vorbei war, dachte er.

Eryn wirkte ebenfalls nicht besonders glücklich. "Wir haben gestern Abend mächtiges Unheil angerichtet. Wie ist es nur möglich, dass wir an einem einzigen Tag solchen Mist gebaut haben?" Mit ernsthaft besorgter Miene sah sie ihn an. "Denkst du, Gerit kann mit den Schock umgehen? Sie würde doch nichts… Überstürztes tun, oder?"

Er schüttelte den Kopf. "Nein, das würde sie nicht. Sie war stets von der beherrschten, klugen Sorte, die im Angesicht von Ärger ihre Fassung bewahrt hat. Ich kann mich nicht erinnern, dass sie ihre Stimme jemals im Ärger gegen Anwin erhoben hätte. Und ich muss dir wohl nicht sagen, dass es dafür ausreichend Gelegenheit gab."

Vedric driftete langsam in den Schlaf hinüber, als ihn die schaukelnden Bewegungen der Kutsche in den Schlaf wiegten. Die Tatsache, dass er während der Nacht aktiv gewesen war, mochte auch dazu beitragen.

Nachdenklich sah Eryn zum Fenster hinaus. "Wie soll man als Frau reagieren, wenn man so etwas erfährt? Wie würde ich reagieren? Ich schätze, ich würde zuerst das Haus zerstören und dann irgendwohin abhauen. Ich würde es nicht für mich behalten und schweigend leiden."

Enrics Lächeln war bar jeder Freude. "Zu dieser Sorte hätte ich dich auch nicht gezählt. Malhora ließ immerhin einen Weinkeller hochgehen, nachdem sie ihren Gefährten mit einer anderen Frau im Bett vorfand. Doch ich würde so etwas nicht tun."

Sie zog eine Augenbraue hoch. "Es ist ja sehr romantisch, dass du denkst, unsere Zuneigung würde immer so bleiben, wie sie jetzt ist. Doch es mag irgendwann eine Zeit kommen, wo du dich nicht länger so stark an mich gebunden fühlst wie jetzt. Oder du dich in eine andere Frau verliebst. Solche Dinge passieren."

"Das ist möglich, wenn auch höchst unwahrscheinlich. Und selbst in diesem Fall würde ich dich nicht betrügen, sondern dich verlassen, bevor ich etwas tue, das eine Verletzung unseres Eids zueinander bedeuten würde. Und von dir würde ich das Gleiche erwarten. Sollte ich jemals herausfinden, dass du eine Affäre hattest oder auch nur eine einzige Nacht mit einem anderen Mann verbracht hast, während du mein warst, werde ich ihn töten."

Eryn nickte. "Ich weiß." Dann schmunzelte sie. "Aber zumindest weiß ich, was ich zu tun habe, falls ich jemanden loswerden und mir das Geld für einen Attentäter sparen will."

"Rasend komisch", erwiderte Enric ausdruckslos, dann kehrte er zum Thema seiner Mutter zurück. "Ich wünschte, sie wäre nicht einfach so davongerannt; ich wünschte, ich hätte sie einfach einpacken und mit uns in die Stadt nehmen können, weg von diesem deprimierenden Ort hier. Hast du gesehen, wie Werna sie behandelt? Als wäre sie wenig mehr als eine Bedienstete in ihrem eigenen Haus? Ich könnte Noren und Anwin dafür ohrfeigen, dass sie nichts unternehmen, um dem ein Ende zu bereiten. Und jetzt, wo sie von Anwins Treulosigkeit erfahren hat, wird ihr Leben sogar noch unerträglicher werden. Obwohl er vor all diesen Jahren ihr gegenüber immer distanzierter und kühler wurde, hat sie ihn nicht verlassen. Somit würde es mich überraschen, wenn dieses Ereignis nun eine ausreichende Motivation für sie wäre, all das hier hinter sich zu lassen. Würde sie einfach ihre Sachen zusammenpacken und fortgehen, wäre ich sogar froh darüber, dass sie es herausgefunden hat."

Sie seufzte und wünschte, sie könnte seinen Schmerz irgendwie lindern. Doch das lag jenseits der Möglichkeiten, die magische Heilung bot. "Sie ist eine erwachsene Frau; sie muss ihre eigenen Entscheidungen treffen, ganz egal, wie wenig dir die auch zusagen mögen."

Er nickte kurz, seine Kiefermuskeln gespannt wie Schiffstaue.

KAPITEL 22

Elternsein für Anfänger

Eryn öffnete die Tür zu ihrem Haus, froh, wieder heim und aus dieser Kutsche zu kommen. Sie war immens dankbar, dass der Besuch bei Enrics Familie und die damit verbundene Fahrt vorüber waren und sie einen entspannten, ruhigen Abend zuhause mit ihren beiden Jungs vor sich hatte. Sie versuchte, nicht zurückzudenken. Besonders viele angenehme Aspekte hatte es nicht gerade gegeben, wenn man bedachte, wie die Dinge mit Gerit standen, die Tatsache, dass Werna ihre Kinder außer Sichtweite hielt, solange deren Onkel und Tante aus der Stadt anwesend waren, und dann noch Anwins Distanz seinem Sohn und Eryn gegenüber, obwohl er derjenige gewesen war, der sie wiederholt zu einem Besuch eingeladen hatte.

Sie drehte sich um, als sie hörte, wie Enric vor sich hinmurmelte: "Oh Mann." Er hielt einen Umschlag in seiner Hand und hob ihn mit einer Grimasse hoch. "Post aus Takhan. Echte Post. Es scheint, als hätte Vran'el etwas mehr zu sagen als in einen Vogelzylinder hineinpasst…"

"Nein, bitte nicht jetzt", stöhnte Eryn. "Können wir den nicht verbrennen und vorgeben, er wäre nie angekommen? Ich will mich damit heute Abend nicht mehr abgeben müssen. Ich brauche dringend einen heiteren und gemütlichen Abend. Vran'els Reaktion auf die Entdeckung unseres kleinen Projekts passt da einfach nicht hinein."

"Es wird nicht besser, wenn wir ihn ignorieren. Auch wenn wir den Brief nicht jetzt gleich öffnen, werden wir trotzdem daran denken. Komm schon, bringen wir es hinter uns. Womöglich ist es nicht so schlimm, wie wir es uns ausmalen." Er hielt ihr den Brief entgegen. "Hier."

Sie schnaubte und trat mit erhobenen Händen einen Schritt nach hinten. "Ich werde das sicher nicht öffnen. Mach du das. Du bist derjenige, der unbedingt sehen will, was er schreibt."

"Es ist an dich adressiert."

"Aber du wolltest das Öffnen hinter uns bringen!"

"Meine andere Hand ist voll", konterte er und deutete auf Vedric.

"Es wäre mir ein Vergnügen, dich von dieser Last zu befreien", schnupfte sie und trat auf ihn zu, die Hände erhoben, um ihren Sohn an sich zu nehmen.

"Das geht schon in Ordnung, nimm lieber den Brief. Der Junge ist immerhin erheblich schwerer, und ich versuche, ein Gentleman zu sein."

Beide drehten die Köpfe, als Plia die Treppe herabstieg und den Kopf schüttelte. "Meine beiden Lieblingsmagier sind also wieder zurück. Ich konnte eure Zankerei bis in mein Zimmer hinauf hören." Sie kam näher und streckte ihre Hand nach dem Umschlag aus. "Her damit."

Enric schmunzelte und überreichte ihr den Brief. "Hier, oh du Furchtlose."

Plias Mundwinkel zuckten kurz, bevor sie den Umschlag aufriss und zwei Papierbögen herauszog. Sie begann zu lesen, und ihr Gesichtsausdruck zeugte von Besorgnis. "Ahem, er ist wirklich ziemlich ungehalten euretwegen. Er schreibt, dass eure Errichtung einer Residenz eine unverschämte Demonstration von Illoyalität und Ungehorsam ist. Und dass er euch ein juristisches Dokument unterzeichnen lassen hätte, wäre ihm klar gewesen, dass ihr seine Anweisungen auf solch eine Weise umgehen würdet. Außerdem sagt er, dass von einer Aren wohl nichts anders zu erwarten wäre. Offensichtlich könne man dir ebenso wenig über den Weg trauen wie deiner Mutter."

Eryn warf die Hände in die Luft. "Oh, bitte! Das war ein Schlag unter die Gürtellinie!"

Ein paar Augenblicke lang las Plia still weiter, dann nickte sie zu Enric hin. "Und er meint, du seist nicht viel besser. Dass du nicht in dieses Haus geboren wurdest, hätte dich nicht davon abgehalten, dich innerhalb kürzester Zeit an ihre Methoden anzupassen. Er hat öffentlich bekannt gemacht, dass er dieses Projekt vorab genehmigt hat, damit er nicht wie ein vollkommener Trottel dasteht, der keine Kontrolle darüber hat, was in seinem Haus vor sich geht. Das schließt auch mit ein, dass er sämtliche juristischen Belange im Zusammenhang mit der Residenz von Ram'an übernommen hat um zu demonstrieren, dass er ganz erpicht darauf ist, seiner geliebten Schwester dabei zu helfen, dass sie sich ihren Wunsch von einem eigenen Zuhause erfüllt. So will er der Welt auch zeigen, dass ihr alle eine große, glückliche Familie seid, in der es keinerlei Spannungen gibt."

Enric stieß einen Pfiff aus. "Ja, das klingt tatsächlich so, als wäre er unseretwegen ein wenig ungehalten. Glücklicherweise hat er vor unserem nächsten Wiedersehen noch ein paar Monate Zeit, um sich zu beruhigen."

Eryn sah die zwei Seiten an. "Das ist alles? Der Brief kommt mir etwas länger vor."

Das Mädchen zuckte mit den Schultern. "Da sind noch ein paar wenig schmeichelhafte Begriffe für euch beide, die ich für den Moment unerwähnt gelassen habe. Ich habe mich auf die Kernaussagen konzentriert."

Enric nahm ihr den Brief aus der Hand und überflog ihn auf der Suche nach den unterhaltsamen Passagen. "Durchtriebenes Luder", murmelte er. "Sehr schmeichelhaft." Und kurz darauf: "Hinterrücks zustechender, heimtückischer Sohn eines Schakals. Das ist offensichtlich an mich gerichtet. Wie absurd, wenn es ausgerechnet von einem Juristen kommt." Er las weiter. "Und du bist... warte, das muss ich zitieren, es ist fast schon poetisch - eine verräterische Schlange, die ich an meinem gutgläubigen, ahnungslosen Busen genährt habe, nur damit du dich dann gegen mich wendest und deine giftigen Fangzähne in mein schutzloses Hinterteil versenkst. Sieh sich das einer an, er wird wirklich kreativ, wenn er wütend auf uns ist. Er hat einen richtigen Lauf. Wir sollten ihn öfter provozieren, das Ergebnis ist köstlich." Er lachte. "Hier ist noch etwas Gutes: Du - Malriels herzloser Abkömmling - bist augenscheinlich entschlossen, deine dunkle Gabe des Verursachens von unaussprechlichem Leid dafür einzusetzen, um deinen einzigen Bruder ohne jede Gefühlsregung ins Verderben zu schicken - trotz seiner bescheidenen Bemühungen, stets in deinem besten Interesse zu handeln und dein Glück sicherzustellen."

Eryn kniff die Augen zusammen. "Wie ungemein charmant, dass dich die unvorteilhaften Ausdrücke dermaßen amüsieren, die er zur Beschreibung deiner Gefährtin heranzieht, die du doch angeblich immer beschützen willst."

"Er ist dein Bruder, Liebste. Versuche, ihn davon abzuhalten, dass er dich beleidigt, wären wie der Kampf gegen ein Naturgesetz."

Sie schüttelte nur den Kopf über ihn und über Plia, die kicherte und all das unglaublich witzig fand.

"Gibt es noch irgendwelche abschließenden Beleidigungen, die du mir vorlesen willst, bevor ich nach oben gehe und Vedric bade?"

Enric ließ seine Augen noch einmal die Zeilen entlangwandern, dann nickte er. "Ja, da ist noch eine Kostbarkeit, die auf uns beide zielt. Er schreibt, dass er geistig umnachtet gewesen sein muss, als er sich dazu entschied, einem Paar zu vertrauen, wo einer durch Geburt und der andere durch Adoption zu einem Aren wurde, und dass er sich bei der nächsten Gelegenheit von Iklan testen lassen will, um in Zukunft weitere dermaßen extreme Fehlentscheidungen zu vermeiden."

"Fabelhaft", knurrte Eryn. "Und dieser Mann ist offiziell verantwortlich dafür, unser Haus errichten zu lassen? Wir sollten das ganze Gebäude wohl besser nach Fallen absuchen, bevor wir einziehen."

Er winkte ab. "Nein, er würde Vedric keiner Gefahr aussetzen."

"Dann womöglich nur unser Schlafzimmer?"

Enric überlegte kurz, dann nickte er. "Ja, das mag ratsam sein. Ich denke nicht, dass er irgendetwas tun würde, das uns wirklich Schaden zufügt, aber ich wette, es wäre nicht unter seiner Würde, uns mit ein paar der Kräuter, die dein Vater in den Vel'kim Gärten anpflanzt, Unbehagen durch ein juckendes Bettgestell oder Türgriffe zu bescheren."

Eryn hob Vedric auf ihre Hüfte und seufzte. "Das ist dein Onkel, mein Junge. Und dem sollst du eines Tages nachfolgen. Mir graut ernsthaft davor, was du von diesem Spinner alles lernen wirst."

* * *

Auf ihrem Stuhl im Arbeitszimmer der Klinik sitzend, ließ Pe'tala ihre Augenbraue abwechselnd nach oben und unten wandern, während sie den Brief las, den ihr Bruder ihrer Schwester geschickt hatte.

"Mir gefällt, wie er dich als verräterische Schlange bezeichnet. Er hat ein Händchen für den Umgang mit Worten, was?"

"Warte nur ab, bis er herausfindet, dass du bei uns einziehen wirst. Du Glückliche wirst dafür nicht einmal auf einen Brief warten müssen, sondern den ganzen Spaß von Angesicht zu Angesicht erleben können", knurrte Eryn. "Dann bin ich mit dem Lachen dran."

"Das überrascht mich jetzt nicht", erwiderte die jüngere Frau ohne großen Enthusiasmus. "Zumindest habe ich nun eine recht gute Vorstellung davon, mit welchem Ausmaß an Unterstützung ich von deiner Seite rechnen kann, wenn es soweit ist."

"Ich hatte bereits das Vergnügen, unter dem Vorwand brüderlicher Fürsorglichkeit in meine Schranken verwiesen zu werden. Und zumindest wirst du dich keinen falschen Vorstellungen hingeben. Enttäuschte Erwartungen sind immerhin solch eine unangenehme Erfahrung."

Pe'tala schüttelte den Kopf. "Ein wenig schwesterlicher Trost wäre trotzdem nett gewesen. Doch wie Vran schreibt, habe ich es hier zu tun mit - warte, ich will das richtig wiederholen - hier ist es: Malriels herzlosem Abkömmling."

"Ach, halt den Mund. Ich schätze, dass er für dich ebenfalls recht bald mit ein paar ebenso wenig schmeichelhaften Bezeichnungen aufwarten wird. Dann wird es mir großes Vergnügen bereiten, sie für dich zu wiederholen", schnaubte Eryn. "So, nun musst du mich entschuldigen. In ein paar Minuten muss ich in der Ratshalle sein. Warum können diese Versammlungen nicht am Nachmittag stattfinden, frage ich dich? Dort direkt nach einer Nachtschicht hingehen zu müssen wirkt nicht gerade Wunder für mein Vermögen, wach zu bleiben und halbwegs aufmerksam zu erscheinen. Ein paar Stunden Schlaf wären auf jeden Fall hilfreich. Nicht, dass es für Enric viel erholsamer ist, mit Vedric zuhause zu sein, wohlgemerkt."

"Ihr seid beide verrückt. Ihr solltet euch ein Kindermädchen nehmen", bekundete Pe'tala mit Überzeugung. "Oder du musst aufhören, in so vielen verschiedenen Bereichen aktiv zu sein, solange mein Neffe noch so klein ist. Warum nimmst du dir nicht ein Jahr lang eine Auszeit von der Klinik, da du wohl kaum aus dem Rat austreten kannst?"

Eryn rollte mit den Augen. "Nicht du auch noch! Ich will keine Fremde bezahlen, damit sie meinen Sohn für mich großzieht. Ich weiß, dass das hier üblich ist, doch ich heiße es nicht gut."

"Ich schlage nicht vor, dass du seine Erziehung vollkommen abgibst, sondern nur, dass du dir für jeden zweiten Tag für ein paar Stunden Hilfe holst. Warum bist du in dieser Sache nur so verdammt stur? Wann hat Enric das letzte Mal eine ganze Nacht lang durchgeschlafen? Hier geht es nicht bloß um dich, er leidet ebenfalls unter deiner eigensinnigen Weigerung, Vernunft anzunehmen. Ein Kind ist nicht bloß ein weiteres Element, das es in einen feststehenden Tagesablauf einzubinden gilt; du musst dich an seine Bedürfnisse anpassen, ohne dabei selbst zugrunde zu gehen."

"Wir haben unseren Tagesablauf stark umgestellt, möchte ich anmerken. Ich habe aufgehört, tagsüber zu arbeiten, habe das Unterrichten der Lehrlinge an dich abgegeben und…"

"Eryn", versuchte Pe'tala es erneut, "du hast deine Stunden in der Klinik nicht reduziert, sondern lediglich die Tageszeit verschoben, zu der du herkommst. Und Enric arbeitet tagsüber, anstatt den verlorenen Schlaf nachzuholen. Das alles ist nicht gesund. Und während du nachts zuweilen ein paar Stunden Schlaf ergattern kannst, sieht es nicht so aus, als wäre Enric das Gleiche vergönnt."

Eryn warf ihr einen unnachgiebigen Blick zu. "Ich habe nicht die Absicht, meine Arbeit in der Klinik aufzugeben - sie ermöglicht mir den Kontakt mit Erwachsenen, und ich habe zu hart gearbeitet, um all das hier möglich zu machen, nur um mich jetzt einfach so zurückzuziehen. Außerdem sind es nur noch ein paar Monate. Vedric wird früher oder später die Nächte durchschlafen, dann wird alles einfacher. Warum setzen wir dieses Gespräch nicht fort, wenn du selbst Kinder hast?"

"Sicher, oh du, die du voll des Wissens und der Weisheit bist", rief Pe'tala ihr nach, als sie in den Korridor hinaustrat. "Ein paar Monate der Mutterschaft haben dir gezeigt, wie die Welt funktioniert und wie man über gesunden Menschenverstand triumphiert, wenn er von Leuten angewandt wird, die sich noch nicht fortgepflanzt haben!"

Eryn schlug die Tür hinter sich zu und kämpfte gegen den Drang an, ihr noch weitere Beleidigungen zurückzuwerfen. Sie entschied sich dagegen und sah zu, dass sie rechtzeitig für die Ratsversammlung im Palast eintraf.

Verantwortungsbewusstsein an den Tag zu legen machte einfach keinen Spaß.

* * *

Eryn lauschte Orrin, wie er die Regeln und Details des Spiels vorstellte, das in nur wenigen Tagen stattfinden würde. Etwa die Hälfte des Rats hatte sich dafür gemeldet, darunter Tyront, Enric, sie selbst und natürlich Orrin. Überraschenderweise würde Lord Seagon, der alte Sauertopf, ebenfalls teilnehmen. Eryn hoffte, dass er im anderen Team sein würde, damit sie die Chance hatte, ihn auszuschalten.

Genau wie in Takhan, so würde auch hier Enric eine Seite anführen und Orrin die andere.

Die Versammlung lief nun schon seit mehr als einer Stunde. Zuerst hatte Lord Poron seine Pläne für die Suche nach einem Nachfolger für Rolan präsentiert, da dieser in ein paar Monaten fort sein würde, dann informierte Tyront sie, dass Ram'kel in ungefähr zehn Tagen eintreffen würde, um die Position als Botschafter in Anyueel zu übernehmen, außerdem wurden noch die Ergebnisse des diesjährigen Testdurchgangs diskutiert und so weiter.

Ihren Kopf auf eine Faust gestützt, versuchte sie interessiert und aufmerksam zu wirken, während ihr Kopf mit jeder verstreichenden Minute schwerer wurde. Müßig fragte sie sich, wie viel länger das hier heute noch dauern würde, und ob sich Tyront wohl überzeugen ließe, diese Versammlung von nun an zu einer späteren Tageszeit anzusetzen. Plötzlich verstummte der gesamte Saal, und sie horchte auf. Stirnrunzelnd folgte sie der Richtung, auf die jeder einzelne Blick konzentriert war: auf Enric, der sich in seinem unbequemen Stuhl zurückgelehnt hatte, sein Kopf leicht zur Seite geneigt, seine Augen geschlossen, während sich sein Brustkorb in einem langsamen, tiefen Rhythmus hob und senkte.

Schockiert schluckte Eryn. Er war eingeschlafen, mitten in der Ratsversammlung - und jeder hier war sich dessen bewusst. Sie war zu weit weg, um ihm einen verstohlenen Schubs oder dergleichen verpassen zu können, damit er aufwachte. Nun, zumindest schnarchte er nicht, fügte ein Teil ihres Gehirns mit einem Hang zum Galgenhumor hinzu.

Tyront hob seine Hand und legte sie auf Enrics Schulter. Der Kontakt riss den jüngeren Mann aus seinem Schlummer, und es gab einen winzigen Moment des Horrors, als ihm klar wurde, was er geschehen hatte lassen, bevor seine Gesichtszüge mit einer Schnelligkeit, die Eryn blinzeln ließ, einen kontemplativen Ausdruck annahmen.

"Es scheint, als hätte ich einen Augenblick lang die Konzentration verloren. Dafür entschuldige ich mich aufrichtig, geschätzte Kollegen. Es wird nicht wieder vorkommen", verkündete Enric mit einer Geschmeidigkeit, die die Tatsache, dass er gerade während einer Ratsversammlung bei einem Schläfchen ertappt worden war, beinahe unwirklich erscheinen ließ.

Lord Woldarn öffnete seinen Mund, und wenn man nach seinen zusammengezogenen Augenbrauen und der unzufriedenen Miene urteilen konnte, wollte er gerade eine kritische Bemerkung zum Besten geben. Doch Tyront meldete sich rasch zu Wort: "Ich schlage vor, wir fahren mit dem fort, was Lord Orrin uns gerade dabei war mitzuteilen und bringen diese Zusammenkunft dann für heute zu einem Ende."

Orrin nickte kurz, dann fasste er seinen Beitrag in wenigen Minuten zusammen, eindeutig bestrebt, die Dinge zu beschleunigen.

Als sich sämtliche Magier um den Tisch herum erhoben, räusperte sich Tyront und nickte Eryn zu. "Eine Minute Eurer Zeit, wenn Ihr sie erübrigen könnt." Dann wandte er sich an Enric. "Und du geh nach Hause und leg dich hin. Das ist ein Befehl."

Er wartete nicht darauf, dass Enric das Kommando bestätigte, sondern stand auf und trat neben Eryn, während sie darauf warteten, dass sich die anderen aus dem Saal entfernten.

Sobald sich die Tür mit dem üblichen lauten Donner geschlossen hatte und sie allein in dem Saal zurückblieben, der plötzlich unheimlich riesig und leer wirkte, lehnte sich Tyront gegen den Tisch, verschränkte die Arme und sah einfach nur zu Eryn hinab, die noch immer saß.

Sie wartete darauf, dass ihr Vorgesetzter zu sprechen begann, doch das tat er nicht. Er stand lediglich dort und beobachtete sie mit einer seltsam zufriedenen Miene, wenngleich er offensichtlich auf etwas wartete.

Als er nach mehr als einer Minute noch immer keine Silbe geäußert hatte, begann sie ihre Finger zu kneten und platzte dann heraus: "Ich weiß, dass sich etwas ändern muss. Und es ist dringender erforderlich, als ich gedacht hätte."

Tyront schürzte die Lippen und sah sie einfach nur weiterhin an.

Eryn verfluchte sich für ihr Unvermögen, den Mund zu halten. Sie hätte es unbeteiligt angehen müssen: dasitzen, sein Starren erwidern, ihm zeigen, dass sie überhaupt kein Problem damit hatte darauf warten zu müssen, dass er das unbehagliche, nervtötende, seltsam durchdringende Schweigen brach. Doch ganz offensichtlich war sie ihm in diesem kleinen Spiel nicht gewachsen, also war ihr Ärger auf sich selbst nichts als Energieverschwendung.

"Du glaubst, das ist alles meine Schuld, so ist es doch? Dass meine Entscheidung, keine Kinderfrau anzuheuern der Grund ist, weshalb er so erschöpft ist, dass er nicht einmal mehr seine Augen offenhalten kann und inmitten einer verdammten Ratsversammlung einnickt."

Er zog nur eine Augenbraue hoch und schwieg weiterhin. Sie wollte ihn am Kragen seiner Robe packen und etwas aus ihm herausschütteln - sei es ein einzelnes Wort, ein Grunzen, ein hämisches Grinsen, irgendetwas.

"Ich weiß, was alle anderen darüber denken, wie ich meinen Sohn aufziehe", fuhr sie fort, indem sie wider besseres Wissen die Stille mit Worten füllte. "Und ja, das bedeutet eine große Anstrengung für Enric." Nach einem weiteren langen Blick in Tyronts Augen, warf sie frustriert die Hände hoch und rief resigniert aus: "Also schön, du gewinnst! Ich überlege mir etwas! Gib mir zwei Tage Zeit, damit ich eine Lösung finde, mit der ich leben kann."

Nun lächelte Tyront und sagte schließlich: "Das ist es, was ich hören wollte. Braves Mädchen!"

Entrüstet über diese Anrede verzog sie das Gesicht und warf ihm einen verärgerten Blick zu. "Alles, um Eure Zustimmung zu erlangen, mein Lord."

Er schnalzte mit der Zunge. "Bis gerade eben hast du deine Sache recht gut gemacht. Verdirb das nicht. Und jetzt sieh zu, dass du von hier wegkommst und über die Lösung nachdenkst, die du mir versprochen hast. Hinfort mit dir."

Sie schluckte eine bissige Bemerkung, verbeugte sich und ging davon, während sie sich darüber wunderte, wie es kam, dass sie sich von seiner nüchternen Heiterkeit wesentlich stärker provoziert fühlte als es Strenge vermocht hätte. Und wie war es möglich, dass sie getan hatte, was er wollte, obwohl er sich mit keinem einzigen Wort geäußert hatte? Bislang war ihr nicht klar gewesen, welch eine beklemmende und mächtige Waffe zielgerichtetes Schweigen sein konnte.

* * *

Eryn ging mit Vedric im Salon auf und ab und versuchte, sein konstantes Wimmern auszublenden. Urban war bereits wieder hinaus in den Innenhof geflüchtet, so weit weg wie nur möglich von dem kontinuierlichen Lärm.

Entlang einer Wand und der Zimmerdecke hatte sie eine schalldichte Barriere errichtet, damit der Geräuschpegel soweit reduziert wurde, damit Enric dringend benötigten Schlaf nachholen konnte. Vedric war rastlos und weinerlich, schlief immer wieder auf ihrer Schulter ein, nur um dann wieder hellwach zu sein, sobald sie versuchte, ihn hinzulegen oder sich auch nur mit ihm auf dem Arm hinzusetzen. Das Auf- und Abgehen schien das Einzige zu sein, was seine Unzufriedenheit auf einen Level reduzierte, der zumindest für ihre Ohren für längere Zeit erträglich war. Ohne den Vorteil magischer Energieschübe wären ihre Arme wahrscheinlich bereits taub geworden und hätten das Kind irgendwann fallenlassen in den zweieinhalb Stunden, die sie nun schon damit verbrachte.

Die Versuchung, ihn mit nur einer winzig kleinen Dosis an Magie schlafen zu schicken war so groß, dass es sie beinahe körperlich schmerzte. Das war ein gefährlicher Pfad. Wurde einmal darauf zurückgegriffen, so würde sie beim nächsten Mal noch weniger zögern. Und es immer wieder tun. Es war eine Vorgehensweise, die streng verurteilt wurde, und zwar zu Recht. Zeigte ein Kind aus irgendeinem Grund Unzufriedenheit, dann lag stets ein unerfülltes Bedürfnis zugrunde. Und einen hilflosen Menschen ruhigzustellen und ihn somit seiner begrenzten Möglichkeiten zur Kommunikation mit seiner Umwelt zu berauben war verdammenswert. Außerdem würde es den Fortschritt sowohl seiner mentalen als auch körperlichen Entwicklung hemmen. Es wäre eine immens schlimme Tat. Und doch…

Je erschöpfter sie war, desto strenger musste sie mit sich selbst sein, um nicht in diese Falle zu tappen. Schon wieder. Das letzte Mal, als sie ihre Heilermagie aus selbstsüchtigen Gründen eingesetzt hatte, hatte sie teuer dafür bezahlt.

Niemals wieder. Sie stieß einen langen Seufzer aus und fuhr fort, mit Vedric herumzugehen und ihn zu wiegen, während sie an der unwirklichen Hoffnung festhielt, er möge länger als ein paar Minuten einschlafen, damit sie sich zumindest mit ihm hinsetzen konnte.

Sie hatte sich diese Nacht freigenommen. Enric benötigte Schlaf, und sie brauchte Zeit zum Nachdenken. Sie fragte sich, ob sie wohl eine Lösung finden würde, die sie nicht dazu zwang, ihren Sohn entgegen ihren Überzeugungen einer Fremden anvertrauen zu müssen. Aber da gab es wohl kaum eine andere Wahl, sofern sie ihre Arbeit in der Klinik nicht aufzugeben gedachte. Womöglich konnte sie Vedric nachts mitnehmen? Nein, das war absurd. Es gab Nächte, wo dies kein Problem wäre, doch in anderen war sie so beschäftigt, dass sie überhaupt keine Zeit für ihn hätte. Abgesehen von der Grausamkeit, ihren schreienden Sohn neben sich zu ignorieren, wären die Patienten sicher auch nicht besonders erfreut darüber, zusätzlich zu ihren eigenen Beschwerden, die ernst genug waren, um sie mitten in der Nacht in die Klinik zu treiben, auch noch das Weinen ertragen zu müssen.

Junar zu ersuchen, sie möge Vedric öfter betreuen, stand ebenfalls außer Frage. Wenngleich Téa ein vorbildliches Kind war, was das nächtliche Durchschlafen und die Zufriedenheit mit der bloßen Nähe zu ihren Eltern im Wachzustand betraf, so war Vedric doch erheblich fordernder. Sich in seinem Sichtfeld aufzuhalten reichte nicht aus, um ihn ruhig zu halten. Er wollte ständig herumgetragen werden und verlangte ausgesprochen viel Aufmerksamkeit. Es war schlichtweg unmöglich, dass er sich einen einzigen Erwachsenen mit einem weiteren Kind teilte. Hätte Eryn zuvor die Absicht gehegt, in nächster Zeit noch ein zweites Kind zu bekommen, wäre dieser Plan allerspätestens jetzt überarbeitet worden.

Eryn blieb stehen. War da gerade ein Klopfen an der Eingangstür gewesen? Derzeit war sie für ihre Umwelt weitgehend taub. Seit ihrer Nachtschicht und der darauffolgenden Ratsversammlung hatte sie keine Zeit zum Hinlegen gefunden, und ihr Gehirn wurde zunehmend schwerfälliger. Sogar das Identifizieren von Geräuschen bereitete ihr Mühe, besonders mit dem variierenden Ausmaß von Vedrics Weinen.

Gerade, als sie in Betracht zog nachzusehen, ob es sich tatsächlich um einen Besucher handelte oder ob das Geräusch ein Hirngespinst gewesen war, ertönte es erneut, dieses Mal ein wenig lauter.

Sie öffnete die Tür. Bei dem Anblick erstarrte sie und blinzelte mehrmals, um sicherzugehen, dass ihr Gehirn keine Rache in Form von Halluzinationen an ihr übte, weil ihm der benötigte Schlaf vorenthalten wurde.

"Gerit?", fragte sie, dazu entschlossen, sich von ihren Ohren bestätigen zu lassen, was ihre Augen ihr weismachen wollten.

"Ja", antwortete Enrics Mutter leise, ihre Wangen hohler als noch vor ein paar Tagen, ihre Augen leicht geschwollen als hätte sie in letzter Zeit ausgiebig geweint. Was höchstwahrscheinlich auch der Fall war.

Eryn benötigte ein paar weitere Augenblicke, um den anfänglichen Schock zu überwinden und sich daran zu erinnern, dass zur Seite zu treten und ihre Besucherin von der frostigen Dunkelheit der Straße hereinkommen zu lassen, eine fabelhafte Idee wäre.

Sie versuchte ihr Gehirn zu veranlassen, es möge mit einer angemessenen Frage aufwarten, doch diejenigen, die herauswollten, mussten zurückgehalten werden. Sie hätten nur abrupt und abweisend geklungen; wie Was machst du denn hier? oder Bedeutet das, du hast Anwin verlassen?

Aber eine Frage gab es, mit der sie nichts falsch machen konnte. "Was möchtest du trinken?"

Gerit schien etwas verblüfft von der Frage, erholte sich aber rasch. Sie stellte die Tasche ab, die sie über ihrer Schulter hängen hatte, nahm den Umhang ab und streckte dann die Arme aus, um ihren Enkel von Eryn entgegenzunehmen. "Etwas Warmes wäre nett, wenn es keine allzu große Mühe bereitet."

Eryn verspürte einen raschen Stich von Schuldbewusstsein über die Erleichterung, die sie verspürte, als sie ihren Sohn an die andere Frau übergab. Freiheit hatte viele Gesichter, und eines davon war, von der Abhängigkeit eines anderen menschlichen Wesens befreit zu werden, auch wenn es nur ein paar kurze Minuten waren. Flüchtig überlegte sie, ob sie das zu einer schlechten Mutter machte, entschied sich dann aber, darüber nachzusinnen, wenn sie sich ausgeruhter fühlte. Sofern dieser körperliche und geistige Zustand etwas war, das ihr in nicht allzu ferner Zukunft irgendwann vergönnt sein würde. Ungeschickt fischte sie zwei Tassen aus einem Schrank, fügte ein paar Löffel Puder hinzu und mischte es mit kaltem Wasser, das sie dann mit ein wenig Magie erhitzte.

"Du siehst furchtbar aus", bemerkte Gerit ernst, als Eryn ihr die Tasse aushändigte.

Ohne nachzudenken erwiderte Eryn: "Du ebenfalls." Dann schloss sie kurz die Augen und setzte zu einer Entschuldigung an.

Doch Gerit nickte nur. "Das tue ich wohl. Aber meine Erschöpfung ist seelisch, deine körperlich. Die meine zu überwinden wird Monate dauern, vielleicht sogar Jahre. Deiner lässt sich innerhalb eines Tages mit etwas Schlaf beikommen."

"Enric schläft oben", erklärte Eryn, nicht ganz sicher, weshalb diese Information im Moment wichtig war. Vielleicht als Rechtfertigung dafür, weshalb er nicht hier war, um seine Mutter zu begrüßen, um die er sich solche Sorgen gemacht hatte, nachdem sie solch ein Chaos angerichtet und sich dann aus dem Staub gemacht hatten?

"Gut. Dann solltest du dich zu ihm begeben, sobald du ausgetrunken hast", instruierte Gerit sie mit einem schwachen Lächeln.

"Vedrics Zimmer hat noch immer ein ordentliches Bett", äußerte Eryn und fragte sich träge, ob dies als die Einladung zum Hierbleiben erkennbar war, als die es gemeint war.

"Ich bin froh, das zu hören. Ich bin sicher, dass ich es dort gemütlich haben werde. Trink aus, Mädchen. Und achte auf die Stufen, damit du nicht stolperst. Ich gehe davon aus, dass Vedric bereits gegessen hat?"

Eryn nickte erschöpft.

"Ausgezeichnet. Dann ab nach oben mit dir, meine Liebe. Mein Enkel und ich werden gut zurechtkommen. Er wird mich von meinen Sorgen ablenken und mir nach langer Zeit wieder einmal das Gefühl geben, nützlich zu sein."

* * *

Langsam erwachte Enric. Nach dem durch das Fenster hereinfallende Licht des späten Vormittags zu urteilen, musste er mindestens zwanzig Stunden geschlafen haben. Einen Moment noch blieb er mit halboffenen Augen liegen und führte eine Bestandsaufnahme durch. Nicht auf die Weise, wie Eryn es tat, indem sie einen Magieimpuls durch ihren Körper schickte, der ihr mitteilte, was auch immer in ihrem Inneren reparaturbedürftig war. Er versuchte einfach nur herauszufinden, in welchem Allgemeinzustand er sich in diesem Moment befand. Ausnahmsweise einmal gut ausgeruht. So hatte er sich schon seit einigen Wochen nicht mehr gefühlt. Er versuchte sich zu erinnern, wann er das letzte Mal mehr als zwei Stunden ohne Unterbrechung geschlafen hatte und entschied, dass es wohl noch in Takhan gewesen sein musste.

Seltsam, dass er über das Schlafen bisher nie nachgedacht hatte. Es war lediglich etwas, das man tat, wenn Geist und Körper müde wurden und anzeigten, dass sie für eine Weile abschalten wollten. Nun hatte es an Wichtigkeit zugenommen und war zu Luxus geworden.

Er drehte seinen Kopf und zog überrascht beide Augenbrauen hoch, als er Eryn bäuchlings neben sich liegen sah, ihr Kissen in einem Todesgriff zwischen ihrem Unterarm und ihrem Gesicht gefangen. Sie schnarchte leise, was ungewöhnlich war. Er erinnerte sich, dass sie nach ihrer Nachtschicht gestern nicht ins Bett gehen konnte, auch nicht nach der Versammlung, da Tyront ihm befohlen hatte, sich hinzulegen. Das bedeutete, sie war gezwungen, den ganzen Tag aufzubleiben. Deswegen hatte er ein schlechtes Gewissen gehabt, als er auf dem Bett zusammengeklappt war.

Vorsichtig, um sie nicht wecken, stand er auf, zog sich leise an und ging dann zum Waschraum, wo er sein Spiegelbild kritisch betrachtete. Die üblichen Ringe unter seinen Augen waren noch immer erkennbar, doch nicht mehr so ausgeprägt, wie sie in letzter Zeit hervorzustechen pflegten. Kurz schloss er die Augen, und als er sie wieder öffnete, waren die dunklen Schatten verschwunden. Er rieb sich mit der Hand über seinen kurzen Bart und drehte sein Gesicht zuerst in die eine, dann in die andere Richtung, während er überlegte, ob er gestutzt werden musste. Er versuchte sich zu erinnern, wann er das zum letzten Mal getan hatte und fand keine Antwort darauf. Irgendwie waren diese Routineaufgaben in letzter Zeit zu einer seltsam unklaren Masse verschmolzen.

Als er das Badezimmer wenig später wieder verließ - gewaschen, gepflegt und sauber duftend - ging er zu Vedrics Zimmer und öffnete die Tür so leise wie möglich. Seine Brauen zogen sich zusammen. Das kleine Bett an der Wand war leer. Wie müde war Eryn gestern gewesen? War es überhaupt möglich, ein weinendes Kind zu verlegen? Er versuchte irgendwelche verräterischen Geräusche eines verlassenen Kindes wahrzunehmen, doch da war nichts.

Er fragte sich, ob sie den Jungen bei Junar gelassen hatte. Wahrscheinlich.

Auf seinem Weg die Stufen hinab hob er die Nase und atmete Essensgerüche ein. Die Diener hatten offensichtlich Frühstück vorbereitet.

Dem Duft zum Esszimmer folgend, hielt er mitten im Schritt inne und starrte vollkommen ungläubig auf die Frau, die dort auf einem Stuhl saß, auf ihrem Schoß ihren Enkel, den sie mit kleinen Stücken weichen Brotes und etwas, das nach irgendeinem Getreide- oder Obstbrei aussah, fütterte.

"Mutter?" Er schlief doch wohl nicht noch immer und träumte?

"Enric", erwiderte Gerit und lächelte. "Ich wünsche dir einen guten Morgen. Ich kam gestern Abend an, und Eryn war so freundlich, mich zum Bleiben einzuladen." Nun wirkte sie etwas unsicher. "Ich hoffe, das stört dich nicht. Du hast es mir in der Vergangenheit angeboten, also dachte ich…"

Enric hatte sich soweit erholt, dass er zu ihr gehen und sie auf die Stirn küssen konnte. "Sei nicht lächerlich, Mutter. Du bist mehr als willkommen hier, immer." Er lächelte und schüttelte den Kopf. "Und nicht nur, weil du der Grund zu sein scheinst, aus dem Eryn und ich in der Lage waren, uns ein paar Stunden lang zur gleichen Zeit aufs Ohr zu legen. Du weißt, dass du dir das Recht zu bleiben nicht damit erarbeiten musst, auf Vedric aufzupassen, hoffe ich?"

Gerit hob ihr Kinn. "Ich weiß. Du warst noch nie jemand, der anderen seine Großzügigkeit in Rechnung gestellt hat. Und aus diesem Grund ist es mir ein noch größeres Vergnügen, das zu tun." Sie wischte Vedrics Gesicht mit einem feuchten Tuch ab, um die Spuren seines Frühstücks zu entfernen. "Er ist recht lebhaft. Du warst nicht so, sondern eher von der ruhigen und schelmischen Sorte, wo ich mich immer dann zu sorgen begann, wenn ich dich nicht länger hören konnte. Dein Sohn muss also nach seiner Mutter kommen. Ich kenne sie noch nicht lange, doch wir hören zuweilen Geschichten über sie."

Er grinste schief. "Ja, so scheint es wohl. In den kommenden Jahren wird er uns sicher auf Trab halten."

Er nahm neben ihr Platz, häufte Essen auf seinen Teller und staunte über die Merkwürdigkeit, in der großen Stadt mit seiner Mutter am Frühstückstisch zu sitzen, nachdem er sie in all den Jahren niemals zu einem Besuch hatte überreden können. Er wollte sie nach der Bedeutung ihres überraschenden Erscheinens fragen. Hatte sie sich schlussendlich doch dazu entschlossen, ihren Gefährten zu verlassen? Oder benötigte sie nur etwas Zeit fernab ihres

Zuhauses, um Klarheit über ihre nächsten Schritte zu gewinnen? Enric hoffte sehr stark auf Ersteres, konnte sich jedoch nicht dazu durchringen, ihr die Frage zu stellen. Sie mochte es dergestalt missverstehen, dass er sie nur danach fragte, um herauszufinden, wann er sie denn wieder loswürde. Nichts läge der Wahrheit ferner.

Er war nicht sicher, wie er sich dem Thema annähern sollte. Gerit war stets jemand gewesen, der ihren Kummer für sich behalten hatte, anstatt ihn mit jemandem zu teilen. Ihr Gefährte hatte sie auf jeden Fall niemals dazu ermutigt, und um nichts in der Welt hätte sie ihre Kinder mit ihren Sorgen behelligt. Stattdessen war sie diejenige gewesen, die anderen zuhörte.

Er vernahm, wie oben eine Tür geschlossen wurde. Das musste Eryn sein. Plia war um diese Tageszeit normalerweise bereits fleißig am Arbeiten in der Klinik. Und tatsächlich erschien seine Gefährtin kurz darauf voll bekleidet im Türrahmen und versteckte ihr Gähnen hinter ihrem Handrücken, bevor sie in das Zimmer schlenderte. Sie küsste Enric auf den Scheitel, dann ging sie weiter zu Gerit, um sie von ihrem Enkel zu befreien.

"Guten Morgen."

Gerit hielt Vedric fest, als Eryn ihn hochheben wollte. "Warum lässt du ihn mir nicht noch ein wenig länger, meine Liebe? Iss doch erst einmal etwas."

Eryn zuckte mit den Schultern und tat wie ihr geheißen. Mit einer Frau, die willens war, ihr ein paar ungestörte Minuten zur Befriedigung grundlegender menschlicher Bedürfnisse wie essen und schlafen zu gewähren, würde sie nicht streiten. Sie schob ein paar Stücke gebratenen Gemüses von der Servierplatte auf ihren Teller, dann zögerte sie, bevor sie Gerit ansah.

"Es tut uns leid, was passiert ist, als wir bei euch zu Besuch waren. Das war jedenfalls nicht der beste Weg, um uns für deine Gastfreundschaft zu revanchieren. Können wir irgendetwas tun?"

Enrics Mutter spitzte die Lippen und lehnte sich zurück, dann gab sie ihrem Enkel zur Beschäftigung einen Löffel. "Ist das so. Wir sollten wohl mit dem Verständnis von Gastfreundschaft beginnen", meinte sie sanft. "Wie Anwin, Noren und seine Gefährtin euch behandelten, hat mit diesem Konzept jedenfalls sehr wenig zu tun. So wie ich erzogen wurde, gehört dazu etwas mehr als einfach nur Essen und Unterkunft bereitzustellen. Was das andere betrifft…" Ihr Blick wanderte zu ihrem Sohn. "Es betrübt mich, welche Erfahrungen du machen musstest, während du mit deinem Vater auf Reisen warst. Es wäre meine Pflicht gewesen, dich vor solchen Dingen zu beschützen." Ihre Stimme wurde etwas bitter. "Aber wie hätte ich das tun können - es hätte erfordert, dass ich zuerst meine Augen für meine eigene Situation öffnete, mir selbst half bevor ich daran denken konnte, anderen beizustehen."

"Mutter, du…", begann Enric, hielt aber inne, als seine Mutter eine Hand hob, um ihm Einhalt zu gebieten.

"Nein, bitte lass mich ausreden. Es wird mir guttun, das nach all diesen Jahren loszuwerden." Sie kehrte zu dem zurück, was sie gerade sagen hatte wollen. "Ich wollte euch Vedric an diesem Abend zurückbringen, als ich euch reden hörte. Ich wurde in dem Glauben erzogen, dass Lauschen eine abscheuliche Sache ist, doch nachdem ich die ersten Worte vernommen hatte, konnte ich nicht anders. In den letzten paar Tagen habe ich mich immer wieder gefragt, ob ich mir tief in meinem Inneren seiner Untreue bewusst gewesen bin, ob ich sie einfach nicht sehen wollte, oder ob ich tatsächlich dermaßen blind war. Ich weiß nicht, was schlimmer ist. Ich habe eine Nacht in der Taverne im Ort verbracht und bin erst nach eurer Abreise zurückgegangen." Sie sah kurz zu Enric hin. "Ich schämte mich so sehr, dass ich es nicht ertragen konnte, euch entgegenzutreten. Ich weiß, du würdest deiner Gefährtin so etwas niemals antun." Ihr Blick ruhte nun auf Eryn. "Und du würdest dir so etwas niemals gefallen lassen, nicht wahr? Du bist stark. Genau wie meine Leris. Ich war so glücklich, als ihr mir sagtet, dass sie einen sanftmütigen Mann gefunden hat, bei dem sie sich entfalten kann. Anwin hatte Unrecht damit, ihn abzulehnen, bloß weil er ein Holzfäller war. Und dann ist da noch Werna. Sie und ich sind noch niemals besonders gut miteinander zurechtgekommen, muss ich gestehen. Doch ich habe stets ihren Mut bewundert, ihren Unwillen, weniger als das zu akzeptieren, was ihr ihrer Ansicht nach zustand. Zumindest dachte ich das." Gerit schüttelte den Kopf bei der Erinnerung. "Als ich zum Haus zurückkehrte, war ich rasend vor Zorn. Ich war niemand, der private Gefühle mit der Welt teilt. Dazu wurde ich nicht erzogen. Es wurde als unratsam und wenig damenhaft betrachtet. Aber an diesem Tag…" Sie lächelte matt. "An diesem Tag traf ich die Entscheidung, all das nicht länger zurückzuhalten. Ich demolierte den Salon, dann ging ich zur Küche über. Alles Zerbrechliche, das ich in die Finger bekam, warf ich auf den Boden. Und abschließend ging ich nach oben, schnitt Anwins Kleider in Stücke und stach mit einem Messer auf die Kissen ein."

Eryn starrte sie an, beeindruckt, dass diese gelassene Frau sich bewusst für Zerstörung entschieden hatte, anstatt einfach die Kontrolle zu verlieren. Nun hatte sie eine recht klare Vorstellung davon, wo Enrics eiserne Kontrolle seinen Ursprung hatte. Enric wirkte ebenso verblüfft, fand seine Worte aber rasch wieder.

"Und Anwin sah dir dabei einfach nur zu, ohne jede Einmischung oder den Versuch, dich aufzuhalten?", fragte er.

Gerit reckte ihr Kinn. "Einmal versuchte er es. Doch ich verpasste ihm mit einem Besenstiel einen ordentlichen Stoß in den Magen. Nichts Lebensbedrohliches, er klappte lediglich zusammen und schnappte ein paar Augenblicke lang nach Luft, doch dann traf er die sehr weise Entscheidung, mir aus dem Weg zu gehen, bis ich fertig war. Noren war vollkommen schockiert und stand einfach nur da, während Werna heulte und an ihren Haaren riss." Sie schluckte. "Das Einzige, was ich bedaure, ist, dass ich die Kinder erschreckt habe, doch ich vermute, dass sie von dem Spektakel nach einer Weile eher fasziniert als verängstigt waren. Aber das Schlimmste", fuhr sie mit angewiderter Miene fort, "stand mir noch bevor. Als ich vollkommen erschöpft mehr oder weniger auf dem ruinierten Bett zusammensackte, kam Werna herein und begann damit, mich zu belehren. Sie erklärte mir, ich hätte mich auf höchst schändliche Weise gebärdet, dass ich mich zusammenreißen und aufhören sollte, mich wie die hochwohlgeborene Dame aufzuführen, für die ich mich offensichtlich noch immer halte. Dass ich auf unseren Ruf zu achten hätte, indem ich keine unangenehmen Gerüchte in die Welt setze, die auf uns alle zurückfallen würden." Ihre Lippen waren fest aufeinandergepresst. "Ist das zu glauben? Nachdem ich so etwas über meinen Gefährten erfahren hatte, hielt sie mir einen Vortrag über das Bewahren des äußeren Anscheins! Und dann sagte sie etwas, das mir vor Schreck beinahe das Blut in den Adern gefrieren ließ. In dem sachlichsten Tonfall, dann man sich vorstellen kann, verkündete sie, dass Noren ebenfalls seit einigen Jahren andere Frauen mit in sein Bett nähme, und dass sie als pflichtbewusste Gefährtin selbst in ihren kühnsten Träumen niemals auf die Idee gekommen wäre, ein dermaßen kindisches Verhalten an den Tag zu legen. Das brach mir beinahe das Herz. Nicht Wernas verdrehte Ansichten, was die Pflichten einer Gefährtin sind, sondern dass Anwins grässliches Betragen Noren den Eindruck vermittelt hat, dies wäre das übliche Verhalten für einen Mann in einem Lebensbund und mit einer Familie. Somit hat er nicht nur Elend über seine eigene Familie gebracht, sondern sichergestellt, dass es an die nächste Generation weitergegeben wird." Sie senkte den Blick. "Rückblickend war es auf jeden Fall ein Segen, dass du und Leris so bald fortgegangen seid, wie es euch möglich war - ganz egal, wie sehr es mich schmerzte, euch beide zu verlieren. Damit habt ihr wohl die Chance auf euer eigenes Glück gerettet."

Enric rieb sich über sein Gesicht. Nun, Eryn hatte seine Mutter jedenfalls zum Reden gebracht. "Gehe ich recht in der Annahme, dass du nicht die Absicht hast, zu Anwin zurückzukehren?"

Stolz hob Gerit ihr Kinn, und Eryn konnte sehen, weshalb Werna sich zu der Bemerkung über die hochwohlgeborene Dame hinreißen hatte lassen. Davon waren definitiv noch immer Spuren in ihrer Haltung übrig, ganz egal, wie viel Zeit sie fernab ihrer Wurzeln auf dem Land verbracht hatte.

"Damit liegst du richtig, ja."

"Gut, das befürworte ich. Sehr sogar. Das bedeutet, wir werden uns nach einem Haus für dich umsehen, das nicht zu weit weg von hier und zu Fuß bequem erreichbar ist. Bis dahin wirst du hierbleiben. Vedric kann in unserem Zimmer schlafen, bis wir etwas Passendes gefunden haben."

Eryn räusperte sich. "Jetzt mal langsam, Ordenslord. Nicht jeder, der länger als eine Minute in dieser Stadt verbringt, muss nach deiner Pfeife tanzen. Was ist, wenn deine Mutter keinerlei Absicht hat, in der Stadt zu bleiben? Oder wenn sie lieber hier bei uns wohnen würde? Oder wenn sie lieber in einem anderen Stadtteil unterkommen würde? Du kannst nicht einfach herumlaufen und Häuser aussuchen, in denen andere Leute leben müssen!"

Enric lächelte. "Bei dir hat das aber ganz gut funktioniert, wenn du dich erinnerst."

Verzweifelt rollte sie mit den Augen. "Weil mir so ziemlich alles lieber gewesen wäre, als im Palast zu bleiben! Aber das bedeutet nicht, dass du daraus eine Gewohnheit machen solltest."

Er gab nach und wandte sich an seine Mutter. "Vergib mir, Mutter. Natürlich werde ich deine Wünsche in dieser Sache berücksichtigen. Was möchtest du denn nun tun?"

Geistesabwesend schob Gerit eine Gabel aus Vedrics Reichweite, als er sie zu ergreifen versuchte. "Ich hatte in Betracht gezogen, in der Stadt zu bleiben. Wenngleich ich nicht über die Mittel verfüge, mir hier ein Haus anzuschaffen." Sie schüttelte den Kopf, als ihr Sohn sprechen wollte. "Ich weiß, dass du mehr als bereitwillig dafür bezahlen würdest, doch so will ich nicht den Rest meines Lebens verbringen - abhängig von deiner Mildtätigkeit."

Eryn schnaubte. "In dieser Sache bin ich auf seiner Seite, musst du wissen. Dank seines Geldes werden Unterkünfte für etwa zweihundert Waisen in dieser Stadt bereitgestellt, also würde ich meinen, dass es keine allzu große Zumutung für ihn ist, sich auch um ein Zuhause für dich zu kümmern. Außerdem hilft es ihm ebenso - so muss er sich nicht um dich sorgen. Und es ist nicht gerade so, als wäre das eine große Belastung für sein Vermögen, soviel darf ich dir sagen. Er ist stinkreich - auf beiden Seiten des Meeres."

"Es wäre keine große Belastung für unser Vermögen", korrigierte Enric sie mit einem Anflug von Tadel. "Und wir sind stinkreich."

"Was auch immer du sagst, mein Schatz." Sie lehnte sich vor und tätschelte seinen Kopf, zog aber ihre Hand rasch zurück, als er danach schlug.

Eryn wandte sich dann wieder an Gerit. "Obwohl ich dir empfehlen würde, dass du und ich die Auswahl deines Hauses übernehmen sollten. Enric würde dich sonst in eine Residenz verpflanzen, wo du dich allein auf dem Weg vom Salon zum nächsten Badezimmer dreimal verläufst." Auf Enrics irritierten Blick hin meinte sie: "Darf ich dich an das Haus erinnern, das wir in Takhan bauen? Dessen Größe mühelos für fünf oder sechs Familien statt nur zwei reichen würde?"

Besiegt seufzte er. "Wie du wünschst. Aber ich gehe davon aus, dass du mir zumindest gestatten wirst, die Qualität der Häuser, die du als angemessen erachtest, zu überprüfen?"

"Sicher doch. Ich würde dich von alldem nicht vollkommen ausschließen wollen", gewährte Eryn ihm großzügig und machte sich schließlich über das Gemüse auf ihrem Teller her. Sie störte sich nicht im Mindesten daran, dass es in der Zwischenzeit kalt geworden war. "Übrigens habe ich Tyront versprochen, dass ich mir etwas überlege, damit wir sicherstellen können, dass du nicht wieder während einer Ratsversammlung einschläfst, weil dich die nächtliche Betreuung deines lebhaften Sohnes so auslaugt."

Beide sahen Gerit an, als sie von ihrem Stuhl aufstand und lächelte. "Ich denke, hier kann ich behilflich sein. Somit ist es tatsächlich ratsam, ein Gebäude in der Nähe eures Hauses zu finden. Wenn ihr uns nun entschuldigen würdet, ich habe das deutliche Gefühl, mein Enkel sollte gereinigt werden."

Enric sah seiner Mutter nach, als sie den Raum verließ und die Stufen in das obere Stockwerk emporstieg, bevor er sich zu seiner Gefährtin zurückdrehte. "Ich weiß, dass du absolut gegen eine Kinderfrau bist, aber ich hoffe, dass die Hilfe meiner Mutter zu akzeptieren für dich eine annehmbare Alternative ist? Es mag nicht ratsam sein, ihrem Geschmack bei Männern zu vertrauen, aber mit Kindererziehung kennt sie sich auf jeden Fall aus."

Eryn lachte. "Soll das ein Scherz sein? Das ist perfekt! Wir werden sie nicht jeden Tag darum bitten, dass sie auf ihn aufpasst, aber sie kann uns zwei oder drei Mal pro Woche aushelfen - das wäre fabelhaft. Und ich müsste nicht vor aller Welt meinen Irrtum eingestehen, indem ich ein Kindermädchen einstelle. Siehst du? Das ist die ideale Lösung für uns alle!"

Er schüttelte den Kopf und nippte an seinem Getränk. "Natürlich. Wenn dein Stolz keinen Kratzer abbekommt, ist alles in Ordnung, was?"

"Du sagst es!", stimmte sie fröhlich zu und verschlang einen weiteren Löffel voll gebratenen Gemüses. "Ich mag es, wenn zur Abwechslung einmal unerwartet nützliche Dinge passieren."

KAPITEL 23

Spaß und Spiele

"Nun, wie laufen die Dinge derzeit mit deiner Mutter und deiner Gefährtin unter demselben Dach?", erkundigte sich Tyront.

"Soweit recht gut, zum Glück. Mutter ist froh über die Ablenkung, die Vedric bietet, und Eryn und ich sind erleichtert, dass wir nun arbeiten und gelegentlich auch in Frieden schlafen können", erklärte Enric.

"Erklär mir noch einmal, weshalb es für Eryn akzeptabler ist, wenn sich Gerit anstatt eines Kindermädchens um euren Sohn kümmert, wenn du so gut wärst."

"Sie meint, es sei ein Unterschied, ob er von jemandem betreut wird, der dafür bezahlt wird oder ob es jemand tut, der wahrhaftig um sein Wohlergehen bemüht ist. Sie will nicht, dass ihn jemand beaufsichtigt, für den das kaum mehr als eine Pflicht wäre."

Tyront schüttelte den Kopf. "Und sie hat es geschafft, sich Hilfe zu besorgen, ohne dass es aussieht, als hätte sie dem Druck nachgegeben, eine Kinderfrau anzuheuern. Besonders nach deinem kleinen Schläfchen während der gestrigen Ratsversammlung."

Der jüngere Mann lächelte. "So etwas in der Art hat sie ebenfalls erwähnt, ja."

"Wenn ihr weiterhin auf diese Weise Leute in eurem Haus einziehen lasst, werdet ihr bald beginnen müssen, diesen zweiten Stock bewohnbar zu machen, den ihr jetzt mehr oder weniger als Abstellraum nutzt."

"Dass meine Mutter bei uns wohnt ist nur eine vorübergehende Lösung. Ich denke nicht, dass es für einen Mann über einem gewissen Alter ratsam ist, im gleichen Haus mit seinen Eltern oder auch nur einem Elternteil zu leben. Eryn wird bald damit beginnen, sich gemeinsam mit ihr nach einem Haus umzusehen."

Der Anführer des Ordens nickte. "Dann beabsichtigt sie also in der Stadt zu bleiben. Keinerlei Absicht, zu ihrem Gefährten zurückzukehren, wie es scheint."

Enric schüttelte den Kopf, seine Miene kühl. "Nein, und ich kann dir gar nicht sagen, wie froh ich darüber bin. Ich hatte die Hoffnung schon aufgegeben, dass sie ihn jemals verlässt. Aber es scheint, als hätte das Ausmaß ihres Leidens nun einen Punkt erreicht, wo bei ihm zu bleiben schlimmer wäre als von ihm fortzugehen. Wenn ich mir ansehe, wie sich die Dinge bislang entwickelt haben, plagt mich nun kein schlechtes Gewissen mehr, weil sie mitgehört hat, wie ich Eryn von Anwins Treulosigkeit erzählte. Offensichtlich war das der Anstoß, den sie gebraucht hat."

"Und Eryn ist diejenige, die mit ihr nach einem Haus sucht? Wie kommt es, dass du das nicht selbst übernimmst?"

"Da unsere Residenz in Takhan nun doch etwas geräumiger wird, als ihr Recht ist, befürchtet sie, ich werde meiner Mutter eine Monstrosität von Haus kaufen, in dem sie sich ständig verirrt. Also besteht sie darauf, dies an meiner Stelle in Angriff zu nehmen. Und es macht mir nicht wirklich etwas aus; es ist eine gute Gelegenheit für sie, meine Mutter besser kennenzulernen. Im Allgemeinen kommt Eryn mit weiblichen Verwandten nicht allzu gut aus, zumindest nicht am Anfang, also wird das beiden von ihnen guttun. Sie werden nach dem Spiel mit der Suche beginnen."

Tyront lehnte sich in seinem Sessel zurück. "Das klingt, als würde sich alles gut entwickeln. Wenn wir gerade vom Spiel reden - ich war überrascht, Eryn auf der Liste von Orrins Team zu finden. Ich dachte, dass ihr vielleicht zur Abwechslung einmal gemeinsam kämpfen wollt, nachdem ihr in Takhan auf verschiedenen Seiten standet. Hier in Anyueel braucht ihr euch immerhin beide nicht darum zu sorgen, auf der richtigen Seite stehen zu müssen."

Enric lächelte und schüttelte den Kopf. "Ich denke, es gefällt ihr, sich hin und wieder gegen mich zu stellen, und das Spielfeld ist ein Ort, wo sie es tun kann, ohne irgendwelche Konsequenzen fürchten zu müssen. Außerdem werden unsere Kräfte für eine kurze Weile ebenbürtig sein - das ist eine Chance, die sie so schnell nicht wieder bekommt. Im ersten Spiel hat sie mich gemeinsam mit Ram'an ausgeschaltet. Ich vermute, dass sie das dieses Mal wieder versuchen wird."

"Ist ihr klar, dass es hier ein gutes Stück schwieriger werden wird?"

"Noch nicht. Doch ich freue mich schon sehr darauf, wenn ihr diese Kleinigkeit klar wird. Orrin hat sie mit Pe'tala zusammengespannt."

Tyront grinste. "Ist sie sich der Bedeutung dessen bewusst?"

"Nein. Noch nicht. Schlachtstrategie war einer der Gegenstände, die ihr am wenigsten zugesagt haben. Aber ich schätze, sie wird hinterher den einen oder anderen Blick in die Bücher werfen, damit sie in Zukunft nicht wieder auf diese Weise benutzt werden kann. Was wahrscheinlich genau das ist, worauf Orrin abzielt, der gerissene alte Hund."

"Du bist mit Rolan unterwegs, also scheint es, als hätten Pe'tala und er ebenfalls keinen Einwand dagegen, auf unterschiedlichen Seiten zu kämpfen. Diese Einstellung in der Familie deiner Gefährtin ist recht interessant."

Enric schmunzelte bei der Erinnerung an das erste Spiel. "Das kannst du laut sagen. Jeder denkt, die aus Haus Aren wären der kampflustige Haufen, doch Vel'kim zeigt diesbezüglich ebenfalls eine gewisse Neigung. Die Leute lassen sich davon irreführen, dass sich die meisten von ihnen zu Heilern ausbilden lassen und glauben somit, sie wären in allen Aspekten ihres Lebens barmherzig. Damals in Takhan war Eryn mit ihrem Bruder zusammengespannt und ich mit seiner Gefährtin. Wir hatten sogar ein kurzes Scharmützel in den Straßen. Ich fürchte den Tag, an dem Eryn und Malriel am gleichen Spiel teilnehmen. Aber mit den Handfesseln würden ihre Kräfte zumindest nicht mehr ausreichen, um ihre Umgebung in Schutt und Asche zu legen. Trotzdem."

Tyront verzog das Gesicht. "Dann sehen wir zu, dass wir das zuerst in Takhan ausprobieren und nicht hier, in Ordnung? Die sind dort bereits daran gewöhnt, dass Aren Frauen Gebäude einstürzen lassen."

"Ja, das sind sie. Aber Malriel gegenüber sind sie noch wachsamer, da sie - anders als ihre Mutter und ihre Tochter - bislang noch nichts in dieser Richtung getan hat. Es ist, als warteten die Leute darauf, dass sie es endlich hinter sich bringt. Die Tatsache, dass sie sich so zurückgehalten hat, obwohl ihr in den letzten beiden Jahren solch unangenehme Dinge widerfuhren, wie ihre Tochter zu finden, die dann der Familie entsagt und sich nach Malriels Rückkehr aus Kar weigert, ihre Position als Oberhaupt des Hauses aufzugeben und Malriels gesamte Ersparnisse für ein wohltätiges Projekt ausgibt... Und noch immer keine bröckelnden Wände oder einstürzenden Dächer."

"Man fürchtet also, es könnte alles auf einmal aus ihr herausbrechen? Was denkst du? Besteht dafür eine realistische Gefahr?"

"Nein, das denke ich nicht. Aber ich vermute, dass Malriel diese Befürchtungen im Stillen genießt. Malhora sagte einst zu Eryn, dass hin und wieder ein Gebäude zum Einsturz zu bringen ohne dabei jemanden zu verletzen eine nützliche Methode sei, um die Leute dazu ermutigen zweimal nachzudenken, bevor sie sich mit einer Aren anlegen. Somit ist es eine Strategie, die in der Familie liegt. Ihre Großmutter war ungemein zufrieden, als Eryn das Senatsdach einstürzen ließ. Dass sie tatsächlich die Kontrolle verlor und dahinter keinerlei Berechnung lag, macht hier offensichtlich kaum einen Unterschied."

Tyront atmete aus. "Was für eine Familie. Und du bist mittendrin. Nachdem ich Pe'tala ein wenig besser kennengelernt habe, frage ich mich nun, bei welchem Haus mir lieber wäre, wenn dein Sohn seine Züge annimmt. Bei unserem Glück wird er sich als nette Mischung der schlimmsten Seiten beider Familien seiner Mutter erweisen."

"Weißt du, was ich an dir mag?", fragte Enric grinsend. "Dass du stets positiv denkst."

* * *

Eryn lehnte sich in ihrem Stuhl im Behandlungsraum zurück und nahm einen Schluck von ihrem heißen Getränk. Sie hatte es bereits dreimal erhitzt, weil sie immer wieder auf das Trinken vergaß, bis es abgekühlt war. In nur wenigen Minuten würde ihre Schicht vorüber sein, und sie konnte nach Hause zu einem warmen, weichen, ausladenden Bett zurückkehren. Der bloße Gedanke daran zauberte einen Ausdruck der Verzückung auf ihr Gesicht.

Die Nacht war nicht besonders ereignisreich verlaufen; es waren gerade genug Patienten über die ganze Nacht verteilt aufgetaucht, damit sie keinen Schlaf finden konnte. Und die ganze Zeit über wach zu sein ohne ständige Aktivität war mühsam und damit beinahe ebenso anstrengend - und wesentlich weniger befriedigend - wie tatsächliche Arbeit.

Sie wollte gerade aufstehen, als ein Klopfen an der Tür ertönte. Entsetzliches Timing. Sie hatte gehofft, dass es die letzten paar Minuten noch ruhig bleiben würde und eintreffende Patienten sodann von der Tagschicht übernommen werden konnten. Es sah allerdings aus, als wäre ihr das nicht vergönnt.

"Herein", rief sie und versuchte, die Irritation aus ihrer Stimme zu verbannen.

Ihre Augen weiteten sich, als sich die Tür öffnete und Ram'kel von Haus Arbil mit einem strahlenden Lächeln eintrat. Er war für diese Jahreszeit angemessen gekleidet - mit einer warmen dunkelroten Tunika und schwarzen Hosen, robusten dunklen Lederstiefeln und einem Umhang, der aussah, als könnte er den hiesigen Wintern trotzen. Er hatte sich für einen Stil entschieden, der die Leute an seine Herkunft erinnerte, aber dennoch wesentlich weniger kühn und farbenfroh war als das, was seine Landsleute üblicherweise trugen. Ram'kel passte sich offensichtlich rasch an.

Sein gebräuntes Gesicht war von dunklem, beinahe schwarzem Haar umgeben, das nun wesentlich kürzer war, als sie es in Erinnerung hatte. Seine Gesichtszüge, die denen seines älteren Bruders so überhaupt nicht ähnlich aber dennoch ansprechend waren, schienen viel eher auf Schurke denn Botschafter hinzudeuten. Was hatte sie sich bloß dabei gedacht, als sie darum gebeten hatte, ihn zum Botschafter zu machen, fragte sie sich.

"Was machst du hier? Du sollst noch gar nicht hier sein sondern erst in zwei Tagen eintreffen!" Die Worte entschlüpften ihrem Mund, bevor sie ihre Zunge bändigen konnte. So viel dazu, einen Diplomaten angemessen zu begrüßen.

"Lady Maltheá von Haus Vel'kim, es bereitet mir großes Vergnügen, dich wiederzusehen", erwiderte er poliert, indem er all die Elemente zu einem Gruß vereinte, der ihr selbst im besten Fall die Härchen im Nacken zu Berge stehen ließ: sie mit Lady anzusprechen, sie bei dem Namen zu nennen, den ihr ihre Mutter gegeben hatte, und sie daran zu erinnern, dass sie ein Mitglied von Vran'els Haus war, wo sie ihn momentan einfach nur für seinen Mangel an Sensibilität würgen wollte. Somit fing es also schon einmal gut an, dachte sie grimmig. Andererseits war ihre eigene Begrüßung auch nicht eben besonders warm gewesen.

"Vorsicht, Botschafter", warnte sie ihn mit einem Lächeln, das nicht wirklich eines war. "Eine Aren zu provozieren soll der Gesundheit schaden - besonders wenn sie die ganze Nacht über kein Auge zugetan hat."

"Wie reizvoll zu sehen, dass dir die Mutterschaft dieses Leuchten, diesen zarten Glanz von Sanftheit beschert hat, von dem ich die Leute schon reden hörte", konterte er unbeeindruckt.

Eryn seufzte. Für diese Spiele war sie im Moment einfach zu müde. "Was machst du hier, Ram'kel?"

"Hier in der Stadt, wo du mich erst in zwei Tagen erwartet hättest, oder hier in deinem Behandlungszimmer, wo ich dich derzeit von deinem zweifellos wohlverdienten Schlaf abhalte?"

Dieser Mann spielte mit dem Feuer, und das Glänzen in seinen braunen Augen, die so ziemlich das Einzige an ihm waren, das an Ram'an erinnerte, zeigte ihr, dass er sich dessen absolut bewusst war.

Sie gemahnte sich, höflich und ruhig zu bleiben. Immerhin war sie diejenige, die ihn ausgewählt hatte. Es sähe nicht gut aus, würde sie ihm unter diesen Umständen einen Tritt verpassen. Und der König würde es nicht gutheißen. Wann immer er etwas nicht guthieß, hatte er diese spezielle Art, ihr Höflichkeit angedeihen zu lassen, die ihr hinterher das Gefühl gab, sie wäre wie ein Kind ausgeschimpft worden.

"Warum beginnst du nicht mit dem Ersten? Wann bist du eingetroffen? Und warum so bald?" Sie strengte sich an, damit die Worte weniger wie eine Anschuldigung und stattdessen mehr nach einer höflichen, gezielten Erkundigung klangen.

"Ich kam letzte Nacht an. Ich hörte, dass ihr hier euer erstes Spiel stattfinden lassen werdet und wollte mir ansehen, wie es läuft. Soweit ich im Bilde bin, wird es ein bedeutendes Ereignis werden. Kurz zog ich in Betracht, Lord Orrin darum zu bitten, er möge mich teilnehmen lassen, doch ich denke nicht, dass ich gegen das Training, das deine Kollegen über so viele Jahre hinweg erhalten haben, eine große Chance hätte. Ein weiterer Grund für meine verfrühte Abreise aus Takhan war die laufende Evaluierung der Triarchie. Das ist immer eine etwas angespannte Zeit, besonders für die Senatoren. Und wie du weißt, lebte ich zufällig mit einem zusammen. Ich weiß nicht, ob du diesbezüglich mit unseren Gesetzen vertraut bist? Unsere Triarchen werden für eine bestimmte

Zeitspanne gewählt, nämlich für fünf Jahre, und dann werden ihre vergangenen Handlungen und Entscheidungen einer eingehenden Prüfung unterzogen. Sollten ihre Leistung und ihr Verhalten über jede Kritik erhaben sein, wird ihnen eine weitere Amtsperiode zugestanden."

Daran erinnerte sich Eryn. Ram'an hatte ihr davon erzählt, als er damals als Botschafter hier gewesen war. Sie hatten gemeinsam darüber gescherzt, dass sie womöglich davon Abstand nehmen sollten, König Folrin ein ähnlich geartetes System vorzuschlagen. "In Ordnung, das verstehe ich. Und was kann ich an diesem strahlenden, wenn auch recht frostigen Morgen für dich tun?"

"Da du maßgeblich daran beteiligt warst, mir diese Position zu verschaffen, war es mir ein Bedürfnis, dich persönlich von meiner Ankunft in Kenntnis zu setzen. Und dann war da noch dieses unstillbare Verlangen, dich wiederzusehen, mich in deiner Schönheit zu sonnen und in deinem Wohlwollen zu baden." Er trat näher, ergriff ihre Hand und drückte einen Kuss auf ihre Fingerknöchel, der länger andauerte, als höflich war.

Eryn verdrehte die Augen und entzog ihm ihre Hand. "Was für ein Schwachsinn. Hau ab und geh jemand anderem auf die Nerven, ja? Und wenn du es wagen solltest, in der Öffentlichkeit so mit mir zu reden, werde ich dich dorthin treten, wo es am meisten wehtut. Öffentlich. Und das ist noch immer die sanfte Option, möchte ich anmerken. Enric wäre nicht ganz so nachsichtig."

Ram'kel lehnte sich gegen ihren Schreibtisch und grinste breit. Offenkundig unterhielt er sich prächtig. "Niemals wäre ich dermaßen undiplomatisch, meine liebe Lady Maltheá."

"Nenn mich noch einmal so, und du wirst diesen Tritt jetzt gleich abbekommen", knurrte sie.

"Ah, aber du musst verstehen, dass es illoyal gegenüber Haus Aren erschiene, würde ich dich mit dem Namen ansprechen, den Ved'al auswählte, um dich so lange vor ihnen zu verstecken. Und in eine solche Zwickmühle würdest du mich doch wohl nicht bringen wollen, oder etwa doch?", schnurrte er.

"Keinesfalls! Wie könnte ich nur?", rief Eryn in gespieltem Entsetzen aus. Dann erhob sie sich. "Nicht, dass ich es nicht ungemein schätzen würde, dass du den Weg zur Klinik auf dich genommen hast, nur um mir nach einer Nachtschicht auf die Nerven zu gehen, doch ich brauche jetzt wirklich ein Bett. Sonst fehlt es mir womöglich noch an der Zurückhaltung, dir nicht ernsthaft Schmerzen zuzufügen."

Er nickte ernst. "Ich lobe dich für deine Zurückhaltung und werde nicht länger das Hindernis sein, das dich von deiner Ruhe abhält. Kann ich dich stattdessen dazu überreden, mit mir zu Mittag zu essen?"

"Nein. Geh weg."

"Dann also ein Abendessen. Ich hole dich ab. Ich weiß, dass du heute Abend nicht arbeitest, da du für das Spiel morgen fit sein möchtest."

"Nein!", wiederholte sie nachdrücklich.

Ram'kel verneigte sich mit einem breiten Grinsen. "Dann sehen wir uns später. Ich gehe davon aus, dass du noch immer kein Fleisch isst?", sagte er, als hätte sie seine Einladung nicht gerade vehement abgelehnt.

Eryn schloss die Augen und zählte bis zehn, erleichtert, als sie hörte, wie sich die Tür schloss und der Botschafter fort war.

Sie wusste, dass er keine Gefahr für sie darstellte. Sein Flirten war unverhohlen und als Provokation gedacht, doch es war ihm nicht ernst damit. Ram'an hatte niemals auf diese Weise herumgespielt; wenn er sie berührte oder ihr ein Kompliment aussprach, war es aufrichtig und ernstgemeint gewesen. Ram'kel machte ein Spiel daraus, sie zu irritieren, doch sie bezweifelte, dass er sie wirklich zu seiner Feindin zu machen gedachte, sondern sich eher nur amüsieren wollte.

Eryn atmete langsam aus. Sie würde ihm eine Lektion erteilen müssen. Das Problem dabei war allerdings, dass seine diplomatische Immunität dabei nicht verletzt werden durfte. Mist.

* * *

Eryn schloss die Tür hinter sich und trat in die kalte Abendluft hinaus. Sie war erst vor einer Stunde aufgewacht und hätte es vorgezogen zuhause zu bleiben, besonders da Plia die Klinik heute zur Abwechslung einmal früher verlassen hatte. Gerit und das Mädchen kümmerten sich um Vedric, während Enric im anderen Gebäude das Abendessen zubereitete - etwas, das seine Mutter überraschte. Bislang hatte sie noch keinen Kontakt mit den wenigen westlichen Besonderheiten gehabt, die sie in ihr Alltagsleben zu übernehmen entschieden hatten.

Aber ein nettes, gemütliches Abendessen zuhause war heute keine Option für sie. Wäre es nur Ram'kels Einladung gewesen, hätte sie keinen Gedanken daran verschwendet. Keinen einzigen. Sie verspürte keinen Drang, seine dreiste Einladung, die er trotz ihres offenkundigen Unwillens ausgesprochen hatte, anzunehmen. Doch die Nachricht des Königs hatte die Sachlage nun etwas geändert.

Er schrieb, dass der Botschafter die Einladung ihm gegenüber erwähnt hatte, und auch, dass er nicht sicher war, ob Eryn sie annehmen würde, wo sie am Morgen nach ihrer Nachtschicht so erschöpft gewirkt hatte. Und dass der König dem Diplomaten persönlich versichert hatte, dass er keinerlei Zweifel daran hegte, dass es ihr ein Vergnügen wäre, den Abend mit ihm zu verbringen. Außerdem war da noch eine alles andere als subtile Warnung gewesen, ihn nicht durch ihr Fernbleiben als Lügner hinzustellen.

Sie war so wütend gewesen, dass sie die Nachricht in Flammen aufgehen ließ, sodass davon nach ein paar Sekunden nichts als ein paar Ascheflocken und durch die Luft schwebende Rauchschwaden übrig waren. Enric hatte sie von der Tür zu ihrem Arbeitszimmer aus beobachtet und nur angemerkt, dass es nun wohl doch so aussah, als würde sie der Einladung des Botschafters Folge leisten müssen.

Also hatte Ram'kel den König wahrhaftig mit solch einer Kleinigkeit behelligt, um sicherzugehen, dass sie mit ihm zu Abend aß. Natürlich war er kaum nur aus diesem Grund mit ihm zusammengetroffen, sondern hatte es beiläufig erwähnt, womöglich als er schon dabei gewesen war, den Thronsaal zu verlassen, wo der König ihn zweifellos empfangen hatte. Das hier war ein Machtspiel, und Ram'kel wusste auf jeden Fall, welche Spieler er auf seine Seite bringen musste. Der Gedanke daran, ob es ein schlauer Zug gewesen war, Sanaf gegen so jemanden zu ersetzen, tauchte kurz auf, verflüchtigte sich aber einen Moment später wieder. Ein Mann, der zusätzlich zu seiner allumfassenden Inkompetenz auch bewiesen hatte, dass er nicht davor zurückschreckte, zwei schwangere Frauen zu gefährden und ein langjähriges Bündnis zwischen drei Häusern zu zerstören, war niemand, den sie in ihrer Nähe oder in der ihrer Familie wissen wollte. Aber das bedeutete nicht, dass Ram'kel die beste Alternative darstellte. Erbál war perfekt gewesen - ein Mann, dem sie schon allein deshalb vertrauen konnte, weil er sie mochte und das Gefühl hatte, er stünde in ihrer Schuld, weil sie ihn für den Posten des Botschafters vorgeschlagen hatte. Jemand, der ihr Verbündeter sein wollte, dem es keine Freude bereitete, sie herauszufordern. Sie wusste, dass Ram'kel keine solche Vorstellung einer Schuld ihr gegenüber pflegte. Sie hatte seinem Bruder einen Gefallen getan, nicht ihm. Sie fragte sich, was genau er im Schilde führte. Genoss er es einfach nur, sie zu provozieren, oder übte er Rache an ihr, weil sie entweder seinem Bruder das Herz brach, in dem sie ihn verweigerte, oder weil sie ihn selbst um die Position als Oberhaupt des Hauses gebracht hatte?

Erneut fragte sie sich, was sie dazu bewogen hatte, die Ernennung dieses Mannes zum Botschafter voranzutreiben. Womöglich Schuldgefühle, weil sie seinem Bruder das Herz gebrochen hatte… Nun, zumindest konnte sie niemandem als sich selbst die Schuld dafür geben. Vielleicht musste sie das als selbst auferlegte Buße, als Abbitte betrachten - obwohl sie in ihrem Kopf wusste, dass nichts dergleichen nötig war. Sie hatte nichts falsch gemacht. Und doch… Die Tatsache, dass sie Ram'an liebgewonnen hatte, ließ ihr Herz widersprechen.

Der Palast war in Sichtweite gekommen, und sie umfasste die Weinflasche in ihrer Hand fester. Enric hatte darauf bestanden, dass sie ein Gastgeschenk mitbrachte, eine Flasche des Weins, den Enric herstellte und der in Takhan solch einen guten Preis erzielte. Somit war er ein akzeptables Zeichen der Wertschätzung. Ja, genau - Wertschätzung. Sie gönnte sich einen kleinen Tagtraum, indem die sich vorstellte, Ram'kel damit eins überzubraten. Was konnte es schon schaden? Immerhin wusste er, wie er sich heilen konnte. Und wenn sie sicherstellte, dass niemand anwesend war, um es mitanzusehen… Vielleicht konnte sie vorgeben zu stolpern und damit einen gut gezielten Hieb tarnen?

Vor den beiden Wachen am Palasttor blieb sie stehen und fragte, ob Botschafter Ram'kel in Botschafter Erbáls früherem Quartier untergebracht war. Als es ihr bestätigt wurde, nickte sie ihnen zum Dank zu und setzte ihren Weg in den Palast, die Treppe auf der rechten Seite hinauf und mehrere Korridore entlang fort.

Als sie sein Quartier erreicht hatte und ihre Hand zum Klopfen hob, schwang die Tür auf, bevor ihre Faust mit dem Holz in Kontakt kommen konnte. Sie schaffte es gerade noch, ihre Hand zurückzuziehen, bevor sie damit seine Schulter getroffen hätte.

"Wie es aussieht, hast du mich schon ungeduldig erwartet", meinte sie mit einem Lächeln, das eher einem Zähnefletschen glich und weniger wie ein Ausdruck von Freude anmutete.

"Ich gebe zu, dass ich ein wenig unsicher war, ob du heute Abend auftauchen würdest", nickte Ram'kel, trat beiseite und forderte sie mit einer ausladenden Geste zum Eintreten auf.

"Tatsächlich? Das überrascht mich doch etwas. Immerhin hast du es fertiggebracht, dass der König deinetwegen interveniert", erwiderte sie frostig.

Er zuckte mit den Schultern und schloss die Tür hinter ihr. "Du hast einen gewissen Ruf, ähm… leicht erregbar zu sein. Wenn man deinen Ruf und deine Herkunft bedenkt, könnte das ebenso gut königliche Befehle miteinschließen."

Eryn entschied sich, darauf nichts zu erwidern und sah sich stattdessen um. Der Salon sah noch immer so aus, wie Erbál ihn verlassen hatte. Entweder wollte Ram'kel dem Bespiel seines Vorgängers folgen und seine Lebensumstände denen seines Heimatlandes anpassen, oder er hatte noch nicht die Zeit gefunden, sein Quartier gemäß seinen Wünschen umzugestalten. Immerhin war er erst vor weniger als einem Tag angekommen.

"Ich hätte sehr gerne selbst ein Mahl zubereitet, doch leider ist nicht vorgesehen, dass die Bewohner des Palastes die Unannehmlichkeit der Zubereitung ihrer eigenen Gerichte auf sich nehmen, weshalb die Quartiere nicht mit einer Küche ausgestattet sind. Doch das weißt du natürlich bereits von deinem eigenen Aufenthalt hier. Wie ich höre, hat Enric… oder eher Lord Enric, wie ich mich hier wohl auf ihn beziehen sollte, eine Vorliebe für das Kochen entwickelt und nutzt die Dinge, die ihm dein Bruder in Takhan beigebracht hat."

Eryn ignorierte seine Bemühungen in Richtung oberflächliches Geplauder und schob ihm mit einer Hand die Flasche in die Hände, während sie mit der anderen ihren Umhang öffnete und ihn dann sorglos auf ein Sofa fallen ließ.

"Hier. Enric bestand darauf, dass ich eurem kleinen Brauch folge und ein Geschenk zu einer Essenseinladung mitbringe."

"Und du selbst hättest das eher nicht getan?", erkundigte sich Ram'kel mit einem wissenden Lächeln.

"Ich hätte dir durchaus lieber eine Tracht Prügel mit dieser Flasche verpasst, ja", knurrte sie und verschränkte die Arme. "Welches Spiel soll das hier werden,

Ram'kel? Warum bringst du mich gegen dich auf, nachdem du gerade erst hier eingetroffen bist? Das ist dämlich, und ich weiß, dass du clever genug bist, um dir dessen bewusst zu sein. Enric wird sich das eine Weile ansehen und mag es sogar amüsant finden, wie ich auf deine Provokationen reagiere, doch nach einiger Zeit wird er sich zu ärgern beginnen, und das willst du nicht, so viel kann ich dir versprechen. Aren Temperament mag in deinem Heimatland etwas sein, das man fürchtet, doch Enric bedeutet eine andere Art von Gefahr. Er ist einflussreich, und zwar nicht nur hier in dieser Stadt oder dem Königreich, sondern ebenso in Takhan. In der Regel gibt er sich keinen Tobsuchtsanfällen hin, sondern nutzt seinen Einfluss auf berechnende und bedachtsame Weise, unter der du wohl sehr viel länger leiden würdest als unter einem bloßen Ausbruch von meiner Seite."

Entgegen ihren Hoffnungen schien dies den neuen Botschafter keineswegs zu beunruhigen. Stattdessen lachte er, ergriff ihre Hand und küsste sie in der Art des Grußes aus seiner Heimat. "All das ist mir klar, Maltheá, dessen darf ich dich versichern. Jedoch hege ich nicht den Wunsch, dich mir zum Feind zu machen, das darfst du mir glauben. Ganz im Gegenteil."

Sie zog ihre Hand zurück und eine Augenbraue nach oben. "Dann hast du keinen guten Start hingelegt. So teile mir doch bitte mit, was deine Absichten sind. Friede und Harmonie zwischen uns beiden scheint sich nicht auf deiner Prioritätenliste zu befinden."

"Nimm Platz, wenn du so gut wärst. Ich nehme an, dass du noch immer stillst, also werde ich dir keinen Wein anbieten. Beerensaft sollte wohl akzeptabel sein." Ohne auf ihre Antwort zu warten trat er an eine Vitrine und schenkte ihnen zwei hohe Gläser ein, die er dann zu dem Sofa brachte, auf dem sie sich niedergelassen hatte. "Ich weiß sehr wohl, dass du nicht glücklich darüber bist, hier sein zu müssen, auch wenn du diejenige warst, die meine Bestellung befürwortet hat. Das Bedauerliche an der ganzen Sache für dich ist, dass ich weder Ram'an noch Erbál bin. Du magst sie beide, so wie es auch umgekehrt der Fall ist. Ich bin nur deshalb hier, weil dich mein Bruder darum bat. Aber einen Punkt gibt es zu meinen Gunsten: Ich bin nicht Sanaf. Sollte ich dich jemals öffentlich bloßstellen, so weißt du zumindest mit Sicherheit, dass es kein Versehen war."

Eryn starrte ihn an, nicht sicher, was genau sie von dieser Aussage halten sollte. "Und das soll mich beruhigen? Du denkst, Böswilligkeit sei Inkompetenz vorzuziehen?"

Ram'kel lehnte sich in seinem bequemen Sessel zurück, seine Haltung entspannt und natürlich, als käme er nicht aus einem Land, wo ein komfortables Sitzarrangement aus großen Kissen auf dem Boden bestand. "Böswilligkeit? Nein, meine Liebe, ich will dir nichts Böses - überhaupt nicht. Das war als Scherz gedacht, doch ich sehe, dass deine Meinung über mich nicht wohlwollend genug ist, um mir einen Sinn für Humor zuzugestehen. Zumindest noch nicht jetzt. Was ich dir zu sagen versuche ist, dass ich mich für dich als nützlicher Kontakt erweisen könnte, auch wenn ich wohl nicht auf das Idealbild eines Botschafters passe, das dir diese beiden vermittelt haben mögen."

Sie beäugte ihn kühl. "Dieses Kunststück, mit dem du den König dazu gebracht hast, mich zu dem Abendessen mit dir zu nötigen, macht dich eher zu jemandem, vor dem ich mich in Acht nehmen sollte. Dachtest du, das würde mich dazu bewegen, dich als vertrauenswürdig zu betrachten?"

"Das sollte dir beweisen, dass ich in der Lage bin, Dinge rasch zuwege zu bringen. Zusätzlich zu würdevoll und ehrenhaft gibt es da noch etwas, das ich nicht bin: geduldig. Ich habe nicht die Absicht, Wochen oder sogar Monate damit zu verbringen, dass ich deinen Respekt zu gewinnen versuche, indem ich auf eine Chance warte, dir nützlich sein zu können. Warum sollte ich mir selbst das Leben erschweren und meine Zeit verschwenden? Aren Frauen respektieren Stärke, und auch wenn du nicht von deiner Mutter aufgezogen wurdest, so zeigst du diesen speziellen Charakterzug doch sehr deutlich."

Eryn nickte langsam. "Ich verstehe. Eine interessante Strategie. Und eine mit einem beträchtlichen Nachteil, wenn ich das betonen darf: Dir ist schon klar, wie Aren Frauen bekanntermaßen im Allgemeinen auf Herausforderungen reagieren, nicht wahr?"

"Wie hier und da ein Gebäude einstürzen zu lassen?" Sein Lächeln war entspannt. "Meine Bedenken halten sich in Grenzen. Eine harmlose Tat wie dich zu einem nicht ganz freiwilligen Abendessen mit mir zu veranlassen könnte dich wohl kaum so weit erzürnen, dass du den Palast über mir einstürzen lässt. Beim letzten Mal bedurfte es Legaras fehlgeleiteter Loyalität gegenüber diesem Idioten Sanaf in Verbindung mit dem Einsetzen deiner Geburt, um dich dermaßen aufzuregen, also fühle ich mich für den Moment sicher. Übrigens wurden die Reparaturarbeiten des Senatsdachs abgeschlossen. Dein junger Freund Vern wurde dazu eingeladen, einen guten Teil der neuen Malarbeiten zu übernehmen. Es sieht wirklich eindrucksvoll aus. Die Leute meinen sogar, du hättest der Stadt möglicherweise einen Gefallen getan, indem du dieses Dach zum Einsturz gebracht und für das neue Kunstwerk bezahlt hast. Abgesehen von den Historikern, versteht sich. Die schätzen nur Dinge, die aus einer Zeit vor ihrer Geburt stammen, somit wird es eine Weile dauern, bis dieser Haufen die Neuerung würdigen wird. Gib ihnen hundert Jahre, dann lenken auch sie ein."

Eryn benötigte einen Moment, um sich an den rapiden Themenwechsel anzupassen. Wie hatte er es geschafft, von ihrem Ärger über sein Manöver anzufangen und kaum eine Minute später über Historiker und ihre sentimentale Anhänglichkeit an alles Altertümliche zu sprechen?

"Moment", unterbrach sie ihn und hob eine Hand, um ihn in seinen Ausführungen einzubremsen. "Wenn du mit mir auskommen willst, dann kann es kein Manipulieren oder Austricksen geben, ist das klar? Du hast mir bewiesen, dass du jemand bist, den es ernst zu nehmen gilt; dass du meinen

Respekt verdienst, weil du entschlossen und clever bist. Wenn du denkst, du kannst dich damit amüsieren, mich zu manipulieren, solange du hier bist, werde ich dir das vergelten. Dreifach."

"Ach du meine Güte, so rasch sind wir bei Drohungen gelandet? Und das auf leeren Magen", seufzte Ram'kel, stand auf und deutete zum Esstisch, auf dem bereits zwei ausladende Gedecke vorbereitet waren. Die Teller waren noch immer abgedeckt, um das Essen warmzuhalten. "Lass mich dich verköstigen, meine Liebe. Es wird dich liebenswürdiger stimmen."

Sie schüttelte den Kopf über ihn, kam aber auf die Beine. "Du bist schon eine Nummer, weißt du. Ich habe dir gerade gesagt, du sollst aufpassen, wie du mich behandelst, und doch machst du dich weiterhin über mich lustig. Du hast nicht zufällig einen dringenden Todeswunsch oder so etwas?", schloss sie trocken.

"Oh nein, nichts dergleichen. Und selbst wenn das der Fall wäre, so gibt es doch weniger grausame Möglichkeiten zu sterben als eine mächtige Aren zu provozieren. Allerdings nicht viele, bei denen es dermaßen rasch geht."

"Was würde dein Bruder zu deinem Verhalten mir gegenüber sagen?"

Ram'kel grinste. "Natürlich würde er es missbilligen. Und zu langwierigen Vorträgen über unsere seit Jahrhunderten bestehende Allianz mit den Häusern Aren und Vel'kim ansetzen. Und darüber, wie mein Gebaren nicht nur auf mich selbst zurückfällt, sondern auch auf mein Haus und, in meiner derzeitigen Position, auf mein ganzes Land."

Eryn grinste spöttisch. "Es scheint, als könntest du von so einem Vortrag wirklich profitieren. Warum schicke ich Ram'an nicht eine nette kleine Nachricht und sage ihm, wie sehr du mich seit deiner Ankunft hier mit deinen diplomatischen Umgangsformen beeindruckt hast?"

Vollkommen unbeirrt winkte er ab. "Du wirst nichts dergleichen tun, dessen bin ich mir fast sicher. Zu meinem Bruder zu gehen, damit er mich im Zaum hält würde bedeuten, dass du eine Niederlage eingestehen müsstest. Und nicht nur mir gegenüber, sondern auch vor Ram'an. Zweifellos würde es ihm schmeicheln, kämst du zu ihm gelaufen, damit er dich vor seinem anmaßenden jüngeren Bruder beschützt. Allerdings hege ich ernsthafte Zweifel, dass dich das auf lange Sicht zufriedenstellen würde. Du wirst kaum wollen, dass jemand anderer deine Kämpfe austrägt. Oder noch schlimmer - sie gewinnt."

Damit hatte er nicht ganz Unrecht. "Es mag sich allerdings für dich nicht unbedingt als das geringere Übel erweisen, dich mir anstatt deinem Bruder gegenüberzusehen, Botschafter. Du erinnerst dich, dass ich Sanaf in Schande nach Takhan zurückschicken ließ. Was würde mich davon abhalten, genau das auch mit dir zu tun, sofern ich das wünsche?"

"Ich zum Beispiel. Ich werde es dir nicht ganz so leicht machen, mich loszuwerden. Ich werde mich kompetent, schicklich und charmant geben. Das bedeutet, dass ich bald nützliche Kontakte zu den einflussreichen Leuten hier knüpfen werde. Zu Personen, denen es leid täte, schickte man mich nach

Takhan zurück. Ich werde weder mich selbst noch sonst jemanden zum Narren machen oder unachtsam Geheimnisse ausplaudern. Du wirst es sehr schwer haben, mit einem Grund aufzuwarten, um mich von meiner Position zu entfernen."

"Schwierig, aber wahrscheinlich nicht unmöglich. Ich erinnere mich an etwas, das mir dein Bruder vor einer Weile über dich sagte." Und erst vor kurzem auch Erbál, doch das brauchte er nicht zu wissen. "Er sagte, du wärst einer von sehr wenigen Jugendlichen gewesen, die nie erwischt und dann von diesem speziellen Gericht bestraft wurden, das sich um diejenigen kümmert, die Magie auf unangemessene und verantwortungslose Weise einsetzen. Und dass er absolut sicher war, dass du zwar klug genug warst, dich nicht erwischen zu lassen, jedoch nicht klug genug, um niemals etwas Strafbares anzustellen. Müsste ich raten, würde ich denken, dass dieser Wesenszug über die Jahre hinweg nicht verschwunden ist, sondern sich stattdessen verstärkt hat, da dir als Junge, anders als den meisten anderen, niemals deine Grenzen aufgezeigt wurden." Sie lehnte sich vor, ermutigt dadurch, wie seine Augen eng wurden. "Somit bin ich zuversichtlich, dass ich etwas finden würde, wenn ich nur gründlich genug suche."

Eine volle Minute lang betrachtete Ram'kel sie nachdenklich, dann zog sich ein Mundwinkel in einem anerkennenden halben Lächeln nach oben. "Ich verbeuge mich vor deinen Gaben der Beobachtung und Schlussfolgerung, meine liebe Eryn. Ich weiß wohl, dass du das nicht zu hören wünschst, doch dein äußeres Erscheinungsbild ist ganz eindeutig nicht das Einzige, worin du deiner Mutter auf bemerkenswerte Weise ähnelst. Lass mich dir versichern, dass dies als Kompliment gemeint ist. Ich bin ein glühender Verehrer von Malriel von Haus Aren. Darf ich dich nun einladen, mit mir Platz zu nehmen und dieses Mahl zu genießen, dass ich dir dank der Palastküche mit so wenig Aufwand von meiner Seite kredenzen kann?"

Eryn entschloss sich, die Bemerkung über Malriel nicht zu kommentieren. Sie wusste, dass es sein Ernst war - er meinte es tatsächlich als Kompliment, also würde ihn eine verstimmte Reaktion von ihrer Seite lediglich amüsieren. Sie ließ sich auf den Stuhl sinken, den er für sie zurechtschob und fragte sich, ob sie einander gerade auf sehr höfliche Weise den Krieg erklärt hatten.

* * *

Enrics Blick streifte über die Menschenmenge auf dem Palastplatz und verweilte einen Moment lang bei Eryn ihm gegenüber auf der anderen Seite. Sie stand bereits dort, wo sich Orrins Team versammelt hatte. Vedric, der in seiner farbenfrohen Aufmachung einen krassen Gegensatz zu ihrer eigenen dunkelgrauen abgab, saß auf ihrer Hüfte. Genüsslich kaute er am Ende ihres geflochtenen Zopfes herum, während seine Mutter den Einführungsworten lauschte, die ihr Teamführer für die Spieler und Zuschauer vortrug.

An ihrer Seite standen Pe'tala und Gerit. Letztere würde ihren Enkel an sich nehmen, sobald das Signal ertönte, auf das hin seine Eltern gegeneinander in die Schlacht ziehen würden.

Tyront stand mit verschränkten Armen neben Enric und murmelte: "Warum noch einmal kann ich mit dir kein Paar bilden?"

"Weil es niemand wagen würde, auf uns beide zu schießen", erklärte Enric geduldig. "Unsere lieben Kollegen sind schon behutsam genug, wenn da nur einer vor uns ist, doch der bloße Gedanke an uns beide in einem Team würde sie davonjagen."

"Was ein ganz beachtlicher Vorteil gewesen wäre in einem Spiel, in dem wir den Feind vom Palast fernhalten sollen", erwiderte Tyront leise.

Enric wusste, dass dies keine ernsthafte Diskussion war. Tyront wusste ebenso gut wie er selbst, dass es für sie beide schlecht aussähe, bedienten sie sich unfairer Vorteile. Er maskierte lediglich seine Unruhe mit Verdrossenheit.

"Der Tag, an dem wir gegen unsere eigenen Magier auf solche Methoden zurückgreifen müssen, ist in der Tat ein trauriger", grinste Enric. "Aber es gibt keinen Grund, nervös zu sein, alter Mann. Du wirst dich wacker schlagen. Du bist ein erfahrener Stratege und wirst der Welt beweisen, dass weder Greisenalter noch Handfesseln aus dir etwas anderes als einen imposanten Gegner zu machen vermögen. Oden wird man komponieren, um deinen Heldenmut in der Schlacht zu preisen, die dann vor dem Feuer gesungen…"

"Ach, tu mir einen Gefallen und halt den Mund", knurrte Tyront.

Beide sahen wieder zu Orrin hin, als er die Magier anwies, gemäß den an die Palasttore geschlagenen Listen ihre Seiten einzunehmen. Die Verteidiger angeführt von Lord Enric würden ihr Koordinationstreffen hier in einem Raum im Palast abhalten. Die Angreifer unter Lord Orrin sollten ihm zu den Stadttoren im Süden folgen, um dort ihre Bemühungen vorzubereiten und zu koordinieren.

Als eine Gruppe von achtzehn Magiern um ihn und Tyront versammelt stand, räusperte sich Enric und rief aus: "Lord Orrin? Ich wünsche Euch viel Glück. Möge der bessere Mann gewinnen."

Orrin schenkte ihm ein träges Lächeln. "Das ist meine volle Absicht."

"Selbstbewusst - das muss ich Euch lassen. Wie wäre es mit einer weiteren Wette? Die Verlierer bereiten ein Gelage für die Gewinner, so wie beim letzten Mal?"

"Das passt mir gut. Wir werden es auf Takhaner Art bei Euch zuhause abhalten. Mit Sitzkissen auf dem Boden und alldem", nickte der Krieger und fügte dann großzügig hinzu: "Ich werde sogar auf Euren Sohn aufpassen, während Ihr kocht."

"Oder ich auf Eure Tochter, für den Fall, dass Ihr der Gastgeber seid", ergänzte Enric.

"Sicher doch", schmunzelte Orrin auf eine Art und Weise, die unmissverständlich klarmachte, für wie unwahrscheinlich er diese Wende der Ereignisse hielt.

Eryn übergab Vedric an Gerit und küsste ihn auf die Nase, bevor sie sich zu den anderen stellte, die Orrin durch die Stadt folgten. Als sie den Raum betrat, der ihnen zugewiesen worden war, fiel ihr Blick auf die Armschienen auf dem Tisch an einer Seite. Anders als in Takhan waren dieses Mal keine Wasserbeutel bereitgestellt worden. Immerhin waren die Temperaturen gänzlich andere, besonders da wohl in ein paar Wochen bereits Schnee zu erwarten war. Und die für das Spiel anberaumte Zeit war ebenfalls erheblich kürzer. Das ergab sich sowohl aus der wesentlich kleineren verfügbaren Spielarena als auch den Magiern, die von Kindesbeinen an im Kampf trainiert und somit herausfordernde Gegner waren.

Orrin machte auf sich aufmerksam, als all seine Spieler eingetreten waren und bedeutete ihnen, sich um ihn zu versammeln. "So, ich gehe davon aus, dass ihr alle Gelegenheit hattet, euch die Regeln anzusehen, die euch bei der Anmeldung ausgehändigt wurden. Welche Farben deuten auf welchen Status eines Schildes hin?"

"Grün auf einen vollständig intakten, blau, wenn bereits ein Treffer eingesteckt wurde, und rot, wenn der Schild am schwächsten ist", meldete sich Pe'tala zu Wort.

"Was passiert, wenn sich die Handfesseln eines Gegners auf schwarz umfärben?"

"Wir lassen ihn ungehindert passieren, damit er den nächstgelegenen Ausgang vom Spielfeld erreichen kann", antwortete eine weitere gehorsame Stimme.

Orrin nickte knapp und setzte seine Fragerunde fort. "Was ist mit den Bürgern, die entschieden haben, ihre Häuser für die Dauer des Spiels nicht zu räumen? Was auf die Meisten von ihnen zutreffen wird, da sie sich ansehen wollen, was wir hier treiben."

"Wir versuchen sie so selten wie möglich zu treffen, wenn sie sich aus dem Fenster lehnen um zu sehen, wie wir einander jagen", grinste Eryn.

Das Oberhaupt der Krieger bedachte sie mit einem genervten Blick. "Falsch. Wir streben danach, sie überhaupt nicht zu treffen. Sollte eine Heilerin so etwas überhaupt von sich geben?"

Pe'tala zuckte mit den Achseln. "Sie ist eine streitlustige Aren. Das hebt den mitfühlenden Teil auf. Und ich verstehe nicht wirklich, weshalb die Leute denken, Heiler seien dieser friedliche, harmlose Haufen, nur weil wir damit betraut sind, Verletzungen und Krankheiten verschwinden zu lassen. Das bedeutet nicht, dass wir nicht dazu in der Lage wären, ebenso gut auszuteilen wie jeder andere von euch."

Ein paar zweifelnde Blicke wurden in ihre Richtung geworfen, als hätte ohnehin niemand die Worte friedlich oder harmlos mit ihr oder ihrer streitlustigen Aren-Schwester in Verbindung gebracht, auch wenn sie Heilerinnen waren.

Orrin erklärte noch einmal das Ziel des Spiels - nämlich das Betreten des Palastes durch das Tor, wiederholte die wichtigsten strategischen Erwägungen beim Zusammentreffen mit feindlichen Gruppen, wie das priorisierte Attackieren der schwächeren Ziele mit roten oder blauen Farben. In langwierige Scharmützel sollte man sich nur dann verwickeln lassen, wenn sich daraus ein Vorteil ergab - abgesehen von dem, sich zu amüsieren. Dann legte er seinen Schlachtplan dar, der darin bestand, zwei Teams als Ablenkungsmanöver den Königsweg entlangzuschicken, die die Aufmerksamkeit und Angriffe der Verteidiger auf sich ziehen sollten, während zwei weitere Paare sich vom Süden her näherten. Die verbleibenden Teams würden Richtung Norden streben und den Palast umrunden, wobei sie sich im Schatten der Palastmauer halten und schließlich aus dem Westen einen Angriff aus dem Hinterhalt starten und damit das Tor einnehmen sollten.

Eryn bemerkte, dass er, anders als in Takhan, niemanden warnte, Enric aus dem Weg zu gehen. Hier waren immerhin alle in den gleichen Dingen wie der mächtige Stellvertreter unterwiesen worden. In diesem Spiel gab es keine Vorteile mehr für die gewaltigen Anführer, weder hinsichtlich ihrer Ausbildung, noch was die Stärke betraf. Sie stellte sich vor, dass Enric und Tyront somit die favorisierten Ziele ihrer Kollegen sein würden. Welche anderen Gelegenheiten gab es sonst, sich gegen diese beiden zu wenden, ohne Vergeltungsmaßnahmen befürchten zu müssen? Und das wäre hinterher auf jeden Fall etwas, mit dem man sich brüsten konnte.

Das Anlegen der Handfesseln und Testen der Blockade der Magie der Träger nahm kaum mehr als fünf Minuten in Anspruch. Die Magier hier waren mit der Prozedur offensichtlich vertraut. Womöglich hatten sie es während ihres Trainings häufiger tun müssen.

Orrin teilte die Paare ein und schickte Eryn und Pe'tala als eines der beiden Teams los, die sich vom Königsweg her annähern würden.

"Wir müssen die gesamte Stadt durchqueren", seufzte Eryn missbilligend, sobald sie sich vor dem Südtor versammelt hatten. "Wessen Idee war es noch einmal, das hier als Ausgangspunkt festzulegen?"

"Beschwer dich nicht", wies ihr Gruppenführer sie an. "Es ist immerhin nicht so, als könntest du deine Geschwindigkeit nicht mit ein wenig Magie steigern."

Pe'tala rieb sich die Hände. "So, wie lange noch bis zum Signa..." Sie brach ab, als ein tiefes Grollen ertönte, das rasch zu dem monotonen, tiefen Dröhnen eines großen Horns anwuchs. "Ja", grinste sie, "genau das. Komm, Schwester. Lass uns diese fremdländische Stadt hier erobern."

Die zehn Paare brachen gemeinsam auf und folgten der Straße eine Weile, bis sich etwa die Hälfte von ihnen nach links abspaltete und auf die westliche

Brücke zubewegte, die dem Palast am nächsten lag. Eryn und Pe'tala ließen sich ein wenig zurückfallen.

"Sollen wir wirklich die Brücke nehmen?", fragte Pe'tala. "Ich meine, Orrin sagte, dass sie uns dort erwarten würden. Warum gehen wir nicht stattdessen durchs Wasser? Mit ein wenig extra Stärke in unseren Armen sollte die Strömung kein Problem darstellen. Und wir können uns ganz leicht wieder trocknen, sobald wir die andere Seite erreicht haben."

Eryn überdachte den Vorschlag. "Ich weiß nicht. Sollte uns jemand im Wasser erspähen, wären wir einem Angriff schutzlos ausgeliefert. Oder sie könnten uns am Ufer im Verborgenen erwarten und dann auf uns losgehen, sobald wir an Land kommen. Ich denke eher, wir sollten die Brücke gemeinsam mit den anderen überqueren. Ich bezweifle, dass Enric die Hälfte seiner Truppen losgeschickt hat, um diese Brücke hier zu bewachen. Das bedeutet, wir sollten in der Überzahl und damit im Vorteil sein. Sofern wir mithalten."

Sie beschleunigten ihre Schritte und holten die anderen ein, als sie gerade die Brücke erreichten.

Eryn ließ ihren Blick in der Dämmerung über das gegenüberliegende Ufer streifen auf der Suche nach Gestalten, die in den Schatten lauerten. Doch entweder war dort niemand, oder sie waren gut genug verborgen, damit sie nicht so einfach ausfindig gemacht werden konnten.

Lebern, einer der Heiler, ging hinter der breiten Steinbrüstung in Deckung. "Auf der anderen Seite sollten nicht mehr als zwei Teams sein, was bedeutet, dass wir ihnen sehr wahrscheinlich zahlenmäßig überlegen sind. Der Nachteil ist allerdings, dass die Brücke schmal genug ist, dass sie uns trotz ihrer geringeren Anzahl eine Weile aufhalten können. Wir haben so gut wie keinen Schutz. Doch die Chancen stehen gut, dass sie es nicht riskieren werden, uns anzugreifen, wenn sie dafür ihre eigene Deckung zwischen den Gebäuden aufgeben müssen. Das bedeutet, sie müssten warten, bis wir mehr als die Hälfte der Brücke überquert haben, bevor wir uns in ihrer Schussreichweite befinden."

Ein anderer Magier, einer von Lord Seagons Kämmerern, wie Eryn sich dunkel erinnerte, nickte. "Das stimmt. Wir sollten achtsam und langsam bis zur Mitte der Brücke vordringen, dann rasch nach vorne laufen und über die Seiten der Brücke nach unten springen, sobald fester Boden darunter ist. Damit befänden wir uns nicht mehr länger in ihrem unmittelbaren Sichtfeld und könnten dann die Bäume entlang des Ufers als Deckung benutzen, wenn wir ausschwärmen."

Sobald alle anderen zustimmend genickt hatten, setzten sie sich bedächtig und vorsichtig in Bewegung, während ihre Augen die vor ihnen liegenden Gebäude absuchten. Als sie die Mitte der Brücke erreicht hatten, zischte Lebern: "Los!", und die Gruppe stürzte nach vorne, bevor einer nach dem anderen über die Brüstung sprang.

Eryn sah als Erste die Strahlen hellblauer Blitze, die auf sie zurasten, doch die schlugen lediglich auf der Brücke auf, Sekunden nachdem die anderen Magier bereits sicher unter den dicken Holzplanken kauerten.

"Hat jemand gesehen, wo sie sich verstecken?", fragte ein Magier.

"Einer ist auf der linken Seite", keuchte Pe'tala. "Zwischen dem zweiten und dritten Haus, bei diesem kleinen Busch dort."

"Zwei weitere warten direkt geradeaus zwischen den beiden Straßen vor uns", fügte Lebern hinzu.

"Sollen wir sie ausschalten oder nur zusehen, dass wir von hier fortkommen?", fragte der junge Kämmerer von zuvor.

"Ausschalten", plädierte eines dieser Ratsmitglieder, dessen Namen sich Eryn niemals merken würde. "Wir wollen sie nicht in unserem Rücken haben, falls wir es schaffen, an ihnen vorbeizukommen."

"Die einzige Richtung, die wir einschlagen können, ohne zwischen ihnen gefangen zu sein, ist Osten", überlegte ein anderer Magier. "Ich würde vorschlagen, dass vier von uns zu den Bäumen auf der rechten Seite laufen - das sollte uns vor den Angreifern vor uns Schutz bieten. Und von dort aus bewegen wir uns weiter zu den Gebäuden, während diejenigen, die hier unter der Brücke bleiben, die auf der linken Seite beschäftigen."

"Hört sich für mich gut an", nickte Pe'tala und fügte eifrig hinzu: "Ich bleibe hier und schieße Blitze! Ihr Jungs geht los und spielt die Zielscheiben." Das brachte ihr ein paar hochgezogene Augenbrauen ein. "Was? Ihr wurdet dazu ausgebildet, euch für euer Land zu opfern, ich allerdings nicht."

"Nein", korrigierte Lebern sie, "wir wurden dazu ausgebildet sicherzustellen, dass sich die anderen für ihr Land opfern. Wichtiger Unterschied. Also schön, ich werde gehen." Sein Teamkollege und ein weiteres Paar schlossen sich ihm an, und nach wenigen tiefen Atemzügen preschten sie mit magisch erhöhter Geschwindigkeit vor.

Eryn schoss in rascher Folge zwei Blitze ab, als sie die beiden dunklen Gestalten, deren Versteck Pe'tala zuvor beschrieben hatte, entdeckte. Die zogen sich hastig zurück, nachdem sie ihre Schüsse auf die Läufer abgegeben hatten.

"Geh und sieh nach, ob die anderen die Gebäude schon erreicht haben", instruierte Eryn ihre Schwester.

"Ja, das haben sie", informierte Pe'tala sie von der anderen Seite der Brücke. "Lebern wurde einmal getroffen, doch der Rest ist unversehrt angekommen. Wir müssen sie nicht länger beschützen. Was tun wir jetzt? Wir können ihnen nicht folgen, da wir niemanden haben, der uns Deckung gibt."

Das Ratsmitglied schüttelte den Kopf. "Wir werden hierbleiben und warten, bis sie das Paar direkt vor uns ausgeschaltet und dann die auf unserer linken Seite genug abgelenkt haben, damit wir zu ihnen stoßen können - vorausgesetzt, sie entscheiden sich nicht für die schlauere Option und ziehen sich in Richtung des Palastes zurück, sobald ihre Kollegen angegriffen werden."

"Sie könnten ihnen zu Hilfe kommen", wies Eryn hin.

Er ältere Mann schmunzelte. "Nicht, wenn sie ordentlich ausgebildet sind. Sollten sie zu ihren Kollegen laufen, würde das lediglich die Überzahl ausgleichen, und wir vier hier könnten weiterziehen. Sie werden versuchen, uns hier festzuhalten, und sobald sie erkennen, dass es zu gefährlich für sie wird, werden sie fortlaufen. Wenn sich eine größere Anzahl an Gegnern nicht ohne unmittelbare Gefahr für einen selbst festsetzen lässt, gilt es sich zurückzuziehen und neu zu formieren. Grundlegende Schlachtstrategie. Ich dachte, Ihr hättet in diesem Gegenstand eine Prüfung abgelegt, Lady Eryn."

Eryn errötete, froh, dass es bereits dunkel genug war, damit es nicht erkennbar war. "Das habe ich auch, doch es ist eine Sache, über solche Dinge zu lesen und wie das vor ein paar Hundert Jahren funktioniert hat, aber eine ganz andere, sich in einer Straßenschlacht zu befinden und es dann auf genau diese Situation anzuwenden, während man angegriffen wird!"

"Es ist die Fähigkeit, in Situationen wie diesen einen kühlen Kopf zu bewahren, die die Anführer des Ordens auszeichnet", ergänzte er etwas vorwurfsvoll.

Eryn schluckte die Erwiderung, dass sie nie auch nur ein einziges Mal darum gebeten hatte, zu einem der Anführer des Ordens gemacht zu werden, ganz im Gegenteil - sie war aufgrund ihrer überlegenen Stärke dazu gedrängt worden. Doch das hier war weder die Zeit, noch der Ort, um die Prinzipien zu diskutieren, die der Ordenshierarchie zugrunde lagen.

"Also gut, dann warten wir eben", presste sie stattdessen hervor und versuchte zu erkennen, was vor ihnen im Gange war, ohne sich so weit hinauszulehnen, dass sie feindlichen Blitzen ein Ziel bot.

Einige Minuten später vernahmen sie Schüsse von links. Das bedeutete, dass ihre Kollegen es geschafft hatten, die anderen entweder auszuschalten oder in die Flucht zu schlagen. Sie liefen zu den nächstgelegenen Bäumen auf der linken Seite und duckten sich dahinter. Als keine Angriffe kamen, rannten sie zu dem Fleck, wo sich das andere gegnerische Team verschanzt hatte. Abrupt kamen sie zum Stehen, als sie vor sich Blitze durch eine Querstraße zucken sahen und drückten sich gegen die Häuserwände.

Das Ratsmitglied bewegte sich langsam vorwärts und warf einen raschen Blick um die Ecke, bevor er seufzte. "Sie sind rechtzeitig davongekommen."

Lebern und die anderen drei, die zuvor aufgebrochen waren, kamen wieder auf sie zu und informierten sie, dass sie das erste Team in der Tat ausgeschaltet hatten und dass der Weg zum Königsweg nun frei sein sollte. Er selbst würde in Richtung Westen weiterziehen und dann wie geplant vom Süden her ein Ablenkungsmanöver starten.

Die Teams nickten einander zu und trennten sich dann ohne ein Wort voneinander. Eryn und Pe'tala entschieden sich gegen die größere Hauptstraße zu ihrer Rechten und hielten sich stattdessen an die Gasse, die nach Norden hin zum Königsweg führte.

"Dieser Ort ist eine Plage", beschwerte sich Eryn flüsternd. "In Takhan gibt es nicht so viel Raum zwischen den Häusern. Hier kann ein Angriff praktisch von überall kommen."

Sie erreichten das Ende der Gasse, die in den Königsweg mündete.

"Willst du hier wirklich nach links in diese breite, offene Straße einbiegen?", fragte Pe'tala zweifelnd. "Damit wären wir weitgehend ungeschützt." Sie nickte mit dem Kinn zu einer schmalen Gasse, die weitgehend parallel zum Königsweg verlief. "Wir könnten zwischen den Häusern schleichen und uns dem Palast auf diese Weise etwas unauffälliger nähern."

Eryn schüttelte den Kopf. "Wir sollen nicht unauffällig bleiben, wenn du dich erinnerst. Wir sind als eine von zwei Ablenkungen gedacht. Und damit sie abgelenkt werden, müssen sie uns sehen."

"Warum kommt es mir so vor, als ob man mich opfern will?", fragte die jüngere Frau misstrauisch.

Eryn lehnte sich vor und warf einen raschen Blick um die Ecke. "Es sieht leer aus. Komm weiter."

Beide starrten einander an, nachdem sie gleichzeitig von mehreren Blitzen aus verschiedenen Richtungen getroffen worden waren, die ihre Handfesseln von einem Moment zum nächsten schwarz färbten.

"Was war das denn?", hauchte Pe'tala perplex.

Eryn atmete aus. "Das bedeutet, wir sind gerade einmal ein paar Minuten, nachdem wir allein losgezogen sind, außer Gefecht gesetzt worden. Das ist so richtig beschämend."

Pe'tala zog eine Grimasse. "Verdammt. Ich kann noch nicht einmal sehen, wo sie sich verstecken!" Dann seufzte sie besiegt. "Dann lass uns schon abhauen. Wo ist der nächste Ausgang vom Spielfeld?"

"Beim Hauptplatz, irgendwo neben dem Gebäude der Geldverleiher, glaube ich. Dort in der Nähe sollte auch eine Taverne sein, wo wir etwas trinken können, während wir auf das Ende des Spiels warten."

"Das hat keinen Spaß gemacht. Lief es in Takhan auch so?", fragte Pe'tala schmollend und versetzte einem Stein vor sich einen Tritt, als sie dem verlassenen Königsweg in der Dunkelheit folgten.

"Nein, überhaupt nicht. Ich habe gerade erkannt, dass ich das Ausmaß des Trainings, das Magier hier erhalten, wahrlich unterschätzt habe. Hast du gesehen, wie sie beim Laufen Blitze abgeschossen haben? Ich bin schon froh, wenn ich etwas treffe, während ich stillstehe!"

Pe'talas Augen verengten sich. "Komische Sache, dass Orrin uns beide zusammen in ein Team gepackt hat. Hätte es nicht mehr Sinn ergeben, jede von uns mit einem erfahreneren Spieler zusammenzuspannen? Das hätte unsere Überlebenschancen beträchtlich erhöht, würde ich meinen."

Eryn blieb stehen und sah sie an. "Du hast Recht", meinte sie langsam. "Er wollte uns rasch loswerden."

"Womöglich, um dir vor Augen zu führen, welch eine unzureichende Kämpferin und damit Spielerin du bist", sinnierte ihre Schwester. "Und vielleicht auch, um dich dazu zu motivieren, dass du dich mehr bemühst, deine Fertigkeiten zu verbessern. Immerhin bist du die Erfinderin des Spiels. Es wirkt etwas seltsam, wenn du die schlechteste Spielerin aller Zeiten wärst, oder etwa nicht?"

Eryn warf ihr einen vernichtenden Blick zu. "Das zahle ich ihm heim. Verflixt! Und es hat auch noch funktioniert."

* * *

Enric lauschte den von links kommenden Geräuschen eines weit entfernten Tumults. Orrin hatte einen guten Teil seiner Truppen nach Norden und Westen geschickt, doch die Frage war, ob es sich dabei um eine Ablenkung oder um die tatsächliche Angriffsgruppe handelte, die das Palasttor einnehmen sollte. Ein weiteres Scharmützel ging hinter den Kriegerquartieren vor sich, doch ohne zu wissen wie viele darin involviert waren, ließ sich schwer sagen, wen man einfach nur unter Kontrolle halten und wen man aus dem Verkehr ziehen musste. Er entschied sich, noch ein paar weitere Minuten beim Palastplatz zu verweilen, falls die Angreifer aus dem Süden an Boden gewannen. Er hatte seine Truppen gleichmäßig verteilt, und wenn seine Leute hier in der Lage waren, sich gegen ihre Gegner zu behaupten, konnte er losgehen und sich den anderen anschließen, die derzeit im Norden irgendwo in der Nähe der Klinik kämpften.

Er wusste mit Sicherheit, dass vier von Orrins Leuten außer Gefecht gesetzt waren. Bei der Entfernung von Eryn und Pe'tala aus dem Spiel hatte er selbst mit Hand angelegt, und dann war ihm noch von zwei weiteren berichtet worden. Damit blieben noch weitere sechzehn übrig gegen die achtzehn auf seiner Seite.

Er beobachtete, wie einer der Magier, die unten im Süden gekämpft hatten, auf ihn zu rannte.

"Lord Enric, da waren vier Leute. Drei davon haben wir ausgeschaltet, einer ist geflohen. Dabei haben wir einen Mann verloren", berichtete er.

Enric nickte. Einer im Austausch für drei. Das war ein recht vorteilhaftes Verhältnis. Das bedeutete, dass die beiden Teams aus dem Süden wirklich die Ablenkung gewesen waren und die tatsächliche Attacke vom Norden des Palastes kommen würde.

"Rolan? Komm. Auf in den Norden, wo etwas los ist."

Sein Teamkollege grinste breit und folgte ihm in Richtung des Königswegs. Gerade als sie nach links abbiegen wollten, wurden ihre Blicke zum dunklen Nachthimmel emporgezogen. Der wurde plötzlich durch einen hellen Blitz erleuchtet, der sich mit einem lauten Knall in mehrere kleinere aufspaltete. Das war das Notsignal zum Unterbrechen des Spiels. Enric begann zu laufen und orientierte sich nach der allgemeinen Richtung, von wo der Blitz ausgegangen sein musste, Rolan dicht hinter ihm. Kurz darauf wurde eine Serie von kleineren Blitzen geradewegs in die Luft geschossen um den Standort anzuzeigen, an dem etwas vorgefallen sein musste.

Er dankte seinen Glückssternen, dass Eryn bereits aus dem Spiel ausgeschieden war. So musste er sich zumindest keine Sorgen um sie machen, was auch immer geschehen war. Er sandte noch ein wenig mehr Magie in seine Muskeln und spürte die Einschränkung, die die Handfesseln seinen Kräften auferlegten.

Als sie um die nächste Ecke bogen, bot sich ihnen der Anblick eines halbeingestürzten Hauses und einer Straße, auf der sich ein beachtlicher Haufen an Steinen und Mauerwerk befand.

Lebern und einige andere, darunter Orrin und Lord Woldarn, knieten auf der Straße und gruben fieberhaft in den Steinen herum.

"Hier", bellte Orrin, und Enric sah, dass er eine Hand unter den Steinen freigelegt hatte.

Lebern sprang auf, rannte zu der Hand, ergriff sie und schloss einen Moment lang die Augen. Als er sie wieder öffnete, waren sie panisch geweitet, sein Gesicht so weiß, dass es im Dunklen hervorstach. "Eryn… ich brauche Eryn hier! Das schaffe ich nicht allein… es ist zu viel! Er wird sterben!", keuchte er und begann zu zittern, während er weiterhin die leblose Hand in seiner hielt.

Enric drehte sich zu Rolan um. "Lauf und hol Eryn und Tala. Sie haben das Spielfeld ziemlich sicher am Hauptplatz verlassen. Beeil dich."

Nachdem der jüngere Mann ohne ein weiteres Wort davongerast war, wandte er sich zum Anführer des gegnerischen Teams und kniete neben ihm nieder, um die Steine von der darunter begrabenen Person zu entfernen. "Wer ist das?"

Orrins Lippen waren kaum mehr als ein dünner Strich, als er antwortete: "Lord Tyront."

Enrics Herz erstarrte.

* * *

Missmutig starrte Eryn in das halbvolle Glas vor sich und grübelte über ihre schmähliche und vor allem prompte Niederlage nach. Sie hoffe, Enric gewann dieses Mal, denn dann konnte sie zu Orrin marschieren und ihm sagen, dass dies das Ergebnis war, wenn er seine Ressourcen auf diese Weise verschwendete. Sie träumte ein wenig vor sich hin, stellte sich vor, dass er mit ernster Miene nicken und seinen Fehler eingestehen würde, bevor er sie um Vergebung bat und fragte, wie er das wiedergutmachen konnte…

Verärgert blickte sie auf, als sich Pe'talas Finger in ihren Oberarm gruben. Gerade wollte sie fragen, was ihr Problem war und ob sich eine Frau nicht einmal für eine kurze Weile ein paar vollkommen unrealistischen

Tagträumereien hingeben konnte, als ihre Augen auf Rolan landeten. Seine Haare standen wild ab, sein Gesicht war staubbedeckt und blass, seine Augen weit mit einer Mischung aus Panik und Erleichterung darin.

"Ein Unfall", keuchte er, "Kommt!"

Eryn folgte Rolan, der aussah, als würde er jeden Moment zusammenbrechen. Die Armreifen hatten seine Kräfte reduziert, und er musste alles an verfügbarer Kraft in seine Muskeln gepresst haben, damit sie ihn schneller trugen. Sie fragte sich, was passiert sein mochte.

Als sie um die nächste Ecke bogen, erblickte sie eine Gruppe von Menschen, die um einen Haufen aus Ziegeln und Steinen versammelt war. Und Lebern, der auf den Pflastersteinen kniete und eine bewegungslose Hand umklammerte, die zu einem ebenso leblosen Körper gehörte. Der war, abgesehen von den zahlreichen Schnitten, aus denen Blut sickerte, von dem ganzen Staub und Geröll ganz grau. Die Augen des Heilers waren fest geschlossen, und er wiegte sich sanft vor und zurück, als bereite es ihm beträchtliche Mühe, die Ruhe zu bewahren.

Pe'tala und Eryn schickten beide etwas zusätzliche Magie in ihre Muskeln und rasten an Rolan vorbei. Vor der liegenden Gestalt, die aussah, als wäre sie bis vor kurzem unter einer beträchtlichen Menge an Steinen und Erde begraben gewesen, kamen sie zum Stehen und fielen auf die Knie. Eryn schluckte hart, als sie erkannte, um wen es sich dabei handelte.

"Sein Herz will stehenbleiben…", flüsterte Lebern ohne die Augen zu öffnen, sein Gesicht eine Maske der Pein. "Ich zwinge es zum Weitermachen, und seine Lunge ebenfalls…"

"Halt das Herz am Schlagen", befahl Pe'tala mit einem Blick auf Eryn, "ich werde mir den Schaden ansehen und mit der Reparatur beginnen. Lebern, geh zur Klinik und bereite dort ein Zimmer für Lord Tyront vor. Warte dort auf uns. Enric, komm her und errichte einen Schild um die Kopfwunden, damit sie aufhören zu bluten."

Eryn schloss die Augen und benötigte ein paar Momente, um diesen Ort der Ruhe und des Friedens in sich zu finden. Es war schwieriger, wenn der Patient ernsthaft verletzt war, und noch mehr, wenn es sich dabei um jemanden handelte, den sie kannte. Aber sie war eine Expertin und wusste, wie man damit umging. Das hier war nichts anderes als ein Patient, der Hilfe benötigte, das war alles, was jetzt zählte. Es gab keinen Raum für Panik, weil sie einen Mann, den sie liebgewonnen hatte, auf der Straße sterben sah, oder für irgendwelche Gedanken an die Folgen, sofern er das hier wahrhaftig nicht überstand und Enric den Orden übernehmen musste.

Sie spürte, wie sich eine Person neben sie kniete. Enric. Seine bloße Nähe beruhigte sie sofort. Dankbarkeit wallte in ihr auf für den Frieden, den er ihr brachte, und von einem Moment auf den nächsten fand sie es weniger mühsam, sich auf den langsamen und steten Rhythmus zu konzentrieren, den sie Tyronts Herz aufzwingen musste. Sie konnte sich sogar soweit entspannen, dass sie das

Herz untersuchen konnte, während sie es am Schlagen hielt. Sie fand Quetschungen, die Teilen des Herzmuskels ernsten Schaden zugefügt hatten, sodass er nicht mehr stark genug war, um ohne äußere Hilfe den Impulsen zu gehorchen, die ihn schlagen lassen sollten. Sie war versucht, ihre Begutachtung fortzusetzen, hielt sich aber zurück. Pe'tala kümmerte sich bereits darum.

"Fertig", hörte sie Enric ruhig neben sich sagen. Seine Stimme klang abgehackter als sonst, ein sicheres Zeichen dafür, dass es ihm ebenfalls schwerfiel, die gelassene Maske aufrechtzuerhalten.

Eryn lenkte ihre Aufmerksamkeit wieder auf das zerrissene Gewebe im Inneren des Herzens und rundherum. Der Herzbeutel verlor Blut, das dort nicht austreten sollte. Teile des Herzmuskels waren eingerissen, und sie hielt den Schild intakt, den Lebern errichtet hatte, um das Blut dort einzuschließen. Das musste eine immens knappe Angelegenheit gewesen sein. Ohne einen Heiler in unmittelbarer Nähe hätte Tyront nicht überlebt, dessen war sie sich absolut sicher. Sie versorgte das Herz mit konstanten Impulsen, damit es nicht zu arbeiten aufhörte. Der Rhythmus musste stabil, aber nicht zu schnell sein, oder das Blut wurde zu kräftig gepumpt und verstärkte den Blutfluss aus seinen zahlreichen Wunden weiter.

Sie begann damit, schwache Energieimpulse in die beschädigten Muskelfasern zu schicken, damit sie sich wieder zusammenfanden, sorgsam darauf bedacht, nicht mehr Magie darauf zu verwenden, als sie für die Bereitstellung des ununterbrochenen Rhythmus benötigte.

Plötzlich spürte sie, wie sie von einer mächtigen Welle der Energie durchströmt wurde. Jemand musste ihr die Armreifen abgenommen haben. Sie wartete, bis der Fluss abgeebbt war und es sich nicht länger anfühlte, als würde sie nach einem Dammbruch auf Wassermassen dahinreiten, sondern wieder auf einem gleichmäßigen Strom gleiten. Sofort schickte sie die Magie an unterschiedliche Stellen im Herzen und beschleunigte den Reparaturprozess. Teile der Herzklappen waren einfach abgerissen, und sie stellte sicher, dass sie langsam wieder ihre ursprüngliche Form annahmen, verlängerte sie, bis sie sich trafen und wieder in der Lage waren, die Verteilung des Blutes in den Kammern zu steuern. Als die Hauptschlagader direkt darüber nicht länger eingerissen war, schickte sie einen letzten suchenden Impuls durch sein Herz und zog sich dann zurück um zu sehen, ob das Herz wieder aus eigener Kraft schlagen konnte. Es funktionierte.

Ohne äußerlich wahrnehmbare Veränderung in ihrer Haltung oder Atmung richtete sie ihre Aufmerksamkeit auf seine Lunge. Sie erhaschte nur einen kurzen Eindruck von zerstörtem Gewebe, bevor sie sich wieder zurückzog. Pe'tala kümmerte sich bereits darum. Der Magen war intakt, ebenso der Rest seiner Verdauungsorgane. Es schien, als hätten Brustkorb und Kopf den Großteil es Schadens abbekommen. Seine Leber war ebenfalls unbeschädigt, also ging sie weiter zum Kopf. Sie behielt Enrics Schild aufrecht, während sie sich an die Reinigung der ersten der beiden großen Wunden machte. Der

Schädel war an drei Stellen gebrochen, also begann sie dort, bevor sie die Wunden schloss. Immerhin mochte es irgendwo einen Flüssigkeitsstau geben, der abfließen musste, damit er keinen Druck auf das Gehirn aufbauen konnte.

Eryn öffnete die Augen und fand sich umringt von einer Menge, die auf mindestens zweihundert Menschen angewachsen sein musste. Wo waren die alle plötzlich hergekommen? Sie besah sich die Heilung, die sie bereits durchgeführt hatte und entschied, dass einige Zeit vergangen sein musste. Sie sah nach links und sah Pe'tala, die mit offenen Augen neben ihr kniete, eine Hand auf Tyronts Brustkorb, damit sie die Aktivitäten in seinem Körper überwachen konnte, während ihre Kollegin am Heilen war.

"Er wird überleben", verkündete Pe'tala laut, und die Menge um sie herum schien einen kollektiven Seufzer der Erleichterung auszustoßen. Sie sah so erschöpft aus, wie Eryn sich fühlte.

"Bringt ihn zur Klinik", sagte Eryn zu niemandem im Speziellen und war nicht überrascht, dass Enric und Orrin diejenigen waren, die sich bückten und ihn behutsam aufhoben. Mit Hilfe von ein wenig Magie hätte ihn jeder von ihnen allein tragen können, doch sie entschieden sich für besondere Vorsicht und versuchten ihn so ruhig wie möglich zu halten.

Rolan trat neben die beiden Frauen und schlang jeder von ihnen einen Arm um die Mitte, damit sie aufrecht blieben, als sie sich in Bewegung setzten, um den beiden Männern und ihrer Last zu folgen.

Enric warf einen Blick über die Schulter. "Wie schade, dass Vern nicht in der Nähe ist, um ein Bild davon zu zeichnen. Mit diesen beiden Frauen gleichzeitig im Arm wärst du in Takhan über Nacht zu einem Helden geworden."

Rolan lächelte müde. "Ich werde Tala zu meiner Gefährtin machen und so mit Eryn in einer Familie enden. Freiwillig. Das sollte bereits reichen, um einen Helden aus mir zu machen."

Es schien eine Ewigkeit zu vergehen, bis sie die Klinik erreichten, obwohl sie sich direkt am Ende genau dieser Straße befand, unter normalen Umständen kaum mehr als fünf Minuten entfernt.

Lebern öffnete die Tür, bevor sie sie selbst aufstoßen konnten. Er war noch immer blass und wirkte elend.

"Er wird es überstehen", versicherte ihm Eryn und klopfte ihm im Vorbeigehen auf die Schulter. Der Heiler ließ sich gegen die Wand sinken und schloss seine Augen für eine Weile, während der Rest von ihnen zu dem Zimmer weiterging, das sie für die seltenen Gelegenheiten eingerichtet hatten, wenn ein Patient über Nacht bleiben musste. Lebern hatte eines der beiden Betten vorbereitet.

Orrin und Enric warfen einen Blick auf die sauberen, weißen Bezüge, dann auf ihre staubige, noch immer blutbefleckte Fuhre.

"Wir säubern ihn wohl besser erst einmal", schlug Eryn vor. "Hier neben dem Umkleideraum haben wir ein Badezimmer. Kommt mit."

Rolan verstärkte kurz seinen Griff um ihre Hüfte, als sie sich in Bewegung setzen wollte. "Ich denke, das lässt du besser mich erledigen. Du magst diese professionelle Medizinerin ohne irgendwelche Bedenken hinsichtlich Nacktheit im Zusammenhang mit dem Heilen sein, doch er ist immer noch dein Vorgesetzter und würde es nicht schätzen, wenn er erfährt, dass du diejenige warst, die ihn gewaschen hat. Womöglich fragt er sich sonst für den Rest seines Lebens, ob du ihn dir nackt vorstellst, wann immer er dich tadelt."

Eryn warf ihm einen Blick aus zusammengekniffenen Augen zu. "Wie kommst du auf so etwas? Tust du das etwa? Du hast mich immerhin einmal nackt gesehen, als ich dich dazu bringen wollte, dass du dich gemeinsam mit uns für das Heilertraining umziehst."

Enrics Augenbrauen wanderten nach oben, und der Blick, den er Rolan zuwarf, war nicht eben freundlich. "Ach wirklich."

Rolan schluckte. "Ich habe nie auf diese Weise an dich gedacht! Das schwöre ich! Und all die anderen Heiler haben sie auch nackt gesehen, warum also bin plötzlich ich das Problem?"

Enric wartete, dass er ihnen voran zum Umkleideraum ging, bevor er mit Orrin und ihrer Last folgte. "Weil die anderen alle Heiler sind. Professionelle Mediziner, wie du es gerade genannt hast. Du allerdings gehörst nicht dazu."

"Ich bin so froh, dass wir in diesem Moment keine größeren Probleme haben, als dass ich deine Gefährtin nackt gesehen habe", hörten sie den administrativen Leiter der Klinik verhalten murmeln. "So wie einen bewusstlosen Anführer des Ordens, der seine schweren Verletzungen nur mit knapper Not überstanden hat oder etwas in der Art."

Eryn setzte sich auf das zweite Bett im Zimmer, während sich Pe'tala in einen nahegelegenen Sessel plumpsen ließ. Lebern kam zögernd herein und trat vor Eryn hin, sein Kopf nach vorne geneigt, sein Blick zu Boden gerichtet.

"Es tut mir leid, Eryn", sprach er mit einer Stimme, die kaum mehr als ein Flüstern war. "Ich habe versagt. Ich habe es nicht geschafft, ruhig zu bleiben. Ich war überfordert und hilflos… Währt ihr beiden nicht aufgetaucht, wäre Lord Tyront jetzt tot. Ich war nicht in der Lage, mit der Reparatur des Schadens zu beginnen, obwohl ich es können sollte…"

Eryn seufzte und drückte die Ballen beider Hände auf ihre Augen. "Hinsetzen."

Lebern suchte nach einer Sitzgelegenheit und trat schlussendlich auf das Bett zu, als Eryn auf den Platz neben sich klopfte.

"Lebern", meinte sie sanft und ergriff seine Hand, um sie zu drücken. "Du bist ein Idiot. Und das sage ich mit all der Liebe und dem Respekt, den ich im Moment aufbringen kann."

"Meine Güte", murmelte Pe'tala, "du hast vielleicht ein Händchen für den Umgang mit Menschen. Ich bin zumindest nur zu meinen Patienten barsch. Meine Kollegen behandle ich normalerweise gut - man weiß nie, ob man nicht irgendwann ihre Hilfe benötigt. Wie für das Übernehmen einer Schicht oder der Heilung einer sonst tödlichen Verletzung. Solche Kleinigkeiten."

Eryn ignorierte sie. "Wie würdest du den Schaden beurteilen, den Lord Tyront erlitten hat?"

Lebern schloss die Augen, um sich das Bild ins Gedächtnis zu rufen, das ihm seine Sinne auf der Straße vermittelt hatten. "Die Lungen waren beschädigt, aber nicht so schlimm wie das Herz."

"Was hast du getan, als wir ankamen?"

"Ich habe einen Schild um das Herz errichtet, damit das Blut nicht in den Brustraum gedrückt wurde, und ich habe es mit Impulsen versorgt, damit es nicht zu schlagen aufhört."

"Warum hast du das gemacht?", schaltete sich Pe'tala ein.

Der Mann sah sie an, verwirrt über diese Frage, deren Antwort dermaßen offensichtlich war. "Damit er nicht stirbt."

Eryn nickte. "Genau. Du hast einen Mann bis zum Eintreffen von Hilfe am Leben erhalten, der sonst nach wenigen Minuten verstorben wäre."

Lebern stand wieder auf und ging ein paar Schritte, während er sich mit den Händen die Haare raufte. "Ich hätte nicht darauf angewiesen sein dürfen, dass Hilfe eintrifft! Was wäre gewesen, wenn in absehbarer Zeit keine Hilfe verfügbar gewesen wäre? Was ist, wenn so etwas draußen in den Wäldern passiert wäre? Dann wäre er jetzt tot! Ich hätte ihn nicht retten können! Welcher Heiler kann einen Patienten nicht retten, ohne dass seine Kollegen auftauchen, ihn beiseiteschieben und sich selbst um das kümmern, was er in seiner Inkompetenz nicht fertigbringt?"

Pe'tala seufzte und schloss die Augen, während sie sich tiefer in ihren Sessel sinken ließ. "Ich nehme alles zurück, Schwester. Du hattest Recht: Er ist ein Idiot."

Eryn unterdrückte ein Stöhnen. Sie war zu erschöpft, um sich jetzt darum zu kümmern, doch es musste getan werden. So konnte sie ihren Kollegen nicht wegschicken. Wer wusste, was er anstellen mochte.

"Hör mir gut zu, denn ich bin zu müde, um mich zu wiederholen. Du hast sein Leben gerettet. Ohne dich wären wir nicht rechtzeitig eingetroffen. Wir haben dich nicht zur Seite geschoben, weil du versagt hast, sondern weil du erschöpft warst - als Konsequenz daraus, dass du deinen Teil gut genug erfüllt hast, dass für uns noch etwas übrig war, um das wir uns kümmern konnten. Wäre ich an deiner Stelle gewesen, dann stünden die Chancen gut, dass er mir genauso weggestorben wäre, weil es ein paar Verletzungen gibt, die ein Heiler allein einfach nicht bewältigen kann. Manchmal reichen nicht einmal zwei. Ich bin schon länger eine Heilerin als du, und auch ich hatte zuweilen Patienten, die mir weggestorben sind. Und davon überwältigt zu sein ist nur menschlich - und in deinem Fall hast du es dennoch geschafft, deine Arbeit zu erledigen. Er wird leben - dank dir. Und jetzt geh und hol uns allen etwas Heißes zu trinken. Und eine zusätzliche Garnitur Bettwäsche für das zweite Bett. Ich habe nicht die Absicht, die ganze Nacht über wachzubleiben."

Lebern stand bewegungslos dort, seine Stirn gerunzelt, sein Blick nachdenklich. Nach mehr als einer Minute hob er den Blick. "Ich würde gerne heute Nacht hier bei ihm bleiben, wenn es dir nichts ausmacht."

Eryn wollte ihn gerade nach Hause schicken, damit er sich etwas Schlaf gönnte und sich von der Anstrengung erholen konnte, als Pe'tala ohne die Augen zu öffnen sagte: "Auch gut. Wir werden sicher nicht mit dir um das Privileg kämpfen, euren griesgrämigen Anführer zu bewachen. Sieh zu, dass er etwas trinkt, sobald er aufwacht. Falls nicht, werden wir ihm am Morgen etwas geben."

Erst als sie Leberns Erleichterung bemerkte, erkannte sie, weshalb es ein Fehler gewesen wäre, ihn fortzuschicken: Er hätte es als Beweis für mangelndes Vertrauen erachtet, als ob sein erstes Versagen sie dazu veranlasste, ihn loszuwerden, damit er kein weiteres Unheil mehr anrichten konnte. Pe'tala hatte sich womöglich mit dieser Art von Problem bereits zuvor herumgeschlagen, wenn man bedachte, dass sie an einem Ort mit zahlreichen Heilern gearbeitet hatte. Sie hatte richtig gehandelt.

"Wer hat heute Nachtdienst?", fragte Eryn.

"Onil. Ich werde ihn nach Hause schicken, sobald er mir geholfen hat, das Bett vorzubereiten."

"In Ordnung. Ich werde ihm eine Nachricht zukommen lassen, dass er morgen ein ordentliches Frühstück für dich und Lord Tyront bereithalten soll. Versuch ein wenig zu schlafen. Ich werde dir einen kleinen Trick zeigen, mit dem du sicherstellen kannst, dass du hörst, falls dein Patient zu atmen aufhört."

Lebern zog die Augenbrauen hoch. "Wie?"

"Du siehst einfach nur zu, dass er schnarcht. Das schaffst du, indem du ihn auf den Rücken legst und dann seine Schleimhaut ein wenig anschwellen lässt. Wenn ihn das nicht zum Schnarchen bringt, weiß ich es auch nicht. Du wirst aufwachen, wenn es zu still wird."

Enric und Orrin kehrten mit Tyront zwischen ihnen zurück. Sie hatten ihm ein sauberes violettes Set der Arbeitskleidung für Heiler übergezogen. Rolan folgte ihnen mit den schmutzigen, zerrissenen und blutverschmierten Resten seiner vorherigen Aufmachung.

"Lebern wird sich heute Nacht um Lord Tyront kümmern", verkündete Eryn und stand vom Bett auf. "Das bedeutet, wir können für den Augenblick nach Hause zurückkehren."

"Mach das", nickte Orrin. "Ich bleibe draußen im Wartezimmer."

"Was?", fragte Pe'tala verdutzt. "Zu welchem Zweck?"

Enric runzelte die Stirn und wartete auf eine Antwort, die allerdings nicht kam. Somit war es wahrscheinlich etwas, worüber er vor einem Publikum nicht sprechen konnte. Etwas im Zusammenhang mit dem Vorfall, der Tyront beinahe das Leben gekostet hatte. "Brauchst du mich hier?", fragte er, anstatt auf einer Antwort zu beharren. "Ich könnte bleiben."

Orrin schüttelte den Kopf. "Nein. Bring Eryn nach Hause. Ich sehe dich morgen."

KAPITEL 24

Enthüllungen

Eryn befestigte die Schlinge mit Vedric um ihren Brustkorb und schlang sie über eine Schulter.

"Bist du sicher, dass ich nicht auf ihn aufpassen soll, während ihr Lord Tyront besucht?", fragte Gerit besorgt. "Ich bin immerhin hier."

"Nein, das geht schon in Ordnung", versicherte Enric seiner Mutter. "Es wird ein angenehmer kleiner Spaziergang für uns werden. Dafür hatten wir in letzter Zeit wenig Gelegenheit. Da Tyront den Jungen mag, hoffe ich, dass sein Anblick ihn etwas aufheitern wird."

"Also schön, dann bedeutet das wohl, dass ich ebenso gut Inads Einladung annehmen kann."

Eryns Kopf zuckte hoch. "Inad? Sie hat dich eingeladen?"

Gerit nickte, offenkundig überrascht von Eryns Reaktion. "Ja, das hat sie. In all den Jahren, seit ich aus der Stadt fortging, war sie die Einzige aus meiner Familie, die nie aufgehört hat, mir zu schreiben."

"Die Einzige aus deiner Familie?", fragte Eryn schwach und schluckte. "Du bist mit Inad verwandt?", fügte sie unnötigerweise hinzu.

"Ja, sie ist meine Cousine."

Ihr Blick wanderte zu Enric, dessen Miene resigniert wirkte. Er wusste sehr genau, dass sich dieser Spaziergang zur Klinik für ihn nun nicht besonders entspannend gestalten würde.

Alle wandten sich um, als ein Klopfen an der Tür ertönte. Enric öffnete sie und nahm die Nachricht entgegen, die ihm der Palastbote mit einer Verbeugung überreichte.

Eryn seufzte. "Es ist ein regnerischer Morgen, es ist kalt, und ich habe schlechte Laune. Das Einzige, was diesen Tag noch erfreulicher machen würde, wäre eine Nachricht vom König."

Enric drehte den Umschlag um und zeigte ihr das königliche Siegel, bevor er ihn aufriss und zu lesen begann: "Lord Enric, ich hoffe, diese Nachricht findet Euch wohlbehalten an diesem trüben und grauen Morgen. Sieh einer an, wie heiter und gefällig er heute gelaunt ist", kommentierte er und fuhr dann fort, "Ich ersuche Euch, mich ehestmöglich über den Vorfall zu informieren, der Lord Tyront gestern Abend auf der Straße beinahe das Leben gekostet hätte. Weiterhin darf ich um Aufklärung hinsichtlich des Magiers bitten, der derzeit auf Lord Orrins Geheiß hin in meinem Kerker festgehalten wird. Ich freue mich darauf, Euch in meinem Arbeitszimmer zu empfangen. Ich vertraue darauf, dass Ihr der Aufgabe, als Anführer des Ordens zu agieren, solange Lord Tyront an sein Bett gefesselt ist, gewachsen seid."

"Ehestmöglich", sinnierte Eryn. "Ich würde sagen, wir gehen zuerst zur Klinik, so wie wir es geplant hatten. Es gibt kaum etwas zu berichten, wenn du nicht vorher mit Orrin über diese Angelegenheit sprichst. Und wenn man bedenkt, dass er jemanden einsperren hat lassen, scheint er genau der Mann zu sein, um Licht auf die Ereignisse zu werfen."

Enric nickte. "Ja. Dann kümmern wir uns darum, amtierende Nummer zwei des Ordens."

Sie verzog das Gesicht. "Köstlich. Rede mich bloß nie wieder so an."

Nachdem sie das Haus verlassen und sich die Tür hinter ihnen geschlossen hatte, kniff Eryn die Augen zusammen. "Wie kommt es, dass du in all dieser Zeit niemals erwähnt hast, dass du mit Inad verwandt bist? Wie in aller Welt konntest du diesen kleinen Leckerbissen unerwähnt lassen?"

"Ich hatte das ausgeprägte Gefühl, dass du es nicht besonders schätzen würdest. Und es ist nicht so, als wäre diese Verbindung von großer Bedeutung, wenn man bedenkt, dass ich keinen bewussten Kontakt mit den Verwandten meiner Mutter pflege, nachdem sie entschieden hatten, sie für tot zu erklären, weil sie mit einem bescheidenen Händler davonlief."

"Bis jetzt, wo deine Mutter zurück in der Stadt ist!"

"Ja, so sieht es wohl aus. Allerdings hatte ich keine Ahnung, dass Mutter und Inad die ganze Zeit über Kontakt hielten. Ich bin selbst erstaunt, dass Inad das nie erwähnt hat. Ich hätte sie für jemanden gehalten, der sich auf die Gelegenheit stürzen würde, mit unseren Familienbanden zu prahlen."

Eryn stöhnte. "Ausgerechnet Inad! Die Cousine deiner Mutter… Das macht sie zu deiner… was? Großcousine oder so etwas?"

"Tante zweiten Grades."

"Zweiten Grades?"

"Das zeigt an, dass die Verwandtschaft in der Ebene der Urgroßeltern begründet wurde."

"Das klingt dämlich."

"Damit ist Vedric ihr Großneffe zweiten Grades."

Sie erschauderte. "Allein der Gedanke, dass mein Sohn mit dieser Frau blutsverwandt ist…"

"Für dich und Vedric wird sich dadurch nichts ändern."

"Das wird sich noch zeigen. Hast du sonst noch irgendwelche schauderhaften Verwandten hier in der Stadt, die du erwähnen solltest? Ganz egal, wie viele Grade dazwischenliegen? Lord Seagon vielleicht? Das würde mir den Tag so richtig versüßen."

"Nein, nicht dass ich wüsste. Aber ich hatte niemals wirklich Zugriff auf den Familienstammbaum von dieser Seite, also kann ich dir nichts versprechen."

"Schön. Dann schätze ich, das muss ich wohl so stehenlassen. Oder deine Mutter bei Gelegenheit befragen. Also, wie war das mit einem Magier im Kerker?"

"Ich weiß nicht mehr als du."

"Das hat nicht zufällig etwas damit zu tun, weshalb Orrin darauf bestand, die Nacht in der Klinik zu verbringen?"

Enric nickte. "Dessen bin ich mir sogar sicher."

"Warum hast du ihn dann gestern vor unserem Aufbruch nicht danach gefragt?"

"Weil Orrin gestern mit all den Leuten rundherum nicht darüber reden wollte. Er ist ein sehr fähiger Mann, und ich habe darauf vertraut, dass er alles Nötige veranlasst. Außerdem wollte ich dich rasch nach Hause bringen; du konntest kaum noch aufrecht stehen."

Sie bogen nach rechts ab in die Straße, die zur Klinik führte. "Ja, das war die anstrengendste Heilung, die ich seit langem durchgeführt habe. Ich bin froh, dass Pe'tala dabei war, oder ich wüsste nicht, ob ich es geschafft hätte. Ich konnte mich nur entweder zuerst um sein Herz oder seine Lunge kümmern, und beide befanden sich in einem ziemlich üblen Zustand."

"Dann war es ja ein Glück, dass ihr beide da wart, um ihn zu retten", meinte er grimmig. "Ich bin wirklich sehr interessiert, was Orrin uns sagen wird. Wenn er jemanden eingesperrt hat, muss er denken, dass es kein Unfall war."

Eryn blieb stehen. "Du denkst, jemand hat Tyront absichtlich angegriffen?"

"Ich glaube, dass Orrin uns genau das sagen wird, ja."

Schweigend gingen sie weiter, jeder in seine eigenen Gedanken versunken. Eryns Augenbrauen waren besorgt zusammengezogen, während sie abwesend den Rücken ihres Sohnes streichelte. Warum würde irgendein Magier den Anführer des Ordens angreifen, um ihn zu verletzen oder sogar zu töten? Oder war Tyront einfach nur ein zufälliges Opfer gewesen, weil er sich zur falschen Zeit am falschen Ort befunden hatte? War es überhaupt wahrhaftig eine absichtliche Tat gewesen und kein Unfall? Womöglich war Orrin einfach nur übermäßig vorsichtig.

Sie erreichten die Klinik und traten ein. Im Wartebereich wimmelte es von Patienten, die auf eine Behandlung warteten. Eryn und Enric gingen an einem

Heiler vorbei, der sich vor ihnen verbeugte und dann den Namen seines nächsten Patienten aufrief.

Enric klopfte und schob die Tür auf, bevor jemand dazu kam, ihnen den Eintritt zu gewähren oder aber zu verwehren.

"Das esse ich nicht!", beschwerte sich Tyront schroff. "Das kannst du an Enrics Sohn verfüttern, der freut sich über Essen, für das es keiner Zähne bedarf. Weg damit, das sieht widerlich aus!"

Lebern seufzte schwer und versuchte einmal mehr, seinem Vorgesetzten die Schale mit dem braunen Brei hinzuschieben. "Mein Lord, das ist genau die Art von Nahrung, die Euer Körper benötigt, um sich von der Heilung von letzter Nacht zu erholen. Wenn Ihr einfach nur…"

Eryn rollte mit den Augen. "Was geht denn hier vor? Der mächtige Mann weigert sich, sein nahrhaftes Morgenmus zu essen?"

Sie sah, wie Orrin mit verschränkten Armen gegen eine Wand gelehnt dastand und die Szene mit stiller Belustigung verfolgte. Er mochte ungezwungen wirken, doch sie erkannte, dass er keineswegs entspannt war.

Tyront durchbohrte sie mit seinem Blick. "Das bekommen erwachsene Männer von euch hier zu essen? Ich frage mich, wie es eure Patienten schaffen, jemals auf ihren eigenen zwei Beinen hier hinauszugehen!"

"Du undankbarer alter…"

"Eryn!", warnte Enric.

"…äh… Mann. Dieser Mann hier hat dir das Leben gerettet, also ist das Mindeste, das du tun kannst, das verdammte Essen anzunehmen, das er dir gibt! Wollte er dich tot sehen, würde er dich nicht mit Essen umbringen. Er hätte dich gestern einfach unter dem Haufen von Ziegeln sterben lassen können."

Tyront blinzelte und sah Lebern an. "Du hast mir wirklich das Leben gerettet?"

Der Heiler schluckte unbehaglich. "Nun, ich habe Euch lediglich am Leben erhalten, bis Lady Eryn und Lady Pe'tala eintrafen, um Euch tatsächlich zu retten."

"Was dich zu einem von drei Heilern macht, denen er nun dafür dankbar sein darf, dass er weiterhin in der Lage ist, unser Leben mit seinen Possen zu bereichern", meinte Eryn und trat näher, um ihm die Schüssel aus den Händen zu nehmen. Sie hielt sie Tyront entgegen. "Du isst das jetzt, oder ich werde mich an eine höhere Autorität wenden."

Tyront lächelte hämisch. "Da möchte ich dabei sein, wenn du den König ersuchst, er möge mir befehlen, dass ich mein Frühstück essen soll."

Eryn grinste unheilvoll. "Den König? Sei nicht lächerlich. Ich werde Vyril davon erzählen. Sie wird dich umwerfen wie diese Ziegelwand gestern. Die Wahl liegt bei dir, mächtiger Anführer."

Ihr Vorgesetzter warf ihr einen säuerlichen Blick zu und griff nach der Schüssel. Sein Gesicht verzerrte sich, als er den ersten Löffel aß. "Unglaublich! Es schmeckt sogar noch abstoßender als es riecht und aussieht!"

"Das ist gut für dich. Es wird die Ressourcen aufstocken, auf die wir zurückgegriffen haben, um dich zu heilen. Eine Menge davon kam aus deinen Knochen und Muskeln, also isst du besser, was wir dir geben, oder es wird erheblich länger dauern, bis du wieder bei Kräften bist. Wenn du ein guter Lord bist, solltest du bereits in ein paar Tagen wieder auf den Beinen sein", lächelte Eryn.

Tyront würgte einen weiteren grausigen Bissen hinunter und zog die Stirn in Falten. "In ein paar Tagen? Ich dachte, eure Heilung wäre prompter."

"Die Heilung war prompt genug, oder du wärst jetzt noch nicht wieder in einem Zustand, um dich mir entgegenzustellen. Die Materialien, die wir benutzten, mussten wir von woanders innerhalb deines Körpers nehmen, wo sie für dein Überleben nicht kritisch waren. Das bedeutet, deine Knochen und Muskeln sind nicht so kräftig wie sie es vor dem Eingriff waren. Aus diesem Grund musst du dieses Zeug essen. Es besteht aus hochkonzentrierten Proteinen, die dein Körper dazu verwenden wird, nachzufüllen was wir geplündert haben", erklärte sie. "Daraus folgt auch, dass du in den nächsten paar Tagen im Bett bleiben musst. Deine Muskeln sind zu schwach, um dich aufrecht zu halten, und jede zusätzliche Belastung könnte Knochenbrüche zur Folge haben. Gibt es sonst noch irgendwelche Fragen?"

Er antwortete nicht, sondern aß nur mit missmutiger Miene weiter.

"Ausgezeichnet." Sie wandte sich an ihren Kollegen. "Lebern, vielen Dank dafür, dass du heute Nacht hiergeblieben bist. Jetzt geh nach Hause und sieh zu, dass du etwas Schlaf bekommst."

Lebern verbeugte sich. "In Ordnung. Lord Tyront. Lord Enric. Lord Orrin", verabschiedete er sich in der angemessenen Reihenfolge der Ränge, bevor er ging.

"Wo ist Vyril?", fragte Enric und sah sich um. "Ich hätte erwartet, dass sie hier irgendwo herumschwirrt."

"Ich habe sie so lange bedrängt, bis sie nach Hause gegangen ist, um sich zumindest ordentlich anzuziehen und etwas zu essen. Sie kam in den frühen Morgenstunden her mit nichts als einem Nachthemd und Hausschuhen bekleidet."

Eryn blickte hinab, als Vedric zu quengeln begann. Vielleicht hätte sie ihn doch zuhause bei Gerit lassen sollen. Sie würden gleich eine ernste Unterhaltung beginnen, und ein jammerndes Kind würde nicht gerade zu klaren Gedanken beitragen. Andererseits kam es ihr vor, als gäbe sie ihn bereits jetzt zu oft in die Obhut anderer.

"Er bekommt nur Zähne, es ist nichts Ernstes", erklärte sie, als sie Tyronts besorgten Blick auffing.

"Könntest du seine Schmerzen nicht einfach wegheilen?", fragte er.

"Ja, das könnte ich. Aber das müsste ich dann alle paar Minuten tun. Und es wird nicht gerne gesehen - aus gutem Grund. Den Körper dermaßen zu verhätscheln indem man ihn vor jedem Leiden und allen Schmerzen bewahrt trägt nicht eben dazu bei, ihn stark und widerstandsfähig werden zu lassen. Er wird nur überempfindlich gegenüber Schmerzen, wenn er damit nicht umzugehen lernt. Wir werden uns einfach mit dem Hintergrundlärm abfinden müssen, während Orrin uns erzählt, was in aller Welt hier vor sich geht." Sie warf dem Krieger einen eindringlichen Blick zu. "Rede, Krieger. Wir haben eine Nachricht vom König erhalten, in der er wissen wollte, warum ein Magier in seinem Kerker sitzt."

Orrin nickte und stieß sich von der Wand ab, um sich zu dem Kreis um Tyronts Bett zu gesellen.

"Die grundlegenden Fakten sind, dass Lord Tyront unter einem Teil einer Hauswand begraben wurde, auf die jemand wiederholt so lange schoss, bis sie nachgab. Ein einzelner Schuss mit dem Handikap der Handfesseln hätte nicht ausgereicht. Aus diesem Grund bin ich überzeugt, dass es ein vorsätzlicher Akt war. Ich weiß nicht, ob Lord Tyront das beabsichtigte Ziel war, oder ob überhaupt jemand ums Leben gebracht werden sollte, doch auf jeden Fall handelt es sich um mehr als einen bloßen Unfall. Der Übeltäter war ein Mitglied von Enrics Team. Sein Name ist Darnet. Ein junger Magier, der sich zum Kriegertrainer ausbilden lässt. Während ihr gestern mit Lord Tyronts Heilung beschäftigt wart, habe ich sichergestellt, dass er für eine spätere Vernehmung eingesperrt wurde."

"Das müssen wir vor dem Rat und dem König tun", beharrte Enric. "Ein offener Angriff wie dieser auf den Anführer des Ordens ist beispiellos."

"Ja", warf Orrin ein, "weil wir unsere stärksten Magier bislang noch nie in Fesseln gelegt und sie auf diese Weise durch die Straßen haben laufen lassen. Wenn jemand einen stärkeren Magier verletzen oder umbringen will, ist das die beste Gelegenheit, die ich mir vorstellen kann. Die Geschosse selbst sind zu schwach, um zu töten, doch sie können noch immer Schaden anrichten, wenn man weiß, wohin man zielen muss. Wie zum Beispiel auf eine instabile Wand."

"Darnet", sagte Tyront nachdenklich. "An den Namen erinnere ich mich. Er hat sich wiederholt um eine Position als Heilerlehrling beworben, selbst nachdem wir ihn mehrmals abgelehnt hatten. Könnte es sich dabei um einen Racheakt handeln? Sich allerdings mich als Ziel für Rache auszusuchen anstatt Lord Poron ist eine interessante Wahl."

"Oder mich", fügte Eryn hinzu. "Immerhin gehört mir eine der drei Stimmen für oder gegen einen Lehrling."

"Du bist kein ratsames Ziel", widersprach Orrin mit einem Kopfschütteln. "Es ist bekannt, dass Enric dich mit Zähnen und Klauen beschützt. Es ist mittlerweile ein offenes Geheimnis, dass er die Apotheker damals nach ihrem Angriff auf dich beinahe ausgelöscht hätte."

"Aber Lord Tyront umzubringen, selbst wenn er es vermocht hätte, ohne dabei gefasst zu werden, hätte Lord Poron und mich nicht dazu bewegt, ihn als Heiler aufzunehmen. Entweder muss er aus irgendeinem Grund gedacht haben, dass Lord Tyront für die Ablehnungen verantwortlich war. Oder er war so geblendet von seinem Zorn, dass er einfach nur eine bequeme Gelegenheit, die sich ihm während des Spiels bot, ergriff, um ihn zu verletzen."

"All das werden wir hoffentlich herausfinden, wenn wir ihn befragen", meinte Orrin und sah Enric an. "Ich gehe davon aus, dass du den Orden für den Augenblick übernehmen wirst. Wirst du die Befragung selbst durchführen?"

Enric nickte. "Ja zu beidem. Tyront, möchtest du bei dieser Ratsversammlung dabei sein? Falls ja, werden wir noch zwei Tage warten, bis du zumindest aufrecht gehen kannst. Ich rate allerdings davon ab, dass du die Befragung übernimmst. Als das beabsichtigte Opfer solltest du dich lieber auf die Rolle eines Beobachters beschränken. Wir wollen nicht, dass irgendjemand behauptet, du wärst bei dieser Untersuchung nicht mit der erforderlichen Sorgfalt vorgegangen, weil du so bestrebt warst, Darnet zu bestrafen."

Tyront nickte. "Also gut. Ich werde nur beobachten. Eryn, werde ich in zwei Tagen wie ein robuster, wenn auch etwas lädierter Anführer erscheinen anstatt wie ein alter Mann, der sich kaum aufrecht zu halten vermag?"

Sie nickte feierlich. "Daran habe ich keinen Zweifel. Vorausgesetzt, du isst deine pürierten Mahlzeiten auf."

* * *

Enric näherte sich seinem Haus und errichtete einen schwachen Schild, um sich und Vedric vor dem Regen zu schützen. Er kehrte vom Palast zurück, wo er und Eryn soeben Tyront in die zärtliche Pflege seiner Gefährtin überantwortet hatten. Das leise Wimmern des Babys war irgendwann zu einem regelrechten Geheul angeschwollen, also hatte Enric entschieden, seinen Sohn nach Hause zu bringen, während Eryn noch etwas länger blieb, um Vyril dahingehend anzuweisen, wie sein Essen zubereitet werden sollte und wie viel Bewegung ihm gestattet war.

Enric erblickte eine andeutungsweise vertraut wirkende weibliche Gestalt einige Schritte vor sich. Es dauerte eine Weile, bis er sie von diesem Winkel aus identifizieren konnte, hauptsächlich deshalb, weil dies schlichtweg kein Ort war, an dem er erwartet hätte, sie anzutreffen. Sie betrachtete die Häuser um sich herum, als würde sie nach etwas suchen. Als sie das Geräusch von Schritten und den Lärm eines unzufriedenen Kindes vernahm, drehte sie sich um, und auf ihrem Gesicht war ein Ausdruck vor Erleichterung erkennbar, wenn auch nur flüchtig. Enric schrieb dies der Tatsache zu, dass sie von seinem Anblick nicht besonders angetan war. Zumindest aber konnte er ihr den Weg zu ihrem Ziel zeigen. Sehr wahrscheinlich war es sein eigenes Haus, wenn man bedachte, in welchem Stadtteil sie unterwegs war.

"Werna", sprach Enric und trat nahe genug an sie heran, um sie mit seinem Schild vor dem Regen zu schützen, der bereits die obere Hälfte ihres dunkelbraunen Mantels dunkel gefärbt und einen Teil ihrer Haare feucht an ihr

Gesicht geklebt hatte. "Das ist unerwartet. Ich gehe davon aus, dass es mein Haus ist, das du suchst?"

Die Gefährtin seines Bruders nickte steif; augenscheinlich fühlte sie sich in seiner unmittelbaren Nähe nicht allzu wohl.

"Also gut, dann folge mir. Ich bin ohnehin dorthin unterwegs." Er ging voraus und kämpfte gegen den Drang an, sie zu fragen, ob sich sein Bruder oder Anwin ebenfalls in der Stadt aufhielten oder ob sie ganz allein hergekommen war. Es war nicht schwer zu erraten, weshalb sie diesen Ort aufgesucht hatte. Zweifellos wollte sie den Versuch starten, seine Mutter zu überreden, dass sie mit ihr nach Hause zurückkehrte. Anwin sah offenbar keine Notwendigkeit darin, die Reise sowie den Versuch selbst zu unternehmen. Sie hatte nur eine kleine Tasche bei sich, also plante sie wohl keinen langen Aufenthalt. Das war ihm nur recht; er bezweifelte, dass die Stimmung in seinem Heim besonders entspannt sein würde, solange Werna zu Besuch war.

Schweigend setzten sie ihren Weg fort und erreichten das Haus nur wenige Minuten später. Sobald er sie als Erste eintreten lassen und den Schild aufgelöst hatte, streckte er seine Hand aus, um ihr den Umhang abzunehmen. Er musste ein paar Augenblicke darauf warten, bis sie ihn mit unverkennbarem Widerwillen übergab, als befürchte sie, ihn nicht zurückzubekommen.

"Warum setzt du dich nicht, während ich dir etwas Warmes zu trinken zubereite?", bot er an und nickte in Richtung der Sofas im Salon.

Er bemerkte, wie ihre Augen beim Anblick der Pracht um sie herum groß wurden, und sie zögerte, bevor sie sich einer der Sitzgelegenheiten näherte und sittsam ihren Rock glättete, bevor sie Platz nahm. Bislang hatte sie kein einziges Wort gesprochen, und langsam begann er sich über sie zu ärgern. Es war eine Sache, dass sie ihn nicht mochte, doch in sein Haus zu kommen und nicht einmal die grundlegenden Regeln der Höflichkeit zu beachten war eine andere. Zumindest hatte er Vedric, um den er sich kümmern musste. So brauchte er nicht unbehaglich herumzustehen ohne sich irgendwie beschäftigen zu können. Er stellte den Kräutersud vor ihr ab und öffnete die Schlinge um seinen Brustkorb. Dann zog er eine Schublade auf und entnahm ihr ein Kästchen mit trockenen Waffeln, die sie dort für Vedric aufbewahrten. Mit Magie kühlte er ein Stück, damit es sein Zahnfleisch ein wenig beruhigte und drückte es in seine rundliche Hand, die sofort zugriff und es zu seinem Mund führte.

Werna beobachtete ihn misstrauisch, als rechnete sie jeden Moment mit einem Angriff von seiner Seite. Er fragte sich, was Anwin und Noren ihr über ihn erzählt hatten. Er stellte sich vor, dass es kaum noch weniger furchteinflößende Anblicke gab, als einen Mann, der seinen kleinen Jungen hielt. Und doch war sie nervös, als hätte sie Angst vor ihm. Er wünschte, Eryn wäre hier. Zwar hatte Werna sie allem Anschein nach auch nicht besser leiden können als ihn, während sie das Haus seiner Eltern besucht hatten, doch ziemlich sicher würde sie eine andere Frau als weniger bedrohlich empfinden.

"Gehe ich Recht in der Annahme, dass du hier bist, um mit meiner Mutter zu sprechen?", äußerte er.

Werna nickte nur, ohne ihn anzusehen.

"Ich fürchte, sie ist noch unterwegs, aber du kannst gerne auf sie warten. Wirst du eine Unterkunft für die Nacht benötigen?"

"Nein", sprach sie nun zum ersten Mal, rasch, als ob der bloße Gedanke daran, eine Nacht unter dem gleichen Dach wie seinesgleichen zu verbringen, unerträglich für sie wäre.

Enric zog kurz in Betracht, sich nach ihrem Gefährten und Anwin zu erkundigen, nur damit er etwas sagen konnte, irgendetwas, entschied sich aber dagegen. Es ließ ihn vollkommen kalt, wie es den beiden erging. Und sie über ihre Kinder zu befragen war ebenfalls kein brauchbares Thema. Schließlich hatte sie vor nicht allzu langer Zeit sichergestellt, dass sie vor ihrer Tante und ihrem Onkel während ihres Besuchs versteckt blieben.

Er dachte zurück an den Besuch bei seiner Schwester Leris und deren Familie. Es hatte auch zwischen ihm und Ardegen eine gewisse Spannung gegeben, doch das war mehr ein Überbleibsel aus alter Zeit als das Ergebnis persönlicher Abneigung. Er und Ardegen mochten noch nicht soweit sein, einander tatsächlich zu mögen, doch zumindest war da gegenseitiger Respekt. Mit Werna gab es nichts dergleichen. Sie machte keinen Hehl daraus, dass sie ihn ablehnte und fürchtete, und die freundlichste Reaktion, die ihm darauf einfiel, war Gleichgültigkeit.

Er zog in Betracht, einen Boten loszuschicken, der seine Mutter von Inad herbringen sollte, sah dann aber davon ab. Er wollte, dass seine Mutter Freude daran hatte, die Kontakte wiederaufleben zu lassen, die sie vor so vielen Jahren aufgegeben hatte. Außerdem hegte er keinen Wunsch, Werna mit ihrem steifen Gebaren auch nur irgendwie entgegenzukommen. Gemütlichen Schrittes ging er im Salon auf und ab, während er Vedric sanft herumschaukelte und stellte fest, dass ihm das Unbehagen seiner Besucherin Vergnügen bereitete. Er versuchte deswegen zerknirscht zu sein, bedachte dann aber den Grund, weshalb sie sehr wahrscheinlich hergekommen war: um Gerit anzuweisen, wieder zu einer respektlosen und unglücklichen Familie zurückzukehren anstatt endlich ihr eigenes Leben hier in der Stadt anzugehen, fort von ihrem untreuen Gefährten.

Enric überlegte kurz, ob sich in sein Arbeitszimmer zurückzuziehen und Werna hier im Salon sich selbst zu überlassen ein Weg aus dieser unbeholfenen Situation wäre. Immerhin war es nicht so, als genösse sie seine Gesellschaft. Und anstatt sie mit seiner Anwesenheit zu foltern, konnte er ihr einen Gefallen tun und sie davon befreien. Außerdem konnte er ein wenig Arbeit erledigen, sofern Vedric dies zuließ. Doch er wusste, dass seine Mutter das nicht gutheißen würde. Es war zutiefst unhöflich und widersprach dem, wie sie ihm beigebracht hatte, Gäste zu behandeln - wie unwillkommen auch immer diese sein mochten. Er lächelte in sich hinein. Komisch, es war schon lange Zeit her, seit dieser spezielle Aspekt irgendeinen Einfluss auf seine Handlungen gehabt hatte. Einmal mehr wünschte er sich, Eryn wäre hier, damit er diesen Gedanken mit ihr teilen konnte. Sie hätte es amüsant gefunden und vielleicht darüber gescherzt, dass sie hoffte, Vedric würde ebenfalls eines Tags all seine Taten danach abwägen, was seine Mutter wohl darüber dachte.

Die Tür öffnete sich nach einer Zeitspanne, die sich wie mindestens zwei Stunden angefühlt hatte, wenngleich er wusste, dass nicht mehr als eine halbe Stunde vergangen war. Erdrückendes Schweigen hatte die Tendenz, die Zeit in die Länge zu ziehen, bis sie beinahe stillzustehen schien.

Gerit trat mit einem glücklichen Lächeln auf ihrem Gesicht ein und öffnete ihren Mund, zweifellos für eine fröhliche Begrüßung, als ihr Blick auf Werna fiel. Ihre Augen weiteten sich, und sie griff sich unwillkürlich an den Hals. Die beiden Frauen starrten einander einige stille Sekunden lang an, bevor Werna langsam aufstand und sich räusperte.

"Ich bin gekommen, um dich nach Hause zu bringen, Gerit. Es ist Zeit. Du hattest deinen kleinen Trotzanfall, aber jetzt solltest du dich wieder wie eine Erwachsene verhalten und zu deinen Pflichten zurückkehren", verkündete die jüngere Frau kalt.

Enric ergötzte sich an der Transformation seiner Mutter. Es passierte langsam, Stück für Stück. Zuerst hob sie ihr Kinn einen Hauch, dann zog sie die Schultern zurück. Und nachdem sie unbewusst einen breiteren Stand eingenommen hatte, verschränkte sie schlussendlich die Arme, bevor sie mit einer eigentümlich emotionslosen Stimme erwiderte: "Ich fürchte, du hast diese Reise vergebens angetreten, meine Liebe. In naher Zukunft habe ich nicht die Absicht zurückzukehren. Und ich würde euch allen raten, nicht darauf zu warten, dass ich meine Meinung ändere. Das könnte sich als recht frustrierendes Unterfangen erweisen."

Werna presste die Lippen aufeinander und warf Enric einen schnellen Blick zu. "Ein wenig Privatsphäre wäre willkommen."

Er lächelte nur und schüttelte den Kopf. Es beirrte ihn nicht im Mindesten, ihr diesen Wunsch zu verwehren. Keinesfalls würde er seine Mutter in diesem Moment alleinlassen. "Ich fürchte, das hätte wenig Sinn. Ich kann durch die Wände hören." Das war vollkommener Schwachsinn, doch das wusste sie nicht. Wände konnte er lediglich für kurze Zeit durchsichtig werden und Licht hindurchtreten lassen, nicht aber Geräusche.

Einige lange Augenblicke starrte Werna ihn an, bevor sie zu dem Schluss zu kommen schien, dass er nicht länger existierte und sie sich wieder an die Mutter ihres Gefährten wandte, damit sie sich um die Aufgabe kümmern konnte, die zu erfüllen sie hergekommen war.

"Gerit, du benimmst dich wie ein trotziges Kind. Wir haben alle gesehen, dass du verärgert warst. Du hattest nun all die Aufmerksamkeit, auf die du ein Anrecht zu haben glaubtest, also kannst du zurückkommen und damit aufhören, uns allen solche Sorgen zu bereiten."

Gerit sah Werna direkt ins Gesicht. "Du denkst, ich hätte das getan, um Aufmerksamkeit zu erhalten? Dass ich hier eine Art Spiel betreibe? Ich habe mit diesem Mann fast vier Jahrzehnte meines Lebens verbracht, nur um dann herauszufinden, dass ich ihm nicht einmal die Mühe wert war, mir treu zu sein nach allem, was ich für ihn aufgegeben habe! Das tut weh, Werna, und zwar unglaublich weh. Und eure Aufmerksamkeit ist im Moment das Letzte, woran ich denke. Tatsächlich wäre es mir sogar lieber, ich könnte eure Aufmerksamkeit ganz vermeiden, damit ich mich nicht mit euren fehlgeleiteten Versuchen herumplagen muss, mich dorthin zurückzuholen. Lasst mich in Frieden! Ich habe ihm vier Jahrzehnte gegeben, damit muss er sich zufrieden geben. Er wird keinen weiteren Tag meines Lebens bekommen." Ihre Stimme war ruhig geblieben, jedoch war es nicht Gelassenheit, sondern kaum unterdrückter Ärger, der darin mitschwang.

Werna lachte spöttisch. "Du denkst, du wärst die Einzige, deren Gefährte hin und wieder Abwechslung sucht? Noren tut das nun schon seit mehreren Jahren, und mich siehst du nicht herumlaufen und heulen, weil ich nicht die einzige Frau in seinem Leben bin! Er ist ein Mann, und so sind Männer nun einmal. Ich kann nicht glauben, dass du wirklich so naiv bist! Hattest du deinen Kopf in den Wolken, während sich der Rest von uns in der richtigen Welt abgemüht hat? Funktionieren die Dinge so in dieser noblen, reichen Stadtwelt, in der du aufgewachsen bist?"

Enric spürte, wie sich der Muskel in seiner Wange anspannte, doch er blieb still. Solange seine Mutter sich nicht unterkriegen ließ, würde er sich nicht einmischen. Er würde ihr Gelegenheit geben, ihre eigenen Schlachten zu gewinnen und sich hinterher in der Genugtuung zu sonnen.

"Deine Worte zeigen mir nur, dass ich versagt habe. Und zwar auf spektakuläre Weise. Mein ältester Sohn wurde von der Untreue seines Vaters traumatisiert, meine Tochter lief davon, weil er sie wie eine Bedienstete behandelte, und mein zweiter Sohn hat sich angepasst, indem er dieses fehlerhafte Verständnis von Moral zu seinem eigenen Weltbild erhoben hat", murmelte sie als spräche sie mit sich selbst. Dann blickte sie zu Werna auf. "Du akzeptierst das einfach so? Hast du keinerlei Selbstachtung? Ist es das, was aus deinen Kindern eines Tages werden soll - ein Junge, der denkt, seine Gefährtin so zu behandeln, sei vollkommen normal, und ein Mädchen, das sich eines Tages so behandeln lässt, weil sie nie gelernt hat, dass sie ebenfalls ein Anrecht auf ihren Anteil an Glück in einer Beziehung hat?"

In diesem Augenblick bewegte sich der Türgriff, und jemand versuchte die Tür aufzuschieben, vor der Gerit noch immer stand.

"Hallo?", kam Eryns Stimme von draußen. "Besteht die Chance, dass du mich hineinlässt, oder wurde ich aus irgendeinem Grund aus dem Haus verbannt?"

Rasch trat Gerit zur Seite und öffnete die Tür.

Ohne aufzusehen kam Eryn herein und rieb ihre Hände aneinander. "Ich hasse den Winter. Habe ich das schon erwähnt? Wir sollten unsere Aufenthalte in Takhan anders abstimmen, damit wir dorthin gehen, wenn es hier kalt ist und im Frühling zurückkehren." Erst dann blickte sie auf, zuerst in Gerits blasses Gesicht und dann zur gegenüberliegenden Seite des Zimmers, wo die andere Frau stand. "Werna! Was machst du denn hier?"

"Sie versucht mich dazu zu bringen, dass ich mit ihr zurückkehre", presste Enrics Mutter hervor.

Eryn runzelte die Stirn. "Ich glaube nicht, dass ich das gut finde."

Werna schnaubte und verschränkte die Arme. "Natürlich nicht. So hast du auf billige Weise jemanden hier, der sich um deinen Sohn kümmert, damit du weiterhin mächtig und wichtig sein kannst anstatt zuhause bei deinem Kind zu bleiben, wie es sich für eine anständige Mutter gehört."

"So wie ich mich um deine Kinder gekümmert habe, während du die pflichtbewusste Gefährtin gespielt und mein eigenes Haus an dich gerissen hast?", zischte Gerit. Ihre Stimme bebte vor Erregung.

"Willst du mir damit etwa sagen, ich wäre keine anständige Mutter?", knurrte Eryn. "Weil ich es nicht auf deine Weise in Angriff nehme, ist es falsch?"

"Es kümmert mich überhaupt nicht, wie du irgendetwas machst! Soweit es mich betrifft, kannst du den ganzen Tag lang die hilfreiche Heilerin spielen, aber wenn ich mich in diesem stattlichen Haus umsehe, würde ich meinen, dass ihr euch zumindest eine Kinderfrau leisten könnt und es nicht nötig hättet, Frauen von ihren Familien fortzustehlen, damit sie euren Sohn unbezahlt aufziehen!", warf Werna aggressiv zurück.

Eryn hob ihren Zeigefinger und richtete ihn auf die Besucherin, die sich nun eindeutig zu einem Eindringling gewandelt hatte. "Sei sehr vorsichtig damit, wie du mit mir in meinem eigenen Haus sprichst, oder ich werde dich zur Tür hinauswerfen!"

Enric spürte rasenden Zorn durch das Geistesband und schluckte. Da war noch mehr, und er benötigte einen Moment, um es zu identifizieren. Aus irgendeinem Grund waren da Schuldgefühle; und Schmerz.

Werna sah zurück zu Gerit, und ihre Stimme bekam einen flehenden Unterton. "Ist das wirklich, was du willst? Einfach fortlaufen und uns alle zurücklassen? Was ist mit deinen Enkelkindern? Sie lieben und vermissen dich!"

Damit hatte sie mitten ins Ziel getroffen, soviel konnte Enric erkennen. Er wartete gespannt, ob dieses Argument ausreichen würde, um seine Mutter zum Einlenken zu bewegen.

Gerit wandte den Blick ab und schloss die Augen. Ihre Stimme klang müde, als sie sprach: "Ich habe den Großteil meines Lebens damit verbracht, Kinder großzuziehen, zuerst meine eigenen, dann deine. Deine Kinder haben dich, Werna. Und wenn sie es wünschen und du es gestattest, können sie mit mir in

Kontakt bleiben und mich sogar hier in der Stadt besuchen. Aber ich werde nicht in dieses Haus zurückkehren, das für mich in den letzten Jahren kaum mehr als Demütigung bereitgehalten hat. Jahrzehntelang sogar, wo ich nun erfahren habe, dass Anwin mich so lange betrogen hat. Geh weg, Werna. Überdenke lieber deine eigene Situation und ob du wirklich so weitermachen willst."

Damit trat sie beiseite und öffnete die Tür. "Lebe wohl. Bestelle meinen Enkelkindern liebe Grüße, wenn du so gut wärst. Und sag Anwin, ich erwarte von ihm, dass er die Papiere zur Auflösung unseres Kommitments unterzeichnet."

"Das willst du wirklich tun? Kümmert es dich nicht, was die Leute sagen werden? Du wirst Schande über die gesamte Familie bringen! Das wird auf uns alle zurückfallen! Wie kannst du nur dermaßen teilnahmslos sein?", rief Werna aus, ihre Wangen rot gefleckt vor Erregung.

"Ich war nicht diejenige, die Schande über die Familie gebracht hat, mein Mädchen. Nutze den Rückweg zum Nachdenken und schreibe die Schuld nicht mir zu, sondern demjenigen, der sie verdient. Die einzige Schuld, die ich eingestehe, ist, dass ich meine Augen so lange geschlossen hielt. Und ich bin zu alt, um mir von dem, was andere Leute hinter meinem Rücken über mich sagen, diktieren zu lassen, wie ich mein Leben führen soll. Das magst du ebenfalls in Betracht ziehen, wenn du das nächste Mal mit der Entscheidung konfrontiert bist, ob du es dir selbst oder jedem sonst rechtmachen willst."

Sie sahen zu, wie die Frau sich langsam bückte, ihre Tasche emporhob und dann wie in Trance auf die offene Tür und die kalte Luft zuging, als könnte sie nicht glauben, dass sie versagt hatte.

Im Vorbeigehen berührte Gerit sie am Arm. "Und die Geste, dass Anwin nicht selbst kam, sondern dich geschickt hat, ist ebenfalls nicht an mir vorübergegangen. Schon allein das ist eine Beleidigung. Ich verdiene mehr als das. Ich wäre auch nicht mit ihm zurückgegangen, wenn er selbst aufgetaucht wäre, doch eine Entschuldigung ist das Mindeste, das er mir schuldet. Nun aber fort mit dir. Pass auf der Rückreise gut auf dich auf."

Enric atmete aus und trat auf die beiden Frauen zu, um eine nach der anderen zu umarmen, da Vedric noch immer einen Arm einnahm und es ihm somit unmöglich machte, beide gleichzeitig an sich zu drücken.

"Gut gemacht, meine Damen."

Eryn lächelte müde und streckte ihre Arme nach dem Baby aus. "Ich denke, du solltest zum König gehen. An deiner Stelle ginge ich eher früher als später, sofern du nicht noch eine weitere heitere Einladung mit Bemerkungen über das Wetter von ihm erhalten willst."

"Gut, dann mache ich mich auf den Weg. Das sollte nicht allzu lange dauern, da ich dem König vor der Befragung im Zuge der Ratsversammlung in zwei Tagen kaum besonders viel erzählen kann." Er pfiff nach Urban, als er die Tür erneut öffnete. Allzu glücklich würde der König nicht darüber sein, sie in seinem Arbeitszimmer zu haben, doch er konnte etwas Aufheiterung vertragen, und das Gesicht des Königs, wenn er mit der Bergkatze eintrat, würde das ganz wunderbar zuwege bringen.

Gerit stieß einen langen Atemzug aus und griff nach ihrem Enkel. "Ich denke, wir beide werden jetzt gehen und ein nettes warmes Bad nehmen", gurrte sie und ging in Richtung der Treppe davon.

Eryn sah ihnen nach, auf ihrem Gesicht ein gepeinigter Ausdruck, den Enrics Mutter nicht sehen konnte. Und einmal mehr kümmerte sich jemand anderer als sie selbst um ihren Sohn. Es fühlte sich falsch an, doch sie brachte es nicht über sich, Gerit die Ablenkung zu verwehren, die sie offensichtlich so dringend benötigte.

* * *

Eryn ging neben ihrem Gefährten und versuchte ihm ein letztes Mal auszureden, dass er sie begleitete.

"Schau, er hat mich allein herbeizitiert, also will er dich nicht dabeihaben. Geh einfach nach Hause und beschäftige dich mit deinem Papierkram. Oder geh und statte Tyront einen Besuch ab. Sag ihm, er soll Vyril nicht das Leben zur Qual machen, indem er ein mühsamer Patient ist."

Enric schüttelte den Kopf. "Er weiß sehr genau, dass ich nicht geneigt bin, dich allein in seine Nähe zu lassen, seit er vor einem Jahr diese Grenze übertreten hat."

"Dir ist schon klar, wie das aussieht, oder? Als wäre ich ein kleines Mädchen, das von ihrem großen, starken Beschützer begleitet werden muss, weil sie sich nicht um sich selbst kümmern kann, obwohl sie recht beachtliche Kräfte zur Verfügung hat und im Kampf ausgebildet ist!"

"Ich werde dich nicht in sein Arbeitszimmer begleiten; ich warte nur draußen."

"Was so gut wie überhaupt keinen Unterschied macht, weil er auf jeden Fall weiß, dass du da bist. Er wird denken, wir hätten Angst vor ihm. Ist das der Eindruck, den du erwecken willst?", fragte sie und hoffte, ihn damit soweit zu provozieren, dass er nach Hause zurückkehrte, nur um ihr zu zeigen, dass sie Unrecht hatte.

Er fiel nicht darauf herein, sondern ging weiterhin neben ihr in Richtung des Palastes. "Nein, er weiß durchaus, dass ich ihn nicht fürchte. Die Nachricht, die ihm meine Anwesenheit vermitteln wird, ist, dass ich ihm nicht traue."

"Und das ist besser? Wie vernünftig ist es, ihm das dermaßen unmissverständlich klarzumachen? Es mag ihn verärgern, und er könnte dich dafür bezahlen lassen."

Mit absoluter Überzeugung schüttelte er den Kopf. "Das wird er nicht. Es wird ihn amüsieren. Und auch zufriedenstellen, weil es ihm zeigt, dass ich ihn nicht als harmlos oder weniger gefährlich erachte, nur weil er kein Magier ist."

"Du glaubst, er wird es als Kompliment auffassen?", schnaubte sie zweifelnd. "Wenn du ihn auf diese Weise glücklich machen willst, warum marschierst du dann nicht einfach dort hinein, zeigst mit dem Finger auf ihn und sagst Eure Majestät, Ihr seid ein verdammt gefährlicher Mistkerl!"

Enric lachte. "Das ist ein wenig unverblümt. Mit einem Mann, der dir mit einem Befehl den Kopf abtrennen lassen kann, musst du diplomatischer umgehen. Aber ich werde es im Hinterkopf behalten, für den Fall, dass ihn unterschwellige Botschaften nicht zu beeindrucken vermögen."

"So, wie wird das funktionieren? Du wartest draußen und nimmst ein gepflegtes Getränk mit Marrin ein, während ich versuche, meine Gefühle unter Kontrolle zu halten, weil du sonst beim kleinsten Anzeichen von Beunruhigung durch das Geistesband hereingestürmt kommst und die Jungfrau in Nöten rettest?"

"Ich werde meine Impulse zum Erstürmen des Arbeitszimmers unter Kontrolle halten", versprach er. "Wenn du mich brauchst, ruf einfach meinen Namen, in Ordnung?"

"Und solange ich das nicht tue, wirst du draußen bleiben?", fragte sie, als sie das Palasttor durchschritten.

"Auf jeden Fall. Die Entscheidung, ob du gerettet werden möchtest oder nicht, liegt ganz bei dir. Ich will mir nicht nachsagen lassen, ich sei ein Barbar, der nicht modern genug ist, um der Jungfrau in Nöten zuerst die Gelegenheit zu geben, sich selbst zu retten, bevor sie Verstärkung anfordert", grinste er.

Eryn seufzte. "Das ist ja ungemein modern von dir."

"Dem stimme ich zu. Das Reisen an fremde Orte hat meinen Horizont wahrhaftig erweitert."

Enric ging voran durch den Irrgarten an Korridoren, bis sie ihr Ziel erreichten. Marrin beantwortete das Klopfen nach einem Moment und rief sie herein, offenkundig keineswegs überrascht, Eryn nicht allein, sondern in Gesellschaft ihres Gefährten anzutreffen.

"Lady Eryn, Seine Majestät erwartet Euch, geht also einfach hinein. Lord Enric, darf ich Euch etwas zu trinken anbieten, während Ihr wartet?"

Eryn zog die Tür zum Arbeitszimmer des Königs auf und trat ein, ohne Enrics Antwort auf die Frage zu hören.

Der König saß hinter seinem Schreibtisch, zurückgelehnt in seinem Stuhl, und nickte ihr zu, nachdem sie sich vor ihm verbeugt hatte. "Nehmt Platz, Lady Eryn."

Sie leistete der Aufforderung Folge und suchte nach einem Zeichen, das ihr helfen sollte, seine Stimmung einzuschätzen. Er wirkte nicht wirklich schwermütig, doch fehlte auch jede Spur seiner üblichen Belustigung, wenn sie sich in seiner Gegenwart befand.

"Ich vertraue darauf, dass es Lord Tyront wohlergeht und er sich auf dem Wege der Besserung befindet?", erkundigte er sich leichthin.

Das war nichts als belangloses Geplauder - das wusste sie mit Sicherheit. Der König wusste wahrscheinlich besser als sie selbst, wie es Tyront erging. Nun, vielleicht nicht so detailliert, doch seine Informationen waren sicherlich aktueller, da ihr Besuch bei Tyront nun bereits mehrere Stunden her war. Schindete der König etwa Zeit? Das schien untypisch für ihn.

"Er gewinnt seine Stärke langsam wieder, ja", antwortete sie gehorsam und fragte sich, weshalb er sie herbeigerufen hatte. Um ihr eine unangenehme Aufgabe zu übertragen? Ihr schlechte Neuigkeiten mitzuteilen? Sie hatte so ein Gefühl, als ginge es dieses Mal nicht um eines seiner kleinen Spiele.

Der König legte seine Fingerspitzen aneinander und betrachtete sie. "Ich weiß, dass Euer Interesse an allem, was auch nur entfernt mit Politik zu tun hat, bestenfalls gering ist, doch ich gehe davon aus, dass Ihr wisst, wie die Evaluierung der Triarchie funktioniert?"

Sie zuckte mit den Schultern. "Ich kenne das grundlegende Prinzip, ja. Sie werden für eine Zeitspanne von fünf Jahren gewählt und dann vom Senat einer Bewertung unterzogen, ob sie gute Arbeit geleistet haben. Ist ihre Leistung zufriedenstellend, dürfen sie weitermachen, falls nicht, werden sie ausgetauscht."

"Grob umrissen, aber zutreffend. Wisst Ihr auch, dass solch eine Bewertung gerade jetzt in den letzten paar Tagen stattfand?"

Eryn nickte. Ram'kel hatte es als einen der beiden Gründe erwähnt, weshalb er seine Heimat früher verlassen hatte. Einer war, dass er sich das erste Spiel hier ansehen, und der zweite, dass er dem hektischen Treiben rund um die Evaluierung entkommen wollte.

"Sie hätte bereits vor einigen Monaten durchgeführt werden sollen, doch der Senat wollte zuerst sehen, wie sich die Dinge mit Pirinkar entwickeln. Und jetzt, wo die Situation weniger angespannt ist und man es fertiggebracht hat, dort einen mehr oder weniger dauerhaften Botschafter zu etablieren, war es ihnen möglich, sich dieser überfälligen Aufgabe anzunehmen", erklärte König Folrin. Er hielt inne und trommelte mit seinen Fingern auf seinen Schreibtisch. Seine kurzgeschnittenen, sauberen Fingernägel verursachten ein leises Klopfen auf der polierten Holzoberfläche. "Erst heute Morgen erhielt ich eine Nachricht aus Takhan. Der Prozess ist zu einem Ende gekommen, und das Ergebnis ist endgültig, wenn auch noch nicht offiziell."

Eryns Augenbrauen wanderte nach oben. Das Ergebnis war in Takhan noch nicht offiziell verkündet worden, doch er wusste bereits davon? Dieser Mann hatte tatsächlich ein Talent dafür, sich Informationen zu beschaffen.

"Golir war so freundlich, mich über das Resultat in Kenntnis zu setzen. Wir haben vereinbart, in Kontakt zu bleiben, er und ich", meinte er wie zur Antwort auf ihre Gedanken. "Zu meiner großen Zufriedenheit wurde Golir in seiner Position in der Triarchie bestätigt, ebenso wie seine Kollegin Torke'na. Ihr Handeln war anscheinend tadellos, da ihre Führerschaft für fünf weitere Jahre innerhalb weniger Augenblicke bestätigt wurde. Das dritte Mitglied jedoch,

Abrak, hatte in dieser Hinsicht weniger Glück. Er wird seinem Land nicht länger in dieser Funktion dienen und wurde von einem anderen Senator ersetzt."

Sie lächelte vage. "Ich schätze, das wird Malriel nicht besonders gefallen. Er war dafür bekannt, dass er ihren Belangen gegenüber sehr… offen war." Warum genau erzählte er ihr das? Er selbst hatte erst vor zwei Minuten erwähnt, wie wenig Interesse sie für solche Dinge aufbrachte. Er schien dies als eine Angelegenheit von Wichtigkeit zu betrachten, oder er hätte nicht nach ihr schicken lassen, um sie mit ihr zu besprechen. Warum erzählte er all das nicht Tyront oder Enric? Die beiden wären sehr interessiert daran, das hier zu erfahren, während sie selbst lediglich höflich aber ohne besondere Neugier darauf wartete, dass er fortfuhr.

"In der Tat, Abraks unverhohlene Bevorzugung von Malriels Anliegen war der Hauptgrund für seine Abberufung."

Eryn schmunzelte. "Dann schätze ich, dass sein Nachfolger weniger eifrig darauf bedacht sein wird, Malriels Launen nachzugeben, sofern er oder sie auch nach der nächsten Evaluierung noch an dieser Position festhalten will."

Der König schürzte die Lippen und schüttelte langsam den Kopf. "Nein, ich kann mit absoluter Sicherheit sagen, dass Ihr mit dieser Annahme falsch liegt."

Sie lachte. "Ich bezweifle, dass der Senat einen weiteren von ihren speziellen Freunden für die Position ausgewählt hat, besonders, wo es Abraks offene Begünstigung war, die ihm den Sitz in der Triarchie kostete. Sofern sie nicht Malriel selbst gewählt haben, glaube ich nicht, dass Haus Aren wirklich davon profitieren…" Sie unterbrach sich, als sie bemerkte, wie der Blick des Königs eindringlicher wurde und sich auf ihre Augen konzentrierte, als wollte er sie mit schierer Willenskraft dazu bringen, endlich zu verstehen, was er ihr mitteilen wollte.

"Ja", sagte er sanft, als ihr Mund auf wenig damenhafte Weise aufklappte und sie ihn anstarrte.

"Nein", flüsterte sie und begann ihren Kopf zu schütteln.

"Doch", entgegnete er.

"Das haben sie nicht", widersprach sie schwach. "Bitte sagt mir, dass diese wahnsinnigen Narren diese Frau nicht zu einer Triarchin gemacht haben."

"Ich fürchte, diesen Gefallen kann ich Euch nicht tun. Es ist wahr. Malriel von Haus Aren wird in nicht mehr zwei Tagen ihre erste Amtszeit als Triarchin der Westlichen Territorien antreten."

Eryn schloss einen Moment lang die Augen, um zu überlegen, was das wahrhaftig für sie bedeutete. Sie musste jedes Jahr für sechs Monate in ein Land zurückkehren, in dem dieses durchtriebene Biest einen der drei höchsten Plätze in der Regierung innehatte. Als hätte Malriel nicht bereits mehr als genug Einfluss auf ihr Leben in ihrer aktuellen Kapazität als Enrics Oberhaupt des Hauses und nun auch noch als Gefährtin ihres Vaters. Von nun an würde Malriel es sogar noch einfacher finden, den Widerstand der Senatoren zu überwinden, wann auch immer sie etwas vor den Senat brachte, das Eryn zum Nachteil gereichte. Malriel war jetzt sogar in der Position, den Gesetzgebungsprozess zu beeinflussen. Das war wesentlich mehr Macht, als diese Frau haben sollte.

"Das ist übel", murmelte sie, während sie auf den Teppich starrte und ihr das Bild vor Augen verschwamm.

"Ich stimme zu, dass dies mit der Zeit zu… Reibungen führen könnte. Wenngleich Malriel in Golir einen Kollegen finden wird, der nicht zögert, ihr Einhalt zu gebieten, sofern er es für angeraten hält. Und Golir hat zudem für Lord Enric und Euch eine gewisse Zuneigung entwickelt und würde Euch beiden nicht einfach dabei zusehen, wie Ihr gegen Malriels stahlharten Griff ankämpft, sondern eingreifen, falls es nötig ist. Lasst uns zudem nicht vergessen, dass Malriel weiß, wie man an Macht festhält. Sicher würde sie die Position, die sie soeben erst erlangt hat, gefährden, indem sie ihren eigenen Interessen zu unverfroren dient."

Eryn schluckte. Das Bild von Malriel, wie sie neben Torke'na und Golir auf diesem Podest saß, ließ ihren Mund trocken werden. Der König schob seine halbvolle Tasse in ihre Richtung, und sie griff dankbar danach und leerte die bittere Brühe darin mit einem gierigen Zug.

"Nehmt Euch einen Moment Zeit zum Nachdenken", wies der König sie an, "dann werden wir uns unterhalten."

Nachdenken? Wie sollte sie nachdenken, wenn Panik sie zu überwältigen drohte? Sie zwang sich zu gleichmäßigem Atmen. Sie musste sich beruhigen, oder Enric mochte wahrhaftig hereinstürmen - trotz seines Versprechens, nur dann zu ihrer Rettung zu eilen, wenn sie darum bat. Der König hatte Recht, sie musste die Kontrolle über sich behalten und ruhig nachdenken. Er war gut in diesen Angelegenheiten, also musste sie so viel wie möglich von ihm lernen - und er schien mehr als bereit, ihr bei diesem Unterfangen beizustehen. Ihre Gedanken kehrten immer wieder zurück zu der Frage, weshalb man ihr so etwas antat, also entschied sie sich, das ein wenig umzuformulieren und laut auszusprechen.

"Warum würden sie Malriel für diese Position auswählen? Wenn Abrak dafür bekannt war, dass er Haus Aren half, muss ihnen doch klar sein, dass Malriel selbst das wahrscheinlich ebenfalls tut." Erleichtert bemerkte sie, dass ihre Stimme nicht wie befürchtet weinerlich klang, sondern stattdessen lediglich unwirsch.

"Ein Triarch, der sich von jemand anderem führen lässt, wird als nichts anderes als eine Marionette betrachtet, während derjenige, der die Schnüre lenkt, der Mächtige ist. Das bedeutet, dass sie ebenso gut Malriel einsetzen können - in ihrem Fall rechnet man zumindest damit, dass sie ihr Haus bis zu einem gewissen vernünftigen Ausmaß bevorzugen wird. Ein weiterer Faktor gegen Abrak ist, dass er Malriel dabei unterstützte, als sie den Senat und die Triarchie zu überzeugen versuchte, uns zu kontaktieren und einen

Ordensmagier als offiziellen Abgesandten anzufordern, damit er Hilfestellung in Sachen Verteidigung und Kampf leisten sollte. Der Senat hatte einerseits Angst vor der Bedrohung aus dem Norden, doch andererseits vertraute man uns noch immer nicht genug, um solch einen beträchtlichen Gefallen von uns zu erbitten und eine Abfuhr zu riskieren."

"Hättet Ihr sie abgewiesen?", fragte Eryn.

"Es wäre eine schwierige Entscheidung gewesen. Ich hätte ihnen einen Ordensmagier schicken können. Wäre jedoch tatsächlich ein Krieg zwischen den Westlichen Territorien und Pirinkar ausgebrochen, wären wir darin verstrickt gewesen - ob dies nun unsere Absicht war oder nicht. Einer Seite zu helfen bedeutet, sich gegen die andere zu stellen. Das wäre nicht ratsam gewesen, nachdem wir gerade erst begonnen hatten, den Kontakt mit unseren neuen Freunden zu pflegen. Das wäre eine größere Zusage geworden, als ich machen hätte wollen. Ich bin mehr als froh, dass der Senat Malriels Vorstoß damals nicht unterstützte. Abrak jedoch tat das, und das bedeutete, dass er bereit war, vor mir zu Kreuze zu kriechen. Sie sind ein stolzes Volk, so wie auch wir. Sie wollten nicht zu jemanden betteln gehen, ohne darauf vertrauen zu können, dass man auf ein offenes Ohr stoßen würde - besonders, wenn man bedenkt, dass das letzte Zusammentreffen unserer Länder kein friedliches war."

"Warum würde man es Abrak nachtragen, dass er Malriel unterstützte, obwohl niemand ein Problem damit zu haben scheint, Malriel für die Position heranzuziehen? Das erscheint mir etwas heuchlerisch, wenn Ihr mich fragt."

"Malriel hatte zu diesem Zeitpunkt eine andere Beziehung zum Orden. Lasst uns nicht vergessen, dass ihre lange verlorene Tochter zu diesem Zeitpunkt bereits ein hochrangiges Mitglied des Ordens und ihr neu adoptierter Sohn sogar noch weiter oben stand und ein ausgebildeter Krieger und Stratege war. Malriel bat lediglich darum, ihre eigene Familie zu involvieren, während Abrak vorschlug, an ein anderes Land heranzutreten. Außerdem vermochte Malriel dieses Dilemma aufzulösen, indem sie Lord Enric und Lord Orrin in einer inoffiziellen Kapazität in die Westlichen Territorien schaffte. Sie hatte nichts weiter getan, als ihren Erben aufzufordern, er möge für die Dauer ihrer Abwesenheit ihr Haus übernehmen, und ich weitete diese Einladung großzügig auf Lord Orrin und seine Familie aus. Von Seiten des Senats war keinerlei Kniefall erforderlich - und dennoch bekamen sie zwei Meister in einem Feld, in dem ihr eigenes Wissen praktisch nichtexistent ist. Eine Leistung, die sogar Malriels Feinde beeindruckte. Viele Leute überlegten daraufhin, ob ihre primäre Absicht hinter Lord Enrics Adoption weniger ein verzweifelter Versuch war, Euch irgendwie festzuhalten, sondern von bislang unerwartetem Weitblick zeugte. Ein weiterer Punkt zu ihren Gunsten."

Langsam nickte Eryn, als sie verstand. In diesem Licht erschienen Malriels Handlungen in der Tat beeindruckend. Sie grübelte, ob sie die nächste Frage aussprechen sollte, da sie damit mehr über sich enthüllen würde, als ihr lieb war. Doch sie wusste, dass der König ihr ehrlich antworten würde, ohne irgendwelche Versuche, ihre Gefühle zu schonen. Und er wusste ohnehin bereits mehr über sie, als ihr lieb war.

"Was denkt Ihr? War die Adoption meines Gefährten ein Zug, der von unvergleichlicher Voraussicht zeugte?" Sie versuchte die Frage leichthin und beiläufig klingen zu lassen, doch damit konnte sie den König nicht täuschen.

"Nein, Lady Eryn, das ist es nicht, was ich denke. Meiner Ansicht nach war es sowohl ein verzweifelter Schritt um sicherzustellen, dass ihr Haus nicht ohne einen Erben dasteht, als auch ein noch viel verzweifelterer Versuch, Euch in welcher Kapazität auch immer an sie zu binden."

Eryn war dankbar, dass er bei der Beantwortung dieser speziellen Frage keinerlei Herablassung mitschwingen hatte lassen. So fühlte sie sich weniger verwundbar und töricht, weil sie die Frage ausgesprochen hatte. Sie schalt sich dafür, die Antwort überhaupt wissen zu wollen und dass sie erleichtert war, weil er dachte, von Malriels Seite hatte mehr als nur kalte Berechnung eine Rolle gespielt.

"Und dann", fuhr der König fort, "waren da natürlich noch Malriels heldenhafte Anstrengungen in Pirinkar. Die trugen ebenfalls erheblich zu ihrem Ansehen in ihrem Land bei."

Sie verzog das Gesicht. "Trotz des kleinen Vorfalls, wo ihre Neigung zu kaum erwachsenen Liebhabern ihr mehr Ärger einbrachte, als sie allein handhaben konnte und sie sich dort fast eine Todesstrafe eingehandelt hätte, wäre Enric nicht zu ihrer Rettung geeilt?"

"Nein, das änderte nicht viel. Malriel hätte sich jederzeit mit der Hilfe von Magie aus ihrer Zwickmühle befreien können, sah aber davon ab, um keinen Krieg auszulösen. So sollte sich eine wahre Politikerin verhalten, um ihrem Land zu dienen."

Eryn schnaubte. "Wir wissen nicht, ob sie sich tatsächlich selbst geopfert hätte, falls sie schuldig gesprochen worden wäre. Ebenso gut hätte sie auf das Urteil warten und sich dann aus dem Staub machen können, falls man sie zum Tode verurteilte."

König Folrin lächelte breit. "Das ist das Schöne daran; die Leute gehen einfach davon aus, dass sie sich diesem Urteil gebeugt hätte, da ihre Handlungen in diese Richtung deuteten. Noble, aufopferungsvolle Malriel…"

"Das hätte sie nicht getan. Niemals", erwiderte sie mit absoluter Überzeugung. "Sie hätte sich davongemacht. Das weiß ich genau."

"Das werden wir nie herausfinden. Doch wie dem auch sein mag, es war ein weiterer Schritt in die Richtung, die ihr einen Sitz in der Triarchie einbrachte."

"Sie kehrte nicht einmal mit irgendwelchen unterzeichneten Vereinbarungen zurück, die tatsächlich einen Krieg verhindert haben! Zusätzlich dazu musste sie selbst gerettet werden!"

Der König lächelte nachsichtig. "Sie mag keinen Frieden gebracht haben, doch sie hat realistische Voraussetzungen dafür geschaffen, was mehr war, als man zuvor hatte. Trotz ihrer misslichen Lage vermochte sie das Zugeständnis zu erlangen, dass man einen Botschafter dort in der Stadt akzeptierte. Was ihre Rettung betrifft… es war ein Mitglied ihres eigenen Hauses, das sie befreite, somit war es praktisch eine Familienangelegenheit. Jetzt sogar noch mehr, wo sie mit Eurem Vater verbunden ist. Das bedeutet, das Vran'el ebenfalls zur Familie gehört. Zwar traf das zu diesem präzisen Zeitpunkt noch nicht zu, nach dem Kommitment allerdings schon. Und rückblickend tendieren die Tatsachen ein wenig zu verschwimmen. Vran'el von Haus Vel'kim ist rechtlich gesprochen nun ihr Sohn, genau wie Lord Enric. Sie wurde von ihren beiden hingebungsvollen Söhnen gerettet, während ihre Tochter und ihre Mutter sich um Haus Aren kümmerten. Damit hätten wir hier eine Familie, die einiges an Mühe investierte, um die Sicherheit des Landes zu gewährleisten. Wie könnte man Malriel besser für all ihre Nöte entschädigen, als ihr den höchsten Rang anzubieten, den es in den Westlichen Territorien gibt?"

Eryn seufzte und schloss die Augen. "Und ich wette, sie vermittelt ihnen sogar noch den Eindruck, als täte sie ihnen einen Gefallen, indem sie ihn akzeptiert."

"Eine Frau, die in allem, was sie anpackt, wahre Kunstfertigkeit beweist."

Bei dem leicht verträumten Ausdruck in seinen Augen kniff sie ihre eigenen zusammen. "Abgesehen davon, dass es meine Mutter ist, über die Ihr gerade eine zweideutige Bemerkung zum Besten gegeben habt, so möchte ich Euch zudem noch darauf hinweisen, dass sie an einen anderen Mann gebunden ist. Der zufällig mein Vater ist."

König Folrins Lächeln wuchs in die Breite. "Liebe Lady Eryn, so entrüstet. Wie erfrischend, dass Ihr Euch langsam damit abzufinden scheint, sie beide als Eure Eltern zu betrachten."

Sie zuckte leicht zusammen. Das war noch immer ein empfindliches Thema. Sie hatte keinerlei Skrupel, sie als ihre Eltern zu bezeichnen, wenn es ihren Zwecken diente, wollte aber noch immer nicht, dass andere Leute es ihr als Tatsache präsentierten. Es wurde Zeit, die Richtung des Gesprächs zu ändern. "Weiß der Orden bereits über diese großartigen Neuigkeiten Bescheid?"

"Nein, Ihr seid die Erste, die davon erfährt. Würdet Ihr gerne eine kleine Wette eingehen, Lady Eryn? Ich wette, wenn wir Lord Enric vom Nebenzimmer hereinrufen und ihn über Malriels Beförderung in die ultimativen Ränge der Macht in Kenntnis setzen, würde er kaum ein Anzeichen von Überraschung zeigen."

Eryn lachte. "Nein, diese Wette würde ich nie annehmen. Natürlich würde er keinerlei Überraschung zeigen. Er ist ungemein gut darin, sie zu verbergen."

"Das meinte ich nicht, und ich vermute, das wisst Ihr sehr genau. Ich meine, dass er sehr wahrscheinlich mit etwas Ähnlichem gerechnet hat."

"Was Ihr nicht beweisen könnt. Jegliches Fehlen von Überraschung könnte entweder bedeuten, dass er sie einfach zu gut maskiert oder dass er so etwas erwartet hat. Da lässt sich kein Unterschied erkennen."

Er lehnte sich in seinem Sessel zurück und blickte zur Decke. "Vielleicht, vielleicht. Also, wenn ich es vermag, Euch zweifelsfrei zu beweisen, dass sich Lord Enric von diesen Neuigkeiten nicht aus der Bahn werfen lässt - was wärt Ihr bereit, aufs Spiel zu setzen?"

Sie schluckte. Er wollte wirklich eine Wette eingehen? Dann war das wohl das Klügste, das sie tun konnte, genau das zu vermeiden. Zweifellos beabsichtigte er, diese Gelegenheit dafür zu nutzen, um sie zu etwas zu bewegen, dem sie unter anderen Umständen niemals zugestimmt hätte.

"Ich würde lieber nicht...", begann sie vorsichtig, hielt aber inne, als er sie unterbrach.

"Sollte sich herausstellen, dass ich einem Irrtum unterliege, wäre ich willens, dem Rat der Magier eine königliche Empfehlung vorzulegen, aufgrund derer sämtliche Magier im Orden grundlegende Heilerfertigkeiten erlernen müssen - nicht nur die Kinder und Jugendlichen, die derzeit als Teil ihres Trainings darin unterwiesen werden. Das würde jeden einzelnen Magier betreffen, und", er legte eine Kunstpause ein, "in der Folge auch jedes einzelne Mitglied des Rates der Magier."

Eryn starrte ihn an und biss sich auf die Lippe. Oh Mann, das war aber ein mächtiger Anreiz... "Ihr könntet sie niemals dazu bewegen, dem zuzustimmen, egal ob es nun eine königliche Empfehlung gibt oder nicht", erwiderte sie heiser.

Der König lachte. "Euer Mangel an Vertrauen in meine Überredungskünste enttäuscht mich zutiefst. Wenn ich argumentiere, dass der Vorfall während des Spiels uns gezeigt hat, dass die Fähigkeit zum Heilen mit Magie die Entscheidung zwischen Leben und Tod bringen kann, dass das Unvermögen der meisten Magier in dieser Hinsicht ihren Anführer beinahe das Leben gekostet hätte, könnten sie kaum Einspruch erheben, ohne Lord Tyront gegenüber gleichgültig zu erscheinen."

Das war hinterhältig und manipulativ. Und es mochte tatsächlich funktionieren. Sie wusste, dass sie geködert wurde, doch der Anreiz war zu gut, um einfach so ignoriert zu werden. Sie war überzeugt, dass es in Zukunft einfacher wäre, sich mit den Ratsmitgliedern zusammenzuraufen, wenn jeder von ihnen einen Eindruck aus erster Hand erhielte, was es wahrhaftig bedeutete, heilen zu können. Sie würden ein wenig mehr davon verstehen, was sie tat, anstatt einfach nur abzulehnen was sie nicht kannten und für das sie daher nur Misstrauen oder Furcht übrig hatten. Sie teilte die Zuversicht des Königs nicht, dass Enric in der Lage war, so etwas wie Malriels Bestellung zur Triarchin zu erraten. Sonst hätte er sie sicher vor solch einer Möglichkeit gewarnt.

"Was würdet Ihr im Gegenzug wollen, falls ich die Wette verlöre?", fragte sie schlussendlich.

"Ich dachte an das Privileg, zum Paten eures Sohnes bestellt zu werden", antwortete er unvermittelt und lächelte sie an. "Es ist ein alter Brauch, der heutzutage kaum noch praktiziert wird. Sehr zu meinem Leidwesen, muss ich gestehen. In ein paar abgelegeneren Gegenden des Landes wird gelegentlich noch immer ein Pate für ein Kind bestimmt, doch in den Städten ist die Tradition beinahe ausgestorben."

Eryn zog die Stirn kraus. "Ich habe diesen Begriff ein oder zweimal gehört, bin aber nicht ganz sicher, was er miteinschließt."

"Es ist eine alte Funktion, die oftmals von einem älteren Familienmitglied oder einem Freund der Familie übernommen wurde, damit er einen Teil der Verantwortung für die Ausbildung und Entwicklung auf sich nimmt. Außerdem zählt es zu den Pflichten eines Paten, das Kind im Fall des tragischen, verfrühten Dahinscheidens beider Eltern an sich zu nehmen."

Sie kniff die Augen zusammen. "Ihr versucht doch wohl nicht etwa, meinen Sohn in die Finger zu bekommen, indem Ihr Enric und mir den Garaus macht?"

Der König zog beide Augenbrauen hoch. "Meine Güte, was sollte ich als Nicht-Magier mit einem Kind mit beispiellosen magischen Kräften anfangen? Nein, verschont mich. Dieses Arrangement würde mich weniger zu Eurem grausigen Szenario verleiten als danach zu streben, Euch beide am Leben zu erhalten, soviel dürft Ihr mir glauben", erwiderte er trocken. "Versucht es noch einmal."

Sie unterdrückte ein Seufzen. Es schien, als würde er das hier in eine weitere Lektion in politischer Strategie verwandeln. "Ihr wollt Euren Zugriff auf Vedric verstärken, da er als vorgesehener Erbe meines Bruders recht eng an Takhan gebunden ist. Allerdings sehe ich nicht wirklich, wie dieses Paten-Ding mit Vran'els Anspruch mithalten könnte. Oder was genau Ihr auch immer damit erreichen wollt - ihn womöglich davon abhalten, dass er eines Tages nach Takhan umzieht?"

"Dieses Paten-Ding, wie Ihr es so eloquent bezeichnet, wird wesentlich mehr sein als nur eine mündliche Vereinbarung. Es ist mit alten Gesetzen verbunden, die heute noch immer so gültig sind wie vor mehr als hundert Jahren, als diese Sitte noch weit verbreitet war."

Eryn atmete aus. Das klang gefährlich, und zwar so richtig. "Warum sollte ich mich auf solch eine Wette einlassen? Warum sollte ich Euch solche Macht über meinen Sohn zugestehen, wenn sich das für ihn als immense Bürde erweisen mag, wenn er älter ist?"

"Weil, Lady Eryn", antwortete er gelassen, "es für einen jungen Mann schlimmere Schicksale gibt, als einen König zum Mentor zu haben. Und ich hege keinerlei Absicht, ihn zurückzuhalten, wenn die Zeit für ihn kommt, einen Weg für sein Leben zu wählen. Ich möchte lediglich in einer Position sein, um ihn mit diesem Ort hier zu verbinden, genau wie Euer Bruder zweifellos das Gleiche in Takhan versucht. Ich kann dabei nicht verlieren, Lady Eryn. Entweder bleibt er hier und wird ohne Zweifel zu einem mächtigen, hochrangigen Mitglied des Ordens und damit ein potentieller Verbündeter für mich, oder er geht nach Takhan, um dort eine kaum weniger einflussreiche

Position einzunehmen, wodurch er dort zu einem wertvollen Kontakt für mich wird." Er lehnte sich vor. "Außerdem würde Euer Sohn von diesem Arrangement ebenfalls profitieren. Sobald er alt genug ist, um sein Training im Orden abzuschließen, wären seine Fertigkeiten in politischer Strategie weit über das hinaus entwickelt, was irgendjemand von einem jungen Mann von nicht mehr als einundzwanzig Jahren erwarten würde. Soviel kann ich Euch versprechen. Das ist eine Situation, von der beide Seiten profitieren, meine liebe Lady."

Schwach schüttelte sie den Kopf. "Das würde Enric überhaupt nicht gefallen."

Der König bedachte sie mit einem feinen Lächeln. "Dann ist es ja passend, dass es seine Reaktion ist, die den Ausgang dieser kleinen Wette bestimmt. Vorausgesetzt, Ihr willigt ein? Eine königliche Empfehlung gegen die Patenschaft für Euren Sohn. Und ich gewinne, falls ich es vermag, Lord Enric dazu zu bewegen, dass er auf für Euch glaubhafte Weise deutlich macht, dass ihn die Neuigkeiten über Malriel nicht überraschen."

Eryn wusste, dass sie ablehnen sollte. Das war ein politisches Manöver, was er auch offen und ohne Zögern zugegeben hatte. Es ließ sich nicht abwägen, was die Konsequenzen solch einer Vereinbarung waren, sollte sie diese Wette verlieren. Doch die Chance, die Akzeptanz für das Heilen im Orden zu erhöhen, und die Gelegenheiten, die sich daraus in Zukunft ergeben mochten… Nein. Vedric kam zuerst. Sein Wohlergehen war ihr Hauptanliegen. Sie würde ihn nicht einfach so dem König ausliefern.

"Ich schwöre Euch, dass ich niemals entgegen den Interessen Eures Sohnes handeln würde", erklärte König Folrin und lächelte dabei auf eine Weise, die darauf hindeutete, dass er genau wusste, was ihr durch den Kopf ging. "Ihr mögt nicht geneigt sein, Euch in dieser Sache auf mein Wohlwollen zu verlassen, doch vielleicht wird Euch ein anderes Argument überzeugen. Eine Patenschaft ist etwas, das öffentlich bekannt gemacht wird, und ein König, der dieses einmal gegebene Versprechen von Schutz und Förderung einem Kind gegenüber bricht, wird dadurch Schaden erleiden."

Sie sollte es nicht tun, das wusste sie. Es war vermessen, gegen ihn zu wetten, ganz egal, wie attraktiv die Belohnung auch sein mochte. Oder wie wenig riskant er es erscheinen ließ, wenn sie verlor. Sie würde seine kleine Herausforderung ablehnen und ihm damit zeigen, dass er sie nicht auf diese Weise manipulieren konnte.

"Also gut, ich akzeptiere", hörte sie sich sagen. Verflucht!

König Folrin lächelte breit und kam auf die Füße. Er schritt zur Tür von Marrins Zimmer und öffnete sie. "Lord Enric, gesellt Euch doch für einen kurzen Moment zu uns, wenn es Euch nichts ausmacht?"

Eryn sah, wie Enric seine Tasche sachte abstellte, bevor er aufstand und dem Befehl folgte.

"Eure Majestät", sagte der großgewachsene Magier und verbeugte sich, nachdem der Monarch die Tür hinter ihm geschlossen hatte.

"Wenn ich Euch mitteile, dass die Evaluierung der Triarchie vorgestern zu einem Abschluss kam, und auch, dass zwei der drei Kandidaten ihr Amt weiterhin ausüben werden, während einer ersetzt wird - was kommt Euch dabei in den Sinn? Sowohl hinsichtlich des ausgetauschten Triarchen als auch dessen wahrscheinlichem Nachfolger", meinte König Folrin ohne Einleitung.

Eryn beobachtete ihren Gefährten genau. Falls ihn die Frage überrumpelt hatte, zeigte er es nicht. Er nahm einen komfortablen breiten Stand ein, seine Hände auf dem Rücken, und ließ den Blick einige Augenblicke lang über die Zimmerdecke schweifen, bevor er antwortete: "Müsste ich raten, würde ich meinen, dass Abrak der wahrscheinlichste Kandidat ist, der ersetzt wurde. Ich weiß mit Sicherheit, dass ihm viele der Senatoren seine unverfrorene Unterstützung von Malriel übelgenommen haben - sogar diejenigen, die selbst mit Haus Aren verbündet waren. Es wird als Verletzung der Etikette betrachtet."

"Nur weiter", forderte ihn der König auf.

"Was seine Nachfolge betrifft… Da gäbe es ein paar Optionen. Eine wäre Haus Roal. Der jüngere Sohn hat das Baugeschäft aufblühen lassen und hat sich als besonnener Senator erwiesen. Die Tatsache, dass Eryn nach hundertfünfzig Jahren der Feindschaft zwischen den Häusern Roal und Aren eine geschäftliche Beziehung mit ihnen eingegangen ist, hat ihre Position noch weiter gestärkt. Eine weitere Möglichkeit wäre Haus Landred, obwohl deren Bündnis mit Legara von Haus Finran nun ein etwas schlechteres Licht auf sie werfen mag, wenn man bedenkt, wie sie die Sache mit Sanaf gehandhabt hat. Die offensichtlichste Wahl jedoch…"

"Ja?", ermutigte ihn der König mit einem raubtierhaften Lächeln.

Enric warf Eryn einen kurzen Blick zu, bevor er weitersprach: "…wäre wohl Malriel von Haus Aren."

König Folrin lachte glücklich und klatschte dreimal in die Hände. "Ausgezeichnet, Lord Enric. Ich lobe Euch für Eure ungemein akkurate Einschätzung der Situation."

"Enric, du verdammter Idiot", hauchte Eryn und bedeckte ihre Augen mit einer Hand.

Sein Blick verfinsterte sich, als er so unerwartet mit solch einem wenig schmeichelhaften Ausdruck bedacht wurde, noch dazu vor dem König, der verdächtig fröhlich wirkte.

"Ich gehe davon aus, dass ich richtig lag? Die Beurteilung ist vorbei, und Malriel ist der neue dritte Triarch?", fragte Enric sie.

"Du hast Recht, ja. Gratuliere. Vielleicht solltest du in Zukunft versuchen, solche Einblicke mit mir zu teilen. Damit hätte sich vermeiden lassen, dass ich gerade eine recht wichtige Wette verloren habe", knurrte sie.

"Welche Wette?", fragte er leicht besorgt. "Was bringt dich auf den Gedanken, es wäre besonders weise, eine Wette mit Seiner Majestät einzugehen?"

Sie ignorierte den letzten Teil und beantwortete nur den ersten. "Vedric hat gerade einen noblen neuen Paten bekommen."

Enrics Kopf zuckte ruckartig zum König, der sich in der Zwischenzeit auf seinem Sessel niedergelassen hatte und den Austausch mit offenkundigem Vergnügen verfolgte.

"Einen Paten?" Er verlor etwas an Farbe. "Mit allem, was das miteinschließt?"

"In der Tat", antwortete der König zufrieden.

Mit einem strengen Blick wandte sich Enric wieder Eryn zu. "Du und ich sollten uns unterhalten. Eure Majestät, erlaubt Ihr mir die Kühnheit, um unsere Entlassung zu bitten?"

"Gewiss doch. Ich würde Euch beide keinesfalls von dieser ungemein wichtigen Unterhaltung abhalten wollen. Einen guten Tag wünsche ich. Ich sehe Euch morgen nach der Ratsversammlung."

Er lächelte, während er zusah, wie sie sein Arbeitszimmer forschen Schrittes verließen. Er mochte diese Frau wirklich; sie blieb nie hinter seinen Erwartungen zurück.

* * *

Enrics Hand lag fest um ihr Handgelenk und zog sie vorwärts, als sie den Palast verließen. Eryn entsandte ein wenig Magie in ihre Beine, damit sie mit seinen langen Gliedmaßen Schritt halten konnte.

Er zog die Tür zu ihrem Haus auf und zerrte sie mehr oder weniger hinter sich her in sein Arbeitszimmer, ohne ihr auch nur die Gelegenheit zu geben, ihren Umhang abzulegen. Er schloss die Tür und lehnte sich dagegen.

"Warum?", fragte er mit vorwurfsvollem Blick. "Warum stellst du so etwas an? Warum kam es dir nicht in den Sinn, dass ihm nicht zu trauen ist? Hat dich unser bisheriger Umgang mit ihm nicht davon überzeugen können? Was hast du dir nur dabei gedacht?"

Eryn löste ihren Umhang und warf ihn über sein kleines Sofa zu ihrer Rechten. "Ich werde dir sagen, was ich mir dabei gedacht habe: Ich dachte mir, dass er mir etwas anbot, bei dem ich überzeugt war, es sei eine großartige Chance für die Heiler und den Orden! Und weißt du, was ich mir noch gedacht habe? Ich dachte, dass es unwahrscheinlich sei, dass er diese Wette gewinnt, weil ich mir sicher war, dass du mit Vermutungen dieser Art zu mir gekommen wärst, anstatt sie mir zu verheimlichen - besonders, da du derjenige bist, der stets darauf besteht, dass es zwischen uns keine Geheimnisse geben sollte!"

"Hätte ich gewusst, dass du meinen Sohn als Einsatz für eine Wette mit dem König heranziehst, hätte ich dir bei der ersten Gelegenheit davon berichtet!", herrschte er sie an.

"Ich habe ihn nicht an den König verloren. Ich habe ihm lediglich von klein auf ein wenig zusätzlichen Unterricht in politischer Strategie eingebracht. Das wird er überstehen und sogar noch davon profitieren. Vom König unterrichtet zu werden sollte Vedric zumindest dabei helfen, dass er ein Gefühl dafür entwickelt, wann er benutzt wird."

"Vortrefflich. Dann lass uns darauf hoffen, dass das besser funktioniert als in deinem Fall! Du bist gerade blind wie ein Neugeborenes in diese Falle getappt! Wie ist das bloß möglich? Die ganze Zeit über bringen wir dir all diese Dinge bei, und dann stellst du ohne nachzudenken so etwas Dämliches an!", schalt er sie.

Eryn stützte die Hände in die Hüften. "Du denkst, das Zeug, das ihr mir beibringt, hätte mir auch nur ein einziges Mal geholfen? Du denkst, dass ein verstaubtes, altes Buch nach dem anderen zu lesen eine vernünftige Herangehensweise ist, jemanden etwas zu lehren? Die einzigen auch nur entfernt nützlichen Dinge, die ich über politische Strategie gelernt habe, waren die, die mir der König beigebracht hat!"

Enric ballte die Hände zu Fäusten. "Ist das so? Es erleichtert mich ungemein, wenn ich sehe, dass du und er scheinbar so enge Freunde geworden seid, dass du ihm deinen Sohn anvertraust! Ich werde diesem Mann niemanden anvertrauen, der mir am Herzen liegt, nach dem, was er angestellt hat, damit wir nach Takhan gehen!"

"Hättest du mich nicht in sein Arbeitszimmer gehen lassen, damit ich dort von den verstörenden Neuigkeiten erfahre, mit denen du ohnehin schon die ganze Zeit über gerechnet hast, wäre ich wesentlich weniger verärgert und bestürzt gewesen! Ein klarer Kopf hätte mir dabei geholfen, ordentlich mit dieser Situation umzugehen!"

Seine Augen wurden eng. "Dieses Fiasko, das du unserem Sohn eingebrockt hast, ist jetzt also meine Schuld? Weil ich mich entschieden habe, dich nicht unnötig mit Dingen zu belasten, die womöglich niemals eintreten?"

"Ah ja, zurück dazu, mich hilflose, kleine Person vor der grausamen Welt um mich herum zu beschützen! Deine Entscheidung, den Mund zu halten, hat zu dieser Misere beigetragen, ob du das nun zugeben willst oder nicht!"

"Wie immens bequem", schoss er zurück. "Du wirst in etwas hineingezogen und schiebst die Schuld auf jemand anderen! Eine sehr erwachsene Strategie! Wir sollten sicherstellen, dass wir das unserem Sohn exakt so beibringen, sobald er alt genug ist - das wird ihm das Leben ganz enorm vereinfachen!"

Eryn starrte ihn an und zischte: "Willst du mir damit sagen, ich sei verantwortungslos und unreif und damit nicht dazu geeignet, ein Kind großzuziehen?"

Er warf die Hände in die Luft. "Ich muss es nicht sagen! Deine Handlungen bezeugen das wesentlich klarer als ich es mit bloßen Worten ausdrücken könnte!"

Sie schaffte es, ihr Gehirn mit einem Schild zu umgeben, bevor ihm das Geistesband die volle Wirkung enthüllte, die seine Worte auf sie hatten. Sie fühlten sich an, als hätte er ihr gleichzeitig einen Hieb in den Magen verpasst und einen Schlag auf den Kopf, der sie benommen zurückließ. Er betrachtete sie als unfähige Mutter, ein schlechtes Vorbild, als eine Person, die unfähig oder unwillig war, die Verantwortung für ihre eigenen Handlungen zu übernehmen.

Das Klopfen an der Tür hinter Enric ließ sie beinahe vor Erleichterung keuchen. Sie musste hier hinaus. Weg von ihm und diesen zornigen Worten, die er ihr gerade entgegengeworfen hatte. In all der Zeit, die sie zusammen waren, hatte er noch niemals etwas auch nur annähernd so Schmerzhaftes zu ihr gesagt.

Von außerhalb der Tür rief Gerits Stimme: "Könntet ihr beiden etwas leiser sein? Vedric ist gerade eingeschlafen."

Enric nahm einen tiefen Atemzug, dann öffnete er die Tür. Seine Stimme war ruhig, als er sich an seine Mutter wandte. "Es tut mir leid, Mutter. Danke. Wir werden achtsamer sein."

Eryn ging an ihm vorbei und zwang sich dazu, sich gemäßigten Schrittes zu bewegen. Sie hätte es vorgezogen zu laufen und damit möglichst rasch etwas Abstand zu ihm zu gewinnen. Flink zog sie ihre Hand fort, als Enric danach griff.

"Was machst du? Wir müssen reden!", beharrte er.

Sie schüttelte den Kopf und ging zu der Nische mit den Umhängen, bevor sie sich erinnerte, dass ihrer noch immer in Enrics Arbeitszimmer auf der Couch lag. "Das werden wir. Aber nicht jetzt. Ich brauche eine Pause."

Hastig schnappte sie sich Gerits Umhang und schlüpfte zur Tür hinaus auf die nasse Straße. Sie würde zum Palast zurückkehren und nach Tyront sehen. Zumindest würde er dort nicht nach ihr suchen.

* * *

Mit ausladenden Schritten betrat Enric die Ratshalle und begann augenblicklich damit, den Saal nach Eryn abzusuchen. Er fand sie neben dem großen, ovalen Tisch, wo sie mit Orrin und Lord Poron in ein Gespräch vertieft war.

Als sie das Haus am Vorabend verlassen hatte, wollte er ihr nachgehen, doch seine Mutter hatte ihn zurückgehalten. Sie hatte ihm erklärt, dass Eryn wirkte, als würde sie etwas Zeit für sich selbst benötigen, um ihre Gedanken zu ordnen; und dass sie selbst genau diesen Luxus, sich hin und wieder zurückziehen zu dürfen, geschätzt hätte. Doch Anwin hatte jeden solchen Versuch als Schwäche interpretiert und war ihr gefolgt, um ihr den finalen Stoß zu verpassen, der über jeden Zweifel hinweg klarstellen würde, dass er derjenige war, der den Streit gewann.

Dann hatte sie darauf hingewiesen, dass Enric zu aufgewühlt aussah, als dass er ihr im Moment folgen sollte, um ein vernünftiges Gespräch mit ihr zu führen. Sie riet ihm, ihnen beiden Gelegenheit zu geben, sich zu beruhigen, bevor er in Angriff nahm, was auch immer zwischen ihnen stand.

Enric hatte ihren Rat befolgt, wenn auch mit beträchtlichem Widerwillen. Eryn einfach so davonlaufen zu lassen fühlte sich nicht richtig an. Doch die Worte seiner Mutter brachten ihn zum Nachdenken. War er in dieser Hinsicht wie Anwin? Konnte er es nicht ertragen, wenn er eine Auseinandersetzung nicht sofort für sich entscheiden konnte und daher so lange drängte, bis sie zu seiner Zufriedenheit gelöst war?

Eryn war sehr spät von dort zurückgekehrt, wo auch immer sie gewesen war und hatte ihn gebeten, die Sache nicht vor dem Schlafengehen aufzugreifen. Diesen Wunsch hatte er ihr gewährt und entschieden, am nächsten Morgen darüber zu sprechen, bevor sie zur Ratsversammlung aufbrachen. Doch als er am Morgen seine Augen geöffnet hatte, war sie bereits fort. Und war nicht nur aus dem Bett, sondern auch aus dem Haus.

Die Ratsmitglieder standen in kleinen Gruppen verteilt herum. Es lag eine gewisse Nervosität in der Luft, eine gespannte Erwartung bezüglich der anstehenden Befragung.

Er drehte sich um, als sich alle Augen im Raum auf die Tür richteten. Tyront kam herein und lehnte sich bei jedem Schritt schwer auf einen aufwändig geschnitzten, hölzernen Gehstock. Vyril ging neben ihm, sorgsam darauf bedacht, ihn nicht zu berühren, doch augenscheinlich bereit, ihn zu stützen, falls er ins Wanken geriet. Enric fragte sich kurz, was sie wohl täte, würde Tyront tatsächlich stürzen, da sie kaum stark genug war, um ihn allein aufrecht zu halten. Doch jetzt, wo sie die Ratshalle erreicht hatten, stellte dies kein Problem mehr dar. Jeder einzelne Magier in diesem Saal, egal wie alt oder gebrechlich er wirken mochte, konnte Tyront mühelos hochheben, als wäre er ein fünfjähriges Mädchen.

Er zog einen Stuhl für Tyront zurück, sobald er den Tisch erreicht hatte. Der ältere Mann ließ sich vorsichtig darauf nieder und seufzte erleichtert.

"Es fällt einem gar nicht auf, wie lang diese Gänge sind, bis man sie in so einem Zustand wie meinem entlanggehen muss", meinte er schmunzelnd und sah sich um. "Es scheint, als wären wir nahezu vollständig."

In diesem Augenblick zog eine weitere Gestalt sämtliche Blicke im Raum auf sich. König Folrin war eingetroffen und betrat den Saal gemeinsam mit seinem Berater. Kurz hielt er inne, als sich alle gleichzeitig vor ihm verneigten, dann setzte er seinen Weg zum Thron auf einer Seite fort.

Enric seufzte und nahm, genau wie seine Kollegen, Platz. Er hatte sich mit der Hoffnung getragen, vor Beginn der Versammlung noch ein paar Momente allein mit Eryn zu haben, doch es war ihm nicht vergönnt. Er würde sie hinterher abfangen. Genug von dieser endlosen Verfolgungsjagd.

"Euch allen einen guten Morgen", begann er. Es fühlte sich seltsam an, trotz Tyronts Anwesenheit den Vorsitz über die Versammlung zu übernehmen. "Diese Versammlung heute wurde einberufen zu dem Zweck, Darnet zu verhören, den Magier, den wir seit zwei Tagen in Haft haben. Es gibt Grund zu der Annahme, dass er Lord Tyront mit dem Ziel angriff, ihn zu verletzen oder zu töten. Dann gibt es noch eine weitere Angelegenheit, die ich anzusprechen wünsche. Es geht um eine Information, die für den Rat zweifellos von Interesse ist. Wir wurden darüber in Kenntnis gesetzt, dass sich die Zusammensetzung der Triarchie in den Westlichen Territorien geringfügig geändert hat. Zwei von den drei Mitgliedern, Golir und Torke'na, werden ihre Arbeit fortsetzen, während die dritte Person, Abrak, durch Malriel von Haus Aren ersetzt wurde."

Er sah, wie die Ratsmitglieder Blicke miteinander tauschten und dann ihn und Eryn ansahen.

"Das lässt Eure Wichtigkeit dann wohl noch weiter ansteigen", scherzte Lord Poron. "Nicht, dass Ihr das nötig hättet, wohlgemerkt."

Enric lächelte matt und ging nicht darauf ein. Auf diese zusätzliche Wichtigkeit, die Malriels vermehrter Einfluss ihm bescherte, hätte er gerne verzichtet.

"Der Orden wird ihr eine Nachricht übermitteln, in der ich ihr im Namen des Rates zu ihrer Ernennung gratuliere", fuhr er fort. "Wenden wir uns nun dem Vorfall während des Spiels zu. Lord Orrin, würdet Ihr uns mitteilen, was Ihr beobachtet habt, das Euch dazu veranlasste, Darnet einzusperren?"

Orrin nickte. "Natürlich."

"Werdet Ihr einer Wahrheitssperre zustimmen?"

Erneut nickte der Krieger. "Selbstverständlich."

Er und Enric kamen beide auf die Beine und gingen aufeinander zu, bis sie sich in der Mitte trafen. Orrin schob seinen Ärmel hoch und streckte seinen nackten Unterarm vor, den Enric daraufhin fest ergriff, bevor er einen schwachen Strom an Magie aussandte.

"Beschreibt uns den Vorfall, der während des Spiels zu Lord Tyronts Verletzung führte."

"Gemeinsam mit neun anderen in meinem Team näherte ich mich vom Osten her dem Palast. Kurz vor unserem Ziel trafen wir auf sechs Mitglieder von Lord Enrics Team, die den Weg versperrten. Darunter befanden sich Lord Tyront und der junge Darnet, beide auf der Seite der Verteidiger. Wir lieferten uns ein Gefecht, das mehrere Minuten dauerte. Ich bemerkte, dass einige Blitze von einer Gasse rechts von mir auf eine Hauswand in der Gasse links von mir geschossen wurden. Ausgehend von der Position des Schützen wusste ich, dass es sich um keinen von meinen Leuten handeln konnte, und das war auch anhand des anvisierten Ziels ersichtlich. Beides befand sich zu weit vor uns. Zu diesem Zeitpunkt fragte ich mich, ob auf der Gegenseite wohl irgendeine

Meuterei vor sich ging. Plötzlich gab die Hauswand unter den wiederholten Einschlägen nach und begrub jemanden unter sich. Ich erinnere mich an meine Sorge darüber, dass das gesamte Gebäude einstürzen könnte, doch glücklicherweise blieb es aufrecht. Mir war zu diesem Zeitpunkt noch nicht klar, dass die Person unter all den Ziegeln und dem Mauerwerk Lord Tyront war."

"Somit seid Ihr also der Ansicht, es habe sich dabei um eine gezielte Attacke auf Lord Tyront gehandelt?"

"Ich denke, dass es ein vorsätzlicher Angriff war, ja. Die Blitze wurden auf die Wand abgegeben, bis diese schließlich nachgab. Ein paar Irrläufer hätten das nicht vermocht. Die Verzauberung auf den Fesseln sorgt dafür, dass tatsächlicher Schaden an Menschen oder Objekten während des Spiels nichts ist, das sich mühelos zustande bringen ließe. Ob es sich bei Lord Tyront um das beabsichtigte Ziel oder um ein zufälliges handelte, kann ich nicht sagen."

"Woher wusstet Ihr, dass es Darnet war, der die Blitze schoss? Hattet Ihr ein freies Blickfeld?"

"Nein, das hatte ich nicht. Doch hinterher war er der einzige Magier, der aus genau dieser Gasse heraustrat. Daraus schloss ich, dass er die Schüsse abgegeben hatte. Nachdem wir Lord Tyront von dem Geröll befreiten und Lady Eryn und Lady Pe'tala ihn heilten, ging ich zu Darnet und fragte ihn, ob er derjenige war, der die Wand zum Einsturz brachte. Er gestand es ohne jeden Versuch, seine Tat zu verschleiern, und ich hatte sogar den Eindruck, dass er stolz darauf war. Somit veränderte ich die Verzauberung auf den Armschienen, die er bereits trug, damit sie seine Kräfte vollständig blockierten und brachte ihn in den Kerker."

Enric nickte und wandte sich an den Rat und den König. "Lord Orrin ist vom Wahrheitsgehalt seiner Worte überzeugt. Gibt es zu diesem Zeitpunkt noch weitere Fragen, die Ihr ihm zu stellen wünscht?"

Als mehrere Köpfe geschüttelt wurden und sich niemand zu Wort meldete, zog Enric seine Hand wieder zurück. "Danke, Lord Orrin. Wir werden nun mit Darnets Befragung fortsetzen."

Er bedeutete den Wachen auf beiden Seiten der hohen Doppeltür, dass sie den mutmaßlichen Übeltäter hereinführen sollten. Wenig später wurde Darnet hereingebracht; zwischen den beiden Wachen, die ihn eskortierten, schien er klein und unbedeutend. Er wirkte weder zerknittert noch ungepflegt, also hatte man ihm offensichtlich gestattet, sich frischzumachen, bevor er dem Rat gegenübertreten musste.

Enric sah den jungen Magier an. Er entsprach ganz und gar nicht der Vorstellung, die er von einem Mann hatte, der es wagte, den Anführer des Ordens zu attackieren. Er war Mitte Zwanzig, eher kürzer geraten, sein lockiges Haar zu einem festen Knoten in seinem Nacken gebunden. Seine Augen wanderten nervös über die Magier um den Tisch vor ihm, bis sie bei Eryn hängenblieben. Das Lächeln, das seine schmalen Lippen auseinanderzog, gefiel Enric ganz und gar nicht.

"Darnet", erhob er einmal mehr die Stimme. "Ich gehe davon aus, dass du weißt, weshalb du hier bist? Und weshalb du die letzten beiden Tage im Kerker verbracht hast?"

"Ja, mein Lord", antwortete der Mann mit einer Stimme, die in Anbetracht seiner aktuellen Zwickmühle seltsam bar jeglicher Nervosität oder Angst klang.

"Du wirst nun vom Rat unter dem Einfluss einer Wahrheitssperre befragt", erklärte er und suchte noch immer nach irgendeinem Anzeichen von Unruhe. Vergeblich.

"Ja, mein Lord", war die einzige Antwort.

Enric ergriff das Handgelenk des jungen Mannes und schob den Ärmel seiner braunen Robe hoch, damit er den Unterarm ergreifen konnte, genau wie er es zuvor bei Orrin getan hatte. "Darnet, hast du am Abend des Spiels die Wand in Lord Tyronts Rücken mit deinen Blitzen zum Einsturz gebracht?"

"Das habe ich, mein Lord", antwortete er ohne Zögern.

"Hast du das vorsätzlich getan? War dies eine bewusste Tat, um Schaden zu verursachen?"

"Ja, mein Lord."

In der Halle war es absolut still geworden. Es hatte nicht einmal einen schwachen Versuch gegeben, etwas zu verbergen oder zu lügen, so wie beschuldigte Personen es in der Regel versuchten.

"War Lord Tyront das beabsichtigte Opfer?"

"Ja, das war er", antwortete Darnet gelassen.

"Was war die Absicht hinter diesem Angriff auf Lord Tyront?", fragte Enric weiter und wunderte sich, warum sich das dermaßen absurd anfühlte. Der Mann wirkte, als säße er in einem heimeligen Salon und plaudere ein wenig, anstatt ein ernstes Verbrechen zu gestehen.

"Ihn zu töten, natürlich."

Vom Tisch her war das Keuchen einiger Männer zu vernehmen. Die Attacke selbst hatte diesen Schluss nahegelegt, somit konnte die Offenbarung kein besonders großer Schock sein; die Beiläufigkeit, mit der die Tat zugegeben wurde, allerdings sehr wohl.

"Du wolltest Lord Tyront töten?", wiederholte Enric, erstaunt darüber, wie bereitwillig Darnet all dies gestand. Und wie wenig es ihn zu kümmern schien.

"Ja, das wollte ich."

"Aus welchem Grund?"

"Damit Ihr die Führung des Ordens übernehmt, mein Lord."

Enric blinzelte, nicht sicher, ob ihm gerade ein Kompliment ausgesprochen worden war und ob er sich nun geschmeichelt fühlen sollte. "Was hattest du dir von einem Wechsel der Führung von Lord Tyront zu mir erhofft?"

"Eine modernere Herangehensweise an alles, was Magie betrifft." Darnets Augen hatten zu glänzen begonnen. "Vermehrte Bemühungen dahingehend, dass Heilung auch außerhalb der Stadtgrenzen verfügbar wird, mehr Freiheit für die Mitglieder des Ordens, damit sie zu ihren Familien auf dem Land zurückkehren können. Die Chance auf eine liberalere Haltung, so wie in den Westlichen Territorien, wo Magier nicht so fest gebunden sind."

Würdige Ziele, die auch Eryn unterstützte, dachte er. Doch seine Vorstellungen davon, wie er diese Ideen umsetzen wollte, waren in keiner Gesellschaft akzeptabel; auf keinen Fall.

"Ich verstehe", meinte er, um dem Gemurmel, das sich unter den Ratsmitgliedern erhoben hatte, Einhalt zu gebieten. "Bist du der Einzige im Orden, der darauf hinarbeitet? Auf die Veränderungen im Orden, die du gerade erwähnt hast?"

"Nein, mein Lord. Es gibt einige von uns, die so denken."

Oh nein, dachte Enric und hoffte inbrünstig, dass er hier keine Meuterei vor sich hatte, die es erforderlich machte, den halben Orden in den Kerker zu verfrachten. Ihm graute vor der Antwort auf seine nächste Frage.

"War irgendjemand davon an dem Anschlag auf Lord Tyronts Leben beteiligt oder darüber informiert?"

"Nur eine Person war informiert und instruierte mich entsprechend."

Diese Antwort war eine Erleichterung. Es war also eine Sache von zwei übereifrigen Idioten und damit nicht so weit verzweigt, wie er befürchtet hatte. "Du hast also Befehle befolgt, die man dir erteilte?"

"Ja, das habe ich."

"Wer gab dir diese Befehle?"

Darnet lächelte, und sein Blick wanderte wieder zurück zum Tisch und einem speziellen Ratsmitglied. "Lady Eryn."

KAPITEL 25

Eine schockierende Anschuldigung

Mit offenem Mund starrte Eryn den Mann an, der sie glückselig anlächelte. Was sollte sie getan haben? Das war eine Lüge! Trotz der Wahrheitssperre! Wie war das nur möglich?

Bei dem Gedanken daran, was dies bedeutete, krampfte sich ihr Magen zusammen. Man würde ihm glauben, weil er unter dem Einfluss einer Wahrheitssperre ausgesagt hatte. Nun glaubten wahrhaftig alle, sie hätte Tyronts Ermordung in die Wege geleitet!

Enrics Gesicht war eine Maske der Fassungslosigkeit, als er sie, genau wie jeder andere, anstarrte. Vorsichtig entfernte er seine Hand von Darnets Arm und trat einen Schritt zurück, bevor er bedachtsam sprach: "Ich delegiere hiermit die Verantwortung für diese Untersuchung an Lord Poron. Da meine Gefährtin nun eines Verbrechens beschuldigt ist, wäre ich nicht länger unparteiisch, und man würde von mir erbrachte Beweise für ihre Unschuld in Zweifel ziehen. Stimmt der Rat dieser Vorgangsweise zu?"

Alle Hände außer Eryns wurden gehoben, um die Entscheidung zu bestätigen.

Enric nickte knapp und sagte dann: "Ich schlage vor, dass wir als Nächstes Lady Eryn zu ihrer Verstrickung in diese Angelegenheit mit einer Wahrheitssperre befragen und sie dann fortschicken, da sie nun Teil dieser Untersuchung ist. Dann können wir mit Darnets Befragung fortfahren."

Eryns Sicht verschwamm. Das hatte er tatsächlich gerade vorgeschlagen. Er, der wissen sollte, dass sie niemals töten würde, nachdem sie den Tod ihres Vaters unter solch grausigen Umständen miterleben hatte müssen, nachdem sie vehementen Einspruch gegen die Exekution der Apotheker erhoben hatte, weil sie sie umzubringen versucht hatten; er sollte es besser wissen. Sein Verrat tat so weh, dass sie beinahe zusammenklappte. Sie stützte sich mit den Handflächen auf dem Tisch vor sich ab, um es zu verhindern. Atme! befahl sie sich, und kurz darauf klärte sich das Bild vor ihren Augen wieder. Sie spürte ihren pochenden Herzschlag in ihren Ohren, während ein Gefühl der Kälte und Einsamkeit von ihr Besitz ergriff.

Wie konnte er nur denken, sie wäre zu so etwas fähig? Kannte er sie so wenig? Und doch war es erst gestern Abend gewesen, als er ihr unmissverständlich zu verstehen gegeben hatte, was er von ihr dachte. Dass sie verantwortungslos war. Das hier würde ihm nur beweisen, dass er die ganze Zeit über Recht hatte.

"Wer wird die Befragung von Lady Eryn durchführen?", rief Lord Seagon aus. "Ihr selbst seid eindeutig keine angemessene Wahl, ebenso wenig wie Lord Tyront, da er das beabsichtigte Opfer ist. Jeder andere Magier hier ist zu schwach, um bei Lady Eryn eine Wahrheitssperre anzuwenden, solange sie keine Handfesseln trägt."

Orrin nickte zu Darnet. "Dann würde ich vorschlagen, wir machen von den Handschellen Gebrauch, die unser Verdächtiger derzeit trägt und benutzen sie bei Lady Eryn. Somit ist unsere Auswahl an Vernehmern nicht länger auf zwei Männer beschränkt."

"Ich schlage vor, dass Lord Seagon die Wahrheitssperre anwendet", regte der König ernst an.

Eryns Blick kehrte zu dem jungen Mann zurück, der noch immer mit diesem verstörenden Lächeln vor dem Tisch stand. Als er sich ihrer Aufmerksamkeit gewahr wurde, stellte er sich etwas aufrechter hin. "Ich entschuldige mich, dass ich all dies enthüllt habe, doch die Wahrheitssperre ließ mir keine andere Wahl. Fürchtet Euch nicht, Lady, dies ist nur ein unbedeutender Rückschlag. Das ist nicht vorbei! Andere werden fortsetzen, wo wir innehalten, das weiß ich!"

Vollkommen verloren in der Absurdität seiner Behauptungen schüttelte sie nur den Kopf. Aber er hatte die Wahrheit gesprochen! Wurde sie langsam wahnsinnig? Hatte sie wahrhaft Tyronts Ermordung geplant und einfach nur ihre Erinnerung daran unterdrückt? War es das? Oder war dieser Mann tatsächlich von dieser Unwahrheit überzeugt? Oder hatte er gar gelernt, wie man einer Wahrheitssperre widerstand? Sie wusste nicht, welche Option sie vorziehen würde.

Sie blickte auf, als ein Mann neben ihr stand und ihren Namen nannte. Lord Seagon. Er hielt Darnets Handschellen in seiner Hand. Sie hatte nicht einmal bemerkt, dass jemand sie dem jungen Mann abgenommen hatte.

"Lady Eryn? Wenn Ihr nun aufstehen und Eure Hände ausstrecken würdet, können wir diese unangenehme Sache hinter uns bringen."

Langsam erhob sie sich. Sie musste sich einen Moment lang an der Rückenlehne ihres Stuhls festhalten, um das Gleichgewicht zu bewahren. Sobald sie ihren Beinen soweit vertraute, dass sie sie aufrecht halten würden, trat sie vom Tisch weg und hielt Lord Seagon ihre Hände entgegen. Der befestigte die Armschienen um ihre Handgelenke und nahm dann ihre Hand in seine. Von einem Moment zum nächsten waren ihre Kräfte vollständig verschwunden, und stattdessen spürte sie die Wärme, die von der warmen, trockenen Hand des Lords in ihre eigene klamme floss. Wenn man nicht über die Wirkung nachdachte, war das Gefühl beinahe angenehm. Sofern der ältere Mann irgendein Vergnügen darüber empfand, dass sie - der zerstörerische Einfluss auf die Werte und Traditionen des Ordens und der Grund dafür, dass sein Neffe bei diesem Ball eine öffentliche Erniedrigung erfahren hatte - in dieser Situation steckte, so verbarg er es gut. Sein Gesicht zeigte nichts als ernsthafte Nachdenklichkeit und Anspannung.

"Lady Eryn. Habt Ihr Darnet dort drüben angewiesen, Lord Tyront auf irgendeine Weise zu schaden oder auch nur zu attackieren?"

"Nein", flüsterte sie und schüttelte den Kopf kaum merklich.

"Habt Ihr zu irgendeinem Zeitpunkt eine andere Person angewiesen, Lord Tyront Schaden zuzufügen?"

"Nein", sagte sie noch einmal.

"Wie ist es dann möglich, dass er diese Behauptung unter dem Einfluss einer Wahrheitssperre aussprechen konnte?"

"Ich weiß es nicht. Wirklich nicht. Es sollte nicht möglich sein."

"War Euch irgendein Versuch, Lord Tyront Schaden zuzufügen, bekannt, auch wenn Ihr ihn nicht selbst befohlen habt?", setzte er seine Befragung fort.

"Nein."

"Wie hättet Ihr gehandelt, wäre Euch solch ein Versuch zur Kenntnis gebracht worden?"

"Ich hätte ihn und Enric gewarnt."

"Wünscht Ihr Euch, Lord Tyront möge von seiner Position als Anführer des Ordens der Magier entfernt werden?"

"Nein."

"Weshalb nicht? Immerhin hätte damit Euer eigener Gefährte das Sagen und wäre in der Lage, all diese Ideale voranzutreiben, die Darnet erwähnte. Es ist kein Geheimnis, dass Ihr sie teilt."

Sie schluckte. Die Antwort auf diese Frage würde man nicht sehr wohlwollend aufnehmen, wie ihr klar war. Doch die Wahrheitssperre gestattete kein diplomatisches Weglassen oder Formulierungen, um etwas zu verschweigen. "Ich will Enric nicht an der Spitze des Ordens, weil wir dann hier in Anyueel festsäßen. Es wäre wie ein Gefängnis. In Takhan haben wir mehr Freiheit, mehr Möglichkeiten, meine Fähigkeiten zu fördern, mehr Offenheit, mehr Toleranz für die Talente und Neigungen einer Person. Ich will, dass es mir freisteht, regelmäßig dorthin zu reisen, Zeit mit meiner Familie zu verbringen und meinem Sohn zu ermöglichen, dass er von dieser Fülle an Wissen und Chancen dort profitiert. Das wäre nicht möglich, würde Enric den Orden führen."

Lord Seagon starrte sie an und meinte nach einigen Augenblicken: "Ein überzeugendes Argument, dass Ihr Lord Tyront nicht von seiner Position forthaben möchtet, wenngleich keines, das uns von Eurer Bindung an das Königreich Anyueel überzeugt. Es zeigt sehr klar auf, wo Eure Loyalität liegt, Lady Eryn. Und Eure allgemeine Meinung über den Orden ist ebenfalls kein Geheimnis."

Sie warf ihm einen zornigen Blick zu. "Meine Loyalität?", zischte sie und wollte ihre Hand aus seinem Griff ziehen. Er jedoch hielt weiterhin dran fest und ließ warme Magie von seinen Fingern durch ihre Haut fließen. Ach, was machte es schon? Was sie ihm sagen wollte, war nichts als die Wahrheit, also würde die Wahrheitssperre sie nicht zurückhalten. "Ihr wisst nichts über meine Loyalität! Diese Stadt hier ist ebenso mein Zuhause wie es Takhan ist, und meine Bindung und meine Verbindungen zu meinem Geburtsort sind der einzige Grund, weshalb ich meine Fertigkeiten verbessern und mein Wissen erweitern kann, um den Menschen hier besser zu dienen! Für manche der idiotischen Vorschriften des Ordens habe ich kein Verständnis, da habt Ihr absolut Recht! Aber solange Ihr alle für die Legitimation sorgt, dass ich das tun kann, was ich als nützlich und notwendig erachte, und was dabei hilft, das Leben der Menschen hier zu verbessern, bin ich willens, mich abzufinden mit Euren absurden Regeln, Euren Forderungen, Euren Einschränkungen, Euren Heilerquoten, Eurer Bürokratie…" Sie unterbrach sich, als sie spürte, wie eine Träne ihre Wange hinablief und hob eine Hand, um sie wegzuwischen. Doch natürlich hatten es bereits alle gesehen. Nun weinte sie auch noch vor dem versammelten Rat der Magier und dem König, während man sie eines abscheulichen Verbrechens beschuldigte.

Lord Seagon nickte langsam und beendete den Magiefluss. "Sie spricht, was sie für die Wahrheit hält", verkündete er. "Gibt es noch weitere Fragen, die Ihr zu diesem Zeitpunkt an Lady Eryn richten möchtet?" Als sich niemand meldete, entfernte er die Fesseln von ihren Handgelenken und fügte leiser hinzu: "Mich habt Ihr überzeugt, meine Liebe, doch die Tatsache bleibt bestehen, dass entweder Ihr selbst oder Darnet in der Lage zu sein scheint, eine Wahrheitssperre zu überlisten. Ich hoffe, all dies wird bald zu Euren Gunsten abgeschlossen sein, meine Lady."

Eryn starrte ihn wortlos an. Dies war das allererste Mal, dass er ein Wort zu ihrer Unterstützung von sich gegeben hatte.

"Ich werde Lady Eryn nun mit mir nehmen und es Euch überlassen, gemäß Lord Porons Ermessen fortzufahren", teilte Enric mit und trat auf Eryn zu. Er ergriff ihre Hand und zog sie an sich, damit er einen Arm um ihre bebenden Schultern legen und sie zur Tür hinausführen konnte, fort von all diesem Irrsinn, der gerade seinen Anfang genommen hatte.

* * *

Enric hatte nicht die Absicht zu warten, bis sie Zuhause waren, er musste jetzt sofort mit ihr reden. Er drückte die Tür zu einem weiteren

Besprechungszimmer am anderen Ende des Korridors auf und zog sich mit sich hinein.

"Du dachtest, ich hätte es getan!", rief sie aus und befreite sich aus seinem Griff. "Du dachtest wirklich, ich hätte versucht, ihn zu töten! Du hast ihnen gesagt, sie sollen mich wie eine Kriminelle verhören - mit einer Wahrheitssperre! Du hättest es besser wissen müssen!" Sie versuchte das Schluchzen hinunterzuschlucken, doch es brach dennoch aus ihr heraus. "Du solltest es besser wissen! Du solltest der Einzige sein, der es besser weiß, selbst wenn die ganze Welt an mir zweifelt!"

Er trat wieder auf sie zu und ergriff ihre Schultern, bevor sie zurückweichen konnte. "Ich wusste, dass du nichts dergleichen getan hast. Deshalb brauchte ich die Wahrheitssperre - um es auch allen anderen zu beweisen. Wäre der Vorschlag mit Lord Seagon nicht vom König gekommen, dann hätte ich ihn selbst dazu aufgefordert. Ein Mann, der dafür bekannt ist, dass er sich dir bei jeder Gelegenheit entgegenstellt, verleiht deiner Aussage zusätzliche Glaubwürdigkeit." Seine Hände bewegten sich von ihren Schultern zu ihrem Gesicht. "Ich wusste, dass du nichts damit zu tun hast - ebenso sicher, wie ich nicht involviert bin. Das wusste ich sogar noch bevor ich deinen Schock über die Anschuldigung durch das Geistesband verspürte. Deine Befragung beinhaltete keinerlei Risiko." Er stellte sicher, dass sie ihm in die Augen sah, bevor er weitersprach. "Hätte ich irgendetwas anderes gedacht, hätte ich alles in meiner Macht Stehende getan, damit sie dich keiner Wahrheitssperre unterziehen."

Sie benötigte ein paar Augenblicke, bevor die volle Bedeutung seiner Worte in ihr Bewusstsein sank. "Du hättest mich beschützt, wenn ich schuldig gewesen wäre?", flüsterte sie, ihre Augen weit vor Ungläubigkeit. "Wenn ich eine Kriminelle wäre?"

"Ja. Ich hätte dich und Vedric von hier fortgebracht. Niemals hätte ich zugelassen, dass man dich mir wegnimmt." Er lehnte seine Stirn gegen ihre und schloss die Augen.

"Das wäre dann nur eine weitere meiner Taten gewesen, für die ich keine Verantwortung übernehme, was?", flüsterte sie mit bitterem Sarkasmus.

"So habe ich das nie…"

Sie zog seine Hände von ihrem Gesicht. "Nein. Du hattest Recht. Irgendetwas gibt es immer, das ich so übel zu vermasseln scheine, dass jemand anderer es reparieren oder dafür bezahlen muss. Wenn ich zurückblicke, sieht es so aus, als wäre es nie anders gewesen. Zuerst der Tod meines Vaters als Konsequenz daraus, dass ich Krions Arm brach; dann ließ ich mich von Vern in magischem Kampf unterweisen, woraufhin er allein bestraft wurde; mein Versuch, dieses erste Mal nach Takhan zu gehen, wo Malriel mich beinahe festgehalten hätte; und schließlich gestern, wo ich mich vom König zu dieser Wette ködern ließ, für die Vedric womöglich eines Tages bezahlen muss. Es besteht kaum ein Zweifel, warum du denkst, ich wäre unfähig, deinen Sohn großzuziehen, warum du mich für verantwortungslos und unreif hältst."

Enric atmete aus und lehnte sich gegen eine Säule auf seiner rechten Seite, während er sich über das Gesicht rieb. Das war die schlimmste Art und Weise, die er sich vorstellen konnte, um seine gedankenlosen, harschen Worte zurückgeworfen zu bekommen. Sie schien davon so schwer getroffen zu sein, dass sie sogar dachte, er hätte seinen Glauben an sie vollständig verloren und sie einer Tat wie einem Anschlag auf Tyronts Leben für fähig gehalten. Nur eine weitere verantwortungslose Tat…

Er wünschte, er hätte all das aufklären können, bevor diese neue Katastrophe über sie hereingebrochen war. Mit dieser Anschuldigung fertig zu werden war nun noch schwieriger, wo diese andere Sache noch immer zwischen ihnen stand. Damit mussten sie sich hier und jetzt auseinandersetzen, es führte kein Weg daran vorbei. Sie mussten stark sein, einander vollkommen vertrauen und sich auf einander stützen können. Er stieß sich von der Säule ab und ging zu dem viereckigen Tisch im Zentrum des Raumes.

"Sei so gut und setz dich zu mir", lud er sie förmlich ein und zog einen Stuhl für sie zurück.

Ein paar Sekunden lang starrte sie ihn an, bevor sie zu seiner großen Erleichterung seine Einladung akzeptierte und Platz nahm. Er setzte sich nicht ihr gegenüber, da es signalisiert hätte, dass sie in dieser Sache auf gegenüberliegenden Seiten standen, sondern ließ sich links neben ihr nieder.

Als sie mit verschränkten Armen dasaß, ohne ihn anzusehen, begann er zu sprechen: "Was ich gestern sagte, war falsch. Und jetzt, wo ich erkenne, dass du nicht nur einfach über meine Gedankenlosigkeit verärgert bist, sondern auch noch zu denken scheinst, dass meine Worte gerechtfertigt waren, bin ich entsetzt. Ich war gestern angespannt. Zuerst ist Tyront beinahe gestorben, und ich war gezwungen, untätig darauf zu warten, dass der Rat endlich etwas unternimmt; dann dieser Konflikt mit Werna, gefolgt von der Erkenntnis, dass Malriel nun noch mächtiger ist, als es für uns wünschenswert wäre; und schlussendlich noch der König, der sich genau diesen Moment für eines seiner Spielchen mit dir aussuchte. Und als du sagtest, ich wäre daran schuld, weil ich meinen Verdacht über Malriels Eignung als Triarchin für mich behielt, wollte ich der Tatsache nicht ins Gesicht sehen, dass ich etwas dazu beigetragen haben könnte. Ich wollte nicht sehen, dass ich dich mit dem Zurückhalten meiner Gedanken nicht beschützt habe, sondern dazu beitrug, dich zu seinem leichten Ziel zu machen. Ich war böse auf mich selbst und wollte nicht, dass du den Finger auf das Problem legst." Er widerstand dem Impuls, ihre Hand in seine zu nehmen. Wahrscheinlich würde sie sie wegziehen. "Du bist weder verantwortungslos, noch unreif. Du bist die verantwortungsbewussteste Person, die ich jemals getroffen habe, weil du die Verantwortung für jeden übernimmst, über den du stolperst, ob das nun Waisen hier oder hungernde Kinder in Takhan sind, Leute, die sich keine medizinische Behandlung leisten können oder diejenigen, die dir nahestehen und deine Hilfe brauchen." Die Erinnerung ließ ihn matt lächeln. "Wie ein bestimmter Krieger, dem zur Last gelegt wurde, er hätte Magie gegen einen Nicht-Magier eingesetzt und sich plötzlich mit dem Befehl konfrontiert sah, seine Hand gegen das einzige weibliche Mitglied des Ordens zu erheben." Er sah, wie sie schluckte und hielt ihr seine Hand hin, damit sie sie ergriff. Er überließ ihr die Entscheidung, ob sie seine Berührung bereits wieder ertragen konnte. Einen Moment lang blickte sie darauf, dann ergriff sie sie. Er zog ihre Finger an seine Lippen und presste sie kurz auf ihre kühle Haut. "Du bist impulsiv, kreativ, unglaublich klug, leidenschaftlich bei allem, was du anpackst, ehrlich bis hin zur Schonungslosigkeit, und du kümmerst dich um andere mehr als um dich selbst. Du bist alles, was ich nicht bin, und mehr. Gemeinsam mit dir meinen Sohn großzuziehen ist ein Privileg, das ich für nichts in der Welt aufgeben würde."

Eryn schloss die Augen. "Danke. Das hilft, so richtig. Der Grund, warum mich deine Worte so getroffen haben, war, dass ich mich des Gefühls nicht erwehren konnte, dass sie bis zu einem gewissen Grad zutreffend waren. Die Leute erklären mir ständig, wie falsch ich die Sache mit unserem Sohn angehe. Die einen denken, ich sollte ihm all meine Zeit widmen, während die anderen darauf bestehen, ich solle eine Kinderfrau anheuern, damit sich gemäß meines Standes jemand anderer um ihn kümmert. Ich versuche hier einen Mittelweg zu finden, und das funktioniert nicht so, wie ich gehofft hatte. Ständig habe ich das Gefühl, dass ich meinen Sohn vernachlässige, und jedes Mal, wenn er stundenlang mühsam ist und ich dann erleichtert bin, wenn er endlich schläft, habe ich ein schlechtes Gewissen, weil ich denke, ich sollte stattdessen für jeden wachen Moment dankbar sein, den ich mit ihm habe. Gleichzeitig erfüllt mich egoistische Dankbarkeit, weil deine Mutter sich entschieden hat, Anwin zu einer für uns so bequemen Zeit zu verlassen und in die Stadt zu ziehen. Und dennoch bin ich jedes Mal traurig, wenn sie Vedric badet oder ihn ins Bett bringt, weil ich diejenige sein sollte, die es tut. Ich erinnere mich daran, was Valrad mir bei unserem ersten Besuch in Takhan erzählte. Als ich klein war, nahm mich mein Vater überall hin mit, wann immer er jemanden traf, weil er sich sorgte, dass Malriel mir nicht das Gefühl vermittelte, ich würde ausreichend geliebt werden." Sie schüttelte den Kopf. "Und sieh uns jetzt an. Wir sind kaum mehr als Feinde mit einem zerbrechlichen Waffenstillstand. Was ist, wenn ich die gleiche Art von Mutter bin? Was ist, wenn meine eigenen Ambitionen auf lange Sicht in der Beziehung zwischen Vedric und mir Schaden verursachen, der sich nicht mehr reparieren lässt? Was ist, wenn sich unsere Beziehung zueinander in das gleiche emotionale Durcheinander verwandelt, das Malriel und ich haben?"

Enric blinzelte. Es schien, als hätte sie sich mit Problemen herumgeschlagen, die seine jüngsten Anschuldigungen beinahe verblassen ließen. Was er für nichts weiter als Erschöpfung gehalten hatte, ging tatsächlich wesentlich tiefer als lediglich Schlafmangel und zu wenig Zeit zum Ausspannen.

Obwohl er sich aufgrund seiner Gedankenlosigkeit am liebsten selbst einen Tritt verpasst hätte, zwang er sich stattdessen zu einem Lächeln. "Ah, diese selbsternannten Experten für Kindererziehung. Ein paar davon sind auch an mich herangetreten - sehr vorsichtig, versteht sich. Beinahe alle von ihnen sind selbst kinderlos - wie Tyront oder sogar Lord Poron - oder delegierten die Verantwortung für ihre Kinder an Diener und Kindermädchen, genau wie es so gut wie jedes Ratsmitglied getan hat. Ist Orrin jemals mit irgendwelchen gutgemeinten, wenn auch unwillkommenen Ratschlägen auf dich zugekommen, wie wir unser Kind seiner Ansicht nach aufziehen sollten?"

Eryn überlegte einen Moment lang, dann schüttelte sie den Kopf. "Nein, niemals."

"Das dachte ich auch nicht. Erkennst du die Bedeutsamkeit dahinter? Von diesem ganzen Haufen ist er praktisch der Einzige, der tatsächlich weiß, wovon er spricht, da er ein Kind allein großgezogen hat und nun ein zweites hat mit einer Frau, deren Bestrebungen höher zielen als einfach nur ein hübsches Ornament an seinem Arm und in seinem Salon zu sein. Er weiß, dass es mehr wert ist, das Glück seiner Gefährtin sicherzustellen und verlangt somit nicht von ihr, sich allein auf die Rolle als Mutter zu beschränken. Er ist ein Mann, der Junar nicht verwehren würde, was er selbst nicht aufzugeben bereit wäre. Orrin ist ebenso sehr ein Krieger, wie seine Gefährtin eine Schneiderin und erfolgreiche Geschäftsfrau ist. Ich möchte glauben, dass ich ebenfalls zu dieser Art Mann zähle. Solltest du dich entscheiden, das Heilen oder was auch immer sonst du gerade verfolgst aufzugeben, damit du deine gesamte Zeit Vedric widmen kannst, so würde ich das als erhebliches Versagen von meiner Seite betrachten."

Er beobachtete die Überraschung auf ihrem Gesicht, während sie über seine Worte nachdachte.

"Du wurdest von einer Mutter aufgezogen, die all ihre Zeit dir und deinen Geschwistern gewidmet hat. Ich wette, du hattest niemals Zweifel an ihrer Zuneigung und Hingabe", sagte sie, als wäre sie noch nicht bereit, diesen einfachen Ausweg aus ihren Zweifeln und der Selbstgeißelung zu akzeptieren.

"Nein, das stimmt. Aber ich erkannte schon in sehr jungen Jahren und auch später, dass sie keine glückliche Frau war. Sie versuchte ihren Kummer stets zu verbergen, doch ein Kind spürt, ob ein Lächeln echt ist oder darin dieser konstante, darunterliegende Trübsinn mitschwingt, den das Verbergen von Elend mit sich bringt. Rückblickend hätte ich mir für sie gewünscht, dass sie zuweilen etwas Zeit für sich selbst gehabt hätte, um mehr sein zu können als nur unsere Mutter und Anwins still leidende Gefährtin. Und wenn du dir meine Mutter und ihre eigene Beziehung zu ihren Kindern ansiehst, dann hat es sich für keinen von uns gelohnt, dass sie so viele Jahre in nichts anderes als unsere Erziehung investiert hat. Leris ist bei der ersten Gelegenheit, die sich ihr eröffnet hat, davongelaufen, Noren ist ein verbitterter Mann, der seine Gefährtin betrügt, weil er von Anwin gelernt hat, dass dies der Lauf der Dinge ist, und ich habe mich nun seit fast zweieinhalb Jahrzehnten so weit wie möglich vom Haus meiner Eltern ferngehalten. Ich würde meinen, dass uns dies recht deutlich zeigt, dass nicht die Menge an Zeit zählt, die man mit seinem Kind verbringt, sondern wie gut man sie nutzt." Er verschränkte seine Finger mit ihren. "Bist du - abgesehen von deinen ungerechtfertigten Schuldgefühlen - glücklich damit, wie dein Leben derzeit verläuft?"

"Abgesehen davon, dass ich im Moment die Hauptverdächtige in einer Untersuchung bin, meinst du?", scherzte sie schwach.

"Ja, Liebste, abgesehen davon", lächelte er und bemerkte, dass die Spannung zwischen ihnen beinahe vollständig verschwunden war.

"Ja, großteils."

"Was fehlt, um dich vollkommen glücklich zu machen?", fragte er.

Sie seufzte und starrte den Tisch an. "Heilen ist wichtig, ich liebe es und fühle, dass ich etwas Wertvolles tue."

"Aber es ist nicht mehr so erfüllend wie damals, als du es als Einzige getan hast oder als du dabei warst, die Klinik aufzubauen, bevor sie soweit zu laufen begann, dass du nicht mehr benötigt wurdest, um alles in die Wege zu leiten?"

Eryn sah zu ihm auf und zog die Stirn in Falten. "Ja. Wie hast du das erraten?"

Er lächelte. "Du erinnerst dich an deine Ergebnisse dieses Eignungstests in Takhan? Die Kategorie war nicht Heiler, sondern Entdecker. Solange das Heilen eine Reise zur Erweiterung von Wissen, zum Lernen neuer Dinge, zum ständigen Überschreiten deiner Grenzen war, befriedigte es die Entdeckerin in dir. Doch derzeit erledigst du nichts als Routinearbeit. Dir obliegen nicht einmal mehr die Herausforderungen, die die Führung einer Klinik mit sich bringt, da dies nun Lord Porons Bereich ist. Ganz egal, wie viele Stunden du auf das Heilen verwendest, du vermisst die Schwierigkeiten, die Probleme, die gelöst werden müssen und die deine aktuellen Fähigkeiten übersteigen. Deine Hände sind beschäftigt, doch dein Gehirn ist unterfordert."

Sie schloss die Augen und lehnte sich zurück. "Ja. Du hast Recht. Somit nutze ich die Zeit, die ich ohne meinen Sohn verbringe, nicht einmal dafür, um das zu tun, was mich glücklich macht. Das ist nicht nur traurig, das ist kläglich."

"Nein, es ist keines davon. Diese Erkenntnis ist eine Chance, etwas zu verändern. Warum reduzierst du nicht deine Stunden in der Klinik auf die Hälfte dessen, was du derzeit arbeitest und nutzt die Zeit anders? Was ist mit den Büchern, die ich dir aus Pirinkar mitgebracht habe - warum unternimmst du nicht einen ernsthaften Versuch, die Sprache zu entziffern und herauszufinden, wie sich diese Schlafkrankheit behandeln lässt?" Der sehnsüchtige Ausdruck auf ihrem Gesicht brachte ihn zum Grinsen. "Meine rastlose Lady. Ich schlage vor, du sprichst mit Lord Poron darüber. Und mit deinem Vater. Ich wette, es gibt in seiner Klinik mindestens einen Heiler, der auf Krankheiten spezialisiert ist und liebend gerne mit dir zusammenarbeiten würde."

Sie nickte langsam. "Das werde ich tun. Vielen Dank. Für alles, was du gesagt hast. Ich liebe dich."

Er stand von seinem Stuhl auf und zog sie in eine Umarmung. "Das ist vollkommen gerechtfertigt. Ich bin ein toller Fang", scherzte er und senkte dann seinen Kopf, um sie zu küssen. "Ich liebe dich auch. Komm. Lass uns zu Mittag essen und dann zu Tyront gehen. Ich will sichergehen, dass er weiß, wer die Schuld an seinem Beinahe-Ableben nicht trägt."

* * *

Enric klopfte an die Tür zu Tyronts Quartier und wartete geduldig, bis die Schritte, die er als Vyrils identifizierte, nahe genug waren, damit ihnen Zutritt gewährt wurde.

"Enric, Eryn, kommt herein", meinte sie und trat zur Seite. "Tyront sagte, ihr würdet wahrscheinlich bald auftauchen. Geht nur hinein, sie sind in seinem Arbeitszimmer."

"Sie?", fragte Eryn. Im Moment war ihr nicht wirklich danach zumute, zu vielen Leuten zu begegnen. Dem Mann gegenübertreten zu müssen, den sie angeblich zu töten versucht hatte, würde sich wohl als aufreibend genug erweisen.

"Ja, Lord Poron ist anwesend, und ebenso Lord Orrin und deine Schwester."

"Pe'tala?" Eryn runzelte die Stirn. "Was macht sie denn hier?"

"Das kann ich dir nicht sagen, meine Liebe, du wirst hineingehen und es selbst herausfinden müssen", erwiderte Vyril und nickte zur Tür des Arbeitszimmers.

Enric zog sie mit sich und pochte an die Tür, woraufhin einen Augenblick später die Erlaubnis zum Eintreten kam.

Lord Poron hatte auf einem Stuhl bei dem Tisch vor dem Fenster Platz genommen, während Pe'tala es sich auf einem Sofa bequem gemacht hatte. Orrin war der Einzige, der es vorzog zu stehen. Mit verschränkten Armen lehnte er an einem Bücherregal. Tyront thronte wie immer hinter seinem Schreibtisch. Glücklicherweise war das Arbeitszimmer groß genug, damit es mit sechs Leuten darin noch nicht eng wurde.

"So, wie verlief der zweite Teil des Verhörs unseres jungen Attentäters?", fragte Enric, ohne sich mit einer Begrüßung aufzuhalten.

Orrin seufzte und schüttelte den Kopf. "Seltsam. Und verstörend. Es scheint, als wäre seiner Ansicht nach nichts verkehrt an seinen Taten. Er wirkt, als empfände er große Ehrfurcht vor Eryn und stellt sich aus irgendeinem Grund vor, sie hätte ihm aufgetragen, er solle Lord Tyront aus dem Weg schaffen. Wir fragten ihn nach Details, weil das normalerweise der Teil ist, wo Lügner ins Strudeln geraten. Er allerdings nicht. Was mich nicht überraschen sollte, schätze ich, wenn man bedenkt, dass er die Wahrheitssperre irgendwie umgangen hat. Er brachte Details seiner Treffen mit ihr vor - mit welchen Worten sie ihn instruierte, welche Kleidung sie trug, welche Ratschläge sie ihm erteilte, damit man ihn nicht erwischte und so weiter."

"Wie hat der Rat reagiert?", wollte Enric wissen.

"Verwirrt. Sie haben zwei widersprüchliche Aussagen, die beide unter dem Einfluss eines scheinbar unmanipulierbaren Zaubers gemacht wurden. Im Moment glauben sie grundsätzlich was immer sie wollen. Allerdings scheint Eryn heute Lord Seagon erheblich beeindruckt zu haben. Er hat nicht als solches die Idee vertreten, Eryn wäre unschuldig, doch ebenso wenig schloss er sich denjenigen an, die dies in Zweifel zogen. Es gab ein paar recht lächerliche Diskussionen, die ich besser nicht wiederhole, doch bislang ist der Rat damit einverstanden, weitere Beweise einzuholen, bevor Handlungen gesetzt werden. Gleiches gilt für den König", beantwortete Orrin auch gleich Enrics nächste Frage, noch bevor er sie aussprechen konnte. "Obwohl wir natürlich alle wissen, dass ihm der Beweis von Eryns Unschuld ein Anliegen ist, auch wenn er nicht so unvorsichtig sein kann, dies laut auszusprechen. Das würde nach unangemessener Bevorzugung aussehen und seinem Ruf schaden, selbst wenn sie sich schlussendlich als unschuldig erweist."

"Selbst wenn sie sich als unschuldig erweist?", rief Pe'tala aus. "Natürlich ist sie unschuldig!" Sie wandte sich Tyront zu. "Und ich hoffe um Euretwillen, dass Euch das klar ist. Ich meine, seht Euch doch nur die Fakten an!" Mit dem Finger auf Eryn deutend fuhr sie fort: "Diese Frau dort drüben ist eine verdammte Aren, und die kümmern sich selbst um das Töten, wenn sie es für nötig erachten, anstatt auf bezahlte Hilfskräfte zurückzugreifen. Außerdem sorgen sie dafür, dass jeder davon weiß und ihnen fortan aus dem Weg geht, um einem ähnlichen Schicksal zu entgehen."

"Vielen Dank", knurrte Eryn und verdrehte die Augen, "das trägt auf jeden Fall dazu bei, einen Eindruck von meiner Unschuld zu vermitteln. Tu mir einen Gefallen, ja? Hör auf, mir zu helfen!"

Pe'tala ignorierte sie und setzte trotz Tyronts höflichem Versuch, sie zu unterbrechen, fort. "Außerdem spielte sie eine wesentliche Rolle dabei, Euer Leben zu retten, nachdem Ihr unter dieser Wand verschüttet wart. Ich weiß nicht mit Sicherheit, ob ich das sogar mit meinen beachtlichen und überdurchschnittlichen Fähigkeiten als Heilerin allein geschafft hätte. Und das mögt Ihr nun glauben oder nicht, doch ich wäre nicht in der Lage gewesen festzustellen, ob etwas faul gewesen wäre, hätte sie behauptet, dass Euer Herz einfach zu stark beschädigt war, um weiterzuschlagen. Sie hätte Euch dort sterben lassen können, ohne dass irgendjemand Verdacht geschöpft hätte, aber das hat sie nicht - schon das allein muss Euch zeigen, dass sie nicht…"

"Ich weiß, dass sie nicht versucht hat, mich umzubringen!", bellte Tyront, woraufhin sie endlich innehielt. "Und jetzt halt den Mund, oder ich werde dich persönlich aus meinem Arbeitszimmer werfen, um ein wenig Frieden zu haben! Du brauchst mich nicht von etwas zu überzeugen, über das ich mir vollkommen im Klaren bin."

Einen Moment lang schloss Eryn die Augen. Er wusste, dass sie nicht nach seinem Blut dürstete, auch wenn die Beweislage nicht einmal annähernd zweifelsfrei war.

"Warum ist Pe'tala hier?", fragte sie dann.

Lord Poron antwortete: "Ich informierte sie über die Vorkommnisse bei der Ratsversammlung, und sie schlug etwas vor, das wir meiner Ansicht nach verfolgen sollten. Pe'tala?"

Sie zog eine Augenbraue hoch und sah Tyront an, der die Augen zur Decke richtete und knurrte: "Du hast meine Erlaubnis zu sprechen. Außer, du stellst meine Geduld erneut auf die Probe."

"Ich denke, der Mann ist verrückt", meinte sie schlicht.

"Verrückt wie in geisteskrank und nicht wie in böse, vermute ich?", fragte Enric. "Ist das überhaupt ein medizinischer Terminus? Er erscheint mir ein wenig abwertend."

Pe'tala rollte mit den Augen. "Ja, ich weiß. Und besonders Heiler sollten nicht respektlos von denen sprechen, deren Verstand gestört ist. Doch wir reden hier von einem Mann, der versucht, meiner eigenen Schwester etwas anzuhängen, also ersuche ich freundlichst darum, mir ein wenig Nachsicht angedeihen zu lassen, wenn du so freundlich wärst."

Er zog die Stirn kraus. "Selbst wenn du in der Lage wärst, einen Beweis für seinen Wahnsinn zu finden, so wäre der Beweis inakzeptabel, solange er von dir kommt. Die Leute würden bezweifeln, dass du vertrauenswürdig bist. Sie gehen davon aus, dass du alles tun würdest, um deine Schwester zu entlasten, sogar auf falsche Aussagen oder manipulierte Beweise zurückzugreifen. Sie werden dich nicht einmal in Darnets Nähe lassen."

"Genau. Und unglücklicherweise ist weder Lord Poron noch irgendeiner der anderen Heiler auch nur annähernd fortgeschritten genug, um die Anzeichen solch einer Krankheit zu erkennen. Ich schlage somit vor, dass Lord Poron seinen Kollegen in der Klinik in Takhan kontaktiert, einen gewissen Valrad von Haus Vel'kim, soweit ich informiert bin", fügte sie mit einem grimmigen Lächeln hinzu, "und ihn um seine Zustimmung ersucht, dass einer seiner angesehensten Heiler hergeschickt wird. Der soll dann die Beweise bereitstellen, die auf jeden Fall dabei helfen sollten, seine Tochter vom Verdacht des versuchten Mordes an ihrem Vorgesetzten zu befreien."

Eryn zog eine Grimasse. "Ihr wollt ihn über alles in Kenntnis setzen, was hier vor sich geht? Ist das wirklich nötig?"

"Ja", warf Tyront ein. "Das ist es. Er würde ohnehin bald genug davon erfahren. Es wissen bereits zu viele Leute davon, um es geheim zu halten. Morgen um diese Zeit wird die gesamte Stadt Bescheid wissen, und einen Tag - oder einen Vogelflug, wenn man so will - später wird ganz Takhan davon erfahren haben. Lord Poron wird deinen Vater kontaktieren, während ich den König ersuche, dass er sich mit einem offiziellen Ansuchen zur Entsendung dieses Heilers nach Anyueel an die Triarchie wendet." Er sah Pe'tala an. "Wie lautet sein Name? Du wolltest doch jemand Bestimmten, oder?"

Sie nickte. "Iklan. Den wollen wir."

"Iklan?", fragte Eryn und verspürte eine Welle an Wärme bei der Erwähnung des Mannes, der ihr erst vor ein paar Monaten beigestanden hatte, als es ihr solche Probleme bereitet hatte, Valrad als ihren Vater zu akzeptieren.

"Ja, er ist der Beste, und Vater wird nicht zögern, ihn herzuschicken", versicherte ihr ihre Schwester und grinste dann schief. "Siehst du? Zuweilen ist es ganz nützlich, wenn Familienmitglieder hohe Ämter bekleiden. Mit deiner Mutter in der Triarchie und deinem Vater als Leiter der Klinik sind die Chancen gering bis nicht-existent, dass dieser Antrag abgelehnt wird - sogar für den unwahrscheinlichen Fall, dass Iklan sich weigert. Sie würden ihn einfach ausschalten, ihn in eine Kiste verpacken und ihn verschiffen, noch bevor er weiß, wie ihm geschieht. Und wird das nicht eine reizende Gelegenheit für Malriel und Valrad sein, ihre gemeinsamen Bemühungen darauf zu konzentrieren, das illegitime Kind ihrer Liebe aus neuerlichen Schwierigkeiten zu befreien? Das wird ihrer Beziehung guttun."

"Da freue ich mich aber, dass ich ihnen weiterhelfen kann", knurrte Eryn.

"Wie werdet Ihr nun mit Darnet verfahren?", erkundigte sich Enric bei Lord Poron. "Da Eryn nun ebenfalls eine Verdächtige ist, mag es seltsam wirken, wenn er im Kerker sitzt, während sie sich frei bewegen kann."

Lord Poron schüttelte den Kopf. "Nein, das denke ich nicht. Es besteht keinerlei Zweifel daran, dass Darnet in all das verwickelt ist. Er ist schuldig an der Attacke auf Lord Tyront, und zusätzlich zu Lord Orrins Aussage hat er das auch gestanden. Die Frage ist in seinem Fall lediglich, ob er allein darin verstrickt ist oder ob er als Handlanger einer anderen Person agiert hat, so wie er es zu glauben scheint. Diese Fakten werden selbst von denjenigen anerkannt, die zu der Ansicht neigen, Lady Eryn wäre schuldig. Gegen Lady Eryn hingegen liegen keine anderen Beweise vor als sein Wort unter der Wahrheitssperre gegen ihres. Ich werde jedoch ein Paar Wachen abstellen, die ihr folgen, wann immer sie Euer Haus verlässt, damit der Eindruck unangemessener Privilegien vermieden wird."

Tyront nickte. "Ich stimme zu." Er sah Eryn an. "Und zusätzlich dazu muss ich dich für die Dauer dieser Untersuchung von sämtlichen Ratsversammlungen ausschließen. Du bist vorläufig von deiner Pflicht, im Rat zu dienen, suspendiert."

Pe'tala lachte laut auf, als Eryn es nicht vermochte, ihr Grinsen zu unterdrücken. "Das war nun aber ein schwerer Schlag für sie! Wenn Ihr auf diese Weise Verdächtige belohn… äh… bestraft, die Euch angeblich töten wollten, solltet Ihr wohl von nun an besonders achtsam sein. Möglicherweise war das ein guter Anreiz für ein paar gut abgestimmte und freundliche Mordversuche in Zukunft, sobald Eure Versammlungen zu ermüdend werden."

Tyront seufzte ausgiebig und schüttelte den Kopf. "Und in Kürze soll noch ein weiterer Heiler aus Takhan herkommen. Ich kann es kaum erwarten", meinte er mürrisch. "Besteht die Chance, dass der hier mit keiner von euch verwandt ist, nicht einmal entfernt, und sich zur Abwechslung als angenehmer Zeitgenosse entpuppen wird?"

Pe'tala gab vor, kurz darüber nachzudenken. "Nun, es ist recht wahrscheinlich, dass Eryn und ich ein paar Tropfen Blut mit ihm teilen, wenn man die regelmäßigen Verbindungen zwischen den Häusern in Takhan betrachtet. Und ganz egal, wie mühsam Ihr mich zuweilen finden mögt, mein Lord, so bin ich doch überzeugt, dass Ihr mich ganz furchtbar vermissen werdet, sobald ich in ein paar Monaten von hier abreise."

Er schnaubte. "Ja. Mit dir und deiner Schwester in Takhan werde ich all die Ruhe und den Frieden zweifellos kaum ertragen können."

* * *

Enric betrat ihr Arbeitszimmer, wo sie an ihrem Schreibtisch über Papiere gebeugt saß, lesend. Vedric schlief in seiner Wiege neben ihr, wahrscheinlich erschöpft von einer weiteren schlaflosen Nacht.

Eryn blickte auf, als er eintrat, ihr Gesichtsausdruck besorgt. "Ist das zu glauben? Er beschreibt seine erfundenen Treffen mit mir dermaßen detailliert, dass ich langsam meine eigene geistige Gesundheit anzweifle." Sie deutete auf ein Blatt. "Hier beschreibt er sogar, welche Farbe die Schleife in meinem Haar hatte! Oder dass ich nach…", erneut zog sie den Zettel zu Rate, "…getrockneten Kräutern und einem Hauch von lieblichen Blumen roch."

"Ja, ich habe den Bericht gelesen. Es beunruhigt mich etwas, dass er sich solch intime Details wie deinen Duft zusammenreimt. Es scheint, als hätte er sich vorgestellt, dass er dir recht nahe gekommen ist. Ich hoffe, wir haben es hier nicht mit irgendeiner Besessenheit zu tun." Er kam näher und ließ mehrere kleine, metallene Vogelzylinder auf ihren Tisch fallen. "Nachrichten aus Takhan."

Eryn verzog das Gesicht. "Ach du meine Güte. Die Kunde hat sich wahrlich rasch verbreitet, wenn Valrad nicht der Einzige ist, der davon weiß." Sie hob ein Röhrchen hoch und identifizierte das kleine Wappen, das auf den winzigen Schraubverschluss geprägt war. "Arbil." Dann griff sie nach den anderen. "Vel'kim, noch ein Vel'kim, Aren, ein drittes Vel'kim, Feral und noch einmal Aren." Sie pickte sich eines heraus. "Ich werde mit Ram'an beginnen. Ich gehe davon aus, dass seine Nachricht freundlicher ist als alles, was ein Aren Wappen trägt", kommentierte sie trocken und entfernte den schmalen Papierstreifen, um ihn zu glätten. Sie lächelte. "Er versichert mir, dass er weiß, dass ich niemals auf so eine Vorgehensweise zurückgreifen würde und wünschte, er verfüge über genug Wissen um die Gesetze des Königreichs, um mir zur Hilfe zu eilen. Er ist zuversichtlich, dass diese absurde Angelegenheit zu meinen Gunsten beigelegt wird und bittet mich darum, ihn auf dem Laufenden zu halten." Sie nahm das Nächste. "Malhora. Sie bezeichnet mich als wandelnde Katastrophe und fragt, ob mich hier niemand gut genug kennt, um zu erkennen, dass Aren und verstohlene Mordanschläge nicht zusammenpassen. Wenn wir töten, dann verbreiten wir die Kunde. Das ist so ziemlich das Gleiche, was Pe'tala gesagt hat. Ich finde es ein wenig befremdlich, dass meine Großmutter das für eine Art Tugend zu halten scheint." Als nächstes öffnete sie die drei Vel'kim Röhrchen. "Valrad sorgt sich, verspricht aber, Iklan so rasch wie möglich zu schicken. Die Triarchie hat zugestimmt. Er sagt, er würde selbst kommen, wenn er nicht wüsste, dass Iklan der bessere Mann für diese Aufgabe ist und dass er als mein Vater nicht besonders glaubwürdig wäre, würde er zu meiner Verteidigung aussagen. Vran'el sagt, er sei sicher, dass dieser Unsinn bald genug aufgeklärt wird und rät, dass Iklan sich nicht nur die geistige Gesundheit meines Beschuldigers ansehen sollte, sondern auch meine eigene. So sollen wir dem Rat beweisen, dass nur einer von uns irre ist. Charmant", schniefte sie, erkannte aber, dass er Recht hatte. Eines der Ratsmitglieder würde das wohl ohnehin verlangen. Es würde einen besseren Eindruck machen, böte sie es von sich aus an. "Diese hier ist von Vern. Er sagt, dass man mich offenkundig nicht aus Schwierigkeiten heraushalten kann, und dass es ihn schmerzt, dass er so weit weg ist und mir daher nicht zur Seite stehen kann." Sie lächelte traurig. "Das ist wirklich süß." Dann rollte sie die Feral Nachricht auseinander. "Intrea. Sie ist entrüstet und wünscht, sie könnte herkommen und allen mitteilen, wie sinnlos all das ist, dass der sicherste Beweis dafür, dass es nicht meine Tat war, die Tatsache ist, dass Tyront noch immer am Leben ist." Eryn prustete. "Komisch, dass die Leute primär nicht deswegen von meiner Unschuld ausgehen, weil sie dächten, ich würde so etwas niemals tun, sondern weil es schlampig ausgeführt war. Man geht davon aus, dass ich es selbst getan und dann zugegeben hätte."

Enric nickte zu dem letzten Behälter mit dem Aren Wappen, als sie nicht danach griff. "Komm schon, Liebste. Ich bezweifle, dass dir deine Mutter in einer Situation wie dieser unfreundliche Worte übersenden würde."

Sie seufzte und befreite die letzte Nachricht aus ihrem metallenen Gefängnis. "Malriel bestätigt, was Valrad schrieb, dass Iklan bald hergeschickt wird. Sie ist sicher, dass sich alles rasch genug aufklären lassen wird. Jedoch warnt sie mich, ich müsse mich hinterher mit dem Problem befassen, das hinter dem Anschlag auf Tyronts Leben steckt. Dass es mir zufällt, die Veränderungen, die ich in unserer Gesellschaft angestoßen habe, voranzutreiben." Sie runzelte die Stirn. "Sie denkt also, dass all das trotzdem meine Schuld ist, auch wenn ich nicht dafür gesorgt habe, dass die Wand über Tyront einstürzt?"

Enric schüttelte den Kopf. "Nein. Das ist es nicht, was sie dir mitteilt. Erinnerst du dich daran, was Erbál dir sagte? Dass er Grund zu der Annahme hätte, dass es unter den Magiern hier wachsende Unzufriedenheit gibt? Ich denke, der Anschlag auf Tyronts Leben war die erste Eruption davon und dass wir handeln müssen, wenn wir weitere Vorfälle solcher Größenordnung vermeiden wollen. Darnet mag der Einzige gewesen sein, der die Attacke geplant und ausgeführt hat, doch sowohl er als auch Erbál sagten, dass es mehr Magier gibt, die ins Grübeln gekommen sind. Unser Kontakt mit den Westlichen Territorien hat ihnen die Augen für eine Gesellschaft geöffnet, in der Magier weder an einer Institution wie den Orden gebunden, noch zum Verbleib in der Stadt gezwungen sind und stattdessen dort leben können, wo es ihnen zusagt. Und dann ist da noch die freie Berufswahl, die für deine Landsleute absolut selbstverständlich ist, hier doch auf Krieger oder irgendeine Funktion zur Aufrechterhaltung des Systems beschränkt ist - und seit kurzem Heiler. Du hast den Kontakt zwischen den Ländern ermöglicht, also sagt Malriel, dass du dich an die Spitze setzen musst um sicherzustellen, dass die dadurch ausgelösten Veränderungen in die richtige Richtung gehen. Und sie hat Recht. Ich denke ebenfalls, dass du die beste Person bist, um hier eine tragende Rolle zu übernehmen - wie wenig auch immer das Tyront und dem Rat gefallen wird."

Eryn schluckte. "Von mir wird also erwartet, euch alle in eine neue Ära zu führen? Von was? Vermehrter Freiheit für Magier?"

Er gluckste. "Sag mir nicht, dass du dich dem nicht gewachsen fühlst. Bislang bestand die Herausforderung eher darin, dich davon abzuhalten, dass du den Orden in seiner Gesamtheit niederreißt. Ich würde meinen, dass das bloße Vorantreiben von Veränderungen für dich sogar heißen würde, deine Bemühungen etwas zurückzunehmen."

Sie warf ihm einen Blick zu. "Höchst amüsant."

Dann sahen beide zur Tür hin, als Gerit auftauchte. "Eryn, meine Liebe, bist du bereit?"

Enric blickte von einer Frau zur anderen. "Bereit wofür?"

Seine Gefährtin stand auf und hob das Baby sachte hoch, um es nicht zu wecken, während sie es in die Schlinge hineinsinken ließ. "Wir haben eine Verabredung, um uns ein Haus für deine Mutter anzusehen. Lord Woldarn verkauft irgendein Objekt, und wir treffen heute seinen Verwalter für einen Rundgang." Sie zog die Stirn kraus. "Haben wir auch so etwas wie einen Verwalter oder Steward? Ich meine, wir scheinen immerhin eine Menge Grund zu besitzen, oder?"

Er nickte. "Wir haben ein paar Leute, die sich für uns um Dinge kümmern, ja. Aber ihre Verantwortung ist immer nur auf das eine Objekt beschränkt, wo sie stationiert sind. Um den Rest kümmere ich mich selbst. Ich mag es nicht, mich auf irgendjemanden allzu sehr verlassen zu müssen."

"Irgendwelche Ratschläge, die du uns mit auf den Weg geben willst?", fragte Eryn.

"Nur einen: Seht zu, dass das Haus, das ihr aussucht, nicht zu klein ist. Es sähe nicht gut aus, würde ich meine Mutter in beengten Verhältnissen unterbringen."

Gerit schüttelte den Kopf. "Mir gefällt der Gedanke nicht, mehr von deinem Geld auszugeben als unbedingt erforderlich ist, nur um den Erwartungen anderer Leute entgegenzukommen."

Eryn schnaubte. "Genau das diskutieren wir jetzt schon seit, was, zwei Jahren? Sparsamkeit ist jedenfalls keine Stärke deines Sohnes, und dann auch noch aus solch unvernünftigen Gründen wie dem, was andere denken."

Enric lehnte sich zu ihr, um ihre Stirn zu küssen. "Das zumindest ist es, was ich dir erzähle, um zu verbergen, dass ich ein Mann bin, der gerne im Luxus lebt."

"Nicht nur das. Anderen versuchst du ihn auch aufzudrängen."

"Ein grausames Schicksal, mit dem du dich abfinden wirst müssen, Liebste. Und jetzt fort mit euch, damit ihr euch ansehen könnt, was Lord Woldarn anzubieten hat." Kurz zog er in Betracht anzubieten, er könne sich um Vedric kümmern, doch er besann sich eines Besseren, als er sich an das Gespräch erinnerte, das sie erst vor kurzem geführt hatten. Sie brauchte diese Zeit mit ihrem Sohn um zu wissen, dass sie ihn nicht vernachlässigte.

* * *

Pe'tala lehnte sich in Junars Salon zurück und balancierte ihren neuen Neffen auf ihrem Knie. Die kleine Téa saß auf dem Teppich und kaute unter dem wachsamen Blick ihrer Mutter vergnügt auf einem hölzernen Spielzeug herum.

"So, Schwester, wie verlief eure Hausbesichtigung? Wird Enrics Mutter bald ausziehen und Vedrics Zimmer wieder freigeben?"

Eryn warf ihr einen strengen Blick zu. "Wir tun das nicht, um sie loszuwerden."

"Natürlich nicht. Doch wenn du weiterhin Leute einlädst, damit sie bei euch wohnen, sind euch nun die Schlafzimmer ausgegangen. Oder werdet ihr endlich Arbeiten an diesem zweiten Stock in Auftrag geben, der derzeit kaum mehr als eine Abstellfläche ist?"

"Sagt die Frau, die in unser Haus in Takhan einziehen wird, sobald es fertig ist."

Junar seufzte. "Hört mit dem Gezanke auf, ihr beiden. Also, zurück zu dieser Frage. War das Haus geeignet oder nicht?"

Eryn wiegte ihren Kopf. "Mir hat es gefallen, und Gerit ebenfalls. Die Größe ist ein guter Kompromiss zwischen dem, was Gerit selbst zu brauchen glaubt und dem, was sie Enrics Ansicht nach haben sollte, damit er nicht knausrig wirkt. Es ist hell, luftig, gemütlich eingerichtet, hat mehr als genug Platz für eventuelle Besucher…"

"Aber?", erkundigte sich Pe'tala.

"Aber Enric sagt, der Preis sei zu hoch. Könnt ihr das glauben? Zuerst zwingt er uns, mehr Geld auszugeben als wir für nötig halten, und dann beschwert er sich über den Preis!"

Junar schüttelte den Kopf. "Es geht nicht um den Preis, sondern darum, was er dafür im Gegenzug erhält. Wenn ich einige Goldstücke für einen Stoffballen hinlege, bin ich sicher nicht gewillt, zweite Wahl zu akzeptieren. Und als Geschäftsmann kann er es sich nicht leisten, einfach so mehr zu bezahlen, als der Markt rechtfertigt. Besonders, da der Besitzer sein Kollege aus dem Rat ist. Es würde bedeuten, dass sich Enric Lord Woldarn beugt. Das ist überhaupt nicht gut, wenn man Enrics höheren Rang bedenkt."

"Nun, wenn du es so betrachtest...", lenkte Eryn ein. "Aber es ist schade. Ich meine, wie hoch stehen die Chancen, dass das erste Haus, dass wir uns ansehen, so perfekt passt? Jetzt müssen wir unsere Suche fortsetzen und werden zweifellos jedes andere Haus mit dem ersten vergleichen."

Pe'tala nickte ernst. "Was bedeutet, dass ihr niemals eines finden werdet, dass euren Anforderungen genügt. Vielleicht solltet ihr euren zweiten Stock wirklich zu einem ordentlichen Wohnraum umbauen. Ihr werdet ohnehin die Hälfte jeden Jahres fort sein, also stünde das Haus bis auf Plia leer. Warum behaltet ihr Gerit nicht einfach?"

"Gerit behalten", murmelte Eryn und verdrehte die Augen. "Sie ist keine streunende Katze, die wir irgendwo aufgegabelt haben. Sie will ihr eigenes Zuhause, und das kann ich sehr gut verstehen. Erstens fühlt sich nicht jeder wohl dabei, unter dem gleichen Dach wie eine Bergkatze zu leben. Und zweitens wäre sie immer so etwas wie ein Gast im Haus von jemand anderem anstatt das tun zu können, was sie will. Außerdem sagt Enric, er sei zu alt, um mit seiner Mutter zusammenzuleben."

"Ich sehe dabei kein Problem. Zuhause leben wir oftmals jahrzehntelang mit unseren Eltern zusammen, besonders die führenden Familien der Häuser", meinte Pe'tala stirnrunzelnd.

"Aber eure Residenzen sind auch ausladend genug, damit ihr euch tagelang aus dem Weg gehen könntet, wenn ihr das wollt. Das ist nicht ganz die Wohnkultur, die wir hier pflegen", lächelte Junar. "Obwohl ich zugebe, dass es seine Vorteile hat, von einer größeren Familie umgeben zu sein, wenn kleine Kinder da sind. Ich jedenfalls fand es großartig, Malhora in der Aren Residenz um mich zu haben."

Pe'tala nickte. "Ja, das stimmt wohl. Allerdings gestehe ich, dass es ganz angenehm sein wird, zumindest die Hälfte jedes Jahres allein zu wohnen. Das wird ein wenig von dem Druck wegnehmen, schon bald wieder arbeiten gehen zu müssen, wenn ich einmal Kinder bekomme."

Beide Mütter starrten sie verblüfft an.

"Wie war das?", fragte Eryn verwirrt. "Du willst zuhause bleiben und nichts anderes tun, als dich um dein Kind zu kümmern, und deine Arbeit für wer weiß wie lange aufgeben? Und dass du nicht von Verwandten umgeben bist, die sich um deine Kinder kümmern könnten, ist eine bequeme Methode, um nicht arbeiten zu müssen? Warum passt das so überhaupt nicht zu dem Bild, das ich vor dir habe?"

Ihre jüngere Schwester starrte sie finster an. "Nur weil du und Junar eure helle Freude damit habt, den anderen reichen Frauen hier zu zeigen, dass ihr zu aktiv und ehrgeizig seid, um mit etwas so Einfachem wie dem Aufziehen eines Kindes zufrieden zu sein, bedeutet das nicht, dass jede Frau auf diese Weise mit solch einem Ereignis in ihrem Leben umgehen will. Ich wäre sehr gerne so viel wie nur möglich für mein Baby da. Und ich habe nicht die Absicht, mich für das zu schämen, was ihr zweifellos als altmodischen und trivialen Ansatz zur Kindererziehung betrachtet. Ich brauche mir nur dich anzusehen, Eryn - zu stolz oder starrköpfig oder was auch immer, um Kindermädchen anzuheuern, obwohl du weiterhin arbeitest. Ich sehe, wie du dich abmühst, wie blass und erschöpft du und Enric wart, bevor Gerit aufgetaucht ist. Ich muss mich nicht dafür rechtfertigen, dass ich das nicht will!"

Eryn blinzelte erstaunt. "Natürlich nicht. Es überrascht mich nur etwas. Besonders, da Frauen in deinem Land dazu ermutigt werden, ihre Arbeit bald nach der Geburt ihres Kindes wiederaufzunehmen."

"Ermutigt, ja. Unter Druck gesetzt? Nein. Sieh dir Intrea an. Sie ist durchaus glücklich damit, unsere Nichte aufzuziehen, und zwar schon seit ein paar Jahren. Jedes Mal, wenn sie der Drang nach Umgang mit Erwachsenen überkommt oder sie ein wenig malen oder zeichnen will, hat sie Vran'el oder ihren Vater, die sich um ihre Tochter kümmern. Aber sie will, dass dies eine gelegentliche Sache bleibt, keine regelmäßige. Und was mich betrifft… Mach die Augen auf, Eryn. Meine Mutter lief davon, als ich ein kleines Mädchen war, und seither vermisse ich sie. Das ist nichts, das ich meinem eigenen Kind jemals würde zumuten wollen. Ich will, dass meine Kinder wissen, dass ich immer da bin, wenn sie mich brauchen." Sie sah ihre ältere Schwester an. "Ich war ein wenig neidisch, als du zum ersten Mal nach Takhan kamst, muss ich zugeben. Du bist von Bord dieses Schiffes gegangen und warst plötzlich wieder mit deiner Mutter vereint. Und mit deinem Vater, auch wenn du das damals noch nicht wusstest."

Eryn rümpfte die Nase. "Ja, und welch eine harmonische Wiedervereinigung das war…"

"Das tut nichts zur Sache. Sogar Malriel als Mutter zu haben ist besser als überhaupt keine." Ihre Stimme wurde bitter. "Es wäre mir sogar lieber, sie wäre tot anstatt zu wissen, dass sie dort irgendwo in der Wildnis der Wüste unterwegs und glücklich damit ist, dass sie mich und meinen Bruder zurückgelassen hat. Malriel macht sich zumindest etwas aus dir, auch wenn ihre Art, das zu zeigen, nicht besonders bewundernswert ist. Aber das ist nun einmal Aren."

Junar und Eryn tauschten einen Blick ob dieser unerwarteten Enthüllung. Pe'tala gewährte normalerweise keine solch persönlichen Einblicke in ihre Gefühlswelt.

Eryn räusperte sich, entschlossen, die düstere Stimmung im Zimmer zu vertreiben. "Wollt ihr etwas Lustiges hören? Lustig für euch, meine ich; ich war in diesem Moment nicht besonders glücklich. Gerit hat mich getadelt, weil ich schlecht über Inad gesprochen habe."

Die Schneiderin zog ihre Augenbrauen hoch. "Ach ja?"

"Ja. Ich fragte sie, wie es mit ihren gelegentlichen Zusammenkünften mit Inad so lief, da sie etwa vier Jahrzehnte lang nur schriftlich miteinander verkehrt haben. Ihr erinnert euch daran, dass sie Cousinen sind?"

Junar nickte.

"Ich habe erwähnt, dass ich Inad unendlich mühsam finde und sie eine Kreatur ohne Tiefgang und mit zu viel Zeit und zu wenig Lebensinhalt genannt. Ich erwähnte, es würde mich überraschen, dass sie so gut miteinander auskämen. Auf diese Beurteilung meinerseits hat Gerit nicht besonders wohlwollend reagiert. Sie war sehr korrekt und ruhig, als sie mich in dem gleichen kontrollierten und überlegenen Tonfall, den Enric so gerne annimmt, darüber informiert hat, dass ich selbstverständlich ein Recht auf meine eigene Meinung über andere Menschen hätte, sie selbst jedoch über die Jahre hinweg eine tiefe Zuneigung zu Inad entwickelt hat. Inad war die einzige Person in ihrer Familie, die den Kontakt zu Gerit aufrecht hielt, trotz des Tadels, den ihr das einbrachte. Und dann ließ sie mich wissen, dass sie es begrüßen würde, behielte ich meine wenig schmeichelhaften Ansichten über Inad in ihrer Gegenwart für mich, da sie es ebenso wenig tolerieren würde, wenn jemand in ihrer Nähe schlecht über mich spräche."

Pe'tala grinste. "Das hat dich wohl auf deinen Platz verwiesen, was?"

"Ziemlich. Jetzt fühle ich mich zerrissen. Soll ich Inad jetzt mögen, weil sie das einzige Familienmitglied war, das es in sich hatte, Gerit nicht dafür zu verdammen, dass sie mit jemandem weggelaufen ist, der so entschieden unter ihrem Stand war? Jetzt habe ich ein schlechtes Gewissen, weil ich sie nicht mag und sie aufdringlich finde."

"Du kannst nicht entscheiden, ob du jemanden magst oder nicht, das kommt aus deinem Inneren", betonte Junar. "Aber was du schon entscheiden kannst, ist, sie dafür zu respektieren, dass sie Enrics Mutter über all die Jahre hinweg eine Freundin war. Es ist möglich, jemanden zu respektieren, ohne ihn besonders zu mögen. Und grundsätzlich ist sie nun ein Teil deiner Familie, also sollte dich das allein schon veranlassen, dir Mühe zu geben."

Eryn schnaubte. "Diese Motivation funktioniert in meinem Fall nicht. Ich mag nicht einmal meine eigene Mutter, also ist der Familienbonus für mich ein schwaches Argument."

Pe'tala lächelte matt. "Du magst Malriel sehr wohl, Schwester. Du bist bloß zu störrisch, um es dir selbst einzugestehen."

"Oh, verschone mich", knurrte sie.

"Was? Ich dachte, wir wären dabei, uns mit den Problemen mit unseren Müttern auseinanderzusetzen, und da ich mich bereits geöffnet habe, wäre die Reihe nun an dir. Mein Fehler", grinste sie, offensichtlich keineswegs betrübt darüber, dass sie es zur Sprache gebracht hatte.

Eryn seufzte und stand auf. "So viel zu dem Umgang mit Erwachsenen, von dem ich dachte, ich bräuchte ihn. Vielleicht passt du aber auch einfach nicht in das Bild, wenn es um erwachsen geht. Gib mir mein Kind zurück. Ich muss ihn vor meiner Verabredung mit Lord Poron noch zu Enric nach Hause bringen."

"Ebenso gut könntest du ihn mir noch ein wenig lassen, damit er noch etwas Zeit mit seiner Lieblingstante verbringen kann."

"Du weißt nicht, ob du seine Lieblingstante bist", stellte Eryn gnadenlos fest. "Er hat noch drei weitere."

"Unsinn. Natürlich bin ich seine Lieblingstante", schnupfte Pe'tala empört. "Geh und such Lord Poron auf. Ich werde meinem Neffen in der Zwischenzeit ein paar kreative Schimpfworte beibringen."

"Das bringt überhaupt nichts, er kann noch nicht reden."

"Das weiß ich. Aber sie immer wieder zu hören wird ihm ermöglichen, sich daran zu erinnern, sobald er damit beginnt."

Eryn verschränkte die Arme und runzelte die Stirn. "Ich hinterfrage gerade die Entscheidung, dich in Takhan bei uns einziehen zu lassen."

"So ein Blödsinn", winkte Pe'tala ab, ohne sie anzusehen. "Geh."

Als sich Eryn nicht vom Fleck rührte, seufzte Junar und versprach: "Ich werde ein Auge auf sie haben. Geh zu Lord Poron."

Eryn nickte langsam und griff nach ihrem Umhang. Sie konnte sich des Gefühls nicht erwehren, dass Junar nun drei Personen beaufsichtigen musste.

* * *

Enric kam hinter seiner Mutter die Treppe herab, während er seinen Sohn auf dem Arm trug. Der Frühstückstisch war bereits gedeckt, und Eryn saß vor einem Platzdeckchen. Sie schien mehr oder weniger geduldig zu warten, während sie sich mit Plia auf dem Stuhl neben ihrem unterhielt. Sie hatte es also geschafft, die Klinik gleich nach ihrer Nachtschicht zu verlassen, wodurch sie nun gemeinsam frühstücken konnten. Das war gut. Doch es bedeutete auch, dass es nun galt, sich rasch hinzusetzen, da Eryn zu einer gewissen Verdrießlichkeit neigte, wenn sie hungrig war.

Diese heimelige Szene mit seiner Gefährtin, seiner Mutter, seinem Sohn und Plia am gleichen Tisch fand er reizvoll. Es gab nicht allzu viele Gelegenheiten, wo sich dies ergab. Plia blieb meistens lange und nahm ihr Abendessen in der Klinik ein, genau wie Eryn vor ihren Nachtschichten. Dann kam Eryn oftmals zu spät von der Klinik nach Hause, um dort ihr Morgenmahl einzunehmen, und das Mittagessen war immer eine ungewisse Sache, die davon abhing, wer sich gerade im Palast, in der Klinik oder sonst wo befand. Doch das würde sich nun ändern, wo sie mit Lord Poron darüber gesprochen hatte, ihre Schichten nicht nur auf drei in zehn Tagen zu reduzieren, sondern ihre Arbeitszeit wieder von der Nacht auf den Tag zu verlagern, jetzt, wo Gerit verfügbar war, um sich um Vedric zu kümmern. Enric befürwortete das, und zwar aus ganzem Herzen. Er war es leid, allein in ihrem riesigen Bett zu schlafen. Nun ja, schlafen… sich dort jedes Mal allein vorzufinden, wenn er aufstehen und seinen Sohn herumtragen musste, weil dieser aufgewacht war. Dennoch. Er wollte sie nachts neben sich haben. Es hatte ihn damals einige Mühe gekostet, sie dazu zu bringen, in einem Bett mit ihm zu schlafen. Doch dass sie zu unterschiedlichsten Zeiten im gleichen Bett schliefen war keineswegs das, was ihm dabei vorgeschwebt hatte.

Eryn lächelte, als sie ihre Familie erblickte und rieb sich die Hände. "Ausgezeichnet! Ich bin am Verhungern!"

Das war massiv übertrieben, wie Enric wusste. Wäre sie dem Verhungern nahe, wäre ihre Laune sicher nicht so heiter. Er küsste sie auf die Stirn und ließ zu, dass sie ihm ihren Sohn von seinem Arm nahm und ihn auf ihrem Schoß absetzte, bevor sie die Abdeckungen auf ihrem Tablett öffnete. Sie war dazu übergangen, morgens vermehrt breiförmige und pürierte Nahrung zu sich zu nehmen, damit Vedric ein paar Löffel voll davon abbekam. Sie stillte ihn noch immer und gedachte das noch zwei weitere Monate beizubehalten, doch vor ein paar Wochen hatte er bereits damit begonnen, feste Kost zu sich zu nehmen. Er schien an der Abwechslung seine Nahrung betreffend Gefallen zu finden. Der Akt selbst war eine ausgesprochen schmutzige Angelegenheit, wodurch das Ankleiden einen strategischen Aspekt hinzugewonnen hatte. Sich eine frische Garnitur Kleidung überzuziehen, bevor er Vedric ein paar Bissen fütterte, war ein Fehler, den Enric nur einmal begangen hatte. Eryn hatte sogar zugestimmt, sich ein paar zusätzliche Kleidungsstücke anfertigen zu lassen, da ihr dieser Tage regelmäßig die sauberen Sachen ausgingen.

Gerit setzte sich auf den Stuhl, den sie sich als ihren üblichen Platz am Tisch auserkoren hatte. Als sie einen braunen Briefumschlag neben ihrem Tablett vorfand, biss sie sich auf die Lippe.

"Was ist das?", fragte Enric. "Erwartest du irgendetwas Bestimmtes?"

Seine Mutter ließ den Atem entweichen und nickte. "Ja. Ich habe deinem Vater die Papiere für die Auflösung unseres Lebensbundes übermittelt und an der unwirklichen Hoffnung festgehalten, dass er mir die unterzeichneten Dokumente zurückschickt. Ich schätze, ich öffne das hier lieber erst nach dem Frühstück."

Eryn zog die Nase kraus. "Ist das klug? Du wirst einfach nur darauf starren und dich fragen, ob er unterschrieben hat oder nicht. Mach schon, bring es hinter dich."

Gerit starrte den Umschlag noch ein paar Augenblicke länger an, dann gab sie nach. Sie nahm ihn zur Hand und riss ihn der Länge nach auf. Dann zog sie ein einzelnes Blatt Papier heraus. Eine Handvoll ordentlich geschnittener

Streifen, die zweifellos einst die Papiere waren, die Gerit für die Auflösung benötigte, fielen heraus.

Plia schluckte. "Oh nein, das sind schlechte Neuigkeiten, oder? Was passiert jetzt? Kannst du das Kommitment trotzdem irgendwie auflösen?"

Gerit schüttelte den Kopf und presste ihre Lippen zu einer dünnen Linie zusammen.

Enric übernahm es, ihr das Problem darzulegen. "Um ein Kommitment aufzulösen, müssen beide Parteien zustimmen, indem sie diese Papiere unterzeichnen. Sollte einer von ihnen den Wunsch verspüren, dies ohne die Zustimmung der anderen Partei zu tun, ist dafür der Beweis eines Vertrauensbruchs oder schlechter Behandlung erforderlich. Einen Vertrauensbruch gab es, Beweise haben wir dafür jedoch keine. Meine Aussage würde nicht viel zählen; die Vorfälle, bei denen ich zugegen war, liegen bereits mehr als zwanzig Jahre zurück, und Anwin könnte behaupten, dass meine Erinnerung nach all dieser Zeit kaum noch verlässlich ist und dass ich damals noch ein Kind war. Somit hätte ich wohl das, was ich gesehen hatte, falsch interpretiert und noch ein wenig mit meiner Vorstellungskraft ausgeschmückt."

"Ist die Auflösung so wichtig? Kann sie nicht auch einfach so in der Stadt bleiben?"

Er schüttelte den Kopf. "Nicht lange. Gibt es in einem Kommitment eine nicht genehmigte Abwesenheit eines Partners, dann kann der zurückgelassene Partner nach zwei Monaten geltend machen, dass das Kommitment ohne Rechtfertigung im Stich gelassen wurde. Die Strafe dafür ist entweder Gefängnis oder ein zu zahlender Geldbetrag. Und dann müsste sie natürlich zu ihm zurückkehren, sofern sie nicht erneut bestraft werden will."

Plia starrte ihn an. "Wirklich? Das ist ja grauenhaft! Ich frage mich, warum Leute überhaupt jemals freiwillig ein Kommitment eingehen, wenn es dermaßen mühsam ist, sich wieder daraus zu befreien!"

Eryn stimmte im Stillen zu. Wäre sie nicht zu dem Kommitment mit Enric genötigt worden, hätte Enric es zweifellos nicht so bald geschafft, sie dazu zu bewegen. Ferner bezweifelte sie, dass Enric ihr eine Auflösung besonders einfach machen würde, sollte sie sich eines Tages dazu entschließen, dass sie nicht länger bei ihm bleiben wollte - etwas, wovon sie hoffte, dass es niemals eintrat. Trotz kleinerer und größerer Katastrophen, die in regelmäßigen Abständen über sie hereinbrachen, hatte ihr Enric seit dem Tod ihres Vate… seit Ved'als Tod zum ersten Mal das Gefühl vermittelt, dass sie irgendwo hingehörte. Und nicht nur an einen Ort, sondern zu ihm. Auch wenn sie zu Beginn über den Befehl ihres Bruders, so oft und für so lange Zeit nach Takhan zurückkehren zu müssen, verärgert war, spielte es tatsächlich nicht wirklich eine Rolle, wo sie lebte, solange Enric ebenfalls dort war. Zuhause war nicht länger ein Ort, es war ein Mann. Einer, der derzeit alles andere als glücklich wirkte mit der Blässe, die Anwins Nachricht im Gesicht seiner Mutter hinterlassen hatte.

"Was schreibt dieser erbärmliche Wurm?", fragte er kalt.

Gerit behielt ihren Blick auf das Papier gerichtet, als sie sprach: "Dass er einer Auflösung niemals zustimmen wird, solange er lebt. Dass er die Schande, auf diese Weise verlassen zu werden, nicht hinnimmt. Er erklärte allen, ich wäre in die Stadt gegangen, um euch mit unserem Enkel zu helfen, und dass ich bald zurückkäme. Er verspricht, dass er mich zurückbringen lassen wird, wenn ich nicht innerhalb der zwei Monate heimkomme." Sie ließ den Brief auf den Tisch sinken und schloss die Augen. "Ich kann nicht zu ihm zurückgehen. Lieber verbringe ich alle zwei Monate etwas Zeit im Gefängnis."

"Du musst nicht zurückgehen", versprach Enric. "Und ebenso wenig wirst du ins Gefängnis müssen. Ich bezahle die Strafe gerne - alle zwei Monate, falls erforderlich."

Seine Mutter sah auf, als er neben sie trat, und hob eine Hand zu seiner Wange empor. Sanft strich sie über die Bartstoppeln, die, wie Eryn wusste, nach drei Tagen gerade lange genug waren, um nicht zu stechen.

"Das ist herzensgut von dir, mein Junge. Doch ich bin eine erwachsene Frau, und es gibt eine Grenze, wie viel Sorge und Unterstützung ich von meinem Sohn annehmen kann. Ich will diese Strafe absitzen. Es bedeutet, dass ich eine Entscheidung getroffen habe und nun willens und in der Lage bin, den Preis dafür zu bezahlen. Ich bezahle ihn sogar gerne." Sie kniff die Augen zusammen. "Hin und wieder zwei Wochen im Gefängnis zu verbringen ist nichts im Vergleich zu den achtunddreißig Jahren zuvor. Zumindest habe ich dort meine Ruhe und meinen Frieden."

Eryn sah, wie Enric eine Schlacht mit sich selbst austrug, erschüttert von dem Gedanken zusehen zu müssen, wie sie bereitwillig ins Gefängnis ging anstatt zuzulassen, dass er sich um sie kümmerte. Und doch zögerte er, ihr die Chance zu verwehren, hoch erhobenen Kopfes für sich selbst einzustehen.

"Vielleicht können wir das noch einmal besprechen, wenn die Zeit gekommen ist", meinte er ausweichend. Er konnte sich nicht überwinden, solch einem Vorhaben zuzustimmen. "Warten wir ab, ob er tatsächlich auf solche Maßnahmen zurückgreift", fügte er hinzu und schob den Gedanken beiseite, dass Anwin auf jeden Fall darauf hinarbeiten würde. Sein Stolz war wichtiger als die Tatsache zu respektieren, dass seine Gefährtin es einfach nicht ertragen konnte, noch länger mit ihm zu leben.

Gerit teilte diese Einschätzung offensichtlich, denn sie bedachte ihn nur mit einem schwachen, nachsichtigen Lächeln und drückte seine Hand.

KAPITEL 26

Verstärkung aus Takhan

Enric fand sie im Schlafzimmer. Vedric schlief und wirkte auf dem riesigen Bett sogar noch winziger, während Eryn ausgestreckt dalag und in ein dickes, altertümlich anmutendes Buch vertieft war.

"Was liest du da?", erkundigte er sich. Er hockte sich neben sie und warf einen Blick auf die Seiten, die offen vor ihr lagen. "Ist das ein Buch über Gesetze? Ich bin schockiert. Das gehört nicht uns, oder? Sag mir nicht, du hast es aus der Bibliothek geschmuggelt?"

Sie grinste. "Schmuggeln war nicht nötig. Der neue Bibliothekar ist nicht so streng wie es Lord Poron war, wenn es darum geht, die Bücher dort lesen zu müssen. Und dank der Tatsache, dass ich solch eine wichtige Person bin, war er eifrig bestrebt, mir entgegenzukommen. Das ist ein Vorteil gegenüber damals, als die Leute mich noch nicht kannten und ich noch eine Gefangene war: Sie sehen jetzt nur die mächtige Magierlady. Die Geschichten über das furchterregende Aren Temperament, an denen die Leute solchen Gefallen finden, mögen ihr Übriges dazu beitragen, denke ich. Ich könnte mir vorstellen, dass Pe'tala sie mit Freuden in Umlauf bringt."

"Schön, das erklärt, weshalb du in der Lage warst, dieses Buch aus der Bibliothek mitzunehmen, aber nicht, weshalb du es als Lesematerial auserkoren hast. Wenn man deine Abneigung gegenüber Regeln und Vorschriften betrachtet, würde ich annehmen, dass du ein Buch darüber eher in Flammen aufgehen und im Kreis darum tanzen würdest."

"Vergiss nicht die Nacktheit und den Vollmond", scherzte Eryn. "Ich erinnere mich, dass Lord Poron mir einmal ein paar Bücher über das Heilen zeigte, die entweder von einem Irren geschrieben wurden oder von jemandem, der die Leute gern zum Narren hält. Ich glaube, darin stand, man solle zur Heilung eines gebrochenen Knochens bei Vollmond im Fluss baden oder etwas in der Art."

"Vermeidest du es absichtlich, meine Frage zu beantworten, oder bist du einfach nur abgelenkt?"

Sie zog eine Grimasse. "Na gut, ich gebe zu, dass es mir etwas widerstrebt, sie zu beantworten. Ich recherchiere derzeit den rechtlichen Hintergrund von Patenschaften. Es schien mir ratsam, mich über die Einzelheiten jeglicher Unannehmlichkeiten zu informieren, die in den nächsten Jahren auf Vedric aufgrund meiner verlorenen Wette mit dem König zukommen könnten."

"Gesprochen wie eine liebende und fürsorgliche Mutter", nickte er ernst.

Sie warf ihm einen kurzen Blick zu und schürzte die Lippen. "Da ist noch mehr, das du sagen willst. Das kann ich in deinen Augen lesen. Womöglich, dass ich zumindest eine liebende und fürsorgliche, wenn schon eindeutig keine vorsichtige oder kluge Mutter bin, die sich auf solch eine Wette mit dem König gar nicht erst eingelassen hätte."

Enric, vollkommen unschuldig im Angesicht solch schändlicher Bezichtigungen, zog seine Augenbrauen hoch. "Meine Güte, würde ich so etwas jemals behaupten?"

"Ja, du würdest. Und jetzt geh weg und lass mich die letzten paar Seiten dieses faszinierenden Kapitels fertiglesen, solange ich es noch schaffe, die Augen offenzuhalten", meinte sie in dem Versuch, ihn loszuwerden.

"Das ist nicht so einfach, fürchte ich. Ich bin aus einem bestimmten Grund hier. Du wirst am Hafen erwartet, und zwar bald."

Verwirrt blickte sie auf. "Am Hafen? Warum? Der einzige…" Ihre Stimme verebbte, und ihre Augen weiteten sich. "Sag nicht, dass Iklan bereits hier ist? Das ist unmöglich!"

Er lächelte. "Nicht bei deinen Eltern, Liebste. Sie haben ihn mehr oder weniger einen Tag nach dem Erhalt der Anfragen von Lord Poron und dem König losgeschickt." Er hob Vedric hoch, der dabei aufwachte. "Beeil dich. Wir sollen Lord Poron, Pe'tala, Ram'kel und Marrin dort treffen."

Eryn ließ das Buch auf dem Bett zurück und sprang mit neuem Schwung auf. "Ich wette, Lord Poron ist ganz außer sich vor Freude auf die Aussicht, eine Zeitlang solch einen geachteten Heiler hier zu haben. Dass Iklan herkommt, um mir aus meinen Schwierigkeiten herauszuhelfen, ist für ihn womöglich nur von nebensächlichem Nutzen."

"Unsinn. Er leitet die Untersuchung und wird Iklan keineswegs von seiner Arbeit abhalten, indem er ihn ständig mit Fragen über das Heilen drangsaliert. Er war eine beträchtliche Weile der Stellvertreter im Orden, und das erfordert Disziplin und die Fähigkeit zum Setzen von Prioritäten. Glaube mir, ich sollte es wissen." Er befestigte die Schlinge um seinen Brustkorb, um seinen Sohn festzuzurren. "Es sollte noch zwei Stunden dauern, bis er wieder hungrig ist. Ich schätze, bis dahin sind wir wieder zurück. Falls nicht, werden wir bei Pe'tala vorbeischauen, damit sie ihn füttert. Zumindest kann sie sich hinterher an Ort und Stelle umziehen."

Eryn flocht rasch ihr Haar vor dem Spiegel und kramte in ihrem hölzernen Kästchen mit den Schleifen herum. Schon vor längerer Zeit hatte sie es aufgegeben, sie ordentlich aufzubewahren, also benötigte sie eine Minute, um eine dunkelrote Schleife, die zu ihrer Tunika passte, aus dem Schlangennest darin zu befreien. Nach vollbrachter Heldentat musste sie die Hälfte des Zopfes, die sich aufgelöst hatte, erneut flechten.

"So, wir können los!", rief sie und klatschte dreimal in die Hände, als wäre sie diejenige gewesen, die auf Enric gewartet hätte, nicht umgekehrt.

Sie traten auf die graue Straße hinaus, und Eryn grinste schief, als die ersten winzigen Schneeflocken der Saison still herabschwebten, um dann beim Kontakt mit den Pflastersteinen augenblicklich zu schmelzen. "Das wird eine beachtliche Erfahrung für Iklan werden. Es ist das erste Mal, dass er Schnee sieht."

Enric verschränkte seine Finger mit ihren und zog sie vorwärts. "Alles, um den Abenteuerfaktor für unseren Gast zu erhöhen."

Sie setzten ihren Weg fort, bogen rechts in die nächste größere Straße Richtung Süden ab, passierten wenig später die Klinik und überquerten dann den Königsweg, bevor sie die Brücke unmittelbar neben den Docks betraten.

"Beeil dich", murmelte sie, als sie das kleine Schiff erspähte, das gerade angelegt hatte und vertäut wurde, damit die Passagiere gefahrlos von Bord gehen konnten. Während die Landungsbrücke in Stellung gebracht wurde, näherten sie sich und blieben neben den anderen stehen, die bereits auf die Ankunft des Heilers warteten.

Ram'kel neigte seinen Kopf. "Lady Malthea. Lord Enric", lächelte er mit einem Funken von Verschmitztheit in den Augen, als er sie anblickte.

Eryn knirschte leicht mit den Zähnen. Er war also offensichtlich entschlossen, sie in aller Öffentlichkeit so anzusprechen. Dieser Mann war wirklich ein Ärgernis. Und Marrin neben ihm gab sich so verdächtig ausdruckslos, dass er ein Grinsen verbergen musste. Solch ein vollkommener Mangel an Emotion war immer suspekt.

"Vorsicht, Ram'kel", warnte ihn Pe'tala. "Du forderst Ärger heraus. Das ist recht mutig, wenn man bedenkt, dass du hier weit weg von Zuhause und mehr oder weniger auf dich allein gestellt bist."

Die Frauen winkten, als Iklan das Schiff verließ, und Eryn zog die Stirn in Falten, als sie einen weiteren fremdländisch aussehenden Mann erblickte. "Wer ist… Nein! Das glaube ich nicht!", rief sie aus. "Ist er es wirklich?"

Pe'tala lachte leise. "In der Tat. In all seiner arroganten Pracht. Und er hat es nicht einmal für notwendig befunden, uns über seine anstehende Ankunft zu informieren, zweifellos überzeugt davon, dass wir ihn als das Geschenk an die Menschheit willkommen heißen, für das er sich hält."

Die beiden Männer traten vor sie und verbeugten sich, so wie man sie augenscheinlich angewiesen hatte, dass es angemessen war, wenn man im Königreich auf Magier traf. Der absurde Anblick entlockte Eryn ein Lachen, und sie trat vor, um Iklans Hand zu ergreifen und zu drücken. "Vielen Dank, dass du die Reise hierher so kurzfristig angetreten hast. Ich hoffe aufrichtig, dass man dich nicht allzu sehr unter Druck gesetzt hat."

Der Heiler lachte. "Mich unter Druck gesetzt? Ich hätte niemals wieder ein Wort mit deinem Vater gewechselt, hätte er irgendjemanden sonst hergeschickt!"

Während Iklan Lord Poron vorgestellt wurde, wandte sich Eryn dem anderen Neuankömmling zu und grinste von einem Ohr zum anderen, bevor sie ihn in eine feste Umarmung zog. "Sarol! Ist das die Möglichkeit? Du! In meiner Stadt!"

Sarol von Haus Roal rollte die Augen himmelwärts und äußerte in seiner üblichen Ungeduld mit der Welt im Allgemeinen und Menschen im Besonderen: "Befreit mich wohl jemand von dieser törichten Frau und erklärt ihr, dass wir uns in der Öffentlichkeit befinden und sie nicht mit solch offenkundiger Gedankenlosigkeit mit einem Gegner ihres Hauses fraternisieren sollte?"

Eryn schüttelte den Kopf über ihn und ließ ihn wieder los, als er ihre Umarmung nicht erwiderte. "Ich bin wirklich froh, dass sich die anderen Heiler hier nun schon mehr als ein Jahr lang mit Pe'tala abgeben mussten. Somit wird sie deine charmante Art lediglich erschrecken und nicht sie in alle Richtungen davonlaufen lassen."

Sarol ignorierte sie und tauschte ein Nicken mit Pe'tala und dann Ram'kel aus, bevor er huldreich gestattete, dass man ihn Marrin und Lord Poron vorstellte. Der Heiler schien die Kontrolle über sein breites Grinsen verloren zu haben, wo er nun so unerwartet zwei Heiler von solch erhabener Stellung als Folge ihrer Errungenschaften vor sich hatte.

"Wir haben Kutschen arrangiert, die uns alle zum Palast bringen, wo Ihr für die Dauer Eures Aufenthalts residieren werdet", verkündete Marrin, nachdem sie ihre Begrüßungen ausgetauscht hatten. "Ihr seid zweifellos erschöpft von Eurer langen Reise und werdet froh sein, wenn Ihr der Kälte entfliehen könnt."

Iklan lächelte dankbar, während er einen misstrauischen Blick zum bewölkten Himmel sandte. "Gefrorenes Wasser, das vom Himmel fällt. Welch eigentümlicher Ort."

Sie kletterten in die zwei Kutschen, die Marrin bereitgestellt hatte, beide mit dem königlichen Wappen versehen, das sicherstellen würde, dass alle anderen Karren, Wägen und Leute auf Pferden oder zu Fuß den Weg freimachen würden, damit sie ihr Ziel ungehindert erreichten.

Lord Poron und Marrin fuhren mit den Besuchern, während Eryn, Enric, Pe'tala und Ram'kel im zweiten Gefährt folgten. Sobald alle den Palast betreten hatten und die schweren Türen hinter ihnen geschlossen waren, sodass sich ihre Umgebung statt frostig lediglich kühl anfühlte, seufzte Iklan erleichtert.

"Nun komm her", instruierte Sarol Pe'tala, die gehorsam auf ihn zutrat und sich in den Arm nehmen ließ.

Ungläubig schüttelte Eryn den Kopf. "Wie war das mit dem Fraternisieren mit dem Feind? Dir ist klar, dass sie ein Mitglied des gleichen Hauses ist wie ich?"

Sarol drückte Pe'tala noch einen Moment länger, dann gab er sie wieder frei und antwortete: "Ich erinnere mich genau, dass ich betont habe, dass das Problem im öffentlichen Fraternisieren liegt, nicht beim Konzept als solchen. Und nun hör auf, dich zu beklagen und begrüße mich ordentlich. Du darfst mich jetzt umarmen."

Sie starrte ihn an und verschränkte die Arme. "Wer sagt, dass ich das überhaupt noch will?" Es klang kindisch, sogar in ihren eigenen Ohren. Doch wenn es auf dieser Welt einen Mann gab, der sich mit Stolz auskannte, dann war das er.

"Selbstverständlich willst du. Du bist überglücklich, dass ich hergekommen bin und reagierst verdrossen, weil ich im Recht bin. Jetzt, wo wir das ausgesprochen haben, gibt es keinen Grund mehr für dich, dich zu zieren. Ich bin sicher, die Leute in deinem Umfeld sind daran gewöhnt, dass du falsch liegst." Er hob seine Arme und wartete darauf, dass sie auf ihn zutrat.

Eryn starrte ihn noch eine Weile länger an, dann seufzte sie und schüttelte den Kopf. "Du bist wirklich ein seltsamer Kerl, Sarol. Auf besonders viel Widerstand stößt du zuhause nicht, oder?"

"Zuweilen. Ich lasse nur nicht zu, dass er mich bremst. Und nun komm her, bevor meine Arme abfallen. Wie dir zweifelsfrei bewusst ist, verfüge ich nicht über Magie, um damit meinen Muskeln zusätzliche Stärke zu bescheren."

Enric hinter ihr gab ihr einen sanften Schubs, sodass sie einen Schritt nach vorne trat und von seinen Armen umschlugen wurde. Er roch nach Holz und Leder, Düfte, die er auf der Reise hierher aufgenommen haben musste.

Nach einer überraschend ausgiebigen Umarmung ließ er sie wieder los und tätschelte ihre Schulter, woraufhin sie ob dieser herablassenden Geste die Augen verdrehte. Aber es war Sarol, mit dem sie es zu tun hatte. Einwände waren hier nutzlos. Menschliche Emotionen waren für ihn etwas, das es mit solch kalter Präzision zu analysieren und erklären galt, dass sich das Objekt seiner Beobachtung nahezu nackt fühlte. Und doch schien es ihm an Verständnis für diese Emotionen zu mangeln, sofern es über den rein intellektuellen Ansatz hinausging, in dem er so brillierte. Das machte es umso schmerzvoller, wenn er Recht hatte. Was öfter vorkam, als es den Leuten lieb war.

"Nun mögt ihr uns zu unserer Unterkunft geleiten. Ram'an erklärte mir, dass die Quartiere, die ihr bereitstellt, recht geräumig und in der Regel mit mehr als einem Schlafzimmer ausgestattet sind. Das bedeutet, dass Iklan und ich uns ein Quartier teilen werden."

"Werden wir das?", fragte Iklan mehr amüsiert als überrascht.

"Natürlich", bestätigte sein Kollege.

"Und diesbezüglich gibt es von meiner Seite keinerlei Einwände?"

Sarol betrachtete ihn mit einem geduldigen Gesichtsausdruck, als wäre er sich dessen bewusst, dass das Darlegen des Offensichtlichen eine Bürde war, die überlegene Intelligenz nun einmal mit sich brachte. "Nein. Es ist dir eine Ehre und ein Vergnügen."

Iklan nickte ernsthaft. "Ah ja, vergib mir, dass ich versäumt habe, mich sogleich zu dieser Tatsache zu bekennen."

"Wir werden nun unser Quartier beziehen und uns ein wenig ausruhen, bevor ihr das Abendessen mit uns einnehmt und uns erklärt, was Eryn sich dieses Mal eingebrockt hat."

Marrins Gesichtszüge waren sorgsam neutral, als er die beiden Heiler aus der Fremde höflich bat, ihm zu ihrem Quartier zu folgen.

Nachdem sie um die Ecke verschwunden waren, lächelte Lord Poron. "Sie sind faszinierend, und zwar beide. Wir haben uns auf dem Weg hierher ein wenig in der Kutsche unterhalten. Iklan wird von einem unstillbaren Wissensdurst und einer Neugier für alles im Zusammenhang mit seinem Beruf angetrieben. Und Sarol hat es trotz der Tatsache, dass er kein Magier ist, vermocht, die meisten seiner Kollegen auszustechen, einfach weil er brillant ist und die Regeln nach seinem Geschmack verändert."

"Vergesst nicht seine charmante Persönlichkeit", murmelte Eryn. "Hatten wir bisher eigentlich jemals einen angenehmen, unkomplizierten, liebenswerten Besucher aus Takhan hier?"

"Daran nehme ich Anstoß", erwiderte Ram'kel. "Und ihr hattet Ram'an hier. Er wird im Allgemeinen als charmant wahrgenommen."

Enric zog eine Augenbraue hoch. "Zu dieser Zeit plante er gerade, mir meine Gefährtin wegzunehmen, also unterscheiden sich unsere Auffassungen von charmant offensichtlich ganz beträchtlich."

Pe'tala lachte. "Nebensächlichkeiten. Und ihr hattet damals noch nicht einmal ein Band dritten Grades, also war sie kaum mehr als deine Geliebte."

Er schüttelte den Kopf. "Nicht für mich", lächelte er und küsste Eryn auf die Stirn.

"Oh Mann, diese Süßholzraspelei ertrage ich nicht", meinte Pe'tala und schnitt eine Grimasse. "Wenn ihr mich nun entschuldigen würdet, ich muss mich auch noch etwas ausruhen, wenn ich einen ganzen Abend in einer Runde verbringen soll, die mehrheitlich aus Heilern besteht."

Ram'kel grinste. "Aber du bist doch selbst auch eine Heilerin."

Sie nickte düster. "So ist es. Deshalb weiß ich auch ganz genau, wie ermüdend wir in der Überzahl sind."

"Ein wahres Wort", murmelte Enric.

Eryn warf ihm einen Blick zu. "Was war das?"

"Nichts, Liebste."

* * *

Eryn warf einen kurzen Blick auf die enge Treppe und sah dann zu Gerit. Sie konnte erkennen, dass die andere Frau ebenfalls nicht allzu enthusiastisch wirkte, jedoch versuchte, es sich nicht anmerken zu lassen.

"Sollen wir uns jetzt das obere Stockwerk ansehen?", fragte Enrics Mutter mit erzwungener Fröhlichkeit.

"Nicht, wenn es sich vermeiden lässt", entgegnete Eryn mit einem finsteren Blick auf den Mann, der vom Besitzer geschickt worden war, um sie herumzuführen. "Als du eine bequeme und heimelige Residenz versprochen hast - meintest du damit düster und beengt, oder hast du uns nur zum falschen Haus gebracht?"

Ihr unverhohlener Unmut ließ den Mann zusammenfahren. "Es tut mir leid, Lady, dass das Gebäude nicht nach Eurem Geschmack ist. Wenn wir uns vielleicht das obere Stockwerk ansehen wollen, so wie es von Eurer…"

"Danke, nein", erwiderte Eryn irritiert. "Wir haben bereits mehr als genug Zeit damit verschwendet herzukommen. Was auch immer im oberen Stockwerk ist, müsste wesentlich besser sein als alles, was ich im Erdgeschoss gesehen habe, damit sich die Umbauarbeiten, die hier unten erforderlich wären, auch nur halbwegs auszahlen. Oder ist es das, was du mir sagen willst? Dass ich positiv überrascht sein werde, sobald ich mir die Mühe mache, diese miserablen Stufen zu erklimmen, die aussehen, als könnten sie kaum mehr als zwei Leute gleichzeitig tragen? Wenn du mir das versprichst, werde ich den Aufstieg in Angriff nehmen, aber fürchte meinen Zorn, falls du mich angelogen hast!"

Als die beiden Frauen nach draußen traten und sich vom Gebäude entfernten, hob Gerit eine Augenbraue. "Fürchte meinen Zorn?"

Eryn zuckte mit den Schultern und grinste. "Es ist wunderbar dramatisch, findest du nicht? Ich war gerade in der Stimmung, jemanden einzuschüchtern, und Enric ist dieser Tage einfach nicht empfänglich dafür. Und im Ernst, hast du irgendeine Übereinstimmung gesehen zwischen der Beschreibung, die wir vorher erhalten haben, und dem Loch, durch das wir gerade geführt wurden? Romantisches Flair scheint ein Synonym für dunkel und beengt zu sein. Ich hätte diesen blumigen Formulierungen von Anfang an misstrauen sollen."

"Ich bin sicher, mit ein wenig Schrubben und Farbe…"

Die jüngere Frau blieb stehen und wandte sich um. "Nein, Gerit - ich bin mir sicher, dass weder das eine noch das andere diese Absteige in ein auch nur entfernt gemütliches Heim verwandeln könnte. Abgesehen davon hätte Enric niemals zugestimmt, dich an so einem Ort unterzubringen. Das Einzige, was er damit anstellen hätte können, wäre es abzureißen und von Grund auf neu zu bauen."

Enrics Mutter seufzte. "Das ist nun schon das fünfte Haus, das wir besichtigt haben. Wenn du sie weiterhin alle ablehnst, werde ich für immer bei euch wohnen müssen."

Eryn tätschelte ihre Schulter und grinste. "Nun, wenn wir dich in solch ein Haus einziehen lassen, dann kannst du getrost davon ausgehen, dass du uns nicht länger willkommen bist und wir dich nicht rasch genug loswerden können. Aber glücklicherweise empfinden wir das derzeit nicht so. Somit können wir uns genug Zeit nehmen und etwas für dich finden, das frei von Schimmel ist, genug Licht hat, sich in keiner allzu schäbigen Gegend befindet oder Ratten so groß wie unsere Bergkatze beheimatet. So, hier muss ich jetzt links abbiegen. Ich muss in der Klinik vorbeischauen und sehen, was Sarol treibt. Er neigt dazu, Leute herumzukommandieren, und ich fürchte, Lord Poron ist mehr als willens, ihm das durchgehen zu lassen."

"Dann werde ich dich noch ein Stück begleiten. Ich habe heute keine dringenden Verabredungen. Also, diese beiden Männer aus den Westlichen Territorien... Sie sind hier, um dir dabei zu helfen, diese wahnwitzigen Anschuldigungen zu entkräften?"

"Einer von ihnen. Den anderen habe ich ausgetrickst oder bedrängt, damit er mir einen Besuch hier verspricht. Er hat einfach die Gelegenheit ergriffen, sich einem Kollegen anzuschließen, damit er nicht allein herkommen muss, um sein Versprechen zu ehren."

"Warum musstest du den armen Mann austricksen oder bedrängen?", fragte Gerit. In ihrer Stimme schwang ein dezent missbilligender Unterton mit.

"Weil dieser arme Mann auf Schmeicheleien, Komplimente oder höfliche Anfragen nicht besonders gut reagiert. Insgeheim gefällt es ihm, wenn sich ihm jemand entgegenstellt - ein wenig wie Enric, wenn du mich fragst."

"Und der andere? Derjenige, der dir helfen soll?"

"Iklan? Ein fabelhafter Mann und ein immens beeindruckender Heiler. Ich habe Glück, dass er hier ist, um mich zu unterstützen. Mein Vater hat ihn mehr oder weniger sofort losgeschickt, nachdem er Lord Tyronts Nachricht erhielt."

"Dein Vater... er ist ebenfalls ein recht einflussreicher Heiler, sofern ich das richtig verstanden habe?"

Recht einflussreich? Eryn gestattete sich ein feines Lächeln. Ja, wenn jemand den angesehensten und hochrangigsten Heiler in den Westlichen Territorien als recht einflussreich bezeichnen wollte... "Ich schätze, so könnte man es wohl ausdrücken, ja."

"Und deine Mutter, sie ist eine Politikerin, wie ich höre - eine sehr bedeutende?"

Eryn seufzte. "Ja, noch bedeutender als jemals zuvor. Erst kürzlich wurde sie zu noch mehr Macht und Ruhm befördert."

"Darüber scheinst du nicht besonders glücklich zu sein", tastete sich Gerit voran.

"Nein, das bin ich nicht. Ich war der Meinung, dass sie bereits zuvor mehr Macht hatte, als ihr guttat, und jetzt müssen wir jedes Jahr sechs Monate an einem Ort verbringen, der teilweise ihrer Herrschaft unterliegt."

"Inad schrieb mir etwas, das mich zugegebenermaßen etwas verstört. Ich habe es Enric gegenüber noch nicht zur Sprache gebracht und bin nicht sicher, wie ich so ein Thema anschneiden soll. Es erscheint mir seltsam, meinen Sohn zu fragen, weshalb er sich von einer anderen Frau adoptieren ließ."

Eryn schluckte. Damit hatte sie nicht gerechnet. Aber es war auf jeden Fall aufschlussreich, dass Gerit dies von ihrer Cousine erfahren hatte anstatt von ihrem Gefährten, der darüber ebenfalls Bescheid gewusst hatte.

"Er tat es, um mich von ihr zu befreien. Sie hätte nicht zugelassen, dass ich mich von ihrer Familie abwende, ohne dafür Vergeltung an dem Haus zu üben, das mich aufnahm. Das wäre das Haus meines Vaters."

Enrics Mutter schnappte nach Luft. "So etwas hätte deine Mutter der Familie ihres Gefährten angetan?"

"Damals war er noch nicht ihr Gefährte. Das ist eine eher... neue Entwicklung. Meine Eltern hatten vor etwa dreißig Jahren eine kurze Affäre, und dann dauerte es ein paar Jahrzehnte, bis sie wieder zueinander fanden." Sie verzog das Gesicht. "Eine Geschichte von wahrhaftiger, herzerwärmender Romantik."

"Warum sollte es sie davon abhalten, sich an deiner Familie zu rächen, wenn er einer Adoption zustimmt?"

"Weil ich ihre einzige Tochter bin und damit die Erbin ihrer Position und ihres Reichtums war - bis ich mich von ihr lossagte, weil sie eine manipulative, bösartige Kreatur ist, die eine Spur von Verderben und Verdammnis hinter sich herzieht, wo auch immer sie wandelt. Sie brauchte einen Erben, und Enric hat den Anforderungen so perfekt entsprochen, dass sie sich diese Chance einfach nicht entgehen lassen konnte."

Gerit nickte langsam. "Also ist er jetzt dieser wichtige Erbe und wird daher eines Tages für immer in die Westlichen Territorien gehen müssen?"

"Nicht, wenn ich etwas mitzureden habe", knurrte Eryn.

"Ich konnte nicht umhin zu bemerken, dass du keine besonders harmonische Beziehung zu deiner Mutter hast. Genau wie Enric mit seinem Vater."

"Ja, und jeder von uns hängt mehr an dem verbleibenden Elternteil", lächelte die Magierin und hielt an, als die Klinik in Sichtweite kam. "Hör zu, was ich damals über Inad gesagt habe... Ich verstehe, dass du nicht willst, dass jemand schlecht von der Frau spricht, die du allen Grund hast zu mögen. Und dafür respektiere ich dich. Ich wollte nur, dass du weißt..."

"Shh!", machte Gerit und lächelte matt. "Dafür besteht kein Anlass. Nun geh und triff dich mit diesem Mann, der dir bei den Schwierigkeiten helfen wird, in denen du steckst."

Ja, dachte Eryn grimmig, die schienen mit jedem Jahr zu wachsen.

* * *

Eryn spazierte in den Wartebereich. Da heute kein Behandlungstag war, stand er leer. Sie erklomm die Stufen zum ersten Stock, indem sie zwei auf einmal nahm und lächelte, als sie aus dem Unterrichtsraum eine Stimme vernahm, die definitiv nicht Pe'tala gehörte. Es klang, als hätte Sarol nur einem Tag nach seiner Ankunft das Unterrichten der Heiler übernommen. Sie fragte sich, wie sie wohl auf seine Methoden ansprechen würden. Doch nachdem sie Pe'tala bereits gewohnt waren, konnte Sarol sie wohl nicht mehr allzu sehr schockieren.

Sie klopfte an die Tür zu Pe'talas Arbeitszimmer, woraufhin ihr Iklans Stimme Zutritt gewährte. Er saß hinter dem Schreibtisch ihrer Schwester und lächelte, als Eryn eintrat.

"Eryn, setz dich zu mir. Oder soll ich dich lieber mit Lady Eryn ansprechen? Man sagte mir, dass Titel hier von großer Wichtigkeit sind."

Sie verzog das Gesicht. "Bitte alles, nur das nicht! Ich versuche den Leuten beizubringen, sie sollen ihn weglassen, doch bisher halten sich nur die Heiler daran, weil sie mich nicht verärgern wollen, solange sie mit mir arbeiten müssen."

"Also benutzen ihn sogar die Leute gegenseitig, die den gleichen Titel führen?"

"Ja. Du solltest einmal eine unserer Ratsversammlungen miterleben. Ich sehe, worauf Ihr hinauswollt, Lord Eins. Oh, ich bin froh, dass Ihr zustimmt, Lord Zwei. Sogar Enric spricht mich während der Versammlungen mit Lady an. Als hätte es keinerlei Bedeutung, dass ich ihm vor kurzem ein Kind geboren habe; als wären wir nichts weiter als Kollegen. Absolut grotesk."

Darüber lächelte Iklan. "Der Wunsch, sich von anderen zu unterscheiden, ist ein sehr mächtiger."

"Als Magier geboren zu werden ist kaum ein besonders eindrucksvolles Unterscheidungsmerkmal", knurrte sie. "Es ist nichts weiter als eine Laune des Schicksals, keine Leistung, bei der wir vorgeben sollten, wir hätten sie irgendwie verdient."

"Ich sehe, weshalb Sarol so gut mit dir auskommt. Seine Ansichten sind deinen sehr ähnlich, wenngleich es natürlich wesentlich gefährlicher ist, wenn sie von einem Nicht-Magier ausgesprochen werden. Manche Leute werfen ihm vor, er wäre lediglich neidisch."

Darüber lachte Eryn. "Sarol, neidisch? Wo er die meisten seiner Heilerkollegen in den Schatten stellt, obwohl er doch diesen immensen Nachteil hat?"

Iklan streckte die Hände aus und zog die Schultern hoch in einer Geste amüsierter Nachsichtigkeit. "Es gilt stets zu bedenken, welche Leute sich zu diesen Aussagen bekennen. Es sind vorwiegend jene, die von ihm übertroffen, verärgert oder ignoriert wurden, die ihn als Bedrohung erachten. Und viele - darunter nicht wenige Heiler - finden, dass er nicht ganz so erfolgreich sein sollte, weil es sie im Vergleich schlecht aussehen lässt. Der Grund dafür ist, dass seine Errungenschaften so eindrucksvoll sind, ohne dass er dazu Magie zur Verfügung hat; somit sollte man von magisch begabten Heilern erwarten können, dass sie sogar noch mehr erreichen. Viele haben deinen Vater kritisiert, als er die Klinik zum ersten Mal leitete, weil er Sarol ermutigte - sowohl hinter seinem Rücken als auch von Angesicht zu Angesicht. Und als der Mann, der damals sein Nachfolger war und nun sein Vorgänger ist, die Klinik übernahm, war Sarol bereits zu gut etabliert, als dass man ihn einfach so loswerden hätte können. Nicht, dass es irgendwelche Anzeichen gegeben hätte, dass er das jemals beabsichtigte, möchte ich anmerken." Dann lehnte er sich vor. "Worüber ich allerdings mit dir sprechen wollte, sind nicht die verborgenen Bedürfnisse der Magier hier im Königreich, mit einem Titel angesprochen zu werden, oder die Leute, die auf Sarol eifersüchtig sind. Ich hatte heute eine nette Unterredung mit Lord Tyront. Ein recht einsichtiger Mann, wie ich erleichtert festgestellt habe. Er weiß, dass du nicht versucht hast, ihn töten zu lassen. Soweit es meine Arbeit betrifft, ist das eine recht hilfreiche Einstellung, auch wenn es Lord Poron ist, der die Untersuchung offiziell durchführt. Dein Vorgesetzter ersuchte mich, deine Unschuld über jeden Zweifel hinweg zu beweisen, damit diese Angelegenheit dich in Zukunft nicht verfolgen oder irgendwie gegen dich verwendet werden kann. Politiker gehen nicht immer besonders sanft miteinander um, wenn es darum geht, sich eines Gegenspielers zu entledigen."

Eryn nickte und wartete darauf, dass er weitersprach. Hierzu konnte sie nichts beitragen. Sie musste ihre Finger von dieser ganzen Untersuchung lassen, genau wie Enric oder Orrin, von denen man wusste, dass sie ihr zu nahe standen, um unparteiisch zu bleiben. Aber zumindest würde sie Informationen aus erster Hand erhalten.

"Ich kam mit Lord Tyront und Lord Poron überein, heute Nachmittag den jungen Mann zu treffen, der behauptet, er hätte auf deine Anweisung hin gehandelt. Es wird mir einen ersten Eindruck vermitteln, auch wenn es natürlich nicht ausreichen wird, nur einmal mit ihm zu sprechen. Die Feststellung einer geistigen Erkrankung, die in Wahnvorstellungen resultiert, ist nichts, das sich auf verlässliche Weise durch den Einsatz von Magie zuwege bringen lässt. In den meisten Fällen handelt es sich dabei um ein geringes Ungleichgewicht im Gehirn, das einerseits immens schwer auffindbar ist und außerdem auch bei Leuten auftreten kann, die keinerlei Anzeichen einer mentalen Krankheit aufweisen. Solch eine zügige Diagnose würde keiner genaueren Prüfung standhalten. Die Mitglieder eures Rats der Magier mögen nicht in der Lage sein, die medizinische Beweiskraft meiner Aussage zu beurteilen, doch das bringt uns zurück zu dem, worauf Lord Tyront beharrte: sicherzugehen, dass nichts Unrechtmäßiges zu finden ist, das deine Unschuld fragwürdig erscheinen lässt, falls sich in den nächsten Jahren jemand aus deinem oder meinem Land die Sache noch einmal genauer ansieht."

Sie lehnte sich zurück, froh darüber, dass Iklan ein solch gewissenhafter Mann war. Sie war überzeugt, dass er diese Sache auch ohne Tyronts Aufruf zur Umsichtigkeit ordnungsgemäß in Angriff genommen hätte.

"Wie umfassend muss deine Untersuchung sein, damit du seinen Geisteszustand beurteilen kannst?"

"Ich werde wahrscheinlich nach dem Treffen heute bereits einen guten Eindruck haben, obwohl es ordentlicher Notizen und Aufzeichnungen von mehreren Zusammentreffen zwischen ihm und mir bedarf. Lord Poron wird mir zwei Männer zur Seite stellen, die meine Interaktionen mit ihm beobachten werden, damit alles ohne Nötigung oder Manipulation vonstatten geht und ich keine Magie anwende, um die von mir gewünschten Ergebnisse bereitzustellen. Und sie sollen auch Notizen machen. Er sagte, er würde die beiden auserwählten Männer zuerst mit einer Wahrheitssperre, wie ihr das hier nennt, testen, damit er sichergehen kann, dass sie nicht irgendwie mit dem Übeltäter in Verbindung stehen oder irgendeinen anderen Grund haben, einen Schuldspruch für dich zu unterstützen. Zudem sollte die Gegenwart von Ordensmitgliedern die Aufzeichnungen vertrauenswürdiger machen."

Eryn blinzelte. Das war eine vorsichtige Vorgangsweise, die nicht wirklich zu ihrem Bild des wohlgesinnten, gelehrten Lord Poron passte. Doch gesehen zu haben, wie er Patienten behandelte und sich mit solch offenkundigem Vergnügen Wissen über das Heilen aneignete, ließ sie meist vergessen, dass er eineinhalb Jahrzehnte lang der zweitmächtigste Magier des Landes gewesen war. Dafür musste eine gesunde Dosis an Misstrauen erforderlich gewesen sein. Immerhin wusste er sehr genau, worauf er beim Umgang mit seinen Kollegen im Rat zu achten hatte.

"Ich werde den Mann fünfzehn Tage lang täglich aufsuchen. Das sollte mir ausreichend Gelegenheit geben, nicht nur das exakte Ausmaß seiner Halluzinationen festzustellen, sondern auch genügend Material zu sammeln, das sodann vor dem Orden und eurem König präsentiert werden kann", fuhr Iklan fort. "Deine Eltern baten beide darum, über die Fortschritte meiner Untersuchungsmission auf dem Laufenden gehalten zu werden. Zusätzlich zu deinem Bruder, der den gleichen Wunsch äußerte." Er wiegte den Kopf hin und her. "Nun, wenn ich sage baten, dann meine ich wirklich verlangten. Natürlich kann ich verstehen, weshalb sie informiert werden möchten, doch zuerst muss ich sicherstellen, dass weder König Folrin, Lord Tyront noch Lord Poron einen Einwand dagegen haben, dass Informationen dieser Art nach Takhan übermittelt werden."

Sie seufzte. "Ich verstehe. Die Tatsache, dass ich es nicht schätze, wenn du Berichte nach Takhan schickst, tut überhaupt nichts zur Sache, wie ich sehe."

Er lächelte entschuldigend. "Ich fürchte, so ist es nun einmal, Eryn. Dein Bruder ist das Oberhaupt eines Hauses, deine Mutter ist zusätzlich dazu noch eine Triarchin, und dein Vater ist mein Vorgesetzter, von dem ich mir wünsche, dass er mir gewogen bleibt."

Eryn knirschte mit den Zähnen, kommentierte das aber nicht. Es handelte sich dabei um ihre Familie, also hätte sie ihnen ohnehin vom Fortgang der Untersuchungen erzählt. Doch dass sie es mit der vollen Kraft ihrer vereinten

Macht einforderten, war nervenaufreibend. Warum konnten sie sich zur Abwechslung nicht einmal wie eine normale Familie gebärden, indem sie einfach nur ihre Sorge zum Ausdruck brachten und sich darauf verließen, dass man ihnen alles Wichtige mitteilte? Warum mussten sie demonstrieren, dass sie nichts mitzureden hatte, wenn es um die Weiterleitung von Informationen ging? Brachten sie ihr nicht genug Vertrauen entgegen, dass sie nichts zurückhalten würde? Nun, zumindest nichts Wichtiges oder Dringendes. Vielleicht nur die eine oder andere Sache, die unnötige Sorge auslösen würde. Ihr Ärger verebbte, und sie seufzte. Es schien, als kannte ihre Familie sie gut genug, um sich nicht darauf zu verlassen, dass sie ihnen alles mitteilte. Wahrscheinlich war sie einfach nur missmutig, weil sie nun keine Gelegenheit hatte, etwas zu verschweigen, wenn sie es für angeraten hielt.

Iklan beobachtete sie eine kurze Weile, dann meinte er besänftigend: "Sei deswegen nicht verdrossen. Sie sind deine Familie; sie lieben dich und sorgen sich um dich. Keiner von ihnen ist generell glücklich darüber, dass du so weit entfernt von ihnen lebst, und noch weniger jetzt, wo du dich einer weiteren Herausforderung gegenübersiehst. Am liebsten wären sie für all das an deiner Seite, doch sie wissen, dass es keinen guten Eindruck hinterließe, würden sie alle zu deiner Verteidigung herbeieilen. Es sähe aus, als setzten sie den König und den Orden unter Druck, von jeglicher Bestrafung abzusehen, ganz egal, ob du schuldig bist oder nicht. Und das hätte dir auf lange Sicht nicht geholfen, da hinterher immer der Zweifel geblieben wäre, wie du wirklich in all das verwickelt warst."

Sie lächelte müde. "Ich weiß. Stattdessen haben sie dich geschickt."

"Aber natürlich haben sie das. Selbst wenn Pe'tala Lord Tyront nicht geraten hätte, mich persönlich anzufordern, so hätte Valrad dennoch niemanden sonst entsandt. Ich bin der Beste, den er für diese Art von Problem zur Verfügung hat, und niemand anderen als den Besten würde er seiner Tochter in Not schicken." Er biss sich auf die Lippe, als müsste er etwas Unangenehmes aussprechen und war nicht sicher, wie er es formulieren sollte.

"Heraus damit, was immer es ist", seufzte sie.

"Dich würde ich im Laufe der nächsten fünfzehn Tage ebenfalls untersuchen müssen. Gemäß meiner vorherigen Erfahrung mit dir und deiner Behandlung in Takhan bin ich sicher, dass keine geistige Erkrankung vorliegt, doch für die Zwecke dieser Untersuchung wäre es hilfreich, wenn ich diese Aussage mit aktuelleren Beweisen belegen könnte."

Eryn nickte. "Ich weiß. Das ergibt Sinn. Ich hoffe, das wird nicht nur beweisen, dass ich bei klarem Verstand bin, sondern auch demonstrieren, dass ich nicht verschont wurde, ein gewisses Ausmaß an Unbequemlichkeit in Kauf zu nehmen, bloß weil ich wichtig und mächtig bin."

Iklan atmete mit augenscheinlicher Erleichterung aus. "Gut. Wenn ich auf unsere Verabredungen in Takhan zurückblicke, gestehe ich, dass ich etwas besorgt war, du könntest unwillig sein, in diesem speziellen Aspekt mit mir zusammenzuarbeiten. Lord Tyront und Lord Poron versicherten mir, dass sie dich dazu bringen würden, dich der Untersuchung zu unterziehen, falls es erforderlich wäre, doch es ist mir wesentlich lieber, wenn es freiwillig geschieht."

Sie rollte mit den Augen. "Prächtig. Egal, wohin ich gehe - diejenigen, die über mir stehen, sind entschlossen, mich zu Gesprächen mit dir zu zwingen. Obwohl es dieses Mal nicht einmal nötig ist."

Der andere Heiler lächelte. "Du bist von einer Menge Leuten umgeben, denen du am Herzen liegst, und die willens sind, deinen Ärger zu ertragen, damit sie tun können, was ihrer Ansicht nach langfristig das Beste für dich ist."

Sie legte die Stirn in Falten und bedachte ihn mit einem düsteren Blick. "Ja, das stimmt wohl. Doch zur Abwechslung wäre es nett, wenn sie mir genug Respekt entgegenbrächten, um meiner eigenen Einschätzung zu vertrauen, was das Beste für mich ist. Ich mag in der Vergangenheit ein paar, äh, fragwürdige Entscheidungen getroffen haben. Doch in Anbetracht dessen, dass ich mitten im Nirgendwo aufwuchs und lebte, und erst vor zwei Jahren in diesen politischen Sumpf gestoßen wurde, denke ich, dass ich mich ganz wacker schlage und das Denken für mich selbst übernehmen dürfen sollte."

Iklan nickte langsam. "Ich verstehe. In der Tat eine nachvollziehbare Haltung. Verstehe ich dich also richtig, dass du das Gefühl hast, du wirst nicht mit der Anerkennung und Wertschätzung behandelt, die sowohl dein Alter als auch dein Status mit sich bringen sollten?"

Eryn stöhnte und stand von ihrem Stuhl auf. "Lass das bloß sein, Iklan! Das ist eine deiner Redebehandlungs-Fragen - glaub nur nicht, das würde ich nicht merken! Ich bin nicht diejenige, die hier behandelt wird, möchte ich anmerken. Vereinbare lieber ein paar Termine mit all den Ordenslords hier; dass sollte dich beschäftigen und dir zudem zeigen, dass mein Unmut vollkommen gerechtfertigt ist."

Als er nur wissend lächelte, warf sie die Hände in die Luft und stapfte aus Pe'talas Arbeitszimmer. Dieser Mann war unverbesserlich.

* * *

Enric klopfte an die Tür zu Eryns Arbeitszimmer, um sie nicht zu erschrecken, während sie über zwei Bücher gebeugt saß. Sie blickte auf und lächelte, als Vedric an seines Vaters Brust beim Anblick seiner Mutter glücklich gluckste.

"Hallo, Jungs", begrüßte Eryn sie und schob das Notizbuch und den Stift beiseite, die sie für ihre Übersetzungsversuche benutzt hatte. "Wie verlief dein Besuch bei Tyront? Hat Vyril ihn wieder mit all dem Süßkram gefüttert?"

Er zuckte mit den Schultern. "Ich gestehe, ich habe keine Ahnung. Sie hat ihn mir einfach nur weggenommen, sobald ich das Quartier betrat, und ist dann mit ihm irgendwohin verschwunden. Als sie ihn mir zwei Stunden später nur widerwillig zurückgegeben hat, erklärte sie ihn zu ihrem Adoptivenkel."

Eryn lächelte. "Nun, da mittlerweile drei Großmütter um seine Liebe buhlen, werden sie ihn wahrscheinlich innerhalb kürzester Zeit nach Strich und Faden verwöhnt haben. Ist Tyront ebenso begierig darauf, die Rolle eines Großvaters zu übernehmen?"

"Er hat lediglich geseufzt und nachsichtig den Kopf geschüttelt. Bei einer Gefährtin, die Kinder wollte, aber nie welche bekommen konnte, ist er mehr als bereit, sie ein wenig die Rolle der Großmutter spielen zu lassen, wenn es sie glücklich macht. Verglichen damit, dass sie ein ganzes Waisenhaus übernommen hat, um diese Lücke zu füllen, ist es wohl nur eine Kleinigkeit, dass sie ein einzelnes Kind zu ihrem Enkel erklärt, würde ich meinen." Er nickte zu ihren Büchern hin. "Was treibst du da? Sind das die Bücher, die ich aus Pirinkar mitgebracht habe?"

Sie nickte. "Ja, ich habe meine ersten Entzifferungsversuche gestartet. Ich kann dir sagen, dass es ihnen Freude bereitet, ihre Sprache so schwierig wie möglich zu gestalten. Ohne dieses Buch über die Regeln der Sprache wäre ich vollkommen verloren; es gibt so viele verschiedene Formen, die ein einziges Wort annehmen kann, dass ein Wörterbuch allein niemals ausgereicht hätte. Manchmal hat ein einziges Wort eine so abgewandelte Form, dass es unmöglich ist, es als das gleiche Wort zu identifizieren!"

Darüber lächelte Enric. "Eine Herausforderung also. Welch ein Glücksfall für dich, dass du zufällig mit einem Mann in Kontakt bist, der derzeit in genau diesem Land verweilt und dir bei der Beantwortung deiner Fragen behilflich sein kann. Ich schätze, Erbál wird die Sprache entweder selbst erlernen oder ein paar Einheimische kennen, die deine Fragen beantworten können."

Eryn seufzte und verzog das Gesicht. "Ja, auf jeden Fall. Aber es ist wirklich ein Ärgernis, dass ich hier sitzen und über einem einzelnen fehlenden Wort verzweifle in dem Bewusstsein, dass ich eine Ewigkeit warten muss, bis ihn zuerst mein Brief erreicht und er dann eine Antwort geschickt hat. Ich will die Antwort jetzt, nicht erst in ein paar Tagen! Ich bin nicht gerade von der geduldigen Sorte, falls dir das noch nicht aufgefallen ist."

"Was du nicht sagst", erwiderte er trocken. "Dann hast du bislang das Geheimnis dieser mysteriösen Schlafkrankheit noch nicht entdeckt?" Dass er dieses eine Kapitel in diesem Buch gefunden hatte, war der Grund, weshalb er es damals kaufte. Sie hatte bei ihrem ersten Aufenthalt in Takhan ein Interesse daran geäußert.

"Nein, das wird noch ein paar Wochen, wenn nicht Monate in Anspruch nehmen." Sie hob Vedric aus der Schlinge um den Brustkorb seines Vaters. Der Junge beugte sich mit einem gierigen Gesichtsausdruck zu ihren Brüsten. "Sieh ihn dir an, er kommt auf jeden Fall nach seinem Vater. Unbeirrbar strebt er seinem Ziel entgegen", scherzte sie, dann hob sie ihn ein wenig höher, da die Zeit für sein nächstes Mahl noch nicht gekommen war.

Enric zog gutmütig die Schultern noch. "Der Apfel fällt nicht weit vom Stamm, wie du weißt. Wo ist Mutter?"

"Ich glaube, sie trifft sich wieder mit Inad. Die beiden scheinen sehr gut miteinander auszukommen, und nicht nur aus der Ferne. Es wird Zeit für deine Mutter, dass sie ihr eigenes Haus bekommt. Ich weiß, dass sie Inad gerne im Gegenzug einladen würde und das nicht tun wird, solange sie bei uns lebt. Sie weiß, dass ich für ihre Cousine nicht besonders viel Sympathie empfinde." Das war ein guter Auftakt für das Thema, das sie ohnehin ansprechen hatte wollen. "Wir haben uns nun schon einige Häuser angesehen, doch irgendwie reicht keines davon an meine Erwartungen heran. Oder an deine, was das betrifft. Gerit hätte ein paar davon akzeptiert, doch nur deshalb, weil sie keine Last sein will."

"Keines davon entspricht unseren Standards?", fragte Enric stirnrunzelnd nach.

"Nun, da war dieses eine Objekt gleich am Anfang, bei dem du sagtest, es wäre zu teuer. Aber die anderen… und so viele Häuser stehen dann auch nicht zum Verkauf."

Enric seufzte. "Dann schätze ich, ich muss Lord Woldarn irgendwie dazu veranlassen, dass er den Preis senkt."

Eryn lächelte. Nichts anderes hatte sie erwartet.

Sie vernahmen ein lautes Klopfen an der Eingangstür, und Enric wandte sich ab, damit er sich darum kümmern konnte. Wenig später kehrte er mit einem Umschlag zurück, dem er mehrere Blatt Papier entnahm. Nach einem flüchtigen Blick darauf meinte er: "Das ist von Iklan. Er schickt uns eine Kopie der Notizen von seinem ersten Zusammentreffen mit Darnet." Er hob die Seiten hoch. "Der Beschuldigte scheint recht gesprächig gewesen zu sein."

Sie schluckte und fragte sich, ob das gut war. Wenn dieser Mann eine Menge Details angab, dann würde das sicherlich die Glaubwürdigkeit seiner Geschichte untermauern. Sie dachte daran, wie er die Schleife in ihrem Haar beschrieben hatte, und auch, wie er sich ihren Duft vorstellte.

"Dann sehen wir uns an, was er zu sagen hat", sprach sie mit mehr Gelassenheit als sie tatsächlich empfand.

Enric nickte und bedeutete ihr, sich in ihrem Sessel niederzulassen, während er auf einem der Gästestühle Platz nahm. Er überflog den Einstieg in das Gespräch, im Zuge dessen Iklan unverfängliche, unaufdringliche Fragen über Darnets allgemeines Wohlbefinden und sein Leben im Orden vor dem Vorfall stellte. Als er den Punkt erreichte, wo der Heiler nach den wiederholten Bewerbungen für eine Heilerposition fragte, konzentrierte er sich stärker.

"Darnet sagt, er hätte von deinen Bemühungen dahingehend gehört, dass du die Zustimmung des Rates erlangen willst, damit Heiler nicht nur hier in der Stadt arbeiten, sondern auch in die Dörfer zurückkehren dürfen, aus denen sie stammen, oder sich an einem anderen Ort niederlassen können, wo medizinische Versorgung gebraucht wird. Aus diesem Grund war er so erpicht darauf, als Lehrling aufgenommen zu werden. Es hätte ihm ermöglicht, die Stadt zu verlassen."

Eryn rieb sich über das Gesicht. "Der Rat vereitelt ständig all meine Versuche in diese Richtung; wenn das also sein Hauptziel war, weshalb er ein Heiler werden wollte, wäre er ohnehin schwer enttäuscht worden."

Langsam schüttelte Enric den Kopf. "Er sagt, dass er keinerlei Zweifel hegt, dass du in dieser Sache Erfolg haben wirst, ebenso wie in allem anderen, was du dich anzupacken entscheidest. Anscheinend hat er eine sehr hohe Meinung von dir. Zumindest in diesem Aspekt stimme ich mit ihm überein. Ich bin überzeugt, dass du es fertigbringen wirst, den Rat und den König eines Tages zu überzeugen, Magier außerhalb der Stadt leben zu lassen. Du bist hartnäckig, also ist es nur eine Frage der Zeit. Und jetzt, wo du Lord Seagons Respekt erlangt hast, hört er womöglich damit auf, dich so vehement zu bekämpfen, auch wenn er dein Bestreben wohl nicht unterstützen wird." Er widmete sich wieder dem Brief.

Überrascht von seiner Überzeugung, verspürte Eryn die Freude eines kleinen Mädchens, dem man gesagt hatte, dass es seine Sache gut machte. Komisch, wie sehr sie mittlerweile von Enrics Anerkennung und seinem Glauben an sie abhängig war.

Er blickte auf. "Das Geistesband sagt mir, dass du überrascht bist."

Sie zuckte mit der Achsel. "Ein wenig, ja. Ich finde den Umgang mit dem Rat schon im Idealfall frustrierend und dachte, dass ich kaum Hoffnung hätte, die Meinung der Ratsmitglieder zu ändern, soweit es Magierheiler und ihren Vorstoß in die weite Welt betrifft. Ich wundere mich über deine Zuversicht, dass ich das irgendwie fertigbringe."

Lächelnd zwinkerte er ihr zu. "Ich denke, es gibt nur sehr wenig, das du nicht schaffst, wenn du dich darauf konzentrierst." Seine Augen kehrten wieder zu dem Bericht zurück. "Er sagt, dass er mit dir über seine Bewerbungen gesprochen hat, dass du ihn angewiesen hättest, wie er seine Briefe formulieren soll und dass sich Tyront als das größte Hindernis erwies, während Lord Poron nur deshalb gegen seine Aufnahme stimmte, weil er seinem Vorgesetzten gefällig sein wollte."

Eryn schnaubte. "Dann muss ich sagen, dass er Lord Poron nicht besonders gut kennt. Er mag nicht zu der Sorte gehören, die Befehle verweigert oder eine wenig vorteilhafte Meinung so unverblümt äußert wie ich, doch er trifft keine Entscheidungen, die seinen Überzeugungen zuwiderlaufen, um jemand anderen zu erfreuen - noch nicht einmal Tyront."

Enric nickte langsam und griff nach einem Stift von ihrem Schreibtisch, um diesen speziellen Satz zu unterstreichen. "Ich stimme zu. Ich werde diesen Absatz unterstreichen; er sollte dabei helfen, den Rat davon zu überzeugen, dass wir es hier mit Wahnvorstellungen zu tun haben. Es ist eine Kleinigkeit, doch jeder, der Lord Poron zumindest ein kleines bisschen kennt, muss sehen, dass es nicht auf ihn zutrifft." Er legte den Stift wieder beiseite. "Er behauptet, du hättest ihm versprochen, dafür zu sorgen, dass er wieder zu seinem Dorf und seiner Familie zurückkehren könnte, und sogar, dass du ihm eine beschleunigte Ausbildung ermöglichen würdest." Er knirschte mit den Zähnen. "Die Art und Weise, wie er seinen Umgang mit dir beschreibt, legt nahe, dass er sich vorstellt, er wäre dir recht nahe gekommen."

Sie schluckte. "Wie nahe? Bitte sag mir, dass er nicht glaubt, wir hätten eine Affäre oder so etwas?"

Er las weiter und schüttelte dann den Kopf. "Nein, das nicht. Es sieht eher so aus, als bilde er sich ein, dass er dir näherzukommen versucht, du ihn aber auf Abstand hältst. Seine Meinung über dich scheint keinen Platz dafür zu lassen, dass du dich zu etwas so Unmoralischem wie Untreue hinreißen ließest."

"Er hat also diese Wahnvorstellungen, diese eingebildeten Zusammenkünfte mit mir - und sogar dort weise ich ihn zurück?"

"So scheint es wohl. Und dafür verehrt er dich sogar noch mehr. Er spricht darüber, wie sich deine Haut unter seinen Lippen anfühlte, als er deine Hand küsste - etwas, das du ihm gestattet hast, weil es in deinem Heimatland die übliche Begrüßung für Frauen ist. Er beschreibt deinen Duft, wie sich der Stoff deiner Tunika an deine Figur schmiegt. Er sagte sogar, dass er an dem wenigen zusätzlichen Gewicht, das von deiner Schwangerschaft noch übrig ist, Gefallen findet, dass es dich weicher und sogar noch femininer wirken lässt."

Eryn knirschte mit den Zähnen, obwohl sie nicht sagen konnte, was sie mehr irritierte - die Erwähnung ihrer Gewichtszunahme oder diese eingebildete Nähe, die trotz der Tatsache, dass sie nur in seinem Kopf existierte, zudringlich anmutete. Aber ihren Körper auf diese Weise zu beschreiben und dann seine Vorlieben für gewisse Aspekte davon kundzutun war kaum weniger persönlich. Sie stellte sich vor, dass er sie aus der Ferne beobachtet, womöglich unentdeckt hinter Ecken gelauert hatte.

"Somit sagt er also, ich wäre fett geworden, doch das stört ihn überhaupt nicht? Charmant", meinte sie beiläufig. "Auf jeden Fall ein Mann, der mehr als das bloße äußerliche Erscheinungsbild sieht."

Enric lächelte kaum merklich. Ihm war bewusst, dass sie ihr Unbehagen zu maskieren versuchte. "Frauen und ihre Probleme. Selbst wenn du ein Kompliment für deine Gewichtszunahme bekommst, bist du damit nicht zufrieden."

Sie warf ihm einen gleichmütigen Blick zu. "Ich möchte sehen, wie du reagierst, wenn dir jemand erklärt, du wirst pummelig, brauchst dich deswegen aber nicht zu sorgen - dass es ganz fabelhaft zu dir passt." Sie kehrte wieder zum vorliegenden Thema zurück und nickte zu dem Bericht in seinen Händen. "Dass ich sagte, Tyront wäre der einzige Grund, dass er nicht als Heiler aufgenommen wurde, veranlasste uns beide also dazu, uns diesen Plan auszudenken, wie wir den großmächtigen Anführer loswerden?"

"Ja. Du scheinst ihm versprochen zu haben, dass es mit mir an der Spitze kein weiteres Hindernis geben würde - weder für seine Ausbildung zum Heiler, noch dafür, dass der Rat zustimmt, Magier außerhalb der Stadt leben zu lassen."

"Tyront ist also der Grund für all meine Sorgen, was? Ich bin froh, dass ihm klar ist, dass ich das nicht wirklich geplant habe, oder dieser Bericht würde mir beträchtlichen Ärger einbringen. Gibt es abgesehen von meinen düsteren Bestrebungen, dich an die Spitze des Ordens zu setzen, sonst noch irgendwelche schockierenden Enthüllungen?"

Enric ließ seinen Blick über die beiden verbleibenden Blätter schweifen. "Nein, nichts Spezielles. Er beschreibt seine Interaktionen mit dir noch detaillierter. Er sagt, du hättest mit ihm darüber gesprochen, wie unfair es sei, dass Magier zum Kampftraining gezwungen werden, obwohl deren Neigungen in so vielen Fällen in ganz andere Richtungen gehen. Und dass du ganz enorm froh darüber seist, dass dein Freund Vern die Gelegenheit hätte, Zeit an einem Ort zu verbringen, wo seine Talente geschätzt werden anstatt unterdrückt, so wie es hier der Fall sein würde."

Eryn schluckte. Das klang in der Tat sehr stark nach ihren Ansichten. Die hatte sie wiederholt kundgetan, und nicht nur in privatem Umfeld.

"Zumindest den letzten Teil kann ich nicht wirklich abstreiten, befürchte ich."

Er schüttelte den Kopf und legte die Blätter beiseite. "Nein, und das solltest du auch nicht. Deine Haltung ist öffentlich bekannt, weshalb sich auch niemand darüber wundern wird, dass Darnet damit vertraut war. In der Stadt gibt es kaum jemanden, der nicht weiß, wie du über diese Dinge denkst. Somit bedeutet die Tatsache, dass er darüber Bescheid weiß, nicht, dass du dich ihm anvertraut haben musst. Bislang hat er nur wiederholt, was ohnehin jedem bekannt ist. Hätte er von weniger gut bekannten aber dennoch zutreffenden Tatsachen gesprochen, hätte das ein schlechtes Licht auf dich geworfen."

"Schreibt Iklan irgendetwas darüber, welchen Eindruck er gewonnen hat? Irgendwelche offensichtlichen Anzeichen dafür, dass wir es hier mit einem vollkommen Wahnsinnigen zu tun haben?", fragte sie ohne große Hoffnung. Der Bericht hatte nichts von Schaum vor dem Mund oder gewalttätigen Ausbrüchen erwähnt.

"Nein, nicht wirklich. Bis jetzt hat er seine Gedanken für sich behalten und beschränkt sich mit seinen Kommentaren auf Beobachtungen, ohne sie zu interpretieren. Was eine vernünftige Herangehensweise ist, wenn du darüber nachdenkst. Hätte er nach nur einem Zusammentreffen verkündet, dass er Darnet als wahnsinnig erachtet, würde das dazu führen, dass die Leute seine Unparteilichkeit in Frage stellen. Und genau das können wir uns nicht leisten. Da die Wahrheitssperre in dieser Untersuchung nutzlos ist, ist Iklan unsere einzige Chance, die Leute von deiner Unschuld zu überzeugen."

"Dann schätze ich, dass ich mich nicht allzu viel mit ihm sehen lassen sollte, solange er hier ist?", seufzte Eryn.

"Genau. Am besten beschränkst du deine Treffen mit ihm auf die Klinik, auch wenn du dich gerne mit ihm über alle möglichen Dinge im Zusammenhang mit dem Heilen unterhalten würdest, die euch beide faszinieren. Dafür hast du noch immer Sarol."

Sie zog die Nase kraus. "Ja, auch wenn ich mir jedes Mal wie ein Kind vorkomme, wenn ich ihn treffe. Er schafft es immer wieder, mir ein Gefühl von Unzulänglichkeit zu vermitteln, auch wenn ich in meinem Kopf weiß, dass es nicht stimmt und dass er derjenige ist, der an sich arbeiten sollte." Sie seufzte. "Siehst du? Das wäre ein anderes Thema, das ich mit Iklan diskutieren könnte, wenn ich mich nicht von ihm fernhalten müsste."

"Wie wäre es, wenn du stattdessen mit deiner Schwester darüber sprichst? Sie scheint für sich einen funktionierenden Weg im Umgang mit ihm gefunden zu haben."

Eryn stöhnte. "Ich soll zu meiner kleinen Schwester gehen und sie um Rat fragen, weil der große, böse Sarol mir ein Gefühl der Unzulänglichkeit vermittelt? Ich kann mir Schöneres vorstellen."

Enric erhob sich und küsste sie auf die Stirn. "Sie ist deine Schwester, also wird sie dich selbstverständlich damit aufziehen. Aber ebenso ist sie eine professionelle Heilerin und eine kluge Frau. Sie wird dir helfen, wenn sie kann."

"Ich weiß! Trotzdem wird sie Selbstgefälligkeit an den Tag legen."

"Genau wie du an ihrer Stelle", erwiderte er lächelnd.

"Ja, ich weiß", seufzte sie. "Das macht es noch schlimmer - jetzt ist es so, als würde ich es nicht besser verdienen."

* * *

"Findest du mich fett?"

Orrin ließ Valrads Brief mit dem Bericht über Verns Fortschritte sinken und starrte sie an. Eryn betrachtete ihn voll angespannter Erwartung. Wenn es abgesehen von Vern einen Mann gab, bei dem sie darauf vertrauen konnte, dass er in solch einer Angelegenheit vollkommen ehrlich mit ihr war, dann war er das.

"Ja", antwortete er nach einer kurzen Pause.

"Orrin!", tadelte ihn Junar, während sie die Kleider sortierte, die Eryn für ihren Sohn abholte. "So etwas kannst du doch nicht zu einer Frau sagen, die gerade ein Kind bekommen hat!"

"Sie hat gefragt!", rief er aus, überzeugt davon, dass er unfair behandelt wurde. "Was soll ich denn deiner Ansicht nach tun? Sie anlügen?"

"Du hättest etwas weniger harsch antworten können." Junar wandte sich an ihre Freundin. "Eryn, Liebes, es stimmt, dass du ein wenig an Gewicht zugelegt hast, doch keinesfalls genug, als dass man dich fett nennen könnte. Es verleiht dir eine gewisse Weichheit, die sehr vorteilhaft anmutet. Und darauf hat eine Frau jedes Recht, wenn sie gerade Mutter geworden ist."

"Ja, richtig", murmelte Orrin. "Was Junar sagt."

Eryn seufzte und verdrehte die Augen. "Vielen Dank, aber blumige Worte verändern nicht wirklich, was sich dahinter verbirgt."

Orrin lehnte sich vor. "Aus Sicht eines Kämpfers bist du aus der Form. Ich wollte nicht schonungslos sein oder dich verletzen; ich bringe einfach nur andere Standards zur Anwendung. Ich sehe eine Frau, mit der ich früher trainiert habe und die ihr Training irgendwann wiederaufnehmen wird. Wenn ich dich anschaue, komme ich nicht umhin zu bemerken, dass es einiges zu tun gibt. Jemanden, der nicht kämpft, würde ich anders beurteilen."

"Ich bin keine Kämpferin", betonte sie. "Ich bin eine Heilerin."

"Nein. Du bist beides, wenn ich dich daran erinnern darf. Der Orden betrachtet dich nicht primär als Heilerin, oder sie hätten dich die Klinik behalten lassen. Und sowohl deine Testergebnisse dieses Eignungstests in Takhan als auch deine Errungenschaften mit deiner Doppelbarriere und den Blitzen, die sie durchdringen, zeigen, dass es absurd wäre, deine Bemühungen nur auf einen einzelnen Bereich zu beschränkten." Er lehnte sich zurück und nahm einen Schluck aus seiner Tasse, bevor er beiläufig fragte: "Wann hast du übrigens vor, dein Training wiederaufzunehmen? Nicht, dass ich dich hier irgendwie unter Druck setzen will, doch da du dich mit deinem Körper unwohl zu fühlen scheinst, wäre regelmäßige Bewegung die offensichtliche Lösung für dein Problem."

Junar warf ihrem Gefährten einen bösen Blick zu. "Das war jetzt aber ein untergriffiger Vorstoß! Versuch bloß nicht, sie in dieses vermaledeite Kampftraining zu drängen, das sie so hasst, indem du sie glauben lässt, sie wäre unförmig!" Sie drehte sich Eryn zu. "Du bist eine Heilerin, Eryn - was sollte dich davon abhalten, ein wenig Magie einzusetzen, um dieses zusätzliche Gewicht loszuwerden, wenn es dich so sehr stört? Sag mir nicht, da gibt es keinen Trick, den du anwenden könntest?"

Eryn verzog das Gesicht. "Natürlich könnte ich das tun. Aber du kennst meine Einstellung zu kosmetischen Veränderungen, und nichts anderes als das wäre es. Und selbst wenn ich meinen Kreislauf beschleunigen würde, um das zusätzliche Gewicht zu verbrennen anstatt es auf die natürliche Art zu tun, müsste ich das immer weiter betreiben, da mein Körper sonst zu seinem vorherigen Status zurückkehren würde." Sie seufzte. "So viel zu Prinzipien. Aber zumindest musst du dich wegen solcher Dinge nicht sorgen. Du hast deine vorherige Form weitgehend wiedererlangt."

Junar hob die Schultern. "Das liegt am Stillen. Derzeit kann ich so viel essen, wie ich will, ohne auch nur ein klein wenig an Gewicht zuzulegen."

Die Magierin knurrte: "Vielen Dank dafür, dass du diese Kleinigkeit mit mir geteilt hast. Nicht, dass ich neidisch wäre…"

"Warum bist du außerdem plötzlich so besorgt wegen deines Gewichts? Ich bin sicher, Enric stört es nicht."

"Es geht um das, was die anderen um mich herum sagen… Bevor Malhora meine Versorgung mit süßen Brötchen in Takhan unterband, sagte sie mir, ich ginge in die Breite; und gestern lasen wir den Bericht, laut dem Darnet meinte, ihm gefiele diese Weichheit an mir, da sie mich femininer mache. Jetzt habt du und Orrin es ebenfalls bestätigt, wenn auch mit unterschiedlichem Ausmaß an Diplomatie."

Die Schneiderin räusperte sich. "Aber dir muss doch vorher schon aufgefallen sein, dass dir deine Kleider nicht mehr passen. Also kann es keine dermaßen große Überraschung gewesen sein."

Unzufrieden stieß Eryn die Luft aus. "Natürlich ist es mir aufgefallen. Aber es besteht ein Unterschied, ob ich es sehe oder ob andere es ansprechen."

Orrin lachte leise. "Ich hätte dich nicht für eitel gehalten."

"Du hast leicht reden, Krieger! Deine Muskeln sind durch dein Hemd hindurch sichtbar, und dir haben die Leute noch niemals wiederholt erklärt, dass du pummelig wirst", knurrte sie.

"Dir bleibt immer noch die Möglichkeit, dein Training mit mir wiederaufzunehmen", erwähnte er einmal mehr, doch sie bemerkte, dass dahinter mehr steckte als nur seine Freude daran, sie zu necken.

Misstrauisch kniff sie die Augen zusammen. "Hat Tyront dir aufgetragen, du sollst mir auf die Nerven gehen, damit er sich die Mühe sparen kann?" Bislang war noch niemand mit der Forderung an sie herangetreten, dass sie zu ihrem Kampftraining zurückkehren sollte, doch sie wusste, dass dies nur eine Frage von Wochen oder bestenfalls wenigen Monaten war.

"Schau", erklärte Orrin geduldig, "du bist die Nummer drei im Orden. Das ist eine Position, in der es nicht gut aussieht, wenn du allzu oft herumkommandiert wirst. Wenn du dein Schwert wieder zur Hand nimmst, ohne dass Lord Tyront dir die Anweisung dazu erteilt, würde das dem Rat deine guten Absichten demonstrieren. Das würde nicht nur deine Bereitschaft zur Befolgung der Vorschriften des Ordens zeigen, sondern auch, dass du willens und in der Lage bist, deine eigenen Entscheidungen zu treffen. Denk darüber nach."

Eryn griff nach ihrer Tasse und schlürfte die lauwarme Flüssigkeit, während sie sich Orrins Worte durch den Kopf gehen ließ. Natürlich hatte er Recht. Ihr Verstand wusste das. Doch der Gedanke zu verkünden, dass sie ihr Training freiwillig wiederaufnehmen würde, fühlte sich falsch an. Auch wenn ihr klar war, dass es nur eine Frage der Zeit war, bevor Tyront in dieser Sache auf sie zukommen würde. Vedric war mittlerweile nicht nur alt genug, um ein paar Stunden am Stück ohne sie auszukommen, sondern sie hatten auch noch Gerit hier, die ihn betreuen konnte.

"Also schön, ich überlege es mir", versprach sie. Dann nickte sie zum Brief ihres Vaters hin. "Erzähl mir, was es in Takhan Neues gibt. Was treibt Vern so?"

Orrins Gesichtsausdruck verlor bei dem Themenwechsel ein wenig an Härte. "Sein Fortschritt ist gut; seine Lehrer sind positiv überrascht von ihm. Kilan hat regelmäßigem Kampftraining mit ihm zugestimmt, damit der Junge zumindest nicht vollkommen aus der Form gerät, solange er sich dort aufhält. Da der Botschafter noch nie ein besonders guter Schwertkämpfer war, hege ich keinerlei Illusionen, dass es hier großartige Fortschritte geben wird. Was noch? Ah, ja, er gibt weiterhin Zeichenstunden in der neuen Künstlerakademie. Seine Affäre mit der älteren Frau scheint vorüber zu sein, doch Valrad schreibt, dass er eine andere junge Frau gefunden hat, die ihm, ähm, Gesellschaft leistet. Soweit scheint alles gut zu laufen, auch wenn es aussieht, als würde er das Nachtleben ein wenig mehr genießen als er sollte. Valrad meint, dass er sich so lange nachsichtig zeigen wird, wie weder seine Ausbildung noch seine Gesundheit darunter leiden."

Verwundert schüttelte Eryn den Kopf. Vern hatte eine Affäre nach der anderen und verbrachte seine Nächte mit Tanzen und Trinken? Was war nur mit ihrem unbeholfenen halbwüchsigen Freund passiert, der sein künstlerisches Talent unterdrückt und voller Scheu seiner Zukunft als Kämpfer oder Verwaltungskraft im Orden entgegengeblickt hatte? Er wurde ungemein rasch erwachsen und begrüßte die Veränderungen um sich herum mit offenen Armen, das war passiert.

"Du bist deswegen nicht besorgt, oder?", fragte sie. "Ich bin sicher, Valrad wird ihn im Zaum halten, falls er außer Kontrolle gerät. Außerdem scheint Vran'el nun ebenfalls seine autoritäre Seite entdeckt zu haben, seit er das Oberhaupt eines Hauses ist."

Orrin lächelte dünn. "Ich sorge mich ein wenig, wie es normal ist für jemanden, dessen Sohn ein paar Jahre in einem fremden Land verbringt. Was Valrads Vermögen betrifft, ihn unter Kontrolle zu halten, so bezweifle ich das nicht, nachdem ich gesehen habe, wie er mir dir umging, als du dich geweigert hast, mit ihm zu reden. Und nachdem dein Bruder dich und Pe'tala auf diese Weise zurück nach Takhan beordert hat, bin ich zuversichtlich, dass er ein Auge auf Verns nächtliche Aktivitäten haben wird."

Sie zog eine Braue hoch. "Dein Glaube an meinen Vater überrascht mich. Mir war nicht klar, dass die Differenzen zwischen euch beiden dir dennoch erlauben, ihm zu vertrauen."

"Ich hätte ihm kaum meinen Sohn anvertraut, würde ich ihm in dieser Hinsicht nicht trauen. Er ist eine geachtete Säule der Gesellschaft, hat ein ganzes Haus geführt und ist jetzt für die Leitung der Klinik in Takhan verantwortlich. Unabhängig davon, ob ich ihn mag oder nicht, so ist er doch mehr als qualifiziert dazu, auf Vern aufzupassen. Besonders, da er in einer Position ist, um den Fortschritt des Heilertrainings zu überprüfen. Und ich denke, das ist ein angemessener Tausch: Er kümmert sich um meinen Sohn, ich um seine Tochter."

Eryn grinste. "Ich bin ein großes Mädchen, Orrin. Ich brauche keine Vaterfigur, die bei jedem Schritt über mich wacht."

Junar schnaubte und schnürte ein Bündel mit Kleidung für Vedric. "Was für eine widersinnige Behauptung. Darf ich dich an eine gewisse Expedition erinnern, wo du einem Fremden beinahe ermöglicht hast, dich zu erwürgen - obwohl du magische Fertigkeiten hattest, er aber nicht?"

"Oh, bitte! Das war vor einer Ewigkeit! In der Zwischenzeit habe ich mir ein paar gemeine Tricks angeeignet, um mich ohne Magie und sogar ohne eine Waffe zu verteidigen; so etwas würde also nicht noch einmal vorkommen."

Orrin nickte. "Fertigkeiten, die es aufrechtzuerhalten gilt, oder sie werden dir nicht viel helfen, wenn du wieder einmal darauf zurückgreifen musst. Was mich zurück zu der Frage bringt, wann wir unser gemeinsames Training fortsetzen werden."

"Orrin!", stöhnte sie. "Du sagtest, ich solle darüber nachdenken! Das heißt, dass du mir dafür etwas Zeit geben musst!"

"Du hattest etwa fünf Minuten. Ich glaube nicht, dass solch eine einfache und logische Sache so viel Zeit des Überlegens erfordert. Ich schlage vor, dass wir übermorgen beginnen. Jetzt, wo du nicht mehr so viel in der Klinik arbeitest, sollte das ausreichen, damit du dir ein Zeitfenster für den Tag freischaufelst. Wir werden den Rat selbstverständlich wissen lassen, dass es ganz und gar deine Entscheidung war."

Eryn schüttelte langsam den Kopf und starrte ihn missmutig an. "So etwas kannst du nicht einfach entscheiden! Dafür fehlt dir die Autorität!"

"Das habe ich doch gar nicht. Du hast es entschieden. Und ich lobe dich für deine Weitsicht. Du bist ein Vorbild für uns alle." Er stand auf und leerte seine Tasse, bevor er sich auf den Weg zum Gästezimmer begab, von wo aus ein leises Wimmern anzeigte, dass seine Tochter aufgewacht war.

KAPITEL 27

Gefahr im Anmarsch

Eryn gähnte und streckte sich, nachdem ihr letzter Patient fort war. Es war eine geschäftige Nacht gewesen, und sie war froh, dass sie sich ihrem Ende zuneigte. Vor Beginn der gerade abgeschlossenen Behandlung hatte sie im Wartezimmer nur noch zwei weitere Patienten gesehen. Das bedeutete, dass sie womöglich sogar rechtzeitig zum Frühstück mit all ihren Mitbewohnern zuhause sein würde.

Sie seufzte, als an der Tür ein Klopfen ertönte. Den Patienten wurde aufgetragen, im Wartebereich zu bleiben, bis man sie aufrief, doch manche von ihnen waren zu ungeduldig, um sich an diese Regel zu halten und brachten kein Verständnis auf für die Tatsache, dass ein Heiler ein paar Minuten zwischen den Patienten benötigte, um sich die entsprechende Akte zu holen und einen raschen Blick auf die Krankengeschichte zu werfen, sofern eine vorhanden war. Sie stand von ihrem Stuhl auf, entschlossen, die ungeduldige Person, die das Warten zu mühsam fand, höflich aber bestimmt abzuwimmeln. Doch als sie die Tür öffnete, fand sie anstatt eines Patienten einen Kollegen vor.

"Onil", lächelte sie. "Guten Morgen. Du bist recht früh dran."

"Eryn", meinte er mit ungewohntem Ernst. "Darf ich dich um eine Unterredung ersuchen? Es wäre wichtig."

"Ich habe noch zwei Patienten, wenn du so lange warten kannst."

"Ich habe Lord Poron gebeten, sich um sie zu kümmern. Ich muss wirklich mit dir reden." Nun schwang noch eine gewisse Dringlichkeit mit.

Eryn zog die Stirn in Falten und trat zur Seite, damit er hereinkommen konnte. Er hatte sich die Mühe gemacht, dafür zu sorgen, dass sein eigener

Vorgesetzter ihre Patienten übernahm, damit er hier und jetzt mit ihr reden konnte? Das und das Fehlen der für ihn so typischen heiteren Schüchternheit legte nahe, dass es wahrscheinlich keine allzu fröhliche Unterhaltung werden würde.

Onil nahm auf der Untersuchungsliege Platz und wartete, bis sie auf ihrem Stuhl saß. Dann holte er tief Luft und hob an: "Es geht um Darnet."

Bei diesem Namen zuckten ihre Augenbrauen hoch. Von all den möglichen Themen, mit denen sie gerechnet hatte, von einem Eingeständnis, dass er einem Patienten Schaden zugefügt hatte oder seiner Absicht, seine Stellung aufzugeben, hatte sie das hier nicht vorausgesehen. Sie wartete darauf, dass er fortfuhr.

"Ich kenne ihn nun schon seit einer Weile, so ziemlich, seit er als Kind in die Stadt kam", begann Onil, während er auf seine Hände in seinem Schoß hinabstarrte. "Er war schon immer ein etwas seltsamer Kerl, doch meiner Erfahrung nach niemand, der Leuten absichtlich auf irgendeine Art Schaden zufügte. Es fiel ihm nicht leicht, sich an die Stadt anzupassen. Er war ein Junge vom Land und hatte es schwer, hier Freunde zu finden und sich an die Schnelllebigkeit und all die Regeln im Orden anzupassen."

Eryn wartete, ohne ihn zu unterbrechen oder Fragen zu stellen, und fragte sich, worauf er genau hinauswollte.

Ihr Kollege schien ein paar Augenblicke zu benötigen, bevor er fortfuhr: "Mir ist seine Neigung aufgefallen, Geschichten zu erzählen, die einer genaueren Betrachtung nicht immer standhielten. Aber sie waren weder unerhört absurd, noch schadeten sie irgendjemandem, also habe ich mich daran nicht allzu sehr gestoßen und dachte, dass er sich einfach ein wenig interessanter hinstellen wollte, als er es tatsächlich war. Ein nachvollziehbares Bedürfnis für jemanden, der stets um Aufmerksamkeit kämpfen musste. Aber diese Sache, in die er euch beide involviert hat, hat mich dazu veranlasst, meinen früheren Eindruck zu hinterfragen. Was ich als erfundene Geschichten betrachtet habe, hat er wohl als Realität erachtet. Sehr wahrscheinlich war ihm nicht bewusst, dass das, was er behauptete, in Wahrheit nicht stimmte. Die Tatsache, dass er diese Dinge über dich aussprechen konnte, obwohl er einer Wahrheitssperre unterlag, zeigt das eindeutig." Endlich sah er ihr ins Gesicht, seine Miene gequält.

Mit Interesse bemerkte Eryn, dass es für ihn außer Frage zu stehen schien, dass Darnet von ihnen beiden der Verwirrte war, und nicht sie. Sie fragte sich, was Onil beabsichtigte. Sein Verhalten wirkte nicht so, als wollte er ihr lediglich seine Unterstützung zusichern.

"Darnet ist kein schlechter Kerl", sprach er weiter. "Nur… fehlgeleitet. Er ist immens beeindruckt von dir, von allem, was du erreicht hast, seit du hergebracht wurdest. Er hat mir immer wieder Fragen über dich gestellt, und ich hatte keinerlei Bedenken, sie zu beantworten. Nichts Merkwürdiges, nur… harmlose Kleinigkeiten wie welche Getränke du magst, wie dich die Patienten finden, wie du als Vorgesetzte bist. Ich hatte keine Ahnung, dass er all das zu einer seltsamen eingebildeten Bekanntschaft mit dir verweben würde."

"Keine Sorge, ich weise dir hier keine Schuld zu", versicherte sie ihm rasch.

Doch das schien es nicht zu sein, worüber Onil sich sorgte. "Ich weiß, dass du das nicht tust. Es sähe dir nicht ähnlich. Was dich dir sagen wollte, ist, dass Darnet nicht gefährlich ist; ich bin überzeugt, dass er wirklich glaubt, was er sagt und er nicht einfach nur den Wunsch hegt, dir Schwierigkeiten zu verursachen."

Eryns Brauen zogen sich zusammen. "Das alles sagst du mir doch wohl nicht etwa, weil du mich darum bitten willst, ihm zu helfen?"

Der andere Heiler stieß einen bekümmerten Seufzer aus und sah sie mit flehendem Gesichtsausdruck an. "Ich weiß, dass es gewagt ist, sogar unerhört, dich darum zu bitten, dass du einem Mann hilfst, der behauptet, er hätte auf deine Anweisungen gehandelt, als er Lord Tyront zu ermorden versuchte. Doch obwohl er bei der Planung und Ausführung dieser einen verabscheuungswürdigen Tat allein war, gibt es einige, die seine Meinung in den meisten anderen Aspekten teilen."

Eryn erstarrte. Erbáls Warnung über die Unzufriedenheit unter den Magiern, die irgendwo unter der Oberfläche vor sich hin brodelte, holte sie ein. Er hatte Recht gehabt, und nun galt es herauszufinden, ob diese Attacke auf Tyront ein einzelner Vorfall war oder gerade einmal der erste Ausbruch von etwas Größerem, das sich zusammenbraute.

"Was genau meinst du damit?", fragte sie ruhig und hoffte inbrünstig, dass der sanfte, gelehrige Olin sich nicht auf Leute und Ideen eingelassen hatte, die darauf abzielten, Schaden jedweder Art anzurichten.

"Manchmal treffe ich mich mit Freunden auf einen netten Abend, und dann trinken wir ein wenig und unterhalten uns. In letzter Zeit drehten sich die Themen immer öfter darum, wie die Dinge im Orden sein könnten. Wie all diese Regeln, denen wir unterstellt sind, in den Westlichen Territorien nicht nötig zu sein scheinen, damit Magier und Nicht-Magier friedlich zusammenleben können." Onil lehnte sich müde zurück. "Die dort drüben können so viel mehr tun, Eryn… Sie sind nicht an eine Organisation gebunden, die sie ständig überwacht; sie zwingt, in der Stadt zu bleiben anstatt dort zu leben, wo es jedem Einzelnen beliebt; ihnen Kampfstunden aufdrängt, egal, wohin ihre Neigungen gehen und ihnen den Zugang zu jedem anderen Beruf versperrt, der ihnen zusagen würde. Diese Barriere hat uns drei Jahrhunderte lang vom Rest der Welt getrennt - wir hätten sie um so vieles früher überwinden können, hätten wir bloß unsere Magier nicht zu einem Leben der Nutzlosigkeit in der Stadt verbannt. Wenn es ein paar von uns gestattet gewesen wäre, zur See zu fahren, hätten wir das womöglich schon vor langer Zeit herausgefunden. Dieser elitäre Ansatz, der uns über Nicht-Magier emporhebt und uns gleichzeitig in einen Käfig sperrt, hat unseren Fortschritt wahrscheinlich in vielen Bereichen aufgehalten."

Eryn schluckte. Diese Gedanken kannte sie gut und verstand sie aus tiefstem Herzen. Doch sie hätte niemals vermutet, dass sich die Unruhe bereits dermaßen weit unter den hiesigen Magiern ausgebreitet hatte. Eine gewisse Unzufriedenheit beim Anblick dessen, was andere Magier in Takhan tun durften und konnten, sicher... aber das hier hatte das Stadium bloßen Neids offensichtlich bereits überschritten. Sie hatten begonnen, die grundlegenden Werte zu hinterfragen, auf denen die Kontrolle des Ordens basierte. Und die Erkenntnis, dass es eine Gesellschaft ohne so etwas wie den Orden gab, die ganz fabelhaft funktionierte und den Magiern einiges mehr an Freiheit gewährte, hatte hier einen wesentlich tieferen Eindruck hinterlassen als irgendjemand vorhergesehen hatte.

"Ich weiß, dass du all das verstehen kannst", sprach Onil weiter, als sie nichts erwiderte. "Du bist dafür bekannt, dass du genau diese Ansichten teilst und das sogar schon getan hast, noch bevor irgendjemand hier mit der aktuellen Situation unzufrieden war."

Sie presste die Lippen aufeinander, zerrissen zwischen dem Wunsch, ihre Zustimmung auszudrücken und Angst davor, damit dieses Feuer anzufachen, das daraufhin auflodern und außer Kontrolle geraten mochte. Doch ebenso wenig konnte sie einfach schweigen, da es den Eindruck erwecken würde, als verurteilte sie ihn und seine Freunde. Es musste doch etwas Neutrales geben, das sie sagen konnte. Vielleicht konnte sie ihm sogar Information über diese Situation entlocken, ohne dass es wie ein Verhör wirkte. Selbstverständlich konnte sie nicht von ihm verlangen, jemanden bloßzustellen. Dass er ihr von seinen Zweifeln und der Unzufriedenheit erzählte, war ein großer Beweis seines Vertrauens - eines Vertrauens, das sie nicht zu brechen beabsichtigte.

"Ich verstehe", meinte sie schließlich sanft. "Ich hätte nicht gedacht, dass dies bereits so ein großes Thema ist. Ich hoffe, dass es keine Pläne gibt, drastische Maßnahmen wie die von Darnet zu ergreifen - bevor es irgendwelche Versuche gab, die Unzufriedenheit der Leute auf zivilisiertere Weise anzusprechen?" Sie hielt den Atem an und hoffte, er würde ihr die Antwort geben, die sie hören wollte - und es auch so meinen.

"Nein, nichts dergleichen", antwortete er zu ihrer enormen Erleichterung. "Viele sind erbost über Darnets Herangehensweise. Wer auch immer es jetzt wagt, sich zur Unzufriedenheit mit dem Orden zu bekennen, wird nun wahrscheinlich als Komplize oder dergleichen betrachtet. Er hat so ziemlich jede Hoffnung darauf zerstört, dass wir diese Dinge auf friedliche Weise ansprechen können, ohne uns vor Vergeltung oder Misstrauen fürchten zu müssen."

Am liebsten hätte sie ihm versprochen, dass der Orden imstande war, zwischen den Handlungen eines einzelnen, verwirrten Mannes und anderen, die seine Einsichten nur zufällig teilten, zu unterscheiden und man sie immer noch ohne Vorurteile anhören würde, doch das konnte sie nicht, da sie keine Ahnung hatte, ob es zutraf. Warum war sie überhaupt diejenige, mit der er diese Unterhaltung führte? Warum nicht mit Enric, der die Dynamik im Orden wesentlich besser kannte als sie, der wusste, wie Tyront reagieren und was der Rat tun würde? Konnte sie irgendetwas sagen, um ihm Zuversicht zu vermitteln? Wäre das überhaupt glaubwürdig, da Onil bereits wesentlich länger als sie selbst ein Mitglied war?

"Und du hoffst, dass mein Eingreifen zu seinen Gunsten die Wellen glätten und den Rat für eure Anliegen empfänglicher machen würde? Ich bin nicht sicher, ob das so funktioniert", erklärte sie vorsichtig. "Meine Bemühungen, ihm zu helfen, könnten den Eindruck erwecken, dass ich es tue, weil ich ihn tatsächlich angewiesen habe und ihn nun vor den Konsequenzen schützen will, ohne mein Mitwirken zu offenbaren. Viele würden es wohl als verdächtig erachten, dass ich jemanden verteidige, der mich so eindeutig beschuldigt hat. Das mag eurer Sache eher schaden als helfen."

Onil nickte bedächtig. "Das stimmt. Ich hatte weniger darauf gehofft, dass du für ihn kämpfst, sondern eher, dass du davon absiehst, eine strenge Bestrafung für ihn einzufordern."

"So etwas werde ich nicht verlangen." Soviel zumindest konnte sie ihm problemlos zusichern. Sie verspürte keinerlei Wunsch danach, einen Mann für seine Wahnvorstellungen zu bestrafen, die wahrscheinlich von einem medizinischen Problem herrührten.

"Worauf ich hinsichtlich unserer Sache gehofft hatte, ist deine Unterstützung im Rat der Magier."

Eryn bemerkte seine angespannte Haltung und wie seine Lippen aufeinandergepresst waren. Er wirkte wie ein Junge, der darauf wartete, dass man ihn für eine unangebrachte Bemerkung tadelte. Sie dachte daran, wie sehr sie Onil mochte und dass sie ihm gerne ihre Unterstützung zugesichert hätte. Doch sie wusste, dass sie ihm das nicht einfach so anbieten konnte. Sie war alles andere als eine erfahrene Teilnehmerin an diesem politischen Spiel. Ihr Mangel ein Einblick in das, was tatsächlich zur Gänze um sie herum vorging in Verbindung mit einem rasch und impulsiv gegebenen Versprechen konnte immensen Schaden anrichten, da sie keine Ahnung hatte, wie die Konsequenzen aussehen mochten. Es konnte als Ermutigung einer Gruppe möglicher Revolutionäre aufgefasst werden, die kurz davor standen, mit gewalttätigen Maßnahmen Änderungen durchzusetzen.

"Lass mich darüber nachdenken", meinte sie freundlich. Sie musste nach Hause und mit Enric sprechen - und hoffen, dass er ihr - anstatt in seiner Funktion als Stellvertreter im Orden - als ihr Gefährte und Magierkollege mit Rat zur Seite stand. Ihre Prioritäten in dieser Sache bestanden gewiss nicht darin, dem Orden als Institution zu dienen, sondern denen beizustehen, die ihm unterstellt waren, besonders, wenn sie selbst mit deren Wünschen so umfassend konformging.

"Selbstverständlich", erwiderte Onil und verbeugte sich, eine Geste, die er zuletzt vor mehr als einem Jahr bei ihr benutzt hatte. Es fühlte sich an, als wäre die Distanz zwischen ihnen plötzlich gewachsen. Er drehte sich zur Tür um und hielt kurz inne, bevor er sie öffnete, eine Hand auf dem Türgriff. Er wandte sich nicht um, als er sprach: "Ich habe mit meinem Vater über dieses Gebäude gesprochen, an dem du Interesse gezeigt hast, um es für Lord Enrics Mutter zu erstehen. Er hat zugestimmt, den Preis so weit zu senken, dass er dem aktuellen Marktwert näherkommt."

Bei diesem unverfrorenen Bestechungsversuch spürte Eryn Ärger in sich aufsteigen. "Das wird auf meine Entscheidung keinerlei Einfluss haben. Überhaupt keinen."

"Ich weiß. Das ist nicht der Grund, warum ich es tat", entgegnete Onil leise und entfernte sich.

Sie lehnte sich in ihrem Stuhl zurück und schloss die Augen. Soviel dazu, besonders achtsam vorzugehen, um ihn weder zu ermutigen noch zu entfremden, nur um ihm dann heimtückische Motive zu unterstellen, wenn er ihr einen Gefallen tat. Hätte er es ohne diesen Fall mit Darnet im Hintergrund getan, hätte sie ihm einfach nur für seine Hilfe gedankt. Und jetzt hatte sie ihn stattdessen beleidigt. Aus ihr würde wohl niemals eine wahre Diplomatin oder geschickte Politikerin werden. Welch ein Jammer, dass sie in einen Rang gedrängt wurde, der beides erforderte.

* * *

Enric positionierte sich wie beiläufig zwischen Tyronts Schreibtisch und der Tür des Arbeitszimmers. Er hatte Eryn mehr oder weniger hergezerrt, nachdem sie ihm von ihrem Gespräch mit Onil erzählt hatte. Sie hatte sich bitterlich darüber beklagt, dass er sie dazu zwang, eine vertrauliche Unterhaltung vor dem Anführer des Ordens offenzulegen und ihm mitteilen zu müssen, womit ihr Kollege an sie herangetreten war. Er hatte ihr genug vertraut, um sich nicht darüber zu sorgen, dass sie ihm Schwierigkeiten bereiten würde. Und sie hatte Enric dafür verflucht, dass er in die Rolle ihres Vorgesetzten geschlüpft war, als sie eine heikle Angelegenheit mit ihrem Gefährten teilen wollte.

Da hatte er ein wenig nachgegeben und versprochen, dass sie Onils Identität geheim halten würden, damit er keinen Ärger bekam. Das hatte sie ein wenig besänftigt, aber nicht vollständig. Sie war noch immer übel gelaunt, verärgert darüber, dass sie mit Tyront die Unruhe unter den Ordensmitgliedern besprechen musste, wo sie es vorgezogen hätte, darüber zuerst noch eine Weile nachzudenken. Doch Enric hatte die Dringlichkeit und die Gefahr dahinter augenblicklich erkannt. Er war fest entschlossen, ihren Vorgesetzten ehestmöglich davon in Kenntnis zu setzen, besonders, wenn man bedachte, was beim letzten Mal passiert war, als sie eine Warnung dieser Art ignoriert hatten. Erbál hatte darauf hingewiesen, dass etwas vor sich ging. Die Bedeutung dessen zu ignorieren hatte beinahe dazu geführt, dass Tyront sein Leben verlor und hatte Eryn zudem in ernste wenn auch nicht unüberwindbare Schwierigkeiten gebracht. Den gleichen Fehler würde er sicher kein zweites Mal begehen.

Mit verschränkten Armen und angespannter Miene nahm Eryn vor Tyronts Schreibtisch Platz. Sie machte keinen Hehl aus ihrer Verstimmung darüber, dass sie von ihrem Gefährten hergebracht worden war.

"Was ist los?", fragte Tyront sachte. Die Anspannung zwischen seiner Nummer zwei und drei war unverkennbar. "Deiner Nachricht entnehme ich, dass ihr etwas Dringendes mit mir zu besprechen wünscht?"

Enric unterdrückte ein Seufzen, als Eryn keinerlei Erklärung anbot und somit er derjenige war, der die Unterhaltung zwischen Eryn und Onil darlegen musste. "Das haben wir", bestätigte er trotz des recht offensichtlichen Hinweises darauf, dass Eryn nicht zustimmte. "Ein Mitglied des Ordens ist auf Eryn zugekommen und bat sie, sie möge davon absehen, für Darnet eine schwere Bestrafung zu verlangen."

Tyront zog die Augenbrauen hoch. "Ach ja? Eine etwas kühne Bitte, wenn man bedenkt, dass Darnet sein Möglichstes tut, um sie in den Anschlag auf mein Leben zu verwickeln. Aber es zeigt zumindest, dass wer auch immer darum gebeten hat, keinen Zweifel an ihrer Unschuld hegt." Er sah Eryn an und lächelte dünn. "Aber ich gehe davon aus, dass du ohnehin keine zu heftige Strafe verlangt hättest. Du hast sogar versucht, die Apotheker zu verteidigen, nachdem sie dich zu töten versucht haben. Ich denke nicht, dass du nach dem Blut eines Mannes verlangt hättest, der Anzeichen dafür zeigt, dass er nicht ganz richtig im Kopf ist." Sein Blick wanderte zu Enric. "Dieser Magier...", begann er, sah aber, wie sein Kollege fast unmerklich den Kopf schüttelte zum Signal, dass es derzeit nicht ratsam war, nach dem Namen des Mannes zu fragen. Somit überdachte er seinen nächsten Satz noch einmal. "Dieser Magier, hat er dir gesagt, weshalb er Nachsicht für Darnet wollte?"

Erneut wartete Enric vergebens darauf, dass Eryn das Wort ergriff. Sie starrte lediglich geradeaus und zum Fenster hinter Tyront hinaus.

"Er erklärte, dass zwar der Anschlag auf dein Leben die Tat eines einzelnen Mannes war, nicht aber die Haltung dahinter. Es gibt eine Gruppe an Magiern, die unzufrieden damit ist, wie der Orden die Dinge hier handhabt, mit all den Beschränkungen, die er den Mitgliedern auferlegt. Besonders, wo sie nun sehen, dass die Westlichen Territorien ihren Magiern wesentlich mehr Freiheiten in allen Aspekten ihres Lebens zugestehen."

Tyront nickte langsam und warf Eryn einen eindringlichen Blick zu. "Ich verstehe. Und ich sehe ein, dass dies eine ungemein schwierige Situation für dich sein muss, Eryn. Aber dir ist natürlich klar, wo deine Pflichten liegen?"

Erst da sah sie ihn an und knurrte: "Ich fürchte, mein Verständnis dafür, wie meine Pflichten aussehen, unterscheidet sich erheblich von deinem."

"Definitionsgemäß sind deine Pflichten nichts, das du nach eigenem Willen oder Ermessen verfolgen kannst, sondern sie werden durch die Regelungen und Vorschriften der Institution festgelegt, der du unterstellt bist." Er lehnte sich vor, sein Blick noch immer fest auf ihr. "Es steht dir keinesfalls frei, dein Handeln von irgendwelchen Sympathien lenken zu lassen, die du zweifelsohne für diese Magier empfindest, da sie genau das kritisieren, was dich schon immer gestört hat. Du musst zu mir, Enric und dem Rat der Magier stehen. Deine Pflicht ist es, im Interesse des Ordens zu handeln."

Eryns Augen verengten sich. Begriff er nicht, was er da von sich gab? Es bedeutete, sich gegen all jene zu stellen, die den nachvollziehbaren Wunsch nach Veränderungen im Orden vertraten!

"Die Magier, die mit der aktuellen Situation unzufrieden sind, sind ebenso Mitglieder des Ordens, was bedeutet, dass sie zu unterstützen nicht automatisch bedeuten kann, dass ich mich gegen die Interessen des Ordens stelle, würde ich meinen." Ihre Stimme war eisig.

Tyront blieb ruhig, wenngleich ein wenig angespannt. "Ich meine, dass du dabei zu helfen hast, die Stabilität des Ordens als Institution aufrecht zu erhalten, ganz egal, ob die Bedrohung von innen oder außen kommt."

Sie schüttelte langsam den Kopf. "Du stufst sie als Bedrohung ein, ohne dir ihre Bedenken und Wünsche überhaupt anzuhören? Wirklich? Ich selbst verstehe diese Führungsrolle, in die ihr mich hineingedrängt habt, als eine, wo ich für alle mir unterstellten Leute zuständig bin anstatt nur für diejenigen, die kritiklos die Regeln befolgen und ihre eigenen Bedürfnisse hintanstellen, um blind zu dienen. Ganz sicher sehe ich mich nicht als Werkzeug, um sämtliche Versuche im Keim zu ersticken, die darauf abzielen, die Bedingungen für Menschen im und außerhalb des Ordens zu verbessern!"

Enric räusperte sich. Diese Diskussion entwickelte sich nicht in die Richtung, die er erhofft hatte, sondern in eine wesentlich gefährlichere. Er hatte Tyront lediglich über die aktuellen Entwicklungen informieren, ihn zur Vorsicht gemahnen und auf das vorbereiten wollen, was noch kommen mochte. Eryn zur offenen Rebellion aufzustacheln war nicht der Plan gewesen. Er entschied, dass es wohl weise war, nicht zu erwähnen, dass Onil sie gebeten hatte, die Belange der Gruppe vor dem Rat der Magier zu unterstützen. Tyront würde das nicht gefallen, überhaupt nicht.

"Ich schlage vor", warf er ein, "dass Eryn sich noch einmal mit ihrem Kontakt trifft und dann eine Liste mit den Themen erstellt, die es zu überarbeiten gilt. Vorschläge bezüglich der Vorgehensweise für Reformen wären ebenfalls hilfreich. Das könnten wir dann dem Rat der Magier zur weiteren Erörterung vorlegen."

Eryn warf ihrem Gefährten einen finsteren Blick zu. "Mit meinem Kontakt treffen? Jetzt, wo Tyront weiß, dass jemand an mich herangetreten ist, wird er mir einen Spion hinterherschicken, der mich auf Schritt und Tritt verfolgt und herausfindet, wer dieser Kontakt ist! Wer weiß, welche Sanktionen dieser Person dann auferlegt werden?"

Tyront stieß verärgert den Atem aus und knurrte: "Du scheinst zu denken, dass das bloße Äußern von Kritik am Orden einem Magier bereits ernste Schwierigkeiten einhandelt und eine ordentliche Prügelstrafe mit sich bringt. Wäre das wirklich der Fall, müsste ich dir jede Woche jemanden schicken, der dich auspeitscht. Unzufriedenheit ist noch kein Grund für drastische Maßnahmen von meiner Seite; mit einem Anschlag auf mein Leben eine Revolte anzuzetteln allerdings sehr wohl."

"Aber das war die Tat eines einzelnen Mannes, nicht einer ganzen Gruppe!", beharrte Eryn.

"Das wird sich zeigen", erwiderte Tyront kühl. "Triff dich mit deinem Kontakt und besorge mir die Liste, so wie Enric es vorgeschlagen hat. Ich verspreche, dass ich vorerst niemanden beschuldigen oder festhalten werde."

Eryn bemerkte, dass er auf clevere Art das Versprechen umgangen hatte, dass er nicht herausfinden würde, wer ihr Kontakt war. Alles was er sagte, war, dass er diese Information nicht einsetzen würde, bis er es als angemessen erachtete.

"Ich werde darüber nachdenken", schnappte sie, erbost über seinen Versuch, sie auszutricksen. Aber im Moment mochte es klüger sein, ihn nicht wissen zu lassen, dass sie ihn durchschaut hatte. Ohne darauf zu warten, dass er sie entließ, stand sie auf und marschierte aus seinem Arbeitszimmer.

Enric wandte sich ab, um ihr zu folgen.

"Enric", rief Tyront ihm nach, "warte! Wir müssen reden!"

"Später", warf Enric über seine Schulter zurück. "Ich komme heute nach dem Abendessen zu dir, versprochen." Er eilte voran, froh, dass Tyront nicht darauf bestand, dass er blieb. Jetzt gerade war es weitaus wichtiger, mit Eryn zu reden. Er spürte ihren Ärger durch das Geistesband und musste ihr klarmachen, dass er sie nicht dazu bringen wollte, dass sie entgegen ihren Überzeugungen handelte, dass er verstand, was sie durchmachte, auch wenn er sie gerade vor Tyront gezerrt hatte.

Noch bevor sie die Treppe erreichte, holte er sie ein. Als er nach ihrem Arm greifen wollte, riss sie sich aus seinem Griff los und fauchte ihn an: "Fass mich nicht an! Ich weiß nicht, wer mich momentan wütender macht - du oder Tyront!"

Enric fing ihr Handgelenk ein und hielt es fest, als sie aus seiner Reichweite treten wollte. "Komm. Wir müssen reden", meinte er schlicht und zwang sie, ihm die Stufen hinab und aus dem Palast hinaus zu folgen. Kurz zog er in Betracht, Orrin um die Benutzung seines Arbeitszimmers zu bitten; der Weg nach Hause war etwas länger, und er brannte darauf, alles zu besprechen, was zu diesem Aufflammen geführt hatte. Doch er entschied sich dagegen. Vor ein paar Monaten hätte er vielleicht darauf zurückgegriffen, doch jetzt nicht mehr, wo Orrin ein kleines Kind hatte, das sie womöglich wecken würden. Und es schien unangebracht, aus Gründen der Bequemlichkeit mit seinen eigenen Problemen in Orrins friedlichem Heim aufzutauchen. Also blieb ihm nichts weiter übrig, als sie den ganzen Weg nach Hause mit sich zu ziehen. Einfach umwerfend.

"Lass mich los! Du weißt, dass ich das hasse!", schnappte sie.

"Wirst du mitkommen, wenn ich dich freigebe? Ich muss mit dir reden", beharrte er.

"Nein, das werde ich nicht! Ich bin zornig auf dich und will jetzt gerade überhaupt nicht reden!" Sie versuchte nicht länger, ihr Handgelenk zu befreien. Das war ohnehin müßig; wenn sie sich wehrte, würde er nur seinen Griff verstärken. Ihr blieb keine andere Wahl, sie musste mit ihm nach Hause gehen. "Ich habe dir das im Vertrauen mitgeteilt, ich wollte deinen Rat hören! Und was war das Erste, das du getan hast? Du schleppst mich vor Tyront! Einfach so! Ich hätte seine Reaktion vorhersagen können!"

"Nicht jetzt", warnte Enric sie und sah sich um. Auf offener Straße waren sie von zu vielen Augen und Ohren umgeben. Er benötigt einen geschlossenen Raum und eine schalldichte Barriere. "Warte, bis wir zuhause sind."

Sie presste die Lippen aufeinander und beschleunigte ihre Schritte. Sie wollte den Eindruck vermeiden, dass sie wie ein störrisches Pferd hinter ihm nachgezogen wurde. Ein paar Passanten beäugten sie bereits neugierig.

Sobald sie ihr Haus erreicht hatten, öffnete Enric die Tür, ohne ihr Handgelenk freizugeben und wartete, bis sie eingetreten war, bevor er ihr folgte und sie in Richtung ihres Arbeitszimmers wies. Er wollte das nicht in seinem eigenen Arbeitszimmer tun, da es ihr den Eindruck vermitteln mochte, dass er sie in die Enge trieb. Sie musste aufnahmebereit sein und wahrhaftig verstehen wollen, was er ihr zu sagen hatte.

Sie passierten die Öffnung zum Esszimmer, wo Gerit gerade mit ihrem Enkel saß und ihm geduldig etwas fütterte, das nach Obstbrei aussah. Einen Moment lang sah sie von ihrer klebrigen Aufgabe auf, machte aber keinerlei Anstalten, sich ihnen zu nähern, als sie ihrer Mienen gewahr wurde, die deutlich zeigten, dass sie ein Hühnchen miteinander zu rupfen hatten.

Enric schloss die Tür des Arbeitszimmers hinter ihr und ließ erst dann ihre Hand los. Er errichtete eine geräumige schalldichte Barriere, die es ihnen beiden eine Weile ermöglichen würde, ungehindert zu atmen.

Eryn verschränkte die Arme und blitzte ihn an. "Dann darf ich jetzt wohl sprechen? Oder willst du zuerst irgendeinen altertümlichen Text zitieren, der mich genauestens über meine Treuepflichten dem Orden gegenüber informiert sowie über die strenge Bestrafung, die eine Zuwiderhandlung mit sich bringt?"

Er lehnte sich gegen ein Bücherregal und versuchte, sich ein wenig kleiner und weniger bedrohlich zu geben. "Nein. Das war nicht meine Absicht", erwiderte er gelassen und schüttelte den Kopf. "Ich weiß, dass du aufgebracht bist und verstehe den Grund dafür. Du hast das Gefühl, ich hätte dich veranlasst, Onils Vertrauen zu verletzen, und dich dazu gezwungen, ihn zu einem Ziel für Tyronts Agenten und in der Folge für die Maßnahmen gemacht, die Tyront im Umgang mit ihm als nötig erachtet. Und du grollst Tyront, weil er von dir verlangt, dass du mit ihm und mir eine geschlossene Front bildest und dich damit gegen diejenigen wendest, auf deren Seiten du tatsächlich stehst. Der Gedanke daran, dich an Regeln zu halten, mit denen du nicht übereinstimmst und die du seit deinem Beitritt zum Orden bekämpft hast, frustriert dich, weil du dich viel lieber denen anschließen würdest, die versuchen, sie zu ändern. Und auf mich bist du ebenfalls böse, weil du meinst, ich stünde auf der falschen Seite."

Eryn starrte ihn einige Sekunden lang an, dann löste sie ihre Arme wieder voneinander, einen Moment lang sprachlos. Das war eine ganz anständige Zusammenfassung ihrer Ansichten, wie sie zugeben musste. Abgesehen davon, dass er ihr damit wirksam den Wind aus den Segeln genommen hatte, war sie überrascht von seinem Einblick, dem wohl auch ein gewisses Ausmaß an Verständnis zugrunde lag.

"Du und Tyront veranlasst mich dazu, entgegen meinen Überzeugungen zu handeln", äußerte sie, bestrebt, ebenso ruhig zu klingen. Sie wollte nicht hysterisch sein, während er Rationalität und Kontrolle an den Tag legte. "Ich wusste, dass ich mich eines Tages solch einer Situation würde stellen müssen - dass meine Ideale denen des Ordens früher oder später in einer Situation gegenüberstehen würden, wo sie aufeinanderprallen. Ich war nur nicht darauf vorbereitet, dass es dermaßen bald passieren würde." Sie rieb sich über das Gesicht. "All das wäre wesentlich einfacher gewesen ohne ein Kind, das sich nun womöglich den Konsequenzen gegenübersieht, dass seine Eltern auf gegenüberliegenden Seiten stehen", seufzte sie und spürte, wie sich der Ärger zu Betrübtheit wandelte.

Enric stieß sich vom Bücherregal ab, ging auf sie zu und nahm ihr Gesicht zwischen seine Hände, bevor sie einen Schritt zurück machen konnte. "Ich bin auf deiner Seite, Liebste. Immer." Seine Stimme war kaum mehr als ein Flüstern, doch die Entschlossenheit darin war deshalb nicht weniger nachdrücklich.

Sie schloss die Augen und seufzte. "Nein, das bist du nicht. Du bist auf Tyronts Seite, auf der Seite derjenigen, die anderen, die ohne die Zustimmung des Rates nichts verändern können, unerwünschte Beschränkungen auferlegen. Und der Rat wird nicht zustimmen."

"Eryn." Die Strenge, die er in dieses eine Wort gepackt hatte, veranlasste sie, die Augen wieder zu öffnen. "Der Orden ist schon seit einer Weile nicht mehr das Wichtigste in meinem Leben. Tyront und ich hatten recht unterschiedliche Gründe, weshalb wir dich im Orden haben wollten. Er sah eine mächtige Magierin - den strategischen Vorteil - den deine Fähigkeiten und dein Wissen mit sich bringen würden, sowie auch eine nützliche Verbindung zu einem anderen Land." Seine Daumen strichen über ihre Wangenknochen. "Meine Gründe waren selbstsüchtiger. Erstens wollte ich, dass du an diesen Ort gebunden bist, damit dich mir niemand mehr wegnehmen konnte. Und zweitens sah ich das Potential, das deine starken Vorstellungen und deine Entschlossenheit, sie zu vertreten, hatten, um den Orden zum Besseren hin zu verändern. Ich will nicht, dass du auf eine Weise handelst, mit der du deine Überzeugungen verrätst, ich will nur sicherstellen, dass deine Anstrengungen gute Erfolgschancen haben, ohne dass du dir damit Ärger einhandelst während nichts dabei herauskommt." Er lächelte über das misstrauische Interesse in ihren Augen und der Mischung aus Erleichterung und Hoffnung, die er durch das Geistesband empfing. "Wir sind ein mächtiges Paar, du und ich. Und damit meine ich nicht unsere Magie. Du bist jemand mit der Energie und den Ideen, die Dinge zum Besseren zu ändern, jemand, der Leute inspiriert und ihr Vertrauen verdient. Ich bin ein Stratege, ein Planer, ein Politiker. Gemeinsam können wir Veränderungen ermöglichen, doch das müssen wir richtig angehen. Dazu gehört, dass wir die Ratsmitglieder nicht durch einen Mangel an Diplomatie oder Schonungslosigkeit gegen uns aufbringen oder Maßnahmen vorschlagen, die sie als so drastisch erachten, dass sie nicht einmal bereit sind, darüber zu diskutieren. Es darf zu keiner Revolution kommen, die den Orden oder sogar die Stadt in Trümmern zurücklässt. Wir brauchen kleine, aber stetige Schritte, von denen sich die Traditionalisten im Orden nicht überwältigt fühlen und die den unzufriedenen Magiern zeigen, dass es eine Entwicklung gibt. Die mag nicht so rasch voranschreiten, wie sie es gerne hätten, geht aber in die richtige Richtung."

Sie atmete aus und spürte, wie die Spannung in ihren Muskeln langsam von ihr abfiel. Sie ließ sich ein wenig nach vorne sinken, bis ihre Stirn an seiner lehnte. "Ich weiß nicht, wie ich das fertigbringen soll", flüsterte sie.

Er lächelte und hob ihr Kinn, damit er sie küssen konnte. "Daran werden wir arbeiten. Gemeinsam."

* * *

Das Grinsen auf seinem Gesicht gefiel Eryn ganz und gar nicht, als sie sich Orrin für ihre erste Kampfstunde nach einigen Monaten näherte. Es ließ Zweifel in ihr aufsteigen, ob es besonders schlau gewesen war, sich von ihm dazu nötigen zu lassen. Er stand im Zentrum der Arena mit der Haltung, die er gerne einnahm, wenn er entspannt war - oder was auch immer in seinem Fall als entspannt galt: breitbeinig mit verschränkten Armen.

"Da bist du ja", meinte er freundlich. "Ich habe mich schon gefragt, ob ich dich wohl herbeischaffen muss."

"Selbstverständlich bin ich hier. Ich habe doch zugestimmt, oder etwa nicht?", knurrte sie und bemerkte, dass er eine Lederrüstung trug. Also stand heute Training mit dem Schwert an, kein unbewaffneter Kampf. Ihre Laune sank noch weiter. Natürlich war die Hoffnung vergebens gewesen, dass er mit der weniger verhassten Disziplin ohne Waffen einsteigen würde. Andererseits war Schwertkampf gemäß den Statuten des Ordens eine verpflichtende Fertigkeit, während das bei unbewaffnetem Kampf nicht der Fall war. Da er ein Mann war, der seine Pflichten ernst nahm, würde Orrin seine Prioritäten somit in Übereinstimmung mit den Regeln setzen.

Eryn seufzte verzweifelt und ging zu der Wand, an der zwei Schwerter sowie ihre alte Trainingsrüstung lehnten. Zum Glück waren die Verschlüsse an den Seiten verstellbar, oder sie hätte sie nur mit erheblichem Hineinzwängen anlegen können und damit an Beweglichkeit eingebüßt. Nicht, dass sie hinsichtlich Beweglichkeit irgendwelche Zuschauer beeindrucken hätte können. Dafür war die Pause seit ihrer letzten Trainingsstunde zweifellos viel zu lang gewesen.

Sie nahm sich mehr Zeit als nötig gewesen wäre, um die Lederrüstung überzuziehen, obwohl sie wusste, dass Orrin sie womöglich später dafür bezahlen lassen würde, wenn sie seine Geduld strapazierte. Der Widerwille in ihrem Inneren, dies erneut auf sich nehmen zu müssen, war enorm. Doch das war es wert, dass sie den Zeitpunkt für die Wiederaufnahme des Trainings selbst bestimmen konnte, anstatt sich vom Orden dazu anweisen lassen zu müssen. Orrin hatte Recht. Auf diese Weise hatte sie die Kontrolle und nicht der Orden. Kontrolle war wichtig.

Tyront hatte sich über ihre Demonstration von Verantwortungsbewusstsein und Bereitwilligkeit, sich aus eigenem Antrieb den Regeln zu beugen, ungemein erfreut gezeigt. Er hatte sichergestellt, dass der Rat erfuhr, dass sie diejenige war, die die Initiative ergriffen hatte. Enric hatte das befürwortet und angemerkt, dass dies ihren Kollegen zeigen würde, dass sie niemand war, der sich einfach so herumschubsen ließ, sondern willens und in der Lage, ihre eigenen Entscheidungen zu treffen. Was so nicht ganz der Wahrheit entsprach. Sie hatte sich lediglich die Zeit ausgesucht. Hätte sie etwas mitzureden, hätte sie beschlossen, das Training niemals wieder fortzusetzen.

"Bist du bald fertig, oder muss ich dir dabei zur Hand gehen?", kam Orrins amüsierte Stimme hinter ihr. "Andere Leute schmieden ein Schwert in der Zeit, die du brauchst, um eines aufzuheben."

"Das will ich sehen", schnaubte sie und ergriff schließlich die Waffe, um sie aus der Scheide zu ziehen. Einen Moment lang wog sie sie in der Hand, um sich wieder an das Gefühl des mit Leder umwickelten Stahls zu gewöhnen.

Orrin bückte sich, um sein eigenes geringfügig längeres Schwert an sich zu nehmen, bevor er es ein paarmal durch die Luft tanzen ließ, um sein Handgelenk zu lockern.

"Wann immer du bereit bist", rief er ihr zu.

Eryn nickte und näherte sich ihm.

"Zum Aufwärmen werden wir einfach und langsam mit grundlegenden Bewegungen beginnen. Nichts zu Aufwändiges oder Abruptes. Ich will zuerst sehen, wie viel nach unserer Pause noch vorhanden ist. Hättest du zuvor einige Jahre lang trainiert, wäre das kein großes Problem. Aber eine Unterbrechung von einigen Monaten, bevor es dir zur zweiten Natur geworden ist, war nicht ideal."

"Warum schreibst du nicht einen barschen kleinen Beschwerdebrief an Malriel? Immerhin war sie diejenige, die mir den Trank untergejubelt hat. Hätte sie nicht entschieden, dass sie ganz verzweifelt ein Enkelkind braucht, hätte ich das Training niemals unterbrochen. Nur damit du weißt, wem du die Schuld geben solltest."

"Halt den Mund und pariere", instruierte Orrin sie und zielte mit seinem ersten Hieb auf ihre Schulter. "Ohne die Handfesseln sollte das nicht so schwierig sein."

Er lag falsch. Es dauerte nicht lange, bis ihr klar wurde, wie viel sie von ihren Fertigkeiten eingebüßt hatte. Gegen Orrin hatte sie keinerlei Chance, obwohl er magisch gesprochen schwächer war als sie. Sie war verärgert darüber, wie viel von dem, was er ihr beigebracht hatte, verloren war und erinnerte sich daran, dass sie erst vor einem Jahr noch in der Lage gewesen war, ihn dank ihrer überlegenen magischen Stärke zu besiegen. Höchstwahrscheinlich würde es einige Zeit dauern, bis sie diese Fertigkeitsstufe erneut erreichte, ganz zu schweigen, sie über den vorherigen Level hinweg verbesserte.

Ihr Trainer schien zu einer ähnlichen Schlussfolgerung gelangt zu sein, das konnte sie auf seinem Gesicht ablesen. Noch nicht einmal nachdem sie ordentlich aufgewärmt war, konnte sie ihn sich lange vom Leib halten.

Einige Minuten später hob sie ihre Hand, um ihm Einhalt zu gebieten. "Warte! Ich brauche eine Pause, damit ich zumindest den Schmerz wegheilen kann."

Er schüttelte den Kopf. "Nein. Der Schmerz soll dich daran erinnern, warum es eine fabelhafte Idee wäre, meinen Schlägen entweder auszuweichen oder sie zu blocken."

Eryn knirschte mit den Zähnen und hielt sich bereit, als er sein Schwert erneut anhob.

Nach kaum mehr als einer halben Stunde war sie vollkommen außer Atem und fragte sich, wie sie es jemals geschafft hatte, zwei Stunden am Stück zu überleben.

"Jämmerlich", kommentierte Orrin ohne jedes Erbarmen.

Sie starrte ihn finster an. "Jetzt sehe ich, warum sie dafür gesorgt haben, dass du keine Kinder mehr unterrichtest. Dein Motivationsstil ist nicht gerade besonders freundlich."

"Niemand hat dafür gesorgt, dass ich es aufgebe. Ich war derjenige, der entschieden hat, dass ich mich auf das Training von Erwachsenen konzentrieren will." Er schenkte ihr ein breites Lächeln. "Du bist die einzige Ausnahme."

"Bezeichnest du mich etwa als Kind?", knurrte sie.

"Du bist auf den Level eines Studenten im dritten Jahr zurückgefallen, womit das nicht ganz aus der Luft gegriffen wäre."

"Ich hasse dich", murmelte sie und hörte, wie er darüber lachte. Wie wunderbar, dass zumindest einer von ihnen Spaß hatte.

"Wenn du jetzt schon denkst, du hasst mich, warte erst, bis ich für heute mit dir fertig bin", grinste er hämisch und hob erneut seine Waffe.

* * *

Eryn eilte durch die Palastkorridore und kam vor den hohen Türen zum Thronsaal schlitternd zum Stillstand. Als die Wachen in Livree dazu ansetzten, die Türen für sie zu öffnen, hob sie eine Hand, um sie aufzuhalten.

"Wartet", keuchte sie, "gebt mir einen Moment, damit ich wieder zu Atem komme, ja?"

Sie sah, wie die beiden einen kurzen, leicht amüsierten Blick tauschten und ihre Hände dann wieder sinken ließen, bevor sie betont wegsahen, während sie ihre Hände auf den Knien abstützte, damit sie zu einer entspannteren Atemfrequenz zurückkehren konnte. Nach einigen Sekunden richtete sie sich wieder auf und versuchte mit den Händen ein paar Haarsträhnen zu glätten, die ihrem Zopf entkommen waren. Dann nahm sie einen letzten Atemzug, wischte sich mit einem Ärmel ihrer Robe die winzigen Schweißperlen von der Stirn und nickte den Wachen zu, damit sie ihr Zutritt zum Thronsaal gewährten.

König Folrin saß auf seinem Thron, sein Gesichtsausdruck etwas weniger geduldig als sie es von ihm gewohnt war. Nun, es war seine Schuld, dass sie zu spät kam, entschied sie und hob trotzig ihr Kinn, während sie auf ihn zumarschierte. Sie war gerade dabei gewesen Vedric zu baden, als sie die Nachricht erhielt, dass er sie in einer halben Stunde zu sehen wünschte. Das war ungemein rücksichtslos. Enric war irgendwo unterwegs, Gerit ebenfalls, und Plia kam kaum jemals vor Einbruch der Nacht von der Klinik nach Hause. Somit hatte sie Vedric fertig gebadet, Gerit von Inad abgeholt und sich schließlich etwas übergeworfen, das keine Rückstände von Gemüsebrei oder Seife aufwies. All das hatte mehr Zeit in Anspruch genommen, als der Monarch ihr zuzugestehen für angebracht gehalten hatte.

"Eure Majestät", sagte sie, als sie vor dem Thronpodest stehenblieb und sich verbeugte. Sie bemerkte, dass er allein war, sogar ohne Marrin an seiner Seite.

"Ihr kommt zu spät", bemerkte er unnötigerweise mit einem Tonfall, der seine Unzufriedenheit recht klar zum Ausdruck brachte.

"Ja", erwiderte sie kühl. "Das tue ich."

Der König sah sie an und wartete kurz, bevor er sich vorlehnte. "Und dafür wollt Ihr mir weder eine Entschuldigung noch eine Erklärung anbieten?"

Entschuldigung? Sie zwang ihr Gesicht in eine ausdruckslose Miene. Sie musste ihren Ärger vor ihm verbergen. Entspannen, befahl sie sich und wünschte, das Kommando allein wäre ausreichend, damit ihr Körper gehorchte. Sie musste ihr Temperament für den Augenblick im Zaum halten, wie schwierig es sich auch gestaltete. Sie kehrte zu dem zurück, was in der Vergangenheit mäßig gut funktioniert hatte: langsames, tiefes und gleichmäßiges Atmen, das nicht nur ihren Brustkorb, sondern auch ihren Unterleib miteinschloss. Reduzierte Luftaufnahme führte zu einer Absenkung des Sauerstoffs im Blut und den Muskeln. In der Folge würde das die Anspannung in ihren Muskeln reduzieren, da dort sodann nicht mehr so viel rastlose Energie gespeichert wäre - ganz egal, dass dem König einen Fausthieb zu verpassen womöglich wesentlich zufriedenstellender gewesen wäre, um sich dieser Energie zu entledigen. Wie konnte er es nur wagen, so mit ihr umzugehen, als wäre sie keine hart arbeitende Mutter und Heilerin, sondern einer seiner zahlreichen nutzlosen Magier, die die seltenen Gelegenheiten, wenn sie von ihm persönlich bemerkt wurden, als Ehre empfanden? Sie konnte gut und gerne auf das Vergnügen verzichten, als seine liebste Ablenkung herhalten zu müssen, wann immer ihm langweilig war!

Eryn bemerkte, wie sich ihre Atmung wieder beschleunigte und verbannte diese Gedanken mit Entschlossenheit. Sie trugen nicht eben dazu bei, ihre Nerven zu beruhigen. Bei ihm konnte sie es sich nicht leisten, die Beherrschung zu verlieren, ermahnte sie sich. In der Regel nahm dies kein gutes Ende. Sie war nicht sicher, ob er wieder einmal versuchte, sie zu provozieren, allerdings es war besser, dieses Risiko nicht einzugehen.

Doch sie brachte es im Moment nicht über sich, sich bei ihm für seinen eigenen Mangel an Rücksichtnahme zu entschuldigen. Lieber würde sie sich die Zunge abbeißen.

"Nein, Eure Majestät, ich wünsche mich nicht zu entschuldigen", sprach sie in neutralem Ton und wartete auf seine Reaktion. Da keine Zeugen anwesend waren, standen die Chancen gut, dass er davon absehen würde, sie zu bestrafen oder ihr auch nur zu drohen.

König Folrin betrachtete sie, doch sie konnte nicht sagen, ob er fasziniert oder amüsiert war.

"Womit wart Ihr beschäftigt, als Euch meine Vorladung erreichte?", erkundigte er sich dann bedächtig.

"Ich badete meinen Sohn", erwiderte sie ruhig.

Er lächelte und nickte langsam. "Ah ja, eine der wenigen Gelegenheiten, wenn Ihr selbst Zeit für diese kleinen Aufgaben habt anstelle von Lord Enrics Mutter, die so viele davon zu übernehmen scheint. Doch Ihr habt die Anzahl Eurer Arbeitsstunden in der Klinik erheblich reduziert, nicht wahr? Damit bleibt Euch mehr Zeit für Euren Sohn." Er lehnte sich wieder zurück, offensichtlich geneigt, ihr die mangelnde Bereitschaft für eine Entschuldigung zu vergeben. "Wie gehen Eure Übersetzungsbemühungen voran? Haben sich die Geheimnisse dieser Sprache Euch bereits zu offenbaren begonnen?"

Mit Mühe hielt Eryn sich davon ab, mit den Zähnen zu mahlen. Abgesehen von Enric und Gerit hatte sie Letzteres niemandem gegenüber erwähnt. Nicht, dass es sie besonders überraschte, dass er wie immer gut informiert war. Und doch drängte sich ihr die Frage auf, woher er alle seine Informationen erhielt. Bezahlte er ihre Diener dafür, dass sie an ihn berichteten? Oder stieg jemand regelmäßig in ihr Haus ein, sah sich um und berichtete seinem Meister, welche Dinge auf ihrem Schreibtisch herumlagen? Keine dieser Optionen war besonders beruhigend.

"Ich empfinde es als beachtliche Herausforderung", meinte sie unverbindlich, unwillig, mehr zu enthüllen als absolut unumgänglich war. Sie würde doch seinen Spionen nicht die Arbeit wegnehmen wollen...

"Da bin ich sicher. Und glücklicherweise habt Ihr Botschafter Erbál, der Euch bei Euren Bemühungen unterstützen kann. Es zahlt sich auf jeden Fall aus, Freunde in nützlichen Positionen zu haben, ist es nicht so?"

"Das ist nicht der Grund, weshalb ich mich mit ihm angefreundet habe - um sicherzustellen, dass er sich für mich eines Tages als nützlich erweist", merkte Eryn gelassen an.

Der König seufzte. "Natürlich nicht. Das wäre außerordentlich untypisch für Euch. Wären Macht und eine hohe Position jemals ein Kriterium für Euch, so würden sie eher dafür sorgen, dass Ihr Leute deswegen ablehnt anstatt nach deren Wohlwollen zu streben. Aus diesem Grund wird Diplomatie für Euch niemals mehr als eine bloße Disziplin anstatt einer Geisteshaltung sein."

Eryn widersprach ihm nicht. Er hatte durchaus Recht. Und für diese Gewissheit bedurfte er ihrer Zustimmung nicht. Sie wartete darauf, dass er sich dem zuwandte, was ihn veranlasst hatte, sie herzubestellen.

"Ich bin erfreut, dass Ihr entschieden habt, Euer Kampftraining wiederaufzunehmen", fuhr er im Plauderton fort. "Nein, vergebt mir, das trifft so nicht ganz zu, nicht wahr? Lasst es mich anders formulieren: Ich heiße Eure Entscheidung gut, das Datum für die Wiederaufnahme selbst festzusetzen. Ich gehe davon aus, dass Lord Orrin etwas damit zu tun hatte, doch das braucht der Rat nicht zu wissen."

Sie kämpfte gegen den Impuls, ihre Augen zu verdrehen. Es schien, als wäre er in einer Stimmung, wo er sie mit seinen Fähigkeiten zum Beschaffen von Informationen und Ziehen von logischen Schlussfolgerungen zu beeindrucken suchte. Sollte sie ihm den Kopf tätscheln? Überraschung oder Bewunderung vortäuschen? Der Umgang mit ihm würde sich womöglich wesentlich einfacher gestalten, wenn sie sich dazu überwinden könnte, hin und wieder auf seine Eitelkeit einzugehen. Doch allein bei dem Gedanken daran fühlte sie sich schmutzig. Das entsprach ihrer Persönlichkeit einfach nicht.

"Vielen Dank. Ihr wisst sicher, wie unverzichtbar Eure Zustimmung für mich ist", meinte sie ausdruckslos. Überhaupt nicht, fügte sie im Stillen hinzu. Sie beobachtete, wie sich seine Lippen ob dieser vorsichtigen Beleidigung zu einem Lächeln verzogen. Dann erkannte sie, dass dies genau das war, worauf er abgezielt hatte - dass ihre Verärgerung ein besseres Lob für sein Können war als jegliche unehrlichen oder sogar ehrlichen Komplimente. Nun, dachte sie müde, zumindest hatte sie ihn zufriedengestellt, ohne dabei ihre wahre Natur zu verleugnen.

"Der Grund, weshalb ich Euch zu sehen wünschte, Lady Eryn", begann er und kam nun, wo er erreicht hatte, was er wollte, endlich zum Punkt, "ist die Rolle, die Ihr bei den derzeitigen ungeplanten Entwicklungen innerhalb des Ordens spielen sollt."

"Ich hatte bereits ein Gespräch mit Lord Tyront, bei dem er mich an meine Pflichten vom Standpunkt des Ordens aus erinnerte", erwiderte sie mit säuerlicher Miene.

Der König nickte. "Ich weiß."

Aber natürlich tat er das. Wann war das nicht der Fall?

Er stand vom Thron auf und stieg vom Podest hinab. Als er neben ihr stand, hob er seinen Arm, damit sie ihn ergriff. "Gehen wir ein wenig spazieren, meine Lady."

Zögerlich nahm sie seinen Arm und erinnerte sich an das letzte Mal, als er sie auf einen Spaziergang eingeladen hatte. Das war vor ihrer Kräutersammelexpedition gewesen, als er sie in politischer Strategie testete.

"Mir ist selbstverständlich klar, wie wenig Euch der Standpunkt des Ordens kümmert. Oder auch der meine, wenn wir schon dabei sind. Euch in den Orden aufzunehmen und mittels Magie an das Königreich zu binden hat Euch nicht zu einer ergebenen Anhängerin unserer Prinzipien gemacht, sondern Euch eher noch mehr darin bestärkt, an Euren eigenen Werten festzuhalten. Das finde ich höchst bemerkenswert, um ehrlich zu sein. Komfort und Wohlstand haben es nicht vermocht, Eure Entschlossenheit zu schwächen. Das respektiere ich aus tiefstem Herzen. Unglücklicherweise führt es zuweilen zu Verwirrungen und wirkt meinen eigenen Bemühungen und denen des Ordens entgegen. Wärt Ihr nur eine schlichte Bürgerin des Königreichs, würde Eure Missbilligung kaum das Potential bergen, unseren Plänen zu schaden. Doch Eure Machtposition erfordert von Euch, dass Ihr der Institution beisteht, die sie Euch gewährt."

Eryn starrte geradeaus, als sie erwiderte: "Und dass ich den Kommandos, die ich erhalte, ohne Nachdenken folgen soll, ohne diejenigen zu kritisieren, die sie aussprechen. Wie eine gute Soldatin."

Sie erreichten die Tür zur Galerie und blieben stehen, sodass König Folrin sie öffnen und ihnen damit den Zutritt ermöglichen konnte.

"Nein. Das ist es nicht, was von Euch erwartet wird, und ich hege den Verdacht, dass Euch das bewusst ist und diese Worte Eurer Frustration entspringen. Ihr sollt Eure Befehle in der Öffentlichkeit befolgen und sie auf weniger offene Weise in einem Gespräch mit demjenigen kritisieren, der sie Euch gab. Lord Tyront ist ein nüchterner Mann, dem konstruktive Kritik sogar willkommen ist, solange sie auf respektvolle Art zum Ausdruck gebracht wird."

"Und doch habt Ihr mich herbestellt, um mir mitzuteilen, dass ich dem Orden beistehen soll in einer Angelegenheit, wo meine Magierkollegen für etwas kämpfen, für das ich mich seit meinem Beitritt zum Orden öffentlich eingesetzt habe. Ihr sagt mir, ich soll meine eigenen Überzeugungen beiseiteschieben und dabei helfen, die Stabilität einer rückständigen Institution zu bewahren, die nun sogar den einzigen Zweck verloren hat, den sie so lange Zeit über verfolgte: die Bedürfnisse und Wünsche ihrer Mitglieder zu befriedigen, da einige davon nicht mehr länger damit zufrieden sind, ihre Freiheit gegen ein halbwegs bequemes Leben einzutauschen."

Zu ihrer Bestürzung lachte König Folrin verhalten. "Gesprochen wie die Revolutionärin, die der Orden und ich selbst davon abhalten müssen, dass sie sich erhebt."

"Ich habe nicht die Absicht, eine Gruppe an Magiern um mich zu versammeln und sie in die Schlacht gegen unsere Unterdrücker zu führen", schnaubte sie.

Er hielt an und wartete, bis sie sich ihm zuwandte. Sein Gesichtsausdruck war nun ernst. "Ihr sprecht von diesen Dingen, als wären sie ein Scherz, eine unfassbare Idee. Doch ehrlich gesagt trifft das nicht zu. Es besteht eine realistische Chance, dass sich die Dinge in diese Richtung entwickeln, und die Angelegenheit mit Darnet und seinem Angriff auf Lord Tyront - von der er denkt, er hätte sie mit Eurer Unterstützung und sogar gemäß Eurem Befehl ausgeführt - zeigt das sehr deutlich. Sie sind sogar an Euch herangetreten, damit Ihr sie vor dem Rat unterstützt. Sie wären mehr als bereit, Euch als ihre Anführerin zu akzeptieren: eine mächtige Figur, unbestechlich, klug, erbittert in ihren Überzeugungen, jemanden, zu dem die Stadt dank Eurer Bemühungen mit der Klinik und dem Waisenhaus aufblickt, die frühere Gefangene, die Fremde auf der Straße heilte und es bis auf den dritthöchsten Rang im Orden schaffte. Ihr seid das strahlende Beispiel einer anständigen Person, die aufgestiegen ist, eine Ikone der Tugend, das Symbol einer mächtigen Magierin, die für diejenigen kämpft, die weder reich noch privilegiert sind."

Eryn starrte ihn an. Das klang vollkommen lächerlich, als hätte ein liebeskranker Halbwüchsiger ein überschwängliches poetisches Machwerk komponiert, um die Dame seines Herzens zu preisen. Keinesfalls etwas, das sie aus dem Mund dieses sachlichen, berechnenden Mannes erwartet hätte.

Er seufzte ungeduldig. "Das soll kein Versuch sein, Euch zu schmeicheln, Lady Eryn. Es ist das Ergebnis sorgsamer Beobachtung der Bevölkerung, von Berichten, die ich erhielt. Würde ich Euch eine Freude bereiten wollen, wäre Bewunderung kaum die Methode meiner Wahl. Denkt nach!", befahl er. "Wägt ab, was Ihr über die Vergangenheit des Ordens wisst, von den lange verschwundenen Heilern."

Sie dachte zurück an den Tag, als sie Lord Poron zum ersten Mal in der Bibliothek getroffen hatte. Vern hatte sie zu ihm gebracht, damit sie ihn nach den Dingen fragen konnte, an denen sie interessiert war, da der alte Bibliothekar mit seinem weitreichenden Fundus an Wissen ihre beste Chance darstellte, zumindest unvollständige Antworten zu erhalten. Er hatte ihr von den Kämpfen zwischen Heilern und Kriegern vor einigen hundert Jahren erzählt, von Schlachten, die zu einem regelrechten Krieg angewachsen waren. Ein Krieg, der viele Leben gefordert hatte, sowohl von Magiern als auch unschuldigen Nicht-Magiern, die zufällige Opfer waren. Ein Krieg, der dazu geführt hatte, dass Krieger Heilern instinktiv misstrauten, sogar bis in die Gegenwart.

Schließlich vermochte sie sich selbst aus dem Blickwinkel des Ordens zu betrachten - eine gefährliche Fremde, die sie trotz ihres Widerstandes bei sich aufgenommen hatten, eine Frau, die sich nur deshalb an den Orden band, weil der König sie in einen Lebensbund genötigt hatte; und sogar dann war es noch erforderlich gewesen, eine Anzahl an Zugeständnissen zu machen, wie die Bewilligung von Heilerdiensten unter der Schutzherrschaft des Ordens. Seitdem waren ihre Dienste gewachsen, und der Kontakt mit den Westlichen Territorien hatte nicht nur die Existenzberechtigung der Heiler gefestigt, sondern auch neue Gedanken und Ideen angeschwemmt, die unmittelbar davorstanden, gefährlich zu werden und einmal mehr die Stabilität des Königreichs zu bedrohen. Aus Sicht des Ordens war sie eine Frau, die womöglich dafür sorgte, dass sich die Geschichte wiederholte.

Sie schluckte und schüttelte den Kopf. "Ich würde die Leute nicht in eine Schlacht führen und sie für meine Ideale opfern."

"Ich weiß", meinte der König besänftigend und lächelte, als sie ihn ansah. "Ihr kämpft für andere, schreckt aber vor dem Gedanken zurück, andere könnten für Euch kämpfen - oder sogar für sich selbst."

Eryn zog eine Augenbraue hoch. "Ich bin sicher nicht dermaßen aufopferungsvoll. Ich frage mich, woher Ihr diese Idee habt, ich wäre so selbstlos."

"Selbstlos? Ihr?" König Folrin lachte und schüttelte den Kopf. "Nein, das seid Ihr sicher nicht. Eure Art von Egoismus äußert sich einfach nur auf eine Weise, die leicht mit etwas anderem verwechselt wird. Dass Ihr andere nicht für Euch kämpfen lasst, zeigt, dass Ihr stark und unabhängig seid, dass Ihr alles allein schafft, dass Ihr allem gewachsen seid, dem Ihr Euch stellen müsst. Ich stelle mir vor, dass der Umgang mit all dieser Manipulation seit Eurem Weggang aus Eurem kleinen Dorf unglaublich frustrierend für Euch gewesen sein muss, da es Euch schlichtweg an der Erfahrung und den Fertigkeiten fehlte, um damit zurechtzukommen. Somit wurdet Ihr auf die Rolle eines bloßen Opfers reduziert."

Sie starrte ihn verärgert an. "Ihr sagt also, meine Bereitschaft, anderen zu helfen, ist nichts weiter als der Drang, mir selbst zu beweisen, dass ich stärker und besser bin als andere?"

"Das ist womöglich eine etwas düstere Formulierung, doch im Wesentlichen würde ich zustimmen, ja. Zum Glück für uns alle lenkte die Erziehung Eures Vaters dies in einen Beruf und eine Haltung, die den Menschen um Euch herum zum Vorteil gereicht anstatt zu ihrer Unterdrückung, Versklavung oder anderweitigem Schaden führt", fügte er trocken hinzu. "Doch diese spezielle Charaktereigenschaft, dieser Drang, denen beizustehen, die schwächer und weniger einflussreich sind als Ihr selbst, ist es, woran ich nun appellieren möchte, damit Ihr versteht, warum der Orden darauf angewiesen ist, dass Ihr ihm beisteht. Sie müssen erkennen, dass Ihr keinen weiteren Krieg auslöst zwischen denen, die hinter den Heilern und deren begehrter Entscheidungsfreiheit stehen, und jenen, die mit den Kriegern die alten Strukturen erhalten wollen. Es gibt Spannungen im Orden, und Ihr habt das

Potential, diese nun entweder einzudämmen oder zu etwas anwachsen zu lassen, von dem ich sicher bin, dass wir es alle gerne vermeiden wollen."

Eryn runzelte die Stirn. "Ich verstehe, worauf Ihr hinauswollt. Natürlich würde ich nicht dafür sorgen wollen, dass die Leute gegeneinander kämpfen und sterben, doch diese Spannung, die Ihr erwähnt habt, wird nicht einfach so verschwinden, nur weil wir es schaffen, sie niederzudrücken. Das ist wie eine Wunde, die nur äußerlich geheilt wird, ohne dass man sich um den darunterliegenden Schaden kümmert, der dann unter einer scheinbar intakten Oberfläche weiterschwärt."

"Sehr richtig", stimmte er sofort zu. "Und aus diesem Grund endet Eure Verantwortung auch nicht dabei, die Gruppe an unzufriedenen Magiern lediglich nicht zum Aufstand anzufachen. Ihr müsst im Orden Veränderungen vorantreiben, die sicherstellen, dass diese altertümliche Institution sicher in dieser neuen Ära ankommt, die Ihr mit all Eurem Wissen und Euren familiären Verbindungen eingeläutet habt. Man muss erkennen, dass Ihr dies nicht tut, indem Ihr die wenigen repräsentiert, die unzufrieden sind, sondern zum Wohl der gesamten Bevölkerung - sowohl innerhalb als auch außerhalb des Ordens. Das bringt mich zu etwas, das ich mit Euch besprechen möchte. Es ist der Grund, weshalb diese Veränderungen in geordnete Bahnen gelenkt werden müssen, warum willkürliche Zugeständnisse von Freiheiten mehr Schaden als Nutzen bringen können, wenn sie leichtsinnig gehandhabt werden."

Sie wartete, dass er weitersprach und schluckte die Bemerkung, dass sie durchaus verstand, weshalb er zu viel Freiheit für seine Untertanen als schädlich betrachtete.

"Einer der Bereiche, der unter den Magiern Missmut verursacht, ist die Beschränkung der für sie verfügbaren Berufe. Obwohl Ihr Magiern ein vollkommen neues Betätigungsfeld eröffnet habt, steht dieses nur einer recht kleinen Anzahl an Leuten zur Verfügung, wie Ihr selbst besser als jeder sonst wissen solltet. Stellt Euch vor, Magiern wäre es möglich, jeden Beruf zu ergreifen, der ihnen zusagt - welche Konsequenzen ergäben sich daraus für Handwerker, die keine Magie zur Verfügung haben?"

Eryn nahm sich eine Minute Zeit und dachte über diese Frage nach. Sie hatte eine Vorstellung davon, worauf er hinauswollte. "Ihr meint, dass sie benachteiligt wären, weil die gleichen Fertigkeiten in Verbindung mit Magie dazu führen würde, dass sie ihre Kunden an Magier verlieren, die die gleichen Produkte und Leistungen anbieten?"

"Genau. Die Bevölkerung als Ganzes mag Magier nicht besonders bewundern, doch sie werden dennoch respektiert. Was kaum ein Wunder ist - immerhin wurde ihnen das seit wer weiß wie vielen Jahrhunderten so beigebracht. Es ist eine Form der kollektiven Erinnerung, die Nicht-Magier veranlasst, Magier als ein klein wenig wichtiger als andere Menschen zu erachten."

"Diese Sichtweise teile ich nicht", erwiderte sie mürrisch. "Ich betrachte magische Fähigkeiten keineswegs als angemessenes Kriterium, um den Wert einer Person festzulegen."

"Natürlich tut Ihr das nicht", beschwichtigte der König sie. "Das sagte ich auch nicht. Ich wollte Euch lediglich darauf aufmerksam machen, dass andere rund um Euch das sehr wohl tun. Wir haben also festgestellt, dass Nicht-Magier möglicherweise erhebliche Nachteile erleiden, wenn sie in ihrem Berufsfeld mit Magiern konkurrieren müssen. Ich bin nicht nur der Herrscher über die Magier hier, Lady Eryn; ich muss auch berücksichtigen, wie ich verhindern kann, dass Tausende von Handwerkern auf diese Weise Teile ihres Einkommens einbüßen."

Sie seufzte und rieb sich über das Gesicht. "Ihr sagt also, dass Magiern nicht erlaubt werden kann, irgendwelche Berufe zu ergreifen, die zu Einkommenseinbußen für Nicht-Magier führen könnten?"

"Nein, das ist es nicht, was ich sage, Lady Eryn", erklärte der König geduldig. "Ich versuche Euch nur die Augen dafür zu öffnen, dass voreilige Maßnahmen Konsequenzen hätten, die sich durch sorgsame Planung reduzieren oder sogar vermeiden ließen. Eure Bemühungen, Nicht-Magier in den Heilerberuf einzugliedern, sind ein ausgezeichneter Anfang. Diesen Plan unterstütze ich von ganzem Herzen - und auch mit den Finanzmitteln der Krone, sobald Eure derzeitigen Lehrlinge weit genug fortgeschritten sind, damit sie andere unterrichten können."

Eryn blinzelte. Sie musste zugeben, dass er Recht hatte. Und dass er ihre Pläne für nicht-magische Heiler unterstützte, war durchaus eine angenehme Überraschung.

"Ein Potential für Probleme jedoch", fuhr er fort, "läge in dieser Angelegenheit darin, dass nicht-magische Heiler in der Lage wären, außerhalb der Stadt zu leben, während Magier des gleichen Berufsstandes weiterhin an die Stadt gebunden wären. Da dies ein weiteres Thema ist, das die Magier gegen den Orden aufbringt, könnten Eure Bemühungen dazu beitragen, dies zu einem zentralen Punkt zu machen, der zu einem Aufstand führt. Ihr seht also, weshalb Veränderungen sorgsam umgesetzt werden müssen und Vorausplanung unerlässlich ist?"

Sie nickte bedächtig. "Ja. Das bedeutet grundsätzlich, dass wir zuerst eine Möglichkeit finden müssen, Magiern die Erlaubnis zu erteilen, dass sie außerhalb der Stadt leben dürfen, bevor wir beginnen, Nicht-Magier zu Heilern auszubilden."

"Richtig. Und somit hoffe ich, meine liebe Lady Eryn, dass Euch diese Einblicke nun dabei helfen, weniger Frustration zu empfinden, wenn Eure Bemühungen zur Inklusion von Nicht-Magiern in Eure Ausbildung nicht so voranschreiten, wie Ihr es Euch derzeit wünschen würdet. Ihr solltet verstehen, dass es wesentlich mehr Sinn ergibt, Eure Bemühungen zuerst darauf zu konzentrieren, dass Magiern das Recht zur Wahl ihres Wohnortes gewährt wird. Legt zuerst ein stabiles Fundament, bevor Ihr ein komplexes Bauwerk errichtet. Es geht hier nicht darum, Veränderungen zu erwirken, die eine sofortige, sichtbare Wirkung haben, sondern die Dinge auf die richtige Weise und in der richtigen Reihenfolge anzupacken, damit sie langfristige Stabilität sicherstellen."

Eryn bemerkte, wie sich ihr Hals verengte, als sich erste Anzeichen von Panik ihren Weg an die Oberfläche erkämpften. "Verstehe ich richtig, dass Ihr diese enorme Bürde auf meinen Schultern platziert? Einen Krieg unter den Magiern zu verhindern und mehr oder weniger die Gesellschaft umzuformen?"

"Nicht allein auf Euren Schultern, meine liebe Lady. Doch ein Teil der Last wird durchaus auf Euch entfallen, das will ich nicht bestreiten." Sein Blick wurde eindringlich. "Dies ist eine Aufgabe, für die Ihr Verbündete benötigen werdet. Und ich lade Euch ein, ernsthaft darüber nachzudenken, welch nützlicher Verbündeter der König Euch sein kann."

Ihre Augen verengten sich. "Ihr benutzt mich!"

"Aber selbstverständlich. Und ich erwarte von Euch, dass Ihr mich im Gegenzug benutzt, wenn es dem dient, was wir soeben als unsere gemeinsamen Ziele festgelegt haben."

Sie hatten das Ende der Galerie erreicht. Eryn konnte sich nicht einmal entsinnen, dass sie den gesamten Weg zurückgelegt hatten, so vertieft war sie in das Gespräch gewesen. Sie überdachte seine Worte. Ein Verbündeter. Er war immer mehr ein gefährlicher Gegner gewesen, jemand, vor dem es sich in Acht zu nehmen, dem es zu misstrauen galt, der ihr stets mindestens zwei Schritte voraus zu sein schien. Würde die Zusammenarbeit mit ihm sich maßgeblich davon unterscheiden? Würde er sich als zuverlässiger Mitstreiter erweisen, dem sie dahingehend vertrauen konnte, dass er keine Spiele mit ihr spielte?

Sie blickte auf, als er ihre beiden Hände in seine nahm und sich zu ihr beugte, um sie mit offensichtlichen Vergnügen zuerst auf die linke, dann auf die rechte Wange zu küssen.

Nein, entschied sie mit einem seltsamen Gefühl von Erleichterung, die Veränderung wäre eindeutig nicht dermaßen bemerkenswert, und sie würde kein schlechtes Gewissen haben müssen, weil sie ihm nicht weiter traute, als sie ihn werfen konnte. Ohne Hilfe von Magie natürlich.

* * *

Sobald er hereingerufen wurde, betrat Enric, was für die Dauer von Iklans Aufenthalt in Anyueel dessen Arbeitszimmer in der Klinik geworden war.

"Guten Tag", begrüßte er den Heiler, der mit einem gutmütigen Lächeln, das keinen Hinweis auf den scharfen Intellekt dahinter gab, von seinem Stuhl aufstand. Er bildete einen beachtlichen Kontrast zu Sarol, der selbst ebenfalls ein Genie war und diese Tatsache wie eine universelle Wahrheit betrachtete und von anderen erwartete, dass sie dementsprechend handelten. Iklan bestand nicht darauf, mit Ehrerbietung behandelt oder verehrt zu werden, nur weil er zufällig außergewöhnlich gut war in dem, was er tat. Enric war nicht sicher, ob sich der Heiler überhaupt des Status bewusst war, den ihm seine Leistungen eingebracht hatten. Entweder das, oder es kümmerte ihn tatsächlich nicht, solange ihm ermöglicht wurde, in seinem Interessensgebiet zu arbeiten und nach Herzenslust seine Forschungen zu verfolgen. Forschungen wie die Untersuchung der Feinheiten hinter dem Geistesband.

"Enric, setz dich doch. Ich bin hier nicht so gut ausgestattet wie in meinem eigenen Arbeitszimmer zuhause, somit fürchte ich, dass es eines Ausflugs in die Küche bedarf, um dir etwas zu trinken anbieten zu können."

Enric winkte ab. "Mach dir keine Umstände, Iklan. Ich bin mit dem Gebäude gut vertraut, somit finde ich mich zurecht, falls mich der Drang, meinen Durst zu stillen, überkommt."

"Aber natürlich." Der Heiler setzte sich wieder und unterdrückte ein Gähnen. "Du musst mir verzeihen, ich bin noch dabei, mich daran zu gewöhnen, dass ich den ganzen Tag über ohne mein gewohntes Schläfchen zur Mittagszeit wach bleibe. Bedauerlicherweise weigert sich mein Körper noch immer, am Abend früher einzuschlafen, womit ich sozusagen euren Brauch, tagsüber nicht zu schlafen, mit der Gewohnheit meiner eigenen Kultur, bis spät in die Nacht aufzubleiben, mische."

"Was zweifellos zu Schlafmangel führt", lächelte Enric verständnisvoll. "Glaube mir, das Problem kenne ich gut. Ich empfand es in Takhan zu Beginn als Herausforderung, tagsüber zu schlafen, da ich es nicht gewohnt war. Und wenn ich abends zu Bett gehen wollte, erwartete man von mir, lange aufzubleiben und beinahe jeden Tag soziale Kontakte zu pflegen."

Iklan lachte. "Es erleichtert mich zu hören, dass ich nicht der Einzige bin, der die Anpassung als Herausforderung empfindet. Sarol stört all das überhaupt nicht, und er wirkt niemals müde. Aber man muss sagen, dass er auch zuhause immer die seltsamsten Zeiten einhielt. Zudem ist er nicht wirklich darauf bedacht, auf eure Bräuche Rücksicht zu nehmen und niemanden vor den Kopf zu stoßen. Wenn er müde ist, kennt er keinerlei Skrupel und sucht sich einfach die nächste flache, halbwegs bequem anmutende Oberfläche, um darauf ein Schläfchen zu halten. Sozial gesprochen hinterlässt dies nicht gerade einen guten Eindruck, doch aus medizinischer Sicht ist es sehr klug."

"Aber Sarol ist bekannt für seine Einstellung. Ich könnte mir denken, dass sie sich in Situationen wie diesen als großer Vorteil erweist", nickte Enric.

Der Heiler seufzte. "Das stimmt auf jeden Fall. Das Recht auf Rücksichtslosigkeit muss man sich verdienen, indem man genug Mut an den Tag legt, um konventionelles Verhalten zu ignorieren und die Ablehnung der Menschen zu riskieren. Sarols Kollegen sind mittlerweile so sehr daran gewöhnt, dass es ihnen dieser Tage nicht einmal mehr auffällt. Sie wären sogar ungemein schockiert, würde er plötzlich unerwartete Bescheidenheit oder Gefälligkeit an den Tag legen. Ich fürchte, ich war niemals so dreist, also muss ich mich mit diesem inneren Drang plagen, der mich die Regeln befolgen lässt." Er schluckte. "Oh nein, nun fürchte ich, ich habe meinen Kollegen in einem sehr unvorteilhaften Licht erscheinen lassen. Lass mich dir versichern, dass ich nichts als Respekt für ihn empfinde, womöglich vermischt mit ein klein wenig Neid. Er ist ein großartiger Heiler und Forscher, umso mehr, wenn man bedenkt, dass er sich stets geweigert hat, seine Magielosigkeit als Beschränkung zu akzeptieren. Und seine Errungenschaften zeigen sehr deutlich, dass es nicht das Fehlen von Magie ist, das eine Person einschränkt, sondern andere Menschen. Obwohl wir natürlich wissen, dass Sarols scheinbar anstößiges Verhalten nicht aus einem Wunsch herrührt, die Leute um ihn zu beleidigen, sondern eher aus einem Mangel an Verständnis dafür, dass wir Regeln befolgen, die er als unsinnig erachtet."

Enric schmunzelte. "Ich verstehe. Und dein Bedürfnis, ihn gegen einen schlechten Eindruck zu verteidigen, den deine vorhergehenden Worte womöglich hinterlassen haben, ist eine weitere Sache, die Sarol als unnötig erachten würde?"

"Wie wahr. Er würde wahrscheinlich nur mit den Schultern zucken und unumwunden zugeben, dass meine Worte nichts als die Wahrheit wären. Sie würden ihn nicht einmal kränken, und er würde mich nur verspotten wegen meines schlechten Gewissens ob solcher Worte über einen hochgeschätzten Kollegen. Ist es nicht faszinierend, wie verschieden wir alle in unserem Inneren sind?"

Der blonde Magier nickte und verbarg ein Lächeln. Von einer Sekunde zur nächsten war sein Gesprächspartner von seinen Schuldgefühlen zu seiner Freude über die Mechanik des menschlichen Geistes übergegangen. Er erinnerte sich, dass Eryn ebenfalls dazu tendierte, von Ärger oder Frustration zu unfreiwilliger Faszination umzuschwenken, wenn ein Thema ihr Interesse weckte. Das allererste Mal hatte er dies erlebt, nachdem sie versucht hatte, aus der Stadt zu fliehen, als sie noch eine Gefangene gewesen war. Er hatte sie dazu gedrängt, über die Nacht der Ungezwungenheit zu sprechen, und wenngleich sie darauf bedacht war, ihn nicht zu nahe an sich heranzulassen - weder körperlich noch mit Worten - so hatte sie dennoch nicht vermocht, gegen ihr Interesse am Konzept magischer Musik anzukämpfen, als er es ihr gegenüber erwähnt hatte.

Er vermutete, dass Iklan bei dem Eignungstest, den Haus Arbil anbot, wohl ebenfalls in der Kategorie der Entdecker gelandet war.

"Als du darum ersuchtest, mich heute zu sehen, Enric, drängte sich mir der Gedanke auf, dass du wahrscheinlich über meine Fortschritte mit Darnet sprechen möchtest? Liege ich mit dieser Annahme richtig?"

Enric nickte. "Ja, das ist tatsächlich der Grund, weshalb ich dich sehen wollte."

Der Heiler seufzte und lehnte sich in seinem Stuhl zurück. "Ich fürchte, ich kann dir nicht mehr als das mitteilen, was du zweifellos bereits in meinen

Berichten gelesen hast. Ich gehe davon aus, dass Lord Poron oder Lord Tyront sie dir gezeigt haben? Du weißt natürlich, dass ich dir keinen übermitteln kann, da du dich aufgrund deines Status als Gefährte der Beschuldigten nicht in die Untersuchung einmischen sollst? Doch ich könnte mir vorstellen, dass dich das nicht davon abhält, ihn dir dennoch zu besorgen."

"Ja, ich lese normalerweise Lord Tyronts Ausfertigung", bestätigte er.

"Ich kann selbstverständlich verstehen, dass du lieber früher als später eine Einschätzung des Endergebnisses meiner Untersuchung hättest, wenn man dein sehr persönliches Interesse am Ausgang bedenkt; doch ich hoffe, du verstehst, dass es mehr schaden als nutzen könnte, wenn ich nach gerade einmal der Hälfte der veranschlagten Untersuchungsperiode voreilig eine Meinung kundtäte. Würde das bekannt, so könnte es meine Glaubwürdigkeit untergraben und damit den Wert meiner Expertenmeinung schmälern, die als Beweis dienen soll. Es würde wirken, als hätte ich bereits ein Ergebnis in meinen Kopf und versuchte nun lediglich, es zu bestätigen. Meine Methoden und Einblicke könnten sodann in Zweifel gezogen werden - besonders, da ich von einem Mann hergeschickt wurde, dem sehr daran gelegen ist, seine Tochter von den Vorwürfen, die gegen sie erhoben wurden, freigesprochen zu sehen."

Enric lächelte schwach. Dieser Mann war offenkundig entweder von Malriel oder Valrad zu besonderer Vorsicht angehalten worden, oder er hatte aus eigener Erfahrung gelernt, wie bloße Formalismen zuweilen sämtliche Bestrebungen zum Nachweis der Wahrheit vereiteln konnten, sodass am Ende das Gesetz über die Gerechtigkeit triumphierte. Doch Enric selbst war ebenfalls kein Anfänger in diesem Feld.

"Aber natürlich. Niemals würde ich für die bloße Befriedigung meiner Neugier solch ein Risiko eingehen. Jedoch wäre ich erfreut, wenn du mir ein paar Fragen beantworten könntest - mit all der Sorgsamkeit, die deine professionelle Integrität erfordert. Ich bin, wie du erwähnt hast, nicht in offizieller Kapazität in die Untersuchung involviert, aber in meiner Rolle als Nummer zwei des Ordens bin ich natürlich an deren Fortschritt interessiert, da eine meiner Untergebenen davon betroffen ist. Lord Tyront teilt dieses Interesse selbstverständlich, weshalb ich ihn hinterher über unsere Unterhaltung in Kenntnis setzen werde."

Er sah, wie Iklan langsam nickte und lächelte. Er wirkte erleichtert darüber, dass der Anführer des Ordens über dieses Treffen Bescheid wusste.

"In Ordnung, Enric. Dann stell bitte deine Fragen."

"Hast du im Zuge deiner vergangenen Untersuchungen von Darnet den Eindruck gewonnen, dass die Möglichkeit einer Unzurechnungsfähigkeit besteht?"

Der Heiler überlegte kurz, dann holte er tief Luft und sprach, als wäge er jedes einzelne Wort ab, bevor er ihm erlaubte, über seine Lippen zu kommen. "Ausgehend von meiner professionellen Erfahrung kann ich sagen, dass es sowohl in seinem Verhalten als auch seiner Wahrnehmung Muster gibt, die darauf hindeuten, dass solch eine Chance besteht. Ich würde mich jedoch zu diesem Zeitpunkt nicht so weit vorwagen um abzuschätzen, ob sich dies am Ende meiner Untersuchung zu einer Gewissheit verhärten, ein Verdacht bleiben oder als unzutreffend erweisen wird."

Enric nickte und spürte, wie sich Erleichterung in ihm ausbreitete. Iklans extreme Reserviertheit war ein wenig mühsam, da er so sehr darauf bedacht war, sich auf nichts festnageln zu lassen und sich deshalb bemühte, so vage wie möglich zu bleiben. Doch es war genau diese Vorsicht, die ihn zur richtigen Person für diese Aufgabe machte.

"Somit kann ich also unterstellen, dass, sollte deine Untersuchung in gleicher Weise wie bisher fortschreiten, das Ergebnis nahelegt, dass Darnet das Opfer von Zwangsvorstellungen ist?"

Erneut dachte der Heiler nach, bevor er antwortete. "Theoretisch kann ich zustimmen, dass dies der Fall wäre. Doch..."

Enric unterbrach ihn. "Doch es lässt sich nicht sagen, in welche Richtung sich der Rest der Untersuchung entwickeln wird, weshalb solche Einschätzungen zum aktuellen Zeitpunkt nichts anderes als Spekulationen auf Basis einer vorstellbaren Entwicklung sind."

Iklan lächelte. "Ich muss dich zu deiner Art der Fragestellung beglückwünschen. Ich könnte mir denken, dass es genau diese Liebe zum Detail ist, die meine Landsleute aufstöhnen ließ, wenn sie über die Verhandlungen mit dir in deiner Eigenschaft als Botschafter während deines ersten Besuchs in Takhan sprachen. Konnte ich dich zumindest ein wenig beruhigen - trotz der Zurückhaltung bei meinen Antworten?"

Der Ordensmagier nickte und respektierte den Hinweis, dass der Heiler für den Augenblick nicht länger über dieses Thema sprechen wollte. "Das konntest du auf jeden Fall. Und dafür danke ich dir vielmals. Ich sehe, dass dies keine einfache Situation für dich ist. Daher schätze ich es umso mehr, dass du mit mir geteilt hast, was dir möglich war." Er stand auf. "Nun werde ich dich mit dem weitermachen lassen, wobei ich dich unterbrochen habe."

Enric verabschiedete sich und lächelte vor sich hin, als er die Stufen zum unteren Stockwerk der Klinik hinabstieg und am Warteraum vorbeiging, der noch immer zur Hälfte mit Patienten gefüllt war, die trotz der fortgeschrittenen Stunde ihrer Behandlung harrten. Und nun würde er Lord Woldarn besuchen, der ihn unerwartet eingeladen hatte, um über das Gebäude zu sprechen, das er verkaufen wollte.

* * *

Eryn hob den Kopf, als sie hörte, wie die Eingangstür geschlossen wurde und Urban kurz darauf in ihr Arbeitszimmer trottete, wo sie sich direkt vor dem Schreibtisch umfallen ließ. Mit der Verzögerung, die das Abnehmen und Aufhängen seines Umhangs in der Nische erforderte, folgte Enric der Katze und lächelte, als er seine Gefährtin über dem Stapel Bücher aus Pirinkar grübelnd vorfand.

Draußen war es bereits dunkel, und das Licht ihrer Tischlampe warf einen Lichtkegel auf ihren Tisch, der alles oberhalb ihrer Stirn undeutlich werden ließ.

"Guten Abend, Liebste", begrüßte er sie und kam näher, um ihr einen Kuss auf den Mund zu drücken. "Es ist gespenstisch still in diesem Haus. Wo sind alle?"

Sie lehnte sich zurück. Als er sich auf der Ecke ihres Schreibtisches niederließ, die ihr am nächsten lag, verschob sie die Blende ihrer Lampe, womit sie die Intensität des Lichts reduzierte, dafür aber einen größeren Teil des Zimmers ausleuchtete.

"Vedric schläft oben, deine Mutter ist wegen ein paar neuer Kleider bei Junar, und Plia besucht zur Abwechslung einmal eine Freundin."

Überrascht zog Enric beide Augenbrauen hoch. "Sie ist nicht bei der Arbeit? Sie trifft sich tatsächlich mit jemandem? Wie ein normales Mädchen ihres Alters? Wie ist das denn passiert?"

"Es ist eines der Mädchen, die sie während ihrer Zeit in der Palastküche kennenlernte."

"Wie heißt das Mädchen?", fragte er beiläufig.

Eryn musste grinsen. "Sag mir nicht, dass du Informationen über sie zusammentragen und dann entscheiden willst, ob sie ein guter Umgang für Plia ist? Hör auf damit, Ordenslord! Sie ist vierzehn Jahre alt und musste sich ihr ganzes Leben lang allein durchkämpfen. Irgendwelche Einmischungen wird sie nicht schätzen, ganz egal, wie wichtig du bist oder dass sie bei dir lebt. Sag mir lieber, wie dein Treffen mit Iklan verlief und weshalb du so spät nach Hause kommst. Iklan war sehr zugeknöpft, als ich versuchte, ihm seine Meinung über Darnet zu entlocken. Also wäre ich überrascht, wenn du es fertiggebracht hättest, dass er sich dermaßen lange mit dir unterhält."

Enric kommentierte die Angelegenheit mit Plias Freundin nicht. Sie hatte immerhin Recht. Er konnte dem Mädchen tatsächlich nicht vorschreiben, wen sie treffen durfte und wen nicht. Dies hatte in der Vergangenheit nicht einmal mit seiner Gefährtin funktioniert, also konnte er sich vorstellen, dass Plia sogar noch weniger geneigt war, seine Empfehlungen zu berücksichtigen.

"Du hast Recht, ich habe bei Iklan nicht lange gebraucht. Die Unterhaltung mit ihm war als würde ich über Glasscherben laufen."

"Schmerzhaft und blutig?"

"Behutsam und bedächtig. Er ist ungemein vorsichtig, was ich natürlich befürworte, auch wenn es mir das Gefühl vermittelt, ich würde mich mit einem Juristen unterhalten, der sich nicht einmal zuzugeben traute, dass der Himmel blau ist. Aber ich war durchaus zufrieden. Im Moment denkt er, dass Darnet in der Tat unter einer geistigen Störung leidet, was genau das Ergebnis ist, das wir brauchen. Deinetwegen hätte ich ihn wohl auch fragen sollen. Nicht, dass er uns alle am Tag der Anhörung schockiert, indem er euch beide für geisteskrank erklärt... Au!" Er rieb sich den Oberschenkel, wo sie ihn geschlagen hatte. Sie hatte ein wenig Magie dafür eingesetzt, nicht genug, um ihm wirklich wehzutun, doch er spürte es deutlich.

"Sehr witzig. Also, wieso hat es dermaßen lange gedauert, dir zu erklären, es gäbe eine vage Chance, dass Darnet wahnsinnig sein könnte?"

"Das hat es nicht. Ich hatte hinterher noch eine weitere Verabredung. Stell dir vor: Lord Woldarn ließ mir eine Nachricht zukommen und lud mich ein, um über das Haus zu sprechen, das dir und meiner Mutter so gut gefällt. Wir unterhielten uns eine Weile, tranken ein Glas Wein, und schließlich stimmte er zu, den Preis zu senken. Nicht so weit, wie ich es mir gewünscht hätte, doch er bot an, die Restaurationsarbeiten auf seine Kosten durchführen zu lassen, womit sich das wieder ausgleicht."

Eryn blinzelte. "Was genau bedeutet das nun? Dass du das Haus gekauft hast?"

Er nickte. "Genau das. Wir einigten uns auf die Vertragsbedingungen, und er wird die Vereinbarung in den nächsten Tagen aufsetzen und zur Bestätigung an mich übermitteln lassen. Ich frage mich, was ihn zum Einlenken bewog. Er hat keinerlei Erklärung geliefert, weshalb er seine Meinung geändert hat."

Sie seufzte. "Das kann ich dir sagen, aber es wird dir nicht gefallen."

Enrics Haltung veränderte sich nicht, doch sein Blick wurde schärfer. "Dann heraus damit."

"Sein Sohn, Onil, sagte mir, er hätte mit seinem Vater wegen des Preises gesprochen, nachdem er mich bat, in seinem Interesse und dem seiner Freunde beim Rat vorzusprechen. Es scheint, als hätte er Wort gehalten."

Er atmete langsam aus. "Ach du liebe Zeit. Das ist nicht gut. Ich wünschte, davon hättest du mir eher erzählt."

"Das hätte ich auch - wenn du mich informiert hättest, dass du dich mit Lord Woldarn triffst!"

"Ich wollte dich überraschen", seufzte er. "Ist das nur mein Eindruck, oder ergeben sich stets unangenehme Konsequenzen, wenn wir nicht jeden Schnipsel an Information miteinander teilen?"

"So scheint es wohl. Nun, daraus können wir immerhin eines lernen: keine Überraschungen mehr. Was machen wir jetzt? Hast du ihm bereits dein Wort gegeben?"

Enric nickte. "Das habe ich. Wenn die Vertragsklauseln mit meinen Notizen übereinstimmen, muss ich ihn unterzeichnen."

Eryn runzelte die Stirn. "Das ist misslich. Nun sieht es so aus, als ob wir Onils Bestechung im Austausch für Unterstützung im Rat akzeptiert hätten. Ich sagte ihm, dass dies meine Bereitschaft zu helfen nicht beeinflussen würde, doch dass du das Angebot angenommen hast, mag einen anderen Eindruck erwecken. Ich schätze, ich werde mit ihm reden und die Sache klären müssen."

"Wie gut bist du zuvor mit ihm ausgekommen? Hätte er auch unter anderen Umständen mit seinem Vater wegen des Hauses gesprochen, um dir einen Gefallen zu tun?"

Sie nickte. "Ich denke schon. Macht das einen Unterschied? Wenn das aus irgendeinem Grund öffentlich bekannt wird, würde es noch immer fragwürdig aussehen. Denkst du, Lord Woldarn weiß darüber Bescheid?"

Enric schüttelte den Kopf. "Bestimmt nicht. Hätte Onil die Unterstützung seines Vaters, so wäre er meiner Ansicht nach nicht an dich herangetreten. Und Lord Woldarn ist ein Traditionalist. Er ist niemand, der öffentlich streitet, wohl aber denjenigen Kollegen den Rücken stärkt, die den Status quo aufrechterhalten wollen."

"Somit würde Lord Woldarn selbst nie behaupten, du hättest eine Bestechung von ihm akzeptiert, damit wir diese revolutionären neuen Ideen unterstützen. Es würde seine Glaubwürdigkeit zerstören. Ich würde meinen, dass dies die Chancen erheblich reduziert, dass es bekannt wird." Sie raufte sich die Haare. "Das ist so frustrierend! Wir kaufen ein Haus für einen vernünftigen Preis - auch wenn es zuvor überteuert war - und jetzt müssen wir Angst haben, dass man uns wegen Annahme einer Bestechung bloßstellt, obwohl es nicht stimmt!"

"Politik, Liebste", lächelte er und nahm ihre Hände von ihrem Kopf, um sie von ihrem Stuhl und an sich zu ziehen. "Nichts, mit dem wir nicht fertig werden. Und selbst für den Fall, dass Anschuldigungen dieser Art von Onil oder einem seiner Freude kommen, stehst du in der Gunst der Öffentlichkeit und auch in der des Königs. Ich wäre sehr überrascht, wenn etwas Derartiges auf fruchtbaren Boden fiele. Mach dir keine Sorgen." Er drückte seine Lippen auf ihre Schläfe und atmete ihren Duft ein. Er schloss die Augen, als sich sein Herzschlag beschleunigte, genoss die Reaktion seines Körpers auf ihre bloße Nähe.

Sie kicherte, als seine Zähne leicht an ihrem Ohrläppchen knabberten. "Du weißt doch, dass ich davon eine Gänsehaut bekomme."

Er hielt inne, um ihren Unterarm zu betrachten und grinste voller Zufriedenheit, als sich die Härchen dort tatsächlich aufgerichtet hatten. "Das weiß ich durchaus." Er hob ihr Kinn, um ihre Lippen zu küssen und zu öffnen, als sich ihre Arme um seinen Hals schlangen. Sie war warm und weich in seinen Armen, als sie sich an ihn presste, während ihr Geschmack seine Sinne lahmlegte und das Bedürfnis weckte, sie einfach nur festzuhalten und alles zu nehmen, was sie bereit war, ihm zu geben.

Er zog sich ein wenig zurück, als er spürte, wie sie sich in seinen Armen versteifte, und nur Augenblicke später hörte er das schrille Heulen von oben.

"Ich schwöre dir, das macht er mit Absicht", stöhnte Enric und zwang sich dazu, die Hände von ihr zu nehmen. "Womöglich um sicherzugehen, dass es keine jüngeren Geschwister gibt, die ihn zum Teilen zwingen würden."

Eryn grinste über seinen verzweifelten Gesichtsausdruck. "Dann schätze ich, dass ich ein nettes, langes Gespräch mit deinem Sohn führen und ihn informieren sollte, dass die Chancen auf ein weiteres Baby immens gering sind. Womöglich zeigt er sich dann rücksichtsvoller?"

Etwas verstimmt über ihre Heiterkeit angesichts seiner Frustration warf er ihr einen säuerlichen Blick zu. "Geh und kümmere dich um deinen rücksichtslosen Sohn."

"Jetzt ist er mein Sohn?"

"Selbstverständlich. Solange er sich rücksichtslos verhält. Wenn er wieder niedlich ist und mir die Leute erklären, wie ähnlich er mir sieht, beanspruche ich ihn wieder für mich."

KAPITEL 28

Der Rat entscheidet

Eryn blinzelte zweimal, als sie sich dem Trainingsplatz näherte und sah, wie Orrin und Pe'tala auf einer Seite standen und sich entspannt unterhielten. Ihr Blick verfinsterte sich, als sie bemerkte, dass ihre Schwester eine Lederrüstung trug. Oh nein, nicht das. Als Pe'tala damals, vor einigen Monaten, erwähnt hatte, sie wolle Schwertkampf erlernen, war dies offenbar nicht nur eine Bemerkung gewesen, die als Provokation für ihren Vater gedacht war, sondern eine tatsächliche Absicht. Und nun sah es so aus, als hätte Orrin entschieden, sie während der kurzen Zeitspanne bis zu ihrer Rückkehr nach Takhan gemeinsam trainieren zu lassen.

"Guten Morgen", grüßte sie und zwang sich zu einem Lächeln. "Du hast mir etwas mitgebracht, auf das ich einschlagen kann. Prima."

Pe'talas offenkundig unbeeindruckter Blick wanderte an ihr entlang. "Wenn du kannst, Schwester. Ich frage mich, ob diese Schwammigkeit, die deine Schwangerschaft hinterlassen hat, dich nicht soweit verlangsamt, dass sich das als schwierig erweisen könnte."

Eryn biss die Zähne aufeinander. "Weiß dein Vater, dass du das hier wirklich durchziehst?"

"Unser Vater", korrigierte die jüngere Frau mit unerwarteter Sanftheit. "Es wird Zeit, dass du diese Tatsache endlich akzeptierst. Und ja, er weiß, dass ich entsprechende Pläne hatte. Obwohl er nicht wirklich darüber informiert ist, dass ich tatsächlich damit begonnen habe, es zu erlernen."

"Nun, Babyschwester", lächelte sie spöttisch und erfreute sich daran, wie Vran'els Kosename sie zusammenzucken ließ, "dann schätze ich, ich werde es versehentlich in meinem nächsten Brief an ihn erwähnen."

"Sicher, mach das nur. Das wird eine nette Ablenkung von seiner anderen Tochter sein, die des versuchten Mordes beschuldigt wird. Aber darauf muss ein Mann wohl vorbereitet sein, wenn er eine Aren zeugt."

Eryn knurrte und hob die beiden Schwerter auf, die an der Steinwand lehnten. Sie ließ Magie in ihren Arm fließen und warf eines davon in Pe'talas Richtung. Ihre Schwester duckte sich instinktiv, doch Orrin fing es aus der Luft und reichte es weiter.

"Pass auf, Eryn. Oder wir werden noch einmal die Regeln durchgehen müssen, wie man mit einer Waffe umgeht. Leute damit zu bewerfen, denen du keine Gliedmaßen abtrennen willst, wird nicht als höflich erachtet."

"Wer sagt, dass ich ihr keine Gliedmaßen abtrennen will? Und die Scheide war noch immer drauf, also wäre das schlimmste Ergebnis ein Bluterguss gewesen, den sie in weniger als einer Minute geheilt hätte!", verteidigte sich Eryn.

Orrin verdrehte die Augen und wandte sich an die andere Frau. "Und deine Reaktion darauf, wenn etwas nach dir geworfen wird, war ebenfalls nicht besonders eindrucksvoll. Ohne die Scheide wäre es akzeptabel gewesen, wenn du zur Seite gesprungen wärst, obwohl eine Magierin eher einen Schild errichten hätte sollen. Aber dieses Schwert stellte keine Gefahr für dich dar, was auch bedeutet, dass es unnötig war, dich zu ducken anstatt es zu fangen."

Eryn grinste über die Maßregelung und rief: "Nicht, dass ich die Gelegenheit, sie ordentlich zu verhauen, nicht begrüßen würde, doch ich fühle mich fast ein wenig schlecht dabei, wenn ich bedenke, dass sie kein Training hatte."

Ihr Trainer zog eine Augenbraue hoch. "Deine eigenen Fertigkeiten haben sich dank deiner Pause beträchtlich zurückentwickelt, also denke ich nicht, dass der Unterschied zwischen euch beiden wirklich nennenswert sein wird."

Sie entschied, auf diese Bemerkung nicht zu reagieren und konzentrierte sich auf ihre jüngere Schwester, die das Schwert aus der Scheide zog. Orrin gab ihr tatsächlich eine scharfe Klinge in die Hand, wo er darauf bestanden hatte, bei Eryn am Anfang nur hölzerne Attrappen zu verwenden? Nun, sie würde einfach zusehen müssen, Pe'tala nur dort verletzte, wo es kaum Schmerzen verursachte und problemlos geheilt werden konnte.

Der erste Hieb, den sie auf die Schulter der jüngeren Frau zielte, enthüllte ein Detail, das ihre Augenbrauen zusammenzog. Pe'tala blockierte mühelos, und ihre Haltung zeigte, dass dies eindeutig nicht ihre erste Stunde war.

"Du hast Kampfstunden genommen!", rief Eryn anklagend aus.

Pe'tala grinste breit. "Es ist dir aufgefallen! Das schmeichelt mir jetzt aber. Wirst du nun etwas nervös, wo es jetzt scheint, als wäre ich nicht so wehrlos, wie du dachtest?"

Eryn lächelte zurück. "Hat dir Rolan jemals von den Trainingseinheiten erzählt, die er und ich gemeinsam hatten?"

Die Miene der jüngeren Frau verdüsterte sich. "Ja, er erwähnte ein paar deiner unfairen Tricks, mit denen du dir trotz unterlegener Fertigkeiten einen Vorteil erschummelt hast. Damals kannte er dich noch nicht, doch lass mich dir versichern, dass mich solch ein unehrenhaftes Verhalten bei einer Aren kaum zu überraschen vermag."

Orrin verfolgte den Wortwechsel amüsiert. Wie bedauerlich, dass Pe'talas Aufenthalt hier sich bald seinem Ende zuneigte. Er konnte sie nicht nur gut leiden, sondern sie vermochte Eryn auch soweit zu provozieren, dass sie ihr Schwert bereitwillig zur Hand nahm. Er würde Enric vorschlagen, die beiden in Takhan gemeinsam trainieren zu lassen. Der Wunsch, ihre jüngere Schwester zu übertreffen, mochte genau die Motivation sein, die für einen raschen Fortschritt erforderlich war.

"Ich will mehr klirrenden Stahl und weniger Geplapper hören!", rief er aus und lächelte, als ihm das zwei feindselige Blicke einbrachte. Wer auch immer unter der Fehlannahme litt, Frauen wären das friedfertigere Geschlecht, hatte ihnen eindeutig noch nie eine scharfkantige Waffe gereicht.

* * *

Eryn wirkte aufgeregt und aufgewühlt, als sie das Arbeitszimmer ihres Gefährten betrat, nachdem sie sichergestellt hatte, dass er allein war.

"Pe'tala hat in den letzten beiden Monaten Kampfstunden genommen!", rief sie aus und schüttelte den Kopf, als versuchte sie, diese ungeheuerliche Information aus ihrem Gehirn loszulösen.

Enric legte seinen Stift zur Seite und lehnte sich zurück. Seine Gesichtszüge wurden ausdruckslos. Zu ausdruckslos, wie Eryns zusammengekniffene Augen ihm zu verstehen gaben. "Hat sie das?"

"Du wusstest davon!", warf sie ihm mit unverkennbarem Ärger entgegen. "Wie wäre es, wenn du hin und wieder Informationen mit mir teilst? Gerade erst hatten wir diese Diskussion, warum es keine gute Idee ist, einander Dinge vorzuenthalten, und dennoch tust du es immer noch!"

Er stellte sicher, dass seine Stimme nicht den Eindruck vermittelte, er würde sie belehren, wenngleich er genau dazu ansetzte.

"Das bedeutet, dass wir die Geheimnisse miteinander teilen müssen, die uns betreffen und die wir somit auch austauschen können. Es bedeutet sicher nicht, dass ich einfach private Informationen in Umlauf bringen kann, deren Verbreitung mir nicht zusteht."

"Ich verstehe." Sie verschränkte die Arme und sah ihn an, eindeutig nicht von seinem Argument überzeugt. "Doch diese Sorge um die Geheimnisse anderer Leute hält dich offensichtlich nicht davon ab, dir diese Informationen zu beschaffen, ganz egal, ob es dich etwas angeht oder nicht."

Er zuckte mit den Schultern. "Nein, das tut es nicht. Und bevor ich nicht zuerst sämtliche verfügbaren Informationen durchsehe, kann ich kaum beurteilen, was davon mich etwas angeht und was nicht."

Sie atmete langsam aus. "Du erklärst mir ernsthaft, dass es in Ordnung geht, dass du die Leute willkürlich ausspionierst, doch wenn ich über so etwas wie die Kampfstunden meiner Schwester Bescheid wissen will, dann stellt das einen Missbrauch ihres Rechts auf Privatsphäre dar? Du bist schon eine Nummer, weißt du das?"

"Schau, die Sache sieht folgendermaßen aus: Jede Person ist dafür verantwortlich, welche Informationen über sie gesammelt werden können. Wenn ich es schaffe, Dinge in Erfahrung zu bringen, die jemand lieber verheimlichen würde, dann ist das deren eigene Schuld, weil die Informationen eindeutig nicht gut genug geschützt waren. Meine Verantwortung beginnt, sobald ich die Informationen in die Hände bekomme. Das bedeutet, dass ich entscheiden muss, ob es gerechtfertigt ist, sie weiterzugeben oder sie mir selbst zunutze zu machen. In Pe'talas Fall gab es keine Rechtfertigung dafür, ihren Wunsch nach Diskretion zu verletzen, da kein Schaden dadurch entstand."

"Lord Enric, der Wächter der Geheimnisse", schnaubte sie. "Was bringt dich auf den Gedanken, dass es auch nur entfernt angemessen ist, dass du dir diese Rolle anmaßt? Wer hat dir das Recht gegeben, auf diese Weise über Leute zu walten? Der Orden sicher nicht, da du ja auch Leute außerhalb dieser illustren Institution ausspionieren kannst, wie Pe'talas Beispiel sehr klar zeigt."

"Jeder, der Agenten anheuert, Liebste, maßt sich diese Rolle an. Es bedeutet mehr oder weniger, dass jeder, der über ausreichende Mittel verfügt, um auf diese Weise Informationen zu sammeln, in der Lage ist zu entscheiden, was damit passieren soll. Du könntest ebenfalls deine eigenen Agenten bezahlen und dann handeln, wie du es für angebracht hältst. So laufen die Dinge nun einmal in der großen Stadt. Wir bewachen unsere eigenen Geheimnisse so gut wir können und geben unser Bestes, um die der anderen herauszufinden. Aber das ist dir nicht neu, davon wusstest du bereits."

Sie seufzte. "Du hast Recht, ich wusste davon. Doch ich schätze, ich war überrascht, dass du solche Dinge vor mir verheimlichst, die keinerlei politische Bedeutung oder dergleichen haben. Das fühlt sich an, als würdest du glauben, du könntest mir noch nicht einmal die Geheimnisse meiner eigenen Schwester anvertrauen; dass es so viel sicherer ist, wenn nur du allein darüber Bescheid weißt, anstatt auch mich daran teilhaben zu lassen."

Enric erhob sich aus seinem Stuhl und trat auf sie zu, damit er ihre Hände ergreifen konnte. "Hier geht es nicht um Vertrauen, Liebste. Informationen sind für mich eine geschäftliche Angelegenheit, genau wie die Güter, die ich erwerbe. Wenn es keinen Anlass gibt, danach zu handeln oder sie weiterzugeben, dann tue ich das nicht. Wenn du diese Informationen aus keinem anderen Grund willst, als dich gegen Überraschungen zu wappnen, so solltest du wohl eigene Agenten einsetzen, da ich nicht die Absicht habe,

Informationen mit dir zu teilen, nur damit du deine Neugier befriedigen kannst. Es wäre verantwortungslos. Es wäre, als würde dich jemand nach vertraulichen Informationen über deine Patienten fragen."

"Die Ziele deiner Bemühungen zur Informationsbeschaffung sind keineswegs mit meinen Patienten vergleichbar!", protestierte sie vehement. "Patienten teilen diese Informationen bereitwillig und auch nur so weit, wie sie sich damit wohlfühlen. Du sammelst alles, was du zusammenkratzen kannst. Das ist etwas vollkommen anderes!"

Er nickte. "Das ist es, da hast du Recht. Doch wenn wir bedenken, dass ich wesentlich mehr Material zur Verfügung habe, das außerdem größtenteils ohne die Zustimmung der Leute zusammengetragen wurde, ist es auf jeden Fall noch wichtiger, sorgsam damit umzugehen."

"Mit dir kann man einfach nicht diskutieren", knurrte sie. "Du bist schon wieder der aalglatte Politiker. Deine gespaltene Zunge muss ein enormer Vorteil sein, wenn du auf jemanden triffst, der geradlinig ist und dir einfach mitteilt, was in seinem Kopf vorgeht anstatt es zuerst so lange zu verbiegen, bis sogar das Ausspionieren von Leuten wie ein gerechtfertigter und vollkommen respektabler Zeitvertreib klingt."

Darüber lächelte er. "Ich gebe zu, das stimmt. Kann ich dich von deinem Ärger ablenken, indem ich dir zeige, was uns deine Großmutter geschickt hat?"

Sie seufzte und presste zwei Finger auf ihre Nasenwurzel, um der Spannung entgegenzuwirken, die sich hinter ihrer Stirn aufbaute. Er verdiente es nicht, dermaßen leicht vom Haken gelassen zu werden, doch sie war dieser Diskussion müde. Sie konnte nicht gewinnen, und das wussten sie beide. Wahrscheinlich betrachtete er sich als den gnadenreichen Gewinner, indem er ihr einen einfachen Ausweg anbot, nachdem sie ihre Frustration zum Ausdruck gebracht hatte.

"Etwas in Verbindung mit unserer neuen schicken Residenz, vermute ich?" Die Resignation in ihrer Stimme war unüberhörbar.

"So ist es. Sie berichtet, dass das Fundament soweit fertig ist und alles zu ihrer Zufriedenheit voranschreitet. Dieses Mal hat sie sogar auf eine Beschwerde darüber verzichtet, dass wir Haus Roal für die Errichtung heranziehen. Entweder hat sie akzeptiert, dass es einen aufrechten Vertrag mit ihnen gibt, ob ihr das nun passt oder nicht, oder sie ist wahrhaftig zufrieden mit der Arbeit."

"Wie ich Malhora kenne, erfordert es wohl ein wenig von beidem, um sie davon abzuhalten, dass sie sich beklagt. Gibt es irgendwelchen Ärger von Seiten der Königin der Dunkelheit, weil wir es gewagt haben, ihre jahrhundertalte Feindschaft mit Haus Roal zu ignorieren? Oder von Vran'el, weil wir seine Anweisungen, bei ihm einzuziehen, umgangen haben und uns unser eigenes Haus bauen?"

"Nein, nicht dass ich wüsste. Malriel ist allem Anschein nach zufrieden genug mit der Tatsache, dass wir regelmäßig nach Takhan zurückkehren, sodass es sicher nur ein geringer Preis für sie ist, dass ihr Erbe mit Haus Roal in

Verbindung steht. Zweifellos ist sie erfreut, dass wir unser eigenes Haus errichten anstatt in der Vel'kim Residenz zu wohnen. Es bindet uns enger an die Stadt. Und was Vran'el betrifft… Ich wette, er ist derzeit zu beschäftigt mit seinen neuen Pflichten, um bittere Rache zu planen. Was nicht bedeutet, dass er uns nicht irgendwann später dafür bezahlen lassen wird, wohlgemerkt."

Sein Gesichtsausdruck veranlasste Eryn, die Stirn in Falten zu ziehen. Sie hatte das untrügliche Gefühl, dass es da etwas Unangenehmes gab, bei dem er nicht allzu erpicht darauf war, es ihr mitzuteilen, es sich aber auch nicht vermeiden ließ. Sie wartete und beobachtete, wie sein Blick wie auf der Suche nach Inspiration nach einer möglichst verträglichen Formulierung über die Zimmerdecke wanderte.

"Da ist noch etwas", verkündete er schließlich.

"Ja, das kann ich sehen. Dann heraus damit."

Enric seufzte. "Valcredy ist schwanger."

Sie schluckte hart und zwang ihre Lippen zu einem Lächeln. Es wirkte nicht allzu freudig. "Ich verstehe. Nun, das kommt nicht gerade unerwartet. Immerhin war das der Grund für ihren Bund - um für einen Erben für Haus Arbil zu sorgen. Gut gemacht, die beiden. Jedenfalls sind sie rasch zum Geschäftlichen übergegangen. Sehr effizient. Ich bewundere ihre Gewissenhaftigkeit. Wirklich." Ihre Stimmlage war zu hoch, und ihr Versuch, fröhlich zu wirken, ging daneben.

Er atmete langsam aus und schüttelte den Kopf. "Ich weiß, dass du darüber nicht glücklich bist und dir gewünscht hättest, dass er ein anderes Arrangement für sich findet, eines, das dir weniger berechnend und geschäftsmäßig erscheint. Doch wenn ich deine Reaktion sehe, kann ich mich eines winzigen Funkens Eifersucht nicht erwehren."

Eryn ließ ihren Kopf nach hinten sinken und schloss die Augen. Sie wollte ihm sagen, dass dies vollkommener Unsinn war, doch bis zu einem gewissen Grad konnte sie ihn verstehen. Ram'an hatte sie gnadenlos verfolgt, um sie für sich zu gewinnen, hatte sogar auf heimtückische juristische Tricks zurückgegriffen in dem Versuch, sie an sein Haus zu binden. Und dann hatte sie sich bereitwillig von ihm küssen lassen, als ihr Bruder sie zu ihm geschickt hatte, damit sie seine Stimme gegen Enric im Senat sicherstellte. Es konnte nicht einfach sein für ihren Gefährten, dass Ram'an und sie trotz allem, was zwischen ihnen vorgefallen war, schließlich Freunde geworden waren. Enric hatte sich ihrem früheren Freier gegenüber mehr als verständnisvoll und großzügig gezeigt; somit konnte sie zumindest seine unfreiwillige Reaktion respektieren, was ihre Antwort auf die Information betraf, dass Ram'an ein Kind mit Enrics früherer Geliebten bekam.

"Es tut mir leid", meinte sie ermattet. "Ich schwöre dir, dass ich kein Bedauern darüber empfinde, dass ich nicht diejenige bin, die sein Kind in sich trägt. Ich wollte einfach nur mehr für ihn als das. Ich fühle mich verantwortlich, weil ich ihn in einer emotionalen Verfassung zurückgelassen habe, die ihn zu solch einem Schritt veranlasst hat. Und jetzt, wo sie ein Kind bekommen, scheint alles so… endgültig. Es ist als ob ich bis jetzt noch immer gehofft hatte, dass er diesen Fehler korrigiert."

Enric nickte bedächtig. "Ich verstehe. Doch er ist ein erwachsener Mann, und das Mindeste, das du tun kannst, ist, ihn als solchen zu behandeln und seine Entscheidung zu akzeptieren, auch wenn du sie nicht gutheißen kannst. In einen Lebensbund einzutreten, der zugegebenermaßen keine Herzensangelegenheit, sondern eher eine politische Überlegung war, ist für ihn das kleinere Übel im Vergleich dazu, die Frage der Erbfolge in seinem Haus unerledigt zu lassen."

Sie seufzte ausgiebig. "All das weiß ich! Trotzdem macht es die Sache nicht einfacher für mich. Aber ich verspreche, dass ich höflich und hilfsbereit sein werde. Ich werde ihm eine heitere Nachricht schicken, um ihm zu gratulieren."

"Du wirst dich daran gewöhnen", versprach er zärtlich, trat neben sie und drückte ihre Hand. "Und Valcredy ist nicht so übel. Ihr habt einander auf dem falschen Fuß erwischt, das gestehe ich dir zu, doch sie ist kein schlechter Mensch. Wer weiß, vielleicht werden Ram'an und sie einander eines Tages sogar gernhaben."

Eryn zog eine Braue hoch. "Du versuchst doch wohl nicht allen Ernstes, mich gegenüber der Frau, mit der du vor mir geschlafen hast, wohlwollend zu stimmen?"

Er lächelte träge. "Du hast mir in der Vergangenheit versichert, du wärst nicht von der eifersüchtigen Sorte, doch irgendwie kann ich mich des Eindrucks nicht erwehren, dass das nicht ganz stimmt."

Sie warf ihm ein ungezwungenes Lächeln zu, hinter dem sie gekonnt ihre Verlegenheit ob seiner zutreffenden Vermutung verbarg. "In dieser Hinsicht liegst du vollkommen falsch, Lordling. Dass du deine abgelegte Bettpartnerin besingst kümmert mich nicht im Geringsten."

Sein Grinsen wuchs weiter in die Breite, als er sich mit dem Zeigefinger gegen die Schläfe tippte. "Wirklich? Komisch, dann muss das Geistesband eine Fehlfunktion aufweisen, denn das ist genau das, was ich im Moment von dir empfange."

Ihre Lippen formten stille Schimpfworte, während ihr das Blut in den Kopf schoss und ihre Wangen zum Glühen brachte. Dämliches, verdammtes, verräterisches Geistesband!

"Wenn du mich nun entschuldigen würdest, da gibt es noch das eine oder andere, um das ich mich kümmern sollte, bevor Gerit mit Vedric zurückkommt", erklärte sie mit so viel Würde, wie sie aufbringen konnte und ignorierte seine zufriedene und amüsierte Miene, als sie aus seinem Arbeitszimmer schritt.

* * *

Eryn lag auf dem Rücken und starrte blicklos in die Dunkelheit ihres Schlafzimmers, während sie Enrics regelmäßigen Atemzügen neben sich lauschte. Sie waren noch nicht tief genug um anzuzeigen, dass er fest schlief, jedoch regelmäßig genug, damit sich schwer sagen ließ, ob er noch wach war oder nicht. Er pflegte nicht zu schnarchen, somit bot das Fehlen solcher Laute keinerlei Hinweis darauf, ob er bereits in den Schlaf abgedriftet war oder nicht.

Sie hatte Schwierigkeiten mit dem Einschlafen, da ihre Gedanken immer wieder zu den Neuigkeiten von Ram'an und Valcredy und dem Kind, das sie erwarteten, zurückkehrten. Sich für ihn zu freuen hatte bislang nicht funktioniert. Wäre es doch nur irgendeine andere Frau außer dieser bestimmten gewesen. Sie erinnerte sich lebhaft an das erste Mal, als sie für die Tanzstunden, die Enric festgelegt hatte, aufeinander getroffen waren; an die Beleidigungen, die diese Frau ihr entgegengeworfen hatte, weil sie offensichtlich nicht zu akzeptieren imstande war, dass ihr früherer Liebhaber, ein reicher und einflussreicher Magier, sich eine andere Partnerin auserkoren hatte - und zwar nicht nur für sein Bett, sondern auch als seine Gefährtin.

Eryn versuchte nicht daran zu denken, dass diese Frau wusste, wie es sich anfühlte, von Enrics manchmal zärtlichen und zuweilen fordernden - jedoch ohne Ausnahme stets fähigen - Händen berührt zu werden. Und nun hatte sie Anspruch auf Ram'an erhoben. Eryn betrachtete Ram'an als zu ihr gehörig, überlegte sie, wenn auch auf eine Weise, die sich maßgeblich davon unterschied, wie Enric zu ihr gehörte. Es war so wie bei Vran'el oder Vern. Einen von ihnen mit jemandem verbunden zu sehen, den sie nicht für gut befand, war nervenaufreibend.

Sie erinnerte sich an den Kuss, den sie mit Ram'an in einem schwachen Moment geteilt hatte, nachdem sie erkannt hatte, dass der Verlust seiner Zuneigung sie enorm schmerzen würde - trotz des Ärgers, den sie damals für ihn empfand. Einem Kuss mit ihm zuzustimmen während das Kind eines anderen Mannes in ihrem Leib heranwuchs war wie der Griff nach einer Rettungsleine gewesen; es war ein Preis, den sie in diesem Moment dafür zu zahlen bereit war, dass seine Gunst für sie nicht verloren ging - ganz egal, wie sehr sie es hinterher bereut hatte, als sie Enric kurz darauf erblickte. Dieser Kuss war für sie der Beweis gewesen, dass er ihr noch immer zugetan war, und zu diesem Zeitpunkt war es für sie nicht maßgeblich, auf welche Weise. Sie hatte sich allein und verloren gefühlt, weit fort von Zuhause, kurz nachdem sie erfahren hatte, dass Valrad nicht nur ihr Vater durch Adoption war, sondern auch in der üblichen, direkten Bedeutung des Wortes.

Eryn seufzte lautlos. Versuchte sie noch immer, ihr Verhalten vor sich selbst zu rechtfertigen oder zu entschuldigen? Enric hatte es kein einziges Mal zur Sprache gebracht seit dem Tag, als Ram'an ihm diese Information so unerwartet mitgeteilt hatte.

"Bist du noch wach?", fragte sie leise und hoffte, dass sie eine Antwort erhalten würde. Wenn sie nicht darüber reden konnte, würde es sie wohl noch eine Weile wachhalten.

"Ja, das bin ich. Du denkst recht laut, Liebste."

"Du willst damit behaupten, ich halte dich wach, weil meine Gedanken zu laut sind?" Sie versuchte zu entscheiden, ob er sie auf den Arm nahm, doch seine Stimme klang ernst. Dazu kam, dass sie im Moment tatsächlich über recht gewichtige Dinge nachgrübelte. "Hat das etwas mit dem Geistesband zu tun?" Sie war sich absolut sicher, dass sie weder lauter als sonst geatmet, noch irgendwelche gequälten Seufzer ausgestoßen hatte.

"Nein", erwiderte er und klang nun ein wenig amüsiert, "es liegt eher daran, dass du eine gewisse Art von nervöser Energie ausstrahlst. Als ob dich etwas rastlos macht und du lieber im Zimmer auf- und ablaufen würdest anstatt hier zu liegen und darüber nachzudenken. Was geht dir durch den Kopf?"

Eryn schluckte und zwang sich, ihre Gedanken in Worte zu fassen. "Damals, als ich zuließ, dass Ram'an mich küsste…" Warum formulierte sie es auf diese Weise? Hoffte sie, dass einfach nur keinen Einspruch gegen den Kuss zu erheben wesentlich weniger verdammenswert war als aktiv daran teilzunehmen?

"Ja?", ermutigte Enric sie sanft.

"Du hast es meiner Schwangerschaft zugeschrieben, und dass ich mich vernachlässigt fühlte und auch meiner Angst davor, seine Freundschaft zu verlieren. Hast du wirklich nichts weiter als das darin gesehen oder nimmst du es mir insgeheim übel?"

"Nein, ich nehme es dir nicht übel, das verspreche ich. Er hat deine verwundbare Gefühlslage benutzt, um dich zu manipulieren, und ich werfe es dir nicht vor, dass du darauf hereingefallen bist. Unser Geistesband zeigte mir deutlich, was du für mich empfunden hast, also wusste ich, dass es von deiner Seite kein romantisches Interesse an ihm gab. Ram'an war derjenige, auf den ich böse war, und zwar so richtig." In seiner Stimme schwang ein Hauch von Anspannung mit, die aber bei seinen nächsten Worten verschwand. "Doch er kam hinterher zu mir und versuchte nicht, es sich dahingehend zunutze zu machen, um dich von mir loszubekommen, sondern um mich zu der Einsicht zu drängen, dass es bezüglich deines Gemütszustandes, dieser Traurigkeit, in die du dich eingewickelt hattest, etwas zu unternehmen galt. Warum hast du es zur Sprache gebracht? Ich hatte nie den Eindruck, diese Sache stünde zwischen uns zwei - oder, nun, drei."

In der Dunkelheit zog sie die Augenbrauen zusammen. "Es geht um Valcredy. Ich kann mich nicht davon abhalten, schlecht über sie zu denken, obwohl ich es wirklich zu vermeiden versuche. Es würde alles einfacher machen. Aber sobald ich es schaffe, mir einzureden, Ram'an sei ein erwachsener Mann und habe jedes Recht, gute oder schlechte Entscheidungen zu treffen, erinnere ich mich wieder daran, dass du mit ihr ins Bett gegangen bist - dann verschwinden von einem Augenblick zum nächsten all meine guten Absichten, wie eine vernünftige Erwachsene damit umzugehen. Es ist also nicht nur, dass ich ihn an diese… Person gefesselt sehe, sondern ich stelle mir ständig vor, wie sie in genau diesem Bett hier zwischen zerknitterten Laken mit dir liegt, erschöpft von einer leidenschaftlichen Nacht mit einem glücklichen, zufriedenen Leuchten auf ihrem Gesicht und einem seligen Lächeln auf ihren absurd vollen Lippen."

Enric lachte verhalten und fing ihre Faust ein, nachdem sie ihn mit einem Zufallstreffer in seine Richtung erwischt hatte und erneut dazu ansetzte. "Das liebe ich! Wie war das noch einmal, dass du nicht zur Eifersucht neigst?", neckte er sie in einem frohlockenden Tonfall.

"Bastard", knurrte sie und befreite ihre Faust mit einem Ruck aus seinem Griff.

Er tastete im Dunklen nach ihr, bis er gut zu einem Griff ansetzen konnte und zog sie näher zu sich, sodass er sie mit seinen Armen umfangen konnte. "Na, na, es gibt keinen Grund mürrisch zu sein, weil ich den Gedanken genieße, dass dich der Gedanke an mich mit einer anderen Frau verärgert. Und lass mich dir versichern, dass ich in diesem Bett hier niemals Sex mit ihr hatte. Entweder verbrachten wir ein paar Stunden in ihrem Quartier oder in meinem Gästezimmer - wo sie dann üblicherweise auch die Nacht ohne mich verbrachte."

Eryn rollte im Dunkeln mit den Augen. "Im Gästezimmer, wo ich geschlafen habe? Großartig, das wird ja immer besser. Jetzt haben wir nicht nur einen Mann miteinander geteilt, sondern auch ein Schlafzimmer!"

"Du hast mich niemals mit irgendjemandem geteilt, Liebste. Teilen würde bedeuten, dass ich euch beide zur gleichen Zeit hatte. Als ich bei der Nacht der Ungezwungenheit mit dir ins Bett ging, traf ich sie bereits seit fast einem Jahr nicht mehr. Seit zwei Jahren bist du die einzige Frau, die ich im Kopf habe." Er küsste ihre Stirn. "Obwohl ich dein Unbehagen darüber verstehe, dass sie mit einem guten Freund von dir verbunden ist, so wirst du damit dennoch zurechtkommen und sie höflich behandeln müssen, wenn wir wieder in Takhan sind - sowohl in Ram'ans Interesse als auch in deinem eigenen. Die Leute könnten sonst denken, du wärst eifersüchtig, weil du mehr für ihren Gefährten empfindest als du solltest."

"Ja, ich weiß", murmelte sie in seine Schulter. "Wenn sie nur nicht so verdammt hübsch wäre!"

"Wo sie lediglich hübsch ist, Liebste, bist du im Vergleich überwältigend und absolut atemberaubend", meinte Enric ohne zu zögern.

"Das sagst du nur, um mich zu besänftigen", beschuldigte sie ihn schmollend.

Sie spürte, wie sich sein Brustkorb mit einem tiefen Seufzen hob und wieder senkte. "Weißt du, jetzt in diesem Augenblick wünschte ich wirklich, deine Seite des Geistesbandes wäre aktiv. Dann würde es dir nämlich vermitteln, dass ich jedes Wort so gemeint habe. Aber wenn du meine Ehrlichkeit wahrhaftig bezweifelst, dann werde ich dir in der Zwischenzeit etwas ebenso Verlässliches anbieten - eine Wahrheitssperre, unter deren Einfluss ich jedes einzelne Wort wiederholen werde, wenn es dir dabei hilft, deine Ängste loszulassen."

Eryn schüttelte den Kopf. Die Versuchung, sein Angebot anzunehmen war für einen winzigen Moment lang da, doch natürlich konnte sie es nicht annehmen. "Nein, danke", erwiderte sie knapp, "ganz so verzweifelt bin ich nicht. Noch nicht. Reden wir noch einmal, nachdem ich ihr in Takhan das erste Mal über den Weg gelaufen bin."

* * *

Enric überblickte die Ratshalle, wo sich die meisten der Teilnehmer der anstehenden Versammlung bereits eingefunden hatten. Der König war noch nicht eingetroffen, ebenso wenig wie Tyront und Iklan. Er beobachtete Eryn, die unweit von ihm bei Orrin und Lord Poron stand und sich mit ihnen unterhielt.

Iklan hatte seine Beurteilung von Darnets geistiger Verfassung erst zwei Tage zuvor abgeschlossen und in Rekordzeit mit Hilfe seiner Notizen der letzten beiden Wochen den Abschlussbericht ausgearbeitet. Enric hatte sichergestellt, dass er ihn vor dem heutigen Treffen noch lesen konnte. Das Dokument war achtsam formuliert, bekundete aber ausdrücklich, dass der Mann, der versucht hatte, Tyront zu töten, nach Meinung des Heilers definitiv nicht bei klarem Verstand war. Doch seine Schlussfolgerung basierte nicht auf felsenfesten Beweisen, wie Enric es vorgezogen hätte, sondern eher auf einer Anzahl an Hinweisen, die stark in diese Richtung deuteten. Ein guter Jurist mit einem grundlegenden Verständnis vom Heilen und dem erklärten Ziel, Eryn Schwierigkeiten zu bereiten, wäre wahrscheinlich in der Lage, Iklans Bericht und damit auch seine Aussage anzufechten. Glücklicherweise war keines der versammelten Ratsmitglieder, das den Wunsch hegte, dem Ansehen ihres einzigen weiblichen Mitglieds zu schaden, dafür qualifiziert. Einige von ihnen verfügten dank der Tatsache, dass sie genau wie Enric Geschäftsleute waren, über ein solides juristisches Verständnis, doch abgesehen von Lord Poron war keiner von ihnen in der Disziplin des Heilens bewandert. Und Lord Poron hatte mit Sicherheit keinerlei Interesse daran, sich mit Eryns Gegnern zu verbünden.

Eryn selbst wirkte ebenfalls einigermaßen entspannt. Sie hatten über das voraussichtliche Ergebnis der heutigen Anhörung gesprochen, und dass es wohl Versuche geben würde, Iklans Erkenntnisse in Zweifel zu ziehen. Die allerdings würden wohl kaum gekonnt genug ausfallen, um den Rat und den König davon zu überzeugen, dass sie am Anschlag auf Tyronts Leben beteiligt war.

Enric rechnete mit keinerlei Ärger - vorausgesetzt, Eryn behielt ihr Temperament unter Kontrolle. Es würde sicherlich den einen oder anderen Versuch ihrer Kollegen geben, sie zum Verlust dieser Kontrolle zu provozieren. Für diese Neigung war sie gut bekannt, und die Tatsache, dass der Ruf des legendären Aren Temperaments seinen Weg nach Anyueel gefunden hatte, würde es wohl zu einer noch vielversprechenderen Strategie machen, sie zu reizen. Das hatten sie letzte Nacht ebenfalls diskutiert. Er hatte ihr eingeschärft, dass sie, ganz egal, was man ihr entgegenwarf, entspannt und unbeirrt bleiben musste, selbst wenn sie in ihrem Inneren kurz vor einer Explosion stand. Wenn sie einfach immer weiter gleichmäßig atmete, würde sie unerschüttert wirken; das hatte bereits in der Vergangenheit fast immer geholfen, um sie ruhig zu halten.

Im Saal wurde es still, als die Wachen an den Türen König Folrin laut ankündigten, der daraufhin, gefolgt von Marrin, eintrat. Die Magier verbeugten sich geschlossen und nahmen dann ihre Plätze am ovalen Tisch ein. Die Ankunft des Monarchen signalisierte, dass man nun zur Sache kommen konnte. Eryn schloss sich ihnen nicht an, sondern blieb auf einer Seite stehen. Noch war sie nicht von den Vorwürfen freigesprochen, was bedeutete, dass sie noch immer aus dem Rat verbannt war. Nicht, dass dies eine besondere Bürde für sie darstellte. Ganz im Gegenteil - die ermüdenden Versammlungen nicht besuchen zu müssen hatte sich als der einzige angenehme Nebeneffekt dieser ganzen Angelegenheit erwiesen.

Als sie sich wieder aus ihrer Verbeugung aufrichtete, ruhte der Blick des Königs auf ihr, seine Miene besonnen. Sie runzelte die Stirn und wunderte sich darüber. Ihre Gedanken begannen zu rasen. War er aus irgendeinem Grund besorgt? Wusste er etwas, das ihr und Enric nicht bekannt war? Plante er etwas? Bei ihm konnte man nie sagen, was er gerade im Schilde führte, was sein bevorzugtes Ergebnis dieser abschließenden Anhörung war. Mehr als einmal hatte er bereits bewiesen, dass seine eigenen Interessen im Vordergrund standen - unabhängig davon, welche Unannehmlichkeiten oder Ärger das für andere zur Folge haben mochte. War es möglich, dass es ihm irgendwie half, wenn sie heute nicht freigesprochen wurde? Falls ja, würde er es wagen, dies zu verfolgen und damit Malriels Zorn riskieren, wo sie nun eine Triarchin war? Sich solch eine mächtige Feindin einzuhandeln wäre kein schlauer Zug, und wenn es eines gab, das sich über den König sagen ließ, dann, dass er keinesfalls ein Narr war.

Sie ermahnte sich, gelassen und unbeirrt aufzutreten. Die Männer in diesem Saal waren ohne Ausnahme erfahrene Politiker, die jedes Anzeichen von Sorge und die Schwäche dahinter erkennen würden.

Tyront erhob seine Stimme, sobald das Rascheln und Getummel um ihn herum zum Stillstand gekommen war. "Eure Majestät, geehrte Kollegen, heute werden wir den Fall zum Abschluss bringen, der im Orden solch einen Aufruhr verursacht hat. Wir alle sind uns der Fakten bewusst, die uns präsentiert wurden, und auch der Behauptungen jeder der involvierten Parteien. Weder besteht ein Zweifel an Darnets Schuld, noch hat er versucht, dies anders darzustellen. Allerdings stellt sich immer noch die Frage, ob seine Anschuldigungen gegen Lady Eryn begründet sind oder nicht. Wie Ihr alle wisst, hat Iklan, ein hochqualifizierter und angesehener Heiler, dessen Gebaren und Fähigkeiten über jeden Zweifel erhaben sind, die Zeit seit seiner Ankunft hier damit verbracht, Darnets geistigen Zustand zu beurteilen. Erst vor kurzem hat er seine Überprüfung abgeschlossen und war so entgegenkommend, seinen Bericht zügig fertigzustellen, da er sich natürlich darüber im Klaren ist, wie sehr die Auflösung dieses Falles drängt. Lasst uns daher beginnen und die Sache zu einem Ende bringen." Er nickte den beiden Wachen zu, die daraufhin erneut die beiden Türen öffneten und Iklan Zutritt gewährten, der gebeten worden war, im Gang zu warten, bis man ihn hereinrief.

Iklan trat ein und ließ seinen Blick über die versammelten Magier wandern. Als seine Augen beim König ankamen, verbeugte er sich. Enric bemerkte zufrieden, dass der Heiler keinerlei Anzeichen zeigte, das auf irgendeine besondere Zuneigung zu ihm selbst oder Eryn hinwies, die man hinterher womöglich als eine Art Befangenheit zu ihren Gunsten auslegen könnte.

Tyront nickte Lord Poron zu, der offiziell für die Untersuchung verantwortlich und damit dafür zuständig war, die ersten Fragen zu stellen.

Lord Poron nickte seinem Kollegen von jenseits des Meeres zu und begann sodann: "Iklan, lasst mich Euch noch einmal sagen, wie sehr wir Eure Bemühungen und allem voran Eure Bereitschaft schätzen, solch eine lange Reise zu unternehmen, um uns bei dieser Herausforderung zu helfen, der wir uns gegenübersehen. Ich würde Euch ersuchen, uns Eure Erkenntnisse im Zusammenhang mit Darnet darzulegen. Da ich der einzige Heiler im Rat der Magier bin und mein eigenes Wissen im Bereich geistiger Krankheiten bestenfalls rudimentär ist, würde ich Euch ersuchen, dies zu berücksichtigen und Eure Erklärungen auf eine Weise zu formulieren, der wir alle folgen können. Bitte haltet Eure Aussage zu Beginn eher allgemein; wir werden um detailliertere Informationen ersuchen, sofern wir sie benötigen."

Iklan nickte kurz und begann dann, seine Erkenntnisse zu präsentieren. "Mein erster Eindruck von Darnet war der eines ausgeglichenen jungen Mannes mit einem Verständnis von Moral, das nicht dem seiner Gesellschaft entspricht. Ihm war bewusst, dass er eine strafbare Handlung begangen hatte, doch er hatte Gründe, mit denen er dies vor sich selbst rechtfertigte. Er betrachtet sich als Pionier, der im Interesse des Gemeinwohls handelte, und genießt die Rolle des heldenhaften Märtyrers, der von dem System bestraft wird, gegen das er sich entschieden hatte aufzubegehren. Er ist überzeugt, dass ihn seine gleichgesinnten Kollegen dafür Hochachtung entgegenbringen werden. Das bedeutet, dass er zu Beginn meiner Untersuchung weniger verwirrt oder realitätsfremd wirkte, sondern vielmehr fehlgeleitet. Fehlgeleitet wird im Allgemeinen als Geisteszustand erachtet, wo die Wirklichkeit auf eine Weise beurteilt wird, die für die Umgebung einer Person inakzeptabel ist. Abhängig von der Situation und dem Grad der Abweichung von der wahrgenommenen Norm mag sich dies beizeiten als unbequem, ärgerlich oder sogar gefährlich erweisen, doch es wird nicht als Krankheit erachtet. Die Krankheit beginnt dort, wo die Wahrnehmung der Realität als solches abweicht - und hier sprechen wir nicht darüber, wie sie interpretiert wird. Es geht um das, von dem das Gehirn glaubt, es wurde ihm von sämtlichen Sinnesorganen weitergeleitet."

Eines der Ratsmitglieder, Lord Seagon, hob einen Finger um anzuzeigen, dass er eine Frage zu stellen wünschte. "Von sämtlichen Sinnesorganen? Ihr sagt uns damit also, dass diese falschen Wahrnehmungen ein breites Spektrum an unterschiedlichen Bereichen miteinschließen können, so wie Bilder oder sogar Berührungen?"

Der Heiler nickte. "In der Tat, mein Lord. Bilder, Geräusche, Berührungen, sogar Gerüche und Geschmäcker - Eindrücke, die normalerweise durch all unsere Sinnesorgane aufgenommen werden. Wie Ihr Euch wohl vorstellen könnt, vermag solch ein komplexer falscher Informationsfluss tatsächlich Erinnerungen und Eindrücke hervorrufen, die so greifbar erscheinen, dass der Verstand keine Möglichkeit hat zu unterscheiden, ob diese erfunden oder real sind. Genau darunter leidet Darnet, wie ich sehr stark vermute. Er hält seine Interaktionen mit Lady Eryn für die Wirklichkeit und erinnert sich lebhaft an Details, die einen flüchtigen Zuhörer leicht überzeugen, dass er sie tatsächlich erlebt haben muss. Er beschreibt authentische Gesten, die ich bei Lady Eryn selbst gesehen habe. Er war in der Lage, sich an Details über persönliche Schmuckgegenstände zu erinnern, wie Haarschleifen in der Art, die sie auch heute trägt."

Eryn schluckte verlegen, als sämtliche Augen auf ihr und dem geflochtenen Zopf über ihrer Schulter ruhten, um die zu ihrer Tunika passende dunkelgrüne Schleife zu begutachten.

"Er verwendete Elemente, die ihm zuvor bereits begegnet waren", fuhr Iklan fort, "und sein Gehirn verschmilzt und verdreht diese anscheinend zu etwas Neuem, zu einem Gebilde seiner Vorstellungskraft, wenn man so will. In meinen Unterhaltungen mit ihm erlebte ich manchmal, dass er sich in einem Zustand losgelöst von der Realität befand, wo er über Dinge sprach, bei denen ich bereits zuvor wusste oder später herausfand, dass sie sich niemals in dieser Form zugetragen hatten. Und in einigen Fällen lag ein sehr klarer Widerspruch unterschiedlicher Komponenten seiner Persönlichkeit vor. Seine Gedanken, Gefühle und sein Verhalten schienen nicht immer… miteinander verbunden. Er weiß, dass es falsch ist zu töten, dass es eine verabscheuungswürdige Sache ist, sofern es nicht der einzige Weg ist, mit dem sich das eigene Überleben sicherstellen lässt. Doch sein Angriff auf Lord Tyront scheint ihn nicht im Mindesten zu schaffen zu machen. Er betrachtet ihn in keiner Hinsicht als falsch, da es sich für ihn um eine Tat handelt, die von Lady Eryn genehmigt und gefördert wurde, da er glaubt, sie habe es ihm aufgetragen."

"Ihr würdet also Darnets Zustand eindeutig und ohne jeden Zweifel als geistige Krankheit einstufen?", fragte Lord Aldon.

Eryns Blick wanderte zu dem Ratsmitglied. Zwischen ihr und diesem Mann hatte es niemals viel Berührung gegeben; während der Ratsversammlung meldete er sich nicht oft zu Wort, und wenn, dann meist zu dem Zweck, um Zustimmung oder Kritik zu dieser oder jener Aussage zu äußern. Wenn sie ihn ansah, dann löste dies meist die Erinnerung an jenen Abend aus, als sie bei dem Abendessen, dass er veranstaltet hatte, ihr tränenreiches kleines Spiel mit Malriel getrieben hatte. Dies musste auch der Abend gewesen sein, an dem Malriel ihr mit dem Glas Wein, das sie geteilt hatten, den Fruchtbarkeitstrank verabreicht hatte. Ihre Aufmerksamkeit kehrte zu Iklan zurück, und auch ohne seinen Gesichtsausdruck hätte sie gewusst, dass er gleich zugeben würde, dass eine Geisteskrankheit kaum jemals eine eindeutige Angelegenheit war. Für alles andere war er viel zu vorsichtig.

"Mit Begriffen wie eindeutig und ohne jeden Zweifel gehe ich sehr behutsam um im Zusammenhang mit einem Bereich, der so vielseitig und oft schwer fassbar ist wie der Zustand des menschlichen Geistes, mein Lord. Es gibt starke Indizien, die meine Bewertung untermauern, sowohl anatomische als auch verhaltensbedingte Hinweise. Doch meine Meinung sowohl von mir selbst als Individuum, das ebenso anfällig für Fehler ist wie jedes andere menschliche Wesen, als auch von dem Grad an Fachwissen, das ich selbst und meine Kollegen bislang in dieser Disziplin erarbeiten konnten, ist nicht so hoch, als dass ich eine makellose Diagnose garantieren könnte."

Mit Anstrengung unterdrückte Eryn den Impuls, mit den Augen zu rollen. Viele erachteten Demut als Tugend, doch ihrem Gefühl nach trieb es Iklan mit seiner Bescheidenheit, die an Selbstabwertung grenzte, ein wenig zu weit. Besonders, da dies ihrem eigenen Fall im Moment nicht helfen würde. Sie hätte einen Experten vorgezogen, der seine Ergebnisse erbittert verteidigte und jeden herausforderte, der es wagte, sie anzuzweifeln, der Nicht-Heiler dazu veranlasste, zweimal nachzudenken, bevor sie irgendetwas äußerten, das als Kritik gewertet werden könnte. In dieser Situation hätte sie sich jemanden wie Sarol gewünscht. Er brachte es fertig, dass sich Menschen schlecht beraten und unzulänglich fühlten, nur weil sich ihre Meinung von seiner unterschied. Das war kein besonders angenehmer Charakterzug im Umgang mit ihm, doch in Situationen wie dieser war es unbezahlbar, sofern man zufällig auf der gleichen Seite stand wie er.

"Wärt Ihr so gut, auf die anatomischen Anzeichen einzugehen, die Ihr vorgefunden habt und die Eure Beurteilung unterstützen?", bat Lord Poron.

"Selbstverständlich. Im Fall einer geistigen Störung treten im Gehirn oftmals körperliche Veränderungen auf; und zwar zeigt sich in gewissen Bereichen eine Reduktion von Hirngewebe. Außerdem sind die Strukturen zur Produktion der Flüssigkeit, in der das Gehirn eingebettet ist, vergrößert. Wir wissen noch nicht, ob diese Veränderung die Ursache der Krankheit oder lediglich eine Folge daraus ist, doch wir vermuten sehr stark, dass es einen Zusammenhang zwischen abweichendem Verhalten und der Reduktion des Hirngewebes gibt."

Die nächste Frage hatte Eryn erwartet, und sie hörte ohne große Überraschung, dass sie von einem der Traditionalisten des Rates - Lord

Woldarn - gestellt wurde. Diese Männer stürzten sich auf alles, was nicht mit absoluter Gewissheit verkündet wurde.

"Ihr sagtet, es gäbe oftmals eine körperliche Veränderung - dem entnehme ich, dass solch eine Veränderung nicht immer ersichtlich ist, wenn Ihr einen Patienten untersucht, der unter einer solchen Geistesstörung leidet?"

"Nein", gab Iklan zu, "Ihr habt Recht. Es gibt Fälle, wo solch ein Rückgang an Gehirnsubstanz bei einer nachweislich kranken Person nicht ersichtlich ist. Zumindest nicht in einem Ausmaß, das sich außerhalb des üblichen Umfangs befindet."

Nein, nein, nein! jammerte Eryn innerlich. Warum musste dieser Mann unaufgefordert solche Happen preisgeben? Sie bemerkte das kurze Aufflackern von Verdruss auf Enrics Gesicht, bevor seine Miene wieder zu seiner üblichen Ausdruckslosigkeit zurückkehrte.

Lord Woldarn lehnte sich vor, eindeutig fasziniert. "Der übliche Umfang? Soll das bedeuten, dass dieses von Euch erwähnte Symptom, das gelegentlich, jedoch nicht immer auftritt, wenn eine Person geistig erkrankt ist, auch bei vollkommen gesunden Individuen vorkommt?"

Der Heiler nickte langsam. "Ja, so könnte man es ausdrücken. Obgleich ich betonen muss, dass die Daten, die wir in Takhan gesammelt haben, sehr stark darauf hindeuten, dass es einen Zusammenhang zwischen einem Rückgang an Gehirnsubstanz in gewissen Bereichen und Verhaltensveränderungen gibt", erklärte er erneut. "Doch diese Ungewissheit, auf die Ihr gerade hingewiesen habt, ist der Grund, weshalb eine bloße Untersuchung des Gehirns mit Magie zur Feststellung der reduzierten Gehirnmasse allein nicht als verlässliche Methode zur Erstellung einer Diagnose erachtet wird. Niemand in Takhan würde solch eine Einschätzung ernst nehmen. Aus diesem Grund sind Beobachtung sowie Beurteilung und Klassifizierung von Gedanken und Gefühlen unverzichtbar."

"Und sein Verhalten ebenso wie seine Gedanken und Gefühle legen Eurer Ansicht nach nahe, dass er unter einer Geisteskrankheit leidet", ermutigte Lord Poron ihn.

"Dieser Ansicht bin ich, ja."

"Wie kann es sein, dass niemandem sonst irgendetwas Ungewöhnliches an Darnets Verhalten aufgefallen ist?", erkundigte sich Lord Woldarn.

"Ich denke nicht, dass niemandem etwas auffiel. Solange es allerdings keine Eskalation wie den Anschlag auf Lord Tyronts Leben gab, mögen seine Freunde, Familie oder Kollegen bei ihm kaum mehr als ein etwas seltsames oder exzentrisches Verhalten wahrgenommen haben. Sie wären auch nicht in der Lage festzustellen, ob gewisse Verhaltensweisen oder Aussagen als Beweis eines gestörten Geistes zu werten oder lediglich ein Anzeichen weniger liebenswerter Charakterzüge sind. Hinzu kommt, dass Geisteskrankheiten keinen gleichförmigen Verlauf zeigen, sondern von Phasen unterschiedlicher Intensität gekennzeichnet sind, die mit schwankenden Intervallen auftreten.

Negative Erfahrungen und eine gewisse Anfälligkeit für heftige emotionale Reaktionen lösen Symptome aus - in Darnets Fall häufiger auftretende Wahnvorstellungen und Halluzinationen. Man könnte es mit Vulkanen und ihren ruhenden und akuten Phasen vergleichen."

Es gab ein paar Augenblicke der Verwirrung, als die Ratsmitglieder die Stirn runzelten und zuerst einander, dann Iklan mit fragenden Blicken bedachten. Daraufhin erklärte Enric mit ruhiger Stimme: "Er spricht von Bergen, die von Zeit zu Zeit Feuer und Asche spucken und mit ihrem Ausbruch abhängig von ihrer Größe und ihrem Standort erheblichen Schaden verursachen können, jedoch die meiste Zeit über inaktiv sind."

Eryn gönnte sich die Andeutung eines Lächelns. Natürlich wusste er darüber Bescheid. Ohne Zweifel war er irgendwo in der Aren oder Vel'kim Bibliothek über ein Buch zu diesem Thema gestolpert. Sie hatte es schon vor längerer Zeit aufgegeben zu verfolgen, über welche Dinge er sich wahllos informierte.

Iklan sah ihn hilflos an. "Dem entnehme ich, dass es hier keine Vulkane gibt. Somit war dies eindeutig keine besonders hilfreiche Analogie."

Enric winkte ab. "Keine Sorge, ich denke, wir verstehen das Prinzip. Ihr sagt also, dass es in Darnets jüngerer Vergangenheit etwas gegeben haben könnte, das eine akute Phase dieser Krankheit auslöste und ihn sozusagen ausbrechen ließ?"

Eryn bemerkte, dass er seine Frage auf eine Weise formulierte, die sehr klar vermittelte, dass er die Zweifel seiner Kollegen, ob Darnet tatsächlich unter einer Geisteskrankheit litt, nicht teilte.

"Zu dieser Annahme haben mich die Gespräche mit dem Patienten geführt, ja. Und mein Fachwissen sowie meine bisherige Erfahrung mit ähnlichen Leiden bestätigen dies. Der Auslöser mag in diesem Fall das häufige Zusammentreffen mit Leuten ähnlicher Denkweise gewesen sein, die mit der aktuellen Situation im Orden unzufrieden sind. In seiner Vorstellung sah er sich als so etwas wie ihr Anführer, jemand, der ihnen versicherte, sie müssten sich nicht länger sorgen, da er die von allen ersehnte Veränderung herbeizuführen und Maßnahmen zu ergreifen gedachte, die eine neue Ära einleiten würden. Eine Ära, in der Ihr, Lord Enric, dem Orden vorstehen und ihn gemäß Lady Eryns Glaubenssätzen und Werten formen würdet."

Eryn presste die Lippen zusammen und zwang sich, für sich zu behalten, was ein boshafter Funke sie auszusprechen drängte: Dies sollte Beweis genug dafür sein, dass sie in all das nicht involviert war - hätte sie so etwas geplant, würde sie darauf abzielen, den Orden gänzlich aufzulösen anstatt zu versuchen, diese altertümliche Institution umzuformen.

Sie sah, wie verstohlene Blicke in ihre Richtung wanderten und ließ ihren eigenen von ihrer erhöhten - weil stehenden - Position aus über die sitzenden Ratsmitglieder wandern. Sie wandte ihre Augen nicht ab; sie hatte nichts zu verbergen. Abgesehen von ihrer Verachtung für deren gelegentliche Dummheit.

Orrin räusperte sich und meldete sich zum ersten Mal zu Wort. "Wegen dieser - wie nanntet Ihr es? Halluzinationen?"

Iklan nickte. "Ja. Eine Halluzination wird im Allgemeinen als eine Wahrnehmung erachtet, die ohne äußerliche Stimulation auftritt, jedoch als sehr real erlebt wird und alle Sinne miteinschließen kann. Nicht zu verwechseln mit Illusionen; diese bestehen in dem festen Glauben einer Person an eine Sache, trotz vorliegender gegenteiliger Beweise. Diese beiden treten oftmals gemeinsam auf", erklärte der Heiler hilfsbereit.

"Danke", erwiderte Orrin trocken und ließ erkennen, dass dies wesentlich mehr Information war, als er erwartet hatte, dass ein simples ja gereicht hätte. "Ihr sagtet, diese Halluzinationen würden ausgelöst durch etwas, das Ihr als akute Phase bezeichnet. Da sich für uns hier noch immer die Frage stellt, ob seine Zusammentreffen mit Lady Eryn eingebildet waren oder nicht, könnte es sich für uns als hilfreich erweisen zu erfahren, ob es noch andere Halluzinationen gab."

Enric zwang seine Mundwinkel zur Ausdruckslosigkeit, als sie sich als Reaktion auf die Welle an Triumph, den er durch das Geistesband empfing, nach oben ziehen wollten. Eryn war mehr als erfreut über Orrins Frage, da Iklan nun darlegen würde, was er bereits in seinem Bericht, den sie vor der Versammlung gelesen hatten, angeführt hatte.

"Da gab es auf jeden Fall ein paar Dinge, die Darnet sagte und bei denen sich nach einem genaueren Blick darauf herausstellte, dass sie das Ergebnis einer gestörten Wahrnehmung waren. Beispielsweise die Sache, dass er der Anführer einer Gruppe von Revolutionären sei. Wie ich bereits zuvor erwähnte, gibt es eine Gruppe unzufriedener Magier, doch nachdem ich mich wiederholt mit einem von ihnen unterhielt, wurde klar, dass Darnet weit davon entfernt ist, so etwas wie ein Anführer zu sein. Er erschien ihnen stets trübsinnig und zurückgezogen - keinesfalls von der Sorte, die die Führung übernimmt und eigenhändig das System zum Besseren hin verändert. Und wenn man bedenkt, dass Darnet in seiner eigenen Vorstellung Lady Eryns Anweisungen befolgte, könnt Ihr sehen, dass es hier erneut diesen Widerspruch zwischen seinen eigenen Gedanken und seiner eingebildeten Wahrnehmung gibt. Es ist als würde seine Persönlichkeit auseinanderfallen, während es seinen Gedanken an der Kohärenz fehlt, um eine Verknüpfung herzustellen."

"Ihr habt Euch mehrmals mit einer der Personen unterhalten, mit denen er sich traf?" Lord Woldarn spitzte die Ohren. "Mit wem?"

Eryn schluckte hart. Das war nicht gut, überhaupt nicht. Onil war derjenige gewesen, der zugestimmt hatte, und das hier war die ungünstigste Situation, in der sein Vater davon erfahren konnte.

Iklan sah das Ratsmitglied an und schüttelte den Kopf mit einem bedauernden Gesichtsausdruck. "Ich fürchte, diese Information kann ich nicht offenlegen, da absolute Vertraulichkeit eine Bedingung für diese Unterhaltung war."

"Ich kann es Euch sagen, doch ich bezweifle, dass Euch dieses Wissen glücklich machen wird", verkündete Lord Aldon. "Es war Onil, Euer eigener Sohn, der sich mit unserem ausländischen Gast unterhielt und diese hilfreichen kleinen Einblicke mit ihm teilte."

Eryn schloss die Augen, absolut fassungslos darüber, wie die Dinge vor einem Moment noch so gut ausgesehen hatten und wenig später so eine üble Wendung nehmen konnten. Als sie sie wieder öffnete, sah sie, dass alle Farbe aus Lord Woldarns Gesicht gewichen war, während er seinen Kollegen anstarrte.

"Das ist nicht wahr!", flüsterte er, doch er wirkte, als würde ihm sein Gehirn in diesem Moment all diese kleinen Hinweise liefern, die in die richtige Richtung deuteten, die aber erst offensichtlich wurden, wenn man einen Schritt zurücktrat und alle gleichzeitig anstatt einen nach dem anderen betrachtete.

"Es ist wahr", erwiderte Lord Aldon gnadenlos. "Ich erhielt eine Abschrift der Unterhaltung, und auch von einer weiteren zwischen Eurem Sohn und Lady Eryn, wo er sie um ihre Unterstützung bittet, damit sie seine und die Interessen seiner Freunde vor dem Rat vertritt."

Verdammte, total bescheuerte Spione! Eryn kochte innerlich. Die waren einfach überall! Wie hatten sie es überhaupt geschafft zu lauschen - sie hatten sich im ersten Stock aufgehalten, und sicherlich wäre es jemandem aufgefallen, hätte ein Fremder draußen im Korridor sein Ohr gegen die Tür gepresst. Es war, als lebte man in einer gläsernen Truhe! Wie sehr sie diese kindischen Spiele hasste, diese verborgene Jagd nach Informationen, die im richtigen Moment als Waffe benutzt werden konnten!

Sie fing Enrics warnenden Blick auf und atmete langsam aus. Das Geistesband hatte sie einmal mehr verraten.

In der Ratshalle war es gespenstisch still geworden, während die Magier die Wichtigkeit dessen überdachten, was sie gerade gehört hatten. Sie warf einen Blick auf den König, doch der zeigte sich wie stets als fleischgewordene Ruhe und Gelassenheit. Erneut stellte sich ihr die immerwährende Frage, ob er zuvor schon davon gewusst hatte oder einfach nur ein begnadeter Schauspieler war, der seine Überraschung ungemein gut zu verbergen vermochte. Sie dachte zurück, wie er sie bei seiner Ankunft hier angesehen hatte und fragte sich, ob er tatsächlich über diese Fakten im Bilde gewesen und über den möglichen Ärger besorgt war, der sich aus deren Offenbarung ergeben mochte. Bildete sie sich das nur ein, oder wirkte er ein wenig resigniert?

Eryn lehnte sich gegen die Säule in ihrem Rücken, nicht länger darum bemüht, diesen formellen und eleganten Eindruck aufrechtzuerhalten. Einige in diesem Saal dachten nun zweifellos ohnehin, dass sie Intrigen gegen den Orden ersonnen hatte, wenn auch nicht notwendigerweise Tyronts Tod. Komisch, wie das ursprüngliche Ziel festzustellen, ob Darnet geisteskrank war oder nicht, nun irgendwie in den Hintergrund getreten zu sein schien.

Lord Poron schien bei der gleichen Schlussfolgerung angelangt zu sein, denn als plötzlich lautes Murmeln ausbrach, erhob er sich und klatschte dreimal in die Hände. Er verstärkte das Geräusch, bis es wie Donner durch die Halle rollte und von den Wänden und der hohen gewölbten Decke zurückgeworfen wurde, womit der nervenaufreibende Effekt noch verstärkt wurde.

"Meine Lords", sprach er sodann, als die Geräusche sowohl des Gemurmels als auch seines Klatschens verklungen waren, "lasst uns nicht vergessen, weshalb wir heute hier sind. Unsere Aufgabe besteht in der Entscheidung, ob Lady Eryn einen Anteil an dem Mordversuch an Lord Tyront hatte. Das gilt es festzustellen. Ich kann sehen, weshalb es ein schlechtes Licht auf Lady Eryn werfen mag, dass sie sich mit einem Mitglied einer Gruppe getroffen hat, die viele von uns als verborgenen Widerstand innerhalb des Ordens betrachten. Doch lasst mich Euch versichern, dass ich ebenfalls ein Transkript der Unterhaltung zwischen Lady Eryn und Onil besitze, auf die sich Lord Aldon bezog." Eryns ungläubiger Gesichtsausdruck entlockte dem alten Mann ein kurzes Lächeln, bevor er weitersprach: "Und ich bin mehr als willens, Euch einen Blick darauf werfen und sogar mit Lord Aldons Version vergleichen zu lassen, sofern er seine freigibt. Ihr werdet sehen, dass Onils sehr nachvollziehbare Bitte um Hilfe, die er an ein gleichgesinntes Mitglied des Rates richtete, nicht eben mit besonderem Enthusiasmus aufgenommen wurde. Zweifellos wird das einige von Euch überraschen, da Ihr es vorzieht, Lady Eryn als eine Falle zu betrachten, die jeden Moment ausgelöst werden und den Orden in Schutt und Asche legen könnte. Ich selbst teile diesen Glauben an ihr Potential, Verwüstung und Zerstörung zu verursachen, nicht; doch das ist nur eine persönliche Anmerkung eines Mannes, der nun schon einige Zeit lang das Privileg genoss, mit Lady Eryn zu arbeiten." Und dessen Beurteilung deshalb schwerer wiegen sollte als die Worte von Männern, die sie lediglich von den Ratsversammlungen und ein paar Abendveranstaltungen her kannten, wie er sehr nachdrücklich nicht anmerkte. Er setzte sich wieder und nahm ein paar Blätter Papier zur Hand, die er einen Moment lang durchzusehen vorgab, bevor er meinte: "Solltet Ihr hinsichtlich Darnets Zustand noch weitere Fragen an Iklan richten wollen, so tut dies bitte jetzt."

Stille. Als mehr als eine Minute lang niemand sprach, nickte Lord Poron. "Ausgezeichnet. Somit gehe ich davon aus, dass Ihr nun über all die Informationen verfügt, die Ihr für eine informierte Entscheidung benötigt. Ich bin mir dessen bewusst, dass die Ergebnisse von Iklans Beurteilung nicht so unmissverständlich sein mögen, wie Ihr es wünschen würdet, doch bedenkt, dass Iklan ein immens sorgfältiger Mann ist, der nicht unbekümmert Fakten bekundet, die er nicht mit Beweisen belegen kann. Bedenkt außerdem, dass die Natur dieses Falles es erheblich schwerer macht, mit medizinischen Beweisen aufzuwarten als beispielsweise bei der Diagnose eines gebrochenen Knochens. Als Heiler kann ich Euch sagen, dass das gleiche Gebrechen bei zwei unterschiedlichen betroffenen Patienten nicht immer gleich erscheint. Das hat nichts mit irgendwelchen Unzulänglichkeiten von Seiten des Experten zu tun, noch macht es seine Einschätzung weniger glaubwürdig, wenn der Rückschluss mit Sorgfalt gezogen wurde und, wie es hier eindeutig der Fall ist, durch weitreichende Erfahrung gestützt wird." Er gestattete sich ein dünnes Lächeln. "Unsere neuen Freunde in den Westlichen Territorien hätten keine Blamage riskiert, indem sie uns jemand anderen als die beste verfügbare Person für diese Aufgabe schicken."

Eine warme Flut der Dankbarkeit für diese Worte ließen Eryns Knie weich werden, und sie streckte sie entschlossen durch, um genau das zu vermeiden. Lord Poron, der ihr seine eigenen Spione hinterherschickte, damit er die erhaltenen Informationen wie einen Schild gegen das einsetzen konnte, was andere zusammentrugen, um ihr zu schaden; der seinen Einfluss im Rat und sein Wissen darum, wie mit seinen Kollegen umzugehen war, einsetzte, um ihr beizustehen. Er war die richtige Wahl für das Oberhaupt der Klinik. Der Gedanke manifestierte sich langsam und glitt an seinen Platz, so endgültig wie der letzte Pflasterstein, der eine Straße vollendete. Ihr war schon zuvor klar gewesen, dass er ein fähiger Mann war, doch es war stets das Gefühl geblieben, dass sie selbst diese Verantwortung ein wenig besser handhaben hätte können. Dieses Gefühl war plötzlich verschwunden, und damit auch die Verbitterung darüber, dass ihr nicht gestattet worden war, die Klinik zu führen. Bei Lord Poron war sie in guten Händen, und dies traf auch auf all jene zu, die für ihn und mit ihm arbeiteten. Er würde nicht nur dastehen und zusehen, wenn einer seiner Heiler in Schwierigkeiten steckte, sondern einschreiten. Aus diesem Grund hatte er Onils Bitte um Hilfe im Rat als die natürlichste und logischste Sache der Welt behandelt, Iklan den Rücken gestärkt und klargestellt, dass an dem fremden Heiler zu zweifeln auch bedeutete, Lord Porons hohe Meinung von ihm zu missachten, was einer Herausforderung gleichkam. Und sie, Eryn, gehörte zu seinen Heilern, zu denen, um die er sich kümmerte, ohne Rücksicht auf die Tatsache, dass sie in der Struktur des Ordens über ihm stand.

"Dann lasst uns diese Sache zu einem Ende bringen", instruierte Lord Poron. "Handzeichen, sofern Ihr der Ansicht seid, Lady Eryn sei ausreichend entlastet worden, sodass sie in unsere Mitte zurückkehren kann."

Die Erleichterung veranlasste sie, hörbar auszuatmen, als von zwölf Händen zehn gehoben wurden, alle außer denen von Lord Aldon und Lord Woldarn. Lord Aldon blieb mit verschränkten Armen sitzen und starrte missmutig vor sich auf den Tisch, während Lord Woldarn Eryn mit einem finsteren Blick bedachte, als verübelte er ihr die Schwierigkeiten, in denen sein Sohn nun steckte.

Eryn spürte, wie die Erleichterung von der Sorge darüber verdrängt wurde, was Onil wohl später bevorstand - besonders, da Lord Woldarn nun eine recht klare Vorstellung davon hatte, weshalb sein Sohn ihn überredet hatte, den Preis für das Haus zu senken, das er Enric verkauft hatte.

* * *

Enric kämpfte gegen den Impuls an, sich in seinem Stuhl zurückzulehnen und einen tiefen Seufzer der Erleichterung auszustoßen. Es schickte sich nicht, seinen Kollegen oder dem König zu zeigen, dass ihn gegen Ende der Anhörung ein Gefühl von Bangigkeit überkommen hatte, als Lord Aldon die Sache mit Onil zur Sprache gebracht hatte. Ideal wäre gewesen, wenn sämtliche Ratsmitglieder zu Eryns Gunsten abgestimmt hätten, um sie von jeglichem Zweifel freizusprechen, doch er wusste, dass dies eine unrealistische Hoffnung war. Es gab nicht viele Anlässe, bei denen der Orden einen einstimmigen Beschluss gefasst hatte. Und wenn man bedachte, dass viele von ihnen Eryn sowie all den von ihr bislang durchgeführten Veränderungen misstrauten - ganz zu schweigen von denen, die in Zukunft vermutet oder sogar befürchtet wurden - waren zehn von zwölf Stimmen, die sie von den Anschuldigungen freisprachen, noch immer ein klares Zeugnis dafür, dass sie von der Mehrheit als unschuldig betrachtet wurde. Er fragte sich ernsthaft, ob der alte Lord Aldon wahrhaftig dachte, Eryn wäre an dem Anschlag auf Tyronts Leben beteiligt, oder ob er lediglich ihren Ruf schädigen wollte. Und einen Makel würde es allemal bedeuten - immerhin war sie nicht über jeden Zweifel hinweg entlastet worden, oder die Abstimmung wäre einstimmig verlaufen. Das war es zumindest, was die Öffentlichkeit erfahren würde.

Im Fall von Lord Woldarn, von dem Enric in der Regel nicht erwartete, dass er sich auf die Seite einer Minderheit schlug, war es recht offensichtlich, was der Grund für diese unverhohlene Demonstration von Missgunst war. Er war dafür bekannt, dass er ein Familienmensch war, was in seinem Fall sowohl eine liebenswerte Charaktereigenschaft als auch einen Fluch bedeutete. Mit ihm verwandt zu sein bedeutete, dass er allen Fehlern seiner Familienmitglieder gegenüber blind war, und zwar in einem Ausmaß, das zuweilen grotesk anmutete. Und nun wurde seinem einzigen Sohn nicht nur vorgeworfen, dass er ein Mitglied einer Gruppe war, die misstrauische Leute dramatisch als Widerstand bezeichnen würden, sondern auch, dass er um Hilfe dafür gebeten hatte, den Rat, dem auch Lord Woldarn selbst angehörte, zu beeinflussen. Enric war nicht vollkommen sicher, ob der Lord glaubte, solche Vorwürfe an Onil könnten tatsächlich zutreffen, doch eines stand außer Frage - unabhängig davon, ob er seinem Sohn so etwas zutraute oder ihn als Teil des üblen Planes einer anderen Person betrachte, mit dem man ihn in Misskredit bringen wollte, Eryn war in seinen Augen daran schuld. Soviel ließ sich an der Art und Weise erkennen, wie Lord Woldarn sie mit fest zusammengepressten Lippen anblitzte.

Er erhob sich mit den anderen Magiern, als Tyront wiederholte, worauf sich die Mehrheit der Ratsmitglieder geeinigt hatte und Eryn gratulierte, die in Anerkennung seiner Worte huldreich nickte.

Enric lächelte schwach. Durch das Geistesband konnte er ihre Erleichterung spüren, doch da war auch ein schwacher Funken an Irritation. Womöglich ausgelöst von dem Gedanken, dass sie von nun an wieder an den Ratsversammlungen teilnehmen musste, sofern er das beurteilen konnte.

Sein Blick wanderte zu Lord Seagon, dessen Bewegungen langsam waren, als wollte er seinen Kollegen Zeit geben, die Ratshalle zu verlassen. Beiläufigen Schrittes näherte er sich Eryn. Es sah aus, als beabsichtigte er mit ihr zu sprechen.

Eryn nahm Orrins herzhaften Schlag auf ihren Rücken hin, biss aber die Zähne zusammen. Zwar war es zuvorkommend von ihm, dass er sie nicht diskriminierte, weil sie die einzige Frau im Orden war und sie so behandelte, als könne sie ebenso viel einstecken wie seine männlichen Kollegen, doch zuweilen wünschte sie sich wirklich, er würde Rücksicht darauf nehmen, dass sie über etwas weniger körperliche Robustheit verfügte. Von ihm einen aus seiner Sicht freundlichen Klaps zu erhalten glich in ihrer Vorstellung dem, wie sich ein Tritt eines kleinen Pferdes anfühlen musste.

Aus dem Augenwinkel bemerkte sie eine weitere Gestalt, die sich in ihre Richtung bewegte und drehte den Kopf, um Lord Seagon anzusehen, der ihrem Blick begegnete und mit vor sich verschränkten Fingern stehenblieb.

Hinter ihm näherte sich Enric mit einer Miene, die anderen nichtssagend erscheinen musste, nicht aber ihr. Er wollte sichergehen, dass es zwischen ihnen zu keinerlei Gehässigkeiten kam und war entschlossen, forsch einzuschreiten, um es zu verhindern.

"Orrin, darum machst du dich nicht auf den Weg und erzählst Junar, wie all das hier ausgegangen ist? Sie sorgt sich bestimmt. Kommt heute Abend zu uns zum Abendessen."

Der Krieger warf Lord Seagon einen skeptischen Blick zu, entspannte sich aber sichtlich, als er nicht weit entfernt Enric bemerkte. Dann nickte er, drehte sich um und entfernte sich.

Sobald sie drei die Einzigen waren, die im Saal zurückblieben, näherte sich Eryn Lord Seagon. Sie konnte seinen Gesichtsausdruck nicht besonders verlässlich deuten; ihr schien es, als wäre er aus irgendeinem Grund hin- und hergerissen. Womöglich bereute er es bereits, dass er wider besseren Wissens um ihren vermeintlich verdorbenen Charakter zu ihren Gunsten gestimmt hatte? Sie entschied, ihm nicht dafür zu danken, um keine harsche Erwiderung zu riskieren.

Ein paar Schritte von ihm entfernt blieb sie stehen und beobachtete, wie auch Enric anhielt. Er lehnte sich leger gegen den ovalen Tisch und wirkte unbekümmert, als fände er sich nur zufällig hier wieder und hätte entschieden, dieses ungemein angenehme Ambiente zu genießen. Falls Lord Seagon ihn bemerkte, so wagte er es entweder nicht, Einspruch zu erheben, oder er störte sich tatsächlich nicht daran.

Der Lord machte einen weiteren Schritt auf sie zu und hielt an, sobald ihm der Abstand angemessen erschien. So konnten sie miteinander sprechen, ohne ihre Stimmen zu erheben, aber dennoch blieb eine gewisse Distanz gewahrt.

"Ich war niemals ein großer Befürworter der Idee, Euch in den Orden aufzunehmen", begann er mit Worten, die nicht eben freundlich waren, doch durch den ruhigen Ton gemildert wurden, mit dem er sie vorbrachte.

Was du nicht sagst, dachte sie sarkastisch, das hätte ich niemals erraten. Sie sah, dass Enrics Gesicht einen ähnlichen Gedanken widerspiegelte. Er verdrehte sogar die Augen. Es war gut, dass Lord Seagon mit dem Rücken zu ihm stand.

Eryn kommentierte es nicht, sondern wartete. Das war eindeutig noch nicht alles gewesen.

"Ich gebe zu, dass mich Eure Antworten unter dem Einfluss der Wahrheitssperre damals überrascht haben. Sie passten nicht zu dem Bild, das ich von Euch hatte." Er kniff die Augen zusammen. "Es stört mich, wenn ich mit meiner Einschätzung von Menschen falsch liege. Es lässt mich an meiner Fähigkeit zur Beurteilung des Charakters von Leuten zweifeln. Normalerweise rühme ich mich, dass ich darin recht akkurat vorgehe. Was bedeutet, dass Eure Antworten mich zum Nachdenken anregten. Das Resultat meiner Überlegungen war, dass mein Urteil über Euch auf einem einzigen Vorfall basierte: auf Eurem Verhalten während des Balls, wo Euer Gefährte meinem Neffen die Nase brach."

Auch das war weder neu noch unerwartet für Eryn. Sie arbeitete hart daran, den Mund zu halten. Es gab zwei Wege, in einem Gespräch Kontrolle auszuüben. Einer war, Fragen zu stellen und damit den Verlauf der Unterhaltung festzulegen, und der andere, überhaupt nichts von sich zu geben und es der anderen Person zu überlassen, die unangenehme Stille zu füllen.

Lord Seagon sah sie an; womöglich wartete er darauf, dass sie sich zu rechtfertigen begann. Den Gefallen würde sie ihm nicht erweisen. Sich zu verteidigen würde ihm lediglich den Eindruck vermitteln, dass sie dachte, sie hätte einen Fehler begangen. Ruhig erwiderte sie seinen Blick und zog ihre Augenbrauen ein klein wenig hoch, als warte sie ungeduldig darauf, dass er endlich zur Sache kam.

Es war nur die Andeutung eines Stirnrunzelns zwischen seinen Augenbrauen erkennbar, als er nach einigen Augenblicken fragte: "Warum habt Ihr an diesem Abend Eure Haare gefärbt?"

Eryn legte ihren Kopf leicht schief. "Was denkt Ihr denn, weshalb ich es tat?"

"Ich hatte meine Vermutungen. Doch diese entsprechen meinen Eindrücken nicht länger."

"Diese Vermutungen… die gehen nicht zufällig in die Richtung, dass ich meinen Gefährten eifersüchtig machen wollte, indem ich irgendeinen Pechvogel, der zufällig Euer Neffe war, zu einem Tanz mit mir verlocke und ihn in der Folge ermutige, sich mehr Freiheiten zu erlauben als taktvoll wäre? Und dass es mich herzlich wenig kümmerte, welche Konsequenzen es für diesen armen Kerl bedeuten würde, Enric zu verärgern?"

Sie bemerkte, wie Enric vor sich hinlächelte. Damals hatte sie ihn beschuldigt, dass er die Leute dazu brachte, genau das über sie zu denken, als er ihrem Tanzpartner einen Schlag ins Gesicht verpasst hatte, nachdem er ein wenig zu freizügig mit seinen… körperlichen Aufmerksamkeiten war.

Lord Seagon zögerte kurz, dann nickte er. "Ja, genau das. Doch wie ich schon sagte, gehen diese Annahmen nicht länger mit dem Bild konform, dass mir Eure Antworten auf meine Fragen vermittelten." Sein Tonfall wurde sanfter. "Ich wäre sehr an dieser Antwort interessiert, Lady Eryn. Warum habt Ihre Eure Haarfarbe verändert und Euch damit für die meisten Menschen um Euch herum unkenntlich gemacht?"

Eryn lächelte matt. "Ich bin nicht sicher, ob Euch meine Antwort einen vorteilhafteren Eindruck von mir vermitteln wird als den, den Ihr zuvor hattet. Ich tat es nicht, um Enric eifersüchtig zu machen, sondern aus einem harmloseren Grund: Ich war es müde, ständig zum Tanzen aufgefordert zu werden und entschied, mich zu verstecken anstatt Einladungen abzulehnen. Ich war weniger hinterhältig als vielmehr selbstsüchtig, was wohl keine großartige Verbesserung ist. Ich war neu in dieser Rolle der wichtigen Ordensmagierin und hatte keine Ahnung, wer die Leute um mich herum waren und wen ich unabsichtlich beleidigen würde, wenn ich einen Tanz ablehnte. Also dachte ich, dass eine Weile blond zu sein mir einigen Ärger ersparen würde."

Der Lord erwog ihre Worte mit gespitzten Lippen. "Ein beträchtlicher Irrglaube, wie ich nicht umhin komme zu bemerken. Doch wahrscheinlich ein nachvollziehbarer, wenn man Eure Kindheit auf dem Land berücksichtigt", gestand er ihr großzügig zu.

Eryn sah ihn nur emotionslos an und gab ihm damit zu verstehen, dass sie diese Gönnerhaftigkeit keineswegs schätzte. Sie war nicht auf seine Erlaubnis angewiesen, um gedankenlos zu agieren; es war immerhin nicht so, als müsste sie nicht jedes Mal den Preis dafür bezahlen, wenn sie eine Situation falsch einschätzte und die falsche Herangehensweise wählte.

Lord Seagon räusperte sich, bevor er fragte: "Warum hielt Lord Enric es für angebracht, auf solche Weise Hand an meinen Neffen zu legen? Er äußerte keinerlei Einwände, als Ihr mit anderen Männern getanzt habt."

Eryn warf ihrem Gefährten einen raschen Blick zu um zu sehen, ob er diese Frage selbst beantworten wollte, doch er schenkte ihr lediglich ein ermutigendes Lächeln, offensichtlich zufrieden damit zu beobachten, dass sie das Gespräch so gut allein meisterte. Wie reizend.

"Weil ich fürchte, dass Euer Neffe jegliches vornehme Benehmen außer Acht ließ und sich mehr Freiheiten herausnahm, als ich zu gewähren bereit war. Lord Enric griff auf eine gewalttätigere Weise ein, als mir lieb war. Bedauerlicherweise tat er das, bevor ich meinen Tanzpartner einfach stehenlassen konnte. Ich zögerte, das zu tun, da es ihn in Verlegenheit gebracht hätte, auf diese Weise auf der Tanzfläche zurückgelassen zu werden. Ich bedaure, dass dieses Zaudern von meiner Seite ihm schlussendlich sogar noch mehr Peinlichkeit verursacht hat. Die Tatsache, dass Botschafter Ram'an nahe genug war, um diesen Vorfall mitanzusehen, war eine weitere praktische Überlegung für meinen Gefährten."

Lord Seagon zog beide Augenbrauen hoch und drehte zum ersten Mal den Kopf, um Enric einen längeren Blick zuzuwerfen. Es war ein abschätzender Blick, einer, der mitunter Respekt für einen wirkungsvoll präsentierten Standpunkt ausdrückte.

Eryn seufzte innerlich. Politiker. Ihr habt meinem Neffen ins Gesicht geschlagen? Nun, solange Ihr dafür einen guten Grund hattet, den ich nachvollziehen kann, gibt es kein böses Blut zwischen uns, was, alter Knabe?

"Ich verstehe", äußerte der ältere Mann schlussendlich und wandte sich ihr wieder zu. "Ich bedanke mich dafür, dass Ihr mich hinsichtlich dieses Vorfalls aufgeklärt habt." Er vollführte eine kurze Verbeugung, zuerst in ihre Richtung, dann in Enrics, bevor er davonging. Bei den Doppeltüren blieb er stehen und drehte sich noch einmal zu ihr um. "Ich bin froh, dass die Angelegenheit zwischen Euch und Darnet auf solch zufriedenstellende Weise zum Abschluss gebracht werden konnte. Weiters freue ich mich, Euch bei der nächsten Ratsversammlung wiederzusehen." Damit trat er in den Korridor hinaus und schloss die Tür hinter sich.

Enric stieß sich vom Tisch ab und schlenderte auf sie zu. "Sieh an, sieh an", meinte er selbstzufrieden. "Und wieder habt Ihr jemanden für Euch gewonnen, Lady Eryn."

Sie seufzte und rieb sich mit den Händen über das Gesicht. "Ja, und das hat nur, was, zwei Jahre gedauert? Und im Austausch dafür, dass mich Lord Seagon nicht länger hasst, habe ich jetzt Lord Woldarn gegen mich, weil er wahrscheinlich denkt, ich hätte seinen Sohn irgendwie korrumpiert."

Er zog sie näher zu sich und legte ihr einen Arm um die Schultern, um sie zum Ausgang zu führen. "Das stimmt, doch Lord Seagons Abneigung und Misstrauen basierten auf fehlerhaften Informationen, die richtiggestellt werden konnten, während wir in Lord Woldarns Fall über eine unkritische Liebe zu seiner Familie sprechen, die in Kurzsichtigkeit und dem Unvermögen zu klarem Denken resultiert. Das ist nichts, das du richtigstellen kannst. Ich hätte lieber dumme Leute gegen mich als kluge - somit war es definitiv ein Schritt nach vorne, Lord Woldarns Wohlwollen gegen das von Lord Seagon auszutauschen."

Eryn schmunzelte und schüttelte den Kopf. "Was für eine herzlose Aussage. Wie soll ich lernen, die Ratsmitglieder zu respektieren, wenn du mir erklärst, dass du sie für dumm hältst?"

Enric winkte ab. "Ich betrachte sie nicht allgemein als dumm, nur manche von ihnen bei speziellen Gelegenheiten. Und sobald Lord Woldarns Familie involviert ist, kannst du dir sicher sein, dass er nicht mehr vernünftig mit sich reden lässt. Darauf gilt es vorbereitet zu sein, wenn man in einem Fall wie diesem mit ihm zu tun hat."

Sie verzog das Gesicht. "Das ist, als hätte ich es mit einem Haufen Halbwüchsiger zu tun. Sollten diese hohen und mächtigen Leute nicht reifer sein und nachdenken, bevor sie handeln oder urteilen? Welches Umfeld ist das, um darin unseren Sohn großzuziehen, frage ich dich?"

Enric seufzte. "Weißt du, mit Tyront als Ersatzgroßvater, dem König als seinem Paten und Vran'el, der ihn zu seinem Nachfolger ausbildet, während Malriel nach einer Möglichkeit sucht, ihn für Haus Aren zu gewinnen, erscheinen mir ein paar zankende Aristokraten im Vergleich geradezu harmlos."

Eryn schluckte. Wenn er es so ausdrückte, klang es wirklich furchterregend. Dieser Junge würde wohl eines Tages entweder verrückt werden oder alle übertrumpfen.

Sie erreichten die Türen und gingen hinaus in den Korridor, woraufhin Tyront den Kopf hob. Aus irgendeinem Grund hatte er auf sie gewartet. Sie bemerkte, dass die beiden Wachen nun etwas weniger angespannt wirkten, wo sie nicht länger mit dem imposanten Anführer des Ordens allein waren. Das konnte sie nachvollziehen - sie erinnerte sich, wie unwohl sie selbst sich damals gefühlt hatte, bevor sie dem Orden beigetreten war und auch noch eine Weile danach, wenn sie ohne Enric im gleichen Zimmer mit ihm war.

Schweigend setzten sie ihren Weg den Gang entlang fort, bis sie sowohl außer Sicht- als auch Hörweite der Wachen gelangt waren. Sämtliche Magier hatten sich in der Zwischenzeit zurückgezogen, somit waren sie die Einzigen in der näheren Umgebung.

"Ich schätze, Lord Seagon wollte dir mitteilen, dass er dir gnädigerweise die gebrochene Nase seines Neffen verzeiht? Du scheinst ihn ausreichend beeindruckt zu haben, dass er sogar zu deinen Gunsten abstimmte", meinte Tyront umgänglich.

Eryn lächelte. Es war also Neugier gewesen, die ihn dazu getrieben hatte zu bleiben und auf sie zu warten. Es war nett zu sehen, dass sogar hohe und mächtige Leute wie er zuweilen kleinen Schwächen wie diesen nachgaben.

"Nun, er entschied, mich als rehabilitiert zu betrachten, als ich ihm erklärte, dass meine Absicht bei dem Ball damals nicht darin lag, Enric in den Wahnsinn zu treiben, sondern mich zu verstecken und nicht mehr zum Tanzen aufgefordert zu werden."

Tyront nickte. "So ist er eben. Er mag ein Traditionalist sein und neue Ideen bekämpfen, die das gefährden, was er gewohnt ist, doch am Ende passt er sich an, wenn sich die Veränderungen als gerechtfertigt und brauchbar erweisen. Und bislang hat dich im Orden zu haben so gut funktioniert, wie wir es uns nur hätten wünschen können."

Bei dem unerwarteten Kompliment wanderte eine ihrer Augenbrauen nach oben. "Hat es das? Trotz meiner häufigen Entsendungen zur Stallreinigung?"

Ihr Vorgesetzter lachte leise. "Ich gebe zu, dass es zu Beginn ein paar… Anpassungsschwierigkeiten gegeben haben mag. Doch nun ist es schon eine Weile her, dass solche korrektiven Maßnahmen vonnöten waren."

"Ja, ich schätze, die Tatsache, dass ihr mich für mehrere Monate am Stück in ein anderes Land verfrachtet habt, mag auch dazu beigetragen haben, die Anlässe für Reibung zu reduzieren", kommentierte sie. "Wer weiß, ob der Rat sonst heute zu meinen Gunsten gestimmt hätte."

Tyront presste die Lippen aufeinander. "Ich hätte ein einstimmiges Ergebnis vorgezogen, doch das war wohl etwas zu viel erwartet. Mit zwei Mitgliedern, die sich gegen dich gestellt haben, mag deine Unschuld nicht zweifelsfrei bewiesen sein, doch zumindest aber in einem Ausmaß, das es dir erlaubt, in den Rat zurückzukehren und deinen Rang unangefochten zu halten. Ein knappes Ergebnis zu deinen Gunsten hätte dir wesentlich stärker geschadet, also schätze ich, wir sollten dankbar sein, dass es auf diese Weise ausging."

Eryn dachte zurück an die Versammlung vor einigen Minuten und schüttelte den Kopf. "Ich war mehr als nur ein wenig überrascht von Lord Poron, doch ich schätze, das hätte ich nicht sein sollen. Immerhin hat er schon seit ewiger Zeit einen hohen Rang inne. Aber er war immer so freundlich und schien so gelehrt und harmlos im Umgang mit mir, so unschuldig in seiner Neugier für das Heilen, so herzerwärmend in seiner Glückseligkeit, wenn er wieder einmal einen neuen und faszinierenden Aspekt einer Krankheit entdeckte. Ihn heute so zu erleben hat mir gezeigt, dass ich nicht für diesen politischen Sumpf geboren bin, weder für den hier, noch in Takhan. Ich habe ihn so enorm unterschätzt, dass ich mich fragen muss, ob ich die ganze Zeit über die Augen geschlossen hatte. Ich meine, während ich in ihm kaum mehr als einen harmlosen alten Mann sah, hat er mir Spione hinterhergeschickt!"

Beide Männer lachten. Tyront war derjenige, der anmerkte: "Was hast du erwartet? Lord Poron sitzt schon länger im Rat als die meisten anderen. Er war bereits ein erfahrener Politiker, noch bevor ich überhaupt getestet wurde. Zwanzig Jahre lang war er die Nummer drei im Orden, bevor mein Vorgesetzter starb, wodurch ich an die Spitze kam, nachdem ich Enrics Position gerade einmal ein paar Jahre innehatte. In den letzten fünf Jahrzehnten hat er einiges gesehen, und sogar König Folrins Vater war darauf bedacht, sich nicht gegen ihn zu stellen, wenn es sich vermeiden ließ. Nach Enrics Aufstieg zu meinem Stellvertreter zog sich Lord Poron weitgehend zurück von den Machtspielen innerhalb und außerhalb des Ordens, doch nicht genug, um nicht zuweilen zurückzukehren und sich als beachtlicher Gegner zu erweisen, wenn er es für erforderlich hält, wie du heute gesehen hast. Dass er die Bibliothek übernahm, bedeutete nicht nur, dass er altes Wissen bewachte; er war und ist noch immer ein eifriger Sammler aktuellerer Informationen - auch mit Hilfe von Spionen, wenn nötig."

Eryn nickte langsam. "Dann sollte ich wohl zusehen, dass er immer auf meiner Seite steht."

Enric drückte ihre Hand. "Ich kann mir nicht vorstellen, dass er sich in Zukunft gegen dich stellt. Er hat heute sehr offen gezeigt, dass er dich unterstützt, was ein oder zwei der skeptischeren Ratsmitglieder dazu veranlasst haben mag, lieber nicht gegen dich zu stimmen. Einige von ihnen wurden vor vielen Jahren von ihm unterrichtet. Und irgendwie bewirkt es, dass wir uns an das Kind erinnern, das wir einst waren, wenn wir uns einem früheren Lehrer gegenübersehen."

Sie grinste. "Ergeht es dir auch so mit Orrin?"

Er wiegte den Kopf von einer Seite zur anderen. "Ich gebe zu, dass ich damit noch immer zu kämpfen hatte, als du daherkamst. Von da an hatte ich wesentlich häufiger mit ihm zu tun, was dazu führte, dass ich ihn in einer anderen Kapazität besser kennenlernte. Das ermöglichte mir, diese alte Hassliebe, die uns lange Zeit verband, hinter mir zu lassen."

"Das bedeutet, ich habe dir geholfen, erwachsen zu werden?", lachte sie.

"Ganz so weit würde ich nicht gehen", erwiderte er und warf einen Seitenblick zu Tyront, der die Unterhaltung mit augenscheinlicher Belustigung verfolgte. "Wann planst du die nächste Ratsversammlung? Wir müssen entscheiden, was mit Darnet geschehen soll. Ob sein Gesundheitszustand uns erlaubt, ihm die gleiche Bestrafung angedeihen zu lassen, als wenn eine zurechnungsfähige Person diese Tat begangen hätte. Und falls nicht, was sonst mit ihm geschehen soll. Sollen wir ihn behandeln oder einsperren?"

Das Oberhaupt des Ordens nickte, seine Miene nun ernst. "Ja, darum müssen wir uns kümmern, und zwar bald. Zuerst will ich mit Iklan reden und hören, was er dazu zu sagen hat; ich will ihn fragen, wie solche Dinge in den Westlichen Territorien gehandhabt werden. Das Konzept, eine Geisteskrankheit so genau zu identifizieren, ist uns neu, und wir müssen erst zu einer Entscheidung gelangen, wie wir mit den Konsequenzen umgehen. Iklan informierte mich, dass er bald nach dem Abschluss dieser ganzen Sache mit Eryn abzureisen wünscht, also werde ich ihn ersuchen, mich heute oder morgen zu treffen. Sobald ich die Informationen habe, die ich brauche, werde ich eine Versammlung einberufen. Es mag erforderlich sein, den Senat in Takhan ebenfalls zu kontaktieren, also kann ich dir im Moment nicht sagen, ob ich sie in zwei Tagen oder erst in einer Woche anberaumen werde."

Enric nickte. "Gibt es in der Zwischenzeit irgendetwas, das wir tun können?"

Tyront seufzte. "Ja, ich will, dass ihr über die Situation mit Onil nachdenkt. Immerhin weiß der gesamte Rat - und zweifelsohne bald auch sonst jeder - dass er womöglich der Anführer einer Gruppe ist, die an Rebellion denkt. Ganz egal, ob dies zutrifft oder nicht, so wird es ziemlich sicher Ärger bedeuten. Eryn, ich möchte, dass du ihn warnst, damit er es vermeidet, in den nächsten beiden Wochen allein unterwegs oder auch zuhause zu sein. Und er soll sich derzeit von sämtlichen Versammlungen jeglicher Art fernhalten. Nach dem heutigen Tag wird er eine beträchtliche Anzahl an Spionen auf den Fersen haben, die jede seiner Bewegungen beobachten. Somit sollte er besser alles vermeiden, was auch nur entfernt verdächtig wirken könnte. Du solltest ihn auch dazu ermutigen, vorläufig wieder bei seinen Eltern einzuziehen. Unabhängig davon, ob Lord Woldarn seinen Sohn als das Opfer von Verleumdungen und damit für unschuldig hält, oder ob er denkt, dass er wirklich in etwas verwickelt ist, braucht er seinen Sohn dort, wo er ein Auge auf ihn haben kann. Das ist zweifellos nicht das Angenehmste, das Onil sich derzeit vorstellen kann, doch es liegt in seinem eigenen Interesse, sich nicht zu einem leichten Ziel zu machen. Man weiß nie, wer sonst noch auf den Gedanken kommt, er könnte den Orden beschützen, indem er einen Magier tötet, den er als Bedrohung erachtet."

Eryn schluckte. "Ich werde auf dem Heimweg einen Abstecher in die Klinik machen und dort mit ihm reden. Ich bin ziemlich sicher, dass er heute arbeitet." Besorgnis ließ sie ihre Schritte ein wenig beschleunigen. Sie hatte gedacht, die Erleichterung über ihren Freispruch würde länger anhalten. Irgendwie fühlte es sich an, als wäre der Ärger für heute noch nicht vorbei, sondern stünde erst noch bevor.

KAPITEL 29

Mut fassen

Mit geübten Handgriffen zog Eryn das Baby auf dem Teppich im Salon an. Erst kürzlich hatte er damit begonnen, die ganze Nacht durchzuschlafen, und obwohl er morgens noch immer früher erwachte als es Eryn lieb war, so zog sie es doch dem ständigen nächtlichen Aufstehen vor. Er ließ ein vergnügtes Quietschen los, als sie ihm einen hölzernen Kochlöffel reichte und er seine Finger darum schloss. Genau wie mit den meisten Gegenständen dieser Tage, wanderte ein Ende in Richtung seines Mundes, damit er es mit Lippen und Zunge erkunden konnte, während Eryn die Hose über seine Windel zog. Sie hatten gerade das Frühstück beendet, und mit jedem Tag, der verging, versuchte Vedric aktiver an dem Prozess teilzuhaben anstatt nur zuzusehen, wie andere den unterhaltsamen Teil ohne ihn erledigten.

Junar erteilte ihr den Rat, zu diesem Zweck nun zu fester Nahrung zu wechseln, genau wie sie selbst es bei Téa vor ein paar Monaten getan hatte. Sie konnten ihr Zahnfleisch bereits zum Kauen von bestimmten Nahrungsmitteln einsetzen, so wie weiche Früchte, Gemüsesorten und Brot. Für denjenigen, der das Füttern erledigte oder eher dem Kind dabei half, sich selbst zu füttern, lag der große Vorteil darin, dass die Unordnung hinterher weniger mühsam zu beseitigen war. Eryn schaffte es mittlerweile hin und wieder sogar, eine Mahlzeit hinter sich zu bringen, ohne daraufhin ihre Kleidung wechseln zu müssen.

Sie lächelte, als Vedric wild mit den Füßen trat, während er mit seinem Löffel durch die Luft wedelte. In ihren Augen war er hinreißend, und sie fragte sich, ob es andere ebenso sahen oder ob es sich hierbei eher um eine Mutter-Kind-Faszination handelte. Sicher, es gab die üblichen Komplimente, doch kaum jemand würde den Eltern erklären, ihr Kind wäre hässlich oder bestenfalls durchschnittlich. Für sie war er der hübscheste kleine Junge der Welt, und die Entdeckerin in ihr überlegte, ob der Grund darin lag, dass all diese Hormone in ihrem Körper ihr Gehirn erweicht hatten oder dass Vedric seinem Vater so stark ähnelte. Er hatte auf jeden Fall ihre braunen Augen und, nach dem dunklen Flaum auf seinem Kopf zu urteilen, auch ihre Haarfarbe geerbt, doch seine Gesichtszüge waren die des Mannes, den sie mehr liebte als sie es jemals für möglich gehalten hätte.

"Enric?", rief sie aus und wartete, bis er aus seinem Arbeitszimmer trat. "Ich muss gleich los zur Arbeit. Kannst du deinen Sohn übernehmen?"

Er nickte und kam näher, hockte sich vor den Jungen auf den Teppich und kitzelte seinen Bauch, wofür er mit einem vergnügten Glucksen belohnt wurde.

"Tyront hat übrigens eine Nachricht geschickt. Die nächste Ratsversammlung findet morgen statt."

Sie rümpfte die Nase. "So bald? Das ist aber kurzfristig", meinte sie vorwurfsvoll.

"Ich weiß. Doch er hat eine Rückmeldung aus Takhan erhalten und will Iklan und Sarol nicht länger als nötig warten lassen. Die beiden wollen nach Hause zurückkehren. Da sie beide Experten auf ihrem Gebiet sind, werden sie auch von ihren Patienten und Kollegen schmerzlich vermisst. Bist du etwa morgen auch in der Klinik? Normalerweise arbeitest du dort nicht an zwei aufeinanderfolgenden Tagen."

"Nein, normalerweise nicht, doch Onil braucht morgen frei. Er ist damit einverstanden, vorläufig wieder bei seinen Eltern einzuziehen und will sich morgen darum kümmern."

Enric nickte. "Eine vernünftige Entscheidung. Wie geht es ihm?"

Eryn zuckte mit den Schultern. "So gut, wie man es unter diesen Umständen erwarten kann. Er wollte nicht wirklich darüber sprechen, was zwischen ihm und seinem Vater vorgefallen ist, doch das letzte Mal, als ich ihn sah, wirkte er eher resigniert als traumatisiert." Sie schüttelte den Kopf. "Diese verdammten Spione! Wenn es nach mir ginge, würde ich sie im gesamten Königreich verbieten. Sie verursachen einfach zu viel Ärger."

Er schüttelte den Kopf und hob seinen Sohn hoch, wobei er nur knapp dem Löffel entging, der gefährlich nahe an seiner Schläfe vorbeigeschwungen wurde. "Die Spione sind nicht das Problem, Liebste. Das sind diejenigen, die sie dir hinterherschicken. Und als Magierin hast du mehr Möglichkeiten, um zu verhindern, dass du belauscht wirst. Das sollte dich lehren vorsichtiger zu sein und einen Schild zu errichten, wenn eine Unterhaltung privat bleiben soll. In dieser Hinsicht warst du furchtbar nachlässig, wenn man bedenkt, dass dir bekannt ist, dass so ziemlich jeder, der wichtig ist und es sich leisten kann, Agenten einsetzt."

Sie warf ihm einen gereizten Blick zu. Es war immer das Gleiche mit ihm. Wenn sie einfach nur ihrer Frustration Luft machen und sich über etwas beschweren wollte, endete es damit, dass er ihr erklärte, es wäre grundsätzlich ihre eigene Schuld, weil sie keine Gegenmaßnahmen ergriffen hatte. Manchmal wäre es einfach nur angenehm, einen einfühlsamen Zuhörer zu haben, der lediglich nickte, wenn sie etwas sagte. Doch das wäre untypisch für ihn. Seine Position erforderte von ihm, Lösungen auf Probleme zu finden, und zwar rasch. Die Leute suchten den respekteinflößenden Lord Enric nicht auf, um ihm ihr Herz auszuschütten. So etwas war er nicht gewohnt und reagierte auf die Weise, die ihm am natürlichsten erschien: zuhören, analysieren und schließlich eine Lösung für das Anliegen präsentieren.

Eryn küsste beide zum Abschied und begab sich auf den Weg zur Klinik. Es war wohl wieder einmal Zeit für einen Abend mit Junar. Sie war einfühlsam, zumindest solange ihre eigenen Ansichten Eryns nicht widersprachen. Und vielleicht würde sie sogar Pe'tala dazu einladen. Ihre Schwester schätzte es ebenfalls, wenn sie sich gründlich beschweren konnte, wenn etwas nicht nach ihren Vorstellungen verlief und gewährte anderen das gleiche Privileg. Der Gedanke brachte sie zum Lächeln. Sie würden einfach Orrin und Enric mit ihren Kindern fortschicken und einen Abend unter Erwachsenen ohne irgendwelche unnötigen analytischen männlichen Wortmeldungen genießen.

Die Türen der Klinik waren noch immer geschlossen, doch auf der frostigen Straße davor hatte sich bereits eine Anzahl an Patienten eingefunden. Als man sie erkannte, senkten sich die Köpfe und man trat beiseite, um ihr Platz zu machen.

Lebern öffnete die Tür auf ihr Klopfen hin und deutete mit seinem Daumen nach oben. "Ein Mann wartet in Pe'talas Arbeitszimmer auf dich."

Sie blieb stehen. "Welcher Mann?"

Er zog die Schultern hoch. "Ich weiß es nicht. Blondes Haar, solide gebaut…"

Eryn schnaube. "Sehr komisch. Blondes Haar schließt in diesem Land derzeit genau drei Männer aus."

"Er wirkt vertraut; es könnte sein, dass ich ihn schon einmal irgendwo gesehen habe, aber ich bin nicht ganz sicher", erklärte ihr Kollege. "Da Lord Poron schon hier ist und Pe'tala heute nicht arbeitet, habe ich ihn in ihr Zimmer geschickt, damit er dort auf dich wartet."

"Also schön, ich hole mir nur etwas zu trinken und gehe dann zu ihm. Das bedeutet, dass du dich für den Moment allein um die Patienten kümmern musst."

Lebern schob sie voran. "Kein Problem, heute sind nicht ganz so viele Leute draußen. Ich werde es schon eine Weile ohne dich schaffen."

Sie nickte und ging zu der kleinen Küche, wo sie einen Löffel voll Kräuterpulver in eine Tasse mit magisch erhitztem Wasser einrührte, bevor sie nach oben zu Pe'talas Arbeitszimmer aufbrach. Gemeinsam mit ihrer Position hatte Lord Poron auch ihr Arbeitszimmer übernommen. Rolan hatte versucht sie dazu zu bewegen, dass sie sich ein anderes aussuchte, doch sie hatte abgelehnt. Es war kaum mehr als ein Statussymbol, und davon war sie keine große Verfechterin. Ohne die Verantwortung über die Heilerdienste oder irgendeinen anderen Bereich in Verbindung mit der Verwaltung ergab es keinen Sinn, dass sie hier ein eigenes Zimmer beanspruchte. Keiner der anderen regulären Heiler hatte eines, und nichts anderes als das war sie nun. Weniger sogar, wenn man bedachte, dass sie nicht nur ihre Arbeitszeit erheblich reduziert hatte, sondern auch noch die Hälfte jeden Jahres fort von der Klinik in einem anderen Land und in einer anderen Klinik verbrachte.

Sie entschied sich dagegen anzuklopfen. Das hier war immerhin ihr Gebäude, und wer auch immer sie sehen wollte ohne sich die Mühe einer Verabredung zu machen, verdiente diese Höflichkeit nicht.

Nachdem sie die Tür aufgestoßen und den Mann vor dem Fenster erblickt hatte, fiel ihr beinahe die Tasse aus der Hand. Sie schaffte es gerade noch, den Griff festzuhalten. Er stand mit dem Rücken zu ihr, doch sie erkannte ihn sofort. Es war die gleiche Pose, die er zuweilen einnahm, wenn er sie in den Thronsaal zitierte.

König Folrin drehte sich langsam um und musterte sie in ihrer Arbeitskleidung. Sie sah, weshalb Lebern ihn nicht identifizieren konnte, obwohl er ihm in der Vergangenheit gelegentlich bei Bällen und anderen offiziellen Gelegenheiten wie Banketten, Hinrichtungen und dergleichen begegnet war. Eryn hatte ihn selbst auch erst einmal in einer ähnlichen Aufmachung gesehen - als sie in einem der Palastinnenhöfe gegen ihn kämpfen hatte müssen, an dem Tag, an dem er sie geküsst hatte. Die Erinnerung daran verursachte ihr Unbehagen.

Lebern hatte Recht, er war solide gebaut - etwas, das seine übliche, erheblich kunstvollere Aufmachung wirksam verschleierte. Seine breiten Schultern verjüngten sich zu schlanken Hüften, beide Attribute durch seine schlichte und enganliegende Kleidung betont. Die Haare, die er sonst zu einem Pferdeschwanz gebunden trug, hingen offen auf seine Schultern hinab, die Enden zu blonden Locken gekräuselt.

Sie schluckte und fragte sich, wie sie ihn nun behandeln sollte. Sich verbeugen? Ganz eindeutig wollte er unerkannt bleiben und würde somit nicht wollen, dass irgendwelche Spione von seiner Anwesenheit hier wussten. Die waren, wie Lord Aldon und Lord Poron ihr klargemacht hatten, überall.

Der König reagierte auf ihr überraschtes Gesicht mit einem flüchtigen Lächeln und gab ihr dann mit seinem Zeigefinger ein Zeichen. Er zeichnete etwas in die Luft, das wie ein Halbkreis aussah und verdrehte die Augen, als sie nicht sofort begriff, was er von ihr verlangte. Er deutete zuerst auf seine Ohren, dann wiederholte er den Halbkreis.

Erst dann verstand sie, wozu er sie aufforderte und errichtete eine schalldichte Barriere um sie herum, groß genug, damit sie nicht nur längere Zeit genug Atemluft hatten, sondern auch etwas Platz, um sich darin zu bewegen, ohne einander zu nahe kommen zu müssen.

"Eure Majestät", sagte sie dann und stellte ihre Tasse auf dem Schreibtisch ab. Sie hatte sich gegen eine Verbeugung entschieden. Er war inkognito an ihrem Arbeitsplatz aufgetaucht, also musste er damit fertig werden, dass er nicht mit der üblichen Ehrerbietung behandelt wurde, die ihm in seiner offiziellen Umgebung zustand.

"Lady Eryn", erwiderte er und umrundete den Tisch, um sich dann gegen dessen Kante zu lehnen anstatt sich auf einem der drei Stühle niederzulassen. Fabelhaft - das bedeutete, dass sie ebenfalls stehenbleiben musste. Oder? Er hatte sich, indem er hierher gekommen war, mit einem weniger formellen Umfeld einverstanden erklärt. Sie entschied, dies zu testen und ging zu einem Stuhl neben ihm, um sich zu setzen.

Er verfolgte ihre Bewegungen und zeigte keinerlei Irritation ob ihres zwanglosen Verhaltens.

"Was kann ich an diesem grauen und verregneten Morgen für Euch tun?", fragte sie beiläufig, etwas besorgt darüber, dass er sich die Mühe gemacht hatte herzukommen anstatt sie wie sonst zu sich zu bestellen. War das, was er wollte, dermaßen dringend, dass die Verzögerung, die es bedeuten würde, ihr einen Boten zu schicken und auf sie zu warten, bereits zu viel war? Oder war er lediglich darauf aus, sie nervös zu machen, jetzt, wo sie es endlich geschafft hatte, in seiner Gegenwart weniger angespannt zu sein?

Sein Gebaren wirkte gelöst und ungezwungen, also war es wahrscheinlich Letzteres.

"Ich dachte mir, es wäre ratsam, eine kleine Unterhaltung mit Euch zu führen, meine liebe Lady, nach dem, was sich bei der Ratsversammlung vor ein paar Tagen ereignete", erwiderte er.

Eryn lehnte sich zurück. Ah ja, somit wollte er sie also wieder einmal mit einer seiner kleinen Lektionen in politischer Strategie beglücken. Sie dachte kurz nach und entschied dann, dass dies eigentlich keine so schlechte Sache war. Da war diese zugrundeliegende Spannung, dieses Gefühl von nahendem Unheil, auf das sie aber den Finger nicht exakt legen konnte. Als wäre ein Desaster drauf und dran, über sie alle hereinzubrechen. Er war ein kluger Mann mit weitreichendem Wissen über so ziemlich alles, was sich in der Stadt zutrug und womöglich sogar über das, was sich im Großen und Ganzen im Königreich ereignete. Wenn er willens war, sich mitzuteilen, konnte sie davon nur profitieren.

"Ich teile Lord Tyronts Beurteilung der Entscheidung im Rat: Wenngleich man Euch freigesprochen hat, so wäre in diesem speziellen Fall eine einstimmige Entscheidung vorzuziehen gewesen. Natürlich hätte es wesentlich schlimmer laufen können. Die Chancen, dass Euch die Mehrheit als schuldig erachtet, standen recht gering, da vier von ihnen so eindeutig auf Eurer Seite stehen; somit war dies niemals eine realistische Gefahr. Doch dass Euch zwei von ihnen dermaßen großes Misstrauen entgegenbringen, war ebenfalls keine gute Entwicklung. Sie hätten Euch jenseits jedes Zweifels entlasten sollen. Das wird nicht nur einen geringfügigen Makel auf Eurem Ruf zurücklassen, sondern in den kommenden Jahren auch eine gewisse Spannung im Rat zur Folge haben."

Sie nickte langsam und nippte an ihrem Getränk, bevor sie meinte: "Und das ist keine gute Sache, wenn man bedenkt, dass der Rat angesichts der Herausforderungen, denen er sich möglicherweise bald gegenübersieht, Einigkeit demonstrieren sollte."

König Folrin lächelte. "Sehr richtig. Einigkeit ist Stärke, und bei einigen Magiern, die sich an der Art und Weise stören, wie der Orden ihre Freiheit einschränkt, ist Stärke von äußerster Wichtigkeit. Unfrieden bedeutet Schwäche, und nicht zuletzt deswegen, weil die meisten Dinge, die im Rat vorfallen, früher oder später nach außen dringen und somit einen Einfluss darauf haben, wie er wahrgenommen wird. Ein weiteres Problem ist, dass diese Schwäche den Orden daran hindern mag, dringend benötigte Entscheidungen zu treffen. Politik, wie ich Euch sicher nicht in Erinnerung rufen muss, ist ein komplexes Spiel um Ausgewogenheit. Einige der Ratsmitglieder, die für Euch stimmten, müssen nun einen Weg finden, ihren Verbündeten Lord Aldon und Lord Woldarn zu demonstrieren, dass sie noch immer auf deren Seite stehen, indem sie Wiedergutmachung dafür leisten, dass Sie Euch unterstützten. Das bedeutet, dass, was auch immer Ihr oder diejenigen, die bekanntermaßen zu Euch stehen, in naher Zukunft im Rat zu erreichen versuchen, aller Voraussicht nach auf beträchtlichen Widerstand stoßen wird."

Einen Moment lang schloss Eryn die Augen. Das wollte sie einfach nicht glauben, doch die Chancen, dass er falsch lag, waren verschwindend gering.

"Das Problem ist", sprach er weiter, "dass ich einen stabilen Orden brauche, und das erfordert Veränderungen. Veränderungen, die Ihr vorschlagen und vorantreiben müsst. Bedauerlicherweise kann ich Euch nicht zu offen oder zu häufig unterstützen, ganz egal, wie sehr ich es gerne würde. Das würde bedeuten, dass ich einige der Ratsmitglieder gegen mich aufbrächte, sogar noch mehr, als ich es mit ein paar von ihnen ohnehin bereits tue."

Kurz blickte sie zur Decke empor. "Somit wird es also keine königlichen Empfehlungen geben, die meine Anträge unterstützen. Das teilt Ihr mir mit, damit ich nicht auf den Gedanken komme, genau das von Euch zu erbitten."

Er nickte, und in seiner Stimme schwang aufrichtiges Bedauern mit, als er erwiderte: "Ja, genau das ist es, was ich Euch sage. Und ich bin sowohl verärgert als auch betrübt darüber, dass diese unklugen Spiele dem Fortschritt im Wege stehen, von dem wir alle profitieren sollten."

Sie blickte in sein Gesicht, überrascht über die für ihn untypische Frustration hinter seinen Worten. Ihr war vorgekommen, als hätte er seine Intrigen und verstohlenen Manöver und das Austricksen der anderen Spieler stets genossen. Doch nun wirkte er erschöpft und grimmig, ein Ausdruck, den sie noch niemals zuvor auf seinem Gesicht gesehen hatte. Einerseits bereitete es ihr Sorgen, doch andererseits wirkte er damit menschlicher.

Sie erstarrte, als er sich vom Tisch abstieß und vor ihrem Stuhl in die Hocke ging, seine blaugrauen Augen entschlossen. "Ihr müsst endlich damit anfangen, das anzuwenden, was Euch seit Eurem Beitritt zum Orden beigebracht wurde. Ihr müsst auf politische Strategien zurückgreifen, um Eure Ziele zu erreichen. Ich weiß, dass Ihr es könnt, dass es nichts weiter als Euer Widerwille ist, der Euch zurückhält. Wie Ihr mit Malriel umgegangen seid zeigt ganz klar, dass Ihr eine beachtliche Gegnerin seid, wenn Eure Motivation entsprechend stark ist. Ihr müsst die Motivation finden, um die Ratsmitglieder für Euch zu gewinnen, zu ködern, zu bedrohen oder sonst irgendwie zur Kooperation mit Euch zu bewegen. Und ich bin mehr als bereit, begierig sogar, Euch zu diesem Zweck jegliche inoffizielle Unterstützung zuteilwerden zu lassen, derer Ihr bedürft." Er ergriff ihre Hand und drückte seine Lippen auf ihre Fingerknöchel, bevor er wieder aufstand. "Ich zähle auf Euch."

Damit wandte er sich ab und ging hinaus. Wenig später, nun allein im Zimmer, fragte sie sich, ob dies tatsächlich gerade passiert war oder ob sie sich ebenfalls ein paar ausgeklügelte Halluzinationen eingefangen hatte, die ihr das Gefühl vermitteln sollten, sie wäre wichtiger als es tatsächlich der Fall war.

Rasch stand sie auf und ging zum Fenster, das die Straße vor dem Gebäude zeigte. Kurz darauf trat der König durch die Tür ins Freie. Weder drehte sich ein einziger Kopf in seine Richtung, noch deutete irgendein Finger auf den Monarchen, der als Bürgerlicher gekleidet durch die Stadt spazierte.

* * *

Auf der Decke auf dem Boden des Salons beugte sich Enric vor, um das Stofftier seines Sohnes, das ihm seine Tante Pe'tala geschenkt und das er gerade unabsichtlich beiseite geschleudert hatte, zurückzuholen. Zumindest deutete sein unglücklicher Gesichtsausdruck, auf den in der Regel ein lautes Heulen folgte, auf diesen Wunsch hin. Er drückte dem Baby das Spielzeug mit einem tropfnassen Ohr - das meist in Vedrics Mund landete, da sich die Form und Größe dafür perfekt eignete - wieder in die Hände und seufzte erleichtert. Der Ausbruch von ohrenbetäubendem Elend hatte sich gerade noch verhindern lassen.

Als er sich wieder zurücklehnen und nach seinem Buch greifen wollte, ging die Tür auf und Eryn kam herein. Sie wirkte müde, aber glücklich darüber, nach einem langen Arbeitstag zuhause anzukommen. Draußen war es bereits seit einer Weile dunkel, also schien es, als trüge die kalte Jahreszeit das Ihre dazu bei, dass die Heiler in nächster Zeit nicht ohne Arbeit dastehen würden.

Enric sah zu, wie sie ihren Umhang löste und aufhängte. Darunter trug sie noch immer ihre Arbeitskleidung, wie er zufrieden bemerkte. Er hätte das Thema ihres Kleiderwechsels in Gegenwart ihrer männlichen Kollegen nur ungern wieder aufgegriffen, jetzt, wo sie ihr Arbeitszimmer in der Klinik und damit die Privatsphäre, auf der Enric beharrte, aufgegeben hatte.

Er hob ihr sein Gesicht entgegen, als sie sich für einen Kuss nach unten beugte. Dann ließ sie sich neben ihnen auf die Decke plumpsen und streckte die Hände nach ihrem Sohn aus, um ihn in die Arme zu nehmen. Vedrics Augen weiteten sich, und er begann beim Anblick seiner Mutter in beglückter Aufregung zu strampeln und mit den Armen zu rudern.

"Guten Abend, Jungs", gurrte Eryn. "Wie lief euer Tag so ganz ohne mich? Irgendwelche gröberen Katastrophen, während ich unterwegs war?", wandte sie sich allem Anschein nach an den Jungen.

"Überhaupt nichts", erwiderte Enric und überlegte, ob er ihr zuerst ein wenig Entspannung gönnen sollte, bevor er sie nach ihrem Tag fragte. Er entschied sich dagegen und gab stattdessen seiner Neugier nach. "Was wollte der König von dir?"

Eryns Augenbrauen schossen erstaunt nach oben, dann kniff sie die Augen zusammen. "Wie in aller Welt kannst du davon wissen? Er tauchte in bürgerlicher Kleidung auf, und ich bin sicher, dass ihn niemand erkannt hat. Ich habe sogar beobachtet, wie er die Straße entlangging als wäre er niemand von besonderer Wichtigkeit, und die Leute sind einfach an ihm vorbeigegangen! Du behauptest, du lässt mich nicht beobachten - also erklär mir das!"

"Dich lasse ich auch nicht beobachten. Aber den König lasse ich sehr wohl überwachen, seit er dir damals während meiner Abwesenheit zu nahe trat. Es stimmt, er hat dieses unheimliche Talent, seine königliche Identität mehr oder weniger abzulegen und unerkannt durch die Stadt zu spazieren - trotz der Tatsache, dass sein Gesicht auf jedes einzelne Goldstück geprägt ist. Meine Agenten sind allerdings darauf vorbereitet. Da er das häufiger tut, wissen sie, wonach sie Ausschau halten müssen."

Sie schloss für einen Moment die Augen, dann sagte sie langsam: "Du schickst dem König allen Ernstes Spione hinterher? Was lässt dich glauben, das wäre eine besonders schlaue Idee? Er ist ungemein clever und weiß es wahrscheinlich bereits!"

Enric lächelte. "Aber sicher tut er das. Und das geht schon in Ordnung. Manchmal hilft uns das Wissen, dass jemand ein Auge auf uns hat, um uns daran zu erinnern, welches Verhalten von uns erwartet wird. Oder eher, welches wir unterlassen sollten. Wenn er wirklich nicht verfolgt werden will, schüttelt er die Agenten einfach ab. Heute tat er das nicht, also hatte er keine Einwände dagegen, dass ich von seinem Besuch bei dir erfuhr. Es scheint allerdings, als hättest du dieses Mal eine schalldichte Barriere errichtet. Das ist natürlich vorbildlich, da es zeigt, dass du den Vorzug von Achtsamkeit zu erkennen beginnst. Für mich allerdings ist es mächtig unbequem, da ich darauf warten musste, bis du nach Hause kommst und mir davon erzählst. Außerdem muss ich darauf vertrauen, dass du mir alles mitteilst, was es zu sagen gibt." Er betrachtete sie einen Moment lang und äußerte dann: "Wenn ich allerdings noch einmal darüber nachdenke, dann war es womöglich nicht deine Idee, den Schild zu errichten. Der König ist in dieser Hinsicht besonders vorsichtig, du hingegen nicht." Ihre Bestätigung war nicht nötig; ihre missmutige Miene teilte ihm deutlich genug mit, dass er mit seinem Verdacht richtig lag.

"Er wollte mir sagen, dass ich mich auf Widerstand im Rat einstellen soll, und zwar noch stärker als zuvor, da einige der Magier, die für mich gestimmt haben, sich wohl wieder bei Lord Aldon und Lord Woldarn einschmeicheln werden", erklärte sie, ohne sich zu einem Kommentar zu seiner Vermutung mit der Barriere herabzulassen. "Dann beschwor er mich noch, endlich meine zu wenig genutzten Fertigkeiten der Manipulation, Bedrohung und dem Spinnen von Intrigen einzusetzen, um den Rat dazu zu veranlassen, dass er tut, was ich will - oder eher das, wovon der König denkt, dass es getan werden muss."

Enrics Gesichtsausdruck war ernst, als er nickte. "Er wird langsam nervös. Die Situation wird immer prekärer, und der Rat reagiert zu langsam. Er sieht bereits, wie sich der Orden auflöst, und das ist etwas, dass er sich nicht leisten kann. Er ist nun seit etwa fünf Jahren auf dem Thron, und jetzt gerade scheint es, als könnten die Geschichtsbücher eines Tages auf ihn als den König verweisen, unter dem der Orden nach Jahrhunderten der Stabilität auseinanderbrach."

"Du denkst, hier geht es um Eitelkeit?", fragte Eryn und zog die Stirn in Falten. Irgendwie wollte das so gar nicht zu ihrem Bild von ihm passen.

"Nein, sicher nicht vorwiegend, doch es mag irgendwo mitspielen. Sollte sich der Orden tatsächlich aufspalten, auseinanderfallen oder sich sonst irgendwie zu etwas anderem als einer zentralen Organisation mit Autorität über die Magier wandeln, würde ihn das eine Menge Einfluss kosten. Gemeinsam mit dem Rat übernimmt der Anführer des Ordens die Aufgabe, die Magier unter Kontrolle zu halten - etwas, das ein Nicht-Magier kaum einfach so fertigbrächte. Aus diesem Grund muss der König eine gute Beziehung zu den Führern des Ordens aufrechterhalten, ohne die Bevölkerung daran zweifeln zu lassen, wer letztendlich das Sagen hat. Das bedeutete für die königlichen Herrscher der letzten Jahrhunderte stets, ein sensibles Gleichgewicht aufrechtzuerhalten, wo sie uns einerseits Macht gewährten und andererseits sicherstellten, dass wir nicht einflussreicher wurden, als für uns selbst und natürlich auch sie gut war."

Gedankenverloren hob sie den braunen Stoffbären auf und legte ihn wieder in Vedrics herumrudernde Hand. "Warum kommt er damit zu mir? Warum nicht zu dir oder Tyront? Er weiß zweifellos, dass euch beiden klar ist, dass sich etwas ändern muss. Ihr seid erfahrene Politiker, und die Ratsmitglieder respektieren euch zumindest, auch wenn nicht alle von ihnen auf eurer Seite stehen. Warum ich? Hätte ich die Wahl, würde ich den Orden ohne lange nachzudenken verlassen."

Darüber lächelte ihr Gefährte. "Erstens vertraut er dir aus genau diesem Grund mehr als mir oder Tyront - du bist keine erfahrene Politikerin. Und zweitens zählt er darauf, dass die Tatsache, dass du im Orden festsitzt, für dich eine größere Motivation darstellt, ihn in etwas anderes zu verwandeln, in etwas, von dem du gerne ein Teil wärst."

"Das ist ja beruhigend", schnaubte sie. "Nun bin ich also nicht nur sein Spielzeug, sondern auch sein Werkzeug."

"Du bist niemandes Spielzeug, Liebste", entgegnete er ernst. "Und ein Werkzeug bist du nur soweit du damit einverstanden bist, soweit es dir gelegen kommt. Er will, dass du die Veränderungen umsetzt, die du ohnehin vorangetrieben hättest, also handelst du hier nicht gegen deine eigenen Überzeugungen. Nur weil er will, dass du es tust, bedeutet das nicht zwangsläufig, dass es eine schlechte Idee ist. Ich denke ebenfalls, dass du diejenige bist, die am ehesten Erfolg damit haben könnte. Du bist mutig genug, um es in Angriff zu nehmen und bist nicht darum bemüht, Traditionen zu bewahren, von denen man dir dein ganzes Leben lang erklärt hat, sie wären wichtig und müssten fortbestehen. Jedes einzelne Ratsmitglied wurde in diesem Glauben erzogen, und sogar ich kämpfe zuweilen damit, obwohl ich mindestens fünfzehn Jahre jünger als alle anderen bin."

"Ich weiß nicht einmal, wo ich anfangen soll! Wenn ich vorschlage, der Orden soll seinen Mitgliedern mehr Freiheit bezüglich ihres bevorzugten Wohnorts oder Berufs gewähren, würden mich die meisten Mitglieder des Rats entweder auslachen oder aus dem Saal hinauswerfen!"

"Nun, dann schlage ich vor, du präsentierst ihnen, wie die Alternative langfristig aussähe. Ich erinnere mich, dass du das bereits mit deinem Vorschlag zu Etablierung von Oberhäuptern für die Disziplinen des Heilens und der Kriegskunst versucht hast."

Die Erinnerung daran ließ sie aufstöhnen. Schlussendlich hatten sie diesem Antrag zugestimmt, allerdings erst beim zweiten Versuch. Der Erste hatte ihr Stallpflichten eingebracht. Wieder einmal. Und dann hatten sie an ihrer Stelle Lord Poron zum Oberhaupt der Heiler ernannt, und Vern hatte sie daraufhin ruhigstellen müssen, damit sie nicht direkt vor dem Rat und dem König die Beherrschung verlor.

"Ja, ich erinnere mich sehr gut daran, wie großartig das damals funktioniert hat…"

Enric zuckte mit den Schultern. "Der Einstieg war gut, bis du versehentlich damit begonnen hast, unsere Kollegen zu beleidigen. Und streng genommen auch mich. Das ist nun schon eine Weile her, und ich bin zuversichtlich, dass du die gleichen Fehler kein zweites Mal machen wirst. Mit Tyront, Orrin, Lord Poron und mir hast du bereits fünf Stimmen zu deinen Gunsten, wenn wir deine mitzählen. Das bedeutet, dass nur noch zwei weitere fehlen, um deine Veränderungen herbeizuführen. Lord Seagon hat erst kürzlich entdeckt, dass du nicht ganz so skrupellos bist, wie er dachte, und mich mag er, weil ich gewitzt bin. Ihn kannst du mit Fakten überzeugen. Und dann gibt es da noch ein weiteres Ziel, bei dem ich dir nahelegen würde, dass du dich darauf konzentrierst: Lord Remdel, Inads Gefährte. Trotz deiner Geringschätzung ihr gegenüber mag dich Inad. Außerdem ist bekannt, dass sie in ihrer Beziehung die Oberhand hat; somit ist sie eine recht verlässliche Anlaufstelle, um Lord Remdel zur Kooperation zu bewegen."

Eryn sah ihn an und zuckte zusammen, als sie ein kräftiges Zerren an ihrem Zopf spürte. Vedric hatte seinen Bären beiseite geworfen, um sich stattdessen mit ihren Haaren zu beschäftigen.

"Ich weiß nicht… Inad zu benutzen erscheint mir falsch. Ich meine, stell dir vor, andere täten das auch! Welche Art von Entscheidungen hätten wir denn dann im Rat?"

Er schmunzelte und schüttelte den Kopf über sie. "Liebste, andere tun es bereits. Das ist der Grund, weshalb die Entscheidungen im Orden weitgehend dazu tendieren, die Dinge zu erhalten, wie sie sind."

"Ich mag den Orden nicht", meinte sie mürrisch.

Enric grinste. "Ich weiß. Es liegt an dir, ihn zu ändern. Das Königreich zählt auf dich. Lass uns nicht im Stich."

Sie warf ihm einen säuerlichen Blick zu. "Bloß kein Druck, was?"

* * *

Enric schloss die Tür hinter ihnen und nickte seiner Gefährtin dann zu. "Du darfst deiner Frustration nun Ausdruck verleihen."

Verärgert warf Eryn ihren Umhang zu Boden und dann ihre Hände in die Luft. "Was ist bloß los mit ihnen, frage ich dich? Warum sind sie nur dermaßen dämlich? Warum sind ihnen die Folgen nicht klar, wenn sie sich weiterhin so starrköpfig gegen jede einzelne Veränderung zur Wehr setzen? Am liebsten würde ich sie einfach nur im Genick packen und ihre Köpfe so lange gegen den Steintisch in der Ratshalle donnern, bis sie Vernunft annehmen!"

Gerit kam die Stufen herab und zog ob der harschen Worte ihre Augenbrauen hoch. Enric bemerkte, wie sich der Griff seiner Mutter um ihren Enkel verstärkte. Ganz eindeutig war sie nicht willens, ihn jetzt gerade an seine so offensichtlich aufgewühlte Mutter zu übergeben.

"Ich gehe davon aus, dass eure Versammlung nicht besonders zufriedenstellend verlaufen ist?", wagte sich die ältere Frau vor, während sie behutsam über die Bergkatze stieg, die faul auf dem Teppich ausgestreckt lag.

"Das kannst du laut sagen. Wenn du maßlos untertreiben willst", knurrte Eryn. "Ich meine, nach all den Anschuldigungen, mit denen erst vor kurzem herumgeworfen wurde, erkennen sie noch immer nicht, dass sich rasch etwas ändern muss! Oh, sie sagen, dass es ihnen klar ist - doch das sind nur leere Worte, um die Tatsache zu verbergen, dass sie ignorante, altmodische, kleinliche…" Sie hielt inne, als Gerit sich sehr nachdrücklich räusperte und auf das Kind auf ihrer Hüfte blickte. "Sie glauben, bloß weil Tyront die Attacke überlebt hat, hätte sich alles zum Guten gewandt. Sie sehen nicht, dass es sich dabei um nichts anderes als schieres, dummes Glück gehandelt hat und dass wir nächstes Mal womöglich nicht so günstig aussteigen. Ich bin so wütend, ich könnte…" Sie suchte nach irgendeiner Inspiration, wie sie ihrem Zorn Luft machen konnte.

"Wütend genug, um ein Schwert zu ergreifen?", fragte Enric und hob ihren Umhang vom Boden auf, um ihn gemeinsam mit seinem eigenen ordentlich zu verstauen.

"Ja", erwiderte sie, ohne auch nur darüber nachdenken zu müssen.

"Gut. Dann sehe ich dich in fünf Minuten draußen im Innenhof. Du holst die Rüstungen, ich die Schwerter."

Wenig später standen sie einander gegenüber, beide mit einer gezogenen Waffe in der Hand. Enric entschied, so viel wie nur möglich aus dieser Gelegenheit zu machen. Es ergab sich nicht oft, dass sie sich zu einem Kampf mit ihm bereiterklärte. Und wenngleich ihre Fertigkeiten, die man schon zu ihren besten Zeiten kaum als durchschnittlich bezeichnen konnte, durch die schwangerschaftsbedingte Pause sogar noch weniger eindrucksvoll waren, so war sie zumindest stark genug, um seine kräftigeren Hiebe zu parieren und zu blocken, ohne dabei gleich umzufallen. Somit würde diese kleine Übung zwei Zwecken dienen: Er würde ein wenig Spaß haben, und sie konnte ihre Verbitterung und Anspannung loswerden. Grundsätzlich also ein Gewinn für beide Seiten.

"Er lag schon wieder richtig", knurrte Eryn, bevor sie angriff. "Ich hasse es, wenn er Recht hat. Was fast immer der Fall ist."

"Ich nehme an, wir sprechen über den König?", vermutete Enric und wich ihrem Manöver mühelos aus. Sie hatte es mit erheblich mehr Energie als Konzentration ausgeführt.

"Über wen denn sonst? Er sagte mir, dass sie versuchen würden, sich wieder mit Lord Aldon und Lord Woldarn gutzustellen. Ich meine, warum haben sie überhaupt gegen die beiden abgestimmt, wenn sie es nicht riskieren wollten, ihre Verbündeten zu verärgern? Warum können sie nicht einfach für sich einstehen und sagen: Ich habe das getan, was ich als gerecht und richtig erachtet habe, und ich muss mich vor niemandem rechtfertigen!"

Enric erwiderte nichts darauf. Es war ohnehin nicht wirklich eine Frage gewesen. Rasch parierte er ein paar heftige Hiebe und wartete dann darauf, dass sie fortfuhr.

"Die Sache mit der Erhöhung der Heilerquote, damit wir sie endlich dorthin entsenden können, wo sie wirklich gebraucht werden anstatt sie hier in der Stadt festzuhalten, ist eine weitere Sackgasse! Viele von ihnen wollen ernsthaft von hier fort! Einige der Bewerbungen für die Positionen als Heilerlehrlinge führen das ausdrücklich an. Sie wollen zurück nach Hause, von wo sie als Kinder weggeschickt worden waren, sobald man ihre Magie entdeckt hatte. Sie wollen ihrer Gemeinde dienen, zu ihren Familien zurückkehren und würden bereitwillig die Annehmlichkeiten der Stadt aufgeben, um dort zu helfen, wo Hilfe benötigt wird! Sie wollen eine Chance, mehr als Kämpfer zu sein, die auf einen Krieg warten. Sie sind frustriert, weil sie sehen, wie anders und besser die Dinge sein könnten - doch niemand unternimmt etwas gegen diese Frustration!"

"Das stimmt so nicht, Liebste. Du unternimmst etwas", bemerkte er und drängte sie ein paar Schritte rückwärts.

Behutsam stieg sie über einen Baumstamm und blockierte weiterhin. "Nein, ich will etwas unternehmen, aber dabei laufe ich immer wieder gegen Wände! Wände, die zur Gänze aus sauertöpfischen Ratsmitgliedern bestehen! Nach meinem Freispruch bin ich wieder zurück unter euch - und wofür? Nur damit ich auf meinen Platz verwiesen werde!" Sie zielte mit einem Tritt auf sein Knie, doch flink fing er ihren Fuß auf und hielt ihn fest, woraufhin sie auf einem Bein hüpfte und um ihr Gleichgewicht kämpfte. Als er sie wieder losließ, sprang sie auf einen mittelgroßen Felsen und erkannte zu spät, dass dies kein schlauer Zug war. Eine erhöhte Position war in einem Schwertkampf niemals von Vorteil.

Enric seufzte. "Schlechte Idee. Ich könnte dir die Beine abschneiden, wenn du zu langsam bist, und du hast nicht genug Reichweite, um mich von dort oben ernsthaft zu bedrohen. Komm wieder herunter. Versuch nichts Ausgefallenes, sondern halte dich an das, was du weißt."

Sie befolgte seinen Rat und kehrte knurrend auf den Boden zurück: "An das halten, was man weiß - das funktioniert nur, wenn man genug weiß, um etwas damit zu erreichen."

Er hob sein Schwert und sandte genug Energie in seinen Arm, um ihr die Waffe aus der Hand zu schlagen, die daraufhin durch die Luft flog.

"Hör zu", beschwor er sie, als er sich ihrer ungeteilten Aufmerksamkeit sicher war. "Du weißt genug, um die Dinge richtig anzupacken. Du versuchst immer wieder, Wände zu durchbrechen anstatt sie abzubauen."

Stöhnend ließ sie ihren Kopf zurücksinken und starrte zum dunkelblauen Nachmittagshimmel empor. "Die Wand abbauen? Was genau willst du mir damit sagen? Dass ich Spione benutzen und belastende Informationen sammeln soll, damit ich die Ratsmitglieder einschüchtern kann, die sich gegen mich stellen? Du weißt, dass ich so etwas niemals tun würde!"

Enric schüttelte den Kopf. "Nein, ich weiß, dass du das nicht tun würdest. Lassen wir deine Aversion gegen das Zusammentragen von nützlichen Informationen nun einmal beiseite. Es gibt da einen anderen Ansatz, der besser zu deinem Charakter passen würde. Nimm dir Zeit, setz dich hin und denk darüber nach, was sie wirklich wollen, was sie tatsächlich davon abhält, deinen Vorschlägen zuzustimmen."

"Dummheit?", fauchte sie.

"Eryn, sei nicht störrisch, sondern denk nach!", tadelte er sie und spürte, wie er ungeduldig wurde. "Aus welchem Grund lehnen Menschen Veränderungen im Allgemeinen ab?"

Sie spürte, wie sich seine Stimmung verändert hatte und entschied, ihm entgegenzukommen. Das war ungewöhnlich für ihn. Er war stets der

Gelassenere und Ausgeglichenere von ihnen beiden, also musste das hier wichtig sein.

"Zufriedenheit mit dem Stand der Dinge", schlug sie vor.

"Ja. Und Veränderung könnte…?"

"Sie um etwas bringen, das sie nicht verlieren wollen", erwiderte Eryn wie eine wohlerzogene Schülerin. "Aber sie stehen kurz vor dem Verlust von…" Sie unterbrach sich, als er einen Finger hob, um sie zum Schweigen zu bringen.

"Ja, der Verlust von etwas, das sie nicht aufgeben wollen. Darauf solltest du dich konzentrieren. Denk darüber nach, was es ist, das sie nicht verlieren wollen."

"Einfluss, Macht, Geld, Wichtigkeit, Status…", zählte sie ohne zu zögern auf.

"Exakt. Unsere Vorgänger sind gut damit gefahren, dass sie sich an Regeln gehalten und Traditionen aufrechterhalten haben, die plötzlich unzureichend geworden sind. Diese neuen Entwicklungen werden als Bedrohung betrachtet, und auf Bedrohungen reagieren Menschen nicht immer mit Vernunft. Einige im Rat haben entschieden, das, was vor sich geht einfach zu ignorieren in der Hoffnung, es möge wieder verschwinden. Die Alternative dazu wäre etwas zu tun, das möglicherweise falsch ist und sie das kosten könnte, woran sie unbedingt festhalten wollen."

Eryn atmete aus und schüttelte den Kopf. "Wie soll ich gegen diesen immensen Widerwillen ankommen? Immer wieder präsentiere ich Ideen, und sie hören mir nicht einmal zu."

"Dieser Widerwille basiert auf Angst, und das musst du berücksichtigen, wenn du dir überlegst, wie du zu ihnen durchdringen kannst. Mit Fakten gegen Angst zu kämpfen funktioniert nicht, ebenso wenig wie es effektiv wäre, mit Emotionen gegen harte Fakten vorzugehen. Sie verhalten sich emotional? Dann tritt ihnen auf gleicher Ebene entgegen!"

Verständnislos runzelte sie die Stirn. "Und wie soll das aussehen? Soll ich vor Wut und Frustration weinen und jammern, weil sie mich ignorieren?"

Einen Moment lang schloss er die Augen und fragte sich, ob sie sich absichtlich so begriffsstutzig anstellte. Vielleicht war sie noch nicht wieder in einem Gemütszustand, der ihr zu erfassen erlaubte, was er ihr vermitteln wollte. Vielleicht war da immer noch zu viel Anspannung. "Hier geht es nicht um deine Emotionen, sondern um ihre. Angst ist ein mächtiger Antreiber, und es gibt mehr als eine Möglichkeit, sich das zunutze zu machen. Entweder kannst du ihnen dabei helfen, sie irgendwie zu überwinden, damit sie williger und schlussendlich auch fähig sind, dir zuzuhören, oder du lenkst sie um und fachst sie weiter an - womit auch immer du besser arbeiten kannst." Er drehte sich um und hob ihr Schwert von dort auf, wo es gelandet war. "Gehen wir wieder hinein. Es gibt da etwas, dass ich dir zeigen möchte."

Enric hielt ihr die Tür auf, um sie zuerst eintreten zu lassen, dann legte er die Schwerter oben auf einen hohen Kasten, damit sich niemand daran verletzten konnte, bevor er sie später ordentlich verstauen würde. Daraufhin führte er sie zu seinem Arbeitszimmer, wo er zuerst die Tür schloss und dann die Vorhänge zuzog.

Sie beobachtete, wie er in die Hocke ging und eine Holzdiele neben seinem Tisch, die jeder anderen im Zimmer exakt glich, anhob und einen kleinen Messingschlüssel darunter hervorholte. Danach ging er ans andere Ende des Zimmers zur Bar, bückte sich erneut und hob ein weiteres unauffälliges hölzernes Stück des Bodens an. Eine Art Deckel mit einem Loch kam zum Vorschein. Enric steckte den Schlüssel hinein und drehte ihn. Dieses Mal war das Fach darunter wesentlich größer, und er zog einen Behälter hervor, der eine Anzahl an ordentlich beschrifteten Akten enthielt. Sie folgte ihm zu seinem Schreibtisch, blickte darauf hinab und versuchte die kleinen Kärtchen zu entziffern, die in die Lederumschläge hineingesteckt waren. Auf einem stand Lord Remdel, auf einem anderen Lord Poron, auf einem dritten Lord Orrin… Ihr Blick suchte sein Gesicht.

"Das sind die Informationen, die deine Spione über jedes einzelne Ratsmitglied gesammelt haben?"

Er nickte. "Nicht nur meine Spione, sondern auch das, was ich selbst herausgefunden und was mir meine Geschäftspartner über die Jahre hinweg berichtet haben." Dann drückte er ihr den Schlüssel mit ernster Miene in die Hand. "Räum sie wieder weg, wenn du damit fertig bist." Damit wandte er sich ab, verließ sein Arbeitszimmer und ließ sie allein mit einem über mehrere Jahre hinweg zusammengetragenen Berg an vertraulichen und zweifellos sehr persönlichen Informationen über all jene, die ihr so viel Ärger bereitet hatten.

Eryn schluckte hart und dachte zurück an das Gespräch über Spione und Informationen, das sie vor nicht allzu langer Zeit geführt hatten. Dennoch stellte er ihr all das einfach mir nichts, dir nichts zur Verfügung.

Verunsichert starrte sie den Behälter an. Sie wusste mit absoluter Sicherheit, dass es Leute gab, die für den Inhalt dieser Akten töten würden. Enric machte keine halben Sachen; wenn er begann, nach Informationen über eine Person zu suchen, dann würde er alles herbeischaffen, was es zu finden gab. Somit wäre das hier kaum eine lockere Sammlung zufälliger Kleinigkeiten, sondern eher mehr über die Ratsmitglieder und ihre Familien als ihnen selbst bewusst war.

Es gab sogar eine Akte über Tyront, erkannte sie mit zunehmendem Unbehagen. Er hatte erwähnt, dass er seinen Vorgesetzten ausspionierte, doch die Akte hier direkt vor sich zu haben, wo sie nur danach greifen und sie herausziehen konnte…

Eryn ließ sich auf das Sofa einige Schritte weg von seinem Schreibtisch fallen und starrte die Truhe einfach nur an. Enric hatte ihr gerade ein immens mächtiges Werkzeug ausgehändigt. Diese Akten enthielten sehr wahrscheinlich mehr als genug Informationen, um die Ratsmitglieder einzuschüchtern. Sie konnte sie zur Zusammenarbeit mit ihr zwingen, indem sie damit drohte, der Welt ihre dunkelsten und am besten gehüteten Geheimnisse zu offenbaren. Der Gedanke war sowohl berauschend als auch abstoßend.

Vor allem aber wäre es wirksam. Sie wäre in der Lage, ihre Ziele zu erreichen, den Orden zu etwas Neuem zu formen, etwas Besserem als zuvor. Sie konnte daraus eine Organisation machen, in der die meisten, wenn nicht sogar alle Mitglieder glücklich wären, aufblühen, sich entwickeln und reisen könnten… Sogar Tyront würde sich vor ihr in Acht nehmen müssen, falls er sich gegen sie stellte - irgendwo dort drin musste es auch über ihn explosives Material geben. Niemand gelangte an die Macht und blieb so mächtig, ohne hin und wieder auf ein paar verbotene oder unmoralische Dinge zurückzugreifen.

Diese Truhe war nichts weniger als eine Schatzkiste. Es juckte sie in den Fingern, sie zu berühren, doch sie konnte sich nicht bewegen. Leute dazu zu zwingen, nach ihren Geboten zu handeln… so etwas tat sie nicht! Sie verabscheute die Praxis, Leute auszuspionieren und würde keineswegs so tief sinken, dass sie darauf zurückgriff oder sich die auf diese Weise erlangte Information zunutze machte. Für die Dauer eines langen, scheinbar endlosen Moments war es unglaublich verlockend gewesen, doch sie erkannte, dass sie sich keinesfalls dazu überwinden konnte, Menschen zu erpressen.

Und welch eine Errungenschaft wäre das überhaupt? Wenn der Rat in dieser Sache nicht mit ihr zusammenarbeitete, sondern sich alles aufzwingen lassen musste, würde man nur darauf warten, bis sie selbst eines Tages strauchelte und dann jede erkennbare Schwäche ausnutzen. Daraus würde die Art von unterschwelligem Krieg erwachsen, den manche von ihnen bereits gegeneinander zu führen schienen. Daran wollte sie keinen Anteil. Die Veränderungen zum Besseren hin sollten sie selbst überdauern, weil sie auf Übereinstimmung und Zusammenarbeit anstatt auf Einschüchterung beruhten.

Sie konnte nicht sagen, wie sie lange dort mit dem Messingschlüssel in ihrer Hand gesessen hatte, als ein Klopfen an der Tür ertönte und Enric eintrat. Er betrachtete sie, wie sie gedankenverloren dort saß. Die Truhe stand noch immer genau so auf ihrem Platz auf dem Schreibtisch, wie er sie zurückgelassen hatte.

"Ich kann das nicht tun", flüsterte Eryn ohne ihn anzusehen. "Es tut mir leid. Ich weiß, dass du mir helfen wolltest, doch ich kann es einfach nicht. Es fühlt sich falsch an. Ich will es nicht auf diese Weise tun. Das wirst du womöglich nicht verstehen, und ich weiß nicht, wie ich es erklä…"

Er beugte sich zu ihr hinab und unterbrach sie, indem er seine Lippen einige Sekunden lang auf ihre drückte, um sie zum Schweigen zu bringen.

"Ich weiß", meinte er dann lächelnd und ließ sich neben ihr nieder. "Es hätte mich außerordentlich überrascht, wenn du die Akten tatsächlich durchgesehen hättest."

Sie blinzelte und schüttelte den Kopf. "Was?"

"Wir mögen uns nicht immer darüber im Klaren sein, was wir wirklich tun oder wer wir sein wollen, doch manchmal ist die beste Methode, um das herauszufinden, dass wir festlegen oder uns einfach daran erinnern, was wir nicht wollen."

Eryn schloss ihre Augen und lächelte schwach. "Du hast mich also gerade etwas gelehrt?"

"Lass es uns nicht auf diese Weise ausdrücken. Das würde bedeuten, dass ich über dir stehe. Sagen wir stattdessen, dass ich dich durch ein Problem hindurchgeführt habe?"

"Das sind nichts als Worte, Enric. Sie verändern die Tatsachen nicht. Du stehst über mir."

Er schüttelte den Kopf. "Nicht in diesem Haus. Hier sind wir gleichberechtigt."

Sie lächelte zaghaft. "Ist das so? Trotzdem hast du gerne das Sagen, auch in unserer Beziehung."

"Sicher doch. Aber es gefällt mir auch, dass du mir das nicht immer erlaubst." Er nahm den Schlüssel aus ihrer Hand und stand auf, um die wertvolle Box wieder in ihr Versteck zu verfrachten. Sie offen herumstehen zu lassen bedeutete, Ärger herauszufordern.

"Danke", sagte sie leise, als er zu ihr zurückkehrte. Sie drückte seine Hand, als sie fortfuhr: "Ich muss etwas gestehen: Ich war versucht, mir die Akten anzusehen. Da war dieser Moment, als ich mir vorstellte, ich könnte alles erreichen, wonach ich strebe und den Orden so umformen, dass alle davon profitieren. Vielleicht bin ich meinen Prinzipien nicht ganz so ergeben wie ich dachte."

Enric schüttelte den Kopf. "Nein, Liebste, damit liegst du falsch. Dass es verlockend war bedeutet nicht, dass du deinen Prinzipien nicht mit Leib und Seele verbunden bist. Das ist einfach nur menschlich. Und die wahre Leistung besteht nicht darin, die Versuchung zu vermeiden, sondern ihr zu widerstehen."

Eryn vergrub ihr Gesicht an seinem Hals und atmete seinen Duft ein, genoss das Gefühl seiner warmen Haut auf ihrer Stirn und ihren Wangen. "Und du entscheidest dich Tag für Tag dagegen, dieses Wissen dort drin einzusetzen."

"Bis zu einem gewissen Grad. Obgleich ich es einsetze, wenn ich es als angemessen erachte, wenn auch auf eine raffiniertere Art als es viele andere tun würden. Und ich versuche, nicht auf rücksichtslosen Einsatz von Informationen zurückzugreifen, wenn es andere Wege gibt, die mir nicht zusätzliche Feinde einbringen oder meine existierenden erzürnen. In dieser Hinsicht musste ich in der Vergangenheit die eine oder andere Lektion lernen. Also, haben sich dir während des Starrens auf meine geheimen Akten irgendwelche Erleuchtungen hinsichtlich deines Umgangs mit dem Rat offenbart?"

"Da gibt es auf jeden Fall etwas, das ich versuchen möchte. Ich möchte sie verängstigen, bis sie mit mir arbeiten." Sie hob ihren Kopf von seinem Hals, und er bemerkte ihren entschlossenen Gesichtsausdruck. "Sie haben Angst, sie könnten ihre Macht und ihren Status verlieren? Dann werde ich ihnen ein Bild davon malen, was ihnen widerfahren wird, sobald unser Sohn gemeinsam mit einem Haufen der neuen, mächtigeren Magier den Orden übernimmt."

Enric lachte laut und zog sie wieder an sich, um ihre Schläfe zu küssen. "Das ist mein Mädchen. Und ich wette, die Tatsache, dass Haus Aren für das Einstürzen-lassen von Gebäuden bekannt ist, wird deiner einschüchternden Vorstellung keinerlei Abbruch tun."

* * *

Pe'tala öffnete die Tür und gewährte Eryn und Junar Zutritt zu ihrem Quartier. Da sie die Einzige von ihnen ohne Baby war, war die Entscheidung als passendsten Ort für eine kleine Zusammenkunft auf ihre Bleibe gefallen. Rolan hatte sich wohlweislich entschlossen, die Nacht bei einem Freund zu verbringen.

Die Gastgeberin nahm Eryn die beiden Flaschen aus der Hand und beäugte sie kritisch. "Das ist das gute Zeug, hoffe ich? Ich bin ein hochwohlgeborenes Mitglied eines Takhaner Hauses und somit nicht an billiges Gesöff gewöhnt."

Ihre Schwester zuckte mit den Schultern. "Ich bin nicht ganz sicher, was genau ich da mitgebracht habe, aber Enric hat es mir in die Hände gedrückt. Ich kann dir nicht versprechen, dass es gut schmeckt oder du hinterher keine Kopfschmerzen haben wirst, doch was ich dir mit Sicherheit sagen kann, ist, dass es nicht billig gewesen sein kann."

Zufrieden mit der Erklärung nickte Pe'tala. Sie war bereits bei Enric zu Gast gewesen, und er war keinesfalls jemand, der sich mit irgendetwas Minderwertigem begnügte. Dann nickte sie zu der Flasche in Junars Hand. "Dein Gefährte ist ebenfalls wohlhabend. Somit bringst du hoffentlich auch etwas Kostspieliges mit."

Junar seufzte und überreichte ihr das Geschenk. "Hat dir irgendwann schon einmal jemand gesagt, dass du ein Snob bist?"

Pe'tala nickte. "Mehrmals. Doch ich sehe nicht, weshalb mich das beleidigen sollte. Der Begriff besagt lediglich, dass ich an gute Qualität gewöhnt bin und mich mit nichts weniger als dem Besten zufriedengebe."

"Es soll dir auch zu verstehen geben, dass du dich aufgrund deiner privilegierten Herkunft überlegen fühlst und andere so behandelst, als wären sie weniger wert als du", ergänzte Eryn hilfsbereit.

Einen Moment lang zog ihre Schwester die Stirn in Falten, dann schüttelte sie den Kopf. "Unsinn. So bin ich überhaupt nicht."

"Du hast dich gerade als hochwohlgeborenes Mitglied eines Hauses vorgestellt, somit ziehe ich deine Behauptung in Zweifel", entgegnete Junar. "Und wenn man bedenkt, dass ich hier die Einzige bin, die nicht nur in bescheideneren Umständen, sondern auch noch ohne Magie geboren wurde, erkenne ich Snobs, wenn ich sie sehe. Die muss ich jedes Mal ertragen, wenn Orrin und ich zu einem dieser schrecklichen Abendessen gehen." Sie wandte sich an Eryn. "Übrigens habe ich euch seit eurer Rückkehr nach Anyueel bei keiner einzigen dieser zauberhaften Gelegenheiten angetroffen. Enric ist viel zu nachsichtig mit dir."

Darüber lachte Eryn. "Du bist bloß neidisch, weil du hingehen musst und ich derzeit davon befreit bin. Enric ist noch immer mehr als zufrieden mit mir, weil ich das Kamptraining mit diesem Peiniger von einem Gefährten von dir freiwillig wiederaufgenommen habe. Und ich bin wichtig und mächtig und muss den Rat der Magier überzeugen, damit er ein paar Veränderungen umsetzt, die ich für nötig erachte."

Die anderen beiden Frauen verdrehten die Augen. Pe'tala nickte zu einer Sitzgruppe und ging los, um Gläser zu holen. "Welche Flasche sollen wir zuerst öffnen?"

"Meine muss gekühlt werden", rief ihr Junar nach, "also schlage ich vor, wir stellen sie für eine Stunde oder zwei auf die Fensterbank und beginnen mit Eryns Wein."

Selbstgefällig griff Eryn nach der Flasche und entzog der Flüssigkeit im Inneren mit ein wenig Magie Energie und damit Wärme. Kurz darauf bildete sich auf der glatten Glasflasche eine dünne Schicht aus Raureif, als sie sie ihrer Freundin zurückreichte.

Die Schneiderin seufzte. "Ah ja, ich vergaß. Mächtige Magier und all das. Nun, dann können wir ebenso gut mit dem hier anfangen."

Eryn nickte. "Sicher doch. Es sieht teuer genug aus, also wage ich zu behaupten, dass meine verwöhnte Babyschwester keinen Einspruch erheben wird."

"Nenn mich nicht so", knurrte die Gastgeberin und platzierte drei Gläser auf dem Tisch vor ihnen.

"Was? Babyschwester oder verwöhnt?"

"Nichts davon. Und schon gar nicht in Kombination."

"Vran'el nennt dich Babyschwester", zeigte Eryn auf.

"Und in seinem Fall schätze ich es ebenso wenig. Ihn allerdings muss ich besänftigen, wenn ich in drei Monaten zurückkehre, weil er das Oberhaupt meines Hauses ist."

Junar versuchte den Korken aus der Flasche zu bewegen, gab dann aber auf und reichte sie an Eryn weiter, die ihn ohne jegliche erkennbare Anstrengung herauszog, bevor sie beides zurückgab.

"Hast du deinem Bruder schon mitgeteilt, dass du nicht die Absicht hast, wieder bei ihm einzuziehen, sondern stattdessen in Eryns neuem Haus wohnen willst?", fragte Junar, während sie die klare Flüssigkeit mit der Farbe dunklen Bernsteins in die Gläser goss.

Pe'tala schüttelte den Kopf. "Nein, obwohl ich ernsthaft überlege, es eher früher als später hinter mich zu bringen. Ich wollte ihm ursprünglich davon erzählen, wenn ich wieder in Takhan bin, doch es mag ratsam sein, ihm schon vorher eine Vogelnachricht zu schicken. Damit hätte er etwas Zeit, um sich an den Gedanken zu gewöhnen und sich vor meiner Ankunft wieder zu beruhigen."

"Und auch dafür, sich irgendwelche juristischen Begründungen zu überlegen, mit denen er dich dazu bringen kann, wieder bei ihm einzuziehen", betonte Eryn.

Ihre jüngere Schwester schüttelte den Kopf. "Das wird er ohnehin versuchen; er würde lediglich etwas früher damit beginnen. Und ich habe noch einen anderen Juristen, den ich konsultieren und ersuchen kann, sich etwas zu meiner Verteidigung zu überlegen. Ram'an schuldet mir noch immer etwas, weil er mich einfach abserviert hat, also wird er mir mehr als bereitwillig zur Seite stehen, wenn ich ihm verspreche, dass ich seinen Namen heraushalte."

Junar und Eryn nickten anerkennend ob dieser Demonstration vernunftorientierten Denkens. Nicht viele Frauen würden darauf zurückgreifen, ihrem einst angedachten Gefährten Schuldgefühle einzureden, um ihren Kopf durchzusetzen. Doch andererseits würde es ihm natürlich zeigen, dass Pe'tala über die Vergangenheit nicht länger bekümmert, sondern endlich darüber hinweg war.

"Wie verlief die Ratsversammlung heute?", wollte Junar wissen. "Orrin war noch nicht von seinem Training zurück, als ich aufbrach, also hatte ich keine Gelegenheit, ihn danach zu fragen. Ich nehme an, dass keine Entscheidung darüber getroffen wurde, wie mit Darnet verfahren werden soll?"

Eryn nickte und schluckte ihren Ärger über die Versammlung im Allgemeinen, damit sie sich auf die einzige Sache konzentrieren konnte, wo man es geschafft hatte, zu einem Entschluss zu gelangen. "Doch. Er soll nach Takhan geschickt werden. Iklan hat zugestimmt, ihn zu behandeln, und die Triarchie hat sich ebenfalls einverstanden erklärt. Es scheint, als hätten sie dort einen Ort, der der Behandlung der geistig Kranken und Instabilen gewidmet ist. Und da wir hier nicht wirklich über das Fachwissen verfügen, um es selbst zu tun, ist das eine recht bequeme Lösung für uns. Niemand hat sich wirklich wohlgefühlt bei dem Gedanken, einen Mann einzusperren, der den Kontakt zur Realität verloren hat."

Pe'tala grinste spöttisch. "Wie angenehm. Ihr schickt eure verrückten Gesetzesbrecher nach Takhan. Vielleicht können wir den Gefallen erwidern und euch ein paar unserer regulären Übeltäter schicken? Wir könnten mit Sanaf beginnen. Ich wette, er wäre erfreut über die Gelegenheit, der eisernen Faust deiner Großmutter zu entkommen."

Der Kommentar veranlasste Junar zum Kichern. Dann nahm sie einen Schluck von ihrem Glas, bevor sie fragte: "Wann sollen sie denn nun abreisen? Orrin sagte mir, dass eure beiden Kollegen lieber früher als später nach Takhan zurückkehren wollen. Und das kann ich gut verstehen - sie kommen aus einem heißen Land und müssen sich dem Winter hier stellen."

"Sie werden in zwei Tagen aufbrechen." Eryn sah sich um und fand zwei Teller mit Häppchen auf einer Kommode. Sie deutete darauf und sah ihre

Schwester an. "Darf ich? Ich bin recht hungrig und sollte wohl etwas essen, bevor ich trinke."

Pe'tala nickte. "Sicher, bedien dich. Ich habe vergessen, sie auf den Tisch zu stellen. Davon gibt es noch mehr im Gästezimmer, wenn das hier aufgegessen ist." Als Eryn mit den beiden Tellern zurückkehrte und sie so platzierte, dass alle zumindest auf einen davon Zugriff hatten, fragte die Gastgeberin: "Was ist mit dem Spiel? Wenn wir bedenken, wie euer erstes hier geendet hat, gehe ich davon aus, dass der Rat wohl eher unwillig ist, ein weiteres zu genehmigen."

Dieses Mal antwortete Junar. "Orrin sagte, dass man auf dieses Thema im Augenblick tatsächlich etwas empfindlich reagiert. Doch da Lord Tyront dafür ist, ein weiteres zu veranstalten, können die anderen nicht wirklich Einspruch erheben."

Eryn knabberte an einem winzigen, runden Brotstück mit irgendeinem würzigen dunkelroten Aufstrich. "Ich bin nicht sicher, ob es so eine gute Idee wäre, derzeit noch ein weiteres zu veranstalten. Darnet mag nun keine Bedrohung mehr darstellen, doch das bedeutet nicht, dass nicht noch zusätzliches Potential für Ärger vorhanden ist."

Die Schneiderin nickte. "Das hat Orrin auch gesagt. Er will wirklich, dass das Spiel zu einer dauerhaften Veranstaltung wird, doch er denkt nicht, dass jetzt gerade eine gute Zeit dafür ist. Zu viel Spannung, wie er meint."

"Ja, ich verstehe, dass man das in Betracht ziehen sollte", stimmte Pe'tala zu. "In Takhan allerdings sind die Leute begierig darauf, wieder ein Spiel zu veranstalten, und zwar bald. Vater schreibt, dass die Leute Kilan dazu drängen, er möge sie in magischem Kampf unterweisen."

Das brachte Eryn zum Lachen. Sie wusste von Enric, dass Kilan bestenfalls ein durchschnittlicher Kämpfer und somit wohl nicht allzu angetan davon war, wenn er sich plötzlich in einer Situation wiederfand, wo er anderen beibringen sollte, was er selbst nicht besonders gut beherrschte. Allerdings musste er nach so vielen Jahren des Trainings im Orden in der Lage sein, ihnen zumindest ein paar Dinge zu zeigen. Armer Botschafter, dachte sie. Es mochte ihm wohl kaum erspart bleiben, sie zu unterrichten, sofern er sie nicht vor den Kopf stoßen wollte.

"Vater denkt, dass es womöglich ein weiteres Spiel geben wird, nachdem du und Enric wieder in Takhan seid", setzte Pe'tala fort und nickte dann Junar zu. "Und die Leute fragen, wann Orrin wieder zu ihnen kommen wird. Dein Gefährte hat sie wirklich beeindruckt; sie wollen ihn zurückhaben."

Die Schneiderin lächelte. "Das ist Orrin natürlich klar. Und er hat bereits darüber nachgedacht. Er überlegt, zweimal pro Jahr für ein paar Tage nach Takhan zu fahren und nachzusehen, was Vern so treibt. Und wenn er die Zeit dort nutzt, um die Einheimischen zu trainieren, stehen auch die Chancen gut, dass der Orden ihm die Erlaubnis dafür erteilt."

Eryn runzelte die Stirn. "Davon hat er mir überhaupt nichts erzählt!"

Junar bedachte sie mit einem ironischen Blick. "Stell dir vor, er hat es gewagt, zuerst mit seiner Gefährtin darüber zu sprechen. Dir ist klar, dass ich die wichtigste Frau in seinem Leben bin? Das magst du für eine kurze Weile gewesen sein, doch damit ist es jetzt vorbei."

"Nichts für ungut", versicherte Eryn ihr rasch, "ich war bloß überrascht, das ist alles. Immerhin würde es Sinn ergeben, wenn ihr diese Besuche mit unseren koordiniert. Sofern ihr nicht ohne uns in Takhan sein wollt, versteht sich."

Junar atmete aus. "Entschuldige, ich wollte nicht auf diese Weise nach dir schnappen. Es ist nur so, dass Téa in den letzten beiden Tagen etwas krank war und nicht besonders gut geschlafen hat. Was bedeutet, dass ich auch nicht besonders viel Ruhe abbekommen habe."

"Warum hast du nicht nach mir oder Tala geschickt? Wir hätten uns darum kümmern können."

"Das hätte ich auch, wenn es noch länger gedauert hätte, doch jetzt geht es ihr wieder gut. Wie hat deine Familie in Takhan auf die Neuigkeiten reagiert, dass du nicht in Gold gefesselt und in einen dunklen, modrigen Kerker geworfen, sondern stattdessen freigesprochen wurdest?"

"Erleichtert", lächelte Eryn. "Zumindest haben sie das alle geschrieben. Eines Morgens stand ich auf und fand einen Berg an Vogelnachrichten auf meinem Schreibtisch vor. Vern schrieb, dass es ihn kaum überrascht hat, dass ich mir schon wieder irgendwelche Schwierigkeiten eingehandelt habe - was ich absolut unfair finde, da ich dieses Mal überhaupt keine Schuld daran hatte."

"Wenn wir gerade von Vern sprechen", meinte ihre jüngere Schwester, "wie passt er sich an? Wie ich aus eigener Erfahrung sagen kann, ist es doch ein beträchtlicher Unterschied, ob man nur in einer Stadt zu Gast ist oder ob man dort lebt. Wie geht es ihm mit dem Lehrplan? Wie entwickeln sich die Dinge mit den Kunstakademien?"

Eryn verdrehte die Augen. "Wie wäre es, wenn du ihm selbst schreibst und ihn nach alldem fragst?"

"Warum sollte ich? Du und Junar wisst sicher alles darüber, also stellt euch nicht quer, sondern erzählt!"

Junar leerte den Rest ihres Glases, dann lehnte sie sich zurück. "Dann werde ich dir entgegenkommen. Weil du uns so großzügig einen Ort für unsere Erwachsenennacht zur Verfügung gestellt und sogar Rolan ausquartiert hast."

Pe'tala grinste. "Das musste ich gar nicht. Als er hörte, dass ihr kommen würdet, ergriff er die Flucht. Nun erzähl mir von Vern."

"Er besucht Vorträge und Unterrichtsstunden in unterschiedlichen Klassen", begann Junar. "Seine Ausbildung hier in Anyueel mit Eryn hat ihm zwar fortgeschrittenes Wissen in manchen Bereichen vermittelt, dafür sind aber auch Lücken in anderen Bereichen geblieben. Nachts arbeitet er zweimal pro Woche in der Klinik, um seine Ausbildung zu finanzieren, obwohl er mit seinen Gemälden so viel verdient, dass er das nicht müsste. Doch Orrin und ich sind beide froh, dass er weiterhin arbeitet - das sollte für etwas Bodenständigkeit sorgen und ihm zeigen, was es heißt, wenn man für seinen Lebensunterhalt arbeiten muss. Er unterrichtet noch immer Zeichnen auf der Neuen Kunstakademie und schreibt, dass er das Zusammenleben mit Vran'el recht unkompliziert findet."

"Und er hat eine Affäre nach der anderen", fügte Eryn mit einem Seufzen hinzu.

Junars Kopf fuhr in ihre Richtung. "Er hat was? Aber diese eine Frau, mit der er zusammen war..."

"Mit der ist es aus und vorbei. Ram'an und Vran'el haben mir beide geschrieben, dass er regelmäßig ausgeht und zu vielen privaten geselligen Veranstaltungen eingeladen wird. Seine recht exotische Erscheinung, sein Status als aufgehender Stern der Kunstwelt und die Tatsache, dass er mehr oder weniger eine Revolution gestartet hat, die zur Spaltung der Künstler führte - all das hilft ihm dabei, mühelos neue Bekanntschaften zu schließen. Er ist noch immer eine Sensation."

Junar starrte sie mit offenem Mund an. Ungefähr genauso hatte Eryn reagiert, als sie darüber gelesen hatte.

Pe'tala pfiff durch die Zähne und nickte dann anerkennend. "Wer hätte gedacht, dass so etwas in ihm steckt?"

Die Schneiderin runzelte die Stirn. "Meine Güte. Und ich muss Orrin davon erzählen. Er wird nicht besonders angetan sein, wenn er erfährt, dass sein Sohn regelmäßig mit Frauen schläft, die er kaum kennt."

Die Gastgeberin zuckte mit den Schultern. "Warum Orrin davon erzählen? Grundsätzlich geht ihn das nichts an."

"Ebenso wenig wie uns", bemerkte Eryn, füllte ihr Glas auf und da sie schon dabei war, auch gleich die beiden anderen.

"Das stimmt", pflichtete ihr ihre Schwester bei. "Doch wir tratschen, und das erfordert, dass man in den privaten Belangen anderer Leute herumstochert."

Junar leerte ihr Glas in einem Zug und ließ dann ihren Kopf zurücksinken. "Es tut mir leid, meine Damen - aber wir müssen über etwas anderes reden. Das Sexualleben des halbwüchsigen Sohnes meines Gefährten ist kein angemessenes Thema für mich. Das ist einfach nur unangenehm."

Pe'tala sah ihre Schwester an. "Vater fragt mich immer wieder nach meinen Plänen für die Kommitment-Zeremonie. Er will mit den Vorbereitungen beginnen, damit wir sie gleich nach unserer Ankunft in Takhan durchführen können. Sie wird natürlich in der Vel'kim Residenz stattfinden, so wie es Tradition ist."

Eryn zog die Schultern hoch. "Das klingt, als hättet ihr die wichtigsten Fragen bereits erledigt: wann und wo. Was braucht er sonst noch? Soll er sich doch austoben - das ist das erste Kommitment, das er planen kann, da meines mehr oder weniger eine Sache in letzter Minute war, die Ram'an arrangiert hat."

"Ich sagte ihm bereits, er soll tun, was immer er will. Das Essen und die Dekoration kümmern mich nicht besonders. Er weiß, welche Leute er einladen soll, und ich werde Junar bitten, sich um die Kleider zu kümmern." Pe'tala wartete, bis Junar zustimmend nickte, bevor sie fortfuhr: "Die Frage ist eher, ob du und Enric gerne eine gemeinsame Zeremonie mit uns haben wollt. Du hast noch immer vor, deine Seite des Bandes wiederherstellen zu lassen, nehme ich an?"

"Das habe ich durchaus", erwiderte Eryn, "aber ich will nicht wirklich etwas Großes daraus machen. Ich meine, wir hatten unsere Zeremonie bereits, und ich würde das wirklich lieber privat halten. Ich frage mich, wie gut meine Chancen stehen, dass ich Malriel davon fernhalten kann…"

Pe'tala begann zu lachen. "Praktisch nicht-existent! Ihre einzige Tochter und ihr Erbe erneuern ihr Band - sie würde es nicht akzeptieren, solch einem Ereignis fernzubleiben. Und dann wäre da noch die Tatsache, dass sie nun dank ihrer Position als Triarchin sogar noch mächtiger ist als jemals zuvor. Wenn sie nicht zustimmt, wird es nicht einmal stattfinden."

"Fabelhaft", seufzte Eryn. "Somit wird die Königin der Dunkelheit also dabei sein. Wieder einmal."

"Du würdest Vater sonst ebenfalls ausschließen müssen, da er seine Gefährtin nicht auf diese Weise betrügen und es vor ihr verheimlichen würde."

"Ja, ich verstehe schon", knurrte die ältere Schwester, "Valrad muss mit dieser Gefährtin vorsichtiger sein als mit seiner letzten - ihre Familie ist immerhin dafür bekannt, dass sie Gebäude einstürzen lassen."

"Vater", meinte Pe'tala vorwurfsvoll.

"Was?"

"Vater, nicht Valrad. Du gewöhnst dich besser daran, ihn so zu nennen."

"Er ist nicht einmal hier, um sich daran zu stören!", beschwerte sich Eryn.

Junar schmunzelte über die beiden. "Wenn ich mir euer Gezanke so anhöre, kann ich mich des Eindrucks nicht erwehren, dass ihr die gemeinsame Kindheit aufholt, die ihr nie hattet."

"Wir stehen kurz davor, die Hälfte jeden Jahres unter dem gleichen Dach in Takhan zu verbringen", erwiderte Pe'tala, "das wird uns genug Gelegenheit verschaffen, Versäumtes nachzuholen. Wie geht es damit übrigens voran? So wie ich Malhora kenne, ist die Residenz womöglich bereits halb fertig."

"Als sie zuletzt schrieb, hatten sie gerade das Fundament fertig gelegt", informierte Eryn sie. "Ich denke, sie hat erwähnt, dass sie vor dem Zeitplan liegen, was kaum unerwartet kommt. Ich würde auch versuchen, jede Arbeit, die sie überwacht, so rasch wie möglich fertigzustellen, damit ich sie vom Hals habe."

Pe'tala lehnte sich zurück und schien die eine oder andere Berechnung in ihrem Kopf durchzuführen. Daraufhin nickte sie, während sich ihre Lippen langsam zu einem Lächeln verzogen. "Dann stehen die Chancen wirklich gut, dass wir direkt nach unserer Ankunft in Takhan dort einziehen können. Haus Roal heuert für manche seiner Baustellen Magier an, und nach dem bereits erfolgten Fortschritt ist das bei euch eindeutig der Fall. Das sind sehr gute

Neuigkeiten." Sie beugte sich vor, um ihr Glas vom Tisch zu nehmen. "Übrigens hat sich Rolan heute endlich für einen Kandidaten entschieden, den er als seinen Nachfolger ausbilden wird."

Junar lachte leise. "Das wird auch Zeit! Wie lange hat er jetzt sämtliche Bewerbungen abgelehnt? Zwei Monate?"

"Ja", bestätigte Eryn. "Lord Poron ist deswegen schon etwas nervös geworden. Ich bin froh zu hören, dass sie sich nun auf jemanden geeinigt haben. Weißt du, wer es ist?"

"Ja, das weiß ich. Stell dein Glas hin, und ich werde es dir sagen."

Eryn kniff die Augen zusammen, tat aber, wie ihr geheißen. "Nun?"

"Es ist Loft."

"Sehr witzig, haha", seufzte Eryn. "Wirklich jetzt, wer ist es?"

Pe'tala verzog das Gesicht. "Ich schwöre dir, es ist Loft. Dieser kleine Mann, der frühere Berater des Königs."

Junar schluckte. "Oh Mann. Er hat Eryn noch nie besonders gemocht. Wie kommt es, dass Rolan und Lord Poron ausgerechnet ihn ausgewählt haben?"

"Er hat Erfahrung im Organisieren, ist gut mit Papierkram, hat die richtigen Kontakte, und seine Arbeit für den derzeitigen König und zuvor dessen Vater hat ihn dahingehend geprägt, dass er sich rasch um Dinge kümmert und nicht ruht, bis sie erledigt sind", führte die jüngere Heilerin aus.

"Loft", stöhnte Eryn. "Das ist ja grauenhaft!"

Pe'tala sah Junar an und nickte dann zu der fast leeren Flasche auf dem Tisch zwischen ihnen. "Warum schenkst du ihr nicht den Rest ein, während ich gehe und noch eine Flasche hole? Sie sieht aus, als hätte sie es nötig."

KAPITEL 30

Die Lage spitzt sich zu

Enric vernahm das Klopfen an der Eingangstür und blickte auf seinen Sohn hinab. Er war gerade mitten im Wechseln der Windeln, und Vedric schien die größere Bewegungsfreiheit zu genießen, die ein nackter Unterkörper ihm ermöglichte. Beherzt fasste er nach einem seiner Füße und schaffte es beinahe, ihn sich in den Mund zu stecken. Dort landete in letzter Zeit alles, was er irgendwie in die Finger bekam.

Erneut ertönte, was zuvor ein Klopfen gewesen, nun aber mehr zu einem Hämmern geworden war. Wo waren die Dienstboten, wenn er sie brauchte? Ah ja, im Gebäude auf der anderen Seite des Innenhofs, wo er diejenigen Zimmer untergebracht hatte, die für das Waschen, Kochen, Lagern von Vorräten und dergleichen erforderlich waren.

"Ich bin gleich da", rief er und hoffte, dass der Besucher ihn hören konnte. Dann wickelte er seinen Sohn eilig in saubere Stoffbahnen und kleidete ihn an, bevor er sich den Jungen auf die Hüfte setzte und zur Tür ging. Er zog sie auf und blinzelte bei dem unerwarteten Anblick.

"Du? Ich muss wohl träumen!"

"Enric, du Dummkopf, lass mich hinein! Das Zeug, das auf mich herabprasselt, ist Eisregen, falls es dir nicht aufgefallen ist. Ich friere und bin müde, also geh mir aus dem Weg", schimpfte seine Schwester und schob ihn beiseite, damit sie eintreten konnte.

"Sicher, komm doch herein", lächelte er, als sie ihre Tasche auf den Boden fallen ließ und ihm ihren Umhang reichte. Dann wurde seine Miene ernst.

"Nicht, dass ich mich nicht über deinen Besuch freue, aber wenn man bedenkt, dass es der allererste ist, drängt sich mir der Gedanke auf, dass etwas Schlimmes passiert sein muss. Die Tatsache, dass du dir diese Jahreszeit ausgesucht und ohne deine Familie aufgetaucht bist, bestätigt meinen Eindruck, dass du nicht einfach nur meinen Besuch erwidern willst."

Wortlos bückte sich Leris und öffnete ihre Tasche, um daraus ein gefaltetes Stück Papier hervorzuziehen und ihm zu überreichen. Sie bedeutete ihm, ihr ihren Neffen zu übergeben, damit er das, was für ihn nach einem Brief auf feuchtem Papier aussah, auseinanderfalten und lesen konnte.

Während seine Schwester mit Vedric auf dem Arm einen gemütlichen Spaziergang unternahm und begutachtete, wie ihr reicher Bruder in der Stadt lebte, ließ Enric seine Augen über die Zeilen wandern, in denen er beinahe augenblicklich die Handschrift seines Vaters erkannte. Der unverhohlene Ärger, der aus den Worten hervorging, die hilflose Frustration, der er mit unfreundlichen Worten Luft machte sowie die Versprechen, dass sie es bereuen würde, sich gegen ihn gestellt zu haben, ließen ihn die Lippen aufeinanderpressen.

Er las ihn ein zweites Mal, dann ließ er den Brief in seinen Händen sinken.

Leris drehte sich zu ihm um und kniff die Augen zusammen. "Du hast mir nicht gesagt, dass sie ihn verlassen hat. Oder dass sie nun hier bei dir in der Stadt lebt. Wäre es so verdammt schwierig gewesen, einen verfluchten Stift zur Hand zu nehmen und mir Bescheid zu geben?"

Enric seufzte. "Hätte Mutter gewollt, dass du davon erfährst, so hätte sie dir selbst geschrieben. Mir stand das nicht zu. Gib nicht mir die Schuld, dass du nichts davon erfahren hast; du warst diejenige, die ihr all die Jahre so sehr gegrollt hat, dass du keinen Kontakt mit ihr wolltest."

Seine Schwester starrte ihn noch einen Moment länger mit grimmiger Miene an, dann setzte sie ihren Neffen auf der weichen Decke auf dem Boden ab und rieb sich über das Gesicht.

"Ich weiß", flüsterte sie dann. "Ich war so böse mit ihr, weil sie sich nicht aus dem Käfig befreit hat, in den er sie vor langer Zeit steckte. Und jetzt, wo sie das endlich getan hat, hätte ich ohne Anwins zornigen Brief nicht einmal davon erfahren. Ich fühle mich scheußlich. Er schreibt, dass er uns zeigen wird, was es mir einbringt, mich gegen ihn zu stellen und seine Versuche zum Einstieg ins Holzgeschäft zu vereiteln, und dass Mutter den Preis dafür zahlen wird! Er will tatsächlich die Frau, die mehr als dreißig Jahre lang seine Gefährtin war, ins Gefängnis schicken, um sich an mir zu rächen! Kann er das tun?" Sie trat näher an ihren Bruder heran, ergriff seine Hände und sah ihn flehend an. "Du kannst das verhindern, nicht wahr? Du wirst deine Kontakte nutzen und dafür sorgen, dass ihr Lebensbund aufgelöst wird, richtig? So etwas kann ich nicht auf meinem Gewissen lasten haben - ich kann sie nicht ins Gefängnis gehen lassen!"

Enric drückte ihre immer noch kalten Hände. "Erstens bist du nicht der Grund, weshalb er sie einsperren lassen will. Das hätte er ohnehin getan - er hat ihr die Auflösungspapiere zu Streifen zerschnitten zurückgeschickt. Er benutzt nur seinen ursprünglichen Plan, um dir Schuldgefühle einzureden, wenn er schon dabei ist, weil ihn die Empörung auffrisst. Und zweitens habe ich es schon versucht - ohne seine Zustimmung kann das Kommitment nicht aufgelöst werden, ich kann hier nichts tun. Mit Freude würde ich die Strafe entrichten, um Mutter aus dem Gefängnis herauszuhalten, doch sie lässt mich nicht. Sie ist starrköpfig und betrachtete es als eine Art Beweis für sich, dass sie willens ist, den Preis dafür zu bezahlen, dass sie ihn verlassen hat."

"Aber sie würde alle paar Wochen dorthin zurückkehren müssen! Das ist nach zwei Wochen nicht einfach so erledigt! Nicht zu ihm zurückzukehren bedeutet, dass sie das gleiche Vergehen immer und immer wieder begeht und somit regelmäßig dafür bestraft würde!", rief Leris verzweifelt aus.

Enric nickte schweigend. Es schmerzte ihn, sie so entrüstet und hilflos in ihrem Ärger zu sehen; ihm erging es kaum anders. Zumindest hatte er ihr gesagt, dass es nicht ihre Schuld war. Anwin hatte sein Ziel gut gewählt - wenn er erfahren hatte, dass Leris daran beteiligt war zu verhindern, dass er in diesem speziellen Geschäftszweig, in den er nun schon seit einer Weile einsteigen wollte, Fuß fassen konnte, dann musste er auch wissen, dass sein älterer Sohn die treibende Kraft dahinter war. Doch er hatte sich entschieden, seiner Tochter zu schreiben, da er sich sicherlich darüber im Klaren war, dass Enric zu bedrohen sich als wenig vielversprechend erweisen würde.

Er hegte keine großen Zweifel daran, wer Anwin dieses kleine Detail zugesteckt hatte - einige, wenn nicht sogar alle Ratsmitglieder wussten über seine geschäftlichen Aktivitäten Bescheid, und derzeit gab es unter ihnen zwei, die nicht besonders glücklich mit ihm und noch weniger mit Eryn waren.

Anwin wusste also nun, was Enric all die Jahre so sorgsam vor ihm verborgen hatte - dass er nicht nur ein gut bezahlter Strohmann war, weil er zufällig die magischen Fähigkeiten seines Großvaters geerbt hatte, sondern auch ein erfolgreicher Geschäftsmann mit weitreichenden Kontakten, die sich nun sogar über die Grenzen des Königreichs hinweg erstreckten.

Das musste ein garstiger Schock für seinen alten Herrn gewesen sein, sinnierte er. Nicht nur erkennen zu müssen, dass er sein eigen Fleisch und Blut dermaßen unterschätzt hatte, sondern auch, dass seine beiden Kinder, die ihm den Rücken gekehrt hatten, sich verbündeten, um gemeinsam ein erfolgreiches Geschäft aufzubauen, das ihnen sogar ermöglichte sicherzustellen, dass seine eigenen Bemühungen in dieser Richtung vergebens blieben. Er war sogar wütend genug um offen zuzugeben, dass er von seiner Gefährtin verlassen worden war, nur damit er sie ins Gefängnis schicken und so seinen eigenen Kindern Qualen bereiten konnte. Rücksichtsloser Egomane!

Die Eingangstür wurde geöffnet, und Gerit trat ein, während sie ihre kalten Hände aneinander rieb.

"Meine Güte, ich glaube, es ist Zeit, den warmen Umhang herauszuholen…", begann sie, erstarrte dann aber beim Anblick der Frau, die vor ihrem Sohn stand und seine Hände festhielt.

Leris wurde ebenfalls vollkommen still.

Beide Frauen starrten einander einige Sekunden lang an, bis Enric auf seine Mutter zuging und sie sanft nach vorne schob, damit er die Tür hinter ihr schließen konnte. Es war ein Kind im Zimmer, und sie ließ die ganze Wärme entweichen.

Er wartete noch ein wenig länger und blickte von der Mutter zur Tochter. Als sich keine von ihnen bewegte, sondern beide nur regungslos wie zu Stein erstarrt dastanden, räusperte er sich.

"Mutter, Leris tut all das leid, und sie ist stolz auf deinen mutigen Schritt, Anwin zu verlassen. Leris, Mutter ist überglücklich, dich nach so langer Zeit wiederzusehen und froh, dass du zu Sinnen gekommen bist."

Tränen wallten in den Augen seiner Schwester auf, und sie nickte energisch. "Ja! Ja - was er gesagt hat!"

Für einen langen Moment schloss Gerit die Augen, und als sie sie wieder öffnete, schwammen darin ebenfalls Tränen. Das Sprechen schien nicht zu funktionieren; ihr Mund stand zwar offen, doch es wollten keine Worte herauskommen. Somit verlieh sie ihren Gefühlen Ausdruck, indem sie ihre Arme zu einer weiten Willkommensgeste öffnete. Sie schluchzte, als ihre Tochter, die sie beinahe fünfzehn Jahre lang nicht gesehen hatte, auf sie zu rannte, die Arme um sie schlang und ihr Gesicht an ihrer Schulter vergrub.

Enric beobachtete die beiden, gerührt von ihrer emotionalen Wiedervereinigung und erleichtert, dass diese offenkundige Liebe füreinander und die Tatsache, dass sie einander unverkennbar so sehr vermisst hatten, für den Augenblick von keinerlei Verbitterung überschattet wurde. Später würde es womöglich eine Auseinandersetzung zwischen ihnen geben, doch jetzt gerade waren beide noch immer von der Gegenwart der jeweils anderen überwältigt.

Er entschied sich, ihnen ein wenig Zeit miteinander zu geben und räusperte sich. "Kann ich Vedric mit euch beiden allein lassen? Da gibt es etwas, um das ich mich kümmern muss."

Als sie einander wieder losgelassen hatten, sich aber noch immer an den Händen hielten und ihm zunickten, nahm er seinen Umhang von dem Haken in der Nische und verließ das Haus. Er würde die Zeit nutzen und den Fortschritt am zukünftigen Wohnsitz seiner Mutter inspizieren.

* * *

Als die Buchstaben vor ihren Augen verschwammen, schob Eryn die Bücher von sich, sowohl das Wörterbuch als auch das über die Krankheiten in Pirinkar. Der heutige Fortschritt war nicht eben überwältigend gewesen. Immer wieder verschwendete sie Zeit damit, Dinge nachzuschlagen, die sie bereits einmal gewusst hatte, überprüfte Worte, bei denen sie wusste, dass sie ihr schon ein paar Mal untergekommen waren und die somit in ihrer Erinnerung auf Abruf verfügbar hätten sein sollen.

Doch ihre Gedanken schweiften ständig ab. Sie kehrten zur Leris' Ankunft und ihrer Wiedervereinigung mit ihrer Mutter zurück. Alles, was erforderlich gewesen war, damit die beiden Frauen wieder zueinander fanden, war, dass Gerit ihren Gefährten verließ… Es war ein Glück, dass Gerit nicht zu der nachtragenden Sorte gehörte. Sie verzieh ihrer Tochter, dass diese sie vor Jahren wie ein altes Kleidungsstück weggeworfen hatte, weil ihr Gerit schwach und jämmerlich erschien. Eryn fragte sich, ob dieser Charakterzug eine Besonderheit von Enrics Mutter war oder ob es bei Müttern im Allgemeinen eine höhere Tendenz zum Verzeihen gab, wenn es um ihre Kinder ging. Nun, das würde sie wohl herausfinden, sobald Vedric alt genug war, um Schwierigkeiten zu bereiten.

Sie fragte sich, wer von ihnen der strenge Elternteil sein würde, und wer der nachsichtige. Oder welche Rolle sie vorzog. Nachsichtig war attraktiver, weil Kinder dem gutmütigen Elternteil in der Regel näherstanden, ihre Geheimnisse mit ihm teilten und keine Angst vor Zurückweisung oder Rüge hatten. Jedoch gab es auch gewisse Grenzen, deren Übertretung sie nicht tolerieren würde, weder bei Enric noch bei seinem Sohn. Ob es wohl funktionierte, dass man eine gewisse Einstellung vertrat, aber die Herangehensweise je nach Situation anpasste? Konnten Enric und sie einfach so die Rollen tauschen? Würde das Kind sie ernst nehmen oder vollkommen verwirrt sein, weil es nicht wusste, was es von welchem Elternteil zu erwarten hatte?

Ihr Blick fiel auf die gedankenverlorenen Kritzeleien auf ihrem Notizblock, die zeigten, dass sie eindeutig kein Talent zum Zeichnen hatte. Sie fragte sich, ob sie Erbál noch eine weitere Nachricht schicken sollte, damit er ihr mit seinem Rat bezüglich der Sprache seines derzeitigen Wohnortes zur Seite stand. Seine Antworten waren ohne Ausnahme stets charmant und entgegenkommend, doch andererseits war er von Berufs wegen ein Diplomat und würde es nicht zeigen, wäre er gereizt. Vielleicht sollte sie noch ein paar weitere Tage warten, bis sie seine Geduld erneut auf die Probe stellte.

Ein Klopfen an der Tür ließ sie aufblicken. Gerit und Leris hatten ihr Vedric nach dem Frühstück richtiggehend aus den Armen gerissen und sie darüber in Kenntnis gesetzt, sie würden ihn mitnehmen, wenn sie einen Blick auf Gerits zukünftiges Heim warfen. Enric hatte die Örtlichkeit als sicher genug für die drei eingestuft, damit sie ihre Neugier befriedigen konnten.

"Herein", rief sie, und eine der Dienerinnen öffnete die Tür mit ihrer Schulter, da sie in ihren Händen eine recht große, flache Kiste trug.

"Lady Eryn", meinte die junge Frau zum Gruß und trat sodann ein, dicht gefolgt von Ram'kel, dem Botschafter in Anyueel. Oh nein, sie hatte vollkommen vergessen, dass sie heute mit ihm verabredet war! Jetzt gerade war sie überhaupt nicht in der Stimmung um provoziert und gepiesackt zu werden.

Und er trat einfach hinter dem Dienstmädchen ein anstatt darauf zu warten, dass man ihn ankündigte und hereinbat! Das war eine Verletzung der guten Manieren, und sie war absolut sicher, dass es sich dabei keineswegs um ein Versehen handelte - er tat es mit voller Absicht.

Ihre missmutige Miene bei seinem Anblick brachte ihn zum Lächeln. Warum nur empfand er solches Vergnügen dabei, ihre Geduld auf die Probe zu stellen?

Allerdings war er nicht der Einzige, der sich an diesem speziellen Zeitvertreib erfreute. Dem König gefiel es ebenfalls, sie nervös zu machen. In letzter Zeit jedoch war er eher darauf bedacht, dass sie gemäß seinen Wünschen handelte anstatt seine kleinen Spiele mit ihr zu treiben. Sie war nicht sicher, ob das mehr oder weniger verstörend war.

"Botschafter Ram'kel, welch eine Freude, Euch zu sehen", sprach sie mit einem wächsernen Lächeln, das ihm genau zeigen sollte, wie wenig sie seine Gesellschaft im Augenblick schätzte. Es galt düsteren Gedanken nachzuhängen, und er störte sie in einer recht nachdenklichen Stimmung.

"Lady Eryn von Haus Vel'kim, jedes Mal, wenn meine Augen Eurer ansichtig werden, wird mein Tag ein wenig heller", erwiderte er und ergriff ihre Hand, um sie zu küssen, während die Dienstbotin etwas angespannt wirkte. Sie beeilte sich, ihre Last auf dem Schreibtisch zu platzieren und dann so rasch wie möglich das Arbeitszimmer zu verlassen, ohne es wie die Flucht wirken zu lassen, die es grundsätzlich war. Eryn konnte ihr daraus keinen Vorwurf machen.

Ram'kel wirkte vollkommen unbeirrt von ihrem unverhohlenen Missmut über seine Gesellschaft. Anstatt vor ihrem Schreibtisch nahm er auf einem Sofa Platz und machte es sich dort gemütlich. Unaufgefordert.

"Ich nehme welchen Tee du auch immer verfügbar hast. Draußen ist es etwas kälter als ich es gewohnt bin. Unsere Nächte zuhause sind erheblich kühler als unsere Tage, wie du weißt, doch diese Temperaturen hier sind etwas, an das ich mich erst anpassen muss - besonders tagsüber."

Sie stand von ihrem Platz auf und ging zu ihrer kleinen Bar, um dort eine Tasse, Kräuterpuder und einen Wasserkrug herauszunehmen, damit sie ihm sein Getränk mischen konnte. Was dachte er, wo er sich befand - in irgendeinem Teehaus? Zumindest hätte er warten können, bis sie ihm etwas zu trinken anbot. Das hätte sie früh genug getan. Nun, irgendwann. Wahrscheinlich.

Sie reichte ihm sein Getränk und bemerkte, wie ihre Augen zu der gelieferten Kiste gezogen wurden, die auf ihrem Tisch lag und sie geradezu aufforderte, einen Blick hinein zu werfen.

"Mach nur, meine Liebe, befriedige deine Neugier. Es stört mich überhaupt nicht. Die Form der Kiste legt nahe, dass es sich dabei um ein Buch handelt, und für diese spezielle Vorliebe bist du bekannt."

Eryn lächelte dünn und bereitete sich selbst ebenfalls ein Getränk zu. Sie verspürte keinen besonderen Wunsch danach, ein gemütliches Getränk mit ihm einzunehmen, doch sie hatte gelernt, dass ein Glas, eine Tasse oder was auch immer sonst in der Hand zu halten eine bequeme Möglichkeit war, Zeit zu schinden. Man konnte einen Schluck nehmen anstatt sofort zu antworten und so die paar Sekunden, die diese simple Handlung einem erkauften, darauf verwenden, seine Gedanken zu ordnen. Oder zu überlegen, ob die Genugtuung, die es mit sich brachte, eine Person zu beleidigen, auch die Konsequenzen wert war, die solch eine Beleidigung mit sich brachte. Bedauerlicherweise tendierten die Konsequenzen dazu, länger anzudauern als das Vergnügen… Allerdings nicht in Ram'kels Fall. Ihm schien es zu gefallen, wenn sie brüsk mit ihm verfuhr. Wo sein Bruder entgegenkommend und vorsichtig war, war er provokativ und boshaft. Vielleicht war das der Grund, weshalb er sie so gerne besuchte - in ihrer Gegenwart musste er seine wahre Natur nicht verleugnen. Wenn er ihr gegenüber auf Diplomatie zurückgriff, dann nur, um auf clevere Weise einen Dorn zu tarnen.

Unfreiwillig kehrte ihr Blick wieder zur Kiste zurück. Er hatte Recht, die Form legte in der Tat nahe, dass sich darin ein Buch befinden mochte. Womöglich etwas von Valrad, irgendein Buch über das Heilen, von dem er dachte, es würde sie interessieren. Etwas über Kräuter vielleicht?

Oder etwas, das Vern in der medizinischen Bibliothek gefunden hatte und das er als nützlich für die Heilerlehrlinge hier erachtete?

Ram'kel grinste breit. "Nun mach schon, öffne es. Es wird dir unmöglich sein, dich auf irgendetwas, das ich sage, zu konzentrieren, solange du dich fragst, was dort drin sein mag."

"Nein, danke, ich bin durchaus in der Lage, Selbstbeherrschung zu üben", erwiderte sie lächelnd und nahm ihm gegenüber Platz. Absichtlich ignorierte sie, dass man dies in seinem Heimatland bei freundlichen Unterhaltungen vermied. Es wirkte in der Regel ein klein wenig… feindselig.

Der Botschafter bemerkte das natürlich, doch es amüsierte ihn lediglich. Eryn fragte sich, was wohl erforderlich war, um ihn so richtig wütend zu machen. Vielleicht sollte sie ein Spiel daraus machen, es herauszufinden.

"Nun", begann sie, ihre Augen nur einen winzigen Augenblick lang auf das Behältnis auf ihrem Schreibtisch gerichtet, bevor sie sich zwang, ihren Besucher anzusehen, "Darnet ist mit Iklan und Sarol auf dem Weg nach Takhan. Ich bin froh, dass die Triarchie seine Überstellung in Iklans fähige Obsorge bewilligt hat."

"Weil du der Ansicht bist, dass ein Mann, der behauptet, du wärst fähig, jemanden gnadenlos zu töten, den Kontakt mit der Realität soweit verloren haben muss, dass er medizinischer Behandlung bedarf? Welch eine noble Gesinnung, meine Lady. Eine geringere Person hätte es wohl vorgezogen, Rache an ihm zu üben und ihn in einem Kerker verrotten zu sehen."

Eryns träges Lächeln entblößte zu viele Zähne, als sie sich zurücklehnte. "Oder vielleicht wollte ich einfach nur, dass er von hier entfernt wird, weil seine Anschuldigungen wesentlich näher an der Wahrheit lagen als mir genehm war…" Sie erkannte ein rasches Flackern von Unbehagen in seinen Augen und dachte: Ha! Erwischt!

Doch er fing sich bemerkenswert rasch und schmunzelte. "Nein, das denke ich nicht. Oder du hättest es mir gegenüber kaum zugegeben, nicht wahr?"

Sie zuckte mit den Schultern und nickte zur Tür ihres Arbeitszimmers. "Wer sagt, dass du es jemals lebend zur Tür hinausschaffen wirst? Ich bin stärker als du und außerdem zufällig eine ausgebildete Kriegerin." Diese letzte Behauptung driftete eher in die Gefilde der Fantasie ab, doch verglichen mit ihm hatte sie zumindest einige Monate des Trainings in Kampf, Strategie, Hinterlist und dergleichen hinter sich.

Ram'kel nickte und wirkte keineswegs beunruhigt über das, was vielleicht, vielleicht auch nicht eine wahrhafte Todesdrohung gewesen sein konnte. "Stärker bist du, doch die Tatsache, dass du unter den Ersten warst, die aus dem Spiel ausschieden, bei dem Lord Tyront verletzt wurde, lässt mich bezweifeln, dass dich deine Magierkollegen in diesem Königreich zu den… kompetenteren Kämpfern zählen würden, wenn du mir solch ungalante Worte verzeihst."

Sicher, dachte sie säuerlich, warum nicht so tun, als wäre uns Höflichkeit ein Anliegen?

"Und du würdest doch wohl kaum den armen Ram'an verstimmen wollen, indem du seinen einzigen Bruder tötest. Ihr beide musstet so viele Hindernisse überwinden, um endlich bei diesem relativ stabilen Status als Freunde anzukommen, also vertraue ich darauf, dass du dies meinetwegen nicht aufs Spiel setzen würdest wollen." In seinen Augen glänzte es humorvoll, als er sie dabei erwischte, wie sie einmal mehr zu der Kiste auf dem Schreibtisch spähte. "Bist du absolut sicher, dass du nicht hineinschauen willst? Ich wäre hocherfreut, könnte ich deinem Leiden ein Ende bereiten."

"Nein, vielen Dank, ich habe kein Problem damit zu warten", erwiderte sie, doch es kam wesentlich verdrossener heraus als beabsichtigt. Ein Gentleman hätte vorgegeben, das nicht zu bemerken. "Außerdem hatte ich eher den Eindruck, dass es dir gefällt, mich leiden zu sehen."

Die aufrichtige Niedergeschlagenheit, mit der Ram'kel die Hand auf sein Herz legte, hätte sie ihm unter anderen Umständen womöglich sogar geglaubt. Er war also ein guter Schauspieler; das galt es im Hinterkopf zu behalten.

"Welch eine grausame Unterstellung!", rief er aus, während seine weit aufgerissenen braunen Augen flehend aus einem untröstlichen Gesicht aufblickten.

Sie rollte mit den Augen. Er hielt sich nicht einmal damit auf, es abzustreiten. Nun, zumindest gingen sie ehrlich miteinander um.

"Ich hörte, dass Darnet selbst ebenfalls recht erfreut darüber war, dass man ihn fortschickt", meinte er, indem er zu ihrem vorherigen Thema zurückkehrte. "Er betrachtet es scheinbar als Zeichen dafür, dass der Orden ihn als ungemein gefährlich erachtet und daher große Anstrengungen unternimmt - ihn sogar aus dem Land verbannen lässt - da ihn zu exekutieren nur seinem selbsterklärten noblen Zweck helfen und seine Anhänger ihn zu einem Märtyrer machen würden."

Gehört hatte er das also? dachte sie verstimmt. Sie wusste ebenfalls davon, nur dass sie in einer Position war, um vertrauliche Akten einzusehen, in denen sich auch Iklans Berichte befanden. Er allerdings nicht. Oder zumindest hätte das nicht der Fall sein sollen. Sie mahlte mit den Zähnen. Noch jemand, der Zugriff auf Informationen hatte, die ihn nichts angingen, und es störte ihn offenkundig nicht im Geringsten, das auch zuzugeben.

"Wie ich höre, darf man Haus Arbil zum in Kürze erwarteten Erben gratulieren", merkte sie an, um das Thema zu wechseln. "Du wirst also bald Onkel werden." Bei dem Gedanken daran, was dieser Mann einem beeinflussbaren Kind beibringen mochte, unterdrückte sie ein Schaudern. Vielleicht war es keine so üble Sache, dass er derzeit weit von seiner Familie entfernt war… Auch wenn er eine Prüfung für ihre Nerven darstellte, so konnte er zumindest auf seine Nichte oder seinen Neffen nicht so einfach einen schlechten Einfluss ausüben.

Sie zwang ihre Augen geradeaus, als sie erneut zurück zu ihrem Schreibtisch wandern wollten.

Ein warmes Lächeln breitete sich auf seinem Gesicht aus, die erste tiefempfundene Regung, die sie heute darauf gesehen hatte. "Ja, und darauf freue ich mich schon sehr. Es ist schon eine Weile her, seit Kinder durch die Arbil Gärten liefen. Es ist gut, dass die Residenz wieder mit Leben und Lärm erfüllt sein wird." Dann kehrte er zu seinem früheren Gebaren zurück und meinte: "Und ich bin froh, dass er Valcredy gefunden hat. Die beiden gehen so praktisch an dieses Arrangement heran, und ich schätze, dass Ram'an zumindest gelegentlich ein wenig Spaß mit ihr haben wird. Sie war zuvor Lord Enrics Geliebte, so ist es doch? Das deutet darauf hin, dass sie eine kunstfertige Bettpartnerin sein muss, sonst hätte sie es kaum vermocht, seine Aufmerksamkeit länger als ein paar Stunden zu fesseln."

Oh nein, das hatte er nicht gerade von sich gegeben! Er war nicht Sanaf, also wusste er ganz genau, dass dies in mehr als einer Hinsicht ein höchst unangemessenes Thema war. Offene Unterhaltungen über Sexualität mochten in den Westlichen Territorien akzeptabel sein, doch eine Frau mit der vorherigen Liebhaberin ihres Gefährten zu konfrontieren wurde auf beiden Seiten des Meeres als geschmacklos erachtet. Sie schloss ihre Augen und atmete aus.

Als sie sie wieder öffnete, sah sie, wie er eine Grimasse zog. "Ich entschuldige mich, das war unangebracht. Lass mich das wiedergutmachen, indem ich dich von dem Leiden unter dieser unnötigen Ungewissheit und dem Zwang, den du deiner augenscheinlichen Neugier auferlegst, befreie." Er stellte seine Tasse auf dem kleinen Tisch vor sich ab und stand auf, um an ihren Schreibtisch zu treten.

"Was?", rief sie aus und folgte ihm. "Du willst deine Taktlosigkeit wettmachen, indem du mein Paket öffnest? Warum sollte das weniger unangemessen sein? Hör sofort damit auf, oder ich entschließe mich zu vergessen, dass du wie ein Repräsentant eines befreundeten Landes behandelt werden musst! Jetzt gerade kommst du mir allerdings eher wie die Vorhut einer Invasion vor!"

Er ignorierte sie und trat an ihren Tisch, wo er die dicke Kordel um das Paket herum entfernte und dann den Deckel hob, um einen rechteckigen Gegenstand, eingewickelt in braunes Papier, zu enthüllen.

Eryn stieß ihn unsanft beiseite und wollte den Deckel gerade verärgert zuschlagen, doch… nun, grundsätzlich war er jetzt schon offen. Sie widerstand nur noch einen kurzen Moment lang, dann seufzte sie und schob das Papier beiseite. Da war noch eine weitere schützende Schicht bestehend aus einer widerstandsfähigen Stoffbahn. Als sie diese ebenfalls entfernt hatte, hielt sie ein großes, schweres Buch in Händen, das nicht in Leder, aber in etwas ähnlich Robustes gebunden war. Sie hatte keine Ahnung, ob die braune Farbe der natürlichen Schattierung des Materials entsprach oder dahingehend gefärbt worden war.

Dunkelrote Buchstaben, die auf den Einband geprägt waren, formten die Worte Das Buch der Freuden, und neben einem Namen, den sie noch niemals zuvor gehört oder gelesen hatte, stand ein weiterer, sehr vertrauter: Illustriert von Vern.

Ram'kel sah über ihre Schulter, dann begann er zu lachen.

Sie drehte sich zu ihm um, verärgert, auch wenn sie nicht ganz sicher war, weshalb. Lag es daran, dass er anscheinend etwas ins Lächerliche zog, das nach einem weiteren wertvollen Geschenk von Vern aussah? Oder weil er womöglich etwas wusste, das ihr nicht klar war und das ihm solches Vergnügen bereitete?

"Was?", schnappte sie und presste das Buch beschützend an sich. "Gibt es irgendein Problem?"

Er schüttelte den Kopf. "Kein Problem, überhaupt keines", versicherte er ihr, nachdem sein Heiterkeitsausbruch zu einem Schmunzeln abgeebbt war. "Das ist in der Tat ein wertvolles Geschenk. Dieses Buch ist… nun, lass es uns als Stück meiner eigenen und grundsätzlich auch deiner Kultur bezeichnen. Allerdings wohl keines, das du deinen Gästen zeigen möchtest, wenn du sie zu einer dieser charmanten geselligen Abendveranstaltungen geprägt von dieser Schicklichkeit, auf die man hier so viel Wert legt, einlädst."

Eryn warf ihm einen verwirrten Blick zu, dann öffnete sie das Buch auf einer zufälligen Seite um herauszufinden, wovon er sprach. Ihre Augen benötigten ein paar Sekunden um zu identifizieren, was genau die Illustration vor ihr darstellte. Die Zeichnung war ungemein gut ausgeführt, so wie alles, was Vern schuf; doch der Schock darüber, so etwas wie das hier tatsächlich in einem Buch vorzufinden, schob ihren Denkprozessen für kurze Zeit einen Riegel vor.

Zwei nackte Personen, eine männlich, die andere weiblich, empfanden recht offensichtliches Vergnügen an dem, was sie taten - und aneinander. Beträchtliches Vergnügen. Der Mann lag mit einem Stapel Kissen in seinem Rücken da, während die Frau auf ihm saß und ihre Hände auf seinen Knien hinter sich abstützte, während sie ihre Wirbelsäule durchbog. Allem Anschein nach bereitete der Zeitvertreib beiden großen Genuss.

Mit entsetzter Miene schlug sie das Buch zu. Sie stand in ihrem Arbeitszimmer und sah sich ein Bild von nackten Menschen an, die akrobatischen Sex praktizierten - während Ram'kel von Haus Arbil neben ihr stand.

Sein breites Grinsen enthüllte seine weißen, ebenmäßigen Zähne. Und einmal mehr ergötzte er sich an ihrem Unbehagen.

"Verschwinde", knurrte sie. "Sofort!"

Der Botschafter nickte und zog sich langsam zurück, allerdings nicht ohne sie noch ein wenig zu necken. "Ich habe von eurer Prüderie hier gehört, aber sie mit meinen eigenen Augen zu sehen ist doch erheblich unterhaltsamer. So etwas, du errötest sogar!"

Tatsächlich spürte sie, wie Hitze in ihre Wangen emporstieg. Allerdings war es nicht nur Peinlichkeit, sondern auch Ärger, der zu ihrer aktuellen Gesichtsfarbe beitrug.

"Raus!", bellte sie und war froh, dass er gehorchte. Die Tür war beinahe schon vollständig hinter ihm geschlossen, und sie wollte ausatmen, als er sie einen Spalt öffnete und anmerkte: "Wirf einen Blick auf Nummer dreiundachtzig. Die ist ein allgemeiner Favorit, auch wenn ich selbst mehr Gefallen an Nummer sechsundfünfzig finde."

Erst dann vernahm sie das Geräusch, dass sie endlich von seiner aufreibenden Gegenwart befreite. Sie verspürte den Drang, Vern zu würgen. Obwohl er natürlich nichts dafür konnte, dass Ram'kel bei der Auslieferung seines Pakets anwesend war.

Mit einem ausgiebigen Seufzer legte sie das Buch auf ihrem Schreibtisch ab und wandte sich dann wieder der Kiste zu, um darin nach einer Nachricht zu suchen, die dort irgendwo dabei sein musste. Wenig später wurde sie zwischen den Falten des Stoffes, in dem das Buch eingeschlagen war, fündig.

Liebe Eryn, ich hoffe, mein Geschenk erreicht dich bald - ich bin schon ganz gespannt darauf, wie es dir gefällt. Als Vran'el sah, was ich zeichnete, bestand er darauf, dass ich davon noch zwei weitere anfertige, eines für ihn und eines zum Verkaufen. Du wirst nicht glauben, wie viel man dafür zu bezahlen bereit war! Meine Schüler an der Akademie wollen nun lernen, wie man nackte Menschen ordentlich zeichnet. Du weißt, dass ich es nicht besonders schwierig fand, mich an diese sehr offene Art im Umgang mit Sexualität zu gewöhnen, doch der Gedanke daran, mich um eine nackte Person zu versammeln und ihn oder sie zu zeichnen, erweckt doch leichtes Unbehagen in mir. Was ist, wenn es sich dabei um attraktive Frauen handelt? Natürlich weißt du, wie Männer in so einem Fall reagieren! Ich muss mir hier etwas überlegen. Vielleicht kann ich die Blutgefäße dort unten verschließen, damit kein Blut hineinkann? Ich hoffe ernsthaft, dass ich damit keinen bleibenden Schaden verursache - und meine Heilerkollegen will ich in dieser Sache nicht um Rat bitten. Das wäre so peinlich. Valrad will ich auch nicht fragen, weil er mich als eine Art Ausnahmetalent betrachtet und mich dann womöglich für wenig mehr als einen oberflächlichen Trottel hält. Wenn du irgendeinen Rat für mich hättest, wäre ich dir immens dankbar. Bezüglich des Buches: Mir wurde gesagt, dass es in den meisten Haushalten in den Westlichen Territorien die eine oder andere Version davon gibt. Vor ungefähr zweihundert Jahren war es verboten, doch jetzt wird es als wertvolles Lehrwerk betrachtet, das man sogar jungen Leuten gibt, wenn sie kurz davor stehen, sich dieser Beschäftigung hinzugeben. Da du so ein wichtiges Mitglied der Takhaner Gesellschaft bist, habe ich entschieden, dass du auch eines brauchst, um dich besser einzugliedern. Ich freue mich schon darauf, von dir zu hören! Übrigens wurde mir gesagt, dass die Einheimischen Nummer dreiundachtzig toll finden. Ich habe es probiert, und ich kann nicht bestreiten, dass es seine Vorzüge hat. Dein Freund Vern.

Eryn ließ den Brief sinken und war nicht sicher, ob sie lachen oder weinen sollte. Er hatte ihr ein offensichtlich immens wertvolles Geschenk übermittelt, das einen hohen Preis erzielen würde, falls sie sich jemals entschied, es auf den Markt zu werfen. Als Scherz. Ein Buch über eine Sammlung von Anweisungen mit sehr hilfreichen Abbildungen. Bislang hatte sie nur eine davon gesehen, und die hatte ihr bereits rote Ohren beschert. Und da war er, der sie fragte, wie er eine Erektion vermeiden konnte, während er auf nackte Models zurückgriff, um seine Studenten zu unterrichten. Konnte all das noch an Verrücktheit überboten werden?

Sie erstarrte, als sie das Schließen der Eingangstür hörte. Dann sprang sie vom Sofa auf, rannte zum Schreibtisch, schnappte sich das Buch und wickelte hastig mit tollpatschigen Fingern den Stoff darum. Wenn das Gerit, Plia oder Leris waren, würde sie ihnen niemals wieder in die Augen sehen können, sollte man sie mit solch einem Buch in ihrem Arbeitszimmer vorfinden. Sie würden womöglich denken, dass Eryn sich hier eingesperrt hätte, um…

Ein Klopfen ertönte an der Tür ihres Arbeitszimmers, und sie presste das Buch an ihre Brust. Entspann dich, befahl sie sich. Niemand konnte sie dazu zwingen, dass sie herzeigte, was sie in ihren Armen hielt. Sie selbst verfügte über Magie, die anderen Frauen nicht. Falls es erforderlich war, konnte sie einen Schild errichten, das Fenster öffnen, hinausspringen und… Sie gebot ihren außer Kontrolle geratenen Gedanken Einhalt und atmete aus. Panik war nicht eben hilfreich, wenn es um klares Denken ging.

Die Tür wurde geöffnet, und Enric stand im Türrahmen, überrascht darüber, sie mit weit aufgerissenen Augen vorzufinden, während sie mit ihren Armen ein allem Anschein nach halb eingewickeltes Buch umklammerte. Erleichtert stieß Eryn den Atem aus. Es bestand also keine Notwendigkeit, wie ein vollkommener Idiot durch das Fenster zu flüchten. Das war tröstlich.

"Hallo du. Warum hast du nicht geantwortet?", fragte er. "Ich sah Ram'kel gerade weggehen, und er wirkte sehr gut gelaunt, was wohl bedeutet, dass bei dir das Gegenteil der Fall ist." Er nickte zu ihren Armen. "Was hast du da?"

"Mach die Tür zu, ja?"

Er bemerkte ihre Verzweiflung, spürte sie durch das Geistesband, und tat wie ihm geheißen. "Was ist los, Liebste?"

Sie schluckte. "Ich nehme an, du hast von dem sogenannten Buch der Freuden gehört?" Ein offensichtlich dermaßen beliebtes Buch konnte seiner Aufmerksamkeit unmöglich entgangen sein.

"Natürlich habe ich das", bestätigte er und deutete auf das Buch in ihren Armen. "Ist das ein Exemplar?"

"Ja, und zwar nicht irgendeines", seufzte sie und drückte es in seine Hände.

Er zog das Tuch weg, las die Namen und lachte. "Vern hat eines illustriert? Sieh einer an!" Er nahm das Buch mit zum Sofa und öffnete es auf seinem Schoß. Mit einem breiten Grinsen, das darauf hindeutete, dass sein Vergnügen an den Bildern nicht allein auf dem Talent des Künstlers beruhte, blätterte er weiter.

Eine Weile beobachtete Eryn ihn mit verschränkten Armen, dann fragte sie: "Warum hast du mir gegenüber niemals erwähnt, dass ein Buch dieser Art in den Westlichen Territorien dermaßen verbreitet ist?"

"Du hast dich nie besonders wohl dabei gefühlt, offen über Sexualität zu sprechen, also dachte ich nicht, dass du an dieser Art von… Literatur interessiert wärst", meinte er achselzuckend.

"Mit dir wäre ich es vielleicht gewesen. Du denkst also, ich sei prüde? Vielleicht sogar langweilig?"

Ihr ruhiger Ton ließ ihn aufblicken, und er bemerkte die Sorgenfalten auf ihrer Stirn. "Komm her, Liebste", meinte er und ergriff ihre Hand, damit er sie auf seinen Schoß ziehen konnte, nachdem er das Buch beiseitegelegt hatte. "Ich bin absolut und vollkommen glücklich, wie die Dinge im Schlafzimmer laufen. Ich hatte in dieser Hinsicht niemals ein Bedürfnis nach Verbesserung. Und nein, ich betrachte dich weder als prüde, noch als langweilige Partnerin. Du ziehst es einfach nur vor, dieses spezielle Thema als privat zu behandeln und hast deine Schwierigkeiten mit einer Kultur, wo man sich aufgrund dieser Haltung über dich lustig macht. Ich tue das nicht. Wenn du das Buch lieber nicht behalten möchtest, weil du dich damit unwohl fühlst oder es dir unangenehm ist, können wir es Vern zurückgeben. Wir können ihm erklären, dass wir seine Großzügigkeit zu schätzen wissen, aber stattdessen lieber ein anderes Werk hätten."

Eryn lächelte schwach und lehnte ihre Stirn gegen seine. Sein Verständnis vermittelte ihr ein Gefühl der Sicherheit und Erleichterung.

"Du würdest das Buch also wirklich zurückgeben?"

"Auf jeden Fall. Wenn auch schweren Herzens, weil die Zeichnungen wirklich erstklassig sind und man uns darum beneiden wird. Und zwar gewaltig."

Sie lachte leise. "Neid? Seit wann legst du denn auf so etwas Wert?"

"Neid ist ein Beweis von Erfolg. Mitleid und Mitgefühl bekommt man in der Regel umsonst, die lassen wir denjenigen zuteilwerden, auf die wir hinabschauen. Neid jedoch gilt es sich zu verdienen. Wir beneiden diejenigen, die wir auf irgendeine Weise als über uns stehend wahrnehmen. Errungenschaften zählen wenig, wenn wir nicht von denjenigen umgeben sind, die uns das Gefühl geben, wir hätten unsere Sache gut gemacht. Und der zuverlässigste Beweis ist genau dieses Gefühl, das stets schmerzvoll und per Definition aufrichtig ist: Neid. Lob entspringt zumeist Höflichkeit oder politischen Überlegungen oder entstammt dem Wunsch, diejenigen nicht zu verletzen, die uns nahe stehen. Auf Neid trifft das nicht zu."

Eryn runzelte die Stirn. Sie fühlte sich nicht besonders wohl bei dem Gedanken, die negativen Gefühle anderer ihr gegenüber als einen Maßstab für Erfolg heranzuziehen. Allerdings war es wohl sinnlos, dies mit einem Krieger zu diskutieren. Die waren für den Wettkampf erzogen worden - gewinnen, besser sein, in einem echten Kampf zu bestehen war immerhin gleichbedeutend mit dem Überleben.

"Dass wir dieses Buch erhalten haben, steht allerdings mit keinerlei großartigen Leistungen von unserer Seite in Verbindung. Wir waren lediglich die Empfänger eines Geschenks. Wie passt das in dein Konzept?"

"Wir, oder eher du, hast sein Talent entdeckt und gefördert. Sonst hätte er niemals damit begonnen, das Zeichnen ernsthaft zu verfolgen. Das ist eine Leistung", konterte er. "Also, willst du es nun zurückgeben, oder sollen wir es behalten?"

Nachdenklich betrachtete sie das Buch, dann biss sie sich auf die Lippe. "Gib mir für diese Entscheidung etwas Zeit. Zuerst will ich mir ansehen, warum solch ein Wirbel um Nummer dreiundachtzig gemacht wird."

* * *

Eryn ging ihre Notizen durch, während sie versuchte, auf dem Weg zum Palast mit Enric Schritt zu halten. Sie hatte einige Tage an Vorbereitung auf die heutige Ratsversammlung investiert und war fest entschlossen, sie zur Zusammenarbeit zu bewegen. Sie hatte Argumente, und zwar gute, die sie zum Zuhören veranlassen würden, dessen war sie sich gewiss. Die Listen, die sie in kleinere Papierstreifen geschnitten hatte, passten leicht in ihre Taschen, und jetzt wollte sie sichergehen, dass ihr nichts Wichtiges entfallen war. Sie konnte es sich nicht leisten, die Sache heute zu vermasseln - nach zu vielen vergeblichen Versuchen, sich Gehör zu verschaffen, würde sie irgendwann niemand mehr ernst nehmen. Die letzte Gelegenheit, wo sie es nicht vermocht hatte, sich die erforderliche Aufmerksamkeit zu sichern, war die vorangegangene Versammlung gewesen, und heute musste sie ihnen zeigen, dass man sie nicht einfach so ignorieren konnte. Falls nötig, würde sie ihnen in Erinnerung rufen müssen, dass diejenigen, die eine Aren provozierten oder sonst irgendwie verärgerten, Gefahr liefen, von einigen Tonnen an Dachüberresten verschüttet zu werden. Malhora hatte Recht - das gelegentliche Einstürzen-lassen eines Gebäudes war eine nützliche Methode, um die Leute daran zu erinnern, dass es zuweilen die gesündeste Alternative war, einfach nur den Mund zu halten und zustimmend zu nicken.

Selbstverständlich würde sie die Ratshalle nicht einstürzen lassen. Abgesehen davon, dass der König nicht eben angetan wäre, legte sie irgendeinen Teil seines Palastes in Schutt und Asche, so würde dies ihren Ruf auch stärker schädigen, als sie es sich leisten konnte. Sie durfte nicht den Eindruck erwecken, als hätte sie die Kontrolle über sich verloren und wäre eine Sklavin ihrer Impulse und Gefühle - doch die Drohung dazu einzusetzen, um sie daran zu erinnern, dass es theoretisch passieren konnte, mochte sich als hilfreich erweisen. Und es würde ihnen auch ins Gedächtnis rufen, dass sie stark war - stärker als fast jeder sonst unter ihnen. Nicht viele Magier waren dazu fähig, ein Gebäude ohne das Abschießen von Blitzen oder Energie einstürzen zu lassen; einfach nur die Luft um sie herum mit so viel Energie aufzuladen, dass die träge Substanz von Wänden und Dächern zu tanzen und vibrieren begannen, bis das Gebäude seine strukturelle Integrität einbüßte, war eine beachtliche Leistung - besonders bei solch hohen Hallen wie es das Senatsgebäude in Takhan war. Oder auch die Ratshalle hier in Anyueel…

Den ersten Hinweis darauf hatte sie gesehen, als Enric während ihres ersten Besuchs in Takhan Staubpartikel von der Decke losgelöst hatte, als er den Senat wissen lassen wollte, dass Eryns Umzug in die Arbil Residenz für die Dauer der Verhandlung eine Option war, der er keinesfalls zustimmte. Ihnen war sofort klar gewesen, dass es immenser magischer Stärke bedurfte, die Substanz des Gebäudes aus solch einer Entfernung zu beeinflussen, weshalb man eilig darauf bedacht gewesen war, ihm in dieser Hinsicht entgegenzukommen.

Zu diesem Zeitpunkt war Eryn noch nicht klar, dass sie selbst ebenfalls über genug Stärke verfügte, um so etwas zustande zu bringen. Sie hätte nicht einmal gewusst, wie man an so etwas herangehen musste, doch als Legara sie während dieser einen Senatsversammlung erzürnt hatte, hatte sie zwei Dinge herausgefunden: Erstens, dass sie in der Tat über die beträchtlichen Kräfte verfügte, die zum Einsturz eines Daches erforderlich waren, und zweitens, dass sehr starke Emotionen in Verbindung mit einer Menge unbändiger Magie die Luft genug aufluden, um erheblichen Schaden anzurichten.

Gestern hatte sie ein wenig mit Enrics kleinem Trick von damals herumprobiert. Um nicht versehentlich ein Gebäude zu zerstören, war sie zum Fluss gegangen, um dort an Bäumen zu üben. Ein paar von ihnen hatten noch immer ein paar magere, vertrocknete Blätter an den Zweigen hängen, die sich jeden Moment lösen konnten. Die hatte sie abzuschütteln versucht. Ohne die Hilfe starker Gefühle hatte sich das als immens schwierig erwiesen. Sie hatte an Legara und diesen Tag im Senat zurückgedacht, woraufhin sie die erste Reaktion ausgelöst und ein paar braune Blättchen zu Boden sinken hatte lassen. Ohne die Rückbesinnung auf den Ärger war es erheblich mühsamer, also hatte sie sich entschlossen, für den Moment darauf zurückzugreifen. Als die Krone eines Baumes plötzlich in Flammen aufgegangen war, hatte sie abrupt aufgehört. Womöglich war es klüger, das mit nicht-brennbaren Objekten zu tun, entschied sie und kehrte nach Hause zurück. Enric hatte sie bereits erwartet und wollte wissen, weshalb er Ärger durch das Geistesband empfangen hatte, wo sie doch lediglich einen Spaziergang durch die Stadt unternehmen hatte wollen.

Enrics Arm, der den ihren umklammerte und sie beiseite zog, als ein Wagen auf sie zuhielt, holte sie wieder in das Hier und Jetzt zurück. Während des Gehens zu lesen war vielleicht keine besonders schlaue Idee. Ihre Schritte hatten sie immer weiter zur Mitte der Straße geführt, was auf dem belebten Königsweg definitiv kein sicherer Ort war.

"Eryn, steck deine Notizen weg", rügte er sie. "Du wirst noch von einem Pferd niedergetrampelt, wenn du nicht auf deine Umgebung achtest."

Obwohl sie sofort gehorchte und ihre Papiere einpackte, hielt er ihren Oberarm weiterhin fest, bis sie das Palasttor erreichten. Eryn kam sich vor, als würde er sie wie ein schmollendes Kind mitschleifen. Ein Eindruck, den wahrscheinlich auch die Leute um sie herum gewonnen hatten. In diesem Fall allerdings war er völlig ungerechtfertigt, da sie zwar nervös, aber auch begierig darauf war, sich an den Rat zu wenden.

Sobald sie das Palastgelände betreten hatten, nahmen sie ihre Umhänge ab und drapierten sie über einen Arm, bevor sie in Richtung der Ratshalle weitergingen. Eryn richtete ihre Robe und überprüfte mit ein paar raschen Berührungen, ob sich ihr Zopf noch immer ordentlich ohne zu viele herausragende Strähnen anfühlte, oder ob sie ihn neu flechten musste. Soweit schien alles in Ordnung zu sein.

Während ihrer Überprüfung fiel sie ein paar Schritte zurück und rannte dann, um wieder zu Enric aufzuschließen. Er wirkte so ungemein verändert in seiner blauen Robe, wie eine andere Person. Offiziell, fordernd, streng, der strategische Denker und Vorgesetzte, der seine stechenden blauen Augen als eindrucksvolle Waffe einsetzte. Seine imposante Statur, dank der er über die meisten anderen Männer emporragte, half zweifellos auch dabei, diesen Eindruck zu verstärken. Und jetzt, wo Junar all seine Roben modifiziert hatte, betonten sie seinen beeindruckenden Körperbau noch anstatt ihn, so wie zuvor, zu verbergen. Ein paar geschickte Stiche hatten seine Aufmachung von Ein-Design-passt-niemandem zu etwas gewandelt, das ausgesprochen gut aussah.

Er drehte sich zu ihr und zog seine Augenbrauen hoch. "Was ist los? Warum begutachtest du mich?"

"Ich habe den Anblick genossen, Ordenslord. Junar hat bei deinen Roben bemerkenswerte Arbeit geleistet. Du solltest Tyront dazu ermutigen, dass er deinem Beispiel folgt und seine ebenfalls ändern lässt. Damit würde er mit gutem Beispiel vorangehen."

"Es ist nicht die Robe, die den Anblick so angenehm macht, Liebste. Sie erhält all ihre Eleganz von dem, was darunter ist", erklärte er ohne jede Spur von Bescheidenheit. "Und kann ich anregen, dass du Tyront diesen Vorschlag selbst unterbreitest? Wann bin ich zu deinem Botenjungen geworden?"

"Mir wurde gesagt, die Fähigkeit und die Bereitschaft zum Delegieren seien wichtige Voraussetzungen, um eine erfolgreiche Anführerin zu sein", erklärte sie.

"Ja, ich weiß. Ich war derjenige, der dir diese Weisheit mitgeteilt hat. Allerdings habe ich offenbar vergessen zu erwähnen, dass Delegieren nicht in beide Richtungen funktioniert. An deine Vorgesetzten kannst du nichts delegieren, das ist die falsche Richtung in der Befehlskette. Da du allerdings nur zwei Vorgesetzte im gesamten Orden hast, sollte das kein allzu großes Problem darstellen. Es gibt eine Menge Magier, die deinen Befehlen gehorchen müssen."

"Ich hätte lieber, dass du meinen Befehlen gehorchst", grinste sie.

Er beugte sich zu ihrem Ohr hinab und flüsterte: "Nicht solange ich die Robe trage, Liebste. Die soll der Welt - und das schließt dich mit ein - zeigen, dass ich das Sagen habe."

Sie nickte nachdenklich. "Das bedeutet dann also grundsätzlich, dass ich deiner Robe unterstellt bin."

Enric war froh, dass die Türen zur Ratshalle in Sichtweite kamen. "Wenn dir dieser Gedanke bei der Verinnerlichung des Prinzips hilft, dass du meinen Anweisungen folgen sollst, dann sollte ich sie wohl von nun an auch zuhause tragen."

Eryn unterdrückte ein Lachen, da sie die Halle beinahe erreicht hatten und sie auf ihre Kollegen heute einen geschäftsmäßig nüchternen Eindruck machen wollte. Wenn man sah, dass sie sich amüsierte, würde ihr das nicht dabei helfen, unerbittlich, streng und beherrscht zu wirken.

Tyront schlenderte auf sie zu.

"Enric will, dass ich dir sage, dass deine Robe formlos ist und dringend der Überarbeitung bedarf. Und dass du ein Vorbild für die anderen Ratsmitglieder sein sollst, indem du zeigst, dass du Neuerungen offen gegenübertrittst, während du gleichzeitig an nützlichen Errungenschaften aus der Vergangenheit festhältst", erklärte Eryn ihm leise, noch bevor er Gelegenheit hatte, sie zu grüßen.

Der Anführer des Ordens starrte sie einen Moment lang an, dann wanderte sein Blick zu Enric. "Wie war das?"

Enric seufzte tief und schüttelte den Kopf über seine Gefährtin. "Sehr witzig."

In gespielter Verblüffung zog Eryn ihre Augenbrauen hoch. "Ich befolge nur deine Befehle, so wie es angemessen und würdig ist, solange du deine Robe trägst. Zumindest wurde mir gesagt, dass genau das von mir erwartet wird."

Tyront sah von einem zum anderen und konnte sich des Eindrucks nicht erwehren, dass ihm hier ein privater Scherz entging. "Hast du ihr aufgetragen, das zu sagen oder nicht?"

Eryn hob ihren Arm und bot an: "Ich kann beweisen, dass er es gesagt hat - hiermit erkläre ich mich mit einer Wahrheitssperre einverstanden. Frag mich, ob Enric wollte, dass ich dich auf deine Robe anspreche."

Enric schob ihren Arm wieder nach unten. "Das werde ich dir später ordentlich heimzahlen. Jetzt verschwinde und lass mich Tyront eine Erklärung geben, bevor er mir Stallpflichten aufbrummt." Er wartete, bis Eryn zu ihrem Platz marschierte, dann wandte er sich wieder seinem Vorgesetzten zu. "Sie wollte, dass ich dir vorschlage, ein paar Veränderungen an deiner Robe durchführen zu lassen. Ich trug ihr auf, das selbst zu tun anstatt mich als Botenjungen zu gebrauchen. Somit hatte sie Recht - ich wollte, dass sie es dir selbst sagt. Doch sie ließ es so klingen, als täte sie meine Meinung anstatt ihrer eigenen kund."

Tyront lächelte und schüttelte den Kopf. "Gut gespielt. Und so wie sie es formuliert hat, wäre ihre kleine Lüge nicht einmal bei einer Wahrheitssperre aufgeflogen. Ich werde mir merken, dass sie langsam besser darin wird, Unwahrheiten zu fabrizieren."

Es dauerte nicht lange, bis alle Ratsmitglieder und der Beobachter des Königs eingetroffen waren und ihre Plätze eingenommen hatten.

Tyront wartete, bis alle Augen auf ihm ruhten, bevor er sprach: "Einen guten Morgen an Euch alle, meine Lords und meine Lady. Es gibt heute zwei Angelegenheiten, um die wir uns kümmern wollen. Die Erste ist die Befragung von Onil, wie einige von Euch es erbaten, und das Zweite ist eine Reihe von Themen, die Lady Eryn heute gerne mit uns besprechen möchte."

Das brachte ihr einige Blicke ein - ein paar neugierig, andere skeptisch, zwei davon entschieden unfreundlich. Sie begegnete ihnen allen mit dem gleichen unbeirrten halben Lächeln.

Auf Tyronts Signal hin öffneten die Wachen die Türen, um Onil eintreten zu lassen. Er wirkte blass und nervös. Einmal huschte sein Blick kurz zu seinem Vater, dann achtete er darauf, ihn nicht mehr dorthin schweifen zu lassen. Eryn bedachte ihn mit einem ermutigenden Lächeln und wünschte, sie könnte ihm sagen, er solle sich keine Sorgen machen und dass alles gut werden würde. Doch sie hatte keine Ahnung, was ihre Kollegen vorhatten - ob sie ihm wirklich nur ein paar Fragen stellen wollten, oder ob manche von ihnen nach jemandem suchten, dem sie die Schuld in die Schuhe schieben konnten, jetzt, wo Darnet offiziell für unzurechnungsfähig erklärt und sie selbst freigesprochen worden war. Es war niemals gut, wenn schlimme Dinge passierten und dann keiner da war, den man dafür verantwortlich machen konnte. Die Leute wurden in solchen Fällen unruhig und begannen sich nach einem bequemen Kandidaten umzusehen. Dann konnten sie demjenigen reinen Gewissens die Verantwortung aufbürden in dem Glauben, dass der Gerechtigkeit genüge getan worden sein musste, solange nur jemand in den Kerker wanderte.

Mit grimmiger Entschlossenheit ballte sie die Hände zu Fäusten. Wenn sie dachten, dass sie so etwas heute mit Onil machen konnten, dann würden sie sich bald Ärger mit ihr einhandeln. Das würde sie nicht mitansehen, und ebenso wenig Lord Poron, sein unmittelbarer Vorgesetzter. Tyront würde solch eine Vorgehensweise ebenfalls kaum gutheißen - hätte er jemanden einsperren wollen, so hätte er nicht dafür gesorgt, dass Darnet in Takhan behandelt wurde. Und dann war da noch Enric, der durchaus skrupellos agieren konnte, wenn es seinen Zwecken diente, der aber einen Mann nicht auf diese Weise verschwenden und einfach opfern würde, um ein paar Ratsmitglieder zu besänftigen.

Onil blieb ein paar Schritte vom Tisch entfernt stehen und verbeugte sich vor den versammelten Magiern.

Tyront sprach ihn als Erster an, und Eryn war froh, dass er seine Stimme freundlich klingen ließ, um den Heiler zu beruhigen. "Onil, ich vermute, du hast eine Vorstellung davon, weshalb wir dich heute vorgeladen haben. Ich möchte, dass du weißt, dass keinerlei Anklagen gegen dich erhoben wurden. Hier geht es lediglich darum, mehr über einen Punkt zu erfahren, der uns beträchtliche Sorgen bereitet, wie du sicher verstehen kannst." Er wartete auf das Nicken des jüngeren Mannes, bevor er mit seiner ersten Frage fortsetzte: "Gibt es innerhalb des Ordens einen organisierten Widerstand?"

Onil schüttelte rasch den Kopf. "Nein, mein Lord. Meines Wissens nicht."

"Sehr gut, dann ist es also noch nicht so weit fortgeschritten. Ich bin froh, das zu hören. Ich nehme aber an, dass ich mit der Vermutung richtig liege, dass es eine… Wie sollen wir es nennen? Sagen wir: eine Gruppe gleichgesinnter Magier gibt, die sich manchmal zwanglos für ein Getränk oder zwei treffen und zufällig darüber diskutieren, welche Veränderung sie sich im Orden wünschen würden?"

Der Heiler schluckte, dann nickte er, ohne jemanden anzusehen. "Ja, mein Lord, diese Vermutung ist zutreffend."

Eryn sah, wie die Ratsmitglieder Blicke tauschten, auch wenn diese Enthüllung kaum eine große Überraschung für sie gewesen sein konnte.

"Bist du der Anführer dieses… zwanglosen Zirkels?", fragte Tyront weiter.

Erneut schüttelte Onil den Kopf. "So etwas wie einen Anführer gibt es nicht, mein Lord. Wie Ihr schon sagtet - wir sind nichts als ein paar Leute, die sich zuweilen treffen, um über Ideen zu reden."

Lord Aldon ergriff das Wort, bevor Tyront seine nächste Frage stellen konnte. "Dir ist offensichtlich nicht klar, junger Mann, dass organisierte Bemühungen zum Umsturz regierender Strukturen genau so beginnen. Zuerst trefft ihr euch als Gruppe von Freunden, die zufällig gleich denken, und irgendwann gibt es dann so viele von euch, dass ihr euch zu fragen beginnt, ob eure bloße Anzahl allein nicht schon genügen sollte, damit ihr ein Anrecht auf Kontrolle habt."

"Vielen Dank dafür, Lord Aldon", meinte Tyront mit einem Blick, der deutlich machte, wie wenig er es schätzte unterbrochen zu werden. "Onil, wenn du ein paar Leute sagst, von wie vielen genau sprechen wir hier?"

"Sollten wir nicht besser eine Wahrheitssperre anwenden?", unterbrach Lord Aldon wieder. "Er könnte uns vorsätzlich in die Irre führen."

Tyront bedachte ihn mit einem weiteren Blick. "Ich werde hinterher eine Wahrheitssperre anwenden und ihn ersuchen zu bestätigen, dass all seine Antworten den Tatsachen entsprachen. Und jetzt würde ich es schätzen, wenn Ihr Euch mit Euren Kommentaren zurückhaltet, bis ich mit meiner Befragung fertig bin, Lord Aldon."

Der Lord lehnte sich zurück und verschränkte mit verdrossener Miene die Arme. Es war unschwer zu erkennen, dass es ihm überhaupt nicht zusagte, auf diese Weise vor seinen Kollegen und einem Mann, den er als Kriminellen betrachtete, zurechtgewiesen zu werden.

Als Onil einmal mehr im Mittelpunkt der Aufmerksamkeit stand, räusperte er sich und beantwortete die Frage, die man an ihn gerichtet hatte. "Ich würde sagen, wir sind nun etwa zwanzig Leute. Nicht mehr als fünfundzwanzig."

"Wie lange geht das schon vor sich? Eure Zusammenkünfte, meine ich."

"Ungefähr sechs Monate lang, glaube ich."

Sechs Monate, dachte Eryn. Also hatte es begonnen, kurz nachdem sie und Orrin mit ihren Familien nach Takhan aufgebrochen waren. Als vier Mitgliedern des Ordens erlaubt wurde, den Einschränkungen des Ordens für mehrere Monate am Stück zu entkommen und Enric den Orden sogar ganz verlassen hatte.

"Wie hat das angefangen?", setzte Tyront seine Befragung fort.

"Zuerst waren es nur zwei Leute, Freunde, die diskutierten. Dann hat irgendwie jeder von ihnen ein paar Gesprächsfetzen anderen gegenüber erwähnt, und nach einer Weile stellte sich heraus, dass es doch einige Leute gab, die ähnlich dachten. Daraufhin brachten wir Freunde mit, dann luden diese Freunde wiederum andere ein… Es war nicht geplant, es ist nur irgendwie passiert. Jedes Mal, wenn wir uns trafen, waren da mindestens ein oder zwei neue Gesichter."

Eine Gruppe von fünfundzwanzig Leuten, die vor einigen Monaten ihren Ursprung in nichts anderem als der Unterhaltung zwischen zwei Freunden gefunden hatte. Das war kein gutes Zeichen. Das war etwa ein Sechstel der Magier, wenn man die Kinder nicht mitzählte. Erbáls Warnung vor seiner Abreise nach Takhan war durchaus begründet gewesen. Wie bedauerlich, dass Tyront sie ignoriert und sich zum Abwarten entschieden hatte.

"Darnets Angriff auf mich…", begann der Anführer des Ordens, woraufhin Onil ihn zum ersten Mal unterbrach.

"Ich schwöre Euch, mein Lord, dass wir nichts damit zu tun hatten, und ebenso wenig wussten wir, dass er so etwas plant! Wir hätten so einer Sache niemals zugestimmt. Ganz im Gegenteil - hätten wir darüber Bescheid gewusst, dann hätten wir alles in unserer Macht Stehende unternommen, um ihn aufzuhalten!" Er wandte sich an die anderen Ratsmitglieder. "Seine Handlungen bedeuten nun eine Gefahr für uns, weil wir nun von Euch als Bedrohung betrachtet werden, als etwas, um das es sich zu kümmern gilt. Wir wollen nicht, dass man sich um uns kümmert, das ist nicht nötig!"

"Was wollt ihr?", fragte Tyront ruhig.

"Wir wollen unsere Unzufriedenheit laut aussprechen dürfen, darüber reden und sehen, dass wir damit nicht allein dastehen. Und viele von uns hatten gehofft, dass sich eines Tages irgendjemand anhören würde, was wir zu sagen haben."

"Was ist, wenn euch niemand zugehört hätte? Was wäre in diesem Fall euer nächster Schritt gewesen?"

Der Heiler blinzelte, als überraschte ihn die Frage. "Um ehrlich zu sein, haben wir diese Möglichkeit niemals in Betracht gezogen. Lady Eryn ist dafür bekannt, dass sie viele unserer Ansichten teilt, also wussten wir, dass gute Chancen dafür bestanden, dass uns zumindest ein Ratsmitglied zuhören würde."

"Du hast Lady Eryn gebeten, euch im Rat zu unterstützen", verwies Tyront. "Was…"

Außerhalb der Türen der Ratshalle begann ein Tumult, der sie alle innehalten ließ. Zuerst gab es laute Worte, die durch die Türen gedämpft wurden und beinahe unmöglich zu verstehen waren. Dann wurden die Türen aufgestoßen, und eine Anzahl an Magiern in braunen Roben trat ein.

Innerhalb von Sekunden kamen sämtliche Ratsmitglieder auf die Beine, um sich den ungebetenen Neuankömmlingen entgegenzustellen.

Eryns Herz pochte wild, während sie ihren Blick über die Gruppe an Magiern wandern ließ. Ungefähr zwanzig, schätzte sie auf den ersten Blick. Altersmäßig rangierten sie zwischen zwanzig und vierzig, vermutete sie. Einer von ihnen schien sogar noch jünger, etwa in Verns Alter. Das war gar nicht gut. Junge Menschen neigten in kritischen Situationen zum Überreagieren, noch stärker als ihre erfahrenen Kollegen. Auf ihn würde sie ein besonders wachsames Auge haben.

Sie wirkten nicht wie eine Gruppe an Revolutionären, die erpicht war, den Rat zu stürzen, sondern wie eine Anzahl von Leuten, die sich wie zufällig versammelt und wahrscheinlich ein wenig Alkohol und eine Menge Ermutigung gebraucht hatten, um diese Versammlung zu stürmen.

Tyront trat vor, seine Haltung ohne jede Bedrohlichkeit, aber immer noch gebieterisch. "Meine Herren, wir sind hier mitten in einer Angelegenheit. Wie euer recht dramatischer Einzug allerdings deutlich zeigt, muss es etwas Wichtiges geben, über das ihr zu sprechen wünscht. Dann also heraus damit."

Eryn nickte beinahe unmerklich. Ihr gefiel, wie er reagiert hatte. Sein Missfallen über ihr unangekündigtes Auftauchen war mehr als deutlich erkennbar in seiner gerunzelten Stirn und den zusammengekniffenen Augen, dennoch bot er ihnen an zuzuhören.

Einer von der Gruppe, in dem Eryn einen der Lehrer wiederzuerkennen glaubte, die damals dabei gewesen waren, als Vern vor mehr als zwei Jahren mit einem Tischbein gepfählt worden war, ergriff das Wort.

"Wir sind hier, um Euch zu sagen, dass wir nicht zulassen werden, dass Ihr Onil aus dem Königreich verbannt! Er hat nichts getan, womit er so etwas verdient, und wenn Ihr ihn fortschickt, müsst Ihr genau das Gleiche mit jedem Einzelnen von uns tun!"

Tyront atmete aus und presste zwei Finger auf seine Nasenwurzel. Seine Stimme klang müde, als er fragte: "Was bringt euch auf die Idee, wir würden Onil ins Exil schicken? Ihr denkt, dass wir damit anfangen, uns einfach so unserer Leute zu entledigen, nur weil wir jetzt Kontakte zu einem anderen Land pflegen?"

"Das habt Ihr mit Darnet getan", meldete sich eine andere Stimme.

Das war gut, dachte Eryn. Wenn nur einer von ihnen das Reden übernommen hätte, würde es darauf hindeuten, dass es einen Sprecher gab, jemanden wie einen Anführer, doch das schien nicht der Fall zu sein. Zumindest noch nicht.

"Darnet", erklärte Tyront geduldig, "wurde nicht in die Westlichen Territorien geschickt, weil wir ihn seiner Taten wegen aus dem Königreich verbannt haben, sondern um ihm die Chance zu geben, seinen Zustand behandeln zu lassen. Wir sind nicht dafür eingerichtet, solche eine Behandlung hier durchzuführen, und unsere Freunde im Westen haben uns ihre Hilfe angeboten. Das, meine Herren, war die einzige Alternative. Sonst wäre er im Kerker gelandet. Bislang haben wir keinerlei verräterische Anzeichen dafür entdeckt, dass Onil unter einer ähnlichen Krankheit leidet. Also darf ich euch versichern, dass es derzeit keinerlei Pläne dahingehend gibt, ihn ebenfalls nach Takhan zu verschiffen", endete er trocken.

"Ihr werdet ihn nicht fortschicken?", fragte ein Mann in seinen frühen Dreißigern, um es noch einmal bestätigt zu bekommen.

"Genau das sagte ich", bekräftigte Tyront.

Eryn beobachtete, wie die versammelten Eindringlinge einander ansahen. Sie wirkten etwas verblüfft. Womöglich versuchten sie noch immer herauszufinden, ob sie ihr Ziel gerade rascher und mit weniger Widerstand als erwartet erreicht oder einfach nur unnötigerweise eine Ratsversammlung unterbrochen hatten.

"Da ist noch mehr", wagte sich eine vierte Stimme vor, die zu einem Mann in Rolans Alter gehörte.

Einige seiner Kollegen wandten sich ihm zu, auf ihren Gesichtern ein Ausdruck von Bestürzung. Ah ja, dachte Eryn säuerlich, das war der Nachteil einer unorganisierten Gruppe Gleichgesinnter - wenn einer von ihnen etwas sagte, das er nicht sollte, dann würde es als die Haltung der gesamten Gruppe aufgefasst werden. Und da es keinen Anführer gab, der sicherstellte, dass nur die Dinge ausgesprochen wurden, die man auch mitzuteilen gedachte, ließ sich nicht kontrollieren, was gesagt wurde.

"Ja?", fragte Tyront misstrauisch.

"Da gibt es Dinge, von denen Ihr wissen sollt, dass wir sie nicht länger einfach so hinnehmen werden!", rief der gleiche Mann energisch aus.

Eryn sah, wie ein paar von ihnen ob dieser zeitlich ungelegenen Ankündigung ihre Augen schlossen.

"Ja, soviel habe ich mitbekommen", erwiderte der Anführer des Ordens kühl. "Ich denke nicht, dass dies hier der richtige Rahmen ist, um eurem Kummer Luft zu machen."

"Ich sagte euch doch, dass sie uns nicht zuhören würden!", ertönte ein scharfes Flüstern aus der Gruppe. Eryn vermutete, dass der Flüsterer entweder die ausgezeichnete Akustik im Saal unterschätzt hatte oder es ihn nicht kümmerte, ob man ihn hören konnte.

"Ich sagte lediglich, dass dies nicht der passende Zeitpunkt ist, um darüber zu sprechen - wir sind hier gerade mitten in einer Sache, wie ich euch bereits sagte", donnerte Tyront, woraufhin sowohl die Eindringlinge als auch einige der Ratsmitglieder zusammenzuckten. "Und ich wäre euch sehr verbunden, wenn ihr mir keine Worte in den Mund legt! Wenn ihr wollt, dass man euch zuhört, dann kommt gefälligst auf eine Weise auf mich zu, die mir zeigt, dass ich es nicht mit einem Mob zu tun habe, sondern mit besonnenen Menschen, die sich überlegt haben, was sie mir sagen wollen." Seine kalten, blauen Augen fixierten die Gruppe und nahmen sämtliche Gesichter in sich auf. "Ihr kommt nicht unangekündigt in meinen Rat, unterbrecht uns auf diese Weise und verlangt dann, dass man euch anhört! Ihr werdet einen Termin vereinbaren, ein paar Leute auswählen, die eure Sache vertreten und dann ordentlich mit mir sprechen! Habe ich mich klar ausgedrückt?" Der letzte Satz dröhnte durch den Saal. Er hatte nicht geschrien, doch irgendwie hatte er seine Stimme gerade genug verändert, um es so wirken zu lassen, indem er die Architektur für sich arbeiten ließ.

Hastig nickten die Magier, die plötzlich wesentlich weniger abenteuerlich und rechtschaffen wirkten, sondern eher so, als wären sie begierig darauf, sich zurückzuziehen und aus Tyronts Blickfeld zu entfliehen. Eryn seufzte erleichtert. Es sah so aus, als wäre dieser Vorfall nun ohne gröberen Schaden überstanden.

In genau diesem Moment drängten bewaffnete Männer durch die noch immer offenstehenden Türen von den Korridoren herein. Männer in identischen Palastwachen-Uniformen mit gezogenen Schwertern begannen den rückwärtigen Teil des Saals zu füllen, womit sie den Ausgang blockierten. Eryn riss die Augen auf. Sie konnte nicht glauben, was sie sah - zwanzig, dreißig, vierzig... fünfzig Männer standen aufgereiht. Nur mit Mühe hielt sie sich davon ab, sich mit der flachen Hand gegen die Stirn zu schlagen. Welcher komplette Schwachkopf hatte entschieden, es sei eine brauchbare Idee, fünfzig Nicht-Magier gegen mehr als zwanzig Magier loszuschicken? Tyront hätte ohne Schwierigkeiten allein gegen die Eindringlinge die Stellung halten können, sogar noch leichter, wenn Enric und Orrin ihm beistanden. Nun sah es so aus, als hätte der Rat nach Verstärkung gerufen - als wie nutzlos auch immer sich diese in einem Kampf erweisen würde. Sogar Eryn, ohne großartigen Enthusiasmus oder Talent hinsichtlich des Kämpfens, hätte sie sich mühelos vom Leib halten können, indem sie nichts anderes tat, als einen Schild zu errichten. Und um sie loszuwerden, würde sie einfach schwache Blitze durch ihren Schild schicken, um sie auszuschalten.

Sie konnte Tyronts Gesicht sehen. Es wirkte nicht glücklich, und ebenso wenig Enrics. Diese unüberlegte Aktion hatte die ganze Situation nun beträchtlich verschlimmert.

Die Magier, die nun zwischen den Ratsmitgliedern und den Wachen feststeckten, wirkten panisch. Vor einem Moment noch hatte es ausgesehen, als hätte man sie entlassen, doch plötzlich waren sie umzingelt. Sollten sie sich dazu entscheiden, ihre Freiheit zu verteidigen und sich keinesfalls ungerechterweise einsperren zu lassen, würden sie sich einfach wie ein heißes Messer durch Butter ihren Weg durch die Wachen bahnen, die den Ausgang blockierten.

Sie hatten bereits unter Beweis gestellt, dass sie nicht als solches organisiert waren, also wusste niemand, welche Art von Schaden eine verängstigte Gruppe von unkoordinierten Magiern unter Nicht-Magiern anrichten mochte. Sollten sie eine der Wachen irgendwie verletzen, so würde dies eine neue Welle an Schwierigkeiten auslösen, mit denen es fertig zu werden galt. Magier kamen nicht einfach so davon, wenn sie jene verletzten, die sich nicht verteidigen konnten.

"Euer kleiner Plan ist nicht ganz so aufgegangen, wie Ihr es geplant hattet, was, Lady Eryn? Einfach einen Haufen an leicht zu beeindruckenden Narren zur Verteidigung Eures Handlangers hereinstürmen zu lassen...", erhob sich Lord Aldons Stimme über den Tumult.

Langsam drehte sich Eryns Kopf in seine Richtung. Wie war das? Wäre die Situation weniger ernst gewesen, hätte sie gelacht. Hatte er einen Schlag auf den Kopf oder so etwas abbekommen? Vielleicht sollte man ihn nach Takhan zur Behandlung schicken...

Während sie selbst auf diese absurde Anschuldigung mit Belustigung reagierte, traf dies auf Enric ganz eindeutig nicht zu. Seine laute Stimme donnerte durch den Saal, als er seinen Zeigefinger in Lord Aldons Richtung hob und fauchte: "Ihr solltet sehr vorsichtig damit sein, was Ihr von Euch gebt, oder es wird Konsequenzen geben! Unbegründete Anschuldigungen werden keinesfalls toleriert, und ein Ratsmitglied sollte es besser wissen, als eine solch empörende Geringschätzung unserer Regeln an den Tag zu legen!"

"Eure Gefährtin zu verteidigen ist Euch wahrhaftig wichtiger, als diesen Aufruhr hier zu beenden, Lord Enric?", warf Lord Aldon aggressiv zurück. "Mir schaudert vor Euren Prioritäten!"

"Dann mögt Ihr ebenso gut vor Euren eigenen erschaudern, da meine Gefährtin zu beschuldigen Euch offensichtlich wichtiger erschien als Euch um die vorliegende Situation zu kümmern!", warf Enric zurück. "Wir beide werden uns unterhalten, wenn das hier vorbei ist!"

In Eryns Kopf drehte sich alles. Das musste wohl ein übler Scherz sein. Die beiden gingen nicht tatsächlich aufeinander los, während jeden Moment ein wildes Chaos ausbrechen konnte. Wenn nur eine einzige Person die Nerven verlor und getrieben von all dem Stress etwas Dummes tat, konnte sich die gesamte Ratshalle in eine Bescherung aus herumfliegenden Blitzen und sogar in Körpern steckenden Schwertern verwandeln.

"Eryn", hörte sie Onils verzweifelten Appell, "bitte unternimm etwas, bevor jemand verletzt wird! Ich flehe dich an!"

Eryn schluckte. Was in aller Welt brachte ihn auf den Gedanken, sie wäre in der Lage, sich um das hier zu kümmern? Es waren zwei Magier anwesend, die im Rang über ihr standen - warum wandte er sich nicht an die?

Sie spürte, wie sich Finger um ihren Oberarm schlossen und drehte sich zu Tyront um. Ihr war nicht einmal aufgefallen, dass er den Saal durchquert hatte. Seine Miene war grimmig und entschlossen.

"Onil hat Recht. Du bist diejenige, der beide Seiten zuhören werden, zumindest für eine Weile. Diese Magier betrachten den Rat als ihren Feind, dich aber nicht. Ich will, dass du dich um diese Situation kümmerst, ohne dass sie eskaliert. Hast du verstanden?"

Eryn nickte mit zugeschnürter Kehle. Einfach umwerfend. Er hatte gerade wahrhaftig diesen Alptraum um sie herum zu einem ordentlichen kleinen Paket geschnürt und es in ihre Hände gelegt.

Ein paar Mal atmete sie ein und aus, dann schloss sie die Augen, um diesen Ort des Friedens und der Stille in ihrem Innern zu finden, an den sie sich zurückzog, wenn sie Patienten heilte. Als sie wieder aufblickte, war die Situation noch immer unverändert; da waren noch immer ungefähr einhundert Männer in der Ratshalle, alle angespannt, ein paar davon wahrscheinlich am Rande eines gewaltsamen Ausbruchs.

Ein schriller Pfiff hallte schmerzhaft durch den Saal und ließ einige Leute zusammenzucken, als er von den Wänden zurückgeworfen wurde. Als Eryn die Finger von ihren Lippen nahm, waren alle Augen auf sie gerichtet. Sie veränderte die Zusammensetzung der Luft um sich herum leicht, um ihrer Stimme mehr Körper zu verleihen, sie eindrucksvoller klingen zu lassen. Dies war eine Institution, die auf Basis von Autorität funktionierte, also musste sie genau das verkörpern.

"Ihr!", dröhnte ihre Stimme, während ihr Finger auf die versammelten Wachen zeigte. "Hinaus! Ihr werdet hier nicht gebraucht."

Die Männer wechselten verwirrte Blicke mit ihren Kollegen. Das hier war eine gefährliche Situation, und ihre Aufgabe war es, bei genau solchen Dingen Hilfestellung zu leisten, oder etwa nicht? Einfach so fortgeschickt zu werden befand sich außerhalb ihres Erfahrungsbereichs.

"Sofort!", bellte Eryn und legte so viel Bedrohlichkeit in dieses eine Wort, dass sie sich endlich in Bewegung setzten und zur Tür hinaus in den Korridor verschwanden. Sie wartete, bis alle Wachen fort waren, dann trat sie vor, um die Gruppe Magier in ihren braunen Roben finster anzustarren. Bislang waren die Männer um sie herum entweder zu perplex oder neugierig genug, um sich auf sie anstatt die andere Gruppe zu konzentrieren. Dass sie die Kontrolle an sich riss, obwohl zwei höherrangige Magier anwesend waren, kam zweifellos für alle überraschend. Vielleicht hatte Tyront genau darauf gebaut, überlegte sie, während die Eindringlinge unter ihrem Blick so richtig nervös zu werden begannen. Sie sollten sich wünschen, dass sie so rasch wie möglich von hier wegkamen und entsprechend dankbar sein, wenn sie ihnen diesen Wunsch schließlich gewährte.

"Ihr", sagte sie schlussendlich und stellte sicher, dass sie jedem einzelnen Augenpaar begegnete, "folgt mir."

Hastig teilten sie sich, als sie vortrat und gaben ihr eilig den Weg frei. Sie drehte sich um und sah Tyront an, der ihr mit einem knappen Nicken die Erlaubnis erteilte, sie fortzuführen, und den Rest ihrem Ermessen überließ. Sie sah, wie Enric einen Schritt in ihre Richtung tat, aber stehen blieb, als Orrin neben ihr auftauchte. Er wollte also nicht, dass sie mit den Eindringlingen allein war, akzeptierte aber, dass Orrin sie nötigenfalls so erbittert beschützen würde wie er selbst. Das bedeutete, dass Tyront und Enric sich um den Rat kümmern würden, während sie und Orrin die Eindringlinge übernahmen.

Sie marschierte los und zur Ratshalle hinaus, absichtlich nicht zurückblickend um zu sehen, ob man ihr hinterher kam. Sich umzudrehen würde Unsicherheit signalisieren, und sie musste Zuversicht zeigen. Zuversicht, dass sie nicht so unklug wären, ihren Befehl zu ignorieren. Und tatsächlich hörte sie hinter sich nur eine Sekunde später das Schlurfen von Füßen, die ihr folgten.

Sie atmete aus und setzte ihren Weg fort, womit sie die Distanz zwischen den rebellierenden Magiern und dem Rat mit jedem Schritt vergrößerte. Eryn spürte, wie das Atmen nun etwas leichter wurde. Die unmittelbare Gefahr war vorüber. Es war zu keiner Eskalation gekommen, niemand war verletzt, und somit stand einer zivilisierten Auseinandersetzung mit dieser Angelegenheit nichts mehr im Weg. Keine der Gruppen hatte Anlass, Strafe oder Vergeltung zu beanspruchen. Im Augenblick war das einzig Wichtige Distanz, damit sich die erhitzten Gemüter wieder beruhigen konnten.

* * *

Enric beobachtete, wie sich die Gruppe der Männer zurückzog und Orrin als Letzter die Tür hinter sich schloss. Eine mächtige Woge des Stolzes durchflutete ihn. Eryn hatte die Situation ausgezeichnet gemeistert. Zügig, entschieden und furchteinflößend. Es fesselte ihn, sie so zu erleben - als Herrin der Lage, mächtig, respekteinflößend. Er fragte sich, ob es Tyront ähnlich ergangen war, als Enric erste Anzeichen gezeigt hatte, dass er langsam in seine Führungsrolle hineinwuchs.

Sein Blick kreuzte Tyronts, der ebenso zufrieden wirkte, jedoch sicherstellte, dass es nicht zu offensichtlich war. Jetzt galt es erst einmal mit den Ratsmitgliedern fertig zu werden.

Und tatsächlich stand auch schon die erste Beschwerde an.

"Ihr lasst sie einfach so davongehen? Sie haben den Rat geradezu gestürmt!", rief Lord Remdel indigniert aus.

"Das Einzige, dessen wir sie beschuldigen können, sind schlechte Manieren", erwiderte Enric gelassen. "Es gibt kein Gesetz dagegen, Ratsversammlungen zu unterbrechen, oder wir müssten regelmäßig Boten oder diejenigen, die sie geschickt haben, bestrafen."

Lord Seagon ergriff als Nächster das Wort. "Warum habt Ihr sie all das handhaben lassen? Oder es ihr eher sogar aufgetragen, wenn ich mich nicht sehr irre. Es mag unseren Magiern nun erscheinen, als fühlten sich unsere beiden Anführer sich nicht dazu in der Lage, sich der Sache selbst anzunehmen."

Tyront seufzte. "Das ist nur ein möglicher Blickwinkel, Lord Seagon. Ein anderer wäre, dass ich die Situation nicht als so bedrohlich erachtete, dass mein persönliches Eingreifen erforderlich war. Ein dritter wäre, dass ich mich entschied, unser neuestes und jüngstes Mitglied zu testen um zu sehen, wie sie eine ausweglose Situation auflöst. Doch der Grund, der mich wahrhaftig dazu veranlasste, diese Sache an sie zu delegieren, ist die Antwort auf eine recht simple Frage: Was denkt Ihr, wer die Person in diesem Raum hier war, der unsere Besucher am ehesten vertrauen und der sie sogar hier hinaus folgen und damit ihren ungeschützten Rücken potentiellen Feinden zuwenden würden?"

"Sicher doch, sie ist wahrscheinlich die Anführerin, von der sie behaupten, es gäbe sie nicht", murmelte Lord Aldon vorwurfsvoll.

Enrics Augen verengten sich, und in seinem Inneren kämpfte der Zorn erbittert um die Vorherrschaft. Es dauerte ungefähr zwei Sekunden, bis ein Kompromiss erreicht wurde: Enric gestattete sich, seinem Drang zur Demonstration seines Missfallens nachzugeben, jedoch nur für kurze Zeit und ohne dafür auf Gewalt zurückzugreifen.

Er näherte sich Lord Aldon, packte seinen verblüfften Kollegen beim Kragen und zog ihn ein wenig nach oben, sodass er auf seinen Zehen stand.

"Lasst mich Euch noch ein weiteres Mal warnen", knurrte er mit zusammengebissenen Zähnen, "dass ich es nicht tolerieren werde, wenn Ihr meine Gefährtin verleumdet! Wenn Ihr über Beweise verfügt, dass Lady Eryn mit Ordensmagiern unter einer Decke steckt, die den Rat stürzen wollen, dann legt sie vor! Ist das nicht der Fall, dann haltet besser den Mund, oder ich werde Euch zum Schweigen bringen. Das ist die letzte Warnung, die Ihr in dieser Sache erhalten habt. Stellt mich nicht auf die Probe, Lord Aldon. Ich werde mit Freuden jede Bestrafung akzeptieren, die Lord Tyront mir für die grobe Behandlung eines Untergebenen auferlegt."

Dann gab er seinen Kollegen wieder frei und sah zu, wie er ein paar Schritte rückwärts stolperte, bevor er das Gleichgewicht wiederfand. Dann lächelte er zufrieden und schlug vor: "Nun, ich denke, wir sollten mit unserer Befragung von Onil fortfahren. Er ist sicherlich bestrebt, all das hinter sich zu bringen."

* * *

Eryn wartete, bis alle von ihnen hintereinander den Besprechungsraum betreten hatten, bevor sie mit ihrer Hand auf den rechteckigen Tisch zeigte, der groß genug war, um allen bequem Platz zu bieten. "Setzt euch."

Leise befolgten sie ihre Anweisung und nahmen ohne ein einziges Wort Platz. Dann warteten sie darauf, dass sie wieder zu sprechen begann.

Eryn entschied sich stehen zu bleiben. Das verschaffte ihr nicht nur den Vorteil, dass man zu ihr aufblicken musste, sondern ermöglichte ihr zudem, ihre Unzufriedenheit besser zum Ausdruck zu bringen.

"Ihr totalen und vollkommenen Trottel", begann sie ruhig mit auf den Rücken gelegten Händen. Ihr Blick blieb kurz bei Orrin hängen, der rechts von ihr mit verschränkten Armen an eine Säule gelehnt stand und kaum das Lächeln zu unterdrücken vermochte, zu dem sich seine Lippen verziehen wollten.

Die Gesichtsausdrücke, mit denen die versammelten Magier sie betrachteten, reichten von überrascht bis beschämt.

"Was genau hattet ihr zu erreichen gehofft, indem ihr dort einfach so hineinstürmt? Ich schätze, wir können den Sternen danken, dass ihr zumindest die Heugabeln zuhause gelassen habt! Hätte der Rat Onil wahrhaftig nach Takhan schicken wollen - was nicht einmal zur Debatte steht, soviel dürft ihr mir glauben - so hättet ihr nicht einmal den Hauch einer Chance gehabt, ihre Meinung mit dieser lächerlichen Darbietung, die ihr gerade zum Besten gegeben habt, zu ändern. Denkt ihr, sie würden jemals ihre Zustimmung zu irgendetwas geben, das ihr auf solch eine Weise fordert? Denkt doch nach! Welchen Präzedenzfall würde das schaffen? Damit würde man jeden Idioten herzlich einladen, beim nächsten Grund zur Unzufriedenheit genau das Gleiche zu versuchen. Ihr hattet Glück, dass Lord Tyront euch davon abgehalten hat, dort drin eure Forderungen zu verkünden! Das wäre ein wirksamer Weg gewesen um sicherstellen, dass der Rat keiner einzigen davon zustimmen kann." Sie legte eine kurze Pause ein, um hörbar auszuatmen und ihre Worte wirken zu lassen. Dann fuhr sie fort, anscheinend die Worte mehr an sich selbst als an ihr Publikum gerichtet: "Wie ist es nur möglich, dass es in dieser Gruppe von mehr als zwanzig Leuten niemanden gab, der sich daran erinnerte, wie man sein Gehirn einsetzt? Ich wurde in diesen Gegenständen ein wenig mehr als ein Jahr lang unterrichtet, doch in meinem Fall hat es gereicht, damit ich vollkommene Dummheit erkenne, wenn ich sie vor mir habe." Sie ließ ihren Blick wieder zurück zu ihnen wandern. "Habt ihr jemals von Taktik oder Strategie gehört? Was habt ihr euch nur dabei gedacht?"

Ein Mann hob zögernd seine Stimme: "Da ist so vieles, das..."

"Halt den Mund", schnappte Eryn. "Das war eine rhetorische Frage, darauf brauche ich keine Antwort. Was ich gesehen habe, legt nahe, dass dabei nicht wirklich viel gedacht wurde." Sie beugte sich vor und legte beide Handflächen auf die glatte, kalte Steinoberfläche des Tisches, ihr Blick stechend. "Lasst mich euch ein wenig von meinen eigenen Plänen für die heutige Ratsversammlung erzählen." Sie zog ihre Notizen hervor und warf sie auf den Tisch, sodass sie darauf entlangschlitterten und sich verteilten. Die meisten von ihnen versuchten zu entziffern, was auf den Papieren geschrieben stand, doch niemand wagte es, danach zu greifen und eines davon an sich zu ziehen. "Nach Onils Befragung hätte ich dem Rat ein paar Ideen präsentiert, bei denen ich stark vermute, dass sie in die Richtung gehen, die ihr euch wünscht. Ich hätte eine Anhebung der Quote der auszubildenden Heiler vorgeschlagen. Als nächstes hätte ich meinen Kollegen die Idee nähergebracht, vollständig ausgebildete Heiler zum Arbeiten in andere Städte, Gemeinden und Dörfer zu schicken. Manchen von euch ist vielleicht bekannt, dass Lord Enric Schiffe besitzt, mit denen die Waren des Königreichs in regelmäßigen Intervallen nach Takhan transportiert werden. Da die Durchquerung der Barriere im Meer Magie erfordert, ist er gezwungen, Magier aus Takhan anzuheuern, damit er auf jedem Schiff zumindest einen hat. Das wäre eine Gelegenheit für den Versuch gewesen, den Rat davon zu überzeugen, dass sie den aktuellen Ansatz des Ordens hinsichtlich des Ausschlusses von Magiern aus sämtlichen Berufen, die nichts mit dem Kämpfen oder Heilen zu tun haben, überdenken. Das wäre womöglich eine Chance gewesen, uns allen langfristig neue Türen zu öffnen - sodass wir alle reisen, uns einen Wohnort außerhalb der Stadt suchen, Familiengeschäfte übernehmen können." Sie schürzte die Lippen. "Wie viele älteste Söhne oder Einzelkinder haben wir hier?"

Sechs hoben die Hand.

"Gratuliere." Ihre Stimme war wieder ruhig geworden. "Ihr habt gerade erfolgreich meine Bemühungen dahingehend vereitelt, euch in die Lage zu versetzen, dass ihr eines Tages fortsetzen könnt, was eure Familien begonnen haben."

Nicht ein einziger von ihnen begegnete ihrem Blick. Entweder starrten sie auf den Tisch, auf ihre Hände oder auf ihre Notizen.

"Und nun werde ich zum einen nicht präsentieren können, was mich mehrere Tage der Vorbereitung gekostet hat, sondern ich versäume auch den Rest von Onils Befragung. Ich wollte dabei sein, damit er weiß, dass er dort in dem Saal eine Freundin hat und damit ich sicherstellen kann, dass alles so verläuft, wie es sollte. Stattdessen bin ich hier bei euch, um euch über eure eigene Dummheit und auch darüber aufzuklären, wie ihr mich mit euren gedankenlosen, unvernünftigen Handlungen daran gehindert habt, eure Interessen zu vertreten!" Sie schlug mit ihrer flachen Hand auf den Tisch, woraufhin sie zurückzuckten. "Vielen Dank auch!"

Sie richtete sich auf und schloss kurz die Augen. Als ihr Blick wieder zu ihnen zurückkehrte, verspürte sie ob ihrer elenden Mienen beinahe Mitleid. Allerdings nur beinahe.

"Ich will, dass ihr mir zuhört, und zwar sehr genau. Ihr werdet den Palast gemütlichen Schrittes verlassen, damit keine der Wachen hier auf die Idee kommt, ihr wärt auf der Flucht und sich zu einem tapferen Versuch berufen fühlt, euch aufzuhalten. Solltet ihr euch entschließen, auch nur einen einzigen von ihnen dahingehend zu provozieren, dass er euch angreift und euch damit die Chance gibt, eure Frustration loszuwerden, werdet ihr mir gegenübertreten müssen. Und ich kann euch versprechen, dass euch das nicht gefallen würde. Ihr werdet euch einstweilen auch nicht mehr treffen. Ich muss euch wohl kaum sagen, dass einige Agenten ein Auge auf jeden Einzelnen von euch haben werden, wo ihr nun bequemerweise den Rat über eure Identität in Kenntnis gesetzt habt." Sie ließ die Tatsache beiseite, dass die meisten der Ratsmitglieder darüber sicher bereits zuvor Bescheid gewusst hatten, das war nebensächlich. "Tut nichts, das den Rat davon abbringen könnte, in dieser Sache ein nachsichtiges Vorgehen als angemessen zu erachten. Und jetzt geht mir aus den Augen!"

Stühle schrammten über den Boden, als die Männer eilig aufstanden und taten, wie ihnen aufgetragen. Nach weniger als einer Minute war sie mit Orrin allein.

"Sieh dich nur an", grinste der Krieger und stieß sich von seiner Säule ab. "Du hast sie auf jeden Fall in ihre Schranken verwiesen." Er schlenderte zum Tisch und hob ihre Notizen auf, überflog die Blätter. Dann pfiff er durch die Zähne. "Sie haben es wirklich geschafft, die richtige Versammlung für ihren kleinen Aufstand auszusuchen. Ich hoffe, das wird deine Bemühungen nicht zum Scheitern verurteilen."

Eryn nahm die Papiere entgegen, als er sie ihr reichte und schüttelte lächelnd den Kopf. "Nein, das denke ich nicht. Trotz meiner recht harschen Worte werde ich den Vorfall heute zu meinem Nutzen verwenden können. Unzufriedene Magier, die sich jeden Moment erheben können, sind nun nicht länger bloße Theorie oder ein vernachlässigbares Risiko, sondern haben sich als Realität erwiesen. Sicher, das gerade eben war nichts als ein unorganisierter Versuch, Heldenmut zu zeigen, doch es ist nur eine Frage der Zeit, bis sich ihnen andere anschließen, sowohl Magier als auch Nicht-Magier. Jetzt kann ich argumentieren, dass diese drohende Instabilität den Orden spalten könnte, sofern wir nicht zumindest ein wenig guten Willen zeigen und besser früher als später Veränderungen durchführen. Und dann wäre da noch die Gefahr, dass Vedric sehr wahrscheinlich der Nächste ist, der eines Tages den Orden übernehmen soll, sofern wir die Praxis nicht ändern, mit der wir Ränge nach magischer Stärke zuweisen." Sie grinste breit. "Wenn es um den Rat geht, gibt es sehr wenig, auf das ich mich zu verlassen wage, doch ich bin absolut zuversichtlich, dass der Gedanke an meinen Sohn an der Spitze ihnen keinerlei Freude bereitet. Ich werde mein Bestes tun, um diese Flamme anzufachen und sie in Furcht zu verwandeln, und dann können wir damit beginnen, im Interesse einer besseren Zukunft zusammenzuarbeiten."

Orrin schlang einen Arm um ihre Schultern und drückte sie an sich. "Gut gemacht. Ich bin stolz auf dich. Das ist mein Ernst."

Eryn nahm das Kompliment mit einem majestätischen Nicken entgegen. Sie verließen den Besprechungsraum und schlugen in wortloser Übereinkunft den Weg zu Tyronts Quartier ein.

* * *

Eryn und Orrin hatten sich gemeinsam mit der Gefährtin ihres Vorgesetzten in Tyronts Salon niedergelassen. Vyril hatte ihnen die Tür geöffnet, überrascht, die beiden auf ihrer Schwelle vorzufinden, wo sie doch wusste, dass eine Ratsversammlung im Gange war. Eryn äußerte sich vage darüber, dass sie und Orrin früher aufbrechen und nun auf ihren Vorgesetzten warten mussten, um ihm Bericht zu erstatten. Sie wusste nicht, in welchem Ausmaß Tyront seine Gefährtin vor Ordensangelegenheiten verschonen wollte.

Vyril hatte nur in Richtung der Sofas genickt und sie eingeladen, es sich bequem zu machen, während sie Getränke zubereitete.

Dann hatten sie sich darüber unterhalten, wie gut das Waisenhaus unter Vyrils Obsorge gedieh, das Enric - und in letzter Zeit auch gelangweilte aristokratische Damen, die eine Ausrede für ausladende Abendveranstaltungen benötigten - finanzierten. Die jüngeren Kinder hatten sich im Allgemeinen problemlos an die Veränderungen angepasst und die regelmäßigen Mahlzeiten, warmen Kleider, ordentlichen Schuhe, Spielsachen und das komfortable Umfeld gut angenommen. Die Älteren jedoch, die es bislang gewohnt gewesen waren, sich allein durchzukämpfen und die die Welt als einen Ort voller Feinde betrachteten, waren nicht allzu angetan davon, sich im Austausch für einen sicheren, warmen und sauberen Wohnort und nahrhaftes Essen irgendwelchen Regeln beugen zu müssen. Der Unterricht, der zuvor bestenfalls unregelmäßig stattgefunden hatte, war nun eine dauerhafte Einrichtung im Waisenhaus, sodass Lesen, Schreiben und Arithmetik gerade einmal der Anfang, nicht aber der Gesamtumfang des Möglichen war. Auch damit war man bei ein paar der Bewohner des Waisenhauses auf gewissen Widerstand gestoßen.

Doch Vyril war nicht so leicht aus der Ruhe zu bringen. Sie hatte ihr höfliches Lächeln bewahrt, während sie ihre Gesprächspartner über ihre Optionen in Kenntnis gesetzt hatte, und auch darüber, welche Konsequenzen jede Entscheidung mit sich brachte. Es fiel ihr nicht schwer, ihren jungen Schützlingen verständlich zu machen, dass alles seinen Preis hatte. Ein Leben in verhältnismäßigem Komfort, mit Essen, Kleidern, Spielsachen und Ausbildung erforderte von ihnen, sich an Regeln zu halten. Kein gegenseitiges Verprügeln, kein Stehlen, kein Verbreiten von verbotenen Substanzen mehr, sondern stattdessen Einhaltung des Zapfenstreichs, Mithilfe beim Sauberhalten des Hauses und Erledigung jedweder von den Lehrern aufgetragener Aufgaben.

Vyril erzählte Eryn auch, dass Plia regelmäßig vorbeikam, um bei allem, was anfiel, Unterstützung zu leisten, sei es Hilfestellung für die jüngeren Kinder bei ihren Übungen oder das Bereitstellen von Kräutern, wenn jemand krank war. Eryn schluckte. Plia arbeitete hart in der Klinik; meistens war sie die Letzte, die das Gebäude verließ. Eine junge Frau von fünfzehn Jahren sollte nicht dermaßen viel um die Ohren haben, doch es war bewundernswert, dass sie, nachdem sie die Chance zur Verbesserung ihrer eigenen Lebensumstände mit so viel Entschlossenheit ergriffen hatte, nicht vergaß, woher sie kam.

Sie sah, wie Orrins Miene dabei ebenfalls weich wurde.

Nach etwas mehr als einer halben Stunde öffnete sich die Eingangstür, und Tyront und Enric traten ein. Keiner von beiden wirkte auch nur entfernt überrascht darüber, die zwei Magier in Vyrils Gesellschaft anzutreffen.

Sobald Enric die Tür des Arbeitszimmers hinter ihnen geschlossen hatte, wandte sich Tyront an Eryn und legte ihr beide Hände auf die Schultern.

"Du hast deine Sache heute äußerst gut gemacht. All das hätte wesentlich weniger friedlich enden können, hätte man es an der erforderlichen Umsicht fehlen lassen. Komm und setz dich. Berichte mir, was geschah, nachdem du sie aus der Ratshalle geführt hast."

Eryn lächelte und ließ sich neben Enric auf das Sofa sinken. Tyront nahm auf einem Stuhl neben ihr Platz, während Orrin einmal mehr stehen blieb und sich gegen die vom Boden bis zur Decke reichenden Bücherregale lehnte.

"Da gibt es nicht viel zu erzählen. Ich habe sie zu einem Besprechungszimmer geführt, ihnen erklärt, warum ihre Herangehensweise nicht besonders klug war und riet ihnen, sich aus jeglichem Ärger herauszuhalten", fasste Eryn zusammen.

Orrin schmunzelte. "Du hast ihnen wiederholt gesagt, sie wären Idioten und dass sie dich erfolgreich davon abgehalten hätten, in ihrem Interesse zu handeln, indem sie dich zwangen, den Rat zu verlassen und sie zu rügen, während du stattdessen deine Vorschläge präsentieren hättest sollen. Dein armer Sohn tut mir schon jetzt leid, wenn er sich eines Tages eine ordentliche Standpauke von dir einhandelt. Noch niemals zuvor habe ich gesehen, wie eine

Gruppe von vorwiegend erwachsenen Männern den Blick senkt und akzeptiert, dass man sie wie eine Meute rücksichtsloser Kinder behandelt. Wer hätte gedacht, dass dir so etwas liegt?"

"Eindrucksvolle Mutterqualitäten", grinste Enric.

"Vielleicht sollten wir dich hin und wieder zum Unterrichten schwieriger Klassen entsenden", schlug Tyront vor. "Nach einer Stunde mit dir sind sie womöglich dankbar, wenn sie ihre regulären Lehrer zurückbekommen."

"Ach, haltet doch alle drei den Mund", seufzte Eryn müde.

"Mir kannst du den Mund nicht verbieten", rief Tyront ihr in Erinnerung. Seine Haltung war entspannt, doch da war ein winziger, kaum wahrnehmbarer Stachel in seinem Ton.

"Solange ich willens bin, die Konsequenzen zu tragen, kann ich zu dir sagen, was ich will", warf sie zurück. "Was ich nicht tun kann, ist, dich dazu bringen, dass du entsprechend handelst."

"Du solltest wohl in Betracht ziehen, dass ich im Gegensatz zu dir selbst sehr wohl in der Position bin, dich zu Handlungen zu veranlassen. Insbesondere, dich jeglichen Strafen zu beugen, die ich aufgrund respektloser Bemerkungen für angeraten halte", warnte er.

Eryn schluckte die Äußerung, dass sie mittlerweile recht gut im Stallreinigen war und diese Aufgabe tatsächlich beinahe vermisste, da sie etwas Abwechslung bot. Im Augenblick mochte er gut gelaunt sein, weil sie Kampfhandlungen in der Ratshalle verhindert hatte, doch ganz eindeutig war er nicht dankbar genug, um sie mit Unverschämtheiten davonkommen zu lassen. Sie nickte ihm kurz zu, um die Warnung zu quittieren und fragte dann: "Nun, wie verlief der Rest der Versammlung?"

"Nachdem ihr fort wart, trug sich nichts Spektakuläres mehr zu", erklärte ihr Gefährte. "Wir haben Onils Befragung erledigt. Er sagte uns, es hätte für eine Weile Gerede darüber gegeben, ihre Ziele aktiver zu verfolgen, doch nach Darnets Attacke auf Tyront war dies nicht länger ein gangbarer Weg. Niemand wollte mit solch einem Verhalten in Verbindung gebracht werden. Und sie hatten auch niemals etwas Derartiges in Betracht gezogen, sondern wollten für den Anfang ihre Arbeit einen Tag lang niederlegen, um die Aufmerksamkeit des Rates zu erlangen. Abschließend wandten wir noch eine Wahrheitssperre an, um sicherzustellen, dass all seine Antworten aufrichtig waren. Das waren sie."

Tyront lächelte dünn. "Ein kleines Detail hast du vergessen zu erwähnen, mein Freund. Eines, von dem ich wette, dass deine Gefährtin liebend gerne davon erfahren würde." Er sah Eryn an. "Enric packte Lord Aldon am Kragen und drohte ihm Gewalt an, wenn er sich in seinen Äußerungen über dich nicht besser in Acht nimmt."

Sie lachte und legte beide Hände auf ihr Herz. "Du hast ihn nur für mich bedroht? Oh, das ist so süß!"

Er griff nach ihrer Hand und küsste ihre Fingerknöchel. "Was soll ich sagen? Ich bin ein altmodischer Romantiker. Wenn jemand schlecht von meiner Lady spricht, so presche ich vor und verteidige ihre Ehre."

Tyront lehnte sich in seinem Stuhl zurück. "Ich bin heute großzügig gestimmt, Eryn. Gibt es etwas, das ich dir als Belohnung anbieten kann?"

Ihr Gesicht wurde ausdruckslos, bevor sie antwortete: "Ja, eine Sache gibt es da, die ich schon lange will: Mach mich zum Oberhaupt der Klinik."

Ihr Vorgesetzter starrte sie einige Augenblicke lang an, dann bedeckte er seine Augen mit seinen Händen. "Eryn, bitte, du weißt, dass das…"

Sie unterbrach ihn mit einem Lachen. "Keine Sorge, ich habe dich nur auf den Arm genommen. Ich denke, Lord Poron macht seine Sache ganz ausgezeichnet, und ich bin bereits in drei Monaten wieder auf dem Weg nach Takhan, also würde es keinerlei Sinn ergeben."

Er warf ihr einen missmutigen Blick zu. "Das habe ich davon, wenn ich versuche nett zu dir zu sein."

"Wenn wir gerade von Lord Poron sprechen - kannst du mir sagen, was in aller Welt ihn geritten hat, als er zustimmte, Loft die Verwaltung der Klinik zu übergeben? Hatte er das Gefühl, dass die Dinge zu glatt laufen und dachte, dass die einzige Lösung dafür wäre, jemanden einzustellen, der die Belegschaft nach besten Kräften irritiert?"

Tyront zuckte mit den Schultern. "Ich kann nicht für Lord Poron und Rolan - der übrigens auch zugestimmt hat - sprechen, doch ich kann dir sagen, dass es keine so üble Wahl ist. Ich selbst mochte Loft niemals besonders und ich weiß, dass du ebenfalls mehr als genug Grund hast, ihn abzulehnen. Doch die Tatsache bleibt bestehen, dass er ein fähiger und erfahrener Organisator ist. Seine Gesinnung mag nicht immer besonders… sozial sein, und er passt sich auch nicht leicht an moderne Ideen an, doch das sind auch keine Charaktereigenschaften, die für die Position eines administrativen Leiters erforderlich sind. Ganz im Gegenteil: Er ist nicht derjenige, der mit revolutionären neuen Konzepten aufwarten soll, jetzt wo die Dinge glatt laufen, wie Rolan sie eingeführt hat. Die Arbeit mit zwei Königen hat Loft in einer Sache gut werden lassen: dem Befolgen von Befehlen. Und da er in dieser Position Lord Poron unterstellt sein wird, darfst du dich darauf verlassen, dass es sich dabei um vernünftige Befehle handeln wird."

Eryn seufzte und nickte. Es schien also, als hätte sie ihn auf dem Hals. Nun, zumindest musste sie sich immer nur sechs Monate am Stück mit ihm abgeben. Und sie würde sich einfach angewöhnen müssen, mit ihren Anliegen zu Lord Poron zu gehen und ihn zu ersuchen, er möge sich mit Loft herumplagen. Sie würde Rolan vermissen, dessen war sie sich sicher. So Vieles hatten sie miteinander durchgemacht, all den Ärger und die Schwierigkeiten, um diesen Zustand des gegenseitigen Respekts zu erreichen, wo sie sich nun aufeinander verlassen konnten. Und nun fühlte es sich für sie so an, als wäre alles vergebens gewesen, wo er nun einfach so nach Takhan umzog. Selbstverständlich war all das Pe'talas Schuld. Typisch.

"Was sollen wir jetzt mit unseren übereifrigen Magiern machen?", fragte Enric.

"Sie auf dem Laufenden halten, würde ich meinen", schlug Eryn vor. "Sie wissen, dass ich vorhabe, den Rat von meinen Ideen zu überzeugen, also könnten wir einen von ihnen zu denjenigen Versammlungen einladen, wo darüber gesprochen wird. Ich würde dafür Onil auswählen, sofern er damit einverstanden ist. Er kann seine Kameraden über den Fortschritt informieren - vorausgesetzt, es gibt überhaupt welchen. Und auch wenn es keinen gibt, so kann er ihnen zumindest sagen, dass wir über die Dinge diskutieren."

Orrin nickte. "Ich bin dafür. Sie zu bestrafen würde das falsche Signal senden. Bislang waren sie gerade einmal unhöflich, indem sie die Versammlung unterbrochen haben, und ein wenig voreilig in ihrem Ansinnen, Onil vor einem Schicksal zu bewahren, das nie zur Debatte stand."

"In Ordnung", meinte Tyront, "dann werde ich Onil und den Rat wissen lassen, dass es von nun an bei bestimmten Versammlungen einen Beobachter geben wird." Er sah Eryn an. "Das bedeutet dann wohl, dass wir recht bald eine anberaumen sollten, damit du uns endlich mitteilen kannst, wie wir den Orden und das Königreich zu einem besseren Ort machen können. Sieh zu, dass es überzeugend wird, hörst du?"

"Ich tue, was ich kann", versprach sie.

KAPITEL 31

Ein Gefallen

Eryn durchquerte den Salon, auf ihrer Hüfte Vedric und hinter ihr hertrottend Urban. Sie waren gerade von einem Besuch bei Junar und Orrin zurückgekehrt. Trotz der Tatsache, dass sie Licht in Enrics Arbeitszimmer sah, war es ungewöhnlich still im Haus. Für gewöhnlich arbeitete er zu später Stunde nicht, noch weniger jetzt, wo seine Schwester in der Stadt war. Vielleicht war Leris mit Gerit unterwegs, und er wollte die Zeit bis zur Rückkehr seiner Familie nutzen, um ein wenig Arbeit aufzuholen.

Sie erreichte die offene Tür und sah überrascht, dass er, anders als die Stille es erwarten hätte lassen, nicht allein, sondern in Gesellschaft seiner Schwester war. Enric saß hinter seinem Schreibtisch und starrte brütend vor sich hin, in seiner Hand ein Glas, das aussah, als enthielte es etwas Hochprozentiges. Interessant, dachte Eryn. Es kam nicht oft vor, dass sie ihn etwas Gehaltvolleres als Wein trinken sah, und den für gewöhnlich auch nur, wenn sie Gäste hatten oder irgendwo eingeladen waren.

Leris lungerte auf dem Sofa links von seinem Schreibtisch; ihre Finger umfassten ebenfalls solch ein Glas.

"Ist das so eine Verbundenheits-Sache unter Geschwistern, wo ihr euch gesellig betrinkt?", fragte Eryn leichthin. "Das sollte aber mehr Spaß machen, soweit ich mich erinnere."

Zwei Augenpaare bedachten sie mit einem Blick, der ohne jeden Zweifel klarstellte, wie wenig ihre verharmlosenden Worte über die Stimmung im Raum geschätzt wurden.

Sie seufzte und betrat das Zimmer. "Was ist passiert?"

"Mutter ist passiert", knurrte Leris.

"Könnte ich hier mehr Details bekommen oder wollt ihr ein Ratespiel daraus machen?", fragte Eryn und spürte, wie die Stimmung im Raum auch sie zu beeinflussen begann. In ein paar Minuten wäre sie womöglich ebenso verstimmt wie diese beiden, ohne zu wissen weshalb.

Enric ließ die Flüssigkeit in seinem Glas kreisen und starrte den öligen Film an, der am Rand haftete. "Der Palast hat Mutter heute kontaktiert. Sie muss in zwei Tagen hingehen und entweder gute Gründe präsentieren, weshalb sie ihren Gefährten verlassen hat, der Rückkehr zu ihm zustimmen, die Strafe zahlen oder ins Gefängnis gehen. Trotz der Tatsache, dass sie einen guten Grund hat, kann sie nicht beweisen, dass Anwin untreu war."

Ah ja, nun verstand sie. "Und Gerit hat nicht die Absicht, euch die Strafe bezahlen zu lassen, sondern besteht darauf, ins Gefängnis zu gehen, was euch beiden überhaupt nicht passt."

Enrics Miene wirkte gequält. "Sie ist meine Mutter! Ihr dabei zuzusehen, wie sie ins Gefängnis geschickt und für eine vollkommen vernünftige Entscheidung bestraft wird, ist etwas viel verlangt. Besonders, da der Betrag, den man bezahlen müsste, um ihren Gefängnisaufenthalt zu verhindern, nicht der Rede wert ist."

"Aber immer noch mehr, als sie besitzt?", fragte seine Gefährtin behutsam.

"Aber nicht mehr als Enric oder ich uns ohne Probleme leisten können", knurrte Leris. "Sie ist so unglaublich dickköpfig! Wie schwierig kann es sein, Geld von ihren eigenen Kindern anzunehmen?"

Auf diese Aussage hin zog Eryn die Augenbrauen hoch. Ausgerechnet von Leris hätte sie Verständnis für Stolz erwartet. Aber dies war womöglich kein Charakterzug, den sie mit ihrer Mutter in Verbindung brachte.

"Wenn man bedenkt, dass sie bereits ein Haus von ihrem Sohn akzeptiert hat, würde ich meinen, dass es nur natürlich ist, dass sie keine Bürde für ihre Kinder sein will - ganz unabhängig davon, dass ihr sie nicht als solche betrachten würdet", erklärte Eryn vorsichtig. "Sie hat sich gerade sehr tapfer von einem Gefährten befreit, von dem sie finanziell abhängig war. Ich kann mir nicht vorstellen, dass sie den Gedanken besonders angenehm findet, nun von ihren Kindern abhängig zu sein. Wenn regelmäßige Gefängnisaufenthalte für eine Weile ihr das Gefühl geben, dass sie in der Lage ist, den Preis für ihre Unabhängigkeit zu bezahlen - wer seid ihr, um ihr das zu verwehren?"

Enric stellte sein Glas auf dem Tisch ab und schüttelte den Kopf. "Wir sprechen hier über eine lange Zeit, Eryn. Die Auflösung des Lebensbundes wird nur dann ohne Anwins Zustimmung gewährt, wenn sie bereit ist, zwei Jahre lang entweder alle zwei Monate die Strafe zu bezahlen - oder alternativ alle sechs Wochen für zwei Wochen ins Gefängnis zu gehen! Das sind sechs ganze Monate, die sie hinter Gittern verbringen muss!" Er schloss die Augen. "Irgendwann entscheidet sie dann womöglich, dass dies mehr ist, als sie ertragen kann und dass sie lieber wieder zu Anwin zurückkehrt, als diese Bürde zwei Jahre lang auf sich zu nehmen."

Seine Gefährtin verdrehte die Augen. "So gering schätzt du deine Mutter? Du denkst, sie würde einfach so aufgeben? Den zwei Wochen im Gefängnis folgen sechs, die sie in ihrem eigenen Haus hier verbringt und dort tun und lassen kann, was immer sie will. Ich war an dem Ort, den dein Vater sein Zuhause nennt, und ich bin zuversichtlich, dass ich lieber gelegentliche Gefängnisaufenthalte für eine längere Zeit als zwei Jahre in Kauf nähme, wenn die Alternative die Rückkehr dorthin wäre."

Enric seufzte. "Das bist du, Eryn. Wärst du an ihrer Stelle, würde ich mir keine großen Sorgen machen. Du bist stark, entschlossen und stolz. Du hast recht eindrucksvoll bewiesen, dass gefangen gehalten zu werden deinen Geist nicht zu bändigen vermochte. Doch Mutter ist anders. Ihr ganzes Leben lang hat sie ihre Freiheit gegen Schutz vor der Welt eingetauscht, wo sie sich nicht mit der Härte da draußen plagen musste. Sie hatte kein glückliches Leben mit Anwin, doch er hat niemals die Hand gegen sie erhoben und ihr ein sauberes und sicheres Umfeld geboten. Einen goldenen Käfig, wenn du so willst. Das Gefängnis ist wesentlich weniger komfortabel als das. Warst du jemals in einer Kerkerzelle? Die sind nicht gerade heimelig."

"Natürlich war ich schon einmal in einer Kerkerzelle!", schnappte sie nach ihm. "Zufällig bin ich in einer aufgewacht, nachdem wir uns zum ersten Mal begegneten und du mich kaltgestellt hast. Genau dorthin hat man mich hinterher gebracht. Du erinnerst dich? Es war an einem lieblichen Sommertag, als du es fertiggebracht hast, mir am gleichen Tag zweimal das Bewusstsein zu rauben - zuerst beim Palasttor, und dann ein paar Stunden später bei dem Test."

Leris riss die Augen auf. "Das hast du getan? Wirklich?" Sie wandte sich an Eryn. "Und du bist trotzdem seine Gefährtin geworden? Das ist eine recht verdrehte Sache zwischen euch, aber, hey - das geht mich nichts an."

Er griff erneut nach seinem Glas und stürzte den Inhalt hinunter, bevor er meinte: "Du bist wirklich nachtragend, weißt du das? Das ist schon eine Ewigkeit her."

"Zwei Jahre und ein paar Monate sind keine Ewigkeit", erwiderte Eryn. "Du wirst das noch wesentlich länger zu hören bekommen, das verspreche ich dir. Und was die Gefängnisaufenthalte deiner Mutter betrifft - du magst es nicht geschafft haben, sie davor zu bewahren, doch ich bin immens zuversichtlich, dass dein Einfluss dazu beitragen wird, die Angelegenheit so angenehm wie möglich für sie zu gestalten mit warmen Decken, ordentlichem Essen, Büchern und Handarbeit, oder was auch immer sie braucht, um sich die Zeit dort zu vertreiben."

"Du verstehst das nicht", knurrte Leris. "Immerhin sprechen wir hier nicht von deiner Mutter."

"Nein", stimmte Eryn mit einem dünnen Lächeln zu, "das kann ich nicht bestreiten. Ginge es hier um meine Mutter, wäre ich entzückt, sie im Gefängnis zu sehen."

Enrics Schwester bedachte sie mit einem finsteren Blick. "Das ist eine unglaublich grausame Äußerung!"

"Warte ab, bis du meiner Mutter begegnet bist, dann reden wir weiter." Sanft befreite Eryn ihren Zopf aus den gierigen Fingern ihres Sohnes und drückte den Jungen in die Arme seiner Tante. "Pass du eine Weile auf ihn auf." Dann deutete sie auf Enric. "Du geh und koch das Abendessen. Es wird dir guttun, dich zu beschäftigen anstatt nur grübelnd hier herumzusitzen. Sende eine Nachricht an die Klinik, damit Plia zur Abwechslung einmal zu einer zivilisierten Stunde nach Hause kommt und wir gemeinsam essen können."

"Und was wirst du tun, wenn du mir die Frage erlaubst?", erkundigte sich Leris, offenkundig mehr als nur ein wenig überrascht von dem abrupten Auftrag, sich um das Baby zu kümmern.

"Ich werde nach einem langen Tag ein entspannendes Bad nehmen und mich an dem Gedanken erfreuen, dass mein Sohn in guten Händen ist und eine Mahlzeit auf mich wartet, wenn ich fertig bin."

Damit drehte sich Eryn um und verließ das Zimmer. Sie musste lächeln, als sie die Frage hörte, die Leris an ihren Bruder richtete: "Und seit wann kochst du?"

* * *

Mit einem verwirrten Ausdruck auf ihrem hübschen Gesicht umrundete Plia das seltsam aussehende Objekt oder eher die Komposition seltsam aussehender Objekte auf dem Tisch in Eryns Arbeitszimmer.

"Wofür genau soll das noch einmal gut sein?"

Eryn beäugte den Apparat ebenso zweifelnd und verglich ihn mit den Skizzen auf dem Papier in ihrer Hand. "Es soll Klänge erzeugen."

"Bist du sicher, dass du das richtig zusammengesteckt hast?", erkundigte sich das Mädchen. "Soll das wirklich so aussehen?"

Eryn nickte zögernd. "Ja, ich denke schon. Ich meine, es war beinahe vollständig zusammengebaut, als ich es bekam. Es müssen nur noch ein paar Teile befestigt werden. Gehen wir das noch einmal durch, in Ordnung? Der Trichter gehört auf dieses Loch hier. Das sollte passen, würde ich meinen, wenn man bedenkt, dass die beiden Teile so gut zusammenpassen." Sie rüttelte leicht daran um sicherzugehen, dass es wie vorgesehen befestigt war. Dann konsultierte sie das Blatt mit den gezeichneten Anweisungen erneut. "Die Kurbel soll dann… hierher." Sie deutete auf einen anderen Punkt an der mutmaßlichen Rückseite der Maschine. "Das ist das einzige Loch, das klein genug scheint, damit dieses Dings dort hineinpasst, also schätze ich, dass es dort hingehört."

Plia wühlte in der Kiste herum, in der die mysteriöse Maschine vor wenig mehr als einer halben Stunde geliefert worden war.

"Da ist noch etwas", meinte sie und zog eine kleine Schatulle unter den Massen an verknülltem Papier hervor, das den Inhalt vor Schaden bewahren sollte, egal, wie viele Stöße die Kiste während des Transports einstecken musste.

Eryn nahm es ihr ab und sah hinein. Sie verglich die kleine, spitze Komponente mit ihren Zeichnungen.

"Ah ja, das muss hierhin. Es gehört auf der Unterseite dieses runden Teils hier befestigt, das mit dem Stück verbunden ist, auf dem der Trichter sitzt."

Sanft und vorsichtig zog und drückte sie, bis die runde Metallkomponente so bewegt werden konnte, dass sich die Nadel daran befestigen ließ.

"Nun, damit bleibt nur mehr ein Gegenstand übrig, der hinzugefügt werden muss", nickte Eryn und deutete auf eine weitere, größere Holzschatulle aus dunklem Holz mit einer einzigen Schublade. Die zog sie auf und sah hinab auf sechs zylindrische Metallobjekte mit so vielen winzigen Rillen rundherum, dass man sie unmöglich zählen konnte.

"Was ist das?", flüsterte Plia ehrfürchtig als hätte sie Angst, ein lautes Geräusch könnte sie beschädigen.

Eryn betrachtete die geschmeidigen, silbernen Formen, die das Licht reflektierten. Sie nahm ein weiteres Blatt von ihrem Schreibtisch zur Hand und überflog die Zeilen neben dem Bild.

"Das sind die Träger der Klanginformation", murmelte sie.

"Was soll das denn heißen?", fragte Plia stirnrunzelnd und musterte die Objekte misstrauisch.

"Ich habe keine Ahnung", gestand Eryn und besah sich das Gerät sowohl mit Interesse als auch einer gewissen Scheu. Einerseits wollte sie voller Ungeduld herausfinden, wozu es gut war, doch andererseits fasste sie es nur ungern an aus Angst, etwas zu zerbrechen. Es wäre nahezu unmöglich, im Königreich jemanden aufzutreiben, der es für sie reparieren konnte.

Erbál hatte es ihr geschickt, gemeinsam mit einer Anzahl an Papieren mit Erklärungen, wie man die Teile zusammensteckte, die man auseinandergebaut hatte, um den Transport sicherer zu machen. Die Blätter enthielten Zeichnungen und detaillierte Anweisungen. Er schrieb nicht genau, was es tat, nur dass sie es für ihre Studien der Pirinkarer Sprache nützlich finden würde.

Sie musste dieses Ding zum Laufen bringen, bevor Enric zurückkehrte, oder er würde sie einfach beiseite schieben und selbst damit herumspielen. Er liebte es, Rätsel zu lösen. Aber das hier war ihr Spielzeug. Sie wollte diejenige sein, die es zum Funktionieren brachte. Bislang entsprach es dem Bild auf dem Blatt in ihrer Hand. Der einzige Teil, der noch fehlte, war der Zylinder.

Eryn reichte Plia den Brief und wies sie an: "Lies mir das Schritt für Schritt vor."

Zögernd ergriff das Mädchen das Papier und räusperte sich. "Entferne die Klammerhalterung auf jeder Seite der Zylinderaufnahme durch das Aufdrehen der Schrauben."

Die Heilerin stöhnte. "Was?"

Plia konsultierte das Papier und die Zeichnungen neben dem Text noch einmal, bevor sie mit ihrem Finger auf zwei kleine Schrauben deutete, die sich auf beiden Seiten des Flecks befanden, der aussah, als müsste der Zylinder darauf befestigt werden. "Ich denke, du musst sie drehen, bis sie offen sind."

Sorgsam versuchte Eryn sie zu drehen und stieß einen erleichterten Seufzer aus, als sie sich tatsächlich drehten. "Wenn ich weitermache, kommen sie vollständig heraus", warnte sie.

"Das geht schon in Ordnung, sie müssen heraus. Mach das mit allen vier Schrauben. Jetzt heb die Klammern."

"Ich schätze, dort muss der Zylinder hinein?"

Plia nickte. "Genau. Hier steht, man muss sie vorsichtig handhaben und darauf achten, dass kein Schmutz in die Rillen gelangt, weil das Klangerlebnis darunter leiden könnte. Was auch immer das heißen mag."

"Hm, dann sollte ich ihn vielleicht nicht mit meinen bloßen Händen anfassen. Oder ich sehe zu, dass ich ihn einfach nur bei diesen Knöpfen an den Enden nehme und den Teil in der Mitte nicht berühre." Sie beugte sich zu den Zylindern in der Schublade hinab und betrachtete sie eingehender. "Sie sehen robust aus. Steht irgendwo, ob man sie säubern kann? Und falls ja, wie man das am besten angehen sollte?"

"Hier steht, dass man eine weiche Bürste verwenden kann, um Schmutz und Staub von den Zylindern zu entfernen."

Eryn nickte, zuversichtlich in dem Wissen, dass sie keinen dauerhaften Schaden davontragen würden, wenn sie sie falsch anfasste. Sie griff in die Lade und hob sorgsam den ersten Zylinder heraus. Er war leichter als sie erwartet hatte. Vielleicht war er nicht massiv, sondern innen hohl.

Sie platzierte die beiden Knöpfe in den Aussparungen, steckte die Klammern wieder an ihren Platz und befestigte sie mit den Schrauben, die sie zuvor entfernt hatte.

"Da steht, dass es nun in Betrieb genommen werden kann", erklärte Plia. "Diese Kurbel auf der linken Seite des Kastens - man muss sie genau dreizehnmal drehen. Halt den Kasten fest, damit er stabil ist, dann dreh sie, bis die Position dieses kleinen Griffs ganz oben ist, dann schieb sie langsam von dir weg."

Sie zählten laut und lauschten dem, was im Inneren des hölzernen Gehäuses vor sich ging. Es klang, als litten winzige Metallteilchen Qualen.

"Dreizehn", verkündete Eryn, als ein weiteres seltsames Geräusch, lauter als seine Vorgänger, erklang. Eryn wollte gerade fragen, ob das bedeutete, dass sie etwas zerbrochen hatte, doch einen Augenblick später begann sich der Zylinder plötzlich zu drehen, und aus dem Trichter ertönte ein kratzendes Geräusch, das sich bald zu etwas anderem wandelte. Worte!

Plia riss die Augen auf.

Eryns Kinnlade fiel nach unten. Das war Erbáls Stimme! Sie klang ein wenig krächzend und etwas undeutlich durch das Kratzen der Nadel auf dem Zylinder, doch es war ganz unverkennbar er.

"Hallo Eryn. Wenn du diese Nachricht hören kannst, hast du es geschafft, die Klangmaschine zum Laufen zu bringen, ohne sie kaputt zu machen. Ich gratuliere. Ich dachte, dieses kleine Geschenk könnte dir bei deinen Sprachstudien helfen. Nach meiner Ankunft hier erkannte ich, dass es zwischen dem geschriebenen Erscheinungsbild der Sprache und dem, wie sie klingt, ganz enorme Unterschiede gibt. Ich habe eine kleine Sammlung recht geläufiger Klänge und Worte zusammengestellt. Es würde wenig Sinn machen, wärst du lediglich in der Lage, die Sprache zu lesen, ohne aber die Worte zu verstehen, wenn du sie tatsächlich hörst. Wenn wir uns das nächste Mal treffen, werde ich deine Fortschritte überprüfen. Die Erlaubnis, dir das Gerät zu schicken, war nicht einfach zu erlangen, also sieh besser zu, dass du es ordentlich nutzt."

"Das ist unglaublich", hauchte Eryn und starrte die Vorrichtung an. "Wie kann ich es mir noch einmal anhören?"

Plia blinzelte mehrmals, und sobald sie ihr Erstaunen überwunden hatte, sah sie noch einmal auf den Zettel in ihrer Hand. "Die Nadel muss zurück zum Anfang des Zylinders. Und dann muss die Kurbel wieder gedreht werden."

Eryn kniete sich auf den Boden, um sich das genauer anzusehen. "Wenn ich sie einfach nur zurückziehe, könnte ich damit den Zylinder zerkratzen und ihn unbrauchbar machen." Sie versuchte den Trichter ein wenig zu kippen und lachte triumphierend, als die Nadel damit ebenfalls nach oben gekippt wurde.

Erneut lauschten sie der Nachricht, dann noch ein drittes Mal. Sie lächelten einander an und drückten damit ihren Stolz darüber aus, dass sie es zum Laufen gebracht hatten, und ihre Freude über die unerwartete Entdeckung solch eines wundersamen Dinges.

"Weißt du", meinte Eryn nachdenklich, "ich wünschte, er hätte zwei davon schicken können. Dann hätte ich eines davon auseinandernehmen und sehen können, wie es funktioniert. Und schließlich vielleicht sogar weitere bauen lassen können." Sie verzog das Gesicht. "Ich fürchte, wenn der Orden davon erfährt, werde ich es hergeben müssen, damit sie genau das tun können."

Plia biss sich auf die Lippe. "Kannst du es nicht geheim halten? Es vor ihnen verstecken?"

"Mit all diesen herumschnüffelnden Spionen? Keine Chance. Ich müsste mich in einen lichtundurchlässigen und schalldichten Schrank einsperren, wann immer ich es benutzen will."

Das Mädchen zuckte mit den Schultern. "Wenn das erforderlich ist, um es zu behalten, warum nicht?"

Eryn lächelte freudlos. "Lichtundurchlässig ist kein Problem, aber die Sache mit schalldicht ist schwieriger. Dafür müsste ich einen Schild errichten, aber die Luft darin geht recht rasch zur Neige. Und dann wüsste der Orden außerdem, dass ich etwas vor ihnen verheimlichen wollte. Nein. Ich werde Lord Tyront davon erzählen und ihm freundlich mitteilen müssen, dass er gefälligst seine Hände von meinem Apparat lassen soll, wenn wir uns weiterhin vertragen wollen. Er gehört mir."

* * *

Enric starrte in den Regen hinaus, während er gegen den Türrahmen seines Hauseingangs gelehnt stand. Seine Schwester stand mit einem ähnlich verdrossenen Gesichtsausdruck hinter ihm.

Ihre Augen waren auf den Rücken der mit raschen Schritten davongehenden Frau gerichtet. Ihre Silhouette wurde undeutlicher, bis sie um eine Ecke gebogen und aus ihrem Blickfeld verschwunden war.

"Sie hätte mir erlauben können, sie zu begleiten. Mit einem Schild über ihrem Kopf wäre sie zumindest warm und trocken angekommen", grummelte Enric, ungehalten über die Welt im Allgemeinen und seiner eigensinnigen Mutter im Besonderen.

Weitere zwei Stunden lang hatte er sie zu überreden versucht, ihn die Strafe für sie bezahlen zu lassen, damit sie dem Gefängnis entging, doch sie hatte darauf bestanden. Seine und Leris' vereinten Kräfte hatten sie nicht zum Einlenken bewogen. Er hatte auch versucht, Eryn zu einem Gespräch mit seiner Mutter zu bewegen, doch seine Gefährtin hatte ihm nur einen ihrer Blicke zugeworfen und war davongegangen. Sie hatte ihm bereits mehrmals erklärt, dass sie Gerit vollkommen verstand und an ihrer Stelle genau das Gleiche getan hätte. Stolz war etwas, das sie verstand, seine Eryn. Und normalerweise respektierte er das, doch in diesem Fall wäre es hilfreicher gewesen, sie auf seiner Seite zu haben.

"Könntet ihr die Tür schließen?", bat Eryn vom Sofa aus, wo sie mit Vedric auf dem Schoß saß. Sie wirkte ebenfalls nicht besonders zufrieden, doch Enric konnte nicht sagen, ob es an ihm oder an der Situation lag.

Er gehorchte und schloss sanft die Tür, obwohl er ihr lieber einen ordentlichen Stoß verpasst und sich an dem Knall erfreut hätte. Doch damit hätte er nur seinen Sohn erschreckt, und als Vater musste er solche Dinge nun berücksichtigen. Zorn war dieser Tage etwas, das es zu planen galt. Genau wie die meisten anderen Dinge in seinem Leben, die nun eine wesentlich organisiertere Herangehensweise erforderten. Wie mit seiner Gefährtin intim zu werden oder ein Bad zu nehmen. Sogar das Kochen musste koordiniert werden, da einer von ihnen sich auch um das Baby kümmern musste. Sie hatten sich daran gewöhnt, dass seine Mutter ihnen in den letzten Wochen einen Teil dieser

Bürde von den Schultern genommen hatte. Nun würden sie es eine Zeitlang wieder allein schaffen müssen.

"Du hast mit den Wachen geredet, oder?", fragte Leris mittlerweile bestimmt zum vierten Mal. "Sie werden ihr ihre eigene Decke und das Kissen lassen? Und ihr die Bücher und die Handarbeitssachen nicht wegnehmen? Und hast du dafür gesorgt, dass sie ordentliche Mahlzeiten von der Palastküche anstatt der üblichen Gefängnisverpflegung erhält?"

"Ja, ja, ich habe mich um alles gekümmert", seufzte er abgespannt. Er hatte die Wachen bestochen, und zwar nicht zu knapp. Kurz überlegte er, ob er sich etwas zu trinken genehmigen sollte. Er entschied sich dagegen. Die Anlässe, wo er Alkohol am nötigsten hatte, waren nicht die klügsten Zeitpunkte, um ihn sich zu gönnen. Womöglich würde es nicht bei einem Glas bleiben. Und wenn die Dinge im Argen lagen, war es umsichtiger, einen kühlen Kopf zu bewahren.

"Sorgt euch nicht allzu sehr", meinte Eryn vom Sofa aus. "Wir werden sie jeden Tag besuchen und sehen, wie es ihr geht. Ich bin sicher, alles wird in Ordnung sein. Und die Wachen werden kaum entgegen den Anweisungen des mächtigen Lord Enric handeln, nachdem sie sein Geld eingesteckt haben."

Leris ließ sich auf einen Stuhl fallen und die Arme schlaff über die Lehnen hängen. "Ich muss morgen abreisen. Ardegen sagte mir, ich solle mir so viel Zeit nehmen wie ich brauche, doch ich kann ihn nicht noch länger mit dem Geschäft und den Kindern alleinlassen. Und hier kann ich ohnehin nichts tun."

"Du hast genug getan, indem du hergekommen bist", erwiderte Eryn ruhig, während sie Vedrics Nase mit einem weichen Tuch abwischte und seinen Speichel von ihrer Schulter entfernte. "Es war ein großer Trost für sie, dass ihr euch versöhnt habt. Dafür und für ihre Freiheit von Anwin geht sie gerne ins Gefängnis. So hat sie es mir gesagt."

"So viele Jahre lang war sie Anwins und Norens Fußabtreter - ich meine, als wäre es nicht schon genug, von ihrem eigenen Gefährten wie ein Möbelstück behandelt zu werden, musste sie es auch noch von ihrem Sohn erdulden! Und von seiner dummen Gefährtin, die glaubt, betrogen zu werden ist der Lauf der Welt."

"Ich brauche etwas zu trinken", knurrte Leris und sah ihren Bruder an. "Wo hebst du das gute Zeug auf?"

"Ich kaufe kein schlechtes Zeug", entgegnete Enric erschöpft und deutete auf eine Glasvitrine. "Wenn du allerdings nach etwas Gehaltvollerem suchst, dann dort drüben. Halt dich aber zurück, wenn du morgen wirklich reisen willst. Ich weiß nicht, ob Eryn willens ist, die Nachwirkungen deiner Entgleisung wegzuheilen, und ich kann es nicht."

"Wenn ich trinke, dann trage ich auch die Konsequenzen", schnappte seine Schwester nach ihm und wählte ein Glas, um es mit etwas Klarem und leicht Rötlichem zu füllen. Sie warf ihren Kopf in den Nacken und leerte den Inhalt mit ein paar großen Schlucken, ohne eine Miene zu verziehen. Eryns Augenbrauen wanderten nach oben. Sie selbst hätte sich wohl bereits vor

Husten gekrümmt und nach Luft geschnappt. Diese Frau war entweder eine geübte Trinkerin oder eine verdammt gute Schauspielerin. Oder sie verfügte über einen stählernen Hals und einen dazu passenden Magen.

Mehrmals versuchte Eryn eine Unterhaltung zu beginnen, stand aber schließlich auf, um Vedric ins Bett zu bringen. Es war noch ein wenig zu früh für ihn, doch sie empfand die Gesellschaft dieser beiden als anstrengend und entschied sich, lieber den Versuch zu starten, ob sich ihr Sohn zum Schlafen überreden ließ. Vielleicht würde sie ihn baden. Das ermüdete ihn für gewöhnlich.

Als sie gerade dazu ansetzte, die Treppen zu erklimmen, ertönte ein Klopfen an der Tür, und Enric stand pflichtbewusst auf. Eryn wartete um zu sehen, wer sie so spät am Abend besuchen kam. Hoffentlich keine schlechten Nachrichten.

Enric zog die Tür auf und erstarrte vor Überraschung. "Mutter?"

Leris sprang ebenfalls auf, und Eryn kehrte in den Salon zurück. In der Tat war es Gerit, die vor der Tür stand. Ihre Haare waren klatschnass, als hätte sie vergessen, ihre Kapuze aufzusetzen oder sich aus irgendeinem Grund dagegen entschieden.

Leris zog ihre Mutter hinein und nahm ihr den Umhang aus Öltuch von den Schultern, bevor sie ihn Enric reichte. Dann lächelte sie und zog ihre Mutter in eine Umarmung. "Ich wusste, dass du deine Meinung ändern und uns die Strafe für dich bezahlen lassen würdest! Wirklich, das war die richtige Entscheidung. Und es schmälert die Leistung, dass du Anwin verlassen hast, kein bisschen."

Enric trat hinter seine Mutter und berührte sie leicht am Kopf, sodass die Feuchtigkeit von ihren Haaren emporstieg und sie wenig später wieder vollkommen trocken war.

"Das war nicht ich… Ich habe nicht…", stammelte Gerit und wirkte seltsam hilflos. Eryn begann zu vermuten, dass es tatsächlich Schock oder Verwirrung waren, weshalb sie vergessen hatte, die Kapuze aufzusetzen. Was ging hier bloß vor sich?

"Was ist passiert?", fragte Eryn, nun etwas besorgt.

"Sie haben mich einfach wieder zurückgeschickt und sagten, ich müsse nicht bleiben, weil alles erledigt sei", meinte die ältere Frau.

Erst jetzt bemerkte Enric den Umschlag in ihrer Hand.

"Darf ich?", fragte er sanft und nahm ihn an sich, als seine Mutter keinen Widerstand leistete. Er öffnete ihn und zog ein Blatt Papier heraus, das trotz des Marsches durch den Regen trocken geblieben war. Das Öltuch des Umhangs musste der Grund dafür sein. Seine Augen wanderten über die Zeilen, dann schossen seine Augenbrauen in vollkommener Verwunderung nach oben.

"Was?", fragten Leris und Eryn gleichzeitig. Beide wollten ungeduldig erfahren, was hier vor sich ging.

Enric schüttelte den Kopf und ließ das Papier auf einen nahen Tisch sinken. "Der Lebensbund ist mit sofortiger Wirkung aufgelöst. Mutter", sprach er und nahm ihre beiden kalten Hände zwischen seine eigenen großen, warmen und drückte sie, während er ihr in die Augen sah. "Du bist nun frei. Vollkommen. Es sind keine weiteren Gefängnisaufenthalte abzuleisten oder Strafen zu bezahlen. Von nun an kannst du tun, was du willst. Du bist Anwin nicht länger Rechenschaft schuldig, und auch niemandem sonst."

Er zog seine Mutter an sich, als stille Tränen über ihre Wange zu laufen begannen, bettete ihren Kopf an seine Brust und wiegte sie langsam.

Eryn nahm das Blatt Papier vom Tisch zur Hand und las die wenigen Zeilen. Am unteren Ende des Aufhebungsdokuments war das Siegel. Das königliche Siegel. Unterzeichnet von Seiner Majestät König Folrin von Anyueel. Oh Mann. War das gut oder schlecht?

Leris riss ihr das Papier so rasch aus der Hand, dass Eryn Sorge hatte, sie könnte es zerreißen.

"Der König höchstpersönlich hat das getan?", flüsterte Leris ehrfürchtig und sah Enric an. "Du bist wirklich verflucht wichtig, was?" Dann begann sie zu lachen. Der Kontrast zu der leise schluchzenden Frau in Enrics Armen fühlte sich seltsam an. "Und es gibt nichts, das Anwin dagegen tun kann! Gegen ein Edikt des Königs kann man keinen Einspruch erheben!" Sie zog Gerit aus Enrics Umarmung in ihre eigene. "Trockne deine Tränen, Mutter! Du bist frei! Das ist kein Grund zur Traurigkeit - das muss ordentlich gefeiert werden!"

Sie zog ihre Mutter zu einem Sofa und ging dann zum Gläserschrank, um ein weiteres Glas und eine Flasche zu holen, ihre Schritte beschwingt und glücklich.

Während sich Leris um Gerit kümmerte, wandte sich Eryn an ihren Gefährten. "Wird das zu einem Problem werden? Schulden wir ihm jetzt einen Gefallen? Hat er uns in der Hand, weil er uns damit drohen kann, die Auflösung irgendwie für ungültig erklären zu lassen?"

Enric lächelte und schüttelte den Kopf. "Nein, du darfst beruhigt sein - es gibt keinen Grund zur Sorge, Liebste. Die Auflösung ist offiziell. Sie für ungültig erklären zu lassen wäre für sein öffentliches Ansehen nicht gut, nachdem er sie außerhalb der üblichen Wege gewährt hat. Wollte er dafür etwas im Gegenzug, hätte er es nicht auf diese Weise getan. Er hätte es uns vor einer Woche angeboten und uns dann zu einer Zustimmung bewegt, bevor er es in die Wege leitet."

"Somit wollte er also nur - was? Uns glücklich machen?" Sie schüttelte den Kopf. Das klang falsch. Er gehörte nicht zu der Sorte, die großzügige Geschenke gewährte, ohne dass es dabei einen Haken gab.

"Nicht uns, sondern mich. Du hast ihm das, was er damals tat, recht rasch verziehen, doch er weiß, dass ich noch immer einen Groll gegen ihn hege, weil er dich gefesselt und geküsst hat. Das", meinte er und deutete auf das Dokument auf dem Tisch, "bringt mich wieder zurück auf seine Seite - besonders jetzt, wo Dinge im Rat und damit auch im gesamten Orden vonstatten gehen werden. Und es sähe auch nicht besonders gut aus, ließe er

Vedrics Großmutter ins Gefängnis gehen, nachdem er gerade erst die Rolle seines Paten übernommen hat, nicht wahr? Wenn in der Gunst des Königs zu stehen keinerlei Vorteile mit sich brächte, könnten sich die Leute zu fragen beginnen, ob es die Mühe wert ist, sich um seine gute Meinung zu bemühen. Und ein König, dessen Untertanen sich bemühen, ihm zu gefallen, hat immerhin mehr Macht."

Nun lächelte Eryn ebenfalls und wagte es endlich, sich über diese phantastische Wende der Ereignisse zu freuen. Sie drückte ihren Sohn in Enrics Hände und holte sich ein Glas, bevor sie sich zu den anderen beiden Frauen setzte.

"Schenkt mir ein, meine Damen! Wir haben etwas zu feiern. Zum Glück stille ich nicht mehr, also kann sich Enric um Vedric kümmern."

Enric schüttelte nur mit einem breiten Grinsen den Kopf, als die drei wichtigsten Frauen in seinem Leben ihre Gläser hoben und auf die Gesundheit des Königs anstießen. Und dann auf jedes einzelne Unglück, das sie Anwin an den Hals wünschten.

* * *

Enric nahm ihre Hand, als sie vom Palast zu ihrem Haus zurückgingen. Tyront ging auf seiner anderen Seite und schien den Spaziergang in der kalten Luft zu genießen.

Eryn war verstimmt, und zwar erheblich. Enric konnte ihr daraus keinen Vorwurf machen. Die Ratsversammlung war nicht besonders zufriedenstellend gelaufen, obwohl sie gut vorbereitet gewesen war. Sie hatte ihnen ein Bild einer dunklen Zukunft mit jungen, unerfahrenen Magiern an der Spitze gemalt, da die neue Generation immens stark und somit im derzeitigen System zur Führung des Ordens berechtigt war. Außerdem hatte sie den Vorfall während der letzten Versammlung genutzt, um ihnen darzulegen, dass Unzufriedenheit nicht lediglich etwas war, das zivilisiert über einem Glas Wein mit einer Menge Kopfnicken besprochen wurde. Es hatte sich stattdessen zu etwas gewandelt, das die Leute dazu trieb, Maßnahmen zu ergreifen. Sie hatte ihnen Zahlen vorgelegt, die nahelegten, dass es in den kommenden Jahren einen beachtlichen Anstieg in der Zahl der Magier geben würde, jetzt, wo die Barriere in den Köpfen entfernt und die Gabe häufiger weitervererbt wurde. Was bedeutete, dass es bald eine Menge Magier geben würde, die es irgendwie zu beschäftigen galt. Ihr nächstes Argument war gewesen, dass man sie ebenso gut einsetzen konnte, indem man ihnen erlaubte, sich all der Talente und Fertigkeiten zu bedienen, die ihnen zur Verfügung standen - außerhalb des Heilens und Kämpfens.

Enric wusste, dass sie es geschafft hatte, viele von ihnen zum Nachdenken anzuregen, doch genau wie der König sie gewarnt hatte, galt es Bündnisse zu schützen und aufrecht zu erhalten. Und Eryns Vortrag hatte etwas bewirkt, das sie hoffentlich als durchwegs positiv erkennen würde: Sie hatten ihre Idee nicht rundheraus abgelehnt, sondern lediglich davon abgesehen, sie zu unterstützen. Das bedeutete, dass man diese Themen in den nächsten Wochen und Monaten - vielleicht sogar Jahren - diskutieren würde.

Sein Blick fiel auf ihre verärgert gerunzelte Stirn und ihre fest aufeinandergepressten Lippen. Zumindest hatte sie es geschafft, ihren Verdruss für sich zu behalten, bis sie an einem Ort eintrafen, wo sie ihm gefahrlos Luft machen konnte. In der Ratshalle hatte sie die Ruhe bewahrt und Fragen in einer unbeirrten Manier beantwortet, die keinerlei Hinweis auf den Tumult zeigte, den er durch das Geistesband spürte.

Nun, wo sie den Palast verlassen hatten, gestattete sie sich, ein wenig ihrer Unzufriedenheit mit ihrer Miene auszudrücken.

Sie bogen um die letzte Ecke und kamen damit in Sichtweite des Hauses. Die Gebäude mit der hohen Wand dazwischen lagen still inmitten der grauen, winterlichen Umgebung. Einige der Fenster leuchteten mit dem weichen, warmen Glühen von Lampen und zeigten an, dass sich Leute darin aufhielten. Von den Schornsteinen beider Gebäude kräuselte sich Rauch empor - ein sicheres Zeichen dafür, dass was auch immer dort drin vor sich ging, heimelig anmutete.

Enric öffnete die Tür, um zuerst seine Gefährtin und seinen Vorgesetzten eintreten zu lassen, dann folgte er ihnen.

Und tatsächlich - einmal abgeschottet von der Außenwelt, bestand Eryns erste Handlung darin, die Hände in die Luft zu werfen und auszurufen: "Warum? Warum ich? Warum muss ich mich mit all diesem Aberwitz herumplagen? Habt ihr Lord Remdels Einwand gehört, wie sicher diese Methode zur Feststellung magischen Potentials bei Babys wohl schon sein kann? Dass wir sie hier gerade einmal drei Monate lang verwenden und somit unmöglich sagen können, ob sie zuverlässig ist? Idiot! In den Westlichen Territorien greifen sie nun schon seit, wie lange - zweihundert Jahren? - darauf zurück! Das ist ihm nicht zuverlässig genug?"

Tyront und Enric beobachteten sie mit nachsichtigen Mienen. Sie waren mehr als geneigt, ihr ein wenig Gezeter zuzugestehen, nachdem sie während der Ratsversammlung solch bewundernswerte Zurückhaltung an den Tag gelegt hatte.

"Und Lord Seagon! Ich frage euch: Wie blind kann ein einzelner Mann sein? Er mag mich nicht länger als das ultimative Böse betrachten, das von den Sternen herabgesandt wurde, um alles zu zerstören, was ihm teuer ist, doch während in meinen Adern Blut fließt, beinhalten seine offensichtlich flüssiggewordene Tradition! Noch niemals zuvor bin ich einem Mann begegnet, der sich dermaßen gegen Veränderungen sträubt! Wenn ich ihm nicht beweisen kann, dass es eine Verbesserung geben wird, will er es nicht in Betracht ziehen! Wie soll ich etwas beweisen, noch bevor es getan wurde?"

Mit beiden Händen bedeckte sie ihre Augen. "Von Lord Woldarn und Lord Aldon fange ich gar nicht erst an. Sie haben nicht einmal ordentlich zugehört und dann Fragen gestellt, die ich bereits beantwortet hatte! Wie peinlich ist das denn? Würden sich Kinder in einer Klasse so benehmen, würden wir sie tadeln - aber für die mächtigen Ratsmitglieder wiederhole ich genau die gleiche Sache einfach mit kurzen Worten und ganz langsam." Sie schloss die Augen und atmete aus.

Als nichts mehr kam, fragte Enric: "Besser?"

Eryn nickte. "Ja, danke." Dann sah sie Tyront an. "Bevor ihr beide euch in Enrics Arbeitszimmer zurückzieht, gibt es da etwas, das ich dir zeigen sollte, bevor dir deine Spione davon berichten und du mich rügst, weil ich es für mich behalten habe."

Beide Männer folgten ihr zu ihrem Arbeitszimmer und traten ein. Ihre Augen wurden sofort von dem fremdartig anmutenden Objekt auf der rechten Seite ihres Schreibtisches angezogen.

Enric legte den Kopf schief, in seinen Augen ein neugieriges Funkeln. "Das sieht nach etwas aus, von dem ich vermute, dass es aus Pirinkar geschickt wurde, wenn ich mich nicht irre?"

"Ja, es ist ein Geschenk von Botschafter Erbál. Es ist ein Gerät, das Klänge wiedergibt."

Verständnislos schüttelte Tyront den Kopf. "Welche Art von Klänge?"

"Alle möglichen, würde ich vermuten. Aber ich bin keine Expertin." Sie trat auf den Apparat zu und drehte die Kurbel gemäß Erbáls Anweisungen dreizehnmal. Kurz darauf kam seine Stimme aus dem Trichter, gratulierte ihr einmal mehr dazu, dass sie das Gerät nicht zerbrochen hatte und informierte sie, dass er bei ihrem nächsten Zusammentreffen ihre Sprachkenntnisse zu testen gedachte.

Tyronts Augen wurden rund wie Untertassen, doch er sprach nicht. Er trat näher und beäugte die Maschine von allen Seiten, ohne sie zu berühren.

Enric stand auf ihrer anderen Seite und pfiff durch die Zähne. "Wann hast du das bekommen?"

"Es wurde gestern Morgen geliefert, während du unterwegs warst."

"Warum hast du mir nichts davon erzählt?"

Sie zuckte mit den Schultern. "Du warst recht bedrückt, weil deine Mutter ins Gefängnis gehen sollte. Irgendwie fand ich es nicht angemessen, dir da mein neues schickes Spielzeug zu zeigen. Und am Abend erfuhren wir von der Auflösung ihres Lebensbundes, woraufhin ich einfach darauf vergaß."

"Und heute früh?", wollte er wissen.

"Wie du sehr genau weißt, Enric, bin ich kein Morgenmensch. Und zwischen der Fütterung deines Sohnes, dem Anziehen, der geistigen Vorbereitung auf die Ratsversammlung und dem Kampf, rechtzeitig dort einzutreffen, blieb einfach keine Zeit dafür."

Tyront war noch immer in die Inspektion des ungewöhnlichen Geräts vertieft und schien ihnen nicht zuzuhören.

"Wie funktioniert das?", murmelte er.

Eryn beugte sich vor, sodass ihr Gesicht nahe an der Maschine war. Sie hob einen Finger und deutete auf die Kurbel. "Das hier dreht etwas in der Box, das wiederum den Zylinder rotieren lässt. Diese kleine Nadel hier direkt unter dem Trichter folgt den Rillen im Zylinder. Dort drin sind, auf welche Art auch immer, die Klänge abgelegt. Dann muss der Klang irgendwie von der Nadel in den Trichter wandern. Die Nadeln und der Trichter bewegen sich entlang des Zylinders, während der sich dreht. Wenn sie das Ende des Zylinders erreichen, kann man die Nadel hier hochheben und es sich noch einmal anhören."

Enric spitzte die Lippen und dachte zurück an seinen eigenen Besuch in der Stadt Kar vor einigen Monaten. An die Dinge in Geschäftsauslagen, wo er nicht die geringste Ahnung gehabt hatte, worum es sich dabei gehandelt haben mochte. Und er erinnerte sich daran, wie sorgsam sie ihr Wissen beschützt hatten. Es hatte Unmengen an Papierkram erfordert, bis er die Erlaubnis erhalten hatte, die beiden Bücher für Eryn und das Spielzeug für seinen Sohn zu erstehen - und selbst das war nur möglich gewesen, weil man dort der Ansicht war, man müsste Wiedergutmachung dafür leisten, dass Malriel hereingelegt und beinahe verurteilt worden war.

"Es kann nicht leicht für Erbál gewesen sein, seine Gastgeber dazu zu überreden, dass sie ihn das schicken lassen. Ich wette, das hat ihn einiges an Mühe gekostet", merkte er an.

Eryn seufzte. "Ich schätze schon. Und die Tatsache, dass es so gut wie keine Chance gibt, dass er noch ein Exemplar schicken kann, frustriert mich. Es juckt mich in den Fingern, es zu zerlegen und herauszufinden, wie es funktioniert. Ich meine - stell dir vor, wir könnten ebenfalls Klänge auf diese Weise festhalten! Wir könnten Zylinder nach Takhan senden, und der Empfänger könnte sich die Nachrichten in der echten Stimme des Absenders anhören!" Sie gestikulierte aufgeregt. "Wir könnten Zylinder anfertigen, um wichtige Reden zu dokumentieren, die man dann in der Bibliothek aufheben und in den folgenden Jahren Schülern vorspielen könnte." Sie starrte die Maschine an. "Ich frage mich, ob das auch mit Musik funktionieren würde… Stell dir vor, wir könnten einfach einen Zylinder abspielen und Musik genießen, ohne dafür Musiker im Zimmer zu haben! Wäre das nicht grandios?"

Enric lächelte, während er über diesen Entdeckergeist staunte, der so typisch für sie war. Er fragte sich, wie lange das Spielzeug, das er in Kar für Vedric gekauft hatte, in ihren eifrigen Händen überleben würde, bevor sie es in seine Einzelteile zerlegt hätte. Er hatte keine Ahnung, wie geschickt Eryn mit mechanischen Dingen war. Vielleicht war es ein weiteres ihrer Talente. Für den Augenblick war es womöglich sicherer, es außerhalb ihrer Reichweite aufzubewahren. Wenn sie es wahrhaftig zerlegte und dann nicht mehr zusammensetzen konnte, hätte sein Sohn eines Tages lediglich eine Sammlung komplizierter Einzelteile zum Spielen. Nein, entschied er - Eryn hatte die Bücher bekommen. Von dem anderen Geschenk sollte sie gefälligst die Finger lassen.

Tyront betrachtete das Gerät mit zunehmendem Interesse. "Wir könnten den Eisenschmied und den Goldschmied einen Blick darauf werfen lassen. Vielleicht haben sie eine grundlegende Idee, wie das hier funktioniert."

Eryns Lächeln war eher ein Zähnefletschen, als sie erwiderte: "Oder wir könnten es einfach in meinem Arbeitszimmer belassen, da es ein Geschenk an mich war und ich nicht gut auf eine Beschlagnahmung reagieren würde."

"Na schön", seufzte Tyront, "ich bin kein unvernünftiger Mann. Ich werde es dir abkaufen. Nenne deinen Preis."

"Sehe ich aus, als würde ich dein Geld brauchen? Ich verkaufe es nicht! Und falls es verschwindet, werde ich sehr genau wissen, wo ich zu suchen anfangen muss, also keine Dummheiten, hörst du?"

Die Unterstellung, er wäre womöglich willens, sie zu bestehlen, veranlasste Tyront zu einem prüfenden Blick.

"Wer sagt, dass es dir der König nicht wegnehmen lassen wird?"

Sie grinste spöttisch. "Das wird er nicht. Es würde mich unglücklich machen, und damit auch Enric. Und im Moment bemüht er sich, Enric glücklich zu machen. Die Tatsache, dass er Gerits Lebensbund aufgelöst hat, zeigt das sehr deutlich."

"Du verhinderst damit womöglich, dass wir herausfinden, wie es funktioniert."

Eryn verschränkte die Arme. "Ist das so? Ich hätte eher gedacht, dass ich eure beste Chance bin, um das herauszufinden, wenn man bedenkt, dass ich diejenige mit regelmäßigem Kontakt nach Pirinkar bin."

"Du weigerst dich also, dein Gerät zu teilen?"

"Absolut", bestätigte sie energisch.

"Du solltest deine Herangehensweise an Verhandlungen wirklich überdenken", meinte Tyront stirnrunzelnd.

"Ich verhandle nicht. Ich sage einfach nur Nein. Es gehört mir. Lass deine Finger davon."

Er kniff die Augen zusammen. "Ich könnte dir befehlen, es aufzugeben."

Sie verschränkte die Arme. "Das würde ich nicht empfehlen. Du willst, dass ich mich mit dem Rat vertrage und sie dazu bringe, dass sie mit mir zusammenarbeiten, um das Überleben des Ordens sicherzustellen. Das würde mich nicht wirklich dazu motivieren, dir bei deinen Bemühungen beizustehen. Ich könnte mich ebenso gut zurücklehnen und abwarten, bis der Orden in ein paar Jahren im Chaos versinkt. Das sollte es mir erleichtern, ihm zu entschlüpfen."

Der Anführer des Ordens knirschte mit den Zähnen bei der leichtsinnigen Art und Weise, wie sie über den Niedergang der Institution sprach, der er beinahe sein ganzes Leben lang gedient hatte. Und es ärgerte ihn, dass sie noch immer bestrebt schien, davon loszukommen.

Tyront lächelte schwach. Seine Augen waren zusammengekniffen. "In deinen Worten mag ein Körnchen Wahrheit liegen, doch du bist nicht ganz so mächtig, wie du denkst, mein liebes Mädchen. Wenn ich diese Maschine will, werde ich sie bekommen, darauf darfst du dich verlassen. Allerdings würde ich es vorziehen, unsere harmonische Beziehung nicht aufs Spiel zu setzen, indem ich sie dir wegnehme. Stattdessen werde ich dir ein Angebot unterbreiten, und ich bin zuversichtlich, dass du es zumutbar finden wirst."

Eryn fing Enrics warnenden Blick auf und bedeutete dem älteren Mann, er möge fortfahren. "Ich höre."

"Ich lasse dich eine Weile damit herumspielen, sagen wir, drei Monate lang." Er deutete auf die Zylinder. "Hör dir das, was dir der Botschafter geschickt hat, so oft an, wie du willst. Sobald du jedoch in Takhan ankommst, wirst du deine Zeit darauf verwenden, die Funktionsweise zu ergründen. Greif dafür auf die Hilfe von Handwerkern zurück, wenn du willst. Wenn du bis zu deiner Rückkehr sechs Monate später nicht in der Lage warst herauszufinden, nach welchen Prinzipien es funktioniert, wirst du das Gerät freiwillig herausgeben und andere ihr Glück versuchen lassen."

Er sah davon ab, die Konsequenzen einer Weigerung in Worte zu fassen: Er würde es ihr einfach nach seinem Ermessen wegnehmen. Sie dachte eine Weile nach. Etwas in ihr sträubte sich, dem zuzustimmen. Das war nicht fair, es gehörte ihr! Sie sollte nicht auf diese Weise darum kämpfen und Bedingungen in Kauf nehmen müssen, nur um es behalten zu dürfen!

Während der gesamten Diskussion mit Tyront hatte Enric kein einziges Wort gesprochen, doch er fing ihren Blick ein und nickte langsam.

Sie stieß den Atem aus und rollte mit den Augen. "Also gut, ich bin einverstanden. Aber du sollst wissen, dass ich es nicht für gut befinde, dass du mich damit nötigst, mir mein Eigentum wegzunehmen."

"Das nehme ich zur Kenntnis", nickte Tyront huldvoll. "Ich bin zuversichtlich, dass dein Eifer, an deinem Apparat festzuhalten, dich dazu motivieren wird, dein Bestes zu geben, um seine Geheimnisse zu enthüllen."

Enric räusperte sich. "Tyront, kommst du nun mit in mein Arbeitszimmer, damit wir die Einwände des Rats besprechen können?" Er musste seinen Vorgesetzten hier hinausschaffen, und zwar rasch. Eryn war alles andere als erfreut, und er spürte durch das Geistesband, dass sie ihr Temperament zurückhielt. Und wenn Tyront ihr weiterhin so gönnerhaft begegnete, ließ sich nicht sagen, wie lange sie es noch schaffte, ihre Zunge im Zaum zu halten.

Er war erleichtert, als Tyront zustimmte und ihm aus dem Raum folgte.

KAPITEL 32

Ein alter Narr

Pe'tala wartete nicht, bis Eryn sie zum Eintreten aufforderte, sondern kam gleich nach ihrem Klopfen in den Behandlungsraum. Sie ließ sich in den Patientenstuhl ihrer Schwester gegenüber fallen.

"Ich kann nicht glauben, wie viele dämliche Verletzungen hier zu dieser Jahreszeit passieren. Die Leute rutschen ständig aus - als wären sie glatte Straßen im Winter nicht gewohnt! Ich meine, das ist doch jedes Jahr gleich, oder? Wie kann es solch eine große Überraschung sein, dass man hinfällt, wenn man auf den glatten Pflastersteinen dahinhastet?"

Eryn streckte sich, bedeckte ihren Mund mit ihrer Faust, während sie gähnte und meinte dann: "Was soll ich dir sagen? Menschen sind sonderbar."

"Wenn wir gerade von sonderbaren Menschen sprechen - ist euer Hausgast schon wieder abgereist?"

"Wenn du Enrics Schwester meinst, dann ja, das ist sie. Gestern Nachmittag ist sie zu ihrer Familie zurückgekehrt. Gerit wird ebenfalls bald aus unserem Haus ausziehen. Ihr eigenes Zuhause wird in ein paar Wochen bezugsfertig sein. Derzeit kümmert sie sich um die Einrichtung, damit das ganze Dekorieren und Möblieren der Räume innerhalb von ein paar Tagen erledigt ist, wenn die Bauarbeiten erst einmal abgeschlossen sind", erklärte Eryn.

Pe'tala nickte. "Also schreiten die Dinge voran. Gut, dass sie nicht ins Gefängnis musste. Das ist keine gute Zeit im Jahr, um sie in einem kalten, feuchten Kerker zu verbringen. Nicht, dass es im restlichen Jahr ein besonders erfreulicher Ort wäre, wohlgemerkt." Sie lehnte sich vor. "Also, wann zeigst du es mir?"

Eryn sah sie verwirrt an. "Wann zeige ich dir was?"

Die jüngere Heilerin verdrehte die Augen. "Das Buch natürlich! Ich habe gehört, dass die Bilder außergewöhnlich gut sind. Aber etwas anderes ist von Vern auch nicht zu erwarten."

"Oh, nein! Ich hätte wissen sollen, dass sich das unmöglich unter Verschluss halten lässt! Wie hast du davon erfahren? Vran'el oder Ram'kel?"

"Eigentlich von beiden. Vran schrieb mir, dass Vern an einem Buch für dich arbeitete, und dass er ihn überredet hätte, noch zwei weitere anzufertigen, eines für ihn und eines zum Verkaufen. Und Ram'kel erzählte mir, dass er dabei war, als die Lieferung eintraf und du sie geöffnet hast. Dein Unbehagen hat ihn wirklich erheitert."

Eryn zog eine Augenbraue hoch. "Mir war nicht bewusst, dass du und Ram'kel solch dicke Freunde seid. Ist das nicht ein wenig seltsam, wenn man bedenkt, dass dich sein Bruder abserviert hat?"

Pe'tala zuckte mit den Schultern. "Ich hege keinen Groll gegen ihn wegen etwas, das seine Familienmitglieder getan haben. Daran hatte er keinen Anteil, oder? Und er sagte mir, dass er die Entscheidung seines Bruders, sich in einen wenig vielversprechenden Kampf um deine Hand zu stürzen anstatt mich zu der seinen zu machen, bedauert. Das hat ihm ein paar Pluspunkte bei mir eingebracht. Außerdem sind wir gleich alt, in der gleichen Stadt aufgewachsen und bewegen uns in den gleichen Kreisen. Er ist ein schlauer Kerl; das gefällt mir an einer Person."

"Er reizt und ärgert mich ständig! In seiner Position finde ich das höchst unangemessen. Eine Position, die ich ihm beschafft habe."

"Das tut er nur unter vier Augen, also besteht keine Gefahr, dass dein Ruf darunter leidet. Wie ich schon sagte, ist er nicht dumm. Das war er noch nie. Allerdings hat er seine schurkischen Züge, das will ich zugeben. Ram'kel bat mich, dich zu mir einzuladen und dir zu sagen, du sollst das Buch mitbringen. Er würde dann zu uns stoßen. Er ist wirklich ganz versessen darauf, es zu sehen. Er meinte, er hätte nur ein Bild gesehen, als du das Buch auf einer zufälligen Seite aufgeschlagen hattest, doch das war bereits umwerfende Arbeit."

Eryn stöhnte. "Was? Du willst, dass ich mir Bilder von Leuten beim Sexualakt ansehe - mit einem anderen Mann? Warum bringst du mich nicht einfach gleich um? Genau das wird mir nämlich widerfahren, wenn Enric davon erfährt. Er ist anpassungsfähig, wenn es darum geht, dieses Feld wie jedes andere höfliche Gesprächsthema zu behandeln, doch eine kleine private Vorführung dieser Art von Bilder mit einem anderen Mann als ihm selbst würde er gar nicht gut aufnehmen, soviel darfst du mir glauben."

Pe'tala grinste boshaft. "Ich könnte Rolan bitten dabei zu sein. Das wäre schreiend komisch. Er ist sogar noch prüder als du."

"Das wird ja immer besser", knurrte Eryn. "Ich werde sicher nicht gemeinsam mit zwei anderen Männern Bilder von kopulierenden Leuten betrachten. Wenn du dir das verdammte Buch ansehen willst, dann komm zu mir nach Hause und tu es dort. Keinesfalls nehme ich es irgendwohin mit. Stell dir vor, jemand sähe mich damit!"

"Du sorgst dich um deinen Ruf, Schwester?", fragte Pe'tala spöttisch grinsend. "Das ist ja umwerfend, wenn es von einer Frau kommt, die bei dieser ausgelassenen Veranstaltung, die ihr hier einmal jährlich abhaltet, mit einem Mann ins Bett ging, ohne auch nur sein Gesicht gesehen zu haben." Dann wurde ihr Gesichtsausdruck nachdenklich. "Das verwundert mich schon, seit ich zum ersten Mal davon hörte. Wie konntest du nicht wissen, dass es Enric war? Es gibt einige gut gebaute Männer hier, was an einem Ort, wo Krieger ausgebildet werden, kaum eine Überraschung ist; doch kaum welche sind so groß. Und was ist mit seiner Stimme? Hättest du die nicht wiedererkennen sollen? Er hatte doch bereits zuvor mit dir gesprochen, oder etwa nicht? Ist es möglich, dass du wusstest, dass er es war, aber nicht zugeben wolltest, dass du ihn anziehend fandest, weil dein Stolz das nicht zugelassen hätte?"

Eryn atmete aus und schüttelte erschöpft den Kopf. "Ich kann nicht glauben, dass ich diese Unterhaltung tatsächlich mit dir führe. Nein, ich hatte wahrhaftig keinen blassen Schimmer, wer er war, auch wenn er groß war. Das ist ein Ort, an dem es nur hellhaarige Leute gibt! Setz ihnen eine Maske auf, und sie sehen weitgehend gleich aus! Und nein, unsere Unterhaltungen waren damals nicht dermaßen häufig, also hatte ich keine allzu deutliche Erinnerung an seine Stimme. Sie ist nicht besonders markant. Wäre es Lord Tyronts tiefes Brummen gewesen, würde ich meinen, dass ich es wiedererkannt hätte." Sie hielt inne, als Pe'tala kicherte, und kniff die Augen zusammen. "Veralberst du mich etwa?"

"Am Anfang schon, doch jetzt muss ich mich wundern, weshalb du dich ganz so vehement verteidigst, wenn nichts Wahres dran ist."

Eryn seufzte müde und hob ihre Hand, um damit auf die Tür zu zeigen. "Hinfort mit dir, böser Geist. Warte, eines noch: Enric will Urban in den nächsten Tagen mit auf die Jagd nehmen und fragt, ob Rolan mitkommen möchte."

Pe'tala stand gehorsam auf. "Ich werde ihn fragen. Rolan wird sich mit Enric in Verbindung setzen und ihm Bescheid geben."

"Danke. Jetzt kannst du gehen."

In diesem Augenblick wurde die Tür aufgestoßen und Lebern rief: "Lord Aldon wurde angegriffen! Sie bringen ihn gerade her."

Eryn sprang auf die Füße, die Erschöpfung von vorhin wie weggeblasen. "Bringt ihn hier herein", instruierte sie und trat zur Seite, als kurz darauf zwei Männer das Ratsmitglied hereintrugen. Es schien, als hätten sie ohnehin geplant, ihn zu ihr zu bringen. Sie schob die Gedanken an das Wer und Warum sowie die möglichen Konsequenzen der Attacke beiseite und konzentrierte sich stattdessen auf den Mann, den sie auf die Liege hoben.

Blut strömte aus Wunden in seinem Gesicht, sodass er aussah, als wäre er gerade vom Schlachtfeld zurückgekehrt. Doch Kopfwunden tendierten zu starken Blutungen, selbst wenn die Verletzung nur geringfügig war. Aufgrund des hohen Nährstoffbedarfs des Gehirns war der Kopf gut mit Blutgefäßen ausgestattet.

"Das sieht wahrscheinlich schlimmer aus als es ist", bestätigte Pe'tala ihre Gedanken. Sie sah ihre Schwester an, dann deutete sie zuerst auf sich selbst, "Körper", dann auf ihre Schwester, "Kopf".

Eryn nickte, woraufhin beide auf den leise wimmernden Mann zutraten. "Lebern, bleib hier und sieh zu. Der Rest von euch kann gehen", wies sie an und drehte sich dann um ohne zu prüfen, ob ihre Befehle befolgt wurden, damit sie ihre Hand auf Lord Aldons Kopf legen konnte.

Erleichtert atmete sie auf, als sich der Schaden an seinem Kopf als einfach zu reparieren erwies. Es musste ein recht heftiger Schlag gewesen sein, der ihm nicht nur recht eindrucksvoll und stark blutende Wunden verpasst hatte, sondern auch einen hauchdünnen Riss in seinem Schädelknochen. Das Gehirn schien unbeschädigt. Sie heilte die Verletzung, indem sie zuerst einen Schild um die verletzte Stelle errichtete, um die Blutung einzudämmen, dann setzte sie mit dem Knochen fort, bevor sie das außenliegende Gewebe reparierte.

Als sie die Augen öffnete, wartete Pe'tala bereits.

"Bericht", verlangte Eryn kurzangebunden.

"Geringer Schaden an Schienbein und Knie, ein paar Stöße auf die Schulter, aber nichts Gröberes."

Sie nickte und zeigte dann auf Lebern. "Komm her. Führ eine vollständige Untersuchung an seinem Körper durch um zu sehen, ob es irgendwelche zurückbleibenden Verletzungen gibt, die unserer Aufmerksamkeit entgangen sind. Pe'tala, lauf und hol Lord Poron, dann gib Lord Tyront Bescheid."

Eryn atmete aus und lehnte sich mit grimmiger Miene gegen eine Wand. Sie würde diese Sache hier korrekt angehen, damit niemand versuchen konnte, ihr irgendetwas in die Schuhe zu schieben. Sie würde sicherstellen, dass die Heilung, die Lord Aldon erhielt, über jeden Tadel erhaben war - und sie von ihrem Kollegen überprüfen lassen. Sie informierte die richtigen Leute, ergriff die richtigen Maßnahmen und ging sicher, dass alles offiziell niedergeschrieben wurde.

Sie hegte keinerlei Zweifel, dass Pe'tala und sie selbst bei der Heilung ihres Patienten gründlich vorgegangen waren. Dies von Lebern überprüfen zu lassen war nichts weiter als eine Vorsichtsmaßnahme. Wenn sie jemanden heilen musste, der bekanntermaßen ihr Gegner im Rat war, nachdem er angegriffen wurde, musste absolut klar sein, dass sie in Übereinstimmung mit den ethischen Richtlinien ihres Berufs gehandelt und ihn nach besten Kräften behandelt hatte. Und die Tatsache, dass die zweite Heilerin, die mit ihr an diesem Patienten gearbeitet hatte, ihre eigene Schwester war, gereichte auch nicht eben zum Vorteil. Von der Familie erwartete man, dass sie unbequeme Fakten verschleierte, also würde alles, was sie zu Eryns Gunsten vorbrächte, mit besonderer Vorsicht behandelt werden.

Ohne Klopfen schwang die Tür auf, und Lord Poron trat ein, gerade als Lebern seine Untersuchung beendete.

"Alles sieht gut aus. Ich konnte keinerlei zurückbleibende Schäden entdecken", meinte Lebern und wartete auf weitere Anweisungen.

"Gut", nickte Lord Poron mit ernstem Gesichtsausdruck. "Dann geh und hol eine Schüssel Wasser und saubere Handtücher für Lord Aldon, damit er sich waschen kann. Pe'tala, ich möchte, dass du draußen wartest und Lord Tyront hereinbringst, sobald er eintrifft."

Beide Heiler nickten zur Bestätigung ihrer Befehle, verließen das Zimmer und ließen Eryn und Lord Poron mit dem Patienten allein.

"Wie fühlt Ihr Euch, Lord Aldon?", fragte Lord Poron und trat an die Liege. "Irgendwelche Schwindelgefühle oder Kopfschmerzen?" Als der andere Mann den Kopf schüttelte, setzte er seine Erkundigungen fort. "Und der Rest - irgendwelche Schmerzen oder Schwierigkeiten, wenn Ihr Euch bewegt?"

Langsam setzte sich Lord Aldon auf und akzeptierte die Hilfe des älteren Mannes beim Aufstehen. Er wagte ein paar vorsichtige Schritte und kehrte dann zur Liege zurück, um sich wieder hinzusetzen.

"Soweit ich es sagen kann, scheint alles in Ordnung zu sein", sprach der Patient zum ersten Mal seit seiner Ankunft.

"Sehr gut. Ich möchte auch aus medizinischer Sicht sichergehen, dass es Euch gut geht, wenn es Euch nichts ausmacht", erklärte das Oberhaupt der Klinik lächelnd und wartete die Erlaubnis nicht ab, bevor er nähertrat und eine Hand auf Lord Aldons Schulter platzierte, um einen Impuls hineinzuschicken, der ihm alle benötigten Informationen liefern würde.

Eryn hielt ihr Gesicht betont ausdruckslos und verbarg das zufriedene Lächeln, das sich sonst darauf ausgebreitet hätte. Lord Poron mit seiner Bedachtsamkeit. Obwohl Lebern bereits gesagt hatte, dass nichts übersehen worden war, wollte er sich vergewissern, dass er vor dem Rat falls nötig auch unter dem Einfluss einer Wahrheitssperre aussagen konnte, dass wahrhaftig alles war, wie es sein sollte. Also wollte er ebenfalls vorbereitet sein, falls Eryn erneut des Angriffs auf ein Ratsmitglied beschuldigt wurde.

"Ja, alles sieht akzeptabel aus", bestätigte Lord Poron schließlich.

"Ich ging den Fluss entlang, als sie auf mich losgingen", begann Lord Aldon. "Es waren drei, und..."

"Warum wascht Ihr nicht zuerst das Blut ab und wartet mit Eurer Schilderung, bis Lord Tyront eintrifft? Auf diese Weise müsst Ihr Euch nicht wiederholen", schlug Lord Poron sanft vor.

Wie aufs Stichwort, stieß Lebern mit seiner Schulter die Tür auf und brachte die erbetene Schüssel mit Wasser und zwei Handtücher.

Lord Aldon trat auf den Schreibtisch zu, wo der Heiler die Waschutensilien platziert hatte und begann sich dann zu reinigen. Ein paar Minuten später waren sowohl das Wasser als auch die Handtücher rot eingefärbt. Lord Aldon sah jedoch halbwegs wiederhergestellt aus - wenn man den Blick nicht weiter nach unten als bis zu seinem Gesicht wandern ließ. Der Kragen seiner braunen Robe war mit seinem Blut vollgesogen.

Pe'tala klopfte und ließ Tyront eintreten, bevor sie wortlos das blutige Wasser samt Handtüchern aufhob und sich entfernte.

Eryn stieß sich von der Wand ab und wollte ihrer Schwester aus dem Raum folgen, doch Tyront hob eine Hand und meinte nur: "Bleibt."

Sie unterdrückte ein Seufzen. Offensichtlich endete es für sie also nicht mit der Heilung des Mannes. Indem sie seiner Erzählung über den Angriff zuhören musste, war sie nun in ihrer Funktion als Ratsmitglied in diesen ganzen Schlamassel involviert, jetzt wo ihre Arbeit als Heilerin vorbei war. Sie wusste, dass nach Darnets Angriff auf Tyront und der Tatsache, dass ihre Entlastung nicht einstimmig erfolgt war, dies hier eine Demonstration von Vertrauen war. Ihr war bewusst, dass er es nicht tat, um sie zu quälen. Trotzdem… Viel lieber wäre sie einfach von all dem hier weggegangen und hätte es anderen überlassen, sich darum zu kümmern.

Tyront setzte sich auf Eryns Stuhl und sah Lord Aldon an. "Was ist passiert?", fragte er sachte.

"Es war ein Hinterhalt! Sie lauerten mir auf, und dann griffen mich drei Männer einfach so an! Das waren diese Rebellen, dessen bin ich mir vollkommen sicher!"

Der Anführer des Ordens zeigte keinerlei Reaktion auf diese Anschuldigung, sondern blieb unerschüttert und erwiderte nur: "Beginnt am Anfang, wenn Ihr so gut wärt."

Lord Aldon nickte und nahm sich ein paar Augenblicke Zeit, um sich wieder zu beruhigen, bevor er gefasst begann: "Ich habe es mir zur Gewohnheit gemacht, nach dem Mittagessen Spaziergänge zu unternehmen. Man sagte mir, es sei gesundheitsfördernd, da es die Verdauung anregt. Und ich nehme dies gerne als gute Gelegenheit wahr, um Angelegenheiten von großer Wichtigkeit in Frieden zu überdenken, eine Chance zur ungestörten Selbstwahrnehmung, wenn Ihr so wollt."

Eryn stöhnte innerlich. Das war auf jeden Fall der Anfang, allerdings wesentlich detaillierter als sie es momentan hören wollte. Warum sprang er nicht zum relevanten Teil und konzentrierte sich darauf?

Ihre Haltung musste wohl irgendwie ihre Ungeduld verraten haben, denn Tyront warf ihr einen raschen Blick zu, der eventuell eine Warnung gewesen sein mochte.

"Fahrt fort", ermutigte Tyront seinen Kollegen.

"Somit begann ich, so wie jeden Tag, meinen Spaziergang bei meinem Haus hinter den Kriegerquartieren, bis ich beim Fluss ankam. Dort bog ich links ab und setzte meinen Weg in Richtung der Brücke fort, um zum Hafen zu gelangen. Die drei Männer bemerkte ich zum ersten Mal, als ich die Bäume neben dem Fluss erreichte. Sie standen gegen eine Hauswand gelehnt und warfen scheinbar desinteressierte Blicke in meine Richtung. Da kam mir zum ersten Mal der Verdacht, dass etwas Seltsames vor sich ging."

Eryns Oberlippe kräuselte sich verächtlich. Sicher doch, plötzlich hatte er die ganze Zeit über gewusst, dass etwas nicht gestimmt hatte. Erkannte er nicht, dass solche Aussagen ihn eher als Tölpel denn als wachsamen Beobachter erscheinen ließen, weil er nicht nach diesem Verdacht gehandelt hatte, den er gehabt zu haben behauptete? Mach schon, trieb sie ihn im Stillen an, sprich doch endlich vom wichtigen Teil, verdammt noch eins!

"Sie müssen mir gefolgt sein, denn als ich gerade zur Brücke empor wollte, um sie zu überqueren, stürzten sie sich auf mich. Sie schlugen und traten wiederholt auf mich ein und verursachten so die Verletzungen, mit denen ich hergebracht wurde."

"Ihr sagtet, es wären diese Rebellen gewesen, wenn ich mich richtig erinnere", merkte Lord Poron an. "Was bringt Euch auf diesen Gedanken? Habt Ihr jemanden erkannt?"

"Nein, natürlich nicht! Sie würden wohl kaum losgehen und riskieren erkannt zu werden, indem sie ihre eigene Drecksarbeit verrichten, nicht wahr? Sie müssen diese Schläger bezahlt haben, damit sie es übernehmen. Ich hörte, wie einer von ihnen sagte: Das wird ihm eine Lehre sein. Sehen wir mal, ob er sich dem Fortschritt weiterhin in den Weg stellt. Somit ist wohl recht offensichtlich, wer sie geschickt hat, würde ich meinen."

Eryn biss sich auf die Lippe, nicht sicher, ob ihr gestattet war, ebenso wie Lord Poron Fragen zu stellen, oder ob sie einfach nur still sein, zusehen und lernen sollte.

"Ja?", fragte Tyront und warf ihr einen ermutigenden Blick zu. In Ordnung, somit durfte sie also sprechen. Gut.

"Ihr sagt, Ihr hättet sie nicht erkannt, was darauf hindeuten würde, dass sie keine Mitglieder des Ordens sind. Sonst hättet Ihr sie wahrscheinlich schon einmal gesehen. Der Orden hat nicht mehr als hundertvierzig Mitglieder, also wärt Ihr ihnen sonst bei einer Zeremonie oder sonst irgendeinem Anlass begegnet."

Lord Aldon nickte langsam, augenscheinlich nicht besonders angetan davon, dass sie in einer Position war, irgendetwas zu diesem Gespräch unter Erwachsenen beizutragen.

"Das würde bedeuten, dass sie keine Magier waren. Es war also ein beachtliches Risiko für sie, einen Magier anzugreifen, auch wenn sie Euch zahlenmäßig überlegen waren", wagte sie sich vor. "Auch wenn es uns nicht erlaubt ist, mit Magie zuzuschlagen, so ist uns doch gestattet, einen Schild gegen sie zu errichten. Warum habt Ihr sie nicht mit einer Barriere von Euch ferngehalten?"

"Ich wurde von hinten attackiert", schnaubte er. "Ich weiß nicht, ob Ihr jemals das Opfer eines solchen Angriffs wart, doch das ist eine recht verstörende Situation."

Das sollte wohl ein Scherz sein! "Ihr erinnert Euch an die letzte Hinrichtung? Die Apotheker? Dann erinnert Ihr Euch womöglich auch daran, dass deren Attacke auf mich der Grund für ihre Enthauptung war", schnappte sie. "Also ja, zufällig war ich in der Vergangenheit tatsächlich schon einmal das Opfer einer ähnlichen Attacke. Auch wenn der Grund, weshalb ich mich damals nicht schützte, der war, dass ich nach dem ersten Schlag bewusstlos zusammenbrach. Weshalb habt Ihr keinen Schild errichtet? Verstörende Situation oder nicht, der Orden trainiert seine Krieger dazu, dass sie zur Verteidigung des Königreichs kampfbereit sind - ich denke also, Ihr hättet in der Lage sein müssen, Euch gegen nicht-magische Angreifer zur Wehr zu setzen."

Lord Aldons Gesicht verzog sich vor Zorn, als er von seinem Stuhl aufstand und auf sie zuging. "Wollt Ihr damit etwa andeuten, Lady Eryn, ich hätte mich aus irgendeinem besonderen Grund nicht verteidigt? Gibt es irgendeine Anschuldigung, die Ihr hier erheben wollt? Ist dies ein plumper, schäbiger Versuch, Euer eigenes Mitwirken in dieser Affäre zu vertuschen - indem Ihr die Aufmerksamkeit fort von Euch selbst lenkt und Geschichten erfindet, laut denen ich selbst für den Angriff auf mich verantwortlich sei?"

Nun ging das schon wieder los! dachte Eryn angespannt, nicht sicher, ob sie lachen oder weinen sollte. Sie erwiderte nichts auf seine Anschuldigung, sondern bedachte ihn lediglich mit einem finsteren Blick und verschränkte die Arme. Was konnte sie darauf schon entgegnen? Ihn im Gegenzug beschuldigen oder sich verteidigen? Keines davon würde im Moment Sinn machen.

"Lord Aldon", sprach Tyront nachdrücklich, "bitte kehrt zu Eurem Platz zurück. Lady Eryns Frage ist nicht ganz ungerechtfertigt. Ihr wurdet mehrere Jahrzehnte lang im Kampf ausgebildet. Sofern Euer Unvermögen, Euch gegen schwächere Gegner zur Wehr zu setzen, die Folge einer Schwachstelle in besagter Ausbildung ist, sollten wir womöglich unsere Ausbildungsmethoden überdenken. Doch für den Augenblick werden wir Euch zugestehen, dass Ihr Euch in einer Zwangslage befandet und nicht riskieren wolltet, Nicht-Magier zu verletzen und damit das Gesetz zu brechen, in Ordnung? Gab es bei diesem Angriff irgendwelche Zeugen?"

Lord Aldons Augen leuchteten triumphierend auf, und er warf einen geringschätzigen Blick in Eryns Richtung, bevor er antwortete: "Die gab es in der Tat! Die beiden Männer, die mich herbrachten, sahen alles! Wären sie nicht auf mich zugerannt, dann weiß ich nicht, was mir diese Schurken noch angetan hätten! Ich sage Euch - es waren diese Rebellen! Jetzt, wo der junge Onil die Ratsversammlungen beobachtet, berichtet er zweifellos seinen Freunden, dass ich es bin, der die größte Gefahr für ihre unverschämten Forderungen darstellt und dass ich ein geachtetes Ratsmitglied bin. Meine Kollegen respektieren meine Meinung und denken über das nach, was ich sage, anstatt nur gedankenlos allem zuzustimmen, was auch immer Lady Eryn ihnen aufzudrängen versucht. Sie denken, wenn sie mich aus dem Weg räumen, wird es keine weiteren Hindernisse mehr geben!"

Eryn nahm sehr behutsam davon Abstand, sich anlässlich dieses Größenwahns mit der Handfläche gegen die Stirn zu schlagen. Er war wahrhaftig von sich eingenommen. Ihr eigenes Bild von ihm war keinesfalls das eines mächtigen Oppositionsführers, sondern eher das eines Ärgernisses, das sich aus Prinzip gegen jede Veränderung oder neue Idee auflehnte. Ein Mann, dem es an der erforderlichen Weitsicht fehlte, um ein Problem zu erkennen, selbst wenn es unmittelbar vor ihm auf- und absprang, mit den Armen wedelte und laut schrie. Ein übergroßes Kind, das der Realität mit störrischer Gleichgültigkeit begegnete und fest dazu entschlossen war, in seiner eigenen kleinen Blase zu verweilen, in der die Welt so war, wie er sie haben wollte.

"Braucht Ihr mich hier noch länger, oder habe ich Eure Erlaubnis zu gehen und mich um meine Patienten zu kümmern?", fragte sie ihren Vorgesetzten sehr höflich, während sie ihm mit ihren Augen sehr deutlich signalisierte, dass sie diesen Mann erwürgen würde, wenn sie noch länger gezwungen war, im gleichen Raum mit ihm zu verweilen.

"Ich würde Euch ersuchen, noch ein wenig zu bleiben, Lady Eryn", antwortete Tyront. "Lord Aldon, ich danke Euch für Euren Bericht. Wir werden Euch ersuchen müssen, all dies noch einmal dem gesamten Rat darzulegen, da es sich dabei um eine Angelegenheit von großer Wichtigkeit handelt, die sorgfältiger Betrachtung bedarf."

Lord Aldons Brust schwoll bei diesen Worten leicht an in dem unverkennbaren Vergnügen darüber, dass dieser Vorfall die Aufmerksamkeit erhielt, die ihm gebührte. "Selbstverständlich, mein Lord."

Er verbeugte sich vor seinem Anführer, dann stolzierte er mit hoch erhobenem Kopf aus dem Raum.

Als die Tür geschlossen war, stieß Eryn den Atem aus, ließ ihren Kopf zurücksinken und starrte an die Decke. Sie fragte sich, ob sie die Einzige war, die sich unwohl fühlte mit der Geschichte, die ihnen gerade vorgetragen worden war. Aus welchem Grund würde eine Gruppe unzufriedener Magier unbedachterweise ein Ratsmitglied angreifen, das gegen sie war? Sie wären die Ersten, die man verdächtigen würde, und ganz egal, ob es sich beweisen ließ oder nicht, so würde es doch den Rat gegen sie einnehmen. Damit konnten sie sich nur selbst schaden. Manche der Magier mochten zu hitzig, zu eifrig, zu ungeduldig sein, doch sie hatten auch kluge Leute unter sich, Denker wie Onil. Und jetzt stand Eryn erneut im Verdacht, sie hätte jemanden attackiert, den sie als unbequem erachtete. Warum bemühte sie sich überhaupt noch? Von einem Verdacht freigesprochen zu werden schien lediglich wenig später wieder zu dem exakt gleichen Szenario zu führen.

Überrascht zuckte ihr Kopf wieder vor, als sie Lord Poron seufzen hörte. "Was für ein Einfaltspinsel. Aber wenn wir uns ansehen, wie sich die Dinge entwickeln, war es wohl nur eine Frage der Zeit, bis er etwas Unbedachtes unternimmt."

Tyront schüttelte den Kopf. "Wie wahr. Allerdings hätte ich nicht gedacht, dass er sich dabei dermaßen schwachsinnig anstellen würde. Ich weiß nicht, ob ich zornig auf ihn sein soll, weil er die Werte missachtet, die er hochhalten soll, oder beleidigt, weil er uns für dermaßen leichtgläubig hält."

Eryn starrte die beiden abwechselnd an. Was redeten sie da?

Lord Poron bemerkte ihre Verwirrung und lächelte dünn. "Ich denke, wir sollten sie einweihen, Tyront. Sie wirkt etwas verloren."

Eryn registrierte, wie ihr Kollege den Anführer des Ordens gerade ohne seinen Titel angesprochen hatte. Ihr war nicht einmal bewusst gewesen, dass die beiden so vertraut miteinander waren.

Tyront nickte und erklärte: "Wir vermuten stark, dass Lord Aldon diesen kleinen Überfall selbst inszeniert hat. Da gibt es ein paar Hinweise, die diesen Verdacht stützen. Erstens teilte er mehr Einzelheiten mit, als ich zu wissen verlangte. Das ist an sich zwar kein verlässlicher Beweis für eine Lüge, doch wenn man bedenkt, dass er im Allgemeinen nicht als solch gewissenhafter Mann mit einer Liebe zum Detail bekannt ist, sticht es hervor. Den nächsten Punkt hast du selbst angesprochen - er hätte sich gegen Nicht-Magier problemlos verteidigen können. Es mag sein, dass er zu Beginn unter Schock stand, doch dann hätte er als ausgebildeter Kämpfer in der Lage sein müssen, sie sich vom Leib zu halten. Sogar du hast einen Schild zu deiner Verteidigung errichtet, als du damals hergebracht wurdest - und das, obwohl du keine Ahnung hattest, wie es funktionierte. Es ist ein Instinkt, besonders, wenn man darauf trainiert ist. Während eines Angriffs keinen Schild zu errichten würde erfordern, dass man diesem Instinkt vorsätzlich zuwiderhandelt."

Lord Poron nickte beifällig. "Dem stimme ich zu. Er wollte angegriffen und auch verletzt werden. Wolltest du jemanden angreifen, Eryn, würdest du es dann mitten am Tag tun, bei Tageslicht und an einem so offenen Ort wie der Flusspromenade, wo es grundsätzlich unmöglich ist, unbeobachtet zu bleiben? Ich wage zu behaupten, das würdest du nicht. Für einen Angreifer wäre das eine höchst sinnlose Vorgangsweise, sofern man nicht sicherstellen will, dass dringend benötigte Zeugen zugegen sind."

Eryn atmete aus, als die Worte in ihrem Bewusstsein ankamen. "Also… ihr denkt, er hat es selbst getan? Ihr hegt nicht den Verdacht, ich hätte das arrangiert, um mich meines eindrucksvollsten Gegners zu entledigen?"

Daraufhin lachten beide Männer.

"Das ist schon eine recht beachtliche Meinung, die er da von sich hat, was?", schmunzelte Tyront. "Nein, wir denken nicht, dass du dahintersteckst. Und ebenso wenig machen wir unsere rebellischen Freunde dafür verantwortlich. Selbstverständlich werde ich jeden einzelnen von ihnen unter dem Einfluss einer Wahrheitssperre verhören - nur für das Protokoll. Poron, du und ich werden uns darum kümmern. Kein Wort davon zu irgendjemandem."

Sie sah die beiden Männer an. "Und was wird jetzt passieren? Beschuldigen wir ihn geradeheraus bei der nächsten Ratsversammlung und zwingen ihn dazu, sich einer Wahrheitssperre zu unterziehen?"

"Nein", entgegnete Tyront kopfschüttelnd. "Das würde gar nicht gut ankommen. Wir können ihn nicht dazu nötigen, so einer Sache zuzustimmen, wenn er in dieser Sache angeblich das Opfer ist."

"Wir müssen ihn irgendwie austricksen", pflichtete Lord Poron bei. "Das sollte nicht allzu schwierig werden. Er war noch nie das schärfste Schwert im Ständer. Ich sollte es wissen - ich hatte das Pech, ihn unterrichten zu müssen, als er noch ein Junge war. Ein schrecklicher Besserwisser, der sich nie die Mühe machte, die Fakten zu überprüfen, bevor er den Mund aufriss. Ich musste ihn nur reden lassen; es war nur eine Frage der Zeit, bis er sich selbst widersprach."

Verblüfft schüttelte Eryn den Kopf. Mitanzuhören, wie Lord Poron schlecht von jemandem sprach, war eine Seltenheit. Er musste so richtig ungehalten über Lord Aldon sein.

"Warum ist er dann überhaupt im Rat? Ich dachte, die Ratsmitglieder würden nicht aufgrund ihrer Stärke ausgewählt, sondern weil sie geistig rege, erfahren und besonnen sind", bemerkte Eryn.

Tyront seufzte und wirkte, als fühlte er sich etwas unbehaglich. "Nun, das zumindest sind wir bestrebt, den Leuten einzureden. Theoretisch ist es das, wonach wir in unserem Rat streben, doch bis zu einem gewissen Grad sind uns hier Grenzen auferlegt. Die ersten fünf Ränge im Orden müssen dem Rat beitreten, so steht es in den Bestimmungen. Glücklicherweise ist die derzeitige Anordnung der Mitglieder in den obersten Rängen eine sehr gute, die beste, die wir seit einer Weile hatten. Jeder einzelne von euch ist intelligent und vernünftig. Früher jedoch hatten wir gelegentlich sehr starke, aber weniger umsichtige Leute an der Spitze. Die anderen Sitze im Rat versuchen wir an angemessene Kandidaten zu vergeben. Das funktioniert jedoch nicht immer so, wie wir es uns wünschen würden."

"Wie in Lord Aldons Fall?", bohrte Eryn weiter.

"Genau. Ich hatte die Leitung des Ordens damals gerade erst seit zwei oder drei Jahren inne und plagte mich noch immer damit, die Leute zum Befolgen meiner Befehle zu veranlassen und mich als Autorität zu etablieren. Damals verstarb eines der Ratsmitglieder, was bedeutete, dass eine Position frei wurde. König Folins Vater kam daraufhin auf mich zu und empfahl Lord Aldon. Er wollte einem Freund einen Gefallen erweisen, und dessen Sohn einen Sitz im Rat zu verschaffen erschien ihm als großzügige Geste. Und die Tatsache, dass Lord Aldon dem alten König auf ewig dankbar war, trug dazu bei, aus ihm mehr oder weniger das Sprachrohr des Monarchen zu machen. Ich war jung und dachte, dass den König auf meiner Seite zu haben hilfreich wäre, doch das Gegenteil war der Fall. Einige der Ratsmitglieder nahmen mir diese Entscheidung übel, und seither plage ich mich mit ihm herum. Ich bin durchaus dafür, dass man mit seinen Fehlern leben muss, da es uns ermöglicht, daraus zu lernen, doch ich finde, dass zwei Jahrzehnte doch mehr sind, als ich verdiene."

Lord Poron lächelte schwach. "Dann mag das hier deine Chance sein, um diese Fehlentscheidung von damals zu korrigieren. Wenn wir den Beweis erbringen können, dass er diesen Angriff selbst geplant hat, um andere zu belasten, könntest du ihn aus dem Rat ausschließen. Die Richtlinien berücksichtigen diese Möglichkeit, obgleich es bislang noch nie vorkam."

Tief in Gedanken, legte Tyront seine Fingerspitzen aneinander. "Ja", meinte er langsam, "das könnte ich tatsächlich tun… und wir würden ihn nicht einmal ersetzen müssen, da wir derzeit dreizehn Mitglieder haben und die Bestimmungen festlegen, dass es zwölf geben muss."

"Wie sicher seid ihr euch, dass er es wirklich selbst war?", beharrte Eryn. Das klang einfach zu gut, um wahr zu sein.

"So gut wie sicher", erwiderte Tyront. "Obwohl so gut wie sicher natürlich nicht ausreicht. Wir brauchen absolute Gewissheit. Ein Geständnis wäre hier am günstigsten, doch ich kann mir nicht denken, dass er sich freiwillig einer Wahrheitssperre unterziehen wird. Somit werden wir versuchen müssen, das zuwege zu bringen, indem wir uns durch seine Finanzunterlagen graben und sehen, ob sich herausfinden lässt, wen er bezahlt hat, dann die Leute ausfindig machen, die er angeheuert…"

Eryn unterbrach ihn, als sich eine Idee in ihrem Kopf zu formen begann. "Warte. Als du Onil befragt hast, passierte das nicht unter dem Einfluss einer Wahrheitssperre. Du hast lediglich hinterher eine angewandt, als du ihn um die Bestätigung gebeten hast, dass all seine Antworten der Wahrheit entsprachen."

Beide Männer nickten und warteten darauf, dass sie fortfuhr.

"Er ist ganz wild darauf, seine kleine Geschichte dem Rat vorzutragen. Wenn wir sie ihn also erzählen lassen und sichergehen, dass wir ihm keine Fragen stellen, die ihn vermuten lassen, was wir denken - dann könnten wir ihn hinterher bitten, einer Wahrheitssperre zuzustimmen, damit er die Wahrheit seiner Worte bestätigt. Die Fakten, dass er während eines Spaziergangs überfallen wurde, dass Zeugen angerannt kamen und ihn zur Klinik brachten, und dass er verletzt wurde, treffen alle zu. Er würde sicher keinen Einspruch dagegen erheben, sie zu bestätigen, oder? Und während er unter dem Einfluss der Wahrheitssperre ist, nun, dann könnte uns plötzlich eine andere Frage einfallen… So etwas wie: Wart Ihr auf irgendeine Weise an diesem Angriff beteiligt?"

Lord Poron spitzte seine Lippen und blickte aus dem Fenster, während er die Idee in Erwägung zog. Tyront stützte sein Kinn auf seine verschränkten Finger, während er nachdachte.

Mehr als eine Minute lang sprach niemand, dann meinte Tyront: "Ja, so könnten wir es machen. Wir müssen überlegen, wer die Wahrheitssperre anwenden soll. Ich sollte es nicht tun, ebenso wenig Enric… es sollte eine Bemühung des Rates sein. Lord Remdel oder Lord Seagon, würde ich meinen.

Es wird sogar noch besser funktionieren, wenn es jemand tut, der in der Vergangenheit gelegentlich mit ihm zusammengearbeitet hat."

"Ich wäre für Lord Seagon", schlug Lord Poron vor. "Sein Ansehen im Rat ist besser als das von Lord Remdel, der zuweilen als etwas... willensschwach wahrgenommen wird."

Kein Wunder, dachte Eryn, bei einer Gefährtin wie Inad war das womöglich eine Überlebensstrategie...

"Ich stimme zu. Dann also Lord Seagon. Er wird die Wahrheitssperre anwenden, und du, Poron, stellst die Fragen." Tyront rieb sich die Hände. "Dann zurück an die Arbeit! Wir müssen die Magier noch befragen, damit wir deren Beteiligung ausschließen können, bevor wir Lord Aldon bei der nächsten Versammlung konfrontieren. Wir wollen immerhin nicht wie Narren dastehen für den unwahrscheinlichen Fall, dass wir falsch liegen. Eryn - zu niemandem ein Wort darüber. Enric selbstverständlich ausgenommen. Wenn du ihm davon erzählst, sieh zu, dass du eine schalldichte Barriere errichtest, sogar in eurem Haus."

Sie sah sich um und wurde plötzlich von einem Gefühl des Unbehagens übermannt. "Dafür könnte es bereits zu spät sein. Wir hatten die ganze Zeit über keinen Schild aufrecht! Mit all diesen Spionen rundherum, wer weiß - womöglich wurden wir belauscht!" Verdammt - wie nur hatten alle drei von ihnen dermaßen fahrlässig sein können? Enric trichterte ihr immer wieder ein, wie wichtig es war, vertrauliche Informationen zu schützen, doch irgendwie fiel ihr das immer erst hinterher ein.

Tyront lächelte, als er aufstand. "Nein, du darfst beruhigt sein, dass diese Unterhaltung vertraulich war. Agenten, musst du wissen, können nicht nur dafür eingesetzt werden, um Informationen herbeizuschaffen. Manche von ihnen spezialisieren sich auch darauf, deine Informationen vor anderen zu schützen, indem sie andere Agenten von dir fernhalten."

Überrascht blinzelte Eryn. Sieh an. Nun gab es also auch noch unterschiedliche Arten von Spionen. Und keiner von ihnen wäre erforderlich, würden die Leute einfach nur gegenseitig ihre Privatsphäre respektieren. Sie hielt jedoch den Mund. Das waren die naiven Gedanken eines Mädchens vom Lande und somit ungeeignet für die große Stadt und die hohen Kreise, in denen sie sich nun bewegte.

Sie dachte zurück an ihr kleines Dorf, wo sie aufgewachsen war. Die Leute hatten auch nicht unbedingt mehr Respekt für die Geheimnisse der anderen und deren Wunsch nach Verschwiegenheit gezeigt als in der Stadt, doch zumindest hatten sie auf die traditionellen Mittel und Wege der Informationsgewinnung zurückgegriffen: hinter Vorhängen hervor zu lugen oder sich den Tratsch anzuhören. Zwar war auch dies nicht eben angenehm gewesen, doch wenigstens mussten sich die Leute nicht sorgen, dass ihr Arbeitszimmer nachts von Spionen durchsucht wurde. Auf dem Land war es ebenfalls nicht immer leicht, etwas unter Verschluss zu halten, es erforderte lediglich Sorgfalt. In der Stadt war für das Geheimhalten vertraulicher Informationen das Anheuern einer kleinen Armee von Leuten erforderlich, die herumschlichen.

In Momenten wie diesen erschien ihr der Gedanke, sich aus der Stadt fortzustehlen und an irgendeinem verlassenen Ort zu leben, ungemein verlockend. Doch stattdessen gab es schalldichte Barrieren, Spione und politische Spiele. Einfach fabelhaft.

* * *

Eryn las den Brief, den Enric auf ihren Schreibtisch gelegt hatte. Er war von Malhora und beinhaltete einen Statusbericht, wie es mit ihrer Residenz voranging. Das Gebäude war bereits vollständig errichtet, sodass es sich nun um die Montagearbeiten und den Innenausbau mit Fenstern, Böden, Türen, Lampen, Rohren und Ähnlichem zu kümmern galt. Ihre Großmutter war zuversichtlich, dass alles zum Einzug bereit sein würde, wenn sie in etwa zwei Monaten eintrafen. Das Einzige, das zu diesem Zeitpunkt noch keinen besonders eindrucksvollen Anblick bieten würde, war der Garten. Das würde noch eine Weile dauern. Doch die Chancen standen gut, dass Valrad Erbarmen zeigte. Oder vielleicht hatte auch Pe'tala ein Händchen für Pflanzen und Lust zum Gärtnern.

Sie bewegte ihre Zehen leicht und genoss die Wärme. Urban schlief unter ihrem Tisch, und sie hatte ihre kalten Zehen unter den Körper der Katze geschoben.

Ihr Blick wanderte zu der Klangmaschine, die Erbál ihr geschickt hatte. Tyront hatte wirklich Nerven, sie ihr wegnehmen zu wollen. Enric hatte ihr erklärt, dass sein Angebot sogar recht großzügig war, dass er das Gerät stattdessen einfach dort und dann beschlagnahmen hätte können, es einfach zum Wohl des Ordens konfiszieren.

Sie entschied, es so zu akzeptieren. Im Moment war sie geneigt, sich huldreich zu zeigen. Tyront hatte sich in den letzten paar Monaten als wertvoller Verbündeter erwiesen bei all den Angelegenheiten, die immer wieder auftauchten. Und auch als hilfreicher Anführer. Er hatte ihr beigestanden, als man sie des Mordversuchs an ihm bezichtigt hatte. Natürlich hatte sie nichts damit zu tun gehabt, doch er hätte ihr das Leben wesentlich schwerer machen können, indem er darauf bestand, dass sie bis zum Ende der Verhandlung nicht mit Patienten arbeitete, ihr eine Ausgangssperre auferlegte oder dergleichen - Dinge, die einige der Ratsmitglieder befürwortet hätten. Außerdem unterstützte er sie bei all den Dingen, die sie verändern wollte. Es würde wohl die eine oder andere Sache geben, der er nicht ganz so rückhaltlos zustimmte, doch alles in allem war er zumindest bereit, sich ihre Vorschläge anzuhören.

Sie blickte auf, als an der Tür, die sie angelehnt gelassen hatte, ein leises Klopfen erklang. Plia schob sie vorsichtig auf und lächelte, als sie das leise schnarchende Baby in der Wiege bemerkte.

"Hallo du", meinte Eryn. "Du bist ungewöhnlich früh zuhause. Sag mir nicht, dass du tatsächlich zur Abwechslung damit beginnst, vernünftige Arbeitszeiten einzuhalten?"

Das Mädchen zuckte mit den Schultern und errötete leicht. "Ich versuche es. Da gibt es einen Jungen, den ich manchmal treffe, also…"

"Das ist eine fabelhafte Motivation." Eryn war froh, dass Plia jemanden außerhalb der Klinik traf. Das Mädchen hatte enttäuscht gewirkt, als Vern nicht aus Takhan zurückgekehrt war, und soweit Eryn wusste, gab es zwischen den beiden keine Korrespondenz. Sie fragte sich, ob Plia deswegen bedrückt war. Auf jeden Fall hätte es die Dinge nicht gerade einfacher für sie gemacht, hätte sie auch noch von Verns amourösen Abenteuern erfahren. Doch nun zeigte sie Interesse an einem anderen jungen Mann. Das konnte nur gut sein. Allerdings…

"Soll ich dir dabei helfen, dich vor, du weißt schon, ungewollten Konsequenzen zu schützen?"

Plia lächelte schüchtern. "Wie schwanger zu werden? Nein, danke. Onil war so freundlich und hat mir dabei geholfen. Und ganz so weit sind wir außerdem noch nicht…"

"Du hast Onil in dieser Sache um Hilfe gebeten? Ich bin etwas überrascht, dass du damit nicht zu mir gekommen bist. Und ich fühle mich ein wenig, als hätte ich eine Abfuhr bekommen. Ich möchte denken, dass ich die Erste bin, der du dich anvertraust."

Das Mädchen winkte ab. "Es gibt keinen Anlass zur Eifersucht - du bist noch immer meine Heilerin Nummer eins. Nun, zumindest, während du im Land bist. Onil hat nur zufällig beobachtet, wie mich mein… Freund von der Arbeit abholte. Am nächsten Morgen suchte er mich in meinem Labor auf und hielt mir einen Vortrag über die Gefahren von ungeschütztem Sex. Ich gab nach und ließ ihn etwas mit meinen Fortpflanzungsorganen machen, damit er aufhört, mich zu nerven. Hinterher wirkte er wesentlich entspannter."

Eryn musste lächeln. Sie wusste, dass Onil zwei jüngere Schwestern hatte, also war es ihm offenbar in Fleisch und Blut übergegangen, den großen Bruder zu spielen. Und für Plia traf es sich fabelhaft, dass sich jemand so um sie kümmerte und sich ohne jeden Eigennutz um sie sorgte.

Das Mädchen bückte sich und blickte unter den Tisch. "Benutzt du eine ausgewachsene Bergkatze als Fußwärmer? Jetzt habe ich wirklich alles gesehen."

Die Frau zuckte mit den Schultern. "Warum nicht? Sie stört sich nicht daran, und meine Zehen sind dankbar. Sag, ich habe da über etwas nachgedacht. Wie würde es dir gefallen, uns für eine kurze Weile nach Takhan zu begleiten? Zu Beginn vielleicht für einen Monat, und dann könnten wir sehen, wie es dir gefällt."

Plia riss die Augen auf, doch Eryn konnte nicht sagen, ob vor Begeisterung oder Schock.

"Das ist ein wirklich großzügiges Angebot, Eryn, und ich hoffe, du hältst mich nicht für undankbar... Doch ich würde derzeit lieber nicht von hier fortgehen. Vielleicht nächstes Jahr. Die Apotheker sind im Moment recht mühsam, und ich würde nicht verreisen wollen, ohne dass jemand meine Arbeit übernimmt."

Eryn nickte. Und dann war da natürlich noch ihr neuer Angebeteter, den sie nicht zurücklassen wollte. "Aber sicher, kein Problem. Ich wollte nur, dass du weißt, dass hierzubleiben nicht deine einzige Wahl ist, sondern eine von zwei. Wir würden uns freuen, dich bei uns zu haben und so die Familie zusammenzuhalten."

Sie konnte sehen, wie ihre abschließenden Worte ein feuchtes Glänzen in Plias Augen heraufbeschworen.

"Danke. Das bedeutet mir eine Menge", flüsterte das Mädchen.

* * *

"Lord Enric?"

Enric lächelte, als er Plia in seinem Türrahmen stehen sah und winkte sie herein. Ganz egal, wie oft er ihr sagte, dass sie den Titel nicht zu verwenden brauchte, wenn man bedachte, dass sie unter dem gleichen Dach lebten, so bestand sie dennoch darauf, an dem Brauch festzuhalten.

"Was kann ich für dich tun?", fragte er und lehnte sich in seinem Stuhl zurück, während er sie beim Näherkommen beobachtete, bis sie vor seinem Schreibtisch stand.

Sie zog einen kleinen braunen Beutel aus ihrer Tasche und zählte fünf Goldstücke heraus. "Du bist mir stets mit Liebenswürdigkeit begegnet, mein Lord. Du hast mich in dein Haus einziehen lassen, als ich nach der Beendigung der Lehrstelle im Palast keine andere Bleibe hatte. Das war ungemein großzügig von dir, besonders wenn man bedenkt, dass du und Eryn es sicher vorgezogen hättet, so kurz nach eurem Kommitment unter euch zu sein." Sie räusperte sich. "Ich verdiene nun mein eigenes Geld, und ich will etwas beitragen."

Enrics Gesicht verdüsterte sich, als sie ihm die Goldstücke auf ihrer Handfläche entgegenstreckte.

"Steck das wieder ein", befahl er ruhig.

"Ich weiß, es ist nicht viel", fuhr Plia rasch fort, "keinesfalls das, was eine Unterkunft von dieser Qualität wert ist, doch..."

"Plia", unterbrach er sie, "ich nehme kein Geld von dir. Spare es lieber. Ich weiß nicht, ob dir das bewusst ist", fügte er trocken hinzu, "doch ich bin recht wohlhabend."

Das Mädchen sah ihn flehend an, und das Unbehagen stand ihr ins Gesicht geschrieben. Dennoch war sie entschlossen, das hier durchzuziehen und nicht aufzugeben. "Ich würde mich wesentlich besser fühlen, wenn du mir erlaubst, etwas beizutragen anstatt mich dazu zwingst, Wohltätigkeit anzunehmen. Ich verdiene Geld, ich kann zumindest ein wenig zahlen! Ich bin keine Bettlerin", verkündete sie mit erhobenem Kinn, während ihre Augen herausfordernd funkelten.

Enric starrte sie eine Weile an, beeindruckt, dass sie ihre Ehrfurcht vor ihm lange genug überwunden hatte, um ihm auf diese Weise die Stirn zu bieten. Eryn war diesem Mädchen, das es vor eineinhalb Jahren kaum gewagt hatte, seinem Blick zu begegnen, wahrhaftig ein Vorbild gewesen.

Ohne einen Muskel zu bewegen errichtete er einen Schild vor dem Mädchen und schob sie rückwärts zur Tür seines Arbeitszimmers hinaus. Sie stand vor der Tür und starrte ihn ungläubig an.

"Das war ein Nein, falls du dich gefragt hast", erklärte er hilfsbereit und erzeugte mit einer Handbewegung einen Luftstoß, der ihr die Tür vor der Nase zuschlug.

Das Mädchen schüttelte den Kopf und stöhnte.

"Was geht denn hier vor sich?", fragte Eryn, als sie aus ihrem Arbeitszimmer kam. "Ich möchte anmerken, dass Vedric schläft, also seid etwas rücksichtsvoller, wenn ihr die Türen zuschlagt, in Ordnung?" Dann runzelte sie die Stirn, als sie näherkam. "Ist das ein Schild vor seiner Tür?"

Plia nickte mit bekümmerter Miene. "Er hat mich hinausgeschoben und dann seine Tür abgeschottet. Ich wollte ihn nur um etwas bitten, und er hat einfach…" Hilflos deutete sie auf die Tür.

Eryn knirschte mit den Zähnen. Das war nicht besonders freundlich, von unhöflich gar nicht zu sprechen. Sie bedeutete Plia zurückzutreten. Die Chancen standen gut, dass er die Barriere nicht besonders stark gemacht hatte, da eine Nicht-Magierin sie ohnehin nicht durchdringen konnte.

In rascher Folge schoss sie zwei Blitze darauf, zufrieden, als der Schild flackerte und sich dann auflöste. Ohne zu klopfen öffnete sie die Tür und schlenderte hinein. Mit den Armen in die Hüften gestemmt blieb sie vor ihrem Gefährten stehen und blickte mit strenger Miene auf ihn hinab.

"Was denkst du dir nur dabei, wenn du sie einfach so aussperrst, wenn sie mit dir reden will? Das ist kein besonders erwachsenes Verhalten! Ausgerechnet du solltest wissen, dass rohe Gewalt kein Weg ist, um deine Meinung durchzusetzen, sondern den Leuten zuzuhören und sie zu ermuti…"

"Sie wollte ihre Mietschulden begleichen", unterbrach Enric sie.

Eryn blinzelte, dann rollte sie mit den Augen, errichtete einen Schild, um den Durchgang erneut zu blockieren und schloss Enrics Tür, allerdings mit ihrer Hand, um den Geräuschpegel niedrig zu halten.

Enric grinste breit. Er liebte es, wenn sie auf der gleichen Seite standen.

"Das könnt ihr nicht tun!", kam Plias entrüstete Stimme aus dem Salon gedämpft durch die Tür. "Ich bin sicher, das ist unangemessener Einsatz von Magie gegenüber Nicht-Magiern!"

Eryn ließ sich auf das Sofa fallen und rief zurück: "Nein, das ist es nicht - vertrau mir. Mein mächtiger Rang der Nummer drei im Orden macht mich zu einer Art Wächterin all dieser Regeln. Uns ist es auf jeden Fall gestattet, Schilde zu errichten, um uns euch vom Hals zu halten, wenn ihr uns auf die Nerven geht."

"Das könnt ihr nicht tun! Das ist nicht fair!", jammerte Plia verzweifelt. "Ihr könnt mir nicht einfach verbieten, dass ich etwas beitrage!"

In diesem Augenblick vernahmen sie einen langgezogenen, schrillen Schrei von oben.

"Dir das zu verbieten fiele uns im Traum nicht ein", warf Eryn zurück. "Du kannst nach oben gehen und Vedric holen. Dank dir ist er jetzt eine Stunde zu früh wach, was bedeutet, dass du ihn beschäftigen kannst."

Sie hörten, wie sich Plia schlurfenden Schrittes von der Tür entfernte.

Eryn bedachte ihren Gefährten mit einem ausladenden Lächeln. "Das hat Spaß gemacht. Ich denke, wir sind die geborenen Eltern: streng, aber unterstützend, fair, aber standhaft."

Enric nickte. "Ich stimme zu. Wir machen unsere Arbeit hier wirklich gut. So gut sogar, dass ich überlegt habe…"

"Nein", fiel sie ihm ins Wort. Sie hatte eine recht klare Vorstellung davon, in welche Richtung das hier ging. "Eines ist genug. Ich erinnere mich ganz genau, dass ich dir gesagt habe, ich möchte kein weiteres Kind." Sie stöhnte. "Warum gibst du nicht einfach auf und akzeptierst meine Entscheidung? Warum?"

Er seufzte und spielte mit einem Stift, drehte ihn zwischen seinen Fingern. "Ich liebe dich. Und ich liebe es, dich mit Vedric zu sehen. Du bist eine wunderbare Mutter, und ich es genieße es, ein Vater zu sein. Nun, meistens zumindest", ergänzte er. "Ich denke, da wir so häufig zwischen den beiden Ländern hin und her reisen, wäre eine Schwester oder ein Bruder auch gut für Vedric. Sie könnten zusammen spielen und aufwachsen. Vedric wäre ein großer Bruder, so wie ich es für Leris war, oder wie Vran für Tala…"

Eryns Augen wurden eng. "Du willst ein Mädchen. Aus diesem Grund erwähnst du Schwestern. Du hast vergessen, die Kinder deiner Schwester zu erwähnen - wie sehr der kleine Dorn seine Schwester bewundert." Sie seufzte und schloss die Augen. "Ich sehe dich mit kleinen Mädchen und wie sehr sie dich anbeten. Und du sie. Doch selbst wenn wir noch ein Kind hätten und es sich dabei tatsächlich um ein Mädchen handeln würde - könntest du dir vorstellen, welche Schlachten Malriel austragen würde, um unsere Tochter in die Finger zu bekommen? Nicht nur eine Erbin für die nächste Generation, sondern auch jemand, der die Familie mit Nachkommen aus ihrer direkten Blutlinie versorgen kann, die dann das Haus weiterführen?" Vehement schüttelte sie den Kopf. "Nein, danke. Du wirst lernen müssen, dich damit zufriedenzugeben, dass du von deinen Nichten bewundert wirst." Damit drehte sie sich um und verließ sein Arbeitszimmer.

Perfekt, dachte Enric, und mahlte mit den Zähnen… gut, dass wir darüber gesprochen haben. Und einmal mehr hatte er es geschafft, eine entspannte Unterhaltung mit nur wenigen Sätzen in eine Auseinandersetzung zu verwandeln.

Sein Blick fiel auf die beiden Briefe, die im Laufe der letzten paar Tage eingetroffen waren. Die Häuser in Takhan kontaktierten ihn immer wieder, um ihm geschäftliche Vereinbarungen und großzügige Geschenke anzubieten, wenn er Eryn überreden konnte, für Vedric in eine Kommitment-Vereinbarung einzutreten. Mittlerweile war es allgemein bekannt, dass es zwecklos war, sich in dieser Angelegenheit an Eryn zu wenden. Sie ignorierte die Briefe einfach. Doch viele der Häuser waren ganz erpicht darauf, ihre Töchter mit Vedric zu verbinden - ganz egal, welchem Haus er schlussendlich angehören würde, so würde er eines Tages auf die eine oder andere Weise zu einem Oberhaupt eines Hauses werden.

Enric verstand, weshalb Eryn sich abgestoßen fühlte von diesem Wettstreit um die vielversprechendsten Gefährten, der kurz nach der Geburt der Kinder begann. Und sie lag immerhin richtig - Malriels Enkelin wäre ein Preis, um den sich die Häuser prügeln würden. Erstens würden sowohl Vran'el als auch Malriel sie für ihr eigenes Haus haben wollen, um mit ihren Kindern die nächste Generation der Macht in der Familie zu sichern, und zweitens würden die meisten anderen Häuser versuchen, ihre Söhne mit ihr zu verbinden.

Er selbst sorgte sich deswegen nicht allzu sehr. Es war nur ein weiteres politisches Spiel, kaum anders als diejenigen, die er im Laufe der letzten fünfzehn Jahre gespielt hatte. Das Spielfeld war ein wenig anders, doch er bezweifelte, dass es über seine Fähigkeiten hinausging.

Sollte er eines Tages ein kleines Mädchen haben, würde man sie nicht in irgendein Kommitment, eine Position als Oberhaupt eines Hauses oder sonst irgendetwas drängen oder zwingen - dafür würde er sorgen. Das Gleiche galt für Vedric. Er fragte sich, ob Eryn zu überzeugen, dass er ihre Kinder beschützen konnte, ihre Meinung ändern würde, kein weiteres mehr zu bekommen.

Und er fragte sich, ob ihr Ärger über seine wiederholten Versuche das wert war.

* * *

Enric bemerkte seine Mutter, die ihren neuen Koffer die Treppe hinab trug und eilte auf sie zu, um ihn ihr abzunehmen. Sie würdigte es mit einem Lächeln.

Gut. Das bedeutete, dass sie nicht länger darüber aufgebracht war, dass er ihren alten, der mehr oder weniger am Auseinanderfallen gewesen war, weggeworfen und ihn durch einen neuen ersetzt hatte. Er hegte den Verdacht, dass er dies seinem Argument zu verdanken hatte, dass sie ohnehin einen ordentlichen benötigte, wenn sie Leris und deren Familie besuchte, da ihr alter Koffer weder stabil noch geräumig genug für eine längere Reise war.

Der Widerwille seiner Mutter, Geschenke von ihm anzunehmen, verwunderte ihn etwas. Er hatte ihr ein Haus gekauft, die Umbauarbeiten bezahlt, es möbliert… und eine Kleinigkeit wie ein Koffer war nun ein Problem?

Eryn hatte es ihm sehr geduldig erklärt, nachdem seine Mutter mit Vedric zu einem Spaziergang aufgebrochen war und sie eine ruhige Minute hatten. Sie legte dar, dass die Annahme kleiner Geschenke wesentlich schmerzlicher war, wenn man zuerst solch ein großzügiges erhalten hatte. Und dass seine Mutter zweifellos nicht damit gerechnet hatte, sich eines Tages auf Enric verlassen zu müssen, damit er sie versorgte. Eltern sollten immerhin diejenigen sein, die sich um ihre Kinder kümmerten, nicht umgekehrt. Natürlich kam es vor, dass eine Witwe nach dem Tod ihres Gefährten zuweilen darauf angewiesen war, dass ihre Kinder sie aufnahmen, doch Anwin war kein armer Mann, somit wäre dieses Problem in ihrem Fall nicht aufgetreten. Nach seinem Tod hätte ihr ein Teil seines Vermögens zugestanden, ausreichend, um sie für den Rest ihres Lebens komfortabel unterzubringen. Ihr kam es wohl so vor, als hätte sie die Abhängigkeit von ihrem Gefährten gegen die Abhängigkeit von ihrem Sohn getauscht.

Enric hatte betont, dass er ihr ein Haus gekauft hatte, um ihr Unabhängigkeit zu schenken, und nicht, um sie von ihm abhängig zu machen. Eryn hatte ihm freundlich den Arm getätschelt und ihm erklärt, dass sein Standpunkt nicht der einzige war, für wie rational auch immer er ihn halten mochte. Sie hatte ihm geraten, bei Gerit genau das zu tun, was auch sie selbst als seine Gefährtin schätzte: ihre Wünsche zu respektieren, auch wenn er sie nicht immer nachvollziehen konnte. Dann hatte sie sich abgewandt, um wieder zu ihrem Arbeitszimmer und ihren Übersetzungsarbeiten zurückzukehren.

"Bist du bereit, dein neues Heim offiziell in Besitz zu nehmen, Mutter?", fragte er und stellte den Koffer neben der Tür ab, um ihr in ihren Umhang zu helfen. Eryn hatte entschieden, dass dies ein Mutter-Sohn-Moment war und Junar besucht. Das bedauerte er ein wenig. Er hätte sie liebend gerne dabeigehabt.

"Ja. Wenn auch ein wenig nervös, wie ich zugeben muss. Noch nie in meinem Leben habe ich vollkommen allein gelebt. Aber ich bin entschlossen, zu beschäftigt zu sein, um mich zu langweilen." Sie sah sich um. "Wo ist Eryn?"

"Sie besucht ihre Freundin Junar. Sie wollte diesen Familienmoment nicht stören."

"Törichtes Mädchen", seufzte Gerit und schüttelte den Kopf. Enric musste lächeln; er teilte den Gedanken.

Als sie auf die Straße hinaustraten, begannen die ersten Schneeflocken durch die frostige Luft zu tanzen und wirbelten auf Luftströmungen herum. Nicht viele Leute waren heute unterwegs, und die wenigen, die er erspähte, waren in mehrere Schichten Kleidung eingewickelt. Enric zog die Nase mit einem

Ausdruck von Widerwillen kraus. Der Wind wehte aus dem Süden und trug den Gestank zahlreicher Schornsteine in ihre Richtung. Sehnsüchtig dachte er an die Hitze in Takhan. Bereits in wenigen Wochen würden sie dorthin zurückkehren und laue Abende auf ihrer neuen Terrasse genießen, während eine milde Brise sie umspielte. Seltsam, wie der Gedanke an Takhan sein Herz wärmte, wie der Ort sich für ihn in etwas wie eine Heimat verwandelt hatte. Er hatte dort Freunde und geschäftliche Interessen, und nun sogar seine eigene Residenz. Gleichzeitig stimmte es ihn jedoch auch traurig, wenn er an all das dachte, was er hier in Anyueel zurücklassen würde. Plia, die für ihn eine seltsame Mischung aus jüngerer Schwester und Tochter war; Tyront, der sich rehabilitiert hatte; Orrin, der zu einem Freund geworden war; und jetzt seine Mutter.

Er wusste, dass er sich in sechs Monaten wieder auf die Rückkehr hierher freuen würde, begierig darauf, an diesen anderen Ort in seinem Leben zurückzukehren. Er fragte sich, ob es Eryn ebenso erging.

"Du wirkst nachdenklich, mein Junge", bemerkte Gerit, während sie neben ihm herging.

"Ich dachte gerade daran, dass es nicht mehr lange dauert, bis ich wieder nach Takhan gehe. Und dass ich es bedaure, dich einige Monate allein hier zurückzulassen, nachdem ich dich überredet habe, in der Stadt zu bleiben."

Seine Mutter drückte seinen Arm und lächelte. "Du wirst in einem halben Jahr wieder hier sein, und wir werden einander schreiben. Dich sechs von zwölf Monaten zu haben ist erheblich mehr, als ich hatte, seit du als Junge hergeschickt wurdest, nachdem deine Magie entdeckt worden war. Und ich werde nicht allein sein. Inad versucht immer wieder mich zu überreden, ich soll sie zu Abendveranstaltungen begleiten, und ich denke, ich werde ihr bald nachgeben. Es wird mir guttun, wieder mit Leuten in Kontakt zu treten." Sie legte eine kurze Pause ein und runzelte die Stirn. "Das Mädchen, Plia. Wer wird sich um sie kümmern, solange ihr fort seid? Letztes Mal musste sie einige Monate allein in eurem Haus wohnen. Ich weiß, sie ist nicht wie die verzogenen Kinder aus reichen Familien, wenn man bedenkt, dass sie schön früh erwachsen werden musste, doch ich denke dennoch, dass es nicht schaden kann, wenn jemand hin und wieder nach ihr sieht."

Enric wartete darauf, dass sie weitersprach, auf seinen Lippen ein schwaches Lächeln. Er hatte eine Vorahnung, worauf das hier hinauslief.

"Also habe ich mir überlegt, ihr anzubieten, dass sie bei mir bleibt anstatt allein in eurem Haus", erklärte sie vorsichtig und blickte zu ihrem Sohn auf um zu sehen, ob er dies guthieß.

"Du ersetzt also Vedric mit einem Ersatz-Enkelkind, solange wir in Takhan sind", neckte er sie.

"Was für ein Unsinn, Enric! Wie kannst du nur so etwas Grausames sagen", schnaubte sie, seufzte aber, als sie die Belustigung in seinen Augen bemerkte.

"Ich denke, das ist eine prächtige Idee. Es würde mir eine Last von den Schultern nehmen. Eryn hat Plia angeboten, mit uns nach Takhan zu kommen, doch sie möchte hierbleiben. Es wäre für uns eine große Erleichterung, wenn ihr beide aufeinander aufpassen würdet."

"Ich bin fünfundfünfzig Jahre alt, Enric! Ganz sicher brauche ich niemanden, der auf mich aufpasst!", protestierte sie.

"Was auch immer du sagst, Mutter", grinste er und legte ihr einen Arm um die Schultern. "Nach meiner letzten Unterhaltung mit Plia ist sie vielleicht sogar ganz froh, wenn sie ausziehen kann."

Gerit sah ihn an. "Warum sollte sie?"

"Ich habe sie mit einem Schild aus meinem Arbeitszimmer ausgesperrt. Sie hat versucht, Miete zu zahlen."

Seine Mutter begann zu lachen. "Das arme Mädchen. Dieser Versuch war von vornherein zum Scheitern verurteilt."

* * *

Eryn arbeitete hart daran, ihre Miene ausdruckslos zu halten, wo sie Lord Aldon lieber böse angestarrt hätte. Tyront und Lord Poron waren diese Woche damit beschäftigt gewesen, Gespräche mit jedem einzelnen Magier zu führen, der am Tag von Onils Befragung in die Ratshalle eingedrungen war. Und genau wie sie erwartet hatten, war keiner von ihnen an diesem seltsamen Überfall auf Lord Aldon beteiligt gewesen.

Enric begleitete sie zu ihrem Stuhl direkt neben Orrins. Der Krieger wartete, bis Enric den Tisch umrundet und zu seinem eigenen Stuhl gegangen war, dann lehnte er sich zu ihr und murmelte: "Was geht hier vor sich?"

Eryn täuschte milde Überraschung vor. "Was meinst du?"

"Es liegt etwas in der Luft. Ich weiß, dass es diesen Angriff auf Lord Aldon gab, und dass wir heute darüber reden werden, doch da ist noch mehr… Ich kann es nicht genau sagen, doch da ist eine gewisse Anspannung. Enrics Miene ist versteinert, so wie immer, wenn er mehr weiß, als der Rest von uns. Lord Tyront dort drüben gibt vor, etwas zu lesen, damit er sich mit niemandem unterhalten muss, und Lord Poron versucht sehr angestrengt, heute besonders harmlos zu erscheinen. Und dann bist da noch du."

"Ich?"

"Ja. Dein Gesicht ist eine Maske vorgegaukelter Ruhe, doch deine Augen sind grimmig. Irgendjemand steckt in Schwierigkeiten. Und ich bin ziemlich sicher, dass ich es nicht bin. Aber du womöglich." Dann kniff er die Augen zusammen. "Nein, du bist weder dämlich genug, um den alten Dummkopf zu attackieren, noch wäre es dein Stil. Aber du weißt, wer es war, richtig?"

Eryn presste die Lippen aufeinander und blickte geradeaus. Sie würde ihn nicht anlügen. Das würde keinen Sinn ergeben; er wusste, dass etwas passieren würde. Doch ebenso wenig konnte sie ihm jetzt davon erzählen. Jemand mochte zuhören - und das war in einem Raum, der sich langsam mit Magiern füllte, eine realistische Chance. Manche von ihnen mussten wissen, wie man Luftströme manipulierte, um aus der Ferne zu lauschen. Dass sie nicht auf seine Fragen antwortete würde ihm deutlich genug zeigen, dass sie im Moment nicht darüber sprechen konnte.

"Warte ab", flüsterte sie nur.

Wenig später waren sämtliche Ratsmitglieder eingetroffen und hatten Platz genommen. Eryn drehte ihren Kopf, um zum Beobachter des Königs hinzusehen. Der Monarch war tendenziell persönlich anwesend, wenn sich Dinge ereigneten, also hatte er entweder keine Ahnung, was heute anstand, oder er war rücksichtsvoll genug, um fernzubleiben, damit Lord Aldon keinen vorzeitigen Verdacht schöpfte. So wie sie ihn kannte, traf wohl Letzteres zu. Gute Manieren waren zwar nicht gerade seine hervorstechendste Charaktereigenschaft, doch wesentlich wahrscheinlicher als dass ihm nicht bewusst war, was vor sich ging.

Tyront ließ die Papiere vor sich sinken, woraufhin es im Saal sofort still wurde.

"Ich gehe davon aus, dass die meisten wenn nicht alle von Euch gehört haben, was Lord Aldon vor einigen Tagen widerfuhr. Manche von Euch mögen sich fragen, weshalb es so lange gedauert hat, bis ich eine Versammlung einberief, um das zu besprechen. Lasst mich Euch versichern, dass der Grund dafür nicht darin lag, dass ich die Wichtigkeit dieser Angelegenheit geringschätze. Ich benötigte Zeit, um die möglichen Konsequenzen daraus zu erwägen. Lord Aldon, würdet Ihr Euch wohl erheben und dem Rat beschreiben, was sich an diesem Tag genau ereignete. Wie üblich ersuche ich Euch, die Erzählung eher allgemein zu halten. Wir werden es Euch wissen lassen, sofern wir mehr Details benötigten."

Lord Aldon stand hoheitsvoll von seinem Stuhl auf, nahm sich Zeit dafür, als genieße er die Aufmerksamkeit. Mit ineinander verschränkten Fingern stand er da und blickte voll ernsthafter Besinnlichkeit zur Decke empor, als erwäge er, wie am besten anzufangen sei. Eryn zwang ihren Fuß zum Stillhalten, als er ungeduldig auf den Boden tappen wollte. Sie war sicher, dass er das, was er ihnen gleich mitteilen würde, mehrmals geprobt hatte.

"Es war vor acht Tagen, als ich zu einem geruhsamen Spaziergang entlang des Flusses aufbrach, so wie ich es bekanntermaßen jeden Tag nach dem Mittagessen zu tun pflege", begann er schließlich.

Bekanntermaßen, ging es Eryn durch den Kopf, und sie wollte mit den Zähnen knirschen. Als wäre er eine Person von solch erhabener Bedeutsamkeit, dass alle Welt ein Interesse an seinen unspektakulären kleinen Gewohnheiten hätte.

"Ich folgte der gleichen Route wie üblich, die mich vorbei am Palast und den Kriegerquartieren hinunter zur Flusspromenade und dann in Richtung der

Brücke führte. Ich hatte die Brücke beinahe erreicht, als mich plötzlich drei Männer von hinten attackierten."

Ah ja, dachte Eryn, er verzichtete darauf zu wiederholen, was er ihnen in der Klinik gesagt hatte: dass er die drei verdächtig desinteressiert wirkenden Gestalten erspäht hatte, sobald er den Fluss erreichte. Er wollte also unbequeme Fragen vermeiden, weshalb er keinen Schild errichtet hatte, wenn er die Männer bereits zuvor bemerkte. Das Argument, dass er zu überrascht war, um sich mit einem Schild zu schützen, wäre in diesem Fall nicht besonders glaubwürdig.

Lord Aldon schüttelte den Kopf, so als erinnerte er sich mit Grauen an die Brutalität und den Schmerz. "Wiederholt schlugen sie mich mit ihren Fäusten und traten mich, bis ich auf dem Boden lag, blutend und verletzt. Ich zögerte, mich mit einem Schild zu schützen. Wenn Magier auf Magie zurückgreifen, dann besteht stets die Gefahr, dass sie sie womöglich nicht rein zur Verteidigung einzusetzen vermögen."

Sieh einer an, dachte Eryn, diesen kleinen Haken hatte er ja sehr gewissenhaft erklärt. Der gutausgebildete Krieger, der seiner eigenen Zurückhaltung nicht genug vertraute, um auf magische Maßnahmen zurückzugreifen; der so eifrig auf die Befolgung des Gesetzes bedacht war, dass er sich bereitwillig die Verletzungen zufügen ließ, unter denen er zu leiden hatte. Bewundernswert heldenhaft.

Und er hatte es sogar geschafft, all das allgemein genug zu formulieren, dass es technisch gesehen keine Lüge war.

Auf ein paar der Gesichter rund um sie bemerkte sie subtile Hinweise, dass dies nicht ganz stimmig war mit dem, was sie über ihren Kollegen wussten, doch niemand meldete sich zu Wort.

"Zwei Männer kamen angerannt und griffen ein. Zum Glück waren sie nahe genug, um die ganze Affäre mitanzusehen und zögerten nicht, mir zu Hilfe zu kommen. Sie schafften es, meine Angreifer fortzujagen und waren so gütig, mich zur Klinik zu bringen, wo man sich um meine Verletzungen kümmerte. Eines jedoch hörte ich sie sagen, als ich auf dem Boden lag: Das wird ihm eine Lehre sein. In Zukunft wird er uns nicht mehr solchen Ärger machen."

"Habt Ihr irgendeinen der Angreifer erkannt?", fragte Lord Remdel.

"Nein, ich entsinne mich nicht, dass ich ihnen schon einmal begegnet wäre."

"Ich gehe davon aus, dass Ihr nicht denkt, Ihr wärt ein zufälliges Opfer gewesen?", vermutete Lord Seagon sodann.

Lord Aldon schüttelte den Kopf mit ernstem Gebaren. "Sicher nicht. Ich trug meine Robe, müsst Ihr wissen, also war ich als Magier erkennbar. Und wenn man bedenkt, was ich sie sagen hörte, würde ich meinen, dass man sehr genau wusste, wer ich bin."

"Das klingt, als hättet Ihr einen Verdacht, wer dahinterstecken könnte", bemerkte Orrin, woraufhin Eryn ihm unter dem Tisch einen kräftigen Tritt verpasste. Sie mussten es vermeiden, ihm irgendwelche Fragen zu stellen, die ihn zum Lügen veranlassen und dann womöglich dazu führten, dass er die

Wahrheitssperre verweigerte, damit man ihm nicht auf die Schliche kam. Orrin zeigte keinerlei äußeres Anzeichen von Schmerz oder Überraschung, sondern meinte nur rasch: "Aber natürlich habt Ihr den, bitte verzeiht mir diese dumme Frage. Alles deutet darauf hin, dass es sich um Leute handelt, deren Interessen Euren Überzeugungen entgegenstehen."

Erleichterung durchflutete sie. Gut, dass Orrin geistig so rege war. Sie sah Tyront an und hoffte, dass er rasch fortsetzen würde, bevor sonst noch jemand irgendwelche unbequemen Fragen stellte.

Lord Poron ergriff als Nächster das Wort. "Lady Eryn, Ihr wart diejenige, die Lord Aldon gemeinsam mit Lady Pe'tala heilte. Wärt Ihr so gut, über seine Verletzungen Auskunft zu geben?"

Eryn nickte. "Aber natürlich. Lord Aldon wurde von den zwei Männern in mein Behandlungszimmer gebracht, die den Angriff beobachteten, wie man mir berichtete. Ich kümmerte mich um die Kopfverletzungen, die aus einer geringfügigen Schädelfraktur und einer blutenden Wunde bestanden, und Pe'tala heilte die anderen weniger ernsten Verletzungen an seinem Schienbein, seinen Knien und der Schulter."

"Ihr wart diejenige, die ihn heilte?"

"Ja, mein Lord", knurrte Eryn, "und bevor Ihr auch nur daran denkt, Euch laut die Frage zu stellen, ob das eine weise Idee war, fordere ich Euch auf, Lebern oder Lord Poron zu konsultieren, die ihn beide hinterher untersuchten und somit sicherstellten, dass die Heilung den Standards der Klinik entsprach."

"Ihr kennt die Vorgehensweise, Lady Eryn", sprach Lord Seagon. "Aussagen unter Umständen wie diesen werden in der Regel mit Hilfe einer Wahrheitssperre verifiziert."

Anstatt einer Antwort erhob sich Eryn und ging auf ihn zu, streckte ihm ihren Arm entgegen, damit er ihn ergriff. Dies war unglaublich praktisch - jetzt, wo er sich mehr oder weniger freiwillig gemeldet hatte, um den Wahrheitsgehalt ihrer Worte zu testen, würde es für Tyront nicht einmal mehr nötig sein, ihn dazu aufzufordern. Es wäre das Natürlichste der Welt, dass er die zweite Wahrheitssperre auf Lord Aldon ebenfalls anwendete.

Lord Seagon erhob sich, ergriff ihren Arm und ließ Magie in ihren Arm strömen. "Könnt Ihr bestätigen, dass alles, was Ihr im Zusammenhang mit Lord Aldons Verletzungen sagtet, der Wahrheit entsprach?"

"Ja."

"Und dass Ihr Lord Aldon genauso behandelt habt wie auch jeden anderen Patienten, trotz der Spannungen, die es zwischen Euch aufgrund seines Standpunkts gibt, der Eurem eigenen entgegensteht?"

"Ja", erwiderte sie mit einer hochgezogenen Augenbraue.

"Eine letzte Frage noch", fuhr Lord Seagon fort. "Wart Ihr auf irgendeine Weise in den Überfall auf Lord Aldon involviert - sei es, dass Ihr zuvor davon gewusst, ihn geplant, die Männer dafür angeheuert oder die Geldmittel zu deren Bezahlung zur Verfügung gestellt habt?"

Sie verdrehte die Augen und drückte ihre Verstimmung darüber, dass man sie schon wieder verdächtigte, etwas nachdrücklicher aus, als sie sie tatsächlich empfand. Mit dieser Gelegenheit, sich selbst zu entlasten, noch bevor es irgendwelche offiziellen Anschuldigungen oder weniger offiziellen Spekulationen gab, erwies er ihr sogar einen Gefallen.

"Nein, ich war an Lord Aldons Überfall auf keine andere Art beteiligt, als dass ich seine daraus hervorgehenden Verletzungen heilte."

Tyront nickte und fragte dann: "Lord Aldon, ich gehe davon aus, dass Ihr ebenfalls keine Einwände dagegen habt, Eure Aussagen unter dem Einfluss einer Wahrheitssperre zu bestätigen? Wie Ihr wisst, handelt es sich dabei lediglich um eine Formalität."

Eryn lächelte, als er nickte. Da sie nun als Erste zugestimmt hatte, sich dem zu unterziehen, erschiene es wahrhaft seltsam, würde er es verweigern. Unwissentlich hatte Lord Seagon ihnen hier ganz vorzügliche Hilfestellung geleistet.

"Lord Seagon, würdet Ihr das für uns übernehmen?", bat Tyront und lehnte sich zurück. Er wirkte entspannt, doch Eryn konnte sehen, wie sein Blick unter seinen halb-geschlossenen Augen schärfer wurde. Nun begann der heikle Teil.

Sie sah zu, wie sich Lord Seagons Hand um Lord Aldons entblößten Unterarm schloss.

"Lord Aldon, könnt Ihr bestätigen, dass der Angriff auf Euch sich so ereignete, wie Ihr es uns soeben beschrieben habt?"

"Ja, das kann ich", verkündete Lord Aldon hochfliegend. "Jedes Wort, das ich sagte, ist wahr."

Lord Poron öffnete den Mund um zu sprechen, doch Lord Seagon war schneller und meinte mit einem Glucksen: "Ich schätze, ich muss Euch nicht wirklich fragen, ob Ihr in der Planung dieses Angriffs auf Euch selbst involviert wart, oder?"

Eryn starrte die beiden Männer an, die unweit von ihr standen. Konnte es tatsächlich sein, dass ihnen das Glück in solch einem Ausmaß hold war? Sie hatten sich um den richtigen Zeitpunkt gesorgt, dass Lord Poron es womöglich nicht schaffte, genau diese Frage zu stellen, bevor die Wahrheitssperre aufgehoben wurde. Doch dass Lord Seagon dies selbst zur Sprache brachte, war mehr, als irgendjemand zu hoffen gewagt hätte.

Von ein paar Seiten kam amüsiertes Gelächter, doch es verstummte augenblicklich, als Lord Aldon seinen Kollegen mit weit aufgerissenen, panikerfüllten Augen anstarrte.

"Lord Aldon?", fragte Lord Seagon ruhig, jedoch mit gerunzelter Stirn nach. "Nun komme ich nicht umhin mich zu fragen, ob diese Frage nun nicht doch gestellt werden sollte." Als sein Kollege nicht antwortete, sondern nur schluckte, sah er seinen Anführer an, auf dass er ihn anleiten möge.

Betont langsam erhob sich Tyront von seinem Stuhl. Eryn bewunderte sein Flair für dramatische Gesten. Er platzierte seine Handflächen zu beiden Seiten des Tisches vor ihm und drückte sich hoch, während seine hellblauen Augen Lord Aldon mit einem gefährlichen Glitzern fixierten.

"Beantwortet die Frage", grollte er. "Wart Ihr an der Planung des Überfalls auf Euch selbst beteiligt, um die Schuld daran dann auf jemand anderen zu schieben?"

In der riesigen Ratshalle war es so still geworden, dass eine fallende Nadel ein gut vernehmbares Geräusch verursacht hätte.

"Antwortet!", bellte Tyront in das Schweigen hinein, woraufhin einige Leute, Eryn miteingeschlossen, zusammenzuckten, als das Geräusch hin und her reflektiert wurde.

Lord Seagon hielt seinen Kollegen fest, als der sich von seinem Griff und der Wahrheitssperre befreien wollte.

"Ja", flüsterte Lord Aldon letztendlich und schloss die Augen.

"Ja, Ihr habt den Angriff geplant, um ihn jemand anderem zur Last zu legen?", wiederholte Lord Seagon und fügte hinzu: "So wie beispielsweise der Gruppe von Magiern, die die Versammlung unterbrachen, um uns ihre Unzufriedenheit kundzutun?"

"Ja", knurrte Lord Aldon, plötzlich nicht länger resigniert und verzweifelt, sondern zornig. "Ich habe versucht, unsere Traditionen zu beschützen! An dem festzuhalten, was sich in den letzten dreihundert Jahren bewährt hat! Ihr Narren wart dabei, alles wegzuwerfen, Euch von den Werten abzuwenden, die wir zu schützen geschworen haben! Ich wollte Euch die Augen öffnen - diese Rebellen hätten so etwas früher oder später ohnehin angestellt, daran kann es keinen Zweifel geben!"

Tyront zog angewidert die Oberlippe kraus. "Mir war nicht klar, dass Ihr die Gabe besitzt, in die Zukunft blicken zu können, Lord Aldon. Wärt Ihr mit Eurer Intrige erfolgreich gewesen, hätten wir wie Tölpel ausgesehen. Lord Poron und ich haben jeden einzelnen der Männer befragt, die an diesem Tag hier waren, und noch ein paar weitere, die diese Treffen nur gelegentlich besuchten. Wir unterzogen sie einer Wahrheitssperre um sicherzugehen, dass niemand von ihnen involviert war. Unschuldige Menschen zu belasten ist nicht die Art und Weise, wie wir diese Institution führen!" Der letzte Satz war ein klein wenig lauter gewesen als die vorhergehenden. Sofort senkte er seine Stimme wieder. "Ihr seid eine Schande für den Orden, für die Werte, die Ihr zu beschützen behauptet, stattdessen aber besudelt. Und Ihr habt Schmach über diesen Rat gebracht, dessen Verantwortung darin besteht, die uns unterstellten Magier redlich und gerecht anzuführen."

Eryns Herz schlug schneller. Sie wusste, was gleich geschehen würde und war von Beklommenheit erfüllt, wie die anderen Ratsmitglieder darauf reagieren würden.

"Lord Aldon, hiermit verfüge ich, dass Ihr mit sofortiger Wirkung aus dem Rat ausgeschlossen werdet. Der Titel Lord steht dir nicht länger zu. Deine Handlungen haben dich als einen Verräter am Orden gebrandmarkt. Da die

Mitgliedschaft im Orden für Magier zwingend ist, kann ich mir nicht die Freiheit nehmen, dich auch davon auszuschließen, doch dir wird dein Rang aberkannt und sämtliche monetären Zuwendungen werden eingestellt. Man wird dir eine bescheidene Position zuweisen, für die diese ethischen Standards, deren du dich heute als unwürdig erwiesen hast, nicht erforderlich sein werden." Der Blick, mit dem er jedes einzelne Ratsmitglied bedachte, zeigte eindeutig, dass er Widerstand in dieser Angelegenheit nicht gut aufnehmen würde - trotz seiner nächsten Frage. "Gibt es Einwände dagegen?"

Niemand wagte zu sprechen.

"Ausgezeichnet. Wachen!", rief er und wartete, bis durch die hohe Doppeltür zwei uniformierte Palastwachen eintraten und seiner Anweisungen harrten.

"Lord Orrin wird euch begleiten, gemeinsam mit dem ehemaligen Ratsmitglied Aldon. Ihm sind goldene Handfesseln anzulegen, bevor er für die nächsten Tage in eine Kerkerzelle gesperrt wird."

Orrin stand auf, und seine Hand schloss sich um den Oberarm des Mannes, der früher als Lord Aldon bekannt war um sicherzustellen, dass er für ihre nicht-magische Eskorte keinerlei Gefahr darstellte.

Alle Augen waren auf Tyront gerichtet, nachdem die vier Männer fort und die Türen wieder geschlossen waren.

"Die nächste Ratsversammlung findet in einer Woche statt. Die Anzahl der Mitglieder beträgt wieder zwölf, die vorgeschriebene Mindestanzahl. Das bedeutet, es wird keinen Nachfolger geben. Ihr seid alle entlassen."

Eryn stand als Erste auf und arbeitete hart daran, ihre Erleichterung und die Freude über den glatten Abschluss dieser Angelegenheit für sich zu behalten. Die Männer standen um sie herum, die meisten noch immer erschüttert. Lord Woldarn schüttelte immer wieder in fassungslosem Unglauben über das, was sich soeben zugetragen hatte, den Kopf.

Eine Woche bis zur nächsten Versammlung. Es galt also, mit der Vorbereitung anzufangen.

KAPITEL 33

Durchbruch

Eryn holte noch einmal tief Luft und hob die Hand zu dem eisernen Türklopfer an Gerits Eingangstür. Einen Augenblick, bevor der schwere Ring auf das Holz getroffen wäre, hielt sie inne. Noch einmal fragte sie sich, ob das tatsächlich sinnvoll war. Ob sich selbst dieser Tortur auszusetzen wirklich das erhoffte Ergebnis bringen würde. Nein, schalt sie sich selbst, kein Rückzieher - sie würde sich dem Feind tapfer entgegenstellen und die Qualen erdulden, um ihrem Heimatland zu dienen. Nun, einem davon.

Sie zählte bis drei, dann hob sie ihre Hand einmal mehr zum Türklopfer, ergriff ihn entschlossen und hämmerte zweimal an die brandneue Tür.

Es dauerte nicht lange, bis ein Diener öffnete, sich vor ihr verbeugte und dann Platz machte, um sie eintreten zu lassen. Eryn übergab ihren Umhang, behielt aber den Korb mit den Weinflaschen.

"Gerit ist im Salon", informierte sie der Bedienstete. Eryn nickte und wandte sich nach links gleich in das erste Zimmer.

Enrics Mutter erhob sich von einem der beiden identischen blassgrünen Sofas vor dem Kamin, in dem ein gemütliches Feuer loderte. Auf dem anderen Sofa, in einem dunklen, goldenen Kleid, quietschte der Feind vor Vergnügen über den Anblick der Besucherin.

"Lady Eryn! Welch eine ungemein erfreuliche Überraschung!"

Eryn zwang sich zu einem Lächeln und ließ sich von Gerit umarmen, bevor sie sich an Inad wandte.

"Guten Abend, Inad. Ich entschuldige mich, dass ich einfach so unangemeldet auftauche und euch störe. Ich wollte nur eine Kleinigkeit vorbeibringen. Ich bin gleich wieder fort."

"Unsinn!", rief Inad aus, offenkundig entsetzt bei dem Gedanken, Eryn könnte sich unwillkommen fühlen. "Ihr müsst bleiben und Euch zumindest für eine kurze Weile zu uns setzen - es ist schon eine Ewigkeit her, seit ich Euch zum letzten Mal bei einem Abendessen oder Bankett sah."

Eryns Lächeln gewann bei diesem Gedanken an Authentizität. Ja, sie hatte es tatsächlich geschafft, sich recht erfolgreich vor diesen Anlässen zu drücken. Ein kleines Kind zu haben, das sie unbedingt selbst aufziehen wollte, war zumindest in dieser Hinsicht ein schlauer Zug gewesen.

"Wenn ihr mich nicht als unwillkommenen Eindringling betrachtet, dann bleibe ich gerne eine kurze Weile", nickte sie und reichte Gerit den Korb. "Enric schickt dir das hier. Er meint, wir benötigen nicht so viel Wein zuhause, da wir bald nach Takhan aufbrechen werden und denkt, dass du ihn vielleicht für deine Gäste brauchen könntest." Sie grinste. "Und wie du weißt, lagert er nur das gute Zeug ein. Vorwiegend das, was er selbst irgendwo im Süden unten herstellt."

Enrics Mutter nickte und nahm die Flaschen entgegen. "Setz dich, meine Liebe. Was möchtest du trinken? Inad und ich haben gerade eine Flasche Wein geöffnet, wenn du ein Glas möchtest?"

"Sicher, warum nicht?", stimmte Eryn zu und nahm auf dem Sofa Platz, von dem Gerit gerade aufgestanden war.

"Ist diese Sache mit Lord Aldon… Aldon sollte ich jetzt wohl sagen, nicht eine entsetzliche Schande?", rief Inad mit schadenfroher Wonne aus.

"Das war eine sehr bedauerliche Wende der Ereignisse, ja", stimmte Eryn zu.

"Wusstet Ihr, dass dies das allererste Mal war, dass jemand aus dem Rat ausgeschlossen wurde? Und völlig zurecht - welch eine verabscheuungswürdige Tat!"

Eryn lächelte höflich. Das bedeutete entweder, dass sämtliche Ratsmitglieder, die etwas Verbotenes getan hatten, geschickter darin gewesen waren, es zu verheimlichen, oder dass es bislang stets gebilligt worden war. Die Verbrechen der Reichen und Mächtigen waren im Vergleich zu weniger begüterten Übeltätern immerhin nicht ganz so verachtenswert. Doch dies in Worte zu kleiden würde ihren Bemühungen nicht weiterhelfen. Für den Moment würde das zu der falschen Art von Diskussion führen.

Stattdessen seufzte sie. "Wenngleich seine Handlungen haarsträubend waren, so empfinde ich doch Mitleid mit ihm."

"Ah, Lady Eryn", lächelte Inad glückselig, "Ihr und Euer großes Herz!"

"Nun, er war fehlgeleitet, und die Bestrafung ist wahrhaftig übel. Nun ist er seinen Rang, sein Einkommen, seinen Einfluss los… Stell dir vor, so etwas würde dir widerfahren." Sie lächelte dankbar, als Gerit ihr ein Glas Wein reichte.

"In der Tat ein furchtbares Schicksal", pflichtete Inad mit unverkennbarer Gewissheit, dass ihresgleichen so etwas niemals passieren konnte, bei.

"Und doch eine greifbare Gefahr für uns alle, wenn wir die Umstände betrachten", meinte Eryn und nippte an ihrem Wein. So gab sie den Worten Zeit, damit sie ihre Wirkung entfalten konnten.

Betroffen sah Inad sie an. "Das würde ich keineswegs meinen! Oder wollt Ihr damit etwa sagen, dass alle Ratsmitglieder Kriminelle sind und irgendwann entlarvt und alles verlieren werden?"

"Selbstverständlich nicht", versicherte ihr Eryn rasch. "So etwas würde ich niemals behaupten. Ich bin sicher, dass meine Kollegen im Rat ehrenhafte und vertrauenswürdige Menschen sind, und dass Aldon nichts weiter als ein fauliger Apfel im Korb war. Ich wollte damit lediglich darauf hinweisen, dass es zwei sehr wahrscheinliche Szenarien gibt, sofern der Orden nicht ein paar Veränderungen in Betracht zieht. Das Erste wäre, dass die Magier, die die Ratshalle stürmten, noch weitere Anhänger um sich scharen und so irgendwann zahlreich und damit mächtig genug werden könnten, um den Rat zu stürzen, wenn wir nicht ein paar der Regeln ändern, um ihren Forderungen entgegenzukommen. Das würde ohne jeden Zweifel dazu führen, dass der aktuelle Rat entweder aufgelöst oder dessen Mitglieder ausgetauscht würden. Die andere, sogar noch wahrscheinlichere Aussicht besteht darin, dass die Dinge für die nächsten zwei Jahrzehnte so bleiben, wie sie sind, bis die neugeborenen Magier, bei denen bereits eine beträchtliche Zunahme an Stärke bemerkt wurde, den Orden übernehmen. So wie es jetzt aussieht, wird mein eigener Sohn der nächste Anführer des Ordens, wie du sicher bereits gehört hast. Da er nicht der einzige extrem starke Magier ist, der bislang hier geboren wurde, wäre der Orden somit in einigen Jahren in den Händen von Leuten, die kaum mehr als Kinder sind. Du erinnerst dich vielleicht daran, als Enric im Alter von zweiundzwanzig Jahren seine Position als Stellvertreter übernehmen musste - ein fauler Tunichtgut mit wenig Interesse oder Verständnis für das, was vor sich ging. Allerdings war er das einzige junge, unerfahrene Mitglied des Rates, und Lord Tyront war ein starker und anspruchsvoller Mentor, der es vermochte, ihn zu einer vollkommen anderen Person zu formen. Stell dir die gleiche Situation mit einer ganzen Gruppe junger, desinteressierter Leute ohne einen Vorgesetzten vor…" Mit einem traurigen Seufzen schüttelte sie den Kopf. "Ich denke nicht, dass viele der aktuellen Ratsmitglieder ihren Status und ihr Einkommen behalten würden…"

"Das ist ja schrecklich!", rief Inad mit weit aufgerissenen Augen aus, während ihre Hand über ihrem Herzen ruhte. "Das lässt sich doch sicher irgendwie verhindern! Ihr sagtet, dass das Ändern von ein paar Regeln die unglücklichen Magier zufriedenstellen und sie damit aufhalten könnte, oder etwa nicht?"

Mit einem schwermütigen Lächeln nickte Eryn. "Ja, das wäre auf jeden Fall ein Anfang. Doch die Bereitwilligkeit des Rats, ein paar etwas modernere Ideen anzunehmen, ist nicht gerade berauschend. Ich fürchte, dass ihr Respekt für ihre Traditionen und ihre Geschichte stärker ist als ihr Mut zum Ändern von ein paar Dingen, mit denen sich die Institution als solche erhalten ließe." Ja, entschied sie, das klang zufriedenstellend. Sie konnte die Ratsmitglieder - und damit Inads Gefährten Lord Remdel - nicht beleidigen, indem sie sie als altmodische Idioten mit überholten Ansichten, die mehr Schaden als Nutzen mit sich brachten, bezeichnete.

"Wie kurzsichtig!", rief Inad verzweifelt. Eryn fragte sich, ob diese Frau jemals einen Satz ausgesprochen hatte, ohne ihm irgendwie emotionales Gewicht zu verleihen.

"Ich versuche mein Bestes, doch ich bin nur eine Person, und als das neueste und jüngste Mitglied werden meine Argumente eher als spaßige kleine Ideen betrachtet, die man lieber ignorieren sollte. Doch das wäre ohnehin nur ein Aufschub gewesen - der unvermeidbare Wandel in der Machtstruktur des Ordens wäre dennoch lediglich eine Frage von etwa zwanzig Jahren. Um dies zu vermeiden und den Orden in der Obhut der erfahrenen und ehrenwerten Mitglieder des Rates zu belassen, müssten wir die Art und Weise ändern, wie Macht verliehen wird. Und das ist eine solch grundlegende Veränderung, dass ich nicht sicher bin, ob der Rat ihr jemals zustimmen würde." Eryn fragte sich, ob sie noch ein weiteres Mal betonen sollte, dass die Position als Ratsmitglied es ermöglichte, an Macht und einem großzügigen Einkommen festzuhalten, doch Inad wusste sehr genau, woher das Geld kam, das ihr solch ein bequemes Leben ermöglichte.

"Nein, Lady Eryn", bekundete Inad mit absoluter Überzeugung, "ich kann nicht glauben, dass der Rat dermaßen kurzsichtig wäre! Ich weiß, dass Remdel jemand ist, der gerne an Dingen festhält, die sich in der Praxis als wertvoll erwiesen haben. Doch ich bin sicher, dass er seine Position sofort überdenken wird, wenn man ihm einmal verständlich gemacht hat, was die tatsächlichen Auswirkungen wären, würde man Eure Ideen ignorieren! Überlasst das mir, Lady Eryn - ich werde heute Abend ein langes Gespräch mit ihm führen, sobald ich nach Hause komme!"

Eryn bemühte all ihre Schauspielkünste, um das triumphierende Lachen im Zaum zu halten, das aus ihr herausbrechen wollte, und es stattdessen zu einem Lächeln voll bescheidener Hoffnung abzumildern. "Ah, ich wünschte, wir hätten mehr Frauen im Rat, und besonders so einsichtige wie dich mit solch einem regen Verstand."

Zufrieden mit dem Lob straffte Inad die Schultern. "Ja, wir Frauen verstehen einander, nicht wahr? Was täten unsere Gefährten nur ohne uns?"

Eryn griff nach ihrem Glas und leerte den Rest des Weins. "Selbstverständlich wären sie vollkommen verloren. So, nun müsst ihr beiden mich entschuldigen. Ich werde zuhause erwartet. Vedric muss gebadet werden, und ich versuche das so oft wie möglich selbst zu tun. Sie wachsen so rasch, und ich möchte so viel wie nur möglich davon genießen."

"Aber natürlich", nickte Inad weise, als hätte sie ihre Kinder ebenfalls eigenhändig erzogen anstatt diese Aufgabe an eine Anzahl an Bedienstete zu delegieren. "Es war ein immenses Vergnügen, Euch heute Abend zu treffen, Lady Eryn. Ich hoffe sehr, dass wir uns bald wiedersehen."

"Ich ebenfalls", erwiderte Eryn mit einem breiten Lächeln und ließ die Worte so aufrichtig klingen, wie es ihr möglich war.

"Ich werde dich zur Tür bringen", bot Gerit an und kam auf die Beine. Die ganze Zeit über war sie ohne ein Wort zu sagen neben Eryn gesessen. Im Eingangsbereich anbekommen, flüsterte Eryns Mutter: "Das war der Grund, weshalb ich dir sagen sollte, wann Inad das nächste Mal auf einen Besuch vorbeikommt! Du wolltest sie dahingehend manipulieren, dass sie dir die Stimme ihres Gefährten sichert!"

Eryn biss sich auf die Lippe. Es machte wenig Sinn, es abzustreiten. Gerit war wesentlich schlauer als ihre Cousine.

"Bist du jetzt sauer auf mich?"

Gerit seufzte und schüttelte langsam den Kopf. "Nein, nicht sauer. Aber ich schäme mich ein wenig für Inad. Nachdem du hergekommen bist, um meinen Gast auf diese Weise für deine eigenen Zwecke zu benutzen, finde ich, dass sie es dir nicht ganz so leicht hätte machen sollen."

Die jüngere Frau grinste. "Um ehrlich zu sein, war ich darauf vorbereitet, wesentlich mehr Mühe investieren zu müssen, doch was kann ich machen, wenn sie so verzweifelt darauf bedacht ist, ihren Lebensstandard zu erhalten?"

Gerit kniff ihre Augen zusammen. "Und ich habe Vedric erst gestern gebadet, also brauchst du das heute nicht schon wieder zu tun. Das war nur eine Lüge, um rasch von hier fortzukommen! Inad genießt deine Gesellschaft sehr, und du schuldest ihr etwas dafür, dass du sie auf diese Weise benutzt. Zumindest könntest du eine Stunde lang bleiben und Wiedergutmachung für deine skrupellosen Spiele mit ihr leisten!"

Eryn verzog das Gesicht und schlüpfte rasch in den Umhang, den ihr der Diener reichte. "Ich bin sicher, dass ich den Preis für ihre Hilfe auf die eine oder andere Weise bezahlen werde müssen, also bitte verschone mich heute Abend, in Ordnung?"

Gerit seufzte und bedeutete ihr mit einer Handbewegung, sie möge sich entfernen. "Dann geh nach Hause zu deiner Familie, mein Kind. Und wage es bloß nicht, meine Einladung zum Abendessen auszuschlagen, wenn sie kommt."

Eryn nickte gehorsam und verschmolz sodann mit dem kalten, dunklen Abend. Gerit und ihr Gerechtigkeitsgefühl. Wie unbequem.

* * *

Enric hatte gerade ein recht chaotisches Abendessen mit seinem Sohn beendet, als sich die Eingangstür öffnete und Eryn von ihrem Besuch zurückkehrte.

"Du wirkst sehr zufrieden mit dir selbst", kommentierte er, als sie das Esszimmer mit einem ausladenden Grinsen betrat.

"Ich weiß, dass sich selbst zu verherrlichen nicht besonders attraktiv ist, doch ich muss sagen, dass ich ganz gute Arbeit geleistet habe", nickte sie und wartete, bis Enric ihren Sohn soweit abgewischt hatte, dass sie ihn in die Arme nehmen konnte, ohne die Überreste seines Mahls auf ihrer Kleidung zu verteilen. "Obwohl, wie deine Mutter sehr richtig angemerkt hat, Inad es mir nicht besonders schwer gemacht hat, sie davon zu überzeugen, dass mir zu helfen schlussendlich bedeutet, dass sie sich selbst hilft."

"Meine kleine Manipulantin", neckte Enric. "Ich bin so froh zu sehen, dass du dich langsam an die Sitten der großen Stadt anpasst." Er lächelte nur über den Blick, den er sich damit einhandelte. Sie wollte nicht glauben, dass sie sich langsam in eine hinterhältige Politikerin verwandelte und wies jede Bemerkung von sich, die genau das andeutete.

"Ich bin keine Manipulantin", gab sie mürrisch zurück.

"Aber sicher bist du das. Doch du magst dich damit trösten, dass du es im Gegensatz zu so ziemlich jedem sonst hier nicht aus eigennützigen Gründen tust, sondern für das allgemeine Wohl. Du weißt, dass es unter den Reichen und Mächtigen die vorherrschende Meinung gibt, der Zweck heilige die Mittel?"

"Diese Sichtweise teile ich nicht", erwiderte sie düster. "Das ist kaum mehr als ein Versuch, ihre Gräueltaten zu rechtfertigen. Solange du behauptest, du tust es für das Gemeinwohl, scheint keine Tat zu grausam. So etwas habe ich heute keinesfalls getan. Ich habe Inad lediglich dabei geholfen zu verstehen, welchen Gefahren wir uns in Zukunft gegenüberfinden könnten. Es war ganz allein ihre Entscheidung, mich in meinen Bemühungen zu unterstützen, möchte ich anmerken."

Enric nickte ernst und verkniff sich die Bemerkung, dass Inad zu benutzen als solches wohl kaum eine verdammenswerte Tat war. Allerdings war es auch nicht der direkte Ansatz, den sie noch vor einem Jahr verfolgt hätte. Doch das war ihnen beiden ohnehin klar.

"Unterbreche ich irgendetwas?", kam Plias Stimme von der Tür zum Salon.

"Nein, nichts, das ich noch ausführlicher diskutieren würde wollen", seufzte Eryn und winkte das Mädchen mit ihrer freien Hand herbei.

"Da gibt es etwas, das ich euch sagen muss." Das Mädchen nahm einen tiefen Atemzug, mit dem sie eindeutig all ihren Mut zusammennahm. "Gerit hat mich eingeladen, bei ihr einzuziehen. Sie sagte, das Haus sei zu groß für sie allein, und dass sie meine Gesellschaft sehr schätzen würde. Und dass es ihr wesentlich besser damit ginge, wenn ich nicht allein hier in eurem Haus bliebe, nachdem ihr nach Takhan abgereist seid."

"Und du hast zugestimmt?", fragte Eryn und zwang sich trotz des Klumpens in ihrem Hals zu einem Lächeln. Sie wollte dem Mädchen das hier nicht unnötig erschweren.

Als Plia zögerlich nickte, räusperte sich Enric. "Ich denke, das ist eine ausgezeichnete Übereinkunft. Ich gebe zu, dass ich ebenfalls etwas besorgt darüber war, dich für so lange Zeit allein zu lassen. Ich weiß, dass du weder hilflos bist, noch dazu neigst, dir Schwierigkeiten einzuhandeln, doch mir geht es wesentlich besser, wenn ich weiß, dass meine Mutter ein Auge auf dich haben wird. Sie wird sich nicht zurückhalten, wenn sie denkt, dass du zu viel arbeitest oder nicht ordentlich isst."

"Ja", stimmte Eryn zu, "damit fällt mir ebenfalls ein Stein vom Herzen. Auch wenn dich dein neuer Galan anscheinend dazu veranlasst, früher von der Arbeit heimzukommen, denke ich doch, dass es nicht schadet, wenn dich jemand im Auge behält. Und Gerit ist es nicht gewohnt allein zu leben, also könnt ihr euch um einander kümmern."

Plia stieß erleichtert den Atem aus. "Ich bin so froh, dass ihr nicht verärgert seid. Ich dachte, ihr haltet mich womöglich für undankbar, nach allem, was ihr für mich getan habt…"

"Du denkst, wir haben eine Art Besitzanspruch auf dich entwickelt, weil wir dir Arbeit und Unterkunft gegeben haben?", lachte Eryn. "Nein, es war nur eine Frage der Zeit, bis du weiterziehst, um dein eigenes Leben zu leben. Allerdings etwas früher als ich erwartet hatte, wie ich zugeben muss. Zumindest brauche ich kein schlechtes Gewissen mehr zu haben, weil wir dich jedes Jahr für so lange Zeit hier allein lassen. Kann ich dich überreden, noch so lange bei uns zu bleiben, bis wir in ein paar Wochen abreisen?"

Das Mädchen nickte enthusiastisch. "Aber natürlich, das hätte ich ohnehin getan." Dann schluckte sie. "Ihr sollt wissen, dass ich euch immer dankbar sein werde für das, was ihr für mich getan habt. Für alles, das…"

"Halt die Klappe", unterbrach Eryn sie sanft. "Ich bin eine selbstsüchtige Kreatur, also zielt all mein Handeln hauptsächlich darauf ab, mich selbst glücklich zu machen. Du hattest einfach nur Glück."

"Sicher", lächelte Plia, dann wechselte sie zu einem anderen Thema. "Wie lief dein Besuch? Hast du Inad dazu gebracht, dass sie sich deinen Wünschen beugt?"

"Das habe ich. Und zwar sehr gekonnt, wenn ich das so sagen darf. Es bleibt natürlich abzuwarten, ob Lord Remdel wahrhaftig gemäß den Wünschen seiner Gefährtin handelt."

"Bedeutet das, du kannst endlich die Änderungen durchbringen, die du willst?", fragte das Mädchen.

"Sagen wir, es bedeutet, dass es so gut wie keine Chance gibt, dass sie von einer Mehrheit abgelehnt werden. Jetzt, wo Aldon den Rat verlassen hat und wir nur mehr zwölf sind, habe ich sechs Stimmen zu meinen Gunsten, wenn ich meine eigene und die von Lord Remdel zähle. Für eine Mehrheit brauche ich noch eine weitere. Das bedeutet, ich muss zumindest noch einen Lord überzeugen, dass es eine prächtige Idee wäre, mich zu unterstützen. Ich dachte an Lord Seagon. Jetzt, wo er mich nicht länger ablehnt, weil ich ein zerstörerischer Einfluss auf die guten Sitten bin, ist er vielleicht bereit, mich anzuhören. Und er hat sich als hilfreich erwiesen, als es darum ging, Aldon ein Geständnis zu entlocken."

Enric lächelte in sich hinein und nickte. "Ja, das ist eine gute Wahl. Ich denke, du wirst eine private Unterredung mit ihm recht... aufschlussreich finden."

Eryn zog die Stirn in Falten. "Was meinst du damit? Was weißt du, das ich nicht weiß?"

Er lachte und stand von seinem Stuhl auf. Dann küsste er sie auf die Stirn, bevor er sagte: "Eine ganze Menge, Liebste."

"Wirst du Lord Seagon heute Abend besuchen? Soll ich auf Vedric aufpassen, während du fort bist?", bot Plia an.

Eryn schüttelte den Kopf. "Nein, ich muss ihn zuerst um einen Termin ersuchen. Einfach unangemeldet vor seiner Tür zu stehen würde nicht gut ankommen. Ich werde es morgen tun."

Enric sah das Mädchen an. "Ich werde morgen Abend mit Rolan auf die Jagd gehen. Falls du also Zeit hast, würde ich es schätzen, wenn du dich um Vedric kümmern könntest. Wenn du schon etwas vorhast, frage ich meine Mutter."

"Nein, nein", versicherte ihm Plia hastig, "ich habe Zeit. Ich glaube ohnehin, dass es nicht besonders klug wäre, immer verfügbar zu sein. Es ist nicht gut, wenn ein Junge denkt, alles dreht sich nur um ihn."

Eryn schnaubte. "Viel Glück dabei. Ich versuche schon seit einer Weile, Enric genau das verständlich zu machen. Doch auch wenn er im Allgemeinen ein kluger Mann ist, so leistet er in dieser Hinsicht einen gewissen Widerstand."

Er nickte. "Das stimmt. Und diesen Widerstand werde ich beibehalten. Eines schönen Tages, Liebste, wirst du sicher begreifen, dass sich in deinem Leben tatsächlich alles um mich dreht. Oder dass es zumindest so sein sollte."

Eryn warf dem Mädchen einen gequälten Blick zu. "Nur zu, bring deinem jungen Freund diese Lektion so gründlich bei, wie du kannst. Oder du endest genau wie ich."

Plia zog eine Augenbraue hoch. "Ich werde mit dem reichsten Mann im Königreich verbunden sein und einen wunderhübschen kleinen Jungen haben? Ist das ein Versprechen?"

Enric lachte und tätschelte den Kopf des Mädchens. "Ich mag sie."

* * *

Eryn bemerkte, dass ihre Schritte immer langsamer wurden, je näher sie Lord Seagons Tür kam. Sie lauschte dem abgehackten Geräusch ihrer Absätze auf dem glatten Steinboden des Palastkorridors.

Lord Seagon hatte prompt reagiert, als sie ihm am Morgen eine Nachricht zukommen hatte lassen und sie eingeladen, am Abend ein Getränk mit ihm einzunehmen.

Als sie die Tür zu seinem Quartier erreichte, holte sie tief Luft und klopfte. Lord Seagon öffnete persönlich und gab den Weg frei, damit sie eintreten konnte.

"Guten Abend, Lady Eryn. Kommt herein und lasst mich Euren Umhang nehmen."

Eryn trat ein und fand sich in der Art Salon wieder, der für die Magierquartiere im Palast so typisch war. Die gleiche Größe, Gliederung und sogar Vorliebe für dunkles Holz und elegante Möblierung. Die Stoffe auf den Polsterbänken waren dunkelblau mit silbernem Ringelmuster, der Teppich und die Vorhänge dunkelgrau. Das hätte eine düstere Stimmung bewirken sollen, doch die in zahlreichen Vasen im Raum verteilten Blumen wirkten dem entgegen und sorgten für eine angenehme Atmosphäre.

"Nehmt Platz, Lady Eryn. Darf ich Euch ein Glas Wein anbieten?"

"Danke, das wäre nett", antwortete Eryn und setzte sich auf einen Stuhl. Sie überlegte, ob sie hierfür ihre Robe anlegen hätte sollen. Sie war nicht in ihrer offiziellen Kapazität hier, doch was sie besprechen wollte, betraf den Orden. Allerdings trug Lord Seagon selbst seine Robe an diesem Abend ebenfalls nicht, also war es wohl akzeptabel, dass sie auf ihre verzichtet hatte. Es war das allererste Mal, dass sie ihn ohne seine offizielle Kleidung sah. Die wenigen Ratsmitglieder, die sie bisher ohne ihre Roben gesehen hatte, bevorzugten einen etwas aufwendigeren Stil. Ganz zu schweigen von den extravaganten Kleidern ihrer Gefährtinnen, deren Design ausschließlich dazu gedacht war, mit jedem Stück Stoff, jeder Rüsche, Stickerei, Spitze und allen anderen dekorativen Elementen, auf das ihre abenteuerlustigen Schneider zurückgegriffen hatten, reiche Frau zu schreien.

Lord Seagon stellte ein Glas Rotwein vor sie hin und nahm auf einem breiten, bequem wirkenden Ohrensessel Platz. Dann überkreuzte er die Beine und sah sie mit höflichem Interesse an.

Eryn nahm einen Schluck Wein und dachte zurück an das, was sie für diese Gelegenheit vorbereitet hatte. Sie musste Bemerkungen vermeiden, die er als Schmeicheleien betrachten mochte. Irgendwie bezweifelte sie, dass er davon besonders angetan wäre.

"Es ist kein Geheimnis, dass ich einige Dinge im Orden als überholt, unnötig oder einfach nur änderungsbedürftig erachte", begann sie. "Ich sehe, dass viele von Euch dies als Angriff auf Eure Werte betrachten mögen, auf Richtlinien, die Euch in der Vergangenheit gute Dienste erwiesen haben. Allerdings gab es in letzter Zeit eine Menge Veränderungen, die Auswirkungen auf die Leute im Allgemeinen hatten, aber auch den Orden betreffen. Mir ist klar, dass der Erhalt von Traditionen und Werten für lange Zeit wichtiger war, als Veränderungen vorzunehmen. Doch diese Veränderungen ereignen sich trotzdem, und ich bin überzeugt, dass der Orden darauf reagieren muss, sich daran anpassen und sie formen sollte, bevor er von den Konsequenzen überwältigt wird, weil er sie ignoriert hat. Ihr mögt vielleicht denken, dass ich als diejenige, die grundsätzlich die Schuld an diesen Veränderungen trägt, wohl nicht die passendste Kandidatin für…" Sie unterbrach sich, als Lord Seagon eine Hand hob, um ihr Einhalt zu gebieten. Er brachte sie bereits zum Schweigen? Das war nicht ermutigend, dachte sie.

"Warum wolltet Ihr mich sehen, Lady Eryn?", fragte er ruhig.

Ihm war also nicht wirklich danach, sich die Rede anzuhören, die sie vorbereitet hatte. Schade. Sie hatte so sorgsam daran gearbeitet, eventuell beleidigende Aussagen vermieden und dann die Situation erklärt und wie alle von ihren Ideen profitieren würden.

"Ich hatte auf Eure Unterstützung im Rat gehofft", meinte sie steif und zwang die Demut in die Knie, die in ihre Stimme kriechen wollte.

"Warum würdet Ihr dafür ausgerechnet zu mir kommen?"

Eryn grübelte über diese Frage nach. Wie ließ sie sich beantworten, ohne es wie die Bauchpinselei wirken zu lassen, die sie um jeden Preis vermeiden wollte?

"Weil die Tatsache, dass Ihr ein Traditionalist seid, Euch nicht davon abhält, Euer Gehirn zu benutzen. Es würde für mich keinen Sinn ergeben, jemanden für meine Seite gewinnen zu wollen, der sich leicht beeinflussen lässt; er könnte sich nämlich ebenso rasch von jemandem zur Unterstützung einer anderen Idee überreden lassen. Eure Kollegen im Rat respektieren Euch, und falls Ihr meine Pläne für gut befindet, wird das die anderen dazu bringen, dass sie darüber nachdenken anstatt sie gleich abzulehnen." Sie atmete gleichmäßig aus, sah ihn an und wartete, wie er auf ihre Worte reagieren würde.

"Woher nehmt Ihr den Optimismus zu denken, Ihr könntet mich überzeugen, Euch zu helfen?", fragte Lord Seagon. Bildete sie sich das nur ein, oder schien er im Augenblick ein klein wenig amüsiert?

"Ich hatte gehofft, dass Ihr mir nun etwas neutraler gegenüberstehen würdet, wo Ihr wisst, dass ich Eurem Neffen damals nicht absichtlich Schwierigkeiten mit Enric eingebracht habe. Ich weiß natürlich, dass die Rolle, die Ihr in der Sache mit Lo… Aldon", korrigierte sie sich rasch, "gespielt habt, nicht besonders angenehm für Euch gewesen sein kann, doch ich hoffe, dass Ihr deswegen keinen Groll gegen mich hegt."

Nun lächelte er offen. "Ihr habt eine Menge gelernt, seit Ihr dem Orden beigetreten seid, das muss ich Euch lassen. Ich erinnere mich an diese naive, übermäßig explosive Person, die Ihr damals wart. Ihr verhieltet Euch nicht Eurem Alter entsprechend, wenn Ihr mich fragt. Aber man muss Euch wohl zugestehen, dass Ihr weit fort von alldem hier aufgewachsen seid, von der Notwendigkeit, die Oberhand zu behalten, überzeugend zu sein, Verbündete zu finden anstatt in der Vorstellung zu schwelgen, man sei die einzig wahrlich noble Person, die gegen den Rest kämpft. Doch wie ich schon sagte, habt Ihr

Euch bewundernswert entwickelt. An einer Sache jedoch mangelt es Euch noch immer: Erfahrung. Wie Euch Eure häufigen Ausflüge zu den Pferdeställen klargemacht haben sollten, ist Lord Tyront nicht gerade jemand, den man als besonders nachsichtigen Anführer bezeichnen würde. Und dass er zum ersten Mal in der Geschichte des Ordens ein Mitglied aus dem Rat ausgeschlossen hat, ist ein weiterer eindrucksvoller Beweis dafür. Unter normalen Umständen hätte er also nicht geduldet, dass ich Euch fragte, ob Ihr an dem Angriff auf Lord Aldon beteiligt wart. Es kam einer Anschuldigung gleich, die auf nichts anderem als meinen persönlichen Schwierigkeiten mit Euch basierte. Das hätte Lord Tyront nicht gebilligt, hätte es nicht seinen eigenen Zwecken gedient. Es passte ihm ganz ausgezeichnet, dass ich dem Rat Eure Unschuld bewies, auch wenn ich dabei eine Grenze übertrat. Das war der Moment, als ich mit Sicherheit wusste, was ich bis dahin lediglich vermutet hatte: Aldon war schuldig, und die Leute, die sich darüber im Klaren waren, versuchten sehr behutsam, ihn dazu zu bewegen, dass er es enthüllte."

Eryn starrte ihn an. "Ihr wusstet es?"

Er schmunzelte und schüttelte den Kopf über sie. "Ihr dachtet also tatsächlich, der Zeitpunkt für meine Fragen war lediglich ein glücklicher Zufall anstatt Absicht? Ihr habt mir ein Kompliment dafür ausgesprochen, dass ich mein Gehirn benutze, und doch seid Ihr überrascht, wenn sich diese Annahme als zutreffend erweist."

Lord Seagon hatte Recht, erkannte sie resigniert. Ganz egal, wie gut sie versuchte, sich durch diesen ganzen politischen Dschungel zu manövrieren, so machte es ihr ihre fehlende Erfahrung immer noch schwer, die verräterischen Zeichen um sie herum zu identifizieren und zu einem Bild zusammenzusetzen. Aber das machte es nicht erträglicher, dass er es aussprach. Es gab allerdings kaum etwas, das sie darauf erwidern konnte. Zumindest nicht, wenn sie ihn zur Zusammenarbeit mit ihr bewegen wollte.

Sie sah ihn an, unsicher, wie sie nun fortfahren sollte. Doch er wirkte durchaus zufrieden damit, wie die Unterhaltung verlief und nickte ihr zu.

"Mir ist klar, dass Euer Vorhaben zur Veränderung des Ordens, der Gesellschaft und welche ehrgeizigen Ziele Ihr sonst noch verfolgt, auf eine Verbesserung der Situation abzielen. Und ich weiß, dass in den kommenden Jahren etwas unternommen werden muss, sowohl hinsichtlich des Anstiegs an Stärke in den nachfolgenden Magiern als auch bezüglich deren zunehmender Zahl dank der Frauen, die wir in unserer Mitte begrüßen werden." Er lächelte. "Sprecht. Lasst mich hören, weshalb Eure Ideen dafür sorgen werden, dass sich alles in unserem Sinne fügen wird. Überzeugt mich davon, Euch zu unterstützen."

Eryn nahm einen weiteren Schluck von ihrem Glas und bemerkte, dass die Hälfte bereits fehlte. Wenn sie einen klaren Kopf behalten wollte, musste sie sich mit dem Wein einbremsen. Sie verspürte Erleichterung darüber, dass er gewillt war, sie anzuhören. Es bedeutete, dass er der Zusammenarbeit mit ihr nicht prinzipiell abgeneigt war und sie sehr wahrscheinlich unterstützen würde, wenn sie ihm vernünftige Argumente vorlegte. Sie richtete sich auf und lächelte ihn an. Vernünftige Argumente konnte sie ihm einige bieten.

* * *

Enric sah auf von seiner halb sitzenden, halb liegenden Position auf einem der Sofas, als Eryn durch die Eingangstür hereinwehte. Er zog ihre Aufmerksamkeit auf sich und legte seinen Finger auf seine Lippen, damit sie keinen Lärm verursachte.

Ihr Blick fiel auf das Baby, das auf der Brust seines Vaters schlief.

Rasch legte sie ihren Umhang ab und kam näher.

"Harter Tag?", fragte sie mitfühlend.

Enric nickte. "Ja. Ich bin überhaupt nicht zum Arbeiten gekommen. Vor zehn Minuten ist er das erste Mal eingeschlafen. Ich vermute, dass ihn seine Zähne plagen. Er kaut auf allem herum, was er zu fassen bekommt."

Eryn lächelte. "Du kannst das morgen aufarbeiten, wenn ich mich um ihn kümmere. Junar bat mich, für eine Stunde oder zwei auf Téa zu achten, weil sie sich mit einem deiner Stoffhändler treffen muss. Eine Weile wird es also womöglich etwas lauter sein, doch du kannst immer noch eine schalldichte Barriere vor der Tür deines Arbeitszimmers errichten."

"Das wird morgen eine turbulente Zeit für dich mit den beiden", bemerkte er. "Téa ist bereits recht unternehmungslustig."

Sie verzog das Gesicht. "Ja, sie bewegt sich schon auf allen Vieren fort und zieht sich sogar in eine stehende Position, wenn sie sich irgendwo festhalten kann. Aber weißt du was? Das gewährt uns Einblick in das, was uns bald erwartet. Es ist immer nützlich, wenn man an den Kindern anderer Leute üben kann, findest du nicht?"

Er lachte leise. "Eine interessante Einstellung. Allerdings keine, mit der Junar vertraut ist, wie ich annehme?"

"Natürlich nicht. Allerdings ist sie so froh, dass ich eine von sehr wenigen Personen bin, die Téa soweit akzeptiert, dass sie allein bei mir bleibt, also würde sie es wahrscheinlich hinnehmen."

Überrascht zog Enric eine Augenbraue hoch. "Ach ja? Das ist neu - ein kleines Mädchen, das dich tatsächlich mag."

Eryn grinste. "Ich weiß! Ich bin ebenso verblüfft wie du. Sogar Gara, Junars Schwester, hat Probleme damit, die Kleine ruhig zu halten. Letztes Mal, als ich Orrin besuchte, streckte Téa sogar ihre Arme nach mir aus."

"Erstaunlich. Vielleicht weiß sie tief in ihrem Inneren, dass sie nach dir benannt wurde und dass es sich in Zukunft lohnen wird, sich mit dir gutzustellen. Derzeit bist du die einzige erwachsene Magierin im Königreich, die Einzige, an die sie sich in gewissen Dingen wenden kann."

"Nun, wenn ihr das bereits klar ist, dann ist sie wahrhaftig ein schlaues Kind."

"Genau wie ihr älterer Bruder", nickte Enric. "Wie verlief dein Treffen mit Lord Seagon? Du wirkst zufrieden, und durch das Geistesband habe ich nichts Besorgniserregendes wahrgenommen."

"Es war ein interessanter Besuch. Ich freue mich sagen zu können, dass es besser lief als ich zu hoffen gewagt hatte. Obwohl es ihm gefällt, mir zu zeigen, dass er bei diesen verflixten politischen Winkelzügen geschickter ist als ich, so wie der Rest von eurem Haufen. Es ist, als ob jeder Spaß daran hätte, mir immer wieder zu zeigen, dass mein hoher Rang nichts als eine Fügung des Zufalls ist. Was, wie ich zugebe, nicht falsch ist, aber ich gebe auch nicht vor, es wäre anders. Wusstest du, dass er Aldon an diesem Tag absichtlich entlarvt hat? Seine Fragen waren kein Glücksfall, er wusste genau, was er tat!" Ihre Augen richteten sich auf Enrics Brust, als sich Vedric rührte. Dieser letzte Satz war ein wenig zu emotional und somit lautstark gewesen.

Enric seufzte, als sich die blau-braunen Augen öffneten, und ihr Sohn kurz darauf zu wimmern begann. "Gut gemacht. Hier, du bist dran. Du hast ihn aufgeweckt - du schaukelst ihn, um ihn zufriedenzustellen."

Eryn nickte und hob Vedric vom Brustkorb seines Vaters, keineswegs enttäuscht darüber, dass er wach war. Den ganzen Tag hatte sie zuerst in der Klinik mit der Behandlung von Patienten und dann bei Lord Seagon verbracht. Ein wenig wache Zeit mit ihm verbringen zu können kam ihr sehr entgegen.

Enric kehrte zu dem vorherigen Gesprächsthema zurück. "Ich hatte den Verdacht, dass Lord Seagon nicht vollkommen unwissend war. Aus diesem Grund hätte Tyront ihn ohnehin für die Anwendung der Wahrheitssperre auserkoren, auch wenn er sich nicht freiwillig gemeldet hätte. Also, hat er dir seine Unterstützung zugesichert?"

"Schlussendlich, ja. Aber nicht, ohne mich zuvor all die Gründe vortragen zu lassen, die ich bereits bei den Ratsversammlungen vorbrachte, und mir dann Fragen zu stellen, als wäre ich ein Schulmädchen bei einer Prüfung."

"Nun, du warst diejenige, die zu ihm kam und seine Hilfe wollte."

"Ich weiß", seufzte sie. "Aus diesem Grund habe ich mich auch gefügt. Am Ende hat er mich für meine nette Präsentation gelobt. Ich hatte halb erwartet, dass er mir den Kopf tätschelt."

Das Bild brachte Enric zum Grinsen. Ein Mann, der wahrhaftig töricht genug war, um sich bei ihr diese Freiheit herauszunehmen, lief ernsthaft Gefahr, seine Hand zu verlieren.

Vedric begann nun lauter zu jammern. Eryn stand von ihrem Stuhl auf und begann im Salon auf und ab zu gehen, woraufhin er sich sofort beruhigte.

"Somit hast du also nun die Lords Seagon und Remdel auf deiner Seite, und zusätzlich dazu Tyront, Orrin, Lord Poron und mich. Wenn wir deine eigene Stimme noch zählen, hast du nun die erforderliche Mehrheit. Ich gratuliere, Liebste."

"Danke", schnaubte sie. "Und dafür bedurfte es lediglich, dass ich mich bei den Leuten einschmeichle, so wie ich es mag."

"So funktioniert es nun einmal, sowohl hier als auch in Takhan."

"Ja, erzähl das mir", meinte sie und verdrehte die Augen. Sie erinnerte sich noch gut daran, wie ihr eigener Bruder sie benutzt hatte, um sich vor einiger Zeit Ram'ans Stimme im Senat zu sichern. Sie hatte damals nicht geahnt, dass Ram'an genau darauf gezählt hatte und sich die Situation zunutze machte, um sie nicht nur zur Versöhnung mit ihm zu bewegen, sondern auch dazu, sich von ihm küssen zu lassen. Nun, zumindest hatten sie sich dabei wieder vertragen. Und dass Ram'an es Enric hinterher gestanden hatte, hatte wahrscheinlich den Anstoß zu der zögerlichen Freundschaft zwischen den beiden Männern gegeben, die zuvor wenig mehr als ein Waffenstillstand gewesen war.

"Der Rat trifft sich in fünf Tagen", sagte Enric in ihre Gedanken hinein. "Das bedeutet, du hast dann noch weitere eineinhalb Monate Zeit, um sicherzustellen, dass alles entsprechend in die Wege geleitet wird, bevor wir wieder nach Takhan aufbrechen." Er lächelte und verschränkte die Arme. "Ich habe vor, unser Band dritten Grades unmittelbar nach unserer Ankunft dort erneuern zu lassen. Darauf warte ich nun schon eine Weile."

Eryn schob Vedric etwas weiter nach oben. "Unmittelbar danach? Wir stolpern dann also grundsätzlich herunter vom Schiff und direkt in die wartenden Arme derer, die zustimmen, das Band zu erneuern?"

"Nicht ganz, aber ich bat Valrad und Malriel, sie mögen es für den Tag nach unserer Ankunft arrangieren. Nur wir beide und die paar Leute, die wir brauchen, damit wir die erforderliche Menge an Magie zustande bringen. Und nachdem wir das erledigt haben, können wir all unsere Bemühungen auf die Vorbereitung von Talas und Rolans Zeremonie ein paar Tage später konzentrieren."

"Dann ist ja alles durchgeplant, was?", lächelte sie etwas schief. Es amüsierte sie, dass er noch immer so begierig darauf war, das Band wiederherzustellen. Das war sowohl berührend als auch eine Erleichterung. Er wollte sie so eng wie möglich an sich binden und zeigte keinerlei Scheu davor, seine Gefühle auf dieser immens privaten Ebene, die das Geistesband verlangte, mit ihr zu teilen. Er liebte sie so sehr, wie er zu lieben imstande war, und das wollte er mit ihr teilen. Das Geistesband betrachtete er als Privileg, während andere Paare es als Fluch empfunden hatten.

"Bei dir ist gute Vorbereitung überlebenswichtig", scherzte er.

Plia kam die Treppe herunter, hinter ihr die Bergkatze, und nickte Eryn zu. "Hallo. Ich dachte mir schon, dass ich deine Stimme gehört habe. Hast du Lord Seagon gezähmt?"

"Es stellte sich heraus, dass er ohnehin bereits weitgehend auf meiner Seite stand, also bedurfte es weniger einer Zähmung als einem Eingehen auf seine Freude daran, mich zu belehren. Aber alles in allem betrachte ich den Besuch als Erfolg."

Das Mädchen lächelte. "Gut gemacht."

Urban trottete zu Eryn und hob ihre Wange, auf dass sie gekrault wurde. Danach ließ sie sich auf den Boden fallen und streckte sich mit einem Gähnen, das eine Menge Zähne entblößte, auf dem Teppich aus.

"Ich schätze schon, auch wenn ich nicht wirklich viel getan habe", erwiderte Eryn achselzuckend und unterdrückte ihrerseits ein Gähnen. "Es wird Zeit zu Bett zu gehen. Ich habe einen langen Tag hinter mir. Vielleicht kann ich Vedric überzeugen, vor mir einzuschlafen."

Enric schnaubte. "Dabei wünsche ich viel Glück."

* * *

Enric drückte Eryns Hand, die seine mit festem Griff umfasste, während sie die Palastkorridore entlang in Richtung der Ratshalle schritten.

"Bleib ruhig und gelassen, Liebste. Du wirst das hinbekommen. Ich weiß es", ermutigte er sie.

Sie nickte nur und blickte der Versammlung, die vor ihr lag einerseits mit Grauen und andererseits mit Ungeduld entgegen. Dies mochte sich als die wichtigste Ratsversammlung erweisen, der sie jemals beigewohnt hatte. Eine, die den Lauf der Geschichte ändern könnte. Sofern sie es nicht vermasselte, warf das Grauen ohne große Rücksicht auf ihre Bemühungen zur Erlangung einer positiven Einstellung ein.

Enric hielt inne, drehte sie zu sich und legte seine Hände auf ihre Schultern.

"Atme regelmäßig", instruierte er sie.

Sie gehorchte und folgte seinem Beispiel. In Augenblicken wie diesen war es hilfreich, dass er Zugriff auf ihre Emotionen hatte. Sie wusste nicht, ob sie sich selbst einzugestehen vermocht hätte, dass sie dermaßen unter Spannung stand, doch das Geistesband machte es unnötig. Sie fragte sich kurz, ob sich das nicht als Stolperstein für ihre persönliche Entwicklung erweisen würde, ob sie nicht mehr davon profitieren würde zu lernen, wie sich dieses Widerstreben überwinden ließ, anstatt diese Offenheit vom Geistesband auferlegt zu bekommen.

"Du bist abgelenkt, deine Atmung ist unregelmäßig", tadelte Enric milde. "Sie mich an. Stell dir vor, die Versammlung ist vorbei. Du gehst aus der Ratshalle hinaus. Alles ist so gelaufen, wie du es wolltest, sie haben all deinen Vorschlägen zugestimmt." Er schüttelte den Kopf, als sie den Mund öffnete. "Nein, hör zu. Beobachte dich dabei, wie du aus dem Saal kommst. Denk daran, was du fühlen wirst, nachdem du sie nach all dieser Zeit endlich dazu gebracht hast, mit dir zu arbeiten. Nachdem du dieses ungemein eindrucksvolle Ziel erreicht hast. Zwei Jahre lang hast du dich mit ihnen geplagt, musstest ihre Kurzsichtigkeit, ihre Angst vor allem Neuen und Unbekannten, ihr Misstrauen dir gegenüber überwinden. Stell dir dieses Gefühl vor."

Sie schloss die Augen und ließ diese Szene in ihrem Kopf entstehen. Der Geist eines Lächelns umspielte ihre Lippen. Wäre dies doch nur kein bloßes Konstrukt in ihrem Kopf, sondern die Realität.

"Was fühlst du?", fragte er leise.

"Freude. Triumph. Erleichterung. Kraft." Sie öffnete die Augen wieder und grinste. "Und Selbstgefälligkeit, wie ich zugeben muss."

"In Ordnung. Halt dich daran fest. Leih dir das Gefühl aus, lass dir davon in deinen Anstrengungen helfen."

Sie stieß langsam den Atem aus, und als ihre Augen die seinen erneut trafen, war der Ausdruck darin weniger aufgewühlt. "Danke. Ich bin bereit. Auf in den Kampf."

Die nächste Ecke brachte die Türen zur Ratshalle in Sicht. Sie standen weit offen und zeigten, dass ein Großteil der Ratsmitglieder bereits eingetroffen war. Sie bewegten sich in kleinen Gruppen, so wie sie es meistens taten, und unterhielten sich entspannt miteinander.

Ihr Blick wanderte zum Thron auf einer Seite. Er war eine exakte Nachbildung des Originals im Thronsaal, soweit sie das beurteilen konnte. Es war womöglich eine kluge Entscheidung, sich für den Umgang mit Magiern nicht für eine bescheidenere Version zu entscheiden. Es lohnte sich zweifellos, sie regelmäßig daran zu erinnern, wer das Sagen hatte, ganz egal, für wie wichtig und mächtig sie sich selbst hielten. Der kleinere und beinahe unauffällige Stuhl daneben, der für den Beobachter des Königs reserviert war, wenn der bedeutende Mann seine eigene Anwesenheit nicht als erforderlich erachtete, war leer. Das war bereits ein recht zuverlässiges Zeichen dafür, dass König Folrin auftauchen würde. Sonst wäre der Beobachter bereits eingetroffen. Er kam meist früher, womöglich, um ein paar Gesprächsfetzen aufzufangen und die allgemeine Stimmung vor einer Versammlung einzuschätzen. Der König selbst würde natürlich auf niemanden warten; er war der Souverän, der die anderen warten ließ.

Einige der Magier nickten ihnen zu, als sie und Enric eintraten, darunter Orrin, der so ziemlich als einziger allein stand anstatt sich mit seinen Kollegen zu unterhalten. Der Krieger zog es vor, die Dinge zu beobachten, anstatt sich in ihrer Mitte zu befinden.

Tyront befand sich in einem Gespräch mit Lord Remdel und Lord Woldarn, und Eryn murmelte: "Wir hätten nicht so früh kommen sollen. Jetzt muss ich herumstehen und warten, bis alle eingetroffen sind."

Enric sah sich um. "Die meisten sind bereits hier, und hier sind auch Lord Seagon und Lord Poron."

Tyront bemerkte ebenfalls, dass der Rat vollständig anwesend war und führte die versammelten Teilnehmer langsam in Richtung des ovalen Steintisches.

Sobald alle ihre Stühle erreicht hatten und sich setzen wollten, erklangen durch die noch immer offenstehenden Türen die Geräusche herannahender Schritte vom Gang. Der König würde also gleich eintreffen.

König Folrin marschierte mit Marrin an seiner Seite herein und setzte seinen Weg zu seinem Thron fort, ohne langsamer zu werden. Erst als er sich bequem niedergelassen hatte, nahm er die Magier zur Kenntnis, die ihren Oberkörper zu einer Verbeugung geneigt hatten.

"Eure Majestät", sprach Tyront und grüßte ihn damit im Namen des Rats.

"Meine Lords", erwiderte er und fügte dann hinzu, "und, natürlich, meine Lady."

Alle nahmen Platz. Eryn versuchte verzweifelt, sich an den Gefühlen festzuhalten, zu denen Enric sie auf ihrem Weg hierher angeleitet hatte. Glückliche Gefühle, die sie soweit entspannen sollten, dass ihre Nervosität nicht dazu führte, dass sie den Faden verlor und sich verzettelte. Grundsätzlich hatte sie bereits all die Stimmen, die sie benötigte, rief sie sich in Erinnerung. Sofern sie das hier nicht vollkommen vermasselte, würde sie zusätzlich noch ein paar der verbleibenden Skeptiker für sich gewinnen.

Trotz der Anwesenheit des Königs hielt sich Tyront nicht mit irgendwelchen besonderen Formalitäten auf, als er die Versammlung eröffnete. "Meine Herren, Ihr wisst alle, weshalb wir heute hier sind. Unabhängig davon, wie diese Zusammenkunft heute endet, werden wir eine neue Seite in unserer Geschichte schreiben. Stellen wir sicher, dass wir uns für einen weisen Pfad entscheiden. Lady Eryn, lasst uns bitte Eure Vorschläge hören."

Eryn entschied sich, dafür aufzustehen. Kurz hatte sie in Erwägung gezogen, es sitzend zu tun, doch sie hatte das Gefühl, sie bräuchte die Freiheit, sich zu bewegen und zu gestikulieren, ohne Orrin neben sich versehentlich einen Hieb zu verpassen.

Langsam schob sie ihren Stuhl zurück und zuckte leicht zusammen bei dem kratzenden Geräusch des schweren Holzes auf dem polierten Steinboden. War das schon immer so laut gewesen?

"Meine Lords, Eure Majestät, ich bedanke mich vielmals für die Gelegenheit, Euch eine Anzahl an... Anpassungen für den Orden vorzustellen, die uns besser in die Lage versetzen sollen, mit den auftretenden Veränderungen umzugehen. Ich gehe davon aus, dass Euch allen bewusst ist, dass sich manche davon nicht mehr rückgängig machen lassen, auch wenn einige von Euch es womöglich vorziehen würden, genau das zu tun." Sie zwang sich zu einem Lächeln. "Ich war, zugegeben, an manchen davon nicht ganz unschuldig. Doch ob Ihr diese neugefundene Beziehung mit den Westlichen Territorien und den neuen Bereich des Heilens nun als positive Entwicklungen erachtet oder nicht, so müssen wir doch auf irgendeine Weise damit umgehen. Sie werden nicht verschwinden, und selbst wenn das der Fall wäre, so bin ich überzeugt, dass sie für viele von uns eine Lücke hinterließen." Sie bemerkte, wie manche von ihnen beinahe unmerklich nickten, während andere nur darauf warteten, dass sie fortfuhr. "Die jüngsten Vorfälle haben uns gezeigt, dass es im Umgang mit alldem Unsicherheit, Angst und Hilflosigkeit gibt. Hier muss der Orden handeln. Wir müssen unseren Magierkollegen Hilfestellung dabei leisten, ihren Platz in dieser sich wandelnden Gesellschaft zu finden, und als Vorbilder auftreten. Sie blicken zu uns und suchen Führung, doch bisher konnten wir ihnen noch nicht geben, was sie brauchen. Der Angriff auf Lord Tyront, der Vorfall mit den Magiern, die vor nicht allzu langer Zeit in diesen Raum gestürmt kamen, und sogar Aldons fehlgeleiteter Versuch, an dem festzuhalten, was er als ordnungsgemäße Werte betrachtete, zeigen uns, dass wir etwas unternehmen müssen."

Erleichtert bemerkte sie, dass der Knoten in ihrem Magen verschwunden war, seit sie zu sprechen begonnen hatte. Die Worte kamen wie beabsichtigt heraus, kein Stottern oder übermäßig lange Pausen, um nach Formulierungen zu suchen, die sie vorbereitet und dann vergessen hatte. So weit, so gut.

"Es gibt drei große Herausforderungen, denen wir uns bereits jetzt gegenübersehen oder die in den nächsten Jahren auf uns zukommen werden. Erstens, dass unsere Magier sehen, welche Privilegien und Möglichkeiten den Anwendern von Magie in den Westlichen Territorien offenstehen. Möglichkeiten wie die Wahl eines Berufs in Übereinstimmung mit ihren Neigungen und Talenten, die Übernahme von Familiengeschäften und auch das Ansiedeln an einem Ort ihrer Wahl. Das sind ganz beachtliche Freiheiten, die hier bei uns auch jeder Nicht-Magier genießt. Magier wurden in dem Glauben erzogen, dass nicht frei zu sein der Preis dafür ist, mit Magie geboren zu werden, und jetzt sehen sie, dass dies kein Naturgesetz ist, sondern ein von Menschen geschaffenes." Sie hob den Kopf. "Und sie haben Recht damit, sich dagegen zur Wehr zu setzen! Warum sollten wir uns selbst und einander auf diese Weise einschränken? In der Vergangenheit mag es dafür gute Gründe gegeben haben, doch jetzt gibt es noch bessere, um diese Herangehensweise zu überdenken und uns einem System zuzuwenden, das nicht nur ohne Grenzen für unsere persönliche Freiheit funktioniert, sondern uns auch erlaubt, unser Potential in so vielen unterschiedlichen Bereichen zu realisieren. Vern mit seinem immensen künstlerischen Talent ist das eindrucksvollste Beispiel dafür, doch er ist nicht der Einzige. Jeder Heiler, den wir auszubilden begonnen haben, hat sich für diesen Beruf als geeignet erwiesen. Als Heiler zu arbeiten bereitet ihnen mehr Freude, als es ein Dasein als Krieger jemals vermocht hätte."

"Worauf genau wollt Ihr hinaus, Lady Eryn?", fragte Lord Poron.

Eryn schluckte. Das war ein recht klares Anzeichen dafür, dass sie zu viel redete.

"Ich beantrage, die Beschränkungen für Magier aufzuheben und ihnen somit zu erlauben, jedweden für sie attraktiven Beruf zu ergreifen", erwiderte sie mit so viel Würde, wie sie aufbringen konnte.

"Ich würde meinen, dass viele Handwerker energischen Einspruch dagegen erheben würden, wenn Magier im gleichen Metier wie sie selbst tätig würden. Man könnte es als ungerechten Vorteil betrachten", meinte Lord Woldarn.

Sie nickte. "Auf den ersten Blick vielleicht, doch es würde auch neue Möglichkeiten eröffnen. In solchen Berufen, wo magische Fertigkeiten tatsächlich einen Vorteil bieten - so wie beim Zimmermannshandwerk, dem Bauwesen oder anderen Bereichen, wo Stärke oder die Bearbeitung von Material erforderlich ist - könnte es Partnerschaften zu beiderseitigem Nutzen geben. Magier könnten das Handwerk von Nicht-Magiern erlernen und dann weiterhin mit ihnen zusammenarbeiten. Oder es könnte Spezialisten für Produkte geben, die nur mit Hilfe von Magie hergestellt werden könnten und somit für Nicht-Magier ohnehin nicht in Frage kämen. Da wir den Handel mit den Westlichen Territorien kontinuierlich ausbauen, lässt sich nicht vermeiden, dass solche von Magier-Handwerkern angefertigten Produkte früher oder später hier auftauchen. Magier hier in Anyueel von diesen Berufen fernzuhalten wäre also ohnehin kein verlässlicher Weg, um den Wettbewerb zu vermeiden."

Enrics blasses Lächeln zeigte ihr, dass sie diese Frage gekonnt beantwortet hatte. Sie war stolz und fühlte sich wie ein Schuldmädchen, das von einem besonders anspruchsvollen Lehrer gelobt wurde.

Als niemand sonst dieses Thema zu kommentieren wünschte, kehrte sie zu ihrem Vortrag zurück. "Die zweite Herausforderung, der wir uns stellen müssen, ist die zunehmende Stärke in der neuen Generation von Magiern, die nach der Entfernung der Barriere in den Gehirnen geboren wurden. Solange die einzige Funktion des Ordens in der Verteidigung lag, mag magische Stärke ein verständlicher Weg gewesen sein, um Macht zu gewähren. Doch nun, wo diese Institution auch für zumindest ein zusätzliches Berufsfeld verantwortlich ist, nämlich das Heilen, gibt es mehrere Gründe, das zu überdenken. Ihr alle kennt den Bericht, den Pe'tala und ich über die steigende Anzahl an außergewöhnlich starken Babys allein in dieser Stadt geschrieben haben. In zwanzig Jahren wird dem Orden eine Gruppe kaum erwachsener Magier ohne Erfahrung im Führen, Organisieren oder Diplomatie vorstehen. Ich erschaudere bei dem Gedanken daran, dass ich ihren Befehlen unterstellt wäre. Unter diesen Umständen sollte die Gewährung von Macht nicht länger lediglich auf einem Zufall - nämlich, dass man mit beträchtlicher magischer Stärke geboren wird - beruhen, sondern auf Kriterien, die unseren Bedürfnissen und dem Ziel des Fortbestehens des Ordens entgegenkommen."

Die Gesichter zeigten ihr, dass zumindest dieses Gefühl von allen geteilt wurde. Niemand wollte von Magiern herumkommandiert werden, die jung genug waren, um ihre Enkelkinder zu sein.

"Eine weitere Konsequenz, die Dritte, die ich zur Sprache bringen möchte, ist der Anstieg der Magier durch die Tatsache, dass die Barriere nicht nur die Tür zu größerer Stärke geöffnet hat, sondern wir auch wieder weibliche Magier haben werden. Wie viele Krieger könnte der Orden und in der Folge die Krone tragen? Krieger, so nützlich sie auch sein mögen, generieren nicht wirklich ein Einkommen. Nicht-Magier, die zu Kämpfern ausgebildet wurden, können ihren Lebensunterhalt als Wachen verdienen, nicht aber die Krieger des Ordens."

"Ihr schlagt also vor, wir sollten uns nützlich machen anstatt eine Belastung für die öffentlichen Gelder zu bleiben?", fragte Orrin sanft. Die Bemerkung brachte ihm ein paar verständnisvolle Lacher ein.

Eryn schüttelte den Kopf. "Niemals würde ich wagen, Euch und Eure Krieger als nutzlos zu bezeichnen, Lord Orrin", meinte sie milde. "Aber die Frage stellt sich, wie viele Krieger wir uns leisten können. Das, meine Herren, ist ein weiteres Argument dafür, Magiern den Zutritt zu anderen Berufen als Krieger oder Administrator zu ermöglichen. Nun, und seit kurzem Heiler. Damit wir das allerdings tun können, müssen wir Magiern jedoch zuerst gestatten, sich außerhalb der Stadt anzusiedeln. Sonst werden wir hier bald von Magiern überlaufen sein. Ihr alle wisst von meinen Bemühungen, mit denen ich es Heilern ermöglichen will, woanders hinzuziehen, damit nicht nur die Leute hier in der Stadt von ihren Diensten profitieren, sondern auch diejenigen in abgelegeneren Gegenden. Und nicht alle Magier schätzen es, von ihren Familien getrennt zu sein. Manche von ihnen hätten die Familiengeschäfte übernehmen können, hätten sie sich nicht als Magier erwiesen."

Lord Seagon räusperte sich. "Ihr schlagt also grundsätzlich vor, Magier aus der Kontrolle durch den Orden zu entlassen, wenn ich Euch richtig verstehe."

Nachdrücklich schüttelte Eryn den Kopf. "Keineswegs, mein Lord. Ganz im Gegenteil. Ich bin fest davon überzeugt, dass man Menschen für ihre Taten zur Verantwortung ziehen soll, ganz egal, ob Magier oder nicht. Da Nicht-Magier kaum dazu in der Lage sind, Magier festzusetzen oder zu bestrafen, müsste das auf jeden Fall im Verantwortungsbereich des Ordens verbleiben." Sie nahm sich kurz Zeit um nachdenken, dann fuhr sie fort: "Ich habe keine Erfahrung damit, Magier unter Kontrolle zu halten oder die Disziplin aufrecht zu erhalten, doch mit der Zeit sollten wir vielleicht die Errichtung von Außenposten in Betracht ziehen, damit wir mit unseren Magiern dort draußen den Kontakt pflegen können - und auch einen Ort für Menschen bereitzustellen, wohin sie sich wenden können, wenn sich der Orden um Missbrauch von Magie irgendwo kümmern soll."

Das brachte ihr einige erstaunte Blicke ein, doch sie konnte nicht sagen, ob die Männer erschüttert oder einfach nur von diesem neuen Konzept überrascht waren. Sie sah Enric an, dessen Miene sie in der Regel besser lesen konnte als die anderer Leute. Er blickte zur Decke empor und ließ seine Augen wandern, so wie er es zu tun pflegte, wenn er über etwas nachdachte. Somit schien es also, dass zumindest er diesen Vorschlag als etwas betrachtete, das weiteres Nachdenken wert war.

"Wie ein Richter nur für Magier?", fragte daraufhin Tyront, obwohl sie nicht sicher war, ob er mit ihr oder mit sich selbst sprach. Er wirkte ebenfalls nachdenklich.

"Nun, ja", stimmte sie vorsichtig zu, "das würde wohl davon abhängen, wie man es betrachtet, schätze ich." Sie richtete ihre Aufmerksamkeit wieder auf alle Männer um sie herum. Es wurde Zeit, das hier zu einem Ende zu bringen. "Was ich Euch zu sagen versuche, was ich mir für dieses Land und uns alle wünsche, ist, dass wir das nutzen, was uns zur Verfügung steht. Und dass wir es auf eine Weise tun, von der wir alle profitieren. Ihr mögt mich noch immer als Fremde betrachten, doch ich selbst sehe mich nicht so. Ich bin eine Bürgerin dieses Königreichs, auch wenn meine Vorfahren das nicht waren. Und als solche wünsche ich, dass wir wachsen und ich stolz auf mein Land sein kann. Die Westlichen Territorien sind freundlich und hilfsbereit, doch mit Ausnahme unserer überlegenen Kampffertigkeiten blicken sie auf uns herab - und mit gutem Grund. In vielen Bereichen sind wir rückständig, aber das sollte nicht so sein!" Sie schlug mit der flachen Hand vor sich auf den Tisch. "Sie kamen nach dem Krieg hierher und nahmen unser Wissen mit, um es sich zunutze zu machen. Sie ließen uns mit wenig mehr als Bruchstücken in unserer Erinnerung zurück. Damals war das Königreich ihrem Land auf mehr als eine Weise überlegen - sie lernten von uns von magischer Musik, machten sich unsere Kenntnisse über Architektur zunutze, und sogar die Disziplin des Heilens wurde hier entdeckt, bevor sie aus unserem Reich verbannt wurde. Es wird Zeit, ihnen - und uns selbst - zu beweisen, dass wir uns von ihnen nicht bemitleiden oder den Kopf tätscheln lassen müssen, sondern dass diese letzten Jahrhunderte lediglich eine Pause waren, während der wir unsere Ressourcen gesammelt haben, damit wir jetzt umso eindrucksvoller loslegen können!"

Eryn hielt inne und blinzelte, überrascht über den letzten Teil. Es schien, als hätten Pe'talas und Vran'els kleine Sticheleien sie stärker verärgert, als ihr klar gewesen war.

Sie warf einen verstohlenen Blick auf den König, der sie mit einer hochgezogenen Augenbraue betrachtete mit etwas, das wie eine Mischung aus Faszination und Anerkennung wirkte.

Jetzt, wo sie fertig war, fühlte sie sich seltsam leer - als hätte sie all ihre Energie aufgebraucht. Ohne jede Zeremonie ließ sie sich einfach wieder auf ihren Stuhl sinken, unsicher, wie die Dinge von hier an weitergehen sollten.

Tyront erhob seine Stimme. "Danke, Lady Eryn, für diese… interessanten Einblicke. Meine Lords, ein Mitglied unseres Zirkels hat einen Antrag auf weitreichende Änderungen eingebracht. Ein Antrag, der eine Antwort erfordert. Erlaubt mir, kurz zusammenzufassen, was man uns zu erwägen auftrug. Die ersten beiden Punkte betreffen die Erlaubnis für Magier zum Ergreifen von anderen Berufen als denen, die der Orden derzeit ermöglicht, und die Erlaubnis für sie, sich außerhalb der Stadt niederzulassen. Der dritte Punkt betrifft die Vorgehensweise, wie Ränge aufgrund von magischer Stärke zugewiesen werden." Er sah Eryn erneut an. "Eure Argumente, meine Lady, waren in der Tat sehr mächtig. Ihr habt uns ein Bild einer Stadt gemalt, die in den kommenden Jahren mit Magiern überbevölkert sein wird, einer beträchtliche

Bürde für unsere Finanzen und einer Institution in den Händen von wenig mehr als Halbwüchsigen. Ich gebe zu, dass dies keine besonders angenehmen Aussichten sind. Eure Argumente scheinen vernünftig und basieren auf Informationen, die Ihr selbst in der Vergangenheit gesammelt und an uns weitergegeben habt. Doch ich bin nicht der Einzige, den Ihr überzeugen müsst, sondern den gesamten Rat." Sein Blick wanderte über die versammelten Magier. "Es kann noch keine definitiven Entscheidungen über diese Punkte geben, doch was wir hier und jetzt festlegen müssen, ist, ob wir einverstanden sind, aktiv zu werden. Die erste Angelegenheit, zu deren Abstimmung ich aufrufe, ist die Erlaubnis für Magier, ihren Beruf gemäß ihren Neigungen zu wählen. Hebt die Hände, sofern Ihr damit einverstanden seid."

Eryn hielt den Atem an und schloss die Augen. Nach drei Sekunden zwang sie sich, sie wieder zu öffnen und nahm die Hände wahr, die zur Unterstützung ihres ersten Vorschlags erhoben waren - zehn!

"Danke", fuhr Tyront fort. "Dann werden wir später zu diesem Punkt zur weiteren Erörterung zurückkehren. Der zweite Punkt ist die Erlaubnis für Magier, sich außerhalb der Stadt niederzulassen - hebt Eure Hände, sofern Ihr diesen Vorschlag unterstützt."

Acht Hände dieses Mal. Immer noch mehr als genug.

"Und schließlich der letzte Punkt, bei dem es um das Überdenken unserer Methode zur Bestimmung der Anführer im Orden geht. Handzeichen, sofern Ihr denkt, unser derzeitiger Ansatz bedürfe einer Reform."

Absolute Erleichterung ließ Eryn den Atem ausstoßen, als elf Hände - alle außer Lord Woldarns - nach oben gingen, um ihre Unterstützung zu signalisieren.

Lord Remdel hatte seine Hand bei jeder einzelnen der drei Abstimmungen gehoben - Inad hatte also ihr Versprechen, mit ihrem Gefährten zu reden, wahrgemacht. Es mochte einiges geben, was man dieser Frau unterstellen konnte, doch Unzuverlässigkeit zählte keinesfalls dazu.

Sie hatte es tatsächlich fertiggebracht. Nach zwei Jahren des Kämpfens, nach all diesen Rückschlägen, ihren Streitereien mit einigen der Ratsmitglieder, ihren Reibereien mit dem König, mit allem, was sich in den Westlichen Territorien zugetragen hatte, hatte sie es endlich geschafft, eine so enorme Veränderung einzuleiten, dass sich damit die Natur des Ordens als Institution wandeln würde.

Gedanken an ihren Vater - oder eher ihren ersten Vater, Ved'al, den Mann, der sie aufgezogen hatte - kamen an die Oberfläche. Sie stellte sich vor, wie stolz er auf sie sein würde. Sie hatte für die Ideale gekämpft, die er ihr als Kind vermittelt hatte - und damit Erfolg gehabt.

Enric beobachtete sie von der anderen Seite des Tisches und spürte ihre gemischten Gefühle durch das Geistesband. Da waren Triumph, unglaubliche Erleichterung und ein Hauch von Melancholie. Er fragte sich, ob sie aus irgendeinem Grund Trauer über das Ende ihrer langen Mühen mit dem Orden empfand oder ob sie an ihren Vater dachte. Letzteres wahrscheinlich. Sie hatte gerade den Weg dafür geebnet, dass der Orden sich in die Art von Institution verwandeln würde, die Ved'al von Haus Vel'kim wohl als annehmbar erachtet hätte.

Die Magier am Tisch hatten begonnen, miteinander zu murmeln, und Tyront räusperte sich, um sie zum Schweigen zu bringen. "Es freut mich zu sehen, dass die Ergebnisse solch eine klare Präferenz dafür zeigen, dass wir eine aktive Rolle im Umgang mit den Herausforderungen einnehmen, die uns bevorstehen. Unser nächster Schritt muss sein, eine sinnvolle Vorgangsweise für die Umsetzung jedes einzelnen Punktes festzulegen. Ich schlage vor, dafür Arbeitsgruppen zu bilden. In jeder davon muss zumindest ein Ratsmitglied sitzen, einer der Magier, die so bestrebt waren, Onil vor einem grausamen Schicksal zu bewahren, und auch andere Spezialisten, die dafür erforderlich sind, sei es von innerhalb oder außerhalb des Ordens. Lord Enric und Lady Eryn werden Anyueel bald verlassen, weshalb es wenig Sinn macht, sie in diesen Prozess miteinzubeziehen. Den Rest von Euch ersuche ich, eine aktive Rolle in alldem einzunehmen und mich wissen zu lassen, welchen dieser drei Bereiche Ihr Eure Zeit und Mühe widmen wollt. Ich erkläre diese Versammlung nun für geschlossen und freue mich darauf, innerhalb der nächsten drei Tage von Euch zu hören."

Eryn blieb sitzen, während all die anderen um sie herum aufstanden, um sich zurückzuziehen. Sie benötigte noch eine Minute oder zwei.

Orrin drückte ihr wortlos die Schulter, bevor er sich umdrehte, um seinen Kollegen aus der Ratshalle zu folgen. Wenig später blieben nur noch Enric, Tyront sowie der König und sein Berater zurück.

"Du hast es geschafft", lächelte Tyront vom gegenüberliegenden Ende des Tisches, während er die Fingerspitzen aneinanderlegte. "Ich bin stolz auf dich."

"Gönnerhaftigkeit?", meinte Eryn mit einem schwachen Lächeln. Sie war zu glücklich, um sich wahrhaftig daran zu stören.

Nun erhob sich der König von seinem Thron und näherte sich dem Tisch. Er zog einen Stuhl neben Eryns hervor und nahm darauf Platz. Eryn blinzelte. Das mutete für seine Verhältnisse untypisch kameradschaftlich an.

"Ich stimme Lord Tyront zu, meine Lady. Besonders bewundernswert fand ich, wie Ihr an ihren Sinn für Nationalität appelliert habt, indem Ihr betontet, dass uns die Westlichen Territorien als etwas rückständig betrachten." Er überkreuzte die Beine. "Hoffen wir, dass Ihr damit lediglich den Eifer des Rates angeregt habt, mithalten zu wollen indem sie Fortschritt ermöglichen und Ihr sie nicht dahingehend inspiriert habt, sich auf einen Krieg mit ihnen vorzubereiten, um ihnen ihre Arroganz zurückzuzahlen."

Eryn warf ihm einen düsteren Blick zu. Er hatte ein Talent dafür, einem die freudige Stimmung zu vermiesen.

"Das war ein Scherz, Lady Eryn. Ich bin wahrhaft sehr zufrieden damit, wie Ihr all dies angepackt habt. Das habt Ihr in der Tat gut gemacht. Wie bedauerlich, dass Ihr in den kommenden Monaten nicht hier sein werdet, um die Veränderungen, die Ihr auf so beeindruckende Weise eingeleitet habt, auch umzusetzen. Andererseits denke ich, dass es auch nicht schaden kann, wenn der Rat dabei gesehen wird, wie er sich auch ohne Euren Vorsitz dieser Dinge annimmt. Damit erscheint es mehr wie ein gemeinsames Unterfangen anstatt allein Eures."

"Schade", meinte Eryn und lächelte freudlos. "Ihr hättet versuchen können, meinem Bruder dazu zu bringen, dass er mich noch eine Weile länger hierbleiben lässt."

König Folrin schüttelte den Kopf. "Und Euch so der Gelegenheit berauben, dass Ihr an der Beziehung zu Eurer Mutter arbeitet? Dermaßen grausam wäre ich nicht."

Enric stand von seinem Stuhl auf, ging um den Tisch herum und blieb neben Eryn stehen.

"Ich möchte Euch einen Gefallen gewähren", lächelte der Monarch. "Eure Bemühungen und der Erfolg, mit dem sie gekrönt sind, haben mich in eine großzügige Laune versetzt."

Eryn grinste. "Ich möchte, dass Ihr uns dieses Mal nicht mit einem Ball auf den Weg schickt. Oder einen anderen Grund für einen Ball findet, bevor wir von hier abreisen. Grundsätzlich soll also kein Ball stattfinden, von dem erwartet wird, dass ich daran teilnehme."

Enric und Tyront tauschten einen Blick und unterdrückten ein Lächeln. Ein Wunsch, der so typisch war für Eryn, wie der geflochtene Zopf, den sie jeden Tag trug.

"Gewährt", nickte König Folrin ohne besonders überrascht zu wirken. "Für jetzt also kein Ball. Euch ist jedoch klar, dass mich dies nicht davon abhält, Euch mit einem Ball willkommen zu heißen, sobald Ihr in ein paar Monaten zurückkehrt?"

Sie nickte. "Aber natürlich. Doch bis dahin habe ich womöglich eine weitere eindrucksvolle Leistung erbracht, aufgrund derer Ihr mir einen weiteren Gefallen erweisen wollt."

Sie lächelte, als er über ihre Antwort lachte. "Ich wünsche Euch einen angenehmen Tag, Lady Eryn. Feiert Euren Triumph, den Ihr Euch so redlich verdient habt." Er ergriff ihre Hand, um sie zu küssen, dann wandte er sich ab und ging davon, Marrin einen Schritt hinter ihm.

"Wisst ihr, ich glaube, er hat Recht", sinnierte Eryn. "Das sollte man wirklich feiern. Das ist immerhin der Tag, an dem ich den Orden gezähmt habe!" Sie strahlte, als Tyront die Augen verdrehte.

"Pass lieber auf, oder ich lasse dich vor eurer Abreise noch ein letztes Mal die Pferdeställe ausmisten", drohte er ohne wirkliche Hitze.

Sie lachte. "Weißt du was? Das ist mir immer noch lieber, als auf einen Ball gehen zu müssen."

Enric zog sie auf die Füße. Es war Zeit zu gehen. "Komm, Liebste. Holen wir Vedric von meiner Mutter ab und laden ein paar Leute für heute Abend ein, damit wir deinen ruhmreichen Sieg über alles Spießige und Altmodische feiern können."

Grinsend hakte sie sich bei ihm unter. "Das klingt fabelhaft!"

Epilog

Eryns Blick wanderte über die weitläufigen Vel'kim Gärten, während sie ein Glas süßen Weißweins in der Hand hielt. Die Zeremonie war wunderschön, berührend und intim gewesen, genau wie Pe'tala es gewollt hatte. Somit war ihre kleine Schwester also nun tatsächlich mit Rolan verbunden.

Die Gäste waren verstreut. Mehrheitlich saßen sie auf den über die weitläufig zwischen Valrads Kräutern verteilten Sitzkissen, und ein paar wanderten durch den Garten, während sie sich mit jemandem unterhielten.

Eryn hob ihre Nase in die Luft und genoss die Mischung aus Düften, die die leichte Abendbrise vom Garten zu ihr trug. Laternen waren in regelmäßigen Abständen auf dem Boden verteilt und verliehen der Umgebung ein sanftes Glühen, das gerade genug Beleuchtung bot, um weder zu düster noch unangenehm hell zu sein.

Sie verspürte einen Hauch von Belustigung und sah zur Terrasse hin, wo Enric bei Ram'an und Valcredy stand, deren Bauch noch nicht wirklich hervorquoll, doch bereits merklich mit dem nächsten Erben von Haus Arbil gerundet war. Eryn schob das Gefühl von Irritation darüber, Enrics frühere Geliebte so nahe bei ihm stehen zu sehen, beiseite. Enric lachte über etwas, das sie gesagt hatte, was die Dinge nicht einfacher machte. Und doch brachte sie das schwache Echo seiner Heiterkeit zum Lächeln.

Das Geistesband war wenige Stunden nach der Erneuerung des Bandes dritten Grades zu ihr zurückgekehrt. Gemäß Iklans Vermutungen lag dies daran, dass die Verbindung bereits vorhanden und nur für eine Weile unterbrochen gewesen war.

Sie erinnerte sich, wie es war, durch die Gefühle einer anderen Person von dem abgelenkt zu werden, was sie selbst erlebte, doch sie musste sich erst wieder daran gewöhnen. Vier Tage hatten das noch nicht bewerkstelligt.

In diesem Augenblick sah Enric in ihre Richtung und bemerkte ihren nachdenklichen Blick, der auf ihm ruhte. Sie beobachtete, wie er sich von der Gruppe entschuldigte und zu ihr kam.

"Hallo du", sagte er und blieb eine Stufe unter ihr auf der Treppe zur Terrasse stehen. Auf diese Weise war er nur geringfügig größer als sie. "Was macht ein bildschönes Mädchen wie du hier ganz allein?"

Sie lächelte und hob ihr Handgelenk, das mit den neu in Erscheinung getretenen Kommitment-Symbolen auf ihrer Haut leuchtete. Wenn er so nahe war, gaben sie ein leichtes Glühen von sich. Seine eigenen Symbole waren unter seinen langen Ärmeln nicht sichtbar.

"Vorsicht, Fremder. Ich bin eine glücklich gebundene Frau, und mein Gefährte ist nicht nur ungemein eifersüchtig, sondern auch noch ein schauderhaft mächtiger Magier."

Enric lachte leise und kam noch näher. "Ist er das? Nun, ich würde sagen, dass eine Frau wie du auf jeden Fall ein wenig Gefahr wert ist."

Ihre Lippen berührten sich einen ausgedehnten Moment lang, und er konnte den Wein schmecken, den sie, hier stehend, getrunken hatte.

"Warum kommst du nicht mit und gesellst dich zu uns? Ich denke, auf diese Weise könnten wir dieses Aufflackern von Eifersucht loswerden, das ich gerade von dir empfangen habe."

Sie gab nach und ließ sich vorwärts zu der Gruppe ziehen, die direkt unter einem prächtig blühenden Baum stand.

Valrad reichte seinen Enkel gerade an Malriel weiter, die ihn mit solcher Leichtigkeit auf ihrer Hüfte absetzte, dass Eryn das Gefühl hatte, es sollte nicht so geübt wirken. Malriel als liebende Großmutter zu sehen, ganz egal, dass sie nun beinahe alt genug aussah, um tatsächlich eine zu sein, passte einfach nicht zu dem Bild in Eryns Kopf.

Ram'an legte einen Arm um Eryns Schultern und schob Enric mit einem Zwinkern zur Seite. "Hör auf, sie nur für dich zu beanspruchen, Ordenslord! Jetzt kommt die Zeit des Jahres, wo du sie ein paar Monate lang mit Freunden und Familie teilen musst."

Enric bedachte das Oberhaupt von Haus Arbil mit einem gespielt düsteren Blick. Unter anderen Umständen hätte er sich einfach revanchiert, indem er Ram'ans Gefährtin an sich zog, doch nicht in diesem speziellen Fall.

"Tala", meinte er stattdessen und wandte sich an das glückliche Paar. "Wie stehen die Dinge zwischen dir und Vran im Moment? Er kommt mir in deiner Nähe noch immer etwas angespannt vor, auch wenn er sich heute bemüht, es sich nicht anmerken zu lassen."

Pe'talas Gesicht verzog sich zu einer Grimasse. "Ein klein wenig angespannt, wie du schon sagtest. Ich schätze, es wird noch eine Weile dauern, bis er mir verzeiht, dass ich bei euch eingezogen bin. Oder euch, weil ihr mich einziehen habt lassen."

"Sorge dich nicht, mein Kind", meinte Valrad mit einem beruhigenden Lächeln, "er wird schlussendlich darüber hinwegkommen. Und es ist nicht so als müsste er ganz allein hier leben, solange Vern in Takhan ist. Die Tatsache, dass er froh darüber ist, seine beiden Schwestern für den Augenblick zurück in Takhan zu haben, erschwert es ihm erheblich, böse auf euch zu sein."

Vran'el und Vern, jeder von ihnen zwei Flaschen Wein tragend, näherten sich von der Terrassentür her. Urban folgte Vran'el mit dieser boshaften Anhänglichkeit, die Katzen gegenüber Menschen formten, die sich in ihrer Gegenwart unwohl fühlten, glücklich darüber, wieder mit ihm vereint zu sein.

"Ach du meine Güte", murmelte Rolan, "es scheint, als hätten sie große Pläne für heute Nacht."

Als die drei bei ihnen angekommen waren, stellte Vern seine beiden Flaschen hinter sich ins Gras und grinste Eryn an. Sogar noch bevor er zu sprechen begann, wusste sie, dass ihr nicht gefallen würde, was er zu sagen hatte.

"So, du hast mir nie gesagt, wie dir das Geschenk gefallen hat, das ich dir geschickt habe. Hast du Nummer dreiundachtzig schon ausprobiert?"

"Das geht dich überhaupt nichts an", knurrte sie, wenig angetan von dem wissenden Gekicher um sie herum. "Ram'kel war anwesend, als es geliefert wurde, und er hatte immens viel Spaß dabei, mich deswegen aufzuziehen."

Ram'an nickte. "Das hat er mir geschrieben. Er meinte, du wärst sogar errötet." Er schüttelte den Kopf. "Eine erwachsene Frau, die glücklich mit einem Mann verbunden ist und sogar ein Kind hat, ist immer noch scheu, wenn über solche Dinge gesprochen wird. Mir schaudert vor solcher Prüderie. Und solch ein Geschenk in Anwesenheit meines Bruders zu öffnen war wohl auch keine besonders kluge Idee."

"Ich habe es nicht geöffnet! Das war er! Er ging einfach zu meinem Schreibtisch und öffnete es!", protestierte sie.

"Du hast die Frage nicht beantwortet", warf Tala ein, auf ihrem Gesicht ein breites Lächeln. "Hast du Nummer dreiundachtzig nun probiert oder nicht?"

Eryn schloss die Augen und fragte sich, was mit einer Kultur falsch laufen musste, damit man dort intime körperliche Beziehungen als Thema erachtete, das man einfach so offen diskutierte.

"Das solltest du wirklich", warf ihr Bruder nun ein. "Ich selbst mag Nummer dreiundachtzig ebenfalls sehr gerne."

Sie starrte ihn an. "Ach ja? Aber… wie?"

Vran'el seufzte und schüttelte den Kopf. "Herzblatt, das erfordert nichts weiter, als den Winkel um ein paar Grad zu verändern, dann können zwei Männer es ebenso problemlos tun."

Eryn zog die Nase kraus. "Danke. Was kann sich ein Mädchen Schöneres denken, als sich ihren Bruder in solch einer Position vorzustellen. Können wir bitte das Thema wechseln? Ihr könntet mir zumindest eine Woche oder zwei zugestehen, um mich wieder an eure sonderbaren Sitten zu gewöhnen, bevor ihr mich quält."

"Würde es euch schrecklich stören, wenn ich mich hinsetze?", fragte Valcredy. "Dieser Tage ermüde ich schneller."

Ram'an war augenblicklich an ihrer Seite. "Selbstverständlich, bitte verzeih meine Gedankenlosigkeit." Er hielt ihre Hand, während sie auf ein nahegelegenes Kissen sank." Dann sah er Eryn an und räusperte sich. "Da gibt es eine Kleinigkeit, die ich mit dir besprechen möchte, meine Liebe. Ich weiß nicht, ob du schon davon gehört hast, doch wir werden ein Mädchen bekommen."

Eryn lächelte. "Ich gratuliere! Habt ihr euch schon auf einen Namen geeinigt?"

"Wir sind noch immer dabei, einen auszuwählen", antwortete er höflich. Es war offensichtlich, dass er lieber über etwas anderes sprechen wollte. "Würdest du mich wohl morgen auf eine Tasse Tee treffen?"

Sie runzelte die Stirn. "Worüber willst du denn sprechen?" Sie beobachtete, wie Ram'ans Blick kurz zu Vedric in Malriels Armen flackerte, dann schnappte sie verärgert nach Luft. "Das soll wohl ein Scherz sein! Nein!"

Beschwichtigend hob Ram'an beide Hände mit den Handflächen nach außen. "Sieh her, warum setzen wir uns nicht einfach…"

"Ram'an", knurrte Eryn und bedachte ihn mit einem finsteren, feinseligen Blick, "auf gar keinen Fall werde ich mit dir in eine Kommitmentvereinbarung für unsere Kinder eintreten. Was in aller Welt bringt dich auf den Gedanken, ich wäre zu so etwas bereit? Und warum würdest du so etwas wollen, nach allem, was wir durchmachen mussten wegen der, die unsere idiotischen Eltern unterzeichneten?"

Sie ignorierte Malriels eindringliches Husten bei idiotischen Eltern.

Die Leute um sie herum tauschten unbehagliche Blicke, und Eryn knurrte: "Ja, genau, jetzt seid ihr peinlich berührt, aber wenn ich mein Sexualleben öffentlich diskutieren soll, ist das vollkommen normal." Sie schob ihrem Bruder ihr leeres Glas hin. "Hier, füll auf, ja?"

Vran'el zog den Korken aus einer der Flaschen und füllte die Gläser um ihn herum, angefangen mit Eryns. Als er bei Pe'tala ankam, deckte sie das ihre rasch zu.

"Nein, danke. Ein Glas ist genug für mich."

"Komm schon, Tala, wenn das hier kein Grund zum Feiern ist, was dann?", lachte Vern.

Pe'tala lächelte und wechselte einen vielsagenden Blick mit Rolan. Dann ergriff sie seine Hand, bevor sie sich ihren Gästen zuwandte. "Es gibt noch einen Grund zum Feiern, allerdings einen, der mich davon abhält, es mit Alkohol zu tun."

Die Erkenntnis dämmerte den Leuten um sie herum, und freudige Ausrufe erfüllten die Luft, während Pe'tala umarmt, geküsst und beglückwünscht wurde. Valrad hatte Tränen in den Augen, als er seine jüngste Tochter an sich drückte und dann Rolan einen herzhaften Schlag auf den Rücken verpasste.

Eryns Blick fiel auf Malriel und dem leisen, ungemein zufriedenen Lächeln, das ihre Lippen formten, während sie ihren Enkel auf ihrer Hüfte schaukelte. Ihre Blicke kreuzten sich, und Eryn schluckte und griff nach Enrics Hand. Sie verspürte den Drang, die fünf Schritte zurückzulegen und mit ihrer Mutter um Vedric zu kämpfen, damit sie ihn aus ihrer Reichweite schaffen konnte.

Sie sah zu Enric auf, der resigniert wirkte und ihre Finger drückte.

"Du hast den Orden gezähmt, wenn du dich erinnerst", flüsterte er und drückte ihr einen Kuss auf die Stirn. "Wie schwierig kann es nach alldem sein, mit Malriel fertig zu werden?"

Eryn seufzte. Durch das Geistesband spürte sie seine Besorgnis und wusste somit genau, dass er nicht ganz so optimistisch war, wie er sich gab.

Pe'talas Schwangerschaft war das offizielle Startsignal. Da Haus Vel'kim nun mit einem weiteren möglichen Erben aufwarten konnte, hatte der Kampf, welchem Haus Vedric nun angehören sollte, gerade begonnen. Verdammter Mist.

www.ingramcontent.com/pod-product-compliance
Lightning Source LLC
Chambersburg PA
CBHW070535030726
47505CB00001B/42

* 9 7 8 3 9 0 4 1 4 2 0 4 5 *